兩漢文學史參考資料

北京大學中國文學史教研室選注

上　册

中　華　書　局

圖書在版編目（CIP）數據

兩漢文學史參考資料/北京大學中國文學史教研室選
注. —2版. —北京：中華書局,1990.4(2024.7 重印)
ISBN 978-7-101-00698-8

Ⅰ.兩… Ⅱ.北… Ⅲ.文學史-中國-兩漢時代-高
等學校-教學參考資料 Ⅳ.I209.34

中國版本圖書館 CIP 數據核字(2003)第 119185 號

責任美編：劉　麗
責任印製：陳麗娜

兩漢文學史參考資料
（全二冊）
北京大學中國文學史教研室 選注

＊

中 華 書 局 出 版 發 行
（北京市豐臺區太平橋西里38號　100073）
http://www.zhbc.com.cn
E-mail：zhbc@zhbc.com.cn
北京建宏印刷有限公司印刷

＊

850×1168 毫米 1/32 · 24⅛印張 · 4 插頁 · 515 千字
1962 年 8 月第 1 版　　1990 年 4 月第 2 版
2024 年 7 月第 13 次印刷
印數：165801-166400 冊　　定價：98.00 元

ISBN 978-7-101-00698-8

前　言

　　先秦文學史參考資料和兩漢文學史參考資料是北京大學中文系中國文學史教研室爲配合本系所開的中國文學史（先秦兩漢部分）而編選的。第一本包括古代神話、卜辭、金文、尚書、詩經、左傳、國語、國策、論語、墨子、莊子、孟子、荀子、韓非子、楚辭等類，第二本包括兩漢辭賦、史記、漢書、兩漢樂府及五、七言詩等類。爲了使讀者多接觸原著，所選各類作品的篇目較課堂上實際講授的數量爲多。由於這些作品時代較古，語言較艱深，除卜辭、金文外，每篇都附有比較詳細的注釋。各類作品之末更附錄一部分與研究作品有關的原始材料，作爲讀者進一步研究先秦兩漢文學的參考。

　　這兩本資料是由任課教師游國恩同志編選的，由閻簡弼同志擔任其中尚書、詩經、左傳、國策、楚辭、兩漢樂府及五、七言詩等類中一部分作品的注釋初稿，由梁啓雄同志擔任其中論語、墨子、莊子、孟子、荀子、韓非子、史記、漢書等類中一部分作品的注釋初稿，至上述諸類的另一部分，和古代神話、國語、兩漢辭賦等類的全部注釋，以及全部定稿工作，則由吳同寶同志擔任。其中部分定稿，曾由游國恩同志審閱。

　　限於時間和人力，無論在注釋或標點方面都不免會有錯誤，敬希讀者不吝指教。

北京大學中國語言文學系中國文學史教研室

一九五七年五月

目　　錄

一　兩漢辭賦

（一）　賈誼：　鵩鳥賦①

單閼之歲②兮，四月孟夏，庚子日斜兮③，鵩集予舍，止于坐隅兮④，貌甚閒暇。異物來萃兮⑤，私怪其故；發書占之兮，⑥讖言其度，曰：“野鳥入室兮，主人將去。”請問于鵩兮：“予去何之？吉乎告我⑦，凶言其災。淹速之度兮⑧，語予其期。”鵩乃歎息，舉首奮翼；口不能言，請對以臆⑨，曰：“萬物變化兮，固無休息。斡流而遷兮⑩，或推而還；形氣轉續兮⑪，變化而嬗。沕穆無窮兮⑫，胡可勝言！禍兮福所倚⑬，福兮禍所伏；憂喜聚門兮⑭，吉凶同域。彼吳彊大兮，夫差以敗⑮；越棲會稽兮，句踐霸世。斯遊遂成兮⑯，卒被五刑；傅說胥靡⑰，乃相武丁。夫禍之與福兮，何異糾纆⑱；命不可說兮⑲，孰知其極！水激則旱兮⑳，矢激則遠；萬物迴薄兮㉑，振盪相轉。雲蒸雨降兮㉒，糾錯相紛；大鈞播物兮㉓，坱圠無垠。天不可預慮兮㉔，道不可預謀；遲速有命兮，焉識其時！

“且夫天地為鑪兮㉕，造化為工；陰陽為炭兮，萬物為銅。合散消息兮㉖，安有常則？千變萬化兮，未始有極㉗！忽然為人兮㉘，何足控摶；化為異物兮㉙，又何足患！小智自私兮㉚，賤彼貴我；達人大觀兮㉛，物無不可。貪夫徇財兮㉜，烈士徇名。夸者死權兮㉝，品庶每生。怵迫之徒兮㉞，或趨西東；大人不曲兮㉟，意變齊同。愚士繫俗兮㊱，窘若囚拘；至人遺物兮㊲，獨與道俱。眾人惑惑兮㊳，好惡積億；真人恬漠兮㊴，獨與道息。釋智遺形兮㊵，超然自喪；
寥廓忽荒兮㊶，與道翺翔。乘流則逝兮㊷，得坻則止；縱軀委命
兮㊸，不私與己。其生兮若浮㊹，其死兮若休；澹乎若深淵之静㊺，
泛乎若不繫之舟。不以生故自寶兮㊻，養空而浮；德人無累兮㊼，
知命不憂。細故蔕芥兮㊽，何足以疑！”

①鵩鳥賦：按，此賦見於史記、漢書和昭明文選，三本文字略有出入，
文選本最通行。今正文據文選本，而錄史、漢異文之較重要者於註文内，
以備參考。　史記屈原賈生列傳：“賈生爲長沙王太傅，三年，有鵩飛入賈
生舍，止於坐隅。楚人命鵩曰服。賈生既已適（謫）居長沙，長沙卑溼，自
以爲壽不得長，傷悼之，乃爲賦以自廣。”據司馬貞史記索隱引荆州記云：
“巫縣有鳥如雌雞，其雄爲鵩，楚人謂之服。”“服”同“鵩”，即今所謂貓頭
鷹，古人認爲它是不祥的鳥。　西京雜記：“賈誼在長沙，鵩鳥集其承塵。
長沙俗以鵩鳥至人家，主人死。誼作鵩鳥賦，齊生死，等榮辱，以遣憂累
焉。”清何焯也説：“此賦皆原本道家之言，多用老、莊緒論。”（見其所評文
選及所著義門讀書記）是即誼作賦之旨。　②單閼之歲：爾雅釋天：“太歲
在卯曰單閼（音蟬遏）。”裴駰史記集解引徐廣説：“文帝六年，歲在丁卯。”
據清錢大昕十駕齋養新錄及廿二史考異則定丁卯爲文帝七年，他説：
“徐氏不知古有超辰之法，故云六年也。”按，錢説是。因此可見賈誼初出
爲長沙王太傅時，當是文帝五年；及文帝七年，乃作鵩鳥賦，正合爲太傅
三年之數（參閲清朱珔文選集釋）。　③“庚子”二句：上句，“庚子”，是
四月裏的一天；“斜”，史記作“施”，“施”與“斜”同義；“日斜”即落日西斜
之時。下句，“集”，止。“予舍”，我的屋子，指賈誼的居室。　④“止于”
二句：“坐隅”，座位的旁邊；“閑暇”，指鵩鳥從容不迫、毫不驚恐。按，此
賦自開篇至“胡可勝言”句，都是三韻相叶。“暇”與上文的“夏”、“舍”（讀
爲沙去聲）二字叶韻。　⑤“異物”二句：“異物”，猶言“怪物”，指鵩鳥；
“萃”，字應作“崒”，作“止”解（用王念孫説，見讀書雜志）；“私”，暗自。此

言"鵩鳥止於己室,自己心裏暗暗疑怪,怕有什麼緣故"。　　⑥"發書"二句:"發",猶言"打開";"書",指占卜所用的策數之書;"識",讀如懺,預斷吉凶的話;"度",即"數"(用王先慎說‧見王先謙漢書補注引)。此言"打開了策數之書占卜一下,書上的識語就把吉凶的定數指示出來了"。⑦"吉乎"二句:大意是:"如果有吉事,你就告訴我;即使有凶事,你也要把災咎對我說明。""災"古讀爲茲,與上文的"之"字和下文的"期"字叶韻。⑧"淹速"二句:"淹速",李善文選注:"淹',遲也;'速',疾也;謂死生之遲疾也。""度",數。"語"讀去聲,猶今言"告訴"。此言"自己的年壽究竟是長是短,希望鵩鳥把期限指示出來"。　　⑨請對以臆:李善注:"請以臆中之事對也。""臆"猶"胸"。又,"臆",漢書作"意",此言"鵩鳥因口不能言,只好示意以作答"。亦通。　　⑩"斡流"二句:"斡"音沃(古音管),作"轉"解;"斡流"猶言"運轉";"遷"、"推",皆指推移變化;"還",作"回"解,指循環反覆。此連上文大意是:"萬物之運轉推移,循環反覆,永遠在變化發展之中而無所休息。"何焯說:"此下乃暢論吉凶倚伏之理。看他……只爲'吉'、'凶'、'死'、'生'字不能灑脫,故以釋之;所云'爲賦以自廣'也。"　　⑪"形氣"二句:上句,"形",指天地間有形體之物;"氣",指天地間無形體之物;"轉",互相轉化;"續",賡續不斷。下句,"而",與"如"通;"蟺",與"蟬"通,史記索隱引韋昭說:"而,如也,如蟬之蛻化也。"此言"形和氣互相轉化連續,其變化有如蟬之蛻化"。　　⑫"沕穆"二句:"沕"音勿,"沕穆",精微深遠貌。此言"自然之理深微無窮,非言語所能盡"。　　⑬"禍兮"二句:此二句見老子道德經。"倚",因;"伏",藏。言禍福彼此相因,其來無定,往往福因禍生,而禍藏於福。　　⑭"憂喜"二句:"聚門",聚集在一家之門;"域",處所;"同域",同在一處。文選五臣注呂延濟說:"憂喜吉凶,如身影之相隨,故云'聚門'、'同域'。"　　⑮夫差以敗:吳王夫差爲越所敗,事見前國語越語正文。"敗"讀爲蔽,與下文"世"(讀爲戲)字叶韻。　　⑯"斯遊"二句:上句,"斯",李斯;"遊",指遊於秦;"遂成",猶言"達到成功",指身居相位。下句,言李斯在秦二世時被趙高所譖,終於身受五刑而死。事見 史記李斯列傳。"五刑",詳後李斯列傳註釋。　　⑰"傅説"二句:"傅説"見前離騷註釋;"胥靡",漢書顏師古注:"相隨之刑也。"又:"'胥靡',相繫而作役。"荀子楊倞注:"'胥靡',刑徒人也。'胥',相;'靡',繫也。"按,"胥靡"是古代處分犯輕罪者的刑罰。其法蓋用繩索把罪人繫在一起,相隨而行,以服勞役。"武丁",即殷高宗。此言傅説雖身爲刑徒,但終於作了 武丁 的相。按,自"彼吳彊大"句至此句,引古人爲例,申言禍福無常,相因相伏。　　⑱糾纆:"糾",兩股線撚成的繩子;"纆"音墨,三股線撚成的繩子。李善注引應劭説:"禍福相與爲表裏,如繩索相附會('會'作'合'解)。"　　⑲"命不可説"二句:"説",解説;"極",終極,止境。此言"天命是不能用言語解説的,誰能預知它的終極呢?"　　⑳"水激"二句:"旱"與"悍"通,作"猛疾"解;言水受激則流速,箭受激則行遠。按,此指事物在宇宙間運行,各有常度,一遇外力卽起意外變化,是下面"萬物迴薄"二句的比喻。　　㉑"萬物"二句:"迴",反;"薄",逼,迫;"迴薄"猶言"往返不停地激盪";"振"同"震","震盪"猶言"動盪摩切";"轉",轉化。此二句大意是:"萬物彼此激盪而互爲影響,以致引起了種種變化。"文選五臣注李周翰説:"言人因禍之激而至於福,因福之激而至於禍,回薄振盪,相轉無常。"　　㉒"雲蒸"二句:"蒸",因熱而上升;"降",因冷而下降。"糾錯",糾纏錯雜;"紛",紛亂。此以雲雨之自然現象説明事物變化和因果關係的錯綜複雜。按,以上六句申言"命不可説"之理。　　㉓"大鈞"二句:"大鈞",卽造化;"播",作"運轉"、"推動"解。"坱"音昂上聲,或音央;"圠"音機,或音軋;"坱圠",無邊際貌;"垠"音銀,邊際,界限。此言自然之造化推動萬物,使之運行發展,其範圍是廣闊無邊的。　　㉔"天不可"二句:"預",干預。又,史記、漢書"預"皆作"與",則作"參與"解。此二句大意是:"天和道皆高深莫測,只靠人類的思慮謀畫是不能對天和道有所理解的。""謀"古音迷,與下文"時"字叶韻。　　㉕"且夫天地"四句:前二句,"鑪",鎔煉金屬的火鑪;"工",冶匠。後二句,清顏施禎説:"陰陽所以成物,故曰'爲炭';物由陰陽而成,故曰'爲銅'。"(其見所著文選六臣彙註疏解)按,此四句以冶鑄爲喻,以申明下文合散變化之理。何焯説:"'且夫'以下,推而言之,以自廣也。"　㉖"合散"二句:"合",聚;"消",滅,"息",生;"常則",一定的規律。此言萬物或聚或散,或生或滅,本無一定的規律。　㉗"未始"句:"未始",猶言"未嘗";"極",終極。　㉘"忽然"二句:上句,"忽然",猶言"偶然";言生而爲人,不過是偶然意外之事。下句,"控",引持;"摶"音團,撫弄;"控摶",引申有"愛惜貴重"之意。此言生命本無足貴,何必愛惜珍重。　㉙"化爲"二句:"異物",指人死之後身體變質,成爲另一種東西;"患"(讀平聲,與上文"摶"字叶韻),憂慮。此言人死則化爲異物,正是自然之理,不足憂慮。　㉚"小智"二句:顧施禎説:"以下二十句(自"小智"句至"獨與道息"句),分言人之情識不同也。"此言"小智之人眼光短淺,只顧自身利害,以外物爲賤,以己爲貴"。　㉛"達人"二句:"達人",史記作"通人",指通達知命之人;"大觀",指所見遠大;"可",適宜。此二句大意是:"通達之人深知死生禍福之理,對萬物一視同仁,故無所不宜。"　㉜"貪夫"二句:"徇"一作"狥",今通作"殉";漢書顏注引臣瓚説:"以身從物曰徇。""烈士",重義輕生之士。此言貪財之人以身殉財,重義輕生之士以身殉名。　㉝"夸者"二句:"夸者",指好虛名、喜權勢的人;"權",權勢。"品庶",即衆庶(用王先謙説,見漢書補注);"每",史記作"憑",貪。此言夸者爲追求權勢而犧牲性命,一般人民則貪生而惡死。　㉞"怵迫"二句:"怵"同"訹",音戌,作"誘"解。史記集解引孟康説:"'怵',爲利所誘訹也;'迫',迫貧賤,'西東',趨利也。"王念孫説:"孟説是也。管子心術篇:'人之可殺,以其惡死也;其可不利,以其好利也。是以君子不怵乎好,不迫乎惡。'然則'怵迫'者,怵乎利、迫乎害也。'趨西東'者,趨利避害也。"此言"爲利所誘、爲貧所逼的人們,總不免束奔西跑,趨利避害"。　㉟"大人"二句:此與上二句爲對文。"大人",指道德修養極高深之人。李善注:"大人者,與天地合其德。""曲",屈,指爲物欲所屈。"意",史記作"億"。王念孫説:"'意'讀爲億萬年之

‘億’，史記正作‘億’。‘億變’，猶上文言‘千變萬化’也。‘億變齊同’，卽莊子齊物之旨。“齊同”，猶言“等量齊觀”。此二句大意是：“大人不爲外在的物欲所屈，故萬物變化雖多，而在大人看來，卻是等同齊一，並無二致。”　　㊱“愚士”二句：“繫”，牽繫，羈絆；“俗”，指俗累；“窘”，漢書作“僒”，困迫；“囚拘”，猶“拘囚”。此言一般愚士爲俗累所牽絆，一舉一動，都拘束得像個被囚禁的犯人一樣。　　㊲“至人”二句：此與上二句爲對文。“至人”，已見前莊子註釋；“遺”，忘，棄；“物”，外界的事物；“道”，指老、莊一派理想中的大道。此二句大意是：“至人能遺世棄俗而不爲物累，所以獨能與大道同在。”　　㊳“衆人”二句：“惑惑”，王先謙說：“說文：‘惑，亂也。’‘惑惑’，謂惑之甚。”“好”、“惡”皆讀去聲。“億”同“臆”，作“滿”解，“積臆”，猶言“積滿於胸中”（用錢大昕、王念孫說）。此言“衆人惑於世俗之利害，愛憎的情感積滿於胸中”。　　㊴“真人”二句：此與上二句爲對文。李善注引文子：“得天地之道，故謂之真人。”“恬”，安；“漠”，靜；“恬漠”，言淡泊無慾，虛靜不擾；“息”，生，猶言“存在”。此言“真人順乎自然之理而恬淡無爲，所以獨能與大道並存”。　　㊵“釋智”二句：按，以下十六句寫作者理想中作人處世的態度，其實質卽道家順天委運的思想。上句，“釋”、“遺”都作“棄”解；“釋智”，卽道家所謂的“絕聖棄智”；“遺形”，謂忘形。下句，“超然”，指超脫於萬物之外；“喪”讀去聲，亡，失。此二句卽道家所謂“心如死灰，形如槁木”的情況，老、莊一派認爲這是修養最高的境界。　　㊶“寥廓”二句：“寥”，深遠；“廓”，空闊；“忽荒”，同“恍惚”。李善注：“寥廓忽荒，元氣未分之貌。”“與道翱翔”，指人與道合而爲一。此言“人如修養到了極高深的境界；則精神和宇宙可以渾然爲一，無所分別”。　　㊷“乘流”二句：此以木浮於水喻人生，亦道家順天委運之意。“乘”，隨着；“逝”，往，喻人生向前行進；“坻”，見前詩經蒹葭註釋；“止”，停止。意謂人生如木浮於水，隨流則行，遇坻則止，無論行止，完全由自然命運來決定。　　㊸“縱軀”二句：把軀體完全交託給自然命運，不把它看成自己私有的東西而對它有所執著。　　㊹“其生”二句:"浮",作"寄"解。此言活着就好比把自己寄託在世上,死去就好比自己長遠地休息。　㊺"澹乎"二句:上句,"澹",作"安定"解。言人之心情平定,應如無波的深淵那樣寧靜沉寂;意指內心修養應謹慎安定,不怕外在事物的干擾。下句,"泛",作"動"解,言人在生活中應當如一隻不繫之舟,無論怎樣漂浮不定,也應任其自然而不宜有所沾滯。　㊻"不以生故"二句:"自寶",猶言"自貴";"浮",史記作"游"。漢書注引服虔説:"道家養空虛若浮舟也。"意謂人不必因爲活在世上的緣故就過於看重自己的生命,最好還是養其空虛之性,以浮游於人世。　㊼"德人"二句:"德人",有修養的人;"累",憂,猶言"顧慮"。此言"有修養的人是不會多所顧慮的;因爲他能知天命,所以就沒有任何憂愁"。　㊽"細故"二句:"細故",猶言"瑣碎的事故";"蒂芥",即"芥蒂";"疑"讀爲牛,與上文的"憂"字叶韻。明閔齊華文選瀹註:"細故蒂芥,即死生事;因鵬鳥來舍,而蒂芥于胸中也。"此言"禍福死生,實在是小事,故不足以疑惑憂慮"。顧施禎説:"此二句,作賦之本旨。"

(二)　枚乘:七發①

楚太子有疾,而吳客往問之,曰:"伏聞太子玉體不安,亦少閒②乎?"太子曰:"憊,謹謝客。"

客因稱曰:"今時天下安寧,四宇和平;太子方富於年③。意者:久耽安樂,日夜無極;邪氣襲逆④,中若結轖⑤。紛屯澹淡⑥,嘘唏煩酲⑦;惕惕怵怵⑧,卧不得瞑。虛中重聽⑨,惡聞人聲;精神越渫⑩,百病咸生。聰明眩曜⑪,悦怒不平⑫;久執不廢⑬,大命乃傾。太子豈有是乎?"

太子曰:"謹謝客。賴君之力⑭,時時有之,然未至於是也。"

客曰:"今夫貴人之子,必宫居而閨處⑮;內有保母⑯,外有傅父，欲交無所。飲食則溫淳甘膬⑰、腥醲肥厚⑱；衣裳則雜遝曼煖⑲，燀爍熱暑⑳。雖有金石之堅㉑，猶將銷鑠而挺解也，況其在筋骨之間乎哉！故曰：縱耳目之慾㉒，恣支體之安者，傷血脈之和。且夫出輿入輦㉓，命曰蹷痿之機；洞房清宮㉔，命曰寒熱之媒；皓齒蛾眉㉕，命曰伐性之斧；甘脆肥膿㉖，命曰腐腸之藥。今太子膚色靡曼㉗，四支委隨㉘，筋骨挺解，血脈淫濯㉙，手足惰窳㉚；越女侍前㉛，齊姬奉後；往來遊讌，縱恣乎曲房隱閒之中㉜，此甘餐毒藥，戲猛獸之爪牙㉝也。所從來者至深遠㉞，淹滯永久而不廢㉟，雖令扁鵲治內㊱，巫咸治外㊲，尚何及哉！今如太子之病者，獨宜世之君子，博見強識㊳，承閒語事㊴，變度易意㊵，常無離側，以為羽翼㊶。淹沈之樂㊷，浩唐之心㊸，遁佚之志㊹，其奚由至哉！”

太子曰：“諾。病已㊺，請事此言。”

客曰：“今太子之病，可無藥石針刺灸療而已，可以要言妙道說而去也㊻。不欲聞之乎？”

太子曰：“僕㊼願聞之。”

①七發：“七發”之義有二解：一、劉勰說：“……枚乘摛豔，首製七發，腴辭雲構，夸麗風駭。蓋七竅所發，發乎嗜欲，始邪末正，所以戒膏粱之子也。”（文心雕龍雜文篇）二、文選注：“七發者，說七事以起發太子也。”據文選六臣注李善說：“乘事梁孝王，恐孝王反，故作七發以諫之。”此說前人多疑其非。北宋以來，多數學者以為此篇之作，乃諫吳王濞之謀反。清梁章鉅文選旁證引朱綬說：“七發之作，疑在吳王濞時。揚州本楚境，故曰楚太子也。若梁孝王，豈能觀濤曲江哉！”今按，作七發以諫吳王謀反，於史事無徵，姑備一說而已；至於此篇之主旨，以文義考之，疑劉勰之言近是。又，此篇舊題“八首”，實為一篇。文選六臣注李善說：“八首者，第一首是序。中六是所諫，不欲犯其顏；末一首始陳正道以干之。假

立楚太子及吳客,以爲語端。” ②少閒: 疾病稍見痊愈。“閒”讀去聲。
③方富於年: 李善注:“凡人之幼者,將來之歲尚多,故曰‘富’也。”意指太
子正值盛年。 ④襲逆: 猶言“侵犯”。 ⑤中若結轖:“中”,指胸腔內
部;“轖”音色,本指車箱間橫木交錯之處, 此處則爲“塞”之假借字。“結
塞”,鬱結堵塞。 ⑥紛屯澹淡: 李善注:“憒毷煩悶之貌。”按,“憒毷”猶
言“昏憒胡塗”。 ⑦噓唏煩酲:“噓唏”,同“歔欷”,歎息呻吟之聲;飲酒
過多而感不適叫“酲”(音呈),“煩酲”,指內心煩躁,似酒醉未解。 ⑧“惕
惕”二句: 言心神不寧貼,往往驚怖不能入睡。 ⑨虛中重聽:“虛
中”,指五臟衰弱,中氣虛竭,“重聽”,指耳中鳴叫,聽覺很吃力。按, “重
聽”的病象卽由“虛中”而起。 ⑩越渫:“越”,散;“渫”音屑,發;“越渫”
猶言“渙散”。 ⑪聰明眩曜:“聰”,指聽覺;“明”,指視覺;“眩曜”,昏瞀
惑亂貌。 ⑫悅怒不平: 猶言“喜怒失常”。 ⑬“久執”二句:上句,
“久執”,言久久患病;“廢”,去,止;引申而言,“不廢”卽“不愈”之意。下
句,“傾”,隤,壞。此言“病勢已深,而茍此不愈,則生命將要不保”。
⑭“賴君之力”三句:“君”,指人君。 明張鳳翼文選纂注:“言賴我君之力,
使我安樂;如客言者,雖時有之,未至此之甚也。” ⑮宮居而閨處:
“閨”,宮中小門,此處泛指深宮內院。此句猶言“居於宮室,處於深閨”。
⑯“內有保母”三句:“內”,指宮中;“保母”,照管太子生活的婦女;“外”,
指朝廷之上;“傅父”,教育太子的師傅。“欲交無所”,言太子想出外交遊
而無機會。“所”音數上聲,與“處”、“母”、“父”等字叶韻。 ⑰溫淳甘
膬:“溫淳”,指味厚的食物;“膬”同“脆”,“甘脆”, 指甘芳悅口的食物。
⑱腥醲肥厚: 此是錯綜句法,猶言“腥肥醲厚”。“腥”,音呈,肥肉;“醲”音
濃,醇厚濃烈的酒。據清余蕭客文選音義,“厚”讀爲五,與上下文“處”、
“母”、“父”、“所”、“暑”等字叶韻。 ⑲“衣裳”句:“遝”音踏;“襍遝”,衆
多貌;“曼”,輕而細。此言衣服穿得件數很多,而且都是皮毛一類,又輕
又煖。 ⑳燀爍熱暑:“燀(音潛)、爍”都作“熱”解。此言所穿的都是珍
貴的皮衣,容易使人躁熱生病。 ㉑“雖有”二句:“銷鑠”,鎔化;“挺”與

"解"同義(用王念孫説,見讀書雜志餘編),"解"即今言"瓦解"、"解體"之"解","挺解"即"散弛"之意。此承上文,言生活在這種安逸的環境中,飲食衣服又如此考究,即使身體堅如金石,也會銷鑠瓦解。　㉒"縱耳目"三句:"恣",放縱;"支"同"肢";"血脈",泛指身體内部的器官;"和",調和,指機能的正常化。此言耳目四肢過分耽溺於物質的享受,就使得内部器官受到損傷而不調和了。　㉓"且夫出輿"二句:按,此用呂氏春秋本生篇"出則以車,入則以輦,務以自佚,命曰佁蹷之機"語意。上句,言生活過於安逸而缺乏勞動,不論出入,都乘坐車輦,從不步行。下句,"命",名;"佁蹷之機",呂氏春秋重己篇:"多陰則蹷,多陽則痿。"高誘注:"'蹷',逆寒疾也。'痿',躄不能行也。"今按,"蹷"同"蹶",疑即今所謂寒腿;"痿",即因神經麻痹而癱瘓。"機",張鳳翼説:"猶弩機,言觸之即發也。"謂肢體不勞動正是使腿脚招致麻痹癱瘓的機會。　㉔"洞房"二句:上句,"洞房",深邃的房屋;"清宫",清凉的宫室。下句,"寒熱",指感寒或受熱;"媒",媒介。張鳳翼説:"洞房本以自安,而適啓寒熱之患。……'媒'猶媒妁之媒,言引之即合也。"　㉕"皓齒"二句:上句,指女色。下句,"伐性之斧",猶言"戕賊生命的利刃"。　㉖"甘脆"二句:"腝"同"臑","甘脆"、"肥腝"已見前註;"腐"是動詞,爛。　㉗靡曼:猶言"細弱"。　㉘委隨:猶言"麻木不仁"。"委"讀平聲。　㉙淫濯:李善注:"淫濯,謂過度而且大也。爾雅:'淫,過也。'又曰:'濯,大也。'"清胡紹煐文選箋證:"按,'濯'亦大也。爾雅,'淫'、'濯',並'大也'。'淫濯'與上'挺解'、下'惰窳',皆二字同義。周頌有客:'既有淫威。'傳:'淫,大也。'亦其證。"按,胡説是。此句指血液循環急促,血管膨脹硬化。　㉚惰窳:"窳"音愈,與"惰"同義,此句猶言"手足懶散無力"。　㉛"越女"二句:"越女"、"齊姬",指越國和齊國的女子,都是泛稱;舊説以爲"越女"指西施,非是。"奉",與"侍"同義。　㉜"縱恣"句:"縱恣",猶言"放肆";"閒"讀去聲,胡紹煐説:"閒,隙也,亦隔也。荀子王制篇:'無幽閒隱僻之國。''隱閒'猶'幽閒',此謂曲房隱隔之中也。"按,"曲",深曲;"曲房",即上文之"洞房"。"隱閭",猶言"暗室"、"祕室"。　㉝戲猛獸之爪牙:猶言"與猛獸之爪牙爲戲",以喻把自己的生命當兒戲。　㉞"所從來"句:"至",極;"深遠",猶"久遠"。此言身體虧耗,由來已極久遠。　㉟"淹滯"句:"淹滯永久",猶言"長久地耽擱下去";"不廢",已見前註。　㊱扁鵲治内:　扁鵲,先秦時名醫。史記扁鵲倉公列傳:"扁鵲者,勃海郡鄭人也(集解引徐廣説:'鄭當爲鄚。'按,'鄚'即今河北省任丘縣)。姓秦氏,名越人。""治内",指醫治臟腑内的疾病。　㊲巫咸治外:"巫咸",古神巫名。相傳巫咸能禱祝於神而替人祛除疾病。"治外",指從身體外部藉禱神祛病。　㊳博見強識:"識"音義同"志"、"誌",作"記憶"解。此言見聞廣博而記憶力強。　㊴承閒語事:"閒"讀去聲,"承閒"猶言"伺機";"語",談論;"事",指所見所聞之事。　㊵變度易意:"度"、"意",指太子心中的念頭和意志。此言由博見強識的君子用種種道理或事物把太子的心意改變過來。　㊶羽翼:猶言"輔佐之人"。　㊷淹沈之樂:"淹沈",猶言"耽溺"。　㊸浩唐之心:"唐",與"蕩"通;"浩蕩",放肆縱恣貌。　㊹遁佚之志:"遁佚",猶言"怠惰"。　㊺"病已"二句:等我病好了,一定照你的話去做。　㊻"可以"句:"要言",中肯的至理名言;"妙道",妙悟之理;"説"音税,勸誘,説服;"去",指除去疾病。　㊼僕:自謙之稱。〔以上是第一大段,是全篇的序,以引出下文七事。〕

客曰:"龍門之桐①,高百尺而無枝;中鬱結之輪菌②,根扶疏以分離③。上有千仞之峯,下臨百丈之谿;湍流遡波④,又澹淡之。其根半死半生:冬則烈風、漂霰⑤、飛雪之所激也,夏則雷霆、霹靂之所感⑥也;朝則鸝黄、鳱鴠鳴焉⑦,暮則羈雌、迷鳥宿焉⑧。獨鵠晨號乎其上⑨,鵾雞哀鳴翔乎其下⑩。於是背秋涉冬⑪,使琴摯斫斬以爲琴⑫,野繭之絲以爲絃⑬,孤子之鈎以爲隱⑭,九寡之珥以爲約⑮。使師堂操暢⑯,伯子牙爲之歌⑰,歌曰:'麥秀蔪兮雉朝飛⑱,向虛壑兮背槁槐⑲,依絶區兮臨廻溪⑳。'飛鳥聞之,翕翼而不能去㉑; 野獸聞之, 垂耳而不能行; 蚑、蟜㉒、螻、蟻聞之, 抬喙而不能前㉓——此亦天下之至悲也。太子能彊起聽之乎?"

太子曰: "僕病未能也。"

①龍門之桐: "龍門", 山名, 在山西河津縣和陝西韓城縣之間; "桐", 木名, 其材質最宜製琴瑟。　②"中鬱結"句: "鬱結", 積聚; "輪菌", 紋理盤曲貌。此言樹木生長年深日久, 所以樹幹中積聚了很多紋理。③"根扶疏"句: "根扶疏", 指樹根在土中向四外伸展; "分離", 指樹根向外擴散。　④"湍流"二句: "湍流", 急流; "逦波", 逆流之波; "澹淡", 猶言"衝激"、"搖蕩"。　⑤漂霰: "漂"同"飄", "霰"見前楚辭涉江註釋。⑥感: 舊作"觸"解, 疑是"撼"的假借字, 指樹木在夏天被雷霆霹靂所震撼。　⑦"朝則"句: "鸝黃", 鳥名, 卽倉庚; "鴲鴞", 音渴旦, 鳥名。李善注引郭璞方言注: "鳥似雞, 冬無毛, 晝夜鳴。"　⑧"暮則"句: "鵾雌", 失羣的雌鳥; "迷鳥", 迷失方向的鳥。　⑨"獨鵠"句: "獨鵠", 孤獨的黃鵠; "鵠"音谷, 俗名天鵝; "號"讀平聲, 啼。⑩"鵾雞"句: "鵾"音昆, "鵾雞", 鳥名, 黃白色, 長頸赤喙。以上四句寫各種鳥類在桐樹上棲宿鳴叫。按, 古人有一種唯心論的看法, 認爲鳥類經常在這棵樹上悲鳴, 則用此樹的木材製出琴來, 彈奏時也就帶有哀音; 所以此處才有這樣的描寫。⑪背秋涉冬: "背"作"後"解, 引申有"經過"之意; "涉", 亦作"經過"解。此句猶言"經歷了不知多少寒暑"。　⑫"使琴摯"句: "琴摯", 人名, 以其工於鼓琴, 故謂之"琴摯"; 舊說謂卽春秋時魯國的太師(樂官名)摯。"斫斬以爲琴", 把桐木砍下來製成琴。　⑬"野繭"句: 用野蠶繭的絲做琴弦。　⑭"孤子"句: "孤子", 死去父親的孩子; "鉤", 衣帶的鉤; "隱", 琴上的紋飾。李善注引桓譚新論: "琴隱長四十五分, 隱以前長八分。"此言用孤子的帶鉤做爲琴隱。　⑮"九寡"句: "九寡", 生有九個兒子的寡婦。李善注引列女傳: "魯之母師, 九子之寡母也。不幸早失夫, 獨與九子居。""珥", 李善注引蒼頡篇: "珠在耳也。"卽耳環之類的飾物。"約", 一作"的", 五臣本作"玓"(音義同"的"), 琴上圓形的星徽。此言用寡婦的珥

珠做爲琴徽。五臣注張銑説:"取孤子寡婦之寶而用之,欲其多悲聲也。"
按,這也是古人的唯心論的看法。　⑯使師堂操暢:"師堂",古之樂師,
一稱"師襄"("堂"與"襄"古音通),字子京。據韓詩外傳,孔子曾向此人
學琴。"操",奏。"暢",胡紹煐説:"風俗通:'凡琴曲和樂作者,命之曰
暢。''暢'者,言其道暢美也。陳暘樂書曰:'堯之神人暢爲和樂而作。'然
則'暢'爲琴曲名。亦謂之'張',琴賦'田連操張',是也。"此言琴摯把琴
製好,更使師堂奏琴曲。　⑰"伯子牙"句:"伯子牙",卽伯牙,古之善鼓
琴者。　⑱"麥秀"句:"秀",指農作物結穗;"漸"音尖,麥芒;一本作
"薪",非是(用清胡克家文選考異説)。此言當麥子結穗生芒時,雄鳥在
早晨飛過了田野。　⑲"向虛壑"句:"虛壑",猶言"空谷";"背",猶言
"離去";"槁",枯,"槁槐"卽枯槐。此言雄鳥離開枯槐向空谷飛去。
⑳"依絶區"句:"絶",斷;"區",猶言"地帶";"絶區",疑指懸崖、斷岸一類
的地方。"迴溪",曲折的溪流。　㉑"翕翼"句:"翕"音吸,合,斂。此言
飛鳥都收斂了翅膀不能飛去。　㉒蚑、蟜:"蚑"音支,或音祈。説文:
"蚑蚑,蟲行貌。"李善注:"説文曰:'蚑,行也。'凡生類之行皆謂之蚑。"
今按,依李善説,則以"蚑"爲動詞,此處作形容詞用,以爲"蟜"的狀詞。
古今注云:"長蚑,蠨蛸也。身小足長,故謂長蚑。"則"蚑"亦是蟲名。以
下文觀之,"蟜"(説文:"蟜,蟲也。""蟜"音嬌)、"螻"(卽螻蛄,李善注引
方言:"南楚或謂蛄爲螻。")及"蟻",都是蟲名,則此"蚑"字亦應作名詞而
不應作動詞。疑李善注非是。餘詳下註。　㉓"拄喙"句:"拄"音主,
支,撑,張開。五臣注吕延濟説:"蚑、蟜、螻、蟻,皆小蟲名。喙,口也。言
支口而聽也。"按,自"飛鳥聞之"句至此句,皆寫琴歌感染力之强,連鳥、
獸、昆蟲都不能自主了。此與荀子勸學篇"瓠巴鼓瑟而流魚出聽,伯牙鼓
琴而六馬仰秣"語意相類似。〔以上是第二大段,寫吴客以音樂啓發楚太
子。張鳳翼説:"此發之以琴音之賞也。"〕

　　客曰:"犓牛之腴①,菜以筍蒲②;肥狗之和③,冒以山膚④。楚
苗之食⑤,安胡之飰⑥:搏之不解⑦,一噎而散⑧。於是使伊尹煎

熬⑨，易牙調和⑩——熊蹯之臑⑪，勺藥之醬⑫，薄耆之炙⑬，鮮鯉之鱠⑭，秋黃之蘇⑮，白露之茹⑯；蘭英之酒⑰，酌以滌口；山梁之餐⑱，豢豹之胎⑲。小飯大歠⑳，如湯沃雪。此亦天下之至美也，太子能彊起嘗之乎？”

太子曰：“僕病未能也。”

　　①犓牛之腴：“犓”音雛。胡紹煐說：“牛之少者謂之犓，猶鳥之少者謂之雛。”按，“犓牛”，即小牛。“腴”，說文：“腹下肥者。”　　②菜以筍蒲：“蒲”，即蒲菜，多年生草，葉細長而尖，其莖心細嫩可食。此連上文言“用筍和蒲菜做爲配搭的菜蔬，與小牛腹下的肥肉一同烹製”。　　③肥狗之和：“和”，調成菜羹。　　④冒以山膚：“冒”，“芼”之假借字；用菜雜肉爲羹叫“芼”。“山膚”，李善注未詳；明方以智通雅、清張雲璈選學膠言以爲即“石耳”。按，“石耳”是地衣類植物，扁平如葉，圓形，呈灰黑色，面滑潤而背粗糙，中央有紐狀物，附著於岩石，可以採食。此連上文言“用肥狗之肉雜以石耳調成菜羹”。　　⑤楚苗之食：李善注：“楚苗山出禾，可以爲食。”“食”，指主食品。　　⑥安胡之飰：“安胡”一名“雕胡”，即菰米。“飰”同“飯”，與上句的“食”爲互文。　　⑦摶之不解：“摶”，結聚在一處；“解”，散開。五臣注李周翰說：“摶之不解，言黏也。”　　⑧一歠而散：“歠”，用口嘗吸。李周翰說：“一嘗而散，言滑也。”此連上文言“用楚地苗山之禾或用安胡之米做成的飯，米性是非常黏的，結聚在一起再也不散開；可是又非常滑潤，只要用口一吸，米粒就散開了”。　　⑨伊尹煎熬：相傳伊尹以烹飪見長，所以孟子有“伊尹以割烹要湯（以烹調術求進用於湯）”的傳說，呂氏春秋有“伊尹說湯以至味”的記載。“煎熬”，指烹調。　　⑩易牙調和：“易牙”，春秋時人，以能辨明五味得到齊桓公的寵幸。“調和”，指調和五味。　　⑪熊蹯之臑：“臑”即“胹”之異體字（詳見胡克家文選考異）。“熊蹯、胹”，並見前左傳晉靈公不君註釋。　　⑫勺藥之醬：“勺藥”作“調和”解；此指把酸鹹五味調和到一起的醬。據

清沈欽韓漢書疏證,"勺藥"應讀爲酌略。　　⑬薄耆之炙:把獸類脊上的肉切成薄片,加以燒烤。"炙"讀爲乍,是名詞,猶今言"烤肉"。　　⑭鱠:音快,把魚類的肉切成細絲叫"鱠"。　　⑮秋黄之蘇:"蘇",卽紫蘇,藥草名,可以食用。此猶言"在秋天變成黄色的紫蘇草"。　　⑯白露之茹:"茹",菜。此猶言"經過秋天霜露的蔬菜"。　　⑰"蘭英"二句:上句,言漬蘭草於酒,使之芬芳有香氣。下句,"滫"音滴,洗。此二句言酌蘭英之酒而飲,可以把口滫淨。　　⑱山梁之餐:論語鄉黨篇:"山梁雌雉。"此處的"山梁"卽"雌雉"之代稱。　　⑲豢豹之胎:"豢"音宦,養。"豢豹",被人畜養着的豹。此言把未出生的豹胎取出來當菜吃。　　⑳"小飰"二句:上句,"歠"音啜,飲。下句,"湯",沸水;"沃",澆灌。此言不論是小吃或是大飲,都像沸水澆在雪上一般,非常爽快舒暢。〔以上是第三大段,寫吴客以飲食滋味啓發楚太子。張鳳翼説:"此發之以滋味之腴也。"〕

　　客曰:"鍾、岱之牡①,齒至之車②;前似飛鳥③,後類距虛。稱麥服處④,躁中煩外⑤;羈堅轡,附易路⑥。於是伯樂相其前後,王良、造父爲之御⑦,秦缺、樓季爲之右⑧。此兩人者⑨,馬佚能止之⑩,車覆能起之。於是使射千鎰之重⑪,争千里之逐⑫。此亦天下之至駿⑬也。太子能彊起乘之乎?"

　　太子曰:"僕病未能也。"

　　①鍾、岱之牡:"岱"應作"代"。"鍾"、"代"皆地名,屬古趙國,其地以産馬著名。清錢坫説:"'鍾',鍾山,亦曰陰山也。在今榆林府(按,卽陝西榆林縣)城北鄂爾都斯(地名,是内蒙古伊克昭盟之一部,在陝西長城外河套地帶)界黄河北岸。"(見其所著新斠注漢書地理志)"代",縣名,卽今山西代縣。"牡",指雄馬。　　②齒至之車:"齒至",指馬之年齒適中。此言年齒適中的馬駕車。　　③"前似"二句:"飛鳥",應作"飛鳧"(用清林茂春文選補注引齊民要術説),駿馬名;"距虛",千里馬名,見吕氏春秋。此言駕車之馬非常名貴,其形象前部像飛鳧,後部像距虛。　　④"稱麥"

句:"稆"音捉,在稻田中種的麥子叫"稆麥";"服處",謂飼馬使服食草料。
⑤躁中煩外:按,以稆麥飼馬則馬肥,馬肥則易煩躁,亟思奔馳。　　⑥附易路:"附",依附,憑藉;"易路",平坦的道路。此句卽"在平坦的大道上行走"之意。　　⑦"王良"句:"王良",是春秋時晉國最善於駕車的人;"造父",周穆王的御者,據穆天子傳,他曾駕八駿馬載穆王西遊。此句言以王良、造父爲御者。　　⑧"秦缺"句:"秦缺",古之勇士,善疾走;"樓季",見前韓非子五蠧篇註釋。此言以勇捷如秦缺、樓季之人爲車右的侍衛。　　⑨此兩人者:李善注:"兩人;秦缺、樓季也。"　　⑩"馬佚"二句:"佚"同"逸"。此言馬如驚逸,則秦缺、樓季二人可以把馬止住;車如傾覆,則他二人可以把車掀起來。　　⑪射千鎰之重:"射",打賭。此言馬行極速,可以同旁人賭賽,雖千鎰的賭注也能獲勝。　　⑫爭千里之逐:"爭",競賽;"逐",奔跑。此言同旁人競賽,雖千里的長途,也能佔先。⑬至駿:最好的馬。〔以上是第四大段,寫吳客用車馬啓發楚太子。張鳳翼説:"此發之以車馬之快也。"〕

客曰:"既登景夷之臺①,南望荆山②,北望汝海③,左江右湖④,其樂無有⑤。於是使博辯之士,原本山川⑥,極命草木;比物屬事⑦,離辭連類。浮游覽觀,乃下置酒於虞懷之宮⑧,連廊四注⑨;臺城層構⑩,紛紜玄綠;輦道邪交⑪,黃池紆曲⑫。涸章、白鷺⑬,孔雀、鴐鵞⑭;鵷鶵、鵁鶄⑮,翠鬣紫纓⑯。螭龍德牧⑰,邕邕羣鳴⑱;陽魚騰躍⑲,奮翼振鱗。淑澬蒹蒴⑳,蔓草芳苓㉑;女桑、河柳㉒,素葉紫莖㉓。苗松、豫章㉔,條上造天;梧桐、並閭㉕,極望成林。衆芳芬鬱㉖,亂於五風㉗;從容猗靡㉘,消息陽陰㉙。列坐縱酒,蕩樂娛心;景春佐酒㉚,杜連理音㉛。滋味雜陳,肴糅錯該㉜;練色娛目㉝,流聲悦耳。於是乃發激楚之結風㉞,揚鄭、衞之皓樂㉟。使先施、徵舒、陽文、段干、吳娃、閭娵、傅予之徒㊱,雜裾垂臀㊲，目窕心與㊳；揄流波㊴，雜杜若；蒙清塵㊵，被蘭澤㊶：嬿服而御㊷。此亦天下之靡麗、皓侈、廣博之樂也㊸，太子能彊起游乎？”

太子曰：“僕病未能也。”

①景夷之臺：“景夷”，臺名。按，戰國策載楚王登京臺，南望獵山，左江右湖。“京臺”一作“荆臺”，又作“强臺”，在今湖北監利縣北，近人王文濡以爲京臺卽是景夷臺（見其所撰古文辭類纂音注）。　　②荆山：王文濡説：“疑卽獵山，當在湖南華容縣境，若荆山，則在湖北南漳縣西，不得云南望也。”　　③汝海：卽汝水，源出河南嵩縣，東南流入淮河。李善注：“汝稱海，大言之也。”　　④左江右湖：“江”，長江；“湖”，洞庭湖。⑤其樂無有：張鳳翼説：“‘無有’者，言無有過之者。”　　⑥“原本”二句：“極”，盡；“命”，名。五臣注李周翰説：“言使博學辯辭之士，陳説山川之原本，盡名草木之所出。”意謂考訂山川的本原和草木的名稱。　　⑦“比物”二句：“離”同“麗”，猶言“附麗”；“比”、“屬”、“麗”、“連”四字同義，都作“連綴”解，引申有“歸納”、“排列”之意。“物”、“事”、“辭”、“類”四字之義亦相近，指事物的名稱和種類。此二句大意是：“把許多事物的名稱和種類連綴、歸納起來，加以繁徵博引。”　　⑧虞懷之宮：“虞懷”，宮名；據五臣注，“虞”同“娱”，“虞懷”卽是“娱心”之意。　　⑨連廊四注：“注”，連，通；此言宮室前的迴廊四面相連。　　⑩“臺城”二句：上句，城上有臺，名叫“臺城”；“層構”，猶言“一層層修造起來的建築物”。下句，“紛紜”，猶言“繽紛”，盛貌；“玄”，黑色；“綠”，黄綠色。五臣注劉良説：“以玄綠之色飾臺城。”　　⑪輦道邪交：“輦道”，馳行車輦的大道；“邪”通“斜”，“邪交”猶言“縱橫交錯”。　　⑫黄池紆曲：“黄”卽“潢”之省文；“潢池”，圍繞着城牆的積水池（用胡紹煐説），今名護城河。“黄”又作“湟”，或作“隍”。⑬溷章、白鷺：“溷章”和“白鷺”，是兩種鳥名。　　⑭鴨鵠：“鴨”音運，或音昆，鳥名，與雞相類，毛呈黄白色，長頜赤喙。今按，“鴨鵠”二字相連，疑是一種鳥的名字。張衡西京賦：“駕鵝鴻鴨”，是指“駕鵝”（一種鵝的名字）和“鴻鴨”。説文：“鴻，鵠也。”而古人又多以“鴻”、“鵠”連稱，則此處

的"孔雀、鵁鶄"亦應是"孔雀"和"鵁鶄"。　⑮鵁鶄、鳿鶄："鵁鶄"見前莊子秋水篇註釋；"鳿鶄"音交精，鳥名，似鳧，脚高嘴丹，頂有紅毛如冠。⑯翠鬣紫纓："鬣"音獵，頭頂上的毛；"纓"，頸毛。　⑰螭龍德牧：五臣注呂向說："'螭'，雌龍也。鳳背上文曰'牧'，腹下文曰'德'。"胡紹煐說："按，向以螭爲龍，與鳥非類。其云'背上文曰牧、腹下文曰德'，亦有誤。今卽其說而詳證之。中山經：'五采而文，名曰鳳皇，首文曰德。'海內經：'鳳皇首文曰德。'皆其蓺。而'腹文曰牧'，仍無可考。惟釋畜：'黑腹，牧。'言牛之腹文爲牧也。漢書司馬相如傳張揖注：'螭，雌龍也。''螭'爲雌，則'龍'爲雄矣。此借'螭'、'龍'言之，'螭龍'猶云'雌雄'耳。然則'螭龍德牧'，謂鳥雌雄首腹之有文者，如上云'翠鬣紫纓'也。"按，胡說是。"德"指頭上的花紋，"牧"指腹下的花紋。　⑱邕邕羣鳴："邕邕"，羣鳥和鳴的聲音。　⑲陽魚二句：上句，李善注："曾子曰：'鳥、魚皆生於陰，而屬於陽。'""陽魚"卽魚。"騰躍"，猶言"跳躍"。下句，"翼"，疑指魚鰭。此寫魚在水中游走之狀。　⑳淑瀄蓊蓼：李善注："言水清淨之處生蓊、蓼二草也。上林賦曰：'悠遠長懷，寂瀄無聲。''淑'與'寂'音義同也。字書曰：'蓊，豬草也。'毛萇詩傳曰：'蓼，水草也。'"王念孫說："李說非也。'淑瀄蓊蓼'四字皆疊韻，謂'草貌'也。既言'淑瀄'而又言'蓊蓼'者，文重詞複，以形容之；若風賦之'被麗披離'，子虛賦之'罷池陂陀'，上林賦之'崴磈嵔廆'、'傈池茈虒'矣。"今按，朱珔說："注引上林賦'悠遠長懷，寂瀄無聲'，似與水合，故爲此說。'蓊蓼'實字作虛用，亦苦無證。"（見文選集釋）則李、王兩說可以並存。"淑"音寂，"瀄"音聊或了，"蓊"音儔，"蓼"音了。　㉑芳苓：李善注："'苓'古'蓮'字也。"但清儒多以此說爲非是。胡紹煐說："按，漢書揚雄傳：'颺爗爗之芳苓。'顏注：'芳苓，草名。'是苓爲草，非卽蓮也。傅毅七激：'陟景山兮采芳苓。'益證芳苓確是草名。"今按，據清儒考訂，"苓"就是詩經中的卷耳，卽藥草中的蒼耳子。　㉒女桑、河柳："女桑"，卽柔嫩的小桑樹；"河柳"，李善注："爾雅曰：'檉，河柳。'郭璞曰：'今河旁赤莖小楊也。'"按，"檉"音征或撑，落葉亞喬木,高丈餘,夏、秋兩季,皆開紅色小花。　　㉓素葉紫莖:此與上句是錯綜句法,"素葉"指女桑,"紫莖"指河柳。"素",指葉色單純。㉔"苗松"二句:"苗松",苗山的松;"豫章",即樟樹;"條",枝,"造",達到。此言高大的苗松和樟樹,枝條都上達於天。　　㉕"梧桐"二句:"并閭",一作"栟櫚",即棕櫚樹,是熱帶所産的常綠喬木。此言梧桐和棕櫚非常多,遠遠望去,都是一片片的林子。　　㉖衆芳芬鬱:"衆芳",草木的香氣;"芬鬱",指香氣的濃郁。　　㉗亂於五風:"五風"有三説:一、李善注:"異色也。"二、張鳳翼説:"宮、商、角、徵、羽之風也。"意謂五方之風。三、胡紹煐用王引之説,以爲"五風"即"五音"。今按,此句緊承上文,言濃郁的香氣爲"五風"所亂,則"風"似不宜解爲"顔色"或"聲音"。疑張説近是。　　㉘從容猗靡:"從容",指樹木在風中所呈現的從容的姿態;"猗靡",李善注:"林木茂盛,隨風披靡。"指樹木被風吹得披拂搖擺。　　㉙消息陽陰:"消",滅;"息",生;引申而言,"消息"猶言"隱現"。"陽陰",即陰陽,指樹葉的反正兩面。此言樹木被風吹動,葉子的反正兩面,都時隱時現。　　㉚景春佐酒:"景春",戰國時的縱橫家。此言用善於辭令的人來侍宴。　　㉛杜連理音:"杜連",一名田連,古之善鼓琴者。"理",調理;"理音"即調音,猶言"奏樂"。　　㉜肴糅錯該:"糅",雜;"錯",也作"雜"解;"該",備。按,此句的"糅"字疑應與上面的"肴"字相連爲一詞;若因其與"錯"同義而屬下則非是。蓋此與上句應爲對文,上句的"滋味"與此句的"肴糅"正是相偶成文。一切經音義四引通俗文:"肴雜曰糅。"則知"肴糅"二字應相連爲一詞。説文:"味,滋味也。"段注:"滋,言多也。"又,説文:"滋,益也。""益"猶今言"多"。張衡思玄賦:"滋令德於正中兮。"注:"滋,繁也。"則知"滋味"之"滋",實爲"味"字的附加成分,猶言"各種美味";則"肴糅"之"糅"亦當爲"肴"字的附加成分,指各種的肉肴。"肴糅錯該"即謂各種的肉肴錯雜地備列於前。但古人對詞序排列的規律不似後世嚴格,故"滋味"和"肴糅"可以相偶爲文,而不必非把"滋"和"糅"作成對仗不可。　　㉝"練色"二句:"練","流",李善注皆解作

“擇”。按，說文：“練，湅繒也。”段玉裁說：“湅繒汰諸水中，如汰米然，考工記所謂‘湅帛’也。已湅之帛曰‘練’，引申爲‘精簡’之稱。”（說文解字注）故“練”可作“擇”解。“練色”，猶言“經過加工、選擇之後的色彩”，即指美好的色彩。李善注殊未詳盡。又，管子宙合篇：“君失音則風律必流。”荀子彊國篇：“其聲樂不流汙。”禮記樂記“使其聲足樂而不流。”此所謂“流”，皆指爲當時人君所愛好的淫樂而言；則“流聲”猶言“淫邪之聲”。李善注疑非是。　　㉞發激楚之結風：“發”，與下句的“揚”字爲互文，指發出歌聲；“激楚”，史記集解引郭璞說：“歌曲也。”按，楚國民風較強悍，因而樂調也激切昂揚，故稱楚歌曲爲“激楚”。“結風”有二解：一、曲名（漢書顏師古注）；二、歌曲結尾的餘聲（近人高步瀛文選李注義疏卷八據淮南子高誘注及吳汝綸說）。今按，楚辭招魂：“激楚之結，獨秀先些。”此處正與招魂同義，疑後說近是。李善注引文穎說，釋“結風”爲“急風”，非是。　　㉟揚鄭、衛之皓樂：李善注：“許慎曰：‘鄭、衛，新聲所出國也。’”“皓樂”，李善注：“善倡也。”按，“倡”同“唱”，“善倡”指動聽的歌曲。㊱“使先施”句：“先施”至“傅予”，李善注：“皆美女也。”“先施”，即西施。“徵舒”，李善注以爲是夏徵舒之母夏姬。張雲璈選學膠言：“按，徵舒乃夏姬之子，不得即以夏姬爲徵舒。”“陽文”，李善引淮南子許慎注：“楚之好人也。”張雲璈說：“但曰‘好人’，亦未見即是美女。故劉孝標辨命論云：‘陽文之與敦洽。’注：‘陳有惡人曰敦洽。’以好惡爲對耳。”“段干”、“傅予”，李善注：“皆未詳”“吳娃”，張鳳翼說：“吳俗以美女爲娃。”“閭娵”，李善引韋昭漢書注：“梁王魏嬰之美人。”“娵”音鄒。按，張雲璈說：“竊謂此七人中，必是雜舉男女之美者，以侈陳游宴之樂，淳于髡所云‘男女雜坐’是也。注概以爲美女，殊混。”疑近是，可爲李善注之補充。㊲襍裾垂髾：“襍”同“襍”，說文：“襍，五彩相合。”禮記玉藻注：“‘襍’，猶‘飾’也。”“裾”，衣之前後襟。“襍裾”，指美女盛飾其衣裾。“髾”音銷，髮髻後垂，呈燕尾形。此句寫美女的衣飾和髮式。　　㊳目窕心與：“窕”，“挑”之叚借字，“目挑”，用目光挑逗；“心與”，心中暗暗相許。　　㊴“揄流波"二句："揄"，作"引"解。李善注："言引流波以自潔，雜杜若以爲芳。"五臣注張銑説："謂目之光若引水之波；杜若，香草也，其衣之香與此相雜。"疑張説近是。　　⑩蒙清塵：張銑説："望其氣如蒙覆清塵。"按，"蒙"，猶言"承"；"清塵"，指足下之塵，引申爲敬人之辭。"蒙清塵"意謂居人之下風，聽人吩咐而爲人服役。疑張説非是。　　⑪被蘭澤："被"同"披"，披沐之意；"蘭澤"，張銑説："以蘭漬膏者也。"此言女子在頭髮上施以蘭膏。　　⑫嬿服而御：李善注引尚書大傳："古者后夫人，至于房中，釋朝服，襲(穿)嬿服，入御于君也。"張銑説："嬿，好。"按，"嬿"同"燕"，"燕居"猶言"閒居"，"嬿服"即閒居之服，猶今言"便服"。因爲"嬿服"是女子所穿，所以把"燕"字加"女"旁作"嬿"。"御"，猶言"進御"，即入侍。　　⑬"此亦天下"句："靡麗"，淫靡華麗；"皓侈"，"皓"通"浩"，指排場浩大奢侈；"廣博"，猶言"無窮無盡"。〔以上是第五大段，寫吳客以游觀聲色之樂啓發楚太子。張鳳翼説："此發之以游觀聲伎也。"〕

　　客曰："將爲太子馴騏驥之馬①，駕飛軨之輿②，乘牡駿之乘③；右夏服之勁箭④，左烏號之彫弓；游涉乎雲林⑤，周馳乎蘭澤⑥，弭節乎江潯⑦；掩青蘋⑧，游清風⑨；陶陽氣⑩，蕩春心；逐狡獸，集輕禽。於是極犬馬之才⑪，因野獸之足，窮相御之智巧⑫，恐虎豹⑬，懾鷙鳥。逐馬鳴鑣⑭，魚跨麋角⑮；履游麕兔⑯，蹗踐麖鹿⑰；汗流沫墜⑱，冤伏陵窘⑲；無創而死者⑳，固足充後乘矣。此校獵之至壯也㉑。太子能彊起游乎？"

　　太子曰："僕病未能也。"然陽氣見於眉宇之間㉒，侵淫而上㉓，幾滿大宅。

　　客見太子有悦色也，遂推而進之，曰："冥火薄天㉔，兵車雷運㉕；旌旗偃蹇㉖，羽旄蕭紛。馳騁角逐㉗，慕味爭先；徼墨廣博㉘，觀望之有坼。純粹全犧㉙，獻之公門。"

太子曰：“善，願復聞之。”

客曰：“未既㉚。於是榛林深澤㉛，煙雲闇莫，兕虎並作㉜。毅武孔猛㉝，祖裼身薄㉞；白刃磑磑㉟，矛戟交錯。收獲掌功㊱，賞賜金帛；掩蘋肆若㊲，爲牧人席㊳。旨酒嘉肴，羞炰膾炙㊴，以御賓客㊵。涌觴並起㊶，動心驚耳。誠必不悔㊷，決絕以諾；貞信之色㊸，形於金石；高歌陳唱㊹，萬歲無斁。此真太子之所喜也，能彊起而游乎？”

太子曰：“僕甚願從，直恐爲諸大夫累耳。”然而有起色矣。

①馴騏驥之馬：“馴”，指調理馬性，使之馴服；“騏驥”，駿馬。
②駕飛軨之輿：“飛軨”，輕便的獵車。車上有窗，車前有鈴。“軨”音鈴。
③乘牡駿之乘：據王念孫、胡紹煐考證，“牡”是“壯”字之誤。“壯”同“奘”（“奘”音減上聲），與“駿”同義，猶言“壯大”。又，朱琦說：“‘牡’與‘駿’不相稱，作‘壯’是也。……但馬不獨貴其大，當從《廣雅》‘壯，健也’之訓，‘壯’言其健，‘駿’言其迅也。”此句上“乘”字讀平聲，作動詞用；下“乘”字讀去聲，即車。此言乘坐用駿馬駕的車。　　④“右夏服”二句：上句，“夏”，指夏后氏；“服”，“箙”之假借字。李善注引服虔說：“‘服’，盛箭器也。夏后氏之良弓，名‘繁弱’。其矢亦良。”此言“右手拿着盛在夏后氏箭箙中的強勁的箭”。又，近人高步瀛據周禮鄭玄注釋“夏”爲夏季。他說：“《槀人注》曰：‘矢箙，春作秋成。’豈夏箙謂經夏日所曝而名之乎？抑夏日所製乎？”（見其所著文選李注義疏卷八）可備一說。下句，“烏號”，本是柘木之名，以柘木製成的弓，遂亦稱爲“烏號之弓”（用胡紹煐說）。“號”讀平聲。相傳“烏號弓”是黃帝的弓名（詳漢書顏師古注引張揖說及文選李善注）。“彫”，繪飾。此言“左手拿着黃帝用的烏號弓”。　　⑤游涉乎雲林：“雲林”，李善注：“雲夢之林。”按，雲夢是楚國著名的大澤（“澤”，水所匯之地。引申之亦指較低窪的原野），其地在今湖北安陸縣南。本爲二澤，“雲”在江北，“夢”在江南，方八九百里。華容以北，安陸以南，枝江以東，

皆其地。後因人民邑居其地，因併稱之爲"雲夢"。　⑥周馳乎蘭澤："周"，匝；"蘭澤"，指生有蘭草的澤。此言圍繞着蘭澤奔馳。　⑦江潯：江邊。　⑧掩青蘋："掩"，李善注引方言，作"息"解。按，下文有"掩蘋肆若"之語，"掩"作"覆蓋"解，則此處亦應同義。"蘋"應作"蘋"，已見前楚辭湘夫人注。按，"蘋"爲陸生之草，"蘋"即"萍"，爲水生之物，胡紹煐説："蘋非可息之處。"故以作"蘋"爲是。此句疑言展席於青蘋之上而稍事休息。　⑨游清風："游"，一本作"遡"。梁章鉅説："五臣'游'作'遡'。……案，上文'游涉乎雲林'，此句不當又作'游'字。"按，梁説是。"遡"作"向"解，此句猶言"迎着清風"。　⑩"陶陽氣"二句："陶"作"暢"解，猶言"舒展"；"蕩"作"滌"解，猶言"清洗"。"陽氣"與"春心"爲互文，指人在春天的心情。此二句大意是："在春日出外射獵，可以使人心情舒暢，頭腦清新。"　⑪"於是極犬馬"二句："極"，盡；"犬"，指獵犬；"馬"，指駕車的馬。此言在射獵時，使獵犬和駿馬都充分發揮它們的才能，而野獸則被追逐得足力困乏，無處藏躲了。　⑫"窮相御"句："相"，張鳳翼説："謂相馬者。"疑非是。爾雅釋詁："相，道也。""道"同"導"，(論語集解引馬融説："相，導也。")猶今言"嚮導"；此處的"相"疑指射獵時的嚮導人。"御"，駕車者。此言嚮導者和駕車者都竭盡其才智技巧。　⑬"恐虎豹"二句："慴"音摺，畏懼，引申有因畏懼而伏貼之意；"鷙鳥"，兇悍的鳥類。此言"使虎豹感到恐怖，使鷙鳥感到畏懼而伏貼"。　⑭逐馬鳴鑣：李善注："'逐馬'，馳逐之馬；'鳴鑣'，鑾鳴於鑣也。"按，"鑾"即"鸞鈴"；"鑣"馬勒旁的橫鐵。　⑮魚跨麋角："魚跨"，李善注："跨度魚也。"林茂春説："此似謂陣勢遠布也。""麋角"，胡紹煐説："按，'麋角'猶云'角麋'，文特倒言以協韻耳。'角麋'，謂遮截而束縛之也。'角'與'捔'通。廣雅曰：'捔，掎也。'豳風七月：'猗彼女桑。'傳云：'角而束之曰猗(按，"猗"與"捔"通)。'……是'角'、'捔'通矣。'魚'言'跨'，'麋'言'角'，並捕取之名。'角'非頭角，'跨'亦非兩股間跨也。"按，"跨度魚"之語頗費解，清儒如林、胡諸人亦未能詳言其義，只好闕疑。至於"麋角"的解釋，則胡説近是，故録以備考。“拘”與“角”同音。　⑯履游麀兔：“履游”，與下句“蹈踐”同義，皆謂“踐踏”。“麀”音君，獸名，麋屬。　⑰麙鹿：“麙”音京，似鹿而頭生一角。　⑱汗流沫墜：此寫馬奔馳勞苦之狀，汗流於身而口沫下墜。　⑲宛伏陵窘：“宛伏”，指禽獸四下逃匿；“陵窘”，指禽獸被追逐而急迫困窘。　⑳“無創”二句：“創”，創傷，“後乘”，侍從的車輛。此言僅將受驚嚇或被踐踏而死的禽獸置於後車，就足够裝載的了。　㉑“此校獵”句：用木柵遮攔禽獸叫“校”；“校獵”，即指先以木相貫穿爲欄，以遮禽獸，然後獵取。“壯”，雄偉壯觀。　㉒“然陽氣”句：“陽氣”，猶言“喜色”；“眉宇之間”，指眉額之間。　㉓“侵淫”二句：上句，“侵淫”，漸進貌；“上”，呈現，透露。下句，“大宅”指面部。舊説指宇宙，非是余蕭客説：“以眉目口之所居，故爲‘宅’。”朱瑒説：“上文明言‘陽氣見於眉宇之間’，則主面部説爲是。”此言喜悦之色，幾乎充滿了面部。　㉔冥火薄天：“冥”，夜；“冥火”指夜間縱火焚燒原野，以驅禽獸。“薄”，逼近。此言夜間野火的光燄上迫天空。　㉕雷運：言車輛運行，其聲如雷。　㉖“旄旗”二句：上句，“偃蹇”，猶言“夭矯”，雄健貌。下句，“羽”指鳥羽，“旄”指牛尾，皆裝飾旄旗之物；“蕭紛”，整齊而盛多之貌。　㉗“馳騁”二句：上句，“角逐”，猶言“競相追逐”。下句，“味”，指美味。此言捕獲禽獸可以供肴膳，爲了追求美味，故而爭先。　㉘“徼墨”二句：上句，“墨”一作“麚”。李善注：“墨，燒田也。言逐獸於燒田廣博之所。”按，古人爲之捕捉禽獸，往往縱火除地，叫作“燒田”。朱瑒説：“除地焚之則土黑，故爲‘墨’耳。”“徼”，邊界。朱瑒説：“此田獵除地，亦必有界。故下句云‘觀望之有圻’也。”“徼墨”，指燒田的範圍。下句，一本無“觀”字；“圻”同“垠”，音銀，亦作“邊界”解。此二句言“燒田的範圍非常廣博，遠遠望去，只能看到它的邊界”。　㉙“純粹”二句：上句，“純”、“粹”，指禽獸的毛色純一；“全”（今寫作“牷”）、“犧”，都是獸類的專稱。李善注引尚書僞孔傳：“色純曰‘犧’，體完（身體完整）曰‘全’。”下句，“公門”，指諸侯之門。　㉚未既：“既”，盡。此言“話還没有講完”。　㉛“於是榛林”二句：“榛林”，猶言"叢林"；"闇"同"暗"，"莫"一本作"漠"；"暗漠"，不明貌。　　㉜並作："作"本作"起"解，此處引申有"出現"之意；"並作"猶言"並出"。㉝孔猛："孔"，甚，極；"孔猛"猶言"甚猛"。　　㉞祖裼身薄："祖"音坦，"裼"音錫。"坦裼"有二解：一、捲起衣袖叫"祖"，捲起皮衣的袖子叫"裼"；二、裸露着臂膊叫"祖"，整個脱去上衣叫"裼"。此處當指裸露身體。"身"，親身；"薄"，迫近；"身薄"指空手搏取禽獸。　　㉟磑磑：鋭利貌。"磑"音該。　　㊱收獲掌功："掌"，作"主"解，猶今言"掌管"；"掌功"，指記録功勞、成績之事。此言關於收獲之多寡，有專人掌管其成績。　　㊲掩蘋肆若："掩"，覆蓋；"蘋"仍當作"蘋"（用胡紹煐説）；"肆"，陳列；"若"，杜若，此處疑泛指馨香之物。此言就地在蘋草上鋪設席位，並把杜若陳設好。㊳爲牧人席："牧人"，官名，周禮有牧人之職，專管在田野中牧養牲畜。此疑泛指參加射獵的長官。　　㊴羞炰膾炙："羞"，有滋味的食物；"炰"音庖（今通讀去聲），指用火急烹食物；"膾"，生肉；"炙"已見本篇第三大段註。　　㊵以御賓客："御"，供給。　　㊶"涌觴"二句："觴"，五臣本作"觥"，疑近是。此指大家都把酒斟滿了酒觥，一齊站起來歡呼暢飲，所以下句言"動心驚耳"。　　㊷"誠必"二句：上句，"誠"，忠誠；"必"，説一不二；"不悔"，不反悔。下句，"決絶"，猶言"十分肯定"、"堅決"；"以"與"已"通。李善注："言游獵歡宴，忠誠爲之，必不有悔；事之決絶，但以一諾，不俟再三。"王念孫説："'誠必不悔'，以'誠必'二字連讀，非以'必不悔'三字連讀。'誠必'與'決絶'，相對爲文。管子九守篇曰：'用賞者貴誠，用刑者貴必。'呂氏春秋論威篇曰：'又況乎萬乘之國而有所誠必乎？'賈子道術篇曰：'伏義誠必謂之節。'皆其證也。'決絶以諾'，'以'與'已'通；言或已或諾，俱決絶而無猶豫也。（原注：表記：'君子與其有諾責也，寧有已怨。'鄭注曰：'已，謂不許也。'逸周書官人篇曰：'已諾無決。'）李注皆誤。"今按，王説是。此二句大意是："賓客左右，皆忠誠不二，語無反悔；遇事或拒絶或允諾，亦極堅決，毫不猶疑。"　　㊸"貞信"二句："金石"，指樂器（用李善説）。此言大家都通過了音樂體現了忠貞誠信之心。

㊽“高歌”二句：“陳唱”，公開地歌唱出來；“無斁”，無厭。“斁”音譯。此言賓客左右高歌萬歲，久久不厭。〔以上是第六大段，寫吳客以畋獵啓發楚太子。〕

客曰：“將以八月之望①，與諸侯遠方交游兄弟，並往觀濤乎廣陵之曲江②。至則未見濤之形也，徒觀水力之所到，則卹然③足以駭矣。觀其所駕軼④者，所擢拔⑤者，所揚汩⑥者，所温汾⑦者，所滌汔⑧者，雖有心略辭給⑨，固未能縷形其所由然也。怳兮忽兮⑩，聊兮慄兮⑪，混汨汨兮⑫。忽兮慌兮，俶兮儻兮⑬，浩瀇瀁兮⑭，慌曠曠兮⑮。乘意乎南山⑯，通望乎東海；虹洞兮蒼天⑰，極慮乎崖涘。流覽無窮⑱，歸神日母；汩乘流而下降兮⑲，或不知其所止。或紛紜其流折兮⑳，忽繆往而不來；臨朱汜而遠逝兮㉑，中虛煩而益怠；莫離散而發曙兮㉒，內存心而自持。於是澡槩胸中㉓，灑練五藏㉔；澹澈手足㉕，頮濯髮齒㉖。揄弃恬怠㉗，輸寫淟濁㉘；分決狐疑㉙，發皇耳目㉚。當是之時，雖有淹病滯疾㉛，猶將伸傴、起躄、發瞽、披聾而觀望之也。況直眇小煩懣、酲醲病酒之徒哉㉜！故曰：發蒙解惑㉝，不足以言也。”

太子曰：“善，然則濤何氣哉㉞？”

客曰：“不記也。然聞於師曰，似神而非者三㉟：疾雷聞百里㊱；江水逆流㊲，海水上潮；山出內雲㊳，日夜不止。衍溢漂疾㊴，波涌而濤起。其始起也，洪淋淋焉㊵，若白鷺之下翔；其少進也，浩浩澄澄㊶，如素車白馬帷蓋之張；其波涌而雲亂，擾擾焉如三軍之騰裝㊷；其旁作而奔起也㊸，飄飄焉如輕車之勒兵。六駕蛟龍㊹，附從太白；純馳浩蜺㊺，前後絡繹。顒顒卬卬㊻，椐椐彊彊，莘莘將將；壁壘重堅㊼，沓雜似軍行。訇隱匈礚㊽，軋盤涌裔㊾，原不可當㊿。

觀其兩旁，則滂渤怫鬱㉑，闇漠感突㉒；上擊下律㉓，有似勇壯之卒，突怒而無畏㉔。蹈壁衝津㉕，窮曲隨隈，踰岸出追；遇者死，當者壞。初發乎或圍之津涯㉖，荄軫谷分㊲；迴翔青篾㉘，銜枚檀桓㉙。弭節伍子之山㉛，通厲胥母之場；凌赤岸㉖，篲扶桑，橫奔似雷行。誠奮厥武㉒，如振如怒；沌沌渾渾㉓，狀如奔馬。混混庉庉㉔，聲如雷鼓。發怒庢沓㉕，清升踰跇㉖，侯波奮振㉗，合戰於藉藉之口；鳥不及飛，魚不及迴，獸不及走。紛紛翼翼㉘，波涌雲亂；蕩取南山㉙，背擊北岸；覆虧邱陵㉐，平夷西畔。險險戲戲㉑，崩壞陂池㉒；決勝乃罷㉓。瀄汩潺湲㉔，披揚流灑㉕，橫暴之極；魚鱉失勢，顚倒偃側㉖。沈沈湲湲㉗，蒲伏連延㉘；神物怪疑，不可勝言。直使人踣㉙焉，洄闇悽愴焉㊿。此天下怪異詭觀也，太子能彊起觀之乎？"

太子曰："僕病未能也。"

①望：夏曆每月十五日。　②廣陵之曲江："廣陵"，李善注："漢書：'廣陵國，屬吳也。'"未言其地所在。或以爲廣陵卽浙江錢塘，而以曲江爲錢塘江，疑非是。清汪中作廣陵曲江證（見述學），以廣陵爲揚州（今江蘇揚州市），謂曲江卽在揚州城外。今按，汪氏考證極精確可信，以文過繁不錄。梁章鉅文選旁證引俞思謙說："……徐堅初學記云：'七發"觀濤於廣陵之曲江"，今揚州也。……'李頎詩云：'揚州郭裏見潮生。'李紳入揚州郭詩序云：'潮水舊通揚州郭內，大歷以後，潮信不通矣。'蔡寬夫詩話云：'潤州大江，本與今揚子橋爲對，瓜州乃江中一洲耳。故潮水悉通揚州城中。今瓜州與揚子橋相連，距江三十里，不但潮水不至揚州，亦不至揚子橋矣。'據此諸說，則唐以前，廣陵自有曲江，當在今瓜州之北，而曲江自有其濤。唐以後漸爲沙所漲没，江之不存，濤於何有！……但曲江漲没，雖在唐時，而江潮之漸小，則自南北朝已然。故酈道元注水經，以枚

乘所言繫諸漸江篇內,而岷江條下,語不及濤;蓋據當時所聞,偶未深考耳。後人泥於酈注,遂以廣陵之濤,移於錢塘,國初毛氏奇齡、朱氏彝尊、閻氏若璩皆然。蓋亦未思及川流改易,今古殊觀也。……”則亦同意汪氏之說而提出佐證,謹錄以備考。　　⑧卹然:驚恐貌。　　④駕軼:猶言“超越”。　　⑤擢拔:高聳突起。　　⑥揚汩:鼓動,激盪。“汩”音谷。⑦溫汾:結聚到一處。　　⑧滌汔:沖刷。“汔”音乞。按,自“所駕軼者”句至“所滌汔者”句,皆指江濤的種種動態。　　⑨“雖有心略”二句:上句,“心略”,指心中略有印象;“辭給”,指稍能用言辭陳述。下句,“繢形”,詳盡細膩地描述;“所由然”,猶言“自始至終”。此連上文大意是:“對於江濤的種種形象,雖然心中略有印象,可以用言辭稍加陳述,但總不能自始至終詳盡細緻地形容出來。”　　⑩悅兮忽兮:“悅忽”,同“恍惚”,指江濤浩蕩無際,望不真切。下文的“忽兮慌兮”與此同義,“慌”亦同“恍”。⑪聊兮慄兮:使人驚懼戰慄。　　⑫混汩汩兮:“混”讀爲滾,指許多潮頭合到一處;“汩汩”,波浪聲。　　⑬俶兮儻兮:“俶儻”,音惕倘,卓異貌。⑭浩瀁瀁兮:“浩”,大,此處作副詞用,是形容“瀁瀁”的狀詞;“瀁瀁”,音晃養,水深廣貌。　　⑮慌曠曠兮:“慌”作“昏”解,指江濤茫洋一片,此處作副詞用,是形容“曠曠”的狀詞;“曠曠”,廣大無邊貌。　　⑯“秉意”二句:按,此句至下文“內存心而自持”句,兼寫觀濤者的心理變化。上句,“秉”作“執”解,“執意”猶言“集中注意力”。“南山”,指江濤發源之地。此言觀濤者注視潮水發源之所,以觀江潮之來。下句,“通”,徹;“通望”,猶言“一直望到”;“東海”,指江濤所往之地。此言觀濤者目送江潮,直望到東海。　　⑰“虹洞”二句:上句,“虹”,是“澒”的假借字;“澒洞”(讀爲紅洞的上聲),混然一片,上下相連之貌。此言江濤洶湧,與天相連。下句,“極慮”,本指竭盡智慮,此處則指觀濤者極目遠望,欲窮江潮之所止;“崖涘”,猶言“邊際”。　　⑱“流覽”二句:“日母”,即太陽。李善注:“春秋內事云:‘日者,陽德之母。’”此言觀濤者目隨江潮而流覽無窮,最後把精神彙集到東方日出之處。潮頭是自西向東流的,所以把注意力集中到東方。

⑲"汩乘流"二句:上句,"汩"從"日",音聿,迅疾貌;"乘流而下降",指潮頭隨着江流直向下游行去。下句,言不知潮頭止於何處。　　⑳"或紛紜"二句:上句,李善注:"言衆浪紛紜,其流曲折。"下句,"繆"音鳩,作"纏結"解;"往",水向上游逆行;"來",順流而下。此言潮水忽然糾纏錯雜起來,向上逆流而不見其返回。㉑"臨朱汜"二句:上句,"朱汜",或謂是地名(李善注),或謂是"南方水涯"(五臣注劉良説)。可兩存其説。下句,言觀濤之人見江濤已逝,內心不免感到空虛煩躁而有些倦怠。　　㉒"莫離散"二句:上句,"莫"應讀爲日暮之"暮"(用姚鼐、梁章鉅、胡紹煐説,姚説見古文辭類纂)。姚鼐説:"'暮離散'者,晚潮去也;'發曙'者,早潮來也。"下句,"內",內心;"存心而自持",指觀濤者對江濤的印象極深,念念不忘。㉓"於是澡檗"句:"澡",浸洗;"檗"同"漑",亦"洗滌"之意。此言人們看了江潮,則胸中如同經過浸洗一般。按,自此句至"發皇耳目"句,寫人們看了江濤的澎湃壯觀,可使自己的精神改觀,耳目一新。　　㉔灑練五藏:"灑"同"洒",即古"洗"字;"練",汰;"藏"同"臟"。此言人們看了江濤,則五臟都仿佛經過一番洗汰。　　㉕澹澉手足:"澹澉"音淡罕,亦作"洗滌"解。㉖頮濯髮齒:"頮"音慧,本指洗臉,此處泛指洗滌;"濯",洗。㉗揄弃恬怠:"揄","擠"、"陊"(音義同"墮")之假借字,作"棄"解(用清呂錦文説,見其所著文選古字通補訓)。"恬怠",猶言"懶散"。此言觀濤之後,可以使人拋棄懶散而思振作。　　㉘輸寫淲濁:"寫"同"瀉","輸寫",猶言"排除";"淲"音忝,"淲濁",指身體中的污垢之物。此言觀濤之後,可以使人把身體中的污垢之物排除出去。　　㉙分決狐疑:"分",判明;"決",決定。此言心中本有猶豫不安之事,觀濤之後,可以使人堅強果斷,判明是非,決定取捨。　　㉚發皇耳目:"皇",明。此言觀濤之後,可使耳目受到啓發而聽聰視明。　　㉛"雖有"二句:上句,"淹病"和"滯疾"同義,指纏綿日久的疾病。下句,"伸傴",傴僂之人可以伸直了身軀;"起躄",跛足之人可以站起來行走;"發"、"披"皆作"開"解;"發瞽",使盲人静開眼睛;"披聾",使聾子聽得見聲音。此二句大意是:"雖久病之人,即

使他背已僂、足已跛、目已盲、耳已聾，也會力圖恢復正常，去觀望江濤的。" 　　㉜"況直"句："況直"，猶言"何況不過是"；"眇小"，指小病；"煩懣"，心中煩悶；"醒醲病酒"，已見前註。此承上二句言，意謂"何況僅有小病之人，更會因此振作而前往觀看了"。 　　㉝"發蒙"二句：此二語見黃帝內經素問，原文作"發蒙解惑，未足以論也"。上句，"蒙"，不明；"發蒙解惑"，猶言"使頭腦清醒"。下句，"不足以言"，猶言"不算什麼"。此指觀濤可以使人頭腦清醒，原是非常容易的事。 　　㉞"然則濤"句："氣"，指氣象。 　　㉟"似神"句：此言江濤有三種特點，看去若有神助，其實並非神力所致。所謂"三"，據李善注，即指下文五句所言。 　　㊱疾雷聞百里：李善注："言聲似疾雷而聞百里，一也。""疾雷"，指驟然而發的響雷。 　　㊲"江水"二句：李善注："言能令二水逆流上潮，二也。""上潮"，指潮頭逆行而上揚。 　　㊳"山出內雲"二句：李善注："山內雲而日夜不止，三也。"按，"內"同"納"，"出納"猶言"吞吐"。此言雲氣從山口出入，日夜不止。 　　㊴"衍溢"二句：五臣注呂向說："'衍溢'，平滿貌；'漂疾'，急流貌；然後波涌而濤起。" 　　㊵洪淋淋焉："洪"，指浩蕩的潮水；"淋淋"，說文："山下水貌。"此處則指潮頭掀騰在半空，然後從空中灑落下來的樣子。 　　㊶"浩浩"二句：上句，"浩浩"，深廣之貌；"澄澄"，高白之貌。"澄"音夷，或音哀。下句，"帷"，車幰；"蓋"，車蓋；"張"，陳設，張開。此言江濤如白色的車馬，上面還高張着帷蓋。 　　㊷騰裝：言軍隊裝備整齊，奔騰前進。 　　㊸"其旁作"二句：上句，"旁作"，指潮頭橫出；"奔起"，指潮頭上揚。下句，"勒"，部署，控制；"勒兵"，猶言"指揮隊伍"。此言江濤旁出或上揚，如主帥在輕便的戰車上指揮士卒一樣。 　　㊹"六駕"二句：上句，言江濤之來，勢如六龍駕車。下句，"太白"有二解：一、即河伯(李善注引許慎說)，言六匹駕車的蛟龍從屬於河伯而受其指揮；二、指帥旗(張鳳翼說)，言蛟龍駕車視帥旗所指之方向為轉移。皆可通。 　　㊺"純馳"二句：上句，胡紹煐說："按，'純'讀如'屯'，……'屯'、'純'古通。'屯馳'謂或屯或馳，猶下言'先後'耳。'蜺'，高也。本書西京賦：'直堉蜺以高居。'魯靈光殿賦：‘白鹿子蜺於欂櫨。’並以‘蜺’爲‘高’。‘浩蜺’平列字，並高大之貌。言濤之屯馳高大也。”按，此言江濤高大，或屯駐不行，或急馳不止。下句，“絡繹”，連續不斷貌。此言江濤連續不斷，或前或後。　⑯“顒顒”三句：第一句，李善注：“顒顒卬卬，波高貌也。”“顒”音容，“卬”音昂。第二句，“椐椐彊彊”，呂錦文説：“此形容濤旁作而起。上‘顒顒卬卬’，言波浪之高；此‘椐椐彊彊’，言波浪之橫恣也。”“椐”音居。第三句，五臣注李周翰説：“莘莘將將，相激貌。”　⑰“壁壘”二句：上句，言江濤如軍營之壁壘，重疊而堅固。下句，“沓雜”，五臣本作“雜沓”，衆盛貌。“如軍行”，言彷彿軍隊的行列。　⑱匋隱匋磕：按，此四字都是形容江濤衝擊怒吼的象聲詞，五臣注劉良説：“匋隱匋磕，皆大聲也。”“匋”音轟，“磕”一作“濫”，音開去聲。　⑲軋盤涌裔：劉良説：“皆沸騰也。”按，劉説是。“軋”，指波濤互相撞擠；“盤”，即“盤礴”，大貌，指江濤的氣勢浩大；“涌裔”，濤行貌。四字連用，即形容波濤翻滾沸騰之狀。　⑳原不可當：“原”作“本”解；“當”，抵禦。此句猶言“實不可當”。　㉑滂渤佛鬱：五臣注張銑説：“怒激貌。”按，“滂渤”和“佛鬱”詞義相近，“滂渤”指水勢受阻而有所鬱結，“佛鬱”指人的内心有所鬱結；此處連用，則專指水勢。　㉒闛漠感突：“闛漠”已見前註，此處疑指江濤茫洋一片的形狀；“感”，作“觸”解(清許巽行説，見其所著文選筆記)。今按，“感”疑與“撼”通，“感突”猶言“左衝右突”。　㉓上擊下律：“律”應作“硉”(與“律”同音)，從高處推石而下叫“硉”。此言潮頭上升，如被物所擊，而從半空投落時則如推石而下。意指勢猛而聲音巨大。　㉔突怒而無畏：此連上句言：“江濤如勇壯的士卒，奔突發怒而無所畏懼。”　㉕“蹈壁”三句：第一句，“蹈壁”，言江濤拍打岸壁；“衝津”，言江濤衝擊渡口。第二句，“窮”、“隨”，有“無所不到”之意；“曲”、“隈”，皆指江灣曲折之處。此言凡江灣深曲之處，波濤無所不至。第三句，“踰”，越過；“出”，超出；“追”，古“堆”字，此指江中沙堆。此言潮頭之高，能越過江岸，超出沙堆。　㉖“初發”句：李善注本此句在“津”字斷句，以“涯”字連下文，而無“兮”字。梁章鉅、胡紹煐皆主張這種讀法。“<u>或圍</u>”，<u>李善注</u>：“蓋地名也。”胡紹煐說：
“‘<u>或圍</u>’，地名，今無所考。‘或’蓋古文‘域’。‘域’、‘圍’二字義貫，詩
‘九圍’，即九域也。疑此與下‘藉藉之口’，皆屬寓言，非實有地理可考
也。”按，胡說近是。謹錄以備考。　　　⑤蓯軫谷分：此句有兩種解釋：一、
如上句的“涯”字屬此句而無“蓯”字，則應作“涯軫谷分”。<u>李善注</u>：“言涯
如轉而谷似裂也。……許慎淮南子注曰：‘軫，轉也。’”二、如“涯”字屬上
句而此句有“蓯”字，則應作“蓯軫谷分”。“蓯”，“陜”之假借字，作“隴”解
（用<u>五臣注李周翰</u>說，參用<u>朱珔</u>說）；“軫”，隱。<u>李周翰</u>說：“如山隴之相
隱，川谷之區分也。”按，兩說皆可通，言江濤所到，高山深谷都改變了樣
子。　　　⑤迴翔青篾：“迴翔”，猶言“迴旋”；<u>李善注</u>：“青篾、檀桓，蓋並地
名也。”胡紹煐說：“按，此言濤之初發，如車之回翔，馬之檀桓。‘青篾’，
車名。宋書明帝紀：‘太妃乘青篾車。’篾，覆笭也。秦風小戎傳：‘幭，覆式
（軾）也。’以青爲篾謂之青篾，以素爲篾謂之素篾，禮記曲禮‘素篾’是也。
‘篾’、‘幭’、‘蔑’三字並同。”按，胡說是。“篾”即覆蓋在車欄上的帷幔之
類。　　　⑤衡枚檀桓：“衡枚”，本指馬疾走時口中銜着枚，此以喻江濤之
突然無聲（參用<u>張鳳翼</u>說）。“檀桓”，胡紹煐說：“猶‘盤桓’，回旋之貌。字
亦作‘澶湲’。”餘見上註。　　　⑥“弭節”二句：“弭節”見<u>離騷</u>註；“通厲”，
指遠行。“<u>伍子之山</u>”，因<u>伍子胥</u>而得名的山；“<u>胥母之場</u>”，祭祀<u>伍子胥</u>的
祠廟。按，今<u>浙江杭縣</u>有<u>吳山</u>，亦稱<u>胥山</u>；而<u>江蘇吳縣</u>西南又有<u>胥母山</u>。
前人因此二地名，乃疑前文“<u>廣陵之曲江</u>”爲<u>浙江省</u>之<u>錢塘江</u>。<u>汪中</u>作<u>廣
陵曲江證</u>，首先證明<u>吳王</u>投<u>伍子胥</u>於江，是投於<u>吳</u>境的<u>松江</u>而非<u>越</u>境的
<u>浙江</u>，故此處的“<u>伍子之山</u>”和“<u>胥母之場</u>”顯與<u>浙江</u>無涉，不得引以爲據。
其次，他又說：“<u>論衡書虛篇</u>：‘<u>吳王</u>殺<u>子胥</u>，投之江。<u>子胥</u>恚恨，驅水爲
濤，以溺殺人。今時<u>會稽丹徒大江</u>、<u>錢塘浙江</u>，皆立<u>子胥</u>之廟，蓋欲慰其
恨心，止其怒濤也。’二江並祭<u>子胥</u>，乃在<u>東漢</u>之世。<u>水經淮水篇</u>注引<u>應
劭風俗記</u>：‘<u>江都縣</u>有<u>江水祠</u>，俗謂之<u>伍相廟</u>，<u>子胥</u>但配食耳。歲三祭，
與五岳同。’<u>子胥</u>之配食大江，是惟命祀。”據<u>汪</u>說，則凡有江濤之處，就可

能有紀念伍子胥的祠廟古蹟，或者以子胥之名做爲山川之名。因而此二句所言之地，似不宜確指在何處。又，梁章鉅文選旁證引俞思謙説："……伍子之山、胥母之場，皆在今蘇州境内。文人興到，推廣言之，不必泥（拘泥）也。"亦屬近情之論，故錄以備考。此二句大意是："潮頭走到伍子之山稍稍停頓，然後再遠行至胥母之場。"　　㊱"淩赤岸"二句：上句，"淩"，侵逼；"赤岸"，地名，舊説言在廣陵附近，清儒多從之，而李善則謂："此文勢似在遠方，非廣陵也。"以下句"扶桑"之名比較而觀，李注實近是。下句，"篲"音歲，本是竹製的掃帚，此處則是動詞，作"掃"解（用張鳳翼、王念孫説）。"扶桑"，已見前離騷註釋。此言江濤勢大，侵逼赤岸而東行，直可掃及扶桑。　　㊲"誠奮"二句："誠"，關聯詞，猶言"確實是"、"果真是"；"奮"，發揚；"武"，威勢；"振"同"震"，猶言"威"。此言江濤確實是發揚了它的威力，既如示威，又如發怒。　　㊳沌沌渾渾：波濤相追逐之貌。　　㊴混混庉庉：李善注："波浪之聲也。""混"音滾，"庉"音臺。㊵發怒室沓："室"，"窒"字之正寫（説見清杜宗玉著文選通假字會），作"礙"解；"沓"，李善注引埤蒼："釜沸出也。"即沸水從釜中溢出之意。此言江濤始如發怒，一遇阻礙，就從旁湧溢而出。　　㊶清升踰跇："清"，指濤勢漸緩，水現澄清；"升"，升起；"踰跇"，跳躍着越過，"跇"音曳。李善注："言初發怒礙止而涌沸，少選之頃（猶今言"過一會兒"），清者上升，遞相踰跇也。"　　㊷"侯波"二句：上句，"侯波"，即陽侯之波，猶言"大波"，詳見前哀郢註釋。下句，"合戰"，會戰；"藉藉之口"，李善注："蓋地名也。"按，"藉藉之口"本指衆口紛紜，對事物作不負責的批評指摘，"口"是"口舌"之意；此處則借"口"爲"港口"，故胡紹煐以爲此是寓言，並非實有其地。此二句言波濤相鬥於名叫藉藉的港口。　　㊸紛紛翼翼：五臣注張銑説："交錯貌。"　　㊹蕩取南山："蕩"，沖激；"取"同"趣"，即"趣"。此言江濤沖激奔趣，及於南山。　　㊺"覆虧"二句：上句，"覆"，傾覆；"虧"，虧蝕。此言江濤可使丘陵傾覆、虧蝕。下句，"平夷"，猶言"滿溢"；"畔"，猶"岸"。此言潮水滿溢，與西岸相平。　　㊻險險戲戲："戲"同"巇"，音義；"險巇"，傾側危險之貌。　　⑫崩壞陂池："陂"讀爲坡，"池"是"陁"的假借字(今通作"陀")，"陂陁"，即斜坡。此言水勢極大，把坡形的江岸都沖得崩壞了。　　⑬決勝乃罷：張鳳翼說："'勝'者，謂莫能禦之也。""罷"同"疲"。此指江濤終於取得勝利，才逐漸衰歇。　　⑭瀄汩潺湲："瀄"音則，"汩"音聿，"瀄汩"，波濤相擊之貌；"潺湲"，水流貌。　　⑮披揚流灑：水花紛紛四濺之狀。　　⑯顛倒偃側：頭部朝下叫"顛"，仰而臥倒叫"偃"。此句言魚鼈在水中東倒西歪。　　⑰沈沈湲湲：李善注："魚鼈顛倒之貌。""沈"音尤。　　⑱蒲伏連延："蒲伏"，即"匍匐"；"連延"，延續貌。此言魚鼈在水中起伏不停。　　⑲踣：音迫，或音剖去聲。向前跌倒叫"踣"。　　⑳"洞闔"句："洞闔"，驚駭失智貌(用王文濡說)；"悽愴"，指心境悲涼。按，此寫感情不能控制，故既驚且悲。〔以上是第七大段，寫吳客以觀濤之樂啓發楚太子。〕

客曰："將爲太子奏方術之士①有資略②者，若莊周、魏牟、楊朱③、墨翟、便蜎④、詹何⑤之倫，使之論天下之精微，理萬物之是非；孔、老覽觀⑥，孟子持籌而算之⑦，萬不失一。此亦天下要言妙道也，太子豈欲聞之乎？"

於是太子據几而起，曰⑧：渙乎若一聽聖人辯士之言⑨，澀然汗出⑩，霍然病已⑪。

①奏方術之士："奏"，進；"方術"，猶言"道術"。　　②資略："資"，資望，材量；"略"，智謀。　　③楊朱：戰國時思想家，倡"爲我"之說，與墨翟"兼愛"之說相對立。　　④便蜎：林茂春說："即史記之環淵，學黃、老道德之術，著上下篇者。"按，"環淵"見史記孟子荀卿列傳。又，漢書藝文志："蜎子十三篇。名淵，楚人，老子弟子。"呂氏春秋高誘注，謂其與楚之白公同時。"蜎淵"一作"蜎蠉"，又作"娟嬛"。"蜎"音娟。　　⑤詹何：與魏牟(已見前莊子秋水註釋)同時的思想家。呂氏春秋高誘注："詹子，古得道者也。"淮南子又以其與蜎蠉並稱。　　⑥孔、老覽觀：此言使孔子、

老子陳其學説而供太子覽觀。　⑦"孟子"二句：一本無"持"、"而算"三字。此言使孟子爲太子籌畫一切，則萬不失一。張鳳翼説："言又折衷於孔子、老子及孟子也。"　⑧曰：近人吳闓生説："此'曰'字當是衍文，刪去之，文乃可讀。"（見古文辭類纂音注引）按，吳説是。　⑨"渙乎"句："渙"，清醒貌。此言"太子精神渙然清醒，彷彿已聽到聖人辯士之言"。⑩涊然汗出："涊"音輦，"涊然"，汗出貌。　⑪霍然病已：胡紹煐説："霍，解散之貌。"〔以上是第八大段，寫吳客以聖人辯士之要言妙道啓發太子，太子竟霍然而愈；是全篇之結束。〕

（三）　司馬相如：子虛賦①

楚使子虛使於齊，王悉發車騎，與使者出畋②。畋罷，子虛過奼③烏有先生，亡是公存焉④。坐定，烏有先生問曰："今日畋樂乎？"

子虛曰："樂。"

"獲多乎？"

曰："少。"

"然則何樂？"

對曰："僕樂齊王之欲夸⑤僕以車騎之衆，而僕對以雲夢之事也。"

曰："可得聞乎？"

子虛曰："可。王車駕千乘，選徒萬騎，畋於海濱。列卒滿澤，罘網彌山⑥。掩菟轔鹿⑦，射麋脚麟⑧。鶩於鹽浦⑨，割鮮染輪⑩。射中獲多，矜而自功。顧謂僕曰：'楚亦有平原廣澤、遊獵之地、饒樂若此者乎？楚王之獵，孰與寡人乎？'

"僕下車對曰：'臣，楚國之鄙人也，幸得宿衛⑪十有餘年。時

從出遊，遊於後園，覽於有無⑫，然猶未能徧覩也；又焉足以言其外澤乎？'

"齊王曰：'雖然，略以子之所聞見而言之。'

"僕對曰：'唯唯'。

"'臣聞楚有七澤，嘗見其一，未覩其餘也。臣之所見，蓋特其小小者耳，名曰雲夢。雲夢者，方九百里，其中有山焉。其山則盤紆岪鬱⑬，隆崇嵂崒⑭；岑崟參差⑮，日月蔽虧⑯。交錯糾紛，上干青雲⑰；罷池陂陁⑱，下屬江河⑲。其土則丹青赭堊⑳，雌黃白坿，錫碧金銀；衆色炫耀，照爛龍鱗㉑。其石則赤玉玫瑰㉒，琳瑉昆吾；瑊玏玄厲㉓，碝石碔砆㉔。其東則有蕙圃：衡蘭芷若㉕，芎藭菖蒲㉖；江蘺蘼蕪㉗，諸柘巴苴㉘。其南則有平原廣澤：登降陁靡㉙，案衍壇曼㉚；緣以大江，限以巫山㉛。其高燥則生葴菥苞荔㉜，薛莎青薠；其埤溼則生藏莨蒹葭㉝，東蘠彫胡㉞，蓮藕觚盧㉟，菴閭軒于㊱。衆物居之㊲，不可勝圖。其西則有湧泉清池，激水推移：外發芙蓉蔆華㊳，内隱鉅石白沙；其中則有神龜蛟鼉，瑇瑁鼈黿㊴。其北則有陰林：其樹楩枏豫章，桂椒木蘭，檗離朱楊㊵，樝梨梬栗㊶，橘柚芬芳；其上則有鵷鶵孔鸞㊷，騰遠射干㊸；其下則有白虎玄豹㊹，蟃蜒貙犴㊺。

"'於是乎乃使剸諸之倫㊻，手格此獸㊼。楚王乃駕馴駁之駟㊽，乘彫玉之輿；靡魚須之橈旃㊾，曳明月之珠旗；建干將之雄戟㊿，左烏號之雕弓，右夏服之勁箭。陽子驂乘(51)，孅阿爲御；案節未舒(52)，即陵狡獸。蹵蛩蛩(53)，轔距虛；軼野馬(54)轊騊駼；乘遺風(55)，射游騏。儵眒倩浰(56)，雷動猋至(57)，星流霆擊；弓不虛發，中必決眦(58)；洞胸達掖(59)，絶乎心繫(60)。獲若雨獸(61)，揜草蔽地。於是楚王乃弭節徘徊，翺翔容與；覽乎<u>陰林</u>，觀壯士之暴怒，與猛獸之恐懼；徼㺜受詘⑫，殫視衆物之變態⑱。

　　"'於是<u>鄭女</u>曼姬⑭，被阿緆⑮，揄紵縞；雜纖羅⑯，垂霧縠；襞積褰縐⑰，紆徐委曲⑱，鬱橈谿谷。紛紛排排⑲，揚袘戌削⑳，蜚襳垂髾㉑。扶輿猗靡㉒，翁呷萃蔡；下靡蘭蕙㉓，上拂羽蓋；錯翡翠之葳蕤㉔，繆繞玉綏㉕。眇眇忽忽㉖，若神仙之髣髴。

　　"'於是乃相與獠㉗於<u>蕙圃</u>：媻姍勃窣㉘，上乎<u>金隄</u>㉙；揄翡翠㉚，射鵕鸃；微矰出㉛，孅繳施。弋白鵠㉜，連駕鵝；雙鶬下㉝，玄鶴加。怠而後發㉞，游於清池。浮文鷁㉟，揚旌枻；張翠帷，建羽蓋；罔瑇瑁㊱，鈎紫貝；摐金鼓㊲，吹鳴籟；榜人歌㊳，聲流喝；水蟲駭㊴，波鴻沸；涌泉起㊵，奔揚會。礧石相擊㊶，硍硍磕磕；若雷霆之聲，聞乎數百里之外。將息獠者，擊靈鼓㊷，起烽燧；車按行㊸，騎就隊；纚乎淫淫㊹，般乎裔裔。

　　"'於是<u>楚王</u>乃登<u>陽雲之臺</u>㊺，怕乎無爲㊻，憺乎自持；勺藥之和具㊼，而後御之。不若大王終日馳騁，曾不下輿，脟割輪焠㊽，自以爲娛。臣竊觀之，<u>齊</u>殆不如。'於是<u>齊王</u>無以應僕也。"

　　<u>烏有先生</u>曰："是何言之過也！足下不遠千里，來貺<u>齊國</u>；王悉發境内之士，備車騎之衆，與使者出畋；乃欲戮力致獲㊾，以娛左右，何名爲夸哉？問<u>楚</u>地之有無者，願聞大國之風烈㊿，先生之餘論也。今足下不稱<u>楚王</u>之德厚，而盛推<u>雲夢</u>以爲高；奢言淫樂，而顯侈靡，竊爲足下不取也。必若所言⑴，固非<u>楚國</u>之美也；無而言之，是害足下之信也。彰君惡，傷私義，二者無一可；而先生行之，必且輕於<u>齊</u>而累於<u>楚</u>矣！且<u>齊</u>東陼<u>鉅海</u>⑵，南有<u>琅邪</u>⑶；觀乎<u>成山</u>⑷，射乎<u>之罘</u>⑸；浮<u>渤澥</u>⑹，游<u>孟諸</u>⑺。邪與<u>肅慎</u>爲隣⑻，右以<u>湯谷</u>爲界；

秋田乎青邱⑩，徬徨乎海外；吞若雲夢者八九於其胸中⑩，曾不蔕芥！若乃俶儻瑰瑋⑪，異方殊類，珍怪鳥獸，萬端鱗崒⑫，充牣其中⑬，不可勝記；禹不能名⑭，卨不能計。然在諸侯之位，不敢言游戲之樂，苑囿之大；先生又見客⑮，是以王辭不復⑯。何爲無以應哉？"

①子虛賦：此篇與上林賦，最早見於史記司馬相如列傳；漢書司馬相如傳和昭明文選也都收入。史記、漢書皆作一篇，至昭明文選，始分爲兩篇。考史記司馬相如列傳："蜀人楊得意爲狗監侍上(卽漢武帝)，上讀子虛賦而善之，曰：'朕獨不得與此人同時哉！'得意曰：'臣邑人司馬相如自言爲此賦。'上驚，乃召問相如。相如曰：'有是。然此乃諸侯之事，未足觀也。請爲天子游獵賦。'賦成，奏之。……相如以'子虛'，虛言也，爲楚稱；(史記集解引郭璞說：'稱說楚之美。')'烏有先生'者，烏有此事也，爲齊難；(集解引郭璞說：'詰難楚事也。')'亡(無)是公'者，無是人也，明天子之義。(集解引郭璞說：'以爲折中之談也。')故空藉此三人爲辭，以推天子諸侯之苑囿。其卒章歸之於節儉，因以風(諷)諫。"後人因疑今所傳子虛、上林二賦卽天子游獵賦，而別有所謂子虛賦。近人高步瀛文選李注義疏："吳摯甫先生(卽吳汝綸)曰：'子虛、上林，一篇耳。下言"故空藉此三人爲辭"，則亦以爲一篇矣。而前文子虛賦乃游梁時作，及見天子，乃爲天子游獵賦，疑皆相如自爲賦序，設此寓言，非實事也。楊得意爲狗監，及天子讀賦，恨不同時，皆假設之詞也。'案，先生此說可以解諸家之惑。又案，史記司馬相如傳殆本相如自敍。隋書儒林傳：'劉炫自爲贊曰："通儒司馬相如、揚子雲、馬季卿、鄭康成等，皆自敍風徽，傳芳來葉。"史通序傳篇曰：'司馬相如始以自敍爲傳。'皆其證也。特子雲自敍，班孟堅於其傳明言之；史公不言長卿自敍者，以傳載封禪文，至長卿卒後乃出，不在長卿自敍中耳。"日人瀧川資言也說："愚按子虛、上林，原是一時作。合則一，分則二。而'楚使子虛使於齊'，'獨不聞天子之上林乎'，賦名之所由設也。相如使鄉人奏其上篇，以求召見耳。"(見其所著史記會

注考證)今按，吴、高二氏之言，可備一説；而據瀧川氏所言，則知天子游獵賦實卽上林賦。文選分爲二篇，亦自有據。今依文選録之。又按，西京雜記："司馬相如爲上林、子虚賦，意思蕭散，不復與外事相關，控引天地，錯綜古今，忽然而睡，焕然而興，幾百日而後成。"可見相如寫此賦，用力甚深。謹録以備考。　②畋：射獵。　③過妊："過"，過訪；"妊"，"詫"之假借字，作"誇耀"解。　④存焉："存"，作"在"解，史記卽作"在"；"焉"，作"於此"或"於彼"解。此句言亡是公當時也在座。　⑤夸：同"誇"。⑥罘網彌山："罘"音浮，捉兔的網；"彌"，佈滿。　　　⑦掩兔轔鹿："掩"，指用網掩捕；"轔"，指用車輪輾壓。　　⑧射麋脚麟："脚"，作動詞用，史記索隱："司馬彪曰：'脚，掎也。'説文云：'掎，偏引一脚也。'"此指抓住麟的一條腿，就可以把它捕獲。"麟"，説文："大牝鹿也。"按，陸璣毛詩草木鳥獸蟲魚疏："今并州界有麟，大小如鹿，非瑞應麟也。故司馬相如賦曰：'射麋脚麟。'謂此麟也。"則知此處的"麟"卽普通鹿類，不是傳説中的麒麟。　　⑨騖於鹽浦："騖"，馳騁；"鹽浦"，卽海濱的鹽灘。　　⑩割鮮染輪："鮮"，生肉。"染輪"有二解：一、李善注："李奇曰：'……染，擩也。切生肉擩車輪鹽而食之也。''擩'，揾也。"朱珔説："案，此承上'鹽浦'而言，故以'染輪'爲'擩鹽'。……西都賦：'割鮮野食。'西京賦：'割鮮野饗。'注皆引此語爲證。而兩賦不及'染輪'者，以其非鹽浦故也。後賦言'勺藥之和具，而後御之'，正與此反對。……"按，"擩"同"揄"，音軟平聲，又音乳，作"揾"解，指用手指撩物。此言撩取車輪上的鹽粒和於生肉中而食之。二、指割鮮肉而血染車輪。胡紹煐説："按，以'染'爲'揄'，雖本古訓；然準擬情事，以染輪爲揄車輪鹽而食之，殊爲不倫。廣雅：'染、汙也。'此謂割生血流汙於車輪，盛言中獲之多。"漢書補注引郭嵩燾説："'割鮮染輪'，與下'獲多'句相應，言割鮮多而血浸漬，兩輪爲之斑也。"今按，胡、郭之説似較近情，但以"擩"釋"染"，亦非無據；且割鮮而言及車輪，恐亦與擩鹽而食有關。姑兩存其説。　　⑪宿衛：在宮禁中擔任值宿守衛的工作。　　⑫覽於有無：李善注："'有無'，謂或有所見，或復無也。"清于光華文選集評:"謂觀園中何者爲有,何者爲無也。"　⑬弗鬱:"弗"音佛,山曲折貌;"弗鬱",郭璞解作"詰屈",王先謙説:"'弗鬱'與'盤紆'同義。"　⑭隆崇崒崒:"隆崇",聳起貌;"崒崒"音律促,高危貌。　⑮岑崟參差:"岑崟",高峻貌,"崟"音銀;"參差",指山勢高下不齊。　⑯日月蔽虧:漢書補注引王文彬説:"'蔽',全隱也;'虧',半缺也。山岑崟而參差,則日月或蔽或虧。"　⑰上干青雲:"干",作"觸"解。此言山勢高峻,接青天而入雲霄。　⑱罷池陂陁:"陂陁"已見前七發註釋;"罷池"與"陂陁"音義並同。"罷"讀爲疲。　⑲下屬江河:"屬",連。漢書顏師古注:"'下屬江河'者,總言山之廣大,所連者遠耳。"此連上文言"山勢漸漸傾斜而與江河相連接"。　⑳"其土"三句:第一句"丹",朱砂;"青",石青,可製顏料;"赭"音者,赤土;"堊"音惡,白土。第二句"雌黄",礦物名,與雄黄同類而小有區別,又名石黄,可製顏料,即三硫化砷;"白坿",即石灰(用王先謙説);第三句"碧",青白色的玉石。按,此三句指土中含有各種礦物,故色彩不同。　㉑照爛龍鱗:漢書顏師古注:"言采色相耀,若龍鱗之間雜也。""爛",燦爛。　㉒"其石"二句:上句"赤玉",赤色的玉,一名赤瑾;"玫瑰",已見前韓非子外儲説左上篇註釋。下句,"琳",美玉;"瑉"音民,一種次於玉的石名;"昆吾",又寫作"琨珸",也是次於玉的石名。　㉓"瑊玏"句:"瑊玏"音咸勒,也是次於玉的石名;"玄厲",一種黑色的石,可用以磨刀。　㉔"硬石"句:"硬石",一種似玉的美石,白者如冰,半帶赤色,"硬"音軟;"碔砆",音武夫,一種赤質白紋的玉石。按,自上文"其中有山焉"至此句,寫雲夢中部的山。　㉕衡蘭芷若:"衡"同"蘅";"若",杜若。此四種皆香草名。　㉖"芎藭"句:"芎藭",香草名,生山谷間,葉似芹,根可入藥,"芎"音穹陰平,"藭"音窮。"菖蒲",多年生草,生於水邊,葉上有脊如劍形,根可入藥。　㉗江蘺蘪蕪:"江蘺"、"蘪蕪",皆水草名。"蘪"音麋。　㉘諸柘巴苴:"諸"與"藷"通;"柘""蔗"之假借字;"藷蔗",即甘蔗;"巴苴",即芭蕉,一説,是襄荷("襄"音壤平聲),莖葉似薑,根香脆可食,亦可作藥材。按,自"其東則有蕙圃"句至此句,寫雲夢東部的園圃花草。　㉙登降陁靡:"陁"又可寫作"陀",讀爲移;"陁靡"與上文"陂陁"同義,也是指斜坡。此言平原廣澤地勢雖高,但有斜坡可以上下。　㉚案衍壇曼:地勢寬廣之貌。　㉛巫山:在雲夢澤中,一名陽臺山,當在今湖北漢陽境内。或以爲指四川的巫山縣,非是。　㉜"其高燥"二句:上句,"葴"音針,草名,即馬藍;"菥"音斯,草名,似燕麥;"苞",草名,與茅相似,可用以織席或編屨;"荔",草名,似蒲而小,根可以製刷子。下句,"薛"與"蕭"雙聲,可以通假,故"薛"即"蕭";"蕭",蒿之一種。"莎"音梭,也是蒿之一種。"䔉",已見前註;"青䔉",青色的䔉草。以上諸草,皆生於高地乾燥之處。　㉝"其埤溼"句:"埤"同"卑";"卑溼",指地勢低窪潮溼之處;"藏茛",音臧郎,即狼尾草,俗名狗尾巴草。　㉞東薔彫胡:"薔"音牆,"東薔",水蓼的種子,生於卑溼之地,形尖而扁,似葵子,可食(用朱琦説);"彫胡",即菰米。　㉟蓮藕觚盧:"觚盧",史記作"菰蘆",方以智説:"……'觚盧',即'菰蘆',今史記本作'菰蘆'矣,言菰茭、蘆笋,皆可食者也。"(見通雅)按,"菰茭"即菰米的嫩莖。　㊱菴䕡軒于:"菴䕡",音淹閭,蒿艾一類的草,其種子可以入藥;"軒于",即蘺草,莖似蘪而臭,故古人以"薰"、"蘺"對舉。"蘺"音由。㊲"衆物"二句:"居",生存;"圖",作"計"解。高步瀛説:"言草木衆多,不可勝計也。"按,自"其南則有平原廣澤"句至此句,寫雲夢南部的原野。㊳"外發"二句:上句,"外",指池水的表面;"發",開放;"芙蓉",即荷花;"蔆",史記作"蔆","華"同"花",此花形小色白,每朵四瓣。下句,"内",池内;"隱",藏。此二句言"池面開放着荷花蔆花,池内隱藏着大石頭和白砂粒"。　㊴瑎瑁鼈黿:"瑎瑁"音代妹,龜一類的動物,甲上有花紋,可以裝飾器物。按,自"其西則有湧泉清池"句至此句,寫雲夢西部的池水。㊵檗離朱楊:"檗"即"蘗",音柏,通稱黄蘗,高數丈,葉似茱萸,經冬不凋,樹皮呈白色,裏深黄色,根如松。"離","檑"之假借字,即山梨。郝懿行爾雅義疏:"梨生人家者即名梨,生山中者别名檑也。""朱楊",即河柳,見前七發第五大段註。　㊶"檴梨"二句:上句,"檴"同"查"(讀爲山查的

“查”)；“樝梨”，郝懿行説：“樝即今鐵梨，黄赤而圓，肉堅，酸澀，而入湯煮熟，則更甜滑。”“梬”音郢，“梬栗”，一名梬棗。羅願爾雅翼：“梬……結實似柿而極小，其蒂四出，枝葉皮核，皆似柿，秋晚而紅，乾之則紫黑如葡萄，其大小亦然。今人謂之丁香柿。”下句，“柚”音又，常緑灌木，其實與橘、橙相類似而較大，色正黄，皮極厚。今廣西容縣所産最著名，俗呼沙田柚。“芬芳”，指橘柚之香氣。 ㊷“其上”句：“其上”指樹上；“孔”，孔雀，“鸞”，鸞鳥。按，史記在“鵷鶵孔鸞”上多“赤猨蠷蝚”一句，當補足之。“猨”同“猿”；“蠷蝚”音瞿柔，五臣注文選作“玃猱”，一名獶如，即獼猴。陸璣毛詩草木鳥獸蟲魚疏：“猱，獼猴也，楚人謂之沐猴；老者爲玃，長臂者爲猿。” ㊸騰遠射干：“騰遠”有二解：一、蛇名。史記索隱引司馬彪説：“騰遠，蛇也。”又引郭璞説：“騰蛇，龍屬，能雲霧。”二、以“遠”爲“猿”之誤字，“騰猿”，獸名，善於跳躍超騰的猿類(明焦竑筆乘及清梁章鉅、胡紹煐、王先謙等皆主此説)。按，此處上下文皆寫野獸，疑後説近是。“射干”，獸名，似狐而小，能緣木，形色青黄如狗，喜羣行，夜鳴如狼，一名野干。“射”音夜。 ㊹“其下”句，“其下”指樹下，即陰林之中。“玄豹”，黑豹。 ㊺蟃蜒貙犴：“蟃蜒”，應作“獌涎”，音萬延，大獸名，狼屬而似貍。“貙”音樞，猛獸名，似貍而大；“犴”一作“豻”，音罕。李善注引郭璞説：“犴”，胡地野犬也，似狐而小。”(史記集解引隋蕭該漢書音義，史記索隱引張揖説，皆與此相同。)王先謙説：“豻自是胡地野犬，非此貙豻也。……獸有貙豻，證之爾雅注文：‘今山民呼貙虎之大者爲貙豻’(按，此亦郭璞所注)，則‘貙豻’是一物。此賦手格之猛獸，特以虎、豹、狼、貙四者言之，不當加入胡地野犬，郭偶未審耳。”今按，王説是。因“白虎”、“玄豹”、“蟃蜒”三名皆雙音詞，不宜分“貙”、“犴”爲二物。又，史記在此句之下多“兕象野犀，窮奇獌涎”八字，漢書、文選皆不載。錢大昕廿二史考異：“八字後人妄增。”今按，“獌涎”與上文“蟃蜒”重複，疑錢説近是。按，自“其北則有陰林”句至此句，寫雲夢北部的大森林。(自上文“臣聞楚有七澤”句至此句，共分五層，寫雲夢中央及四方景物。) ㊻剸諸之倫：“剸”，今通作“專”；“專諸”，吳國的勇士，曾爲吳公子光(即吳王闔廬)刺死吳王僚。“倫”，類。此言“像專諸一類的人”。　⑰手格此獸：五臣注呂向説：“‘格’，擊也；‘手格’，謂空手擊之。”　⑱馴駁之駟：“馴”，馴服；“駁”同“駁”，毛色不純的馬；“駟”，四馬合駕一車。　⑲“靡魚須”二句：上句，“靡”同“麾”，今寫作“麾”(用胡紹煐説)；“須”同“鬚”，此指以海魚的鬚做旌旗上的旒穗；“橈旃”，旌旗的曲柄。此言楚王的從者麾動着以魚鬚爲旒穗的曲柄旌旗。下句，“曳”，摇；“明月”，珍珠之名。此言從者摇擺着綴以明月之珠的旗幟。　⑳“建干將”句：“建”，高舉；“干將”，與“莫邪”(“莫邪”一作“鏌鋣”)爲對文，利刃貌(用王念孫、胡紹煐説)；“雄戟”，即三刃戟。胡紹煐説：“説文：‘鏌鋣，大戟也。’亦謂之鏝胡。‘鏌鋣’，‘鏝胡’，一聲之轉。……方言：‘凡戟而無刃，東齊、秦、晉之間謂其大者曰鏝胡。’是鏝胡即鏌鋣。戟之無刃而大者謂之鏌鋣，則有刃而大者謂之干將。方言又云：‘三刃枝，宛、郢謂之匽戟。’郭(璞)注：‘今戟中有小子刺者，所謂雄戟也。’故干將爲利刃貌。楚辭離世：‘秉干將以割肉。’王注：‘干將，利劍也。’利劍曰干將，故利戟亦曰干將。然則干將有刃爲雄戟，鏌鋣無刃，當爲雌戟。猶劍之號莫邪者雌，號干將者雄矣。”今按，胡氏考訂精確，故録以備考。此句言楚王的侍衛們高舉着鋒利的三刃戟。　㉑“陽子”二句：“陽子”有二解：一、即善相馬的孫陽，字伯樂(李善注引張揖説)；二、仙人名，一稱陽陵子(史記集解引漢書音義)。“纖阿”亦有二解(“纖”一作“織”)：一、古之善御者(李善注引郭璞説)；二、給月神駕車的御者(史記集解引漢書音義)。史記索隱引樂彦説：“纖阿，山名。有女子處其巖，月歷數度，躍入月中，因爲月御也。”高步瀛説：“陽子爲仙人陽陵子，則纖阿爲月御；陽子爲孫陽，則纖阿當如郭説。此等處實難定其孰是，但必其人相配耳。”今按，高説甚通達，謹録以備考而兩存其説。　㉒“案節”二句：上句，“案節”，指馬行較緩慢而有節奏；“未舒”，指馬足尚未舒展。漢書顏師古注：“‘未舒’，言未盡意驅馳。”下句，“淩”，史記作“陵”，即“陵轢”、“踐踏”之意；“狄”，狄捷，狄健。五臣注張銑説：“言馬足未馳，已陵蠕狡健之獸也。”　　㊺“蹵蛩蛩”二句：“蹵”音促，踐踏；“蛩”音瓊；李善注引張揖說：“蛩蛩，青獸，如馬；距虛，似驘而小。”據說這兩種獸都能每天走五百里。胡紹煐說：“蓋‘蛩蛩’、‘距虛’，皆野獸之善走者；因而名野馬之善走者爲邛邛，爲距虛。觀下所稱，並爲野馬可證。”王先謙說：“此極言車馬迅疾，雖至捷之獸，亦能蹵踐之也。”　　㊼“軼野馬”二句：上句，“軼”讀爲迭，作“突”解，即“衝犯”、“侵陵”之意；“野馬”，與“騊駼”爲互文（用王先謙說）。下句，“轊”音衛，與“䠠”通，作“踶”解，猶言“踐踏”（以上用王念孫說）。“騊駼”音逃途，經典釋文引字林：“北狄良馬也，一曰野馬也。”王念孫說：“蹵蛩蛩，轔距虛，軼野馬，轊騊駼，皆上文所陵狡獸也。”按，王說是。以上四句言各種狡捷之獸皆被楚王的獵車所輾壓、踐踏。　　㊽“乘遺風”二句：“遺風”，千里馬名；“騏”，馬之一種，毛呈青黑色，上有花紋；“游騏”，遊蕩着的騏馬。　　㊾倏眒倩浰：“眒”即“瞬”字之異文；“倏眒”，迅速驚疾之貌；“倩”，史記作“淒”，據胡紹煐考證，“倩”應作“清”；“清浰”音倩練，也作“迅疾貌”解。此句形容車馬奔馳之速。㊿“雷動”二句：上句，“動”，震；“雷動”，喻楚王車騎的氣勢威猛；“猋”音標，疾風；“猋至”，喻車騎奔馳之迅疾。下句，“星流”，指流星的隕墜，以喻迅疾；“霆”，閃電，霹靂；“霆擊”以喻氣勢威猛。按，此與上句所喻相同，而詞序互異。上句言猛而疾，此句言疾而猛。　　㊀中必決眥：“中”讀去聲，指射中；“決”，裂；“眥”音此，目眶。此言射禽獸必中其目，使其目眶綻裂。　　㊁洞胸達掖：“洞”，貫穿；“達”，通；“掖”同“腋”。此言射殺禽獸，箭鏃洞穿其胸而從其腋下射出。　　㊂絕乎心繫：“絕”，斷；“心繫”，連着心臟的血脈筋絡。此言一箭就把連着心臟的脈絡射斷。按，古人獵獲野獸，以從胸前射入而從右肩下穿出爲最標準的射法，即此處所謂的“洞胸達掖，絕乎心繫”（詳見清沈欽韓漢書疏證）。　　㊃“獲若”二句：“獲”，收獲；“雨”，此處作動詞用；“捪”、“蔽”，皆指遮蔽覆蓋。五臣注劉良說：“言所殺既多，如天之雨獸，以蔽掩其地焉。”意謂禽獸被殺，紛紛而墜，如天之降雨，把草原和平地滿都遮蓋了。　　㊄徼㺟受詘：“徼”，遮攔，截擋；“㱉”，正寫應作“㱉”，音劇或音覺，作“疲極”解；“詘”同“屈”，作“力盡”解。漢書顏師古注：“言獸有倦極者，要（攔截）而取之；力盡者，受而有之。”　　㉓“殫覩”句：“殫”，盡；“變態”，各種不同的姿態。此猶言“盡觀衆物各種不同的姿態”。（自“於是乎乃使剸諸之倫”句至此句，寫楚王大獵的場面。）　　㉔鄭女曼姬。漢書顏師古注引文穎說：“鄭國出好女；‘曼’者，言其色理曼澤也。”（“曼澤”，指顏色嬌好，皮膚光澤。王先謙說：“曼卽美也。”）閔齊華說：“‘鄭女曼姬’，泛言鄭國之女與曼澤之色（美好的女色）也。”　　㉕“被阿緆”二句：上句，“被”同“披”；“阿”，細繒，“緆”音錫，細布。下句，“揄”，曳；“紵”，麻布；“縞”，素絹。此言女子披着細繒和細布製的衣服，拖着麻布和素絹製的裳裙。　　㉖“雜纖羅”二句：上句，“雜”，猶“飾”；“羅”，繒之紋理交錯者（用王先謙說）；“纖羅”，猶言“細紋的羅綺”。下句，“縠”音斛，薄紗；“霧縠”，言紗質輕薄如霧，用以蒙頭者（用史記集解引郭璞說）。此言女子身上穿着各色的羅綺，身後垂着薄霧般的輕紗。　　㉗襞積褰縐：“襞”音壁，“襞積”，形容女子腰間裙幅的摺疊很多；“褰”，縮；“縐”，蹙；“褰縐”，形容衣服的紋理很多。　　㉘“紆徐”二句：上句，五臣注引呂向說：“裙下垂貌。”按，“紆徐”與“委曲”意義相近，皆指衣服之線條婉曲多姿。下句，“鬱橈”，深曲貌。呂向說：“謂文理葳鬱然，有似谿谷之狀。”郭嵩燾說：“緆縞羅縠之屬，輕軟多蹙紋，故以‘鬱橈谿谷’爲言，言表裏之深邃也。”（見漢書補注引）王先謙說：“‘鬱橈谿谷’四字，總狀其縮蹙耳。”　　㉙袉袉裶裶：“袉袉”，同“紛紛”；“裶”卽“裴”。李善注引郭璞說：“袉袉裶裶，皆衣長貌也。”　　㉚揚袘戌削：“揚”，抬起，掀動；“袘”同“袻”，音易，裳裙下端的邊緣（用王先謙說）；“戌削”，李善注引張揖說：“裁制貌。”王先謙說：“狀行時裳緣之整齊也。”㉛蜚襳垂髾：“蜚”同“飛”；“襳”音纖，衣上長帶；“蜚襳”，猶言“飄擺的纖帶”。“垂髾”，本指燕尾形的髮髻，此處則指衣尾。李善注：“襳與燕尾，皆婦人袿衣之飾也。”“袿”音圭。郭嵩燾說：“袿，婦人之上服也。……此所云‘襳’者，袿衣之正幅，下垂爲飾者也。釋名：‘婦人上服曰袿，其下垂者，上廣下狹，如刀圭。'正此所謂'襂'也。廣韻：'髻，髮尾。'顏注釋此爲燕尾，正若今長帶交股歧分。……疑此云'髻'，……蓋綴雙帶於袿衣之前，飾其下爲垂絲。二者皆袿衣本制。"按，郭說是。此指女子衣服下端的樣式是圭形和燕尾形的，圭形即所謂"蚩襂"，燕尾形即所謂"垂髻"。 ⑦"扶輿"二句：上句，"扶輿"、"猗靡"，皆複音狀詞，形容衣服合身而體態婀娜之貌(參用宋劉奉世說，見漢書補注引)；舊說以"扶輿"爲扶持車輿，非是。下句，"翕呷"(音吸匣)、"萃蔡"(即"綷縩")，是兩個象聲詞，形容人在行走時身上的衣服所發出的摩擦聲 (用王先謙說)。 ⑦"下靡"二句："靡"，史記、漢書及五臣本皆作"摩"，與下句的"拂"爲同義對文；"蘭蕙"指地上的花草；"羽蓋"用羽毛綴飾的車蓋。李善注："垂髻飛襂，飄揚上下，故或摩蘭蕙，或拂羽蓋。" ⑦"錯翡翠"句："錯"，雜；"翡"，鳥名，羽毛呈紅色；"翠"，鳥名，羽毛呈綠色；"葳蕤"，羽飾貌。李善注引張揖說："錯其羽毛，以爲首飾也。"高步瀛說：案，'葳蕤'本形容羽毛飾物之狀。以羽毛飾旗謂之葳蕤；以羽毛爲首飾，亦謂之葳蕤。"此言女子雜綴各色鳥羽以爲頭上的裝飾。 ⑦"繆繞玉綏"："繆"同"繚"，"繚繞"猶言"纏結"，"綏"應作"緌"(音與"綏"同)，指纓飾(用沈欽韓說)；"玉綏"，指用玉飾緌。此指女子纏結着綴飾了玉的纓緌。漢書顏師古注："以玉飾綏，亦謂鄭女曼姬之容服也。" ⑦"眇眇"二句："眇眇"，猶言"縹緲"，與"忽忽"皆指行踪飄忽不定的樣子。李善注引郭璞說："言其容飾奇艷，非世所見也。"(自"於是鄭女曼姬"句至此句，寫楚王左右侍女容飾之美。) ⑦獠：音料，宵獵。 ⑦娑姍勃窣："娑"音盤，"勃"同"勃"，"窣"音速。漢書顏師古注："娑姍、勃窣，謂行於叢薄(叢木林莽)之間也。"胡紹煐說："'娑姍'、'教窣'，皆謂緩行之貌。" ⑦金隄：李善注引司馬彪說："隄名也。"又，漢書顏注："言水之隄塘堅如金也。"皆可通。 ⑧"揜翡翠"二句："揜"即"罨"，指以網捕取禽鳥(用朱珔、胡紹煐說)；"鵔鸃"音俊儀，雉一類的鳥，羽毛呈五采之色，有花紋。 ⑧"微矰出"二句："矰繳"已屢見前註；"微"，小；"纖"同"纖"，細銳；"施"，放射。 ⑧"弋白鵠"二句：

上句，"弋"，指用帶繩的箭射鳥；"鵠"，漢書顏注及張守節史記正義皆釋爲"水鳥"。陸璣說"鴻鵠羽毛光澤，純白，似鶴而大，長頸，肉美如鴈。又有小鴻，大小如鳧，色亦白，今人直謂鴻也。"高步瀛說："據顏及正義，此白鵠似非天鵝，而類陸疏之小鴻。莊子天運篇所謂'鵠不日浴而白'，或即指此。今按，桂馥說文義證及王筠說文句讀，都說鵠有黃、白之分，則此處之白鵠與又稱爲天鵝的黃鵠，當是同類而異種。下句，"連"，與"弋"爲對文，即"弋"之另一說法，指用纖繳將禽鳥射中後牽連而下（參用梁章鉅、胡紹煐說）；"駕鵝"，即野鵝，"駕"音鴐。　　⑧"雙鶬下"二句：上句，"鶬"即"鶬鴰"（音倉括），似雁而黑；"下"，指中箭而下墜。下句，"玄鶴"，黑鶴；"加"，指被箭射中。　　⑧"怠而後發"二句：按，漢書無"發"字，兩句作一句讀。"怠"，倦；"清池"，姚鼐說："此即西之涌泉清池。"此言宵獵既倦，即蕩舟於池水之中。　　⑧"浮文鷁"二句：上句，"浮"，指泛舟於水；"鷁"音逆，水鳥名，古代天子所乘的龍舟，在船頭畫有鷁首，後乃以"鷁"做爲船的代稱；"文鷁"，指繪飾着有文采的鷁首。下句，"揚"，高舉；"旌"，船上的桅旌；"栧"同"枻"，船槳。按，史記"旌"作"桂"，王念孫說："'桂枻'，謂以桂爲楫（同'楫'，即船槳），猶楚辭言'桂櫂兮蘭枻'也。浮文鷁，揚桂枻，張翠帷，建羽蓋，皆相對爲文。"亦可通。　　⑧"罔瑇瑁"二句："罔"同"網"；"鉤"，猶言"釣"，史記、漢書皆作"釣"；"貝"，水產介類動物，"紫貝"，貝殼呈紫色而帶有黑色花紋。　　⑧"摐金鼓"二句：上句，"摐"音窗，敲擊；"金鼓"，李善注引郭璞說："鉦也。"王先謙說："鉦，鐃也。其形似鼓，故名金鼓。後漢郡國志注：'洞庭山宮門東石樓，樓下兩石鼓，扣之聲清越，世謂之神鉦。'晉孝武樂章：'神鉦一震，九域來同。'此鉦、鼓通名之證。"按，"金鼓"即今鐃鈸或大鑼一類的樂器。下句，"籟"，簫。⑧"榜人歌"二句："榜"讀去聲，與"舫"通；"榜人"，即船夫。"流喝"，李善注引郭璞說："言悲嘶也。"王先謙說："'喝'讀若噯，所謂噯迺之聲，即櫂歌也。'噯迺'，與'欸乃'同。參諸郭說，若今歌之尾聲羨字（襯字），激楚含哀矣。"今按，"流"指歌聲悅耳；"喝"指歌聲抑揚而多悲涼之音。

⑧“水蟲駭”二句：上句，指水中魚鱉之類驚駭奔走。下句，指波濤大作。“鴻”，作“大”解（用王先謙説）。　　　⑨“涌泉起”二句：“奔揚”，日人中井積德説：“濤也。”（見史記會注考證引）“會”，匯合。又，“揚”，五臣本作“物”，呂延濟説：“‘奔物’，謂急波也。言涌泉騰起，與波相會合也。”亦可通。錄以備考。　　　⑨“礧石”二句：上句，“礧”同“磊”，“磊石”，猶言“衆石”。下句，“硍硍”、“礚礚”，水石相擊之聲，“硍”一作“琅”，音郎，“礚”音開去聲。王文彬説：“礧石相擊，言石之大而且多，水與相擊，琅礚作聲也。”（見漢書補注引）　　　⑨“擊靈鼓”二句：“靈鼓”，六面的鼓；“烽燧”，此處卽指火炬。郭嵩燾説：“周禮冥氏：‘攻猛獸，以靈鼓驅之。’左文十年傳：‘宋華御事逆楚子，遂道以田(畋)孟諸，命夙駕載燧。’燧所以舉火，畋亦用之。此獵罷飭歸之事，猶始畋也。言車騎鼓行之整肅。”按，郭説是，此言行將罷獵之時，卽擊鼓整隊，並燃起火把。　　　⑨“車按行”二句：“按”，依；“行”，行列；“就隊”，各歸隊伍。此言車馬都排列整齊，按部就班。　　　⑨“繩乎”二句：王先謙説：“‘繩’，若織絲相連屬也；‘淫淫’，漸進也；‘般’，以次相連而行；‘裔裔’，流行貌。”此言隊伍魚貫相連，絡繹不絶地向前行進。“繩”音徒，“般”音盤。（自“於是乃相與獠於蕙圃”句至此句，寫楚王與衆女宵獵於東之蕙圃，泛舟於西之涌泉清池。）　　　⑨陽雲之臺：臺名，又名陽臺，卽在巫山之下。“陽雲”或作“雲陽”，非是。按，上文寫“巫山”在雲夢的南端，此處寫楚王登陽雲之臺，則是由西而南。吳汝綸説：“姚姬傳謂：‘雲陽臺在巫山下，卽至其南也。’蓋至彼已息獠矣。”（見文選李注義疏引）　　　⑨“怕乎”二句：“怕”同“泊”，“憺”同“澹”，“憺怕”卽“澹泊”，安靜無事之貌。此處之“怕乎”、“憺乎”蓋爲互文見義。“無爲”，指心地泰然無事；“自持”，指保持寧静的心情。　　　⑨“勺藥”二句：“勺藥”見前七發註釋；“具”，備；“御”，進食。五臣注張銑説：“謂具五味而後食之。”　　　⑨“胹割”二句：上句，“胹”，“臡”之假借字，音鴯上聲，“臡割”，指把鮮肉切成塊狀；“焠”音粹，李善注引郭璞説作“染”解，與上文“割鮮染輪”的“染”同義。漢書顏注：“‘焠’亦搵染之義耳。言臡割其

肉，揾車輪鹽而食之。以蓋以譏上‘割鮮染輪’之言也。”但上文‘割鮮染輪’句本有二解，故郭嵩燾不同意顏說，認爲此句原與“染輪”句異訓，而釋“焠”爲“烤炙”之意。他說：“‘胏割輪焠’，正謂割取一臠，就輪間炙而食之；又與‘終日馳騁，曾不下輿’句相應，兩‘輪’字各有意義。顏注因‘鵞於鹽浦’一語，謂‘攝車輪鹽而食之’，并云‘焠亦揾染之義’，恐誤。”今按，“焠”作“染”解，是指燒炙物件然後納於水中而言，不能解爲“攝”（“染”的假借義）。荀子解蔽篇：“有子卧而焠掌，可謂能自忍矣。”楊倞注：“焠，灼也。”可證郭說近是。此言齊王就輿上進食，以爲娛樂，遠不及楚王等到五味調和然後進食來得從容文雅。　⑨戮力致獲：“戮力”，并力；“致獲”，指獲得禽獸。“獲”在此處是名詞，作“致”的賓語。　⑩大國之風烈：“風”，美好的風俗習尚；“烈”，光輝的事蹟德業。此句指願意聽到楚國的美俗善政。　⑩“必若”四句：大意是：“楚王的生活實況，果然並如您所說，那也並不算楚國值得誇耀的事；如果楚王並無其事而您竟誇大其辭，那就對您的信譽有損了。”　⑩東陼鉅海：“陼”同“渚”；“鉅海”，大海。李善注引呂氏春秋：“辛寬曰：‘太公望封於營丘，渚海阻山也。’胡紹煐說：“……善引呂氏春秋，得其解矣。……今按，‘陼’猶‘邊’也，謂東邊鉅海也，猶左傳四年傳云‘東至於海’耳。越語韋昭注：‘水邊亦曰陼。’水邊曰陼，故借‘陼’爲‘邊’，呂覽‘渚海阻山’，亦謂邊海恃山，故云‘險固之地’。今長利篇作‘封於營丘之渚，海阻山高，險固之地也’，皆後人不解‘渚’字之義而妄加之。本書齊故安陸昭王碑文：‘東渚鉅海，南望秦、稽，’正用子虛賦語，‘渚’與‘望’對言。……”按，胡說是。此句“陼”作動詞用，猶言“東臨大海”。　⑩琅邪：“邪”同“琊”，“琅琊”，山名，在今山東諸城縣東南一百五十里。其山三面皆海，西南通於陸地。　⑩觀乎成山：“觀”有二解：一、讀去聲，以名詞爲動詞，作“修築宮闕”解。言在成山之上修築宮闕（李善注引張揖說）；二、作“游觀”解（朱珔、王先謙據孟子梁惠王下‘齊景公欲觀於轉附、朝儛’及‘吾何修，而可以比于先王觀也’的‘觀’字爲釋）。按，下文言“射乎之罘”、“游孟諸”，則此處應以作“游

“觀”解爲是。“成山”，在山東榮成縣東。　　⑩之罘：山名，在今山東福山縣東北三十五里，與文登縣界相連，即今之煙台。　　⑩渤澥：史記索隱：“案，齊都賦云：‘海旁曰渤，斷水曰澥也。’”按，此指濱海港灣之地。⑩孟諸：李善注引文穎說：“宋之大澤也。故屬齊。”高步瀛說：“案元和郡縣志曰：‘河南道宋州虞城縣孟諸澤，在縣西北十里，周四五十里，俗號盟諸澤。’太平寰宇記亦曰：‘孟諸臺在虞城縣西北十里。’虞城縣今屬河南，春秋時屬宋，戰國時齊、魏、楚滅宋，三分其地，虞城當入魏。孟諸故迹，自宋以來，屢遭河没，藪澤崖岸，不可復考。要不得謂職方屬青州，（按，史記正義引周禮職方氏：‘青州藪曰望諸。’鄭玄云：‘望諸，孟瀦也。’）故謂其屬齊也。”今按，高說是，因孟諸在今河南商邱縣東北，本不屬齊。此疑賦家誇大之辭，正不必拘泥其地之確屬何國之境。　　⑩“邪與”二句：上句，“邪”同“斜”；“肅慎”，古國名，今黑龍江、吉林、遼寧諸省，皆其故境。下句，“湯谷”，即暘谷。李善注：“司馬彪曰：‘湯谷，日所出也。以爲東界也。’言爲東界，則右當爲左字之誤也。”按，古人多以東方爲左，故朱珔、梁章鉅皆同意李善說。此言齊國隔海斜與肅慎爲鄰，東以湯谷爲界。⑩秋田乎青邱：“田”同“畋”，畋獵；“青邱”，海外國名，當指遼東、高麗一帶地方（參用胡紹煐、高步瀛說）。　　⑩“吞若”二句：此以喻齊國版圖之大。史記索隱引郭璞說：“言不覺有也。”意謂像雲夢這樣的地方，即使有八九處擺在齊國境内，也絲毫顯不出來，彷彿把芒刺或芥蒂吞在胸中一樣。　　⑪俶儻瑰瑋：“俶儻”音惕倘，卓異非常之貌；“瑰瑋”，指奇珍異産種種可貴之物。⑫萬端鱗崪：“萬端”，指上述各地的奇珍異産和珍怪鳥獸；“崪”同“萃”，作“集”解。漢書顏注：“如鱗之集，言其多也。”⑬充牣其中：“牣”，滿；“充牣”，即充滿。　　⑭“禹不能名”二句：“卨”，古“契”字，即堯時任司徒之職的契。顏注：“言其所有衆多，雖禹、契之賢聖，不能名而數之也。”　　⑮“見”，被；“客”，作動詞用，猶言“優禮”；“見客”，王先謙說：“猶言見禮於王耳。”按，此即“受到優待”之意。　　⑯王辭不復：“辭”一本作“詞”，語言；“復”，漢書顏注：“反也，謂不反報也。”

"反報"猶言"回答"。此句言因此齊王没有回答你任何言語。

（四）　司馬相如：上林賦

亡是公听然①而笑，曰："楚則失矣，而齊亦未爲得也。夫使諸侯納貢者，非爲財幣，所以述職②也；封疆畫界者③，非爲守禦，所以禁淫也。今齊列爲東藩，而外私肅慎④，捐國踰限⑤，越海而田，其於義固未可也。且二君之論，不務明君臣之義，正諸侯之禮，徒事争於游戲之樂，苑囿之大，欲以奢侈相勝，荒淫相越⑥，此不可以揚名發譽，而適足以貶君自損也。且夫齊、楚之事，又烏足道乎！君未覩夫巨麗也？獨不聞天子之上林⑦乎？左蒼梧⑧，右西極⑨，丹水更其南⑩，紫淵徑其北⑪。終始灞、滻⑫，出入涇、渭；酆、鎬、潦、潏⑬，紆餘委蛇⑭，經營乎其內⑮；蕩蕩乎八川⑯分流，相背而異態。東西南北，馳騖往來：出乎椒丘之闕⑰，行乎洲淤之浦；經乎桂林之中⑱，過乎泱漭之壄；汨乎混流⑲，順阿而下，赴隘陜之口⑳。觸穹石㉑，激堆埼，沸乎暴怒，洶湧澎湃。滭弗宓汨㉒，偪側泌㵫㉓，橫流逆折，轉騰潎洌㉔，滂濞沆溉㉕；穹隆雲橈㉖，宛潬膠盭㉗；踰波趨浥㉘，涖涖下瀨㉙；批巖衝擁㉚，奔揚滯沛㉛；臨坻注壑，瀺灂霣墜㉜；沉沉隱隱㉝，砰磅訇礚㉞；潏潏淈淈㉟，湁潗鼎沸。馳波跳沫，汨漹漂疾㊲。悠遠長懷，寂漻無聲，肆乎永歸；然後灝溔潢漾㊳，安翔徐回；翯乎滈滈㊴，東注太湖㊵，衍益陂池。

"於是乎蛟龍赤螭，鰻鰽漸離㊶，鰅鰫鰬魠㊷，禺禺鱋鰨㊸；掉㊹鰭掉尾，振鱗奮翼，潛處乎深巖。魚鼈讙聲，萬物衆夥：明月珠子㊺，的皪江靡；蜀石黄碝㊻，水玉磊砢；磷磷爛爛㊼，采色澔汗，叢積乎其中。鴻鵠鵠鴇㊽，駕鵝屬玉㊾，交精旋目㊿，煩鶩庸渠51，箴疣鸕盧[52]，羣浮乎其上。汎淫泛濫[53]，隨風澹淡，與波搖蕩，奄薄[54]水渚，唼喋菁藻[55]，咀嚼菱藕。

"於是乎崇山矗矗[56]，巃嵸崔巍[57]；深林巨木，嶄巖參嵯[58]。九嵕嶻嶭[59]，南山峩峩[60]；巖陁甗錡[61]，摧崣崛崎[62]。振溪通谷[63]，蹇產溝瀆[64]，谽呀豁閜[65]。阜陵別隝[66]，崴磈嵔廆[67]，丘虛堀礨[68]。隱轔鬱㠖[69]，登降施靡[70]。陂池貏豸[71]，沇溶淫鬻[72]，散渙夷陸[73]；亭皋千里[74]，靡不被築。揜以綠蕙，被以江蘺；糅以蘪蕪，雜以留夷；布結縷[75]，攢戾莎。揭車衡蘭，槀本射干[76]，茈薑蘘荷[77]，葳持若蓀；鮮支黃礫[78]，蔣芧[79]青薠；布濩閎澤[80]，延曼太原。離靡廣衍[81]，應風披靡，吐芳揚烈[82]；郁郁菲菲[83]，衆香發越；肸蠁布寫[84]，晻薆咇茀[85]。

"於是乎周覽泛觀，縝紛軋芴[86]，芒芒恍忽[87]。視之無端，察之無涯；日出東沼，入乎西陂。其南則隆冬生長[88]，涌水躍波；其獸則猛㺞貘犛[89]，沈牛麈麋[90]，赤首圜題[91]，窮奇象犀[92]。其北則盛夏含凍裂地，涉冰揭河[93]；其獸則麒麟角端[94]，騊駼橐駝[95]，蛩蛩驒騱[96]，駃騠驢驘[97]。

"於是乎離宮別館[98]，彌山跨谷[99]；高廊四注，重坐曲閣[99]；華榱璧璫[100]，輦道纚屬；步櫩周流[101]，長途中宿。夷嵕築堂[102]，累臺增成[103]，巖突洞房[104]。頫杳眇而無見[105]，仰攀橑而捫天；奔星更於閨闥[106]，宛虹拖於楯軒。青龍蚴蟉於東廂[107]，象輿婉僤於西清；靈圄燕於閒館[108]，偓佺之倫[109]，暴於南榮；醴泉涌於清室[110]，通川過於中庭。盤石振崖[111]，嶔巖倚傾[112]，嵯峨嵤嶸，刻削崢嶸；玫瑰碧琳，珊瑚叢生。瑉玉旁唐[113]，玢豳文鱗[114]，赤瑕駁犖[115]，雜臿其間；晁采琬琰[116]，和氏出焉。

"於是乎盧橘夏熟[117]，黃甘橙楱[118]；枇杷橪[119]柿，亭奈厚朴[120]；樗棗楊梅，櫻桃蒲陶⑫；隱夫薁棣⑫，荅遝離支⑬。羅乎後宮，列乎北園⑫；貤邱陵，下平原。揚翠葉⑫，扤紫莖；發紅華⑫，垂朱榮。煌煌扈扈⑫，照曜鉅野；沙棠櫟櫧⑫，華楓枰櫨⑫；留落胥邪⑬，仁頻并閭⑬；欀檀木蘭⑬，豫章女貞⑬。長千仞，大連抱⑬；夸條直暢⑬，實葉葰楙。攢立叢倚⑬，連卷欐佹；崔錯登骫⑬，坑衡閜砢⑬；垂條扶疏⑬，落英幡纚。紛溶箾蔘⑭，猗狔從風⑭；藰莅芔歙⑭，蓋象金石之聲，管籥之音。偨池茈虒⑭，旋還乎後宮。雜襲累輯⑭，被山緣谷⑭，循阪下隰；視之無端，究之無窮。

"於是乎玄猨素雌⑭，蜼玃飛蠝⑭，蛭蜩蠼蝚⑭，獑胡縠蛫⑭，棲息乎其間。長嘯哀鳴，翩幡互經⑮，夭蟜枝格⑮，偃蹇杪顛；踰絕梁⑮，騰殊榛；捷垂條⑮，掉希間；牢落陸離⑮，爛漫遠遷。若此者數百千處。娛遊往來⑮，宮宿館舍；庖廚不徙⑯，後宮不移，百官備具。

"於是乎背秋涉冬⑯，天子校獵。乘鏤象⑯，六玉虯；拖蜺旌⑯，靡雲旗；前皮軒⑯，後道遊。孫叔奉轡⑯，衛公參乘；扈從橫行⑯，出乎四校之中⑯。鼓嚴簿⑯，縱獠者；河、江爲阹⑯，泰山爲櫓。車騎靁起⑯，殷天動地；先後陸離⑯，離散別追。淫淫裔裔⑯，緣陵流澤，雲布雨施。生貔豹⑱，搏豺狼；手熊羆⑰，足野羊。蒙鶡蘇⑰，絝白虎；被斑文⑰，跨野馬。凌三嵕之危⑱，下磧歷之坻；徑峻赴險，越壑厲水⑰。椎蜚廉⑰，弄獬豸；格蝦蛤⑱，鋋猛氏；羂騕褭⑰，射封豕。箭不苟害⑱，解脰陷腦；弓不虛發，應聲而倒。

"於是乎乘輿弭節徘徊，翱翔往來，覽部曲之進退⑰，覽將帥之變態。然後侵淫促節⑱，儵夐遠去；流離輕禽⑱，蹴履狡獸。轊白鹿⑱，捷狡兔；軼赤電⑱，遺光耀；追怪物⑱，出宇宙。彎蕃弱⑱，滿白

羽; 射游梟[186]，櫟蜚遽。擇肉而後發[187]，先中而命處; 弦矢分[188]，藝殪
仆。然後揚節而上浮[189]，淩驚風[190]，歷駭猋，乘虛無[191]，與神俱。蹴
玄鶴[192]，亂昆雞; 遒孔鸞[193]，促鵔鸃。拂翳鳥[194]，捎鳳皇; 捷鴛鶵，捵
焦明[195]。道盡途殫[196]，迴車而還。消搖乎襄羊[197]，降集乎北紘; 率乎
直指[198]，晻乎反鄉。歷石闕[199]，歷封巒; 過鳷鵲，望露寒; 下棠黎[200]，
息宜春[201]。西馳宣曲[202]，濯鷁牛首; 登龍臺[203]，掩細柳。觀士大夫之
勤略[204]，均獵者之所得獲[205]，徒車之所轔轢，步騎之所蹂若，人臣
之所蹈藉; 與其窮極倦𧞄[206]，驚憚讋伏，不被創刃而死者，他他籍
籍[207]，填坑滿谷，掩平彌澤[208]。

　　“於是乎游戲懈怠，置酒乎顥天之臺[209]，張樂乎膠葛之寓; 撞千
石之鐘[210]，立萬石之虡; 建翠華之旗[211]，樹靈鼉之鼓。奏陶唐氏之
舞[212]，聽葛天氏之歌; 千人唱，萬人和; 山陵爲之震動，川谷爲之蕩
波; 巴渝、宋、蔡[213]，淮南、干遮，文成、顛歌。族居遞奏[214]，金鼓迭
起，鏗鎗闛鞈[215]，洞心駭耳。荊、吳、鄭、衞之聲，韶、濩、武、象之樂，
陰淫案衍之音[216]; 鄢、郢繽紛[217]，激楚結風。俳優侏儒[218]，狄鞮之倡，
所以娛耳目、樂心意者，麗靡爛漫於前[219]。靡曼美色，若夫青琴、宓
妃之徒[220]，絕殊離俗[221]，妖冶嫺都; 靚糚刻飾[222]，便嬛綽約，柔橈嬛
嬛[223]，嫵媚孅弱。曳獨繭之褕袘[224]，眇閻易以卹削; 便姍嫳屑[225]，與
俗殊服。芬芳漚鬱[226]，酷烈淑郁; 皓齒粲爛[227]，宜笑的皪; 長眉連
娟[228]，微睇緜藐; 色授魂與[229]，心愉於側。

　　“於是酒中樂酣[230]，天子芒然而思，似若有亡，曰，‘嗟乎，此太
奢侈! 朕以覽聽餘閒[231]，無事棄日，順天道以殺伐[232]，時休息於此;
恐後葉靡麗[233]，遂往而不返。非所以爲繼嗣創業垂統也。’於是乎
乃解酒罷獵，而命有司曰:‘地可墾闢，悉爲農郊，以贍萌隸[234]; 隤墻

填塹㉕，使山澤之人得至焉。實陂池而勿禁㉖，虛宮館而勿仞。發倉廩以救貧窮，補不足，恤鰥寡，存孤獨。出德號㉗，省刑罰，改制度，易服色。革正朔㉘，與天下爲更始㉙。'

"於是歷吉日以齋戒，襲朝服，乘法駕㉚，建華旗，鳴玉鸞，游于六藝之囿㉛，馳騖乎仁義之塗，覽觀春秋之林。射貍首㉜，兼騶虞；弋玄鶴㉝，舞干戚，載雲罕㉞，揜群雅；悲伐檀㉟，樂'樂胥'。修容乎禮園㊱，翱翔乎書圃。述易道㊲，放怪獸；登明堂㊳，坐清廟。次群臣㊴，奏得失；四海之内，靡不受獲。於斯之時，天下大悅。鄉風而聽㊵，隨流而化，芔然興道而遷義㊶，刑錯而不用。德隆於三皇㊷，而功羨於五帝：若此，故獵乃可喜也。若夫終日馳騁，勞神苦形；罷車馬之用㊸，抏士卒之精；費府庫之財，而無德厚之恩。務在獨樂㊹，不顧衆庶，忘國家之政，貪雉兔之獲，則仁者不繇㊺也。從此觀之，齊、楚之事，豈不哀哉！地方不過千里，而囿居九百；是草木不得墾闢，而人無所食也。夫以諸侯之細㊻，而樂萬乘之侈，僕恐百姓被其尤㊼也。"

於是二子愀然改容㊽，超若自失，逡巡避廗㊾，曰："鄙人固陋㊿，不知忌諱，乃今日見教，謹受命矣。"

① 听然：笑貌。"听"音您上聲。　② 述職：按，孟子梁惠王下："諸侯朝於天子曰述職；述職者，述所職也。""述"，陳述；"職"，指諸侯的職權、職責。據尚書大傳，古之諸侯五年一朝見天子，陳述政事方面的情況。　③ "封疆"二句：李善注引郭璞說："天子有道，守在四夷，立境界者，欲以杜絕淫放耳。""淫"，放縱，過分。言規定諸侯的疆界，是爲了防止諸侯有放縱越軌的行爲。　④ 外私肅慎：對外私自與肅慎來往。⑤ "捐國"二句：上句，"捐"作"棄"解，"捐國"指離開本土；"踰限"，出了自己的國境。下句，"田"同"畋"。　⑥ 荒淫相越："越"，超越。此句猶言

"互相以荒淫争勝"。　　　⑦上林: 苑名,在長安之西,本爲秦時所關之舊苑,至漢武帝時重新擴建,南傍終南山而北濱渭水,周圍廣三百里,内有七十座離宮,能容千乘萬騎。按,歷代學者多謂上林賦所描寫的四界,即當時漢代的版圖,所謂"環四海皆天子園囿,使齊、楚所誇,俱在包籠中"(詳見宋程大昌演繁露);但賦中所記"灞、滻"、"涇、渭"、"八水分流"及"南山"等山川形勢,又皆實有所指,而非全屬空中樓閣。清人梁玉繩説:"左思三都賦序文,文心雕龍夸飾篇,並稱相如之賦,詭濫不實。余謂上林地本廣大,且天子以天下爲家,故所敍山谷水泉,統形勝而言之。至其羅陳萬物,亦惟麟鳳蛟龍一二語爲增飾,觀西京雜記、三輔黄圖,則奇禽異木,貢自遠方,似不全妄。況相如明著其旨,曰'子虚'、'烏有'、'亡是',特主文譎諫之義爾;不必從地望所莫、土毛所産而較有無也。"(見其所著之史記志疑)正説明賦家立言虚實參錯的特點,故下文所敍種種,皆宜活看,而不應以歷史考據的眼光去衡量文學作品。　　　⑧左蒼梧:"左",指東方;"蒼梧",漢代郡名,其郡治在今廣西蒼梧縣。舊説以爲此是實指,高步瀛引吴汝綸説:"此皆上林中所爲,以象蒼梧、西極者,猶昆明也。舊注并非。"按,昆明本在雲南,因昆明湖而得名;漢武帝在長安開鑿湖沼,亦以昆明爲名。吴氏據以推斷此賦之"蒼梧"、"西極"皆上林苑中所爲,似近是。　　　⑨右西極:"右",指西方;"西極",舊説謂即古之幽地,高步瀛説:"説文曰:'汃,西極之水也。'引爾雅作'汃'。段注:'"汃"之作"豳",聲之誤也。'瀛案,西極之水,自非太王所居之邠。此亦假上林苑中之水,以象西極汃水也。"按,高説是。"汃"與"邠"音同。　　　⑩"丹水"句:"丹水",水名,發源於陝西商縣西北之冢嶺山,東流入河南境。"更"讀平聲,作"經過"解。　　　⑪"紫淵"句:"紫淵",李善注引文穎説:"西河穀羅縣有紫澤,在縣西北,於長安爲在北也。"按,漢之穀羅縣,在今山西離石縣西北。又,高步瀛説:"李商隱隋宮詩曰:'紫泉宮殿鎖煙霞。'唐人避高祖諱,以泉爲淵,詩言'紫淵宮殿',正指長安宮殿而言。是李義山解紫淵,即以爲上林北之水名矣。則蒼梧、西極、丹水,可以類推。"

"徑"同"經"。　⑫"終始"二句:"灞",水名,源出陝西藍田縣,經長安過灞橋,西北流合滻水而北注於渭水;"滻"音産,源出藍田縣西南谷中,西北經長安會合灞水,流入渭水;"涇"、"渭",二水名,已見前詩經谷風註釋。李善注引張揖説:"灞、滻二水,終始盡於苑中,不復出也。涇、渭二水,從苑外來,又出苑去也。"　⑬酆、鎬、潦、潏:皆水名。"酆水"源出陝西鄠陝縣東北之秦嶺,西北流經長安,納潏水,又西北分流,並注入渭水。"鎬水"發源於長安縣南,其下游則由鎬池北注於渭水。今按,鎬池爲西周都城故址,後淪爲池,久已湮廢無存,故今之鎬水僅存上游,北流入滈水,早已不逼渭水了。"潦"音勞,一作"澇",源出陝西鄠縣南,東北入咸陽西南境,注於渭水。"潏"音聿,或音決,一名沈水,源出秦嶺,西北流歧爲二支:一支北流爲皁水,注於渭水;一支西南流,合鎬水注於酆水。⑭紆餘委蛇:水流曲折宛轉之貌。　⑮"經營"句:"經營",猶言"周旋";"其内",指上林苑内。　⑯八川:卽上文灞、滻、涇、渭、酆、鎬、潦、潏八水,又稱"關中八川"。　⑰"出乎"二句:上句,"椒丘"見前離騷註釋;"闕"一名門觀,謂建二臺於兩旁,上有樓觀,中央有闕口以爲通道,故名爲"闕";此處指兩峯對峙,與雙闕相似。下句,方言:"水中可居爲洲,三輔謂之淤也。"據此,知!"淤"與"洲"同義,是三輔一帶的方言。按,"三輔",指京兆(卽長安)、左馮翊、右扶風,卽長安附近的地區。"浦",水崖。此二句言八川之水流經山闕與洲浦之間。　⑱"經乎"二句:上句,"桂林",漢書如淳注:"桂樹之林也。"或解爲地名,非是。下句,"泱漭",廣大貌;"壄",古"野"字。此二句言八川之水流經桂樹之林和廣闊的原野。⑲"汩乎"二句:上句,"汩"音聿,水流迅疾貌;"混"同"渾",作"豐"解。王先謙説:"'混',史記作'渾',古通用。説文'混'下云:'豐流也。'……先謙案,荀子非十二子篇注:'混然無分別之貌。'八川合流,故曰'混'。'豐流',言流之盛;方言:'渾,盛也。'"此言水流迅疾而水勢盛大。下句,"阿",李善注引郭璞説:"大陵也。"此言水勢順着高的丘陵向下游流去。⑳赴隘陿之口:"赴",奔赴;"隘陿之口",漢書顏注:"兩岸間相迫近者也。”“隘”與“狹”音義相同，“隘隘”猶言“狹隘”。　　㉑“觸穹石”二句：“穹石”，猶言“大石”；“堆埼”，史記索隱引郭璞説：“堆，沙堆；埼，曲岸頭也。”王先謙：“蓋沙壅而成曲岸，水遇之則激起，正與‘穹石’對文。”史記會注考證引中井積德説：“穹石，謂穹隆之石；堆埼，謂高大之埼。”今按，“穹隆”，大貌；“埼”音羈。　　㉒渾弗宓汨：“渾弗”，與“霧沸”同，泉盛出貌（用吕錦文、王先謙説）；“宓”音密，“宓汨”，李善注引司馬彪説：“去疾也。”吕錦文説：“‘宓’與‘泌’同，説文曰：‘俠流也。’”按，“俠”與“狹”通，水道狹窄，故流去迅疾。又，王先謙説：“説文‘宓’下云：‘安也。’周語：‘決汨九川。’韋昭注：‘汨，通也。’‘渾弗’謂水盛出，‘宓汨’言水勢稍平處得安通也。”亦可通。　　㉓偪側泌瀄：“偪側”音逼仄，史記作“湢測”，史記索隱引司馬彪説：“湢測，相迫也。”胡紹煐説：“按，玉篇：‘湢沑，水驚涌貌。’，偪側’與‘湢沑’同。”“泌瀄”音與“偪側”同，司馬彪説：“相揳也。”（王先謙説：“‘揳’同‘擊’。”）胡紹煐説：“本書洞簫賦善注：‘呕節，聲出貌。’‘泌瀄’猶‘呕嚌’。聲急出謂之‘呕嚌’，故水急出謂之‘泌瀄’。”按，此句言水勢猛急，驚涌疾流而相擊有聲。　　㉔轉騰潎冽：“轉騰”，言波浪洶湧翻滾如沸騰；“潎冽”（音撇列），胡紹煐説：“水聲。説文：‘潎，水中擊絮也。’今人以物擊水，猶狀其聲爲潎冽矣。本書秋興賦：玩游魚之潎潎。’亦謂水中出没之聲。”按，胡説是。此言水在翻滾沸騰時發出衝擊之聲，潎冽作響。　　㉕滂濞沆溉：“滂”，史記作“澎”，“澎濞”即“澎湃”；“沆溉”，猶言“慷慨”，史記索隱引郭璞説：“鼓怒鬱硍之貌也。”胡紹煐説：“按，滂濞沆溉四字，音義並通，皆水不平之貌。……史記索隱引郭璞曰：‘鼓怒鬱硍之貌。’正與不平義合。”又，王先謙據説文：“滂，沛也。”又，“濞，水暴至聲。”以釋“滂濞”，亦與“不平”的意義相近。　　㉖穹隆雲橈：“穹隆”指水勢高起之貌；“橈”，曲，“雲橈”，指水勢如雲之低徊曲折。王先謙説：“言水勢起伏，乍穹然而上隆，旋如雲而低曲也。”　　㉗宛潬膠盭：“潬”音善，“宛潬”，與“蜿蟺”同，指水勢蜿蜒盤曲之狀（參用王先謙、高步瀛説）；“盭”，古“戾”字，“膠戾”，指水流糾纏縈繞之狀。　　㉘踰波趣湿："踰"，超越；"踰波"，李善注引司馬彪説："後波淩前波也。""淩"與"踰"同義。"湿"，卑下幽溼之處。胡紹煐説："説文：'湿，溼也。'溼，幽溼也。'幽溼則卑下矣。卑下爲水之所歸，故曰'趣湿'。本書江賦：'乍湿乍堆。''湿'與'堆'對，堆爲高，斯湿爲下矣。" ㉙洌洌下瀨："洌洌"，水疾流貌，"洌"音利；"瀨"音賴，水流於沙灘石磧之上而成爲急湍叫"瀨"。 五臣注張銑説："洌洌，流貌，下於磧瀨也。" ㉚批巖衝擁："批"，擊；"巖"，多巖石的崖岸；"擁"同"壅"，防水的堤（用胡紹煐説）。此句言流水向隄岸衝擊不已。 ㉛奔揚滯沛："奔揚"，指水之奔騰沸揚；"滯沛"迅疾貌，是形容"奔揚"的狀詞。 ㉜瀺灂霣墜："瀺灂"，小水聲，"瀺"音贊上聲，"灂"音捉；"霣"同"隕"，"隕墜"，指水下墜於谿壑。此連上句言水流到沙坻或谿壑時，水勢漸緩，發出細小的聲音而墜入壑中。 ㉝沉沉隱隱："沉沉"，水深貌；"隱隱"，水盛貌。又，王先謙説："隱隱，言水聲殷然也。"亦可通。 ㉞砰磅訇礚："砰磅"，今或寫作"乒乓"，是象聲詞；"訇"、"礚"音義已分見前七發及子虛賦註釋。漢書顏注："砰磅訇礚，皆水流鼓怒之聲也。" ㉟"潏潏"二句：上句，"潏潏"、"涆涆"，皆水涌出貌。"潏"音決，"涆"音骨。下句，"澔溔"音赤緝，水沸貌，是形容"鼎沸"的狀詞。此二句言波濤涌出，如水開了鍋一般。 ㊱"馳波"二句：上句，顏注："言水波急馳，而白沫跳起。"下句，"汩潗"音聿吸，史記索隱引郭璞説："急轉貌。""漂"同"剽"，"剽疾"，指水勢猛悍迅病。按，下句是形容上句的狀語。 ㊲"悠遠"三句：高步瀛説："以下暴怒争流之勢漸平，即將入湖矣。"第一句，"悠遠"，是形容"長懷"的狀詞，"懷"，猶言"歸"，言水勢悠遠，長歸於湖中。按，此句與第三句語意相同。第二句，"寂漻"，猶言"寂寥"（用吕錦文説），是形容"無聲"的狀詞。第三句，"肆"，作"安"解（用顏師古、王先謙説）。顏注："言長流安靜。"王先謙説："肆乎永歸，言安然而長往也。" ㊳"然後灝溔"二句：上句，"灝"同"浩"，"溔"音要上聲，"浩浩"、"潢漾"，李善注引郭璞説："皆水無涯際貌也。"按，此句與七發"浩㲹潢兮"句意義相同。下句，"安翔"，猶言"徐

行”；“回”，迴旋，運轉。此二句言水盛積無邊而緩緩流動。　㊴灝乎潚
潚：“灝”音鶴，李善注引郭璞説：“水白光貌。”“潚潚”同“浩浩”，指水勢浩
大。　㊵“東注”二句：上句，“太湖”，舊注以爲是江蘇的震澤湖，非是。
清齊召南説：“按，此太湖自指關中巨澤言之，非吳地震澤也。……凡巨
澤瀦水，俱可稱太湖，不必震澤。”（見清乾隆官本漢書卷五十七上附考
證）按，齊説近是。又，吳汝綸説：“太湖，卽昆明池也。”高步瀛説：“昆明
池在上林東南，方位正合。八水雖不盡注昆明，此可假借言之耳。”亦可
備一説。下句，“衍溢”，指水漲滿溢出；“陂池”，禮記月令注：“畜水曰陂，
穿地通水曰池。”此處指小湖、小池。此二句言八川之水注入太湖，並且
旁溢於附近的小湖沼中。　（以上寫上林苑中的水勢。）　㊶鯤鱣漸離：
“鯤鱣”音互夢，魚名，似鱓，長鼻軟骨，口在頷下；“漸離”，説文作“蟳
離”，舊説謂是魚名，而不詳其狀，胡紹煐疑是蚌蟹一類的介類水族動物。
㊷鰅鰫鰬魠：四種魚名。“鰅”音庸，皮上有紋，相傳出於朝鮮海内（用説
文説）；“鰫”音容，似鰱魚，呈黑色（郭璞爾雅注）；“鰬”音虔，卽大鮎魚（用
王先謙説）；“魠”音托，一名黃頰魚，頰黃口大，能食小魚（用王念孫説）。
㊸禺禺魼鰨：“禺禺”，魚名，皮有毛，黃地黑文（用李善注引郭璞説）；“魼”
音墟，“鰨”音納，皆爲比目魚一類的魚名，舊注以爲是二物，胡紹煐則以
爲“禺禺”既是一種魚，則“魼鰨”亦不當爲二物。可備一説。　㊹揵：音
建平聲，揚起。　㊺“明月”二句：上句，“明月”和“珠子”是二物（用王先
謙説），“明月”指大珠，“珠子”則指生於蚌胎内的小珠。下句，“的皪”，史
記作“玓瓅”，明珠光彩照耀之貌，“皪”音歷；“靡”與“湄”通，“江湄”，卽江
邊。李善注引應劭説：“明月、珠子，生於江中，其光耀乃照於江邊也。”
㊻“蜀石”二句：“蜀石”，次於玉的石名；“碝”，見前子虛賦註釋，“黃碝”，
黃色的碝石；“水玉”，卽水晶石；“磊砢”，玉石累積貌，“砢”音裸，或音可。
按，“磊砢”是形容上面三種玉石累積很多的狀詞。　㊼“磷磷”三句：第
一句，“磷磷”，玉石色澤燦爛之貌；“爛爛”，光采貌。第二句，“皓”音皓，
“皓汙”，采色輝映之貌。第三句，“藂”，古“叢”字。此言玉石色澤燦爛，

光芒四射，叢積於水中。　⑭鴻鵠鵾鴰：四種鳥名。"鵾"音肅，卽鵾鷄（"鷄"音霜），雁屬，頭高而頸長，羽毛呈綠色；"鴰"已見前詩經鴇羽篇註釋。　⑭屬玉："史記作"鵁鶄"，鳥名，似鴨而大，長頸赤目，羽毛呈紫紺色，性善鬥。"屬"讀爲燭。　⑤交精旋目："交精"，史記作"鶇鶄"，鳥名，大如鳧，高脚長喙，頭上有紅毛冠，羽毛呈翠綠色，俗名茭雞；"旋目"，鳥名，大於鷺而短尾，目旁毛長而呈迴旋之狀。　⑤煩鶩庸渠："煩鶩"，似鴨而小；"庸渠"，鳥名，俗名水雞，似鴨而灰色雞足。　⑤箴疵鵁盧："箴疵"，史記作"鹹鶅"，音斟斯，"鵁盧"卽鸕鷀，皆水鳥名，可以捕食魚類。　⑤汎淫泛濫："汎淫"、"泛濫"，皆指鳥類浮泛於水上之貌。"汎"可讀爲逢，或讀爲蓬。　⑤奄薄："奄"，史記作"掩"，作"息"解，指羣鳥息於水渚之上；"薄"，依，集。史記正義："言或依草渚而遊戲也。"　⑤唼喋菁藻："唼喋"音唼牒，水鳥咬啼食物之聲；"菁"、"藻"，皆水草名。（以上寫水中及水上之物。）　⑤崇山矗矗："崇山"，高山；"矗矗"，高起貌，"矗"音出。又，王念孫説："'矗矗'二字，後人所加也；'崇山巃嵸崔巍'六字連讀。後人加'矗矗'二字，而以'崇山矗矗'爲句，失之矣。"按，王説近是，蓪錄以備考。　⑤巃嵸崔巍：李善注引郭璞説："皆高峻貌也。""巃嵸"音籠總。　⑤嶄巖參嵳："嶄"同"巉"，"巉巖"，高山險峻之貌；"參嵳"，漢書作"參差"，高下不齊之貌。此連上文言"山上有深林大木，而山勢或極險峻，或高下不齊"。　⑤九嵕巀嶭："九嵕"，山名，在陝西醴泉縣東北，"嵕"音宗，"巀嶭"音截孼，高峻貌。　⑥南山峩峩："南山"，卽終南山，屬秦嶺山脈。程大昌雍錄："終南山橫亙關中南面，西起秦、隴，東徹藍田，凡雍、岐、郿、鄠、長安、萬年，相去且八百里，連綿峙據其南者，皆此之一山也。"按，此處當指長安南面終南山的主峯。"峩峩"，高貌。　⑥巖陁甗錡："巖"，險峻；"陁"，漢書作"阤"，卽"陂陁"、"陁靡"的"陁"，作"傾斜"解；"甗"音研上聲，卽甑，"錡"音蟻，三足的釜。王先謙説："方言：'鍑，江、淮、陳、楚之間謂之錡。'注：'錡，三脚釜也。'山之嵌空玲瓏，有若錡然。與'甗'對文，甑釜相類之物，故舉以爲喻。'巖'、'陁'、

'巇'、'錡'四字，各爲一義。言或巖而峻，或陁而下，或如巇而巉嶭，或如錡而嵌空也。"又，此句五臣本"巇"作"巚"，指山嶺；李善注引司馬彪説："錡，攲也。""攲"，傾斜，攲側。故日人瀧川資言史記會注考證釋此句爲"巖靡嶘攲"，猶言"山巖呈斜坡狀，山嶺呈傾側狀"。亦可通。　　62摧婌崛崎：王先謙説："'摧婌'，卽'崔巍'字，形有增省耳。……玉篇：'崎嶇，山路不平也。''崛'、'嶇'一聲之轉，是'崛崎'卽'崎嶇'矣。""崛"音掘。按，此句寫山勢之高峻與山徑之崎嶇。　　63振溪通谷："振"作"收"解（用何焯、胡紹煐引申張揖、李善説），李善注："言山石收斂溪水，而不分泄。""溪"同"谿"，"谿"、"谷"皆山邊低坳之地，故爲川流灌注集中之處；"通"，流動。此句言山中有的地方是蓄水的山谿，有的地方是流水的山谷。　　64蹇産溝瀆："蹇産"，曲折貌，是形容"溝瀆"的狀詞。　　65谽呀豁閜："谽"音含，"谽呀"，大而空貌（用王先謙説）；"閜"音夏，"豁閜"，空虛貌。此句是形容上文"谿"、"谷"的狀語。　　66阜陵別隝："阜"，丘；"陵"，大阜；"隝"卽"島"。顏注："言阜陵居在水中，各別爲島也。"67崴磈嵔廆："崴磈"，高峻貌，"嵔廆"，與"崴磈"音義並同。此四字之音皆讀爲偉。　　68丘虚崛礨："虚"，史記作"墟"；"堀礨"，史記作"崛礧"。史記正義："'丘虚'、'崛礧'，皆堆壟不平貌。""虚"讀爲袪，"丘虚"是雙聲連緜詞，"崛礨"音窟壘。　　69隱轔鬱壘："轔"讀上聲，"壘"音壘，"隱轔"、"鬱壘"，皆山不平貌。　　70施靡："施"，五臣本作"陁"，"陁靡"已見前子虚賦註釋。此指山勢傾斜，漸趨於平坦。　　71貏豸："貏"音被，"豸"音柴上聲，山漸平貌。　　72沈溶淫鬻："沈"音唯上聲，"沈溶"，水緩流貌，形容水流於溪谷之間的狀詞；"淫鬻"音游育，與"沈溶"同義。　　73散渙夷陸："散渙"，猶言"渙散"，顏注："分散而渙然也。""渙"，指風行水上，把水吹散的樣子。"夷"，平；"陸"，廣大的平野。此句言山勢漸平，成爲一片陸地。王先謙説："言將至平地，水則沈溶而淫鬻，山則散渙而夷陸也。"　　74亭臯二句：上句，"亭"，猶言"平"（用吳汝綸、王先謙説）；"臯"，水旁地。此句猶言"平臯千里"。下句，李善注引郭璞説："皆築地令平也。""靡不"猶言"無不"。　⑦"布結縷"二句：上句，"布"，佈滿各處；"結縷"，草名，多年蔓生，莖細長，著地之處，皆生細根，葉如茅。下句，"攢"，指叢聚而生；"戾"同"莀"，音利，深綠色；"莎"音梭，草名，根可染紫色。"莀莎"，猶言綠色的莎草（用王先謙說）。　⑦橐本射干："橐"音稿，"橐本"，一年生草，莖葉有細毛，葉呈羽狀，夏開白花，根可入藥；"射干"，見前荀子勸學篇註釋。　⑦"茈薑"二句：上句，"茈"同"紫"，"茈薑"即"紫薑"。"襄荷"見前子虛賦"巴苴"註釋。下句，有兩種說法：一、以"葴持"和"若蓀"爲兩種草名（清李慈銘、吳汝綸說，李說見漢書補注引），李氏以"葴持"的"持"是"藏"之假借字，"葴藏"一名"寒漿"，又名"酸漿草"，花小而白，莖中心呈黃色，葉苦可食。吳氏則以爲即子虛賦中的"葴菥"。"若蓀"，李氏無釋，而吳氏則疑爲菖蒲之一種。二、以"葴"、"持"、"若"、"蓀"爲四種草名（朱崟、胡紹煐說）。"若"，杜若，"蓀"，香草名，二者類亦相近。今按，上文"揭車衡蘭"句是三種草名，此處"葴持"疑應從李慈銘或吳汝綸說，而"若"、"蓀"自是二物，亦爲三種草名。　⑦鮮支黃礫："鮮支"，香草名，可染紅色，一名檓支（"檓"音煙），又名焉支或燕支（參用胡紹煐、沈欽韓、李慈銘、王先謙諸人之說）；"黃礫"的"礫"，李慈銘以爲是"藥"的通借字，他說："本草有'黃藥'。李時珍云：'其莖高二三尺，柔而有節，似藤葉，大如拳，其根外褐內黃，人皆擣其根入染藍缸中，云易變色也。'賦蓋謂此。"（見文選李註義疏引，李時珍說則見本草綱目卷十八下）按，李說是，"鮮支"可染紅，"黃藥"可染黃，故此處並舉其名。　⑦蔣芧："蔣"，即菰蒲草，俗呼爲茭，其所結之實即菰米；"芧"是"芧"之誤字（詳見胡克家文選考異），"芧"音余，即橡實。　⑧"布濩"二句：此二句爲對文。上句，"布濩"，普徧佈滿；"閎"同"宏"，大。王先謙說："此言草普徧布散於大澤之中。"下句，"延曼"，猶言"蔓延"；"太原"，王先謙說："猶言'廣原'。"　⑧離靡廣衍："離靡"，相連不絕貌；"衍"，分布，"廣衍"，廣佈。　⑧吐芳揚烈："揚"，散發；"烈"，指酷烈的香氣。此言花草吐露、散發出濃烈的芳香。　⑧"郁郁"二句：上句，"郁郁"、

"菲菲"、形容香氣四散的狀詞。下句，"發越"，猶言"發散"、"發揚"。
㊷胅蠁布寫："胅"音吸，說文："胅，響布也。"王先謙說："言聲響四布也。"
"蠁"音響，說文："蠁，知聲蟲也。"桂馥說文義證引蟲異賦注："蠁，知聲蟲
也，能令人不迷。"王先謙說："凡言'胅蠁'者，蓋聲入則此蟲知之，其應最
捷，故以喻靈感通微之義。……此賦'胅蠁布寫'及文選吳都賦'芬馥胅
蠁'，皆謂香氣四達而入人心，……靈感通微之意也。"按，王說是。"寫"，
吐露，"布寫"，猶言"四佈"。　　　㊺晻薆呅莋："晻薆"，又作"奄藹"、"晻
藹"或"馣鶡"，"呅莋"，又作"苾勃"、"飶莋"，皆狀詞，形容芳香之盛。清
方廷珪說："此段寫上林苑之山溪，及山溪中所生之草木。自'崇山'至
此，通爲一大段。"(見其所著文選集成)。　　　㊻繽紛軋芴："繽紛"，衆盛
貌；"軋芴"，不可分別之貌，"芴"音勿。此言苑中景物衆盛，不可分辨。
㊼芒芒恍忽："芒芒"，李善注引郭璞說："言眼亂也。"　　　㊽"其南"二句：
上句，"隆冬"，嚴冬，指最寒冷的季節；"生長"，指草木生長。下句，"涌"，
史記作"踊"；"踊水"與"躍波"同義，指波濤起伏不停，李善注引郭璞說：
"言不凍也。"按，此二句是誇大之詞，極寫苑中地域廣闊，其南端竟是熱
帶氣候，雖嚴冬亦如春夏。下文"其北"二句仿此，而意恰相反。　　　㊾獑
猢貘犛："獑"，史記作"犌"，音容，牛類，一名封牛，頸上有肉堆，有力而善
走。"猢"卽猢牛，四肢有毛，體上之毛雜黑白二色；"犛"音狸，又音茅，生
於西南邊境，毛可爲拂塵，字或作"氂"；舊說以爲"犛牛"卽"猢牛"而桂
馥說文義證則以爲猢牛大，犛牛小，犛牛黑色，猢牛黑白二色。兩者是有
區別的。高步瀛說："草木鳥獸之名，古人各據所見聞爲說，後人殊難定
於一是。此賦既'猢'、'犛'並舉，則桂氏說得其旨矣。"今按，桂說近是。
"貘"同"貊"，音陌，似熊，毛呈黃黑色，亦有白色者，齒銳利，據云能食銅
鐵。　　　㊿沉牛麈麋："沉牛"，卽水牛，因其可沉沒水中，故名沉牛。"麈"
音主，似鹿而尾大，頭生一角，談說者飾其尾，以手持之，以示有禮貌。
(51)赤首圜題："赤首"，古獸名，見於山海經。"圜"同"圓"；"題"爲"蹍"之
誤字，卽"蹄"，"圓蹄"，卽子虛賦"射麋腳麟"的"麟"(以上用王先謙說)。

○92窮奇象犀:"窮奇",怪獸名,李善注引張揖説:"窮奇狀如牛而蝟毛,其音如嗥狗,食人者也。"　　○93涉冰揭河:"涉",渡;"揭"音器,搴衣而渡。此言苑中極北之地,雖盛夏河亦結冰,故須揭衣涉冰而過。　　○94角端:獸名,牛類,其角生在頭頂的正中,故名"端",其角可以製弓,説文作"角鑏"。　　○95橐駝:卽駱駝。顔注:"橐駝者,言其可負橐襄而駝(馱)物,故以名云。"　　○96驒騱:音顚奚,野馬之一種,毛呈青黑色,上有白鱗,花紋似鼉魚。　　○97駃騠驢騾:"駃"音决,"駃騠",駿馬名。王念孫説:"'駃'之言'趹'(按,'趹'音决,廣韻:'馬疾行也'。),'騠'之言'踶',疾走之名也。""騾"卽古"驘"字,驢馬雜配所生。高步瀛説:"以上苑中景物。詳述獸類,爲下文敗獵張本。"　　○98彌山跨谷:"彌",滿、遍;史記正義:"言宮館滿山,又跨谿谷也。""跨谷",王先謙説:"谿谷低處,以浮梁(卽飛橋之類)承拄而越之,有若跨然。"　　○99重坐曲閣:"重坐",猶言"重室",指兩層的樓房,卽七發"臺城層構"之意。"曲閣",漢書顔注:"閣之屈曲相連者也。"　　○100"華榱"二句:上句,"華",指彫繪花紋;"榱"音催,房椽;"華榱",在房椽的前端有彫繪的花紋。"璧",玉;"璫",古代宮殿屋頂所用的筒瓦的前端,通稱瓦當;"璧璫",指用玉嵌飾瓦當。下句,"輦道",顔注:"謂閣道,可以乘輦而行者也。""繚屬",王先謙説:"説文:'繚,冠織也。'閣道迴環,如織絲之相連屬。"　　○101"步櫩"二句:上句,"櫩",古"檐"字,"步櫩",卽今之長廊;"周流",指可以在長廊之上周徧經行。下句,顔注:"謂其途長遠,雖經日行之,尚不能達,故中道而宿也。"按,此是誇大之詞,極寫步櫩之長。　　○102夷嶮築堂:"夷",平;"嶮",山之高者。顔注:"言平山而築堂於其上。"　　○103累臺增成:"增"同"層","成",作"重"(讀平聲)解,"一成"卽是"一重";"增成",猶言"重重"。此言建築起層層的樓臺。　　○104巖突洞房:"突"音要,或讀seventy上聲,"巖"、"突"、"洞",皆幽深貌(用王念孫説)。按,"巖突"是形容"洞房"幽深的狀詞。　　○105"頫杳眇"二句:上句,"頫",古"俯"字;"杳眇",五臣注劉良説:"深邃貌。"下句,"橑"音老,屋椽。顔注:"言臺樹之高,有升上之者,俯視則不見地;仰攀其橡，可以摸天也。"　　⑩⑥"奔星"二句：上句，"奔星"，流星；"更"，經；"閨闥"，宮中小門。下句，"宛虹"，彎曲之虹；"拖"，卽"拖"，猶言"越過"；"楯"音順上聲，欄檻；"軒"，指長廊上的窗。劉良說："言流星宛虹，經越門窗欄檻之上也。"　　⑩⑦"青龍"二句：上句，"青龍"，五臣注以爲是車。今按，此當是爲神仙駕車的馬，猶離騷所謂"駕八龍之蜿蜒"；"蚴蟉"音有柳，卽"蜿蜒"之意；"箱"，今通作"廂"。顏注："正寢之東西室，皆曰'箱'。言似箱篋之形。"程大昌雍錄："……正殿兩旁有室，卽'廂'也。……其東曰箱，以形言也，卽……殿旁之房也。"下句，"象輿"，用象駕着的輿輦（用朱琦說），此處指神仙所乘的車；"婉僤"，猶言"蜿蜒"、"宛轉"，與"蚴蟉"皆作"行步進止之貌"解（用顏師古、朱琦說）；五臣注又解作"龍象迴轉之貌"，亦可通；"西清"，與"東廂"爲對文。顏注："'西清'者，西箱清靜之處也。"程大昌說："其西曰清，以清淨言也，謂其地嚴潔無囂塵也。賦體貴文，故變新以言耳；其實一也。"按，此下言離宮之美，惟神仙可居，故此處先寫神仙所乘的輿輦。　　⑩⑧"靈圉"句："靈圉"，衆仙的稱號；"燕"，閒居；"閒館"，清閒的館舍。此言苑中的館舍非常清静幽閒，可以做爲衆仙閒居之地。　　⑩⑨"偓佺"二句：上句，"偓佺"，古仙人名，相傳以松子爲食而體生毛，見列仙傳；"倫"，流亞，儕輩。下句，"暴"同"曝"，李善注引郭璞說："謂偃卧日中也。""榮"，史記索隱引應劭說："屋檐兩頭如翼也。""南榮"，指南檐下。此言"如偓佺之流的人，都可以卧在南檐下曝太陽"。　　⑪⑩"醴泉"二句：上句，"醴泉"，猶言"甘泉"；"清室"，猶言"淨室"。下句，"通川"，川流不息的水。顏注："言醴泉於室中涌出，而通流爲川，而過中庭。"　　⑪⑪"盤石"二句："盤"，漢書作"磐"，"磐石"卽大石；"振"，應依史記、漢書作"祗"（用胡克家、梁章鉅、許巽行說），與"砥"同，指用石頭把水涯修砌整齊（參用胡紹煐、王先謙說）。"崖"，指水涯。王先謙說："蓋醴泉通流成川之處，以磐石密緻（細密地排列綴飾）其崖。下文'嶔巖倚傾'三語，皆指砥崖之石而言。'砥'與'整'同義，'振'、'整'古義通用。"　　⑪⑫"嶔巖"三句：第一句，"嶔"音鉗，"嶔巖"，深險貌；"倚傾"，敧斜傾側。

第二句，"嵯"音搓，"嵯峨"，高大貌；"嶻嶪"音捷業，形容石勢高危的狀詞。第三句，"刻削"，形容石頭紋理深刻，輪廓有鋒稜，如經過人工刻削的一般；"崝嶸"，高峻貌。王先謙説："隨水之高下，以石砯之，故其低處則'嶔巖倚傾'，其高處則'嵯峨嶻嶪'也。"又説："'刻削崝嶸'，皆言石狀。" ⑬旁唐：猶言"磅礴"、"盤礴"，廣大貌。 ⑭玢豳文鱗："玢"音紛，"玢豳"，紋理貌；"文鱗"，王先謙説："言其文斑然鱗次也。"按，"玢豳"、"文鱗"，皆疊韻連縣詞。 ⑮"赤瑕"二句：上句，"赤瑕"，赤色的玉；"駁犖"，指色采斑駁不純。下句，"舀"音義同"插"，"雜舀"，言錯綜夾雜。此二句言赤玉夾雜在崖石之中，文采斑駁。 ⑯"晁采"二句："晁采"、"琬琰"、"和氏"，皆美玉名。"晁"同"鼂"，即"朝"字，顏注："朝采者，美玉；每旦有白虹之氣，光采上出，故名'朝采'，猶言夜光之璧矣。""琬琰"音惋演，璧之大者。"和氏"，指春秋時楚人卞和所得的玉璧。"出焉"，顏注："言今皆出於上林。"方廷珪説："此段寫苑中閣道、臺觀及珍寶之多。自'離宮'至此，通爲一大段。" ⑰盧橘夏熟："盧橘"，橘之一種，每年秋天結實，至次年二月漸青黑，至夏始熟。"盧"黑色，此橘成熟後，核卽變黑，故名"盧橘"。 ⑱黃甘橙楱："甘"同"柑"；"楱"音湊，也是橘類，惟皮有皺紋，故又名皺子。 ⑲樧：説文："樧，酸小棗也。"按，"樧"，木名，即酸棗樹(用王先謙説)，此處則指其果實而言。 ⑳亭奈厚朴："亭"一作"檉"，即棠梨(用郝懿行爾雅義疏説)，今俗名海棠果；"奈"，果名，與蘋果爲一類；"厚朴"，木名，因其樹皮甚厚，一名"重皮"，葉四季不凋，紅花而青實，其實之味，甘美可食。至其樹之皮則可以入藥。㉑蒲陶：即葡萄。 ㉒隱夫薁棣："隱夫薁棣"，李善、顏師古皆言未詳。高步瀛説："竊意'隱夫'乃夫栘(按，'夫'一作'杖'，音扶，'栘'音移)，'栘'、'隱'聲之轉，'夫栘'、'隱夫'名之轉，其實一也。'夫栘'爲常棣……'隱夫'爲一物，'薁棣'亦爲一物，蓋卽召南之唐棣也。"按，高説近是。"常棣"，木名，已見詩經采薇註釋。"薁"同"郁"，"薁棣"，即唐棣，一名郁李，落葉灌木，花五瓣而色白，果實呈紫赤色，味酸。 ㉓苔遝離支："苔邅”，說文作“𣙙㯕”（音答踏），木名，果似李；“離支”，即荔枝。　⑭虒：與“迆”通，作“延”解，指果樹縣延而生。　⑮“揚翠葉”二句：此寫樹木搖曳動盪之態。“揚”，擺動；“扤”音兀，動搖不定。　⑯“發紅華”二句：“華”同“花”，“榮”，亦指花。爾雅釋草：“木謂之榮，草謂之華。”此二句言草本和木本的植物都開着紅色的花朵。　⑰“煌煌”二句：上句，“煌煌”、“扈扈”，光采盛貌。又，韓詩釋簡兮篇，以“扈扈”爲“美”，亦可通。下句，“鉅野”，廣大的原野。　⑱沙棠櫟櫧：“沙棠”，果名，北方俗名沙果；“櫟”，橡實；“櫧”音諸，木名，其實小於橡實。　⑲華楓枰櫨：“華”，即“樺”，木名，其皮厚而輕虛柔軟，可用以襯靴裏；“枰”，一名平仲木，即銀杏樹；“櫨”音盧，一名黃櫨，落葉喬木，實扁圓而小，可採蠟。　⑳留落胥邪：“留落”，錢大昕廿二史考異以爲是“劉杙”（木名，實如梨，味酸甜而核堅，見爾雅），高步瀛據張衡南都賦及段成式酉陽雜俎，以爲即是石榴。可兩存其說。“胥邪”，即椰子樹（用史記索隱引司馬彪說，沈欽韓說同）。　㉑仁頻并閭：“仁頻”，即檳榔樹；“并閭”，一作“栟櫚”，已見前七發註釋。　㉒楼檀木蘭：“楼”音讒，“楼檀”，檀木之別種，無香氣；“木蘭”，已見前離騷註釋。　㉓女貞：即冬青樹，一名楨木。葉長四五寸，其實先黑後紅，立夏前後取蠟蟲之種子裹置枝上，半月之後，其蟲化出，可取白蠟，故俗呼爲蠟樹。顏注：“女貞樹冬夏常青，未嘗凋落，若有節操，故以名焉。”　㉔大連抱：“連抱”，顏注：“言非一人所抱。”此指樹幹粗大，好幾個人才能抱得過來。　㉕“夸條”二句：上句，“夸”，漢書補注引王文彬說：“即‘荂’之省文。說文：‘荂’，草木華也。或从艸从夸。釋草：‘華，荂也。’‘華、荂，榮也。’……今俗作‘花’字。此賦以‘荂’、‘條’、‘實’、‘葉’四字相對爲文，謂‘荂’與‘條’氣機直達，‘實’與‘葉’蕃殖大茂也。”按，王說是。此言樹木的花朵和枝條都生得非常開展、舒暢。下句，“葰”，“俊”或“峻”之假借字，作“大”解（用呂錦文說）；“楙”，古“茂”字；言果實和葉子都生長得非常碩大、茂盛。　㉖“攢立”二句：上句，“攢”、“叢”同義，皆指樹木叢聚而生；“立”、“倚”，指樹木生長的形狀。此言樹木或聚立於一處，或叢簇地相倚。下句，"連卷"，卽"連蜷"，指枝柯蜷曲着生長；"欐佹"音里詭，顏注："支柱也。"王先謙說："案，'欐'聲義並從'麗'，'麗'，附也；詩皇矣箋、釋文：'佹，戾也。'樹之枝柯相附，而又相戾，顏訓'支柱'，得之。猶言'交戾'矣。"按，王說是，此指樹枝交叉着生長而又互相背戾。 ⑬⑦崔錯癹骫："崔"讀上聲，同"璀"，"璀錯"，衆盛貌，此處猶言"交雜"(參用顏師古、王先謙說)；"癹"音撥，"骫"，古"委"字，"癹骫"，盤紆糾結之貌。按，此句也是形容枝條雜錯盤紆之形的狀語。 ⑬⑧坑衡閜砢："坑"，"抗"之假借字；顏注："言樹之枝榦相抗爭衡也。"吕錦文說："'坑'卽'抗'之借，此形容木之曲直抗衡，言高舉而横出也。""閜"音我，"閜砢"，形容樹木高大之貌。 ⑬⑨"垂條"二句：上句，"扶疏"，枝條四布之狀。下句，"落英"，卽落花；"幡纚"，飛揚貌。 ⑭⓪紛溶萷蔘："紛溶"，五臣注張銑說："繁大貌。""萷蔘"，今通作"蕭森"，草木盛貌。 ⑭①猗狔從風："猗狔"，同"旖旎"，卽婀娜；"從風"，猶言"隨風"。 ⑭②"藰莅"三句：第一句，"藰莅"，音留栗，象聲詞，指風吹林木，其聲凄清，一作"漻淚"，又作"憭慄"(用王先謙說)；"芔"應作"歘"，同"欻"，讀若忽；"芔歙"猶言"呼吸"，此處指風聲迅疾(參用朱珔、胡紹煐、王先謙說)。第二句，"象"，似；"金石"，指鐘磬。第三句，"籥"，管樂器，有三孔。此言風吹林木，其聲有如鐘磬管籥。 ⑭③"偨池"二句：上句，"偨"、"茈"皆音庇，"虒"音池；"偨池"與"茈虒"同義，卽"差池"("差"亦音疵)，猶言"參差不齊"，此處指樹木之高下參差。下句，"旋還"，猶言"環繞"。此言樹木環繞後宮而生。 ⑭④雜襲累輯："雜襲"，顏注："相因也。""輯"同"集"，"累集"，猶言"積累"。此句猶言"重疊累積"，指樹木衆盛之狀。 ⑭⑤"被山"四句：第一句，"被山"，言樹木生得漫山遍野；"緣谷"，指樹木沿着谿谷而生。第二句，"循"，順；"阪"，山坡；"隰"，低地：此言順着山坡，下而至於低窪的地方，都生長着樹木。第三、四句言樹木之多，一眼望不到邊，而察之無窮無盡。高步瀛說："以上離宮中樹木之暢茂。" ⑭⑥玄猨素雌："玄"，黑色；"猨"同"猿"；"素"，白色。李善注："玄猨，言猨之雄者玄色也。素雌，猨之雌者素色也。” ⑭蜼玃飛蠝：“蜼”音遺去聲，又音幼，同“狖”，已見前涉江註釋。“玃”，獼猴之老壽者，已見前子虛賦注引陸璣說；抱朴子對俗篇也說：“獼猴壽八百歲變爲猿，猿壽五百歲變爲玃。”“飛蠝”，卽能飛的鼯鼠，“蠝”音壘。 ⑭蛭蜩蠼蝚：“蛭”音質，一種能飛的獸，據云身生四翼，見山海經。“蜩”當作“猢”，獸名，大如驢，狀如猴，善於爬樹，見神異經。“蠼蝚”應作“玃猱”，已見子虛賦註釋。 ⑭獑胡豰蛫：“獑”音慚，“胡”又作“猢”，“獑猢”，似猿而足短，騰躍如迅鳥之飛，見太平寰宇記引郡國志。“豰”，當依說文作“㲉”，犬屬，腰以上呈黄色，腰以下呈黑色，以猴類爲食物，讀若構（用錢大昕說，見漢書辨疑）。“蛫”音詭，山海經中山經：“卽公之山有獸焉，其狀如龜，而白身赤首，名曰蛫。”又，類篇：“蛫，一曰猿類。”按，清人如余蕭客、朱珔、梁章鉅、胡紹煐、王先謙皆從前說，可並存。 ⑮翩幡互經：“翩幡”，卽“翩翻”，本指鳥飛輕疾貌，此處指猿類身體矯捷靈巧：“互經”，交互地來來去去。 ⑮“夭蟜”二句：李善注引郭璞說：“皆獼猴在樹共戲姿態也。”五臣注張銑說：“‘夭蟜’、‘偃蹇’，蹲挂之狀。”“蟜”音矯。“枝格”“格”應作“挌”，作“枝柯”解（參用錢大昭、高步瀛說）。“杪”音秒，樹梢；“顛”，頂端。 ⑮“隃絶梁”二句：上句，“隃”，同“踰”，越過；“絶梁”，猶言“斷橋”。顏注：“言超度無梁之水。”下句，“騰”，躍過：“殊”，異；“榛”，叢生之木。此言猿猴從一片奇異的叢木之上躍過。 ⑮“捷垂條”二句：上句，“捷”與“接”通；“垂條”，下垂的枝條。李善注引張揖說：“接持懸垂之條。”下句，“掉”，應從史記作“踔”，史記集解引郭璞說；“縣蹏也。”王先謙說：“謂以身投擲於空中。”“希”，疏；“間”，讀去聲，空隙。此言猿猴擲身於枝條稀疏的空隙之處。 ⑮“牢落”二句：上句，“牢落”，李善注：“猶‘遼落’也。”按，卽“零星”、“散漫”之意。“陸離”，參差不齊貌。下句，“爛漫”，當是形容“遠遷”的狀詞，史記正義引郭璞說：“奔走崩騰狀。”顏注：“言其聚散不恆，雜亂移徙也。”按，顏釋此二句大意甚是。上句寫零落分散，下句寫聚集奔走。 ⑮“娛遊”二句：上句，“娛”爲

"娭"之誤字,"娭"卽"嬉"之正寫(用王念孫說),史記卽作"嬉";"娭"指嬉
戲。下句,"宮"、"館"是名詞,指離宮別館,此處作"宿"、"舍"的賓位,而
置於動詞之前;"宿"、"舍"是動詞,都作"居住"、"止宿"解。此句言天子宿
於宮而舍於館。　　⑮"庖廚"三句:"徙",遷徙;"後宮",史記索隱:"內人
也。"指後宮的嬪妃侍妾。此三句寫每處離宮別館,都有侍奉天子的人,
天子經行各處,庖廚後宮之人不必跟着遷徙。五臣注呂向說:"庖廚、後
宮、百官之屬,皆當自具,無所移徙。"顏注:"言所在之處供具皆足也。"
(以上寫苑中樹林內獸類及離宮之多。)　　⑮背秋涉冬:"背",去;"涉",
入。此猶言"去秋入冬"。　　⑮"乘鏤象"二句:上句,"鏤象",指用象牙
鑲鏤車輅的車。下句:"虯"同"虹","玉虯"見前離騷註釋。此指駕以六
馬。　　⑮"拖蜺旌"二句:"拖",曳;"靡",傾斜;"蜺"同"霓","霓旌"、"雲
旗",李善注引張揖說:"析羽毛染以五采,綴以縷,爲旌;有似虹蜺之氣
也。畫熊虎於旐,爲旗,似雲氣也。"按,張說近是。又,文選張衡東京賦
引薛綜注:"旗謂熊虎爲旗;爲高至雲,故曰雲旗也。"亦可備一說。
⑯"前皮軒"二句:上句,"軒",前驅之車;"皮軒",車上蒙虎皮以爲飾。下
句,"道"同"導","導游",指導車、游車,也是天子出遊時前導的車。李善
注引文穎說:"天子出,道車五乘,游車九乘,在乘輿車前。"李善說:"言皮
軒最居前,而道游次皮軒之後。此爲前後相對,爲偶亂耳,非謂道遊在乘
輿之後。"　　⑯"孫叔"二句:"孫叔"、"衛公"有二解:一、指漢武帝時之
太僕公孫賀(字子叔)和大將軍衛青(李善注、顏師古注引鄭氏說,朱琦從
之);二、指古之善御者。吳仁傑說:"此兩人蓋指古之善御者耳。下云
'青琴、虙妃之徒,色授神予,心愉於側',又豈當時真有此耶?……校獵
賦(按,卽揚雄羽獵賦)'蚩尤並轂,蒙公先驅',二京賦'大丙弭節,風后陪
乘',亦祇用古人。此類甚多,不可徧舉。"(見其所著兩漢刊誤補遺),按,
吳說近是。蓋此類描寫皆源於離騷,不必指實其人。"奉"同"捧","奉
轡",指駕車;"參"同"驂","驂乘",指在車右爲衛。　　⑯扈從橫行:"扈
從",卽"護從"(用胡紹煐說),指天子的侍衛;"橫行",王先謙說:"謂軍士

分校就列,天子周回按部,不由中道行而旁出。"按,王說近是,意指扈從之徒衛護着天子從部曲前面橫着過去,如今檢閱之狀。　⑯"出乎"句:"四校",顏注:"闌校之四面也。"按,天子射獵,設木爲闌校,故名"校獵",已詳前七發註釋。又據上引王先謙說,"扈從"實天子之代稱,則此句的主語卽是天子。而余蕭客說:"此言天子校獵,故諸武人扈從者,橫行闌校四面之外,防憑獸衝突。"(見其所著文選紀聞)則以此句的主語爲扈從的侍衛,亦可通,謹錄以備考。　⑯"鼓嚴簿"二句:"鼓",指擊鼓;"簿",鹵簿。王先謙說:"案,蔡邕獨斷:'天子出,車駕次第,謂之鹵簿。'五經精義:'車駕行,羽儀雙導,謂之鹵簿,自秦、漢始有其名。'蓋天子儀衛森嚴,故曰'嚴簿'。言鼓於嚴簿之中而縱獵者也。"按,王說近是。又,吳汝綸釋"嚴"爲"戒","嚴簿"猶言"警衛着的鹵簿",亦可通。　⑯"河、江"二句:"河、江"和"泰山",皆泛指,"泰"同"太",卽"大","泰山"猶言"大山"(用王念孫說);"陆"音祛,說文:"依山谷爲牛馬圈也。"顏注引蘇林說:"'陆',獵者圜陳(按,'圜陳',猶言'圜陣')遮禽獸也。""櫓",望樓(用李善注引郭璞說)。顏注:"因江河以遮禽,登太山而望獲,言田獵之廣遠耳。"　⑯"車騎"二句:上句,"靁",古"雷"字;"起",作;言車騎之聲如雷霆大作。下句,"殷"讀上聲,猶言"震"。　⑯"先後"二句:上句,言車騎卒徒先後陸續分散。下句,顏注:"言各有所追逐也。"指追逐禽獸。　⑯"淫淫"三句:第一句,已見前子虛賦註釋。第二句,言車騎卒徒沿着山陵、順着川澤向前行進。第三句,"施",行,指落雨。此言車騎卒徒漫山遍野,如雲之布滿天空、雨之降於地面。　⑯"生貔豹"二句:上句,"生",作動詞用,指生擒活捉;"貔"音批,猛獸名,與豹同類。下句,"搏",用手搏擊。　⑰"手熊羆"二句:"手"、"足",顏注:"'手',言手擊殺之,'足',謂蹴蹋而獲之。""壄"同"野","野羊",或謂是羚羊(李善注引張揖說),或謂是羱羊(沈欽韓、王先謙等引申顏師古說)。按,羚羊和羱羊皆爲羊之一種,皆有大角。朱珔說:"余謂羚在山崖間,亦野羊也,與羱羊並通。""羱"音丸,或音元。　⑰"蒙鶡蘇"二句:上句,"蒙",作"冒"

解，猶今言"戴帽子"的"戴"；"鶡"，鳥名，似雉，鬥至死而不退却，其尾羽可以爲冠飾；"蘇"，鳥尾。顏注引郭璞説："蒙其尾爲帽也。"下句，"綺"同"袴"，顏注引張揖説："著白虎文綺也。"按，姚鼐説："續漢書輿服志云："武冠：環纓無蕤，以青絲爲緄，加雙鶡尾。五官、左右虎賁、羽林中郎將、羽林左右監，皆冠鶡冠。虎賁將虎文綺。襄邑歲獻，織成虎文。"此乃所云'蒙鶡蘇、綺白虎'也。"按，姚説是。此二句言獵者戴鶡尾冠，穿着有白虎圖案的褲子。高步瀛説："……此言獵者之冠與袗，下言服與騎，亦有次第。"　⑰"被斑文"二句：上句，"被"讀爲"披"，即穿著；"斑文"，李善注："虎豹之皮也。司馬彪續漢書曰：'虎賁騎皆虎文單衣。'"史記索隱引文穎説："單衣，即此'斑文'也。"下句，"跨"，乘，騎；"壄"同"野"，"野馬"即駏驉，已見子虛賦註釋。王先謙説："喻所跨之駿捷。"　⑱"淩三嵕"二句：上句，"淩"，一作"陵"，升，登。"三嵕"，史記集解引漢書音義："三成之山。""成"，即"重"，"三成"，猶言"三層"、"三疊"。"危"，指山之最高處。此言勇士們爬上了高山的頂巔。下句，"磈歷"，顏注："沙石之貌也。""坻"，顏注："水中高處也。"王念孫説："師古説'坻'與'磈歷'之義皆非也。'坻'，謂山阪也。説文曰：'秦謂陵阪曰"阺"，字或作"坻"。'玉篇：'……水中可居曰"坻"。'又音底，埤蒼云："坂也。"'是陵阪之坻音底，與水中之坻音遲者不同。張衡南都賦曰：'坂坻嶔崟而成甗。'是也。張揖曰：'磈歷，不平也。'（原注：見文選注。案，'磈歷'疊韻字，謂山阪不平，磈歷然也。師古以'磈'與沙石同類，輒云'磈歷，沙石之貌'，望文生義，失其本指矣。）故曰'下磈歷之坻'。'坻'爲山阪，故言'下'。若水中之坻，則不得言'下'矣。'陵三嵕之危，下磈歷之坻'，皆言山而不言水。下文'越壑屬水'，乃始言涉水耳。'坻'讀如底，與下文'水'、'豸'、'氏'、'冢'爲韻，非與'危'爲韻；'危'字古音魚戈反，亦不與'坻'爲韻也。"按，王説是。以其考證甚精詳，故錄以備考。　⑭越壑屬水："越"，跨越；"屬"，涉。此言"越過山谷，渡過河流"。　⑮"椎蜚廉"二句：上句，"椎"音鎚，擊殺；"蜚廉"，李善注引郭璞説："龍雀也。鳥身鹿頭。"下句，"弄"，指用手擺佈；“獬”音蟹，“獬豸”，獸名，似鹿而一角，相傳此獸能辨人曲直善惡，見不直之惡人，則用角觸之。　　⑯“格蝦蛤”二句：上句，搏鬥而殺之叫“格”；“蝦蛤”，猛獸名。下句，“鋋”音嫌，或音蟬，鐵柄的短矛，此處作動詞用，指用短矛刺殺猛獸；“猛氏”，亦獸名，李善注引郭璞説：“今蜀中有獸，狀如熊而小，毛淺，有光澤，名猛氏。”　　⑰“羂騕褭：“羂”音捐上聲，張網羅以繫捕禽獸叫“羂”；“騕褭”音腰鳥，古神馬名，相傳能日行萬里。　　⑱“箭不苟害”二句：上句，“苟”，任意；“害”，傷。下句，“解”，分，破“脰”音豆，頸項。此二句言用箭射禽獸，必中要害如頸腦等處而使其死亡，並非隨意射到其它無關緊要的部位。下二句與此同義。(以上寫天子檢閲各部曲將帥校獵的情形。)　　⑲“睨部曲”二句：此承上節而言，主語是天子。“睨”，視；“部曲”，指士卒的行伍；“變態”見子虛賦註釋。⑳“然後侵淫”二句：上句，“侵淫”，一作“浸淫”；“促節”，猶言“疾驅”。王先謙説：“‘侵淫’、‘浸淫’義同，皆漸進之意；‘促節’，則由徐而疾。”下句，“儵”同“倏”，“倏夐”，忽然遠去貌。按，此寫天子親自疾驅車馬射獵於苑中。　　㉑“流離”二句：上句，“流離”，顔注：“困苦之也。”指用網捕捉禽鳥，使之困苦而無所逃遁；“輕禽”，王先謙説：“飛禽之輕疾者，與‘狡獸’意對。”下句，“蹵履”，猶言“踐踏”；“狡獸”，指奔跑得很快的獸類。㉒“轊白鹿”二句：上句，“轊”同“轋”，已見前子虛賦註釋；下句，“捷”，顔注引郭璞説：“狗兔健跳，故捷取之也。”按，淮南子兵略訓許慎注：“捷，疾取也。”則“捷取”猶言“疾取”。　　㉓“軼赤電”二句：“軼”，超過；“赤電”，赤色的電光；“遺”，指遺留在後；“光耀”，與“赤電”爲互文。史記集解引徐廣説：“超陵赤電，電光不及。言去速也。”王先謙説：“此言行疾可以軼過赤電，而遺其光耀反在後也。與下二句連讀，總謂迅捷耳。”　　㉔“追怪物”二句：上句，“怪物”，指下文的“遊梟”、“蜚遽”(用史記正義説)。下句，“宇宙”，顔注：“張揖曰：‘天地四方曰“宇”，古往今來曰“宙”。’張説‘宙’，非也。許氏説文解字云：‘宙，舟輿所極覆也。’”段玉裁説文解字注：“‘覆’者，反也，與‘復’同，往來也。‘舟輿所極覆’者，謂舟車自此至彼，而復還此，如循環然。故其字從‘由’，如‘軸’字從‘由’也。訓詁家皆言：‘上下四方曰宇，往古來今曰宙。’由今溯古，復由古沿今，此正如舟車自此至彼，復自彼至此，皆如循環然。……許言其本義，他書言其引申之義。其字從‘宀’者，宙不出乎宇也。韋昭曰：‘天宇所受曰宙。’”釋此詞極精詳，謹録以備考。 高步瀛説：“段釋‘宇宙’之義精矣。特‘上下四方曰宇’，就空間言；‘往古今來曰宙’，就時間言。此云‘出宇宙’，則但指空間。”今按，此句是誇大之詞，言追踪之遠，竟超出宇宙之外。 ⑱“彎蕃弱”二句：上句，“彎”，牽引；“蕃弱”，卽“繁弱”，見前七發“右夏服”句註釋。下句，“滿”，李善注引文穎説：“引弓盡箭鏑爲滿。”按，“箭鏑”，卽箭頭，“鏑”音的。此指把弓弦拉滿，則箭頭盡納於弓把之內。“白羽”，“箭”之代稱，文穎説：“以白羽爲箭，故言白羽也。” ⑱“射游梟”二句：上句，“梟”，史記集解引郭璞説：“梟羊也。似人，長脣，反踵披髮，食人。”按，“梟羊”卽“嚊陽”，王先謙據文選羽獵賦李善注，以爲卽狒狒。按，“狒”音費，“狒狒”是猩猩一類，能食人，今非洲尚有此獸。“游梟”，指各處遊走的狒狒。下句，“櫟”，“擊”之假借字，讀爲敫，作“擊”解（用朱駿聲説，見其所著之説文通訓定聲）；“遽”音鉅，史記作“虜”，後漢書董卓傳李賢注引漢書音義：“鹿頭龍身神獸也。”“蜚”同“飛”，朱琦説：“稱‘蜚遽’者，與蜚廉相類，一爲獸，一爲禽。” ⑱“擇肉”二句：上句，王先謙説：“擇其肥者而後射。”下句，“中”讀去聲，“命”，名。王先謙説：“先命其射處，乃從而中之。言矢不苟發，發必奇中。”此言先指明要射中何處，然後發箭，果然射中所指之處。 ⑱“弦矢分”二句：“藝”應作“槷”（用錢大昭説），卽“臬”，李善注引文穎説：“所射準的爲‘藝’。”顔注：“‘藝’爲射的，卽今之埦上概也。”此處指所射的獸如同箭靶一樣。“殪”音翳，文穎説：“壹發矢爲‘殪’。”按，“壹發矢”，卽一箭射斃。“仆”音赴，倒斃。此二句言“箭從弦上剛剛離開，那隻野獸就象箭靶一樣被射中而倒斃了。” ⑱揚節而上浮：五臣注吕向説：“‘揚’，舉也；‘節’，旌節也。言舉旌飾上遊於空。”李善注引郭璞説：“言騰游也。”按，此指天子乘車疾馳，宛如登天。　　⑲“淩驚風”二句：“淩”，乘，衝冒；“歷”，經；“驚風”、“駭焱”爲互文，皆指驟疾的風。此言車行極速，乘風而遠逝。　　⑪“乘虛無”二句：“乘”猶言“駕”、“升”；“虛無”，指天空；“神”，指天神。此言車馬風馳電掣，宛如升天，故似與天神同在一起。　　⑫“躪玄鶴”二句：上句，“躪”，蹂躪，踐踏；“玄鶴”、見前子虛賦註釋。下句，“亂”，擾亂，李善注引郭璞説：“言亂其行伍也。”“昆雞”，即鵾雞，已見前七發註釋。　　⑬“道孔鸞”二句：“道”、“促”，皆作“追”解；李善注引郭璞説：“皆追捕貌。”“孔鸞”、“鶬鶊”，見前子虛賦註釋。　　⑭“拂翳鳥”二句：上句，“拂”，作“擊”解；“翳”與“鷖”通，見前離騷註釋。下句，“捎”，“蛸”之假借字，説文：“蛸，以竿擊人也。”此指以竿擊鳥（用高步瀛説）。　　⑮捎焦明：“捎”同“掩”，捕取；“焦明”，南方鳥名，亦鳳凰一類。字又作“焦朋”或“鷦鵬”。　　⑯“道盡”二句：“殫”與“盡”同義。此二句言“及至路走到盡頭，便把車掉轉頭來向回走”。　　⑰“消摇”二句：上句，“消摇”同“逍遥”；“襄羊”即“徜徉”。此句與離騷“聊逍遥以相羊”句意義相同。下句，“降”，五臣注劉良説：“謂自空而還，故云‘降’也。”“集”，止。“降集”，猶言“停留”；“紘”音宏，作“維”解。按，古代以八方爲八紘，淮南子墜形訓：“八澤之外，乃有八紘，北方之紘曰委羽。”高誘注：“維絡天地而爲之表，故曰紘。”此處則借用爲苑中極北之地的代稱。　　⑱“率乎”二句：上句，“率乎”，直去貌；“直指”，猶言“一直前往”。下句，“晻”同“奄”，即“奄忽”之意，迅疾貌；“晻乎反鄉”，五臣注呂向説：“言獵罷而速還帝鄉也。”今按，“鄉”與“嚮”通，“反嚮”，疑指順着來時的方向往回走。呂説恐非是。　　⑲“歷石闕”四句：“石闕”、“封巒”、“鳷鵲”、“露寒”，四個觀名，漢武帝建元年間所建，在甘泉宮外（按，甘泉宮本秦之離宮，後由漢武帝擴建，在陝西淳化縣西北甘泉山上，宮因山而得名）。“石闕”一本作“石關”；“鳷”音支；“歷”，作“踏”解；“歷”、“過”，皆作“經過”解。五臣注李周翰説：“‘歷’、‘過’、‘下’、‘息’（按，‘下’、‘息’見下文），皆遊止之稱也。”　　⑳棠棃：宮名，在甘泉宮東南三十里。　　㉑宜春：宮名，在陝西杜縣東。　　㉒“西馳”

二句:上句,"宣曲",宮名,在昆明池西。下句,"濯"通"櫂","櫂鷁",猶言
"持櫂行船";牛首,池名,在上林苑西頭。按,"西馳"句疑指陸行,"濯鷁"
句始是水行。　　㉓"登龍臺"二句:上句,"龍臺",觀名,在陝西鄠縣東
北,靠近渭水。下句,"掩",息;"細柳",觀名,在長安縣西南,昆明池的南
面。　　㉔勤略:"勤",辛勤;"略",作"獲得"解(用高步瀛引淮南子許慎
注說)。　　㉕"均獵者"四句:按,"均"是動詞,作"平均分配"解,下面的
四句及下文"與其"以下的六句,都是它的賓語。"得獲",猶言"獲得";
"徒",卒徒;"車",車輛;"轔"音躪,踐踏;"轢",輾軋;"踩若"、"蹈藉",都
作"踐踏"解。餘詳下註。　　㉖"與其"三句:第一句,"窮極",走投無路;
"頷"已見子虛賦註釋;"倦頷",猶言"疲憊"。第二句,"驚憚",驚恐;"讋"
音折,同"慴","慴伏",因恐懼而匍匐不動。第三句,"不被創刃",指沒有
受到兵刃的傷害。按,自上文"均獵者"句至此句的大意是:"天子把獵者
所獲得的、卒徒們和車馬所淩轢輾軋的、步騎和大臣們所踐踏的,以及受
窘的、疲憊的、驚懼慴伏的、沒有被兵刃所傷的禽獸,都給大家均分了。"
㉗他他籍籍:形容禽獸的尸體縱橫交錯之貌。　　㉘掩平彌澤:李善注:
"廣雅曰:'大野曰平。'""掩平",掩蔽了廣闊的平原;"彌澤",填滿了大
澤。按,自"他他籍籍"至此句,皆描寫獲得物之多,是上文屬於"均"字下
面的十句賓語的補語。(以上寫天子親自射獵, 及其歸來把獵獲物均分
給大家的情形。)　　㉙"置酒"二句:上句,"顥天",臺名。"顥"音皓,史
記作"昊",太空之間,元氣博大,故稱"昊天";此處言高臺上接天字,故稱
"昊天之臺"(用李善注引張揖說)。下句,"張樂",陳設音樂。"膠葛",王
先謙說:"猶今言'寥廓'也。""宇",古"宇"字。此言在寥廓空曠之處置酒
設樂。　　㉚"撞千石之鐘"二句:已見前戰國策顏斶說齊王貴士註釋。
按,"虡",猛獸名,古人飾獸形於鐘架,故鐘架也叫做"虡"(參閱本篇註
⑱)。　　㉛"建翠華之旗"二句:上句,"翠",翠羽;"華",葆。李善注引張
揖說:"以翠羽爲葆也。"(按,後漢書光武本紀下李賢注:"合聚五采羽,名
爲'葆'。")此指以翠羽爲旗上之飾。下句,"樹",與"建"同義;"靈鼉之

鼓”，張揖説：“以鼉皮爲鼓也。” ⑫“奏陶唐氏之舞”二句：上句，指奏堯時的舞樂，即咸池。下句，吕氏春秋古樂篇：“葛天氏之樂，三人操牛尾，投足以歌八闋。”按，此處的“葛天氏之歌”，即吕氏春秋所謂的“葛天氏之樂”。 ⑬“巴渝”三句：第一、二句，“巴渝”，舞名。按，巴、渝本蜀地，其地之人皆剛勇好舞，漢高祖曾募取當地壯丁以平三秦，後使樂府習其舞，因名“巴渝舞”（詳見李善注引郭璞説）。“宋”、“蔡”、“淮南”皆國名，此處指三地之音樂；“于遮”，曲名。第三句，“文成”，李善注引文穎説：“縣名也，其縣人善歌。”“顚”同“滇”，即今之雲南。此句指文成和滇兩地的歌曲。 ⑭族居遞奏：王念孫説：“‘居’讀爲‘舉’，‘族舉’者，具舉也。‘遞奏’者，更奏也。……史記正作‘族舉遞奏’。”按，“具舉”，指衆樂同時並舉；“更奏”，指諸樂交替而奏。 ⑮“鏗鎗”二句：上句，“鏗鎗”，象聲詞，指鐘聲；“鎗”今寫作“鏘”。“闛鞈”，音堂榻，也是象聲詞，指鼓聲。下句，“洞”，猶言“徹”；“洞心”，指響徹內心。 ⑯陰淫案衍之音：“陰淫案衍”，猶言“淫靡放縱”。王先謙説：“周禮宮正注：‘淫，放濫也。’詩板毛傳：‘衍，溢也。’長言之則爲‘陰淫案衍’，約言之則爲‘淫衍’。魏文帝愁霖賦：‘潦淫衍而橫淪。’阮籍東平賦：‘言淫衍而莫止兮。’皆其義。謂其過而無節也。”按，王氏釋此句甚精詳，謹録以備考。 ⑰“鄢、郢”二句：上句，“鄢、郢”皆楚地；“繽紛”，舞貌（用李善注引李奇説）。下句“激楚”、“結風”，已見前七發註釋。王先謙説：“謂楚歌、楚舞，交雜並進。” ⑱“俳優”二句：“俳優”，古代的雜戲，亦指表演雜戲的人，“俳”音排；“侏儒”，短小之人；“倡”，今寫作“娼”，古代歌唱的女樂工。顏注：“俳優、侏儒、倡樂，可狎玩者也。”“狄鞮”，西方種族名，“鞮”音隄。此處的“狄鞮之倡”，當指來自狄鞮地方的女樂。 ⑲“麗靡”句：“麗靡爛漫”，五臣注劉良説：“美音聲也。”李善注引郭璞説：“言恣所觀也。”吳汝綸説：“‘麗靡爛漫於前’，與下‘色授魂與，心愉於側’相對爲文，上言音樂，下言女色。” ⑳“若夫青琴”句：“青琴”，古神女名；“宓妃”，已見前離騷註釋。按，自上句“靡曼美色”至此句，十二字爲一句。吳汝綸説：

"言靡曼美色如青琴、宓妃其人，皆侍酒也。"　　㉑"絶殊"二句："殊"作"異"解，"絶殊"，言與衆絶對不同；"離俗"，顏注引郭璞說："世無雙也。"下句，"嫻"，說文："雅也。"顏注："'妖冶'，美好也。'嫻都'，雅麗也。"　㉒"靚糚"二句：上句，"靚"音淨，"糚"同"妝"，"靚妝"，指以粉黛爲妝飾；"刻飾"，李善注引郭璞說："'刻'，刻畫黼(音煎)鬢也。"(漢書顏注引郭說同)王先謙說："說文：'黼，女鬢垂貌。''刻飾'，以膠刷鬢使就理，如刻畫然也。"按，此句言女子裝飾其容貌和頭髮。下句，"便嬛"，輕麗貌，"嬛"音喧；"綽約"，見前莊子逍遙遊註釋。　㉓"柔橈"二句：上句，"橈"，曲，"柔橈"，指身材柔弱而苗條多姿；"嬛"音淵，一本作"嫚"，"嫚嫚"，是形容"柔橈"的狀詞，美好多姿之貌。下句，"嫵媚"，美而使人愉悦之意，"嫵"音武；"孅弱"，指容體輕柔細弱。　㉔"曳獨繭"二句："獨繭"，李善注引郭璞說："一繭之絲也。"指絲色之純。"袖"，李善注引張揖說："襜(音蟬)袖也。"即罩在外面的直襟單衣。"袘"同"袉"，已見子虚賦註釋。此句言女子穿着長的襜袖，它的衣邊拖曳在地上。下句，是形容上句的，"眇"，微細貌，此處作副詞用，是形容"閻易"和"卹削"的狀詞；"閻易"，衣長貌；"卹削"即"戌削"，已見子虚賦註釋。　㉕"便姍"二句：上句，"便姍"音偏先，即"蹁躚"；"嫳屑"，又寫作"瞥蹩"或"徹徊"，皆步履輕盈衣服婆娑之貌。下句，言服裝與世俗不同。顏注："言其行步安詳，容服絶異也。"　㉖"芬芳"二句："溫鬱"、"酷烈"，指香氣極盛，"溫"音歐去聲；"淑"，香氣清美；"郁"，香氣濃厚。　㉗"皓齒"二句："粲"同"燦"，"燦爛""的皪"，皆鮮明貌。"宜笑"，聞一多說："……山鬼曰：'既含睇兮又宜笑。'大招曰：'靨輔奇牙，宜笑嫣只。'又曰：'娉目宜笑，蛾眉曼只。'又司馬相如上林賦亦曰：'皓齒粲爛，宜笑的皪。'案，諸'宜'字並讀爲'齞'。字鏡曰：'齞，齒也。'集韻曰：'齞，齦病。'後漢書梁統傳載冀妻孫壽'善爲妖態，作齲齒笑以爲媚惑'，'齞笑'猶'齲齒笑'矣。集韻又曰：'齛齞，齒露貌。'山鬼王(逸)注曰：'又好口齒而宜笑也。'白帖二四引某氏注曰：'宜笑，齒白也。'二一又引曰：'皓齒也。'諸家雖未必讀'宜'爲'齞'，然皆以'齒見'狀笑貌，則與 集韻 訓‘齒齹’爲‘齒露貌’暗合。夫古人形容美貌，獨重視、笑，故每以目與口齒並言。……”（見 楚辭校補）按，據白帖某氏注，則“宜笑”與上句的“皓齒”實爲互文見義，疑 閭説近是。“齹”音宜。　　㉗“長眉”二句：上句，“連娟”，彎曲細長貌。下句，“睇”，目微視；“緜藐”，微視貌（用 胡紹煐説），“藐”讀爲穆。　　㉘“色授”二句：上句，“魂”，猶言“精神”。李善注引張揖説：“彼色來授，我魂往與接也。”按，七發言“目窕心與”，與此句意義相類，而主語爲女子。此句之“魂與”即 七發的“心與”，主語亦當爲女子，似不宜有彼我之分。下句，“愉”，顔注：“樂也。”又，吳汝綸説：“‘愉’與‘輸’通借。‘心輸’與‘色授魂與’平列爲文，‘於側’與上‘麗靡爛漫於前’對文也。”按，吳説近是。“心輸”猶言“傾心”。（以上寫天子置酒張樂。）　　㉙“於是酒中”三句：第一句，“中”讀去聲，“酒中”，顔注：“飲酒中半也。”“樂酣”，顔注：“奏樂洽也。”此言天子酒飲到半酣，音樂也正奏得酣暢的時候。第二句：“芒然”，同“茫然”，猶言“惘然”、“悵然”。第三句：“亡”，喪失。此句猶言“若有所失”。　　㉚“朕以”二句：上句，“覽聽餘閒”，指天子聽政的餘暇。下句，漢書補注引蘇輿説：“閒居無事，是虛棄此日。”　　㉛“順天道”二句：李善注引郭璞説：“因秋氣也。”按，古代執政者多根據自然季節的變化行事，即所謂“順天道”。此言秋天是象徵肅殺氣象的季節，應主殺伐之事，故天子説：“我既閒暇無事，把光陰都虛擲了，因此到 上林苑射獵，殺死大批的禽獸，以順應天時。”㉜“恐後葉”二句：“後葉”，指皇帝的後世子孫；“靡麗”，已見 七發註釋；“往而不返”，指一味迷戀於享受，不知回頭。　　㉝以贍萌隸：“贍”，贍養，供給。“萌”與“氓”通，“萌隸”，指下層的老百姓。　　㉞“隤牆”二句：上句，“隤”同“頽”；“塹”音情，壕溝。此言把苑囿的牆推倒，把苑中的河道填平。下句，“山澤之人”，指住在郊野的勞動人民。　　㉟“實陂池”二句：上句，李善注引司馬彪説：“養魚鱉滿陂池，而不禁民取也。”下句，“虛”，李善注引郭璞説：“言不聚人衆其中也。”“仞”，滿。史記正義：“言離宮別館，勿令人居止，並廢罷也。”　　㊱出德號：“德號”，顔注：“德音之號令也。”此句言發佈有德於人民的命令。　　㉘革正朔：“正”，指歲首正月；“朔”，指每月的初一。此句言改變曆法。　　㉙與天下爲更始：“爲更始”猶言“一切重新做起”。（以上寫天子有勵精圖治的決心，主張戒奢崇儉，與民更始。）　　㉚法駕：指天子的車駕。按，天子的鹵簿分大駕、法駕、小駕三種，其儀衛之繁簡各有不同。據後漢書輿服志，天子用大駕，須太僕御車，大將軍驂乘，屬車八十一乘；用法駕則由奉車郎御車，侍中驂乘，屬車四十六乘。小駕尤省，有時只有直事尚書一人從駕而已。西漢時，大駕僅用於祀天及祭甘泉宮等隆重場合，通常多用法駕。　　㉛“游于六藝之囿”三句：“六藝”，即“六經”，指詩、書、禮、樂、易、春秋；“塗”同“途”，道途；“春秋之林”，李善注引如淳說：“春秋義理繁茂，故比之於林藪也。”據史記集解引郭璞說：“春秋所以觀成敗，明善惡也。”則知此句意在以古爲鑑。又，王先謙說：“‘游其囿’、‘馳其塗’、‘覽其林’，皆以射獵之地借喻也。”今按，王說是。自“歷吉日”句起至下文“四海之内，靡不受獲”句，皆以射獵爲喻，實則指修文教、興禮樂之事。　　㉜“射貍首”二句：此二句是雙關語。從字面看，“貍”和“騶虞”都是獸名（“貍”，貓屬，頭圓尾大，毛色有斑紋，能食小動物。“騶虞”，白質黑文，尾長於軀，相傳其性仁慈，不食生物，不踐生草），射貍而兼射騶虞，本爲畋獵之事。但“貍首”乃古佚詩之一篇，諸侯行射禮時則奏貍首之樂章以爲節，“騶虞”乃詩經召南中的一篇，天子行射禮時則奏騶虞之樂章以爲節；則此二句實指講求射禮之事。下文“弋玄鶴”四句義亦仿此。　　㉝“弋玄鶴”二句：此亦雙關語。從字面看，上句指射取禽鳥，下句爲揮動兵器。但據李善注：“言古者舞玄鶴以爲瑞。”又引尚書大傳：“舜樂歌曰和伯之樂，舞玄鶴。”日人中井積德說：“玄鶴，疑古樂名。”則知上句實指奏古樂，演古舞。“弋”，朱珔以爲是“杙”的假借字，與下句的“舞”爲互文。下句已見前韓非子五蠹篇註釋。按，此二句以“玄鶴”與“干戚”爲對文，而尚書大傳鄭玄注：“玄鶴，象陽鳥之南也。”則但取其象而已，故疑“玄鶴”爲舞具而非生物或樂名。又，“舞干戚”亦舜之事，則此二句蓋謂以舜之禮樂爲法式。

㉔"載雲罕"二句: 此亦雙關語。"罕"俗作"罕","雲罕",本指張於天空中的捕鳥的網羅,但亦指天子出行時前驅者所舉的旌旗;"雅",古"鴉"字,本指烏鴉,此處則借用作"文雅"解,指賢俊之士。從字面看,此二句言"把捉鳥的網羅載在車上去掩捕羣鴉";實則指天子親自出行以訪求賢俊的雅士。　㉕"悲伐檀"二句: 上句,"伐檀"見詩經魏風,舊說以其爲"刺賢者不遇明王"之詩(見李善注引張揖說),此處寫天子蓄意網羅賢俊,故對古時不遇之士表示悲哀。下句,"樂胥",見詩經小雅桑扈篇: "君子樂胥,受天之祐。"鄭玄說: "'胥',有才智之名也。'祐',福也。王者樂臣下有才智、知文章,則賢人在位,庶官不曠,政和而民安,天予之以福祿。"顏注: "'胥',有材智之人也,王者樂得有材智之人,使在位也。"李善注: "言王者樂得材智之人使在位,故天與之福祿也。"按,顏師古、李善皆依鄭箋爲說。蓋此與上句相對成文,言天子以得賢士爲樂。　㉖"修容"二句: 上句,"修容",指修飾容儀;"禮園",指以遵循古代禮制爲遊樂之園也。李善注引郭璞說: "禮所以整威儀,自修飾也。"下句,"翺翔",猶言"徘徊遊賞";"書",指尚書。此言天子以尚書爲園圃而不斷進行鑽研。按,禮記經解篇: "疏通知遠,書教也。"(孫希旦禮記集解: "'疏通',謂通達於政事,'知遠',言能遠知帝王之事也。"故李善注引郭璞說: "尚書所以疏通知遠者,故遊涉之。"意謂天子爲了通達政事,上知遠古,故鑽研尚書。顏注: "此以上皆取經典之嘉辭,以代游獵之娛樂。"　㉗"述易道"二句: 上句,史記正義: "易所以絜靜微妙,上辨二儀陰陽,中知人事,下明地理也。言田獵乃射訖,又歷涉六經之要也。"朱珔說: "上文'游於六藝之圃',故於春秋曰'覽觀春秋之林';樂與詩總言之,'射貍首'至'樂'樂胥'"是也;言禮則曰'修容乎禮園';言書則曰'翺翔乎書圃';言易則曰'述易道'。時武帝崇獎儒林,立五經博士,因借作頌揚,引之於正,以申下諷諫之語,庶幾言者無罪。長卿賦殆有微指。"下句,李善注引張揖說: "苑中奇怪之獸不復獵。"高步瀛說: "以上言游獵六藝之中,故苑中怪獸不復獵而放之。以此句總結上意。"　㉘"登明堂"二句: "李善注:

"郭璞曰:'明堂者,所以朝諸侯處。清廟,太廟也。'禮記月令曰:'天子居太廟太室。'鄭玄曰:'太廟太室,中央室也。'"。高步瀛說:"案,此說'明堂'、'清廟'未晰。禮記明堂位曰:'昔者周公朝諸侯于明堂之位。'大戴禮明堂篇曰:'明堂者,所以明諸侯尊卑。'故郭曰:'朝諸侯處也。'玉藻鄭注謂:'明堂,在國之陽。'小宗伯注謂:'太廟,在庫門内之左。'……而月令:'仲夏之月,……天子居明堂太廟。……中央土,……居太廟太室。'郭但云:'廟,太廟也。'未言太廟何屬。故善引月令證之。知此太廟爲明堂之太室,而非庫門内左之太廟。以彼太廟爲祭祖宗之地,不應言坐;而月令所言,則爲王居明堂之禮,故知爲明堂太廟也。太廟亦曰清廟者,蔡邕明堂月令論曰:'取其宗祀之貌,則曰"清廟";取其正室之貌,則曰"太廟";取其尊崇,則曰"太室";取其嚮明,則曰"明堂"。'雖蔡之本義,實合明堂、太廟爲一,而釋清廟之名,則是也。……至西漢之明堂,武帝建元元年,議立於城南未就;至元封二年,始作明堂於泰山下。見史記封禪書、漢書武帝紀、郊祀志。而三輔黄圖卷五謂'漢明堂在長安西南七里',引應劭漢書注云:'漢武帝造明堂,王莽修飾。'蓋武帝規畫未就,至莽始成立耳。……此賦云'登明堂',亦假設之言耳。"按,高氏考證精詳,故録以備考。 ㉔"次羣臣"四句:"次",史記、漢書及五臣本皆作"恣",猶言"任憑";劉良說:"言任羣臣奏得失之事,故海内無不受其恩澤也。"又,高步瀛據楚辭九思王逸注,釋"次"爲"第",指羣臣依次第進奏。亦可通。"獲",雙關語,本指獵獲的禽獸而言,此處則借喻爲四海之内的百姓獲得恩澤。故顏師古說:"天下之人皆受恩惠,豈直如畋獵得獸而已。" ㉕"鄉風"二句:上句,"鄉"同"嚮","嚮風",指天下之人皆居於下風而聽從天子的意旨。下句,言天下之人隨着一時的風氣而受到德化。 ㉖"芔然"二句:上句,"芔"即古"歘"字,已見前註;"興道",指提倡仁義之道;"遷義",指一天比一天接近仁義。下句,"刑",刑罰;"錯"同"措",作"廢置"解(用高步瀛說)。此二句言"人民皆興道、遷義,故棄置刑罰而不用"。 ㉗"德隆"二句:"隆",高;"羡",作"富饒"解。此言天子之德比三皇還高,天子之功比五帝還大。　㉓"罷車馬"二句:"罷"同"疲",指耗盡;"用",功能;"抏"音翫,損耗。此言把車馬的功能和士卒的精力都損耗得乾乾淨淨。　㉔獨樂:此用孟子語意。按,孟子梁惠王上:"民欲與之偕亡,雖有臺池鳥獸,豈能獨樂哉!"又梁惠王下:"獨樂樂,與人樂樂,孰樂?"此所謂"獨樂",皆對"與民同樂"而言,指爲帝王者只知自己貪圖享受而不顧人民的疾苦。　㉕仁者不繇:"繇"同"由",作"用"解,猶言"做"。此句言"仁者是不照這樣做的"。　㉖"夫以"二句:上句,"細",指地位卑微。下句,"萬乘",指天子。此言"以諸侯之卑微而喜愛天子所享受的那種奢侈"。　㉗被其尤:猶言"受其禍"。高步瀛說:"以上設言罷獵改制、興道遷義,以爲諷諫。"　㉘"於是二子"二句:上句,"愀然",變色貌,"愀"音悄;"改容",變了臉色。下句,"超"通"怊",卽"惆"之假借字;"若",與"然"同義;"怊然"猶言"悵然"。　㉙逡巡避廗:"逡巡",向後退步;"廗",古"席"字;"避席",猶今言"離開座位"。　㉚鄙人固陋:"鄙人",猶言"小人"、"粗野之人";"固陋",頑固而眼界狹隘,見識淺陋。高步瀛說:"以上總結。"何焯說:"此賦以四大段立格:雙撇齊、楚,提出上林,是起;次序上林之地,是承;中言校獵之事,是轉;末言天子之悔過以示諷諫,是結。"

(五)　揚雄:解嘲①

客嘲揚子曰:"吾聞上世之士,人綱人紀②,不生則已,生必上尊人君③,下榮父母。析人之珪④,儋人之爵,懷人之符,分人之祿;紆青拖紫⑤,朱丹其轂。今吾子幸得遭明盛之世,處不諱之朝⑥,與羣賢同行⑦;歷金門⑧,上玉堂,有日矣;曾不能畫一奇⑨,出一策,上說人主⑩,下談公卿——目如燿星⑪,舌如電光,一縱一橫⑫,論者莫當。顧默而作太玄五千文⑬,枝葉扶疏⑭,獨說數十萬言⑮,深者入黃泉⑯,高者出蒼天,大者含元氣,細者入無間。然而位不過侍郎⑰，擢綰給事黃門⑱。 意者玄得無尚白乎⑲？何爲官之拓落也⑳」"

①按，此篇始見於漢書揚雄傳，昭明文選亦選入。今依文選。據雄本傳云："哀帝時，丁、傅、董賢用事，諸附離('離'同'麗'，'附麗'猶言'依附'、'攀緣')之者，或起家至二千石。時雄方草太玄，有以自守，泊如(淡泊無爲)也。或嘲雄以玄尚白，而雄解之，號曰解嘲。"("嘲"，古"嘲"字。)則知雄此文，實有感而作。傳文中所說的"丁、傅"，是指哀帝母丁姬之兄大司馬丁明和哀帝皇后傅氏的父親孔鄉侯傅晏。他們自恃身爲外戚，公然擅權賣爵；而董賢爲哀帝所寵幸的小臣，權勢尤盛。所以篇中所反映的當時封建統治階級內部腐朽黑暗的情形，是有其現實依據的。姚鼐在他所選的古文辭類纂中評此文說："此文前半以取爵位富貴爲說，後半以有所建立於世成名爲說，故 范雎、蔡澤、蕭、曹、留侯，前後再言之而義別，非重複也。末數句言人之取名，有建功於世者，有高隱者，有以放誕之行使人驚異，若司馬長卿、東方朔，亦所以致名也。今進不能建功，退不能高隱，又不肯失於放誕之行，是不能與數子者並，惟著書以成名耳。"分析層次甚明晰，謹錄以備考。 ②"人綱"二句：上句，"綱紀"，猶言"準繩"；"人綱人紀"，指爲衆人所取法的準繩。下句，五臣注呂向說："'生'猶'爲'也；'已'，止也。"此言"一個人除非自己不想有所做爲以爲衆人的榜樣"。 ③"生必"二句：此言一個人果能成爲衆人取法的榜樣，則他將上爲人君所尊，下爲父母之榮。 ④"析人之珪"四句："析"，分；"儋"同"擔"，作"負荷"解，此處猶言"接受"；"懷"，取，"分"，指分享；"人"，指人君。此言他必然能從人君那裏得到富貴爵祿。 ⑤"紆青"二句：上句，"紆"，縈繞；"拖"，垂，曳；"青"、"紫"，指印綬。李善注引東觀漢記："印綬，漢制：公侯紫綬，九卿青綬。"按，"綬"音受，是繫在璽印環柄上的絲縧。下句，"轂"，車輪中心圓木。按，漢制，凡貴族所乘的車，車輪都是朱紅色的。此二句指官居顯要，故身佩青、紫色的印綬，出乘朱輪的車子。 ⑥處不諱之朝："處"，猶言"置身於"；"不諱"，五臣注呂延濟說：

“謂法令不煩苛也。”指皇帝的政令較寬仁，大臣行動，可以没有什麽忌諱。按，揚雄這樣説是有點諷刺性的。　⑦同行：在同一行列。　⑧“歷金門”三句：“金門”，即金馬門。今按，漢時有未央宫，在今長安縣西北，宫前有銅馬，故門名“金馬”；漢學士備皇帝顧問者，多在此待詔。“玉堂”，李善注引晉灼説：“黃圖有‘大玉堂’、‘小玉堂’，殿也。”五臣注吕延濟説：“‘金門’，天子門也。‘玉堂’，天子殿也。‘有日矣’，言久也。”此三句言揚雄爲天子之臣，爲時已不爲不久了。　⑨畫一奇：“畫”，謀畫；“奇”，奇計。　⑩“上説”二句：“説”音税，與“談”爲互文，皆指游説。此二句言向天子或公卿進言，用口才取得利禄。　⑪“目如燿星”二句：上句，“燿”同“耀”，閃爍。此寫眼光閃爍有神采，以見人之機警，善於應變。下句，五臣注李周翰説：“‘電光’謂辭辯速如電光之閃也。”以喻人口才之敏捷，善於應對。按，自此以下四句，是上文“上説人主”二句的狀語，是形容游説者在講話時的神情的。　⑫“一縱”二句：上句，指游説者在講話時談鋒甚健，縱橫馳騁。下句，“當”作“抵敵”解；言一般的辯士都不是對手，李周翰説：“‘一縱一横’，謂言辭縱橫而生，諸所論説者莫能當矣。言雄曾不如此以説人主、以談公卿，以取重位也。”　⑬“顧默而”句：“顧”，猶言“反而”；“默”，指静默不求聞達；“太玄”，即太玄經，是揚雄摹仿易經和老子而作的一部哲學作品；“五千文”，五千字。　⑭枝葉扶疏：“扶”，據説文，應作“枎”；“枎疏”，四散分佈貌。李善注：“以樹喻文也。”五臣注吕向説：“文辭如枝葉四佈。”意謂太玄經的文章辭采焕發，如樹的枝葉四佈。　⑮“獨説”句：“説”，解説；“數十餘萬”，漢書作“十餘萬”，無“數”字；“言”，指字數。清王鳴盛十七史商榷：“案，今太玄經具存，晉范望叔明所注，共十卷……案其正文，大約與五千文之數合。至‘説十餘萬言’，則當爲法言（按，此爲揚雄的另一部作品），非指太玄。然今法言亦具存，凡十三篇，分爲十卷，……案其正文，大約不及萬言。而此云‘十餘萬言’，則不可解。”今按，此處所謂的“十餘萬言”或“數十餘萬言”，當指解釋太玄經正文的疏解文字而言，觀此句的“説”字即可推知；

而此若干萬言的解説今已不傳，根本與法言無涉。王説頗迂執，疑非是。

⑯"深者"四句：此是形容太玄經博大精深的譬喻。"黄泉"，地底的泉水；"元氣"，指太空中的大氣；"間"，間隙，"無間"，指微細到連一點間隙都沒有的程度。此四句大意是："太玄經的道理，其深邃處宛如進入地底的黄泉，其高遠處宛如超出蒼天以上，其博大處宛如太空之包含大氣，其精微處宛如入於無間之地。"　　⑰侍郎：官名。按，秦、漢時有所謂郎中令，其下屬則有議郎、中郎、侍郎、郎中，凡四等。除議郎外，其它三等皆須執戟任守衛殿門之職，地位並不甚高。　　⑱"擢纔"句："擢"，陞遷；"纔"，不過；"給事黄門"，官名，卽給事黄門侍郎，是侍郎裏面地位較高者，專侍從於天子左右。此言揚雄陞遷後，也不過僅是個給事黄門侍郎。⑲"意者"句："意者"猶言"想來"；"得無"，莫非；"尚"，猶，仍。李善注引服虔説："玄當黑，而尚白，將無可用。"五臣注李周翰説："黑成則道行也，言'尚白'者，譏其道未行也。"漢書顔師古注："'玄'，黑色也。言雄作之不成，其色猶白，故無禄位也。"今按，三家之注皆是。"白"本作"素"解，引申有"空無所有"之意，故無禄位之人謂之"白丁"，無武藝之兵卒謂之"白徒"。此處與"玄"字相對成文而義涵雙關。從字面講，"玄"指黑色，"白"指白色，實則以"白"喻揚雄是個不善仕進的無用之人，卽使講玄奧的道理也終不免是白費的。　　⑳拓落：顔注："不耦也。"猶言"遭遇不幸"。五臣注吕延濟説："言其何爲官見排擯如此也。"〔以上是第一大段，作者假設有客對自己作嘲弄之詞，以見己之不遇〕。

揚子笑而應之曰："客徒欲朱丹吾轂，不知一跌將赤吾之族也①。　往者周綱解結②，羣鹿争逸③；離爲十二④，合爲六七；四分五剖⑤，並爲戰國。士無常君，國無定臣；得士者富，失士者貧；矯翼厲翮⑥，恣意所存。故士或自盛以橐⑦，或鑿坏以遁⑧。是故鄒衍以頡頏而取世資⑨，孟軻雖連蹇⑩，獨爲萬乘師。

"今大漢：左東海⑪，右渠搜⑫；前番禺⑬，後椒塗⑭；東南一尉⑮，西北一候。徽以糾墨⑯，制以鑕鈇；散以禮、樂⑰，風以詩、書；曠以歲月⑱，結以倚廬。天下之士，雷動雲合⑲，魚鱗雜襲⑳，咸營于八區㉑。家家自以爲稷、契㉒，人人自以爲皋陶，戴絻垂纓而談者㉓，皆擬於阿衡，五尺童子㉔，羞比晏嬰與夷吾。當塗者升青雲㉕，失路者委溝渠；且握權則爲卿相，夕失勢則爲匹夫。譬若江湖之崖㉖、渤澥之島，乘雁集不爲之多，雙鳬飛不爲之少。

"昔三仁去而殷墟㉗，二老歸而周熾㉘；子胥死而吳亡，種、蠡存而越霸；五羖入而秦喜㉙，樂毅出而燕懼㉚；范雎以折摺而危穰侯㉛，蔡澤以噤吟而笑唐舉㉜。故當其有事也㉝，非蕭、曹、子房、平、勃、樊、霍，則不能安；當其無事也㉞，章句之徒，相與坐而守之，亦無所患。故世亂則聖哲馳騖而不足㉟，世治則庸夫高枕而有餘。夫上世㊱之士，或解縛而相㊲，或釋褐而傅㊳；或倚夷門而笑㊴，或橫江潭而漁㊵；或七十説而不遇㊶，或立談而封侯㊷；或枉千乘於陋巷㊸，或擁篲而先驅㊹，是以士頗得信其舌而奮其筆㊺，室隙蹈瑕而無所詘也㊻。當今縣令不請士㊼，郡守不迎師，羣卿不揖客，將相不俛眉。言奇者見疑㊽，行殊者得辟：是以欲談者卷舌而同聲㊾，欲步者擬足而投跡㊿。嚮使上世之士處乎今世，策非甲科[51]，行非孝廉[52]，舉非方正[53]；獨可抗疏[54]，時道是非：高得待詔[55]，下觸聞罷，又安得青紫？

"且吾聞之：炎炎者滅[56]，隆隆者絶，觀雷觀火，爲盈爲實；天收其聲[57]，地藏其熱，高明之家[58]，鬼瞰其室；攫拏者亡[59]，默默者存，位極者宗危，自守者身全。是故知玄知默[60]，守道之極；爰清爰静[61]，游神之庭；惟寂惟漠[62]，守德之宅。世異事變[63]，人道不殊；彼我易時[64]，未知何如？今子乃以鴟梟而笑鳳皇，執蝘蜓而嘲龜龍[65]，不亦病乎！子之笑我玄之尚白，吾亦笑子之病甚，不遇俞跗⑥與扁鵲也，悲夫！"

①"不知一跌"句："跌"，失足；"赤族"，指誅滅全族的人口。漢書顏注："見誅殺者必流血，故云'赤族'。"王念孫説："案，顏説是也。上言'朱丹'，下言'赤'，其義一也。猶云'客徒欲赤吾之轂，不知一跌將赤吾之族耳'。'赤'字正指血色言之。" ②周網解結："周"，指周朝。五臣注呂向説："'網'，謂政教也；'解結'，謂政教敗亂也。"按，古人多以網喻王朝的政權，政權趨於崩潰，則失去控制社會的能力，正如網之解散，失去維繫的能力一樣。 ③羣鹿争逸："鹿"，李善注引服虔説："喻在爵位者。""羣鹿"，即喻周末的諸侯。"争逸"，争先奔走。李善注引晉灼説："此直道其分離之意耳。" ④"離爲十二"二句：上句，五臣注呂向説："周末諸侯離叛爲十二國。"按，"十二國"即春秋時之魯、齊、晉、秦、楚、宋、衞、陳、蔡、曹、鄭、燕諸國，史記有十二諸侯年表。下句，呂向説："後相并合，乃爲七國。然而秦強，東制諸侯；故别言之則有六，并而言之則有七，故言'六七'也。"按，此即指戰國時之齊、燕、楚、韓、趙、魏及秦。 ⑤"四分"二句：上句，"剖"，應作"副"，即詩經大雅生民"不坼不副"的"副"，音逼，作"裂"解（用王念孫説），此猶言"四分五裂"。下句，"並"，平列；"戰國"，戰争之國（用五臣注張銑説）。 ⑥"矯翼"二句："矯"，舉；"厲"，振；"翮"音核，羽毛中間的大莖。下句，"恣意"，任意；"存"，止息。顏注："言來去如鳥之飛，各任所息也。"又，五臣注李周翰説："言人擇君而事之，如鳥舉翼振翮，而恣意高飛，意所存慕者，乃下（降落）事（侍奉）也。"則釋"存"爲"依慕"，亦可通。 ⑦"故士"句："盛"讀平聲，裝入，"橐"，囊。據戰國策秦策及史記范雎蔡澤列傳所載，范雎説秦昭王時，有"伍子胥橐載而出"昭關"之語，則此句應指伍子胥（用沈欽韓説）。但此篇下文有描寫范雎"扶服入橐"的話，故李善注引服虔説及顏師古注引應劭説，皆以此句爲指范雎，實非是。沈欽韓説："范雎傳無橐盛事。秦策：范雎説昭王云：'伍子胥橐載而出昭關。'雄言范雎'扶服入橐'者，偶牽引及之。"范雎事

詳見下註文。　　⑧或鑿坏以遁:"鑿",穿孔;"坏"音丕,後園的牆壁。按,此指魯人顏闔。相傳魯君遣人持幣往聘顏闔爲相,闔竟穿後牆而逃。事見淮南子齊俗訓。按,上句"自盛以橐"指忍辱而求仕進之人,此句指堅決不出仕之人。　　⑨"是故鄒衍"句:"鄒衍",戰國時齊人,曾爲燕昭王師,著書十餘萬言,倡陰陽、五德及大九州之説(見史記孟軻荀卿列傳),漢書藝文志列其書於"陰陽家"。"頡頏",强項傲物之貌(用段玉裁説,見説文解字注),胡紹煐説:"此蓋輕世肆志之意,上云'恣意所存'是也。""取世資",猶言"爲世所用"。此句言鄒衍爲人雖强項傲物而竟爲世所用。　　⑩"孟軻"二句:上句,"連蹇",聯緜詞,是形容處境艱難的狀詞,此指孟子所遭遇多困阨之逆境。下句,"萬乘",萬乘之君。此指孟子受到梁惠王、齊宣王的尊敬。按,作者舉"鄒衍"、"孟軻"二事,説明在戰國時代,知識分子還是受尊敬、有出路的。　　⑪左東海:"左",指東方;"東海",在長江入海口之南,台灣海峽之北,凡福建、浙江及江蘇南部的海岸,皆在其範圍之内。　　⑫右渠搜:"右",指西方;"渠搜",西戎國名,當在今中亞細亞之地。　　⑬前番禺:"前",指南方;"番禺"音潘于,即今廣州市,秦、漢時是南越王的都城。　　⑭後椒塗:"後",指北方;"椒塗",李善注引應劭説:"漁陽之北界。"按,秦、漢時漁陽郡治在今北京密雲區西南,所統轄之地略相當今之河北省,則所謂"北界"當是與今内蒙古接壤之地。又,"椒",漢書及五臣本作"陶",顏注:"駒驗馬出北海上,今此云'後陶塗',則是北方國名也。本國出馬,因以爲名。今書本'陶'字有作'椒'者,流俗所改。"今按,顏注所言可備一説,録以備考。　　⑮"東南"二句:"尉",指漢代所設立的都尉府。按,都尉府是邊疆的軍事機關,負守禦鎮撫之責。"候",卽迎候外賓的館舍。五臣注張銑説:"'候'所以伺候遠國來朝之賓也。"梁章鉅説:"此不過言聲教之廣,謂東南一尉屬,西北一候舍耳。"按,梁説是。此正言漢時版圖之大,威望之遠,故東南之地,只用一個都尉就可統治,西北之地,只設一座候舍迎接外賓就足够了。　　⑯"徽以糾墨"二句:上句,"徽",是動詞,作"束縛"解;"糾墨",泛指繩索，已詳前鵬鳥賦註釋。此言有輕罪之人卽用繩索加以綑縛。下句，"制"，控制，制裁；"鑕"音質，刀砧；"鈇"音膚，鍘刀。李善注引何休說："'鈇鑕'，斬腰之刑也。"此言有重罪之人卽用死刑加以制裁。按，這兩句寫封建統治者用威力來鎮壓人民，控制社會。 ⑰"散以禮、樂"二句："散"，宣傳；"風"，感化，誘導。此言用詩、書、禮、樂來教育、感化人民。按，這兩句寫封建統治者利用文化遺產來鞏固政權，麻醉人民。 ⑱"曠以歲月"二句：上句，"曠"，耗費。下句，"結"，構築；"倚廬"，卽"畸廬"，猶言"田廬"、"田舍"(用清周壽昌漢書補注正說)，指學舍而言(用沈欽韓說)。按，此二句承上二句而言，謂封建統治者既以詩、書、禮、樂為教，於是鼓勵人民耗費很長久的時間，修築了學舍去讀書求學。舊註釋此二句為守孝三年、盧墓於野，疑非是。 ⑲雷動雲合："動"，震；"雷動"，指天下之士羣起響應，如雷之震；"雲合"，指集中於一處如雲之相聚。 ⑳魚鱗雜襲："魚鱗"，形容士人之多；"雜襲"，猶言"雜沓"，指天下之士熙熙攘攘，紛至沓來。 ㉑"咸營"句："營"，奔走忙碌；"八區"，猶言"八方"。 ㉒"家家"二句：五臣注呂向說："言家家自言其才能如古之賢也。"按，此是諷刺語，意謂天下太平無事，世人多不體會創業的艱難和治國的甘苦，故人人以聖賢自比，以為稷、契、皋陶等並沒有什麼了不起。下文四句義亦仿此。 ㉓"戴縰"二句：上句，"縰"音徙，顏注："韜髮者也。"卽今髮網之類。"纓"，冠上的飾物。下句，"擬"，比；"阿衡"，卽伊尹。張鳳翼說："言冠冕之士，凡有所談說者，皆自擬於伊尹也。" ㉔"五尺童子"二句：上句，五臣注劉良說："謂小兒也。"下句，"晏嬰"，春秋時為齊景公相；"夷吾"，卽管仲；二人皆為其君圖霸業者。劉良說："羞比於霸世之臣，謂已得帝王道矣。" ㉕"當塗者"二句：上句，"塗"同"途"，"當塗者"指當權得勢的人；"升青雲"，喻地位之高貴顯達。下句，"失路者"，指在政治上受排擠的人；"委"，棄；"溝渠"，指低窪之處。此二句言得勢之人一步登天，青雲直上，而失勢之人則被委棄於溝壑。 ㉙"儻若"四句：前二句，"崖"，漢書作"雀"；"島"，漢書作"鳥"：皆非是。按，

"島"古作"嶋",清臧琳經義雜記:"案,古'嶋'字有通借作'鳥'者,書禹貢'鳥夷',孔讀'鳥'爲'嶋'可證。此蓋言江湖之崖岸,渤澥之山嶋,其地廣闊,故雁嶋飛集,不足形其多少。以見人之得失窮達,亦甚無定也。子雲好奇字,故借'鳥'爲'嶋',淺者因改'崖'作'雀'以配之。……若作'雀'、'鳥',則下文之'乘雁集'、'雙嶋飛',將何指乎!……文選載此,正作'江湖之崖,渤澥之島'。""渤澥"已見前子虛賦註釋。後二句,"乘雁",顏注引應劭說:"四雁也。""雙嶋",兩隻嶋。"雁"、"嶋"皆以喻人材。五臣注呂延濟說:"言朝廷之有臣,如江湖大海之中,四雁雙嶋之集不爲多,飛去不爲之少;言國家雖賢臣多集,不覺其多,去亦不覺其少。"張鳳翼說:"言朝廷得士,不足爲輕重也。"又,王念孫說:"應以'乘雁'爲'四雁',非也。'雙嶋'當爲'隻嶋'。'乘雁'、'隻嶋',謂一雁一嶋。子雲自言生逢盛世,羣才畢集,有一人不爲多,無一人不爲少,故以一鳥自喻,不當言'四雁'、'雙嶋'也。'乘'之爲數,其訓不一:有訓爲'四'者,……有訓爲'二'者,……有訓爲'一'者。方言曰:'綄、挈、俍、介,特也。楚曰俍,晉曰綄,秦曰挈,物無耦曰特,畜無耦曰介,飛鳥曰隻(原注:今本'隻'作'雙',義與上文不合,乃後人所改。辯見方言疏證補),雁曰乘。'廣雅曰:'乘、壹,弌也。'管子地員篇曰:'有三分而去其乘。'尹知章曰:'乘,三分之一也。'是'乘'又訓爲一也。'乘雁'、'隻嶋',即方言所謂'飛鳥曰隻,雁曰乘'矣。應仲遠但知'乘'之訓爲四,而不知其又訓爲一,故以'乘雁'爲'四雁',後人又改'隻嶋'爲'雙嶋',以配四雁,殊失子雲之旨。"按,王氏言可備一說,謹錄以備考。 ㉗"昔三仁"句:"三仁"指殷之微子、箕子、比干(參看後文史記留侯世家註釋)。論語微子篇"微子去之,箕子爲之奴,比干諫而死。孔子曰:'殷有三仁焉。'"揚雄即用此語意。"墟",指宮殿變爲廢墟,以喻殷朝之滅亡。此言殷之三仁既去,則殷亦隨之滅亡。㉘"二老歸"句:"二老",指伯夷和太公姜尚。孟子離婁上:"伯夷避紂,居北海之濱,聞文王作,興曰:'盍歸乎來,吾聞西伯善養老者!'太公避紂,居東海之濱,聞文王作,興曰:'盍歸乎來,吾聞西伯善養老者!'二老者,天下之大老也，而歸之，是天下之父歸之也。天下之父歸之，其子焉往！"揚雄卽用此語意。"熾"，興旺。此言伯夷、太公歸附於周，周卽因此而日興。　㉙"五羖"句："五羖"，指百里奚（'奚'今作'奚'），其事已略見前荀子成相篇註釋。"羖"音古，黑羊。按，史記秦本紀："繆公（'繆'同'穆'）任好……五年，晉獻公滅虞、虢，虜虞君與其大夫百里傒。……既虜百里傒，以爲秦繆公夫人媵於秦。百里傒亡秦（從秦國逃走），走宛（在今河南，春秋時屬楚），楚鄙人執之。繆公聞百里傒賢，欲重贖之，恐楚人不與，乃使人謂楚曰：'吾媵臣百里傒在焉，請以五羖羊皮贖之。'楚人遂許與之。當是時，百里傒年已七十餘，繆公釋其囚，與語國事。謝曰：'臣亡國之臣，何足問！'繆公曰：'虞君不用子，故亡，非子罪也。'因問，語三日，繆公大悦，授之國政，號曰'五羖大夫'。"故此句以"五羖"爲百里奚之代稱。　㉚"樂毅"句：據史記樂毅列傳，樂毅爲燕昭王伐齊，大破齊。昭王死，子惠王立，心疑樂毅，使騎劫代之爲將，樂毅懼爲燕所誅，乃逃至趙國，趙封樂毅爲望諸君，以威脅燕、齊兩國，惠王於是感到恐懼。　㉛"范雎"句：史記范雎蔡澤列傳："范雎，魏人也，字叔。游説諸侯，欲事魏王，家貧無以自資，乃先事魏中大夫須賈。須賈爲魏昭王使於齊，范雎從留數月，未得報。齊襄王聞雎辯口，乃使人賜雎金十斤，及牛酒。雎辭謝不敢受。須賈知之，大怒，以爲雎持魏國陰事告齊，故得此饋。……既歸，心怒雎，以告魏相——魏相，魏之諸公子曰魏齊——魏齊大怒，使舍人笞擊，雎折脅摺齒。雎佯死。……""摺"，古"拉"字，作"摧毀"解，史記索隱："謂打折其脅，而又拉折其齒也。"此句之"折摺"卽指折脅脱齒。據雎本傳，雎後由魏人鄭安平攜之出亡，更名張禄，爲秦人王稽載入秦國。雎乃夤緣得見秦昭王。時昭王母弟穰侯魏冉爲相，權傾王室，雎乃説昭王廢太后，逐穰侯，昭王因拜范雎爲相。此句所言"危穰侯"，卽指雎入秦以後之事。按，"雎"字從"且"不從"目"，音租。俗作"范睢"，誤。　㉜"蔡澤"句：史記范雎蔡澤列傳："蔡澤者，燕人也。游學干諸侯，小大甚衆，不遇，而從唐舉相。……唐舉熟視而笑曰：'先生曷鼻、巨肩、魋顏、蹙齃、膝攣；吾聞聖人不相，殆先生乎？’蔡澤知唐舉戲之，乃曰：‘富貴吾所自有；吾所不知者，壽也。願聞之！’唐舉曰：‘先生之壽，從今以往者四十三歲。’蔡澤笑謝而去。”即此句所指。（按，“曷鼻”讀爲“遏鼻”，朱珔解爲鼻內不通；“巨肩”，指項低縮而肩高聳；“魋”音額，“額”之假借字，“魋顏”指前額突出，“齃”同“頞”，音遏，鼻莖；“盦齃”即下文“頷頤折頞”的“折頞”，指鼻梁中斷；“膝攣”，指兩膝蜷曲。）“喋吟”皆讀上聲，顏注：“頷頤之貌。”（按，“頷頤”，指下頷向上曲翹，“頷”音欽。）當是形容唇齒間因下頷上翹而不能脗合的樣子。“唐舉”，魏人，是戰國時善於相面的人。“笑唐舉”，言被唐舉所笑。後蔡澤入秦，代范睢爲相，詳下文註釋。　　㉝“故當其有事”三句：“其”，指天下；“有事”，指國家多事，政權不穩定。“蕭”，蕭何，佐劉邦建立漢朝，爲相國；“曹”，曹參，初爲劉邦之將，蕭何死，參乃代之爲相；“子房”，即張良，詳史記留侯世家；“平”，陳平，爲劉邦開國時的謀臣，後爲邦子盈（漢惠帝）相，與絳侯周勃合謀平諸呂之變；“勃”，周勃，初爲劉邦之將，後拜太尉，封絳侯，平諸呂有功；“樊”，樊噲，亦從劉邦起義之將，後封舞陽侯；“霍”，霍光，漢武帝時受遺詔佐太子弗之（漢昭帝），後廢昌邑王而立漢宣帝，事見漢書霍光傳。五臣注李周翰說：“言時亂有事，則非蕭何、曹參、張子房、陳平、周勃、樊噲、霍光，則不能安國家、定社稷。”　　㉞“當其無事也”句至“亦無所患”：此與上文“故當其有事也”三句爲對文。“章句之徒”，指庸陋的小儒。五臣注呂向說：“言若當時無事，則文儒之士相與守國，亦無所患也。”　　㉟“故世亂”二句：上句，“馳騖”，猶言“奔走”。“不足”，五臣注張銑說：“聖哲不能獨濟，故云‘不足’。”下句，“庸夫”，猶言“凡庸之人”。此言“如逢治世，即使只用幾個平庸的人執政，也可以高枕無憂，綽有餘閒”。　　㊱上世：前世，前代。㊲“或解紲”句：指管仲相齊桓公的故事。按，左傳莊公九年：“夏，公（魯莊公）伐齊，納子糾，桓公自莒先入。秋，師及齊師戰于乾時，我師敗績。……鮑叔帥師來言曰：‘子糾，親也，請君討之。管（仲）、召（忽），讎也，請受而甘心焉。’乃殺子糾于生竇，召忽死之。管仲請囚，鮑叔受之，及堂阜而稅(與"脫"同)之，歸，以告曰：'管夷吾治於高傒，使相，可也。'公(齊桓公)從之。"即此句所本。　　㉘"或釋褐"句：此有二說：一、指傅說相武丁事。李善注引墨子："傅說被褐帶索，庸(與'傭'同)築傅巖，武丁得之，舉以爲三公。"梁章鉅文選旁證引許宗彥說："此似以'傅'爲太傅之傅，蓋說稱傅說，猶召公稱保奭也。"朱珔說："此說正與李注合，并'釋褐'字亦有據。墨子之言'三公'，'太傅'即三公也。"二、指甯戚遇齊桓公事，見漢書顏注引孟康說。沈欽韓說：'案管子小問，呂覽舉難，皆無甯戚爲傅事。蓋甯越之訛也。呂覽博志篇：'甯越十五歲，而周威公師之。'"今按，以此句爲指甯戚者疑非是，李善和沈欽韓的兩說，則可以並存。"釋褐"，謂脫去平民穿的粗布衣服。　　㉙"或倚夷門"句：指魏侯嬴佐信陵君救趙事。漢書顏注引應劭說："侯嬴，爲夷門卒。秦伐趙，趙求救，無忌(即信陵君)將十餘人往辭嬴，嬴無所戒。更還，嬴笑之，以謀告無忌也。"李善注引韋昭說："笑人不知己也。"按，"夷門"是魏都大梁的東門，侯嬴事詳見史記魏公子列傳。　　㉚"或橫江潭"句：此指與屈原談話的漁父，其事詳見史記屈原賈生列傳。　　㉛"或七十說"句：李善注引應劭說："孔丘也。"按，此句的"說"，因與下文"立談"相對，舊注大都釋爲"遊說"，故五臣注呂向說："孔子歷說天下七十君，竟不一遇。"而張雲璈說："按，史記十二諸侯年表(今按，張氏原文作'三代世表'，誤)言：'孔子明王道，干七十餘君莫能用。'漢書儒林傳序亦稱'仲尼干七十餘君無所遇'，東方答客難注(文選李善注)引說苑‘趙襄子謂子路曰：吾嘗問孔子曰："先生事七十君，無明君乎?"孔子不對。'此蓋戰國時之詤說，故王充論衡儒增篇曰:'孔子所至，不能十國。'史記索隱亦謂'後之記者失辭，孔子歷聘無七十餘君也。'(按索隱原文云：'後之記者失辭也。案家語等說，則孔子歷聘諸國莫能用，謂周、鄭、齊、宋、曹、衞、陳、楚、杞、莒、匡等，縱歷小國，亦無七十餘君也。')子雲此文，遂承其謬。但其原亦出於莊子天運篇，以'干七十二君'爲孔子謂老聃語。呂氏春秋遇合篇稱‘孔子周流海內，所見八十餘君’，數又過之，其謬妄更何足辨。"(梁章鉅說略同)

則知舊注殊有未安。考孟子公孫丑上："以德服人者，中心悦而誠服也，如七十子之服孔子也。"韓非子五蠹篇也説："仲尼，天子聖人也，修行明道，以遊海内；海内悦其仁、美其義而爲服役者七十人。"則"説"字似亦可解爲"悦"字，言孔子雖爲七十子所悦服而終於不遇，於義亦通。　⑫"或立談"句：此指虞卿説趙孝成王事。史記平原君虞卿列傳："虞卿者，游説之士也，躡屫擔簦，説趙孝成王，一見賜黄金百鎰、白璧一雙，再見爲趙上卿。"此句即極言虞卿得君寵信之速。　⑬"或枉千乘"句：李善注引呂氏春秋："齊桓公見小臣稷，一日三至，弗得見。從者曰：'萬乘之主見布衣之士，一日三至而不得見，亦可以止矣。'桓公曰：'不然。士傲爵禄者，固輕其主；君傲霸、王者，亦輕其士。縱夫子傲爵禄，吾庸敢傲霸、王乎？'"則以此句爲齊桓公事。今按，春秋、戰國以來，諸侯盡禮以師事布衣之士，史籍所載，其人不一而足，如魯繆公之於泄柳，魏文侯之於段干木，皆曾親至其門。此句所言，似不必專指齊桓公。　⑭"或擁篲"句：此指燕昭王之禮遇鄒衍。史記孟子荀卿列傳："……（騶子）如燕，昭王擁篲先驅，請列弟子之座而受業，築碣石宫，身親往師之。""篲"，帚；"擁篲"，猶言"執帚"；"先驅"，先行。史記索隱："擁帚而卻行（退着走），恐塵埃之及長者，所以爲敬也。"　⑮"是以士"句："信"同"伸"，"伸其舌"指騁其口才；"奮"，動，振，"奮其筆"猶言"振筆直書"，指盡量寫作。此言在先秦之世，士人大都能展其所長而盡量發表意見。　⑯"窒隙"句："窒"，堵塞；"隙"，空隙，"蹈"，踐履，"瑕"，過失，缺點，"詘"同"屈"。李善注引李奇説："君臣上下有瑕隙乖離之漸，則可抵而取之。"清過琪説："……謂乘人有瑕隙而己隨進其説，如范睢、蔡澤等，乘間投説也。"（見古文評注卷五）今按"窒隙蹈瑕"猶言"乘機"、"鑽空子"；"無所詘"，言不致受到任何阻撓。　⑰"當今"四句：此寫當時在位者對於儒生文士非常輕視。"揖客"，接待賓客；"俛"同"俯"，作"低"解，"俛眉"即低眉，指謙虚自抑之狀。　⑱"言奇者"二句："殊"，與衆不同；"辟"，罪。此言"如果一個士人的言行有與衆不同的地方，那他就會受到在位者的猜疑，甚至會得罪於朝廷” ㊾卷舌而同聲:“卷”同“捲”,“卷舌”,指默不作聲;“同聲”,人云亦云。五臣注李周翰説:“‘同聲’,謂候衆言,舉而相效也。”㊿擬足而投迹:“擬”,摹仿;“足”與“迹”,爲互文,指别人的足迹;“投”,措置;“迹”,指自己的足迹。李周翰説:“‘投迹’謂觀事變而隨行之。”李善注:“言不敢奇異也。故欲談者卷舌不言,待彼發而同其聲;欲行者擬足不前,待彼行而投其跡也。”按,以上二句言當時之士都是人云亦云,亦步亦趨,誰也不肯説真話,誰也不敢做人所不做的事。 (51)策非甲科:“策”,指射策或對策;“甲科”,漢代的一種考試科目。史記索隱:“漢書儀云:‘太常博士弟子,試射策中甲科,補郎;中乙科,補掌故也。’”漢書蕭望之傳:“望之以射策甲科爲郎。”顔注:“‘射策’者,謂爲難問疑義,書之於策,量其大小,署爲甲乙之科,列而置之,不使彰顯;有欲射者,隨其所取,得而釋之,以爲優劣。射之言投射也。‘對策’者,顯問以政事經義,令各對之,而觀其文辭,定高下也。”按,此處的“甲科”和下文的“孝廉”、“方正”,皆漢代士人的進身之階。此句言“前世之士如果不是由甲科途徑求得出身”。 (52)行非孝廉:“孝廉”是漢代取士的選舉制度之一,漢武帝時,始令郡國歲舉孝廉各一人,蓋取其爲人友孝、廉潔。此句言“前世之士如果不够被舉爲孝廉的資格”。下句語意仿此。 (53)舉非方正:“方正”,即賢良方正,指行爲端方正直而有賢良之譽的人;“舉賢良方正”,亦漢代取士的制度,始於漢文帝時。 (54)“獨可”二句:上句,“抗”作“舉”解,“抗疏”,指向皇帝上書。下句,“道”,論,此言議論政事之得失。按,此二句緊承上三句而言,大意是:“前世之士如生於今世,倘非正途出身,那只能上一封奏疏去議論時政。” (55)“高得”三句:第一句,“高”,與下文的“下”爲對文;“待詔”,官名,漢制,凡四方上書之士,皆可得此官,並非實缺。第二句,李善注:言抗疏有所觸犯者,帝報以聞而罷之,言不任用也。”王先謙説:“合‘高’、‘下’言之,或卑官,或不用。”第三句,“青、紫”,照映前文“紆青拖紫”句。此三句仍承上文而言,大意是:“這些人如果上書議論時政,最高的也不過得到個待詔的職位,次一點的就許觸犯

皇帝的忌諱，通知他罷而不用，又哪裏能紆青拖紫做大官呢?"按，以上反
駁客所提出的質問，以下始申言己志。　㊶"炎炎"四句：前二句，"炎
炎"，火光；"隆隆"，雷聲。五臣注張銑說："'炎炎'、'隆隆'，盛貌；'滅'、
'絶'者，有盛必衰也。"後二句，顏注："人之觀火聽雷，謂其盈實。"此言從
表面看，火光旺盛而雷聲震響，好像是飽滿充實的樣子。餘詳下"高明之
家"句注釋。　㊷"天收"二句：顏注："……天收雷聲，地藏火熱，則爲虛
無。言極盛者亦滅亡也。"五臣注劉良說："觀雷聲火光，但見其熱盛，莫
測其所以矣。……忽然天收其聲，地藏其熱，則聲熱不聞見矣，此盛必衰
之義也。"　㊸"高明"二句："高明之家"，猶言"富貴之家"；"瞰"，窺視。
李善注引李奇說："鬼神害盈而福謙。"劉良說："是知高明富貴之家，鬼神
窺望其室，將害其滿盈之志矣。"言富貴達於極點，卽將有鬼神窺望其室，
以伺其衰敗。按，以上八句是闡發周易盛衰倚伏之理。清李光地說："此
數語全釋'豐'卦義(按，'豐'作'大'解)。'炎炎'者，火也；'隆隆'者，雷
也。當其炎炎隆隆，以爲盈且實矣。然'豐'卦雷居上(按，'豐'卦震居
上，震卽雷)，則是天收其聲；火居下(按，'豐'卦離居下，離卽火)，則是地
藏其熱。此其盛不可久、而滅且絶之徵也。'豐'之義如此，故卦爻俱發
日中之戒(按，今周易'豐'卦象辭、象辭有'勿憂，宜日中'、'日中則昃'、
'日中見斗(星斗)'、'日中見沬(小星)'之語，皆喻盛極則衰，明極則暗)。
至窮極則曰：'豐其屋，蔀(音部，作"障蔽"解)其家，闚其户，闃其無人。'
卽揚子所謂'高明之家，鬼瞰其室'也。揚子是變易辭象以成文，然自
(王)輔嗣以來，未有知之者。……"(見榕村全書周易觀象；選學膠言、文
選旁證及漢書補注皆引之，而文字與周易觀象有出入　今據選學膠言
引。)張雲璈說："先生(按，指李光地)此義精絶。子雲當成帝之末，五侯
擅政，盛極將危之際。故取象於豐屋蔀家以示戒。"今按，李、張說是，謹
錄以備考。　㊹"攫挐"四句：此處第一、第三兩句指在位者，第二、第四
兩句作者自喻。前二句，"攫挐"音掘奴，作"執持牽引"解，五臣注吕延濟
說："言執權用勢者必亡，默默守道者必存也。"後二句，"位極"，指爵位之

高達於極峯；"宗"，指宗族；"自守"，據上引呂延濟說，實與"默默"爲互文。何焯說："此言丁、傅、董賢，方將顚仆，何足慕也。" ⑥⑩"是故知玄"二句：李善注引淮南子："天道玄默，無容無則。"按，"玄"猶"黑"。老子："知其白，守其黑，爲天下式。"則"玄"除深微、玄遠之義以外，尚涵有謙退、保守之義。"默"，猶言"不求聞達"。此二句言守道之人以謙退靜默爲最高的標準。 ⑥①"爰清"二句："爰"，猶"乃"；"清靜"，指淡泊無欲。李善注引老子："知清知靜，爲天下正。""游"，遨遊；"神"，指超然於物外的精神。五臣注李周翰說："'清靜'、'寂漠'，皆無營欲也。'庭'、'宅'，謂精神道德之所居處。"此言淡泊無欲之人，乃可神遊於物外。 ⑥②"惟寂"二句："漠"同"寞"，"寂寞"，指空虛恬淡；"宅"見前注。此言惟寂能甘於寂寞之人，始可保守其高尚的道德品質。按，以上六句，是闡發老、莊清靜無爲之理。 ⑥③"世異"二句：此言時代雖有古今之不同，社會事物，亦多變化，但作人處世之道，並無兩樣。 ⑥④"彼我"二句：此言"假如讓春秋、戰國時的聖賢，同自己互換一下所處的時代，則他們今天的情形究竟如何，還不敢說一定呢!" ⑥⑤"執螘蜓"句："螘蜓"音偃忝，卽壁虎；"龍"古讀爲龐，與上句"皇"字叶韻。按，此句與上句乃用荀子賦篇佹詩"螭龍爲螘蜓，鴟梟爲鳳皇"語意。荀子蓋以"龍"、"鳳"喻聖賢，以"螘蜓"、"鴟梟"喻愚蠢小人，言天下不治，在位者不辨賢愚，既誤以龍爲螘蜓，又誤以鴟梟爲鳳。此處則謂客但識鴟梟、螘蜓而已，竟持下愚之見以嘲笑聖賢。⑥⑩俞跗：上古時之良醫，見史記扁鵲倉公列傳。〔以上是第二大段，作者反駁客之嘲弄，並以周易、老、莊之理說明其處世之道。〕

客曰："然則靡玄無所成名乎①？范、蔡以下，何必玄哉!"

揚子曰："范雎，魏之亡命也：折脅摺髂②，免於徽索③，翕肩蹈背④，扶服入橐⑤，激卬萬乘之主⑥，介涇陽，抵穰侯而代之⑦，當也⑧。蔡澤，山東⑨之匹夫也：䪼頤折頞，涕唾流沫；西揖彊秦之相⑩，搤其咽而亢其氣⑪，拊其背而奪其位，時也⑫。天下已定⑬，金革已平,都於洛陽;婁敬委輅脱輓⑭,掉三寸之舌,建不拔之策⑮,舉中國徙之長安⑯,適也⑰。 五帝垂典,三王傳禮,百世不易;叔孫通起於枹鼓之間⑱,解甲投戈,遂作君臣之儀,得也⑲。呂刑靡敞⑳,秦法酷烈;聖漢權制㉑,而蕭何造律,宜也。故有造蕭何之律於唐、虞之世,則悖㉒矣;有作叔孫通儀於夏、殷之時,則惑矣;有建婁敬之策於成周之世㉓,則繆矣;有談范、蔡之説於金、張、許、史之間㉔,則狂矣! 夫蕭規曹隨㉕,留侯畫策㉖,陳平出奇㉗:功若泰山㉘,響若坻隤㉙。雖其人之贍智哉㉚,亦會其時之可為也! 故為可為於可為之時㉛,則從;為不可為於不可為之時,則凶。若夫藺生收功於章臺㉜,四皓采榮於南山㉝,公孫創業於金馬㉞,驃騎發迹於祁連㉟,司馬長卿竊貲於卓氏㊱,東方朔割炙於細君㊲:僕誠不能與此數子並,故默然獨守吾太玄。”

　　①“然則”三句:此言“范雎、蔡澤等人,皆以游説諸侯獲得名位,難道不靠著書立説就不能成名麽?”　　②折脅摺骼:“脅”,肋骨;“骼”音 kà,腰骨。按,此指范雎被魏齊所笞而受傷,已見前註。　　③免於徽索:“徽索”,卽繩索。此指范雎詐死出亡,免為魏人所捕獲。　　④翕肩蹈背:“翕”與“脅”通,“脅肩”,猶言“聳肩”,五臣注呂向説:“畏懼貌。”“蹈背”,指被人用脚在背上踐踏。按,史記范雎蔡澤列傳無蹈背之事。　　⑤“扶服”句:“扶服”,卽“匍匐”;“入橐”本非范雎事,已見前注。按史記范雎蔡澤列傳:“……王稽辭魏去,過載范雎入秦,至湖,望見車騎從西來。范雎曰:‘彼來者為誰?’王稽曰:‘秦相穰侯東行縣邑。’范雎曰:‘吾聞穰侯專秦權,惡納諸侯客。此恐辱我,我寧且匿車中。’有頃,穰侯果至,勞(慰勞)王稽,因立車而語,……曰:‘謁君(此是對王稽的敬稱)得無與諸侯客子俱來乎! 無益,徒亂人國耳。’王稽曰:‘不敢!’卽別去。……”則范雎只有匿於車中之事。錄以備考。　　⑥“激卬”句:“卬”同“昂”;“激昂”,此

處作及物動詞用,謂用言語激怒秦王;"萬乘之主",指秦昭王。　　⑦"介涇陽"句:"介",挑撥離間;"涇陽",即涇陽君,秦昭王弟;"抵"音紙,從"氐"不從"氏",作'攻擊'解。按,范雎逐穰侯事見史記范雎蔡澤列傳:"……范雎日益親,復說用數年矣,因請間說曰:'臣居山東時,……聞秦之有太后、穰侯、華陽、高陵、涇陽,不聞其有王也。……今自有秩以上至諸大吏,下及王左右,無非相國之人也。見王獨立於朝,臣竊爲王恐,萬世之後,有秦國者非王子孫也。'昭王聞之大懼,曰:'善。'於是廢太后,逐穰侯、高陵、華陽、涇陽君於關外。秦王乃拜范雎爲相。……"録以備考。⑧當也:顏注:"言當其際。"張鳳翼說:"言雎間秦王兄弟,抏穰侯而代之爲相,當其機會也。"按,"當"讀去聲,即"恰巧"之意。　　⑨山東:泛指函谷關以東地區。當時秦國稱中原的齊、魏、韓、趙、燕等國爲"山東諸國"。⑩"西揖"句:"揖",本指拱手,此引申爲"謁見"之意;"相"指范雎。⑪"搤其咽"二句:上句,"搤"同"扼";"咽",咽喉;"亢",作"絶"解。"扼咽亢氣",指用言語對范雎要挾威脅。下句,"拊",拍,五臣注劉良說:"'拊背',猶'隨後繼迹'也。"據史記范雎蔡澤列傳,雎爲相後,任鄭安平使擊趙,安平竟降趙,而王稽爲河東守,與諸侯私通,坐法誅。依秦法,凡任人而所任之人不善,則任人者也應有罪,故范雎罪當收三族。秦昭王恐傷雎意,乃加賜雎食物,以順適其意,但雎終不免惴惴自危。故蔡澤入秦,向雎進言,勸其退位。於是范雎稱病免相,澤遂代之爲相。此處所謂"奪其位",即指蔡澤代雎爲相之事。　　⑫時也:顏注:"遇其時。"按,"時"指時機成熟。　　⑬"天下已定"三句:第一句,指劉邦統一中國。第二句,"金革",猶言"兵甲"。第三句,言劉邦初擬都於洛陽　　⑭"婁敬"句:"婁敬",齊人。據史記劉敬叔孫通列傳,漢五年,敬戍隴西,路過洛陽,脫輓輅,衣羊裘,向劉邦獻建都長安之策。劉邦從其言,並賜敬姓劉氏。"委"、"脫",指脫卸;"輅"音路,李善注引應劭說:"謂以木當胸,以輓車也。""輓"同"挽",如作名詞,則指輓車用的繩索。此言婁敬本爲役戍之人,背負輓、手持輅而挽車,及其將見劉邦,乃將輓輅卸下。　　⑮不扱之策:"不拔",猶言"不可動搖",指所建議之策穩妥可靠。　⑯"舉中國"句:"中國",顏注:"謂京師。"此言把當時的國都從洛陽遷移到長安。⑰適也:顏注:"中其適('中'讀去聲)。"張鳳翼說:"'適',會逢其適也。"按,此猶言"事逢湊巧"。　⑱"叔孫通"三句:"叔孫通",魯國薛邑人,本秦二世時博士,後降漢。據史記劉敬叔孫通列傳,劉邦既定天下,諸侯共尊邦爲皇帝,由叔孫通成其儀號。羣臣飲酒爭功,醉或妄呼,拔劍擊柱,劉邦頗以爲患;通乃徵儒生三十人,及邦左右爲學者與其弟子百餘人,明習君臣間之禮儀,使貴賤有差別,尊卑有次第。其後諸侯羣臣朝見,或置酒會飲,皆不敢喧嘩失禮。第一句,指叔孫通在劉邦尚未平定天下時即已降漢;第二句,指天下既定,戰事中止。第三句,即指習禮儀事。⑲得也:顏注:"得其所。"張鳳翼說:"'得',得君也。"按,此指叔孫通善體劉邦意旨,故得其歡心。　　　⑳呂刑靡敝:"呂",即呂侯(史記周本紀作"甫侯",故漢書此句作"甫刑靡敝"),周穆王時人,爲天子司寇,穆王命其制作刑法,以詰四方,今尚書呂刑篇即記載其事。此處的"呂刑"當是泛指周代的刑法。"靡敝",猶言"敗壞"。此句言周代的刑法已經敗壞。㉑"聖漢"二句:上句,"權",衡量,制定;"制",法制;"權制"猶言"制定法典"。下句,"蕭何造律"事見漢書刑法志:"……相國蕭何捃摭秦法,取其宜於時者,作律九章。"　㉒恠:同"紕",音批,荒謬。　㉓成周之世:"成周",指西周初年的洛邑,即洛陽。周公輔成王時,曾築城於洛邑,號爲成周,至東周時,即遷都於洛。此處的"成周之世"即指周公輔成王的時代。　㉔"有譚"二句:上句,"金",金日磾("日"音密,"磾"音低),"張",張安世,皆漢武帝託孤之臣,與大將軍霍光同執國政,貴盛一時;"許",許廣漢,是漢宣帝皇后許氏的父親;"史",指史恭及其長子史高:史恭是漢宣帝的祖母史良娣之兄,宣帝幼時,即寄養於史恭家;恭死,長子高以舊恩封樂陵侯,官至大司馬車騎將軍。"許"、"史"皆宣帝時之外戚,權勢甚盛。下句,"狂",呂氏春秋尊師篇高誘注:"闇行妄發之謂'狂'。"猶今言"胡鬧"。五臣注呂延濟說:"並言時異,政理不同也。"　　㉕"失蕭規”句：“規”，規畫；“隨”，遵守。按，史記曹相國世家：“參代何爲漢桂國，舉事無所變更，一遵蕭何約束。”揚雄法言淵騫篇：“蕭也規，曹也隨。”晉李軌注：“蕭何規創於前如一，曹參奉隨於後不失。”故後世往往借此語以喻後人沿襲前人之遺制者。　　㉖“留侯”句：“留侯”即張良。此指劉邦平定天下，決策多由張良。　　㉗“陳平”句：“奇”，指奇計。陳平佐劉邦平定天下，凡六出奇計，見史記陳丞相世家。　　㉘“功若”句：“泰山”，大山，以喻上述諸人功績之高。　　㉙“響若”句：“響”，指聲譽；“坁”音氐，巴、蜀人稱山之將崩墮者爲“坁”（見說文）；“隤”同“頹”；“坁隤”猶言“山崩”，山崩則發巨響，以喻上述諸人聲譽之廣遠。　　㉚“雖其人”二句：上句，“贍”音善，豐饒，充足。下句，“會”，猶“遇”；“可爲”，五臣注劉良說：“謂適時也。”此言“雖然是那些人有充足的才智，但也由於他們遇到了可以有所作爲的好時機”。　　㉛“故爲可爲”句至“則凶”：“從”，順利。前二句，五臣注劉良說：“事本可爲，而爲於明主之時，則君臣不相違疑，言必從、計必用也。”後二句，五臣注呂延濟說：“事本不可爲而強爲之，謂不適時也。”　　㉜“若夫藺生”句：“藺生”，即藺相如；“收功”猶言“成功”；“章臺”，秦國的宮殿名。按，此指藺相如完璧歸趙事，詳見史記廉頗藺相如列傳。　　㉝“四皓”句：“皓”同“顥”，說文：“‘顥’，白首人也。”“四皓”，秦、漢之際的四位隱士，名東園公、綺里季、夏黃公、角里先生（“角”音祿，俗作“甪”，非是）。“南山”，即今河南省的商山，是四皓隱居的地方。“采榮”，顏注引或說：“‘榮’謂草木之英，采取以充食。”按，四皓事詳見史記留侯世家。　　㉞“公孫”句：“公孫”，指漢武帝時的丞相公孫弘；“金馬”，即金馬門。李善注引孟康說：“公孫弘對策於金馬門。”按，漢書公孫弘傳：“弘至太常，上策詔諸儒，……時對者百餘人，太常奏弘第居下，策奏，天子擢弘對爲第一。召見，容貌甚麗，拜爲博士，待詔金馬門。……”此句言公孫弘由待詔金馬門時開始創建了他的事業。　　㉟“驃騎”句：“驃騎”，指漢武帝時驃騎將軍霍去病。去病是武帝皇后衛子夫之姊少兒的兒子，以外戚故，受寵於武帝，嘗引兵擊匈奴，深入至祁連山,捕殺敵軍甚多。事見 史記衞將軍驃騎列傳。"發跡",猶言"露頭角"。
"祁連山",一名南山,在今甘肅省張掖縣西南,西連酒泉、安西,達於葱
嶺,縣互約數千里。　　㊱"司馬長卿"句:"司馬長卿",即 司馬相如;
"貲",今寫作"資",財;"卓氏",指卓王孫。據 史記司馬相如列傳,卓文君
既奔相如,其父卓王孫,怒不分給一錢;相如乃開設酒肆,令文君當鑪。卓
王孫不得已,乃分給文君僮百人、錢百萬,及其嫁時衣被財物。文君乃與
相如歸成都,買田宅爲富人。此所謂"竊貲",當是指用詭譎的手段取得
卓王孫的資財。　　㊲"東方朔"句:"細君",指妻。據漢書東方朔傳,武
帝在三伏天賜羣臣肉,大官至日晏不來,東方朔獨割肉而去。次日武帝
責問,朔自責道:"朔來,朔來! 受賜不待詔,何無禮也! ……歸遺細君,
又何仁也!"此處卽指此事,言朔之狂放。〔以上是第三大段,説明自己默
然著書之故。〕

(六)　張衡: 歸田賦①

遊都邑以永久②,無明略以佐時③;徒臨川以羨魚④,俟河清乎
未期⑤。感蔡子之慷慨⑥,從唐生以決疑;諒天道之微昧⑦,追漁父
以同嬉。超埃塵以遐逝⑧,與世事乎長辭。

於是仲春令月⑨,時和氣清,原隰鬱茂⑩,百草滋榮⑪。王雎鼓
翼⑫,鶬鶊哀鳴,交頸頡頏,關關嚶嚶。於焉逍遥⑬,聊以娛情。

爾乃龍吟方澤⑭,虎嘯山邱。仰飛纖繳⑮,俯釣長流,觸矢而
斃,貪餌吞鈎,落雲間之逸禽⑯,懸淵沉之鯋鰡。

于時曜靈俄景⑰,係以望舒,極般遊之至樂⑱,雖日夕而忘
劬⑲。感老氏之遺誡⑳,將迴駕乎蓬廬;彈五弦之妙指㉑,詠周、孔
之圖書。揮翰墨以奮藻㉒,陳三皇之軌模㉓;苟縱心於物外㉔,安知
榮辱之所如!

①此篇收於昭明文選。據李善注:"歸田賦者,張衡仕不得志,欲歸於田,因作此賦。"後漢書張衡傳:"永元(漢和帝年號,公元八九年至一〇四年)中,舉孝廉,不行;連辟公府,不就。……安帝(在位十九年,自公元一〇七年至一二五年)雅聞衡善術學,公車特徵,拜郎中,再遷爲太史令。……順帝初,再轉,復爲太史令。衡不慕當世,所居之官,輒積年不徙。自去史職,五載復還。……"張雲璈説:"本傳稱……'所居之官,輒積年不徙'云云,即注所云'仕不得志'也。歸田之賦,意在斯時。"按,張説近是。疑此賦寫作之時,當在復爲太史令之前。惟古人作賦,大抵體物寫志,歸田之説,不必實有其事。　　②"遊都邑"句:"都邑",指東漢的京都洛陽;"永久",長久。　　③"無明略"句:"明略",高明的謀略,五臣注呂延濟説:"'無明略',謙詞也。""時",指時君。李善注:"言久淹滯於京都,而無智略以匡佐其時君也。"　　④"徒臨川"句:此用淮南子説林訓"臨流而羨魚,不如歸家織網"語意(漢書董仲舒傳作"臨淵羨魚,不如退而結網",義並同),言徒具願望而無法實現。　　⑤"俟河清"句:此用左傳襄公八年"俟河之清,人壽幾何"語意。相傳黃河水一千年清一次,此處以喻明時;"未期",猶言"不可預期"。呂延濟説:"臨河羨魚,不如退而結網。衡言徒羨榮禄,不如退脩其德矣;將待明時,固未可期也。"　　⑥"感蔡子"二句:"蔡子"即蔡澤,"唐生"即唐舉,蔡澤從唐舉問相,事見史記范雎蔡澤列傳,已詳前解誚注;"慷慨",形容壯士心中不得志的狀詞;"決疑",指問相之事。　　⑦"諒天道"二句:上句,"諒",信,猶今言"實在是";"微昧",幽暗。按,當時閹臣當權,朝政日非,故衡歎天道幽暗不明以傷時事。下句,"漁父",即指屈原所遇的漁人;"同嬉",一同遊樂。五臣注張銑説:"天道微昧不可知,且與漁釣之父同樂於川澤。"　　⑧"超埃塵"二句:"埃塵",指污濁的世俗,與下文"世事"爲互文見義;"退逝",遠去。(以上寫自己與世不合,願離開都邑而歸隱於田。)　　⑨令月:"令",善;"令月",猶言"好季節"。　　⑩原隰鬱茂:"原",高的平地;"隰",低的平地;"鬱茂",指草木蕃盛。　　⑪百草滋榮:"滋",繁;"榮",爾

雅釋草:"草謂之'榮'。"此指各種草都長得很茂盛。　　⑫"王雎"四句:
前二句,"王雎",即詩經關雎篇的"雎鳩";(毛傳:"雎鳩,王雎也。")"鵹
黃",同"倉庚",即黃鶯。後二句,"頡頏",詩經邶風燕燕篇毛傳:"飛而上
者曰'頡',飛而下者曰'頏'。"指鳥飛上下之貌。"關關"、"嚶嚶",皆見前
詩經注釋。按,此四句是錯綜句法,下二句總承上二句,則"交頸頡頏"
兼指王雎與倉庚兩種鳥,而"關關"是形容王雎兩兩和鳴的象聲詞,"嚶
嚶"是形容倉庚兩兩和鳴的象聲詞。　　⑬於焉逍遙:"於焉",猶言"於是
乎"。　　⑭"爾乃龍吟"二句:"爾乃",猶言"於是";"方澤",五臣注劉良
說:"大澤也。"李善注:"言已從容吟嘯,類乎龍虎。"　　⑮纖繳:即弋射
所用之箭,已見子虛賦注釋,"繳"音酌。　　⑯"落雲間"二句:"逸禽",指
鴻雁(用五臣注張銑說);"懸",鈎起;"淵沉",沉於深淵;"魦"音沙,"鰡"
音留,皆小魚名。張銑說:"鳥飛高所以仰射,魚沉深所以俯鈎;鳥致斃由
觸矢,魚吞鈎由貪餌;……鳥在上故云'落',魚在下故云'懸'。"(以上寫
田居吟嘯弋鈎之樂。)　　⑰"于時曜靈"二句:上句,"曜靈",指日;"俄",
斜;"景"同"影"。下句,"係",五臣本作"繼",義並同;"望舒",本指月御,
此處即做爲月的代稱。此言日影偏斜,月光接著出現。　　⑱"極般遊"
句:"般"音盤,作"樂"解;"般遊",猶言"遊樂";"至樂",最高興的事。此
猶言"極盡遊樂之能事"。　　⑲劬:音渠,勞苦。　　⑳"感老氏"二句:上
句,"老氏",即老子,"遺誡",指老子道德經第十二章"馳騁畋獵,令人心
發狂"之語。下句,"迴",返;"駕",車;"蓬廬",猶言"茅屋"、"草舍"。此
言因感老子的遺訓,不宜久在外馳騁遊樂,故駕車回到家中。　　㉑"彈
五絃"二句:上句,"五絃",指五絃琴,相傳爲舜所發明;"指"同"旨",作
"意"解;"妙旨",謂"美妙的意趣"。下句,"周、孔",指周公、孔子;"圖
書",泛指一般的典籍;張鳳翼解爲"河圖、洛書",姑備一說。五臣注呂延
濟說:"五絃琴,舜所作也;圖書,周公、孔子所脩之書,言慕古人之道,故
彈此琴而詠此書也。"　　㉒"揮翰墨"句:"翰",筆;"奮",猶言"發揮"、
"馳騁";"藻",詞藻;"奮藻",謂作文章。　　㉓"陳三皇"句:"軌"、"模"皆

作“法”解。此言著作文章以陳述古聖先王之遺法。　　㉔“苟縱心”二
句：上句，“苟”，作“且”解（用五臣注呂向説）；“縱”，放任；“物外”，世外。
下句，“如”，本作“往”解，此處引申作“歸”解。此二句言：“且放任自己的
心情於世俗之外，哪裏還考慮到什麽榮辱得失之所歸呢！”呂向説：“衡苦
於時政，故以此辭自解。”〔以上寫自己發思古之幽情而寄情於文章。〕

（七）　王粲：登樓賦①

登茲樓以四望兮，聊暇日以銷憂②。覽斯宇之所處兮③，實顯
敞而寡仇。挾清漳之通浦兮④，倚曲沮之長洲。背墳衍之廣陸兮⑤，
臨皋隰之沃流。北彌陶牧⑥，西接昭邱⑦。華實蔽野⑧，黍稷盈疇。
雖信美而非吾土兮⑨，曾何足以少留！

遭紛濁而遷逝兮⑩，漫踰紀以迄今。情眷眷而懷歸兮⑪，孰憂
思之可任！憑軒檻以遙望兮⑫，向北風而開襟。平原遠而極目兮，
蔽荆山之高岑。路逶迤而修迥兮⑬，川既漾而濟深。悲舊鄉之壅
隔兮⑭，涕橫墜而弗禁。昔尼父之在陳兮⑮，有“歸歟”之歎音；鍾儀
幽而楚奏兮⑯，莊舄顯而越吟；人情同於懷土兮⑰，豈窮達而異心！

惟日月之逾邁兮⑱，俟河清其未極。冀王道之一平兮⑲，假高
衢而騁力。懼匏瓜之徒懸兮⑳，畏井渫之莫食。步棲遲以徙倚兮㉑，
白日忽其將匿。風蕭瑟而並興兮㉒，天慘慘而無色。獸狂顧以求
羣兮，鳥相鳴而舉翼。原野闃其無人兮㉓，征夫行而未息。心悽愴
以感發兮㉔，意忉怛而憯惻。循階除而下降兮㉕，氣交憤於胸臆。
夜參半而不寐兮㉖，悵盤桓以反側。

①此篇收於昭明文選。據三國志魏志王粲傳，獻帝西遷，粲從至長
安，以西京擾亂，乃南至荆州依劉表；表見粲貌醜體弱，故不予重視。又
據李善注引盛弘之荆州記，粲嘗登湖北當陽縣城樓，感而作賦。則知此

篇爲粲在荆州抑鬱不得志時所作。　②“聊暇日”句：“暇”同“假”，作“借”解，詳見前離騷“聊假日之婾樂兮”句注釋；“銷憂”，消除憂悶。③“覽斯宇”二句：上句，“宇”，本指屋簷，此處的“斯宇”猶言“此樓”；“所處”，指所居的地勢。下句，“顯”，豁亮；“敞”，寬闊；“仇”，作“匹”解。此言當陽的城樓形勢豁亮寬敞，少有比得上它的。　④“挾清漳”二句：上句，“挾”，猶“帶”；“漳”，水名，源出湖北南漳縣西南，東南流經當陽，與沮水相合，又東南經江陵縣而入於長江；據風土記，大水有小口別通它水叫“浦”。此言城樓所在之地，正臨於漳水的別支之上，宛如挾帶着潔淨的漳水一般。下句，“沮”，水名，源出湖北保康縣西南，東南流經南漳、當陽，與漳水合，又東南經江陵縣西境，入於長江；“長洲”，水邊長形的陸地。此言城樓修築在曲折的沮水邊上，宛如倚長洲而立。　⑤“背墳衍”二句：上句，“背”，背對着，指北面；“墳”，高；“衍”，平。下句，“臨”，面臨着，指南面；“皋”，水旁地；“隰”，低窪的地方；“沃”，美；“沃流”，指可以灌溉的流水。此言城樓的北面是地勢較高的大陸，南面是地勢較低的水涯。　⑥“北彌”句：“彌”，連；“陶”，指陶朱公，即越之范蠡；“牧”，爾雅釋地：“邑外謂之‘郊’，郊外謂之‘牧’。”相傳湖北江陵縣西有陶朱公的墳墓，故稱其地爲“陶牧”。　⑦昭丘：即楚昭王的墓址，在當陽東南七十里。　此連上言當陽城樓所在之地，北與陶牧相連，西與昭丘相接。⑧“華實”二句：上句，言許多果木的花和果實遮蔽了原野；下句，言很多農作物鋪滿了田疇。　⑨“雖信美”二句：“土”，故鄉；“少留”，猶言“暫居”。五臣注呂向説：“言此雖高明寡匹，川原可賞，然非吾鄉，何足停留也。”　⑩“遭紛濁”二句：上句，“紛”，紛擾，“濁”，污穢；“紛濁”，喻世亂；“遷逝”，猶言“遷徙流亡”，指避亂於荆州。下句，“漫”，長久，此處作“踰紀以迄今”的狀詞；“踰”，過；“紀”，十二年叫一紀；“迄”，至。此言“自己遭逢亂世，故遷徙於此，竟超過了十二年”。　⑪“情眷眷”二句：“眷眷”，留戀貌；“懷”，思；“任”，禁受。此言“心戀故土而思歸，誰又能禁得起這種憂思呢？”　⑫“憑軒檻”四句：第一句，“憑”，倚；“軒檻”，指樓上的窗和闌干。第二句，言故鄉在北，故向北而望，開衣襟以受北風。第三句，"極目"，指目光達於極遠處。第四句，"荊山"，在湖北南漳縣；小山而高者叫"岑"。五臣注呂延濟說："荊州在帝鄉（即帝都）南，故向北開襟，思故國之風；而極目遠望，爲荊山所蔽，終不復見。" ⑬"路逶迆"二句：上句，"逶迆"音威移，長而曲折之貌；"脩"，長；"迥"，遠。下句，"漾"，應作"羕"，水長貌；"濟"，作"渡"解，此處與"川"爲對文，泛指河水。此言路長而川深，歸途遙遠而艱難。 ⑭"悲舊鄉"二句："壅"，阻塞；"隔"，隔絕；"橫墜"，零亂地墜落下來。此二句言由於喪亂而與故鄉隔絕，故悲傷而流涕不止。 ⑮"昔尼父"二句："尼父"，即孔子。論語公冶長篇："子在陳曰：'歸歟！歸歟！……'"朱熹集注："此孔子周流四方，道不行而思歸之歎也。"此處王粲即以孔子比喻自己，以見思歸之情。 ⑯"鍾儀"二句：上句，"鍾儀"事見左傳成公九年："晉侯觀於軍府，見鍾儀，問之曰：'南冠而縶者，誰也？'有司對曰：'鄭人所獻楚囚也。'使稅之，……問其族，對曰：'伶人也。'……使與之琴，操南音。……公語范文子，文子曰：'楚囚，君子也。……樂操土風，不忘舊也。……'""幽"，囚；"楚奏"，指彈奏楚國的樂調。下句，"莊舄"事見史記張儀列傳："……越人莊舄仕楚執珪，有頃而病。楚王曰：'舄，故越之鄙細人也。今仕楚執珪，貴富矣，亦思越否？'中謝（按，即'中射之士'）對曰：'凡人之思故，在其病也。彼思越則越聲，不思越則楚聲。'使人往聽之，猶尚越聲也。""顯"，指身居顯要之位；"越吟"，指操越國的方音說話、呻吟。按，此以鍾儀、莊舄自喻。上句言楚人鍾儀被晉所囚，但操琴時仍奏楚曲；下句言越人莊舄身爲楚之顯職，但病中仍操越音。皆以喻己思鄉之情切。 ⑰"人情"二句：此承上二句而言。上句，"懷土"，猶言"思鄉"。下句，"窮"，謂處於劣境，指上文的鍾儀；"達"，謂處於順境，指上文的莊舄。五臣注李周翰說："言思歸者人情所同，豈窮達之際而有殊也！"意謂人不論處境如何，思鄉之情是並無兩樣的。 ⑱"惟日月"二句：上句，"日月"，指光陰；"逾邁"，猶言"近去"。下句，"河清"已見歸田賦注釋；"極"，至。此言"光陰一天天地逝去，但天下太平的日子却永不到來"。　⑲"冀王道"二句：上句，"冀"，盼望；"王道"，指王朝的政權；"一"，統一；"平"，穩定，鞏固。下句，"高衢"，猶言"大道"，以喻帝王的良好措施；"騁"，施展。<u>五臣注</u><u>張銑</u>説："<u>黄河</u>清則聖人出，梁苦天下反亂，故云'日月逾邁，河清未極期'也。冀宇内清平，假借帝王之高道，馳騁才力，以爲輔弼。"意謂如果天下太平，自己願憑藉帝王的力量以施展才智。　⑳"懼匏瓜"二句：上句，本<u>孔子</u>自喻之詞，此處<u>王粲</u>又借以爲喻。<u>論語陽貨篇</u>："子曰：'……吾豈匏瓜也哉，焉能繫而不食」'"意謂自己並非無用之人，故極願獲得行道的機會。下句，"渫"音薛，淘井叫"渫"。<u>周易</u>"井"卦："井渫不食，爲我心惻。"意謂淘乾淨了井而没有人吃水，是很可痛心的。<u>五臣注</u><u>李周翰</u>説："蓋喻修身全潔，畏時君之不用也。"　㉑"步棲遲"二句："棲遲"，作"遊息"解；"徙倚"，徘徊；"匿"，藏。<u>張鳳翼</u>説："言徘徊樓上，不覺白日將没。"　㉒"風蕭瑟"二句："蕭瑟"，蕭條寒次之貌；"並興"，指風從四面同時俱起；"慘慘"，暗淡無光。　㉓"原野"二句："闃"音却，寂靜無人之貌。<u>李善注</u>："原野闃無農人，但有征夫而已。"　㉔"心悽愴"二句："感發"，猶言"感觸"，"切怛"音刀答，或音韶榻，憂勞之貌；"憯"同"慘"，"憯惻"，與"悽愴"同義。此言看到了四外的景物，心中有所感觸而悽愴不已。　㉕"循階除"二句："除"，與"階"同義，"階除"，指樓梯；"交"，應作"狡"（用<u>張雲璈</u>、<u>胡紹煐</u>説），乖戾；"憤"，鬱悶，憤懣。此言順着樓梯下來，胸中積鬱難伸。　㉖"夜參半"二句："參"，及；"夜參半"，猶言"直到半夜"；"悵"，惆悵，此處是"盤桓以反側"的狀詞；"盤桓"，猶言"思來想去"；"反側"，翻來覆去。此言直到夜半也不能睡着，心中思來想去，身體翻來覆去，感到十分悵惘。

兩漢辭賦附錄

（一） 關於賦的名稱、體制及源流演變

傳曰：“不歌而誦謂之賦。登高能賦，可以爲大夫。”言感物造端，材知深美，可與圖事，故可以爲列大夫也。古者諸侯卿大夫，交接鄰國，以微言相感，當揖讓之時，必稱詩以諭其志，蓋以別賢不肖而觀盛衰焉。故孔子曰：“不學詩，無以言也。”春秋之後，周道寖壞，聘問歌詠，不行於列國。學詩之士，逸在布衣，而賢人失志之賦作矣。大儒孫卿及楚臣屈原，離讒憂國，皆作賦以風，咸有惻隱古詩之義。其後宋玉、唐勒，漢興，枚乘、司馬相如下及揚子雲，競爲侈麗閎衍之詞，没其風諭之義。是以揚子悔之，曰：“詩人之賦麗以則，辭人之賦麗以淫。如孔氏之門人用賦也，則賈誼登堂，相如入室矣。如其不用何！”自孝武立樂府而采歌謡，於是有代、趙之謳，秦、楚之風，皆感於哀樂，緣事而發，亦可以觀風俗，知薄厚云。（漢書藝文志）

詩有六義，其二曰賦。賦者，鋪也，鋪采摛文，體物寫志也。昔邵公稱公卿獻詩，師箴賦。傳云：“登高能賦，可爲大夫。”詩序則同義，傳説則異體；總其歸塗，實相枝幹。劉向云：“明不歌而頌。”班固稱：“古詩之流也。”至如鄭莊之賦大隧，士蒍之賦狐裘，結言扷韻，詞自己作，雖合賦體，明而未融。及靈均唱騷，始廣聲貌。然賦也者，受命於詩人，拓宇於楚辭也。於是荀況禮、智，宋玉風、釣，爰錫名號，與詩畫境；六義附庸，蔚成大國。遂客主以首引，極聲貌以

窮文，斯蓋別詩之原始，命賦之厥初也。秦世不文，頗有雜賦；漢初
詞人，順流而作。陸賈扣其端，賈誼振其緒；枚、馬同其風，王、揚騁
其勢；皋、朔已下，品物畢圖。繁稱於宣時，校閱於成世；進御之賦，
千有餘首；討其源流，信興楚而盛漢矣。夫京殿苑獵，述行序志，並
體國經野，義尚光大。既履端於唱序，亦歸餘於總亂。序以建言，
首引情本；亂以理篇，迭致文契。按那之卒章，閔馬稱亂。故知殷
人輯頌，楚人理賦，斯並鴻裁之寰域，雅文之樞轄也。至於草區禽
族，庶品雜類，則觸興致情，因變取會。擬諸形容，則言務纖密；象
其物宜，則理貴側附；斯又小制之區畛，奇巧之機要也。觀夫荀結
隱語，事數自環，宋發巧談，實始淫麗；枚乘菟園，舉要以會新，相如
上林，繁類以成豔；賈誼鵩鳥，致辨於情理，子淵洞簫，窮變於聲貌；
孟堅兩都，明絢以雅贍，張衡二京，迅拔以宏富。子雲甘泉，構深瑋
之風，延壽靈光，含飛動之勢：凡此十家，並辭賦之英傑也。及仲宣
靡密，發端必遒，偉長博通，時逢壯采；太沖、安仁，策勳於鴻規，士
衡、子安，底績於流制；景純綺巧，縟理有餘，彥伯梗概，情韻不匱：
亦魏、晉之賦首也。原夫登高之旨，蓋覩物興情。情以物興，故義
必明雅；物以情觀，故詞必巧麗。麗詞雅義，符采相勝，如組織之品
朱紫，畫繪之著玄黃；文雖新而有質，色雖糅而有本：此立賦之大體
也。然逐末之儔，蔑棄其本，雖讀千賦，愈惑體要；遂使繁華損枝，
膏腴害骨，無貴風軌，莫益勸戒。此揚子所以追悔於雕蟲，貽誚於
霧縠者也。（劉勰：文心雕龍詮賦篇）

　　徐師曾曰："按詩有六義，其二曰賦。所謂賦者，敷陳其事而直
言之也。古者諸侯卿大夫交接鄰國，揖讓之時，必稱詩以喻意，以
別賢不肖，而觀盛衰。如春秋傳所載晉公子重耳亡之秦，秦穆公享

之,賦六月;魯文公如晉,晉襄公饗公,賦菁菁者莪; 鄭穆公與魯文
公宴於棐,子家賦鴻雁; 魯穆叔如晉,見中行獻子,賦圻父之類, 皆
以吟咏性情,各從義類; 故情形於辭,則麗而可觀,辭合於理,則則
而可法。使讀之者有興起之妙趣,有詠歌之遺音,揚雄所謂'詩人
之賦麗以則'者是已。此賦之本義也。春秋之後,聘問詠歌, 不行
於列國,學詩之士,逸在布衣,而賢士失志之賦作矣,卽……楚辭是
也。揚雄所謂'詞人之賦麗以淫'者,正指此也。然自今而觀,楚辭
亦發乎情而用以爲諷,實兼六義而時出之,辭雖太麗,而義尚可則;
故朱子不敢直以詞人之賦目之。而雄之言如此,則已過矣! 趙人荀
況,遊宦於楚,考其時在屈原之前。所作五賦,工巧深刻, 純用隱
語,若今人之揣謎;於詩六義,不啻天壤,君子蓋無取焉。兩漢而下,
作者繼起,獨賈生以命世之才,俯就騷律,非一時諸人所及。他如
相如長於敍事,而或昧於情; 揚雄長於說理,而或略於辭; 至於班
固,辭理俱失。若是者何? 凡以不發乎情耳。然上林、甘泉,極其鋪
張,而終歸於諷諫,而風之義未泯; 兩都等賦,極其眩曜,終折以法
度,而雅頌之義未泯; 長門、自悼等賦,緣情發義,託物興詞,咸有和
平從容之意,而比興之義未泯; 故雖詞人之賦,而君子猶有取焉,以
其爲古賦之流也。三國、兩晉,以及六朝,再變而爲俳;唐人又再變
而爲律; 宋人又再變而爲文。夫俳賦尚辭而失於情,故讀之者無興
起之妙趣,不可以言則矣; 文賦尚理而失於辭, 故讀之者無詠歌之
遺音,不可以言麗矣。至於律賦,其變愈下, 始於沈約'四聲八病'
之拘,中於徐、庾'隔句作對'之陋,終於隋、唐、宋取士限韻之制,但
以音律諧協、對偶精切爲工,而情與辭皆置勿論,嗚呼,極矣!……"
(文體明辨:賦)

（二）　關於賦的評論

或問：“吾子少而好賦？”曰：“然。童子雕蟲篆刻。”俄而曰：“壯夫不爲也｜”或曰：“賦可以諷乎？”曰：“諷乎｜諷則已；不已，吾恐不免於勸也。”或曰：“霧縠之組麗。”曰：“女工之蠹矣｜”……或問：“景差、唐勒、宋玉、枚乘之賦也，益乎？”曰：“必也淫。”“淫則奈何？”曰：“詩人之賦麗以則，辭人之賦麗以淫。如孔氏之門用賦也，則賈誼升堂，相如入室矣。如其不用何｜”（揚雄：法言吾子篇）

……夫書畫辭賦，才之小者。匡國理政，未有其能。……而諸生競利，作者鼎沸。其高者頗引經訓風諭之言，下則連偶俗語，有類俳優。或竊成文，虛冒名氏。……（後漢書蔡邕傳）

司馬相如爲上林子虛賦，意思蕭散，不復與外事相關。控引天地，錯綜古今；忽然如睡，煥然而興，幾百日而後成。其友人盛覽，字長通，牂牁名士，嘗問以作賦。相如曰：“合綦組以成文，列錦繡而爲質。一經一緯，一宮一商，此賦之迹也。賦家之心，苞括宇宙，總覽人物，斯乃得之於內，不可得而傳。”覽乃作合組歌、列錦賦而退，終身不復敢言作賦之心矣。（西京雜記二）

祝堯曰：“揚子雲……曰：‘詩人之賦麗以則，辭人之賦麗以淫。’愚謂騷人之賦與詩人之賦雖異，然猶有古詩之義，辭雖麗而義可則，故晦翁不敢直以詞人之賦視之也。至於宋、唐以下，則是詞人之賦，多沒其古詩之義，辭極麗而過淫傷；已非如騷人之賦矣，而況於詩人之賦乎」何者？詩人所賦，因以吟咏情性也；騷人所賦，有古詩之義者，亦以其發乎情也。其情不自知而形於辭，其辭不自知而合於理。情形於辭，故麗而可觀；辭合於理，故則而可法。然其麗而可觀，雖若出於辭，而實出於情；其則而可法，雖若出於理，而實出於辭。有情有辭，則讀之者有興起之妙趣；有辭有理，則讀之者有咏歌之遺音。如或失之於情，尚辭而不尚意，則無興起之妙，而於則乎何有？後代之俳體是已」又或失之於辭，尚理而不尚辭，則無詠歌之遺，而於麗乎何有？後代賦家之文體是已」是以三百五篇之詩，二十五篇之騷，莫非發乎情者；爲賦、爲比、爲興，而見於風、雅、頌之體，此情之形乎辭者，然其辭莫不具是理；爲風、爲雅、爲頌，而兼於賦比興之義，此辭之合乎理者，然其理莫不本於情。理出於辭，辭出於情，所以其辭也麗，其理也則，而有風、比、雅、興、頌諸義也歟？漢興，賦家專取詩中賦之一義以爲賦；又取騷中贍麗之辭以爲辭。所賦之賦爲辭賦，所賦之人爲辭人；一則曰辭，二則曰辭，若情若理，有不暇及；故其爲麗，已異乎風、騷之麗，而則之與淫遂判矣。賈、馬、揚、班，賦家之升堂入室者，至今尚推尊之。晦翁云：‘自原之後，作者繼起，獨賈生以命世英傑之材，俯就騷律，非一時諸人所及。’定齋云：‘賦則漫衍其流，體亦叢雜。長卿長於敘事，淵、雲長於說理。’林艾軒云：‘揚子雲、班孟堅，只塡得腔子滿；張平子輩竭盡氣力，又更不及。’如是，則賈生之非所及，毋論也；張平子輩之更不及，不論也。若長卿、子雲、孟堅之徒，誠有可論者。蓋其長於敘事，則於辭也長，而於情或昧；長於說理，則於理也長，而於辭或略。只塡得腔子滿，則辭尚未長，而況於理？要之，皆以不發於情故爾。所以漁獵捃摭，誇多鬥靡，而每遠於性情；哀

荒褻慢，希合苟容，而遂善於義理。間如上林、甘泉，極其鋪張，終
歸於諷諫，而風之義未泯；兩都等賦，極其眩曜，終折以法度，而雅
頌之義未泯；長門、自悼等賦，緣情發義，託物興辭，咸有和平從容
之意，而比興之義未泯。一代所見，其與幾何！誠以其時經焚坑之
秦，故古詩之義未免没而或多淫；近風雅之周，故古詩之義猶有存
而或可則。古今言賦，自騷之外，咸以兩漢爲古，已非魏、晉以還所
及。心乎古賦者，誠當祖騷而宗漢，去其所以淫，而取其所以則，可
也。今故於此備論古今之體制，而發明揚子麗則、麗淫之旨，庶不
失古賦之本義云。”（古賦辨體：兩漢體）

二 史 記

（一） 項羽本紀

項籍者，下相①人也，字羽②。初起時③，年二十四。其季父④項梁。梁父卽楚將項燕⑤，爲秦將王翦所戮者也。項氏世世爲楚將；封於項⑥，故姓項氏。

項籍少時，學書⑦不成，去⑧，學劍，又不成。項梁怒之。籍曰："書，足以記名姓而已；劍，一人敵，不足學——學萬人敵！"於是項梁乃教籍兵法。籍大喜，略知其意，又不肯竟學⑨。

項梁嘗有櫟陽逮捕⑩，乃請蘄獄掾曹咎書⑪，抵櫟陽獄掾司馬欣⑫，以故，事得已。項梁殺人，與籍避仇於吳中，吳中賢士大夫皆出項梁下⑬。每吳中有大繇役及喪⑭，項梁常爲主辦，陰以兵法部勒賓客及子弟⑮，以是知其能⑯。

秦始皇帝游會稽⑰，渡浙江⑱，梁與籍俱觀。籍曰："彼可取而代也！"梁掩其口，曰："毋妄言！族⑳矣！"梁以此奇籍㉑。籍長八尺餘，力能扛鼎㉒，才氣過人，雖吳中子弟，皆已憚籍矣。

①下相：地名。在今江蘇省宿遷縣西七里。　②字羽：據 史記太史公自序："秦失其道，豪傑並擾；項梁業之，子羽接之。"又："子羽暴虐，漢行功德。"則項籍的字又作"子羽"。　③初起時：指項梁、項羽初起義兵之時。據下文，知項氏叔姪起兵時是秦二世元年，卽公元前二〇九年。④季父：猶言"叔父"。　⑤"梁父"二句：上句，"項燕"的"燕"讀平聲。下

句,"王翦",秦始皇時名將,爲秦滅燕平楚,屢立戰功。殺項燕事在秦始皇二十四年,卽公元前二二三年,詳見史記秦始皇本紀及白起王翦列傳。但秦始皇本紀謂項燕係自殺。司馬貞史記索隱:"蓋燕爲王翦所圍,逼而自殺。"則此二說並無矛盾。　⑥項:本古國名,春秋時爲魯所滅。其後楚滅魯,乃以項封項燕的先人。其故城在今河南省項城縣東北。　⑦學書:"書"指文字,"學書"猶言"學認字"。　⑧去:猶言"拋開"、"捨去",指半途而廢。　⑨竟學:完成其所學之業。　⑩"項梁嘗有"句:一本"逮"下無"捕"字。"嘗",曾經;"櫟陽",秦縣名,故城在今陝西省臨潼縣東北七十里,"櫟"音藥,"逮",作"及"解,謂有罪相連及(用史記索隱說)。此句言項梁受人牽連,爲櫟陽縣的官吏所追捕。　⑪"乃請"句:"蘄"音祈,本楚邑,秦置縣,故城在今安徽省宿縣南三十六里;"獄掾",秦、漢時掌管獄訟的小官,"掾"音緣去聲,亦讀如硯;"書",信。此言項梁求蘄縣的獄掾曹咎寫了一封託情的信。　⑫"抵櫟陽"三句:第一句,"抵",送至;第二句,"以故"猶言"因此之故";第三句,"已",止息。裴駰史記集解引章昭說:"謂梁嘗被櫟陽縣逮捕,梁乃請蘄獄掾曹咎書,至櫟陽獄掾司馬欣,事故得止息也。"按,曹咎後爲楚海春侯大司馬,司馬欣後爲秦長史,從章邯降楚,項羽封欣爲塞王,均見下文。　⑬皆出項梁下:猶言"皆不及項梁"。　⑭"每吳中"句:"繇"同"徭",古代勞動人民爲統治階級出人力服勞役,如築城、造橋等,叫做"徭役";"喪"讀平聲,辦喪事。　⑮"陰以"句:"陰",暗中;"兵法",此處指治理軍隊的法度;"部勒",組織,指揮,調度;"賓客",指依附在項梁手下的客籍游士;"子弟",青年人。按,太平御覽卷三百八十六引楚漢春秋:"項梁陰養士,最高者多力,拔樹以擊地。"又,太平御覽卷八百三十五引同書:"項梁陰養死士九十人。參木者,所與計謀者也。木佯疾於室中,鑄大錢,以具甲兵。"可補此文之不足,謹錄以備考。　⑯以是知其能:"以是",由此,因此;"知其能",日人瀧川資言說:"項梁知賓客子弟之能也。"(見其所著史記會注考證)　⑰會稽:秦郡名。今江蘇東部和浙江西部皆其地,郡治卽今之江蘇省吳縣。　　⑱浙江：清洪頤煊説："浙江卽南江。水經沔水注：'地理志曰："江水自石城東出，迤吳國南爲南江。"'會稽郡治吳，浙江在吳縣南，故梁與籍於始皇既渡時得觀之。"(見其所著讀書叢録)按，洪説近是。舊以"浙江"爲錢塘江，疑非是。　　⑲"彼可"句："彼"，指秦始皇。此言"始皇的地位是可以奪取過來由自己代替的"。　　⑳族：滅族。漢書顏師古注："凡言'族'者，謂族誅之。"　　㉑梁以此奇籍："奇"作動詞用，作"賞識"解；"奇籍"謂"以項籍爲不凡之人"。　　㉒扛鼎："扛"音缸，段玉裁説："凡大物而兩手對舉之曰'扛'。項羽力能扛鼎，謂鼎有耳(按，'耳'音扄，説文：'以木橫貫鼎耳而舉之。'此指鼎上之耳)，以木橫貫鼎耳而舉其兩端也。卽無橫木，而兩手舉之，亦曰'扛'；卽兩人以橫木對舉一物，亦曰'扛'。"(見説文解字注)按，段説甚精闢。此指項羽膂力過人。〔以上是第一大段，寫項梁、項羽微時之事。〕

　　秦二世元年，七月，陳涉等起大澤中①。其九月，會稽守通②謂梁曰："江西③皆反，此亦天亡秦之時也。吾聞④：先，卽制人；後則爲人所制。吾欲發兵，使公及桓楚⑤將。"是時，桓楚亡在澤中⑥。梁曰："桓楚亡，人莫知其處，獨籍知之耳。"梁乃出誡籍，持劍居外待。梁復入，與守坐，曰："請召籍，使受命召桓楚。"守曰："諾。"梁召籍入。須臾，梁眴⑦籍曰："可行矣！"於是籍遂拔劍斬守頭。項梁持守頭，佩其印綬。門下大驚，擾亂。籍所擊殺數十百人⑧，一府中皆慴伏⑨，莫敢起。梁乃召故所知豪吏⑩，諭以所爲起大事。遂舉吳中兵，使人收下縣⑪，得精兵八千人。梁部署吳中豪傑，爲校尉、候、司馬⑫。有一人不得用，自言於梁。梁曰："前時某喪，使公主⑬某事，不能辦，以此不任用公。"衆乃皆伏。

　　於是梁爲會稽守；籍爲裨將⑭，徇下縣⑮。

　　廣陵人召平於是爲陳王⑯徇廣陵，未能下⑰；聞陳王敗走，秦兵又且至，乃渡江，矯陳王命⑱，拜梁爲楚王上柱國⑲。曰："江東⑳已定，急引兵西擊秦!"項梁乃以八千人渡江而西。

聞陳嬰已下東陽㉑，使使欲與連和俱西㉒。——陳嬰者，故東陽令史㉓，居縣中，素信謹㉔，稱爲長者。東陽少年殺其令，相聚數千人，欲置長㉕；無適用㉖，乃請陳嬰。嬰謝不能，遂彊立嬰爲長；縣中從者得二萬人。少年欲立嬰便爲王，異軍蒼頭特起㉗。陳嬰母謂嬰曰："自我爲汝家婦，未嘗聞汝先古之有貴者㉘。今暴得大名㉙，不祥；不如有所屬㉚。事成，猶得封侯；事敗，易以亡㉛，非世所指名也㉜。"嬰乃不敢爲王。謂其軍吏曰："項氏世世將家，有名於楚；今欲舉大事，將非其人不可㉝。我倚名族㉞，亡秦必矣!"於是衆從其言，以兵屬項梁。

項梁渡淮，黥布㉟、蒲將軍㊱亦以兵屬焉：凡六七萬人。軍下邳㊲。

當是時，秦嘉已立景駒爲楚王㊳；軍彭城㊴東，欲距㊵項梁。項梁謂軍吏曰："陳王先首事㊶，戰不利，未聞所在。今秦嘉倍㊷陳王而立景駒，逆無道!"乃進兵擊秦嘉。秦嘉軍敗走，追之至胡陵㊸。嘉還戰一日㊹。嘉死，軍降。景駒走死梁地。

項梁已并秦嘉軍，軍胡陵；將引軍而西。

章邯軍至栗㊺，項梁使別將朱雞石、餘樊君與戰。餘樊君死；朱雞石軍敗，亡走胡陵。項梁乃引兵入薛，誅雞石。項梁前使項羽別攻襄城㊻，襄城堅守不下；已拔㊼，皆阬之㊽。還報項梁。

項梁聞陳王定死㊾，召諸別將，會薛計事㊿。此時沛公亦起沛(51)，往焉。

居鄛(52)人范增——年七十，素居家(53)，好奇計——往說項梁曰：“陳勝敗固當⑭。夫秦滅六國，楚最無罪。自懷王入秦不反⑮，楚人憐之至今，故楚南公⑯曰：楚雖三戶，亡秦必楚也｜’今陳勝首事，不立楚後而自立，其勢不長。今君起江東，楚蠭起之將㊗皆爭附君者，以君世世楚將，爲能復立楚之後也。”於是項梁然其言⑱；乃求楚懷王孫心——民間爲人牧羊——立以爲楚懷王，從民所望也。

陳嬰爲楚上柱國，封五縣，與懷王都盱台⑲。項梁自號爲武信君。

居數月，引兵攻亢父⑳；與齊田榮、司馬龍且軍救東阿㉑，大破秦軍於東阿。田榮卽引兵歸，逐其王假㉒。假亡走楚，假相田角亡走趙；角弟田間，故齊將，居趙不敢歸。田榮立田儋子市㉓爲齊王。項梁已破東阿下軍，遂追秦軍。數使使趣齊兵㉔，欲與俱西。田榮曰：“楚殺田假，趙殺田角、田間，乃發兵。”項梁曰：“田假爲與國之王㉕，窮來從我㉖，不忍殺之。”趙亦不殺田角、田間以市於齊㉗。齊遂不肯發兵助楚。

項梁使沛公及項羽別攻城陽㉘，屠之。西破秦軍濮陽㉙東，秦兵收入濮陽。沛公、項羽乃攻定陶㉚，定陶未下。去，西略地㉛，至雝丘㉜，大破秦軍，斬李由㉝。還攻外黃㉞，外黃未下。

項梁起東阿西㉟，北至定陶，再破秦軍，項羽等又斬李由，益輕秦，有驕色。宋義乃諫項梁曰：“戰勝而將驕卒惰者敗｜今卒少惰矣㊱，秦兵日益㊲，臣爲君畏之｜”項梁弗聽。乃使宋義使於齊。道遇齊使者高陵君顯，曰：“公將見武信君乎？”曰：“然。”曰：“臣論㊳武信君軍必敗。公徐行卽免死㊴，疾行則及禍。”秦果悉起兵益㊵章邯，擊楚軍，大破之定陶。項梁死。

沛公、項羽去外黃，攻陳留⑧；陳留堅守，不能下。沛公、項羽相與謀曰："今項梁軍破，士卒恐。"乃與呂臣⑧軍俱引兵而東。呂臣軍彭城東，項羽軍彭城西，沛公軍碭⑧。

章邯已破項梁軍，則以爲楚地兵不足憂，乃渡河擊趙⑧，大破之。

當此時，趙歇⑧爲王，陳餘⑧爲將，張耳⑧爲相；皆走入鉅鹿⑧城。章邯令王離⑧、涉間⑨圍鉅鹿。章邯軍其南，築甬道而輸之粟⑨。陳餘爲將，將卒數萬人而軍鉅鹿之北，此所謂河北之軍也。

①"陳涉"句："陳涉"，即陳勝，字涉，潁川陽城人（陽城在今河南省登封縣東南三十五里）。秦二世元年七月，被遣發遠戍漁陽，勝與吳廣爲屯長；行至大澤鄉，因雨失期，法當斬首，勝乃與吳廣起義。事見史記陳涉世家。"大澤"，鄉鎮名，當時屬蘄縣，在今安徽省宿縣西南。　②通：人名。據漢書顏注引晉灼説："楚漢春秋云：'姓殷。'"按，荀悦漢紀亦作"殷通"。　③江西：長江中下游，自今安徽省境至今江蘇省鎮江市，是由南向北流的，故此處是指長江西北岸之地，即今皖北一帶及淮河下游。顧炎武説："考之六朝以前，其稱'江西'者，並在秦郡（原注：今六合）、歷陽（原注：今和州）、廬江（原注：今廬州府。按，以上三地皆在今安徽境內）之境；蓋大江自歷陽斜北下京口，故有東、西之名。……今之所謂'江北'，昔之所謂'江西'也。"（見其所著日知錄）按，顧説是。而下文"江東已定"之"江東"，則指今南京、鎮江、蘇州、常州、松江、嘉興等地。　④"吾聞"句至"爲人所制"："先"，指先舉兵；"即"，猶"則"；"制"，控制。按，此即"先下手爲强"之意。又按，漢書項羽傳："……通素賢梁，乃召與計事。梁曰：'方今江西皆反秦，此亦天亡秦時也。先發，制人；後發，制於人！'守欲曰：'聞夫子楚將世家，唯足下耳！'梁曰：'吳有奇士桓楚，亡在澤中，人莫知其處，獨籍知之。'……"與本篇文字出入頗大，謹録以備考。　⑤桓楚：楚人。下文項羽殺宋義，曾使其報命懷王，此外別無所見。

⑥亡在澤中:"亡",逃亡;"澤中",泛指荒野草澤之中。　⑦眴:音玄去聲,又音舜,目動。此指項梁用目光向項羽示意。　⑧數十百人:史記索隱:"此不定數也。自百以下,或至八十九十,故云'數十百'。"猶今言"一百來人"。　⑨"一府中"二句:上句,"慴"音折,因畏懼而噤不出聲;"伏",服帖從命。下句,"起",動。　⑩"梁乃召"二句:上句,"故所知",以前所熟識的;"豪"本指統帥、酋長,此處的"豪吏"則指當地官吏中的頭腦人物。下句,"諭"同"喻",漢書顔注:"曉告之。""起大事"是"所爲"的同位語,也是"所爲"的補語,用以解釋"所爲"的。　⑪收下縣:"收",收服,攻取;"下縣",漢書顔注:"四面諸縣也。非郡所都,故謂之'下'也。"指屬於會稽郡所統轄的各縣。　⑫"爲校尉"句:"候",軍候;"司馬",軍司馬;"校尉、候、司馬",皆秦代軍官名。"校尉"的職位相當於二千石,是將級以下的軍官;"軍司馬"相當於千石,是執行軍法的審判官;"軍候"相當於六百石,軍中處理專務的官。　⑬主:主持,負責辦理。　⑭裨將:"裨"音脾,作"輔助"解,"裨將",即偏將、副將。　⑮徇下縣:"徇",攻奪,佔領。此言"攻下了附近的一些屬縣"。　⑯陳王:即陳勝。　⑰下:張守節史記正義:"以兵威服之曰'下'。"即攻克。　⑱矯陳王命:假傳陳王的命令。　⑲楚王上柱國:一本無"王"字。"上柱國",戰國時楚官名,其職位略似後世的丞相。　⑳江東:與上文"江西"爲對文,即今所謂"江南"。　㉑東陽:秦縣名,故城在今安徽炳輝縣(原天長縣)西北七十里。　㉒"使使"句:上"使"字是動詞,作"派遣"解;下"使"字讀去聲,是名詞,指使臣、使者;"連",聯絡;"和",和好;"連和"有聯合在一起之意;"俱西",一同往西去。　㉓令史:縣令手下的小吏。　㉔信謹:"信"指言而有信,"謹"指言語謹慎。　㉕欲置長:想推出一個首領。㉖無適用:"適"音狄,作"主"解。此句猶言"沒有能够主持一切的人"。㉗"異軍"句:"異軍",成立一枝與衆不同的軍隊;"蒼頭",士卒用青色的頭巾裹頭,作爲標幟,以別於其它的軍隊;"特起",特殊的,與衆不同的。㉘"未嘗聞汝"句:"先古",祖先。　㉙暴得大名:"暴",突然,驟然。

㉚有所屬：猶言“有所依附”，指受他人率領。 ㉛易以亡：容易逃走。㉜“非世”句：“指名”，猶言“注目”；此句言你不至於成爲被世人指名道姓來捉拿的人物。 ㉝“將非”句：“將”，助動詞；“其人”，指項梁。 ㉞倚名族：“倚”，倚靠，依屬；“名族”，有名望的世家，指項氏。 ㉟黥布：“黥”音擎，古墨刑，即在罪犯的面額上刺了字，然後用墨染黑。黥布本姓英，因犯罪被黥，改名黥布。初歸項羽，後降漢，封淮南王。韓信、彭越等見誅，布懼禍及己，乃發兵拒劉邦，爲邦所殺。史記有黥布列傳。 ㊱蒲將軍：人名，姓蒲，名不詳。 ㊲軍下邳：“軍”，是動詞，作“駐屯”解；“下邳”，秦縣名，故城在今江蘇省邳縣東，距徐州甚近。 ㊳“秦嘉”句：“秦嘉”，淩縣人（按，淩縣在今江蘇省宿遷縣東南五十里），一説，廣陵人，秦末起義者之一；“景駒”，楚之同族，姓景，名駒。 ㊴彭城：即今江蘇省徐州市。 ㊵距：同“拒”，抗拒。 ㊶先首事：最初出頭起義。㊷倍：同“背”，背叛。 ㊸胡陵：地名，一名湖陵，故城在山東省魚臺縣東南六十里。 ㊹嘉還戰一日：秦嘉掉轉頭來，戰了一天。 ㊺章邯軍至栗：“章邯”，秦之大將，後降項羽；“栗”，古縣名，即今河南省夏邑縣。㊻襄城：即今河南省襄城縣。 ㊼拔：攻克。 ㊽皆阬之：“阬”，今寫作“坑”，漢書顔注：“陷之於阬，盡殺之。”即活埋。此言項羽把襄城所有的人都屠殺了。 ㊾定死：的確死了。 ㊿會薛計事：在薛地聚會，討論大事。 (51)“此時”句：“沛公”，即劉邦；“沛”，秦縣名，故城在今江蘇省沛縣東。 (52)居鄛：秦縣名，在今安徽省巢縣東北五里。“鄛”音巢。(53)素居家：一向家居，不曾出仕。 (54)固當：本是應當的。 (55)“自懷王”句：“懷王”即楚懷王，“懷王入秦”事在公元前二九九年。至公元前二九六年，懷王死於秦。餘詳見史記屈原賈生列傳。“反”同“返”，指返回楚國。 (56)“故楚南公”三句：第一句，“南公”，楚國的預言家，漢書藝文志著録其書十三篇，列於陰陽家者流，謂是六國時人。第二句，“三户”有二解：一、地名（史記索隱引左傳、史記正義引服虔説）；二、三户人家（裴駰史記集解引臣瓚説、漢書顔注引蘇林説）。今按，以文義言，後説近是。

沈欽韓説:"以爲地名,固有實徵;然……蘇林望文爲解,於辭順也。"日人瀧川資言説:"'三户'者,言其少耳,乃虚設之辭,瓚説爲是。若以爲地名,'雖'字不通。"第三句,"亡",是及物動詞,作"滅"解。此言楚人最恨秦人,即便楚國只剩下三户人家,滅秦的一定還是楚人。　　㊗楚蠭起之將:漢書顔注:"'蠭',古'蜂'字也。'蠭起',如蜂之起,言其衆也。"此指楚地起義諸將紛雜衆多之狀。按,一本"蠭起"作"蠭午","午",縱橫交錯貌。王念孫以爲作"午"是。録以備考。　　㊙然其言:認爲范增之言合理。　　㊚盱台:音吁怡,秦縣名,今作"盱眙",故城在今安徽省盱眙縣東北。　　⑥亢父:秦縣名,故城在今山東省濟寧縣南五十里。　　⑥與齊田榮句:"田榮",齊人田儋的弟弟。陳勝起義以後,田儋即自立爲齊王,後儋爲章邯所殺,田榮乃收儋餘兵,退守東阿。章邯又追圍之,項梁乃引兵擊破章邯軍於東阿城下,事詳史記田儋列傳。"司馬龍且",齊人,"且"音租。"東阿",古縣名,即今山東省陽穀縣東北之阿城鎮。　　⑥假:即田假。史記田儋列傳:"齊人聞王田儋死,乃立故齊王建之弟田假爲齊王,田角爲相,田間爲將,以距諸侯。……而田榮怒齊之立假,乃引兵歸,擊逐齊王假。……"可與本篇互參。　　⑥市:音弗。此與街市的"市"字不同。此字是"巾"上加一橫,篆文作"市";街市的"市"是"巾"上加"亠",篆文作"𣎵"。　　⑥數使使句:"數"音朔,屢次;"趣"同"促",催促。⑥與國之王:"與國",史記索隱引戰國策高誘注:"同禍福之國也。"指彼此友好之國。此猶言"同盟國的國君"。　　⑥窮來從我:"窮",指處窘困危急之境,走投無路。此言"齊王因無所歸而投奔我。"　　⑥以市於齊:漢書顔注:"'市'者,以角、間市取齊兵也。直言趙不殺角、間以求齊兵耳。"今按,"市"應作"討好"、"邀功"解。　　⑥別攻城陽:"別",指另外分兵;"城陽",應作"成陽",古地名,故城在今山東省菏澤縣東北六十里。⑥濮陽:古地名,即今山東省濮縣境。王先謙漢書補注以爲是今河南省的濮陽縣,疑非是。　　⑦定陶:縣名,故城在今山東省定陶縣西北。⑦略地:"略",奪取,攻佔。　　⑦雍丘:古地名,即今河南省杞縣治。"雍"

同"雝"。　⑦李由:秦將,秦丞相李斯之子。　⑦外黄:古縣名,故城在今河南省杞縣東北六十里。　⑦"項梁起東阿"二句:舊本此二句讀作"項梁起東阿,西北至定陶",王念孫以爲"西"字是衍文,"北"應依漢書作"比"。他說:"考水經濟水篇:'濟水至定陶縣東北,流至壽張縣西,與汶水會;又北過穀城西。'穀城故城,即今東阿縣治,東阿故城在其西北。而定陶故城,在今定陶縣西北。是定陶在東阿之西南,不得言'西北至定陶'也。'比'、'北'字相近,故'比'誤爲'北';後人以上文云'……欲與俱西',因於'北'上加'西'字耳。文選王命論注引史記,無'西'字。"今按,王說是。"比"讀去聲,作"及"解。此處斷句則依人民文學出版社史記選注本。　⑦"今卒"句:"少",稍稍。此言"現在士兵們已經有點怠惰了"。　⑦益:增加。　⑦論:推斷,預料。　⑦"公徐行"二句:大意是:"你如慢點走,則不等到達時項梁已敗,戰事既停,你就可以免死了;如果快走,將趕上項梁吃敗仗,那就要受禍了。"　⑧益:此處是動詞,作"增援"解。　⑧陳留:縣名,秦所置,在河南省。　⑧呂臣:本楚將,爲司徒,後從劉邦,封寧陵侯,謚夷侯。見史記高祖功臣侯年表。　⑧碭:音蕩,秦郡名,以境内有碭山而得名,故治在今江蘇省碭山縣。　⑧乃渡河擊趙:"河"指黄河。按,秦二世元年陳勝起義後,陳人武臣渡河至邯鄲,自立爲趙王,凡四月,爲部將李良所殺,至二世二年正月,趙之張耳、陳餘始立趙王歇。此處章邯即是圍擊趙王歇。　⑧趙歇:戰國時趙之後裔,爲張耳、陳餘所立。後項羽徙封歇爲代王,未幾,復爲趙王,終爲漢所滅。　⑧陳餘:魏之大梁人,與張耳本刎頸之交,俱號爲魏之名士。陳勝起義後,兩人從武臣至趙。武臣死,兩人共立趙王歇。章邯圍鉅鹿,陳餘軍在鉅鹿北,不敢救趙,於是張耳始怨餘。後張耳從項羽,復降漢;陳餘則一直輔佐趙王歇。終爲韓信所斬。史記有張耳陳餘列傳。　⑧張耳:魏之大梁人,年較陳餘爲長。歸項羽後,受封爲常山王,及降漢,封爲趙王。漢高祖五年病死。　⑧鉅鹿:秦縣名,即今河北省平鄉縣。　⑧王離:秦將,王翦之孫。　⑨涉閒:秦將,姓涉名閒。"閒"讀去聲。

○31"築甬道"句："甬道"，在大道的兩面築起夾牆，不使外面看見。史記集解引應劭説："恐敵抄輜重，故築牆垣如街巷也。""輸"，輸送；"粟"，泛指糧食。漢書顏注："章邯爲甬道而運粟，以餉（同'餉'，餽送食物）王離、涉間之軍。"〔以上是第二大段，寫項梁起義後因驕惰而敗死，秦軍轉敗爲勝。〕

　　楚兵已破於定陶，懷王恐，從盱台之○1彭城，并項羽、吕臣軍，自將之○2。以吕臣爲司徒○3；以其父吕青爲令尹；以沛公爲碭郡長，封爲武安侯，將碭郡兵。

　　初，宋義所遇齊使者高陵君顯在楚軍，見楚王曰："宋義論武信君之軍必敗，居數日，軍果敗。兵未戰而先見敗徵，此可謂知兵矣。"王召宋義與計事，而大悦之，因置以爲上將軍；項羽爲魯公，爲次將；范增爲末將：救趙。諸別將皆屬宋義，號爲"卿子冠軍○4"。

　　行至安陽○5，留四十六日不進。項羽曰："吾聞秦軍圍趙王鉅鹿，疾引兵渡河，楚擊其外，趙應其内，破秦軍必矣。"宋義曰："不然；夫搏牛之蝱○6，不可以破蟣蝨。今秦攻趙：戰勝，則兵罷○7，我承其敝○8；不勝，則我引兵鼓行而西○9，必舉○10秦矣。故不如先鬥秦、趙○11。夫被堅執鋭○12，義不如公；坐而運策○13，公不如義。"因下令軍中曰："猛如虎○14，很如羊，貪如狼，彊不可使者，皆斬之。"乃遣其子宋襄相齊，身送之至無鹽○15，飲酒高會○16。天寒，大雨，士卒凍飢。項羽曰："將戮力○17而攻秦，久留不行；今歲饑民貧，士卒食芋、菽○18，軍無見糧○19，乃飲酒高會；不引兵渡河，因趙食○20，與趙并力攻秦，乃曰'承其敝'。夫以秦之彊，攻新造之趙○21，其勢必舉趙；趙舉而秦彊，何'敝'之'承'！且國兵新破○22，王坐不安席，埽境内而專屬於將軍○23，國家安危，在此一舉。今不恤士卒而徇其私○24，非社稷之臣।"項羽晨朝㉕上將軍宋義，即其帳中斬宋義頭；出，令軍中曰："宋義與齊謀反楚，楚王陰㉖令羽誅之।"當是時，諸將皆慴服，莫敢枝梧㉗；皆曰："首立楚者，將軍家也。今將軍誅亂।"乃相與共立羽爲假上將軍㉘。使人追宋義子，及之齊㉙，殺之。使桓楚報命於懷王。懷王因使項羽爲上將軍。當陽君㉚、蒲將軍皆屬項羽。

項羽已殺卿子冠軍，威震楚國，名聞諸侯。乃遣當陽君、蒲將軍將卒二萬，渡河㉛，救鉅鹿。戰少利㉜，陳餘復請兵。項羽乃悉引兵㉝渡河，皆沉船，破釜甑，燒廬舍，持三日糧，以示士卒必死，無一還心。於是，至，則圍王離，與秦軍遇，九戰，絕其甬道，大破之；殺蘇角㉞，虜王離。涉間不降楚，自燒殺。

當是時，楚兵冠諸侯㉟。諸侯軍救鉅鹿下者十餘壁㊱，莫敢縱兵㊲。及楚擊秦，諸將皆從壁上觀。楚戰士無不一以當十，楚兵呼聲動天，諸侯軍無不人人惴恐㊳。於是已破秦軍，項羽召見諸侯將；入轅門㊴，無不膝行而前㊵，莫敢仰視。項羽由是始爲諸侯上將軍，諸侯皆屬焉。

①之：往，去到。　②自將之："將"，率領。　③司徒：近人王伯祥說："疑係掌管財政的軍需官。"（見其所註史記選）　④卿子冠軍："卿子"，當時對人的尊稱，指貴族而言，猶言"公子"（用史記集解引文穎說）；"冠軍"，漢書顏注："言其在諸軍之上。"按，宋義時爲上將，故稱"冠軍"。⑤安陽：地名，在今山東省曹縣東南五十里（用史記正義及沈欽韓說），漢書顏注以爲是河南省的安陽縣，非是。　⑥"夫搏牛"二句："螙"，今寫作"蝱"，一種口能刺螫牲畜的吸血昆蟲，其寄生於牛身者名"牛蝱"，長五分餘，灰黑色，上有淡黃色細毛，翅呈黑色；"蟣"音幾，蝱卵。此二句有二解，但所喻之義則大體相近。一、"搏"作"擊"解，指用手擊牛。漢書顏注："言以手擊牛之背，可以殺其上蝱，而不能破其內蟣；喻今將兵方欲滅

秦，不可盡力，與章邯卽戰，或未能擒，徒費力也。”二、“搏”音附，作“擊取”解。蓋謂兕所搏取的對象是牛，本不擬破其上之蟣蝨，以言志在大不在小(史記索隱引鄒氏説，沈欽韓、王先謙説同)。今按，依顏説則以人喻楚，以兕喻秦，以蟣蝨喻章邯；依鄒説則以兕喻楚，以牛喻秦。可兩存其説。　　⑦罷：同“疲”。　　⑧承其敝：“承”，猶言“伺”；“敝”，疲憊。此言伺秦兵疲敝之時而攻之。　　⑨鼓行而西：漢書顏注：“謂擊鼓而行，無畏懼也。”按，此指公開地向前進軍。　　⑩舉：攻克，攻下。　　⑪先鬪秦、趙：讓秦、趙先打起來。　　⑫“夫被堅”二句：“被”同“披”；“堅”，指堅厚的鎧甲；“鋭”，指鋭利的兵器。宋義謂項羽：“衝鋒陷陣，我不如你。”⑬運策：運用謀略。　　⑭“猛如虎”句至“皆斬之”：前四句暗喻項羽。“很”，今寫作“狠”；“彊”同“強”，倔強；“彊不可使者”，倔強不聽命令的人。　　⑮無鹽：古地名，在今山東省東平縣東二十里。　　⑯高會：史記索隱引服虔説：“大會也。”猶今言“盛會”。　　⑰戮力：“戮”與“勠”通，“勠力”，併力。　　⑱芋、菽：“芋”，指薯類植物；“菽”，豆類。　　⑲軍無見糧：“見”同“現”，“見糧”，存糧。　　⑳因趙食：“因”，利用，依靠。此言楚軍應急趨趙地，藉趙地之糧草以爲軍需。　　㉑新造之趙：新建立起來的趙國。　　㉒國兵新破：“國兵”，楚人自稱其本國的軍隊；“新破”，猶言“新敗”，指楚軍大敗於定陶之事。　　㉓“埽境内”句：“埽”，今寫作“掃”，掃數；“掃境内”，謂把國内全部軍力掃數集中在一起；“屬”音燭，委託。㉔“今不恤”句：“恤”同“卹”，體卹；“徇”，作“營”解(史記索隱引崔浩説)；“私”，私心。史記索隱：“謂使其子相齊，是徇其私情。”㉕“項羽晨朝”二句：“朝”，謁見；“帳”，營幕；“卽其帳中”，猶言“就在他的營帳中”。㉖陰：秘密。　　㉗枝梧：猶今言“抗拒”。　　㉘假上將軍：“假”作“攝”解，猶今言“代理”。　　㉙及之齊：“及”，趕上。此言趕到齊國才趕上。㉚當陽君：黥布(卽英布)的封號。　　㉛河：此指漳河。按，漳河發源於山西，流經河北省南部，故楚軍渡漳河始至鉅鹿。　　㉜少利：勝利不多。㉝悉引兵：猶言“帶領所有的軍隊”。　　㉞蘇角：秦將。　　㉟冠諸侯：位居諸侯軍隊之上。 ㊱"諸侯軍"句:"下",指鉅鹿城下;"壁",營壘;"十餘壁",十幾座營壘。 ㊲縱兵:出動軍隊。 ㊳惴恐:戰慄畏懼。"惴"音贅。 ㊴轅門:即營門。按,周禮掌舍:"設車宮轅門。"鄭玄注:"……仰車以其轅表門。"賈公彦疏:"謂仰兩乘,車轅相向以表門,故名爲轅門。"意謂軍行以車爲陣,把車轅豎起,相對爲門,故稱營門爲"轅門"。 ㊵膝行而前:跪着向前走。〔以上是第三大段,寫項羽殺宋義、解趙圍,爲楚强大之始。〕

章邯軍棘原①,項羽軍漳南②,相持未戰。秦軍數卻,二世使人讓③章邯。章邯恐,使長史欣請事④。至咸陽,留司馬門⑤三日。趙高不見,有不信之心。長史欣恐,還走其軍⑥,不敢出故道。趙高果使人追之,不及。欣至軍,報曰:"趙高用事於中⑦,下無可爲者。今戰能勝,高必疾妒⑧吾功;戰不能勝,不免於死:願將軍孰計之⑨。"陳餘亦遺⑩章邯書曰:"白起⑪爲秦將,南征鄢、郢⑫,北阬馬服,攻城略地,不可勝計,而竟賜死。蒙恬⑬爲秦將,北逐戎人,開榆中地數千里⑭,竟斬陽周⑮。何者?功多,秦不能盡封,因以法誅之。今將軍爲秦將三歲矣,所亡失以十萬數,而諸侯並起滋益多⑯。彼趙高素諛日久,今事急,亦恐二世誅之,故欲以法誅將軍以塞責,使人更代將軍以脫其禍。夫將軍居外久,多内郤⑰。有功亦誅,無功亦誅。且天之亡秦,無愚智皆知之。今將軍内不能直諫,外爲亡國將,孤特獨立而欲常存,豈不哀哉! 將軍何不還兵⑱,與諸侯爲從, 約共攻秦, 分王其地⑲, 南面稱孤? 此孰與身伏鈇質⑳,妻子爲僇㉑乎?"章邯狐疑,陰使候始成使項羽㉒,欲約。約未成,項羽使蒲將軍日夜引兵度三户㉓,軍漳南,與秦戰,再破之。項羽悉引兵擊秦軍汙水㉔上,大破之。章邯使人見項羽,欲約。項羽召軍吏謀曰:"糧少㉕,欲聽其約。"軍吏皆曰:"善。"項羽乃與期洹水南殷虚上㉖。

已盟,章邯見項羽而流涕,爲言趙高。項羽乃立章邯爲雍王,置楚軍中。使長史欣爲上將軍,將秦軍,爲前行㉗。到新安㉘。諸侯吏卒異時故繇使屯戍過秦中㉙,秦中吏卒遇之多無狀。及秦軍降諸侯,諸侯吏卒乘勝,多奴虜使之㉚,輕折辱秦吏卒㉛。秦吏卒多竊言曰:"章將軍等詐吾屬降諸侯㉜,今能入關破秦,大善;即不能,諸侯虜吾屬而東㉝,秦必盡誅吾父母妻子。"諸將微聞其計㉞,以告項羽。項羽乃召黥布、蒲將軍計曰:"秦吏卒尚衆,其心不服。至關中不聽,事必危。不如擊殺之,而獨與章邯、長史欣、都尉翳㉟入秦。"於是楚軍夜擊阬秦卒二十餘萬人新安城南。

①棘原:地名,在今河北省平鄉縣南。　②漳南:地名,在漳河南岸,即今河北省臨漳縣附近。　③讓:讀上聲,責難。　④使長史欣請事:欣,即與項梁相識的司馬欣,"請事",請示公事。　⑤司馬門:指皇宮的外門。史記集解:"凡言'司馬門'者,宮垣之內,兵衛所在,四面皆有司馬,主武事,故總言宮之外門爲'司馬門'也。"　⑥"還走"二句:上句,"走"讀去聲,奔逃。此言欣奔回自己的軍隊。下句,言不敢走來時走過的路。　⑦"趙高用事"二句:上句,"趙高用事"見後史記李斯列傳正文;"用事",擅權;"中",指皇帝宮禁之內。下句,"下",指位在趙高之下的百官大臣,"無可爲者",無事可作,無法可想。　⑧疾妒:"疾"同"嫉"。　⑨孰計之:"孰"同"熟","熟計",反覆詳盡地考慮。　⑩遺:讀去聲,送給。　⑪白起:秦昭王時大將,爲秦攻伐六國,多建戰功。後昭王聽范雎之言,賜劍令起自殺。事見史記白起王翦列傳。　⑫"南征"二句:上句,指秦昭王二十八年(公元前二七九年)白起攻楚拔鄢、鄧五城及二十九年(公元前二七八年)擊楚攻陷郢都之事,見史記秦本紀、楚世家及白起王翦列傳。下句,指秦昭王四十七年(公元前二六〇年)白起破趙於長平之事;"馬服",指趙將趙括。詳見史記廉頗藺相如列傳。

⑬蒙恬: 秦始皇時大將,嘗率兵三十萬,北築長城,威震匈奴。始皇死,趙高、李斯欲立二世胡亥,恐恬不服,乃矯始皇命,令恬自殺。事見史記秦始皇本紀、李斯列傳及蒙恬列傳。　　⑭"開楡中地"句:"開",開闢,開墾;"楡中",古地名,即今內蒙古鄂爾多斯黃河北岸之地。　　⑮竟斬陽周:"陽周",秦縣名,故城在今陝西子長縣北。"斬",猶言"死",指秦二世迫令蒙恬在陽周飲藥自殺事。　　⑯滋益多: 愈來愈多。　　⑰內郤:"郤"同"隙",怨隙,裂痕。此言章邯同朝廷內部發生裂痕,有矛盾。　　⑱"將軍"二句: 上句,"還兵",猶言"倒戈"。漢書顏注:"'還兵',謂迴兵內嚮,以攻秦也。"下句,"諸侯"指秦末起義的人;"從"同"縱",指合縱以攻秦。　　⑲"分王"二句: 上句,言瓜分秦地以自立爲王。下句,古代帝王座位向南,故稱"南面";"孤",帝王自稱之謙辭。此猶言"爲帝稱王"。⑳伏鈇質:"鈇"音膚,斧;"質"同"鑕",漢書顏注:"謂鍖(按,同砧)也。古者斬人,加於鑕上而斫之也。""鈇鑕",本腰斬之刑,一般泛指嚴酷的死刑;"伏鈇鑕",猶言"受死刑"。　　㉑僇: 同"戮"。　　㉒"陰使"二句:"陰使",暗中派遣;"候",官名,即軍候;"始成",人名,姓始名成;"約",談條件,訂降約。　　㉓"項羽使蒲將軍"二句: 上句,"度",同"渡";"三戶",地名,指三戶津,是漳河的一個渡口,在今臨漳縣西。下句,"漳南",史記會注考證引日人中井積德說:"前稱'羽軍漳南',此遣軍渡三戶,則往在漳北也。此'漳南'當作'漳北'。"按,此說近是,錄以備考。　　㉔汙水: 在臨漳縣西南,源出武安山,流入漳河,今已涸絕。"汙"音于。　　㉕糧少: 指楚軍糧少。　　㉖"項羽乃與期"句:"期",約定時間在某處見面;"洹水",水名,在今河南安陽縣北,"洹"音袁或桓;"虛"同"墟","殷墟"是殷代都城的故址,即今河南省安陽縣西小屯村。　　㉗前行: 先鋒部隊。㉘新安: 地名,在今河南省澠池縣東,今名搭泥鎮。　　㉙"諸侯吏卒"二句:"異時"指從前;"秦中",指陝西境內之地;"無狀",猶今言"無禮貌"、"不像樣子"。此二句大意是:"這些起義的諸侯所率領的吏卒,從前都是曾經替秦王服徭役、屯兵戍守的人,他們路過秦中,當地的吏卒對待他們

多半是非常無禮的。"　㉚奴虜使之："之"，指秦中吏卒。此連上文言"諸侯吏卒因爲打勝了仗，就把投降的秦兵當奴隸、俘虜使喚"。　㉛"輕折辱"句："輕"，隨意；"折"，折磨；"辱"，侮辱。此言諸侯吏卒隨意侮辱秦兵。　㉜"章將軍"句："詐吾屬"，猶言"欺騙我等"。　㉝虜吾屬而東：此言"諸侯如不勝秦，則將把秦兵擄回東方"。　㉞微聞其計：暗中聽到秦兵私相計議的話。　㉟都尉翳：指秦將董翳。〔以上是第四大段，寫章邯降楚及項羽阬殺秦降卒。〕

　　行，略定秦地，至函谷關。有兵守關，不得入。又聞沛公已破咸陽。項羽大怒，使當陽君等擊關。項羽遂入，至于戲西①。

　　沛公軍霸上②，未得與項羽相見。沛公左司馬曹無傷使人言於項羽曰："沛公欲王關中，使子嬰③爲相，珍寶盡有之。"項羽大怒，曰："旦日饗士卒④，爲擊破沛公軍1"當是時，項羽兵四十萬，在新豐鴻門⑤，沛公兵十萬，在霸上。范增說項羽曰："沛公居山東時，貪於財貨，好美姬；今入關，財物無所取，婦女無所幸⑥。此其志不在小。吾令人望其氣，皆爲龍虎，成五采，此天子氣也。急擊勿失1"

　　楚左尹項伯⑦者，項羽季父也，素善留侯張良。張良是時從沛公。項伯乃夜馳之沛公軍，私見張良，具告以事⑧，欲呼張良與俱去，曰："毋從⑨，俱死也1"張良曰："臣爲韓王送沛公⑩，沛公今事有急，亡去，不義，不可不語⑪。"良乃入，具告沛公。沛公大驚曰："爲之奈何？"張良曰："誰爲大王爲此計者？"曰："鯫生⑫說我曰：'距關毋內諸侯⑬，秦地可盡王也。'故聽之。"良曰："料大王士卒足以當項王乎？"沛公默然，曰："固不如也1且爲之奈何？"張良曰："請往謂項伯，言沛公不敢背項王也。"沛公曰："君安與項伯有故⑭？"

張良曰："秦時與臣游，項伯殺人，臣活之。今事有急，故幸來告良。"
沛公曰："孰與君少、長⑮?"良曰："長於臣。"沛公曰："君爲我呼入，
吾得兄事之⑯。"張良出，要⑰項伯。項伯即入見沛公。沛公奉卮
酒爲壽⑱，約爲婚姻。曰："吾入關，秋毫不敢有所近⑲，籍吏民、封
府庫而待將軍⑳。所以遣將守關者，備他盜之出入與非常也㉑。日
夜望將軍至，豈敢反乎!願伯具言臣之不敢倍德也。"項伯許諾，謂
沛公曰："旦日不可不蚤㉒自來謝項王!"沛公曰："諾。"於是項伯復
夜去，至軍中，具以沛公言報項王;因言曰："沛公不先破關中，公豈
敢入乎!今人有大功而擊之，不義也。不如因善遇之!"項王許諾。

　　沛公旦日從百餘騎來見項王㉓，至鴻門，謝曰："臣與將軍勠力
而攻秦，將軍戰河北，臣戰河南;然不自意㉔能先入關破秦，得復見
將軍於此。今者，有小人之言，令將軍與臣有郤。"項王曰："此沛公
左司馬曹無傷言之。不然，籍何以至此?"項王即日因留沛公與飲。
項王、項伯東鄉坐;亞父㉕南鄉坐——亞父者，范增也;沛公北
鄉坐;張良西鄉侍。范增數目項王㉖，舉所佩玉玦以示之者三㉗，
項王默然不應。范增起，出，召項莊㉘，謂曰："君王爲人不忍。若㉙
入，前爲壽，壽畢，請以劍舞，因擊沛公於坐，殺之。不者㉚，若屬皆
且爲所虜!"莊則入爲壽。壽畢，曰："君王與沛公飲，軍中無以爲
樂，請以劍舞。"項王曰："諾。"項莊拔劍起舞，項伯亦拔劍起舞，常
以身翼蔽沛公㉛，莊不得擊。於是張良至軍門見樊噲。樊噲曰："今
日之事何如?"良曰："甚急!今者項莊拔劍舞，其意常在沛公也。"噲
曰："此迫矣!臣請入，與之同命㉜!"噲即帶劍、擁盾入軍門。交戟之
衛士欲止不內㉝，樊噲側其盾以撞，衛士仆地。噲遂入，披帷西鄉
立㉞，瞋目㉟視項王，頭髮上指，目眥盡裂㊱。項王按劍而跽㊲曰:

"客何爲者㊳？"張良曰："沛公之參乘㊴樊噲者也。"項王曰："壯士！賜之卮酒！"則與斗卮酒㊵。噲拜謝，起，立而飲之。項王曰："賜之彘肩㊶！"則與一生彘肩。樊噲覆其盾於地，加彘肩上㊷，拔劍切而啗之。項王曰："壯士！能復飲乎？"樊噲曰："臣死且不避，卮酒安足辭！夫秦王有虎狼之心，殺人如不能舉㊸，刑人如恐不勝，天下皆叛之。懷王與諸將約曰：'先破秦入咸陽者王之。'今沛公先破秦入咸陽，毫毛不敢有所近，封閉宮室，還軍霸上，以待大王來。故遣將守關者，備他盜出入與非常也。勞苦而功高如此，未有封侯之賞，而聽細說㊹，欲誅有功之人，此亡秦之續㊺耳，竊爲大王不取也！"項王未有以應，曰："坐！"樊噲從良坐。

坐須臾，沛公起如廁，因招樊噲出。沛公已出，項王使都尉陳平召沛公。沛公曰："今者出，未辭也，爲之奈何？"樊噲曰："大行不顧細謹㊻，大禮不辭小讓。如今人方爲刀俎㊼，我爲魚肉，何辭爲㊽！"於是遂去。乃令張良留謝。良問曰："大王來何操㊾？"曰："我持白璧一雙，欲獻項王；玉斗㊿一雙，欲與亞父。會其怒(51)，不敢獻。公爲我獻之。"張良曰："謹諾。"當是時，項王軍在鴻門下，沛公軍在霸上，相去四十里。沛公則置車騎(52)，脫身獨騎，與樊噲、夏侯嬰(53)、靳彊、紀信等四人持劍盾，步走(54)，從酈山(55)下，道芷陽(56)，間行(57)。沛公謂張良曰："從此道至吾軍，不過二十里耳。度(58)我至軍中，公乃入。"沛公已去，間至軍中；張良入謝，曰："沛公不勝桮杓(59)，不能辭；謹使臣良奉白璧一雙，再拜獻大王足下(60)；玉斗一雙，再拜奉大將軍足下。"項王曰："沛公安在？"良曰："聞大王有意督過之(61)，脫身獨去，已至軍矣。"項王則受璧，置之坐上。亞父受玉斗，置之地，拔劍撞而破之，曰："唉(62)！豎子不足與謀(63)！奪項王天下者，必<u>沛公</u>也₁ 吾屬今爲之虜矣₁"

　　<u>沛公</u>至軍，立誅殺<u>曹無傷</u>。

　　①<u>戲西</u>："戲"，水名，在<u>陝西省臨潼縣</u>東三十里，源出<u>驪山</u>，流入<u>渭水</u>。　　②<u>霸上</u>：地名，在<u>灞水</u>之西，卽<u>白鹿原</u>，在<u>陝西省長安縣</u>東，接<u>藍田縣</u>界。　　③<u>子嬰</u>：<u>秦二世胡亥</u>的堂兄弟。<u>趙高</u>旣逼殺<u>胡亥</u>，因立<u>子嬰</u>爲王；<u>子嬰</u>乃與其二子謀殺<u>趙高</u>。<u>子嬰</u>爲<u>秦王</u>四十六日，<u>武關</u>爲<u>劉邦</u>所破，<u>子嬰</u>遂降，後爲<u>項羽</u>所殺。見<u>史記秦始皇本紀</u>。參閱後文<u>史記李斯列傳</u>註釋。　　④<u>旦日饗士卒</u>："旦日"，明天；"饗"，犒勞酒食。　　⑤<u>新豐鴻門</u>："新豐"，地名，<u>秦</u>時名<u>驪邑</u>，<u>劉邦</u>稱帝後，才改稱<u>新豐</u>。其地在今<u>陝西省臨潼縣</u>東。"鴻門"，坂名，在<u>新豐</u>東十七里，今名<u>項王營</u>。　　⑥幸：指同婦女接近，發生關係。　　⑦<u>左尹項伯</u>："左尹"，官名，令尹之佐，"<u>項伯</u>"，<u>項羽</u>的族叔，名<u>纏</u>，後封射陽侯。　　⑧<u>具告以事</u>："具"，完全，全部；"事"，指<u>項羽</u>欲攻<u>劉邦</u>之經過。　　⑨"<u>毋從</u>"二句："從"，<u>王念孫</u>説："當爲'徒'。<u>項伯</u>以<u>張良</u>不去，則徒與<u>沛公</u>俱死，故曰'毋徒俱死也'。<u>漢書高祖紀</u>作'毋特俱死'，<u>蘇林</u>曰：'"特"，但也。'<u>師古</u>曰：'"但"，空也。空死而無成名也。''特'、'但'、'徒'一聲之轉，其義一也。隸書'從'字……形與'徒'相似，故'徒'誤爲'從'。"按，此可備一説，故詳錄之。但如依<u>王</u>説，則兩句應作一氣讀；此處依<u>人民文學出版社史記選注</u>本斷句。　　⑩"<u>臣爲韓王</u>"句：事見<u>史記留侯世家</u>，茲從略。　　⑪語：告訴，通知。　　⑫<u>鯫生</u>：有三解：一、"鯫"音鄒上聲，作"淺陋"解，"鯫生"猶言"淺陋無知的小人"(<u>史記集解</u>引<u>服虔</u>説)。二、"鯫"是姓(<u>集解</u>引<u>臣瓚</u>説)。三、人名，姓<u>解</u>(<u>史記索隱</u>引<u>楚漢春秋</u>)。今按，以"鯫"爲姓，恐非是。第三説則與第一説無矛盾。疑應從<u>服虔</u>説。　　⑬"<u>距關</u>"二句：上句，"距"同"拒"；"内"同"納"；言"把住<u>函谷關</u>，不要放諸侯進來"。下句，言"可以佔領整個的<u>秦</u>地而稱王"。　　⑭"<u>君安與</u>"句：你何以同<u>項伯</u>有舊交呢？⑮"<u>孰與君</u>"句：比起你來，年紀誰小誰大？　　⑯兄事之：以侍奉哥哥的禮節來侍奉<u>項伯</u>。　　⑰要：同"邀"。　　⑱<u>奉卮酒爲壽</u>："卮"，酒器；"卮

酒"，猶言"一杯酒"；"爲壽"，漢書顏注："凡言'爲壽'，謂進爵(酒器)於尊者，而獻無疆之壽。"按，此猶今敬酒時祝人健康長壽之意。　　⑲"秋毫"句："秋毫"，已見孟子齊桓晉文之事章註釋。此言"一丝一毫之物都不敢據爲己有"。　　⑳"籍吏民"句："籍"，註冊，登記；"籍吏民"，指把户口調查清楚；"封府庫"，指把財物封存保管起來；"將軍"，指項羽，下同。㉑"備他盗"句："備"，防範；"非常"，意外的變故。　　㉒蚤：同"早"。㉓"沛公旦日"句："從百餘騎"，猶言"带着一百多人"。　　㉔不自意：自己没有料到。　　㉕亞父："亞"，次於。此是項羽對范增的尊稱，謂增之行輩與自己的父親相同，故尊之僅次於父。　　㉖數目項王："數"音朔，屢次；"目"，作動詞用，謂用目示意。此言范增頻向項羽使眼色。　　㉗"舉所佩"句："玦"與"決"同音，玉器名。元胡三省資治通鑑注："玦如環而有缺，增舉以示羽，蓋欲其決意殺沛公也。""示之者三"，用玦示意三次。　　㉘項莊：項羽的堂兄弟。　　㉙若：同"汝"，猶"你"。下文"若屬"，猶言"你等"、"你們"。　　㉚不者："不"同"否"；"否者"，猶言"不然的話"。　　㉛"常以身"句："翼蔽"，遮蔽，掩護。　　㉜與之同命："之"指項羽，"同命"猶言"共命"、"拚命"。　　㉝"交戟"句："交戟"，衞士守門時把戟交叉着，以禁止出入；"止"，阻止；"内"同"納"，"不内"，不放樊噲進去。　　㉞"披帷"句："帷"，帳幕。　　㉟瞋目：漢書顏注："張目也。""瞋"音真。此指瞪目怒視。　　㊱"目眥"句："眥"音自，眼角；"裂"，綻開。按，此是形容樊噲異常憤怒的誇張之辭。　　㊲跽：音忌，長跪。詳見戰國策唐且爲安陵君劫秦王"長跪"條註釋。此處寫項羽緊張戒備，故按劍而長跪。　　㊳客何爲者：這個陌生人是做什麼的？　　㊴參乘："參"同"驂"。㊵斗巵酒：近人李笠説："巵受四升，不得云'斗巵酒'也。……上云'賜之巵酒'，下云'巵酒安足辭'，此非泛言可知。上文'項伯見張良，沛公奉巵酒爲壽'，魏其侯傳'竇嬰引巵酒進上'，與此一例：'斗'蓋衍字。漢書樊噲傳曰：'賜之巵酒。''賜'即'與'也，而無'斗'字。"(見其所著史記訂補)按，李説是，謹録以備考。　　㊶彘肩：豬腿。　　㊷"加彘肩上"二句：上句，言把豬腿放在盾牌的上面。下句，"啗"音談上聲，吃。　㊸"殺人"二句：上句，"舉"，盡；此猶言"殺人多得數不過來"。下句，"刑人"，懲罰人；"勝"，作"盡"解，引申有"極"之意。此猶言"用刑惟恐不重"。　㊹細說：小人之讒言。　㊺亡秦之續："續"，繼承者。　㊻"大行"二句：上句，"大行"，大事，"行"讀去聲，"細謹"，細微末節。此言幹大事的人不可拘泥小節。下句，"大禮"，指講求大節；"辭"，此處作"避"解；"小讓"，瑣細的禮貌。此言講求大節者不必計較瑣細的禮貌。　㊼"如今"二句："俎"，切肉的砧板。此言"人家是宰割者，我們是被宰割的魚肉。"㊽何辭爲：猶言"還告辭做什麼呢？"按，"爲"置句末，是古漢語中疑問句法。　㊾來何操：猶言"帶了什麼來？"意指禮物。　㊿玉斗："斗"，酒器。　51會其怒："會"猶言"適逢"、"恰值"。　52置車騎："置"，胡三省說："留也。留車騎於鴻門，不以自隨。"　53"夏侯嬰"至"紀信"：三人皆漢將。"夏侯嬰"，沛人，與劉邦有舊誼，從邦起義，爲太僕，號滕公，後封汝陰侯，"靳彊"，從劉邦於陽夏，以擊項羽有功，後封汾陽侯。"紀信"，見後文。　54步走："走"讀去聲，急趨。　55酈山：卽驪山，在臨潼縣東南。　56芷陽：秦縣名，故治在今陝西省長安縣東霸川上的西阪。　57間行：胡三省說："'間'，空也，投空隙而行。"按，此指抄近路而言，"間"讀去聲。　58度：音奪，估量，揣測。　59沛公不勝桮杓："桮"同"杯"，"杓"音勺，皆酒器，此處做爲酒的代稱。此言沛公酒量有限，不能再喝了。　60足下：古時對尊者的敬稱。秦、漢以前，多用以稱人主，後世乃泛稱一般人。　61有意督過之："督過"，責備；此言存心找岔子。62唉：音嘻，或音海平聲，歎恨時所發出的聲音。　63豎子：罵人之語，猶言"奴才"、"小子"。日人瀧川資言說："豎子，斥項莊輩，而暗譏項羽也。若以爲直斥項羽，則下文'項王'二字不可解。"〔以上是第五大段，寫項羽、劉邦鴻門之會。〕

　　居數日，項羽引兵西屠咸陽，殺秦降王子嬰；燒秦宮室，火三月不滅；收其貨寶、婦女而東。

人或説項王曰①："關中阻山河②，四塞，地肥饒，可都以霸③。"項王見秦宮室皆以燒殘破④，又心懷思⑤欲東歸，曰："富貴不歸故鄉，如衣繡夜行⑥，誰知之者！"説者曰："人言楚人沐猴而冠耳⑦，果然。"項王聞之，烹説者⑧。

項王使人致命懷王⑨。懷王曰："如約⑩。"乃尊懷王爲義帝⑪。

項王欲自王⑫，先王諸將相；謂曰："天下初發難⑬時，假立諸侯後以伐秦⑭。然身被堅執鋭首事⑮，暴露於野三年⑯，滅秦定天下者，皆將相諸君與籍之力也。義帝雖無功，故當分其地而王之⑰。"諸將皆曰："善。"乃分天下，立諸將爲侯王⑱。

項王、范增疑沛公之有天下⑲，業已講解，又惡負約，恐諸侯叛之。乃陰謀曰："巴、蜀道險⑳，秦之遷人皆居蜀。"乃曰："巴、蜀亦關中地也。"故立沛公爲漢王，王巴、蜀、漢中㉑，都南鄭㉒。而三分關中，王秦降將，以距塞漢王㉓。

項王乃立章邯爲雍王，王咸陽以西，都廢丘㉔。長史欣者，故爲櫟陽獄掾，嘗有德於項梁；都尉董翳者，本勸章邯降楚。故立司馬欣爲塞王㉕，王咸陽以東，至河，都櫟陽；立董翳爲翟王㉖，王上郡㉗，都高奴㉘。

徙魏王豹爲西魏王㉙，王河東㉚，都平陽㉛。

瑕丘申陽㉜者，張耳嬖臣㉝也；先下河南郡㉞，迎楚河上㉟，故立申陽爲河南王，都雒陽㊱。

韓王成因故都㊲，都陽翟㊳。

趙將司馬卬定河内㊴，數有功，故立卬爲殷王，王河内，都朝歌㊵。

徙趙王歇爲代王㊶。

趙相張耳素賢，又從入關，故立耳爲常山王㊷，王趙地，都襄國㊸。

當陽君黥布爲楚將，常冠軍，故立布爲九江王㊹，都六㊺。

鄱君吳芮㊻率百越㊼佐諸侯，又從入關，故立芮爲衡山王㊽，都邾㊾。

義帝柱國共敖㊿將兵擊南郡[51]，功多，因立敖爲臨江王[52]，都江陵[53]。

徙燕王韓廣[54]爲遼東王[55]。

燕將臧荼[56]從楚救趙，因從入關，故立荼爲燕王，都薊[57]。

徙齊王田市爲膠東王[58]。

齊將田都從共救趙，因從入關，故立都爲齊王，都臨菑[59]。

故秦所滅齊王建孫田安，項羽方渡河救趙，田安下濟北數城[60]，引其兵降項羽，故立爲濟北王，都博陽[61]。

田榮者，數負項梁，又不肯將兵從楚擊秦，以故不封。

成安君陳餘棄將印去，不從入關；然素聞其賢，有功於趙，聞其在南皮[62]，故因環封三縣[63]。

番君將梅鋗功多[64]，故封十萬戶侯[65]。

項王自立爲西楚霸王[66]，王九郡[67]，都彭城。

漢之元年四月[68]，諸侯罷戲下[69]，各就國[70]。

項王出之國[71]，使人徙義帝，曰："古之帝者地方千里[72]，必居上游。"乃使使徙義帝長沙郴縣[73]，趣義帝行[74]。其羣臣稍稍背叛之[75]，乃陰令衡山、臨江王擊殺之江中[76]。

韓王成無軍功，項王不使之國，與俱至彭城，廢以爲侯，已[77]又殺之。

臧荼之國，因逐韓廣之遼東。廣弗聽，荼擊殺廣無終[78]，并王其地。

田榮聞項羽徙齊王市膠東，而立齊將田都爲齊王，乃大怒，不肯遣齊王之膠東，因以齊反，迎擊田都。田都走楚。齊王市畏項王，乃亡之膠東就國。田榮怒，追擊殺之卽墨。榮因自立爲齊王，而西擊殺濟北王田安，并王三齊。榮與彭越將軍印[79]，令反梁地。

陳餘陰使張同、夏說[80]說齊王田榮曰：“項羽爲天下宰[81]，不平。今盡王故王於醜地[82]，而王其羣臣諸將善地，逐其故主趙王[83]，乃北居代，餘以爲不可。聞大王起兵，且不聽不義[84]；願大王資餘兵[85]，請以擊常山，以復趙王，請以國爲扞蔽[86]。”齊王許之，因遣兵之趙。陳餘悉發三縣兵，與齊并力擊常山，大破之。張耳走歸漢。陳餘迎故趙王歇於代，反之趙。趙王因立陳餘爲代王。

①“人或”句：按，此處未確指向項羽進言者爲何人，漢書作“韓生”，揚雄法言重黎篇又作“蔡生”。“說”音稅。　　②“關中”二句：上句，言關中之地，有山河爲之屛障。下句，史記集解引徐廣說：“東函谷，南武關（在今陝西省商縣東一百八十五里），西散關（卽大散關，在今陝西省寶雞市西南），北蕭關（在今甘肅省環縣西北）。”則四面皆有要塞可守，故云“四塞”。“塞”音賽。　　③可都以霸：“都”，建都。此言可建都於關中以成霸業。　　④皆以燒殘破：都因爲被焚燒的緣故而殘破了。　　⑤懷思：懷念，猶言“放心不下”。　　⑥“如衣繡”二句：“衣”讀去聲，是動詞，作“穿著”解。此連上句言：“富貴之後而不歸故鄉，好像穿了極漂亮的錦繡服裝在夜裏行走，有誰能知道他已經富貴了呢！”　　⑦“人言”二句：“沐猴”，史記集解引張晏說：“獼猴也。”史記索隱“言獼猴不任久著冠帶，以喻楚人性躁暴。‘果然’言果如人言也。”按，此蓋譏項羽如猴子戴了人的

帽子,徒具人形而已,終難成事。　⑧烹説者:"烹",投在湯鍋裏煮死,是古代酷刑之一種。　⑨使人致命懷王:"致命"猶言"報命",卽報告。此言項羽使人把入關破秦的經過鯀報懷王。　⑩如約:"約"指前懷王與諸將所言"先破秦入咸陽者王之"的諾言。　⑪義帝:明謝肇淛文海披沙:"今謂假父曰義父,假子曰義子義女,故項羽尊懷王爲義帝,猶假帝也。"王伯祥説:"不稱楚帝而稱義帝,意味着僅得名義耳。此'義'字猶義父、義子、義髪、義齒的'義'字。"按,謝、王説近是。"義父"之稱始見於洛陽伽藍記,唐陸廣微吳地記載餘杭山有夫差義子墳十八所,則以"義"訓"假"當是古人常語,或自秦、漢時已然。　⑫"項王欲自王"二句:此處的兩個"王"字都作動詞用。上句言項羽想自封爲王,下句言因此他就先封手下的諸將相爲王。　⑬發難:起義。"難"讀去聲。　⑭"假立"句:"假"有"權且"、"姑且"之意;"立諸侯後",指立六國之後。　⑮"然身"句:"被"同"披","披堅",指身穿鐵甲;"執鋭",手執鋭利的兵器;"首事",首舉大事,與上文"初發難"同義。　⑯"暴露"句:"暴露",顯露,"暴"音僕;"暴露於野"指在外行軍,風餐露宿。"三年",自秦二世元年起兵,至此時恰爲三年。　⑰"故當"句:"故"與"固"通,"固當",猶言"本該"。此言分地封義帝爲王本是應該的。　⑱侯王:猶言"諸侯"。　⑲"項王、范增"句至"恐諸侯叛之":第一句,"有天下",猶言"統一天下"。第二句,"業",既;"講解",和解。以上二句言項羽、范增疑心劉邦志在統一中國,是個有野心的人;但雙方的誤會既已和解,自無法再找藉口。第三句,"惡"讀爲務,嫌惡;"約",指"先入關者王之"的諾言。此連下句言:"項羽心想,如果把劉邦殺掉或者不封他在關中,又恐自己要擔一個違反諾言的惡名,致使諸侯背叛自己。"　⑳"巴、蜀道險"二句:上句,"巴、蜀",秦時分四川爲巴、蜀二郡,巴郡地約當今之四川省東半部,蜀郡地約當今之四川省西半部及舊西康之東部;"道險",指交通不便,路徑難走。下句,"遷人"指被强迫遷移的罪民。此言秦時視四川爲惡地,故流放罪人,多使居巴、蜀。　㉑漢中:秦郡名,在漢水上游,約當今陝西省秦嶺以南地帶及湖北省西北部。此句言項羽以巴、蜀、漢中三郡封劉邦爲漢王。　　㉒南鄭: 卽今陝西省南鄭市。　　㉓以距塞漢王:"距"與"拒"通;"距塞",猶言"遮斷"、"堵塞"。此言使章邯等三人居關中之地,以遮斷劉邦東出的途徑。　　㉔廢丘: 卽西周時之犬丘,周懿王自鎬遷都於此。秦改名廢丘,故城在今陝西省興平縣東南十里。　　㉕塞王:"塞"指桃林塞,在長安東(用史記集解引韋昭說)。　　㉖翟王:"翟"同"狄",因其封境本春秋時白狄之地,故取以爲號。　　㉗上郡: 秦郡名。今陝西省北部及内蒙古自治區舊鄂爾多斯左翼,卽其故地。　　㉘高奴: 秦縣名。故城在今陝西省膚施縣東,俗訛呼爲高樓城。　　㉙"徙魏王豹"句: 據史記陳涉世家及魏豹彭越列傳: 陳勝初立魏寧陵君咎爲魏王,咎死,其弟魏豹奔楚,楚懷王心使復定魏地,下二十餘城,立爲魏王。後豹從項羽入關,欲據梁地;而項羽欲自爲梁、楚之王,故徙封豹爲西魏王。　　㉚河東: 秦郡名,今山西省西南部黄河以東,卽其故地。　　㉛平陽: 地名,故城在今山西省臨汾縣南。　　㉜瑕丘申陽:"瑕丘",縣名,故城在今山東省滋陽縣西二十五里。按,漢書項籍傳及史記集解引徐廣說,"瑕丘"皆作"瑕丘公"。錢大昕廿二史考異:"春秋之世,楚縣令皆僭稱公。楚、漢之際,官名多沿楚制。故漢王起沛,稱沛公。楚有蕭公、薛公、郯公、留公、柘公,漢有滕公、戚公,皆縣令之稱。此瑕丘公亦是瑕丘縣令。"今按,錢說是。"申陽",人名,姓申名陽。當是此人曾爲瑕丘縣令。　　㉝張耳嬖臣: 爲張耳所寵幸的賤臣。"嬖"音閉。　　㉞先下河南: 先已把河南郡攻下。"河南郡"卽秦之三川郡,今河南省西北大部,皆其故地。　　㉟迎楚河上: 在郡境的黄河岸上迎接楚軍。　　㊱雒陽: 卽洛陽。　　㊲因故都: 仍居舊都。　　㊳陽翟: 縣名,戰國時爲韓之國都,卽今河南省禹縣。"翟"音宅。　　㊴河内: 本大河以北的總稱,此指河南省黄河以北、山西省東南部及河北省南端這一塊地方而言。漢時置河内郡。　　㊵朝歌: 本殷之國都,故城在今河南省淇縣東北。　　㊶"徙趙王歇"句:"代"本古國名,戰國時爲趙國的一郡。地跨今山西、河北兩省的北部。項羽意欲以趙國故地分封趙王歇和張耳兩人，故徙歇爲代王。　　㊷常山王："常山"，郡名，戰國時亦爲趙地。本名"恆山"，因漢文帝名恆，故避諱改爲常山。今河北省中部及山西東、中之一部分，即其故地。　　㊸襄國：縣名，故城在今河北省邢臺縣西南。　　㊹九江王："九江"，秦郡名，今江蘇、安徽二省長江以北、淮河以南的地帶，以及江西全省，都是九江郡故地。但項羽封黥布爲九江王時，江蘇境内之地已劃歸西楚了。　　㊺六：秦縣名，後漢改名六安，故城在今安徽省六安縣北十三里。　　㊻鄱君吳芮："鄱"音婆，本爲楚之番邑（"番"亦讀爲婆），秦時改爲鄱陽縣，即今之江西省鄱陽縣。史記集解引韋昭説："初，吳芮爲鄱令，故號曰鄱君。"　　㊼百越：種族名，是春秋越國的遺族。楚滅越，越族退居五嶺一帶山地中，更移徙福建、廣東各地（如戰國末年尚有浙江南部的甌越，福建的閩越，廣東的揚越等），隨地立君，故稱"百越"，以示其族非一之意。餘詳後李斯列傳註釋。此處的"率百越"則指率領百越族的人民。　　㊽衡山王："衡山"在湖南省，爲我國五嶽之一。吳芮的封地包有今湖南省全部，南至廣東北境，北至湖北東部，而衡山在其境内，故以爲稱號。　　㊾邾：音朱，漢縣名，故城在今湖北省黃岡縣西北二十里。　　㊿共敖：人名，姓共名敖。"共"讀爲恭。　　51南郡：郡名，其地約當今湖北省襄陽以南的地帶。　　52臨江王："臨江"，南郡地臨長江，故以爲稱號。　　53江陵：本楚之郢都，即今湖北省江陵縣。　　54韓廣：本爲趙王武臣之將，領兵北略燕地，乃自立爲燕王。事見史記陳涉世家。　　55遼東王："遼東"，秦郡名，今遼寧省及原熱河東南部與河北省東北部，皆其故地。　　56臧荼：燕王韓廣之將。項羽因荼從己救趙入關，故分燕地爲二，把遼東封給韓廣，把燕、薊一帶封給臧荼。　　57薊：秦縣名，至金代改爲大興縣，故城在今北京市西南。　　58膠東王："膠東"，今山東省東部。按，項羽分齊地爲三：中部仍爲齊，東爲膠東，西北爲濟北，故稱"三齊"。　　59臨菑："菑"與"淄"通，音滋，即今山東省臨淄縣。　　60濟北數城：濟水以北的若干城池。　　61博陽：史記正義："在濟北。"王伯祥説："從來多以山東省泰安縣東南三十里之博縣故城當之。按博縣故城本爲春秋時齊之博邑，……地在濟瀆之南，且與臨淄相近，恐非楚、漢時濟北王所都。疑博陽爲齊之博陵邑，……故城即今山東省博平縣西北三十里之博平鎮。按以地位和方向（在河之北），似當以此爲濟北國都。”按，王説近是，録以備考。　(62)南皮：秦縣名，故城在今河北省南皮縣東北八里。　(63)環封三縣：把環繞南皮的三個縣封給陳餘。　(64)“番君”句：“番君”即“鄱君吴芮”，已見前註。“梅鋗”，吴芮別將，曾從劉邦攻降析、酈等地，又從邦入武關。事見史記高祖本紀。“鋗”音宣。　(65)十萬户侯：食采邑十萬户的侯爵。　(66)西楚霸王：“西楚”，指彭城以西的地方。錢大昕説：“……項羽都彭城，而東有吴、廣陵、會稽郡，乃以‘西楚霸王’自號者，羽兼有梁、楚地，梁在楚西，言‘西楚’，則梁地亦在其中也。又考三楚之分，大率以淮爲界，淮北爲西楚，淮南爲南楚，唯東楚跨淮南北。吴、廣陵在淮南，東海在淮北；彭城亦在淮北，而介乎東西之間。故彭城以東，可稱東楚，彭城以西，亦可稱西楚也。”（見其所著十駕齋養新録）“霸王”，有自居諸侯盟主之意。　(67)王九郡：漢書項籍傳作“王梁、楚地九郡”。按，“九郡”之目，舊注不詳，據漢書，但知爲梁、楚之地而已。明陳仁錫史記考（明程一枝史詮略同）、清全祖望經史問答（王先謙漢書補注略同）、錢大昕廿二史攷異、姚鼐惜抱軒文集，各以意説，互有異同。梁玉繩史記志疑從錢氏之説，以泗水、東陽、東海（即郯郡）、碭、薛、鄣、吴、會稽、東郡爲九郡，其説較有權威。而清惲敬説：“乃者項王自王，蓋九郡焉。自淮以北，爲泗水、爲薛、爲郯、爲琅邪、爲陳，皆故楚地；爲碭、爲東郡，皆故梁地，是時彭越未國，地屬西楚；自淮以南，爲會稽，會稽之分爲吴——灌嬰傳‘得吴地’是也——亦故楚地。九郡者，項王所手定也。……”（見其所著大雲山房文集西楚都彭城論）雖與錢氏略有出入，而其説尚屬縝密。又姚鼐論九郡之範圍，則謂：“……大抵西界故韓；東至海；北界上則距河，下則距泰山；南界上則距淮，下則包踰江東。……”（見其所著惜抱軒文集項羽王九郡考）亦較明確。今並録以備考。　(68)漢之元年四月：“漢之元年”，卽公元前二〇六年。是年二月，劉邦稱漢王。按，司馬遷爲漢臣，故於秦亡後接用漢之紀元，其實當時劉邦尚未統一，諸侯是各有其自己的紀元的。　㊻諸侯罷戲下：“戲下”有二解。一、“戲”指戲水。史記索隱：“‘戲’音羲，水名也。言‘下’者，如‘許下’、‘洛下’然也。”二、“戲”同“麾”，“戲下”卽“麾下”。漢書顏注：“‘戲’，謂軍之旌麾也。……先是諸侯從項羽入關者，各帥其軍，聽命於羽。今既受封爵，各使就國，故總言‘罷戲下’也。”意謂諸侯受封之後，各於旌麾之下罷兵歸國。今按，前一說顏炎武日知錄、王先謙漢書補注引王先愼說、近人楊樹達漢書窺管從之；後一說日人瀧川資言史記會注考證、近人王伯祥史記選從之。王伯祥駁史記索隱說：“一說，‘戲下’之‘戲’卽前‘至於戲西’之‘戲’，謂‘戲下’與‘洛下’、‘許下’同例，卽指戲水而言。其實不然。按鴻門會後，明言‘項羽引兵西屠咸陽’，並無還軍戲西之文，那麼項羽分封諸侯，不必定在戲下了。且洛下、許下都指城而言，猶云洛城之下、許城之下；若指水言，當云戲上，不得云戲下。看前文‘汙水上’、‘霸上’和後文‘雎水上’、‘氾水上’等自明。”按，以“戲下”爲“麾下”，史、漢屢見。本篇後文“麾下壯士騎從者八百餘人”，漢書卽作“戲下騎從者八百餘人”；史記淮陰侯列傳：“居戲下，無所知名。”“戲”卽是“麾”。顏注宜可信。然史記樊酈滕灌列傳及漢書樊噲傳皆言“項羽在戲下，欲攻沛公”，此處的“戲下”似明指戲水之下，不宜解爲“麾下”。只有兩存其說。　㊼各就國：各自到所封的領域去做王侯。　㊽之國：猶言“就國”。“之”作“往”解。　㊾“古之帝者”二句：王伯祥說：“‘地方千里，必居上游’，乃項羽設辭。‘千里’，明方封地有限；‘上游’，河川上流，言當在內地山僻之區。”　㊿長沙郴縣：“長沙”，秦郡名，今湖南資水以東全部及廣東省北部偏西，皆其故地。“郴縣”是當時長沙郡屬縣，卽今湖南省郴縣。“郴”音琛。按，長沙本戰國時楚之南荒地帶，項羽徙義帝於彼，無異流放。　[74]趣義帝行：“趣”同“促”，催促，迫脅。　[75]“其羣臣”句：“其”，指義帝；“羣臣”，指義帝手下的從官。“稍稍”，猶言“漸漸”，不作“稍微”解；詳段玉裁說文解字注。“稍”音哨，不讀平聲。“之”，亦指義帝。王伯祥説：“左右既多離去，項羽乃得暗中令人加害他。”　⑯“乃陰令”句：“之”，指義帝。按，此處言項羽密令吳芮、共敖截殺義帝於江中，而史記高祖本紀則謂：“乃陰令衡山王、臨江王擊之，殺義帝江南。”至史記黥布列傳則又謂：“項氏立懷王爲義帝，徙都長沙，迺陰令九江王布等行擊之。其八月，布使將擊義帝，追殺之郴縣。”（漢書高帝紀、項籍傳、英布傳所載皆與此同。）是項羽所派遣的人和義帝被殺的地點，説法都有不同。考漢書顔注：“説者或以爲史記（項羽）本紀及漢注云：‘衡山、臨江王殺之江中。’謂漢書言黥布殺之爲錯。然今據史記黥布列傳：‘四月，陰令九江王等行擊義帝。其八月，布使將追殺之郴。’又與漢書項羽、英布傳相合。是則衡山、臨江，與布同受羽命，而殺之者布也。非班氏之錯。”清人洪亮吉也説：“案，義帝徙長沙，道蓋出九江、衡山、臨江，故羽陰令二王及九江王布殺之。黥布列傳言‘遣將追殺之郴縣’，明二王雖受羽命而不奉行，故布獨遣將擊殺耳。使二國欲殺義帝，當其道出衡山、臨江時，何以不殺，而使之至郴縣乎？布傳從事後實書，故漢書高帝本紀等皆從之。此紀及下高紀，本羽之始謀而言。皆史法之可以互見者。”（見其所著之四史發伏）其説近是。近人崔適史記探源，以爲史記本與漢書異指，而史記黥布列傳之文則後人從漢書竄入者，並謂顔師古欲爲史、漢調人。其説雖不爲無見，然實缺乏有力證據，兹不從。　⑰已：過了不久。　⑱無終：秦縣名，其故治卽今河北省薊縣。　⑲“榮與”二句：上句，“彭越”，字仲，昌邑（秦縣名，故治在今山東省金鄉縣西北四十里）人。事見史記魏豹彭越列傳。是時彭越有兵衆萬餘人，故田榮招誘之。下句，言使彭越在梁地反叛項羽。　⑳張同、夏説：據史記高祖本紀及張耳陳餘列傳，皆無“張同”之名。“夏説”的“説”音悦。楊樹達漢書窺管：“餘怨羽不王己，故爲此。”　㉑“項羽爲天下宰”二句：“宰”，主宰。此言項羽分封諸侯，處理得不公道。　㉒醜地：壞地方。　㉓“逐其”句：“其”字據梁玉繩説，當是衍文。因爲趙王歇是陳餘的故主，而非項羽的故主。又據人民文學出版社本史記選注，此處斷句爲:"今盡王故王於醜地,而王其羣臣、諸將善地,逐其故主,<u>趙王乃居代</u>。……"亦可通。錄以備考。　　㊽不聽不義:猶言"不聽從不義之言",指<u>田榮</u>違抗<u>項羽</u>之命,自爲<u>三齊</u>之王。　　㊾資餘兵:"資",資助,接濟。　　㊿"請以國"句:請你允許我用我的疆土做爲你們<u>齊</u>國的外圍掩蔽。〔以上是第六大段,寫<u>項羽</u>封諸侯、殺義帝的前後經過。〕

是時,<u>漢</u>還定<u>三秦</u>①。　<u>項羽</u>聞<u>漢王</u>皆已并<u>關中</u>,且東②;<u>齊</u>、<u>趙</u>叛之③:大怒,乃以故<u>吳</u>令<u>鄭昌</u>爲<u>韓王</u>以距<u>漢</u>;令<u>蕭公角</u>④等擊<u>彭越</u>。<u>彭越</u>敗<u>蕭公角</u>等。　<u>漢</u>使<u>張良</u>徇<u>韓</u>,乃遺<u>項王</u>書曰:"<u>漢王</u>失職⑤,欲得<u>關中</u>,如約卽止⑥,不敢東。"又以<u>齊</u>、<u>梁</u>反書遺<u>項王</u>曰:"<u>齊</u>欲與<u>趙</u>并滅<u>楚</u>。"<u>楚</u>以此故,無西意,而北擊<u>齊</u>。徵兵<u>九江王布</u>⑦,<u>布</u>稱疾不往⑧,使將將數千人行⑨。<u>項王</u>由此怨<u>布</u>也。

<u>漢</u>之二年冬⑩,<u>項羽</u>遂北至<u>城陽</u>,<u>田榮</u>亦將兵會戰。<u>田榮</u>不勝,走至<u>平原</u>⑪;<u>平原</u>民殺之。遂北燒夷⑫<u>齊</u>城郭、室屋,皆阬<u>田榮</u>降卒,係虜⑬其老弱婦女。徇<u>齊</u>,至<u>北海</u>⑭,多所殘滅⑮。<u>齊</u>人相聚而叛之。於是<u>田榮</u>弟<u>田橫</u>收<u>齊</u>亡卒⑯,得數萬人,反<u>城陽</u>⑰。<u>項王</u>因留,連戰未能下。

春,<u>漢王</u>部五諸侯兵⑱,凡五十六萬人,東伐<u>楚</u>。<u>項王</u>聞之,卽令諸將擊<u>齊</u>,而自以精兵三萬人南從<u>魯</u>⑲出<u>胡陵</u>。四月,<u>漢</u>皆已入<u>彭城</u>,收其貨寶、美人,日置酒高會。<u>項王</u>乃西從<u>蕭</u>晨擊<u>漢</u>軍⑳,而東至<u>彭城</u>;日中㉑,大破<u>漢</u>軍。<u>漢</u>軍皆走,相隨入<u>穀</u>、<u>泗水</u>㉒,殺<u>漢</u>卒十餘萬人。<u>漢</u>卒皆南走山㉓,<u>楚</u>又追擊至<u>靈壁</u>東<u>睢水</u>上㉔。<u>漢</u>軍卻,爲<u>楚</u>所擠㉕,多殺,<u>漢</u>卒十餘萬人皆入<u>睢水</u>,<u>睢水</u>爲之不流。圍<u>漢王</u>三匝㉖。於是㉗大風從西北而起,折木發屋㉘,揚沙石,窈冥晝晦㉙,逢迎<u>楚</u>軍㉚。<u>楚</u>軍大亂,壞散㉛,而<u>漢王</u>乃得與數十騎遁

去。欲過沛，收家室而西㉜；楚亦使人追之沛，取漢王家。家皆亡㉝，不與漢王相見。漢王道逢得孝惠、魯元㉞，乃載行㉟。楚騎追漢王，漢王急，推墮孝惠、魯元車下㊱；滕公常下㊲，收載之。如是者三㊳。曰："雖急㊴，不可以驅？奈何棄之！"於是遂得脫。求太公、吕后不相遇㊵。審食其從太公、吕后間行㊶，求漢王，反遇楚軍。楚軍遂與歸㊷，報項王，項王常置軍中㊸。

是時吕后兄周吕侯㊹爲漢將兵居下邑㊺。漢王間往從之㊻，稍稍收其士卒。至滎陽㊼，諸敗軍皆會㊽；蕭何亦發關中老弱未傅㊾，悉詣㊿滎陽：復大振。

楚起於彭城，常乘勝逐北(51)，與漢戰滎陽南京、索間(52)。漢敗楚，楚以故不能過滎陽而西。

項王之救彭城，追漢王至滎陽，田横亦得收齊，立田榮子廣爲齊王。

漢王之敗彭城，諸侯皆復與楚而背漢(53)。

漢軍滎陽，築甬道屬之河(54)，以取敖倉粟(55)。

漢之三年(56)，項王數侵奪漢甬道，漢王食乏，恐，請和，割滎陽以西爲漢(57)，項王欲聽之。歷陽侯(58)范增曰："漢易與耳(59)。今釋弗取(60)，後必悔之！"項王乃與范增急圍滎陽。漢王患之，乃用陳平計，間項王(61)。項王使者來，爲太牢具(62)，舉欲進之(63)；見使者，詳(64)驚愕曰："吾以爲亞父使者(65)，乃反項王使者！"更持去(66)，以惡食食項王使者。使者歸報項王，項王乃疑范增與漢有私，稍奪之權(67)。范增大怒，曰："天下事大定矣，君王自爲之！願賜骸骨歸卒伍(68)！"項王許之。行未至彭城，疽發背而死(69)。

漢將紀信説漢王曰："事已急矣！請爲王誑楚爲王(70)，王可以間出⑦。”於是漢王夜出女子榮陽東門⑦，被甲二千人，楚兵四面擊之， 紀信乘黃屋車⑦，傅左纛⑦，曰：“城中食盡，漢王降。”楚軍皆呼萬歲⑦。漢王亦與數十騎從城西門出，走成皋⑦。 項王見紀信，問：“漢王安在？”信曰：“漢王已出矣！”項王燒殺紀信。

漢王使御史大夫周苛、樅公、魏豹守榮陽⑦。 周苛、樅公謀曰：“反國之王⑦，難與守城。”乃共殺魏豹。

楚下榮陽城，生得周苛。項王謂周苛曰：“爲我將，我以公爲上將軍，封三萬戶。”周苛罵曰：“若不趣降漢⑦，漢今虜若。若非漢敵也！”項王怒，烹周苛，並殺樅公。

漢王之出榮陽，南走宛、葉⑧，得九江王布，行收兵⑧，復入保成皋。

漢之四年，項王進兵圍成皋，漢王逃，獨與滕公出成皋北門。渡河走修武⑧，從張耳、韓信軍。諸將稍稍得出成皋，從漢王。楚遂拔成皋，欲西，漢使兵距之鞏⑧，令其不得西。

是時彭越渡河擊楚東阿，殺楚將軍薛公。項王乃自東擊彭越。

漢王得淮陰侯兵⑧，欲渡河南⑧。 鄭忠說漢王⑧，乃止壁河內。使劉賈⑧將兵佐彭越，燒楚積聚⑧。 項王東擊破之，走彭越。漢王則引兵渡河，復取成皋，軍廣武，就敖倉食。

項王已定東海⑧，來，西，與漢俱臨廣武而軍⑨，相守數月。

當此時，彭越數反梁地，絕楚糧食。項王患之，爲高俎，置太公其上，告漢王曰：“今不急下⑨，吾烹太公。”漢王曰：“吾與項羽俱北面受命懷王，曰：‘約爲兄弟。’吾翁即若翁。必欲烹而翁⑨，則幸分我一桮羹⑨。”項王怒，欲殺之。項伯曰：“天下事未可知；且爲天下者不顧家。雖殺之，無益，祇益禍耳⑨。”項王從之。

楚、漢久相持未決，丁壯苦軍旅(95)，老弱罷轉漕。項王謂漢王曰："天下匈匈(96)數歲者，徒以吾兩人耳。願與漢王挑戰，決雌雄，毋徒苦天下之民父子爲也(97)！"漢王笑謝曰："吾寧鬬智(98)，不能鬬力。"項王令壯士出挑戰。漢有善騎射者樓煩(99)，楚挑戰，三合，樓煩輒射殺之。項王大怒，乃自被甲，持戟，挑戰。樓煩欲射之，項王瞋目叱之(100)，樓煩目不敢視，手不敢發，遂走還入壁，不敢復出。漢王使人間問之(101)，乃項王也。漢王大驚。於是項王乃卽漢王相與臨廣武間而語(102)。漢王數之(103)。項王怒，欲一戰，漢王不聽。項王伏弩射中漢王。漢王傷，走入成皋。

項王聞淮陰侯已舉河北，破齊、趙(104)，且欲擊楚，乃使龍且往擊之。淮陰侯與戰，騎將灌嬰擊之，大破楚軍，殺龍且。韓信因自立爲齊王。

項王聞龍且軍破，則恐，使盱台人武涉往說淮陰侯(105)。淮陰侯弗聽。是時，彭越復反，下梁地，絶楚糧。項王乃謂海春侯大司馬曹咎等曰："謹守成皋，則(106)漢欲挑戰，愼勿與戰，毋令得東而已。我十五日必誅彭越，定梁地，復從將軍(107)。"

乃東行，擊陳留、外黄。外黄不下；數日，已降(108)，項王怒，悉令男子年十五已上詣城東，欲阬之。外黄令舍人兒年十三(109)，往說項王曰："彭越彊劫外黄，外黄恐，故且降，待大王。大王至，又皆阬之，百姓豈有歸心(110)？從此以東，梁地十餘城皆恐，莫肯下矣。"項王然其言，乃赦外黄當阬者。東至睢陽，聞之，皆争下項王。

漢果數挑楚軍戰，楚軍不出；使人辱之，五六日，大司馬怒，渡兵汜水(111)。士卒半渡，漢擊之，大破楚軍，盡得楚國貨賂(112)。大司馬咎、長史翳、塞王欣皆自剄(113)汜水上。大司馬咎者，故蘄獄掾；長史欣，亦故櫟陽獄吏。兩人嘗有德於項梁，是以項王信任之。

當是時，項王在睢陽，聞海春侯軍敗，則引兵還。漢軍方圍鍾離眛⑭於滎陽東；項王至，漢軍畏楚，盡走險阻⑮。

是時，漢兵盛，食多；項王兵罷⑯，食絕。漢遣陸賈說項王請太公⑰，項王弗聽。漢王復使侯公⑱往說項王，項王乃與漢約，中分天下，割鴻溝⑲以西者爲漢，鴻溝而東者爲楚。項王許之，即歸漢王父母妻子⑳。軍皆呼萬歲。

漢王乃封侯公爲平國君，匿，弗肯復見㉑。曰：“此天下辯士㉒，所居傾國，故號爲平國君㉓。”

項王已約，乃引兵解而東歸。

①漢還定三秦：據史記高祖本紀、留侯世家及淮陰侯列傳，漢元年八月，劉邦用韓信計，自漢中暗出陳倉，襲破雍王章邯。二年，塞王欣、翟王翳皆降漢。“還”，指劉邦復從漢中回到關中。“三秦”，指雍王章邯、塞王欣、翟王翳三人封地的合稱，因其地原是秦國的本土。此與上文“三分關中，王秦降將以距塞漢王”之語相呼應。　　②且東：將要帶兵東來。③齊、趙叛之：此指上文齊田榮、趙陳餘並叛項羽之事。“之”指項羽，④蕭公角：“蕭”，秦縣名，故城在今江蘇省蕭縣西北。楚制，縣令皆稱公，此指蕭縣縣令名“角”者。　　⑤失職：失去了應得的封職。按，如果依懷王舊約，劉邦應封在關中；後項羽改封劉邦爲漢王，自然是剝奪了他應得的權利。故下文言“欲得關中”。　　⑥“如約”二句：言劉邦只希望得到關中，實現以前楚懷王的約言，就可以滿足而停止進兵了，並不敢再向東來。按，此是劉邦爲“還定三秦”所找的藉口。　　⑦“徵兵”句：向黥布徵調兵力。　　⑧“布稱疾”句：黥布藉口生病，推託不去。　　⑨“使將將”句：上“將”字讀去聲，指將官；下“將”字讀平聲，作“率領”解。　　⑩漢之二年冬：“漢之二年”，指公元前二〇五年。但漢在此時尚沿用秦曆，以十月爲歲首，故先過冬天。下文所謂“春，漢王部五諸侯兵”的“春”，仍舊是

漢二年的春天。　　⑪平原：古地名，故城在今山東省平原縣南二十五里。
⑫燒夷：“燒”，焚燒；“夷”，作“平”解，指把建築物毀壞，使城郭房屋都
變成平地。　　⑬係虜：“係”同“繫”，指用繩索細縛俘虜；“虜”，此處作動
詞用，即掠取。　　⑭北海：古地名，指今山東省臨淄以東，掖縣以西的地
帶。　　⑮多所殘滅：“殘”，破壞；“滅”，消滅。此指項羽把齊地的城池毀
壞得很多，把人民屠殺得很多。　　⑯亡卒：逃散的兵卒。　　⑰反城陽：
據城陽之地以背叛項羽。　　⑱部五諸侯兵：“部”，一本作“劫”（據史記
集解引徐廣說），史記高祖本紀及漢書高帝紀、項籍傳亦皆作“劫”，當以
作“劫”爲是。王伯祥說：“‘部’是部勒，‘劫’是强制，其爲率領則同。其
實‘劫’乃事實，‘部’則體面話。”至於“五諸侯”之說，自漢、晉之應劭、韋
昭、徐廣以來，已各執一意；由唐、宋至清，衆說愈益紛紜。今但錄唐以前
人的說法以備考。一、史記集解：“徐廣曰：‘塞、翟、魏、殷、河南。’（今按，
漢書如淳注說與此同。）駰按應劭曰：‘雍、翟、塞、殷、韓也。’韋昭曰：‘塞、
翟、殷、韓、魏。雍時已敗也。’”二、史記索隱：“鄒誕按韓王鄭昌拒漢，漢
使韓信擊破之（今按：韓信破鄭昌事見史記高祖本紀及漢書高帝紀。據
漢書，韓信是韓王信，不是淮陰侯韓信），則是韓兵不下而已破散也。韓
不在此數。‘五諸侯’者，塞、翟、河南、魏、殷也。”三、漢書顏注：“諸家之
說皆非也。張良遺羽書云：‘漢欲得關中，如約卽止，不敢復東。’‘東’謂
出關之東。今羽聞漢東之時，漢固已得三秦矣。‘五諸侯’者，謂常山、河
南、韓、魏、殷也。此年十月，常山王張耳降，河南王申陽降，韓王鄭昌降。
二月，魏王豹降，虜殷王卬（今按：以上見漢書高帝紀）。皆在漢東之後。
故知此爲五諸侯。時雖未得常山之地，據功臣表云：‘張耳棄國與大臣歸
漢。’則亦有士卒也。又叔孫通傳云：‘二年，漢王從五諸侯入彭城。’爾時
雍王猶在廢丘被圍，卽非五諸侯之數也。尋此紀文，昭然可曉，前賢注
釋，並失指趣。”今按，綜觀諸說，顏注近是。此外如史記正義用顏注並加
以解釋考證，宋劉攽（見吳仁傑兩漢刊誤補遺引）、吳仁傑，清全祖望（見
經史問答）、汪中（見述學）、趙翼（見陔餘叢考）、洪頤煊（見讀書叢錄）、梁

玉繩(見史記志疑)、王駿觀(見其所著史記舊注平議)等亦皆有説，兹不
贅録。　　⑲魯：即今山東省曲阜縣。此句言從曲阜繞出胡陵（即魚臺
縣，已見前註），取包圍之勢。　　⑳"項王乃西"二句：上句，"乃西"指由
胡陵引兵西出，包圍彭城；"從蕭晨擊漢軍"言引兵西抵蕭縣之後，即於某
一天的破曉時向漢軍發動攻勢。下句，言楚軍向東推進，直抵彭城。
㉑日中：指當天正午。史記集解："張晏曰：'一日之中也。'或曰：'旦擊
之，至日中大破'"(漢書顏注所引與此全同)顏注："或説是也。"王伯祥
説："此與上'晨'字緊接，形容他的兵勢竟疾如風雨也。"　　㉒"相隨"
句："相隨"，指楚軍在後緊相追逐；"穀、泗水"，二水名。穀水在今江蘇省
碭山縣南，泗水源出山東泗水縣，古時皆流經彭城東北。　　㉓南走山：
"走"讀去聲，奔赴，趨向。王伯祥説："漢軍爲楚所破，截成兩橛。北半既
被迫入水，其南半欲據山地自固，故皆'南走山'。"　　㉔"楚又追擊"句：
"靈壁"，地名，故城在今安徽省宿縣西北。"睢水"，在河南省。舊自河南
杞縣流經睢縣北，東流入江蘇，經蕭縣，又經安徽之宿縣、靈壁，再入江蘇
境，至宿遷縣南人泗水。今已大半煙塞。此處言"睢水上"，當是指在靈
壁故城以東的一段。　　㉕"爲楚"二句：上句，"擠"，推擠；下句，言漢軍
多被楚軍所殺害。　　㉖圍漢王三匝：用三層軍隊把漢王包圍起來。
㉗於是："是"同"時"，猶言"於此時"。　　㉘發屋：掀去屋頂。　　㉙窈
冥晝晦："窈冥"，幽深昏黑貌，是形容"晝晦"的狀語。"晦"，暗。此言大
風驟起，吹得天昏地暗，雖白晝亦如黑夜。　　㉚逢迎楚軍："逢迎"，指大
風迎頭撲面而來。　　㉛壞散：崩潰。　　㉜收家室而西："收"，整頓，接
取；"西"，指向西逃去。按，劉邦原籍沛縣，故有家屬在彼處。　　㉝家皆
亡："家"，指劉邦的家屬；"亡"，奔逃走散。　　㉞孝惠、魯元："孝惠"，劉
邦嫡子，名盈，爲劉邦嫡妻吕雉所生，後嗣位爲帝。"孝惠"是他即帝位死
後的謚號。其事迹見史記吕后本紀及漢書惠帝紀。"魯元"，即魯元太
后，劉邦之女，亦吕雉所生，盈之姊。後嫁張耳之子張敖，生子張偃，封爲
魯王。母以子貴，遂爲魯太后，死謚元，故稱"魯元太后"。此處是作者從

後追書之辭，故稱其諡；並非當時卽有此稱謂。　　㉟乃載行：劉邦途中既遇到他的子女，於是就把他們載在車上同行。　　㊱"推墮"句：劉邦恐爲追兵所及，嫌車重不能疾行，故把子女推落在車下。　　㊲"滕公"二句："滕公"，卽夏侯嬰。因他曾爲滕縣縣令，故稱"滕公"。此時嬰爲漢之太僕，爲劉邦駕車，故能經常下車把劉盈姊弟抱回車上，仍載之同行。㊳如此者三：此指劉邦一連三次推墮劉盈姊弟下車，夏侯嬰也一連三次把他們抱上車去。　　㊴"雖急"至"棄之"："驅"，指疾驅車馬前進。此三句大意是："事雖緊急，難道不可以把車趕得快些麼？怎麼能把孩子抛棄呢！"　　㊵"求太公"句："求"，尋訪；"太公"，劉邦之父；"呂后"，卽劉邦之妻呂雉。　　㊶"審食其"句："審"，姓；食其，名，音異基。此人是呂后的幸臣，後爲丞相，封辟陽侯(辟陽故城在今河北省冀縣南三十里)，漢文帝時被淮南王劉長所殺。　　㊷楚軍遂與歸：楚國的軍隊就把太公、呂后等一同帶回去了。　　㊸常置軍中：經常把太公、呂后等留置在軍營裏。㊹周呂侯：此人姓呂名澤；"周呂"，封爵名(用顏師古説)。按，此亦事後追記之辭，當時呂澤尚未封侯。　　㊺爲漢將兵居下邑："下邑"，秦縣名，故城在今江蘇省碭山縣東。此句言呂澤給漢王帶着兵駐紮在下邑地方。　　㊻間往從之：從小路暗中到下邑去依附呂澤。　　㊼滎陽：本戰國韓邑名，故城在今河南省舊滎澤縣西南十七里。"滎"讀如形。　　㊽"諸敗軍"句："諸敗軍"，指劉邦所統率的軍隊。此言這些潰敗的軍隊都重新聚集在滎陽。　　㊾"蕭何"句："蕭何"，是劉邦的同鄉。從劉邦起兵，入關後先收秦宮中所藏的圖籍，因此知道天下形勢和戶口多少。後經常坐鎮關中，爲劉邦調兵籌餉，佐漢統一天下，封鄼侯(鄼音纂，又音讚，縣名，故城在今河南省永城縣西南)。其事迹見史記蕭相國世家。"傅"，著録，登記；"老弱未傅"，未載入名册的老者、弱者，亦卽不合役齡的老年人和幼年人。此言蕭何把關中的老弱人丁都派遣出來了。㊿詣：音藝，前往，到達。　　(51)乘勝逐北："北"，敗走。此言乘着打勝仗的優勢追趕敗走的敵人。　　(52)京、索間："京"，本春秋時鄭邑，故城在今河南省滎陽縣東南。"索",卽索亭,亦稱大索城,卽今河南滎陽縣治。此指京邑、索亭之間。　　㊾與楚而背漢:"與"讀去聲,歸附。按,據史記高祖本紀、張耳陳餘列傳及漢書高帝紀,塞王欣、翟王翳於此時又叛漢降楚;陳餘亦於此時背漢;魏王豹以歸視親疾爲名,亦叛漢與楚和。故此句言"諸侯皆復與楚而歸漢"。　　㊴"築甬道"句:"屬"音燭,連綴。此言築甬道把滎陽和黃河南岸連接起來。　　㊵敖倉粟:"敖",山名,在舊滎澤縣西北。秦在此山上築城修倉。以儲糧粟,故名"敖倉"。　　㊶漢之三年:卽公元前二〇四年。　　㊲"割滎陽以西"句:此言以滎陽爲界,滎陽以東爲楚,以西爲漢。　　㊳歷陽侯:范增的封爵。"歷陽",秦縣名,故城卽今安徽省和縣治。　　㊴漢易與耳:"與",猶言"打交道"。此言"漢是容易應付的"。　　㊳釋弗取:放棄而不征服。　　㊱間項王:"間"讀去聲,挑撥離間。此言劉邦用陳平的計謀離間范增和項羽的關係。　　㊲爲太牢具:"太牢"本指有一全牛、一全羊、一全豕的筵席。此處則泛指盛饌(用日人瀧川資言説)。"具",設備。此言漢營特備了豐盛的筵席。㊳舉欲進之:"舉",陳設;"進",進獻。此言把酒筵擺好,要獻給使者,請他享用。　　㊴詳:與"佯"通,假意地。　　㊵"吾以爲"二句:"亞父",卽范增,已見前。此二句大意是:"我們還以爲是范增派來的使者,沒有想到反而是項王的使者。"　　㊶"更持去"二句:上句,言把原來陳設的筵席撤走了。下句,言把不好的食物給使者吃。第二個"食"是及物動詞,音義同"飼"。　　㊷稍奪之權:逐漸把范增的權柄剝奪過去。㊸"願賜"句:"願賜骸骨",是年老請求退休的意思,謂希望君王准予退休,使自己的骸骨得歸葬於田里。"卒伍",卽"士伍",指有軍籍的平民;"歸卒伍"猶言"恢復平民身分"。　　㊹疽發背而死:"疽"音租,有膿的毒瘡,最嚴重時能深附於骨。"疽發背",毒疽穿背,俗呼"搭背瘡"。　　㊱"請爲王"句:第一個"王"指劉邦;"誑"同"誆",欺詐,誆騙。"誑楚爲王",假充漢王去哄騙楚人。　　㊲間出:乘機逃走。㊳"於是漢王"二句:上句,言"於是漢王在夜間把一羣女子放出滎陽東門"。"出"

在此處作及物動詞用。下句，指披甲的軍士有二千人。"被"同"披"。
⑦黃屋車: 天子所乘之車，以黃繒爲車蓋的裏子。　　⑦傅左纛: "傅"，附
著；"纛"音導，又音督，用羽毛做成的旗類；"左纛"，史記集解引李斐説:
"在乘輿車衡左方上柱之。""柱"猶言"插"。日人瀧川資言説: "漢王未爲
天子，何以黃屋左纛？蓋紀信用引耳目，楚人遂爲其所誑。"　　⑦呼萬
歲: 按，趙翼陔餘叢考: "'萬歲'本古人慶賀之詞。……史記: '優旃憫陛楯
郎兩立，有頃，殿上上壽，稱萬歲。''田單僞約降於燕，燕軍皆呼萬歲。'
紀信誑楚曰: "食盡，漢王降。"楚軍皆呼萬歲。''項羽歸太公、呂后於漢，
漢軍皆呼萬歲。'……蓋古人飲酒，必上壽稱慶曰'萬歲'。其始上下通
用，爲慶賀之詞，猶俗所云'萬福'、'萬幸'之類耳。因殿陛之間用之，後
乃遂爲至尊之專稱。……"據此，則此處所呼，亦楚軍見漢王出降而自相
稱慶之詞，並非呼漢王爲萬歲。　　⑦成皋: 古地名，在滎陽附近，本春秋
時鄭邑，又名虎牢。全國解放後河南省鄭州專區曾設成皋縣，現已撤銷，
原轄區併入滎陽縣。　　⑦"漢王使御史大夫"句: "御史大夫"，秦、漢官
名，相當於副丞相。時周苛在劉邦手下任此職。"樅公"，失其名。"樅"
音縱，姓。"魏豹"，本叛漢，此時又降漢，故與周苛等同守滎陽。　　⑦"反
國" 二句: 一個已經叛變過的國家的君主，是難以同他在一起守城的。
⑦"若不趣降漢"三句: "若"，同"汝"，指項羽；"趣"同"促"，猶言"趕
快"；"今"，作"即將"解（用王先謙説）。此三句言: "你如果不趕快
降漢，漢就要把你擒住，你並不是漢的敵手。"　　⑧宛、葉: "宛"，秦縣
名，即今河南省南陽市。"葉"音涉，本楚邑名，故城在今河南省葉縣南三
十里。　　⑧行收兵: 逐漸收集已潰敗的兵士。　　⑧修武: 古地名，即今
河南省獲嘉縣之小修武。　　⑧鞏: 秦縣名，故城在今河南省鞏縣西南三
十里。　　⑧漢王得淮陰侯兵: 據史記淮陰侯列傳: "六月，漢王出成皋，
東渡河，獨與滕公俱，從張耳軍修武。至，宿傳舍。晨，自稱漢使，馳入趙
壁。張耳、韓信未起，即其臥內上奪其印符，以麾召諸將，易置之。信、耳
起，乃知漢王來，大驚。漢王奪兩人軍，即令張耳備守趙地，拜韓信爲相

國，收趙兵未發者擊齊。”此處卽指奪韓信兵權事。是時韓信尚未封侯，此處稱“淮陰侯”，是史家事後追書之辭。　　㉟欲渡河南：打算渡過了河而南行。　　㊱“鄭忠”二句：上句，據史記高祖本紀：“郎中鄭忠乃説止漢王，使高壘深塹，勿與戰，漢王聽其計。”此處的“説漢王”，卽指此事。下句，“止”，停留；“壁”，是動詞，作“駐紮”解；“河內”，指黄河以北。此言漢王聽了鄭忠的話，把軍隊屯駐在黄河的北岸。　　㊲劉賈：劉邦的從兄，後封荆王，爲黥布所殺。在劉邦派遣劉賈的同時，還有盧綰同行，領兵二萬人及騎兵數百，渡白馬津（在河南滑縣北，舊爲河水分流處，今已湮塞），入楚地，佐彭越共擊楚軍，攻下梁地十餘城。事見史記高祖本紀。㊳積聚：“積”，通“穧”，音資，禾粟薪芻的總稱。此指糧秣輜重。　　㊴東海：泛指東方，與上文“自東擊彭越”、“東擊破之”相呼應。　　㊵“與漢俱臨”句：“廣武”，城名，在敖倉西三皇山（一作“三室山”）上。史記正義：“括地志云：‘東廣武，西廣武，在鄭州滎陽縣西二十里。’戴延之西征記云：‘三皇山上有二城，東曰東廣武，西曰西廣武，各在一山頭，相去百步。汴水從廣澗中東南流，今澗無水。城各有三面，在敖倉西。’郭緣生述征記云：‘一澗橫絶上過，名曰廣武，相對皆立城塹，遂號東、西廣武。’”今按，據水經注所載，西廣武城爲漢所築，東廣武城爲楚所築，中有絶澗，名廣武澗。楚、漢臨澗築城以駐軍，故言“臨廣武而軍”。　　㊶今不急下：“下”在此處指“投降”而言。下文“爭下項王”句的“下”字與此同義。㊷而翁：“而”，與“若”、“汝”、“爾”同。此猶言“你的父親”。　　㊸一桮羹：“桮”見前，“羹”，汁。　　㊹祇益禍耳：“祇”音支，猶言“適足以”。“益禍”，增加禍患。　　㊺“丁壯”二句：上句，“丁壯”，指成年可服兵役的人。言服兵役的壯丁苦於久居軍旅，長期地作戰。下句，“罷”同“疲”；“轉”，指陸運；“漕”，指水運。言衰老和弱小的人也疲於水陸運輸軍備的勞役。㊻匈匈：同“洶洶”，猶言“擾擾”，紛亂不寧。　　㊼“毋徒苦”句：此是倒裝式的古漢語句法。“爲”字應置於“毋”字下，“毋爲”猶言“不要”；“徒”，空空，白白；“民父子”，猶言“老小百姓”。此句大意是：“不要讓天下的老小百姓白白地受苦了！”　　⑱“吾寧”二句：此言“我寧肯同你用智謀相鬥，不能同你用實力相拼”。“寧”一本作“能”，亦可通。　　⑲樓煩：本北方種族名。此處有二解。一、以樓煩族人爲士兵。顧炎武説：“樓煩，乃趙西北邊之國。其人强悍，習騎射。史記趙世家：‘武靈王行新地，遂出代西，遇樓煩王於西河，而致其兵。’‘致’云者，致其人而用之也。是以楚、漢之際，多用樓煩人別爲一軍。高祖功臣侯年表：“陽都侯丁復，以趙將從起鄴，至霸上，爲樓煩將。’而項羽本紀：‘漢有善騎射者樓煩。’則漢有樓煩之兵矣。……”(見日知録)二、因樓煩人善射，故士卒取以爲號，不一定是樓煩人。漢書顏注引李奇説：“……此縣人善騎射，謂士爲樓煩，取其稱耳，未必樓煩人也。”按，顏師古及日人中井積德（見史記會注考證引）皆從後説，而顧説亦言之成理，今兩存以備考。　　⑳叱之：“叱”，訶斥。“叱”音七，又音赤，從“七”，不從“匕”，見説文。　　㉑間問之：漢書顏注：“‘間’，微問之也。”猶言“乘機打聽”。　　㉒“於是項王”句：“卽”，作“就”解。此言項王遷就劉邦。“間”，據梁玉繩史記志疑、周壽昌漢書注校補、張文虎校刊史記札記等書所考證的結果，應作“澗”。此指劉邦、項羽二人隔澗而語。　　㉓數之：“數”讀上聲，作“斥責”解。按，史記高祖本紀載劉邦斥責項羽十罪的全文，今録於下：“漢王數項羽曰：‘始與項羽俱受命懷王，曰：先入定關中者王之。項羽負約，王我於蜀、漢，罪一；項羽矯殺卿子冠軍而自尊，罪二；項羽已救趙，當還報，而擅劫諸侯兵入關，罪三；懷王約，入秦無暴掠，項羽燒秦宮室，掘始皇帝冢，私收其財物，罪四；又彊殺秦降王子嬰，罪五；詐阬秦子弟新安二十萬，王其將，罪六；項羽皆王諸將善地，而徙逐故主，令臣下爭叛逆，罪七；項羽出逐義帝彭城，自都之，奪韓王地，并王梁、楚，多自予，罪八；項羽使人陰弑義帝江南，罪九；夫爲人臣而弑其主，殺已降，爲政不平，主約不信，天下所不容，大逆無道，罪十也。吾以義兵從諸侯誅殘賊，使刑餘罪人擊殺項羽，何苦乃與公挑戰！’”　　㉔破齊、趙：“破齊”時間在後，指定臨淄、逐田廣事；“破趙”時間在前，指背水列陣斬陳餘事。均詳見史記淮陰侯列傳。

⑯"使盱台人"句:"盱台"見前註。武涉勸韓信背漢結楚，三分中國。詳見淮陰侯列傳。　　⑯則:此處作"卽使"解。　　⑯復從將軍:指項羽回兵復與咎等會合。　　⑯已降:此句主語是"外黃"。　　⑯"外黃令"句:外黃縣縣令的門客的兒子，年紀才十三歲。王伯祥說:"'年十三'，與上'年十五以上'相應，明其不在當阬之內。"　　⑪歸心:歸附的心意。　　⑪汜水:在河南省滎陽縣境內，北流入黃河。"汜"音祀。　　⑫貨賂:"貨"，物資;"賂"，財物。　　⑬自剄:以刀自剄頸項。"剄"音徑。　　⑭鍾離昧:楚之勇將，事詳史記淮陰侯列傳。"鍾離"是複姓，"昧"是名，音末。俗本作"眛"，非是。　　⑮盡走險阻:"走"，逃往;"險阻"，險要而多障礙之地，此處指滎陽附近的山區。　　⑯罷:同"疲"。　　⑰"漢遣"句:"陸賈"，楚人，從劉邦定天下，多才善辯，會辦外交。史記有酈生陸賈列傳。此言劉邦派遣陸賈去勸說項羽請求釋放太公。　　⑱侯公:"侯"，姓，名字失傳。　　⑲鴻溝:在今河南省中牟縣，爲古汴水的支流。卽今賈魯河。　　⑳卽歸漢王父母妻子:按，趙翼廿二史箚記:"……羽與漢王約，中分天下，以鴻溝爲界，遂歸漢王家屬。據史記，謂'歸漢王父母妻子'，而班書亦但言'歸太公、呂后'而不言父母妻子。蓋以高祖之母，久已前死，(原注:'高祖起兵時，母死於小黃。')羽所得者，但有太公、呂后。而以史記所云'父母妻子'者，不過家屬之通稱，非真有母與子在項羽軍中，故改言'太公、呂后'也。不知高祖母雖已前死，而楚元王爲高祖異母弟，則高祖尚有庶母也。(原注:'史記謂"同母少弟"，漢書則謂"同父少弟"。顏師古注:"言同父，則知其異母也。"按吳王濞傳，鼂錯曰:"高帝大封同姓，庶弟元王王楚四十餘城。"則元王乃異母弟無疑。陸機漢高功臣頌:"侯公伏軾，皇媼來歸。"正指侯公說項羽，羽歸漢王家屬之事。曰"皇媼來歸"，明言漢高之母也。')孝惠帝尚有庶兄肥，後封魯，爲悼惠王。當高祖道遇孝惠時，與孝惠偕行者，但有魯元公主，則悼惠未偕行可知也。悼惠既未偕行，又別無投歸高祖之事，則必與太公、呂后同爲羽所得，故高祖有子在項軍也。然則史記所謂'父母妻子'，乃無一字虛設;而漢書改

云‘太公、吕后’，轉疏漏矣。”則知“母”指劉邦的庶母，“子”指劉肥。
⑫匿，弗肯復見：“匿”，隱避。此二句主語是“漢王”，言漢王避而不肯再
見侯公。　　⑫“此天下”二句：言“侯公是天下善辯之士，他所到之處是
會顛覆人的國家的”。　　⑬故號爲平國君：“平國”，漢書顏注：“以其善
説，能和平邦國。”史記會注考證引日人中井積德説：“‘故號爲平國君’，
取其反稱也。”意謂其人能顛覆人的國家，所以給他一個相反的稱號。〔以
上是第七大段，寫楚、漢戰争互有勝負的過程。〕

漢欲西歸，張良、陳平説曰：“漢有天下太半①，而諸侯皆附之。
楚兵罷②食盡，此天亡楚之時也。不如因其機③而遂取之。今釋
弗擊，此所謂‘養虎自遺患④’也。”漢王聽之。

漢五年，漢王乃追項王至陽夏⑤南，止軍⑥；與淮陰侯韓信、建
成侯⑦彭越期會⑧而擊楚軍。至固陵⑨，而信、越之兵不會。楚擊
漢軍，大破之。漢王復入壁，深塹而自守⑩。謂張子房曰：“諸侯
不從約⑪，爲之奈何？”對曰：“楚兵且破，信、越未有分地，其不至固
宜。君王能與共分天下，今可立致也⑫。即不能⑬，事未可知也。君
王能自陳以東傅海⑭，盡與韓信；睢陽以北至穀城⑮，以與彭越：使
各自爲戰，則楚易敗也。”漢王曰：“善。”於是乃發使者，告韓信、彭
越曰：“并力擊楚！楚破，自陳以東傅海與齊王，睢陽以北至穀城與
彭相國。”使者至，韓信、彭越皆報曰：“請今進兵。”韓信乃從齊往。
劉賈軍從壽春⑯並行，屠城父⑰，至垓下⑱。大司馬周殷叛楚⑲，
以舒屠六，舉九江兵⑳，隨劉賈、彭越，皆會垓下：詣項王㉑。

項王軍壁垓下，兵少食盡，漢軍及諸侯兵圍之數重。夜聞漢軍
四面皆楚歌㉒，項王乃大驚曰：“漢皆已得楚乎？是何楚人之多也！”
項王則㉓夜起，飲帳中。有美人名虞㉔，常幸從；駿馬名騅㉕，常騎

之。於是項王乃悲歌忼慨㉖，自爲詩曰："力拔山兮氣蓋世，時不利兮騅不逝㉗。騅不逝兮可奈何㉘！虞兮虞兮奈若何㉙！"歌數闋㉚，美人和㉛之。項王泣數行下。左右皆泣，莫能仰視。

於是項王乃上馬騎㉜，麾下壯士騎從者八百餘人，直夜潰圍南出㉝，馳走。平明，漢軍乃覺之，令騎將灌嬰以五千騎追之。項王渡淮，騎能屬者百餘人耳㉞。項王至陰陵㉟，迷失道，問一田父㊱。田父紿㊲曰："左。"左，乃陷大澤中㊳。以故漢追及之。

項王乃復引兵而東，至東城㊴，乃有二十八騎。漢騎追者數千人。項王自度不得脫㊵，謂其騎曰："吾起兵至今八歲矣，身七十餘戰㊶，所當者破㊷，所擊者服，未嘗敗北，遂霸有天下；然今卒困於此。此天之亡我，非戰之罪也。今日固決死，願爲諸君快戰㊸，必三勝之，爲諸君潰圍、斬將、刈旗㊹，令諸君知天亡我，非戰之罪也"。乃分其騎以爲四隊，四嚮㊺。漢軍圍之數重。項王謂其騎曰："吾爲公取彼一將"。令四面騎馳下㊻，期山東爲三處㊼。

於是項王大呼馳下，漢軍皆披靡㊽，遂斬漢一將。是時，赤泉侯㊾爲騎將，追項王；項王瞋目而叱之，赤泉侯人馬俱驚，辟易數里㊿。與其騎會爲三處。漢軍不知項王所在，乃分軍爲三，復圍之。項王乃馳，復斬一都尉，殺數十百人。復聚其騎，亡其兩騎耳。乃謂其騎曰："何如？"騎皆伏(51)曰："如大王言(52)。"

於是項王乃欲東渡烏江(53)。烏江亭長檥船待(54)，謂項王曰："江東雖小，地方千里，衆數十萬人，亦足王也。願大王急渡。今獨臣有船，漢軍至，無以渡。"項王笑曰："天之亡我，我何渡爲！且籍與江東子弟八千人渡江而西，今無一人還，縱江東父兄憐而王我，我何面目見之！縱彼不言，籍獨不愧於心乎！"乃謂亭長曰："吾知公長者⑤。吾騎此馬五歲，所當無敵，嘗一日行千里，不忍殺之，以賜公1”乃令騎皆下馬步行，持短兵接戰⑥。獨籍所殺漢軍數百人。項王身亦被十餘創⑦。顧見漢騎司馬呂馬童⑱曰：“若非吾故人⑲乎？”馬童面之⑳，指王翳曰㉑：“此項王也1”項王乃曰：“吾聞漢購㉒我頭千金，邑萬户。吾爲若德㉓。”乃自刎而死。王翳取其頭。餘騎相蹂踐㉔，爭項王，相殺者數十人。最其後㉕，郎中騎楊喜、騎司馬呂馬童、郎中吕勝、楊武，各得其一體；五人共會其體㉖，皆是。分其地爲五㉗：封吕馬童爲中水侯㉘，封王翳爲杜衍侯㉙，封楊喜爲赤泉侯，封楊武爲吴防侯㉚，封吕勝爲涅陽侯㉛。

項王已死，楚地皆降漢，獨魯不下。漢乃引天下兵，欲屠之。爲其守禮義，爲主死節㉜，乃持項王頭視魯㉝。魯父兄乃降。

始，楚懷王初封項籍爲魯公；及其死，魯最後下；故以魯公禮葬項王穀城。漢王爲發哀㉞，泣之而去。

諸項氏枝屬㉟，漢王皆不誅。乃封項伯爲射陽侯㊱。桃侯、平皋侯、玄武侯皆項氏㊲，賜姓劉。

①太半：猶言“過半”、“大半”。史記集解引韋昭説：“凡數三分有二爲太半，一爲少半。”　②罷：同“疲”。　③因其機：“因”，乘着，趁着。“機”，機會(用周壽昌、王先謙説)。“機”一本作“飢”，又作“饑”，皆可通。但漢書高帝紀則作“幾”，與“機”本爲一字，疑此應作“機”爲是。　④養虎自遺患：“虎”，以喻項羽；“遺”，遺留。此言姑息項羽，如畜養猛虎，終留後患。　⑤陽夏：漢縣名，即今河南省太康縣。此處的“夏”讀爲賈。⑥止軍：屯軍不進。　⑦建成侯：梁玉繩説：“越爲魏相國，未聞封侯；蓋所賜名號。”今按，史記漢興以來諸侯年表及魏豹彭越列傳皆不載此封號。　⑧期會：約期會合。　⑨固陵：地名。即今河南省淮陽縣西北四十三里之固陵聚。　⑩“深塹”句：“塹”讀如倩，壕溝。此言劉邦深掘

戰壕，堅守自衞。　　⑪從約: 遵從諸言。　　⑫今可立致也: "致"，招
致，猶言"使其到來"。此句言"可以立卽使韓信、彭越等引兵前來"。
⑬"卽不能"二句: 大意是: "假使不能這樣做，事情的成敗就不敢說了。"
⑭自陳以東傅海: "陳"，今河南省淮陽縣。"傅"，附著，此處引申有"靠
近"、"臨近"之意。此言"從陳地以東至靠近海濱一帶"。按，其地包有安
徽、江蘇兩省淮河以北的地區。　　⑮"睢陽以北"句: "穀城"，秦地名，本
春秋時齊之穀邑。故治在今山東省東阿縣南十二里。此句指自河南商
丘以北至東阿一帶地方。按，其地包有今河南省東部及山東省西部。
⑯壽春: 戰國時楚國後期的國都，亦稱爲郢。秦置壽春縣，卽今安徽省壽
縣。　　⑰城父: 春秋時陳之夷邑，卽今安徽省亳縣東南的城父村。此處
的"父"讀上聲。　　⑱垓下: 地名，在今安徽省靈壁縣東南。　　⑲"大司
馬"二句: 據史記高祖本紀及荆燕世家，周殷叛楚是由於劉邦使人招降的
緣故。"舒"，卽今安徽省舒城縣，時爲周殷所據。"六"，卽今安徽省六安
縣。下句言周殷帶領着舒地的兵卒屠殺六地的軍民。　　⑳舉九江兵:
"九江兵"，指黥布所率領的軍隊。梁玉繩說: "案，此段頗有缺誤。當云:
韓信乃從齊往; 彭越乃從魏往; 劉賈軍從壽春迎黥布，並行，屠城父; 大司
馬周殷叛楚，以舒屠六，舉九江兵，隨劉賈、黥布，皆會垓下。"謹錄以備
考。　　㉑詣項王: "詣"，往，到。此言諸路兵馬都集中到項羽所在的地
方。據史記高祖本紀，在項羽被圍以前，楚、漢尚有一場大戰，此處乃從
略。茲錄其文如下: "五年，高祖與諸侯兵共擊楚軍，與項羽決勝垓下。淮
陰侯將三十萬，自當之; 孔將軍居左，費將軍居右; 皇帝在後，絳侯、柴將
軍在皇帝後。項羽之卒可十萬。淮陰先合，不利，却。孔將軍、費將軍
縱，楚兵不利; 淮陰侯復乘之，大敗垓下。"　　㉒楚歌: 卽楚國人用方音、
土語所唱的歌。漢書顏注: "楚歌者，爲楚人之歌，猶言吳歈、越吟耳。"
㉓則: 猶"乃"。　　㉔"有美人"二句: 上句，"名虞"，史記集解引徐廣說:
"一云，姓虞氏。"今漢書項籍傳卽作"姓虞氏"。梁玉繩說: "是漢書全襲
史記。"周壽昌說: "案，婦人從夫姓，卽以己姓爲名，後世猶然。後書(按，

即《後漢書》)曹世叔妻班昭,字曰‘惠班’;晉李恆妻衛鑠,稱名曰‘李衛’,趙孟頫妻管道昇,稱名曰‘趙管’——皆是。”今按,周說近是,“虞”當是美人的姓氏。下句,言虞美人爲項羽所寵幸,經常跟從着項羽。　㉕騅:音錐,毛呈蒼白雜色的馬。《漢書》顏注:“蓋以其色名之。”　㉖忼慨:憤激悲歎貌。　㉗逝:向前行進。　㉘可奈何:猶言“將怎麼辦呢」”　㉙“虞兮”句:“若”,你。大意是:“虞啊,虞啊」我將把你怎麼安排呢」”　㉚歌數闋:“闋”音缺,樂歌終了一次叫做“一闋”;“數闋”,幾遍。　㉛和:讀去聲,指應和着一同歌唱。　按,《史記正義》引《楚漢春秋》載美人所和的歌辭是:“漢兵已略地,四面楚歌聲。大王意氣盡,賤妾何聊生」”前人或疑出於依託,姑録以備考。　㉜乃上馬騎:此處的“騎”讀去聲,音寄,是名詞,後文同。《史記正義》:“凡單乘曰騎。”按,“單乘”即一人獨乘一馬之意。　㉝“直夜”句:“直”作“當”解,“直夜”猶言“當天夜裏”;“潰圍”,突破重圍。　㉞“騎能屬者”句:“屬”讀爲燭,隨從。此言“能跟隨項羽的騎士不過百餘人而已”。　㉟陰陵:秦縣名。故治在今安徽省定遠縣西北。　㊱田父:農夫。　㊲紿:音殆,欺騙。　㊳左,乃陷大澤中:“左”,指向左行;“陷大澤中”,陷入泥濘低窪之地。　王伯祥說:“今安徽省全椒縣東南三十里有地名迷溝(去陰陵五里),相傳就是項王所陷入的大澤。”　㊴東城:秦縣名。故治在今安徽省定遠縣東南五十里。　㊵自度不得脫:“度”音奪,揣測,估計。“脫”,脫身。　㊶身七十餘戰:“身”在此處作動詞用。此言自己親身參加七十餘次戰役。　㊷所當者破:“當”,敵;“所當者”指所遇到的敵方。　㊸快戰:一本作“決戰”。王伯祥說:“按‘決戰’有勝負難分,決一雌雄的想法;猶存倖勝的希望。‘快戰’則但求取快一時,痛痛快快打一個出手而已。項王既‘自度不得脫’,而且上有‘固決死’之言,前後又迭作‘天亡我’之歎,其爲不求倖勝,昭然明白。自當以‘快戰’爲合適。”按,王說是。　㊹“爲諸君”句:按,“潰圍”、“斬將”、“刈旗”三事即上文的“三勝”。“刈”音意,割,砍;“刈旗”,把敵方的軍旗砍倒。　㊺四嚮:向着四面。按,《漢書》此處作“圍陳外嚮”。

"圜陣"卽"圓陣",<u>顏注</u>:"四周爲之也。""外嚮",<u>顏注</u>:"謂兵刃皆在外也。"指四隊騎兵,背皆向內,成一圓陣,分<u>邪</u>⌐四面殺去。可與此文互參。　⑯馳下:按,此處當指自山頭奔馳而下,觀下句"山東"字樣可知。<u>漢書</u>明言"因四隤山",亦可爲證。　⑰"期山東"句:"期",約定。"山"卽"四隤山",在今安徽省和縣北七十里。"隤"音頹。"期山東",指約定衝過山的東面;"爲三處",分三處集合。　⑱披靡:日人<u>瀧川資言</u>説:"謂草木不禁風而散亂也。因以狀兵士潰散。"　⑲赤泉侯:卽<u>楊喜</u>。按,<u>楊喜</u>因斬<u>項羽</u>有功,封<u>赤泉侯</u>。此時尚未封侯,當是史家追書之辭。"<u>赤泉</u>",地名。<u>史記索隱</u>:"<u>南陽</u>有<u>丹水縣</u>,疑<u>赤泉</u>後改。"謂<u>赤泉</u>卽<u>丹水</u>,名稱係後來所改。"<u>丹水</u>"故城在今<u>河南省淅川縣</u>西。　⑳辟易數里:"辟",同"闢",作"開"解;"易",變更。<u>史記正義</u>:"言人馬俱驚,開張易舊處,乃至數里。"<u>王伯祥</u>釋"開張易舊處"爲"控制不了,離開原地",甚是。此指<u>項羽</u>怒叱<u>楊喜</u>,<u>楊喜</u>竟嚇得連人帶馬,倒退了好幾里。　㉑伏:與"服"通,猶言"心服"。　㉒如大王言:正如大王所説。　㉓烏江:卽今<u>安徽省和縣</u>東北四十里江岸的<u>烏江浦</u>。　㉔"烏江亭長"句:"亭長",據<u>應劭</u>《風俗通》,秦、漢時的制度,十里一亭,設亭長一人。<u>漢書顏注</u>:"亭長者,主亭之吏也。'亭'謂停留行旅宿食之館。"<u>史記正義</u>:"《國語》有'寓室',卽今之亭也。亭長,蓋今里長也。民有訟諍,吏留平辨,得成其政。"則知亭長之職責有二:一、負責照料行旅之人的食宿;二、負責治理當地人民的爭訟。至<u>東漢</u>時,亭長更負有防禁盜賊的責任。但<u>秦</u>末的亭長似尚無此職責。"檥"音蟻,<u>史記集解</u>引<u>孟康</u>説:"附也,附船著岸也。"又引<u>如淳</u>説:"南方人謂整船向岸曰檥。"此言<u>烏江</u>亭長攏船靠岸,以待<u>項羽</u>。　㉕長者:謹厚者之稱。　㉖"持短兵"句:"短兵",短小輕便的兵器。　㉗被十餘創:"被",受;"創",傷;言<u>項王</u>受傷十餘處。　㉘"顧見"句:"顧見",回頭看見;"騎司馬",官名,屬於騎兵隊伍。<u>王伯祥</u>説:"<u>呂馬童</u>當係<u>項王</u>舊部反<u>楚</u>投<u>漢</u>者,故下以'故人'呼之。"　㉙故人:舊相識。　㉚面之:面向<u>項羽</u>。<u>洪頤煊</u>説:"'面',向也。謂向視之,審知爲項王，因以指王翳。"王伯祥説："馬童爲漢追逼項王，正以故人之故，不好意思劈面相看。及爲項王顧見相呼，只得面對着項王，不免顯出忸怩之態。"　　⑥"指王翳"二句：上句，言吕馬童把項羽指給王翳看。下句，王伯祥説："'曰此項王也'，正見吕馬童的難爲情。"　　㉒購：懸賞。　　㉓吾爲若德：史記會注考證引日人中井積德説；"'爲德'，猶言'施恩'也。"此句猶言"我就送你個人情吧！"(用王伯祥説)　　㉔"餘騎"三句："餘騎"指吕、王以外騎馬的戰士。此三句言大家爲了争奪項羽的屍體，互相縱馬踩躪踐踏，竟致自相殘殺，死了好幾十人。　　㉕最其後：卽"最後"之意。漢書無"其"字。　　㉖"五人"二句：言楊喜等五人把所奪到的屍體拼合到一處，證明他們所得的一部分確都是項羽的殘骸。㉗分其地爲五：梁玉繩説："'分其地'，通鑑作'分其尸'，非。'分其地爲五'當屬下文，謂分地以封吕馬童等五人爲侯耳。其地不必定泥（拘泥）作楚地。"日人中井積德也説："'其地'，謂萬户邑也，元無定處，非指項王之地。"(見史記會注考證引)今按，此説是。一本"分"上有"故"字。㉘中水侯："中水"，漢縣名，其地在今河北省獻縣西北三十里。　　㉙杜衍侯："杜衍"，漢縣名，其地在今河南省南陽縣西南二十三里。　　㉚吴防侯："吴防"，漢縣名，其地卽今河南省遂平縣。本名吴房。史記正義引孟康説："吴王闔廬弟夫概奔楚，楚封於此。……本房子國，以封吴，故曰吴房。"　　㉛湟陽侯："湟陽"，漢縣名，其地在今河南省鎮平縣南。"湟"音擔。　　㉜"爲其"句：因爲魯人篤守禮義之道，寧爲其君犧牲也不肯喪失節操。　　㉝視魯："視"一本作"示"。此言把項王的頭拿到魯地去示衆。　　㉞發哀：猶言"舉哀"、"發喪"。　　㉟枝屬：宗族旁枝。　　㊱射陽侯："射陽"，漢縣名，其地在今江蘇省淮安縣東南。　　㊲"桃侯"句："桃侯"名襄。"桃"，漢縣名，其地在今河北省冀縣西北（用王駿觀史記舊注平議引水經注説）。"平皋侯"名佗。"平皋"，漢縣名，其地在今河南省温縣東二十里。"玄武侯"，史記集解引徐廣説："諸侯表中不見。"明陳子龍史記測議："侯表中不見，豈始封而卽廢歟？"(見史記志疑引)按，"諸侯

表"指高祖功臣侯年表,餘三人表内皆有。〔以上是第八大段,寫項羽敗亡的經過。〕

太史公曰①:"吾聞之周生②曰:'舜目蓋重瞳子③。'又聞項羽亦重瞳子,羽豈其苗裔邪?何興之暴也④!夫秦失其政,陳涉首難,豪傑蠭起,相與並爭,不可勝數。然羽非有尺寸⑤,乘勢起隴畝之中⑥,三年,遂將五諸侯滅秦⑦,分裂天下,而封王侯,政由羽出⑧,號爲霸王,位雖不終⑨,近古以來未嘗有也。及羽背關懷楚⑩,放逐義帝而自立,怨王侯叛己,難矣⑪。自矜功伐⑫,奮其私智而不師古⑬,謂霸王之業,欲以力征經營天下⑭,五年卒亡其國,身死東城,尚不覺悟,而不自責,過矣⑮。乃引'天亡我,非戰之罪也',豈不謬哉!"

①太史公曰:"太史公",即太史令。史記正義:"司馬遷自謂也。……遷爲太史公官,題贊首也。"梁玉繩説:"史記祇天官書'太史公推古天變',及封禪書兩稱'太史公',自序前篇六稱'太史公',指司馬談(按,談是遷之父),文義顯白;餘皆自謂。"日人瀧川資言説:"愚按,太史令,官名。太史令之稱太史公,猶太倉令之稱太倉公,自是當時官府通稱。"王伯祥説:"太史公曰以上皆司馬遷論贊之辭。論贊自是史中的一體。史家撰述,本主敍事,不須議論;其所以在篇末另綴論贊者,大抵爲總結語,或特地闡明立篇之意,或補充篇中所未及之事,很像離騷篇末的'亂曰'云云。自太史公創立此體,後世史家,都沿用不改。與後世一般的史論不同等看待。"按,以上所引諸説或釋詞義,或明體例,皆甚精審,謹錄以備考。　②周生:漢時儒者,姓周(用史記正義引孔文祥説)。③"舜目"句:"蓋",孔穎達禮記正義:"是疑辭。"近人楊樹達詞詮:"於所言之事無確信時用之。"按,此字用法相當於口語的"可能是"。"重瞳",史記集解引尸子:"舜兩眸子,是謂重瞳。"今按,此是古代的一種傳説。④何興之暴也:漢書此句"何"下有"其"字。"興",興起;"暴",作"驟然"、

“突然”解，不作“殘暴”解。日人瀧川資言說：“‘暴’，猝也。黥布傳：‘何其拔興之暴哉！’亦言崛起于隴畝也。”　⑤尺寸：“微少”之意。王伯祥說：“言無尺寸之柄（些微的權柄）可以憑藉。”　⑥“乘勢”句：言乘秦末大亂的局勢從田野間興起。王伯祥說：“‘起隴畝之中’，崛起於草野之間，猶言起自民間。”　⑦“遂將”句：“將”，率領；“五諸侯”，指戰國時的齊、趙、韓、魏、燕五國（見史記集解）。按，戰國七雄，六國皆爲秦所滅；及秦滅亡，則六國中以楚爲首，故言“將五諸侯”。　⑧政由羽出：“政”指政令。此言當時的政令都由項羽頒佈。　⑨位雖不終：“位”，指項羽的政權地位。“不終”，猶言“沒有好結果”。　⑩背關懷楚：“背關”，史記正義引顏師古說，以爲指項羽背棄關中之約，非是。顧炎武日知錄：“‘背關懷楚’，謂舍（捨）關中形勝之地而都彭城。如師古之解，乃背約，非背關也。”按，顧說是。“背”本有“棄”意，“背關”猶言“放棄關中”。“懷楚”，史記正義引顏師古說：“謂思東歸而都彭城。”　⑪難矣：言項羽在這種情況下還希望成大事，未免太不易了。　⑫自矜功伐：“自矜”，自誇，自負。“伐”，一般用法，與“功”同義；區別而言，亦微有異。據史記高祖功臣侯年表序：“古者人臣功有五品：以德立宗廟定社稷曰勳，以言曰勞，用力曰功，明其等曰伐，積日曰閱。”則“勳”、“勞”、“功”、“伐”皆有所不同。此處則指項羽以滅秦定諸侯之故而自負有功。　⑬“奮其”句：“奮”，逞；“私智”，私心，私欲；“師古”，以古代成功立業的帝王爲師。　⑭“欲以”句：“力征”，指用武力征服諸侯；“經營”，治理，整頓。此言項羽想憑藉武力來控制天下。　⑮過矣：言“項羽的言行實在是太錯誤了”。〔以上是第九大段，作者依據當時形勢，評定項羽的功過。〕

（二）　留侯世家

留侯①張良者，其先韓人也②。大父開地③，相韓昭侯④、宣惠王⑤、襄哀王⑥；父平，相釐王⑦、悼惠王⑧。悼惠王二十三年⑨，平卒。卒二十歲⑩，秦滅韓。良年少，未宦事韓⑪。 韓破，良家僮三百人，弟死不葬，悉以家財求客刺秦王⑫，爲韓報仇。——以大父、父五世相韓故⑬。

良嘗學禮淮陽⑭，東見倉海君⑮，得力士，爲鐵椎⑯重百二十斤。秦皇帝東游⑰，良與客狙擊秦皇帝博浪沙中⑱，誤中副車⑲。秦皇帝大怒，大索天下⑳，求賊甚急，爲張良故也。良乃更名姓，亡匿下邳㉑。

良嘗閒從容游下邳圯上㉒，有一老父㉓，衣褐㉔，至良所㉕，直墮其履圯下㉖，顧謂良曰㉗：“孺子下取履！”良愕然，欲毆之㉘；爲其老，彊忍㉙，下取履。父曰：“履我㉚！”良業爲取履㉛，因長跪履之。父以足受㉜，笑而去。良殊大驚㉝，隨目之㉞。父去里所㉟，復還，曰：“孺子可教矣！後五日平明，與我會此！”良因怪之㊱，跪曰：“諾。”五日平明，良往。父已先在，怒曰：“與老人期，後㊲，何也？”去，曰：“後五日早會！”五日雞鳴，良往，父又先在，復怒曰：“後，何也？”去，曰：“後五日復早來！”五日，良夜未半往㊳。有頃㊴，父亦來，喜曰：“當如是。”出一編書㊵，曰：“讀此，則爲王者師矣㊶！後十年，興㊷。十三年，孺子見我，濟北穀城山㊸下黃石，即我矣。”遂去㊹，無他言，不復見。

旦日視其書，乃太公兵法㊺也。良因異之㊻，常習誦讀之㊼。居下邳，爲任俠㊽。項伯嘗殺人，從良匿㊾。

①留侯：張良的封爵。“留”，秦縣名，本春秋時宋邑，故治在今江蘇省沛縣東南三十五里。按，漢書張良傳首句云：“張良字子房。”而本文篇首未載。梁玉繩說：“案：下有子房之稱，何以此不書良之字？班史補之矣。” ②其先韓人也：“韓”即戰國七雄之一。關於張良的先世問題有

二説。一、東漢王符潛夫論志氏姓篇：“……留侯張良，韓公族，姬姓也。秦始皇滅韓，……良散家貲千萬，爲韓報讎，擊始皇於博浪沙中，誤椎副車。秦索賊急，良乃變姓爲張，匿於下邳。”晉皇甫謐高士傳卽從其説。二、史記正義：“按，張氏譜云：良，張仲三十代孫。仲見毛詩。張老十七代孫。老見春秋、禮記。”(正義此條，見史記會注考證引；張氏譜又見宋王應麟困學紀聞。)今按，荀子臣道篇有“張去疾”，韓非子説林有“張譴”，皆爲顯官，雖未必卽爲張良之先世，但可證明張氏在韓國確爲大族。則良之先世可能卽以張爲氏者。　③大父開地：“大父”，祖父；“開地”，良祖父名。　④韓昭侯：卽韓昭釐侯(見莊子、吕氏春秋及戰國策)，或單稱釐侯(見竹書紀年及史記索隱)，或單稱昭侯(梁玉繩説)。據史記索隱引竹書紀年，謂昭侯名武。他是韓國第六代國君，在位二十六年(公元前三五八一前三三三)。　⑤宣惠王：亦作宣王，昭侯子，史失其名。韓自宣惠王始稱王，在位二十一年(公元前三三二一前三一二)。　⑥襄哀王：亦作襄王，名倉，宣惠王子，在位十六年(公元前三一一一前二九六)。　⑦釐王：“釐”與“僖”同，故一作“僖王”，名咎，襄哀王子，在位二十三年(公元前二九五一前二七三)。　⑧悼惠王：亦作桓惠王，史失其名，釐王子，在位三十四年(公元前二七二一前二三九)。　⑨悼惠王二十三年：卽公元前二五〇年。一本不重出“悼惠王”三字。　⑩“卒二十歲”二句：指張平死後二十年，當韓王安九年(公元前二三〇年，卽秦王政十七年)，韓爲秦始皇所滅。　⑪未宦事韓：不曾出仕韓國。⑫“悉以”句：“求客”，覓求有本領的人。按，戰國時貴族多有養士之風，如孟嘗君、平原君等皆有食客數千人。此處的“客”卽指游俠、刺客之流。“秦王”，卽秦始皇。按，秦王嬴政二十六年(公元前二二一)始改號稱帝，故張良求客時尚稱秦王。　⑬“以大父、父”句：“五世”指韓國的五代國君，非謂張良的先世。“以……故”，猶今言“因爲……的緣故”。　⑭“良嘗學禮”句：“禮”指當時的典章制度。“淮陽”，今河南省淮陽縣。⑮倉海君：漢書顏師古注：“蓋當時賢者之號也。良既見之，因而求得力士。”　　⑯鐵椎:“椎”同“鎚”。“鐵鎚”有柄,一端狀如瓜,是用以擊人的武器。　　⑰秦皇帝東游:按,史記秦始皇本紀:“二十九年,始皇東游,至陽武博狼沙中,爲盜所驚,求弗得,乃令天下大索十日。”卽指此處東行遇刺事。始皇二十九年卽公元前二一八年;“陽武”,今河南省原陽縣。⑱“良與客狙擊”句:“狙”音租或葅,作“伺”解,指伏在暗中伺探;“狙擊”猶言“襲擊”。“博浪沙”,地名,在原陽縣南;“浪”,史記秦始皇本紀作“狼”。　　⑲誤中副車:“中”讀去聲,打中。史記索隱引漢官儀:“天子屬車三十六乘。”漢沿襲秦制,所謂“屬車”卽“副車”,扈從皇帝的車輛。⑳“大索”二句:上句,“索”,搜索;“大索”猶後世所謂“通緝”。下句,“賊”,指刺客。　　㉑亡匿下邳:“亡”,逃亡;“匿”,隱藏;“下邳”,已見前項羽本紀注釋。　　㉒良嘗閒句:“嘗”,曾經;“閒”,閒暇;“從容”,是形容“閒”的狀語。史記索隱:“‘從容’,閒暇也。……謂從任其容止,不矜莊也。”“圯”,橋,從“土”,“已”聲,音怡。説文:“東楚謂橋謂‘圯’。”(另有“圮”字,從“土”,“己”聲,音痞,作“坍毁”解,與“圯”非一字。)“圯上”,指下邳地方跨於沂水之上的橋梁(用漢書顏注引文穎説及王念孫讀書雜志説)。按,“圯”一本作“汜”,音矣,段玉裁説文解字注解爲乾涸了的水溝。(説文“水”部“汜”字條:“一曰,‘汜’,窮瀆也。”段注本此。)清沈欽韓漢書疏證據淮南子道應訓則解爲“水厓”。皆可通。謹錄以備考。舊注或以“汜”爲汜水,則非是。因汜水根本不流過下邳。　　㉓老父:猶言“老丈”,指年老的男子。“父”讀上聲。　　㉔衣褐:“衣”讀去聲,作“穿”解;“褐”,粗布短衣。㉕至良所:“所”,處所。此言老父走到張良所立的地方。　　㉖“直墮”句:“直”有二解:一、作“正”解(史記索隱及漢書顏注的又一説),猶言“恰值”,意謂“老父恰巧把自己的鞋子墮在橋下”。二、作“特”解。王念孫説:“念孫案:老父墮其履於橋下,而使良取之,欲以觀其能忍與否耳。如小司馬——按,卽司馬貞——説,則是墮履出於無意,失其指矣。……案‘直’之言‘特’也,謂特墮其履於橋下,而使良取之也。韓詩外傳:‘……姑乃直使人追去婦還之。’此‘直’字與‘直墮其履'之'直'同義,亦謂特使人追還之也。 史記梁孝王世家:'平王襄直使人開府取罍樽,賜任王后。'亦謂特使人取罍樽賜之也。'直'與'特',古同聲而通用。"今按,兩説皆可通,而後説近是。此猶言"老父特意地把自己的鞋子墮在橋下"。　㉗"顧謂"二句: 上句,"顧",回顧;下句,"孺子",猶言"小孩子"。王伯祥説:"直呼'孺子',表示他傲而無禮。"㉘欲毆之:"毆"音歐上聲,毆打,敲擊。　㉙彊忍: 勉强忍耐。"彊",古"强"字,此處讀上聲。　㉚履我: 此處"履"作動詞用,猶言"給我把鞋穿上"。下文"履之"的"履"與此同義。　㉛良業爲取履:"業",既然,已經。　㉜以足受: 伸着脚讓張良給他穿上鞋。　㉝良殊大驚:"殊",猶言"極其"、"甚爲"。㉞隨目之: 此處"目"作動詞用,猶言"注視"。此言張良用目光追隨着老父的行踪。　㉟里所: 猶言"一里多地"。"所"同"許",作"餘"解。㊱良因怪之:"因",於是;"怪",詫異。此言張良於是感到詫異。　㊲與老人期,後:"期",訂約會;"後",後到,來遲了。　㊳良夜未半往: 漢書張良傳此句作"良夜半往",梁玉繩以爲無"未"字者近是。　㊴有頃: 過了不久。　㊵出一編書: 按,古代的書籍,都是用熟皮的條子或繩子把一片片的竹簡聯綴起來而成的,故稱爲"編"。"一編書"猶今言"一册書"。　㊶"則爲"句:"王者師",帝王之師。意謂張良習此書後,可以佐人成帝王之業。　㊷後十年,興:"後十年",猶言"今後十年",指後於博浪沙事件的十年,即秦二世元年(公元前二〇九年)。下文"後十三年"仿此,指公元前二〇六年。"興",作"起"解,猶言"發作",指時局有變動。　㊸穀城山: 一名黄山,在山東省東阿縣東北五里。　㊹"遂去"三句: 主語都是"老父"。㊺太公兵法: 書名。相傳爲太公姜尚所遺,梁阮孝緒七録曾有著録。郭嵩燾史記札記:"案,張良智術純襲老子'欲翕(合)固張(開),欲取固與'之旨。所從受學,殆亦蓋公(西漢時的道家者流,曾爲相國曹參之師)言黄、老者之流,而託名太公兵法耳。"按,郭説近是。日人中井積德亦有類似之説,見史記會注證引,兹不贅。　㊻異之:"異",珍異,重視。

㊼常習誦讀之: 王伯祥說: "經常熟讀此書, 反覆學習。" 按, "習", 溫習; "誦", 熟讀; "讀", 研讀。　　㊽任俠: 史記集解: "如淳曰: '相與信爲任, 同是非爲俠。' 所謂權行州里, 力折公侯者也。" 日人中井積德說: "'任' 者, 以人之緩急爲己之任; '俠' 者, 好立節義之謂也。" (見史記會注考證引) 王伯祥說: "'任俠' 就是重然諾, 輕死生, 爲人打抱不平。"　　㊾從良匿: 仗了張良的幫助, 隱避起來。〔以上是第一大段, 寫張良的身世及其少年時不平凡的行爲。〕

後十年, 陳涉等起兵, 良亦聚少年百餘人。

景駒自立爲假王①, 在留。良欲往從之, 道遇沛公——沛公將數千人, 略地下邳西——遂屬焉②。沛公拜良爲廐將③。良數以太公兵法說沛公, 沛公善之, 常用其策。良爲他人言, 皆不省。良曰: "沛公殆天授④。" 故遂從之, 不去見景駒⑤。

及沛公之薛, 見項梁。項梁立楚懷王。良乃說項梁曰: "君已立楚後, 而韓諸公子橫陽君成⑥賢, 可立爲王, 益樹黨⑦。" 項梁使良求韓成, 立以爲韓王, 以良爲韓申徒⑧。與韓王將千餘人西略韓地。得數城, 秦輒復取之⑨。往來爲游兵潁川⑩。

沛公之從雒陽南出轘轅⑪, 良引兵從沛公, 下韓十餘城, 擊破楊熊⑫軍。沛公乃令韓王成留守陽翟, 與良俱南, 攻下宛, 西入武關⑬。

沛公欲以兵二萬人擊秦嶢下軍⑭, 良說曰: "秦兵尚彊, 未可輕。臣聞其將屠者子⑮, 賈豎易動以利。願沛公且留壁⑯, 使人先行, 爲五萬人具食⑰, 益爲張旗幟諸山上⑱, 爲疑兵, 令酈食其⑲持重寶啗秦將⑳。" 秦將果畔㉑, 欲連和俱西襲咸陽㉒。沛公欲聽之, 良曰: "此獨其將欲叛耳, 恐士卒不從。不從必危, 不如因其解擊之㉓。”沛公乃引兵擊秦軍，大破之，遂北至藍田㉔。再戰，秦兵竟敗，遂至咸陽。秦王子嬰降沛公。

沛公入秦宮，宮室、帷帳、狗馬、重寶、婦女以千數，意欲留居之。樊噲諫沛公出舍㉕，沛公不聽。良曰：“夫秦爲無道，故沛公得至此。夫爲天下除殘賊㉖，宜縞素爲資；今始入秦，卽安其樂㉗，此所謂‘助桀爲虐㉘’。且‘忠言逆耳利於行㉙，毒藥苦口利於病’，願沛公聽樊噲言。”沛公乃還軍霸上。

項羽至鴻門下，欲擊沛公。項伯乃夜馳入沛公軍，私見張良，欲與俱去。良曰：“臣爲韓王送沛公，今事有急，亡去不義。”乃具以語沛公。沛公大驚，曰：“爲將奈何㉚？”良曰：“沛公誠欲倍項羽邪？”沛公曰：“鯫生教我距關無内諸侯，秦地可盡王，故聽之。”良曰：“沛公自度能卻項羽乎？”沛公默然良久，曰：“固不能也，今爲奈何？”良乃固要㉛項伯，項伯見沛公。沛公與飮，爲壽，結賓婚㉜。令項伯具言沛公不敢倍項羽；所以距關者，備他盜也。及見項羽後解㉝。——語在項羽事中㉞。

①自立爲假王：“假王”，暫居王位。王伯祥說：“蓋暫假楚名以資號召。”　　②遂屬焉：言張良往依沛公，居其屬下。　　③厩將：軍中管理馬匹的官。按，此官疑是楚國舊制。沈欽韓說：“猶楚宮厩尹之職。”④殆天授：“殆”，作“近”解，猶言“大約是”、“大概是”；“天授”，猶言“天賦”。此言張良所策畫的謀略，別人都不能理解，只有劉邦能懂，所以張良說他是得天所授。　　⑤不去見景駒：“去”，指從沛公處離去。⑥橫陽君成：卽韓王成。“橫陽”，地名，不詳在今何處。　　⑦益樹黨：“益”，增益；“樹”，樹立，建立；“黨”，猶言“同盟國”。此言楚如果助韓立國，則更可以增加楚國的同盟力量。　　⑧申徒：卽“司徒”，官名。本爲掌教化之官，此則相當於楚之令尹，爲執政之官（用王伯祥說）。　　⑨秦

輒復取之：“輒”，每每；“取”，奪回。此言秦國每當韓王攻下城池，總是又把它奪取回去。　⑩“往來”句：“潁川”，本韓故地，秦滅韓後，置潁川郡，約當今河南省東南大部分的地方。此言韓兵在潁川地面往來打游擊。　⑪“沛公之從”句：“雒陽”，卽洛陽；“轘轅”，山名，在河南省偃師縣東南，接鞏縣、登封界，東漢末年，因山築關，今其地猶稱稱轘轅關。⑫楊熊：秦將名。“楊”，一本作“揚”。　⑬武關：秦之南關，在今陝西省丹鳳縣東南。　⑭嶢下軍：“嶢”音堯，關名，在陝西省藍田縣東南，一名藍田關，簡稱藍關。此言“嶢關之下的秦軍”。　⑮“其將”二句：上句，言守關的秦將是屠戶的兒子；下句，“賈豎”，猶言“做買賣的傢伙”，卽指上句的“屠者子”；“易動以利”，容易用財帛買動。　⑯留壁：留守自己的營壘。意指堅守壁壘，嚴陣以待。　⑰爲五萬人具食：預儲五萬人的糧餉。　⑱“益爲”二句：“益”，格外，更加；“張”，陳設，佈滿；“疑兵”，軍事術語，指虛設兵陣以迷惑敵人。此言增設旗幟，故佈疑陣，亂敵耳目。　⑲酈食其：音利異基，人名，曾爲劉邦謀臣。後游說齊王田廣，被廣烹死。史記有酈生陸賈列傳。　⑳啗秦將：“啗”音談上聲，本作“吃”解，此處引申作“誘”解。言以值錢的珍寶誘買秦將。　㉑畔：同“叛”。　㉒“欲連和”句：言秦將要同劉邦合作講和，乘秦不備，襲取咸陽。　㉓“不如”句：“因”，猶“乘”；“解”同“懈”。此言秦將得利，自然疏於防備，不如乘其懈怠之際打敗他。　㉔藍田：秦縣名，故城在今陝西省藍田縣西三十里。　㉕“樊噲”句：“樊噲”已見前項羽本紀註釋。“諫沛公出舍”，勸劉邦出居於秦宮之外。“舍”，動詞，作“住宿”解。按，史記集解引徐廣說：“一本噲諫曰：‘沛公欲有天下耶？將欲爲富家翁耶？’沛公曰：‘吾欲有天下。’噲曰：‘今臣從入秦宮，所觀宮室、帷帳、珠玉、重寶、鐘鼓之飾，奇物不可勝極；入其後宮，美人婦女以千數：此皆秦所以亡天下也。願沛公急還霸上，無留宮中！’沛公不聽。”今本全缺。梁玉繩疑是後人據漢書張良傳妄刪。今補錄以備參考。　㉖“夫爲天下”二句：上句，“殘賊”，指害民的暴君。孟子梁惠王下：“賊仁者謂之‘賊’，賊義者謂之‘殘’；殘賊之人，謂之‘一夫’。”朱熹四書集注：“害仁者，凶暴淫虐，滅絕天理，故謂之賊；害義者，顚倒錯亂，傷敗彝倫，故謂之殘。”釋此義甚詳，録以備考。下句，“縞素”，指生活作風樸素；“資”，憑藉。史記集解引晉灼説：“欲沛公反秦奢泰，服儉素，以爲藉（憑藉）也。”　㉗安其樂：耽溺於享樂。“其”指秦宫所有的享樂事物。　㉘助桀爲虐：按，史記田單列傳亦有與此類似的話，疑是古代成語，爲張良所引用。喻以惡濟惡之意。　㉙“忠言”二句：也是古代成語，亦見史記淮南衡山列傳。又，今本孔子家語六本篇、説苑正諫篇皆載此語，惟“毒藥”作“良藥”。上句，“行”，行爲，讀去聲，與下句“病”字叶韻。下句，“病”，疾病。㉚爲將奈何：“將”語助詞，有“且”的作用。漢書張良傳此句“將”作“之”，則意義較顯豁。　㉛固要：猶言“堅邀”。“要”讀平聲。　㉜結賓婚：“賓”，中井積德説：“蓋結爲友之義。”　㉝“及見”句：“解”，指解除劉邦鴻門之難。　㉞“語在”句：此是司馬遷插敍的話，爲史記體例之一。蓋史記全書本爲一整體，故敍事每有詳略；凡此有所略而别詳於它篇者，皆用此類插敍語標明。〔以上是第二大段，寫張良初佐劉邦破秦入關的情況。〕

漢元年正月，沛公爲漢王，王巴、蜀。漢王賜良金百溢①，珠二斗，良具以獻項伯。漢王亦因令良厚遺②項伯，使請漢中地③；項王乃許之，遂得漢中地。

漢王之國④，良送至襃中⑤，遣良歸韓。良因説漢王曰：“王何不燒絕⑥所過棧道⑦，示天下無還心⑧，以固項王意1”乃使良還，行，燒絕棧道⑨。

良至韓，韓王成以良從漢王故，項王不遣成之國，從與俱東。良説項王曰：“漢王燒絕棧道，無還心矣。”乃以齊王田榮反書告項王。項王以此無西憂漢心，而發兵北擊齊。項王竟不肯遣韓王，乃以爲侯，又殺之彭城。

良亡⑩，閒行歸漢王。漢王亦已還定三秦矣；復以良爲成信侯⑪，從東擊楚。至彭城，漢敗而還。至下邑，漢王下馬踞鞍⑫而問曰："吾欲捐關以東等棄之⑬，誰可與共功者？"良進曰："九江王黥布，楚梟將⑭，與項王有郤⑮；彭越與齊王田榮反梁地：此兩人可急使⑯。而漢王之將，獨韓信可屬大事⑰，當一面⑱。卽欲捐之⑲，捐之此三人，則楚可破也。"漢王乃遣隨何⑳説九江王布，而使人連彭越㉑。及魏王豹反，使韓信將兵擊之，因舉燕、代、齊、趙㉒。然卒破楚者㉓，此三人之力也。張良多病，未嘗特將也㉔，常爲畫策臣㉕，時時從漢王。

漢三年，項羽急圍漢王滎陽，漢王恐憂㉖，與酈食其謀橈楚權。食其曰："昔湯伐桀㉗，封其後於杞；武王伐紂㉘，封其後於宋。今秦失德棄義，侵伐諸侯社稷，滅六國之後，使無立錐之地。陛下㉙誠能復立六國後世㉚，畢已受印㉛，此其君臣百姓必皆戴陛下之德㉜，莫不鄉風慕義㉝，願爲臣妾。德義已行㉞，陛下南鄉稱霸㉟，楚必斂衽而朝㊱。"漢王曰："善。趣刻印㊲，先生因行佩之矣。"食其未行，張良從外來謁㊳。漢王方食㊴，曰："子房前㊵！客有爲我計橈楚權者。"具以酈生語告於子房㊶，曰："何如！"良曰："誰爲陛下畫此計者？陛下事去矣！"漢王曰："何哉？"張良對曰："臣請藉前箸爲大王籌之㊷！"曰㊸："昔者湯伐桀，而封其後於杞者，度能制桀之死命也㊹；今陛下能制項籍之死命乎？"曰："未能也。""其不可一也㊺。武王伐紂，封其後於宋者，度能得紂之頭也；今陛下能得項籍之頭乎？"曰："未能也。""其不可二也。武王入殷，表商容之閭㊻，釋箕子之拘㊼，封比干之墓㊽；今陛下能封聖人之墓㊾，表賢者之閭，式智者之門乎？"曰："未能也。""其不可三也。發鉅橋之粟㊿，散鹿臺之錢(51)，以賜貧窮；今陛下能散府庫以賜貧窮乎？"曰："未能也。""其不可四矣。殷事已畢，偃革爲軒(52)，倒置干戈(53)，覆以虎皮，以示天下不復用兵；今陛下能偃武行文(54)，不復用兵乎？"曰："未能也。""其不可五矣。休馬華山之陽(55)，示以無所爲；今陛下能休馬無所用乎？"曰："未能也。""其不可六矣。放牛桃林之陰(56)，以示不復輸積(57)；今陛下能放牛不復輸積乎？"曰："未能也。""其不可七矣。且天下游士離其親戚(58)，棄墳墓，去故舊，從陛下游者，徒欲日夜望咫尺之地(59)。今復六國，立韓、魏、燕、趙、齊、楚之後，天下游士各歸事其主(60)，從其親戚，反其故舊、墳墓，陛下與誰取天下乎？其不可八矣。且夫楚唯無彊(61)，六國立者復橈而從之(62)，陛下焉得而臣之？誠用客之謀，陛下事去矣！"漢王輟食吐哺(63)，罵曰："豎儒幾敗而公事(64)！"令趣銷印(65)。

漢四年，韓信破齊，而欲自立爲齊王。漢王怒。張良說漢王，漢王使良授齊王信印。——語在淮陰事中(66)。

其秋，漢王追楚至陽夏南，戰不利而壁固陵。諸侯期不至(67)。良說漢王，漢王用其計，諸侯皆至。——語在項籍事中。

①溢：同"鎰"。古以二十兩爲一鎰。一說，二十四兩爲一鎰。今按，秦、漢之際，"一鎰"實卽一斤。周制蓋以"斤"爲金屬重量的單位，秦乃改稱爲"鎰"。漢書食貨志下："秦兼天下，幣爲二等。黃金以'溢'爲名。……"顏注："改周一斤之制，更以'溢'爲斤之名數也。高祖初賜張良金百溢，尚秦制也。"及漢統一天下，乃又把"鎰"改爲"斤"，史記平準書和漢書食貨志下都有"一黃金，一斤"（漢書"黃"上無"一"字）的記載。史記索隱引臣瓚說："秦以一鎰爲一金，漢以一斤爲一金。"顏注："復周之制，更以'斤'名金。"都解釋得非常清楚。日人中井積德說："'一黃金'，謂黃金一錠也。……蓋秦一鎰金值萬錢，而漢一斤金值萬錢云。"（史記會注

考證引)又按，顏師古以張良受金百鎰之事來解釋食貨志，可見此處的
"百溢"卽是"百斤"。　　②厚遺："遺"讀去聲，作"餽贈"解。厚贈項伯，
實卽行賄。　　③使請漢中地："漢中"已見前篇。此言劉邦讓項伯替他
向項羽請求，得漢中以爲封地。　　④之國：去到自己封境以內。　　⑤襃
中：卽古襃國。故治在今陝西省襃城縣東南十里。"襃"，今寫作"褒"。
⑥燒絕：燒斷，燒毀。　　⑦棧道：卽"閣道"。王伯祥說："山路奇險之
處，傍鑿山巖，施架板木以通行人的道路，叫做‘棧道’。"　　⑧"示天下"
二句：上句，言故意表示給天下人看，自己確無東歸的意圖。下句，"固"，
動詞，穩固，堅定。言這樣做法可以使項羽對劉邦放心，不再懷疑他有東
來之意。　　⑨行，燒絕棧道："行"，應斷句。指張良一面走一面把所過
的棧道都燒斷。　　⑩"良亡"二句：言韓王成被殺之後，張良乃逃亡，偷
偷地從項羽處跑到劉邦那裏去。　　⑪成信侯："成信"是封號，不是地
名。王伯祥說："嘉其去楚歸漢，能守信義。"　　⑫下馬踞鞍："踞鞍"，蹲
踞着坐在馬鞍上。按，中井積德說："古者鞍可解下，乃以代榻床也。"故
劉邦下馬以後，仍可踞鞍而坐。　　⑬"吾欲捐關"二句：上句，"捐"與
"棄"同義；"關以東等"，指函谷關以東一帶地方。下句，"與共功"，同我
共圖大事。漢書顏注："‘捐關以東’，謂不自有其地，將以與人，令其立功
共破楚也。"　　⑭梟將："梟"，漢書顏注："謂最勇健也。"此猶言"猛將"。
⑮郤：同"隙"，間隙，此指意見不和或彼此不滿。按，黥布與項羽不和的經
過，詳見史記項羽本紀和黥布列傳。　　⑯急使：趕緊利用。　　⑰可
屬大事："屬"同"囑"，委任，囑託。此言可以大事相託。　　⑱當一面：
猶今言"獨當一面"。"當"，承擔，擔當。　　⑲"卽欲"二句："捐之"，指
把土地放棄。此二句大意是："卽使要放棄土地，也把土地給這三個人。"
⑳隨何：漢臣，有辯才，與陸賈齊名。劉邦使他勸黥布歸漢，事見史記黥
布列傳。　　㉑連彭越：同彭越聯絡，結約共謀破楚。　　㉒"因舉"句：
事詳史記淮陰侯列傳。　　㉓"然卒"二句：此是作者以第三者的語氣插
入之語。言外指張良所舉之人，皆堪任用。　　㉔未嘗特將也，"特"，單

獨。此言張良並不曾自率一軍，獨當一面。　　㉕畫策臣：規畫策略的謀臣。　　㉖“漢王恐憂”二句：上句，“恐憂”，恐懼憂愁。下句，“酈食其”，人名，音讀已見前篇註釋；“橈”音鬧，作“削弱”解。或寫作“撓”。下同。“權”，權勢，力量。此言劉邦心中憂懼，同酈食其商量如何把楚國的力量削弱。　　㉗“昔湯”二句：“杞”音起，即今河南省杞縣。按，史記陳杞世家：“杞東樓公者，夏后禹之後苗裔也。殷時或封或絶。周武王克殷紂，求禹之後，得東樓公，封之於杞，以奉夏后氏祀。”此處則謂杞爲湯時所封，與陳杞世家所載不合。王伯祥説：“蓋策士隨口湊説，不一定盡符史實。”録以備考。　　㉘“武王”二句：據史記宋微子世家，武王滅殷，封紂之子武庚以續殷祀。後武庚叛周，周公旦奉成王之命誅武庚，乃封紂之庶兄微子啓於宋（故都在今河南省商邱縣南），爲宋公，奉其先祀。此處則謂宋爲武王所封，亦與宋微子世家不合。　　㉙陛下：按，梁玉繩説：“案，天子稱陛下，自秦始也。然是時漢王未卽天子位，而酈食其、張良凡稱‘陛下’者十五，非也。”周壽昌説：“高帝五年卽皇帝位。此三年，猶爲漢王。‘陛下’之稱，史臣追書之。”今按，周説是。下文記張良之言，仍有“大王”字樣，可見“陛下”之稱，是史臣所改。　　㉚後世：後代子孫。　　㉛畢已受印：“畢”，作“盡”解。此猶言“都已受印”。又按，新序善謀篇作“畢授印已”，語氣較順。　　㉜戴陛下之德：“戴”，感激；“德”，恩惠。　　㉝鄉風慕義：“鄉”同“嚮”，對着，臨着；“風”，指封六國之後的消息；“慕義”，欽慕德義。此言六國的後裔聽到受封的消息，自然感激劉邦對他們的好處。　　㉞行：施行，推廣。　　㉟南鄉稱霸：猶言“南面稱尊”。“鄉”同“向”。　　㊱斂衽而朝：“斂”，收束；“衽”，舊注解爲“衣襟”，王念孫讀書雜志則據廣雅釋爲“衣袖”，均可通。此指項羽將整肅衣服來朝見劉邦。　　㊲“趣刻印”二句：上句，“趣”讀爲“促”，催促。下句，大意是：“趁着您往封六國之便，就可以把印信帶去分發給他們了。”㊳從外來謁：“外”，外面；“來謁”，指謁見劉邦，賓語省去。　　㊴方食：正在進餐。　　㊵子房前：呼張良之字而使他到跟前來。　　㊶“具以”三句：按，宋本此三句作“具以酈生語告，曰：‘於子房何如？’”王念孫說：“案，此當從宋本。……‘於子房何如’者，猶言‘子房以爲何如’也。……漢書張良傳作‘具以酈生計告良，曰：“於子房如何？”’新序善謀篇作‘具以食其言告之，曰：“其於子房意如何？”’皆其明證矣。後人不解‘於子房何如’之語，遂移‘於子房’三字於‘告’字之下，而讀‘具以酈生語告於子房’爲一句。不知稱‘子房’者，乃高祖之語；若史公記事之詞，則當稱‘張良’，不當稱‘子房’也。……”今按，王說是。“於子房何如”猶今言“子房，你看怎樣？”　　㊷“臣請”句：“藉”，同“借”；“箸”音住，今寫作“筯”，吃飯用的筷子；“前箸”，指劉邦面前的筷子。“籌”，指點、策劃。史記集解引張晏說：“求借所食之箸，用指畫也。”　　㊸曰：主語是張良。㊹“度能制”句：“度”音奪，估計，預料；“制”，控制。　　㊺其不可一也：此下是張良說的話，因張良緊接劉邦發言，故略去“曰”字，以示語氣緊湊。下仿此。　　㊻“表商容”句：“表”，漢書顏注：“謂顯異之。”“閭”，里門。指用特殊的標誌把商容居住的里門標榜出來，表示對商容的尊敬。“商容”，紂時賢人。相傳商容欲感化紂王而未能，遂去而隱伏於太行山。周武王欲以爲三公，商容固辭不受。　　㊼“釋箕子”句：“箕子”，紂之同宗伯叔，諫紂不聽，佯狂爲奴，爲紂所囚；武王滅紂，才把箕子釋放出來。“拘”猶“囚”。按，王念孫讀書雜志和王先謙漢書補注，皆謂此句當作“式箕子之門”，始與下文“式智者之門”句相應。疑近是。漢書張良傳即作“式箕子門”。　　㊽“封比干”句：“封”，墓上積土，加以修整之意；“比干”，亦紂之同宗伯叔，諫紂三日不去，紂乃剖視其心。故武王修封其墓。㊾“今陛下”三句：“聖人”指比干，“賢者”指商容．“智者”指箕子。第三句，“式”，即“軾”，車前橫木。漢書顏注引一說：“至其門而撫車式（軾），所以敬之。”蓋古人在乘車時以撫車軾爲致敬的表示。上文“式箕子之門”，即指武王乘車過箕子之門，撫軾以致敬。此處張良意謂：“如果當今有聖、賢和智者，你能像武王一樣，對他們表示敬意麼？”　　㊿“發鉅橋”句：“發”，散發。“鉅橋”，倉名，紂積粟之地。故址在今河北省曲周縣東北。　⑤1散鹿臺之錢:“鹿臺”,紂儲財之地，一名南單臺，故址在殷都朝歌城中(“朝歌”即今河南省淇縣)。漢書顏注引劉向說:“鹿臺大三里，高千尺也。”　(52)偃革爲軒:“偃”作“息”解,猶言“罷息”、“廢除”;“革”，兵車;“軒”,平時乘人所用之車，有朱軒和皮軒。此言把軍用的革車廢而不用，改成了普通乘人的朱軒或皮軒。　(53)“倒置”二句:“覆”，覆蓋，蒙罩。此言把兵器都倒轉頭來擱置在庫中，上面用虎皮蒙罩起來。(54)偃武行文:偃息武備而推行文教。　(55)“休馬”二句:上句,“華山”,卽今陝西省華陰縣南的西嶽華山。“陽”,山的南面。下句,“無所爲”，指不再用兵。按,此與下文“放牛”等句皆承上文“殷事已畢”而言。　(56)“放牛”句:“桃林”，卽桃林塞，其山谷在今河南省閿鄉縣西(“閿”音文)，接陝西省潼關縣界。“陰”，山的北面。　(57)“以示”句:“輸”，運輸;“積”,屯聚糧草。按，牛是運輸軍需輜重用的,放牛歸山，正表示不再運輸或屯聚軍需品。　(58)“且天下游士”句:“游士”，卽戰國時游說之士;“親戚”,指家人、眷屬。　(59)“徒欲日夜”句:“徒”，不過;“咫”，八寸;“咫尺之地”,不足一尺的土地;此處極言土地之狹小。此句大意是“這些游士不過整天地想着得到一小塊土地而已。”　(60)“天下游士”三句:第一句，言這些游士都回到本國去侍奉他們各個人的君主。第二句，言這些游士去到他們的家人親屬那裏;“從”，猶“赴”(用近人李笠說)。第三句,言返回他們故舊和墳墓所在之地;“反”同“返”。　(61)且夫楚唯無彊:“唯”同“惟”,疑作謂語“是”解。“楚唯無彊”，瀧川資言說:“倒語，猶言‘唯無彊於楚’,與孟子‘晉國天下莫強焉’同一字法。”“無彊”,猶言“無敵”(用清沈家本說，見其所著史記瑣言)。此句猶言“况且楚國是無敵的”。　(62)“六國立者”二句:上句,李笠說:“‘從’猶‘赴’。言天下唯楚最強,若立六國者，是復令其折撓而赴楚也。”意謂“卽使六國立了之後，仍將被楚所削弱而追隨着楚國”。下句,“之”,指楚國;“焉得而臣之”,大意是:“怎麽能够使楚國臣服呢?”　(63)輟食吐哺:“輟食”，中止進食;“吐哺”，把吃的東西從口中吐出來。　(64)“豎儒”句:“豎儒”，王伯祥

説:"謂此儒生乃豎子耳。猶直言'這小子'。""而公",王伯祥説:"猶俚語
'你老子'。""而"與"爾"通。此句大意是:"這小子幾乎把你老子的事弄
糟了!"　　㊿令趣銷印:劉邦下命令把六國印信趕快銷毀掉。　　㊿語
在淮陰事中:詳見史記淮陰侯列傳。　　㊿諸侯期不至:"諸侯"指韓信、
彭越;"期",約會。事已見項羽本紀。〔以上是第三大段,寫張良自韓歸
漢後輔佐劉邦破楚的種種策畫。〕

　　漢六年①正月,封功臣。良未嘗有戰鬪功,高帝曰:"運籌策帷
帳中②,決勝千里外,子房功也。自擇齊三萬户③!"良曰:"始臣起
下邳,與上會留④,此天以臣授陛下。陛下用臣計,幸而時中⑤,臣
願封留足矣,不敢當三萬户。"乃封張良爲留侯,與蕭何等俱封。

　　六年,上已封大功臣二十餘人,其餘日夜爭功不決,未得行封。
上在雒陽南宫,從復道⑥望見諸將,往往相與坐沙中語⑦。上曰:
"此何語?"留侯曰:"陛下不知乎?此謀反耳!"上曰:"天下屬安
定⑧,何故反乎?"留侯曰:"陛下起布衣,以此屬取天下⑨。今陛下
爲天子,而所封皆蕭、曹故人所親愛⑩,而所誅者皆生平所仇怨。
今軍吏計功⑪,以天下不足徧封,此屬畏陛下不能盡封,恐又見疑
平生過失及誅⑫,故卽相聚謀反耳。"上乃憂曰:"爲之奈何?"留侯
曰:"上平生所憎⑬,羣臣所共知,誰最甚者?"上曰:"雍齒與我
故⑭,數嘗窘辱我,我欲殺之;爲其功多,故不忍。"留侯曰:"今急先
封雍齒以示羣臣。羣臣見雍齒封,則人人自堅⑮矣。"於是上乃置
酒,封雍齒爲什方侯⑯,而急趣丞相、御史定功行封。羣臣罷酒,皆
喜曰:"雍齒尚爲侯,我屬無患矣。"

　　劉敬⑰説高帝曰⑱:"都關中。"上疑之。左右大臣皆山東人⑲,
多勸上都雒陽:"雒陽東有成皋,西有殽、黽⑳,倍河㉑,向伊、雒㉒,
其固亦足恃㉓。"留侯曰:"雒陽雖有此固,其中小㉔,不過數百里,

田地薄，四面受敵，此非用武之國也。夫關中左殽、函㉕，右隴、蜀，沃野千里㉖，南有巴、蜀之饒，北有胡苑之利㉗，阻三面而守㉘，獨以一面東制諸侯。諸侯安定，河、渭漕輓天下㉙，西給京師；諸侯有變，順流而下㉚，足以委輸。此所謂金城千里㉛，天府之國也！劉敬說是也。”於是高帝即日駕㉜，西都關中。留侯從入關。

①漢六年：即公元前二〇一年，是劉邦即帝位的第二年。　②“運籌策”二句：上句，“運”，運用；“籌策”，猶言“計謀”，“帷帳”指行軍時主帥所居的營幕。下句，言張良的計謀可使千里以外的戰爭獲得必勝的把握。意謂立戰功不必衝鋒陷陣，在後方運謀定計也同樣有功勞。　③“自擇齊”句：令張良選擇故齊國境内三萬户的地方做爲自己的封邑。按，故齊國地在今山東省，靠近海岸，有魚鹽之利，最爲富饒。此寫劉邦特意對張良表示優厚。　④與上會留：“上”，對皇帝的敬稱，此指劉邦。“留”已見前註。　⑤幸而時中：“幸而”，僥倖地；“時中”，偶然料得準。“中”讀爲仲。　⑥復道：“復”同“複”，洛陽南宮上下有道，故稱“複道”。又據史記集解引韋昭之說，“複道”即宮中的閣道。　⑦“往往”句：“往往”，孔穎達說：“言其非一二處也。”（見毛詩正義）段玉裁說：“‘往往’，歷歷也。”（見說文解字注）“歷歷”，形容星羅棋佈的狀詞。李笠說：“蓋謂高祖見諸將坐沙中語，歷歷非一處也。”“坐沙中”，坐在沙土地上。⑧天下屬安定：“屬”音燭，作“適纔”解（用清劉淇助字辨略說）。楊樹達漢書窺管：“樹達按：國語韋昭注云：‘屬，適也。’‘屬安定’猶今語云‘纔安定’。……”　⑨“以此屬”句：“以”，作“用”解，此處有“憑藉”之意；“此屬”猶言“此輩”，與上文“屬安定”的“屬”，音義都不同。　⑩“而所封”句：“故人”和“所親愛”都是“蕭、曹”的補語。言劉邦所封之臣，都是像蕭何、曹參這一班舊人，這些人都是劉邦所親愛的。　⑪“今軍吏”二句：上句，“計”，統計；“功”，戰功。下句，言土地面積有限，如果所有的人都普徧受封，則天下將不敷分配。　⑫“恐又見疑”二句：“見疑”，指被劉邦

疑心；"平生過失"，生平對劉邦所犯的錯誤；"及誅"，受到波及而被誅殺。按，張良以諸將坐沙中相語爲謀反，唐劉知幾(見史通)、明王世貞(見弇州山人四部稿)、清邵泰衢(見史記疑問)等人皆疑是史家裝點附會之辭。明茅坤說："竊謂沙中偶語，未必謀反也。謀反乃族滅事，豈野而謀者！當漢之剖符行封諸侯王時，雖多出高帝獨見，未必非蕭、曹從中上下，而閒有失諸將心者。子房於此，不言之恐有後患，言之又恐與蕭、曹生隙，故特假此恐喝高帝。及急封雍齒，則羣疑定矣。……"(見明淩稚隆史記評林引，史記志疑引明李維楨史記評與此所見略同。)此說疑近事實，謹錄以備考。　　⑬"上平生"三句：第二句"羣臣所共知"是第一句"所憎"的補語。大意是："您平生最憎恨的，而羣臣又盡知您是最憎恨他的，那個人是誰？"　　⑭"雍齒"二句：上句，"雍齒"，沛人，本是當地豪民，從劉邦起兵。公元前二○八年(卽秦二世二年)，劉邦命雍齒守豐邑(今河南豐縣，在沛縣之西，是劉邦出生之地)；魏人周市(音弗)攻豐，雍齒不但降魏，且爲魏守豐以拒劉邦。劉邦引兵還攻，竟不能下。後劉邦從項梁處借兵破豐，雍齒乃奔魏。後雍齒復歸劉邦，從戰有功。事見史記高祖本紀和高祖功臣侯年表。"與我故"，漢書張良傳作"與我有故怨"。顏注引服虔說："未起之時，與我有故怨也。"王念孫說："案，(漢書)'怨'字因注文而衍。……'有故'卽'有怨'。呂氏春秋精諭篇：'齊桓公……曰：吾與衞無故，子曷爲請？''無故'卽'無怨'也。"蓋卽以"故"字作"故怨"解。近人王伯祥則釋"故"爲"有舊誼"。今按，史記高祖本紀："雍齒雅(素來)不欲屬沛公，及魏招之，卽反爲魏守豐。"則雍齒在降魏以前，已與劉邦有嫌隙，故疑舊注近是。下句，劉邦說："雍齒曾經屢次使我受窘受辱。"漢書顏注："每以勇力困辱高祖。"疑卽指劉邦攻豐不下之事。　　⑮自堅："堅"，心情穩定。　　⑯什方侯："什方"，史記高祖功臣侯年表作"汁邡"，漢縣名，故城在今四川省什邡縣南，又名雍齒城。⑰劉敬：已見前揚雄解嘲註釋。　　⑱日：一本無"日"字，漢書張良傳此句亦無"日"字，故張文虎疑是衍文。按，張說是。　　⑲皆山東人：王伯祥説：“時漢帝左右大臣多豐、沛故舊及齊、楚之人，故云‘皆山東人’。”按，顧炎武説：“古所謂‘山東’者，華山以東。……後漢（書）陳元傳言‘陛下不當都山東’（原注：謂光武都雒陽）。蓋自函谷關以東，總謂之山東，而非若今之但以齊、魯爲‘山東’也。”（見日知録卷三十一）此處的“山東”恰如顧説。　　⑳殽、黽：“殽”即崤山，在今河南省洛寧縣西北六十里，東西綿互三十五里，跨接河南省的澠池、陝縣兩縣界。“黽”即澠池水，源出河南省熊耳山，流至宜陽縣西，東南流入洛水。“澠”音泯，又音免。　　㉑倍河：“倍”同“背”。此言洛陽北面有黄河。　　㉒向伊、雒：面向着伊水和洛水。意謂伊、洛二水皆在洛陽之南。　　㉓“其固”句：“固”指地勢險要，堅固易守。楊樹達古書疑義舉例續補：“按‘雒陽東有成皋’四語上無‘曰’字，初若史家記事之詞；然細按之，實是左右大臣勸都雒陽之語。下文留侯曰：‘雒陽雖有此固……’正是駁難左右大臣之詞，可以證矣。”　　㉔其中小：“小”指地勢狹小。洛陽四面被山河所包圍，城在中間，故言“其中”。　　㉕“左殽、函”二句：上句，“左”指東面。下句，“右”指西面。“隴”指陝西省隴縣以西的隴山。隴山西接甘肅，爲西北險要之地。“蜀”在陝西的西南，亦與隴山相連，故並稱“隴、蜀”。㉖沃野千里：“沃野”，土壤肥美的原野。漢書顏注：“‘沃’者，灌溉也。言其土地皆有灌溉之利，故云‘沃野’。”“千里”，泛指地勢廣闊。　　㉗胡苑之利：“苑”，牧場。史記正義：“按，上郡、北地之北，與胡接，可以牧養禽獸，又多致胡馬，故謂‘胡苑之利’也。”今按，“上郡”，秦郡名，今陝西省西北部及内蒙古自治區鄂爾多斯左翼，皆其地；“北地”，亦秦郡名，今甘肅省東北部（包括舊寧夏省）皆其地。此二郡在秦、漢時，皆北與匈奴接境。又，“苑”一本作“宛”，指大宛（“宛”音鴛），漢西域諸國之一，自古以産良馬著稱。李笠説：“案，‘苑’當……作‘宛’，謂大宛也。‘胡、宛’字並與上‘巴、蜀’作對也。注家謂牧養禽獸之苑，未然。”今按，以上文的句法相比，李説近是。但據史記大宛列傳：“大宛之跡，見自張騫。”張騫是漢武帝時人，於公元前一二二年（漢武帝元狩元年）出使西域，至公元前一一五年(武帝元鼎二年)，西域始通。劉邦之時，似不及知大宛之名。今兩存其説。　　㉘“阻三面”二句：上句，言西、南、北三面皆可恃險要而踞守。下句，言獨以東面控制諸侯。　　㉙“河、渭”二句：上句，“河、渭”指黄河和渭水；“漕”，已見前項羽本紀註釋；“輓”同“挽”，作“引”解。下句，“給”，供應。此二句言“利用黄河和渭水漕運的方便，可以引導全中國的物資向西部輸送，以供應京都的消費”。　　㉚“順流”二句：上句，凡水皆由西向東流，故言“順流而下”。下句，“委輸”，指輸送軍隊和軍需品。　　㉛“此所謂”二句：據史記索隱，“金城”、“天府”兩句皆當時流行的古語。上句，“金城”，史記會注考證引史記正義：“‘金’，剛，堅固也。”“剛”卽“鋼”。言關中之地堅固得像鋼城一樣。下句，“天府”，天然的府庫。漢書顏注：“財物所聚謂之‘府’。言關中之地，物産饒多，可備贍給，故稱‘天府’也。”　　㉜卽日駕：“駕”，預備車馬，等待出發。史記索隱：“……高祖卽日西遷者，蓋謂其日卽定計，非卽日遂行也。”〔以上是第四大段，寫劉邦統一後用張良所獻的分封功臣和定都關中之策以鞏固政權。〕

　　留侯性多病⑴，卽道引不食穀⑵，杜門不出⑶，歲餘。

　　上欲廢太子④，立戚夫人子趙王如意⑤。大臣多諫争⑥，未能得堅决者也。吕后恐，不知所爲。人或謂吕后曰：“留侯善畫計筴⑦，上信用之。”吕后乃使建成侯吕澤劫留侯⑧，曰：“君常爲上謀臣，今上欲易太子，君安得高枕而卧⑨乎？”留侯曰：“始上數在困急之中，幸用臣筴。今天下安定，以愛欲易太子⑩，骨肉之間⑪，雖臣等百餘人何益⒀”吕澤彊要⑫曰：“爲我畫計⒈”留侯曰：“此難以口舌争也。顧上有不能致者⒀，天下有四人。四人者年老矣，皆以爲上慢侮人⒁，故逃匿山中，義不爲漢臣⒂。然上高⒃此四人。今公誠能無愛金玉璧帛⒄，令太子爲書⒅，卑辭安車⒆，因使辯士固請⒇，宜來㉑。來，以爲客㉒，時時從入朝，令上見之，則必異而問之㉓。

問之，上知此四人賢，則一助也㉔。”於是呂后令呂澤使人奉太子書，卑辭厚禮，迎此四人。四人至，客建成侯所㉕。

漢十一年㉖，黥布反；上病，欲使太子將㉗，往擊之。四人相謂曰：“凡來者㉘，將以存太子；太子將兵，事危矣。”乃説建成侯曰：“太子將兵，有功，則位不益太子㉙；無功還，則從此受禍矣。且太子所與俱諸將㉚，皆嘗與上定天下梟將也；今使太子將之，此無異使羊將狼㉛也，皆不肯爲盡力，其無功必矣。臣聞‘母愛者子抱㉜’，今戚夫人日夜侍御，趙王如意常抱居前。上曰：‘終不使不肖子居愛子之上㉝。’明乎其代太子位必矣！君何不急請呂后承間㉞爲上泣言：‘黥布，天下猛將也，善用兵；今諸將皆陛下故等夷㉟，乃令太子將此屬，無異使羊將狼，莫肯爲用。且使布聞之㊱，則鼓行而西耳。上雖病，彊載輜車㊲，卧而護之，諸將不敢不盡力。上雖苦，爲妻子自彊㊳。’”於是呂澤立夜見呂后㊴。呂后承間爲上泣涕而言，如四人意㊵。上曰：“吾惟豎子固不足遣㊶，而公自行耳。”於是上自將兵而東。羣臣居守，皆送至灞上。留侯病，自彊起，至曲郵㊷，見上曰：“臣宜從，病甚，楚人剽疾㊸，願上無與楚人爭鋒㊹！”因説上曰：“令太子爲將軍，監關中兵㊺。”上曰：“子房雖病，彊卧而傅太子㊻。”——是時叔孫通爲太傅㊼，留侯行少傅事㊽。

漢十二年㊾，上從擊破布軍歸，疾益甚㊿，愈欲易太子。留侯諫，不聽，因疾不視事。叔孫太傅稱説引古今[51]，以死争太子。上詳許之[52]，猶欲易之。及燕[53]，置酒，太子侍，四人從太子，年皆八十有餘，鬚眉皓白[54]，衣冠甚偉[55]。上怪之，問曰：“彼何爲者？”四人前對，各言名姓，曰東園公、角里先生、綺里季、夏黄公。上乃大驚曰：“吾求公數歲，公辟逃我[56]，今公何自從吾兒游乎[57]？”四人皆曰：

"陛下輕士善罵，臣等義不受辱，故恐而亡匿。竊聞太子爲人仁孝，恭敬愛士，天下莫不延頸欲爲太子死者⑱，故臣等來耳。"上曰："煩公幸卒調護太子⑲。"

四人爲壽已畢⑳，趨去。上目送之㉑，召戚夫人指示四人者㉒，曰："我欲易之，彼四人輔之，羽翼已成㉓，難動矣㉔。呂后真而主矣㉕！"戚夫人泣。上曰："爲我楚舞㉖，吾爲若楚歌！"歌曰："鴻鵠高飛，一舉千里；羽翮已就㉗，橫絕四海。橫絕四海，當可奈何！雖有矰繳㉘，尚安所施！"

歌數闋，戚夫人噓唏㉙流涕。上起去，罷酒。竟不易太子者㉚，留侯本招此四人之力也。

①留侯性多病："性"指體格，體質。周壽昌説："案，'性'猶'生'也。……亦猶'體'也。三國志魏(志)吳質傳注：'上將軍真性肥，中領軍朱鑠性瘦。'卽此'性'字。"　　②卽道引句："卽"，詞詮："副詞，與'便'同。""道引"，瀧川資言説："卽'導引'，道家養生之術。謂呼吸俯仰，屈伸手足，使氣血充足，身體輕舉也。"黃帝內經素問注："謂搖筋骨動肢節也。"王伯祥説："猶今作深呼吸及柔軟體操。""不食穀"，道家稱爲"辟穀"（"辟"音璧，作"屏除"解），卽指不食穀物熟食，猶今言"不吃烟火食"。③杜門不出："杜"，"斁"之假借字，作"閉"解。此言張良閉門家居，不與人通往來。　　④上欲廢太子："太子"卽漢惠帝劉盈。　　⑤戚夫人子趙王如意："戚夫人"，定陶人，劉邦的寵姬。劉邦死，呂后殺戚夫人，以屍體投廁中，號爲"人彘"。"趙王如意"戚夫人所生子，劉邦封之於趙。劉邦死，呂后設計誆如意入都，用毒酒酖斃。事皆見史記呂后本紀。⑥"大臣"二句：上句，"争"同"諍"，諫止；下句，"未能得堅決"，未能得到明確的決定。　　⑦善畫計筴："畫"，籌畫；"筴"同"策"。　　⑧"呂后乃使"句："建成侯呂澤"，據史記高祖功臣侯年表，"建成侯"是呂釋之，"呂澤"則封爲周呂侯。司馬光資治通鑑考異以爲此處的"呂澤"應該是

“吕釋之”(明程一枝史詮説與此同)。梁玉繩説：“案，史詮謂‘誤以釋之爲澤’，是也。蓋建成侯名釋之，周吕侯名澤，此文之誤，因‘澤’、‘釋’字通，而又脱‘之’字耳。”按，此説是。此兩人都是吕后之兄，俱封於公元前二〇一年(高祖六年)。“劫”，脅迫，強制。　　⑨高枕而卧：本安閒無事之態，此處隱喻張良不得置身事外。　　⑩“以愛”句：由於偏愛的緣故而想改立太子。　　⑪“骨肉”二句：大意是：“家庭骨肉之間的事情，本非外人所能干涉；縱有一百多個大臣也没有用，何况我一個人呢?”⑫彊要：勉強地要挾。“彊”讀上聲，“要”讀平聲。　　⑬“顧上”句：“顧”，作“但”解；“致”，招致，猶言“邀請得到”。　　⑭慢侮人：“慢”，怠慢；“侮”，侮辱。此猶言“任意地輕慢别人、侮辱别人”。　　⑮“義不爲”句：“義”指明是非之理。此言四人因劉邦待人没有禮貌，所以不屈節對漢稱臣。按，此四人即商山四皓，姓名見下文。參閲前解謝註釋。　　⑯高：動詞，尊重。　　⑰“今公”句：“愛”，吝惜。“金玉璧帛”，古代聘請賢者的禮物。　　⑱爲書：寫信。　　⑲卑辭安車：“卑辭”，謙遜的言詞；“安車”，舒適的車輛，用車輛所以聘請年老的賢人。　　⑳固請：堅決地邀請。　　㉑宜來：猶言“應當會來的”。　　㉒以爲客：“客”，受到優禮的上賓。　　㉓則必異而問之：劉邦一定會感到驚異而打聽這四人的來歷。　　㉔則一助也：“一助”，一種幫助。言四人之來，對於鞏固太子的地位是一種幫助。　　㉕客建成侯所：“客”，做客人；“所”音疏上聲，作“處所”解。此言四人住在建成侯府中做客。　　㉖漢十一年：公元前一九六年。　　㉗“欲使”句：打算命令太子爲將。　　㉘“凡來者”二句：“凡”，副詞，舊解作“總括”之意，此處似宜作“大凡”、“大抵”解(參用近人裴學海古書虚字集釋説)。按，史記高祖本紀：“凡吾所以來，爲父老除害，非有所侵暴；無恐。”“凡吾所以來”與“凡來者”同義。此二句言“大抵我們到這裏來的用意，無非爲了要保全太子”。　　㉙則位不益太子：“益”，增加。漢書顏注：“太子嗣君，貴已極矣；雖更立功，位無加益矣。”意謂縱使太子征戰有功，地位也無法再高了。　　㉚“且太子”二句：上句，“俱”，作“偕”解，言太子所偕往擊<u>黥布</u>的諸將領。下句，“與上”，輔佐<u>劉邦</u>；“梟將”，猛將，勇將。　　㉛羊將狼：“將”，率領。使羊率領着狼，自然極爲危險。　　㉜“母愛”句：語出<u>韓非子</u>備内篇。言寵愛其母必時時抱其子。　　㉝“終不使”句：“不肖”，作“不似”解。禮記雜記下“某之子不肖”句<u>鄭玄注</u>：“不似，言不如人。”此指太子<u>劉盈</u>。“愛子”，指<u>趙王如意</u>。按，“不肖”之義，<u>秦</u>、<u>漢</u>以前，似專指“不如其父”解，後乃泛指子弟不賢。相傳<u>堯</u>、<u>舜</u>之子皆不肖，卽指不如<u>堯</u>、<u>舜</u>之賢。<u>漢書</u>外戚傳：“後<u>漢王</u>得<u>定陶戚姬</u>，愛幸，生<u>趙隱王如意</u>。太子爲人仁弱，<u>高祖</u>以爲不類己，常欲廢之，而立<u>如意</u>：‘<u>如意</u>類我。’……”“類”與“肖”、“似”同義，可以與此互參。　　㉞承間：乘機。　　㉟“今諸將”句：“故”，從前，當初；“等”、“夷”，皆作“平”解，此指行輩相等。此言諸將都是<u>劉邦</u>的舊部下，和<u>劉邦</u>是平輩。　　㊱“且使<u>布</u>”二句：上句，言假使使<u>黥布</u>聽說太子做了統帥。下句，言<u>黥布</u>卽將公然擊鼓而西來。言外指<u>黥布</u>是不怕<u>劉盈</u>的。　　㊲“彊載”二句：上句，“彊”讀上聲，勉强，下與此同；“輜車”，有帷帳蔽護的車；言勉强臥在輜車裏。下句，“護”，監護，監督；“之”指諸將。　　㊳爲妻子自彊：爲了妻子的利益而勉强自己挣扎一下。　　㊴立夜見<u>吕后</u>：“立”，立卽；“夜”，當夜。　　㊵如四人意：按照四人所出的主意。　　㊶“吾惟”二句：上句，“惟”，思，想；“豎子”，猶言“這小子”，指太子；“不足遣”，不配當這差使。下句，“而公”，猶言“汝父”、“你老子”；“自行耳”，自己走一趟罷。　　㊷曲郵：地名。在今<u>陝西省臨潼縣</u>東七里。按，“郵”卽驛站，集鎮之類的地方，是供行人歇脚的。　　㊸楚人剽疾：“楚人”指<u>黥布</u>的部下兵士；“剽疾”，勇悍而輕捷。“剽”音票。　　㊹“顧上”句：“無與楚人爭鋒”，<u>王伯祥</u>說：“不必與楚人爭一日之利。”　　㊺“令太子”句：按，<u>漢書</u>高帝紀：“上乃發……中尉卒三萬人，爲皇太子衛，軍<u>霸上</u>。”“關中兵”當卽指這三萬人。<u>明徐孚遠</u>史記測議：“太子監關中兵，一以固根本，亦以安太子，解不擊<u>黥布</u>之事也。”（據<u>史記會注考證</u>引）　　㊻傅太子：“傅”，輔助，翼護。　　㊼“是時”句：“<u>叔孫通</u>”已見前解嘲註釋；

“太傅”，官名，即“太子太傅”，是太子的師傅。據史記劉敬叔孫通列傳，通爲太傅在公元前一九八年（高祖九年）。　㊽行少傅事：“少傅”，官名，即太子少傅，位次於太傅。但據後漢書百官志，太子太傅不領官屬，少傅卻是主領東宫官屬的，故少傅較有實權。“行少傅事”，指張良兼攝少傅之職。瀧川資言説：“‘行’，行、守之‘行’，位高職卑也。”按，唐、宋官制，以小銜攝大官，叫做“守某官”；以大兼小，則叫做“行某官事”。今瀧川氏以唐、宋用語釋漢制，似未盡洽，姑録以備考。　㊾漢十二年：公元前一九五年。　㊿疾益甚：據史記高祖本紀，劉邦在征黥布的戰役中爲流矢所傷，所以病愈加沉重了。　(51)稱説引古今：稱引古今史實以勸諫劉邦。據史記劉敬叔孫通列傳，通是稱引晉獻公寵驪姬、廢申生和秦始皇廢扶蘇、立胡亥的事實來勸説劉邦的。“古”指晉獻公事，“今”指秦始皇事（參閱李慈銘漢書札記和楊樹達漢書窺管）。　(52)上詳許之：“詳”同“佯”。此言劉邦假意答應了叔孫通。　(53)及燕：“燕”同“宴”，宴會。　(54)鬚眉皓白：“皓”，應作“晧”，本形容日出之貌，引申有光明潔白之義，俗遂改爲从“白”。“皓白”，猶言“雪白”。因四人鬚眉皆白，所以稱爲“四皓”。　(55)衣冠甚偉：“偉”，奇異，古怪。　(56)辟逃我：猶言“躲着我”。“辟”同“避”。　(57)“今公何自”句：“自”作“從”或“由”解；“何從”、“何由”猶言“何故”。“從吾兒游”，同我的兒子來往。(58)“莫不”句：“延頸”，伸長了脖子，此以喻企盼之意；“欲爲太子死”，願爲太子出死力。　(59)“煩公”句：“幸”，副詞，猶言“好好地”；“卒”，有始有終；“調護”，照應，看顧。漢書顔注：“‘調’謂和平之，‘護’謂保安之。”(60)“四人”二句：上句，“爲壽”指向劉邦敬酒，祝其長壽；下句，“趨”，急行。一本“趨”作“起”，指四人起身辭去。　(61)上目送之：漢書顔注：“以目瞻之，訖其出也。”言劉邦用目光直送四人走了出去。　(62)“召戚夫人”句：“指示四人者”，把這四個人指給戚夫人看。　(63)羽翼已成：“羽翼”指輔佐太子的力量。按，君之有臣，如鳥之有羽翼。　(64)難動矣：“動”，移動，更改。　(65)吕后真而主矣：“而”同“爾”。此言“吕后真是你的主人了"。李笠説："案，高祖以吕后爲戚夫人主者，蓋母以子貴之義也。趙王不立，則吕后不廢。故云'真而主'也。" ⑥⑥"爲我"二句：按，戚姬是定陶人，劉邦是沛人，都是故楚地，所以劉邦令戚姬依照其鄉俗而舞，而己以鄉音唱歌。 ⑥⑦"羽翮"二句：上句，與上文"羽翼已成"同義，"翮"音核，鳥羽中的大莖；下句，"絶"作"渡"解，"横渡四海"喻往來飛越，無所阻礙。 ⑥⑧"雖有"二句上：句，"矰繳"已屢見前註；下句，"施"讀如蛇，與上"當可奈何"句的"何"字叶韻，作"用"解。此喻己雖有廢易太子之心，但也無能爲力了。 ⑥⑨噓唏：與"歔欷"通，音虚希，歎息聲。⑦⑩"竟不易"二句：按，此是作者插入之語，言劉邦終於没有廢易太子，原本是張良聘請這四個人出山的力量。〔以上是第五大段，寫張良設法保全太子的經過。〕

　留侯從上擊代①，出奇計馬邑下②；及立蕭何相國③：所與上從容言天下事甚衆④，非天下所以存亡⑤，故不著。留侯乃稱曰⑥："家世相韓⑦，乃韓滅，不愛萬金之資⑧，爲韓報讎彊秦，天下振動。今以三寸舌爲帝者師⑨，封萬户，位列侯，此布衣之極⑩，於良足矣。願棄人間事，欲從赤松子游耳⑪。"乃學辟穀⑫，道引輕身。

　會高帝崩⑬，吕后德留侯⑭，乃彊食之，曰："人生一世間，如白駒過隙⑮，何至自苦如此乎？"留侯不得已，彊聽而食。

　後八年卒⑯，謚爲文成侯⑰。子不疑代侯⑱。

　子房始所見下邳圯上老父與太公書者，後十三年，從高帝過濟北，果見穀城山下黄石，取而葆祠之⑲。留侯死，并葬黄石冢⑳。每上冢伏臘㉑，祠黄石。

　留侯不疑，孝文帝五年㉒，坐不敬㉓，國除。

　①"留侯從上"句：按，公元前一九七年(漢高祖十年)秋，代相陳豨(音希)反，自立爲代王，劉邦往征豨，於次年斬之。此處"擊代"卽指征豨

事。見史記高祖本紀、韓信盧綰列傳。　　②"出奇計"句：據史記集解引徐廣説："一云：'出奇計下馬邑。'"漢書張良傳亦作"下馬邑"。按，史記高祖本紀："太尉周勃……定代地，至馬邑。馬邑不下，卽攻殘之。"則攻下馬邑，當是出於張良的計謀。疑作"下馬邑"近是。"馬邑"，漢縣名，故治在今山西省朔縣東北四十里桑乾河北岸。　　③"及立"句：漢書顏注引服虔説："何時未爲相國，良勸高祖立之。"按，此與上句爲並列成分，"及"是連接詞。意謂攻下馬邑和立蕭何爲相國二事都是張良的籌畫，然後冒起下文。郭嵩燾史記札記："此特據留侯辟穀一年中事言之。"④"所與"句：此句承上二句而來。大意是："張良平時對劉邦從容地談到天下大事（像上述之類的事件），是很多的。"　　⑤"非天下"二句：此承上文而言，是作者插語。"著"，著録，指載明於史册。此二句大意是："但這些都不是有關天下存亡的重要事件，所以就不一一著録了。"　　⑥留侯乃稱曰："稱"，對外揚言。　　⑦"家世"句：我家世世代代輔佐韓國。　　⑧"不愛"二句：上句，"愛"，吝惜；"萬金之資"，指張良的家財。下句，"報讎"本動賓短語，此處作及物動詞用，而以"彊秦"爲賓語。大意是："爲了韓國的仇恨而向强大的秦國進行報復。"　　⑨"今以"句：指靠口才爲劉邦主謀畫策。　　⑩"此布衣"句：按，此與本篇第一段"未宦事韓"句相呼應。張良既未做韓國的官，故自稱布衣之士。"極"，指富貴顯達已到極點。　　⑪"欲從"句：赤松子，傳説中的仙人，或謂是神農氏時的雨師。王伯祥説："'稱曰'以下都是留侯委宛避禍之辭。時韓信、彭越、黥布、陳豨諸人都已被誅，故良處處表示知足，並假託求仙以期自脱。"　　⑫"乃學"二句："辟穀"、"道引"已見前第五大段註②。"輕身"，相傳凡人修行成仙則身輕，可以白日飛昇。　　⑬會高帝崩："會"，適逢，恰值。禮記曲禮下："天子死曰'崩'。"按，古人忌諱"死"、"喪"字樣，故以"崩"做爲皇帝死亡的代稱。　　⑭"呂后德留侯"二句：上句，"德"，感激。下句，"彊"讀上聲，下文同；"食"同"飼"。此言呂后堅勸張良進食。楊樹達説："高祖所謂三傑，淮陰見誅，蕭何械繫；良之辟穀，所以自全耳。及高祖已崩，良固可以食矣，不必全由呂后之彊也。”按，此可與上文王伯祥説互參。　　⑮白駒過隙：當是古代流行的譬喻。此語又見莊子知北游篇及史記魏豹彭越列傳。“白駒”有三解：一、日影。(顔師古説：“言其速疾也。‘白駒’，謂日影也；‘隙’，壁際也。”)二、與莊子逍遥游篇“野馬也，塵埃也”的“野馬”同義，指纖細的塵埃(史記正義)。三、白馬(沈欽韓、王先謙説)。今按，古書引此爲喻，屢見不鮮。墨子兼愛下：“人之生乎地上之無幾何也，譬之猶駟馳而過隙也。”莊子盜跖篇：“天與地無窮，人死者有時；操有時之具，而託於無窮之間，忽然無異騏驥之馳過隙也。”禮記三年問：“若駟之過隙。”(孔穎達禮記正義：“駟馬駿疾，空隙狹小；以駿疾而過狹小，言急速之甚。”)都是以奔馬之迅疾比喻時間之迫促，疑第三説近是。“隙”，説文：“壁際孔也。”卽牆縫。　　⑯後八年卒：“後八年”，指劉邦死後八年。王伯祥説：“據高祖功臣侯年表，良以高帝六年封，卒於呂后二年，距高帝之崩恰九年。此云‘後八年卒’，……當存疑。”按，此説本於梁玉繩，所疑甚是，謹録以備考。　　⑰“諡爲”句：王伯祥説：“按諡法，施德爲‘文’，立政安民曰‘成’。留侯之諡‘文成’，意蓋取此。”　　⑱“子不疑”句：“代”，襲封。言良子不疑繼承了張良的爵位。　　⑲取而葆祠之：“葆”同“寶”，珍愛，謂視黄石如珍寶；“祠”，説文：“春祭曰‘祠’。”此處泛指一般的祭祀。　　⑳“并葬”句：“冢”，今寫作“塚”，墳。據史記正義引括地志：“漢張良墓，在徐州沛縣東六十五里。”按，漢書此句無“冢”字。王念孫説：“‘并葬黄石’下不當有‘冢’字。此涉下文‘上冢’而誤衍也。漢書作‘并葬黄石’。……”王先謙説：“史記衍‘冢’字，當依此訂。”但楊樹達漢書窺管則謂：“史記作‘并葬黄石冢’者，謂並葬之於良冢，……省去‘於’字耳。王不得其解而以史記‘冢’字爲衍文，非。”今按，楊説近是，故並録以備考。　　㉑伏臘：兩種祭祀的名稱。按，“伏”，指夏日的三伏天(初伏，中伏，末伏)；“臘”，冬季的臘月(夏曆的十二月)。古代於冬、夏兩季，皆行祭祀之禮，故稱“伏臘”。　　㉒孝文帝五年：“孝文帝”，名恆，劉邦的中子，邦庶妻薄姬所生。初封代王。

<u>吕后</u>死,大臣以<u>恒</u>爲人仁厚,故迎立之。在位二十三年(公元前一七九—前一五七年)。"五年",即公元前一七五年。　　㉓"坐不敬"二句:上句,"坐",作"由於"、"因爲"解。此猶言"因犯不敬之罪"。下句,"國除",指削去其封爵。按,<u>史記高祖功臣侯年表</u>:"五年,　侯<u>不疑</u>坐與門大夫(按,'門<u>大夫</u>'<u>漢書</u>顔注:'侯之屬官也。'據<u>史記集解</u>引<u>徐廣</u>説,此大夫名'<u>吉</u>')謀殺故<u>楚</u>內史,當死,贖爲城旦(按,'城旦'是一種刑罰的名稱,犯法者被罰作築城等勞役)國除。"則與此所言"坐不敬"異。兹録以存疑。又據<u>漢書高惠高后文功臣表</u>,<u>良</u>玄孫之子<u>千秋</u>,於<u>漢宣帝</u>元康四年(公元前六二年)"受詔復家(恢復身分)"。〔以上是第六大段,寫<u>張良</u>晚年及身後諸瑣事,總結全篇。〕

太史公曰:"學者多言無鬼神①,然言有物。至如<u>留侯</u>所見老父予書②,亦可怪矣!<u>高祖</u>離困者數矣③,而<u>留侯</u>常有功力焉,豈可謂非天乎!上曰:'夫運籌筴帷帳之中,決勝千里外,吾不如<u>子房</u>。'余以爲其人,計魁梧奇偉④。至見其圖⑤,狀貌如婦人好女⑥。蓋<u>孔子</u>曰:'以貌取人⑦,失之<u>子羽</u>。'<u>留侯</u>亦云⑧。"

①"學者"二句:"物",指精怪。此言一般的學者多不承認人死後能變成鬼神,但是都説物質能够成精。　　②"至如"句:"予書","予"同"與"。指授與兵書。此句大意是:"至於<u>張良</u>所遇到的授與他兵書的老者"。　　③"<u>高祖</u>"二句:上句:"離"同"罹",遭遇;"數"音朔,屢次。此言<u>劉邦</u>遭到的困難不止一次了。下句,"功力","功"指功勞,"力"指助力。　　④計魁梧奇偉:"計",揣測之辭,有"大概"、"可能"之意;"魁",説文作"頯","梧",説文作"俉"(以上用<u>楊樹達</u>説),都是形容壯大的狀詞;"奇"、"偉"兩詞,義亦相近,猶言"雄偉"。此連上句言:"我以爲<u>張良</u>這個人可能是高大雄偉的模樣。"　　⑤圖:畫像。　　⑥婦人好女:"好",方言二:"自<u>關</u>而西,<u>秦</u>、<u>晉</u>之間,凡美色或謂之'好'。""好女"猶言"美女"。按,此指<u>張良</u>像貌嬌柔如美女,與作者的想像恰好相反。　　⑦"以貌"

二句: 語出韓非子顯學篇。"取人",猶言"論人"、"看人";"失之",估計錯誤;"子羽",孔子弟子澹臺滅明("澹臺"是姓,"滅明"是名)的字。此人貌醜而有賢德, 所以孔子説: "只憑外貌來看人, 我就把子羽給看錯了。" ⑧留侯亦云: 大意是: "我對於留侯,也可以這樣説。"意謂如果只看外貌,也會把張良估計錯誤的。〔以上是第七大段,是作者對張良的評論之辭。〕

（三）　平原君虞卿列傳——節錄①

平原君趙勝者②,趙之諸公子也。諸子中, 勝最賢。喜賓客,賓客蓋至者數千人③。平原君相趙惠文王及孝成王④,三去相⑤,三復位,封於東武城⑥。

平原君家樓臨民家⑦。民家有躄者⑧,槃散行汲。平原君美人居樓上⑨,臨見,大笑之。明日,躄者至平原君門⑩,請曰⑪:"臣聞君之喜士,士不遠千里而至者,以君能貴士而賤妾⑫也。臣不幸有罷癃之病⑬,而君之後宮臨而笑臣,臣願得笑臣者頭。"平原君笑應曰:"諾。"躄者去,平原君笑曰:"觀此豎子⑭,乃欲以一笑之故,殺吾美人,不亦甚乎⑮!"終不殺。

居歲餘,賓客、門下舍人稍稍引去者過半⑯,平原君怪之,曰:"勝所以待諸君者,未嘗敢失禮⑰,而去者何多也?"門下一人前對曰:"以君之不殺笑躄者,以君爲愛色而賤士,士卽去耳。"於是平原君乃斬笑躄者美人頭,自造門進躄者⑱,因謝焉⑲。其後門下乃復稍稍來。是時齊有孟嘗⑳,魏有信陵㉑,楚有春申㉒,故爭相傾以待士㉓。

①本篇是平原君和虞卿二人的合傳。兹選録平原君傳全文;虞卿傳及司馬遷在篇末的短論,則予刪節。　　②"平原君"二句:上句, "平原

君"，趙勝的封號，勝初封於平原，故以其地爲號。"平原"，地名，本齊邑，後屬趙國，漢置平原縣，故治在今山東省平原縣南二十五里。下句，"諸公子"，猶言"羣公子"，一般指國君的兄弟輩或子姪輩。趙勝是趙惠文王之弟，故稱"趙之諸公子"。　　　③"賓客蓋至者"句："蓋"，與前項羽本紀"舜目蓋重瞳子"句的"蓋"同義。此言賓客到平原君處來的前後約有數千人。　　　④"平原君相"句：趙惠文王，名何，武靈王之子，是趙國第七代國君，在位三十三年(公元前二九八一前二六六)。"孝成王"，名丹，惠文王之子，繼惠文王爲君，在位二十一年(公元前二六五一前二四五)。⑤"三去相"二句：三次離去相位，然後又三次恢復相位。梁玉繩説："案，本傳不載平原三相三去之事，似平原相趙四十八年者。六國表于惠文王元年，書'平原爲相'；孝成王元年，又書'平原爲相'：兩書而已。考惠文以相國印授樂毅，孝成割濟東地與齊，求田單爲將，遂留相趙。故趙世家惠文十四年，有毅攻齊事(原注：當在十五年)，孝成元年有單攻燕、二年有單爲相之事。則平原之三相三去，固有徵矣。孝成二年相單，是平原復相踰年而罷；迨單去趙歸齊之後，不再書平原復位者，史略之也。"按，此可備一説。但趙惠文王元年平原君始爲相，不能算做"三復位"中的一次。誠如梁氏所説，樂毅、田單皆曾代平原君爲趙相，則去位和復位，亦只各有兩次。另一次去位的經過，於史無徵，只好闕疑。　　　⑥東武城："武城"，趙邑，故城在今山東省武城縣西四十里。時趙國西北部另有一武城邑，故此處加"東"字以示區別。　　　⑦"平原君家"句："臨"指居高臨下。此言平原君家有樓，樓上的人可以俯視鄰舍民家。　　　⑧"民家"二句：上句，"躄者"，跛足的人。"躄"音辟。下句，"槃散"，與"蹣跚"同，跛行貌，指跛者行走時身體傾斜的樣子。"行汲"，出外汲水。　　　⑨"平原君美人"二句：上句，"美人"，指姬妾；下句，"臨見"，從高處俯視。⑩"躄者"句：跛足的人親自登門來找平原君。　　　⑪請曰："請"，訴説，請求。　　　⑫貴士而賤妾：以有才能的士人爲貴，以侍妾爲賤。按，此與下文"愛色而賤士"句相照應。　　　⑬罷癃之病："罷"與"疲"通。"癃"音隆。

"疲癃",指身體有殘疾。周禮地官小司徒鄭玄注:"廢疾,謂癃病也。"段玉裁説:"'罷'者,廢置之意。凡廢置不能事事(擔任工作)曰'罷癃'。平原君傳,躄者自言:'不幸有罷癃之病。'然則凡廢疾皆得謂之'罷癃'也。"(見説文解字注) ⑭觀此豎子:輕蔑之辭。猶今言"看這小子"、"看這傢伙"。 ⑮不亦甚乎:"甚",過分。 ⑯"賓客、門下舍人"句:按,戰國時王公貴族門下,多養食客;"賓客"與"食客"不盡同。王伯祥説:"'賓客'指以客禮相待的人,或臨時作客並無固定職事的人。'門下舍人'則指食客中派有差使的人。""稍稍",猶言"漸漸"。説文段注:"凡古言'稍稍'者,皆漸進之謂。""引去",猶言"退去"、"離去"。按,禮記玉藻:"侍坐則必退席。不退,則必引而去君之黨。"鄭玄注:"'引',却也。""却"與"退"同義。此句言"門下食客逐漸離去的有半數以上"。 ⑰失禮:指接待賓客禮貌不周到。 ⑱"自造門"句:平原君親自登門,把頭獻給那個跛足的人。 ⑲因謝焉:"因",猶言"順便";"謝",謝罪。此言平原君順便向躄者謝罪。 ⑳孟嘗:即齊之孟嘗君田文,已屢見前戰國策齊策各篇註釋。 ㉑信陵:即魏公子信陵君無忌。詳見下魏公子列傳。 ㉒春申:即楚之春申君黃歇。按,以上三人與平原君並稱"戰國四公子",皆以養士著稱。 ㉓"故爭相傾"句:"傾",作"競"解。此言當時養士之風甚盛,因此這四人乃爭相競賽,看誰最能禮賢下士。王伯祥説:"正因爲故意相競,平原君乃作此矯情殺人的舉動,來駭人聽聞,邀取聲譽。"〔以上是第一大段,通過殺美人一事寫平原君之好客。〕

秦之圍邯鄲①,趙使平原君求救,合從於楚②,約與食客門下有勇力,文武備具者二十人偕③。平原君曰:"使文能取勝④,則善矣;文不能取勝,則歃血於華屋之下⑤,必得定從而還⑥。士不外索⑦,取於食客門下足矣。"得十九人,餘無可取者,無以滿二十人。門下有毛遂者,前⑧,自贊⑨於平原君曰:"遂聞君將合從於楚,約與食客門下二十人偕，不外索。今少一人，願君卽以遂備員而行矣⑩。"平原君曰："先生處勝之門下幾年於此⑪矣？"毛遂曰："三年於此矣。"平原君曰："夫賢士之處世也，譬若錐之處囊中⑫，其末立見。今先生處勝之門下三年於此矣，左右未有所稱誦⑬，勝未有所聞，是先生無所有也⑭。先生不能⑮。先生留⑯。"毛遂曰："臣乃今日請處囊中耳。使遂蚤得處囊中⑰，乃穎脱而出，非特其末見而已。"平原君竟與毛遂偕，十九人相與目笑之⑱，而未發也。

毛遂比至楚⑲，與十九人論議，十九人皆服。平原君與楚合從，言其利害，日出而言之⑳，日中不決。十九人謂毛遂曰："先生上㉑。"毛遂按劍歷階而上㉒，謂平原君曰："從之利害㉓，兩言而決耳。今日出而言從，日中不決，何也？"楚王㉔謂平原君曰："客何爲者也？"平原君曰："是勝之舍人也。"楚王叱曰："胡不下㉕，吾乃與而君言㉖，汝何爲者也？"毛遂按劍而前曰："王之所以叱遂者，以楚國之衆也。今十步之内㉗，王不得恃楚國之衆也，王之命懸於遂手㉘。吾君在前㉙，叱者何也？且遂聞湯以七十里之地王天下㉚，文王以百里之壤而臣諸侯，豈其士卒衆多哉㉛，誠能據其勢而奮其威。今楚地方五千里，持戟百萬㉜，此霸王之資㉝也。以楚之彊，天下弗能當。白起㉞，小豎子耳，率數萬之衆，興師以與楚戰：一戰而舉鄢、郢㉟，再戰而燒夷陵㊱，三戰而辱王之先人。此百世之怨，而趙之所羞，而王弗知惡焉。合從者，爲楚，非爲趙也。吾君在前，叱者何也？"楚王曰："唯㊳，唯，誠若先生之言㊴。謹奉社稷而以從㊵。"毛遂曰："從定乎㊶？"楚王曰："定矣。"毛遂謂楚王之左右曰："取雞、狗、馬之血來㊷。"毛遂奉銅盤而跪進之楚王㊸，曰："王當歃血而定從㊹，次者吾君，次者遂。"遂定從於殿上。毛遂左手持盤血,而右手招十九人曰:"公相與歃此血於堂下! 公等録録㊺,所謂因人成事者也。"

平原君已定從而歸,歸至於趙,曰:"勝不敢復相士㊻! 勝相士多者千人,寡者百數,自以爲不失天下之士,今乃於毛先生而失之也! 毛先生一至楚而使趙重於九鼎、大吕㊼! 毛先生以三寸之舌彊於百萬之師! 勝不敢復相士!"遂以爲上客。

①秦之圍邯鄲: 按,趙孝成王六年(公元前二六〇年),秦將白起大破趙軍於長平(詳見下廉頗藺相如列傳正文)。後二年(趙孝成王八年,公元前二五八年),秦兵乃進兵圍趙都邯鄲。參閱前戰國策魯仲連義不帝秦及註釋。又,據史記六國年表,"圍邯鄲"在趙孝成王九年。録以備考。　　②合從於楚: "合從",指山東六國聯合抗秦。此言趙擬推楚爲盟主,定合從之約以禦秦。　　③"約與"句: "文武備具","文"指曉禮儀、善辭令的人,"武"指勇武有力的人;"偕",一同前去。　　④"使文"二句: "取勝",猶言"濟事"、"成功"。史記會注考證引日人岡白駒説: "言以禮文得遂所欲,則善矣。"意謂"假使用和平的方式把事辦成自然再好不過"。　　⑤"則歃血"句: "歃"音 shà,用口吸取。"歃血",古代訂盟誓時的一種儀式。蓋古人盟誓,殺牲取血,盛於盤中,用口微吸之,以示守信。"華屋",漂亮的堂宇,指朝會或議事的地方。此連上文大意是: "如果用和平手段辦不成功,那無論如何也得在大庭廣衆之下把盟約訂妥。"日人岡白駒説: "欲以武劫盟。"謂平原君想靠武力要挾楚王訂合從之盟。　　⑥"必得"句: "定從",把合從的盟約制定。　　⑦士不外索: 隨帶去的文武之士不必到外面去找。　　⑧前: 逕自走到平原君面前。　　⑨自贊: 自我推薦。　　⑩"顧君"句: "備員",湊足人員的額數。此言"希望您算上我,湊足二十人的額數一同前往吧!"　　⑪幾年於此: "於此"猶"於今"。此言"到如今有幾年了?"　　⑫"譬若"二句: 按,"錐"之爲物,其鋒端最爲尖鋭,所以擺在囊中,其末梢立即顯現出來。　　⑬稱誦: "稱",

稱贊；“誦”，口中經常談到。　　⑭“是先生”句：這可見您是一無所長的。　　⑮先生不能：猶言“您簡直不行！”　　⑯先生留：您還是留下來吧。按，以上數句疊用“先生”字樣，是作者摹擬當時說話口吻的寫法。此類寫法在史記中甚習見，並非重複。清牛運震史記評註：“‘先生不能。先生留。’疊複。口角得固拒（堅決拒絕）之神。”　　⑰“使遂”三句：第一句，“蚤”同“早”。第二句，“穎”，本指禾穗的芒尖，此處指錐子的鋒；“穎脫而出”，指整個的錐鋒都露了出來。第三句，言“不僅露出一點末梢而已”。　　⑱“十九人”二句：上句，“目笑之”，史記索隱引鄭氏說：“皆目視而輕笑之。”言十九人彼此用眼光示意，暗笑毛遂。下句，“未發”，沒有把輕視毛遂的意思說出口來（用王念孫說）。按，“發”，一本作“廢”，王念孫以爲卽“發”之假借字。　　⑲“毛遂比至楚”三句：第一句，“比”讀去聲，作“及”解，猶言“等到”。此言毛遂及至到了楚國。第二句，“論議”，討論，交換意見。第三句，王伯祥說：“經過長途行路中的談話，十九人都對毛遂的看法大大轉變而且佩服了。”　　⑳“日出”二句：“日出”指早晨；“日中”指正午。大意是：“從早晨開始討論合從之盟究竟有利還是有害，到了太陽正中時還沒有解決。”　　㉑先生上：“上”指登堂。按，平原君以使者的身分在殿堂之上同楚王談判，二十個隨員則立於階下。故此處寫十九人慫恿毛遂上去。　　㉒歷階而上：“歷階”，瀧川資言說：“登階不聚足，急遽之狀。”按，“聚足”指登階時每上一級則兩足相聚，停頓片時。此處指毛遂順着台階一級一級不停地走上去。　　㉓“從之利害”二句：“兩言”，瀧川資言說：“謂‘利’與‘害’。”此二句大意是：“合從如果不是有利，就是有害，兩句話就可以解決。”　　㉔楚王：卽楚考烈王，名熊完，在位二十五年（公元前二六二—前二三八）。　　㉕胡不下：怎麼不下去？按，此是楚王斥責之辭。　　㉖“吾乃與”二句：“而君”，猶“汝君”。此言“我是在同你的主人說話，你是幹甚麼的？”　　㉗“今十步”二句：毛遂意謂，自己現在距楚王甚近，可以用劍把楚王刺死，楚王此時已無法仗恃楚國的人多勢衆了。　　㉘“王之命”句：“懸”作“繫”解。此言"你的命現在已揑在我手上了。"　㉙"吾君"二句：大意是："我的主人就在面前，你爲甚麼這樣申斥我？"言外謂楚王對平原君很不禮貌，不應該當着平原君的面斥責他的隨員。　㉚"且遂聞"二句：上句，"王天下"，君臨天下；"王"讀去聲。下句，"壤"，土地；"臣諸侯"，使諸侯臣服於文王。按，湯最初的根據地只有七十里，周文王最初的根據地只有百里，孟子屢言之。　㉛"豈其"二句：大意是："湯和周文王之所以興，並非仗恃人多勢衆；實是由於他們善於掌握形勢，才能奮揚威力。"　㉜持戟百萬："持戟"，指武裝的士兵。此言楚國的軍隊有百萬之多。　㉝霸王之資："資"，憑藉。此連上文大意是："這樣廣大的土地和衆多的兵卒，乃是爭王圖霸所憑藉的資本。"　㉞"白起"二句：上句，"白起"已見前項羽本紀註釋；下句，"小豎子"，猶言"小孩子"。瀧川資言說："言庸劣無知，如童豎然。"　㉟"一戰"句：此指楚頃襄王二十年（公元前二七九年）秦將白起攻下楚國的鄢、郢二都事，見史記楚世家及白起王翦列傳。　㊱"再戰"二句："夷陵"，楚先王之墓，在今湖北省宜昌縣東。按，上句指公元前二七八年白起拔郢都後燒夷陵事。下句指楚爲秦所敗，乃徙都於陳（今河南省淮陽縣）。考公元前二九九年，楚懷王入秦被拘，後竟死於秦；至此則楚之先人陵廟既被燒毀，又將追遷都，故概括而言"辱王之先人"。　㊲"此百世"三句：第一句，"怨"，仇。言楚國受到這樣的恥辱，真是百世不解的深仇大怨。第二句，言趙國都爲楚國感到羞恥。第三句，"惡"讀爲務，羞惡。大意是："你身爲楚國嗣君，反而不覺得羞愧。"　㊳唯：楊樹達詞詮："應諾副詞。諾也，然也，讀上聲。"重言"唯！唯！"就是連聲答應。　㊴"誠若"句：猶言"真是如您所說"或"您說的一點也不錯"。　㊵"謹奉"句："謹奉社稷"，猶言"傾全國之力相助"；"而以從"（"從"讀爲"縱"），來訂立合從之約。王伯祥說："此時考烈王已心服毛遂，故有此推誠之言。"　㊶從定乎：猶言"從約真地講定了麼？"按，毛遂猶恐楚王無誠意，故再追問此句。　㊷"取雞"句：史記索隱："按盟之所用牲，貴賤不同。天子用牛及馬，諸侯用犬及豭（音家，公豬），大夫已(同‘以’)下用難。今此總言盟之用血，故云‘取雞、狗、馬之血來’耳。”王駿觀説：“因需三等之血，故令取來耳。下文‘遂捧盤進曰：王當歃血而定從，次者吾君，次者遂’，按天子、諸侯、大夫之禮用雞、狗、馬也。……楚僭稱王，毛遂故以天子之禮尊之。”(見史記舊注平議)按，以上二説釋此句義甚詳，録以備考。　　㊸“毛遂奉銅盤”句：“奉”同“捧”；“進”，進獻，呈遞；“之”，猶“之於”。　　㊹“王當”三句：據上引王駿觀説，則楚王用馬血，平原君用狗血，毛遂用雞血，依次進行歃血訂盟的儀式。　　㊺“公等”二句：“録”，今通寫作“碌”。王駿觀説：“言公等皆凡庸無能之輩也。”　　㊻相士：觀察人材。　　㊼九鼎、大吕：“九鼎”，相傳爲夏禹所鑄，商、周兩代皆以爲傳國之寶。“大吕”，史記正義：“周廟大鐘。”也是貴重的寶物。此句言“由於毛遂使楚獲得了成功，致使趙國的聲譽比寶器還要受人尊重”。〔以上是第二大段，寫毛遂隨平原君使楚訂定合從之約的經過。〕

平原君既返趙，楚使春申君將兵赴救趙，魏信陵君亦矯奪晉鄙軍往救趙①，皆未至。秦急圍邯鄲。邯鄲急，且降，平原君甚患之。邯鄲傳舍吏子李同②説平原君曰：“君不憂趙亡邪③？”平原君曰：“趙亡則勝爲虜④，何爲不憂乎！”李同曰：“邯鄲之民，炊骨易子而食⑤，可謂急矣！而君之後宮以百數：婢妾被綺縠⑥，餘粱肉；而民褐衣不完⑦，糟糠不厭。民困兵盡⑧，或剡木爲矛矢；而君器物鐘磬自若⑨。使秦破趙，君安得有此⑩！使趙得全⑪，君何患無有！今君誠能令夫人以下編於士卒之間⑫，分功而作⑬，家之所有，盡散以饗士⑭，士方其危苦之時⑮，易德耳。”於是平原君從之，得敢死之士三千人。李同遂與三千人赴秦軍，秦軍爲之卻三十里。亦會楚、魏救至⑯，秦兵遂罷，邯鄲復存。李同戰死，封其父爲李侯⑰。

①“魏信陵君”句：“矯”，假藉名義。事詳後魏公子列傳。　　②邯鄲傳舍吏子李同：“傳舍”，古代驛站供應過客所設的房舍。漢書顏注：

"'傳舍'者,人所止息。前人已去,後人復來,轉相傳也。""傳"讀去聲。"李同",應作"李談"(據劉向說苑引),因司馬遷避父諱(遷父名談),故史記及遷所作其它文章(如報任少卿書),凡有"談"字之處皆改爲"同"。此指李談的父親是傳舍中的小吏。　③邪:同"耶"。語尾助詞。　④虜:俘虜。　⑤"炊骨"句:"炊骨",言邯鄲之民以死人的枯骨當柴薪,用來燒飯。"易子而食",言人民不忍自食其子之肉,互相交換後當飯吃。⑥"婢妾"二句:上句,"婢妾"指平原君後宮的侍女;"被"同"披",猶言"穿戴";"綺縠",絲織品,綢絹之類。下句,"梁"指飯食;"肉"指肴饌。言好飯好菜吃不盡,總有賸餘。　⑦"而民"二句:上句,"褐衣",粗布短衣;"不完",衣不遮體。下句,"厭"同"饜",作"飽"、"足"解。言人民連吃糟糠都吃不飽。　⑧"民困"二句:上句,"兵"指兵器。下句"剡"音掩或染,削物使之尖銳叫"剡";此言削木使銳利,以爲矛、矢等武器。　⑨"而君器物"句:"器物",泛指日常享用之物;"鍾"同"鐘","鐘磬",樂器;"自者",猶言"如常"、"照舊"。　⑩君安得有此:"此"指婢妾的服飾和平原君所享用的器物等。　⑪"使趙"句:"得全",得到保存;此連下句言"如果趙國能够不亡,你又何愁沒有這些東西呢?"　⑫"今君"句:"編",編隊。此言"平原君果能命令自己的妻率領婢妾等人參加守城的勞役,編入兵卒的隊伍"。⑬分功而作:"功",工作;"作",操作。⑭饗士:餽贈給士兵。　⑮"士方"二句:"方",猶"當";"德",感恩戴德。此言士兵正當危苦之際,是容易念人的好處的。　⑯"亦會"句:"亦會",也是剛剛湊巧。　⑰李侯:"李",地名,今河南省溫縣西南三十里有故李城。〔以上是第三大段,寫李談爲平原君畫策保全邯鄲,並以身殉國。〕

　　虞卿①欲以信陵君之存邯鄲爲平原君請封②。公孫龍③聞之,夜駕④見平原君曰:"龍聞虞卿欲以信陵君之存邯鄲爲君請封,有之乎?"平原君曰:"然。"龍曰:"此甚不可!且王舉君而相趙者⑤,非以君之智能爲趙國無有也⑥;割東武城而封君者⑦,非以君爲有功也、而以國人無勳:乃以君爲親戚故也⑧。君受相印不辭無能⑨,割地不言無功者,亦自以爲親戚故也。今信陵君存邯鄲而請封,是親戚受城而國人計功也⑩。此甚不可! 且虞卿操其兩權⑪: 事成⑫,操右券以責; 事不成⑬,以虛名德君。君必勿聽也!"平原君遂不聽虞卿。

平原君以趙孝成王十五年卒⑭,子孫代⑮,後竟與趙俱亡。

平原君厚待公孫龍。公孫龍善爲堅白之辯⑯。及鄒衍過趙⑰,言至道⑱,乃絀⑲公孫龍……

①虞卿: 本游說之士,以言辭獲寵於趙孝成王,拜爲上卿。虞卿與魏相魏齊友善,魏齊曾對范雎進行過迫害(參閱前揚雄解嘲註釋),及范雎爲秦昭王相,乃伐魏,求魏齊甚急。魏齊奔趙,虞卿棄官與魏齊同往見信陵君,信陵君猶豫未卽接見,魏齊遂自殺(詳見史記范雎蔡澤列傳);而虞卿亦窮愁無所歸,著書八篇,號虞氏春秋。後虞卿再度相趙,却秦將樓緩,趙於是以一城封虞卿。(按,史記本傳敍虞卿事時間先後顚倒,兹據清儒考訂結果,略加排列,述之如上。)　　②"欲以"至"請封": 信陵君存邯鄲事詳見後魏公子列傳。此言信陵君之救趙,是平原君以親戚關係堅求其出兵的結果,邯鄲之圍既解,則平原君亦應有功,故虞卿爲平原君請求加封爵位。　　③公孫龍: 已見前莊子秋水篇註釋,餘詳本段註⑯。④夜駕: 連夜駕車而往,不待天明。　　⑤"且王"句:"且",發語詞,與"夫"同義(用王引之說,見經傳釋詞);"舉君",推選你,任用你。　　⑥"非以"句:大意是:"並非因爲你的智謀才能是趙國所没有的。"　　⑦"割東武城"二句:上句,"割",分給,割讓給。下句,"勳",功;"無勳"與"有功"爲對文。顧炎武說:"'非以君爲有功也、而以國人無勳',當作一句讀。言非國人無功而不封、君獨有功而封也。"(見日知錄)按,此是倒裝句,連上句大意是:"趙王所以把東武城分割給你以爲封邑,並非因爲國人都没有功勞而你獨有功勞的緣故。"　　⑧"乃以"句: 此句承上兩層而言。大意

是:"趙王所以用你爲相並且封你土地,只不過因爲你是趙國的親屬的緣故。"　　⑨"君受"三句:上文是就趙王方面說的;此三句則就平原君方面說。言"你之所以受相印而不說自己無能而推辭,得到分給你的土地而不說自己無功而不受,也是由於自己是趙國的親屬的緣故。"　　⑩"是親戚"句:瀧川資言說:"初無功受封,以親戚之故;今有功又受封,是以國人計報也。"意謂平日因親戚之故,雖無功也受到封賞;今因邯鄲圍解,又要照普通人的辦法論功計賞。言外指平原君把兩面的便宜都佔到了,是不合理的。　　⑪操其兩權:猶言"抓住了兩方面的把柄"或"佔住了兩方面的優勢"。"兩權"指下文"事成"與"事不成"兩層。　　⑫"事成"二句:"券",契券。古代的契券都是一剖爲二,雙方各執一半。"右券"是上契(用史記正義說),卽契券的主要部分,爲債權人所執有者。此二句言"如果請封的建議成爲事實,那麼虞卿就會像債權人拿着右券要求償債一樣來向平原君索取報酬了"。　　⑬"事不成"二句:大意是:"如果不成爲事實,那麼虞卿也可以用曾經建議加封的虛名來博取平原君的好感。"　　⑭"平原君以趙孝成王"句:"趙孝成王十五年",卽公元前二五一年。　　⑮"子孫"二句:上句,言平原君的子孫世世代代襲其封爵。下句,言趙國滅亡時,平原君的後嗣也同時中絕。　　⑯公孫龍善爲堅白之辯:按,公孫龍的著作有公孫龍子,漢書藝文志著錄十四篇,列於"名家者流"。今存跡府、白馬、指物、通變、堅白、名實六篇。"堅白",卽"離堅白"之說,是公孫龍詭辯的命題之一。公孫龍子堅白篇:"'堅、白、石,三。可乎?'曰:'不可。'曰:'二,可乎?'曰:'可。'曰'何哉?'曰:'無堅得白,其舉也二。無白得堅,其舉也二。'曰:'得其所白,不可謂無白;得其所堅,不可謂無堅。而之(此)石也,之於然("然"指"堅"、"白"兩概念)也,非三也(耶)?'曰:'視不得其所堅,而得其所白者,無堅也。拊(撫摸)不得其所白,而得其所堅者,無白也。'"(正文據近人王琯公孫龍子懸解、陳柱公孫龍子集解校訂)所謂"三"和"二",是概念的數目。按照問者第一句問話的意思,認爲"堅"是一個概念,"白"是一個概念,"石"又是一個概念，是否可以算作三個概念？而答者(卽公孫龍本人的正面意見）卻認爲只有兩個概念。他認爲人目視石，但見石之“白”而不見其“堅”；是舉所見之“白”，與“石”爲二。人手捫石，但知石之“堅”而不知其“白”；是舉所知之“堅”與“石”爲二。所以説“無堅得白，其舉也二。無白得堅，其舉也二”(以上用陳柱引近人伍非百説）。但問者根據常識，認爲目既見石之白，便不能説“無白”；手既知石之堅，便不能説“無堅”。加上“石”本身的概念，仍是三個概念。然後答者又加以闡釋，認爲目視時只見其白而不覺其堅，手捫時只覺其堅而不見其白。就視覺言，只有“白石”；就觸覺言，只有“堅石”。“堅”和“白”這兩個概念是終不可合而爲一的，所以只能是兩個概念。把“堅”和“白”這兩種概念從“石”中分別抽出來而加以離析，卽所謂“離堅白”。這完全是一種絕對唯心主義的詭辯。
⑰“及鄒衍”句：“鄒衍”，已見前揚雄解嘲註釋。史記孟子荀卿列傳：“(鄒衍)適趙，平原君側行襒席。”(“襒”音撇，作“拂”解。史記索隱：“謂側而行，以衣襒(拂)席爲敬，不敢正坐、當賓主之禮也。”)則知鄒衍至趙，也受到平原君的優禮。　　⑱言至道：史記集解引劉向別録：“齊使鄒衍過趙，平原君見公孫龍及其徒綦母子之屬，論‘白馬非馬’之辯，以問鄒子。鄒子曰：‘不可。彼天下之辯，有五勝三至，而辭正爲下。辯者別殊類使不相害，序異端使不相亂，抒意通指(同“旨”)，明其所謂；使人與知焉，不務相迷也。故勝者不失其所守，不勝者得其所求。若是，故辯可爲也。及至煩文以相假，飾辭以相惇(作“信”解)，巧譬以相移，引人聲使不得及其意——如此，害大道。夫繳紛争言而競後息，不能無害君子。’坐皆稱善。”按，別録所謂的“大道”，卽此處的“至道”。鄒衍所言，以爲公孫龍之詭辯只能使人迷惑，有害於大道而無益於求知。所以當時在座的人都稱善，而公孫龍也就不再受到平原君的重視了。　　⑲絀：同“黜”，黜退，疏遠。〔以上是第四大段，寫平原君接受公孫龍的意見，拒絶了虞卿請封的建議，並附帶涉及公孫龍在趙的始末。按，史記所載平原君的事迹尚見於趙世家及其它各篇列傳；此篇只着重寫平原君的好客及毛遂、

李談、公孫龍等人的言行。張文虎舒藝室隨筆：“夫罷癃誠賢，乃近在門
牆而不知耶！斬頭釋憾，何不遂引爲上客！秦兵壓境，此人安在，數千客
又安在！毛遂出下客，李同、公孫龍皆非客。史特寫此三人，以見數千人
乃無一人焉者。”可見司馬遷爲平原君立傳，是頗具褒貶之筆的。〕

（四）　魏公子列傳

魏公子無忌者，魏昭王①少子，而魏安釐王異母弟也②。

昭王薨③，安釐王卽位，封公子爲信陵君④。

是時，范雎亡魏相秦⑤；以怨魏齊故⑥，秦兵圍大梁⑦，破魏華
陽下軍，走芒卯。魏王及公子患之。

公子爲人仁而下士⑧，士無賢不肖⑨，皆謙而禮交之，不敢以
其富貴驕士；士以此方數千里爭往歸之⑩，致⑪食客三千人。當是
時，諸侯以公子賢，多客，不敢加兵謀魏十餘年。

公子與魏王博⑫，而北境傳舉烽⑬，言“趙寇至⑭，且入界”。魏
王釋博⑮，欲召大臣謀。公子止王曰：“趙王田獵耳，非爲寇也。”復
博如故。王恐，心不在博。居頃⑯，復從北方來傳言曰：“趙王獵
耳，非爲寇也。”魏王大驚曰：“公子何以知之？”公子曰：“臣之客有
能探得趙王陰事者⑰。趙王所爲，客輒⑱以報臣，臣以此知之。”是
後⑲魏王畏公子之賢能，不敢任公子以國政。

魏有隱士曰侯嬴，年七十，家貧，爲大梁夷門監者⑳。公子聞
之，往請，欲厚遺之㉑。不肯受，曰：“臣修身絜行㉒數十年，終不以
監門困故而受公子財㉓。”公子於是乃置酒，大會賓客。坐定，公子
從車騎㉔，虛左，自迎夷門侯生㉕。侯生攝敝衣冠㉖，直上載公子上
坐㉗，不讓，欲以觀公子。公子執轡愈恭㉘。侯生又謂公子曰：“臣

有客在市屠中㉙，願枉車騎過之㉚。”公子引車入市。侯生下見其客
朱亥，俾倪㉛，故久立與其客語，微察公子㉜。公子顔色愈和㉝。當
是時，魏將相宗室賓客滿堂，待公子舉酒㉞；市人皆觀公子執轡㉟；
從騎皆竊罵侯生㊱；侯生視公子色終不變，乃謝客就車㊲。至家㊳，
公子引侯生坐上坐，徧贊賓客㊴。賓客皆驚。酒酣，公子起爲壽侯
生前。侯生因謂公子曰：“今日嬴之爲公子亦足矣㊵。嬴乃夷門抱
關者也㊶，而公子親枉車騎，自迎嬴於衆人廣坐之中㊷，不宜有所
過㊸，今公子故過之㊹。然嬴欲就公子之名㊺，故久立公子車騎市
中㊻，過客，以觀公子，公子愈恭。市人皆以嬴爲小人，而以公子爲
長者能下士也。”於是罷酒。侯生遂爲上客。

　　侯生謂公子曰：“臣所過屠者朱亥，此子賢者，世莫能知，故隱
屠間耳㊼。”公子往數請之㊽。朱亥故不復謝㊾。公子怪之。

　　①魏昭王：名遬（古“速”字），在位十九年（公元前二九五—前二七
七）。據史記魏世家，昭王爲哀王之子。但據世本，知“哀”爲“襄”字之
誤，那麼魏國根本就沒有哀王，故昭王當是襄王之子。②“而魏安釐王”
句：“魏安釐王”在位三十四年（公元前二七六—前二四三），餘已見前戰
國策魯仲連義不帝秦註釋。“異母弟”，同父不同母的兄弟。　　③薨：讀
如轟。諸侯死叫做“薨”（禮記曲禮下）。　　④“封公子”句：“信陵”，地
名，舊註無考。洪頤煊讀書叢録引水經注：“汳水（按，‘汳’，古‘汴’字）又
東逕葛城北，故葛伯之國也。……葛於六國屬魏，魏襄王以封公子無忌，
號信陵君。其地葛鄉，卽是城也。……”今按，此節引文見水經注卷二十
三，文字微有不同。“葛鄉”，戰國時又名寧邑，其故城在今河南省寧陵縣
北十五里。據史記六國年表，封無忌爲信陵君是魏安釐王元年（公元前
二七六年）的事。　　⑤“范雎”句：已見前揚雄解嘲註釋。　　⑥“以怨”
句：“以……故”，猶言“因爲……的緣故”。　　⑦“秦兵圍大梁”三句：第

一句，“大梁”，魏都，卽今河南省開封市。據史記六國年表及魏世家，“秦兵圍大梁”事在公元前二七五年(魏安釐王二年，秦昭王三十二年)。第二句，“華陽”，亭名，古華國地，戰國時屬韓。在今河南省新鄭縣東南。“華陽下軍”，指駐紮在華陽的魏軍。據史記白起王翦列傳，秦昭王三十四年(公元前二七三年)，白起攻魏，拔華陽。第三句，“走”，及物動詞；“芒卯”，魏將，據戰國策魏策及史記魏世家，芒卯曾以智詐之謀受知於魏昭王；“走芒卯”，言芒卯爲秦兵所敗走。按，此處敍秦攻魏是由於范雎怨魏齊的緣故，時間前後疑有錯誤。梁玉繩說：“案，雎相在秦昭四十二年(按，卽公元前二六五年，魏安釐王十二年)，秦圍大梁及破魏華陽二事，在昭王三十二、四兩年，其時穰侯(按，卽魏冉)相秦也。安得謂因雎怨魏齊而興兵乎？誤矣。”錄以備考。　　⑧仁而下士：“下”，及物動詞，指降抑身分，與比自己地位低的人交往。　　⑨“士無”二句：此卽上句的說明。言不論賢士或不賢之士，無忌都謙虛地以禮相待。　　⑩“士以此”句：“以此”，因此；“方數千里”，以魏國爲中心，周圍數千里以内的地方；“爭往歸之”，踴躍爭先地投奔、依附無忌。　　⑪致：招致，招徠，延攬。⑫博：“簙”之假借字。說文：“‘簙’，局戲也。六箸，十二棊也。”楚辭招魂王逸章句：“投六箸，行六棊，故爲六簙也。”後漢書梁冀傳李賢注引鮑宏博經：“用十二棊，六棊白，六棊黑。”則知“簙”是我國古代的一種棋類游戲，可以賭賽。後世言“賭博”，義卽本此。　　⑬舉烽：猶後世的發警報。“烽”是告急的信號。漢書顏注：“文穎曰：‘邊方備胡寇，作高土櫓，櫓上作桔皋(橰)，桔皋頭兜零，以薪草置其中。常低之。有寇，卽火燃，舉之以相告，曰“烽”。又多積薪，寇至，卽燃之，以望其煙，曰“燧”。’……晝則燔(焚)燧，夜則舉烽。”按，後漢書光武帝紀李賢注引漢書音義與此略同。“櫓”，卽守衛的望樓(已見前上林賦註釋)；“桔橰”，本汲水用具，用木製成，一端爲長木臂，可以低昂，用以繫物或汲水，較爲省力。“兜零”，漢書音義作“有兜零”，李賢注引廣雅：“籠也。”今按，廣雅釋器：“答，籠也。”與李賢所引不同。“零”當是“答”的假借字。而“兜”本指盔鎧(所謂"兜鍪"），此處作動詞用，言以笭兜於桔橰的頂端。李賢據漢書音義以"兜零"爲一詞，疑非是。又據酉陽雜俎，燃烽火用狼糞，以其煙可直上，風吹不斜。　　⑭"言趙寇至"二句：上句，"寇"，周禮大宗伯鄭玄注："兵作於外爲'寇'。"下句，"界"，指魏之國境。此言"北方傳來警報，説趙國興兵犯界，即將入境"。　　⑮釋博："釋"，中止，放下。　　⑯居頃：過了不久。　　⑰"臣之客"句："陰事"，不公開的行動。又，"探"一本作"深"，"深得"，言"深入地探聽到"。亦可通。　　⑱輒：作"每每"解。⑲是後：此後，從此以後。　　⑳夷門監者："夷門"，大梁城的東門；"監者"，看守城門的役吏。"監"讀去聲。　　㉑欲厚遺之：要送給侯嬴一份厚禮。"遺"讀去聲，作"餽贈"解。　　㉒絜行："絜"同"潔"；"行"讀去聲，品行。"潔行"指行動有操守。　　㉓"終不以"句：到底不能因爲看守城門這個職業太窮的緣故而接受你的私財。　　㉔"公子從車騎"二句：上句，"從車騎"，使車騎相從；言"無忌帶着隨從的車馬"。"騎"讀去聲。下句，"虛"，空着；"左"，車上面的左方的座位。按，古代乘車以左面的位子爲尊，故無忌把尊位空着，留給侯嬴坐。　　㉕侯生：即侯嬴。按，"生"即"先生"之省稱。史記索隱："自漢以來儒者皆號'生'，亦'先生'者省字呼之耳。"按，管子君臣篇："是以爲人君者，坐（主？）萬物之原，而官諸生之職者也。"尹知章注："'生'，謂知學之士也。"（戴望管子校正引宋翔鳳説，釋"諸生"爲"羣生"，疑非是。）則以"生"爲士人之通稱，自先秦已然。侯嬴爲戰國時士人，故亦可稱"生"。漢代稱儒者爲"生"，正沿襲先秦語例。㉖攝敝衣冠："攝"，史記正義："猶言'斂著'也。"即"整頓"、"整理"之意。"敝"，破舊。　　㉗"直上"三句：第一句，"直上"，大模大樣地逕直走上車去；"載"，作"處"、"置"解；"上坐"，指無忌空出來的左首的位子；"載公子上坐"，言侯生竟把自己安置在左面的尊位上。第三句，"觀"，觀察，考驗，窺測。　　㉘執轡愈恭："執轡"，握着馭馬的轡繩；"愈恭"，格外恭敬。按，此寫無忌親爲侯生駕車，正見其禮賢下士之意。　　㉙在市屠中："市"，即"市井"，詳下第二大段註釋。"屠"，屠宰牲畜的地方。　　㉚"日枉"句:"枉",本作"曲"解,此處引申有"屈辱"之意;"過"音鍋,拜訪。此句大意是:"希望您委曲您的車馬隨從,同我繞路去拜訪他。"　　㉛俾倪:同"睥睨"(音 pìní),目斜視貌。王駿觀說:"'俾倪'猶'睥睨',傲貌。顧盼自得,若未覩其人也。"　　㉜微察公子:"微察",暗中觀測。㉝顏色愈和:"顏",面容。此言無忌面上的神色更加和悦。　　㉞待公子舉酒:"舉酒",猶言"開宴"。按,此寫無忌府中情形。　　㉟"市人"句:按,此寫市上的羣衆對無忌執轡的舉動感到新奇,所以都來觀看。㊱"從騎"句:"從騎",指騎着馬的隨從,兩字皆讀去聲。按,此寫隨從者的怨怒心理。以上三層,是作者故作對照的寫法。　　㊲謝客就車:"謝",辭謝,辭別;"客"指朱亥;"就車",登車。　　㊳至家:到了無忌的家中。㊴"徧贊"二句:上句,"徧",普遍,一一;"贊",稱引,讚美。按,此句有二解:一、史記索隱:"'贊',告也。謂以侯生 徧告賓客。"言無忌普遍向賓客介紹侯生並盛稱其賢。二、洪亮吉四史發伏:"此蓋公子徧以賓客名贊於侯生前耳。故下言'賓客皆驚'也。"今按,如解作把賓客的不同情況一一稱述於侯生之前,則"徧"字較有着落。疑洪說近是。下句,"皆驚",一本作"雷驚"。非是。　　㊵ "今日"句:史記集解引徐廣說:"'爲'一作'羞'。"王伯祥說:"'爲公子亦足矣',難爲你也够了。徐廣說:'爲一作羞',意正與'難爲'同。"　　㊶"嬴乃"句:"關",說文:"以木横持門户也。"段注:"'關'者,横物。即今之門檻('櫳',古'栓'字,俗又作'閂')。""抱關者",抱門栓的人,即負責啓閉城門的人。　　㊷"自迎嬴"句:"廣坐",猶言"盛會"。此言"您親自迎接我到大庭廣衆之中來"。　　㊸不宜有所過:不宜對我有太過分的表示。　　㊹今公子 故過之:"故",與"固"通,此處作"既"、"已"解。劉淇助字辨略:"是心誠如此,非有虛假之謂。""故過之"猶言"誠然是太過分了"。　　㊺"然嬴"句:"就",成就。此言"但是我爲了要成就您的愛士之名"。　　㊻"故久立公子"句:"立"在此處係及物動詞用;"市中"上省略一"於"字。此猶言"故意使公子車騎久立於市中"。　　㊼故隱屠間耳:"故",因此;"屠間",猶"屠中";此言

“因此才藏身於屠者之間而已”。　⑱故不復謝：“故”，故意地；“復謝”，答謝，回拜。〔以上是第一大段，寫信陵君善用士人及其禮賢下士的器量和態度。〕

魏安釐王二十年①，秦昭王已破趙長平軍②，又進兵圍邯鄲。公子姊爲趙惠文王弟平原君夫人，數遺魏王及公子書③，請救於魏。魏王使將軍晉鄙將十萬衆救趙。秦王使使者告魏王曰：“吾攻趙，旦暮且下④；而諸侯敢救者，已拔趙，必移兵先擊之。”魏王恐，使人止晉鄙，留軍壁鄴⑤，名爲救趙，實持兩端以觀望⑥。平原君使者冠蓋相屬於魏⑦，讓⑧魏公子曰：“勝所以自附爲婚姻者⑨，以公子之高義，爲能急人之困。今邯鄲旦暮降秦，而魏救不至，安在公子能急人之困也⑩！且公子縱輕勝⑪，棄之降秦，獨不憐公子姊邪？”公子患之⑫，數請魏王⑬，及賓客辯士説王萬端；魏王畏秦，終不聽公子。

公子自度終不能得之於王⑭，計不獨生而令趙亡⑮；乃請賓客，約車騎百餘乘⑯，欲以客往赴秦軍⑰，與趙俱死。

行過夷門，見侯生，具告所以欲死秦軍狀，辭決而行⑱。侯生曰：“公子勉之矣！老臣不能從。”公子行數里，心不快，曰：“吾所以待侯生者備矣⑲，天下莫不聞。今吾且死，而侯生曾無一言半辭送我。我豈有所失哉！”復引車還問侯生。侯生笑曰：“臣固知公子之還也⑳。”曰㉑：“公子喜士，名聞天下。今有難㉒，無他端，而欲赴秦軍，譬若以肉投餒虎㉓，何功之有哉！尚安事客㉔！然公子遇臣厚㉕，公子往而臣不送，以是知公子恨之復返也。”公子再拜，因問㉖。侯生乃屏人間語㉗曰：“嬴聞晉鄙之兵符㉘，常在王卧内㉙；而如姬最幸㉚，出入王卧内，力能竊之。嬴聞如姬父爲人所殺，如姬資之三年㉛。自王以下，欲求報其父仇，莫能得；如姬爲公子泣㉜，公子使客斬其仇頭，敬進如姬。如姬之欲爲公子死，無所辭㉝，顧未有路耳㉞。公子誠一開口請如姬，如姬必許諾。則得虎符，奪晉鄙軍，北救趙而西卻秦，此五霸之伐也㉟。"公子從其計，請如姬，如姬果盜晉鄙兵符與公子。

公子行，侯生曰："將在外㊱，主令有所不受，以便國家㊲。公子卽合符㊳，而晉鄙不授公子兵，而復請之㊴，事必危矣。臣客屠者朱亥可與俱㊵。此人力士。晉鄙聽，大善；不聽，可使擊之。"於是公子泣。侯生曰："公子畏死耶？何泣也？"公子曰："晉鄙嚄唶宿將㊶，往恐不聽，必當殺之。是以泣耳。豈畏死哉！"

於是公子請朱亥。朱亥笑曰："臣乃市井鼓刀屠者㊷，而公子親數存之㊸。所以不報謝者，以爲小禮無所用㊹。今公子有急㊺，此乃臣效命之秋也㊻。"遂與公子俱。公子過謝侯生。侯生曰："臣宜從㊼，老不能；請數公子行日㊽，以至晉鄙軍之日，北鄉自剄以送公子㊾。"公子遂行。

至鄴，矯魏王令代晉鄙㊿。晉鄙合符，疑之，舉手視公子曰："今吾擁十萬之衆㊶，屯於境上，國之重任㊷。今單車來代之㊸，何如哉？"欲無聽。朱亥袖四十斤鐵椎㊹，椎殺晉鄙。公子遂將晉鄙軍，勒兵㊺，下令軍中曰："父子俱在軍中，父歸；兄弟俱在軍中，兄歸；獨子無兄弟㊻，歸養。"得選兵八萬人㊼，進兵擊秦軍。秦軍解去。遂救邯鄲存趙。

趙王及平原君自迎公子於界㊽。平原君負韊矢㊾，爲公子先引。趙王再拜曰㊿："自古賢人未有及公子者也！"當此之時，平原君不敢自比於人㉛。

公子與侯王決㉒，至軍㉖，侯生果北鄉自剄。

魏王怒公子之盜其兵符、矯殺晉鄙，公子亦自知也㉘。已卻秦存趙，使將將其軍歸魏㉕，而公子獨與客留趙。

①魏安釐王二十年：卽公元前二五七年。這一年是秦昭王五十年，趙孝成王九年。　　②“秦昭王”句：按，秦破趙長平軍在公元前二六〇年，事詳後廉頗藺相如傳。　　③“數遺”句：“數”音朔，屢次；“遺”讀去聲，送給。　　④旦暮且下：早晚間卽將攻下來。　　⑤留軍壁鄴：“留軍”，停止進軍；“壁”，此處是動詞，作“駐屯”解；“鄴”，魏地名，在今河南省安陽市北。　　⑥“實持”句：“兩端”，兩頭；“持兩端”指對秦、趙雙方採取兩面手法；“觀望”，觀看風色。　　⑦“平原君使者”句：“冠”，指使者所穿戴的衣冠；“蓋”，車蓋，指使者乘的車；“冠蓋”，喻使者的威儀服飾；“屬”音燭，連續不斷。此言“平原君所派遣的使者絡繹不絕地到魏國來”。　　⑧讓：讀上聲，責難，埋怨。　　⑨“勝所以”三句：第一句，“自附”，是謙詞，猶言“自願地依附”。第二句，“義”同“誼”，“高誼”，對人有高度的友誼。第三句，“急”，此處是動詞，猶言“焦慮”、“操心”；“困”，困難。此三句大意是：“我所以自願同魏國結爲婚姻的緣故，乃是由於信陵君待人有高度的友誼，是個能够爲別人的困難操心着急的人。”　　⑩“安在”句：“安在”，猶言“哪裏見得”；“也”同“耶”，疑問句語尾助詞，猶“呢”。　　⑪“且公子”三句：第一句，“縱”，卽使；“輕”，輕視。第二句，“之”，指平原君。按，此三句言外謂“卽使趙國存亡與魏無干，但趙、魏既有姻戚關係，魏國恐怕也不能倖免於禍”。　　⑫患之：“患”，猶“憂”。　　⑬“數請”二句：上句，“請”，請求，指請求魏王出兵。下句，“説”讀爲税，勸説，游説；“萬端”，猶言“萬種辦法”。此言無忌不僅自己向魏王請求，並使門下賓客辯士想盡各種辦法去勸説魏王出兵救趙。　　⑭“公子自度”句：“度”音奪，估量；“得”，指得到圓滿結果；“之”指援趙的具體措施。此言“無忌自己估量，恐怕終於得不到魏王的允許”。　　⑮“計不”句：“計”，猶言“決計”。王伯祥説：“決計不獨自苟存而使趙國滅亡。”

⑯"約車騎"句:"約",湊集。　⑰"欲以客"句:"以"作"與"解。　⑱辭決而行:"辭",告;"决"同"訣",別。王伯祥説:"説完了話,就分別而行。"⑲"吾所以"句:"備",指禮貌周到。下文"我豈有所失哉"的"失"與此爲對文,指禮貌有不足不備之處。　⑳"臣固知"句:"固",早已,本來就。㉑曰:主語是侯生。這是表示侯生在説完上句話後略作停頓,然後接下去説。　㉒"今有難"二句:上句,"難"讀去聲,危難,困難;下句,"他端",別的方法。　㉓"譬若"二句:上句,"餒虎",飢餓的老虎,"餒"音něi。下句,"功",功效,好結果。此二句言"用肉向餓虎投去是不會有好結果的"。　㉔尚安事客:"尚",猶今口語"那還";"安",作"何"解;"事",用。此言"那還要賓客幹什麼用呢?"　㉕"然公子"三句:第一句,"遇",待遇。第二句,"送",不僅指送行,也指臨別贈言。第三句,"以是",因此;"之",連接詞,猶"而"(詳見清吳昌瑩經詞衍釋和近人裴學海古書虛字集釋);"恨之復返",猶言"恨而復返"。　㉖因問:於是向侯生請教。　㉗屏人間語:"屏"音餅,作"除"解;"屏人",遣開旁人;"間"讀去聲,作"私"解,"間語"猶"私語"(用王念孫説),卽秘密談話。㉘兵符:又名銅虎符,是古代調遣軍馬的一種憑證。此符用銅製成,取上下同心之意(史記索隱引張晏説);鑄爲虎形,取其勇猛威武之意(胡三省、錢大昭説);中剖爲兩,可分可合。史記集解引應劭説:"國家當發兵,遣使者至郡,合符;符合乃聽受之。"言國家有戰事時,國君卽分符爲兩半,以左邊一半付給率領軍隊的統帥,以右邊一半留在京師國君手中。及至有新的命令,國君必須把留下的半符交給使者前往傳達,左右兩半相合,命令乃得施行。　㉙臥內:寢室,寢官。　㉚"而如姬"句:"如姬",魏王的寵姬;"最幸",最得魏王的寵信。　㉛資之三年:"資",猶今言"懸賞"。顧炎武説:"謂以資財求客報仇。""之"指殺如姬之父的仇人。㉜爲公子泣:"爲"讀去聲,楊樹達詞詮:"與'與'字用同。"按,"與",猶今口語"對"。此句言如姬對無忌哭泣。　㉝無所辭:無可推辭,决不會推辭。　㉞顧未有路耳:"顧",只是,但是;"路",機會。　㉟"此五

霸”句:“五霸”已見前左傳註釋,此處泛指齊桓公、晉文公等人。“伐”,名詞,功業,勳績。此言無忌仗義出兵,破秦救趙,功績當與齊桓、晉文相同。　　㊱“將在外”二句:按孫子九變篇:“凡用兵之法:將受命於君,合軍聚衆,……君命有所不受。”曹操注:“苟便於事,不拘於君命也。”意謂國君身居朝内,不瞭解前方具體戰鬥形勢,爲統帥者自不能隨意聽受君命,致誤軍機。　　㊲以便國家:“便”,便利。　　㊳卽合符:“卽”,卽使。　　㊴而復請之:“復請”,重向魏王請示。王伯祥説:“此處‘請’字有對質的意義,與請求、邀請等意義都不同。”　　㊵可與俱:“俱”,與“偕”同義,一路同行。　　㊶嚄唶宿將:“嚄”音獲,大笑;“唶”音則,大呼;“嚄唶”,意氣豪邁,呼喝示威之貌。史記評林引明董份説:“‘嚄唶’,卽項羽‘暗噁叱咤’(按,語見後史記淮陰侯列傳)狀其勇氣也。”“宿將”,有威望的老將。　　㊷“臣乃”句:“市井”,管子小匡篇:“處商必就市井。”尹知章注:“立市必四方,若造井之制。故曰‘市井’。”“鼓”,動詞,作“敲擊”解;但王逸楚辭章句釋“鼓刀”的“鼓”作“鳴”解。按,宰殺牲畜必敲擊其刀,敲之則有聲,故可解爲“鳴”。“屠者”,屠夫。　　㊸親數存之:“存”,慰問,恤助;“之”指朱亥。此句言“蒙您屢次親來問候我”。㊹小禮無所用:“小禮”指來往回拜之類的瑣碎禮節;“無所用”,没有用處,没有意義。　　㊺有急:有困難。此處的“急”是名詞。　　㊻“此乃臣”句:“效”,呈獻;“效命”,獻出生命。“秋”,猶“時機”。王伯祥説:“‘秋’爲一年中禾穀收成的季節,引申爲適當之時。”　　㊼“臣宜從”二句:大意是:“我應該跟您同去;但我年老了,不能這樣做了。”　　㊽“請數”二句:上句,“數”讀上聲,計算;“行日”,指行程。下句,算到抵達晉鄙軍中的那一天。按,上句的“日”指路上所費的日數,下句的“日”指到達軍中的具體日期。　　㊾“北鄉”句:“鄉”同“嚮”,“北嚮”,面向北方。按,鄴在魏國的北境,所以侯生這樣説。“送”,作“致”解,引申有“報答”、“答謝”之意(參用漢書顔注引應劭説及近人王伯祥説)。　　㊿“矯魏王令”句:此言無忌假傳魏王的命令,以自己代替晉鄙的職位。　　(51)“今吾”

句:"擁"作"聚"解。此言"我現在擁有十萬大兵"。　　㊼國之重任:此言晉鄙所承擔的職務乃是國家的重任。　　㊽"今單車"二句:上句,"單車",猶言"獨車",指無忌孤身前來,並無隨護的兵卒,所以只有他所乘坐的車而無其它的兵車。"之"指晉鄙本人。下句,猶言"怎麼回事呢?"㊾"朱亥"二句:上句,"袖",動詞,謂藏物於袖中;"椎"已見前留侯世家註釋。下句,"椎殺",用椎打死。　　㊿勒兵:"勒"本作"控制"解,此處解作"駕馭"、"統轄"、"約束"。　　(56)"獨子"二句:上句,"獨子",獨生子;下句,"歸養",回家奉養父母。按,古代宗法觀念極重,孟子有"不孝有三,無後爲大"的説法。此言無忌爲了保證魏國人民後嗣的延續,所以命令獨生子免服兵役。　　(57)"得選兵"句:"選兵",經過挑選的精兵。(58)自迎公子於界:"界"疑指邯鄲城郊,不指趙國國境。戰國策魏策即作"趙王自郊迎"。　　(59)韇矢:"韇"音蘭,箭袋;"矢",箭。此指箭袋和箭。(60)趙王再拜曰:"再拜",連施兩拜,是古代較重的禮節。　　(61)不敢自比於人:不敢與他人相比。王伯祥説:"此'人'字指魏公子。本來四君並稱,至此,平原君自慚不能比信陵君了。"　　(62)決:分別,分手。　　(63)至軍:指無忌到達晉鄙的軍中。　　(64)公子亦自知也:言無忌自己也知道這樣做法是得罪了魏王的。　　(65)"使將"句:上"將"字是名詞,將官;下"將"字是動詞,率領。〔以上是第二大段,寫無忌用侯嬴之謀竊符救趙的始末。〕

　　趙孝成王德①公子之矯奪晉鄙兵而存趙,乃與平原君計②,以五城封公子。公子聞之,意驕矜而有自功之色③。客有説公子曰④:"物有不可忘⑤,或有不可不忘:夫人有德於公子,公子不可忘也;公子有德於人,願公子忘之也。且矯魏王令,奪晉鄙兵以救趙,於趙則有功矣,於魏則未爲忠臣也。公子乃自驕而功之⑥,竊爲公子不取也⑦。"於是公子立自責⑧,似若無所容者⑨。趙王埽除自迎⑩,執主人之禮,引公子就西階⑪。公子側行辭讓⑫,從東階

上。自言罪過⑬：以負於魏，無功於趙。趙王侍酒至暮⑭，口不忍
獻五城，以公子退讓也。公子竟留趙。趙王以鄗爲公子湯沐邑⑮。
魏亦復以信陵奉公子。公子留趙。

　　公子聞趙有處士毛公藏於博徒⑯，薛公藏於賣漿家。公子欲
見兩人，兩人自匿⑰，不肯見公子。公子聞所在⑱，乃間步⑲往，從
此兩人游⑳，甚歡。平原君聞之，謂其夫人曰："始吾聞夫人弟公子
天下無雙㉑；今吾聞之，乃妄從博徒賣漿者游㉒。公子妄人耳㉓｜"
夫人以告公子。公子乃謝㉔夫人去，曰："始吾聞平原君賢，故負魏
王而救趙，以稱平原君㉕。平原君之游㉖，徒豪舉耳，不求士也。無
忌自在大梁時，常聞此兩人賢。至趙，恐不得見。以無忌從之
游㉗，尚恐其不我欲也。今平原君乃以爲羞，其不足從游㉘｜"乃裝
爲去㉙。夫人具以語平原君。平原君乃免冠謝㉚，固留公子㉛。

　　平原君門下聞之，半去平原君歸公子。天下士復往歸公子。公
子傾平原君客㉜。

　　公子留趙十年不歸。秦聞公子在趙，日夜出兵東伐魏。魏王
患之，使使往請公子㉝。公子恐其怒之，乃誡門下㉞："有敢爲魏王
使通者㉟，死。"賓客皆背魏之趙㊱，莫敢勸公子歸。毛公、薛公兩人
往見公子曰："公子所以重於趙㊲，名聞諸侯者，徒以有魏也㊳。今
秦攻魏，魏急而公子不恤㊴，使秦破大梁而夷先王之宗廟㊵，公
子當何面目立天下乎㊶？"語未及卒㊷，公子立變色，告車趣駕歸
救魏㊸。

　　魏王見公子，相與泣㊹，而以上將軍印授公子㊺。公子遂將。

　　魏安釐王三十年㊻，公子使使遍告諸侯㊼。諸侯聞公子將，各
遣將將兵救魏。公子率五國之兵㊽，破秦軍於河外，走蒙驁；遂乘

勝逐秦軍至函谷關，抑秦兵㊾；秦兵不敢出。

當是時，公子威振天下。諸侯之客進兵法㊿，公子皆名之，故世俗稱魏公子兵法。

秦王患之，乃行金萬斤於魏㉛，求晉鄙客㉜，使毀公子於魏王曰㉝："公子亡在外十年矣㉞，今爲魏將，諸侯將皆屬㉟。諸侯徒聞魏公子㊱，不聞魏王。公子亦欲因此時定南面而王㊲。諸侯畏公子之威㊳，方欲共立之。"秦數使反間㊴，僞賀公子得立爲魏王未也？魏王日聞其毀，不能不信。後果使人代公子將。

公子自知再以毀廢㊵，乃謝病不朝。與賓客爲長夜飲㊶，飲醇酒㊷，多近婦女，日夜爲樂飲者四歲㊸，竟病酒而卒㊹。其歲㊺，魏安釐王亦薨。

秦聞公子死，使蒙驁攻魏，拔二十城㊻，初置東郡㊼。

其後秦稍蠶食魏㊽。十八歲而虜魏王㊾，屠大梁。

高祖始微少時㊿。數聞公子賢。及卽天子位，每過大梁，常祠公子㈤。高祖十二年，從擊黥布還㈥，爲公子置守冢五家㈦，世世歲以四時奉祠公子㈧。

①德：感激。　②計：商議。　③"意驕矜"句："驕"，傲慢；"矜"，誇耀，自以爲是；"自功之色"，自以爲有功勞的神氣。　④"客有說"句："客"，戰國策魏策記 其姓名作"唐且"（"且"音租）；"説"音税。按，魏策："信陵君殺晉鄙，救 邯鄲，破秦人，存趙國。趙王自郊迎。唐且謂信陵君曰：'臣聞之曰：事有不可知者，不可不知者；有不可忘者，有不可不忘者。'……"則勸説之事在趙王 郊迎之先，與此稍有不同。　⑤"物有"二句："物"，猶"事"。此二句言"有的事是不應該忘記的，而有的事則是必須忘掉的"。　⑥自驕而功之：此"功"字作動詞用，言"自以背魏救 趙爲有功而驕傲自滿"。"之"，語尾助詞，古漢語常附於動詞後，没有

涵義。　　　⑦"竊爲"句："竊"，作"私"解；"不取"，猶言"不以爲然"。此言"我的私衷是不以你的表現爲然的。"　　⑧立自責：立卽責備自己。⑨"似若"句：好像無地容身似的。　　　⑩趙王埽除"二句：上句，"埽"，今寫作"掃"；"掃除"指掃除道路上的塵土；"自迎"，親自迎接。下句，"執"，執行。按，禮記少儀："氾埽曰'埽'。""氾"卽"泛"。孔穎達禮記正義："此一經明主人爲賓洒埽之事。'氾埽'者，'氾'，廣也，若遠路大賓來，主人宜廣埽之。謂外內俱埽謂之'埽'。"據此，則知古代迎接遠路的大賓，主人必須親自爲客人洒掃道路。下句的"執主人之禮"，正是上句"埽除自迎"的說明。　　　⑪"引公子"句："就"，"湊近"之意。按，禮記曲禮上："凡與客入者，……主人就東階，客就西階。客若降等（表示降低自己的身分），則就主人之階。"此言趙王以客禮接待無忌，請無忌從西階走。⑫"公子側行"二句：上句，"側行"，側身前行，表示謙退禮讓。下句，言無忌表示自己不是貴賓，故降等從東階走。　　　⑬"自言"三句：第一句，無忌說自己是有罪過的人。第二句，"以"，因爲；"負"，辜負。第三句，言對趙並無功勞，是謙辭。王伯祥說："此兩語爲概括的敍述，不是公子自己口頭所說的話。"　　　⑭侍酒至暮："侍酒"，陪着無忌飲酒。　　　⑮"趙王以鄗"句："鄗"音窖，古地名，本春秋時晉邑，戰國時屬趙，故城在今河北省柏鄉縣北。"湯沐邑"，禮記王制："方伯（諸侯）爲朝天子，皆有湯沐之邑。"鄭玄注："給齋戒自潔清之用。"按，湯沐邑在春秋以前，本是天子賜給諸侯來朝時齋戒自潔的地方，戰國以後，名義雖存，實質上已成爲國君賜給大臣的臨時封邑。　　　⑯"公子聞"二句：上句，"處士"，隱居不仕的高士；"處"讀上聲。"博徒"，猶言"賭徒"。下句，"賣漿家"，賣酒的人家。按，"毛公"、"薛公"，史佚其名。漢書藝文志"名家者流"有趙人毛公，與公孫龍同客平原君之門，疑與此"毛公"不是一人。　　　⑰自匿：主動地藏匿起來。　　　⑱公子聞所在：無忌知道了毛公、薛公隱藏的地方。⑲間步：秘密地步行。　　　⑳游：交往。　　　㉑"始吾聞"句："始"，當初，從前；"天下無雙"，猶言"天下第一"。意謂世上再沒有比得過無忌的人。

㉒"乃妄從"句："妄"，猶言"胡亂地"。此言無忌竟胡亂地跟賭徒和賣酒的人交朋友。　　㉓公子妄人耳："妄人"，荒唐的人，無知而胡亂行動的人。　　㉔謝：辭別。　　㉕以稱平原君："稱"音 chèn，作"順"、"遂"解。此言"爲了滿足平原君的心願"。　　㉖"平原君之游"二句：上句，"游"，作名詞用，指交朋友、好客的行爲。下句，"徒"，猶言"不過是"、"無非是"；"豪舉"，一時高興的舉動(用清王駿圖說，見史記舊注平義)。又，張文虎說："謂徒以客衆爲豪耳。"義並通。　　㉗"以無忌"二句：大意是："以我這樣身分的人同他們來往，尚且怕他們不要我呢。"　　㉘其不足從游："其"，副詞，作"殆"解，猶言"大概是"、"恐怕是"，於語氣不肯定時用之(見楊樹達詞詮)。"不足"，不值得；"從游"，跟他來往。此句大意是："像平原君這樣的人，恐怕真不值得同他交朋友了！"　　㉙乃裝爲去："裝"，整理行裝；"爲去"，準備動身離開趙國。　　㉚免冠謝："免冠"，摘去帽子；"謝"，謝罪。按，古人免冠是賠禮認罪的表示。　　㉛固留公子："固留"，堅決挽留。　　㉜公子傾平原君客："傾"，猶"盡"。此言無忌這種好客的表現使平原君的門客盡數都到自己門下來了。

㉝"使使"句：上"使"字是動詞，作"派遣"解，讀上聲；下"使"字是名詞，作"使者"解，讀去聲。　　㉞乃誡門下："誡"，警告。　　㉟"有敢"二句：大意是："誰敢替魏王的使者通報傳達，誰就要被處死。"　　㊱"賓客"二句："之"，往，到。王伯祥說："言公子原來的門客都是跟着公子背棄魏國而來到趙國的，故接云'莫敢勸公子歸'。"　　㊲重於趙：受到趙國的尊重。　　㊳徒以有魏也："徒"，只是；"以"，因爲。此連上文大意是："只是因爲你的祖國還存在，所以趙國對你很尊重，你的名聲才能傳播於諸侯。"言外謂魏國如不存在，無忌便是亡國之人，就不會再受人重視了。　　㊴"魏急"句："急"，指有危難之事；"恤"，顧惜。　　㊵"使秦"句："夷"，作"平"解。"夷先王之宗廟"，把魏國先世的宗廟毀成一片平地。　　㊶"公子當何"句："當"，猶"將"。此言"你將有什麼面目存身於天下呢？"　　㊷語未及卒：言無忌沒有等毛公、薛公把話說完。　　㊸"告車"句：

"告"，吩咐；"車"指管車駕的人；"趣"同"促"，催促；"駕"，駕好車馬。
㊹相與泣: 彼此相對哭泣。　　㊺"而以"二句: 上句，"上將軍"，官名。戰
國時各國皆有此職位，是統率軍隊的最高將領。下句，言無忌乃正式任
上將軍之職。　　㊻魏安釐王三十年: 卽公元前二四七年。　　㊼"公
子使使"句: 言無忌把自己擔任上將軍職務的消息普遍地通告各國諸侯。
㊽"公子率五國"三句: 第一句，"五國"，指齊、楚、趙、韓、燕。第二句，"河
外"，指當時黃河以南的地帶。第三句，"蒙驁"，秦國的上卿，秦始皇時大
將蒙恬的祖父。"驁"音敖平聲。　　㊾抑秦兵: "抑"，史記索隱: "謂以
兵躄之。""躄"，猶言"逼迫"。中井積德説: "'抑'，謂按壓之不得出也。"
㊿"諸侯之客"三句: 第一句，"進"，呈獻。第二句，"名"，動詞，作"署名"、
"命名"解。言無忌把那些兵法署以自己的名字，做爲他本人的著作。第
三句，"世俗"，指世上一般人。按，史記索隱解此三句説: "言公子所得進
兵法，而必稱其名，以言其恕也。"史記評林引董份説: "客進兵書，而總名
于公子。故世稱魏公子兵法。索隱注與本文正相反。"今按，董説是。此
種風氣在先秦和西漢都很習見，呂氏春秋和淮南子都是這樣成書的。又，
史記集解: "駰案，劉歆七略有魏公子兵法 二十一篇，圖七卷。"　　○51"乃
行金"句: "行"指行賄賂；"金"，疑卽是銅。　　○52求晉鄙客: "求"，訪求；
"晉鄙客"，晉鄙的門客。按，因無忌殺死晉鄙，故晉鄙的門客與無忌有仇
恨。　　○53"使毀"句: "毀"，詆毀，指進讒言於魏王。"曰"字以下至"欲
共立之"，皆讒毀之言。　　○54"公子亡在外"句: "亡在外"，指寄居在他
國。　　○55諸侯將皆屬: "屬"，隷屬於無忌的麾下。　　○56"諸侯徒聞"
二句: 言"各國諸侯只聽説魏國有信陵君，誰都不理會有個魏王"。
○57"公子亦欲"句: "因此時"，趁此機會；"定"，準備；"南面而王"，坐北而
面對南，自立爲王。　　○58"諸侯畏"二句: "威"，威權。言"諸侯也畏懼無
忌握有兵權，正打算共同出面擁立他爲魏 君"。　　○59"秦數使"二句: 上
句，"間"讀去聲，指間諜。"反間"，孫子用間篇: "'反間'者，因其敵間而
用之。"唐杜牧注: "敵有間 來窺我，我必先知之。或厚賂誘之，反爲我用；

或佯爲不覺，示以僞情而縱之。則敵人之間反爲我用也。……”下句，“僞賀”，假作不知而表示祝賀；“也”，與“耶”通；“未也”猶言“否耶”。此二句言“魏王的間諜到了秦國，秦國假作不知，向他祝賀，問他無忌是否已立爲魏王”。　　　⑩“公子自知”二句：上句，王伯祥說：“此與前面‘不敢任公子以國政’遙應。公子本因見忌於魏王而不任國政，及竊符救趙，流亡在外十年，終因秦患緊迫而得返國重爲將相。今又因中讒而被收兵權，是明明廢置不用了。故云‘再以毀廢’。”下句，言無忌託辭有病，謝絕向魏王行朝參的禮節。　　　⑪長夜飲：通宵達旦的飲酒。　　　⑫醇酒：厚味的美酒。　　　⑬“日夜”句：晝夜不息地耽溺於行樂和飲酒，這樣過了四周年。　　　⑭竟病酒而卒：終於因飲酒過多患病而死。　　　⑮其歲：按，此歲爲公元前二四三年，即魏安釐王三十四年，秦王政四年。⑯拔二十城：“拔”，奪取，攻克。按，史記魏世家載秦拔二十城事在魏景湣王(安釐王之子，名午)元年，即公元前二四二年。　　　⑰東郡：秦郡名。王先謙漢書補注：“案，魏世家云：‘秦拔我二十城，以爲秦東郡。’秦在西，故此稱‘東’。”今河北省南端偏東一小部和山東省西部一帶，即其故地。其郡治則在今河南省濮陽縣西南(濮陽舊屬河北省)。　　　⑱稍蠶食魏：漸漸地像蠶食桑葉一樣侵佔魏國的土地。按，史記魏世家：“(景湣王)二年，秦拔我朝歌。……三年，秦拔我汲。五年，秦拔我垣、蒲陽、衍。”即是秦國逐漸蠶食魏土的具體事實。　　　⑲“十八歲”句：按，公元前二二五年(秦王政二十二年)，秦滅魏。上距無忌之死恰爲十八年。“魏王”，魏國最後的一個國王，名假。　　　⑳“高祖”句：“高祖”，即漢高祖劉邦；“始”，當初；“微少”，猶言“貧賤”；“始微少時”，指劉邦當初還沒有得意的時候。　　　㉑常祠公子：“祠”，已見前留侯世家註釋。按，春秋公羊傳桓公八年何休注：“‘祠’，猶‘食’(‘食’音寺)也，猶‘繼嗣’也。春物始生，孝子思親，繼嗣而食之。故曰‘祠’。”引申而言，則凡設祭以不絕其祀，都可稱之爲“祠”。下文“歲以四時奉祠公子”的“祠”亦與此同義。王伯祥說：“‘常’與‘每’相應，猶言‘每過大梁即祭公子’。”　　　㉒從擊黥布還：

猶言“從擊破黥布的前方陣地歸來”。按，時在公元前一九五年。
⑬“爲公子”句：“冢”，一本作“塚”。“置守冢五家”，撥置了五户人家，專門
爲看守無忌的墳墓。　　　⑭“世世”句：命令這五户人家，一代一代地每
年按照春、夏、秋、冬四季去祭祀無忌。王伯祥説：“此與上文‘常祠公子’
相應，本是臨時的，而現在成爲經常的了。”〔以上是第三大段，寫無忌晚
年的生活表現。作者在敍述過程中，强調無忌一身的進退生死，關係到
魏國的安危存亡。這正寫出了無忌爲人的賢能和他對魏國的重大影
響。〕

　太史公曰：“吾過大梁之墟①，求問其所謂‘夷門’。‘夷門’者，
城之東門也。天下諸公子亦有喜士者矣②，然信陵君之接巖穴隱
者③，不恥下交④，有以也⑤。名冠諸侯⑥，不虛耳。高祖每過之，而
令民奉祠不絶也。”

　　①大梁之墟：“墟”，廢墟。按，大梁自魏亡時爲秦兵所屠，經秦末之
亂，至漢時猶未恢復。故司馬遷經過其地，尚得見其殘破毁損的遺迹。
②“天下諸公子”句：“諸公子”指孟嘗君、平原君、春申君等人；“喜士”，猶
言“好客”。　　　③“然信陵君”句：“接”，交接；“巖穴隱者”，本指山居穴
處的隱士，此處則指侯嬴、朱亥、毛公、薛公等人，故“巖穴”不必專指深山
幽谷，而是泛指一般人所不注意的地方。　　　④不恥下交：不以降低身
分去和民間的卑賤小民交朋友爲羞恥侮辱。　　　⑤有以也：“以”，此處
作“原因”或“道理”解。此連上句言“信陵君的不恥下交，是有他一定的
道理的”。沈家本説：“按，‘有以也’者，言公子之不恥下交，非若諸公子
之徒糾豪舉，實欲得巖穴之士爲魏用也。三字内含蓄不盡。”　　　⑥“名
冠”二句：言無忌的聲譽能够遠在當時諸侯之上，確非浪得虛名”。〔以
上是第四大段，作者就無忌之不恥下交的美德予以熱情的表揚。〕

（五）　廉頗藺相如列傳

　　廉頗者，趙之良將也。趙惠文王十六年①，廉頗爲趙將，伐齊，大破之，取陽晉②，拜爲上卿，以勇氣聞於諸侯③。

　　藺相如④者，趙人也。爲趙宦者令繆賢舍人⑤。

　　趙惠文王時，得楚和氏璧⑥。秦昭王聞之，使人遺趙王書，願以十五城請易璧⑦。趙王與大將軍廉頗、諸大臣謀：欲予秦⑧，秦城恐不可得，徒見欺；欲勿予，卽患秦兵之來⑨。計未定，求人可使報秦者⑩，未得。宦者令繆賢曰：“臣舍人藺相如可使。”王問：“何以知之？”對曰：“臣嘗有罪，竊計欲亡走燕⑪。臣舍人相如止臣⑫，曰：‘君何以知燕王⑬？’臣語曰⑭：‘臣嘗從大王與燕王會境上，燕王私握臣手，曰：“願結友⑮。”以此知之。故欲往。’相如謂臣曰：‘夫趙彊而燕弱，而君幸於趙王⑯，故燕王欲結於君⑰。今君乃亡趙走燕⑱，燕畏趙，其勢必不敢留君⑲，而束君歸趙矣。君不如肉袒伏斧質請罪⑳，則幸得脫矣。’臣從其計，大王亦幸赦臣。臣竊以爲其人勇士㉑，有智謀，宜可使。”

　　於是王召見，問藺相如曰：“秦王以十五城請易寡人之璧，可予不㉒？”相如曰：“秦彊而趙弱，不可不許。”王曰：“取吾璧，不予我城，奈何？”相如曰：“秦以城求璧，而趙不許，曲在趙㉓；趙予璧而秦不予趙城，曲在秦。均之二策㉔，寧許以負秦曲。”王曰：“誰可使者㉕？”相如曰：“王必無人，臣願奉璧往使㉖。城入趙而璧留秦；城不入，臣請完璧歸趙㉗。”趙王於是遂遣相如奉璧西入秦。

　　秦王坐章臺見相如㉘。相如奉璧奏秦王㉙。秦王大喜，傳以示美人及左右㉚，左右皆呼萬歲。相如視秦王無意償趙城，乃前曰㉛：

"璧有瑕㉜，請指示王。"王授璧，相如因持璧，卻立㉝，倚柱，怒髮上衝冠，謂秦王曰："大王欲得璧，使人發書至趙王㉞，趙王悉召羣臣議，皆曰：'秦貪，負其彊㉟，以空言求璧㊱，償城恐不可得。'議不欲予秦璧㊲。臣以爲布衣之交尚不相欺㊳，況大國乎？且以一璧之故，逆彊秦之驩㊴，不可。於是趙王乃齋戒五日㊵，使臣奉璧，拜送書於庭㊶。何者㊷？嚴大國之威以脩敬也㊸。今臣至，大王見臣列觀㊹，禮節甚倨；得璧，傳之美人，以戲弄臣。臣觀大王無意償趙王城邑，故臣復取璧。大王必欲急臣㊺，臣頭今與璧俱碎於柱矣㊻！"相如持其璧睨柱㊼，欲以擊柱。秦王恐其破璧，乃辭謝固請㊽，召有司案圖㊾，指從此以往十五都予趙㊿。相如度秦王特以詐(51)，佯爲予趙城，實不可得，乃謂秦王曰："和氏璧，天下所共傳寶也(52)。趙王恐(53)，不敢不獻。趙王送璧時，齋戒五日，今大王亦宜齋戒五日，設九賓於廷(54)，臣乃敢上璧(55)。"秦王度之(56)，終不可彊奪，遂許齋五日(57)。舍相如廣成傳(58)。

相如度秦王雖齋，決負約不償城(59)，乃使其從者衣褐(60)，懷其璧(61)，從徑道亡，歸璧於趙。

秦王齋五日後，乃設九賓禮於廷，引(62)趙使者藺相如。相如至，謂秦王曰："秦自繆公以來二十餘君(63)，未嘗有堅明約束者也。臣誠恐見欺於王而負趙(64)，故令人持璧歸，間至趙矣(65)。且秦彊而趙弱，大王遣一介之使至趙(66)，趙立奉璧來；今以秦之彊，而先割十五都予趙，趙豈敢留璧而得罪於大王乎？臣知欺大王之罪當誅，臣請就湯鑊(67)。唯大王與羣臣熟計議之(68)！"秦王與羣臣相視而嘻(69)。左右或欲引相如去(70)，秦王因曰："今殺相如，終不能得璧也，而絶秦、趙之驩(71)，不如因而厚遇之(72)，使歸趙。趙王豈以一璧之故欺秦邪！"卒廷見相如⑦，畢禮而歸之。

相如既歸，趙王以爲賢大夫⑦，使不辱於諸侯，拜相如爲上大夫⑦。秦亦不以城予趙，趙亦終不予秦璧。

①趙惠文王十六年：卽公元前二八三年。　②陽晉：本衞邑，後屬齊，至此時乃爲趙所攻取。故城在今山東省鄆城縣西。一本作"晉陽"，非是。史記索隱："晉陽，在太原。雖亦趙地，非齊所取也。"又，史記趙世家作"昔陽"，則又是"晉陽"之誤。洪亮吉說："昔陽在并州樂平縣（按，卽今山西省昔陽縣），亦非齊地。"　③"以勇氣"句：言廉頗的勇氣是諸侯聞名的。按，後漢書卷四十八李賢注引戰國策："廉頗爲人，勇鷙而愛士。"可與此互參。　④藺相如："藺"有二音：姓氏讀吝，草名讀練。"相"讀平聲。　⑤"爲趙宦者令"句："宦者"卽宫中的宦官；"宦者令"，宦官的頭子。"繆賢"的"繆"音妙。"舍人"已見前平原君列傳註釋。⑥楚和氏璧："和氏"，卽楚國的著名玉工卞和。韓非子和氏篇："楚人和氏（一本作'卞和'）得玉璞（美玉包孕在石内叫做'璞'）於楚山中，奉而獻之厲王。厲王使玉人（琢玉的匠人）相（檢視）之，玉人曰：'石也'。王以和爲誑（'誑'音逛，撒謊），而刖（'刖'音月，斷足之刑）其左足。及厲王薨，武王卽位，和又奉其璞而獻之武王。武王使玉人相之，又曰：'石也。'王又以和爲誑，而刖其右足。武王薨，文王卽位。和内抱其璞，而哭之於楚山之下；三日三夜，泣盡而繼之以血。王聞之，使人問其故，曰：'天下之刖者多矣！子奚哭之悲也？'和曰：'吾非悲刖也；悲夫寶玉而題之以石（稱它爲石），貞士而名之以誑（說他是撒謊），此吾所以悲也。'王乃使玉人理（治玉叫'理'）其璞，而得寶玉焉。遂命（命名）曰'和氏之璧'。""璧"，圓形的玉。周邊的玉質叫做"肉"，中心的孔叫做"好"。爾雅釋器："肉倍好謂之'璧'（周邊的玉的寬度比中心的孔的直徑大一倍叫做'璧'），好倍肉謂之'瑗'（中心的孔的直徑比周邊的玉的寬度大一倍叫做'瑗'），肉好若一謂之'環'（周邊的玉的寬度和中心的孔的直徑尺寸相等叫做'環'）。"

⑦“願以”句：秦國情願用十五座城邑向趙國請求換取寶璧。　　⑧“欲予秦”三句：“予”讀上聲，同“與”，作“給與”解，下同。“徒”，白白地。“見”，作“被”、“受”解。此言“要把璧給了秦國，秦國的十五座城恐怕得不到手，以致白白地受騙”。　　⑨“卽患”句：“卽”，立卽，馬上。此言“馬上怕秦國出兵來攻”。　　⑩求人”二句：想訪求一個能够被派往秦國回報的人，但未能找到。　　⑪“竊計”句：我私自打算要亡命到燕國去。　　⑫止臣：猶言“阻止我”、“勸我不要去”。　　⑬“君何以”句：“知”，猶言“了解”。此句大意是：“你怎麽能了解燕王可以收容你？”⑭臣語曰：“語”讀去聲，作“告訴”、“陳述”解。此句猶言“我就對他說道”。　　⑮願結友：願意同我結爲朋友。據王念孫讀書雜志考訂，“友”字當是“交”字之誤。錄以備考。　　⑯“而君”句：“幸”，寵幸；“幸於趙王”，受趙王寵幸。　　⑰欲結於君：想要結識你。　　⑱“今君”句：“乃”作“竟”解；“亡趙”，從趙國出奔；“走燕”，逃到燕國去。　　⑲“其勢”二句：上句，“勢”，指兩國形勢和力量的對比。下句，“束”，綑縛；“歸”，送回；“歸趙”指引渡歸國。此二句大意是：“照兩國的情况看來，不但燕王一定不留你，而且要把你捉住送回趙國來。”　　⑳“君不如”二句：上句，“袒”音坦，脱下衣服叫“袒”；“肉袒”，脱去上衣，露着肩膊；“伏”，匍匐；“質”同“鑕”，“斧鑕”是腰斬人的刑具，其狀有如現在斬草用的鍘刀。“斧”指鍘刀的刃部，“鑕”指下面承接斧刃的木座或鐵座。此言“解衣露膊，伏在斧下鑕上，表示認罪，請求處以死刑”。下句，“幸”，僥倖；“得脱”，得到赦免。　　㉑“臣竊”三句：第一句，“其人勇士”，猶言“他這人是個勇士”。第三句，“宜”，適宜於，應該；“可使”，可以供你派遣。此句意謂“藺相如是可以勝任的”。　　㉒可予不：“不”同“否”。　　㉓曲在趙：“曲”與“直”爲對文，指情屈理虧。此連上文大意是：“秦用城邑來換取寶璧，原是合理的要求；如果不把璧給秦國，則趙國理虧。”　　㉔“均之”二句：上句，“均”，衡量，比較；“之”，此處作“此”解。此言“把這兩種對策衡量一下”。下句，“寧許”，寧可答應它；“以”，使；“負”，擔負；“以

負秦曲”，使理屈的責任由秦國方面擔負。　　㉕誰可使者: 誰是可以派遣的人。　　㉖“臣願”句:“奉”同“捧”，“捧璧”，表示重視之意;“奉璧往使”，捧護寶璧前往出使。按，此句或在“往”字斷句，作“臣願奉璧往，使城入趙而璧留秦”，亦可通。　　㉗臣請完璧歸趙: “請”有“保證”之意;“完”，完整無缺。此言“我敢保證把寶璧完整無缺地帶回趙國”。

㉘“秦王坐章臺”句:“章臺”，秦所建，是秦宮的臺觀之一，其故址位於今陝西省咸陽市(舊長安縣)故城西南角，在渭水的南岸。按，“章臺”不是正式接見外臣的地方。秦王在此召見相如，正表示對趙國使臣的輕視。　　㉙“相如奉璧”句:“奏”，呈獻。　　㉚“傳以示”句: 把寶璧傳遞給姬妾和近侍，讓他們賞玩。　　㉛乃前曰: 於是走上前去說道。　　㉜璧有瑕: “瑕”音霞，玉上的小赤點。按，玉以純白爲貴，上有雜色斑點，即爲疵病。此處藺相如故意說璧上有瑕，藉以取回寶璧。　　㉝“卻立”三句: 第一句，言退行幾步，然後站住;第二句，言把身體靠着殿上的柱子;第三句是誇大之辭，言相如因內心憤怒而使頭髮竪起，竟把帽子也衝開了去。

㉞發書至趙王: “發”作“遣送”解。此言“遣使者把書信送到趙王那裏”。㉟負其彊: “負”，仗恃。　　㊱以空言求璧: 用空話求取寶璧。按，藺相如此處用間接方式指出秦王以十五城換璧的話只是欺人的空談。

㊲“議不”句:“議”指羣臣的決議。　　㊳“臣以爲”二句:上句，“布衣之交”，指平民之間的互相交往。下句，“大國”，指秦、趙兩國，不專指秦;本句“大國”下實省略“之交”二字。此二句大意是: “我以爲老百姓彼此間的交往還不能互相欺騙，何況大國與大國之間的交往呢?”　　㊴“逆彊秦”句:“逆”，拂逆，觸犯;“驩”同“歡”，指友好關係。此句猶言“惹得強大的秦國不高興”。　　㊵齋戒五日:“齋戒”，古禮之一種。“齋”本作“齊”，即專心一志，肅然致敬之意。古代於祭祀之先，主祭者必沐浴更衣，獨宿淨室，使心地誠敬純一，叫做“齋”;“齋”必有所“戒”，包括戒酒，戒葷.戒女色。此處即指嚴肅恭敬地執行這種禮節延續到五天。按，此是藺相如隨口而談，表示趙王重視寶璧，未必是事實。　　㊶拜送書於庭: “拜”，

行下拜之禮；“書”，國書，指趙國回報秦國的覆信；“庭”，與“廷”通，即殿廷，是國王聽政的地方。此言趙王親自在殿廷上恭敬地行禮，送出了國書。　㊷何者：爲什麼這樣呢？　㊸“嚴大國”句：“嚴”，尊重；“威”，威望，威信；“脩敬”，表示敬意，加強敬意。此句大意是：“爲的是尊重你們大國的威望，更多地表示我們的敬意。”　㊹“大王見臣”二句：“列”，猶言“一般的”；“觀”讀去聲，臺觀。“列觀”指章臺而言，謂秦王在章臺召見相如，並非正式接待使臣的地方。故下句言禮節甚倨。“倨”，傲慢。㊺急臣：“急”，逼迫，迫害。　㊻“臣頭”句：此寫藺相如早已料到秦王最利害的手段，無過於殺掉自己而强取寶璧，所以他說：“現在我的頭和寶璧將一齊在殿庭的柱上撞碎。”意謂自己寧死不辱，秦王也不可能得到寶璧。　㊼睨柱：斜視着庭柱。　㊽乃辭謝固請：“辭謝”，道歉；“固請”，堅決地請求藺相如不要這樣做。　㊾召有司案圖：“有司”，負責的官吏；“案”同“按”，依照，依據；“圖”，地圖。此言秦王召來負責的官吏，依照地圖指給相如看。　㊿“指從此”句：“從此以往”，由這裏到那裏；“都”，城。此言“指出地圖上所畫的經界，把從這兒到那兒一共十五座城劃給趙國”。　51“相如度秦王”二句：上句，“度”音奪，估計；“特”，不過。此承上文，言“藺相如估計秦王這樣的做法不過是用詐術”。下句，“佯爲”，假做；“予趙城”，猶言“以城予趙”。　52“天下所共”句：“共傳”，共同傳誦。此句猶言“天下所公認的寶物”。　53趙王恐：“恐”，畏懼，指對秦畏懼。　54設九賓於廷：“設”，作“備”解；“九賓”即“九儀”，見周禮秋官大行人，是當時外交上最隆重的儀式。本來只有天子才够資格“設九賓”，秦僭行天子禮，故亦用之。中井積德說：“‘賓’，儐也（按，‘儐’即‘儐相’，禮官）。儐九人立廷，以禮（招待）使者也。”王伯祥說：“‘設九賓於廷’，就是備大禮相迎。……‘九賓’，由儐者（招待員）九人以次傳呼接引上殿。”　55上璧：“上”，獻上。　56“秦王度之”二句：“彊”讀上聲，勉强。此言秦王估計這情形，知道終於不能從藺相如手中把寶璧勉强奪取過來。　57遂許齋五日：“齋”即齋戒。　58“舍相如"句:"舍",動詞,作"留宿"解;"廣成",當是邑里之名(用中井積德說);"傳"讀去聲,即"傳舍",猶今言"賓館"。此言秦王款留藺相如在廣成賓館中住宿。按,"廣成傳"一本作"廣成傳舍",王念孫、張文虎皆以此"舍"字爲衍文。王念孫說:"'傳'下本無'舍'字,此涉索隱'傳舍'而誤衍也。索隱本出'廣成傳'三字,而釋之曰:'廣成是傳舍之名。'若正文本作'廣成傳舍',則索隱爲贅語矣。……左思魏都賦:'廣成之傳無以疇。'張載注引此作'舍相如廣成傳',……足正今本之誤。"今按,王說近是,録以備考。 (59)"決負約"句:"決",猶"必定";"負約",違背信約。 (60)"乃使"句:"從者"指藺相如帶去的隨員,"從"音縱;"衣"讀去聲,作"穿"解;"褐",粗布衣服。"衣褐"指改扮爲普通百姓的裝束。 (61)"懷其璧"三句:第一句,言藏璧於懷中。第二句,"徑道",小路,近路;"亡",逃走。第三句,言把璧安全地送歸趙國。 (62)引:延請。 (63)"秦自"二句:上句,"繆"同"穆","繆公"即春秋時的秦穆公。按,自秦穆公至秦昭王,共歷二十一君,故相如言"二十餘君"。下句,"堅明"是動詞,"約束"是賓詞。"堅",堅守;"明",明確,指説了話可以兑現;"約束",指盟約之類。此二句言秦國的歷代君主從沒有堅守信約的。 (64)"臣誠恐"句:"見欺於王",受秦王的欺騙;"負趙",對不起趙國。 (65)間至趙矣:從小路回到趙國去了。 (66)"大王遣"句:"介",古與"个"通,"一介"即"一个";"遣一介之使",只派遣一個使臣。 (67)就湯鑊:"鑊"音獲,無足的大鼎;"湯鑊",以鑊盛水或油,加火燒沸,用以烹煮犯人。相傳此刑始自秦之商鞅(見漢書刑法志)。此處卽指受烹刑。 (68)"唯大王"句:"唯",猶"願";"熟計議之",仔細地考慮。 (69)相視而嘻:秦王君臣彼此面面相覷,發出苦笑的聲音。按,史記索隱釋"嘻"爲"驚而怒之辭",疑非是。王駿圖說:"'嘻'無'驚怒'解。觀上下文義,秦王如此盛設,而不得誑相如一璧,乃無可如何,轉顧羣臣而嘻笑耳。若驚怒則不得言'相視'。且觀下文秦王并不殺相如,亦作無可如何之辭,故知索隱解未確。"今按,王說是。"嘻"卽苦笑聲。 (70)引相如去:把相如拖走。 (71)"而絶"

句: 反而斷絕了兩國的友好關係。　　⑫"不如"句: "因"，趁此；"厚遇之"，優厚地款待他。　　⑬"卒廷見"二句: 上句，"卒"，終於；"廷見"，在朝廷上正式接見。此言秦王終於設九賓的大禮來接見藺相如。下句，"畢禮"，猶言"盡禮"、"完成大禮"；"而歸之"，並把相如送歸趙國。按，"畢"一本作"異"，"異禮"指特殊的禮儀，亦可通。　　⑭"趙王以爲"二句: 上句，李笠說: "案，'賢'下'大夫'二字，蓋涉下'上大夫'誤衍。時相如爲繆賢舍人，未爲大夫。故廉頗曰'相如素賤人'也。'趙王以爲賢'者，特心賢之(心裏認爲他賢能)耳。'大夫'二字，贅而無當，明矣。"但王伯祥卻說: "'趙王以爲賢大夫使不辱於諸侯'，應一貫地讀，意卽趙王以爲相如是個稱職的大夫，出使於外國，能够不玷辱他所奉的使命。蓋相如奉命使秦，應該已經取得大夫的身分(當時奉使出國的外交官例須大夫爲之，決不能仍舊做繆賢的舍人)。……"今按，以上下文讀之，"大夫"二字疑是衍文，初不論其是否已受封爲大夫。故李說近是。下句，"使"，指受命爲使臣，應讀去聲。　　⑮"拜相如"句: "拜"，封官授職之意；"上大夫"，大夫中的最高一級，其位僅次於卿。按，這顯然是趙王對藺相如的越級提陞。〔以上是第一大段，寫藺相如完璧歸趙的始末。〕

其後，秦伐趙①，拔石城。

明年，復攻趙，殺二萬人。

秦王使使者告趙王②，欲與王爲好③，會於西河外澠池④。趙王畏秦，欲毋行⑤。廉頗、藺相如計曰: "王不行，示趙弱且怯也。"趙王遂行，相如從。廉頗送至境，與王訣曰⑥: "王行，度道里會遇之禮畢⑦，還，不過三十日；三十日不還⑧，則請立太子爲王，以絕秦望。"王許之，遂與秦王會澠池。

秦王飲酒酣，曰: "寡人竊聞趙王好音⑨，請奏瑟!"趙王鼓瑟。秦御史前⑩，書曰: "某年月日，秦王與趙王會飲，令趙王鼓瑟。"藺相如前曰: "趙王竊聞秦王善爲秦聲⑪，請奉盆缻秦王⑫，以相娛樂。"秦王怒，不許。於是相如前進缻，因跪請秦王。秦王不肯擊缻。相如曰："五步之内⑬，相如請得以頸血濺大王矣₁"左右欲刃相如⑭，相如張目叱之，左右皆靡⑮。於是秦王不懌⑯，爲一擊缻。相如顧召趙御史書曰⑰："某年月日，秦王爲趙王擊缻。"秦之羣臣曰："請以趙十五城爲秦王壽⑱。"藺相如亦曰："請以秦之咸陽爲趙王壽⑲。"秦王竟酒⑳，終不能加勝於趙。趙亦盛設兵以待秦㉑，秦不敢動。

①"秦伐趙"二句: 上句，"伐趙"事在趙惠文王十八年(秦昭王二十六年，即公元前二八一年)，又見史記趙世家及六國年表。下句，"石城"，趙邑名，故城在今河南省林縣西南八十五里。　②"秦王使使者"句: 據史記六國年表，澠池之會在趙惠文王二十年(公元前二七九年)。所以梁玉繩説: "……'秦王'上疑缺'明年'二字。"　③欲與王爲好: "好"讀去聲; "爲好"，猶言"敦睦邦交"，即"聯歡"之意。一説，此句應連下文"會"字斷句。"好會"，友好的會見，亦通。　④西河外澠池: "西河"，地名，相當於今陝西省渭南專區一帶地方，在黃河之西。這一段黃河古稱"西河"，所以其地亦因之得名。"澠池"，戰國時韓邑，後屬秦，因河南省宜陽縣西的澠池水而得名，即今河南省澠池縣。故治與澠池水發源處南北相對。"澠池"在"西河"之南，就趙國的方位而言，故稱"外"。　⑤欲毋行: 打算不去。　⑥與王訣曰: "訣"，一切經音義引通俗文: "與死者辭曰'訣'。"此寫趙王赴會，很可能遭秦王暗算，故廉頗與趙王分手時作訣別之語。　⑦"度道里"三句: 第一句，"度"，估計; "道里"，猶言"路程"; "會遇之禮"，指秦、趙兩國之君見面會談的禮節。第二句，"還"，歸來。此三句言"估計路上的行程和會見的禮節，包括從澠池回來所需的時間，總共不超過三十天"。　⑧"三十日不還"三句，此寫秦王可能拘留趙王，做爲要挾索詐的藉口，所以廉頗對趙王説: "如果您過了三十天不回國，那就請求立太子爲王，好斷絶秦國要挾的念頭"。　⑨"寡人竊聞"二

句:上句,"好音",愛好音樂。下句,"奏",彈奏;"瑟",古樂器名,形似琴而身較長大,通常配用二十五絃。　⑩"秦御史前"二句:上句,"御史",官名,戰國時各國都有,是掌管圖籍、記録國家大事的史官;"前",走近前來。按,以上文及此句而言,秦國令御史作記録是早有準備的。下句,"書",寫,指把當時的行事記載在册册上。郭嵩燾史記札記:"案,(禮記)曲禮:'史載筆,士載言。'周禮:'太史,大會同以書協禮事;外史,掌書外令。'是以凡會盟,史皆從,春秋時猶然。戰國相驚於争戰,周以前典禮無復有存焉者矣;獨澠池之會,藺相如傳猶見御史書事,是乃三代之遺法也。"録以備考。　⑪善爲秦聲:善於歌唱秦地的鄉土曲調。　⑫"請奉"二句:上句,"奉",獻。一本"奉"作"奏",義並同。此句"盆缻"下省略"與"字。"缻"同"缶",音 fǒu,盛酒漿的瓦器。史記集解引風俗通義:"秦人鼓(敲擊)之以節歌(做爲歌唱的節拍)也。"此句言"請求把盆缶呈獻給秦王"。意謂秦王可以一邊敲缶一邊唱歌。下句,言趙王、秦王彼此都有表演,以互相酬答取樂。　⑬"五步"二句:從字面看,此二句是藺相如説他距離秦王很近,不過只有五步遠;如果相如自殺,頸上的血都可以濺到秦王身上。但言外之意,是説他很有可能把秦王殺死(參用胡三省説)。　⑭"左右欲刃"句:"刃"本指刀鋒,此處做動詞用,作"殺"解。此言秦王的侍衞要殺死藺相如。　⑮靡:本作"偃"解,猶今言"倒下";此處則指倒退,避開。　⑯"於是秦王"二句:上句,"不懌",猶"不悦";"懌"音譯。下句,言秦王逼於藺相如的威勢,只好爲他敲了一下缶。⑰"相如顧召"句:"顧",回過頭來;"召",招呼。按,此與上文"秦御史前"等句相對照,寫趙國的御史事先並無準備,所以藺相如特地回頭招呼他,讓他記録秦王擊缻的事件。　⑱"請以趙"句:"爲秦王壽",給秦王添壽。下文"爲趙王壽"義仿此。此猶言"請趙國送給秦王十五座城邑做爲祝賀的獻禮"。　⑲"請以秦"句:"咸陽"是秦的國都,即今陝西省咸陽市東之渭城故城。按,此語言外之意等於説秦國將被趙國所吞滅。⑳"秦王竟酒"二句:"竟",完畢;"竟酒",直到飲完了酒宴。　下句,"加勝於"趙"，佔趙國的上風。　　㉑"趙亦"句："盛"，多；"設兵"，準備武裝力量，"以待秦"，防備秦國。〔以上是第二大段，寫秦、趙澠池之會及藺相如在外交方面戰勝秦國的情形。〕

　既罷①，歸國，以相如功大，拜爲上卿，位在廉頗之右②。廉頗曰："我爲趙將，有攻城野戰③之大功，而藺相如徒以口舌爲勞④，而位居我上。且相如素賤人⑤，吾羞⑥，不忍爲之下。"宣言曰⑦："我見相如，必辱之｜相如聞，不肯與會。相如每朝時，常稱病，不欲與廉頗爭列⑧。已而⑨相如出，望見廉頗，相如引車避匿⑩。於是舍人相與諫曰⑪："臣所以去親戚而事君者⑫，徒慕君之高義也。今君與廉頗同列⑬，廉君宣惡言，而君畏匿之⑭，恐懼殊甚⑮。且庸人尚羞之⑯，況於將相乎｜臣等不肖，請辭去。"藺相如固止之⑰，曰："公之視廉將軍孰與秦王⑱？"曰："不若⑲也。"相如曰："夫以秦王之威，而相如廷叱之⑳，辱其羣臣；相如雖駑㉑，獨畏廉將軍哉｜顧吾念之㉒，彊秦之所以不敢加兵於趙者，徒以吾兩人在也㉓。今兩虎共鬭㉔，其勢不俱生。吾所以爲此者㉕，以先國家之急，而後私讎也｜"廉頗聞之，肉袒負荆㉖，因賓客至藺相如門謝罪㉗，曰："鄙賤之人㉘，不知將軍寬之至此也。"卒相與驩㉙，爲刎頸之交㉚。

　是歲廉頗東攻齊㉛，破其一軍。

　居二年㉜，廉頗復伐齊幾㉝，拔之。

　後三年㉞，廉頗攻魏之防陵、安陽㉟，拔之。

　後四年㊱，藺相如將而攻齊，至平邑而罷㊲。

　其明年㊳，趙奢破秦軍閼與下㊴。

　　①既罷：指澠池之會結束以後。　　②"位在"句："右"，史記正義："秦、漢以前，用右爲上。"王伯祥說："……'在廉頗之右'就是在廉頗之

上。那時廉頗先已拜上卿，藺相如澠池會後始以功大拜上卿，朝會時的位次乃排在廉頗之右，故引起廉頗的不平。"　③野戰：在曠野地方作戰。　④徒以口舌爲勞："勞"，功勞。此言藺相如只靠口頭上的本領立點功勞。　⑤素賤人："素"，素常，本來。此句言藺相如的出身不過是宦者令的舍人，一向是低賤的。　⑥"吾羞"二句：上句，"羞"，恥辱。下句，"不忍"，受不了，不能容忍；"爲之下"，位居藺相如之下。此連上文大意是："我同一個出身低賤的人同位，實在感到恥辱，現在讓我位居於他之下，我簡直受不了。"　⑦宣言曰："宣"，宣揚；"宣言"猶言"對外揚言"。　⑧爭列：爭位次的先後。　⑨已而：楊樹達詞詮："時間副詞。……第二事之發生距第一事不久時用之。"猶言"未幾"、"過了不多時"。⑩引車避匿："引"，作"卻"解（參閱前平原君虞卿列傳註釋），"引車"，指把車子掉轉方向；"避匿"，躲避。　⑪"於是舍人"句："舍人"指藺相如的門客；"相與"，猶言"一齊"、"共同"。　⑫"臣所以"二句：我們所以離開自己的親眷而來侍奉你，只是爲了仰慕你崇高的道義精神。　⑬同列：同居上卿之位。　⑭畏匿之：因爲駭怕而躲避他。　⑮恐懼殊甚："殊甚"，太過分，特別過分。　⑯"且庸人"句："且"，提示性的連接詞，與用於句首的虛詞"夫"字作用相同，"且庸人"猶"夫庸人"。"庸人"，普通的人，平常的人；"之"，語末助詞，常置於動詞後，無涵義。此連下文言："這連一般普通人都感到羞恥，何況身爲將相的人呢？"　⑰固止之：堅決地挽留他們。　⑱"公之視"句："視"有"兩相比較"之意；"孰與"，猶言"何如"、"怎樣"。此言"你們看廉將軍比秦王怎樣"。　⑲不若：不如，比不上。　⑳廷叱之：在朝廷之上公開呵斥他。　㉑駑：愚劣，拙笨。㉒顧吾念之："顧"，但。此言"但是我想到"。　㉓"徒以"句：大意是："只是因爲我和廉將軍在位的緣故。"　㉔"今兩虎"二句：上句，"兩虎"，指廉頗和藺相如自己。下句，"勢"，指必然的形勢；"不俱生"，不能同時活着。此二句猶今言"兩虎相爭，必有一傷"。　㉕"吾所以"三句：大意是："我所以這樣做，是由於我把國家的患難儘先考慮，而把私人之間的仇怨擺在次要地位的緣故。" ㉖負荆："荆"，木名，一名"楚"，樹幹粗如碗口，其枝相對而生，可以樵采爲薪，亦可製爲打人的鞭子。此寫廉頗身揹着荆木製的鞭子，表示服罪，願意接受鞭撻的懲罸。 ㉗"因賓客"句："因"。作"依"解；"因賓客"，猶言"通過賓客的介紹"。 ㉘"鄙賤"二句："鄙"，猶言"粗野"。按，此是廉頗自謙自愧之辭。下句，大意是："沒有料到您對我竟寬恕到這樣地步。"王伯祥説："當時的上卿職兼將相，故相如亦得有'將軍'之稱。" ㉙卒相與驩："卒"，終於；"相與"，彼此；"驩"同"歡"，交歡，和好。 ㉚爲刎頸之交：史記索隱引崔浩説："言要(共立誓約)齊生死(同生同死)，而刎頸無悔也。"意謂兩人從此竟成爲誓同生死的好朋友。 ㉛"是歲"二句：上句，"是歲"，這一年，仍指趙惠文王二十年。下句，"一軍"，一枝軍隊，一股軍隊。 ㉜居二年：過了兩年。按，根據史記趙世家，這一年應爲趙惠文王二十三年(卽公元前二七六年)，已在澠池之會三年以後；此處疑有誤。詳下句註。 ㉝廉頗復伐齊幾："幾"音祈，魏邑名，故城在今河北省大名縣東南。按，趙世家："(惠文王)二十三年，樓昌將，攻魏幾，不能取；十二月，廉頗將，攻幾，取之。"則是幾屬魏，不屬齊。史記集解："案，趙世家：惠文王二十三年，頗將，攻魏之幾邑，取之。而齊世家及(六國)年表，無伐齊幾拔之事。疑幾是邑名，而或屬齊，或屬魏耳。……"(史記正義略同)而梁玉繩則謂："案，幾是魏邑。趙世家言：頗攻魏幾，取之。秦策亦云：秦敗閼與，反攻魏幾。廉頗救幾。(原注'幾已屬趙，又言魏者，因其本魏地而稱之；故頗救也。')此作'齊幾'，誤。裴駰謂'或屬齊，或屬魏'，非也。先是樓昌攻幾，不能取，故云'復伐'。又，'居二年'乃'居三年'之誤。"今按，梁説是，故録以備考。 ㉞後三年：據趙世家："(惠文王)二十四年(按，卽公元前二七五年)，廉頗將，攻房子(按，卽防陵)，拔之。因城而還。又攻安陽，取之。"則距伐幾的時間僅一年。故梁玉繩説："'後三年'當作'後一年'，乃惠文王二十四年事也。" ㉟防陵、安陽："防陵"在今河南省安陽市南二十里，因防水而得名(用史記正義説)。"安陽"故城在今安陽市東南四十三里。　　㊱後四年: 卽趙惠文王二十八年(公元前二七一年)。㊲至平邑而罷: "平邑",趙邑名,卽今河南省南樂縣東北的平邑村。"罷",中止。　　㊳其明年: 卽趙惠文王二十九年(公元前二七〇年)。按,趙世家: "二十九年,秦、韓相攻,而圍閼與。趙使趙奢將,擊秦,大破秦軍閼與下。"正與此合。　　㊴"趙奢"句:"閼與",戰國時韓邑,後屬趙。故城在今山西省和順縣西北(用水經注説)。"閼",此處讀爲御。〔以上是第三大段,寫廉頗、藺相如和好團結的經過,並帶敍廉頗的戰功。〕

趙奢者,趙之田部吏①也。收租税,而平原君家不肯出租,奢以法治之②,殺平原君用事者九人。平原君怒,將殺奢。奢因説曰③: "君於趙爲貴公子④。今縱君家而不奉公⑤,則法削; 法削則國弱; 國弱則諸侯加兵。諸侯加兵,是無趙也,君安得有此富乎! 以君之貴,奉公如法⑥,則上下平; 上下平則國彊; 國彊則趙固⑦; 而君爲貴戚⑧,豈輕於天下邪! "平原君以爲賢,言之於王。王用之治國賦⑨,國賦大平,民富而府庫實。

秦伐韓,軍於閼與。王召廉頗而問曰: "可救不⑩? "對曰: "道遠險狹⑪,難救。"又召樂乘⑫而問焉,樂乘對如廉頗言⑬。又召問趙奢,奢對曰: "其道遠險狹,譬之猶兩鼠鬥於穴中⑭,將勇者勝。"王乃令趙奢將,救之。

兵去邯鄲三十里,而令軍中曰: "有以軍事諫者死⑮! "秦軍軍武安西⑯。秦軍鼓譟勒兵⑰,武安屋瓦盡振。軍中候有一人言急救武安⑱,趙奢立斬之。堅壁⑲,留二十八日不行,復益增壘⑳。秦間來入㉑,趙奢善食而遣之。間以報秦將,秦將大喜,曰: "夫去國三十里而軍不行㉒,乃增壘,閼與非趙地也! "趙奢既已遣秦間,乃卷甲而趨之㉓,二日一夜至。令善射者去閼與五十里而軍㉔。軍壘成,秦人聞之,悉甲而至㉕。軍士許歷請以軍事諫㉖。趙奢曰: "内之㉗，"許歷曰："秦人不意趙師至此㉘，其來氣盛㉙，將軍必厚集其陣以待之㉚。不然，必敗。"趙奢曰："請受令㉛，"許歷曰："請就鈇質之誅㉜，"趙奢曰："胥後令邯鄲㉝，"許歷復請諫曰："先據北山上者爲勝㉞，後至者敗。"趙奢許諾，即發萬人趨之㉟。秦兵後至，爭山，不得上；趙奢縱兵擊之，大破秦軍。秦軍解而走㊱，遂解閼與之圍而歸。

趙惠文王賜奢號爲馬服君㊲，以許歷爲國尉㊳。趙奢於是與廉頗、藺相如同位㊴。

　　①田部吏：徵收田租的小吏。　　②"奢以法"二句：上句，"以法治之"，按照法律處理。下句，"用事者"，當權管事的人。　　③奢因説曰："因"，於是；"説"音税，勸諫。　　④"君於趙"句：你在趙國是一位尊貴的公子。　　⑤"今縱"二句：上句，"縱"，放任；"奉公"，遵奉公家的指示。下句，"削"，削減，削弱；"法削"，指國家法令的效力受到損害。　　⑥"奉公如法"二句：上句，"如法"，按照法令辦事。下句，"上"指國家的最高統治者，包括平原君在内；"下"指一般被統治的人。"上下平"，言在上位的人如果能守法，那麽下面的人自然也都守法了，這樣就可以一切公平合理。⑦國彊則趙固："國"指國家的實力，"趙"指王室貴族。此言"國家的實力如果強大，趙國執政者的權力也自然鞏固了"。　　⑧"而君"二句：此言"你是趙國最尊貴的親戚，哪裏能被天下人輕視呢？"意謂趙國的地位提高，平原君也自然受諸侯尊重。　　⑨"王用之"三句：第一句，"之"指趙奢；"治國賦"，管理全國的賦税。第二句，"大平"，大大地公平合理。按，此指一切應該繳納租税的人都必須依法完税，貴族既不得例外，人民的負擔自然就相對地減輕了。第三句是第二句的結果。言"人民納税既不過重，自然較爲富足；貴族既依法完税，國庫也自然充實了"。　　⑩可救不："不"同"否"。　　⑪"道遠"二句：言閼與距邯鄲路程很遠，交通又非常困難，兵馬必須經過艱險而狹隘的山路，所以不易援救。　　⑫樂乘：戰國

名將樂毅的同族，後來趙封他爲武襄君。　　⑬“樂乘對如”句：樂乘的回答與廉頗相同。　　⑭“譬之猶”二句：“譬之猶”，卽“譬如”。下文“兩鼠”之喻，言兩隻老鼠在洞裏打架，地方極小，沒有迴旋餘地，哪個勇敢些，哪個就能打勝。　　⑮“有以”句：有人敢爲軍事來進諫的處死刑。按，上文寫趙奢出兵，僅距邯鄲三十里就停了下來，正是故意示弱於秦。但這樣做法是會引起他部下懷疑的，所以下令軍中，不許進諫。史記評林引茅坤説：“不欲人諫者，絶軍中譁言也。”　　⑯“秦軍軍”句：下“軍”字是動詞，作“駐紮”解；“武安”，趙邑，故城在今河北省武安縣西南。按，武安在邯鄲之西，秦軍恐趙救閼與，所以進軍至武安附近，企圖牽掣趙國的兵力。　　⑰“秦軍鼓譟”二句：上句，“鼓譟”，擊鼓吶喊；“勒兵”已見前魏公子列傳註釋，此指操練人馬。下句，王伯祥説：“極意形容秦軍聲勢的盛大，言他們‘鼓譟勒兵’的時候，連武安城内所有房屋上面蓋着的瓦片盡都振動的。”　　⑱“軍中候”句：“候”卽軍候，是負責偵查敵情的軍職；“軍中候有一人”，在軍中擔任偵查敵情工作的一個軍士。按，此人因見武安形勢吃緊，所以他説要“急救武安”。　　⑲堅壁：堅守營盤。⑳復益增壘：“壘”，壁壘，營牆。此寫趙奢不但不向前進軍，反而更多地增築營壘，表示久駐之意。　　㉑“秦間”二句：上句，言秦國的間諜進入趙國的陣地。下句，“食”音寺，“善食”，好好地用飲食款待；“遣之”，遣送他回去。王伯祥説：“趙奢明知間諜，故意縱令遭報，所以‘善食而遣之’。”　　㉒“夫去國”三句：“國”，指趙國的首都邯鄲。此三句大意是：“趙軍離開都城僅三十里就停住不走，而且還增築營壘，顯然是不敢去救閼與，閼與一定不會爲趙國所有了。”　　㉓“乃卷甲”句：“卷”同“捲”；“甲”，軍士穿的鐵甲；“捲甲”，卸去鐵甲，輕裝進軍。“趨”，迅速前進；“之”指閼與前線。　　㉔“令善射者”句：命令善於射箭的軍隊離閼與五十里紮營。按，前文寫趙奢故意停軍不進，此又寫其兼程而至，正爲了使秦軍疏於防備，然後乘勢獲勝。郭嵩燾説：“案所以留軍不行，而誅殺諫者，其蓄謀在此。”　　㉕悉甲而至：言秦軍全副裝備，也趕了來。　　㉖“軍士許歷”

句: 有個軍士名叫許歷的, 請求趙奢允許他進言, 陳述軍事。　　㉗内之: "内"同"納"。此猶言"讓他進來"。　　㉘"秦人"句: 言秦軍沒有料到趙軍這樣迅速地來到此地。　　㉙其來氣盛: 他們趕到這裏來, 士氣很旺盛。　　㉚"將軍"句:"厚集", 充分準備, 重點集中;"陣", 隊伍的陣形;"待"有"防備"之意。史記評林引茅坤説:"'厚集其陣'者, 嚴肅其部伍, 使敵不得猝犯也。戒當卷甲而趨之後也。"郭嵩燾説:"案, 二日一夜馳至, 亦稍乏矣;而秦軍之氣方盛, 於此宜有以待之。許歷蓋微窺知趙奢之兵機, 故其言相應如此。"按, 茅、郭説是, 錄以備考。　　㉛請受令: 大意是:"請允許我接受你的指教。"資治通鑑即改此句的"令"字爲"教"。㉜"請就"句:"就", 此處有"接受"之意;"鈇質", 同"斧鑕", 已見前註。此言"請你允許我接受死刑的處分"。　　㉝胥後令邯鄲:"胥"與"須"通, 作"等待"解;"須後令", 等待以後的命令。"邯鄲", 史記索隱以爲是"欲戰"的誤字(中井積德則以爲是"將戰"的誤字), 與"胥後令"分爲兩句, 言"臨戰之時, 許歷又向趙奢請求進言"。但資治通鑑則以"邯鄲"屬上讀。梁玉繩説:"錢宮詹(按, 即錢大昕)曰:'"胥後令邯鄲"是五字句。趙都邯鄲, 謂當待趙王之令也。'此解甚愜。後(漢)書循吏衞颯傳云'須後詔書', 語意相似。"王駿圖説:"此即左傳'有後命'之意。……索隱謂'邯鄲'二字當爲'欲戰'二字, 謂臨戰之時, 許歷復諫也。反覆思之, '邯鄲'何皆誤, 且誤得如此明白! 乃知索隱斷句誤矣。當讀曰'胥後令邯鄲'耳。蓋'邯鄲'者, 趙都也。奢善許歷之策, 而又不能遽更其軍令, 故爲緩辭, 言待凱旋邯鄲, 當有後命耳。許歷得此言, 故敢復諫。此時並無後令也。"今按, "邯鄲"恐非誤字, 今依通鑑斷句。梁引錢説及王駿圖説近是, 故併錄以備考。　　㉞"先據"二句: 王伯祥説:"言先能據守閼與北面的山頭的可以獲勝, 後來的便失卻險隘而必致失敗了。"郭嵩燾説:"案, 秦軍久至而不知據此山者, 由趙奢留軍不行, 先示怯, 是以秦軍易(輕視)之。直見趙軍據此山, 乃始與争利, 此其所以敗也。"　　㉟"即發"句: 立刻派遣一萬人急趨那座山頭。　　㊱解而走: 言秦軍被擊潰, 解散而敗走。

㊲馬服君："馬服"，山名，在邯鄲西北十里。此以山名爲趙奢封號。

㊳國尉：官名，職位僅次於將軍。　㊴同位：即"同列"。此言趙奢與廉頗、藺相如同爲上卿。〔以上是第四大段，爲趙奢附傳。着重寫其救閼與破秦軍的始末。〕

後四年①，趙惠文王卒，子孝成王立。

七年②，秦與趙兵相距長平③。時趙奢已死，而藺相如病篤④，趙使廉頗將攻秦。秦數敗趙軍，趙軍固壁不戰⑤。秦數挑戰⑥，廉頗不肯。趙王信秦之間⑦——秦之間言曰："秦之所惡⑧，獨畏馬服君趙奢之子趙括爲將耳。"趙王因以括爲將，代廉頗。藺相如曰："王以名使括⑨，若膠柱而鼓瑟耳。括徒能讀其父書傳⑩，不知合變也。"趙王不聽，遂將之⑪。

趙括自少時學兵法，言兵事，以天下莫能當⑫。嘗與其父言兵事，奢不能難⑬，然不謂善。括母問奢其故⑭，奢曰："兵，死地也⑮，而括易言之⑯。使趙不將括卽已⑰，若必將之，破趙軍者必括也」"及括將行⑱，其母上書言於王曰："括不可使將」"王曰："何以？"對曰："始妾事其父⑲，時爲將。身所奉飯飲而進食者以十數⑳，所友者以百數；大王及宗室所賞賜者㉑，盡以予軍吏士大夫；受命之日㉒，不問家事。今括一旦爲將㉓，東向而朝㉔，軍吏無敢仰視之者；王所賜金帛，歸藏於家，而日視便利田宅㉕，可買者買之。王以爲何如其父？父子異心㉖，願王勿遣」"王曰："母置之㉗，吾已決矣」"括母因曰："王終遣之㉘，卽有如不稱，妾得無隨坐乎？"王許諾。

趙括既代廉頗，悉更約束㉙，易置軍吏。秦將白起聞之，縱奇兵㉚，佯敗走，而絕其糧道㉛，分斷其軍爲二，士卒離心。四十餘日，軍餓，趙括出銳卒自搏戰[32]。秦軍射殺趙括。括軍敗，數十萬之衆遂降秦，秦悉阬之[33]。趙前後所亡凡四十五萬。

明年[34]，秦兵遂圍邯鄲，歲餘，幾不得脫[35]。賴楚、魏諸侯來救[36]，乃得解邯鄲之圍。趙王亦以括母先言[37]，竟不誅也。

①後四年：此承上文"其明年，趙奢破秦軍閼與下"而言。趙奢破秦事在趙惠文王二十九年（公元前二七〇年），至三十三年（公元前二六六年），惠文王死，相去恰爲四年。　②七年：卽公元前二五九年。據史記六國年表和白起王翦列傳，長平之役在秦昭王四十七年，卽趙孝成王六年。而趙世家載趙括代廉頗事則在孝成王七年，與此傳同。今按，一般的説法，都認爲長平之役發生在孝成王六年。　③"秦與趙軍"句："長平"，趙邑名，在今山西省高平縣西北二十里。按，長平之役，蓋因趙國貪韓上黨之地所致。事見戰國策趙策一，今錄以備考："(秦伐韓)，韓恐，使陽城君入謝於秦，請效（獻）上黨之地以爲和。……上黨之守靳黈（音toŭ）……曰：'……臣請悉發守以應秦。若不能卒（如果不能有好結果），則死之。'……(韓)王曰：'吾始已諾於應侯（卽范雎）矣；今不與，是欺之也。'乃使馮亭代靳黈。馮亭守三十日，陰使人請趙王曰：'韓不能守上黨，且以與秦；其民皆不欲爲秦，而顧爲趙。今有城市之邑七十（史記趙世家作'十七'，下同），願拜内（納）之於王，惟王才（裁）之。'趙王喜，召平原君而告之曰：'韓不能守上黨，且以與秦；其吏民不欲爲秦而皆願爲趙。今馮亭令使者以與寡人，何如？'趙豹對曰：'臣聞聖人甚禍無故之利！'王曰：'人懷吾義，何謂無故乎？'對曰：'秦蠶食韓氏之地，中絶不令相通，故自以爲坐受上黨也。且夫韓之所以内（納）趙者，欲嫁其禍也。秦被其勞而趙受其利，雖強大不能得之於小弱，而小弱顧能得之強大乎！今王取之，可謂有故乎？……王自圖之！'王大怒曰：'夫用百萬之衆，攻戰踰年歷歲，未見一城也。今不用兵而得城七十，何故不爲！'趙豹出，王召趙勝、趙禹而告之。……二人對曰：'用兵踰年，未見一城。今坐而得城，此大利也。'乃使趙勝往受地。趙勝至曰：'敝邑之王使使者臣勝告太守，

有詔使臣勝謂曰：請以三萬户之都封太守。……’馮亭垂涕而勉曰：‘是吾處三不義也：爲主守地而不能死，而以與人，不義一也；主内（納）之秦——不順主命，不義二也；賣主之地而食之，不義三也。’辭封而入韓，謂韓王曰：‘趙聞韓不能守上黨，今發兵已取之矣！’韓告秦曰：‘趙起兵取上黨。’秦王怒，令公孫起、王齮（史記作‘王齕’）以兵遇趙於長平。”（史記趙世家及白起王翦列傳所載與此略同。趙世家繫此事於孝成王四年，即公元前二六二年。下文更有數語云：“王悔不聽趙豹之計，故有長平之禍焉。”）　④病篤：病已臨危。　⑤趙軍固壁不戰：“固壁”，堅守營壘。⑥“秦數”二句：上句，“挑戰”，誘其出戰。下句，“肯”作“可”解，猶言“置之不理”。按，史記白起王翦列傳：“（秦昭王）四十七年，秦使左庶長王齕攻韓，取上黨。上黨民走趙。趙軍長平，以按據（猶言‘鎮撫’）上黨民。四月，齕因攻趙。趙使廉頗將。趙軍士卒犯秦斥兵（哨兵），秦斥兵斬趙裨將茄。六月，陷趙軍，取二鄣（兩座堡砦）、四尉（四個軍官）。七月，趙軍築壘壁而守之。秦又攻其壘，取二尉；敗其陣，奪西壘壁。廉頗堅壁以待秦。秦數挑戰，趙兵不出。趙王以爲讓（讀上聲，責問）。……”可與此互參。　⑦間：讀去聲，指間諜。　⑧惡：音務，憎厭，嫌忌。　⑨“王以名”二句：上句，“名”指虛名，言“趙王僅因趙括有虛名而任用他”。下句，“膠”，動詞，指用膠黏物；“柱”，琴瑟上面擰捲絃索的短軸。按，彈奏琴瑟時，爲了使調門有高低，必須轉動絃柱；柱緊則絃急而調門高，柱鬆則絃緩而調門低。如果用膠把絃柱黏定，使絃之緩急無法變動，那就只能有一種調門，無法調節聲音的高低了。此以喻死守成法，不能活用，指趙王但信片面之言，不知權變。　⑩“括徒能”二句：“徒能”，猶言“只會”；“其父書傳”，他父親遺留下來的書本。下句，“合”，猶“應”；“合變”，靈活掌握，隨機應變；“不知合變”，王伯祥説：“言趙括只能讀死書。”　⑪遂將之：“將”作及物動詞用，“之”指趙括。此言“於是趙王乃以趙括爲將”。按，白起王翦列傳：“……秦相應侯又使人行千金於趙爲反間，曰：‘秦之所惡，獨畏馬服子趙括爲將耳。廉頗易與（容易對付），且降矣！’趙王既怒廉頗軍多失亡，數敗，又反堅壁不敢戰，而又聞秦反間之言，因使趙括代廉頗將以擊秦。"可與此互參。　⑫"以天下"句：言趙括以爲天下沒有能抵敵得過他的。　⑬"奢不能難"二句：上句，"難"讀去聲，駁難。此言趙奢駁不倒趙括。下句，言"但是趙奢並不説趙括好"。　⑭"括母"句：言趙括的母親問趙奢既不能駁倒趙括但又不肯定他的原因何在。
⑮兵，死地也："死地"，容易犧牲性命的地方。此句大意是："戰争本是極其危險的場合。"　⑯而括易言之：可是趙括卻把打仗的事説得輕而易舉。　⑰"使趙"三句：大意是："假使趙國不用趙括爲將就算了；如果一定用他爲將，那麼使趙軍潰敗的必然是趙括了。"　⑱將行：將要帶兵出發。　⑲"始妾"二句：上句，"事"，侍奉，指嫁給趙奢。此言"當初我嫁給他父親的時候"。下句，言"那時他正奉命爲趙國的大將"。　⑳"身所奉"二句：上句，"身"，親自；"奉飯飲"，捧着食物和飲料；"進食"，獻給人吃；"以十數"，有幾十個人，"數"讀上聲。下文"以百數"義仿此。下句，"所友者"，當平輩朋友看待的人。此二句大意是："在軍中被趙奢當做老師尊敬的、每逢吃飯時必須由他親自捧着食物去進獻的人有幾十個，被他當做平輩朋友看待的有幾百個。"按，此指趙奢對將士謙遜有禮貌，能接近羣衆。　㉑"大王"二句：言趙王和貴族們賞賜給趙奢的財物，趙奢完全分給部下的軍吏和僚屬。　㉒"受命"二句："命"指出征的命令。此言"趙奢只要接到國家的動員令，從那一天起就不再過問家裏的私事"。　㉓一旦爲將：驟然做了趙國的大將。　㉔"東向"二句：上句，言趙括坐西向東，接受軍吏們的朝見。按，古時帝王最尊，坐北向南；公侯將相則以坐西向東爲尊（詳見顧炎武日知錄卷二十八）。下句，言趙括驕氣十足，擺出大將的威嚴，以致他的部下没有敢抬頭仰視他的。按，此與趙奢的接近羣衆恰成尖鋭對比。　㉕"而日視"二句：大意是："而且每天打聽哪兒有便宜合適的田地房産，只要可以買的他就買下來。"按，此與趙奢不取賞賜、不問私事又成對比。　㉖"父子"二句：上句，"異心"，指思想作風截然不同。下句，"勿遣"，不要派趙括出征。

㉗“母置之”二句：上句，“母”，對趙括母親的敬稱；“置之”，與“置之不理”的“置之”同義，作“擱開”、“撂開”解。下句，“決”，決定。此二句大意是：“您把這些撂在一邊不要管吧，我已決定派趙括去了。”　　㉘“王終”三句：“稱”讀去聲，指稱職；“坐”，因犯罪而受處分叫“坐”，“隨坐”即“連坐”，因受牽累而受處罰。此三句大意是：“你終於要派他去，如果他因不稱職而受處分，我也許不致受連累麼？”　　㉙“悉更”二句：上句，“悉”，完全；“更”讀平聲，改變；“約束”，指軍中訂立的規章號令。下句，“易置”，撤換。按，此寫趙括缺乏戰鬥經驗，在軍事緊急時任意更改號令，撤換部下。　　㉚縱奇兵：“縱”，本作“放縱”解，此處引申有“指揮”、“調遣”之意；“奇兵”，出人意料的軍事部署。　　㉛“而絕”二句：上句，言白起出兵把趙軍輸送糧餉的道路截斷。下句，言秦軍把趙括的軍隊截成兩部分，彼此無法接應。　　㉜出銳卒自搏戰：親自帶領精銳的隊伍衝向敵軍，進行肉搏戰。　　㉝秦悉阬之：秦軍把趙國的降卒都活埋了。按，白起王翦列傳記此次戰役甚詳，今錄以備考：“秦聞馬服子將，乃陰使武安君白起爲上將軍，而王齕爲尉裨將。令軍中：‘有敢泄武安君將者斬！’趙括至，則（立卽）出兵擊秦軍，秦軍佯敗而走，張二奇兵以劫之。趙軍逐勝，追造秦壁（直追到秦軍營壘），壁堅，拒不得入，而秦奇兵二萬五千人絕趙軍後，又一軍五千騎，絕趙壁間（把趙軍截斷在秦軍營壘附近）。趙軍分而爲二，糧道絕；而秦出輕兵擊之。趙戰不利，因築壁堅守，以待救至。秦王聞趙食道絕，王自之（親往）河內，賜民爵各一級，發年十五以上，悉詣長平，遮絕趙救及糧食。至九月，趙卒不得食四十六日，皆内陰相殺食（皆在内部暗中彼此相殺，以死屍爲糧食）。來攻秦壘，欲出（想突圍而出），爲四隊，四五復之（往返突圍四五次），不能出。其將軍趙括出銳卒自搏戰，秦軍射殺趙括。括軍敗，卒四十萬人降武安君，武安君計曰：‘前秦已拔上黨，上黨民不樂爲秦而歸趙。趙卒反覆，非盡殺之，恐爲亂！’乃挾詐而盡阬殺之，遺其小者二百四十人歸趙。前後斬首虜四十五萬人。趙人大震。”　　㉞明年：卽趙孝成王八年（公元前二五八年）。今按，秦

圍邯鄲在孝成王八年。如據趙世家及六國年表，則長平之役兩年後秦始圍邯鄲；如據此傳，上文既以長平之役繫於孝成王七年，則此處自應作"明年"。可見兩者各有所本，而未經司馬遷統一整理。又按，邯鄲解圍在趙孝成王九年(公元前二五七年)，故下文言"歲餘"。　　㉟幾不得脫：幾乎不能脫險。"幾"讀平聲。　　㊱"賴楚、魏"句："賴"，幸虧。按，"魏"事指信陵君竊符救趙，"楚"事指春申君出兵聲援，卽平原君偕毛遂赴楚訂約的結果。並詳前二篇正文。　　㊲"趙王亦以"二句，上句，"先言"，有言在先。下句，"誅"，作"處分"解；"不誅"，不曾連坐。〔以上是第五大段，爲趙括附傳，寫秦、趙長平之役，因用趙括而致慘敗。〕

　　自邯鄲圍解五年①，而燕用栗腹②之謀——曰："趙壯者盡於長平③，其孤未壯。"——舉兵擊趙。趙使廉頗將，擊④，大破燕軍於鄗⑤，殺栗腹，遂圍燕。燕割五城請和，乃聽之。趙以尉文封廉頗爲信平君⑥，爲假相國⑦。

　　廉頗之免長平歸也，失勢之時⑧，故客盡去；及復用爲將，客又復至。廉頗曰："客退矣⑨！"客曰："吁⑩！君何見之晚也⑪！夫天下以市道交⑫，君有勢⑬，我則從君；君無勢則去。此固其理也⑭，有何怨乎？"

　　居六年⑮，趙使廉頗伐魏之繁陽⑯，拔之。

　　趙孝成王卒，子悼襄王⑰立，使樂乘代廉頗。廉頗怒，攻樂乘，樂乘走，廉頗遂奔魏之大梁。

　　其明年⑱，趙乃以李牧爲將而攻燕，拔武遂、方城⑲。

　　廉頗居梁久之，魏不能信用。趙以數困於秦兵，趙王思復得廉頗，廉頗亦思復用於趙。趙王使使者視廉頗尚可用否⑳。廉頗之仇郭開多與使者金㉑，令毀之。趙使者既見廉頗，廉頗爲之一飯斗米、肉十斤、被甲上馬㉒，以示尚可用。趙使還報王曰："廉將軍雖老，尚善飯㉓；然與臣坐㉔，頃之，三遺矢矣㣺！”趙王以爲老，遂不召。

楚聞廉頗在魏，陰使人迎之㉕。廉頗一爲楚將㉖，無功，曰：“我思用趙人㉗㣺！”廉頗卒死於壽春㉘。

①“自邯鄲”句：按，“邯鄲圍解”在趙孝成王九年（公元前二五七年）。據史記六國年表及燕召公世家，栗腹攻趙在燕王喜四年即趙孝成王十五年（公元前二五一年），中間相距不止五年。故梁玉繩、沈家本皆以“五年”爲“七年”之誤。　　②栗腹：人名，燕相。“栗”，姓；“腹”，名。　　③“趙壯者”二句：意謂趙國的壯丁在長平戰役中都死光了，他們遺留下來的孤兒還没有壯大，因此軍隊無法補充。　　④擊：一字爲句。指出擊燕軍。　　⑤“大破”句：“鄗”音霍，又音皓，本爲晉邑，後屬趙。故城在今河北省柏鄉縣北。按，栗腹攻趙事又見戰國策燕策三：“燕王喜使栗腹以百金爲趙孝成王壽。酒三日，反報曰：‘趙民其壯者皆死於長平，其孤未壯，可伐也。’王乃召昌國君樂間而問曰：‘何如？’對曰：‘趙，四達之國也。其民皆習於兵，不可與戰。’王曰：‘吾以倍攻之，可乎？’曰：‘不可。’曰：‘以三可乎？’曰：‘不可。’王大怒。左右皆以爲趙可伐，遂起六十萬以攻趙——令栗腹以四十萬攻鄗，使慶秦以二十萬攻代。趙使廉頗以八萬遇栗腹於鄗，使樂乘以五萬遇慶秦於代。燕人大敗。樂間入趙。……”（史記燕召公世家及趙世家所載與此略同）可以互參。　　⑥“趙以尉文”句：“尉文”，史記集解引徐廣說：“邑名。”而不詳其地之所在。王駿觀以爲其地在趙之西北境。“信平君”，封號。　　⑦假相國：代行相國職權。王伯祥說：“其時藺相如當已死去，故以廉頗代爲相國。”　　⑧“失勢”二句：言廉頗失去權勢的時候，舊時門下的食客都離去了。　　⑨客退矣：此是嫌惡拒絶之辭，猶言“你們都請回吧㣺！”　　⑩吁：感歎詞，猶“唉㣺！”　　⑪“君何見”句：此是倒裝句，猶“君見之何晚也”。“見之”，指看問題；“晚”，不及時，遲鈍，落後。此言“你看問題怎麽這樣遲鈍呢？”　　⑫以市道交：“市道”，商人做生意的手段，指鑽營謀利的方式；此言“用商人做生意的手段交朋友”。　　⑬“君有勢”三句：大意是：“您有勢力，我們就依附

您;您沒有勢力，我們就走掉。"　　⑭"此固"二句: 上句，"固"，本來;"其"指上文的"市道"。下句，"有"，與"又"通(用王引之説，見經傳釋詞)。　　⑮居六年: 過了六年。按，自趙孝成王十五年破燕、殺栗腹算起，過了六年，即趙孝成王二十一年(公元前二四五年)。趙孝成王卒於此年。　　⑯繁陽: 魏邑名，故城在今河南省內黃縣東北。　　⑰悼襄王: 名偃，在位九年(公元前二四四—前二三六)。　　⑱其明年: 據下文，這一年應該是悼襄王元年(公元前二四四年);但六國年表及趙世家皆繫李牧拔武遂、方城事在悼襄王二年 (公元前二四三年)。當是此傳另有所據。　　⑲武遂、方城: 皆燕邑名。"武遂"即今河北省徐水縣西二十五里的遂城鎮。"方城"故城在今河北省固安縣南。　　⑳視廉頗尚可用否: 觀察一下廉頗，是否還可以任用。　　㉑"廉頗之仇"二句: 言廉頗的一個仇人郭開，送給這個使者很多賄賂，讓他在趙王面前詆毀廉頗。　　㉒"廉頗爲之"句: "被"同"披"。按，此句的"一飯斗米、肉十斤、被甲上馬"都是"爲之"的補語，"爲之"二字直貫至"被甲上馬";"一飯斗米、肉十斤"和"披甲上馬"是並列成分，而"斗米"和"肉十斤"又是並列成分，做爲"一飯"的補語。此言"廉頗爲了對趙王的使者表示自己健康，一頓飯吃了一斗米、十斤肉，並且還披着甲騎上了馬"。　　㉓尚善飯: 猶言"飯量還不小"。　　㉔"然與"三句: "頃之"，一會兒的工夫;"矢"，古"屎"字;"三遺矢"，中井積德説: "是坐而不覺矢也。"此三句大意是: "但是他和我坐了不多一會兒，他就不自覺地大便了三次。"意謂廉頗的生理機能已衰退，已不能控制自己消化系統的器官了。是使者毀謗之辭。　　㉕陰使人迎之: 暗中派人把廉頗迎接到楚國來。　　㉖"廉頗一爲"二句: "一"，有"既已"之義(用近人裴學海説，見古書虛字集釋);"一爲楚將"，猶言"既已爲楚將"。"無功"，無所建樹。郭嵩燾説: "案，廉頗入楚，在考烈王東徙壽春之後，其勢亦不足以有爲矣。"　　㉗"我思"句: 廉頗説: "我還是想使用趙國人。"意謂楚國的人不聽他使用，所以表示希望回到趙國去。郭嵩燾説: "廉頗喜持重，而楚軍剽輕，所以不樂用楚人也。"　　㉘卒死於壽春:"壽春",楚地,即今安徽省壽縣。按,楚頃襄王二十一年(公元前二七八年),秦將白起破楚之郢都,頃襄王出亡,乃徙都於陳(今河南省淮陽縣)。至楚考烈王二十二年(公元前二四一年),畏秦勢逼,又徙都於壽春,但仍稱它爲郢(詳見史記六國年表及楚世家)。此言廉頗終於没有回到祖國,客死在楚國。〔以上是第六大段,結束廉頗的生平。〕

李牧①者,趙之北邊良將也。常居代鴈門②,備匈奴。以便宜置吏③,市租皆輸入莫府,爲士卒費。日擊數牛饗士④,習射騎⑤,謹烽火,多間諜,厚遇戰士⑥。爲約⑦曰:"匈奴即入盜⑧,急入收保⑨,有敢捕虜者,斬⑩!"匈奴每入,烽火謹,輒入收保,不敢戰。如是數歲,亦不亡失⑪。然匈奴以李牧爲怯,雖趙邊兵亦以爲吾將怯⑫。趙王讓李牧⑬,李牧如故。趙王怒,召之,使他人代將。

歲餘,匈奴每來,出戰⑭;出戰數不利,失亡多⑮,邊不得田畜⑯。復請李牧,牧杜門不出⑰,固稱疾。趙王乃復彊起使將兵⑱,牧曰:"王必用臣,臣如前⑲,乃敢奉令。"王許之。

李牧至,如故約⑳。匈奴數歲無所得,終以爲怯。邊士日得賞賜而不用,皆願一戰。於是乃具選車得千三百乘㉑,選騎得萬三千匹,百金之士五萬人,彀者十萬人,悉勒習戰㉒,大縱畜牧㉓,人民滿野。匈奴小人㉔,佯北不勝,以數千人委之㉕。單于聞之㉖,大率衆來入。李牧多爲奇陳㉗,張左右翼擊之,大破殺匈奴十餘萬騎。滅襜襤㉘,破東胡㉙,降林胡㉚,單于奔走。

其後十餘歲,匈奴不敢近趙邊城。

趙悼襄王元年,廉頗既亡入魏,趙使李牧攻燕,拔武遂、方城。

居二年,龐煖破燕軍㉛,殺劇辛㉜。

後七年,秦破趙,殺將扈輒於武遂城㉝,斬首十萬。趙乃以李牧爲大將軍，擊秦軍於宜安㉞，大破秦軍，走秦將桓齮㉟。封李牧爲武安君㊱。

居三年，秦攻番吾㊲。李牧擊破秦軍，南距韓、魏㊳。

趙王遷七年㊴，秦使王翦攻趙，趙使李牧、司馬尚㊵禦之。秦多與趙王寵臣郭開金㊶，爲反間，言李牧、司馬尚欲反。趙王乃使趙葱㊷及齊將顏聚代李牧，李牧不受命。趙使人微捕得李牧㊸，斬之。廢司馬尚。

後三月，王翦因急擊趙，大破，殺趙葱，虜趙王遷及其將顏聚，遂滅趙。

①李牧：據戰國策秦策和趙策，李牧一名繓（音 zuò），録以備考。②"常居"二句：上句，"代"本古國名，戰國時其地屬趙；"雁門"，趙郡名，因在代國境內，故稱"代雁門"。今山西省西北部寧武以北一帶，包括大同的東部、北部，皆雁門郡所轄故地，其郡治則在今山西省右玉縣南。此言李牧經常駐守在雁門郡。下句，"備"，防備。"匈奴"，古種族名，卽周時的獫狁；戰國時始稱爲匈奴，又叫做胡；其族散居於今甘肅、陝西、山西諸省，後逐漸北移，戰國時屢爲燕、趙等國邊患。秦築長城，就是爲了防匈奴。③"以便宜"三句：第一句，"便宜"，因便而制宜，卽根據實際需要而靈活掌握；"置吏"，設置官吏。此言李牧有實權根據具體需要而隨時設置官吏。第二句，"市租"，城市的稅收；"莫"與"幕"通，將帥出征時，以隨地駐屯的營幕爲辦公的衙署，叫做"幕府"（後世則凡地方最高文武官員的府衙都統稱"幕府"）。此連下句言"當地所收入的租稅都送到李牧的幕府來，做爲軍隊的經費"。④"日擊"句："擊"指宰殺；"饗"，犒賞，供養。此言"每天殺死好幾頭牛給軍士們吃"。⑤"習射騎"三句：第一句，"騎"讀去聲；此言"教導戰士練習射箭和騎馬的技術"。第二句，"謹"，有"小心"、"警惕"之意；此句寫對敵情必須警惕，所以說"小心地看守着烽火台"。第三句，言多派偵察敵情的諜報員。⑥厚遇戰士："厚

遇”，優待。　⑦爲約：訂立守則，發佈命令。　⑧“匈奴”句：“卽”，卽使；“入盗”，猶言“入寇”，指侵入趙境，掠奪百姓。　⑨“急入”句：趕緊把人馬物資收拾起來退入營壘，嚴加保護。　⑩有敢捕虜者，斬：“虜”，古時對北族敵人的貶稱。此句言“有人敢捕捉敵人的，立卽處斬！”　⑪亦不亡失：也没有什麽喪亡損失。“亡”指人口，“失”指物資，下同。　⑫“雖趙”句：卽使是趙國守邊的兵士也以爲自己的主將太膽小了。　⑬“趙王”二句：“讓”讀上聲，責備。此言“趙王因李牧不出兵應戰而加以責備，但李牧仍和從前一樣”。　⑭出戰：此句的主語是代替李牧爲將的“他人”。　⑮失亡多：物資損失、人口傷亡都很多。　⑯邊不得田畜：“田”，耕種；“畜”，畜牧。此言邊境上的人民無法種田和畜牧。　⑰“牧杜門”二句：上句，言李牧閉門不出，謝絕一切交往；下句，言李牧堅決地託言有病。　⑱“趙王乃復”句：“乃復”，猶言“一再地”，“彊”讀上聲，勉強；“起”，起用。此言“趙王一再勉強起用李牧，讓他帶兵”。　⑲“臣如前”二句：大意是：“我必須仍照以前的辦法，才敢接受你的命令。”　⑳如故約：仍照從前規定的辦法。　㉑“於是乃具”四句：第一句，“具”，具備，齊備。“具”字的賓語是“選車”、“選騎”、“百金之士”和“彀者”等四句。“選車”，精選出來的戰車；“千三百乘”，一千三百輛。第二句，“選騎”，精選出來的戰馬；“騎”讀去聲。第三句，“百金之士”，史記正義引管子：“能破敵擒將者賞百金。”意指可以衝鋒陷陣破敵擒將的敢死之士。第四句，“彀”音够，史記正義：“滿張弓也。言能滿弦張射。”“彀者”卽善射之士，指能够拉滿強弓硬弩的人。　㉒悉勒習戰：“悉”，完全；“勒”，部勒，指組織起來加以統率；“習戰”，練習作戰。此句是總括前四句，意謂把上述所有入選的人都組織起來練習作戰。　㉓“大縱”二句：上句，言把大量的牲畜放了出來任其各處散走。下句，言從事畜牧的人民在邊境的田野中也佈滿了。　㉔“匈奴小入”二句：上句，言匈奴最初並非没有戒心，所以只用少量的人數入侵。下句，“佯北”，假敗。言李牧行誘敵之計，假作戰敗。　㉕以數千人委之：“委”，棄。言故意把幾千人抛棄給匈奴。史記索隱：“謂棄之恣其殺略（任憑匈奴殺傷掠奪）也。”
㉖“單于”二句：上句，“單于”，匈奴君主的稱號，“單”音蟬。下句，言匈奴的君主大舉率領人馬前來，侵入趙境。　　㉗“李牧多爲”二句：上句，“陳”同“陣”；“奇陣”，即前文所謂的“奇兵”。下句，指兩側包抄，像鳥張開左右的翅膀那樣痛擊敵人。　　㉘襜襤：音丹藍，胡國名。在古代地的北面。　　㉙東胡：種族名，爲北族烏丸（或作“烏桓”）之祖，其別派即後來的鮮卑。今稱通古斯族。因在匈奴之東，故稱“東胡”。今內蒙古自治區南部、舊熱河北部和遼寧一帶，皆其故地。　　㉚林胡：種族名，亦北族之別派。今河北省張家口市以北及內蒙古自治區呼和浩特附近，皆其故地。　　㉛“龐煖”句：“龐煖”，趙將，素與劇辛交好，劇辛爲燕伐趙，竟爲龐煖所殺。“煖”音宣。據六國年表及趙世家，龐煖擒殺劇辛在趙悼襄王三年（公元前二四二年）。　　㉜劇辛：本趙人，後仕燕爲將。　　㉝“殺將”句：一本連上句，作“秦破殺趙將扈輒……”，亦通。“扈輒”，趙將。另有與漢張耳同時的扈輒，和這個不是一人。“武遂城”，應作“武城”，“遂”是衍文；一本作“武遂”，非是。錢大昕廿二史考異：“趙世家作‘武城’。‘武遂’在燕、趙之交，秦兵未得至其地。恐因上有‘武遂、方城’之文，誤衍‘遂’字耳。”洪頤煊也說：“此當作‘武城’，‘遂’是衍字。趙世家幽繆王二年：‘秦攻武城，扈輒率師救之，軍敗，死焉。’始皇本紀：‘十三年，桓齮攻趙平陽，殺趙將扈輒。……十四年，（桓齮）定平陽、武城。’皆無‘遂’字。後漢書郡國志：‘魏郡：鄴……有平陽城，有武城。……’皆其證。”今按，平陽在今河北省臨漳縣西二十五里，則“武城”自應在其附近；“武遂”在河北省徐水縣西，與平陽相去甚遠，故錢、洪之說是。又按，桓齮殺扈輒在趙王遷二年（公元前二三四年），上距龐煖殺劇辛凡八年，故梁玉繩以爲上文的“後七年”應作“後八年”。　　㉞宜安：趙邑名，故城在今河北省槀城縣西南。“槀”同“稿”。　　㉟“走秦將”句：“走”，趕走；“桓齮”，秦將，殺扈輒者即此人。“齮”音蟻。　　㊱武安君：封號。“武安”，邑名，已見前。　　㊲番吾：趙邑名。故城在今河北省平山縣南。“番”讀爲盤。按，

秦攻番吾在趙王遷四年（公元前二三二年）。　　㊳“南距”句：“距”同“拒”，抵禦。王伯祥説：“時韓、魏都已聽命於秦，威脅趙國，故李牧破秦軍後同時抵禦韓、魏。”　　㊴趙王遷七年：“趙王遷”，悼襄王庶出之子，是趙國最後的國君，在位八年（公元前二三五—前二二八），爲秦所俘虜。據史記趙世家，遷死，謚幽繆王，而戰國策則作“幽”，劉向列女傳又作“幽閔王”。史記索隱引徐廣説：“王遷無謚。今惟此獨稱‘幽繆王’者，蓋秦滅趙之後，人臣竊追謚之；太史公或別有所見而記之也。”今按，世本及史記六國年表皆不載遷之謚，疑徐廣説近是。既屬後人追謚，自不免以訛傳訛，故諸書所記各有不同。“七年”，卽公元前二二九年。　　㊵司馬尚：趙將，時與李牧同禦王翦。及李牧死，尚遂被罷黜廢免。　　㊶“秦多與”句：按，戰國策秦策四：“（秦王政）乃資萬金使（頓弱）……北遊於燕、趙，而殺李牧。”則頓弱可能是向郭開行賄之人。又按，戰國策秦策五更載李牧之死，謂是趙王近臣韓倉所讒，趙王賜牧死，牧乃自殺。而劉向列女傳卷七載趙悼倡后事云：“倡后者，趙悼襄王之后也。……悼襄王以其美，而取之。李牧諫曰：‘不可。女之不正，國家所以覆而不安也。此女亂一宗，大王不畏乎？’王曰：‘亂與不亂，在寡人爲政。’遂娶之。初，悼襄王后生子嘉，爲太子；倡后既入爲姬，生子遷。倡后既嬖幸於王，陰譖后及太子於王，使人犯太子而陷之於罪。王遂廢嘉而立遷，黜后而立倡姬爲后。及悼襄王薨，遷立，是爲幽閔王。倡后淫佚不正，……多受秦賂，而使王誅其良將武安君李牧。其後秦兵徑入，莫能距，遷遂見虜於秦。趙亡大夫怨倡后之譖太子及殺李牧，乃殺倡后而滅其家。……”皆與此傳所記不同。但據史記趙世家篇末論贊中引馮王孫（馮唐子，名遂）語，及張釋之馮唐列傳所載馮唐語，知馮唐的祖父和李牧是朋友，司馬遷所記李牧事完全依據馮唐父子的口述，其可靠性是較大的。司馬光資治通鑑卽從史記。疑光亦以司馬遷之説較近真實，故予採用。　　㊷趙葱：趙之同族。“葱”，今或寫作“蔥”。　　㊸“趙使人”句：“微”，暗中伺探。“微捕得李牧”，伺李牧不備，將他捕獲。〔以上是第七大段，爲李牧附傳，寫李

牧的戰功，並用具體事實證明李牧的生死同趙國的存亡有密切關聯。〕

太史公曰：“知死必勇①；非死者難也②，處死者難。方③藺相如引璧睨柱，及叱秦王左右，勢不過誅④；然士或怯懦而不敢發⑤。相如一奮其氣⑥，威信敵國；退而讓頗⑦，名重太山：其處智勇⑧，可謂兼之矣！”

①知死必勇：大意是：“既知自己將要身臨死地而依舊泰然處之，必然是大勇之人。” ②“非死者”二句：此承上句而言。大意是：“死並不是難事，在臨死之前能從容接受死的來臨才是難事。” ③方：猶口語“當……的時候”。按，此處的“方”字貫穿至下文的“左右”。 ④勢不過誅：此是作者推測藺相如當時心理的話，言“就當時的形勢而論，最多也不過是被秦王殺掉而已”。 ⑤“然士”句：“發”，發作，表現出來。此言“但是一般的讀書人就往往怯懦而不敢有所表現”。 ⑥“相如一奮”二句：上句，“一”，清吳昌瑩以爲與“始”、“初”性質相近。他說：“……廣韻曰：‘一，數之始也。’……蓋徐言之，曰‘初’、曰‘始’；捷言之則曰‘一’，迅速不待久、不待再之詞也。……（史記）相如傳贊：‘相如一奮其氣，威信敵國。’…… 此類‘一’，…… 並迅速之詞。”（見經詞衍釋）今口語有“一……就……”的句法，即與此處的“一”字用法相同。“奮”，奮發，昂揚。下句，“信”同“伸”，伸張、擴大，引申有“壓服”之意。此二句言藺相如只要一奮揚其英武之氣，其威力就可以壓倒敵國”。 ⑦“退而”二句：上句，“退”，謙退。言藺相如謙退地向廉頗讓步。下句，“太山”，與“泰山”同。言相如的聲譽比泰山還重。 ⑧“其處”二句：“處”本作“處理”、“運用”解，引申有“表現”之意。此連下句言“藺相如所表現的智慧和勇敢，可以說是兼而有之了”。意謂藺相如能夠把自己的智勇都運用在最適當的地方，因此其智勇表現得也最爲突出。〔以上是第八大段，作者對藺相如的智勇雙全予以熱情地讚美。〕

（六）　屈原賈生列傳①——節錄

屈原者，名平，楚之同姓②也。爲楚懷王左徒③。博聞彊志④，明於治亂⑤，嫺於辭令⑥。入則與王圖議國事，以出號令；出則接遇賓客⑦，應對諸侯。王甚任之⑧。

上官大夫與之同列⑨，争寵，而心害其能⑩。懷王使屈原造爲憲令⑪，屈平屬草藁未定⑫，上官大夫見而欲奪之，屈平不與；因讒之曰：“王使屈平爲令，衆莫不知；每一令出，平伐其功⑬，曰⑭：‘以爲非我莫能爲也。’”王怒而疏⑮屈平。

屈原疾王聽之不聰⑯，讒諂之蔽明也，邪曲之害公也⑰，方正之不容也⑱，故憂愁幽思而作離騷⑲。——“離騷”者，猶離憂也。夫天者⑳，人之始也；父母者，人之本也。人窮則反本㉑；故勞苦倦極㉒，未嘗不呼天也；疾痛慘怛㉓，未嘗不呼父母也。屈平正道直行㉔，竭忠盡智以事其君，讒人間之㉕，可謂窮矣！信而見疑㉖，忠而被謗，能無怨乎？屈平之作離騷，蓋自怨生也㉗。國風好色而不淫㉘，小雅怨誹而不亂：若離騷者，可謂兼之矣。上稱帝嚳㉙，下道齊桓㉚，中述湯武㉛，以刺世事。明道德之廣崇㉜，治亂之條貫，靡不畢見㉝。其文約㉞，其辭微，其志潔，其行廉。其稱文小而其指極大㉟，舉類邇而見義遠。其志潔㊱，故其稱物芳；其行廉，故死而不容㊲。自疏濯淖汙泥之中㊳，蟬蜕於濁穢㊴，以浮游塵埃之外㊵，不獲世之滋垢㊶，皭然泥而不滓者也㊷。推此志也㊸，雖與日月争光，可也。

①按，本篇是戰國時楚之屈原和漢時之賈誼兩人的合傳。現僅節錄屈原傳文部分，並删去懷沙一文。又，先秦古書皆不載屈原生平事迹，直

至<u>司馬遷</u>著<u>史記</u>始爲<u>屈原</u>作傳。所以本篇是記載<u>屈原</u>生平最早、最完整的文獻。 ②<u>楚之同姓</u>：<u>楚</u>之王族本姓芈，後乃有"<u>屈</u>"、"<u>景</u>"、"<u>昭</u>"等氏，都是<u>楚</u>之同姓。<u>王逸楚辭章句</u>："(<u>楚武王</u>)……生子瑕，受<u>屈</u>爲客(<u>史記正義</u>引此文無"客"字)卿，因以爲氏。"蓋"<u>屈</u>"本<u>楚</u>邑(按，"<u>屈</u>"不詳今在何地。<u>水經注</u>引<u>宜都記</u>："秭歸，蓋<u>楚</u>子<u>熊繹</u>之始國，而<u>屈原</u>之鄉里也。……"則以今<u>湖北</u>省<u>秭歸</u>縣爲<u>屈原</u>故鄉，姑錄以備考)，自<u>楚武王</u>封<u>瑕</u>於<u>屈</u>，其後嗣乃以"<u>屈</u>"爲姓。<u>屈原</u>卽<u>屈瑕</u>的後裔。"<u>屈</u>"，古音窟，今讀如曲。 ③<u>左徒</u>：官名。按，<u>楚春申君黄歇</u>由左徒爲令尹，則知左徒之位相當於上大夫而次於令尹。又，<u>黄歇</u>和<u>屈原</u>都是<u>楚</u>之貴族，又是<u>楚</u>君的親信，疑當時<u>楚</u>多以貴族近臣任此職(參用<u>錢大昕</u>説)。 ④<u>博聞彊志</u>："聞"指學識；"彊"同"強"；"志"，今通作"識"，指記憶力。此言<u>屈原</u>學識廣博，記憶力很強，知道的事物很多。 ⑤<u>明於治亂</u>：指<u>屈原</u>善理國政，對於國家所以治亂的道理很瞭解。 ⑥<u>嫻於辭令</u>："嫻"，熟習；"辭令"，指外交方面應酬交際的語言。 ⑦<u>"出則"句</u>："出"指對外與諸侯交往；"接遇"，接見，招待；"賓客"，別的國家的使節。按，此與下句"應對諸侯"相對爲文。 ⑧<u>王甚任之</u>："任"，信賴。 ⑨<u>"上官"句</u>："上官大夫"，<u>楚</u>人，"<u>上官</u>"是姓。舊説以爲卽後文的<u>靳尚</u>，非是。按，下文有"令尹<u>子蘭</u>聞之，大怒，卒使<u>上官大夫</u>短<u>屈原</u>於<u>頃襄王</u>"之語，知<u>上官大夫</u>至<u>頃襄王</u>時猶在位。<u>梁玉繩</u>説："考<u>楚策</u>，<u>靳尚</u>爲<u>張旄</u>所殺，在<u>懷王</u>世。而此言<u>上官</u>爲<u>子蘭</u>所使，當<u>頃襄</u>時；必別一人。故<u>漢書</u>(古今)人表列<u>上官大夫</u>五等，<u>靳尚</u>七等。"錄以備考。"同列"，同位。按，<u>王逸楚辭章句離騷序</u>："<u>屈原</u>與<u>楚</u>同姓，仕於<u>懷王</u>，爲三閭大夫。"則<u>屈原</u>的爵秩也是大夫，故與<u>上官</u>同位。 ⑩<u>心害其能</u>："害"作"患"解，此處引申有"嫉妒"之意。言<u>上官</u>嫉妒<u>屈原</u>的賢能。 ⑪<u>造爲憲令</u>：制訂國家的法令。 ⑫<u>屬草藁未定</u>："屬"音燭，寫作；"藁"同"稿"，"草藁"卽"草稿"；"未定"，還沒有定稿。 ⑬<u>平伐其功</u>："伐"，驕傲自滿，矜誇。此言"<u>屈原</u>自誇有功"。 ⑭<u>曰</u>：按，此處主語應是<u>屈原</u>。但下句"以爲非我莫能爲也"的"以爲"與自言自語的口吻不合，而羣書治要引此文卻無"曰"字，疑是衍文。張文虎說："今本有者，疑旁注異文，誤混。"近是。　　⑮疏：疏遠。　　⑯"屈原疾王"二句：上句，"疾"作"恨"解，此下自"王聽"至"不容也"四句，都是"疾"的賓語；"聽"，聽覺；"聰"，指聽覺十分清楚。此寫懷王惑於小人之言，耳不能辨是非，故謂其聽覺"不聰"。下句，"讒諂"，指進讒毀之言、做諂媚之態的小人；"明"，與上句"聰"爲對文，指視覺十分清晰。此言小人混淆黑白，使懷王所見不明，好像視覺被遮蔽了似的。　　⑰"邪曲"句："邪"與"曲"同義，都作"邪惡"、"不公正"解。此言"邪惡小人對公正無私的人有所損害"。　　⑱"方正"句：此與上句同義而說法不同。言"端方正直的人不爲小人所容"。　　⑲"故憂愁"句："幽"，本作"深微"、"隱曲"解，此處"幽思"指內心苦悶，沉鬱深思。"離騷"之義，已見前楚辭離騷註釋。　　⑳"夫天者"四句：前二句，古人的宇宙觀是唯心主義的，以爲上天是造物者，所以說"天是人類的原始"。後二句，言人類世代相傳，子女皆由父母所生，故父母爲人之根本。　　㉑人窮則反本："窮"指處境困難，遭遇艱苦。"反"同"返"，"反本"，追念本源。按，古人以爲上天既是造物者，父母既能生育兒女，則天必能拯救人類，父母必能保護子女；所以每逢人們遇到處境窘困之際，總想念上天和父母，希望他們能予以援助。　　㉒"故勞苦"句："極"作"病"解，即"困憊"之意，與"勞"、"苦"、"倦"三字意義相近，不是副詞。　　㉓疾痛慘怛："疾"與"痛"同義，指人類生理上的疼痛感覺。"慘"，史記正義："毒也。""怛"音達，作"痛"解。"慘怛"，指人類心理上的痛苦情緒。　　㉔正道直行："正道"指秉持公心，"直行"指行爲正直。"行"讀去聲。　　㉕"讒人"二句：上句，"讒人"，進讒言的小人；"間"讀去聲，挑撥離間。下句，言屈原的處境可以說是很艱苦。㉖"信而"二句："信"、"忠"指屈原對楚懷王守信義、盡忠誠；"見"作"被"解，"見疑"，被楚懷王懷疑；"被謗"，受小人誹謗。　　㉗蓋自怨生也："蓋"，楊樹達說："承接連詞，承上文而推原其故時用之。"(見詞詮)猶今言"原來是"。此連上句言"屈原創作離騷的動機是由怨憤而生的"。

㉘"國風"二句：上句，論語八佾篇記孔子的話，有云："關雎樂而不淫，哀而不傷。"當卽此語所本。"好色"指國風中所反映的男女戀情；"淫"，作"過分"解。此言"國風諸詩雖詠戀情，但並不至於荒嬉無度"。下句，"怨誹"，抱怨誹謗；"亂"，指對統治者公開進行叛亂。按，詩經小雅自六月之後，有若干詩篇是統治階級內部的人揭露或斥責西周末年貴族統治者腐朽殘暴的作品，後世稱之爲"變雅"。孔穎達毛詩正義："小雅則躁急而局促，多憂傷而怨誹。"卽指這一部分詩篇。但這些詩篇都是當時統治階級內部失意的臣僚所作，雖對貴族統治者進行"怨誹"，卻沒有公然反對那些貴族，所以說"怨誹而不亂"。意謂其怨誹是有一定限度的，作者的立場仍站在統治階級方面。下文"若離騷者，可謂兼之矣"，謂屈原作離騷，兼有國風和小雅的優點。按，此是封建士大夫對屈原作品的看法，應批判地對待。又按，班固離騷序："昔在孝武，博覽古文。淮南王安敍離騷傳，以‘國風好色而不淫，小雅怨誹而不亂，若離騷者，可謂兼之。蟬蛻濁穢之中，浮游塵埃之外，皭然泥而不滓。推此志與日月爭光，可也。’斯論似過其真。……"（標點據近人范文瀾文心雕龍注）則自此二句至下文"雖與日月爭光，可也"，都是司馬遷轉引淮南王安的話。謹錄以備考。　　㉙上稱帝嚳："上"，指遠古；"稱"與下二句的"道"、"述"同義；"帝嚳"，古帝王名，相傳爲黃帝曾孫，繼顓頊卽帝位，號高辛氏。"嚳"音酷。此言"在離騷中，曾提到遠古的帝王帝嚳"。按，離騷："鳳皇既受詒兮，恐高辛之先我。"卽指帝嚳。　　㉚下道齊桓："下"指近古；"道"，說。此言"在離騷中，近古的曾說到齊桓公"。按，離騷中有"甯戚之謳歌兮，齊桓聞以該輔"之句。　　㉛"中述"二句：上句，"中"指中古，謂湯、武的時代在帝嚳之後，齊桓之前。"湯"卽商湯，"武"卽周武王姬發。按，離騷中有"湯、禹儼而祇敬兮，周論道而莫差"之句，更有述及商滅夏桀、周滅殷紂之事，皆所謂"述湯、武"。下句，"刺"，譏刺；"世事"，指楚國當時的政局。按，此句承以上三句而言，不專承"中述湯、武"一句。　　㉜"明道德"二句：上句，"明"，闡明，此下二句都是"明"的賓語；"道德"，秦、漢以來一般用法

有廣狹二義,皆與老子、莊子所説的不同。一、廣義的指政治上的具體措施。禮記王制:"一道德以同俗。"孔穎達禮記正義:"'德'者,得也。恐人不得其所,故以……興舉其民,使之皆得其所也。……'道',履蹈而行,謂齊一(劃一)所行之道,以同(統一)國之風俗。"二、狹義的指個人的才藝品德。禮記曲禮上:"道德仁義,非禮不成。"孔穎達説:"此經'道'謂才藝;'德'謂善行。故鄭(玄)注周禮云:'道,多才藝;德,能躬行。'……然人之才藝善行,得爲(可以稱爲)'道德'者,以身有才藝,事得開通;身有美善,於理爲得。故稱'道德'也。"按,孔疏釋此二字之義甚精詳。就離騷内容而論,在政治措施方面,屈原強調"舉賢授能"的辦法;而在個人修養方面,對才藝品德亦極重視。故此處的"道德"當是兼指舉賢授能的實際措施和個人才藝品德方面的修養而言。"廣",大;"崇",高;"廣崇",猶今言"重要性"。下句,"治亂",指國家興亡盛衰的關鍵;"條貫",猶言"條理",此指國家治亂的先後因果關係。此二句言"在離騷中,屈原闡明了道德的重要性和國家所以有治亂的因果關係"。　　㉝靡不畢見:"見"同"現"。此承上文,言"離騷中所要闡明的道理無不完全表現出來"。

㉞"其文約"四句:"約",簡約,簡練;"微",深微;"潔",清高;"廉",本指不貪,此處指行爲不苟,作人有鋒棱。此言"屈原的文章很簡練,措辭很深曲;作品裏面所反映的屈原志趣高潔,行爲不苟"。　　㉟"其稱文"二句:此承上文"其文約"二句而言。上句,"稱",猶言"引用";"文",指詞彙;"小",煩瑣,細碎;"指"同"旨",指作品中的涵義。此言"離騷中所引用的一些詞彙雖不免煩瑣細碎,但作者的用意卻極遠大"。下句,"類",事例;"邇",近;"義",道理。此言屈原在離騷中所舉的雖多爲眼前習見的事例,但這些事例所體現的道理卻極深遠。　　㊱"其志潔"二句:此下四句承上文"其志潔,其行廉"二句而言。"稱物芳",指離騷中多以香草爲喻。史記會注考證引日人岡白駒説:"'稱物芳',如稱蘭蕙茝桂之類。"此二句大意是:"由於屈原志趣高潔,所以作品中多引用芳香之物。"　　㊲"故死而"句:舊本皆以"不容自疏"爲句,意謂"屈原寧死也不肯自甘疏遠"。

楊樹達古書句讀釋例則以"死而不容"爲句，而以"自疏"二字屬下句。他
說："通讀以'不容自疏'爲句。黃侃以'自疏'二字屬下讀，是也。漢書揚
雄傳云：'又怪屈原文過相如至不容。'王逸(楚辭)章句序注引班固離騷
序云：'忿懟不容，沉江而死。'皆本此文，是其證矣。'不容'謂不見
容。……以'自疏'屬上讀，則'濯淖汙泥之中'六字不成句，以無動字故
也。"今按，史記會注考證亦讀至"不容"爲句，疑楊說近是。此句言"屈原
因行爲不苟，故雖死猶不爲楚國的貴族所容"。　　㊳"自疏"句：楊樹達
說："'自疏'猶言'自遠'，下省'於'字耳。'自疏濯淖汙泥之中'，與'蟬蛻
於濁穢'意同。""濯淖汙泥"，王念孫說："'濯'字當讀直教反(音照)，'濯
淖'，叠韻字。'濯淖汙泥'，四字同義。……喪大記：'濡濯棄于坎。'皇侃
疏曰：'濯，謂不淨之汁也。'廣雅曰：'淖，濁也。'是'濯'、'淖'皆汙濁之
名。"按，"濯"即淘米洗菜所餘的泔水。"淖"音閙，淀泥。"汙"音烏，停滯
不流的濁水。此以四種濁物喻當時社會，言"屈原自遠於污濁如泥的世
界"。　　㊴"蟬蛻"句："蛻"音稅，或音退，本蛇、蟬所脫之皮，此處作動詞
用，猶言"解脫"；"濁穢"，喻當時社會。此言屈原居濁穢之世而高舉自
遠，如蟬之脫去皮殼，以喻其不同流合污。　　㊵"以浮游"句：此與前二
句義同。"浮游"，猶言"超脫"。言屈原超脫於世俗之外，不爲塵埃所染。
㊶"不獲"句："獲"，作"辱"解。王念孫說："言不爲滋垢所辱也。鄭(玄)
注士昏(婚)禮曰：'以白造緇曰辱。'是也。下句'泥而不滓'，即承'不獲'
言之。……""滋"，錢大昕說："與'茲'同。說文：'茲，黑也。'春秋傳：'何
故使我水茲。'""滋垢"，亦以喻濁世。此言"屈原不甘心爲黑色泥垢般的
濁世所辱"。　　㊷"皭然"句："皭"音 jiaò，與'皎'同義(用王駿觀說)；
"皭然"，潔白貌。"滓"音子，黑泥。"泥而不滓"，史記索隱："'泥'亦音
涅，'滓'亦音淄。"文心雕龍辨騷篇即引作"涅而不淄"。"涅"音揑，可以
染成黑色的顏料；"淄"音茲，黑色。此言屈原能出污泥而不染，依舊保持
着皎潔的品德。　　㊸"推此志也"三句："推"，推論，推斷；"此志"　指屈
原這種高潔的志趣；"爭"，競賽；"爭光"，猶言"爭輝"；　可"，可能。史記

正義："言屈平之仕濁世，去其汙垢，在塵埃之外。推此志意，雖與日月爭其光明，斯亦可矣。"〔以上是第一大段，寫屈原爲楚懷王所疏遠，因而創作了離騷；作者並給予離騷以極高的評價。按，離騷的著作年代，至今未有定論，或根據此篇傳記而定爲屈原前期所作（如朱熹及清人王懋竑），或以司馬遷爲誤而以離騷爲作於頃襄王之世（如清人顧成天）；因與此篇文義無涉，兹不詳述。〕

屈平既絀①，其後秦欲伐齊，齊與楚從親②。惠王患之③，乃令張儀詳去秦④，厚幣委質事楚，曰："秦甚憎齊，齊與楚從親；楚誠能絶齊⑤，秦願獻商於之地六百里⑥。"楚懷王貪而信張儀，遂絶齊，使如秦受地⑦。張儀詐之曰⑧："儀與王約六里，不聞六百里。"楚使怒去，歸告懷王。懷王怒，大興師伐秦。秦發兵擊之，大破楚師於丹、淅⑨，斬首八萬，虜楚將屈匄⑩，遂取楚之漢中地⑪。懷王乃悉發國中兵，以深入擊秦，戰於藍田⑫。魏聞之，襲楚至鄧⑬。楚兵懼，自秦歸。而齊竟怒，不救楚，楚大困。

明年⑭，秦割漢中地與楚以和。楚王曰："不願得地，願得張儀而甘心焉⑮！"張儀聞，乃曰："以一儀而當漢中地，臣請往如楚。"如楚，又因厚幣用事者臣靳尚⑯，而設詭辯於懷王之寵姬鄭袖⑰；懷王竟聽鄭袖，復釋去張儀。

是時屈平既疏，不復在位，使於齊；顧反⑱，諫懷王曰："何不殺張儀⑲？"懷王悔，追張儀，不及。

其後諸侯共擊楚，大破之，殺其將唐眛⑳。

時秦昭王與楚婚，欲與懷王會。懷王欲行，屈平曰㉑："秦，虎狼之國，不可信。不如無行！"懷王稚子子蘭勸王行㉒："奈何絶秦歡？"懷王卒行。入武關㉓，秦伏兵絶其後，因留懷王以求割地。懷王怒，不聽，亡走趙，趙不內㉔。復之秦㉕，竟死於秦而歸葬。

　　長子頃襄王立㉖，以其弟子蘭爲令尹。

　　楚人既咎子蘭以勸懷王入秦而不反也㉗，屈平既嫉之㉘，雖放流㉙，睠顧楚國，繫心懷王，不忘欲反，冀幸君之一悟㉚，俗之一改也。其存君與國㉛，而欲反覆之，一篇之中㉜，三致志焉。然終無可奈何㉝，故不可以反。卒以此見懷王之終不悟也㉞。

　　人君無愚、智、賢、不肖，莫不欲求忠以自爲㉟，舉賢以自佐；然亡國破家相隨屬㊱，而聖君治國㊲，累世而不見者，其所謂忠者不忠，而所謂賢者不賢也」懷王以不知忠臣之分㊳，故內惑於鄭袖，外欺於張儀，疏屈平而信上官大夫、令尹子蘭。兵挫地削㊴，亡其六郡，身客死於秦㊵，爲天下笑。此不知人之禍也。易曰㊶：「井渫不食㊷，爲我心惻；可以汲。王明㊸，並受其福。」王之不明㊹，豈足福哉」

　　令尹子蘭聞之㊺，大怒，卒使上官大夫短屈原於頃襄王㊻，頃襄王怒而遷之㊼。

　　①絀：同"黜"，指被罷黜去職。　②齊與楚從親："從"同"縱"，指兩國合縱；"親"，指兩國結爲婚姻。　③惠王患之："惠王"，即秦惠文王，名駟，公元前三三七年卽位，在位二十七年。　④"乃令張儀"二句：上句，"張儀"，魏人，與蘇秦同出於鬼谷先生門下，習縱橫之術。後爲秦惠文王游說六國，主張"連橫"。史記有張儀列傳。"詳"與"佯"通。"去秦"，離開秦國。下句，"厚幣"，豐厚的禮物；"委質"，洪亮吉春秋左傳詁僖公二十三年"策名委質"句下引服虔注："古者必先書其名於策，委死之質於君，然後爲臣。示必死節也。"（亦見史記索隱引）"委"，呈獻；"質"與"贄"通（見國語韋注及惠棟左傳補注），作"信物"解。此言秦惠文王令張儀假作離開秦國，帶了厚禮到楚國來，向楚懷王進獻信物，表示願意誠心

侍奉懷王。按，張儀入楚在楚懷王十六年(公元前三一三年)。　　⑤絶齊：與齊國斷絶外交關係。　　⑥"秦願獻"句："商於"，秦地名，其範圍約當今陝西省商縣至河南省内鄉縣一帶地方。"於"讀爲烏。　　⑦"使使"句：下"使"字讀去聲，作"使臣"解；"如"，往，去到；"受地"，接收秦國所允許割讓的土地。　　⑧"張儀詐之"三句："詐"，欺騙。按，此事又見史記楚世家及張儀列傳。兹節錄張儀列傳以供參考："……秦欲伐齊，齊、楚從親，於是張儀往相楚。楚懷王聞張儀來，虚上舍而自館之曰：'此僻陋之國，子何以教之？'儀説楚王曰：'大王誠能聽臣，閉關絶約於齊，臣請獻商於之地六百里，使秦女得爲大王箕帚之妾；秦、楚娶婦嫁女，長爲兄弟之國，此北弱齊而西益秦也。計無便此者！'楚王大悦而許之。……於是遂閉關絶約於齊。……齊王大怒，折節而下秦(自屈身分，甘居秦國之下)。秦、齊之交合，張儀乃……謂楚使者曰：'臣有奉(俸)邑六里，願以獻大王左右！'楚使者曰：'臣受令於王，以商於之地六百里，不聞六里。'還報楚王，楚王大怒，發兵而攻秦。……"　　⑨丹、浙：二水名。"丹水"發源於陝西省商縣西北，東流入河南，經河南省的内鄉、淅川二縣，東與淅水會合。"淅水"源出河南省盧氏縣界，南流經内鄉縣西南及淅川縣東南，合於丹水。"淅"音析。　　⑩虜楚將屈匄：據史記六國年表及楚世家，事在楚懷王十七年(公元前三一二年)。"匄"音蓋。　　⑪漢中地："漢中"，即今陝西省漢中市。此指漢中一帶地方。　　⑫藍田：秦縣名。故城在今陝西省藍田縣西三十里。　　⑬襲楚至鄧："襲"，淮南子高誘注："以兵伐國，不擊鼓，密聲曰'襲'。"按，此即乘人不備，暗中進軍之意。"鄧"，本古國名，戰國時一度屬楚，即今河南省鄧縣。　　⑭明年：即楚懷王十八年(公元前三一一年)。　　⑮"願得張儀"句："甘心"，猶言"快意"，即心中感到滿足。此句言"希望得到張儀心裏才痛快"。　　⑯"又因厚幣"句："因"，憑藉，依靠；此處引申有"利用"意。"厚幣"下省"賂"字。"用事者"，當權的人；"臣"，指靳尚是楚懷王的臣；"用事者"和"臣"都是"靳尚"的附加成分。"靳尚"，楚人，與張儀有私交，每因受張儀的賄賂出賣楚國的利益。據

戰國策楚策，靳尚後伴張儀一同離開楚國，爲魏臣張旄所截殺。　⑰鄭
袖：已見前戰國策鄭袖讒魏美人篇。按，楚世家及張儀列傳記張儀再度
入楚事甚詳，兹節録張儀列傳以供參考："……（張儀）遂使楚。楚懷王至
則囚張儀，將殺之。靳尚謂鄭袖曰：'子亦知子之賤於王乎？'鄭袖曰：'何
也？'靳尚曰：'秦王甚愛張儀，而必欲出之；今將以上庸之地略楚，以美人
聘楚，以宮中善歌謳者爲媵。楚王重地尊秦，秦女必貴，而夫人斥矣！不
若爲言而出之。'於是鄭袖日夜言懷王曰：'人臣各爲其主用。今地未入
秦，秦使張儀來，至重王；王未有禮，而殺張儀，秦必大怒攻楚。妾請子母
俱遷江南，毋爲秦所魚肉也。'懷王後悔，赦張儀。……"　⑱顧反："顧"，
作"還"解（用王念孫説），猶言"回來"；"反"同"返"。今按，"顧"與"返"同
義，兩字連用，構成一個複音詞，猶"遭遇"、"懲罰"之類。　⑲何不殺張
儀：按，此與張儀列傳所記有出入。據張儀列傳，儀被赦後並未卽離去，
尚勸楚懷王割黔中地與秦，懷王就要答應他。屈原説："前大王見欺於張
儀。張儀至，臣以爲大王烹之。今縱弗忍殺之，又聽其邪説，不可！"（見
張儀列傳）但楚世家所記卻與此傳相合，僅有"何不誅張儀"一語。疑張
儀列傳别有所據，故詳略互見。今録以備考。　⑳唐眛：人名。"眛"音
末，或音蔑，與"蔑"同。吕氏春秋及漢書古今人表都作"唐蔑"。此傳各
本皆作"唐眛"，疑誤，今據史記志疑改（張文虎説同）。據六國年表及楚
世家，此次戰役在楚懷王二十八年（公元前三〇一年）。　㉑"屈平曰"
至"不如無行"："無行"，一本作"毋行"。按，此數句，楚世家作昭雎諫懷
王語，而詞句亦不同。今具録如下："昭雎曰：'王毋行，而發兵自守耳！
秦虎狼不可信，有并諸侯之心。'"史記索隱："按楚世家昭雎有此言，蓋二
人同諫王，故彼此各隨録之也。"　㉒"懷王稚子"句："稚子"，幼子，小
兒子。按，下句"奈何絶秦歡"，是子蘭勸懷王之語，"行"下省去一"曰"字
（用楊樹達説，見古書疑義舉例續補）。　㉓武關：在陝西省商縣東一百八
十五里，是秦之南關。　㉔趙不内："内"同"納"。言趙國拒絶收容楚懷王。
㉕"復之秦"二句：上句，言懷王只好又到秦國去。下句，言懷王終於死在

秦國,而歸葬屍體於楚。按,楚懷王入秦在公元前二九九年(楚懷王三十年);逃亡至趙國而被拒在公元前二九七年,卽楚頃襄王二年;死於公元前二九六年,卽楚頃襄王三年。　㉖"長子"句:"項襄王",名橫,公元前二九八年卽位。在位三十六年。　㉗"楚人旣咎"句:"咎"音久,憎惡,抱怨;"以",由於。此是倒裝句,大意是:"楚人由於子蘭勸懷王入秦而終於不歸的緣故而對子蘭十分不滿。"　㉘屈平旣嫉之:此句前人說法甚多,莫衷一是。今以上文語氣相較,兩句皆有"旣"字,自然是並列句;則"之"字亦應指子蘭勸懷王入秦事。言屈原也因爲上述的原因對子蘭深加嫉恨。　㉙"雖放流"四句:第一句,"放流",放逐遷徙。第二句,"睠"同"眷";"顧"作"念"解;"眷顧",眷戀,關心。第三句,言"心裏惦記着懷王"。第四句,言屈原對祖國始終不能忘懷,一心只希望能回到朝中來。按,以此段所論推測,則屈原似於頃襄王卽位之前已被放逐;而下文又有"頃襄王怒而遷之"的話,似前後不相聯貫。所以前人如顧炎武、梁玉繩等,皆疑自"雖放流"至下文"豈足福哉"一段應置於"怒而遷之"一句之後(見日知錄及史記志疑)。但卽使把前後文互相易置,語氣仍覺不順(梁玉繩已有此說)。近人郭沫若屈原研究乃以爲此處的"放流"應作"放浪"解,卽前文"旣疏"、"不復在位"之意。此說雖與"怒而遷之"不相矛盾,但上文已敍屈原諫懷王不殺張儀及阻懷王入秦之言,則其已非"放浪"在外可知,故仍嫌難通。前人多謂此段文字有訛脫之處,疑近是。　㉚"冀幸"二句:上句,"冀幸",存有萬一的希望;"君"指楚懷王。下句,"俗",指當時楚國貴族荒淫墮落的生活習俗。　㉛"其存君"二句:上句,"存",保護,關懷;"君"指懷王;此言屈原有愛護君主、振興國家的願望。下句,"反覆之",指把楚國當時一蹶不振的國勢改變過來,一反從前的局面。㉜"一篇"二句:此承上二句而言,謂"屈原在自己的一篇作品中再三表示自己的這種志願"。按,"一篇"當指屈原的某一篇具體作品,但據此傳之文,則無法確指。明人唐順之以爲卽指離騷(見史記評林引),亦無確證。㉝"然終"二句:"反"同"返"。此言"屈原雖在作品中表示了自己的志願,但終於無法實現，所以再也不能返回朝中"。前人或謂下句"不可以反"
指懷王入秦不歸，疑非是。　　㉞"卒以此"句："卒"，終於，到底；"以此"，
由於這種情況；"見"，看出。此言"終於由這種情況看出懷王始終沒有瞭
解屈原的忠誠"。按，從此句語意推測，似屈原在懷王時卽已被放逐。史
記會注考證引中井積德説："屈原旣疏，然猶在朝；此乃云'放流'，何也？
懷王旣入秦而不歸，則雖悟無益也；乃言冀一悟，何也？"今皆不能盡得其
解，只有闕疑而已。　　㉟"莫不欲"句："求忠"，與下句"擧賢"爲對文，指
訪求忠臣；"爲"，作"治"解；"自爲"，自治其國。　　㊱"然亡國"句：此連
上文大意是："人君不論資質的愚或智，不論品德的好或壞，沒有不希望
得到忠臣或賢士來輔佐自己治理國家的；可是亡國破家的事例卻一個連
着一個。"　　㊲"而聖君"四句：第一句，"治國"與"聖君"爲對文，指政治上
軌道的國家。第二句，"世"，古稱三十年爲一世，"累世"猶言"歷代"、"多
少世代以來"；"不一見"，沒有出現過一次。後面"其所謂"二句是前二句
的答案。"其"指上文的"人君"，"忠者"、"賢者"指人君所用的臣。
㊳忠臣之分：忠臣應盡的職責本分。"分"讀去聲。　　㊴"兵挫"二句：上
句，"兵挫"，戰爭失利；"地削"，領土被侵佔。下句，"亡"，丟失；"六郡"，指
漢中一帶地方。　　㊵"身客死"二句：上句，"客死"，死在他鄉。下句，言
被天下人所恥笑。　　㊶易曰：以下數句是周易"井"卦的爻辭。　　㊷"井
渫"三句：第一句，"渫"音薛，史記集解引晉向秀説："'渫'者，浚治去
泥濁也。"第二句，猶言"使人心裏難過"（用朱熹周易本義説）。第三句，
"以"，今周易"井"卦作"用"。史記索隱引漢京房説："言我道可汲而用
也。"按，此三句以"井"喻賢人，大意是："把井疏浚得很乾淨，但是沒有人
吃井裏的水，這是使人心裏難過的事。要知井水原是可以供人汲取的，
正如賢人所具有的治國之道是可以供人君施用的。"　　㊸"王明"二句：
史記索隱引京房説："上有明王，汲我道而用之，天下並受其福。"意謂"如
果明君肯用賢人，則天下將共同得到幸福"。　　㊹"王之不明"二句：此
是司馬遷承上文"井"卦之言所下的斷語。史記正義："言楚王不明忠臣，

岂足受福。”　意謂“楚懷王既無知人之明，哪裏配得到幸福呢”。史記索隱：“此已下(指自“人君無愚、智”句起至此二句止)，太史公傷懷王之不任賢，信讒而不能反國之論也。”　　㊺“令尹”二句：凌稚隆史記評林：“接上‘屈平既嫉之’。”按，凌説是。　自上文“雖放流”至“岂足福哉”一段，是司馬遷夾入的一段議論。此句“子蘭聞之”的“之”，乃指上文“屈平既嫉之”的事實。屈原既嫉恨子蘭，所以子蘭聽到之後，自然要大怒了。㊻“卒使”句：到底讓上官大夫在頃襄王的面前説屈原的短處。此處“短”字是動詞，作“詆毀”解。　　㊼項襄王怒而遷之：“之”指屈原。據王逸楚辭章句離騷章句序：“其子襄王，復用讒言，遷屈原於江南。”則知王逸亦從此傳之説，以爲屈原於頃襄王時始被遷逐。〔以上是第二大段，寫屈原不爲楚懷王所用，又爲頃襄王所遷逐；其遭際和楚國的命運休戚相關，深爲作者所惜。〕

屈原至於江濱①，被髮行吟澤畔②，顏色憔悴，形容枯槁③。漁父見而問之，曰：“子非三閭大夫歟④？何故而至此？”屈原曰：“舉世混濁而我獨清⑤，衆人皆醉而我獨醒，是以見放⑥。”漁父曰：“夫聖人者⑦，不凝滯於物，而能與世推移。舉世混濁，何不隨其流而揚其波⑧？衆人皆醉，何不餔其糟而啜其醨⑨？何故懷瑾握瑜⑩，而自令見放爲？”屈原曰：“吾聞之：新沐者必彈冠⑪，新浴者必振衣。人又誰能以身之察察⑫，受物之汶汶者乎？寧赴常流⑬，而葬乎江魚腹中耳；又安能以皓皓之白⑭，而蒙世之温蠖乎！”乃作懷沙之賦⑮。……

於是懷石，遂自投汨羅以死⑯。

屈原既死之後，楚有宋玉、唐勒、景差之徒者⑰，皆好辭⑱而以賦見稱；然皆祖屈原之從容辭令⑲，終莫敢直諫。其後楚日以削⑳；數十年，竟爲秦所滅。……

①此下爲屈原與漁父對答之詞，又見於楚辭漁父篇，而字句稍有不同。王逸楚辭章句：“漁父者，屈原之所作也。屈原放逐，在江、湘之間，憂愁欺吟，儀容變易。而漁父避世隱身，釣魚江濱，欣然自樂。時遇屈原川澤之域，怪而問之；遂相應答。楚人思念屈原，因敍其辭相傳焉。”蓋以此爲後人追述之作。清人蔣驥以爲是實錄，而洪興祖楚辭補注則以此爲“假設問答以寄意”。疑洪説近是。　　②“被髮”句，“被”同“披”；“行吟”，一邊走一邊吟咏；“澤”，已見前項羽本紀註釋；“畔”，旁邊。據王逸注：“履荆棘也。”則知指澤邊荒野的草地。　　③形容枯槁：身形面容十分瘦弱，如枯乾的樹木。蔣驥山帶閣注楚辭：“‘憔悴’、‘枯槁’，近死之容色也。”　　④“子非”二句：上句，“三閭大夫”，官名。王逸説：“三閭之職，掌王族三姓，曰昭、屈、景。屈原序其譜屬（按照宗譜加以安排調度），率其賢良，以屬國士。”則知此官所管是楚國公族三大姓的人事工作。下句，“此”，指江濱之地。蔣驥楚辭餘論釋此句説：“驚絕之辭。蓋因武溪蠻蜑之境，而原以王族來此，故耳。……俗解謂怪其顏色形容，則與答辭不應矣。”　　⑤“舉世”二句：“清”，卽上文所謂的“志潔行廉”；“濁”，指讒諂小人品質貪鄙；“醉”，指昏憒糊塗；“醒”，清醒。按，此以“清”、“濁”、“醉”、“醒”相對比，以喻自己的不肯同流合污。蔣驥説：“没（耽溺）於利禄曰‘濁’，昧於危亡曰‘醉’。”又説：“……（屈原）怵（警惕）於危亡，所以‘獨醒’；……超於利禄，所以‘獨清’。”　　⑥是以見放：因此被放逐。⑦“夫聖人者”三句：第一句，“聖人”，泛指聰明賢哲的人。第二句，“凝滯”，猶言“固執”、“拘泥”；“物”，泛指社會上一般事物。第三句，“與世推移”，隨着潮流轉變作風。此三句大意是：“聰明人對事物的看法不是一成不變的，而是能夠圓通地隨着世俗風氣轉移。”　　⑧“何不隨其流”句：“隨其流”，喻隨着衆人錯誤的路綫走；“揚其波”，猶言“推波助瀾”。此言“你何妨也效法世俗小人，甚至更變本加属一些？”　　⑨“何不餔其糟”句：“餔”音哺，吃；“糟”，酒糟，漉酒以後剩餘的渣滓；“啜”音 chuò，喝；“醨”音離，淡酒，薄酒。按，此以“吃酒糟”和“飲薄酒”比喻對世俗稍

作遷就。連上句大意是:"世俗小人都愚昧糊塗,你也何妨馬馬虎虎,何必認真!"　　⑩"何故"二句:上句,"懷",抱着;"握",緊握着;"瑾"、"瑜"都是美玉。此以抱持美玉比喻堅貞不渝的操守。下句,"自令",猶今口語的"自找"、"自討";"爲",此處是語尾助詞,專用於疑問句的句末。此二句猶言"爲什麼你一定要堅持操守而自討苦吃呢?"　　⑪"新沐者"二句:上句,"沐",洗頭;"彈冠",指用手彈去冠上的灰塵。下句,"浴",洗澡;"振",揮去或拂去衣上的塵土。蔣驥説:"言人之沐浴者,將服衣冠,必彈而振之。誠不願以身既皎潔,而復受衣冠之垢污也。夫人之清醒,亦猶是矣。雖竄斥不堪,寧誓以死;安能隨俗推移,以蒙其垢乎!"釋此二句甚精詳,録以備考。　　⑫"人又"二句:上句,"察察",清潔貌;"身之察察",以清潔的身體喻高尚的人格。下句,"物"指外界污垢的事物;"汶"音門,或音閔,"汶汶",猶言"昏暗",以喻使人格受玷辱。意謂"自己的人格既然極爲高潔,又豈能受世俗的污辱?"蔣驥説:"'身之察察'二語,切沐浴者言。便與'皓皓'二語,不嫌重複。"　　⑬常流:猶"長流",指江水。　　⑭"又安能"二句:上句,"皓皓",皎潔貌;此以"皓皓之白"喻品質的高貴純潔。下句,"蒙",受到;"溫蠖",舊作"昏憒"解,方以智通雅:"言塵滓深曲之狀也。""蠖"音wò。此二句言"怎麼能讓自己高潔的品質受到世俗塵滓層層的污染呢?"　　⑮懷沙之賦:"懷沙",楚辭九章中的一篇,相傳是屈原投水以前的絶筆。"懷沙"二字,舊作"懷抱沙礫"解(見漢東方朔七諫),亦即下文"懷石"之意。蔣驥用明李陳玉楚辭箋注、清錢澄之莊屈合詁之説,解爲"懷念長沙"。他説:"懷沙之名,與哀郢、涉江同義。'沙'本地名,……即今長沙之地,汨羅所在也。曰'懷沙'者,蓋寓懷其地,欲往而就死焉耳。……長沙爲楚東南之會(都會),去郢未遠,固與荒徼絶異;且熊繹始封,實在於此。原既放逐,不敢北越大江,而歸死先王故居,則亦首邱之意,所以倦倦有懷也。……蓋原自是不復他往,而懷石沉淵之意,於斯而決,故史於原之死特載之。若以'懷沙'爲'懷石',失其旨矣。"近人郭沫若亦同意其説,疑近是,謹録以備考。

⑯“遂自投”句：“投”，一本作“沉”，據王念孫考證，應以作“沉”爲是。“汨羅”，江名。史記集解引應劭說：“汨水在羅，故曰‘汨羅’也。”今按，“汨羅江”因合“汨水”、“羅水”而得名，在今湖南省湘潭縣北，其地又稱“屈潭”，卽屈原自沉之處。而春秋時古羅子國卽在湘潭附近，這就是應劭說之所依據。“汨”音密。　　⑰“楚有”句：“宋玉”，相傳爲楚頃襄王時人，是屈原的弟子。漢書藝文志著錄其所作賦凡十六篇。今楚辭中保存九辯一篇，較爲可信。至文選中所錄風賦、高唐、神女、登徒子好色等賦凡四篇，及古文苑中所錄大言、小言等賦凡五篇，疑皆後人擬作或好事者僞託。“唐勒”，與宋玉同時，曾爲楚大夫。漢書藝文志著錄其賦四篇，已亡佚。“景差”亦楚人，揚雄法言、漢書古今人表都作“景瑳”；今楚辭中有大招一篇，或謂是景差所作。“之徒”，猶今言“一班的人”、“一類的人”。　　⑱“皆好辭”二句：上句，“辭”，文辭，此指文學。言“上述這些人都愛好文學創作”。下句，“以賦見稱”，以善於作賦被人所稱贊。　　⑲“然皆祖”句：“祖”，摹仿，效法；“祖屈原”，猶言“以屈原爲模範”。“從容辭令”，指文章委婉蘊藉，從容不迫。按，這只是屈原作品風格的一個方面。此連下句大意是：“這些人的作品都是師法屈原的，但他們只學會了屈原的辭令委婉的一面，再也沒有像屈原那樣敢於直諫了。”　　⑳楚日以削：楚國的領土一天比一天縮小。明陳仁錫史記考：“‘楚日以削’二句，見屈平之死，繫（關係到）楚之存亡也。”〔以上是第三大段，寫屈原被放逐而死，及其對楚國的影響。〕

（七）　刺客列傳①——節錄

荆軻者，衞人也。其先乃齊人②，徙於衞，衞人謂之“慶卿”。而之燕③，燕人謂之“荆卿”。

荆卿好讀書擊劍④，以術說衞元君。衞元君不用。

其後秦伐魏，置東郡⑤，徙衞元君之支屬於野王⑥。

荊軻嘗游過榆次⑦，與蓋聶論劍⑧。蓋聶怒而目之⑨，荊軻
出。人或言復召荊卿⑩，蓋聶曰："曩者吾與論劍⑪，有不稱者；吾
目之。試往，是宜去⑫，不敢留。"使使往之主人⑬，荊軻則已駕而
去榆次矣。使者還報，蓋聶曰："固去也⑭，吾曩者目攝之！"

荊軻游於邯鄲，魯句踐與荊軻博⑮，爭道⑯，魯句踐怒而叱之。
荊軻嘿而逃去⑰，遂不復會。

荊軻既至燕，愛燕之狗屠及善擊筑者高漸離⑱。荊軻嗜酒，日
與狗屠及高漸離飲於燕市。酒酣以往⑲，高漸離擊筑，荊軻和而歌
於市中，相樂也⑳。已而相泣㉑，旁若無人者。荊軻雖游於酒人
乎㉒，然其爲人沉深好書；其所游諸侯㉓，盡與其賢豪長者相結。其
之燕，燕之處士田光先生亦善待之㉔，知其非庸人也。

居頃之，會燕太子丹質秦亡歸燕㉕。燕太子丹者，故嘗質於趙；
而秦王政生於趙，其少時與丹驩㉖。及政立爲秦王，而丹質於秦。
秦王之遇燕太子丹不善㉗，故丹怨而亡歸。歸而求爲報秦王者㉘，
國小，力不能。

其後，秦日出兵山東以伐齊、楚、三晉㉙，稍蠶食諸侯㉚，且至
於燕。燕君臣皆恐禍之至。太子丹患之，問其傅鞠武。武對曰："秦
地徧天下，威脅韓、魏、趙氏。北有甘泉、谷口之固㉛；南有涇、渭之
沃，擅巴、漢之饒；右隴、蜀之山；左關、殽之險；民衆而士厲㉜，兵革
有餘。意有所出㉝，則長城之南㉞，易水以北，未有所定也㉟。奈
何以見陵之怨㊱，欲批其逆鱗哉！"丹曰："然則何由㊲？"對曰："請
入圖之㊳。"

居有間㊴，秦將樊於期㊵得罪於秦王，亡之燕㊶。太子受而舍
之㊷。鞠武諫曰："不可！夫以秦王之暴，而積怒於燕，足爲寒心㊸，

又況聞樊將軍之所在乎[44]！是謂委肉當餓虎之蹊也[45]，禍必不振矣[46]！雖有管、晏[47]，不能爲之謀也。願太子疾遣樊將軍入匈奴以滅口[48]。請西約三晉[49]，南連齊、楚，北購於單于，其後迺可圖也[50]。”太子曰：“太傅之計，曠日彌久[51]，心惛然[52]，恐不能須臾。且非獨於此也[53]：夫樊將軍窮困於天下[54]，歸身於丹，丹終不以迫於彊秦而棄所哀憐之交[55]，置之匈奴；是固丹命卒之時也[56]。願太傅更慮之[57]！”鞠武曰：“夫行危欲求安[58]，造禍而求福，計淺而怨深，連結一人之後交[59]，不顧國家之大害，此所謂資怨而助禍矣[60]。夫以鴻毛燎於爐炭之上[61]，必無事矣。且以鵰鷙之秦[62]，行怨暴之怒，豈足道哉[63]！燕有田光先生，其爲人智深而勇沉[64]，可與謀。”太子曰：“願因太傅而得交於田先生，可乎？”鞠武曰：“敬諾。”出見田先生，道“太子願圖國事[65]於先生也”。田光曰：“敬奉教[66]。”乃造焉[67]。太子逢迎[68]，卻行爲導[69]，跪而蔽席[70]。田光坐定，左右無人，太子避席而請曰[71]：“燕、秦不兩立[72]，願先生留意[73]也！”田光曰：“臣聞騏驥盛壯之時[74]，一日而馳千里；至其衰老，駑馬先之[75]。今太子聞光盛壯之時，不知臣精已消亡矣[76]！雖然，光不敢以圖國事；所善荆卿可使也[77]。”太子曰：“願因先生得結交於荆卿，可乎？”田光曰：“敬諾。”卽起，趨出。太子送至門，戒[78]曰：“丹所報[79]，先生所言者，國之大事也，願先生勿泄也！”田光俛而笑，曰：“諾。”僂行[80]見荆卿，曰：“光與子相善，燕國莫不知。今太子聞光壯盛之時，不知吾形已不逮也[81]，幸而教之曰：‘燕、秦不兩立，願先生留意也。’光竊不自外[82]，言足下於太子也[83]。願足下過太子於宮[84]。”荆軻曰：“謹奉教。”田光曰：“吾聞之，長者爲行[85]，不使人疑之。今太子告光曰：‘所言者國之大事也，願先生勿泄！’是太子疑光也。夫爲行而使人

疑之，非節俠⑧也。”欲自殺以激荆卿⑧，曰：“願足下急過太子，言
光已死，明不言也⑧。”因遂自刎而死。

荆軻遂見太子，言田光已死，致光之言⑧。太子再拜而跪，膝
行流涕，有頃而後言曰⑨：“丹所以誠田先生毋言者，欲以成大事之
謀也。今田先生以死明不言，豈丹之心哉！”荆軻坐定，太子避席頓
首⑨曰：“田先生不知丹之不肖，使得至前⑫，敢有所道，此天之所
以哀燕而不棄其孤也⑬。今秦有貪利之心，而欲不可足也⑭。非
盡天下之地⑮，臣海内之王者，其意不厭。今秦已虜韓王⑯。盡
納其地。又舉兵南伐楚，北臨趙⑰；王翦將數十萬之衆，距漳、鄴⑱；
而李信出太原、雲中⑲。趙不能支秦⑩，必入臣；入臣則禍至燕。燕
小弱，數困於兵，今計舉國不足以當秦⑩。諸侯服秦⑩，莫敢合從。
丹之私計⑬，愚以爲誠得天下之勇士使於秦，闚以重利⑭，秦王貪，
其勢必得所願矣⑮。誠得劫秦王⑯，使悉反諸侯侵地⑰，若曹沫之
與齊桓公⑱，則大善矣⑲。則不可⑩，因而刺殺之，彼秦大將擅兵
於外⑪，而内有亂，則君臣相疑；以其間⑫，諸侯得合從，其破秦必
矣。此丹之上願⑬，而不知所委命⑭，唯⑮荆卿留意焉！”久之，荆
軻曰：“此國之大事也。臣駑下⑯，恐不足任使。”太子前頓首，固請
毋讓⑰。然後許諾⑱。於是尊荆卿爲上卿，舍上舍⑲。太子日造
門下⑳，供太牢，具異物㉑，間進車騎美女㉒，恣荆軻所欲，以順適
其意。

久之，荆軻未有行意㉓。秦將王翦破趙，虜趙王㉔，盡收入其
地；進兵北略地㉕，至燕南界。太子丹恐懼，乃請荆軻曰：“秦兵旦暮
渡易水㉖，則雖欲長侍足下㉗，豈可得哉！”荆軻曰：“微太子言㉘，
臣願謁之。今行而毋信㉙，則秦未可親也。夫樊將軍，秦王購之金

千斤，邑萬家。誠得樊將軍首，與燕督亢之地圖[130]，奉獻秦王，秦王必説見臣[131]，臣乃得有以報。"太子曰："樊將軍窮困來歸丹，丹不忍以己之私而傷長者之意[132]。願足下更慮之[133]！"荆軻知太子不忍，乃遂私見[134]樊於期，曰："秦之遇將軍可謂深矣[135]。父母宗族皆爲戮没[136]。今聞購將軍首金千斤，邑萬家，將奈何？"於期仰天太息流涕曰："於期每念之[137]，常痛於骨髓；顧計不知所出耳[138]！"荆軻曰："今有一言[139]可以解燕國之患，報將軍之仇者，何如？"於期乃前[140]曰："爲之奈何？"荆軻曰："願得將軍之首以獻秦王。秦王必喜而見臣，臣左手把其袖[141]，右手揕其匈。然則將軍之仇報，而燕見陵之愧除矣[142]。將軍豈有意乎[143]？"樊於期偏袒搤捥而進曰[144]："此臣之日夜切齒腐心也[145]，乃今得聞教！"遂自剄。太子聞之，馳往[146]，伏屍而哭，極哀。既已不可奈何。乃遂盛樊於期首[147]，函封之

於是太子豫求天下之利匕首[148]，得趙人徐夫人匕首[149]，取之百金，使工以藥焠之[150]。以試人，血濡縷[151]，人無不立死者。乃裝爲遣荆卿[152]。燕國有勇士秦舞陽[153]，年十三[154]，殺人，人不敢忤視[155]。乃令秦舞陽爲副。荆軻有所待[156]，欲與俱；其人居遠，未來，而爲治行[157]。頃之，未發。太子遲之[158]，疑其改悔，乃復請曰："日已盡矣[159]，荆卿豈有意哉？丹請得先遣秦舞陽。"荆軻怒，叱太子曰："何太子之遣[160]／往而不返者[161]，豎子也！且提一匕首入不測之彊秦，僕[162]所以留者，待吾客與俱。今太子遲之，請辭決矣[163]！"遂發。

太子及賓客知其事者，皆白衣冠以送之[164]。至易水之上，既祖[165]，取道，高漸離擊筑，荆軻和而歌[166]，爲變徵之聲[167]。士皆垂淚涕泣。又前而爲歌曰："風蕭蕭[168]兮易水寒，壯士一去兮不復還！"復爲羽聲忼慨[169]，士皆瞋目，髮盡上指冠。於是荆軻就車而去，終已

不顧⑰。遂至秦，持千金之資幣物⑰，厚遺秦王寵臣中庶子蒙嘉⑰。嘉爲先言於秦王曰：“燕王誠振怖大王之威⑰，不敢舉兵以逆軍吏，願舉國爲内臣⑭，比諸侯之列，給貢職如郡縣⑮，而得奉守先王之宗廟。恐懼不敢自陳⑯，謹斬樊於期之頭，及獻燕督亢之地圖，函封，燕王拜送於庭，使使以聞大王⑰，唯大王命之。”秦王聞之大喜，乃朝服設九賓，見燕使者咸陽宫⑱。　荆軻奉⑲樊於期頭函，而秦舞陽奉地圖匣，以次進⑳。　至陛⑱，秦舞陽色變振恐⑱。　羣臣怪之。荆軻顧笑舞陽⑱，前謝⑱曰：“北蕃蠻夷之鄙人⑱，未嘗見天子，故振慴。願大王少假借之⑱，使得畢使於前。”秦王謂軻曰：“取舞陽所持地圖。”軻既取圖奏之⑰。　秦王發圖⑱，圖窮而匕首見⑱。　因左手把秦王之袖，而右手持匕首揕之。未至身⑲，秦王驚，自引而起⑲。　袖絶⑲。　拔劍，劍長，操其室⑲。　時惶急，劍堅，故不可立拔⑭。　荆軻逐秦王⑮，秦王環柱而走。羣臣皆愕⑯，卒起不意⑰，盡失其度。而秦法：羣臣侍殿上者，不得持尺寸之兵⑱；諸郎中執兵皆陳殿下⑲，非有詔召不得上。方急時，不及召下兵，以故荆軻乃逐秦王。而卒惶急⑳，無以擊軻，而以手共搏之⑳。　是時，侍醫夏無且以其所奉藥囊提荆軻也⑳。　秦王方環柱走，卒惶急，不知所爲。左右乃曰：“王負劍⑳！”負劍，遂拔以擊荆軻⑳，斷其左股。荆軻廢⑳，乃引其匕首以擿秦王⑳；不中，中銅柱⑳。秦王復擊軻，軻被八創⑳。　軻自知事不就⑳，倚柱而笑，箕踞以罵⑳曰：“事所以不成者，以欲生劫之，必得約契⑪以報太子也。”於是左右既前殺軻⑫。　秦王不怡者良久⑬。已而論功，賞羣臣⑭，及當坐者各有差，而賜夏無且黃金二百溢⑮，曰：“無且愛我，乃以藥囊提荆軻也。”

於是秦王大怒，益發兵詣趙⑯，詔王翦軍以伐燕。十月而拔薊城㉗。 燕王喜、太子丹等盡率其精兵東保於遼東㉘。 秦將李信追擊燕王急,代王嘉㉙乃遺燕王書曰:"秦所以尤追燕急者㉚,以太子丹故也。今王誠殺丹獻之秦王,秦王必解㉛,而社稷幸得血食㉜。"其後李信追丹,丹匿衍水中㉝,燕王乃使使斬太子丹,欲獻之秦㉞。秦復進兵攻之。

後五年㉟,秦卒滅燕,虜燕王喜。

其明年㊱,秦并天下,立號爲皇帝。

於是,秦逐太子丹、荆軻之客㊲,皆亡。

高漸離變名姓,爲人庸保㊳,匿作於宋子㊴。久之,作苦㊵,聞其家堂上客擊筑㊶,傍偟不能去。每出言曰㊷:"彼有善,有不善。"從者以告其主曰㊸:"彼庸乃知音,竊言是非。"家丈人㊹召使前擊筑,一坐稱善㊺,賜酒。而高漸離念久隱畏約無窮時㊻,乃退㊼,出其裝匣中筑㊽,與其善衣,更容貌而前。舉坐客皆驚,下與抗禮㊾,以爲上客。使擊筑而歌,客無不流涕而去者。宋子傳客之㊿。聞於秦始皇,秦始皇召見。人有識者,乃曰:"高漸離也。"秦皇帝惜(51)其善擊筑,重赦之(52),乃矐其目(53); 使擊筑,未嘗不稱善。稍益近之(54)。 高漸離乃以鉛置筑中(55),復進(56),得近,舉筑扑秦皇帝(57),不中。於是遂誅高漸離(58),終身不復近諸侯之人。

魯句踐已聞荆軻之刺秦王,私曰:"嗟乎︱惜哉其不講於刺劍之術也(59)︱甚矣吾不知人也(60)︱曩者吾叱之,彼乃以我爲非人也。"……

①刺客列傳所記春秋、戰國時刺客凡五人,即魯之曹沫,吳之專諸,晉之豫讓,軹之聂政,燕之荆軻。本篇所節錄的只是荆軻的傳記,其他四人則從略。這僅是全篇傳文中的一部分,故不再分段落。 ②"其先"

三句:第一句,"先",祖先,先世;第二句,"徙",遷移,此指改變籍貫。第三句,"慶卿",史記索隱:"軻先齊人,齊有慶氏,則或本姓慶。……'卿'者,時人尊重之號,猶如相尊美亦稱'子'然也。"意謂"慶"或是荆軻的本姓,"卿"是當時人對他的敬稱。按,此說近是。　　③"而之燕"二句:上句,"之",往。下句,"荆卿",史記索隱:"……(軻)至衛而改姓'荆','荆','慶'聲相近,故隨在國而異其號耳。"　　④"荆卿好讀書"二句:上句,"擊劍",古代講究擊刺的劍術。下句,"術"即指上句的"劍術";"說"讀爲稅,勸說,游說;"衞元君",衞國第四十一君,公元前二五一年卽位,在位二十二年(據史記六國年表)。按,此追敍荆軻在衞時舊事。　　⑤置東郡:事在公元前二四二年。"東郡"已見前魏公子列傳註釋。　　⑥"徙衞元君"句:"支屬",近支的家族;"野王",本春秋時晉邑,卽今河南省沁陽縣。按,衞國自入戰國以來,由公貶稱侯,由侯貶稱君,且爲魏國的附庸。公元前二四一年,秦既奪魏地爲東郡,又拔魏之朝歌(故城在今河南省淇縣東北),於是衞元君被遷至野王。梁玉繩說:"按,徙野王者,卽元君,豈惟支屬哉!"但史記秦始皇本紀則稱衞君"率其支屬徙居野王",所以本篇也這樣記載。又按,此處帶敍衞國徙都事,疑卽說明荆軻去衞之故。　　⑦楡次:戰國時趙邑,卽今山西省楡次縣。　　⑧與蓋聶論劍:"蓋聶",人名,"蓋"讀爲 gé 或 gǎ。"論劍",談論劍術,有彼此較量優劣之意。　　⑨怒而目之:因發怒而瞪眼看他。"之"指荆軻。　　⑩"人或言"句:有人或對蓋聶說,再把荆軻找來。　　⑪"曩者"二句:上句,"曩"音曩,作"昔"解;"曩者",猶言"不久以前"。"吾與論劍"的"與"下省去賓語"荆軻"。下句,"稱"讀去聲,"不稱",猶言"恣見不合"。　　⑫是宜去:"是",猶"此"。此句言"在這種情形下,荆軻應該走掉了"。　　⑬"使使"二句:上句,"主人",指荆軻所住的客舍的主人或房東。此言"派一個人到荆軻住的地方去"。下句,"駕",乘車。言"荆軻已經乘車離開楡次了"。　　⑭"固去也"二句:上句,"固",猶言"當然"、"一定"。此句言"他當然得走了"。下句,"攝"有二解:一、通作"收取"解,引申爲"收服"、"降伏"之意。意謂"剛才我用眼光已經把他降伏了¡"二、與"慴"(音折)通，作"恐懼"解(王念孫説)。"目慴之"指怒目視荊軻，使他畏懼而離去。兩説皆可通。　⑮"魯句踐"句："魯句踐"，人名。"句"同"勾"。據本文篇末之語，魯勾踐當是一個精於劍術的人。"博"，賭博。　⑯争道：王伯祥説："在賭局上争取贏路。"　⑰"荊軻嘿而"二句：上句，"嘿"，古"默"字。此言荊軻悄悄地溜走了。下句，言荊軻和魯勾踐從此不曾再見過面。　⑱"愛燕"句："狗屠"，一個以宰狗爲業的人。"筑"音竹，史記索隱："似琴，有弦，用竹擊之，取以爲名。""善擊筑者"，精於彈奏筑的人。⑲酒酣以往："以往"，以後。此言"飲酒至半醉以後"。　⑳相樂也：一本"相"上有"以"字。此連上文，言"彼此以飲酒高歌相娛樂"。　㉑"已而相泣"二句：言荊軻等飲酒高歌之後，往往彼此相對哭泣，好像身邊没有别人似的。　㉒"荊軻雖游"二句：上句，"游"，交往；"酒人"，猶言"酒徒"；"乎"，楊樹達詞詮："語末助詞，表推宕。"按，此處的"乎"猶今口語中的"啊"、"呀"，表示語氣有抑揚高下。言"荊軻雖然愛同酒徒們打交道啊"。下句，"沉深"，沉着穩重，不動聲色。下文鞠武説田光爲人"智深而勇沉"，可以參看。燕丹子載田光稱荊軻爲"神勇之人，怒而色不變"，可以算做"沉深"的表現。　㉓"其所游"二句：上句，"諸侯"，指諸侯之國，如衞、趙、燕等國。下句，"賢豪長者"，賢人、豪傑和德高望重的人。此二句言"荊軻到各個諸侯的國家遊歷，所交結的都是當地的知名之士"。㉔"燕之處士"二句：上句，"善待之"，看待荊軻很好。下句，言田光知道荊軻不是個尋常庸庸碌碌的人。　㉕"會燕太子丹"句："會"，適逢，正趕上；"燕太子丹"，燕王喜之子；"質"讀去聲，作"抵押"解；"質秦"，留在秦國當抵押品；"亡歸燕"，逃回燕國。據史記六國年表，公元前二三二年，太子丹自秦逃歸。王伯祥説："時荊軻已入燕，故云'會太子丹質秦亡歸燕'。"又按，燕丹子載太子丹自秦逃歸事甚詳，但爲小説家言，不免有所渲染。謹録以備考："燕太子丹質於秦，秦王遇之無禮；不得意，欲求歸。秦王不聽，謬言'令烏白頭，馬生角，乃可許耳。'丹仰天歎，烏卽白頭，馬生角。秦王不得已而遣之。爲機發之橋（在橋上暗設機關，使它發作），欲陷丹；丹過之，橋爲不發（機關失靈，沒有發作）。夜到關，關門未開；丹爲雞鳴，衆雞皆鳴，遂得逃歸。”　㉖“其少時”句：“驩”同“歡”。言秦王政年輕時和太子丹交情很好。　㉗“秦王之遇”句：秦王對待太子丹很不友好。　㉘“歸而求”句：“求”，尋求；“爲報秦王者”，爲他向秦王進行報復的方式方法。　㉙三晉：指韓、魏、趙三國。因這三國原是晉國的世卿，後來滅晉而瓜分其地，故稱爲“三晉”。　㉚稍蠶食諸侯：秦國像蠶吃桑葉一樣逐漸侵蝕諸侯各國。　㉛“北有”句：“甘泉”，山名，一名鼓原，俗稱磨石嶺，在今陝西省淳化縣西北。“谷口”，在今陝西省涇陽縣西北，醴泉縣東北，當涇水出山之處。俗呼爲寒門。“甘泉”、“谷口”都是秦國北邊險要之地。　㉜“民衆”二句：上句，“民”，人民；“士”，士兵；“厲”，奮勇。此言秦國人口衆多而士卒奮勇。下句，“兵”，武器；“革”，用皮革製的甲；“兵革”，泛指軍備。此言秦國軍備充裕有餘。　㉝意有所出：“意”，意圖；“有所出”，有所表現，有所向。　㉞“則長城”二句：上句，“長城”指戰國時燕國北邊築以防胡的長城。據杜佑通典，此城西自造陽（今河北省懷來縣），東達襄平（今遼寧省遼陽縣北），大都在今河北、遼寧兩省境内，爲當時燕國的北界。下句，“易水”，古水名，有北易水、中易水、南易水之分，其源皆出於今河北省易縣的附近，爲當時燕國的南界。此二句所言，即指燕國的全部疆土。　㉟未有所定也：不見得能穩定。此連上三句大意是：“只要秦國的意圖對我們有所不利，那麼我們燕國全部的領土都會不穩定的。”　㊱奈何二句：上句，“見陵”，猶言“被欺”。下句，“批”音撇，說文作“擆”，解爲“反手擊”，此處引申有“觸動”之意。“逆鱗”，相傳龍頸上有逆生着的鱗片。韓非子說難：“夫龍之爲虫也，柔（擾）可狎而馴也。然其喉下有逆鱗徑尺，若人有嬰（同‘攖’，作‘觸’解）之者，則必殺人。人主亦有逆鱗，説者能無嬰人主之逆鱗，則幾（差不多）矣。”蓋以喻暴君的兇惡。此二句大意是：“何苦因爲被侮辱的怨恨，便要去觸犯秦國的兇燄，惹得它同我們作對呢！”　㊲然則何由：

大意是:"那麽我們將從什麽地方下手?" ㊳請入圖之:"入",猶言"進一步";"圖",考慮。"入圖之"卽"從長計議"。 ㊴居有間:"間"讀去聲,間隔。此指過了一段時間。 ㊵樊於期:"於"讀爲烏。 ㊶亡之燕:逃亡到燕國來。 ㊷受而舍之:"受",接納;"舍",館舍,此處作動詞用;"舍之",留他住下來。此言太子丹接納了樊於期,並留他住在燕國。㊸足爲寒心:"寒心",史記索隱:"凡人寒甚則心戰(心裏戰慄),恐懼亦戰。今以懼譬寒,言可爲心戰(恐懼可以使心裏戰慄)。"此連上文大意是:"秦王本來極其兇暴,並且對燕國久蓄不滿的怒意,這已經足够使我們膽戰心寒了。" ㊹"又況聞"句:又何況聽到我們這裏是樊於期存身的地方呢。 ㊺"是謂"句:"委",抛給;"蹊"音奚,途徑,小路;"委肉當餓虎之蹊",疑是當時成語,言恰好把肉抛在餓虎出入的路口。按,此以向虎口抛肉喻禍患的不能幸免。 ㊻"禍必"句:"振"作"救"解(用史記索隱説);"不振",無救。言"這個禍患必然是無可挽救的了"。 ㊼"雖有"二句:此言"等到大禍臨頭,雖有管仲、晏嬰那樣偉大的政治家,也無法爲你出主意解救了"。之"指燕國所遭到的不幸後果。 ㊽"願太子"句:"疾遣",馬上派遣,立卽護送;"滅口",消除秦國對燕國侵略的藉口。 ㊾"請西約"三句:"約",締結條約;"連",聯合;"購"同"媾",和好;"單于",匈奴對君主的稱呼,"單"音蟬。此三句言"燕國必須內與三晉、齊、楚結成六國同盟,外與匈奴的國君和好"。 ㊿"其後"句:"其後",猶言"然後";"迺",古"乃"字;"可圖",有辦法對付。此連上言"必須與各國聯合,然後才有可能去對付秦國"。 (51)曠日彌久:"曠",作"空"解,此指白白地耗費;"日",日期;"彌",拖延。此連上言"您的計畫,未免延擱時間太久"。 (52)"心惽然"二句:上句,"惽然" 憂悶煩亂貌;"惽"音昏。下句,"須臾" 猶言"片刻"、"頃刻"。史記會注考證引岡白駒說:"言已憂思昏瞀(音茂,目迷亂不明貌)且死,須臾不可待。"意謂"鞠武之計要長時間始能實現,自己心已紛亂,可能很快就死去,無法再多等了"。(53)"且非"句:"且",况且;"非獨於此",不僅如此而已。此言"况且我的想法還不止如此而已"。　(54)窮困於天下：意謂天下任何地方都不能容納他，使他受盡窘迫。　(55)"丹終"二句："所哀憐之交"，所同情、所憐惜的朋友。此二句大意是："我到底不能由於爲強秦所逼迫的原因而犧牲我所憐惜的朋友，把他棄置於匈奴。"　(56)"是固"句："是"作"此"解，猶言"這樣"；"命卒之時"，生命結束的時候。此言"這實在是我該死的時候了"。意謂"國家危在旦夕，自己也無法活下去，寧死也要同秦國拼一下"。　(57)更慮之：重新考慮。　(58)"夫行危"三句："行危"，行動冒險；"造禍"，惹出禍事；"計淺"，考慮得很不周到；"怨深"，把仇恨一天天地加深。此言"做危險的事而求國家安定；惹禍端而希望得到幸福；考慮得很膚淺，但仇恨卻愈來愈重"。　(59)"連結"二句："連結"，締結；"後"作"晚"解，"後交"猶言"新交"，指最近才建立的友誼。此言"你只顧同樊於期一個人締結新的友誼，卻不考慮給國家帶來的巨大危害"。　(60)"此所謂"句："資怨"，增加了怨恨；"助禍"，助長了禍患。"資怨而助禍"，疑是當時成語。　(61)"夫以鴻毛"二句：上句，"鴻毛"，鴻雁的羽毛，喻燕國力量的微弱；"燎"，燒；"爐炭"，喻秦國的兵力強大。下句，"無事"，猶言"任什麽也不存在了"。史記會注考證引日人慶長寬永活字本史記標記云："言秦擊燕，如燎鴻毛於爐炭，豈有大事乎！謂其輕易也。"　(62)"且以"句："鵰"同"雕"，猛禽之一種，此處與"鷙"相連，作狀詞用；"鷙"音至，兇猛鳥類的通稱；"鵰鷙之秦"，猶言"兇猛的秦國"。此連下句言"以兇猛的秦國對燕國逞其怨毒殘暴的威怒"。　(63)豈足道哉：猶言"還有什麽可說的呢！"意謂"燕國終必爲秦所滅，根本不消說了"。　(64)智深而勇沉：智謀藏於内而勇氣潛於心，表面上非常含蓄沉着。史記評林引明王世貞説："凡智不深則非智，勇不沉則非勇。深所以藏智而出之使不測，沉所以養勇而發(表現)之使必遂(達到目的)。"　(65)圖國事：商議國家大事。　(66)敬奉教：謹遵您的指教。　(67)乃造焉："造"，拜訪；"焉"，猶"於彼"；"造焉"，指拜訪於太子之門。　(68)逢迎：向前迎接。　(69)卻行爲導：太子退着走引導着田光進入宫中。　(70)跪而蔽席："蔽"音撇，作

"拂拭"解。按，古人席地而坐，每人皆有坐席。此言"太子跪了下來給田光拂拭坐席，表示恭敬"。　⑦"太子避席"句："避席"，離開自己的坐席，亦表示敬意。"請"，向田光請教。　⑦不兩立：猶言"不能並存"。　⑦留意：多多在念，多多考慮。按，此語有希望田光給予指示、援助之意（用王伯祥説）。　⑦"臣聞騏驥"二句："騏驥"，良馬。此以一日能行千里的駿馬喻有所做爲的豪傑。　⑦"駑馬"句："駑馬"，笨馬；"先之"，跑到騏驥的前面去。　⑦"不知臣精"句："精"，精力；"消亡"，耗損得淨盡。　⑦"所善"句：大意是："我所熟識的好朋友荆軻是可以擔任這個使命的。"　⑦戒：勸告，叮囑。王伯祥説："此有禁約之意。"　⑦"丹所報"二句：上句，"報"，訴説，指太子丹告訴田光的話。下句，指田光所説的推薦荆軻的話。　⑧傴行："傴"音縷，背脊彎曲。此言田光彎着腰走路。形容年老衰頹之狀。　⑧"不知吾形"句："形"，形體，此指體力；"不逮"，不及從前。　⑧不自外：自己表示不是外人。王伯祥説："猶言'不客氣'。"　⑧"言足下"句：在太子面前談起了你。　⑧"顧足下"句："過"讀平聲，拜訪。此言"希望你能到宮中去拜訪太子"。　⑧長者爲行："長者"，有高尚品德的人；"爲行"，所做的行爲。　⑧節俠：有節操、有義氣的人。　⑧以激荆卿："激"，激勵。此言"使荆軻情感上有大波動"。　⑧明不言也：用死來表明自己守信用，不洩漏太子的話。⑧致光之言：傳達田光死前説的話。　⑨"有頃"句：過了一會兒，然後説道。　⑨避席頓首：離開自己的坐席向荆軻行跪拜禮。　⑨"使得至前"二句：此是謙詞。大意是："使我能夠到您的跟前來同您談話。"⑧"其天"句："其"，太子丹自稱。"孤"，本是父親死後兒子自稱之詞。史記索隱："案無父稱'孤'。時燕王尚在，而丹稱孤者，或記者失辭。"但趙翼陔餘叢考則謂："諸侯或遇危難，則亦有稱'孤'者。"梁玉繩引趙氏説："只作'窮獨'意解。"疑後二説近是。此連上文大意是："我之所以能見到您，正是由於上天哀憐燕國，不因爲我在窮獨危難之中就拋棄了我。"⑧"而欲"句：言秦國貪利的慾望無法得到滿足。　⑧"非盡"三句：第一句,"盡天下之地",把天下的土地完全吞併。第二句,"臣海内之王",征服海内的諸侯(指六國的國君),讓他們向秦國稱臣。第三句,"厭",通"饜",滿足。　　⑯"今秦已虜"二句:上句,"韓王",名安,韓國最末一代的國君,在位九年(公元前二三八―二三〇年)。按,秦滅韓在公元前二三〇年,即秦王政十七年。下句,"納",收取。此言"秦國把韓國的土地完全收歸已有。"　　⑰北臨趙:"臨",逼近。　　⑱距漳、鄴:"距",作"至"解,猶言"抵達"。"漳、鄴",趙國的南境,即今河北省臨漳縣和河南省安陽縣之間的一帶地方。　　⑲而李信句:"李信",秦將。"太原",秦郡名,在今山西省太原市西南。"雲中",秦郡名,在今内蒙古自治區托克托縣。此言"李信從太原、雲中兩郡出兵侵趙。"　　⑩"趙不能"二句:上句,"支",撐持。言趙人無力抵禦秦兵。下句,"入",猶言"歸";"入臣",歸降秦國,向秦稱臣。　　⑪"今計"句:現在計算一下,即使用整個燕國的兵力也不足以抵擋秦國。　　⑫諸侯服秦:言諸侯已被秦所征服,十分畏懼。　　⑬私計:個人的打算,個人的意見。　　⑭闚以重利:"闚"同"窺",作"示"解。史記索隱:"言以利誘之。"此言"故意把豐厚的利益讓秦王看見,使他歆羨而上當"。　　⑮"其勢"句:王伯祥説:"正因為秦王貪心重,必然上鈎,而我可以取得我所心願的效果了。"　　⑯劫秦王:"劫",用威力加以要挾、脅迫。　　⑰"使悉反"句:命令秦王把侵佔的土地完全交還給諸侯。　　⑱"若曹沫"句:事見刺客列傳第一節。現節錄史記原文以供參考:"……曹沫為魯將,與齊戰,三敗北。魯莊公懼,乃獻遂邑之地以和。猶復以為將。齊桓公許與魯會於柯而盟。桓公與莊公既盟於壇上,曹沫執匕首劫齊桓公。桓公左右莫敢動,而問曰:'子將何欲?'曹沫曰:'齊強魯弱,而大國侵魯亦以甚矣。今魯城壞,即壓齊境,君其圖之!'桓公乃許盡歸魯之侵地。既已言,曹沫投其匕首,下壇,北面就羣臣之位,顔色不變,辭令如故。……於是桓公乃遂割魯侵地――曹沫三戰所亡地,盡復予魯。"按,"曹沫",一本作"曹沬",前人或以為即左傳之曹劌。可備一説。"沫"音末,"沬"音誨。　　⑲則大善矣:那就太好了。

⑩則不可:"則",古與"若"同義(用王念孫説)。此句猶言"如果辦不到"。

⑪擅兵於外: 在國境以外獨攬兵權。　　⑫以其間:"間"讀去聲,間隙。此言"趁着他們國内有亂、君臣相疑的機會"。　　⑬上願: 最高的願望。

⑭不知所委命: 不知道把這個任務委託給誰。　　⑮唯: 作"願"解。

⑯"臣駑下"二句: 此是自謙之詞。言"自己的才智笨拙低下,不配供太子丹的委任、驅使"。　　⑰固請毋讓:堅決請求荆軻不要推辭。　　⑱然後許諾:"許諾"的主語是荆軻。　　⑲舍上舍: 住上等的館舍。　　⑳日造門下:"日",每天;"造",到。言"太子丹每天到荆軻的住處問候"。　　㉑具異物: 安排珍異的物品。　　㉒"間進"三句: 第一句,"間"讀去聲,間隔。此言"隔不多久就進獻一批車馬、美女給荆軻"。第二句,"恣",放縱。言"盡量滿足荆軻的欲望"。第三句,言"爲的是順着荆軻的心意,博得他的歡心"。　　㉓未有行意: 沒有動身的表示。　　㉔虜趙王: 事在公元前二二八年,即秦王政十九年。詳見前廉頗藺相如列傳注釋。　　㉕"進兵"二句: 言"秦國向北方進兵擴大侵略地盤,已經到達燕國的南境。"

㉖"秦兵旦暮"句:"旦暮",猶今言"早晚間"。此言"秦兵很快地就要渡過易水來了。"　　㉗"則雖欲"二句:"長侍足下",永久侍奉你。太子丹意謂:"如果燕國平安無事,我自然可以長遠地同你在一起;如果燕國很快就亡國,那就不能經常同你盤桓了。"　　㉘"微太子言"二句: 上句,"微",無。下句,"謁",請,告。言"即使沒有你這番話,我也要向你請求行動了"。　　㉙"今行"二句: 上句,"行",指出使到秦國去;"毋",與"無"通;"信",信物。下句,"親",接近。此言"秦王貪利,如果不帶信物前去,是不易親近他的。"　　㉚督亢之地圖:"督亢",史記集解引劉向别録:"膏腴之地。"按,水經注有"督亢溝",流經今河北省房山縣、涿縣、固安縣、新城縣各地。其地又有督亢亭。大抵今河北省易縣東南,約當今涿縣、定興、新城、固安一帶,地勢平坦,多川渠,即戰國時督亢之地。

㉛"秦王必説"二句: 上句,"説"同"悦"。下句,"報",報答,報効。此言"秦王一定很高興地接見我,我就可以爲你効勞了"。　　㉜"丹不忍"句:"己

之私”，個人的私事；“長者”，指樊於期。大意是：“我不忍心爲自己的事而使樊於期失去前來投奔我的意圖而死去。”　⑬更慮之：另外考慮辦法。　⑭私見：瞞着太子丹去會見。　⑮“秦之遇”句：“遇”，對待，待遇；“深”，苛刻，殘酷。言“秦王對待樊於期可以説是非常酷毒了”。史記正義：“戮家室，及購千金，是‘遇深’也。”　⑯“父母”句：“爲”，被；“戮”，殺戮；“没”，没收。此言“樊於期的父母族人，重的被秦王殺戮，輕的被没收入官爲奴婢”。　⑰“於期每念之”二句：“痛於骨髓”，猶“痛入骨髓”。大意是：“我每一想到自己家人所遭的慘禍，就連心靈深處也感到極端的痛楚。”　⑱“顧計”句：“顧”，只是，但是；“計不知所出”，不知想什麼方法才好。　⑲今有一言：“一言”，猶言“一句話”。即指下文“顧得將軍之頭以獻秦王”句。　⑳乃前：挺身向前，走近荆軻。　㉑“臣左手”二句：上句，“把其袖”，抓住秦王的袖子。下句，“揕”音砧，或音枕，與“抌”通（用王念孫説），作“刺”解；“匈”，古“胸”字。言“右手用匕首刺入秦王的胸膛”。　㉒“而燕”句：“愧”，羞愧，恥辱；“除”，消除。此言“這樣做就可以洗雪燕國被秦國侮辱的羞恥”。　㉓豈有意乎：是否打算這樣做呢？　㉔“樊於期偏袒”句：“偏袒”，脱下一邊衣袖，露出半面肩膊；“搤”同“扼”，緊緊揑住；“捥”，古“腕”字；“進”，走近。大意是：“樊於期袒露出半面肩膊，並用一手緊揑着另一隻手腕，走近荆軻説道。”按，此極寫樊於期憤怒激動的神精。　㉕“此臣之”二句：上句，“切齒”，上下牙齒相磨切；“腐心”，猶言“心碎”。中井積德説：“憂悶不可忍，則心摧折，若腐爛然。”又，王念孫釋“腐”爲“拊”之假借字，“拊心”猶“用手搥胸”，亦可通。按，“切齒腐心”皆形容憤怒激動之狀。下句，言“直到今天才聽到你的開導指教”。　㉖馳往：趕快駕車跑去。　㉗“乃遂”二句：上句，“盛”音成，裝入，置入。下句，“函”，匣子；“封”，封閉。此言“把樊於期的頭顱裝進一隻匣子裏封藏起來”。　㉘“於是太子”句：“於是”，猶言“那時”、“彼時”；“豫求”，預先訪求。“匕首”，短劍。史記索隱引服虔通俗文：“其頭類匕（即湯匙），故曰‘匕首’。短而便用也。”又史記正義引鹽鐵論，謂匕首長一尺八寸。"天下之利匕首"，天下最鋒利的短劍。

⑭"得趙人"句："徐夫人"，人名。"徐"，姓；"夫人"，名；史記索隱以爲此是男子的名字。中井積德則以爲"徐夫人"是收藏利匕首的人，因爲名氣大了，便稱這匕首爲"徐夫人匕首"。　　⑮以藥焠之："焠"音粹。此句有二解：一、史記索隱："'焠'，染也。……謂以毒藥染劍鍔(劍鋒)也。"二、漢書顏注："'焠'謂燒而內(納)水中，以堅之也。"今按，此二說宜互參。當是把匕首投於火中經過煅製，然後浸入毒藥的液體中，使劍鋒染有毒質。

⑯"血濡縷"二句：中井積德說："'濡縷'，謂傷淺血出，僅如絲縷。"此言"只要用匕首把皮膚斫開極小的傷口，滲出一絲血液，人就會立卽死去"。　　⑰"乃裝"句："裝"，置辦行李。此句大意是："因此置辦行李，爲了打發荆軻動身。"　　⑱秦舞陽：燕國的勇士。亦作"秦武陽"。梁玉繩說："……國策、燕丹子、(古今)人表、隸續、武梁畫並作'武陽'，而史獨作'舞陽'，古字通用。"　　⑲"年十三"二句：中井積德說："'年十三，殺人'，以狀其慓悍絕人耳，非是時年正十三。"按，此說是。　　⑳忤視：用抗拒的眼光看。史記索隱："'忤'者，逆也。……不敢逆視，言人畏之甚也。"　　㉑荆軻有所待"二句："俱"，偕行。言"荆軻另外等待一個人，希望能同那個人一塊兒前去"。　　㉒爲治行：替他整備行裝。　　㉓遲之：嫌他拖延。此處"遲"是動詞，"之"指荆軻。　　㉔日已盡矣：猶言"已經沒有時間了"或"時間已經緊迫了"。　　㉕何太子之遣：驚詫之詞。猶言"你怎麼這樣的派遣呢"。　　㉖"往而"二句："豎子"，貶詞，猶言"無知之輩"。舊注或以爲"豎子"是指秦舞陽，疑非是。郭嵩燾說："案荆軻意謂凡事當出萬全，故'有所待，欲與俱'，豈能爲豎子之行，一往而不顧哉！"按，郭說近是。此二句大意是："只有無知之人，才冒失地前往，而不考慮如何完成使命，順利地回來。"　　㉗僕：謙稱，荆軻自謂。　　㉘請辭決矣："決"同"訣"，訣別。此言"請允許我向你辭行，就此告別了！"　　㉙"皆白衣冠"句："白衣冠"，本是喪服。王伯祥說："知其難還，故像送喪那樣地送他；同時也存在着激勵的意義。"　　㉚"既祖"二句：上句，言太子既給荆軻餞行之

後。按，漢書顏注：“‘祖’者，送行之祭，因設宴飲焉。”古代人將有遠行，必在出發前祭祀道路之神(見詩經、禮記)，但遠行的人卽取飲此祭神之酒，故後世引申之，稱餞行爲“祖道”。下句，“取道”，猶言“上路”。　⑯荊軻和而歌: 荊軻隨着筑聲唱歌。“和”讀去聲。　⑯爲變徵之聲: “徵”音止。古代音律，分宮、商、角、變徵、徵、羽、變宮七聲，卽西樂所用的 C、D、E、F、G、A、B 七調。“變徵”相當於西樂的 F 調。此調音節蒼涼，適於悲歌。　⑱蕭蕭: 形容風聲的狀詞。　⑲“復爲”句: “羽聲”，相當於西樂的 A 調。此調音節高亢，故其聲激昂忼慨。按，燕丹子: “爲壯聲，則髮怒衝冠；爲哀聲，則士皆流涕。”“壯聲”卽指“羽聲”，“哀聲”卽上文的“變徵之聲”。　⑰終已不顧: 直到最後，連頭也不回一下。　⑰千金之資幣物: 猶言“價值千金的禮物”。“千金之資”爲附加成分，是形容“幣物”(禮物)的狀語。　⑰“厚遺”句: “厚遺”，厚贈，重賂；“遺”讀去聲。“中庶子”，官名，秦、漢時所置，爲太子官屬，掌管宮廷中以及諸臣吏的嫡庶版籍；“中”卽“宮中”之意。“蒙嘉”，秦臣。　⑬“燕王”二句: 上句，“振”，作“動”解，引申有“戰慄”之意；“怖”，恐懼。下句，“舉兵”，興兵；“逆”，抗拒；“軍吏”，指秦王所派遣的將士。此言“燕王實在畏懼你的威嚴，不敢出兵抵抗你的軍隊”。　⑭“願舉國”二句: 上句，“舉國”猶“全國”；“内臣”，屬下的臣子。下句，“比”，居於，位於；“諸侯”，指從屬於秦的附庸國；“列”，行列。此二句大意是: “燕王願意獻出整個的國家以爲你屬下之臣，並把他自己排在朝見秦國的諸侯的行列裏。”　⑮“給貢職”句: “給”，供應，擔負；“貢”，貢物；“職”，指徭役一類的職責。此言“燕國將像直屬於秦國的郡縣一樣，向秦國納貢應差”。　⑯不敢自陳: 不敢自己直接向秦王陳說。　⑰“使使”二句: 大意是: “特地派了使臣來報知你，只希望請你示下。”　⑱咸陽宮: 秦國的宮廷。按，三輔黃圖: “始皇窮極奢侈，築咸陽宮，因北陵營殿，端門四達，以則紫宮(摹仿天上的紫微星座)，象帝居(上帝所居之地)。”則知此宮建在咸陽北面高陵地帶。　⑲奉: “捧”之本字。　⑱以次進: 按着次序前進。　⑱陛: 殿前的高台階。　　⑱"秦舞陽色變"句:"振恐",猶上文的"振怖"。按,燕丹子:"軻奉於期首,武陽奉地圖。鐘鼓並發,羣臣皆呼萬歲。武陽大恐,兩足不能相過(兩足邁不開步),面如死灰色。秦王怪之。"可與此互參。⑱"荊軻顧笑"句:"顧",回過頭來。按,荊軻爲正使,在前;秦舞陽爲副使,在後。故荊軻回過頭來譏笑秦舞陽。　　⑱前謝:走上前去謝罪。按,此寫荊軻先回顧舞陽,然後再向前走去。　　⑱"北蕃"句:"蕃"同"藩";"北藩",北方的藩屬。"蠻夷",自貶之詞。"鄙人",猶"粗野之人",指秦舞陽。按,此是荊軻以從屬國家的身分對秦王的謙稱。　　⑱"願大王"二句:"少假借之",稍稍寬容他一下。此二句大意是:"希望能原諒他一下,讓他能在大王面前完成他做使臣的禮節。"　　⑱奏之:呈獻給秦王。⑱發圖:把捲成一軸的地圖張開。　　⑱"圖窮"句:"窮",盡;"見"同"現"。此言"地圖被張開到盡頭,露出匕首來了"。　　⑲未至身:還沒有到秦王的身旁。　　⑲自引而起:自己盡力抽身站起。　　⑲袖絶:把袖子掙斷了。　　⑲操其室:提住了劍鞘。按,因劍太長,容易觸地,故必須抓着劍鞘。　　⑲故不可立拔:因此不能立即拔出。按,據近世出土的戰國的劍,其長約當今市尺四、五尺,秦王朝會所佩,其劍當尤爲長大。又因這種劍平時極少使用,插得很牢,所以不易拔出。　　⑲"荊軻逐秦王"二句:上句,"逐",追趕。下句,"環",圍繞;"走",急行。　　⑲愕:因驚慌而發愣。　　⑲"卒起"二句:上句,"卒"同"猝",倉猝。下句,"度",猶"態"。此言"事起倉猝,出人意外,羣臣都失了常態"。　　⑲尺寸之兵:猶言"任何兵器","尺寸"言極其微細。按,秦國的這條法律正所以防範大臣謀殺國君。　　⑲"諸郎中"二句:"郎中",史記索隱:"若今宿衞之官。"即守衞宮禁的近侍。"執兵",帶着兵器;"陳",排列。此言"許多帶兵的侍衞都排列在殿下,沒有詔令的宣召是不許上殿的。"　　⑳"而卒惶急"二句:"卒"同"猝"。按,上文"時惶急"和下文"卒惶急"的主語是秦王,此處"卒惶急"的主語是羣臣。言"羣臣在倉猝之間,非常驚慌急迫,找不到什麼武器來打荊軻"。　　㉑"而以手"句:因而羣臣一齊徒手與荊軻搏鬥。　　⑳“侍醫”句：“侍醫”，隨侍在國君左右的醫官；“夏無且”，人名，“且”音租；“藥囊”，盛藥的袋子；“提”讀爲底，義同“擲”，投擊。　　⑳王負劍：史記索隱引王劭説：“古者帶劍(佩劍)，上長(上端較長)，拔之不出室(劍鞘)；欲王推之於背(把劍推到身後)，令前短，易拔。故云‘王負劍’。”按，此是左右的人提醒秦王之語。　　⑳“遂拔”二句：上句，於是拔出劍來砍傷荆軻. 下句，“左股”，左腿。　　⑳廢：殘廢。　　㉖“乃引”句：“引”，舉起；“摘”，音義同“擲”。　　㉗中銅柱：“中”讀去聲。言“把匕首投中了殿上的銅柱”。按，燕丹子：“軻拔匕首摘之，決秦王耳(傷了秦王的耳朵)，入銅柱，火出然(燃)。”可與此互參。又，一本“銅”作“桐”。王伯祥説：“匕首擲入銅柱未免誇張，似以‘桐柱’爲近理。”但近人李笠則謂：“案(史記)正義引燕丹子云：‘入銅柱，火出。’則作‘銅’者是也。又文選盧子諒覽古詩云：‘揮袂睨金柱。’‘金’卽‘銅’也。是秦廷以銅爲柱，有明徵矣。若云‘中桐柱’，則不見匕首之利。……”疑李説近是。　　㉘軻被八創：“被”，受；“創”，創傷。此言“荆軻身上有八處受了傷。”　　㉙事不就：事情不能成功。　　㊿箕踞以罵：蹲坐在地上破口大罵。按，漢書顔注：“‘箕踞’謂伸其兩腳而坐，……其形似箕。”古人以箕踞而坐爲倨傲不敬的表現，此處則指荆軻蹲坐於地上。“以”，猶“而”。　　㉛約契：猶“諾言”。此連上下文大意是：“事情所以没有成功，只因想生劫秦王，好得到秦王退還諸侯土地的諾言，來回報太子。”　　㉜前殺軻：走上前去殺死荆軻。　　㉝不怡者良久：不愉快了好多時。　　㉞“已而論功”二句：“已而”，事後。“及”，猶“並”，連接詞，用以連接“論功賞羣臣”和“當坐者各有差”兩個並列成分。“論功賞羣臣”，指評比功勞賞賜羣臣。“當坐者”，應當辦罪的；“差”音次平聲，等級，差別；“各有差”，按其輕重分別處分。　　㉟溢：同“鎰”，二十兩爲一鎰。一説，二十四兩爲一鎰。　　㊱“益發兵”二句：言秦王更多地派兵往趙國去，並命令王翦的軍隊去伐燕國。　　㊲“十月”句：“十月”，指秦王政二十一年的十月，卽公元前二二六年。“薊城”，一名薊門，又叫薊丘，是燕國的都城。相傳今北京市德勝門外<u>土</u>城關，卽其故址。　　⑱<u>東保於遼東</u>："保"，守；"<u>遼東</u>"，今<u>遼寧</u>省東南境一帶地方。　　⑲<u>代王嘉</u>：卽<u>趙</u>公子<u>嘉</u>，<u>悼襄王</u>的嫡子。<u>史記趙世家</u>："……<u>悼襄王</u>廢適(嫡)子<u>嘉</u>而立(<u>趙王</u>)<u>遷</u>，……<u>秦</u>旣虜<u>遷</u>，<u>趙</u>之亡大夫共立<u>嘉</u>爲王，王<u>代</u>六歲。<u>秦</u>進兵破<u>嘉</u>，遂滅<u>趙</u>以爲郡。"據<u>六國年表</u>，<u>代王嘉</u>與<u>燕王喜</u>都在公元前二二二年爲<u>秦</u>所俘虜。　　⑳"<u>秦</u>所以"句：<u>秦</u>國所以特別緊急地逼迫<u>燕</u>國的原因。　　㉑必解：必然和解。　　㉒"而社稷"句："社"，土神；"稷"，穀神；卽代表國家的象徵。宰殺犧牲以祭社稷之神，叫做"血食"，因爲犧牲是有血的動物。此句猶言"國家的壽命可以僥倖地延續"。　　㉓<u>丹匿衍水</u>中："匿"，隱藏；"<u>衍水</u>"，在今<u>遼寧</u>省<u>瀋陽市</u>附近，俗名<u>太子河</u>，卽由<u>太子丹</u>而得名。此言"<u>太子丹</u>藏在<u>衍水</u>境內"。　　㉔欲獻之<u>秦</u>："欲"，疑是衍文(用<u>瀧川資言</u>說)。"獻之<u>秦</u>"，把他獻給<u>秦</u>國。　　㉕後五年：指公元前二二二年，卽<u>秦王政</u>二十五年，上距破<u>薊城</u>之年頭尾共五年。　　㉖其明年：卽公元年二二一年，<u>秦王政</u>二十六年。　　㉗"<u>秦</u>逐"二句："逐"，追捕，搜緝。此言"<u>秦</u>人追捕<u>太子丹</u>和<u>荆軻</u>的門客黨羽，因而他們都四散逃亡了"。　　㉘庸保："庸"同"傭"，傭工；"保"，酒保(用<u>漢書</u>及<u>史記索隱</u>說)。此言"<u>高漸離</u>給賣酒家當傭工"。　　㉙"匿作"句："匿"指隱姓瞞名；"作"，操作；"<u>宋子</u>"，地名，本<u>趙</u>邑，故治在今<u>河北</u>省<u>趙縣</u>北二十五里。此言"<u>高漸離</u>在<u>宋子</u>地方隱姓瞞名替人家幫工"。　　㉚作苦：操作得很辛苦。　　㉛"聞其家"二句：上句，"堂上客"，指主人的賓客。下句，"傍偟"，今寫作"徬徨"，猶言"徘徊"。此言"<u>高漸離</u>聽到主人的堂上有客人擊筑，便徘徊着捨不得離去"。　　㉜"每出言"二句：大意是："<u>高漸離</u>每每脫口而出地說，那些人擊筑，有的好，有的不好。"　　㉝"從者"三句：第一句，"從者"，<u>史記索隱</u>："謂主人家之左右也。"第二句，言"那個傭工倒是個知音的"。第三句，"是非"，猶言"好壞"。此言"他在背地裏評論擊筑的人有好有壞"。　　㉞家丈人：卽"家主人"。"丈人"是尊稱。　　㉟一坐稱善："坐"，今寫作"座"。此言"所有在座的人都誇<u>高漸離</u>擊筑擊得好"。　　㊱"而<u>高漸離</u>"句："念"，想到；"久隱"，長久隱姓瞞名；"畏約"，史記索隱："'約'謂貧賤、儉約。既爲庸保常畏人，故云'畏約'。""無窮時"，没有窮盡之時。此句大意是："高漸離心想：長此以往，這樣畏首畏尾隱藏在貧賤的處境中，究竟到幾時才了呢！"　　㉗乃退：於是他辭工不幹了。　　㉘"出其"三句：第一句，"出"，拿出；"裝匣中筑"，久藏在行裝裏的匣中的筑。第二句，"與"，和，連接詞，連接上句的"筑"和此句的"衣"；"善衣"，好衣服(意指不是傭保所穿的服裝)。第三句，"更容貌"，恢復了本來面目。此言"高漸離從行裝中取出了筑和他的漂亮衣服，改裝整容，到了那家主人的面前"。　　㉙"下與抗禮"二句："抗禮"，平行的、不分尊卑的禮節。此言"座上的賓客都下堂來用平等的禮節接待高漸離，以他爲上客"。　　㉚宋子傳客之：史記集解引徐廣説："互以爲客。"按，"傳"讀平聲，猶言"輪流"；"客"，動詞，作"款待"解。此言"宋子地方的人輪流款待高漸離"。　　㉛惜：愛。　　㉜重赦：特別赦免了他的罪。按，高漸離原是荆軻一黨，故秦始皇要辦他的罪。　　㉝乃矐其目："矐"音霍，動詞，使目失明叫"矐"。此言秦始皇命人把高漸離的眼睛弄瞎了。又，史記索隱："説者云，以爲屎燻，令失明。"可備一説。㉞稍益近之：漸漸地愈來愈同他接近了。　　㉟以鉛置筑中：把鉛熔化，灌入筑心。這樣可以使筑有了重量，能够打人。　　㊱復進：又遇到進見秦始皇的機會。　　㊲"舉筑"句："扑"音撲，用力撞擊。此言"高漸離舉起筑來向秦始皇打去"。　　㊳"於是遂誅"二句：主語是秦始皇。　　㊴"惜哉"句："講"，講求，精研。大意是："可惜他對於刺劍的技術還没有研究得到家啊！"　　㊵"甚矣"三句：大意是："我實在是太不了解他了！當初我曾經因爲賭博爭勝而呵叱過他，他當然不會把我看成他的同道了！"言外之意，蓋深悔當時太輕視荆軻，没有把擊刺之術傳授給他。按，荆軻傳正文到此爲止。以下尚有司馬遷的評論一段，今節删。

（八）　李斯列傳①——節録

李斯者，楚上蔡②人也。年少時，爲郡小吏，見吏舍③厠中鼠：

食不潔④，近人、犬，數驚恐之。斯入倉，觀倉中鼠：食積粟，居大廡之下⑤，不見人、犬之憂。於是李斯乃歎曰：“人之賢、不肖，譬如鼠矣，在所自處耳⑥।”乃從荀卿學帝王之術⑦。

學已成，度楚王不足事⑧，而六國皆弱，無可爲建功者⑨。欲西入秦，辭於荀卿曰：“斯聞得時無怠⑩。今萬乘方爭時⑪，游者主事。今秦王欲吞天下，稱帝而治⑫；此布衣馳騖之時⑬，而游説者之秋也。處卑賤之位而計不爲者⑭，此禽鹿視肉，人面而能彊行者耳。故詬莫大於卑賤⑮，而悲莫甚於窮困。久處卑賤之位，困苦之地，非世而惡利⑯，自託於無爲⑰，此非士之情也⑱。故斯將西説⑲秦王矣。”

至秦，會莊襄王卒⑳，李斯乃求爲秦相文信侯呂不韋㉑舍人；不韋賢之，任以爲郎。李斯因以得説㉒。説秦王㉓曰：“胥人者去其幾也㉔，成大功者㉕，在因瑕釁而遂忍之。昔者秦穆公之霸㉖，終不東并六國者，何也？諸侯尚衆，周德未衰，故五伯迭興㉗，更尊周室。自秦孝公㉘以來，周室卑微，諸侯相兼㉙，關東爲六國；秦之乘勝役諸侯㉚，蓋六世矣。今諸侯服秦㉛，譬若郡縣。夫以秦之彊，大王之賢，由竈上騷除㉜，足以滅諸侯、成帝業，爲天下一統。此萬世之一時也㉝।今怠而不急就㉞，諸侯復彊㉟，相聚約從，雖有黃帝之賢㊱，不能并也。”秦王乃拜斯爲長史㊲，聽其計，陰遣謀士，齎持金玉㊳，以游説諸侯。諸侯名士可下以財者㊴，厚遺結之；不肯者㊵，利劍刺之：離其君臣之計㊶。秦王乃使其良將隨其後㊷。

秦王拜斯爲客卿㊸。……卒用其計謀，官至廷尉㊹。二十餘年㊺，竟并天下。尊主爲皇帝㊻，以斯爲丞相。夷郡縣城㊼，銷其兵刃㊽，示不復用。使秦無尺土之封㊾，不立子弟爲王、功臣爲諸侯者，使後無戰攻之患。

始皇三十四年(50)，置酒咸陽宮。博士僕射周青臣等(51)，頌稱始皇威德。齊人淳于越(52)進諫曰："臣聞之：殷、周之王千餘歲(53)，封子弟功臣，自爲支輔。今陛下有海内(54)，而子弟爲匹夫；卒有田常、六卿之患臣(55)，無輔弼何以相救哉？事不師古而能長久者(56)，非所聞也。今青臣等又面諛以重陛下過(57)，非忠臣也。"始皇下其議丞相(58)。丞相謬其説(59)，絀其辭。乃上書曰：

"古者天下散亂，莫能相一(60)。是以諸侯並作，語皆道古以害今(61)，飾虚言以亂實；人善其所私學(62)，以非上所建立。今陛下并有天下，辨白黑而定一尊(63)；而私學乃相與非法教之制(64)——聞令下(65)，即各以其私學議之。入則心非(66)，出則巷議，非主以爲名(67)，異趣以爲高，率羣下以造謗。如此不禁，則主勢降乎上(68)，黨與成乎下。禁之，便(69)。臣請諸有文學、詩、書、百家語者(70)，蠲除去之。令到(71)，滿三十日弗去，黥爲城旦。所不去者(72)，醫藥、卜筮、種樹之書。若有欲學者(73)，以吏爲師。"

始皇可其議(74)，收去詩、書、百家之語，以愚百姓，使天下無以古非今(75)。明法度(76)，定律令，皆以始皇起。同文書(77)。治離宫别館(78)，周徧天下。明年(79)，又巡狩，外攘四夷——斯皆有力焉(80)。

斯長男由爲三川守(81)。諸男皆尚秦公主(82)。女悉嫁秦諸公子(83)。三川守李由告歸(84)咸陽，李斯置酒於家，百官長皆前爲壽(85)，門廷車騎以千數(86)。李斯喟然(87)而歎曰："嗟乎！吾聞之荀卿曰：'物禁太盛(88)。'夫斯乃上蔡布衣，閭巷之黔首(89)。上不知其駑下(90)，遂擢至此。當今人臣之位，無居臣上者，可謂富貴極矣。物極則衰⑨¹,吾未知所税駕也⑨²！"

①此傳原載李斯諫逐客書和論督責書二篇,今將此二篇併其相關文句予以删節。餘皆仍舊。　②上蔡:本古蔡國,後屬楚,故城在今河南省上蔡縣西南。　③吏舍:郡中小吏辦公的房子。　④"食不潔"三句:此連上文大意是:"那些老鼠在廁所中吃穢物,每逢遇到人或犬,就屢屢受到驚恐。"　⑤"居大廡"二句:"廡"音武,本指有廊簷的四合房。此言"米倉中的老鼠在大屋簷下的屋子裏,從來沒有遇到人或犬的危險"。⑥在所自處耳:大意是:"就看自己處在什麼環境了。"意指自己如果處於順利的環境,就會有好運氣。　⑦"乃從"句:"荀卿"已見先秦文學史參考資料。"帝王之術",指儒家的政治主張。　⑧"度楚王"句:據李斯估計,如果侍奉楚王是不足以成事的。　⑨"無可爲"句:此連上文言"六國的形勢都很危弱,已經沒有爲它們建功立業的希望"。"爲"讀去聲。⑩得時無怠:遇到時機千萬不可疏忽怠惰,以致把機會放過。　⑪"今萬乘"二句:上句,"萬乘","萬乘之君"的省略語,指各國諸侯。下句,"游者",游説之士;"主事",掌握實權。此言"現在各國諸侯都正在爭取時機,希望成大事,所以有謀略的游説之士都容易掌握實權"。郭嵩燾説:"'萬乘方爭時',即上承'得時無怠',言時之所趨,人争赴之;時主於興事立功,苟有能者任焉不疑,是以游者主事,相與爲游説以立功名也。"⑫稱帝而治:按,此句與上句"欲吞天下"的助動詞"欲"字相連,言"秦王想要用皇帝的身分來治理天下"。　⑬"此布衣"二句:上句,"布衣",指沒有爵祿的游説之士;"馳騖",奔走鑽營。下句,"游説者"與上句"布衣"爲互文,"説"讀去聲;"秋",猶"時"(用李笠説),即"時機",與上句的"時"爲互文。此二句大意是:"這正是以游説爲事業的布衣之士奔走四方、獵取富貴的時候了。"　⑭"處卑賤"三句:第一句,"卑賤之位",指布衣之士的低賤身分;"計不爲",心裏總想着有所不爲。第二句,"禽鹿",舊注多解爲"禽獸",所以釋此句爲"禽獸但知視肉而食之"(詳見史記索隱,參閱史記正義)。此連上文大意是:"處於卑賤地位的人而往往有所不爲,

以致失去機會，未免迂闊愚蠢，就象禽獸一樣，只知道看到肉就吃。"所以第三句接着説："他們不過是生了一副人的面貌而只能勉强走路的傢伙罷了。"言外指自己並非有所不爲的人，而是遇到機會就往上爬。按，第二句言"禽鹿"，鹿並不吃肉，故中井積德説："鹿不肉食者，乃以肉食喻，是偶然之失。"　　⑮"故詬"二句："詬"，恥辱。言一個人身分卑賤是最恥辱的，處境窮困是最悲哀的。　　⑯非世而惡利: 反對當時世俗的風氣而憎惡富貴榮利。　　⑰自託於無爲: 把自己的行動寄託在有所不爲的原則上。　　⑱"此非士"句: 這並不是游説之士真正的意願。郭嵩燾説："案李斯生平祇此一幅本領。其辭荀卿游説，務在趨時詭合；而己所以始皇及爲趙高所怵迫，其源皆出於此。"　　⑲西説: 由楚入秦，是向西去。"説"讀去聲。　　⑳會莊襄王卒: "莊襄王"，秦王政的父親，名子楚，死於公元前二四七年。　　㉑呂不韋: 本是陽翟(今河南省禹縣)的大商人，在趙國結識了秦莊襄王，並設法送莊襄王回國卽位，乃拜不韋爲丞相，封文信侯。相傳呂不韋曾把自己的侍妾獻給莊襄王，生嬴政，而政實是不韋之子。及秦王政立，知不韋與其母私通，乃賜不韋死。事見史記呂不韋列傳。　　㉒因以得説: 因此得到游説的機會。　　㉓秦王: 卽秦王政。　　㉔"胥人"句: 王念孫説："'胥'者，須也。須，待也。'去'當爲'失'，字之誤也。言人有釁可乘，不急乘其釁而待之，是自失其幾也。故下文曰:'成大功者，在因瑕釁而遂忍之。'又曰:'今怠而不急就，諸侯復彊，雖有黄帝之賢，不能并也。''怠而不急就'，卽此所謂'胥'也。"按，王説是。惟"去"本可作"失"解，故瀧川資言説："'去'猶'失'也，不必改字。"此句大意是: "如果秦國安坐以待諸侯之敝，那就會失去機會了。"(參用郭嵩燾説)　　㉕"成大功者"二句: "瑕"，缺點；"釁"，縫隙，漏洞。"忍"，中井積德説："謂行慘虐之事也。"此二句大意是: "一個成大功的人，就在於他能趁着別的國家有機可乘的時候，進行顛覆性的殘忍活動。"　　㉖"昔者"二句: 上句已見前左傳等篇註釋。下句，"六國"，泛指秦穆公時的其他諸侯，但口氣卻是根據李斯當時的情况。中井積德説:

“此言‘六國’，據李斯之時而指他方之辭。其實不止六國，故曰‘諸侯尚
衆’也。不以辭害志可也。”　　㉗五伯迭興：“伯”與“霸”通，“五伯”即
“五霸”，指齊桓公、晉文公、秦穆公、宋襄公、楚莊王。“迭興”，一個接着
一個興起。　　㉘秦孝公：名渠梁，公元前三六一年卽位，卒於公元前三
三八年。按，秦孝公用商鞅，實行變法，秦國始逐漸強大。　　㉙相兼：互
相兼併。　　㉚“秦之乘勝”二句：上句，“役諸侯”，把諸侯當做秦國的奴
役。指逐漸征服六國。下句，“六世”，自秦孝公歷惠文王、武王、昭王、孝
文王、莊襄王，共六君。　　㉛“今諸侯”二句：言“現今諸侯都被秦國征
服，好像直接隸屬於秦國的郡縣一樣”。　　㉜“由竈上”句：王念孫說：
“‘由’，與‘猶’同；‘騷’與‘埽’同。史記正義：“言秦國欲東并六國，若炊
婦除竈上塵垢。言其易也。”(見史記會注考證引)　　㉝“此萬世”句：這
是萬世難逢的唯一的時機。　　㉞“今怠”句：“就”，作“逐”解，猶今言“抓
緊”。史記五帝本紀：“就時於負夏。”史記索隱：“‘就時’，猶‘逐時’。若言
乘時射利也。”此言“現在如果疎忽怠惰而不趕快抓緊時機”。　　㉟“諸
侯復強”二句：言諸侯實力將漸次恢復，又開始強大起來，彼此互相團
結訂立合縱的盟約。　　㊱“雖有”二句：言秦王雖有黃帝那樣的才能，也
不能吞併他們了。據史記五帝本紀：黃帝曾“習用干戈，以征不享(不朝
貢的諸侯)，諸侯咸(都)來賓從(臣服)”，故李斯以黃帝爲喻。　　㊲長
史：官名。是丞相的屬官。　　㊳齎持金玉：“齎”音咨，與“持”同義。
㊴“諸侯名士”二句：上句，“諸侯名士”，諸侯國家內的知名之士；“可下以
財者”，可以用財貨收買過來使他歸附秦國的。下句，“厚遺”，豐厚的餽
贈；“遺”讀去聲；“結”，籠絡，拉攏，結識。　　㊵“不肯”二句：不肯被收買
的人就用暗殺的方式把他弄死。郭嵩燾說：“案田完世家：‘后勝相齊，多
受秦閒金，爲反閒，勸王去從(縱)朝秦。’李牧傳：‘秦多與趙王寵臣郭開
金，爲反閒。’皆李斯相秦時事也。……蓋秦君臣專務以詐欺諸侯，尤善以
反閒離其君臣，其由來久矣。”可與此互參。　　㊶“離其”句：承上二層
而言。意謂無論收買或暗殺，都是離閒各國諸侯君臣之間的手段。

㊷“秦王乃使”句: 言秦王先用各種手段破壞各國諸侯君臣間的團結，然後就派遣善於用兵的將軍前去進攻。　㊸客卿: 用異國的人士作本國的官，叫作“客卿”。按，以下敍韓國人鄭國到秦國來當間諜，爲秦發覺，於是宗室大臣向秦王建議把所有的客卿都驅逐出境。李斯也是被逐者之一，於是他給秦王上書，力陳“逐客”之非是。秦王納李斯之言，乃除逐客之令，復李斯官。兹因諫逐客書篇幅較長，故刪去。據秦始皇本紀，逐客事在秦始皇十年(公元前二三七年)。　㊹廷尉: 秦官名，掌司法獄訟之事。“尉”本軍官。宋書百官志:“凡獄必質之朝廷，與衆共之之義。兵獄同制，故曰‘廷尉’(按，此説本於應劭)。”漢書顔注:“‘廷’，平也。治獄貴平，故以爲號。”其釋“廷”字之義，可與宋書互參。據王先謙漢書補注引續漢書百官志:“掌平獄(判決獄訟)，奏當所應。凡郡國讞疑罪，皆處當以報。”則“廷尉”是秦、漢時設置在朝廷的最高司法官員。　㊺“二十餘年”二句: 梁玉繩説:“按，始皇十年，有逐客令；至并天下，才十七年也。”按，梁説非是。李斯入秦在莊襄王死後不久，六國年表載始皇二十六年(公元前二二一年)初并天下，立爲皇帝。則此處的“二十餘年”是指自李斯初佐秦至始皇稱帝的這一段時間。　㊻“尊主”句:“主”，一本作“王”，指秦王政。　㊼夷郡縣城:“夷”，平，除。此處似應作“屠殺”解。指始皇大規模屠殺六國的人民。　㊽“銷其”二句: 按，秦始皇本紀:“收天下兵(兵刃)，聚之咸陽，銷以爲鍾鐻(‘鍾’同‘鐘’；‘鐻’音巨，置鐘的座架)，金人十二，重各千石，置廷宫中。”即指此事。“銷”，銷毁。言“把兵刃銷熔，表示不再使用武器了”。　㊾“使秦無尺土”三句: 前二句承上文“夷郡縣城”而言，後一句承“銷其兵刃”二句而言。但後一句也兼承前二句。言“始皇把郡縣的城垣工事拆除，連一尺土地也不封給子弟或功臣，並把兵刃銷毁，這一切都爲了使今後不再有戰争的禍患”。　㊿始皇三十四年: 即公元前二一三年。　(51)“博士”句: 漢書百官公卿表:“博士，秦官，掌通古今。”“僕射”，亦秦官名。“僕”作“主持”、“掌管”解。漢書百官公卿表:“古者重武，官有主射，以督課之。”又，“自侍中、尚書、博

士、郎,皆有。"宋書百官志:"僕射者,僕役於射事也。秦世有左右曹,諸
吏官無職事,將軍大夫以下,皆得加此。"按,"博士"是由學問淵博的人擔
任的官職。"博士僕射"最初是考覈博士們習武的官。後乃成爲領導博士
的官。至東漢以後,改稱祭酒(見續漢書百官志)。"僕",作"主持"、"掌
管"解;"射",今通讀爲夜,如考以漢書、宋書所釋之義,則應讀爲本音。顏
師古説:"'射'本如字讀,今'射'音夜,蓋關中語轉爲此音也。"而清人黃
生義府則不同意此説。他説:"按,孔衍史記注云:'僕射,小官,扶掖左右
者也。'余因此乃悟'射'字當讀爲'扶掖'之'掖'(原注:音亦)。'僕',附
也。(原注:見詩'景命有僕'注)。以其附近人主,備扶掖之用,故曰'僕
射'。員數既多,後遂命之分領諸事,故有'謁者僕射'、'宂從僕射'、'城
門僕射'等名。此既在人主左右,其後漸掌機密,自六朝以來,遂以尚書
僕射爲宰相之稱。與侍中一官,皆以至賤爲至貴,名位倒置極矣。"兩説
皆可通,因録以供參考。"周青臣",人名。　　52淳于越:人名。"淳于",
姓;"越",名。　　53"殷、周之王"三句:"支"與"枝"同;"輔",輔助的力
量。此言"殷代、周代的王位繼承了一千餘年,他們都曾把領土分封給子
弟和功臣,自然形成了多方面的輔翼力量"。　　54"今陛下"二句:"匹
夫",猶"平民"。言"始皇雖統一中國,但秦國的宗族子弟卻沒有爵位,只
是平民身分"。　　55"卒有"二句:上句,"卒",音義同"猝",倉猝之間;
"田常",本是齊國的大夫,殺齊簡公而篡齊。"六卿",指晉之六卿范氏、
中行氏、智氏、韓氏、魏氏、趙氏;他們的勢力日益强大,便把晉國瓜分了。
後范氏、中行氏爲智氏所滅,韓、魏、趙又滅智氏,於是晉國便分爲韓、魏、
趙三國。"患臣",危險的臣子。下句,"輔弼",瀧川資言説:"猶'藩屏'
也,即上文'支輔'。"按,淳于越之意,以爲始皇如果不分封宗族和功臣以
樹立屏藩王室的力量,一旦國內出了像田常或晉六卿那樣的危險分子,
就無法相救了。　　56"事不師古"二句:大意是:"做事情不取法於古代
而能行之長久,我是從來沒有聽説過的。"　　57以重陛下過:助長
你的過失。　　58"始皇下其議"句:始皇把這個建議交付給李斯處理。

㊉“丞相謬其説”二句: 上句,“謬”,及物動詞。“謬其説”,猶言“以其説爲荒謬”。下句,“絀”同“黜”,廢。言廢棄淳于越的意見而不用。　　㊀莫能相一: 彼此不能統一。　　㊁“語皆”二句: 一般的論調都是稱引古事來否定當前的局面,裝點一些虛誇的言辭來擾亂實際的工作。　　㊂“人善”二句: 人人都認爲他自己的一套學問最好,並且還用這一套東西來否定他們的君王所建立的法令。　　㊃“辨白黑”句:“辨白黑”,猶言“分别是非”;“定一尊”,史記索隱:“謂始皇并六國定天下,海内共尊立一帝。”㊄“而私學”句:“私學”指當時諸子的流派及其言論;“非”,否定,批評;“法教之制”,指秦統一後所頒佈的法律、教育制度。　　㊅“聞令下”二句: 聽説朝廷的命令一頒佈,這些人就各自根據他們自己所學到的一套來批評、議論它。　　㊆“入則”二句:“入”指歸而獨處,“出”指出而羣聚。此言“有些人看到朝廷的命令,回家去便獨自在心中不滿,出門來就在街頭巷尾紛紛議論”。　　㊇“非主”三句: 言“人們每以批評國君來炫耀自己,並藉以顯名;認爲只有以自己的意見來同朝廷的政令對立才算高明;率領着很多下層的人來製造對朝廷的誹謗”。　　㊈“則主勢”二句:“黨與”,小集團。大意是:“在上層,君主的威權將要降低;在下層,私人的黨與將要形成。”　　㊉禁之,便: 把這些私人的言論都嚴加禁止,對朝廷是有好處的。　　㊀“臣請”二句: 上句,“文學”,泛指傳播文化的書籍;“詩”,指詩經一類的文學書籍;“書”,指尚書一類的歷史文告;“百家語”,諸子百家的著述。下句,“蠲”音捐,與“除”同義。此言“我請求您下命令,凡是有收藏書籍著作的,一律都要清除乾淨”。　　㊁“令到”三句:“黥”音擎,古刑法之一。在罪犯面上刺字,然後用墨塗黑,使不脱去。“城旦”,徒刑的一種。史記集解引如淳説:“……晝日伺寇虜,夜暮築長城。‘城旦’,四歲刑(刑期四年)。”漢書惠帝紀顏注引應劭説:“‘城旦’者,旦起行治城(一早就起來築城)。”此三句大意是:“命令到達以後,滿了三十天而有人仍不把藏書毀棄,即將處以黥刑,並罰他徒刑四年,服築城的勞役。”　　㊂“所不去者”二句: 言“所不銷毀的只有有關醫藥、占卜和園藝

的書籍”。按，“種樹”二字，舊注都未加解釋。今以上文考之，則此二字實爲複合詞而非“種植樹木”之意。“樹”應是動詞，與“種”同義，皆指栽種而言。此處是以動詞作名詞用，猶“醫藥”、“卜筮”二詞，在此處亦皆以動詞作名詞用。　⑦“若有”二句：上句，據史記秦始皇本紀，作“若欲有學法令”，資治通鑑則作“若有欲學法令者”，知“學”字下省去賓語“法令”二字。下句，言凡有學習法令的人，應以在職的官吏爲師，不得私相授受。按，秦始皇本紀亦載李斯此奏書，文字詳略有所不同，今節錄以備考：“五帝不相復(重複)，三代不相襲(因襲)，各以治(都能成爲治世)；非其相反，時變異也。今陛下創大業，建萬世之功，固非愚儒所知。且越言，乃三代之事，何足法也！異時(不久以前)諸侯並爭，厚(廣泛地)招游學(游説的學者)；今天下已定，法令出一，百姓當家則力(致力於)農、工，士則學習法令、辟禁(禁令)。今諸生不師今而學古，以非當世，惑亂黔首(人民)。丞相臣斯昧死言：(以下與本篇略同，茲節删。)……臣請史官非秦紀(秦國的史籍)皆燒之，非博士官所職，天下敢有藏詩、書、百家語者，悉詣守尉雜(匯集到一處)燒之。有敢偶語詩、書，棄市。以古非今者族(滅族)。吏見知(覺察)不舉者，與同罪。令下三十日不燒，黥爲城旦。……(以下與本篇同。)”　⑦可其議：批准李斯的建議。　⑦無以古非今：不許用古代的制度來否定今天的法令。　⑦“明法度”三句：言“關於修訂典章制度，規定具體法令，都是從秦始皇開始做起的”。⑦同文書：“文書”卽“文字”。按，六國文字體製有所不同，至此始全面統一。　⑦“治離宫”二句：“治”，修建；“離宫別館”，皇帝巡視全國各地所住的宫室。此言“普天下各地都修蓋了供皇帝巡行時居住的宫室”。⑦明年：指秦始皇三十五年(公元前二一二年)。　⑧斯皆有力焉：此承“明法度”以下若干句而言，謂以下種種措施，李斯都參與其事，爲始皇出了力。　⑧三川守：“三川”，秦郡名，在今河南省境内，因其地有黄河、洛水、伊水三條大水，故名“三川”。故治在今河南省滎陽縣東北，其所轄之地約當今洛陽市西南一帶。守，郡守。　⑧“諸男”句：“尚”，大臣娶國君的女兒爲妻叫"尚"。此言李斯的好幾個兒子都同秦國的公主結了婚。　　⑧"女悉嫁"句: 李斯的幾個女兒都嫁給秦國皇族的子弟。⑧告歸: 請假回家。　　⑧"百官長"句: 言文武百官都到李斯面前向他敬酒祝賀。　　⑧"門廷"句: 言來往於李斯門前的車馬約有數千。　　⑧喟然: 長歎貌。"喟"音愧。　　⑧物禁太盛: "物",事物;"禁",忌;"太盛"過於盛多。此指富貴權勢不宜享受太過。　　⑧"閭巷"句: "閭巷",猶言"民間";"黔首",史記秦始皇本紀:"更名'民'曰'黔首'。"是"黔首"即"人民"的代稱。"黔",黑;"黔首"指黑頭髮的人,猶"人民"又稱"黎民"("黎"也是"黑"的意思)。此李斯言自己不過是民間一個普通的百姓而已。⑨"上不知"二句: 上句,"上",皇上,指始皇;"駑下",李斯自謙之詞,言自己材質愚笨,能力低下。下句,"擢",提拔。此二句言"皇帝實在不知道我是一個没有才能的人，竟把我提拔到這樣高的地位"。　　⑨物極則衰: 事物發展到了極點就要衰微下來。　　⑨"吾未知"句: "税駕",猶言"停車"、"駐足"。史記索隱:"'税駕',猶'解駕'(把車上的馬解下轅來),言休息也。李斯言己日富貴已極,然未知向後(此後)吉凶,止泊在何處也。"按,此李斯言"不知自己將來的結果是福是禍"。〔以上是第一大段,寫李斯佐秦始皇統一天下,並想盡方法統治人民;兼寫李斯貴盛達於極點的情況。〕

始皇三十七年①十月，行出游會稽②，並海上③，北抵琅邪④。丞相斯、中車府令趙高兼行符璽令事⑤，皆從。始皇有二十餘子。長子扶蘇以數直諫上⑥，上使監兵上郡⑦，蒙恬爲將⑧。少子胡亥⑨，愛，請從;上許之。餘子莫從。

其年七月⑩，始皇帝至沙丘⑪，病甚，令趙高爲書賜公子扶蘇曰:"以兵屬蒙恬⑫，與喪會咸陽而葬。"書已封，未授使者，始皇崩。書及璽皆在趙高所⑬。獨子胡亥、丞相李斯、趙高及幸宦者五六人知始皇崩⑭，餘羣臣皆莫知也。李斯以爲上在外崩⑮，無真太子，故秘之。置始皇居輼輬車中[16]，百官奏事、上食如故[17]，宦者輒從輼輬車中可諸奏事[18]。

趙高因留[19]所賜扶蘇璽書，而謂公子胡亥曰：“上崩，無詔封王諸子[20]，而獨賜長子書；長子至，卽立爲皇帝。而子無尺寸之地，爲之奈何？”胡亥曰：“固也[21]。吾聞之，明君知臣[22]，明父知子。父捐命不封諸子[23]，何可言者！”趙高曰：“不然。方今天下之權[24]，存亡在子與高及丞相耳。願子圖之[25]！且夫臣人與見臣於人[26]，制人與見制於人，豈可同日道哉！”胡亥曰：“廢兄而立弟，是不義也；不奉父詔而畏死[27]，是不孝也；能薄而材譾[28]，彊因人之功，是不能也：三者逆德[29]，天下不服。身殆傾危[30]，社稷不血食。”高曰：“臣聞湯、武殺其主[31]，天下稱義焉，不爲不忠；衞君殺其父[32]，而衞國載其德，孔子著之[33]，不爲不孝。夫大行不小謹[34]，盛德不辭讓，鄉曲各有宜[35]，而百官不同功。故[36]顧小而忘大，後必有害；孤疑猶豫[37]，後必有悔；斷而敢行[38]，鬼神避之，後有成功。願子遂之[39]！”胡亥喟然歎曰：“今大行未發[40]，喪禮未終，豈宜以此事干丞相哉[41]！”趙高曰：“時乎時乎[42]，間不及謀；贏糧躍馬[43]，唯恐後時。”

胡亥旣然高之言[44]，高曰：“不與丞相謀，恐事不能成。臣請爲子與丞相謀之。”高乃謂丞相斯曰：“上崩，賜長子書，與喪會咸陽而立爲嗣，書未行。今上崩，未有知者也。所賜長子書及符璽皆在胡亥所[45]，定太子[46]，在君侯與高之口耳。事將何如？”斯曰：“安得亡國之言[47]！此非人臣所當議也。”高曰：“君侯自料，能孰與蒙恬[48]？功高孰與蒙恬？謀遠不失[49]孰與蒙恬？無怨於天下孰與蒙恬？長子舊而信之[50]孰與蒙恬？”斯曰：“此五者皆不及蒙恬，而君責之何深也[51]？”高曰：“高固內官之廝役也[52]，幸得以刀筆之文進入秦宫(53)，管事二十餘年，未嘗見秦免罷丞相、功臣有封及二世者也(54)，卒皆以誅亡。皇帝二十餘子，皆君之所知。長子剛毅而武勇(55)，信人而奮士，卽位必用蒙恬爲丞相，君侯終不懷通侯之印歸於鄉里(56)，明矣。高受詔教習胡亥(57)，使學以法事數年矣，未嘗見過失；慈仁篤厚(58)，輕財重士，辯於心而詘於口(59)，盡禮敬士。秦之諸子未有及此者(60)。可以爲嗣。君計而定之(61)！”斯曰：“君其反位(62)！斯奉主之詔(63)，聽天之命，何慮之可定也！”高曰：“安可危也(64)，危可安也；安危不定(65)，何以貴聖？”斯曰：“斯，上蔡閭巷布衣也。上幸擢爲丞相，封爲通侯，子孫皆至尊位重祿者(66)，故將以存亡安危屬臣也！豈可負哉(67)！夫忠臣不避死而庶幾(68)；孝子不勤勞而見危(69)；人臣各守其職而已矣(70)，君其勿復言，將令斯得罪！”高曰：“蓋聞聖人遷徙無常(71)，就變而從時(72)，見末而知本(73)，觀指而覩歸；物固有之(74)，安得常法哉！方今天下之權命懸於胡亥(75)，高能得志焉。且夫從外制中謂之惑(76)，從下制上謂之賊(77)。故秋霜降者草花落(78)，水搖動者萬物作：此必然之效也(79)。君何見之晚！”斯曰：“吾聞晉易太子(80)，三世不安；齊桓兄弟爭位(81)，身死爲戮；紂殺親戚(82)，不聽諫者，國爲丘墟，遂危社稷：三者逆天，宗廟不血食。斯其猶人哉(83)，安足爲謀！”高曰：“上、下合同(84)，可以長久；中、外若一(85)，事無表裏。君聽臣之計(86)，卽長有封侯，世世稱孤，必有喬松之壽(87)，孔、墨之智。今釋此而不從(88)，禍及子孫，足以爲寒心。善者因禍爲福(89)，君何處焉？”斯乃仰天而歎，垂淚太息曰：“嗟乎！獨遭亂世，既以不能死(90)，安託命哉！”於是斯乃聽高。高乃報胡亥曰：“臣請奉太子之明命以報丞相(91)，丞相斯敢不奉令！”

於是乃相與謀，詐爲受始皇詔，丞相立子胡亥爲太子(92)。更爲書賜長子扶蘇曰："朕巡天下，禱祠名山諸神⑬，以延壽命。今扶蘇與將軍蒙恬將師數十萬以屯邊⑭，十有餘年矣！不能進而前⑮，士卒多耗⑯，無尺寸之功；乃反數上書，直言誹謗我所爲；以不得罷歸爲太子⑰，日夜怨望。扶蘇爲人子不孝，其賜劍以自裁⑱！將軍恬與扶蘇居外，不匡正⑲，宜知其謀；爲人臣不忠，其賜死。以兵屬裨將王離⑳！"封其書以皇帝璽㉑，遣胡亥客奉書賜扶蘇於上郡。

使者至，發書㉒，扶蘇泣；入內舍㉓，欲自殺。蒙恬止扶蘇曰："陛下居外，未立太子，使臣將三十萬衆守邊，公子爲監，此天下重任也。今一使者來，即自殺，安知其非詐！請復請㉔；復請而後死㉕，未暮也。"使者數趣之㉖。扶蘇爲人仁，謂蒙恬曰："父而賜子死㉗，尚安復請！"即自殺。

蒙恬不肯死，使者即以屬吏繫於陽周㉘。

使者還報，胡亥、斯、高大喜；至咸陽發喪，太子立，爲二世皇帝。以趙高爲郎中令㉙，常侍中用事㉚。

①始皇三十七年：即公元前二一〇年。　②會稽：指會稽山，在今浙江省紹興市東南十三里。按，史記秦始皇本紀："三十七年十月癸丑，始皇出游，丞相斯從。……上會稽，祭大禹，望於南海，而立石刻頌秦德。"可與此互參。　③海上："海"指東海。按，秦始皇本紀載始皇過吳地，從江乘（今江蘇省句容縣）渡海。　④琅邪：山名。在今山東省諸城縣。"邪"，今通作"琊"。　⑤"丞相斯"句：漢書百官公卿表："太僕，秦官。掌輿馬。……屬官有……車府、路軨、騎馬、駿馬四令、丞。"史記集解引伏儼說："中車府令，主乘輿路車。"據此知"車府令"是太常的屬官，專管皇帝出行時的車輿。因常在宮禁內，故又稱"中車府令"。"中"即宮禁。"趙高"，事見史記蒙恬列傳："趙高者，諸趙疏遠屬也。趙高昆弟數人，皆生隱宮（生而即被閹爲宦官；但下文言趙高有女婿，當非生而爲宦官者，姑

從闕疑)。其母被刑戮,世世卑賤。秦王聞高彊力,通於獄法,舉以爲中軍府令。高卽私事公子胡亥,喻之決獄。""兼行符璽令事","兼管符璽令所應負的職責。按."符璽令"疑是秦官名,掌管皇帝的符璽。續漢書百官志有"符節令",卽秦之符璽令。　　⑥"長子扶蘇"句:"數"讀爲朔,屢次;"上"指始皇。按,秦始皇本紀載始皇三十五年(公元前二一二年)在咸陽坑儒生以後,長子扶蘇諫始皇説:"天下初定,遠方黔首未集。諸生皆誦法(學習效法)孔子,今上皆重法繩之,臣恐天下不安。唯上察之!"始皇乃大怒。可與此互參。　　⑦"上使監兵"句:"監兵",監督軍隊;"上郡",秦郡名。今陝西省北部及内蒙古自治區鄂爾多斯左翼一帶,皆其故地。故治在今陝西省榆林縣東南五十里。按,古時帝王多以最親近的人任監督軍務的職務,以防統帥擁兵擅權。至於始皇使扶蘇監兵,則爲有意疏遠。又按,駐軍於上郡,所以防禦匈奴。　　⑧蒙恬爲將:"蒙恬",本齊人,祖父蒙驁,曾爲秦昭王上卿,後屢爲將。驁子武,武子卽恬。恬弟毅,皆有寵於始皇。蒙恬居上郡,威振匈奴。終以趙高陰謀,被迫吞藥自殺。事見史記蒙恬列傳。　　⑨"少子胡亥"三句:"胡亥",卽秦二世。史記集解:"駰案:辯士隱姓名,遺秦將章邯書曰:'李斯爲秦王死,廢十七兄,而立今王也。'然則二世是秦始皇第十八子?……""愛",言爲始皇所偏愛。"請從",請求跟隨始皇一同出遊。　　⑩其年七月:"其年"指始皇三十七年。按,上文言"三十七年十月,行出游會稽",此處言"七月",當是次年的七月,但仍屬始皇三十七年這一年份。宋蔡沈説:"……(商、周、秦)改正朔而不改月數,則於經史尤可考。……秦建亥矣,而史記:始皇三十一年十二月,更名'臘'曰'嘉平'。夫臘,必建丑月也。秦以亥正,則臘爲三月;云'十二月'者,則寅月起數,秦未嘗改也。至三十七年,書'十月癸丑始皇出遊'、'十一月,行至雲夢';繼書'七月丙寅,始皇崩'、'九月葬酈山'。先書十月、十一月,而繼書七月、九月者,知其以十月爲正朔而寅月起數,未嘗改也。……漢仍秦正,亦書曰'元年冬十月',則正朔改而月數不改,亦已明矣。……"(見書集傳卷三)王念孫讀書雜志引王引之説，以爲當時所用爲顓頊曆，故秦及漢初皆改年而不改月，以十月爲一歲之首。至漢武帝太初元年(公元前一○四年)，始改以正月爲歲首，這種情況才有所改變。　⑪沙丘: 地名。在今河北省平鄉縣東北。⑫"以兵"二句: 此是命令語氣。上句，言"把兵權交給蒙恬"。"屬"音燭。下句，言"趕快來參與喪事，到咸陽會齊，然後再行葬禮"。　⑬"書及璽"句:"書"，指始皇的遺詔；"璽"指皇帝的璽印。"所"音 sǔ，處所。"在趙高所"猶言"在趙高那兒"。　⑭"獨子胡亥"句:"獨"，惟獨，只有；"幸宦者五六人"，被始皇所寵幸的五六個宦官。　⑮"李斯以爲"三句: 按，秦始皇本紀:"丞相斯爲上崩在外，恐諸公子及天下有變，乃祕之不發喪。"可與此互參。"真太子"，肯定確切的太子。"祕"，隱瞞，保密。⑯"置始皇"句:"輼輬"音温涼，車名。史記集解引孟康説:"如衣車(今按: 釋名:'衣車前户，所以載衣服之車也。'孫詒讓札迻卷二:'衣車則後有衣(帷幔)蔽，而前開户，可以啓閉。'王先謙釋名疏證補據漢書霍光傳，以爲'衣車'是婦人所乘，有窗有檐，可以隱蔽身形；又兼載衣服，可以卧息)。有窗牖，閉之則温，開之則涼，故名之'輼輬車'也。"漢書顏注:"'輼輬'，本安車也，可以卧息。後因載喪，……故遂爲喪車耳。"按，這是一種供人卧息的車，既通風而又十分隱蔽，故可用以藏死屍。　⑰"百官奏事"句: 言百官照平常一樣，向着車子奏事並進呈食物。　⑱"宦者"句: 宦官們假託始皇的命令，從輼輬車裏批准百官所奏的公事。　⑲留: 留中不發，扣留。　⑳"無詔"句: 没有遺命封諸子爲王。　㉑固也: 猶今言"可不是嗎！"　㉒"明君"二句: 意謂始皇是個很明哲的皇帝和父親，他當然深切了解哪個兒子應該嗣位，哪些兒子不應受封。　㉓"父捐命"二句:"捐"，棄置;"捐命"猶言"不下命令"。大意是:"父親既不下命令封賜諸子，那還有什麽説的呢！"按，史記會注考證讀此二句爲"父捐命不封，諸子何可言者！"則謂"父親既不下命令，那麽這些做兒子的還説什麽呢！"亦可通。　㉔"方今"二句:"天下之權"，即指使天下人生死存亡之權。言"現在天下的大權，都在你、我和李斯手中，我們要誰存誰就能存，要誰亡誰就能亡”。　　㉕圖之:“圖”,謀,考慮。　　㉖“且夫”二句:上句,“臣人”,讓別人向自己稱臣;“見臣於人”,向別人稱臣。下句,“制人”,控制別人;“見制於人”,受別人控制。　　㉗“不奉”二句:“不奉父詔”,言自己不遵從父親遺命而妄想嗣位爲帝。“畏死”,指扶蘇嗣位以後,自己失去寵幸,可能被殺。因爲怕死,所以陰謀篡位。這兩種情形都是不孝的。　　㉘“能薄”三句:第一句,“譾”音翦,作“淺”解。言自己能力薄弱而材質淺陋。第二句,“彊”讀上聲,勉強;“因”,依賴;“功”,出力。此三句言“自己並没有什麼能力,勉強靠别人出力幫助,這並不算是能幹”。　　㉙逆德:不合有德的標準。　　㉚“身殆”二句:上句,“殆”,有“將”、“可能”之意;“傾危”,危險。言“自己的生命可能遇到危險”。又,李笠説:“‘殆’疑爲‘逮’之聲誤。”則“逮”作“及”解,謂“自身將及於禍”,亦通。下句,見前刺客列傳註釋。此處意指國亡宗滅,再没有人祭祀了。　　㉛“臣聞”二句:上句的“殺”及下文“衛君殺其父”的“殺”,一本皆作“弑”,疑非是。因古書凡用“弑”字,即表示以下犯上,詞含貶義。此處趙高正在鼓勵胡亥篡位,自不宜用“弑”字。下文仿此。下句,言天下人認爲湯、武的行爲是符合正義的。　　㉜“衛君”二句:指春秋時魯哀公三年(即衛出公元年,公元前四九二年)衛人拒蒯聵入國事。據史記衛康叔世家,衛靈公對太子蒯聵不滿,蒯聵乃出奔宋。靈公死,衛人立蒯聵子輒爲君,是爲衛出公。晉人於此時送蒯聵返國,衛人竟發兵擊蒯聵。故趙高爲此言。後蒯聵終於藉孔悝之力入衛爲君,是爲衛莊公。出公則出奔魯。但出公雖出兵擊蒯聵,並未有殺父之事。所以錢大昕説:“然蒯聵未嘗死於輒,輒亦無德可載也。”(見廿二史考異)“載”,推重。　　㉝孔子著之:“著”,記載,著録。按,春秋哀公三年載“衛石曼姑帥師圍戚”之事,“戚”,地名,即蒯聵所在之地。趙高所説,當即指春秋所記載的話。　　㉞“夫大行”二句:與項羽本紀樊噲所言“大行不顧細謹,大禮不辭小讓”二語意義相仿。參閲項紀註釋。　　㉟“鄉曲”二句:“鄉曲”,猶言“鄉里”。此二句大意是:“鄉里間日常發生的事故雖小,但也各有應該辦理的事件;百官所負的職責雖大，但每個官員所擔任的工作不同"。言外謂如果百官辦事全用鄉曲間所行的一套方式方法，則必導致工作上的損失。　㊱故：一本作"胡"，非是。　㊲"狐疑"二句：相傳狐性多疑，人有遇事猶豫不定，卽謂之"狐疑"；"悔"，作"咎"解，卽"災禍"之意。此言"遇事猶疑不決，後來必招致不好的後果"　㊳"斷而"三句：言"遇事有決斷，敢放手去做，連鬼神也會畏懼而逃避，後來必能成功"。　㊴願子遂之："遂"，作"從"解。言"希望你依照我的意見去做"。　㊵"今大行"二句：上句，"行"讀去聲。天子新死，尚未定謚號，稱"大行皇帝"。"大行"有二解。一、逸周書謚法篇："謚者，行之迹也。號者，功之表也。……是以大行受大名，細行受細名。行出於己，名生於人。"意謂天子有偉大功業，應得大名，故稱"大行"。二、元陳澔禮記集説："'行'乃循行之'行'，去聲；以其往而不返，故曰'大行'也。"兩説並通。此言始皇新死，謚法未定。下句，"未終"，未畢。　㊶"豈宜"句："干"，求。言現在不是向李斯提出這件事的時候。　㊷"時乎"二句："間"讀去聲，間歇。大意是："時機是很要緊的啊！稍一遲緩，就不允許你做任何打算了。"　㊸"贏糧"二句："贏糧"，裹了乾糧。此言"就像帶着乾糧騎着快馬趕路一樣，惟恐耽誤了時機"。按，趙高所以竭力慫恿胡亥篡位，據史記蒙恬列傳，是由于趙高同蒙毅有仇。蒙恬列傳説："高有大罪，秦王令蒙毅法治之。毅不敢阿法，當高死罪，除其官籍。帝以高之敦於事也，赦之，復其官爵。……趙高恐蒙氏復貴而用事，……因爲胡亥忠計，欲以滅蒙氏。"凌稚隆説："所以著蒙氏之禍，實本於此。"錄以備考。　㊹既然高之言：既以趙高之言爲是。　㊺"所賜"句：徐孚遠説："符璽及書，本在高所；而云胡亥者，亦以劫斯(要挾李斯)也。"按，徐説是。　㊻"定太子"二句：大意是："決定誰是太子，就憑你和我的口怎樣説了。"　㊼"安得"二句：上句，李斯以爲趙高有意圖謀不軌，乃是國家將滅亡時才會發生的事，故以趙高所説爲"亡國之言"。下句，言定太子之事，不是大臣所應討論的。　㊽"能孰與"句："孰與"，猶言"何如"，意謂"你的才能比蒙恬怎樣？"按，崔適史記探源謂此句“能”下脱“多”字，“能多”與下“功高”、“謀遠”相對。可備一説。　㊾謀遠不失：能從長遠考慮問題而不致失算。　㊿長子舊而信之：是扶蘇的舊人而且得到扶蘇的信任。　(51)“而君”句：大意是：“你爲什麽對我如此苛求？”　(52)“高固”句：“廝役”，供人使用的奴役。此句大意是：“我原來不過是宫禁裏面一個服勞役的人罷了。”　(53)“幸得”句：“刀筆之文”，指趙高嫻熟獄法而言。詳上文註釋。　(54)“未嘗見”二句：上句，大意是：“從來没有看到被秦王所罷免的丞相或功臣，是曾經連封兩代的。”意謂秦對功臣恩義甚薄，所有的大臣都只是本身受封不久即被罷免，從未見父子相繼爲相的。下句，言“這些大臣終於是被誅戮而死”。　(55)“長子”二句：上句，“剛毅”，指有果斷；“武勇”，指有威力。下句，“信人”，對人信任；“奮士”，善於鼓勵士人，使他們奮發，肯替扶蘇出力。按，下文言“扶蘇爲人仁”，一見始皇詔書卽自殺，可見趙高此處所言也是欺騙李斯的話。　(56)“君侯終不”句：“通侯”，本叫“徹侯”，因避漢武帝劉徹的諱，故漢人改叫“通侯”。據漢書百官公卿表，秦置爵凡二十級，其最尊的一級卽“徹侯”。“徹”和“通”同義，顔注：“言其爵位上通於天子。”此連上文大意是：“如果蒙恬做了宰相，必然對你不利，你恐怕終於不會有帶着通侯的印綬回家享福的可能了。”　(57)“高受詔”二句：據蒙恬列傳，趙高教胡亥習法令並不是始皇所命，已見前註。惟秦始皇本紀載：“趙高故嘗教胡亥書及獄律令、法事，胡亥私幸之。”則知教習是公開的，彼此關係密切則是不公開的。“法事”，法律之事。　(58)“慈仁”句：“慈”、“仁”同義，“篤”、“厚”同義，是兩個複音詞。　(59)“辯於心”句：“辯”，巧捷明慧；“詘”同“拙”，笨拙，不善口才。此言“心裏非常聰明但口不善於言辭”。　(60)“秦之諸子”句：“此”，指胡亥。　(61)君計而定之：你最好考慮一下，確定他爲太子。　(62)君其反位：猶言“你趁早請回吧！”“反位”，回到本來的職位上去。意謂趙高不應越權過問朝政。(63)“斯奉主”三句：大意是：“我遵照皇帝的遺囑，自己的命運聽上天的支配，還有什麽拿不定的主意嗎！”　(64)“安可”二句：大意是：“你自以爲現在的處境很安定,但說不定會很危險;如果你參加我們的計劃,也許你以爲很危險,但說不定卻很平安。"言外謂李斯的命運已操在趙高手中。 ⑥⑤"安危"二句: 言"自己如果不能掌握自己命運的安危,怎麽能算是出類拔萃的聰明人呢!" ⑥⑥"子孫"二句: 大意是: "皇帝所以把我的子孫都封以尊位,賜以厚祿('重祿',豐厚的俸祿)的目的,原本('故'與'固'通,猶言'本來')是要把國家存亡安危的重擔交託給我的。""屬"音燭,與上文"以兵屬蒙恬"的"屬"同義。 ⑥⑦豈可負哉: 意謂"不能辜負始皇對自己的恩誼"。 ⑥⑧"夫忠臣"句:"庶幾",史記評林引余有丁說:"謂貪生幸利也。"郭嵩燾說:"'忠臣不避死而庶幾,孝子不勤勞而見危',語自一例。'庶幾'補足'不避死'意,言僥倖以圖存也。"李笠也說:"'庶幾'謂'苟免'也。此謂'忠臣不避死而苟免',與下句'孝子不勤勞而見危'句偶。故曰'各守其職'也。"言"忠臣不因怕死而存徼幸於萬一之心"。 ⑥⑨"孝子不勤勞"句: 按,此與上句雖屬偶句而意義恰相反。上句言忠臣不妨犧牲自己,下句則言孝子不宜過於勤勞而使自己受到危險。論語爲政:"父母唯其疾之憂。"孝經開宗明義:"身體髮膚,受之父母,不敢毀傷: 孝之始也。"皆可與此句互參。又,史記正義:"言哀痛甚則危其身也。"(見史記會注考證引)史記評林引董份說:"言孝子謹身事親,不蹈危險也。暗指胡亥。"亦近是。錄以備考。 ⑦⑩"人臣"句:"守其職",猶言"盡其職責"、"安其本分"。按,李斯此語亦有諷趙高應安分守己之意。 ⑦①聖人遷徙無常: 言"聰明人處世,應靈活變化,不宜固執不移"。 ⑦②"就變"句:"就",逐,乘(已見上文註釋);"就變",猶言"抓緊局勢變化的關鍵";"從時",順着潮流。 ⑦③"見末"二句: 上句,言"看到事物發展的苗頭就能知道事物發展的根本方向"。下句,"指",動向。言"看到事物發展的動向就能知道事物發展最終的結果。" ⑦④"物固"二句: 言"事物的發展本來是有這種情況的,怎麽能固執着永恆不變的準則呢"。 ⑦⑤"方今"二句: 上句,"權命",威權和命運。言"天下大局都掌握在胡亥手中"。下句,"高能得志",本指"我能揣摩出胡亥的意志";引申之,則趙高自謂:

“我可以因胡亥而得志，任所欲爲。”　　⑯“且夫”句：“制”，控制；“惑”，亂。詳下註。　　⑰“從下”句：按，此二句是反喻。意謂“如由內部控制外部，由上面控制下面，乃是正常情況；如由外而制內，由下而制上，就是亂臣賊子”。蓋扶蘇在外，胡亥在內，始皇爲上，扶蘇爲下，用計除去扶蘇，自較方便；如錯過機會，上下內外的形勢轉化，再想反對扶蘇，就不免成爲亂臣賊子了。　　⑱“故秋霜”二句：上句，言天寒霜降，則草木零落凋謝。下句，“作”，生長，興起。史記索隱：“‘水搖’者，謂冰泮（融化）而水動也。是春時而萬物皆生也。”言天暖冰解，則萬物生長。以喻客觀形勢決定人之行爲和取捨。據王念孫考證，此二句應作“故霜降者草花落，水搖者萬物作”，“秋”、“動”二字是衍文。錄以備考。　　⑲“此必然”句：“效”，結果。　　⑳“吾聞”二句：“晉易太子”指晉獻公廢申生立奚齊事。獻公死，奚齊立，爲大夫里克所殺。大夫荀息又立奚齊弟公子卓，復爲里克所殺。後公子夷吾自秦歸晉，殺里克而爲君。故此處言“三世不安”。事見左傳僖公九年、十年。　　㉑“齊桓”二句：上句，“兄弟争位”指公子糾和公子小白（即齊桓公）争立爲君事。見左傳莊公九年。已詳前左傳齊連稱管至父之亂篇註釋。下句，“戮”，辱。指公子糾被殺事。　　㉒“紂殺”三句：第一句，指紂殺比干事。第二句，“諫者”，向他勸諫的人。第三句，“國”，指國都；“丘墟”，荒丘，廢墟。此指國亡家破之意。　　㉓“斯其”二句：上句，“斯其猶人”，史記會注考證引正義：“猶是人也。”猶今言“我也是一樣的人”。下句，“謀”，指陰謀篡位之事。王駿圖説：“謂我亦猶以上諸人耳。彼既逆天得禍，我安足爲謀哉！”按，王説是。　　㉔“上下”二句：言“上、下一心，事業就可以長久”。按，此句“上”指胡亥，“下”指李斯；意謂李斯如與胡亥一心，即可保有長久的富貴。　　㉕“中、外”二句：上句，“中”指宮內之人，“外”指百官大臣，意謂趙高和李斯。下句，“表裏”，參差，不一致。此言“如果趙高、李斯彼此一心，裏應外合，則事情自然順手，不致有參差出入”。　　㉖“君聽”三句：“長”，永久；“世世稱孤”，指可以世世代代被封爲侯爵。此言“你如果聽我的計策，你就可以永久被封爲侯爵，而且延及子孫萬代"。　　⑧"必有"二句：上句，"喬松"有二解：一、指高大的松樹。松樹壽命最長，故用以喻人之年壽。二、謂仙人王子喬和赤松子，皆長生不死。今以下句比較觀之，疑作人名爲是。下句，"孔、墨"，孔丘和墨翟。按，此二句是趙高諛辭。言李斯如能聽趙高的話，一定壽命增長，智力增進，同喬、松、孔、墨一樣。　　⑧"今釋此"三句："釋"，放棄；"此"，這個計謀，指胡亥篡位的陰謀；"寒心"，駭怕。此言"你如果捨此計而不從，則將連累子孫都不免受禍，我實在是替你耽心"。按，王念孫以爲第三句應作"足爲寒心"，"以"是衍文，其説似可從。　　⑧"善者"二句：大意是："一個善於自處的人是能因禍得福的，你打算自居於何地呢？"　　⑨"既以"二句：上句，"以"通"已"（用中井積德説）。下句，"託命"，寄託自己的生命。此二句大意是："我既然不能自殺以報皇帝，又向何處寄託我的生命呢？"言外謂自己聽從趙高是無可奈何的事。明李光縉史記評林增補引屠隆説："按李斯詐立胡亥，陰弑扶蘇，雖由趙高之奸，實其私心所肯也。……彼其初難之，不過飾説以欺高與天下耳。其後扶蘇死而斯大喜，真情其微露矣。"錄以備考。　　⑨"臣請"二句：大意是："我是得到你的允許，奉了你的公開命令去通知李斯的，李斯敢不聽從麼！"　　⑨"丞相"句：崔適史記探源以爲此句"丞相"之上應有"詔"字，是。此連上文言大意是："李斯假作接受了始皇的遺詔──命丞相立胡亥爲太子。"　　⑨"禱祠"句："禱"，祈禱；"祠"，祭祀。　　⑨"今扶蘇"句："將師數十萬"，帶領着幾十萬大兵；"屯邊"，駐紮在邊疆。　　⑨"不能進"句：不能向前伸展國家的領土。　　⑨多耗：死亡損失很多。　　⑨"以不得"二句：主語是扶蘇。大意是："因爲不能被解除監兵的職務以便回朝來做太子，所以整天地怨恨不平。"　　⑨自裁：自殺。　　⑨"不匡正"二句：一本"不"下有"能"字。此二句言"蒙恬既不能改正扶蘇的錯誤，顯然是有意如此，那他也應該知道扶蘇心裏的打算"。　　⑩神將王離："神將"已見前項羽本紀註釋。"王離"，秦將王翦的孫子。　　⑩"封其書"二句：上句，言"在詔書的封口處蓋上了皇帝的璽印"。下句，"胡亥客”，胡亥手下的親信。　　⑩發書：拆開了詔書。　　⑩內舍：內宅。
⑩請復請：我請求你重新去請示一下。　　⑩“復請”二句：等重新請示之
後再死也還不遲。　　⑩數趣之：“數”讀爲朔，屢次；“趣”同“促”，催促，
逼迫。　　⑩“父而”二句：“而”，作“如”解。言“父親如果命令兒子自殺，
那還重新請示什麼呢”。　　⑩“使者卽以”句：“屬吏”，手下的小吏；
“繫”，囚禁；陽周，秦縣名，故城在今陝西省安定縣北。　　⑩郎中令：
皇帝近臣。漢書百官公卿表：“秦官，掌宮殿掖門户。”按，“郎”，古“廊”
字。古代宮禁內有廊門，“郎中”卽謂“廊門之中”，指距君王所在之處甚
近之地。參閱王先謙漢書補注。　　⑩“常侍中”句：“常”，經常；“中”，宮
中；“侍中”指在宮中侍奉皇帝，非官名；“用事”，掌握大權。〔以上是第二
大段，寫趙高、李斯謀立胡亥爲帝的經過。〕

二世燕居①，乃召高與謀事，謂曰：“夫人生居世間也，譬猶騁
六驥過決隙也②。　吾既已臨天下矣③，欲悉耳目之所好，窮心志之
所樂，以安宗廟而樂萬姓④，長有天下⑤，終吾年壽，其道可乎⑥？”
高曰：“此賢主之所能行也⑦，而昏亂主之所禁也。臣請言之，不敢
避斧鉞之誅；願陛下少留意焉⑧。　夫沙丘之謀⑨，諸公子及大臣皆
疑焉。而諸公子盡帝兄⑩，大臣又先帝之所置也⑪。　今陛下初立，
此其屬意怏怏皆不服⑫，恐爲變。且蒙恬已死⑬，蒙毅將兵居外，臣
戰戰栗栗唯恐不終⑭，　且陛下安得爲此樂乎？”二世曰：“爲之奈
何？”趙高曰：“嚴法而刻刑⑮，令有罪者相坐誅⑯，至收族⑰，滅大臣
而遠骨肉⑱；貧者富之⑲，賤者貴之；盡除去先帝之故臣，更置陛下
之所親信者近之⑳。　此則陰德歸陛下㉑，害除而姦謀塞㉒；羣臣莫
不被潤澤㉓，蒙厚德，陛下則高枕肆志寵樂矣㉔。　計莫出於此㉕。”
二世然高之言，乃更爲法律㉖。　於是羣臣、諸公子有罪，輒下高令
鞫治之㉗：殺大臣蒙毅等；公子十二人僇死咸陽市㉘；十公主矺死

於杜㊆⁹:財物入於縣官㊆⁰,相連坐者不可勝數。

公子高欲奔㊆¹,恐收族,乃上書曰:

　　　“先帝無恙時,臣入則賜食,出則乘輿,御府之衣㊆²,臣得
　　賜之;中廄之寶馬㊆³,臣得賜之。臣當從死而不能㊆⁴;爲人子
　　不孝,爲人臣不忠。不忠者無名以立於世㊆⁵;臣願從死,願葬
　　酈山之足㊆⁶,唯上幸哀憐之㊆⁷。”

書上,胡亥大說,召趙高而示之曰:“此可謂急乎㊆⁸?”趙高曰:“人臣
當憂死而不暇㊆⁹,何變之得謀!”胡亥可其書,賜錢十萬以葬。法令
誅罰日益刻深㊉⁰,羣臣人人自危,欲畔㊉¹者衆。又作阿房之宮㊉²,
治直、馳道㊉³,賦斂愈重,戍徭無已㊉⁴。於是楚戍卒陳勝、吳廣等乃
作亂,起於山東,傑俊相立㊉⁵,自置爲侯王㊉⁶,叛秦,兵至鴻門而
卻㊉⁷。李斯數欲請間諫㊉⁸,二世不許;而二世責問李斯曰:“吾有私
議㊉⁹,而有所聞於韓子也。曰:堯之有天下也,堂高三尺㊊⁰,采椽不
斲㊊¹,茅茨不翦㊊²;雖逆旅之宿㊊³,不勤於此矣。冬日鹿裘㊊⁴,夏日
葛衣;粢糲之食㊊⁵,藜藿之羹,飯土匭㊊⁶,啜土鉶;雖監門之養㊊⁷,不
觳於此矣。禹鑿龍門㊊⁸,通大夏㊊⁹,疏九河㊋⁰,曲九防,決淳水致之
海㊋¹,而股無胈㊋²,脛無毛,手足胼胝㊋³,面目黎黑,遂以死于外㊋⁴,
葬於會稽:臣虜之勞㊋⁵,不烈於此矣。然則夫所貴於有天下者㊋⁶,
豈欲苦形勞神㊋⁷,身處逆旅之宿㊋⁸,口食監門之養,手持臣虜之作
哉?此不肖人之所勉也㊋⁹,非賢者之所務也。彼賢人之有天下也,
專用天下適己而已矣㊌⁰,此所以貴於有天下也。夫所謂賢人者,必
能安天下而治萬民;今身且不能利㊌¹,將惡能治天下哉!故吾願肆
志廣欲㊌²,長享天下而無害㊌³,爲之奈何?”李斯子由爲三川守,羣
盜吳廣等西略地,過去弗能禁㊌⁴。章邯以破逐廣等兵㊌⁵,使者覆案

三川相屬㉖，誚讓斯居三公位㉗，如何令盜如此‖李斯恐懼㉘，重爵禄，不知所出，乃阿二世意㉙，欲求容㉚，以（督責之）書對。……書奏，二世悦。於是行督責益嚴㉛。税民深者爲明吏㉜。二世曰：“若此，則可謂能督責矣。”刑者相半於道㉝，而死人日成積於市㉞；殺人衆者爲忠臣。二世曰：“若此，則可謂能督責矣。”

①燕居：“燕”，與“宴”通。禮記鄭玄注：“退朝而處，曰‘燕居’。”②“譬猶”句：“騁”，奔馳；“六驥”，六匹快馬；“決隙”，胡三省資治通鑑注：“‘決’，裂也。裂開之隙，其間不能以寸，喻狹小也。”此言從裂開的牆縫中看快馬跑過，與留侯世家“白駒過隙”義同。　③“吾既”三句：第一句，“臨天下”，猶言“撫有天下”。第二句，“悉”，盡；“耳目之所好”，指聲色之娱。第三句，“窮”，極；“心志之所樂”，心裏所喜歡的物質享受。言“心中所想的一定要完全享受到”。　④“以安”句：言“使宗廟安定，使貴族們生活愉快”。按，“萬姓”指貴族，不指人民。　⑤“長有”二句：大意是：“永久享有天下，直到我壽終命盡爲止。”　⑥“其道”句：按，胡亥心知個人盡情享樂與國家安定兩者之間有矛盾，故問趙高：“照道理講，這樣是可能的嗎？”　⑦“此賢主”二句：言胡亥所希望實現的事，只要是賢君就可以做到，而昏亂之君就不應該做。　⑧“顧陛下”句：“留意”，指對趙高的話加以考慮。　⑨沙丘之謀：指始皇死後，趙高、李斯助胡亥篡位的密謀。　⑩“而諸公子”句：“諸公子”，指秦始皇其他的兒子。“盡帝兄”，都是胡亥的哥哥。梁玉繩説：“此言疑不然。”蓋因此傳言“始皇有二十餘子”，而史記集解言胡亥乃始皇第十八子，故認爲胡亥還應有兄弟。今按，下文李斯之言，有“夷其兄弟而自立”和“行逆於昆弟”的話，可見此處只是行文偶有出入。梁説似過於拘泥。　⑪“大臣”句：“先帝”指始皇；“置”，委任，任用。　⑫“此其屬”二句：上句，“此”，猶言“這樣”；“其屬”，他們這一班人；“怏怏”，心中不滿足貌。下句，“爲變”，造反。此二句大意是：“這樣就使得他們這班人心中總是鬱鬱扭扭地不服

氣,恐怕他們要造反。” ⑬“且蒙恬”二句:按,此二語與蒙恬列傳所載事有出入。據蒙恬列傳,蒙毅先死,蒙恬自殺在後;而在外帶兵的是恬而非毅,與此皆不相合。疑原文傳寫有誤(參用梁玉繩説)。 ⑭“臣戰戰”句:“栗”同“慄”;“戰戰慄慄”,形容心驚膽戰的狀詞。“不終”,不得善終,不得好結果。 ⑮刻刑:苛刻、狠毒的刑罰。 ⑯相坐誅:互相牽連而受誅。 ⑰收族:逮捕犯法者整個家族。 ⑱“滅大臣”句:誅滅大臣,同本皇族的人疏遠。 ⑲“貧者”二句:“貧者”、“賤者”指胡亥的親信,原來在政治上並沒有地位的人。 ⑳“更置”句:另外任用你所親信的人,並同他們接近。 ㉑“此則”句:“陰德”,指被胡亥所任用的人暗中念胡亥的好處。“歸陛下”,歸附於胡亥。 ㉒“害除”句:“塞”,阻止,行不通。言“對你有害的人都被消滅,那些人的奸計也就無法實現了”。 ㉓“羣臣”二句:上句,“被潤澤”,受到你的恩賜。下句,“蒙”與“被”同義;“厚德”,深厚的德意。 ㉔“陛下則”句:“高枕”,猶言“安睡”,即高枕無憂之意;“肆志”,任所欲爲;“寵”,作“榮”解(用中井積德説)即“大”之意;“樂”,享受。“寵樂”,可以縱情享受,充分娛樂。 ㉕計莫出於此:“出”,李笠説:“猶‘逾’也,‘過’也。‘莫過於此’者,言無有勝於此也。”意謂這是最高明的主意。 ㉖更爲法律:把從前的法律都勁了。 ㉗“輒下高”句:“輒”,猶今言“就”、“便”;“下高”,把犯人交到趙高那裏;“鞠”,正寫應作“鞫”,説文釋爲“窮治罪人”,今通作“鞫”,音菊;“鞠治”,窮治根究罪人的口供。説文段注:“古言‘鞠’,今言‘供’,語之轉也。今法具犯人口供於前,具勘語擬罪於後,即……漢之以辭決罪也。‘鞠’與‘窮’一語之轉,故以‘窮治罪人’釋‘鞠’。”此連上文言“凡羣臣、宗族有罪,隨即把犯人交給趙高,命令他窮究審問”。 ㉘“公子十二人”句:“僇”同“戮”,“僇死咸陽市”,即“棄市”之刑,蓋行刑於市,被殺後以屍示衆。按,秦始皇本紀:“乃行誅大臣及諸公子,以罪過連逮(連坐)少(小官)、近(近侍之臣)官、三郎(中郎、外郎、散郎,皆官名),無得立(脱)者。而六公子戮死於杜;公子將閭昆弟三人,囚於内宫,……皆流涕，拔劍自殺。”與此傳所記有出入，可以互參。　　㉙“十公主”句：“矺”音宅，舊注以爲與“磔”同；“磔”，刑法名，裂肢體而殺之，死後更陳屍於市。但郭嵩燾説：“案，秦法無磔刑。……十公主無罪，亦不當施以極刑。……漢書刑法志稱秦有‘鑿顚’之刑，小雅注：‘顚，隕也。從上曰隕。’廣韻：‘矺，磓也。磓與搥同，廣韻：‘搥，擿也。’荆卿傳：‘引匕首以擿秦王。’擿者，投而擲之，蓋投擲之杜陵以死。廣韻亦云：‘矺，擲地聲。’‘矺死’，即‘顚刑’之類也。”可備一説。録以供參考。“杜”，秦縣名，故城在今陝西省西安市東南。　　㉚入於縣官：“縣官”，史記索隱：“謂天子也。所以謂國家爲縣官者，王畿内縣，即國都也。王者官天下，故曰‘縣官’也。”(文句據張文虎説校訂)胡三省説：“漢謂天子爲‘縣官’，此‘縣官’猶言‘公家’也。”此指把財物充公，置於天子内庫。　　㉛“公子高”句：“公子高”，胡亥的弟兄之一。“欲奔”，想亡命出奔。　　㉜御府之衣：皇帝内府的衣服。　　㉝“中厩”句：“中厩”，皇帝宫中的馬厩；“寶馬”，珍貴難得的馬。㉞“臣當”句：“從死”，跟隨始皇一同死去；“不能”，當時没有能够做到。㉟“不忠者”句：一本此句無“不忠”二字，連上文讀作“爲人子不孝、爲人臣不忠者，無名以立於世”，近是。此言“不忠不孝之人，聲名已敗，是没有立足在世上的必要了”。　　㊱酈山之足：“酈山”，即驪山，在今陝西省臨潼縣東南，秦始皇即葬於此山。“足”，山脚下。　　㊲“唯上”句：“唯”，願。言“願皇帝哀憐我，准我自殺，並能滿足我葬在驪山的願望”。㊳此可謂急乎：“急”，岡白駒釋爲“事急”。意謂公子高本懷叛變之心，但見大勢已至於此，急切無奈，只好這樣做。　　㊴“人臣”二句：言“在嚴法刻刑之下，大臣們只憂性命不保尚且不暇，決不會再生叛變之心了”。㊵日益刻深：一天比一天嚴厲殘酷。　　㊶畔：同“叛”。　　㊷阿房之宫：故址在今西安市西北。據秦始皇本紀：“於是始皇以爲咸陽人多，先王之宫廷小；……乃營作朝宫（朝會的宫廷）渭南上林苑中。先作前殿阿房(按，此句意謂始皇擬修建一座宏大的宫殿供朝會之用，阿房僅爲此宫的前殿)：東西五百步，南北五十丈；上可以坐萬人，下可以建五丈旗；周馳爲閣道；自殿下直抵南山(終南山)，表南山之顛以爲闕。爲復道(複道)，自阿房渡渭，屬之(連接於)咸陽。……阿房宮未成。成，欲更擇令名(好名稱)名之。作宮阿房，故天下謂之阿房宮。"則知阿房本爲地名，因在阿房建造宮室，所以暫以地名爲宮之名。舊注釋"阿房"，每望文生義，今不取。又按，三輔黃圖："阿房宮，亦曰阿城。惠文王造，宮未成而亡。始皇廣其宮，規恢三百餘里。離宮別館，彌山跨谷，輦道相屬。……"則知此宮自秦惠文王至秦二世，迄未建成。　　㊸治直、馳道："治"，修。"直、馳道"，卽"直道"和"馳道"。"直道"，猶今之"公路"。蒙恬列傳謂始皇使蒙恬"塹山堙谷(把山削平，把谷填平)，通直道。則"直道"當是長途的公路，一般人都可以走。"馳道"，史記集解引應劭説："天子道也。道若今之中道然。"又説："……於馳道外築牆，天子於中行，外人不見。"漢書賈山傳："爲馳道於天下，東窮燕、齊，南極吳、楚，……道廣五十步，三丈而樹(隔三丈種一樹)，厚築其外(用力築路面，使之加厚加平，較一般地面隆高而結實)，隱以金椎(用鐵錘築地)，樹以青松。……"則是天子專用的馬路。兩者是有區別的(參用王念孫説)。　　㊹"戍徭"句："戍"，遣人守邊；"徭"同"繇"，服勞役；"無已"，言人民爲秦任戍守徭役之事，永無休止。　　㊺"傑俊"句："傑俊"，猶言"英雄豪傑"；"相立"，猶言"並起"。㊻"自置"句：自立爲侯、爲王。　　㊼"兵至"句："鴻門"已見前項羽本紀註釋。"卻"，退卻。按，史記陳涉世家："周文，陳之賢人也。……自言習兵，陳王(卽陳勝)與之將軍印，西擊秦。行收兵至關(函谷關)，車千乘，卒數十萬。至戲(戲水，卽在鴻門附近，已見前項羽本紀註釋)，軍焉。秦令少府章邯免酈山徒人、奴産子(奴婢所生之子)，悉發以擊楚大軍，盡敗之。……"卽此處所謂"兵至鴻門而卻"的經過。　　㊽請閒諫：請求找機會進諫。　　㊾"吾有"二句：上句，"私議"，個人的看法。下句，"韓子"，卽韓非。言"我的意見是從韓非那兒聽到的"。　　㊿"堂高"句：殿堂不過三尺高。極言其簡陋。　　51"采椽"句："采"，舊注謂是"櫟木"(或謂是"柞木")，已見前韓非子五蠹篇註釋。胡三省資治通鑑注："'采椽'者，蓋自山采來之椽，因而用之；不施斧斤，示樸也。”似較舊注爲優。但郭嵩燾説：“櫟材不中（不中用）爲椽，亦無不加斲之理。‘斲’，謂雕鏤之，言但施采畫不加雕鏤也。”亦通。　(52)“茅茨”句：已見前五蠹篇註釋。(53)“雖逆旅”二句：“逆旅”，旅舍，“宿”，指過往旅客到旅舍投宿。此二句言“堯治天下十分勤勞，即使是旅舍中寄宿的行人也沒有堯辛苦”。(54)“冬日”二句：已見五蠹篇註釋。　(55)“粢糲”二句：已見五蠹篇註釋。(56)“飯土匭”二句：上句，“匭”，同“簋”，已見前詩經權輿註釋。下句，“啜”，吸，飲；“鉶”，説文作“鈃”，長頸的酒鍾。此二句言“堯用陶土製的簋吃飯，用陶土製的酒杯飲酒”。　(57)“雖監門”二句：上句，已見五蠹篇註釋。下句，“縠”音覺，作“薄”解。王念孫説：“言雖監門者之供養，猶不薄於此也。”　(58)龍門：山名。尚書禹貢：“導河積石，至于龍門。”山在今山西省河津縣西北，陝西省韓城縣東北，分跨黄河兩岸，形如門闕。相傳禹導河至此，鑿山以通流。　(59)大夏：指今山西省境内諸地。史記正義：“括地志云：‘大夏’今并州晉陽及汾、絳等州是。……西近河。言禹鑿龍門，河水道得大通，并州之地不壅溢也。”　(60)“疏九河”二句：上句，已見前孟子有爲神農之言者許行章註釋。下句，“曲”，曲折地築起；“九防”，即九河的隄防。按，此處“九河”、“九防”，疑皆泛指。尚書禹貢：“九山刊旅，九川滌源；九澤既陂（即‘九河既防’），四海會同。”所謂“九山”、“九川”、“九澤”、“四海”，都不必强爲舉出實證。據舊注，“九川”是九州之川，則“九河”和“九防”亦可釋爲“九州之河”和“九河之防”（參用中井積德説）。　(61)“決渟水”句：“渟水”，淤塞壅積的水；“渟”音停。此言“把壅塞的水道加以開導疏濬，引導水到海裏去”。　(62)“而股”二句：上句，“股”，自膝以上的腿部；“胈”音跋，股上小毛。下句，“脛”音杏，自膝以下的腿部，俗呼“小腿”。　(63)“手足”二句：上句，“胼胝”音piánzhī。荀子楊倞注：“‘胼’謂手足勞，……‘胝’，皮厚也。”今按，手足勞累叫“胼”，手掌足心因勞累過久而生厚皮，即所謂“胝”。但今已習慣連用。下句，“黎”，今寫作“黧”，作“黑”解。此言禹的面容因風吹日曬而呈黑色。　　㊿"遂以"二句："會稽"卽會稽山，已見前註。此言"禹於是就這樣死在外面，葬在會稽山上"。按，禹葬於會稽，是先秦諸子的傳說。㉕"臣虜"二句：已見五蠹篇註釋。"烈"，酷。史記正義："賤臣奴虜之勤勞，不酷烈於此辛苦矣。"　　㉖"然則夫"句："然則"，張文虎疑爲衍文，是。秦始皇本紀卽無"然則"二字。"夫"，發語詞，與"凡"同義。此言"凡是以享有天下爲可貴的緣故"。　　㉗"豈欲"句："形"，身體，肉體；"神"，精神。"苦形勞神"猶言"身心俱疲"。　　㉘"身處"三句：此連上文大意是："做了皇帝，怎麼能身心交瘁，身體還像旅客那樣住在客棧裏，口裏吃着像守里門的人吃的那樣飲食，手裏拿着像奴隸所做的那樣的活兒呢！"㉙"此不肖人"二句："不肖人"，意指被剝削、被統治的人民；"賢者"，意指當時的統治階級。此言"上述種種刻苦勞作，只是一般的老百姓應當勉力去做的事，不是賢人所急於要做的"。　　㉚"專用"句："專用天下適己"，只求天下人都順適自己。　　㉛"今身"二句：言"如果像堯、禹一樣，連對自己的身體都沒有好處，那還怎麼能治天下呢！"　　㉜肆志廣欲：任所欲爲，擴充個人的慾望。　　㉝"長享"句：永遠享有天下，但又不致有任何禍患。　　㉞過去弗能禁："過"，讀平聲，來；"去"，離開。此言"起義的農民隊伍無論來到李由所管轄的地區或從這個地區走開，李由都無法禁止"。　　㉟"章邯"句："以"，同"已"。按資治通鑑秦紀："（二世）二年……十一月，……吳叔（卽吳廣）圍滎陽，李由爲三川守，守滎陽，叔弗能下。楚將軍田臧等……因相與矯王（卽陳勝）令以誅吳叔。……田臧乃使諸將李歸等守滎陽，自以精兵西迎秦軍於敖倉。與戰，田臧死，軍破。章邯進兵擊李歸等滎陽下，破之。李歸等死。陽城人鄧說將兵居郯，章邯別將擊破之。銍人伍逢將兵居許，章邯擊破之。……"卽此處所謂"破逐鄧等兵"的經過。　　㊱"使者"句："覆案"，事後調查；"相屬"，一個人接一個人。此言"使者到三川地面去調查的一個跟着一個"。　　㊲"誚讓"二句："誚"，音俏，同"譙"；"讓"讀上聲；"譙讓"，用言辭責問；"三公"，秦、漢時以丞相、太尉、御史大夫爲三公，是當時政府最高的執政者。

此言"使者責問李斯身為丞相，為什麼竟使叛亂的隊伍這樣利害"。
⑦⑧"李斯恐懼"三句："恐懼"指怕死；"重爵禄"指貪戀富貴(以上用清吳見思説，見其所著史記論文)；"不知所出"，不知怎樣辦才好。　　⑦⑨"乃阿"句："阿"，阿諛，迎合，諂媚。漢書酷吏傳贊·"張湯以知(智)阿邑人主。"王念孫説："'阿邑人主'，謂曲從人主之意也。"此猶言"曲從二世之意"。⑧⓪"欲求容"二句：上句，"容"，作"悦"解；"求容"，猶"取悦"，言"企圖博得二世的歡心"。下句，原文作"以書對曰"，其下即論督責書全文，因篇幅過長，遂删去，並補"督責之"三字，以明句意　　⑧①行督責益嚴："督責"，史記索隱："'督'者，察也。察其罪，責之以刑罰也。"即對人民行嚴刑峻法。"益嚴"，更加嚴厲。按，二世即位，聽趙高之言，實際已行督責之術；自李斯論督責書奏聞之後，較前乃愈加嚴酷。　　⑧②"税民"句：向人民抽税最重的才算是賢明的官吏。　　⑧③"刑者"句：路上行走的人有一半是受刑事處分的。　　⑧④"而死人"句：死人的屍體每天成堆地陳列在市上，"積"是名詞。〔以上是第三大段，寫趙高、李斯迎合胡亥，大行暴政。〕

初，趙高為郎中令，所殺及報私怨衆多①，恐大臣入朝奏事毁惡之②，乃説二世曰："天子所以貴者，但以聞聲③，羣臣莫得見其面，故號曰'朕'。且陛下富於春秋④，未必盡通諸事⑤；今坐朝廷，譴舉有不當者⑥，則見短於大臣；非所以示神明於天下也⑦。且陛下深拱禁中⑧，與臣及侍中習法者待事⑨，事來⑩，有以揆之。如此，則大臣不敢奏疑事⑪，天下稱聖主矣。"二世用其計，乃不坐朝廷見大臣，居禁中。趙高常侍中用事，事皆決於趙高。

高聞李斯以為言⑫，乃見丞相曰："關中羣盗多，今上急發縣治阿房宫⑬，聚狗、馬無用之物。臣欲諫，為位賤⑭。此真君侯之事，君何不諫？"李斯曰："固也，吾欲言之久矣！今時上不坐朝廷，上居深宫⑮，吾有所言者⑯，不可傳也；欲見⑰，無間。"趙高謂曰："君誠能諫，請爲君候上閒語君⑱。”於是趙高待二世方燕樂⑲，婦女居前，使人告丞相：“上方閒⑳，可奏事。”丞相至宮門上謁㉑，如此者三㉒。二世怒曰：“吾常多閒日，丞相不來；吾方燕私㉓，丞相輒來請事。丞相豈少我哉㉔？且固我哉㉕？”趙高因㉖曰：“如此，殆矣㉗！夫沙丘之謀，丞相與焉㉘，今陛下已立爲帝，而丞相貴不益㉙。此其意亦望裂地而王㉚矣。且陛下不問臣，臣不敢言。丞相長男李由爲三川守，楚盜陳勝等皆丞相傍縣之子㉛，以故楚盜公行㉜。過三川，城守不肯擊。高聞其文書相往來㉝，未得其審，故未敢以聞。且丞相居外，權重於陛下。”二世以爲然。欲案丞相㉞，恐其不審，乃使人案驗三川守與盜通狀㉟。李斯聞之。是時二世在甘泉㊱，方作觳抵優俳之觀㊲。李斯不得見，因上書言趙高之短曰：

“臣聞之：臣疑其君㊳，無不危國；妾疑其夫㊴，無不危家。今有大臣於陛下㊵，擅利擅害，與陛下無異——此甚不便！昔者司城子罕相宋㊶，身行刑罰，以威行之，朞年遂劫其君。田常爲簡公臣㊷，爵列無敵於國㊸，私家之富㊹，與公家均；布惠施德㊺，下得百姓，上得羣臣，陰取齊國㊻。殺宰予於庭㊼，即弒簡公於朝，遂有齊國。此天下所明知也。今高有邪佚之志㊽，危反之行，如子罕相宋也；私家之富，若田氏之於齊也；兼行田常、子罕之逆道㊾，而劫陛下之威信，其志若韓玘爲韓安相也㊿。陛下不圖(51)，臣恐其爲變也。”

二世曰：“何哉？夫高，故宦人也(52)。然不爲安肆志(53)，不以危易心，潔行脩善(54)，自使至此。以忠得進(55)，以信守位，朕實賢之(56)；而君疑之，何也？且朕少失先人(57)，無所識知，不習治民；而君又老，恐與天下絶矣⑤。朕非屬趙君⑤，當誰任哉？且趙君爲人精廉彊力⑥，下知人情⑥，上能適朕，君其勿疑！”李斯曰：“不然。夫高，故賤人也。無識於理⑥，貪欲無厭，求利不止；列勢次主⑥，求欲無窮，臣故曰殆⑥。”二世已前信趙高，恐李斯殺之，乃私告趙高。高曰：“丞相所患者獨高，高已死⑥，丞相卽欲爲田常所爲。”於是二世曰：“其以李斯屬郎中令⑥。”

趙高案治李斯⑥。李斯拘執束縛⑥，居囹圄中⑥，仰天而歎曰：“嗟乎，悲夫！不道之君⑦，何可爲計哉！昔者桀殺關龍逢⑦，紂殺王子比干，吳王夫差殺伍子胥：此三臣者，豈不忠哉？然而不免於死——身死而所忠者非也⑦。今吾智不及三子，而二世之無道過於桀、紂、夫差，吾以忠死宜矣！且二世之治⑦，豈不亂哉！日者夷其兄弟而自立也⑦，殺忠臣而貴賤人；作爲阿房之宮，賦斂天下。吾非不諫也⑦，而不吾聽也。凡古聖王，飲食有節⑦，車器有數，宮室有度；出令造事⑦，加費而無益於民利者禁，故能長久治安。今行逆於昆弟⑦，不顧其咎，侵殺忠臣⑧，不思其殃；大爲宮室，厚賦天下，不愛其費⑧：三者已行⑧，天下不聽。今反者已有天下之半矣⑧，而心尚未寤也；而以趙高爲佐。吾必見寇至咸陽，麋鹿游於朝也⑧。”於是二世乃使高案丞相獄，治罪；責斯與子由謀反狀，皆收捕宗族賓客。

趙高治斯，榜掠千餘⑧，不勝痛，自誣服⑧。斯所以不死者，自負其辯⑧，有功，實無反心，幸得上書自陳⑧，幸二世之寤而赦之。李斯乃從獄中上書曰：

　　　“臣爲丞相，治民三十餘年矣⑧。逮秦地之狹隘⑨——先王之時，秦地不過千里，兵數十萬——臣盡薄材⑨，謹奉法令；

陰行謀臣⑨，資之金玉，使游說諸侯；陰脩甲兵⑨，飾政教，官
鬭士；尊功臣⑨，盛其爵祿。故終以脅韓弱魏⑨，破燕、趙，夷
齊、楚：卒兼六國，虜其王，立秦爲天子——罪一矣！地非不廣，
又北逐胡、貉⑨·南定百越，以見秦之彊，罪二矣！尊大臣，盛其
爵位，以固其親⑨，罪三矣！立社稷，脩宗廟，以明主之賢，罪四
矣！更剋畫⑨，平斗斛、度量，文章布之天下⑨，以樹秦之名⑩，
罪五矣！治馳道，興游觀⑩，以見主之得意，罪六矣！緩刑罰，薄
賦斂，以遂主得衆之心⑩，萬民戴主⑩，死而不忘，罪七矣！若
斯之爲臣者⑩，罪足以死固久矣！上幸盡其能力⑩，乃得至今。
願陛下察之！”

書上，趙高使吏棄去，不奏，曰：“囚安得上書！”

　　趙高使其客十餘輩詐爲御史、謁者、侍中⑩，更往覆訊斯；斯更
以其實對⑩，輒使人復榜之。後二世使人驗斯⑩，斯以爲如前⑩，
終不敢更言，辭服⑩。奏當上⑩，二世喜曰：“微趙君⑩，幾爲丞相
所賣！”

　　及二世所使案三川之守至⑩，則項梁已擊殺之；使者來⑪，會
丞相下吏，趙高皆妄爲反辭。

　　二世二年七月⑮，具斯五刑⑯，論腰斬咸陽市。斯出獄，與其
中子俱執⑰，顧謂其中子曰：“吾欲與若復牽黃犬⑱，俱出上蔡東門
逐狡兔，豈可得乎！”遂父子相哭，而夷三族。

　　　①“所殺”句：言“趙高所殺的人，和爲了報私怨而陷害的人，實在太
多了”。　　②毀惡之：“毀”，毀謗；“惡”讀去聲，作“譖”解，指訐發陰私。
“之”，指趙高。此句言“趙高恐怕大臣們在入朝奏事時向二世揭露趙高
的短處”。　　③“但以”三句：前二句連上文言：“天子所以尊貴的原因，

只是由於羣臣見不到天子的面而僅能聽到他的聲音”。意謂只能聽從天子的命令而看不到他本人。第三句，疑是趙高揑造的解釋。按，先秦人貴賤皆自稱“朕”，本不專限皇帝或國君，只是一種方音而已。爾雅釋詁：“卬、吾、台、予、朕、身、甫、余、言，我也。”“卬”即今之“俺”，“朕”疑即今之“咱”。至秦始皇始以“朕”爲天子自稱。此處趙高的解釋，以爲皇帝只能聞聲不能見面，乃是以“朕”之本義（“朕兆”之“朕”）傅會而得　兹節引朱駿聲說文通訓定聲釋“朕”之文，以供參考：“按，‘朕’，舟縫也。……戴氏震考工記圖函人注：‘舟之縫理曰朕。’……莊子應帝王：‘而遊無朕。’崔注：‘兆也。’列子黃帝：‘吾向示之以太沖莫朕。’淮南覽冥：‘不見朕垠。’注：‘朕兆也。’……鬼谷子抵巇：‘巇始有朕。’注：‘朕者，隙之將兆，謂其微也。’皆一意之引申。隙，壁縫；兆，龜縫；朕，舟縫——同也。假借（爲）發聲之詞。爾雅釋詁：‘朕，我也。’……按，此與‘卬’、‘言’爲‘吾’、‘余’之聲轉，方音不同，各稱其稱，與本義無涉。亡秦趙高乃謂二世曰：天子稱朕，固不聞聲。傅會字之本義以愚主，此不通之論也。”　④富於春秋：言年紀正輕。“富”，富裕；“春秋”指年齡。　⑤“未必”句：王駿圖說：“謂年少未必盡通曉諸事也。”　⑥“譴舉”二句：上句，“譴”，譴責，懲罰；“舉”，獎賞，提拔，表揚。下句，“見短”，受輕視。此言“如果你對賞罰有不恰當的地方，那就會被大臣所輕視”。　⑦“非所以”句：“神明”，聰明神奇，不同凡響。此連上文大意是：“如果你被大臣們瞧不起，那就不會讓天下都認爲你是最神奇、最明智的人了。”　⑧深拱禁中：“拱”，本指拱手，引申爲端坐閒居，無所事事。僞古文尚書武成篇：“垂拱而天下治。”蔡沈注：“垂衣拱手而天下自治矣。”此句之“拱”即“垂拱”之意，言“胡亥可深居宮禁之中，不問外事”。　⑨“與臣”句：大意是：“你和我以及在宮中侍奉你的嫻習法令的人等待着大臣把公事呈奏上來。”　⑩“事來”二句：言“等公事來了，我們就可以充分權衡考慮”。“揆”作“度”解，猶言“反覆研究”。　⑪奏疑事：“疑”作“惑”解；“疑事”，指惑亂視聽、混淆是非的公事。　⑫“高聞”句：淩稚隆說：“按，李斯以爲言，言高令<u>二世</u>不坐朝廷也。"此言"<u>趙高</u>聽説<u>李斯</u>對<u>二世</u>不見大臣這一舉動有不滿意的話"。　　⑬"今上急發縣"句:"發",派遣;"縣",指服徭役的人民;"治",修建。此言"皇帝加緊地派遣服勞役的人民去蓋<u>阿房宫</u>"。

⑭爲位賤:由於自己的地位低賤。　　⑮上居深宫:"上",有"遠"的意思,指高高在上。　　⑯"吾有"二句:我有很多要説的話,無法傳達給他。⑰"欲見"二句:想要面見他,又没有機會。"間"讀去聲。　　⑱"請爲君"句:大意是:"請允許我替你打聽,只要一等皇帝有空閒時,我就通知你。""語"讀去聲。⑲燕樂:卽"娱樂"之意。"燕"作"安"解,指安閒取樂。

⑳方閒:剛剛有空閒。　　㉑上謁:求見。　　㉒如此者三:像這種情況一連有三次。　　㉓"吾方"二句:上句,"燕私",燕居獨處之時。下句,"請事",請示公事。　　㉔豈少我哉:"少",輕視,瞧不起。　　㉕"且固"句:"且"作"將"解(用<u>李笠</u>説),猶今言"還是";"固",作"鄙陋"解,猶今言"寒傖"、"丢人"。<u>王駿圖</u>説:"且其意直故意出我醜耳。'固陋'猶俗所謂'寒碜'(卽'寒傖')也。"此連上句大意是:"丞相是瞧不起我呢,還是誠心讓我出醜呢!"　　㉖因:趁此機會。　　㉗殆矣:猶言"太危險啦!"

㉘丞相與焉:"與"讀去聲,參與,加入在内。　　㉙貴不益:地位没有再提高。　　㉚裂地而王:割地爲王。　　㉛傍縣之子:鄰縣的居民。意謂<u>陳勝</u>是<u>李斯</u>的同鄉,故<u>李斯</u>縱容他們造反。㉜"以故"句:"以故",因此;"公行",公開横行。　　㉝"高聞其文書"三句:第一句,"文書",公函,文件;"往來",指<u>李由</u>同起義的隊伍有公文往來。第二句,"審",底細,詳情。第三句,"以聞",以此事向你報告。㉞"欲案"二句:想要法辦<u>李斯</u>,又恐怕底細不確切。　　㉟與盗通狀:"通",暗中勾結;"狀",具體情況。　　㊱甘泉:本山名,在<u>陝西</u>省<u>淳化縣</u>西北。<u>胡亥</u>在此山上建林光宫;至<u>漢</u>時,卽名甘泉宫。　　㊲"方作"句:"縠抵",<u>史記</u>集解:"卽角抵也。""抵"今或寫作"觗"。"角觗"是古代一種角力的游戲。據<u>漢書</u>刑法志,此戲始於<u>戰國</u>。<u>史記</u>集解引文穎説:"<u>秦</u>名此樂爲角抵。兩兩相當,角力,角伎藝射御。"<u>沈欽韓漢書</u>疏證:"<u>新書匈奴篇</u>:'上卽饗<u>胡</u>人大縠抵

也。'……御覽七百五十五漢武帝故事曰：'角抵戲，六國所造。秦并滅天下，而增廣之。漢興，雖罷，然猶不都絕；上復采用之。'任昉述異記：'秦、漢間説，蚩尤氏耳鬢如劍戟，頭有角，與軒轅鬥，以角觚人·人不能向。今冀州有樂，名"蚩尤戲"，其民兩兩三三，頭戴牛角而相抵。漢造角抵戲，蓋其遺製也。'"王先謙説："蓋卽今之貫跤。"按，以上所引各家之説，知"角觚"實屬一種雜技與舞蹈相綜合的藝術。"優"，古雜戲之一種，可以化裝扮演；"俳"音排，亦雜戲之一種，帶有詼諧滑稽性質。古人往往以"俳優"並舉。"觀"讀去聲，表演。　　㊳"臣疑其君"二句："疑"，與"擬"通，比擬，有今所謂"看齊"之意。史記評林引余有丁説："言勢相近均敵也。"此言"大臣如果想同國君看齊，處處要求勢均力敵，那就會對國家有危險"。下二句仿此。　　㊴"妾疑"二句：此是陪襯語。上二句是本意。以"妾"和"夫"喻"臣"和"君"。　　㊵"今有大臣"三句：一本第一句"陛下"下有"側"字，近是。"擅"，專斷獨行；"利"指封賞；"害"指懲罰。此言"現在有個大臣在你身邊，無論好事壞事，他都專斷獨行，同你的權力沒有兩樣"。　　㊶"昔者"四句：事見韓非子二柄篇："子罕謂宋君曰：'夫慶賞賜予者，民之所喜也，君自行之。殺戮刑罰者，民之所惡也，臣請當之。'於是宋君失刑而子罕用之，故宋君見劫。"又見於淮南子道應訓："昔者司城子罕相宋，謂宋君曰：'夫國家之安危，在君行賞爵。……(下與上引韓非子文略同，故删。)'宋君曰：'善！寡人當其美，子受其怨；寡人自知不爲諸侯笑矣！'國人皆知殺戮之專制在子罕也，大臣親之，百姓畏之。居不至期年，子罕遂劫宋君，而專其政。"按，春秋時宋有子罕，是宋昭公時賢臣；此處的子罕是戰國時另一人。沈欽韓以爲此子罕可能是春秋時子罕之後裔，疑近是。李斯此書蓋以子罕喻趙高。"身行刑罰"，指刑罰之事皆由子罕親自執行。"以威行之"，言子罕用威壓手段執政，使大臣親近他而人民畏懼他。"朞年"，一周年的時間；"劫"，奪，"劫其君"，奪其君位。至於此"君"爲宋國哪一個國君，則已不詳。呂氏春秋召類篇以爲是宋昭公，恐非是。　　㊷"田常"句："田常"卽田成子，"簡公"卽齊簡公。

已見前莊子胠篋篇註釋。　㊸"爵列"句:"列",猶"位"。言田常的爵位在齊國最高,没有能與他匹敵的。　㊹"私家"二句:言田常的私人財富和齊國公家的財富相等。　㊺"布惠"三句:"布"、"施"同義,猶言"賜予";"惠"、"德"同義,猶言"恩賜"、"好處"。"得",指得人心。按,韓非子二柄篇:"故田常上請爵祿而行之羣臣(從國君那兒請求來爵祿頒賞給羣臣),下大斗斛而施於百姓(用大斗斛量物以施給百姓),此簡公失德而田常用之(利用機會專政)也。"卽是此處李斯所謂"下得百姓"二句的涵義。㊻"陰取"句:暗中盜取了齊國的政權。史記評林引董份説:"'陰取'者,布私惠于民,陰得其心,以竊國權也。"　㊼"殺宰予"句:"宰予"姓宰名予,字子我,孔子弟子。據史記田敬仲完世家,田常所殺之人名監止子我,爲另一人,並非宰予。子我當時與田常同爲齊相,兩人素不和;後子我乃爲田常所殺。此疑傳聞有異。　㊽"今高有"二句:上句,"邪佚",猶言"邪淫"。下句,"危",與"詭"通,與"反"同義(用王念孫説)。此言趙高有叛逆的行爲。　㊾逆道:叛逆的方式。　㊿"其志"句:按,此事史傳無記載。"韓玘",戰國時韓昭侯的大臣;"玘"音起,史記索隱音怡。"韓安",卽韓王安。按韓昭侯死於周顯王三十六年(公元前三三三年)。至秦王政九年(公元前二三八年),韓王安始卽位爲君(後八年,秦卽滅韓)。前後相去將近百年,則韓王安時之韓玘當爲另一人。史記索隱疑李斯敍事有誤。但胡三省説:"余觀李斯書意,正以胡亥亡國之禍,近在旦夕;故指韓安以其用韓玘而亡韓之事警動之。韓安之時,其臣必有韓玘者。特史逸(佚)其事耳。李斯與韓安同時,而韓安亡國之事,接乎胡亥之耳目,所謂殷鑒不遠也。索隱於數百載之下議其説爲非,可乎!"今按,胡説是。　(51)不圖:不早做打算。　(52)故宦人也:"故",與"固"通。此猶言"趙高本來是個宦官"。下文"故賤人也"句,義亦仿此。　(53)"然不"二句:言趙高不因處境安適就任所欲爲,不因處境艱危就改變對自己的忠心。　(54)"潔行"二句:言"趙高品行廉潔,以善自勉,才使他自己得到今天的地位"。　(55)"以忠"二句:言趙高由於對胡亥盡忠,才能得到提拔；由於趙高最講信義，才能保持他的職位。　　㊗賢之：以趙高爲賢。
㊗“且朕”二句：上句，“先人”指始皇；言始皇死時胡亥還很年輕。下句，
胡亥自言什麼見識都沒有。　　㊗“恐與天下”句：此連上下文大意是：
“胡亥既年輕，不懂得治理百姓的道理，而李斯年紀又老了，如果沒有趙
高，恐怕就同國家大事絕緣了。”　　㊗“朕非”二句：言“我不把國家大事
交給趙高，應當交給誰呢？”　　㊗精廉彊力：“精廉”，精明强悍；“强力”，
卽今所謂“年富力强”，指有辦事能力。　　㊗“下知”二句：上句，“人情”，
猶“民情”（一本“人”字卽作“民”字）；下句，“適朕”，順適我的心意。
㊗無識於理：不懂得治國平天下的道理。　　㊗列勢 次主：“列”，地位；
“勢”，權勢；“次”，相等，相去不遠。言趙高的地位權勢與皇帝不相上下。
㊗“臣故”句：此句“殆”字與前趙高所説“如此，殆矣”的“殆”同義。而兩人
彼此攻訐，亦前後相應。　　㊗“高已死”二句：言“只要我死後，丞相卽將
做田常所要做的事了”。意謂李斯將篡弒胡亥。　　㊗“其以”句：那就把
李斯交給郎中令辦罪。“郎中令”卽趙高。　　㊗案治李斯：審訊李斯。
㊗拘執束縛：被拘捕而且上了刑具。　　㊗居囹圄中：“囹圄”音鈴語，卽監
獄。據清王筠説文句讀引鄭志，“囹圄”是秦獄名。　　㊗“不道”二句：“不
道”猶“失道”、“無道”；“何可爲計”，怎麼能爲他出謀獻策呢。　　㊗“昔
者桀殺”三句：已見前莊子胠篋篇註釋，第三句又見前國語越語註釋。
㊗“身死”句：瀧川資言説：“言三子所忠非其君也。”意指龍逢、比干、
伍子胥看錯了對象，忠於無道之君。　　㊗“吾以忠死”句：言“我因盡忠
於二世而被殺，也是應該的了”。　　㊗“且二世”二句：言“二世治天下的
辦法，豈不是胡來亂搞嗎？”　　㊗“日者”二句：上句，“日者”，猶今言“前
者”、“不久以前”；“夷”，屠殺。下句，“貴賤人”，把身分低賤的人提拔爲
身分尊貴的人。　　㊗“吾非”二句：言“我並非沒有進諫，只是他不肯聽
我的話”。　　㊗“飲食”三句：“節”，節制；“數”，一定的數量；“度”，一定
的限度。　　㊗“出令”二句：言“無論是頒佈什麼命令或興辦什麼事情，
凡是增加浪費而對人民利益無補的，都在禁止之列”。　　㊗“今行逆”二

句: "逆"作"反常"解。言"胡亥對自己的弟兄施以違反常理的野蠻手段, 而不顧後患"。　　⑧"侵殺"句: "侵", 管子七臣七主篇尹知章注: "越法行事謂之'侵'。"又: "枉法行事謂之'侵'。""侵殺"猶言"枉殺"、"濫殺"、"非法而殺"。　　⑧不愛其費: 不愛惜錢財。　　⑧"三者"二句: 此承上"行逆於昆弟"、"殺忠臣"和"大爲宮室"三事而言。謂"這三件事已經做出來了, 天下的人民自然不肯依從"。　　⑧"今反者"二句: 言"現在起兵叛秦的人已經佔領了秦國版圖的一半了, 可是胡亥的心裏還沒有覺悟"。"寤"同"悟"。　　⑧"麋鹿"句: 言不久的將來朝廷之上必呈荒涼景象, 只看見麋鹿在那兒來往。　　⑧"榜掠"句: "榜"音彭, 用板子打人; "掠", 用棒打人。此言"拷打李斯一千多下"。　　⑧自誣服: 自己寃屈地承認有罪。　　⑧辯: 有口才。　　⑧"幸得"二句: 上句的"幸"指徼幸於萬一; 下句的"幸"作"希望"解。言"李斯總希望萬一能夠上書陳述他的寃情, 使二世能明白過來, 赦免他的罪"。　　⑧"治民"句: 此句的"三十餘年", 當自李斯開始入秦爲臣算起, 非指其任丞相以後的時間。　　⑩"逮秦地"句: 李斯自言"當我初到秦國時, 國家的領土還比較狹小"。故下文加以説明, 言秦始皇初年, 版圖不過千里, 兵力也只有幾十萬。　　⑨"臣盡"二句: 言"我盡了自己微薄的能力, 很謹慎地執行國家的法令"。⑨"陰行"二句: 暗中派遣謀臣, 帶着金銀珠寶。　　⑨"陰脩"三句: 第一句, 言"暗中整備武裝"; 第二句, 言"加强政令的效力"; 第三句, 言"任命敢死之士爲官"。按, 此三事皆爲吞併六國的準備工作。　　⑨"尊功臣"二句: 對有功之臣特別尊重, 並把他們的爵祿格外提高。　　⑨"故終以"三句: "故", 因此; "終以", 到底通過這些措施; "脅", 逼迫; "弱", 搞垮; "夷", 平定, 消滅。　　⑨"又北逐"二句: 上句"貉", 同"貊", 音陌; "胡、貊", 指當時北方的匈奴。下句, "百越", 本種族名, 此指今兩廣一帶。據文獻通考, 南起交阯(在今越南人民共和國境内), 北至浙江沿海, 東至福建沿海, 西至廣西, 皆古百越雜居之地。四庫全書總目提要卷五十八百越先賢志條下説: "南方之國越爲大。自勾踐六世孫無彊爲楚所敗, 諸子散處海上，其著者：東越無諸，都東冶，至漳、泉，故閩越也；東海王摇，都於永嘉，故甌越也；自湘、灕而南，故西越也；牂柯西下，邕、雍、綏、建，故駱越也。統而名之，謂之'百越'。"敍述較簡明，録以備考。按，此二句所敍内容亦見秦始皇本紀："三十二年，……始皇乃使將軍蒙恬發兵三十萬人北擊胡。……三十三年，發諸嘗逋亡人、贅壻、賈人，略取陸梁地（指五嶺以南地帶），爲桂林、象郡、南海，以適（謫貶）遣戍；西北斥逐匈奴，自榆中並河以東，屬之陰山，以爲三十四縣。"可與此互參。　(97)以固其親："固"，鞏固；"親"，指大臣和秦之皇室的親密關係。此連上文言"尊重大臣，給以較高的爵位，用以鞏固君臣之間親密聯繫"。　(98)"更剋畫"二句：上句，史記會注考證引岡白駒説："'更'，改也。'剋畫'，謂器物制度儀飾也。"按，"剋"音克，正作"勊"，今俗訛作"尅"。"剋畫"，即"刻畫"，疑指器物上所刻畫的徽飾、花紋。蓋自春秋、戰國以來，列國所制定的器物徽飾、花紋各有不同，至秦時始加以更改統一。下句，"平"，平衡，統一；"斗斛"，量容積的器物；"度"，量長短的標準；"量"，量容積的標準。此指把度（尺、寸）、量（斗、升）、衡（斤、兩）之類的標準完全統一起來。(99)"文章"句："文章"即告示，命令；"布之天下"，公佈於天下。言"把規定各種制度的明文頒佈於天下"。　(100)以樹秦之名："樹"，樹立。此言爲秦國樹立了好名聲。　(101)興游觀："興"，建造；"游觀"，供游覽的名勝之地。　(102)"以遂主"句："遂"，滿足；"得衆"，得到民心；"心"，意圖。此言"用以滿足君主獲得民心的意圖"。　(103)戴主："戴"，愛戴，擁戴。(104)"若斯"二句：此是故作反面的説法。意謂"像我有這樣大功勞的人，早就該死了"。淩稚隆説："按李斯所謂七罪，乃自侈其極忠，反言以激二世耳。"　(105)"上幸"二句：言"皇帝幸而准許我在朝廷盡我所有的能力，這才直到今天"。　(106)"趙高使其客"二句：言"趙高命令他私黨十餘人假扮作御史、謁者、侍中等官員，輪換着一次一次地審訊李斯"。按，"御史"、"謁者"、"侍中"皆秦官；"御史"掌内廷圖籍祕書，兼司糾察。"謁者"掌皇帝行禮時儐相讚禮等事。"侍中"則負責往來殿中至東廂奏事。此官入侍天子於宮內，故稱"侍中"。(此與前文"趙高侍中用事"的"侍中"不同，此是官名，前文只是客觀敘述。)　　⑩"斯更以"句：李斯又把實情向這些人陳述。　　⑱驗斯：調查李斯，對證口供。　　⑲"斯以爲"二句：李斯以爲又同前幾次一樣，只要一說實話就受刑，所以終於不敢改口供了。⑩辭服："辭"指招供之辭。言李斯於書面承認自己犯罪屬實。　　⑪奏當上："當"讀去聲，秦、漢時用語。史記索隱引崔浩說："'當'，謂處正其罪也。"漢書顏注引如淳說："決罪曰'當'。"胡三省說："'奏當'者，獄具而奏，當處其罪也。"按，此處即指令判定罪名的判決書。言趙高把判決書呈獻給胡亥。　　⑫"微趙君"二句："微"，無，非；"賣"，欺騙。言如果沒有趙高，幾乎受了李斯的騙。　　⑬"及二世"二句：大意是："等到二世所派遣的調查三川郡守李由罪狀的使臣到達三川時，李由已被項梁殺死了。"按，項梁擊殺李由事見前項羽本紀正文。　　⑭"使者來"三句：大意是："使者回來時，恰值李斯已被交付給獄吏看管，無法對證。趙高於是把使者所調查的實況都改掉了，假造了一些李由叛變的話。"　　⑮二世二年七月："二年"，即公元前二〇八年。　　⑯"具斯"句：猶言"置李斯於五刑"。按，漢書刑法志："漢興之初，雖有約法三章，網漏吞舟之魚。然其大辟(死刑)，尚有夷三族('三族'指父族、母族、妻族)之令。令曰：當三族者，皆先黥、劓(割鼻)，斬左右趾，笞殺之，菹(即'菹醢')其骨肉於市。其誹謗詈詛者，又先斷舌。故謂之'具五刑'。彭越、韓信之屬，皆受此誅。"則所謂"具五刑"，當爲秦法之遺。李斯所受五刑，想亦如此。惟下文有"腰斬咸陽市"之說，疑用腰斬代替笞刑，較刑法志所載尤重。⑰俱執：一同被押解。　　⑱"吾欲"三句："若"，猶"汝"；"牽黃犬"、"逐狡兔"指出獵。此言"我和你再不能回到家鄉過着自由自在地出去打獵的生活了"。〔以上是第四大段，寫胡亥、趙高陷害李斯，終於受到滅族之禍，說明統治階級內部矛盾的尖銳化和殘酷性。〕

李斯已死，二世拜趙高爲中丞相①，事無大小輒決於高。

高自知權重，乃獻鹿，謂之馬。二世問左右："此乃鹿也②？"左右皆曰：“馬也。”二世驚，自以爲惑③，乃召太卜④，令卦之。太卜曰：“陛下春秋郊祀⑤，奉宗廟鬼神，齋戒不明⑥，故至于此。可依盛德而明齋戒⑦。”於是乃入上林⑧齋戒，日游弋獵⑨。有行人入上林中，二世自射殺之。趙高教其女壻咸陽令閻樂⑩，劾不知何人賊殺人⑪，移上林。高乃諫二世曰：“天子無故賊殺不辜人⑫，此上帝之禁也。鬼神不享⑬，天且降殃。當遠避宮以禳之⑭。”二世乃出居望夷之宮⑮。

留三日，趙高詐詔衛士，令士皆素服，持兵内鄉⑯，入告二世曰：“山東羣盜兵大至。”二世上觀而見之⑰，恐懼，高卽因劫令自殺⑱。引璽而佩之⑲，左右、百官莫從⑳。上殿，殿欲壞者三㉑。高自知天弗與㉒，羣臣弗許，乃召始皇弟㉓，授之璽。

子嬰卽位，患之。乃稱疾不聽事㉔，與宦者韓談及其子謀殺高。高上謁，請病㉕，因召入，令韓談刺殺之，夷其三族。

子嬰立三月，沛公兵從武關入，至咸陽，羣臣百官皆畔不適㉖。子嬰與妻子自係其頸以組㉗，降軹道旁㉘。沛公因以屬吏㉙，項王至而斬之。遂以亡天下㉚。

①中丞相：猶言“内丞相”。瀧川資言說：“‘中丞相’，在宮中執政，故名。”　②此乃鹿也：猶言“這是鹿嗎？”“也”，同“耶”。按，秦始皇本紀：“趙高欲爲亂，恐羣臣不聽，乃先設驗。持鹿獻於二世曰：‘馬也！’二世笑曰：‘丞相誤耶？謂鹿爲馬。’問左右，左右或默、或言馬——以阿順趙高；或言鹿者，高因陰中(讀去聲，作“陷害”、“中傷”解)諸言鹿者以法。後羣臣皆畏高。”與此傳所記有出入。當是由於傳聞不一，司馬遷並存不廢之故。下文記二世被殺、趙高立子嬰與子嬰殺趙高事，亦多與秦始皇本紀有出入，皆仿此。　③自以爲惑：“惑”，神經錯亂。　④“乃召”二句：上句，“太卜”，官名，掌占卜筮卦之事。下句，“卦”，作動詞用，占卜。

⑤"陛下"二句:"郊祀",祭天之禮。"奉",供奉,尊奉。　　⑥齋戒不明:按,古齋戒之禮,甚爲嚴格。禮記祭統:"及其將齊(齋)也,防其邪物,訖(停止)其嗜欲,耳不聽樂。……心不苟慮(不胡思亂想),必依於道;手足不苟動,必依於禮。是故君子之齊(齋)也,專致其精明之德也。"故須不近女色,不行樂飲酒。"不明",猶言"不徹底"、"不認真"。　　⑦"可依"句:"盛德",指古來有大德的聖賢;"依盛德",遵照古聖賢的行事。"明齋戒",嚴肅認真地行齋戒之禮。　　⑧上林:苑名。見前子虛賦、上林賦註釋。　　⑨日游弋獵:"游",遊玩;"弋獵",射獵。"弋"音翼,用帶繩的箭射物叫"弋"。　　⑩"趙高教其女壻"句:"教",教唆,指使。按,趙高是宦官,但生有女兒,故有女壻,可見不是生來就受宮刑的。　　⑪"劾不知"二句:上句,"劾",彈劾;"賊殺人",害死了人。下句,"移上林",把屍首移到上林苑中。　　⑫"天子無故"二句:"不辜人",無罪的人;"禁",禁忌。言"天子無故殺無罪之人,是上帝所不允許的"。　　⑬不享:不接受祭祀供養。　　⑭"當遠"句:"遠避宮",遠離皇宮;"禳"音 ráng,作"解除"解,指祈福以除災免禍。"之"指上文的"殃"。　　⑮望夷之宮:宮名。三輔黃圖:"望夷宮在涇陽縣界長平觀道東,北臨涇水,以望北夷(北面的平原)。以爲宮名。"在今陝西省涇陽縣東南。　　⑯持兵内鄉:"兵",兵器;"鄉"同"嚮","内嚮",倒戈向内。　　⑰上觀而見之:"觀"讀去聲,已見前左傳晉楚邲之戰註釋。又,釋名釋宮室:"'觀',觀也。於上觀望也。"則指供眺望的樓臺(楚辭王逸注:"'觀',猶'樓'也。")。此處應指樓觀爲是。言二世登樓望見了衛士拿着兵器殺進來。　　⑱"高卽因"句:"卽因",立卽趁此;"劫",脅迫。言趙高便趁此立逼二世自殺。按,秦始皇本紀:"……二世乃齋於望夷宮。……高……乃陰與其壻咸陽令閻樂、其弟趙成謀,……欲易置上更立公子嬰,……使郎中令(別是一人)爲内應,詐爲有大賊(大批的'賊');令樂召吏發卒追(追'賊')——劫樂母置高舍——遣樂將吏卒千餘人至望夷宮殿門,縛衛令僕射曰:'賊入此,何不止(加以阻止)?'衛令曰:'周廬(宮外衛士住的廬舍)設卒甚謹,安得賊敢入宮?'樂

遂斬衞令，直將(率領)吏入，行射。郎宦者大驚，或走、或格、格者輒死；死者數十人。郎中令與樂俱入射上幄坐幃。二世怒召左右，左右皆惶擾不鬥。旁有宦者一人，侍不敢去，二世入内謂曰：‘公何不早告我？乃至於此！’宦者曰：‘臣不敢言，故得全；使臣早言，皆已誅。安得至今！’閻樂前卽二世數(讀上聲)曰：‘足下驕恣，誅殺無道，天下共叛足下。足下其自爲計！’二世曰：‘丞相可得見否？’樂曰：‘不可。’二世曰：‘吾願得一郡爲王。’弗許。又曰：‘願爲萬户侯。’弗許。曰：‘願與妻子爲黔首，比諸公子。’閻樂曰：‘臣受命於丞相，爲天下誅足下。足下雖多言，臣不敢報。’麾其兵進。二世自殺。”與此傳出入甚大。謹録以備考。　　⑲“引璽”句：趙高拿過皇帝的玉璽佩在自己身上。　　⑳“左右、百官”句：言左右和百官，沒有一個跟着他上殿的。　　㉑殿欲壞者三：“殿欲壞”，殿要坍毀似的。此連上句言“趙高一連有三次想走上殿去，但每一次都好像殿要坍毀似的，只好中止了”。　　㉒“高自知”句：上句，“天弗與”，上帝不同意趙高做皇帝。下句，“弗許”，不容許他。　　㉓始皇弟：卽子嬰。史記集解引徐廣説：“一本曰：‘召始皇弟子嬰授之璽。’”疑近是。但秦始皇本紀則以子嬰爲二世之兄子。近人馬敍倫讀書續記：“按，秦始皇年十三，莊襄王死，代立爲秦王。三十七年崩，則年五十歲。子嬰爲二世兄子，子嬰又有二子，且又與謀誅趙高，則其年非幼弱矣。始皇死，僅五十歲，而曾孫已能與謀殺人，無此理。尋李斯傳，乃‘召始皇弟授之璽’。集解引徐廣曰：“一本曰，召始皇弟子嬰授之璽。”疑嬰乃始皇弟子也。”則子嬰當爲胡亥的從兄弟。録以備考。　　㉔“乃稱疾”二句：上句，“不聽事”，不上朝聽羣臣奏事。下句，此傳所記與秦始皇本紀有出入。兹録本紀文以備考：“……子嬰與其子二人謀曰：‘丞相高殺二世望夷宫，恐羣臣誅之，乃佯以義立我(假作主持公道，立我爲君)。……今使我齋，見廟(到宗廟去謁見祖先)，此欲因廟中殺我。我稱病不行，丞相必自來；來則殺之。’高使人請子嬰數輩(連派了好幾個人去請子嬰)，子嬰不行。高果自往，曰：‘宗廟重事，王奈何不行！’子嬰遂刺殺高於齋宫。”　　㉕請病：猶言“問病請安"。　　㉖皆畔不適："畔"同"叛",言叛秦;"適"作"往"解。**方苞**史記注補正:"'不適',不如(往)君所(君所在之地)也。"此句謂**秦**之羣臣百官都叛秦而不到**子嬰**那兒去。　　㉗自係其頸以組："係"同"繫";"組",組綬,本是繫璽印的絲帶。此言**子嬰**自己用組綬繫了頸項,以囚犯自居。㉘降軹道旁："降",投降;"軹道",驛亭名,在今陝西省咸陽縣東北十六里。此言**子嬰**在**軹道**這一驛亭旁邊等候**劉邦**,向他投降。　　㉙因以屬吏:於是把**子嬰**交給了負責官吏。　　㉚遂以亡天下:猶言"就這樣喪失了天下"。　　主語是秦國。〔以上是第五大段,寫**胡亥**和**趙高**的結局,並附帶寫**子嬰**亡國的情況。史記評林引余有丁說:"此傳詳秦事者,所以罪**斯**之亡秦也。"恰能說明作者寫本段之意。〕

太史公曰:"**李斯**以閭閻歷諸侯①,入事**秦**,因以瑕釁以輔**始皇**②,卒成帝業。**斯**爲三公,可謂尊用矣③。**斯**知六藝之歸④,不務明政以補主上之缺⑤,持爵祿之重⑥,阿順苟合⑦,嚴威酷刑,聽**高**邪說,廢適立庶⑧。諸侯已畔,**斯**乃欲諫爭,不亦末乎⑨!人皆以**斯**極忠而被五刑死⑩,察其本,乃與俗議之異。不然,**斯**之功且與**周**、**召**列矣⑪。"

①"**李斯**以閭閻"句:"閭閻",猶"閭巷",指出身布衣。"歷諸侯",行踪經歷諸侯各國。　　②"因以"句:"瑕釁"已見前註。此言"趁六國有機可乘之時來輔佐**始皇**"。　　③"可謂"句:"尊用",受尊重,被任用。"尊"指地位高,"用"指權力重。　　④六藝之歸:猶言"六經的主旨"。按,此句指前文"學帝王之術"而言。　　⑤"不務"句:"不務",不力求;"明政",使政治修明;"補主上之缺",糾正**始皇**的過失。　　⑥持爵祿之重:"持",作"握"解,指緊緊抓住,捨不得放手。　　⑦"阿順"句:"阿"已見前註;"阿順"指曲意順從;"苟合",無原則地任意迎合。　　⑧"廢適"句:"適"同"嫡",長子,指**扶蘇**;"庶",庶出之子,指**胡亥**。　　⑨不亦末乎:"末",作"下"解,言"李斯這樣的作法已屬下策"。又,"末"作"遲"解,

⑩“人皆以”二句：上句，“極”，動詞，作“盡”、“竭”解。此言“一般人都以爲李斯爲秦盡忠而受酷刑死去，是寃屈的”。下句，“本”，究竟；“之”字疑是衍文(用李笠說)；“異”，有區別。此是反駁上句，言作者的看法，與一般俗議不同，認爲李斯罪行很大，其結果並不算寃枉。李笠說：“‘俗議’者，卽上言‘人皆以斯極忠，也。謂察其本，咎由自取，與俗說異。”　⑪“斯之功”句：“列”，並列。此句仍是反駁“俗議”的話。連上文大意是：“不然的話，如果照一般俗人的看法，那李斯的功勞豈不可以與西周的周公、召公相比了麽！”(參用史記評林增補引趙恆說)言外謂李斯是罪大而功小的。淺稚隆以爲司馬遷用周公、召公比李斯，不免失言。梁玉繩亦以此言爲悖。其實倒是他們誤解了作者的話。〔以上是第六大段，作者指出李斯的種種罪行，加以深切的責斥。〕

（九）　淮陰侯列傳

淮陰侯韓信者，淮陰①人也。始爲布衣時，貧，無行②，不得推擇爲吏③；又不能治生商賈④。常從人寄食飲⑤，人多厭之者。常數從其下鄉南昌亭長寄食⑥，數月，亭長妻患之，乃晨炊蓐食⑦。食時⑧，信往，不爲具食。信亦知其意，怒，竟絕去⑨。信釣於城下⑩，諸母漂⑪，有一母見信飢，飯信⑫，竟漂數十日。信喜，謂漂母曰：“吾必有以重報母⑬。”母怒曰：“大丈夫不能自食⑭，吾哀王孫而進食⑮，豈望報乎！”

淮陰屠中少年有侮信者，曰：“若雖長大，好帶刀劍，中情怯耳⑯！”衆辱之曰⑰：“信能死⑱，刺我；不能死，出我袴下⑲！”於是信孰視之⑳，俛出袴下㉑，蒲伏。一市人皆笑信，以爲怯。

及項梁渡淮，信仗劍㉒從之，居戲下㉓，無所知名。項梁敗，又屬項羽，羽以爲郎中。數以策干項羽㉔，羽不用。漢王之入蜀，信亡楚歸漢，未得知名。爲連敖㉕，坐法當斬㉖；其輩十三人皆已斬，次至信，信乃仰視，適見滕公㉗，曰："上不欲就天下乎㉘？何爲斬壯士！"滕公奇其言㉙，壯其貌，釋而不斬。與語，大說之㉚，言於上；上拜以爲治粟都尉㉛。上未之奇也㉜。信數與蕭何語，何奇之。

　　至南鄭㉝，諸將行道亡者數十人㉞。信度㉟："何等已數言上㊱，上不我用。"卽亡。何聞信亡，不及以聞㊲，自追之。人有言上曰："丞相何亡。"上大怒，如失左右手。居一二日，何來謁上，上且怒且喜，罵何曰："若亡，何也？"何曰："臣不敢亡也，臣追亡者。"上曰："若所追者誰？"何曰："韓信也。"上復罵曰："諸將亡者以十數㊳，公無所追；追信，詐也㊴。"何曰："諸將易得耳，至如信者，國士無雙㊵。王必欲長王漢中㊶，無所事信；必欲爭天下，非信無所與計事者㊷。顧王策安所決耳㊸！"王曰："吾亦欲東耳㊹，安能鬱鬱久居此乎㊺！"何曰："王計必欲東㊻，能用信，信卽留；不能用，信終亡耳。"王曰："吾爲公以爲將㊼。"何曰："雖爲將，信必不留。"王曰："以爲大將。"何曰："幸甚！"於是王欲召信拜之㊽。何曰："王素慢㊾，無禮，今拜大將，如呼小兒耳，此乃信所以去也。王必欲拜之，擇良日㊿，齋戒，設壇場51，具禮，乃可耳。"王許之。諸將皆喜，人人各自以爲得大將52。至拜大將，乃韓信也，一軍皆驚。

　　信拜禮畢，上坐53。王曰："丞相數言將軍，將軍何以教寡人計策？"信謝54，因問王曰："今東鄉爭權天下55，豈非項王邪？"漢王曰："然。"曰："大王自料，勇悍仁彊56，孰與項王？"漢王默然良久，曰："不如也。"信再拜賀57曰："惟信亦爲大王不如也58。然臣嘗事之，請言項王之爲人也。項王暗噁叱咤59，千人皆廢；然不能任屬賢將⑥⑩，此特匹夫之勇耳⑥⑪。項王見人恭敬慈愛，言語嘔嘔⑥⑫；人有疾病，涕泣分食飲⑥⑬。至使人有功⑥⑭，當封爵者，印刓弊⑥⑮，忍不能予。此所謂婦人之仁⑥⑥也。項王雖霸天下而臣諸侯，不居關中而都彭城，有背義帝之約，而以親愛王⑥⑦，諸侯不平。諸侯之見項王遷逐義帝⑥⑧，置江南，亦皆歸逐其主而自王善地。項王所過⑥⑨，無不殘滅者；天下多怨，百姓不親附，特劫於威彊耳⑦⑩。名雖爲霸，實失天下心。故曰其彊易弱⑦⑪。今大王誠能反其道⑦⑫，任天下武勇⑦⑬，何所不誅？以天下城邑封功臣⑦⑭，何所不服？以義兵從思東歸之士⑦⑮，何所不散？且三秦王爲秦將⑦⑥，將秦子弟數歲矣⑦⑦；所殺亡不可勝計⑦⑧；又欺其衆降諸侯⑦⑨。至新安，項王詐阬秦降卒二十餘萬⑧⑩，唯獨邯、欣、翳得脫。秦父兄怨此三人，痛入骨髓，今楚彊以威王此三人⑧⑪，秦民莫愛也⑧⑫。大王之入武關，秋毫無所害⑧⑬，除秦苛法，與秦民約，法三章耳⑧⑭，秦民無不欲得大王王秦者。於諸侯之約⑧⑮，大王當王關中，關中民咸知之⑧⑥，大王失職入漢中⑧⑦，秦民無不恨者。今大王舉而東⑧⑧，三秦可傳檄而定也⑧⑨。”於是漢王大喜，自以爲得信晚⑨⑩。遂聽信計，部署諸將所擊⑨⑪。

①淮陰：秦縣名。故城在今江蘇省淸江市東南。　②無行：“行”讀去聲，指好品行。此言韓信行爲放縱不檢，不爲鄉里所重(參用中井積德說)。　③“不得推擇”句：“推擇”，猶言“推選”。據沈欽韓說，自戰國以來，即有鄉里推選賢人爲吏之法。韓信因爲没有好品德，故不得被推選爲吏。　④治生商賈：此是倒裝句，意謂“以商賈之道治生”。“治生”，謀生。“商賈”，商人的統稱。周禮鄭玄注：“行曰‘商’(流動販賣)，處曰‘賈’(開店售貨)。”“賈”音古。　⑤“常從人”句：“從人”猶言“向人”；“寄”即“寄生”之“寄”，作“依附”、“投靠”解，此處猶言“求乞”。“食飲”，指可吃、可飲之物。此言“韓信經常向人乞討飲食”。　⑥“常數

從"句:"常",與"嘗"通,曾經;"數"讀爲朔,屢次;"下鄉",淮陰縣的屬鄉;"南昌",下鄉的亭名。"亭長"已見前項羽本紀註釋。此言韓信曾屢次投向南昌亭長那裏乞食。　　　　⑦"乃晨炊"句:"晨炊",早晨做好了飯;"蓐"同"褥",史記集解引張晏説:"未起而牀蓐中食。"言在牀上就把飯吃了。又,王引之經義述聞釋"蓐食"爲"飽餐"、"多食",則此處言"亭長夫婦一早就把飯吃飽,可以到午飯時不再進餐。"亦可通。　　　　⑧"食時"三句:到了吃飯的時候,韓信去了,也不給他準備食物。　　　　⑨怒,竟絶去:韓信一怒,竟與他們斷絶關係,不再來往。　　　　⑩"信釣"句:"釣",釣魚,韓信蓋以釣魚爲生。史記正義:"淮陰城北臨淮水,昔信去下鄉而釣於此。"　　　　⑪諸母漂:"母",古代對年長婦女的尊稱;"諸母",很多婦女。"漂"讀上聲,史記集解引韋昭説:"以水擊絮爲'漂'。"即在水中拍洗綿絮。　　　　⑫"飯信"二句:上句,"飯"讀上聲,作"飼"解,言漂母把飯給韓信吃。下句,是倒裝句,應置"飯信"句上。"竟漂",言"直到把漂絮的工作做完","數十日"指漂母在水邊漂絮達數十日之久。吳見思説:"直至漂完,數十日皆飯信也。"　　　　⑬有以重報母:"有以"猶"有所";"重報",厚厚地報答。　　　　⑭自食:自己養活自己。"食"讀去聲。　　　　⑮"吾哀"句:"王孫",史記集解引蘇林説:"如言'公子'也。"史記索隱引劉德説:"言王孫、公子,尊之也。"按,此寫漂母看韓信不像平常人,故稱他爲"王孫"。又李慈銘説:"韓信史不言其所出,蓋亦韓後也。潛夫論言:韓亡,子孫散處江、淮間。……此信所以爲淮陰人,蓋以國爲氏者。故漂母稱之曰'王孫',以其爲王者後也。……"(見越縵堂讀史札記)亦可備一説,錄以供參考。　　　　⑯中情怯耳:只不過是由於內心很怯懦罷了。　　　　⑰"衆辱"句:"衆辱",漢書顏注:"於衆中辱之。"言"屠中少年當着很多人侮辱韓信"。　　　　⑱"信能死"二句:大意是:"你果真不怕死,就用劍刺死我。"按,某些選本標點此篇,於此句"信"字皆加專名號,指韓信。疑此"信"字當作"誠然"、"果真"解,語氣較順。　　　　⑲袴下:一本作"胯下",漢書作"跨下"。作"胯"、"跨"近是。此句言"從我兩腿間爬過去"。　　　　⑳執視之:"孰"同"熟"。此寫韓信考慮再三,故對這少年熟視良久。　㉑"俛出"二句: 上句,"俛"同"俯","俯出",低頭鑽了過去。下句:"蒲伏",同"匍匐",在地下爬行。　㉒仗劍: 一本"仗"作"杖",作"持"解。此言"韓信拿着兵器去參加義軍"。漢書顏注:"言直(僅)帶一劍,更無餘資。"　㉓"居戲下"二句: 上句,"戲下"卽"麾下",指項梁的部下。下句,言韓信連姓名都不被人知道。下文"未得知名"義與此略同。　㉔"數以策"句:"干",求見。此言韓信"屢次向項羽獻策"。　㉕連敖: 官名。舊注據史記高祖功臣侯年表,解爲"典客"之官,卽接待賓客的官員。疑非是。周壽昌説:"功臣表 (按,指漢書高惠高后文功臣表)作'入漢爲連敖票客',史記功臣表 (按,卽高祖功臣侯年表)作'連敖典客'。索隱云:'典客,漢表作粟客。'知'票'字本作'粟'也。"王駿圖説:"考'敖'與'廒'同。'連敖'者,必主倉廒之官,其職甚微。及滕公言於上,乃拜以爲治粟都尉,則猶拘資格而推升之耳。故知'連廒'亦治粟之官也。"今按,周氏考"票客"應作"粟客",是。"粟客"自與管理糧餉的事有關。王氏以"連敖"爲糧官,正與"粟客"相合,其説似可從。　㉖"坐法"句:"坐法",因過失而犯法。　㉗滕公: 卽夏侯嬰,見前項羽本紀註釋。　㉘"上不欲"句:"就",成就,造就。"就天下"猶言"得天下"、"統一天下"。㉙"滕公奇其言"二句:"奇",驚奇;"壯",器重。此言韓信的話使夏侯嬰感到驚奇;韓信的像貌也使他很器重,因而覺得韓信是個奮發有爲的人。　㉚大説之:"説"同"悦"。　㉛"上拜"句:"上"指劉邦;"拜",任命,授給官位。"治粟都尉",官名。按,"都尉"本武職;漢書百官公卿表有"治粟内史",掌穀貨;則"治粟都尉"當是管糧餉的軍官。　㉜"上未"句:"未之奇",卽"未奇之",言劉邦並未重視韓信。　㉝南鄭: 卽今陝西省南鄭市,當時爲漢之都城。　㉞"諸將行"句:"行"讀爲杭,作"輩"、"等"解,"諸將行"猶言"諸將等"、"諸將輩";"道亡",半路上逃走。周壽昌説:"至南鄭,爲高祖元年(公元前二〇六年)夏四月。時項王立沛公爲漢王,都南鄭。諸將及士卒皆思東歸,故多道亡。"　㉟信度:"度"

音奪，揣想，推測。　　㊱"何等"二句：言"蕭何等人大概已經好多次同劉邦説了，劉邦不我用"。"不我用"猶言"不用我"。　　㊲不及以聞：來不及把韓信逃走的情形告知劉邦。　　㊳"諸將亡者"二句：上句，"以十數"的"數"讀上聲，猶言"數字以十計"，即好幾十個。下句，言"你没有追任何一人"。　　㊴追信，詐也：言"蕭何藉口去追韓信是説謊話"。　　㊵國士無雙："國士"，漢書顏注："爲國家之奇士。""無雙"，意謂"再没有人可以同他相比"。　　㊶"王必欲"二句：上句，"長王漢中"，永遠在漢中爲王。下句，王駿圖説："'事'猶'用'也。'無所事'者謂無用之，猶言'用不着'也。"此言"你如果胸無大志，只想在漢中長久稱王，那自然用不着韓信"。　　㊷"非信"句：言"除了韓信，再没有可以同你商量國家大事的人了"。　　㊸"顧王策"句："顧"，但；"安"，何。此言"只看你的計策怎樣決定了"。"策"指"長王漢中"和"争天下"兩條道路。　　㊹吾亦欲東耳：言"我也想向東發展啊"。　　㊺"安能"句："鬱鬱"，形容愁悶失意的狀詞。文選五臣注："愁心滿結也。"　　㊻"王計"三句：大意是："你如果打算一定向東發展，並且能用韓信，那麼他就可以留下。"　　㊼"吾爲公"句："爲公"，猶言"看你的情面"。此言"我看在你的分上用他做將領吧"。　　㊽欲召信拜之：把韓信招唤前來，任命他爲將。　　㊾"王素慢"二句：言"你平日一向對人傲慢，没有禮貌"。　　㊿擇良日：選擇一個吉利的日子。　　51"設壇場"二句：上句，"壇場"，漢書顏注："築土爲壇，除地爲場。"按，"壇"即土台，"場"即廣場。下句，言"具備拜大將的儀式"。　　52"人人"句："得"，指被選中、被獲取。"得大將"，瀧川資言説："言己必爲大將。"意謂"每一個將領都各自以爲自己要受命做大將了"。"大將"猶後世所謂"元帥"。　　53上坐："上"指劉邦。按，劉邦在拜將時是不能坐的，及拜將以後，劉邦才落坐。中井積德説："言壇上拜時之禮已畢，漢王乃延入見之與坐也。"　　54謝：辭讓，謙謝。
55"今東鄉"二句："鄉"同"嚮"，"東嚮"猶言"向東方"。"權"，指掌握天下的政權。此二句大意是："現在你打算向東方發展，想争奪天下霸權，你的

敵手豈不就是項羽麼？”　　㊶勇悍仁彊：“勇”，勇敢；“悍”，兇狠；“仁”，
王伯祥說：“良也。‘仁彊’兼有精良與強盛的意義。”“勇悍”指人的情性；
“仁彊”指兵的實力（用王伯祥說）。　　㊷賀：作“嘉”解，猶今言“嘉獎”、
“贊揚”。王念孫廣雅疏證：“‘嘉’與‘賀’古同聲而通用。覲禮：‘予一人
嘉之。’鄭注云：‘今文“嘉”作“賀”。’晉語：‘賀大國之襲於己。’說苑辨物
篇‘賀’作‘嘉’。皆是也。”此寫劉邦能知己知彼，故韓信表示贊佩。
　　㊸“惟信”句：一本“亦爲”作“亦以爲”，是。“惟”，漢書韓信傳作“唯”；
“惟”、“唯”都是“雖”的假借字。王念孫說：“‘唯信亦以爲大王弗如也’，
當作一句讀。‘唯’讀爲‘雖’，言非獨大王以爲弗如，雖信亦以爲弗如也。
‘雖’字古多借作‘唯’，又借作‘惟’。……”按，王說是。　　㊹“項王暗
噁”二句：上句，“暗噁”讀爲 yīnwū，發怒聲；“叱咤”音七詫，訶斥聲。下
句，“廢”，作“退”解（用王駿圖說）。楊樹達漢書窺管：“垓下之役，羽叱漢
將楊喜，喜人馬俱驚，辟易數里。是其例也。”項羽本紀之“辟易”，正“廢”
釋爲“退”之一證。但王伯祥釋“廢”爲“不振”、“癱瘓”，亦可通。　　㊺任
屬賢將：“任屬”，信任委託。　　㊻“此特”句：“匹夫”，本指一個男子，
引申爲“庶人”之意，猶今言“普通人”、“平常人”。“匹夫之勇”，指小勇。
孟子梁惠王下：“此匹夫之勇，敵一人者也。”朱熹注：“小勇，血氣所爲。”
此言“項羽之勇，不過是普通人憑一時血氣衝動，並無大用”。　　㊼嘔
嘔：漢書作“姁姁”，皆讀爲 xūxū，形容言語溫和的狀詞。　　㊽“涕泣”
句：言“項羽因同情別人的痛苦而流淚，並且把自己應吃的食物分給病
人”。　　㊾“至使人”二句：“使人”，猶言“用人”。此言“至於所任用的
人立了功，應該封給他爵位的”。　　㊿“印刓弊”二句：“刓”一作“抏”，
與“玩”同，作“搏”解，指在手中摩弄；“弊”，作“壞”解。“予”，給予，授與。
漢書顏注引蘇林說：“手弄角（印角）訛（壞），不忍授也。”此言“項羽慳吝
成性，刻好了印信，在自己手中摩弄得把印角都磨滅了，還捨不得授給應
該受封的人”。　　(51)婦人之仁：“仁”，猶言“性格”。王伯祥說：“言只是
一味婆子氣，不識大體。”　　(52)而以親愛王：並且把自己所親信、偏愛的

人分封爲王。按，舊本斷句在下句"諸侯"下，作"以親愛王諸侯，不平"；疑非是。兹依王伯祥史記選，以"諸侯"屬下句，言"項羽這種私心使諸侯忿怒不平"。　⑱"諸侯之見"三句：言"諸侯看到項羽把義帝遷徙驅逐，安置在大江以南僻遠之處，於是也都回到自己國境以內，把自己的國君逐走，然後挑揀一處好地方自立爲王了"。　⑲"項羽所過"二句：言"凡是項羽所到的城邑，没有不殘破毁滅的"。　⑳"特劫"句：漢書"彊"下有"服"字，是。"特"，不過；"劫"，被脅迫；"彊"讀上聲，勉强。王念孫說："'彊'讀'勉强'之'强'，'彊'下當有'服'字。'劫於威'三字連讀，'彊服'二字連讀。言百姓非心服項王，特劫於威而彊服耳。下文云：'今楚彊以威王此三人，秦民莫愛也。'語意正與此同。今本脱去'服'字，則當以'威彊'連讀，而讀'彊'爲'强弱'之'强'，非其指矣。……"按，王說是。此言"不過爲項羽的淫威所脅制，勉强服從罷了"。　㉑"故曰"句：此是韓信的判斷語。"彊"讀平聲。大意是："我所以說，項羽目前雖强，其實很快就會弱的。"　㉒誠能反其道：果然能一改項羽的做法。　㉓"任天下"二句：言"只要是天下的英武勇敢之人，你就任用他，還有什麼敵手會不被你誅滅？"　㉔"以天下城邑"二句：言"你把天下的城邑分封給爲你立功的臣子，還有什麼人會不服從你？"　㉕"以義兵"二句："義兵"，指劉邦手下所率領的站在正義立場的軍隊。按，史記高祖本紀："漢王之國(到自己的領土去)，項王使卒三萬人從。楚與諸侯之慕從者(楚國和其它諸侯手下因欽慕劉邦而跟着他的)數萬人。……至南鄭，諸將及士卒多道亡歸，士卒皆歌思東歸。韓信說(勸說)漢王曰：'項羽王諸將之有功者，而王獨居南鄭，是遷也(等於被貶謫一樣)。軍吏士卒，皆山東之人也，日夜跂(提着脚跟)而望歸，及其鋒(趁着他們還精銳的時候)而用之，可以有大功；天下已定，人皆自寧，不可復用。不如決策東鄉，爭權天下。'……"則知此處的"思東歸之士"指原屬項羽而今屬於劉邦手下的士兵。"從"，跟從，引申有"加上"之意。"散"，瓦解，潰敗。此言"率領着正義之師加上思念家鄉的軍隊去打仗，還有什麼人會不被你打敗?"王伯祥説:"'何所不誅'……'何所不服'和'何所不散',説法完全相同。……但'誅滅'和'打散'是指的敵人方面,'心服'是指的自己方面。"　⑯"且三秦王"句:"三秦王"指當時秦地的三個王,卽雍王章邯、塞王司馬欣和翟王董翳。他們本來都是秦國的將領。餘已詳前項羽本紀。　⑰"將秦"句:言"章邯等三人率領着秦國當地的子弟出來戰争已有好幾年了"。　⑱"所殺亡"句:言"章邯等所帶領的士兵,死的、逃的已不計其數"。　⑲"又欺其衆"句:言"章邯等又欺騙了部下的羣衆,投降了項羽"。"諸侯",泛指秦末起義的各路領袖。此是站在與秦相對立的立場的一種提法。　⑳"項王詐阬"句:事見項羽本紀。　㉑"今楚"句:現在項羽勉强地用威力脅迫着秦國人民,封這三個人在秦地爲王。　㉒"秦民"句:秦國人民是不愛戴這三個人的。　㉓"秋毫"句:一絲一毫也没有侵害秦國人民。"秋毫"已見前孟子齊桓晉文之事章註釋。　㉔法三章耳:不過只有三項法令而已。按,史記高祖本紀:"漢元年,十月,沛公……遂西入咸陽。……召諸縣父老、豪傑曰:'父老苦秦苛法久矣,誹謗者族,偶語者棄市。吾與諸侯約:"先入關者王之。"吾當王關中。與父老約,法三章耳——殺人者死,傷人及盗,抵罪。餘悉除去秦法,諸吏人皆案堵(安寧)如故。凡吾所以來,爲父老除害,非有所侵暴:無恐!'……"所謂"法三章",卽指"殺人者死"三款。　㉕"於諸侯"二句:指"先入關者王之"的約言。見上註及項羽本紀。　㉖咸知之:"咸",完全,都。　㉗"大王失職"句:"失職"已見項羽本紀註釋,言"失掉應得的封爵"。　㉘舉而東:"舉",舉兵,起兵;"東",向東來。　㉙"三秦可"句:"傳",從驛站遞送;"檄"音 xí,一尺二寸長的木簡。古代有戰争,以木簡載文告傳示各地,叫做"檄"。此言"只要送出一道文書就可以收服三秦"。史記會注考證引史記正義:"'傳檄而定',不用兵革也。"　㉚得信晚:得到韓信太遲了。　㉛"部署"句:"部署",安排,佈置;"所擊",所要攻打的目標。〔以上是第一大段,寫韓信早年貧苦的處境及其爲劉邦任命爲大將的經過。〕

八月，漢王舉兵東出陳倉①，定三秦。

漢二年②，出關，收魏、河南③，韓、殷王皆降④；合齊、趙共擊楚⑤。

四月，至彭城，漢兵敗散而還。信復收兵⑥與漢王會滎陽，復擊破楚京、索之間，以故楚兵卒不能西⑦。漢之敗卻彭城⑧，塞王欣、翟王翳亡漢降楚，齊、趙亦反漢與楚和。

六月，魏王豹謁歸視親疾⑨，至國，即絕河關反漢⑩，與楚約和。漢王使酈生說豹⑪，不下。

其八月，以信爲左丞相，擊魏。魏王盛兵蒲坂⑫，塞臨晉⑬，信乃益爲疑兵⑭，陳船欲度臨晉⑮，而伏兵從夏陽以木罌缻渡軍⑯，襲安邑⑰。魏王豹驚，引兵迎信⑱，信遂虜豹，定魏，爲河東郡。

漢王遣張耳與信俱⑲，引兵東，北擊趙、代⑳。後九月㉑，破代兵，禽夏說閼與㉒。

信之下魏破代，漢輒使人收其精兵㉓，詣滎陽以距楚。

信與張耳以兵數萬，欲東下井陘㉔擊趙。趙王、成安君陳餘聞漢且襲之也㉕，聚兵井陘口，號稱二十萬。廣武君李左車㉖說成安君曰：“聞漢將韓信涉西河㉗，虜魏王，禽夏說，新喋血閼與㉘；今乃輔以張耳，議欲下趙㉙，此乘勝而去國遠鬬㉚，其鋒不可當。臣聞千里餽糧㉛，士有饑色；樵蘇後爨㉜，師不宿飽。今井陘之道，車不得方軌㉝，騎不得成列㉞，行數百里㉟，其勢糧食必在其後。願足下假㊱臣奇兵三萬人，從間道絕其輜重㊲。足下深溝高壘㊳，堅營勿與戰。彼前不得鬬，退不得還，吾奇兵絕其後，使野無所掠㊴，不至十日而兩將之頭可致於戲下㊵。願君留意臣之計｜否㊶，必爲二子所禽矣。”成安君，儒者也㊷，常稱“義兵不用詐謀奇計㊸”，曰：

"吾聞兵法：'十則圍之㊺，倍則戰．'今韓信兵號數萬，其實不過數千；能千里而襲我㊻，亦已罷極㊼，今如此避而不擊㊽，後而大者㊾，何以加之㊿則諸侯謂吾怯㊾，而輕來伐我。"不聽廣武君策。廣武君策不用㊿，韓信使人間視㊶，知其不用㊷，還報，則大喜㊸，乃敢引兵遂下㊹。未至井陘口三十里，止舍㊺夜半傳發㊻，選輕騎㊼二千人，人持一赤幟㊽，從間道萆山而望趙軍㊾，誡曰㊿："趙見我走，必空壁逐我㊱；若疾入趙壁㊲，拔趙幟立漢赤幟。"令其裨將傳飧㊳，曰："今日破趙會食㊴。"諸將皆莫信，詳應曰㊵："諾。"謂軍吏曰㊶："趙已先據便地爲壁㊷；且彼未見吾大將旗鼓㊸，未肯擊前行；恐吾至阻險而還㊹。"信乃使萬人先行，出㊿，背水陳㊱，趙軍望見而大笑㊲。平旦㊳，信建大將之旗鼓㊴，鼓行出井陘口。趙開壁擊之，大戰良久。於是信、張耳詳棄鼓旗，走水上軍㊵；水上軍開入之㊶，復疾戰。趙果空壁爭漢鼓旗，逐韓信、張耳。韓信、張耳已入水上軍，軍皆殊死戰㊷，不可敗；信所出奇兵二千騎，共候趙空壁逐利㊸，則馳入趙壁，皆拔趙旗，立漢赤幟二千㊹。趙軍已不勝，不能得信等，欲還歸壁；壁皆漢赤幟，而大驚㊿，以爲漢皆已得趙王將矣㊱。兵遂亂，遁走，趙將雖斬之㊲，不能禁也。於是漢兵夾擊，大破，虜趙軍，斬成安君泜水上㊳，禽趙王歇。

信乃令軍中毋殺廣武君㊴，有能生得者購千金㊵。於是有縛廣武君而致戲下者，信乃解其縛，東鄉坐㊶，西鄉對，師事之。

諸將效首虜㊷，休㊸，畢賀，因問信曰："兵法：'右倍山陵㊹，前左水澤。'今者將軍令臣等反背水陳，曰：'破趙會食。'臣等不服。然竟以勝，此何術也？"信曰："此在兵法，顧諸君不察耳。兵法不曰'陷之死地而後生㊿，置之亡地而後存'？且信非得素拊循士大夫也⑨①,此所謂驅市人而戰之⑨②,其勢非置之死地⑨③,使人人自爲戰;今予之生地⑨④,皆走,寧尚可得而用之乎⑨⑤?”諸將皆服,曰:“善。非臣所及也!”

於是信問廣武君,曰:“僕欲北攻燕,東伐齊,何若而有功(96)?”廣武君辭謝,曰:“臣聞敗軍之將,不可以言勇;亡國之大夫(97),不可以圖存。今臣敗亡之虜(98),何足以權大事乎?”信曰:“僕聞之,百里奚居虞而虞亡(99),在秦而秦霸;非愚于虞而智于秦也(100),用與不用,聽與不聽也。誠令成安君聽足下計,若信者,亦已爲禽矣(101)。以不用足下,故信得侍耳(102)。”因固問曰(103):“僕委心歸計(104),願足下勿辭。”廣武君曰:“臣聞智者千慮(105),必有一失;愚者千慮,必有一得。故曰狂夫之言(106),聖人擇焉。顧恐臣計未必足用,願效愚忠。夫成安君有百戰百勝之計,一旦而失之,軍敗鄗下(107),身死泜上。今將軍涉西河,虜魏王,禽夏説閼與,一舉而下井陘,不終朝(108)破趙二十萬衆,誅成安君。名聞海内,威震天下。農夫莫不輟耕釋耒(109),褕衣甘食,傾耳以待命者。若此,將軍之所長也。然而衆勞卒罷,其實難用。今將軍欲舉倦獘之兵(110),頓之燕堅城之下,欲戰恐久(111),力不能拔;情見勢屈(112),曠日糧竭。而弱燕不服(113),齊必距境以自彊也。燕、齊相持而不下(114),則劉、項之權,未有所分也。若此者,將軍所短也。臣愚,竊以爲亦過矣(115)。故善用兵者,不以短擊長(116),而以長擊短。”韓信曰:“然則何由(117)?”廣武君對曰:“方今爲將軍計(118),莫如案甲休兵,鎮趙,撫其孤。百里之内,牛酒日至(119),以饗士大夫、醳兵(120)。北首燕路(121),而後遣辯士奉咫尺之書(122),暴其所長於燕(123),燕必不敢不聽從。燕已從,使諠言者東告齊(124),齊必從風而服;雖有智者(125),亦不知爲齊計矣。如是,則天下事皆可圖也。

兵固有先聲而後實者⑫，此之謂也。”韓信曰：“善。”從其策。發使
使燕⑰，燕從風而靡。

　　乃遣使報漢，因請立張耳爲趙王，以鎮撫其國。漢王許之，乃
立張耳爲趙王。

　　　①陳倉：秦縣名，故城在今陝西省寶雞縣東。　　　②漢二年：卽公元
前二〇五年。　　　③收魏、河南：“收”，收服。“魏”指魏王豹；“河南”指
河南王申陽。按，史記魏豹彭越列傳：“漢元年，項羽封諸侯，欲有梁地；
乃徙魏王豹於河東，都平陽（故城在今山西省臨汾縣南），爲西魏王。漢
王還定三秦，渡臨晉（詳下註），魏王豹以國屬焉。遂從擊楚於彭城。”又
高祖本紀：“二年，漢王東略地，塞王欣、翟王翳、河南王申陽皆降。”可與
此互參。　　　④“韓、殷王”句：“韓王”指鄭昌，爲項羽所封，至此降漢。
“殷王”爲司馬卬，爲漢所俘虜。均見高祖本紀。　　　⑤“合齊”句：一本
“趙”下有“兵”字。“齊”指齊王田榮，“趙”指趙王歇及陳餘。是時皆叛楚
從漢。　　　⑥收兵：收集潰卒。　　　⑦“以故”句：因此楚國軍隊始終不
能西進。　　　⑧敗卻彭城：自彭城敗退。　　　⑨謁歸視親疾：“謁歸”，告
假回家；“視親疾”，探望母親的病（“親”指魏豹的母親，見漢書顏注）。
⑩“卽絶”句：“絶”，斷絶交通；“河關”，卽臨晉關，又名蒲津關，在今山西
省永濟縣西，陝西省朝邑縣東的黃河西岸。此言“魏豹斷絶漢軍的退路，
背叛劉邦”。　　　⑪“漢王使酈生”二句：“酈生”卽酈食其（已見前留侯世
家註釋）；“不下”，不能說服魏豹投降。按，魏豹彭越列傳：“酈生說豹。豹
謝曰：‘人生一世間，如白駒過隙耳。今漢王慢而侮人，罵詈諸侯羣臣，如
罵奴耳，非有上下禮節也。吾不忍復見也。’……”可與此互參。　　　⑫盛
兵蒲坂：“蒲坂”，本戰國時魏邑，故城卽今山西省永濟縣西舊蒲州北三
十里的虞都鎮。此言魏豹把重兵駐紮在蒲坂。　　　⑬塞臨晉：與上文
“絶河關”同義。“塞”，堵塞。沈欽韓說：“蒲坂在河東岸，臨晉在河西岸，
塞其渡河處也。”按，漢書韓信傳：“信問酈生：‘魏得毋用周叔爲大將乎？’

曰：'栢直也。' 信曰：'豎子耳。' 遂進兵擊魏。"爲史記所未載，錄以備考。

⑭益爲疑兵："益"，增加；"疑兵"，聲東擊西的戰術，所謂"示形在彼，而攻于此"(見通典)。史記集解引漢書音義："益張旌旗，以疑敵者。"　　⑮"陳船"句："陳船"，史記索隱："陳列船艘，欲渡河也。""庋"同"渡"。王伯祥説："排列船隻在臨晉關，好像要在那裏渡河東攻，這就是疑兵。"⑯"而伏兵"句："夏陽"，秦縣名。本魏之少梁邑，故城在今陝西省韓城縣南。"罌"音嬰，本是盛酒用的大腹小口的瓶子；"瓴"同"缶"，音 fǒu，盛酒的盆類，亦瓦器。"木罌瓴"，漢書顏注引韋昭説："以木爲器，如罌缶也。"即木製的盆甕之類。王伯祥以爲"相當於木桶"，近是。中井積德説："罌缶本瓦器，或鑿木爲之。時人家多有之，故取用之也。以索縛之，浮于水上，可緣以渡矣。"瀧川資言説："言陽(表面上)列兵陳船，示敵以欲渡臨晉，而陰(暗中)自夏陽渡軍也。"王伯祥説："預備着的伏兵卻從上游夏陽地方用木桶偷偷地渡河。……不用船而用木桶，正欲保密，不使敵人注意。"　　⑰襲安邑："襲"，偷偷佔領。"安邑"，本戰國時魏都，至漢時置縣，即河東郡的郡治。故城在今山西省安邑縣東北。楊樹達説："今山西安邑縣治相去里許有古城，名魏豹城，相傳爲信虜豹處也。"⑱迎信：中井積德説："逆戰也。"　　⑲與信俱：與韓信一同去。　　⑳趙、代："趙"指趙王歇，"代"指陳餘。按，史記張耳陳餘列傳："陳餘……復收趙地，迎趙王(即歇，爲項羽徙封於代)於代，復爲趙王。趙王德陳餘，立以爲代王。陳餘爲趙王弱，國初定，不之國，留傅趙王；而使夏説(音悦)以相國守代。"則趙、代實爲一體。　　㉑後九月：即漢二年的閏九月。　　㉒"禽夏説"句："禽"同"擒"，下同。"夏説"已見上註。"閼與"見前廉藺列傳註釋。　　㉓"漢輒使人"二句："收"，調走；"距"同"拒"。按，此寫劉邦對韓信一直有戒心，經常控制或收取他的兵權。讀下文自知。故韓信此次獲勝之後，劉邦便用攻楚的藉口分其兵力。又按，漢書韓信傳載韓信平魏之後，向劉邦要求增兵三萬人，劉邦給了他。此寫漢"收其精兵"，當是破代之後，劉邦又把這支兵力調走。下文陳餘言"今韓

信兵號數萬，其實不過數千，可證其兵力之少。　　㉔井陘：即下文的井陘口，爲"太行八陘"之一。今河北省井陘縣東北井陘山上的井陘關，即其地。　　㉕"趙王"句："成安君"，陳餘的封號；"且襲之"，將要來攻取趙國。　　㉖廣武君李左車：趙之謀臣。"廣武君"是李左車的封號。㉗西河：指夏陽北邊的龍門河，在今陝西省大荔縣境内。　　㉘新喋血閼與："喋"，"蹀"之假借字，音蝶，作"踐履"、"踐踏"解。"蹀血"，段玉裁說："謂流血滿地，污足下也。"(見說文解字注) 此言"閼與地方新有戰事，殺人極多，人從血泊中踐踏而過"。　　㉙議欲下趙：商量着打算攻下趙國。　　㉚"此乘勝"二句：言"韓信等趁着戰勝的餘威離開國都向遠地進兵，軍隊的銳氣是不可抵擋的"。　　㉛"臣聞千里"二句：言"從千里以外運送糧餉來供給士兵食用，是非常困難的，士兵自不免有挨餓的危險"。　　㉜"樵蘇"二句：此承上二句而言。"樵"指打柴，"蘇"指打草；"爨"，點火做飯；"宿飽"，經常吃飽。此言"既然糧食缺乏，只靠就地打一點柴草燒飯，軍隊是不可能經常吃飽的"。按，以上四句見黃石公三略卷上。　　㉝方軌：兩車並行。按，此極寫井陘道路之狹窄。　　㉞"騎不得"句：馬隊也無法排成行列。　　㉟"行數百里"二句：此承上文而言。謂路窄人多；勢必單行魚貫進行，走上幾百里路，糧食必然落在隊伍後面。　　㊱假：暫時付給。　　㊲"從間道"句："間道"，一本作"間路"，指小路，近路；"絶"，攔截；"輜重"，泛指一切的軍需品，包括武器、糧草、器材等在内。　　㊳"足下"二句：上句，"深溝"，深掘戰壕；"高壘"，高築營壁。下句，"堅營"，堅守陣地。　　㊴野無所掠：野外連一點可掠搶的東西都沒有。　　㊵"不至十日"句："兩將"，指韓信、張耳；"致"，送到；"戲下"見前註。此言用不了十天就可以把韓信、張耳殺死。　　㊶"否"二句：不然的話，你一定被他們兩人所擒。　　㊷儒者也：按，張耳陳餘列傳："陳餘者，亦大梁人也。好儒術。"可與此互參。王伯祥說："'儒者'猶言'書生'。此有迂腐不知通變之意。"　　㊸"常稱"句：大意是："陳餘常說：'只要是正義之師，戰争時用不着講戰略戰術。'"　　㊹"十則"二句：

一本下句“戰”下有“之”字，據王念孫、張文虎考訂，是衍文。此二句出於孫子謀攻篇：“故用兵之法：十則圍之，五則攻之，倍則分之；敵則能戰之，少則能逃之，不若則能避之。”此處所引略有出入。上句言“有十倍於敵人的兵力則可以包圍敵人”。下句言“有一倍於敵人的兵力就可以較量一番”。按，觀下文之意，陳餘引此二語乃指韓信連一倍於自己的兵力都沒有，自應與他交戰，正與李左車“堅營勿與戰”之計相反。　㊺“能千里”句：“能”，與“乃”通（見王引之經傳釋詞），作“竟”解。王念孫說：“案此‘能’字非‘才能’之‘能’，‘能’猶‘乃’也。言信兵不過數千，乃千里而襲我，亦已疲極也。……‘乃’與‘能’古聲相近，故義亦相通。”此言“韓信竟遠道來攻趙國”。　㊻罷極：“罷”同“疲”（下文“衆勞卒罷”的“罷”與此同義），“極”作“竭”、“盡”解，不是副詞；“疲極”，猶言“精疲力竭”。㊼“今如此”句：大意是：“現在像韓信這樣微弱的兵力，我們就迴避而不去迎擊他。”　㊽“後而大者”二句：“加”，勝過。此言“以後如果有比韓信更強大的敵人前來，我們將怎樣勝過他呢？”　㊾“則諸侯”二句：此二句承“今如此避而不擊”句而言。大意是：“如果我們迴避韓信，則諸侯要説我們太怯弱了，就會輕易地來攻打我們。”　㊿“廣武君策”句：按，此句與上句“不聽廣武君策”重複。李慈銘說：“案，上‘廣武君策’四字當衍。漢書無下‘廣武君策不用’句。然此上當讀‘不聽’爲句，然後云‘廣武君策不用’，方與下文‘知其不用’相應。”按，李說近是，錄以備考。(51)間視：乘機探聽。　(52)“知其”二句：主語是韓信派去探聽消息的人，“其”指“廣武君”。此言“探聽的人知道廣武君的計策未被採用，就回來報告韓信”。中井積德主張在此句“不用”下添“廣武君”三字，實未解此文原意。　(53)則大喜：“則”，猶“乃”。“大喜”的主語是韓信。　(54)引兵遂下：“遂下”，逕直走了下去。史記正義：“引兵出井陘狹道，出趙。”(55)止舍：停下來紮營。　(56)傳發：傳令軍中，行動起來。　(57)輕騎：輕裝的騎兵。取其行進迅速。　(58)“人持”句：每人拿着一面紅旗。按，下文言“立漢赤幟”，則紅旗卽漢軍所用的旗幟。　(59)“從間道”句：

“草”同“蔽”,隱蔽,遮掩。史記索隱:“謂令從間道小路向前,望見陳餘軍營,卽住。仍須隱山自蔽,勿令趙軍知也。”方苞説:“使依山用草木自蔽,而望趙軍之出入也。登山,故能望遠;有蔽,故趙軍不覺。”　　⑥誡曰:下命令説。　　　　⑥空壁逐我:全體軍士出來追漢軍,只賸一座空營。

⑥若疾入趙壁:你們趕快進入趙軍的營内。　　　　⑥“令其”句:此句主語是韓信。“裨將”已見項羽本紀註釋。王伯祥説:“猶今部隊中的副官。”“飧”同“餐”,如淳説:“小飯曰‘飧’。”(見史記集解引,下同。)猶今言“點心”。“傳餐”,言出發以前,由裨將分頭傳送一點食物給士兵充飢。

⑥“今日破趙”句:如淳説:“言破趙後乃當共飽食也。”意謂趙軍很快就可攻破,等戰鬥結束,再正式集合用飯。　　　　⑥“詳應”二句:諸將對韓信的估計不相信,但又不能違反軍令,只好假意答應。“詳”同“佯”。

⑥謂軍吏曰:主語是“諸將”;“軍吏”,是韓信的執事軍官(用王伯祥説)。按,此寫韓信用兵,亦採納羣衆意見。　　　　⑥“趙已”句:言“趙軍已先佔據了形勢便利的地方紮下營壘”。　　　　⑥“且彼”二句:“旗鼓”,旗號和儀仗鼓吹;“前行”,先遣部隊。“行”讀爲杭。言“趙軍如果没有看到我軍主將的旗號和儀仗,是不肯攻打我們的先遣部隊的”。中井積德説:“趙必不擊先行者,恐韓信中途而還,不可擒殺也。其必見大將旗鼓而出兵也。”

⑥“恐吾至”句:漢書韓信傳此句無“至”字。此言“趙軍所以不出攻我們的先遣部隊,是怕我們到了山路險狹之處就退回來”。王念孫説:“‘恐吾阻險而還’者,趙軍恐漢軍阻險而還也。……下文‘使萬人先行,出’,正所謂‘前行’也;而趙軍不擊之,正所謂‘未見大將旗鼓,未肯擊前行’也。……”其説甚明晰。　　　　⑦出:指出井陘口。方苞説:“‘先行,出’,爲句。使萬人先行,出井陘口,背水而陣,然後信鼓行以出也。”　　　　⑦背水陣:面向着趙軍,背向着河水,排開了陣勢。因此只有進路,没有退路。史記正義:“綿蔓水……自并州流入井陘界,卽信背水陣,陷之死地,卽此水也。”按,“綿蔓水”發源於山西省壽陽縣東,東流入河北省井陘縣南,然後流入滹沱河。　　　　⑦“趙軍望見”句:沈欽韓説:“尉繚子天官曰:‘背水

陣爲絕地。……'按，陳餘知兵法，故趙軍笑其陣也。"　　⑦平旦：天剛亮的時候。　　⑭"信建"二句：上句，"建"，指打起大旗，敲起大鼓。下句，"鼓行"，擊着鼓向前行進。　　⑮走水上軍：趕快退到水邊的陣地上。　　⑯開人之：打開陣勢，讓韓信所帶的人馬進入陣地。　　⑰"軍皆"二句：上句，"殊"，漢書顏注："絕也，謂決意必死。"此言"兵士都拼了死命作戰"。下句，言"不允許戰敗"。意謂如果戰敗，就沒有退路了。⑱"共候"句：都等候着趙軍全體出營，追逐漢軍，形勢十分順利。⑲"立漢"句："立"，插上。"赤幟二千"，兩千面紅旗。　　⑳而大驚："而"，與"乃"同，作"始"解（用楊樹達說）。　　㉑"以爲漢"句：趙軍以爲漢軍把趙王手下的將領們都擒獲了。　　㉒"趙將雖斬"二句：言"趙國的將領雖然把逃兵捉來斬首，仍不能禁止士兵們潰散奔跑"。　　㉓泜水上："泜水"，水名，源出河北省元氏縣西。"泜"音遍。郭嵩燾說："案水經注，'泜水'卽井陘山水，世謂之鹿泉水。東北流，屈經陳餘壘，又東注縣蔓水。"錄以備考。　　㉔毋殺廣武君：不准殺害李左車。　　㉕"有能"句："購"，懸賞。此言"有人能活捉李左車的給以千金的獎賞"。　　㉖"東鄉坐"三句："鄉"同"嚮"。此言"韓信請李左車面向東坐，自己面向西和李左車對答，以尊師之禮對待李左車"。周壽昌說："案，禮：古者天子無北面，所以尊師也。事師之禮，師東鄉坐，弟子西鄉。……壽昌案，漢初禮以東鄉爲尊，如王陵傳'則東鄉坐陵母，欲以招陵'，尊陵母也。周勃傳'每召諸生說事，東鄉坐責之'，勃自尊也。皆與此類。"錄以備考。㉗諸將效首虜："效"，呈獻。此言諸將把敵人的首級和俘虜呈獻給韓信。　　㉘"休"二句："休"，作"訖"、"完畢"解；"畢"，作"皆"解。按，"休"字斷句或從上，或從下，皆未盡是。應一字爲句，言"諸將獻首級和俘虜完畢，都向韓信稱賀"。　　㉙"右倍"二句：二語見孫子行軍篇："丘陵隄防，必處其陽（南）而右背之。"杜牧注："凡遇丘陵隄防之地，常居其東南也。"又引太公六韜："軍必左川澤而右丘陵。"意謂行軍列陣，應在山陵的東南面，在川澤的西北面，背山而臨水。　　㉚"兵法不曰"二句：此是反問句，漢書"存"下有"乎"字。"陷之死地"二語見孫子九地篇："投之亡地然後存，陷之死地然後生。夫衆陷於害，然後能爲勝敗。"梅堯臣注："未陷難，則士卒心不專；既陷危難，然後勝。勝敗在人爲之耳。"意謂必須把軍隊置於危窘之境，士兵才能奮勇作戰，然後可以絶處逢生，獲得勝利。　　⑨"且信非得"句："素"，平素，素常；"拊"同"撫"，指撫愛、撫慰；"循"，順從；"拊循"，引申有受訓練而服從調度之意。"士大夫"，此處指將士。大意是："況且我並没有能得到平素受我訓練而聽我調度的將士。"　　⑨"此所謂"句：按，吕氏春秋簡選篇："世有言曰：'驅市人而戰之，可以勝人之厚禄教卒。'"則"驅市人而戰之"是當時流行成語。"市人"，猶言"街上的人"，指烏合之衆（用瀧川資言説）。韓信意謂"將士既非久經我訓練之人，則無異指揮烏合之衆作戰"。　　⑨"其勢非"二句："非"，有"除非……不"之意。言"依照這種情況，非把軍隊安排在絶地，使每個人都自動地作戰，是無法取勝的"。　　⑨"今予之"二句："予"，猶"置"；"走"，逃跑。此言"現在如果把這些將士安置在有生路的地點，他們就都逃走了"。　　⑨"寧尚"句：大意是："怎麽還能够任用他們作戰呢？"　　⑨"何若"句："何若"，猶"如何"。　　⑨"亡國"二句："亡"與"存"相對而言，謂"亡國之臣是不配考慮長治久安之計的"。按，李左車所言，亦當時習用語。吴越春秋載范蠡語："臣聞亡國之臣不敢語政，敗軍之將不敢語勇。"與此相類似。　　⑨"今臣"二句：大意是："現在我已是失敗的俘虜，哪裏配同你商量國家大事呢？"　　⑨"百里奚"二句：已見前解嘲註釋。　　⑩"非愚于虞"三句：並非百里奚在虞國時很愚蠢，到了秦國就變得很聰明，而是由於秦國採用、聽取他的意見，虞國不採用、聽取他的意見。　　⑩亦已爲禽矣：也已經被你擒住了。　　⑩"故信"句：此是謙詞。言"正由於你的意見未被採用，你才被俘虜，我才能有機會陪侍你談話"。　　⑩"因固"句："固問"，堅決地向李左車請教。⑩委心歸計："委心"，傾心；"歸"，作"依"解；"歸計"，依從你的計策。⑩"臣聞智者"四句："智者千慮"四句又見於晏子春秋雜篇下。"智"、

"愚"相對而言,"得"、"失"相對而言。此處李左車以"愚者"自居,言"自己的意見容或有一絲一毫可取之處"。亦是謙詞。　⑩"故曰狂夫"二句:"狂夫"二語亦漢代成語,又見漢書蓋寬饒傳。"狂夫",指沒有見識的妄人,與"聖人"相對。言"即使是狂人的話,聖人也可以有選擇地採納"。　⑩鄗下:鄗城之下。"鄗"音霍,地名,故城在今河北省柏鄉縣北。　⑩不終朝:不到一上午。　⑩"農夫"三句:第一句,"耒",鍬柄;"輟耕釋耒",指放下農具,停止耕作。第二句,"褕"音俞,作"美"解。第三句,"傾耳",猶言"側耳";"待命",等候你的命令。史記索隱:"恐滅亡不久,故廢止作業,而事美衣甘食。"漢書顏注:"恐懼之甚,不爲久計也。"言"農民因十分恐懼,所以到處都是停止耕作、只圖眼前吃穿好一些、側着耳朵聽候你出兵消息的人"。　⑩"今將軍"二句:"倦獘之兵",疲憊勞乏的軍隊;"頓",停滯,停頓;"堅城",堅固的城池。　⑪"欲戰"二句:大意是:"要想戰吧,恐怕日子拖得太久,沒有攻下它來的力量。"⑫"情見"二句:"情"指軍情,"見"讀爲"現",作"顯露"解。此言"我方的軍情如果暴露給敵方,形勢就十分被動;日子就擱得愈長,糧餉就要吃光了"。　⑬"而弱燕"二句:"距"同"拒"。此言"比較弱的燕國既不肯降服,齊國也就拒絕我軍,堅守國境,自己圖強了"。　⑭"燕、齊"三句:第一句,指燕、齊兩國都同韓信相持不下,不是指燕與齊彼此堅持。第二、三句,言"在這種局勢之下,劉邦、項羽的勝負比重,還是分不出來的"。　⑮"竊以爲"句:李左車說:"我私心以爲你的打算是錯了。"意指韓信"攻燕伐齊"的計劃。　⑯"不以"二句:不用自己的短處去攻擊別人的長處,而是利用自己的長處去攻擊別人的短處。　⑰何由:猶言"走哪條路呢?"　⑱"方今"四句:大意是:"現在爲你打算,不如卸下武裝,放下兵器,安定趙國,存恤趙國的遺民。"　⑲牛酒日至:每天送牛和酒去做爲犒賞。　⑳"以饗"句:用牛肉去宴饗將士,用酒去犒賞兵卒。按,"醑"音釋,本作"醉酒"解;"醑兵",史記索隱:"謂以酒食養兵士也。"而郭嵩燾則以"醑"爲"釋"的假借字,連下句讀。他說:"'釋兵北首

燕路'，謂但移軍向燕，而不必張兵持戟以臨之也。"亦可備一說，録以供
參考。　　⑫"北首"句："首"讀去聲，作"向"解。此言"把軍隊向着北
方，彷彿要到燕國去的樣子"。　　⑫奉咫尺之書："咫"，八寸；"咫尺"指
當時寫信用的木簡的尺寸，或八寸或一尺。此猶言"送一封信去"。
⑬"暴其"句："暴"同"襮"，音僕，顯示。此言"把我軍的優勢告知燕國，以
顯示威力"。　　⑭"使諠言"二句：上句，岡白駒説："'諠言者'，辯士。"
下句，"從風而服"，聽到消息就降服了。　　⑮"雖有"二句：意謂"到了彼
時，即使多麽有智謀的人也不知如何替齊國出主意了"。　　⑯"兵固有"
句："先聲而後實"，王伯祥説："猶言'先虛後實'。'聲'是虛張聲勢。"
⑰"發使"二句：上句，"發"，派遣；上"使"字讀去聲，使者；下"使"字讀上
聲，出使。下句，"從風而靡"，順着風就倒下來。意謂"燕國聽到消息立
即投降"。〔以上是第二大段，寫韓信連破魏、趙、燕等國，戰功甚大，戰術
甚奇。〕

　　楚數使奇兵渡河擊趙，趙王耳、韓信往來救趙，因行定趙城
邑①，發兵詣漢②。　楚方急圍漢王於滎陽，漢王南出之宛、葉間③，
得黥布，走入成臯④，楚又復急圍之。六月，漢王出成臯，東渡河，
獨與滕公俱，從張耳軍脩武⑤。至，宿傳舍⑥；晨，自稱漢使⑦，馳
入趙壁。張耳、韓信未起，即其臥内⑧，上奪其印符⑨，以麾召諸
將，易置之。信、耳起，乃知漢王來，大驚。漢王奪兩人軍，即令張
耳備守趙地⑩，拜韓信爲相國，收趙兵未發者擊齊⑪。

　　信引兵東，未渡平原⑫；聞漢王使酈食其已説下齊，韓信欲
止⑬。范陽辯士蒯通説信曰⑭："將軍受詔擊齊，而漢獨發間使下
齊⑮，寧有詔止將軍乎⑯？何以得毋行也！且酈生一士⑰，伏軾掉
三寸之舌⑱，下齊七十餘城；將軍將數萬衆，歲餘乃下趙五十餘
城⑲。爲將數歲，反不如一豎儒之功乎？"於是信然之⑳，從其計，遂

渡河。齊已聽酈生，即留縱酒㉑，罷備漢守禦㉒，信因襲齊歷下軍㉓，遂至臨菑。齊王田廣以酈生賣己㉔，乃亨之；而走高密㉕，使使之楚請救。

韓信已定臨菑，遂東追廣至高密西。楚亦使龍且將，號稱二十萬，救齊。齊王廣、龍且并軍㉖與信戰，未合㉗，人或說龍且曰：“漢兵遠鬭窮戰㉘，其鋒不可當。齊、楚自居其地戰㉙，兵易敗散。不如深壁㉚，令齊王使其信臣招所亡城㉛；亡城聞其王在㉜，楚來救，必反漢。漢兵二千里客居㉝，齊城皆反之㉞，其勢無所得食㉟，可無戰而降也。”龍且曰：“吾平生知韓信爲人，易與耳㊱，且夫救齊，不戰而降之㊲，吾何功？今戰而勝之㊳，齊之半可得，何爲止？”遂戰，與信夾濰水陣㊴。韓信乃夜令人爲萬餘囊，滿盛沙，壅水上流㊵，引軍半渡㊶，擊龍且，佯不勝，還行㊷。龍且果喜曰：“固知信怯也。”遂追信渡水。信使人決壅囊㊸，水大至，龍且軍大半不得渡㊹，即急擊，殺龍且。龍且水東軍散走㊺，齊王廣亡去。信遂追北至城陽㊻，皆虜楚卒㊼。

漢四年㊽，遂皆降。平齊。使人言漢王曰㊾：“齊僞詐多變㊿，反覆之國也。南邊楚(51)，不爲假王以鎮之(52)，其勢不定。願爲假王便(53)。”當是時，楚方急圍漢王於滎陽，韓信使者至，發書，漢王大怒，罵曰：“吾困於此，且暮望若來佐我，乃欲自立爲王1”張良、陳平躡漢王足(54)，因附耳語曰(55)：“漢方不利(56)，寧能禁信之王乎？不如因而立(57)，善遇之，使自爲守；不然，變生(58)。”漢王亦悟，因復罵曰：“大丈夫定諸侯(59)，即爲真王耳，何以假爲1”乃遣張良往立信爲齊王，徵其兵擊楚(60)。

　　①“因行定”句：此連上文，言“由於往來救趙的關係，便把所經過的

趙國各地城邑都佔領、安定下來"。　　②"發兵"句: 派兵到劉邦那裏去。
③南出之宛、葉間:"出",逃出;"之",往;"宛、葉"已見項羽本紀註釋。
④成皋: 已見項羽本紀註釋。　　⑤脩武: 已見項羽本紀註釋。　　⑥至,
宿傳舍: 到了脩武,就住在客館中。　　⑦自稱漢使: 劉邦自稱是漢王派
來的使臣。　　⑧即其臥內: 就在張耳、韓信的臥室中。　　⑨"上奪"三
句: 第一句,"上"指劉邦。此言劉邦把統帥的印信和兵符都拿過來了。
第二句,"麾",旌麾,軍中用以召喚將領的信物。此言劉邦用旌麾把諸將
召來。第三句,言劉邦把諸將的職位都更動了。　　⑩"即令"二句: 上
句,"備守",防禦守衛。下句,"相國",周壽昌説:"此則拜信爲趙相國
也。"按,周説是。　　⑪"收趙兵"句: 王伯祥説:"把趙地尚未遣送到滎陽
去的兵卒收集了,交給韓信帶去伐齊。"　　⑫未渡平原:"平原",古邑
名,故治在今山東省平原縣南二十五里。史記正義以爲此是河南省懷州
(今沁源縣)的平原津,疑非是。王駿觀説:"從趙擊齊,不應西由懷州渡
河;此蓋齊南之平原縣也。漢時黃河,正經其地。"按,此説是。"渡"即指
從平原渡黃河;下文"遂渡河",亦指渡黃河。　　⑬"聞漢王"二句: 上句,
"酈食其"已見前留侯世家註釋;"説"讀去聲,勸説;"下齊",使齊歸附劉
邦。下句,"欲止",想中止伐齊。　　⑭"范陽辯士"句:"范陽",秦縣名。
本燕地,故城在今河北省定興縣南四十里。"蒯通",本名蒯徹,因與漢武
帝劉徹同名,故史官改爲"蒯通"以避帝諱。"蒯"音 kuǎi。按,下文又稱
蒯通爲"齊人",漢書顏注以爲"通本燕人,後游於齊",故一傳之中互異其
説。但據錢大昕、梁玉繩、王駿圖等人考證,"范陽"乃齊地東郡之范縣
(今山東省范縣東南二十里,即其故治)。疑此説近是。　　⑮"而漢獨"
句:"獨",有"偏偏"意;"發",派遣;"間使",離間敵人的使臣。　　⑯"寧
有詔"二句: 言"難道漢王有命令中止你不進軍麽?怎麼能不走呢!"
⑰一士: 猶言"一個平常的書生"。　　⑱"伏軾"句:"軾",車前橫木;古人
俯身在軾上,爲了表示敬意。"掉",猶今言"耍"、"舞弄"。此言酈生乘車
至齊,全憑口才成事。　　⑲"歲餘"句:"乃",猶"纔",言"僅僅攻下五十

餘城”(用楊樹達説)。　⑳信然之: 以酈通之言爲正確。　㉑“卽留”句:“留”,挽留酈生;“縱酒”,放心飲酒。　㉒“罷備”句:“罷”,撤去;“守禦”,指防衞的軍隊。此言“齊王撤除了防備漢兵的守衞軍隊”。　㉓“信因襲”二句:上句,“歷下”,卽今山東省濟南市。下句,“臨菑”,當時齊國的都城。已見項羽本紀註釋。　㉔“齊王田廣”二句:上句,“賣己”,出賣自己,欺騙自己;“己”指田廣。下句,“亨”同“烹”。此言“齊王竟把酈生烹殺了”。　㉕高密:齊邑,故城在今山東省高密縣西南。　㉖并軍:把軍隊合併到一起。　㉗未合:漢書顏注:“欲戰而未交兵也。”　㉘遠鬭窮戰:“遠鬭”,猶“遠征”,與上文“乘勝而去國遠鬭”同義;“窮”作“盡”解;“窮戰”,全力作戰。按,孫子九地篇:“凡爲客之道,深入則專,主人不克。”杜牧注:“言大凡爲攻伐之道,若深入敵人之境,士卒有必死之志,其心專一,主人不能勝我也。”張預注:“深入敵境,士卒心專,則爲主者不能勝也。……故趙廣武君謂韓信‘去國遠鬭,其鋒不可當’,是也。”可與此互參。餘詳下註。　㉙“齊、楚自居”二句:“自居其地戰”,在自己的鄉土作戰;“敗散”,潰敗逃走。史記正義:“近其室家,懷顧望也。”按,孫子九地篇:“諸侯自戰其地,爲散地。”曹操注:“士卒戀土,道近易散。”杜牧注:“士卒近家,進無必死之心,退有歸投之處。”卽此二句之意。今按,此連上二句大意是:“凡出兵遠征,士卒沒有牽罣,所以全力作戰,銳不可當;在自己鄉土作戰,則因眷戀家室,便易於潰散。漢軍遠道而來,是客位,自然專心作戰;齊、楚的軍隊是主位,士卒離家鄉太近,沒有鬭志,自然容易失敗。”　㉚深壁:猶上文“深溝高壘”之意。　㉛“令齊王”句:“信臣”,親信的臣子;“招”,招撫。此言“讓田廣派遣他的親信臣子去招撫齊國已經丢失的城邑”。　㉜“亡城”三句:那些已淪陷於漢軍的城邑,如果聽到齊王還在,並聽到楚國也來救援,必然會叛漢歸齊的。　㉝二千里客居:遠居在兩千里外的客地。　㉞“齊城”句:齊國的城邑又都背叛了漢軍。　㉟“其勢”二句:漢兵勢必沒有地方得到糧餉,那就可以不用作戰就使漢兵投降了。　㊱易與耳:“易與”,容易對付。　㊲“不戰”二句：龍且説：“不與韓信交戰而使他投降，那我有什麼功績可言呢？”　㊳“今戰”三句：第一句，言“與漢兵交戰而戰勝韓信”。第二句，漢書顏注：“自謂當得封齊之半地。”第三句，言“爲什麼中止不戰”。按，龍且之主戰，一方面爲了救齊破漢之名，另一方面爲了貪齊土地之利。名利心盛，自然失敗。　㊴“與信”句：“濰水”，卽山東省的濰河，源出莒縣北，東流至諸城，又北流經高密、濰縣等地。“夾濰水陣”，言楚、漢雙方在濰水兩岸排開陣勢。王伯祥説：“夾濰結陣，當在今高密境。”按，下文言“龍且水東軍散走”，則龍且的軍隊原在濰水東岸，韓信的軍隊在濰水西岸。　㊵壅水上流：從上游堵塞住了濰水。　㊶引軍半渡：帶領着一半軍隊渡河。　㊷還行：向來路退回。　㊸決壅囊：“決”，打開，撤去。此言“韓信使人把上游用以堵水的沙囊撤去。”㊹“龍且軍”三句：第一句，意謂龍且手下渡過河來的軍隊大半渡不回去，因此爲漢兵所截殺。第二、三句的主語是“漢兵”，言“漢兵急向楚軍攻打，並殺死龍且”。　㊺“龍且水東軍”二句：上句，言“龍且手下留在濰河東岸的軍隊都四散逃走”。下句，言“齊王田廣也逃跑了”。按，史記秦楚之際月表及田儋列傳皆言齊王廣死於此次戰役，而高祖本紀及此傳則言廣逃走。疑廣逃去後復被俘虜而被殺。詳下註引王伯祥説。　㊻追北至城陽：“北”，指敗兵；“城陽”已見項羽本紀註釋。　㊼“皆虜”句：“楚卒”指龍且部下的士兵。王伯祥説：“盡俘龍且的潰軍，且把齊王田廣也擒殺了。”按，王説卽據高祖本紀、月表和田儋列傳所載的事實推斷而得，近是。　㊽漢四年：卽公元前二〇三年。　㊾“使人言”句：“言”下省略“於”字。古漢語中多有此例。按，下文言“韓信使者至，發書”，則此處的“言”當是指韓信派人上書請求。　㊿“齊僞詐”二句：上句，“僞”指耍兩面手法；“詐”，欺詐；“多變”，意外的變故很多。下句，言齊國是反覆不定、屢降屢叛的國家。　51南邊楚：言齊國南面的邊界同楚境相鄰近。52“不爲”二句：“假王”，猶言“代理王位”、“暫攝王位”；“鎮”，鎮守，壓服。此言“如果不暫立一個王位來鎮壓它，形勢是無法穩定的”。　53“顧爲"句: 韓信自言: "希望自己能暫攝齊王之位，對當前局勢是比較便利的。" (54)躡漢王足: 暗中踩了一下劉邦的脚，示意他不要露出不滿的意思來。 (55)"因附耳"句: "附耳"，貼在耳朵旁邊。 (56)"漢方"二句: 大意是: "漢軍正處在不利的形勢之下，我們怎能禁止韓信稱王呢？" (57)"不如"三句: 不如趁韓信來請求的機會就立他爲齊王，好好地對待他，讓他自己設法守住齊國。 (58)不然，變生: 大意是: "如果不立他爲王，恐怕會發生變故。" 言外指韓信是有叛變的可能的。 (59)"大丈夫"三句: "大丈夫"指韓信;"真王"，有實權的王爵。此言"大丈夫既然平定了諸侯，就是當真受封爲王也是應該的，幹什麼要請求做'假王'呢？" (60)"徵其兵"句: "徵"，徵用，調用。〔以上是第三大段，寫韓信平齊敗楚的戰功，兼寫劉邦對韓信的猜忌，矛盾已逐漸深化。〕

楚已亡龍且，項王恐，使盱眙人武涉往說齊王信曰: "天下共苦秦久矣，相與勠力①擊秦。秦已破，計功割地②，分土而王之，以休士卒③。今漢王復興兵而東，侵人之分④，奪人之地; 已破三秦，引兵出關，收諸侯之兵以東擊楚，其意非盡吞天下者不休⑤——其不知厭足如是甚也⑥！且漢王不可必⑦，身居項王掌握中數矣！項王憐而活之⑧。然得脱⑨，輒倍約，復擊項王，其不可親信如此！今足下雖自以爲與漢王爲厚交，爲之盡力用兵，終爲之所禽矣⑩！足下所以得須臾至今者⑪，以項王尚存也。當今二王之事⑫，權在足下: 足下右投則漢王勝⑬，左投則項王勝。項王今日亡⑭，則次取足下。足下與項王有故⑮，何不反漢與楚連和⑯，參分天下王之？今釋此時而自必於漢以擊楚⑰，且爲智者固若此乎⑱？"韓信謝曰: "臣事項王，官不過郎中，位不過執戟⑲，言不聽，畫不用⑳，故倍楚而歸漢; 漢王授我上將軍印，予我數萬衆㉑，解衣衣我㉒，推食食我，言聽計用: 故吾得以至於此。夫人深親信我㉓，我倍之不祥; 雖死不易㉔。幸爲信謝項王㉕！”

武涉已去，齊人蒯通知天下權在韓信㉖，欲爲奇策而感動之，以相人説韓信曰㉗：“僕嘗受相人之術。”韓信曰：“先生相人何如？”對曰：“貴賤在於骨法㉘，憂喜在於容色，成敗在於決斷：以此參之㉙，萬不失一。”韓信曰：“善。先生相寡人何如？”對曰：“願少間㉚！”信曰：“左右去矣㉛。”通曰：“相君之面㉜，不過封侯，又危不安；相君之背㉝，貴乃不可信！”韓信曰：“何謂也！”蒯通曰：“天下初發難也，俊雄豪傑建號壹呼㉞，天下之士雲合霧集㉟，魚鱗雜遝㊱，熛至風起㊲。當此之時㊳，憂在亡秦而已。今楚、漢分争㊴，使天下無罪之人肝膽塗地㊵，父子暴骸骨於中野㊶，不可勝數。楚人起彭城，轉鬬逐北，至於滎陽，乘利席卷㊷，威震天下。然兵困於京、索之間，迫西山而不能進者㊸，三年於此矣。漢王將數十萬之衆，距鞏、雒㊹，阻山河之險，一日數戰，無尺寸之功，折北不救㊺，敗滎陽㊻，傷成皋，遂走宛、葉之間——此所謂智、勇俱困者也㊼。夫鋭氣挫於險塞㊽，而糧食竭於内府㊾，百姓罷極怨望㊿，容容無所倚；以臣料之(51)，其勢非天下之賢聖，固不能息天下之禍。當今兩主之命縣於足下(52)：足下爲漢則漢勝(53)，與楚則楚勝。臣願披腹心(54)，輸肝膽，效愚計，恐足下不能用也。誠能聽臣之計，莫若兩利而俱存之(55)；參分天下(56)，鼎足而居；其勢莫敢先動(57)。夫以足下之賢聖，有甲兵之衆，據彊齊(58)，從燕、趙，出空虚之地而制其後(59)，因民之欲(60)，西鄉爲百姓請命，則天下風走而響應矣(61)，孰敢不聽！割大弱彊(62)，以立諸侯；諸侯已立(63)，天下服聽而歸德於齊。案齊之故(64)，有膠、泗之地(65)，懷諸侯之德(66)，深拱揖讓(67)，則天下之君王相率而朝於齊矣。蓋聞天與弗取(68)，反受其咎；時至不行，反受其殃。願足下孰慮之⑥⑨」”韓信曰：“漢王遇我甚厚，載我以其車⑦⓪，衣我以其衣，食我以其食。吾聞之，乘人之車者載人之患⑦①，衣人之衣者懷人之憂，食人之食者死人之事。吾豈可以鄉利倍義乎⑦②」”蒯生曰：“足下自以爲善漢王⑦③，欲建萬世之業。臣竊以爲誤矣。始常山王、成安君爲布衣時⑦④，相與爲刎頸之交，後爭張黶、陳澤之事⑦⑤，二人相怨。常山王背項王，奉項嬰頭而竄⑦⑥，逃歸於漢王。漢王借兵而東下⑦⑦，殺成安君泜水之南，頭足異處⑦⑧，卒爲天下笑。此二人相與⑦⑨，天下至驩也；然而卒相禽者⑧⓪，何也？患生於多欲⑧①，而人心難測也。今足下欲行忠信以交於漢王，必不能固於二君之相與也⑧②，而事多大於張黶、陳澤。故臣以爲足下必漢王之不危己⑧③，亦誤矣！大夫種、范蠡存亡越⑧④，霸句踐，立功成名而身死亡。野獸已盡而獵狗亨⑧⑤。夫以交友言之⑧⑥，則不如張耳之與成安君者也；以忠信言之⑧⑦，則不過大夫種、范蠡之於句踐也。此二人者⑧⑧，足以觀矣。願足下深慮之！且臣聞勇略震主者身危⑧⑨，而功蓋天下者不賞。臣請言大王功略：足下涉西河，虜魏王，禽夏説，引兵下井陘，誅成安君，徇趙⑨⓪，脅燕⑨①，定齊，南摧楚人之兵二十萬⑨②，東殺龍且，西鄉以報⑨③。此所謂功無二於天下⑨④，而略不世出者也。今足下戴震主之威⑨⑤，挾不賞之功，歸楚⑨⑥，楚人不信；歸漢，漢人震恐。足下欲持是安歸乎⑨⑦？夫勢在人臣之位而有震主之威⑨⑧，名高天下⑨⑨，竊爲足下危之⑩⓪」”韓信謝曰：“先生且休矣⑩①，吾將念之。”

　　後數日，蒯通復説曰：“夫聽者⑩②，事之候也；計者⑩③，事之機也；聽過計失而能久安者⑩④，鮮矣！聽不失一二者⑩⑤，不可亂以言；計不失本末者⑩⑥，不可紛以辭。夫隨廝養之役者⑩⑦，失萬乘之權；

守儋石之禄者⑩，闕卿相之位。故知者⑩，决之斷也；疑者⑩，事之害也。審毫氂之小計⑪，遺天下之大數⑫，智誠知之⑬，决弗敢行者，百事之禍也⑭。故曰，猛虎之猶豫⑮，不若蜂蠆之致螫；騏驥之跼躅⑯，不如駑馬之安步；孟賁之狐疑⑰，不如庸夫之必至也；雖有舜、禹之智⑱，吟而不言，不如瘖聾之指麾也。此言貴能行之⑲。夫功者⑳，難成而易敗；時者㉑，難得而易失也。時乎時㉒，不再來，願足下詳察之！”韓信猶豫，不忍倍漢；又自以爲：“功多，漢終不奪我齊㉓。”遂謝蒯通㉔。

蒯通說不聽㉕，已詳狂爲巫。

漢王之困固陵㉖，用張良計召齊王信，遂將兵會垓下。

項王已破，高祖襲奪齊王軍㉗。

漢五年正月㉘，徙齊王信爲楚王㉙，都下邳。

　　①勠力：並力，合力。　　②“計功”二句：言“根據諸侯功勞的大小把土地劃分開來，每個諸侯分到一部分領土，得到王爵的封賞”。按，此指項羽分封諸侯，詳見項羽本紀。　　③以休士卒：這樣做是爲了使士卒得到休息。　　④“侵人”句：“分”讀去聲，作“職權”解。言劉邦侵佔了別的諸侯的職權。按，此指劉邦西併三秦和破五諸侯之事。詳見項羽本紀和高祖本紀。　　⑤“其意”句：劉邦的意思是不把天下都吞爲己有決不罷休的。　　⑥“其不知”句：“其”指劉邦；“厭”同“饜”，“饜足”，滿足；“如是甚”，如此的過分。此言“劉邦竟是這樣過分的不知足”。　　⑦“且漢王”二句：上句，“必”，猶言“確信”、“靠得住”。下句，“數”讀爲朔，好幾次。此言“劉邦的地位是不一定靠得住的，他的性命已有好幾次被抓在項羽的手中了”。　　⑧憐而活之：可憐劉邦而放他得了活命。王伯祥說：“指鴻門會、鴻溝約等。”　　⑨“然得脫”二句：但是劉邦只要一脫離危險，立卽違背了盟約。　　⑩“終爲之”句：恐怕終於會被劉邦暗算的。“之”指

劉邦，"禽"同"擒"。　　⑪"足下所以"二句："須臾"，王念孫說："猶'從容'，延年之意也。言足下所以得從容至今不死者，以項王尚存也。……'從容'、'須臾'，語之轉耳。"今按，"須臾"即"拖延"之意。漢書賈山傳："願少須臾毋死。"即"稍稍遲延不死"之意。此言"劉邦所以不殺韓信，只是因爲項羽還活着的緣故"。　　⑫"當今二王"二句：上句，"二王"指劉邦、項羽；"事"指統一天下的事業。下句，"權"，猶言"輕重"。此言"韓信對於劉、項的成敗，是舉足重輕的"。　　⑬"足下右投"二句："右投"指依附劉邦，"左投"指幫助項羽。"右"指西方，"左"指東方。

⑭"項王今日"二句：言"項羽今天被消滅，其次一個就輪到韓信(被消滅)了"。　　⑮有故：有舊交情。　　⑯"何不反漢"二句："參"，古"三"字，今通寫作"叁"。此言"韓信爲什麼不背叛劉邦而與項羽連結講和，把天下分成三部分，項、劉、韓各自稱王？"　　⑰"今釋"句：此言"你現在放棄這個機會，自己確信劉邦是靠得住的，從而去攻打項羽"。　　⑱"且爲"句：做爲一個聰明人，原來應當這樣的麼。王伯祥說："明明說他(韓信)不智。"　　⑲執戟：與上句"郎中"爲互文。史記集解引張晏說："郎中，宿衞執戟之人也。"即守衞宮禁的武官。　　⑳畫不用："畫"，策畫，計謀。此言"計謀不被採用"。　　㉑"予我"句："予"，交付，給與；"衆"，指士兵。　　㉒"解衣"三句：第一句，"解"，脫；第二個"衣"讀去聲，動詞；"衣我"，給我穿。第二句，"推"，讓；第二個"食"讀去聲，亦動詞，"食我"，給我吃。第三句，"言"、"計"指韓信的言語和計策；"聽"、"從"的主語是劉邦。此言"劉邦把衣服脫給我穿，把東西讓給我吃，並且採納我的意見"。

㉓"夫人"二句："夫人"猶"彼人"，指劉邦；"倍"同"背"；"不祥"，指結果不好。此言"人家對我十分親信，我却背叛他，這是不會有好結果的"。

㉔"雖死"句：雖死也不變心。　　㉕"幸爲"句：言"千萬替我辭謝項王"，意謂不能接受他的美意。　　㉖"齊人"二句：上句，"齊人"見上段註釋；"權"已見前註。下句，"奇策"，出乎意料的計策；"感動"，猶言"說服"；"之"指韓信。　　㉗"以相人"二句："相人"，給人看相。"說"，游說。"受

相人之術”，曾向別人學過相術。按，蒯通只是藉口會看相而向韓信進言，並非真在替韓信相面。　　㉘“貴賤”三句：此言“一生的貴或賤可以從骨骼的形象預知，遭遇的憂或喜可以從臉上的氣色預知，事業的成或敗可以從性情的有無決斷預知”。按，第三句是正意，前二句只是陪襯。淩稚隆説：“按，三語雖皆相術，其意全在末句。見今日之事當決然斷之而無疑也。”　　㉙“以此”二句：“參”，作“驗”解。言“用這三方面的情形來參驗一個人的一生命運，必然十分準確，萬無一失”。　　㉚願少間：“間”讀去聲，與魏公子列傳“屏人間語”的“間”同義，意謂“希望你稍稍屏退從人，我可以得到一點兒和你個別談話的機會”。漢書顏注：“不欲顯言，故請間隙而私説。”　　㉛左右去矣：此是韓信對蒯通説：“我左右伺候的人已暫時走開了。”意即請蒯通把意見説出來。按，此是作者敍事經濟處。中井積德説：“‘少間’之下，有信屏左右一事，文略之。而信曰：‘左右既去矣’，以請其説。”　　㉜“相君之面”三句：大意是：“從你的相貌來推測，你將來的地位最高不過封侯，而且還有危險的遭遇。”㉝“相君之背”二句：此是雙關語。表面上的文義是“根據韓信的背形可以看出他貴不可言”，言外則指如果韓信能背叛劉邦，其貴才是不可限量的。漢書顏注引張晏説：“言‘背’者，云背畔則大貴。”是。　　㉞建號壹呼：“建號”，建立名號，指稱王。漢書顏注：“‘建號’者，自立爲侯王。”“壹”同“一”，“一呼”，一聲號召。　　㉟雲合霧集：“雲”、“霧”形容人才衆多，密度極大；“合”、“集”，聚攏到一處。　　㊱魚鱗雜遝：“魚鱗”，沈欽韓説：“謂若鱗之相比次。”(見漢書補注引，漢書疏證卷二十七不載。)“雜遝”，衆多貌。顏注：“言相雜而累積。”“遝”同“沓”。參閱前解謝“魚鱗雜襲”句註釋。　　㊲熛至風起：“熛”音標。王先謙説：“説文：‘熛，火飛也。’今楚人猶謂火之飛起者曰‘熛’。……(漢書)敍傳：‘勝、廣熛起。’‘熛起’，猶‘熛至’也。此言士之趨赴，如火之怒飛，風之疾起也。”王伯祥説：“以上三語，都是形容‘天下之士’的響應‘發難’的聲勢的。”按，“雲合”二句寫人才之多，“熛至”句寫響應起義者之速。　　㊳“當此”二句：

顔注:"志滅秦,所憂者唯此。"意謂"在這個時候,人們所共同憂慮的只有一件事,那就是怎樣消滅秦國。"據顔注,"亡"是及物動詞。一說,蒯通說這話時秦已滅亡,故稱"亡秦";"亡"是形容詞,不是動詞,亦通。 ㊴分争:分裂而争雄。 ㊵"使天下"句:"無罪之人",指無辜的老百姓。"肝膽塗地"猶言"到處是死屍"。 ㊶"父子"句:"父子",指全家人口。"暴"音僕,同"曝";"中野",田野中。此言"往往一家人都死掉了,死屍在田野間暴露着,無人埋葬"。下文"不可勝數"則承上句及此句而言,謂所犧牲的人簡直數不過來了。 ㊷"乘利"句:乘着勝利的形勢,像捲席子一樣打了過來。 ㊸"迫西山"二句:上句,"迫",猶"阻";"西山"指成皋以西的山地。言"被阻於山險而無法前進"。下句,顔注:"至今已三年。"按,以上寫項羽的兵勢無法進展。 ㊹距鞏、雒:"鞏、雒"指鞏縣和洛陽。此言"佔據鞏、洛以拒楚兵"。 ㊺折北不救:"折",挫敗;"北",奔逃。此言"劉邦屢戰屢敗,無法挽救"。 ㊻"敗滎陽"三句:皆已見項羽本紀註釋。 ㊼"此所謂"句:"智"指劉邦,"勇"指項羽(參用史記評林引董份說),言"雙方相持不下,結果兩敗俱傷"。此一句是兼承上文項羽之"不能進"和劉邦之屢次失敗兩方面而言,不專指劉邦。 ㊽"夫鋭氣"句:"鋭氣"猶言"勇氣";"挫於險塞"指上文"迫西山而不能進"。此句謂項羽。 ㊾"而糧食"句:"竭",盡;"内府",猶言"倉庫"。此句指劉邦。按,滎陽之役,漢兵糧盡而敗,詳見項羽本紀。 ㊿"百姓"二句:上句,"罷"同"疲";"極",盡。已屢見前註。"怨望",猶"怨恨",言"百姓因戰事而精疲力竭,故而怨恨"。下句,"容容",即"顒顒"(用顧炎武、李慈銘說),仰望之貌。言"人民日夜盼望戰爭平息,他們目前都無所歸宿"。(51)"以臣料之"三句:"料",猶"估量"、"推斷"。此三句大意是:"照我的看法,在這種形勢之下,如果不是天下最賢聖的人,就一定不能平定天下的禍患。"按,"賢聖"即指韓信,讀下文卽知。 (52)"當今"句:目前劉、項兩家君主的命運就挂在你的手上。"縣"卽"懸"。 (53)"足下爲漢"二句:"爲漢",替漢出力;"與楚",助楚(用楊樹達說)。 (54)"臣願"三句:第一句,言把内心的真意披露給你。第二句,“輸”,猶言“獻納”。此言“傾獻肝膽,以誠相告”。第三句,“效”,貢獻;“愚計”,謙詞,猶今言“拙見”、“不成熟的看法”。　(55)兩利而俱存之:對劉、項雙方都表示好感,並且讓他們都存在下去。　(56)“參分”二句:“參”同“三”。言“韓信可以與劉、項兩家三分天下,像鼎足一樣維持下去”。　(57)“其勢莫敢”句:言“在這種形勢下,劉、項雙方誰也不敢先動手”。　(58)“據彊齊”二句:佔領着強大的齊國,脅制着燕國和趙國。按,“從”指迫使燕、趙服從韓信。　(59)“出空虛”句:出兵於劉、項雙方兵力不足之處,牽掣着他們的後方。(60)“因民”二句:上句,言“順着人民的希望”。下句,“鄉”同“嚮”;“西嚮”,史記正義:“齊國在東,故曰‘西向’也。”“爲百姓請命”,猶言“替人民請願”。史記正義:“止楚、漢之戰鬥,士卒不死亡,故云‘請命’。”王伯祥說:“自齊出兵西向,阻止漢王與項王的戰鬥,使‘肝膽塗地’和‘暴骨中野’的慘劫可以滅免,故云‘西鄉爲百姓請命’。”　(61)“則天下”句:“風走”,猶言“聞風而至”;“響應”,羣衆的反應如同回聲一樣;兩喻皆極言其迅速。(62)“割大”二句:把大國的地盤減縮,把强國的勢力削弱,用來分封已經失去土地的各國諸侯。　(63)“諸侯已立”二句:言“諸侯各國既已恢復,則天下没有不聽命於你的,並且還會思念你待他們的恩德”。　(64)案齊之故:“案”,作“據”解;“故”,故壤,故地。言“穩固地佔據齊國原有的地盤”。　(65)“有膠、泗”句:“膠”,膠河,經山東省膠縣、高密、平度等縣;“泗”,泗水,自山東省泗水縣流經曲阜、濟寧、滕縣以及江蘇省的徐州、沛縣等地。王伯祥說:“擁有這兩河的流域,就等於今山東省的東部和南部的大部地方了。”　(66)懷諸侯之德:“之”字應依漢書作“以”字(用王念孫說)。“懷”,安撫。此言“用德惠來安撫諸侯”。　(67)“深拱”句:“深拱”已見李斯列傳註釋,“揖讓”,謙遜之意。王伯祥說:“‘深拱揖讓’,就是說外示謙虚而内保實力。”　(68)“蓋聞”四句:此是韻語。“取”讀爲qǐu,與“咎”叶韻;“行”讀爲杭,與“殃”叶韻。“與”,賜與;“咎”,過失;“殃”,災禍;“時”,時機;“行”,具體實行。按,此與國語越語范蠡所言“得時不成,反受其殃”和“得時無怠,時不再來,天予不取,反爲之災”語意相類,可參閱越語註釋。　　⑲“願足下”句:“孰”與“熟”同。　　⑳“載我”三句:第一句言“劉邦把他的車子讓我乘坐”。後二句與上文“解衣”、“推食”二句同義;“衣我”、“食我”的“衣”、“食”讀去聲,作動詞用。　　㉑“乘人”三句:第一句,“載”是雙關語,車載人是“載”,替人分憂也是“載”。此言“人用車載我,我卽應分擔人的憂患”。第二、三句仿此。王逸楚辭注:“在衣爲‘懷’。故從“衣”聯想到“懷人之憂”。“食”是生命之源,故從“食”聯想到“爲人的事業而死”。　　㉒“吾豈可”句:“鄉”、“倍”卽“向”、“背”;“利”指個人私利,“義”指正義、恩誼。此言“我怎能圖私利而違反正義呢?”　　㉓“足下自以”二句:上句,“善漢王”,和劉邦友善。下句,言“想要幫助劉邦建立長久的功業”。　　㉔“始常山王”句:“常山王”卽張耳;“成安君”卽陳餘。史記張耳陳餘列傳:“餘年少,父事張耳,兩人相與爲刎頸交。(索隱引崔浩說:‘言要齊生死,斷頸無悔。’)”可與此互參。㉕“後爭”二句:按,張耳陳餘列傳:“(張耳)乃求得趙歇,立爲趙王。……章邯引兵至邯鄲,……張耳與趙王歇走入鉅鹿城,王離圍之。陳餘北收常山兵,得數萬人,軍鉅鹿北。……鉅鹿城中,食盡兵少,張耳數使人召前陳餘(召陳餘前來援救),陳餘自度兵少,不敵秦,不敢前數月。張耳大怒,怨陳餘,使張黶、陳澤往讓(責備)陳餘,……陳餘……乃使五千人,令張黶、陳澤先嘗(嘗試着攻打)秦軍,至皆没(戰死)。……項羽……破章邯,張耳與陳餘相見,責讓陳餘以不肯救趙,及問張黶、陳澤所在。陳餘怒曰:‘張黶、陳澤以必死責臣,臣使將五千人先嘗秦軍,皆没不出。’張耳不信,以爲殺之。數問陳餘。陳餘怒曰:‘不意君之望(怨望)臣深也。……’乃脱解印綬,推予張耳。……張耳乃佩其印,收其麾下。……陳餘獨與麾下所善數百人,之河上澤中漁獵。由此陳餘、張耳遂有郤(同‘隙’,互有不滿)。”此處卽指其事。“黶”音厭上聲。　　㉖“奉項嬰頭”句:“奉”同“捧”。“項嬰”是項羽派遣到張耳處的使者,爲張耳所殺。“竄”,逃走。　　㉗借兵而東下:言“劉邦借重韓信、張耳的兵力向東進軍”。　　⑱“頭足”二句：言“陳餘的頭和腳分了家，終於被天下人所恥笑”。　　⑲“此二人”二句：“相與”，相交往；“驩”同“歡”，“至驩”，感情最融洽、氣味最相投。言“這兩個人的交情是天下最深厚的”。　　⑳“然而”二句：大意是：“但是終於彼此都想把對方擒獲，是爲什麽呢？”　　㉑“患生”二句：大意是：‘毛病就出在彼此貪心不足，而且人心是變幻莫測的。”意謂人爲了私利，是不惜出賣朋友的。　　㉒“必不能”二句：言“你同劉邦的聯係，勢必不能比張、陳二人相交更鞏固，而你們彼此之間的事情，多半都比爭張魘、陳澤的事件重大得多”。　　㉓必漢王之不危己：過分相信劉邦對自己不會加害。　　㉔“大夫種”二句：事見國語越語。此言“文種和范蠡把已亡的越國恢復，使勾踐重新稱霸於諸侯”。按，相傳范蠡佐越，功成身隱，被勾踐殺掉的只有文種一人，故下句的“死”指文種；“亡”作“逃亡”解，指范蠡。參看越語。　　㉕“野獸”句：“野獸”喻強敵，“獵狗”喻功臣。“亨”同“烹”。按，此卽下文韓信自謂“狡兔死，良狗烹”語意。　　㉖“夫以交友”二句：此承“自以爲善漢王”至“人心難測也”一層而言。謂韓信和劉邦的朋友交情並不如張耳、陳餘。　　㉗“以忠信”二句：“不過”，不勝過，不超過。此承“大夫種”至“獵狗烹”一層而言。謂韓信和劉邦的君臣恩誼也不及種、蠡和勾踐。　　㉘“此二人者”二句：上句，“二人”應指陳餘和文種，皆慘遭殺戮之人。漢書蒯通傳無“人”字，則指以上兩件事例。下句，“足以觀”，很够你參考、借鑑的了。　　㉙“且臣聞”二句：上句，“勇略”，勇敢和謀略（下文“功略”的“略”與此義同，但引申有“業績”之意）；“震主”，使國君受到震動、威壓。下句，言“功績既已超過天下所有的人，則是達到頂點，實在賞無可賞了”。　　㉚徇趙：“徇”已見項羽本紀註釋。　　㉛脅燕：用威力迫燕投降。　　㉜“南摧”二句：“南”、“束”雖分指兩個方向，實爲一事，卽指上文濰水之役。“摧”，挫敗。　　㉝“西鄉”句：向西方的劉邦報捷。　　㉞“此所謂功”二句：上句，“無二於天下”，天下沒有第二份兒。下句，“不世出”，不再出現於當世。史記正義：“言世之大功，不能出（超出）於韓信（之上）。”漢書顏注：“言其計略奇異,世所希有。"　　　⑨⑤"今足下戴震主"二句:"戴",負荷着,擁有;"挾",持有。此言"你現在擁有震主之權勢和挾持蓋世的功勢"。

⑨⑥"歸楚"二句:歸附楚人,楚人對你不敢信賴。　　　⑨⑦"足下欲持是"句:"持",拿着,憑着;"是"作"此"解,指上文的"功略";"安歸",向何處歸宿。此言"你將憑着這樣大的功績走到何處去呢?"　　　⑨⑧"夫勢在"句:言"從形勢看,你畢竟居於臣子的地位;但你卻有使國君感到威脅的權勢"。

⑨⑨"名高"句:你的聲譽威望高出天下一切人。　　　⑩⑩"竊爲"句:猶言"我暗中替你捏一把汗"。　　　⑩①"先生"二句:言"你先等一等吧,我將考慮考慮"。　　　⑩②"夫聽者"二句:"聽",顏注:"謂能聽善謀也。""候",微兆,迹象。此言"一個人能善於聽取意見,就容易預見事物的徵兆"。　　　⑩③"計者"二句:"計"指反覆考慮;"機",關鍵。此言"遇事能反覆思考,就容易掌握成敗的關鍵"。　　　⑩④"聽過"二句:"鮮"讀上聲,作"多少"的"少"解。此言"聽取錯了意見或打錯了主意而能夠長久安全的實在是少見的事"。

⑩⑤"聽不失"二句:一個人如果聽取十樁意見竟連一兩次失誤都沒有,顯然是個智者;那麼旁人是無法用閒言碎語去迷惑他的。又,瀧川資言以"先後"釋"一二",則與下句"本末"義相仿。可備一說。　　　⑩⑥"計不失"二句:一個人如果考慮問題從來不本末倒置而能輕重得宜,顯然是個胸有成竹的人;那麼旁人是無法用花言巧語去擾亂他的。以上二層,言外謂韓信是能採納意見的人,蒯通自己並非想用言語去故意迷惑他。故下文乃一再勸其及早決斷。　　　⑩⑦"夫隨"二句:上句,"隨",順從,引申有"安心於"之意;"廝養之役",猶言"賤役"(按,集韻謂"廝養"是"析薪(劈木柴)養馬"的隸卒)。下句,"萬乘之權",即君權。此言"韓信如果甘心情願爲劉邦服務,就會失掉掌握君權的機會了"。　　　⑩⑧"守儋石"二句:"守",留戀;"儋"同"擔","擔石之祿",指少量的俸米;"闕",今通寫作"缺",猶"失"。岡白駒說:"言戀小者必遺大。"王伯祥說:"戀戀於微祿的,必然不能得到高位。"　　　⑩⑨"故知者"二句:王念孫說:"'知者,決之斷',當作'決者,知之斷'。下句'疑者,事之害',正與此相反也。有智而

不能決,適足以害事。故下文又申之曰:‘智誠知之,決弗敢行者,百事之禍也。’”按,王説是。此言“做事堅決不疑,才是智者有果斷的表現”。　⑩“疑者”二句:言“遲疑不決,最足害事”。　⑪“審毫釐”句:“審”,猶言“精打細算”;“釐”與“氂”通。此言“對於一毫一釐的小問題往往精打細算”。　⑫“遺天下”句:忘記了天下的大局面。　⑬“智誠”二句:此言“如果一個人的智慧足以預知事情的轉變,只是由於決斷不足,因而遲遲不做的話”。　⑭“百事”句:這是一切事情的禍根。　⑮“猛虎”二句:“蠆”音 chài,卽蠍;“致”,送出;此處的“螫”是名詞,指毒刺。“致螫”指把毒刺送到人身上。此言“猛虎力足以傷人,但因猶豫不定,終不免爲人所捕捉;反不如小小蜂蠆,却能用尾端的毒刺螫傷了人”。　⑯“騏驥”二句:“騏驥”指良馬;“踥蹀”,猶“躑躅”、“局促”,進退不定貌;“安步”,穩步前進。按,此與上句喻意相類,言“良馬遲疑不決,不如笨馬能够前進”。　⑰“孟賁”二句:“孟賁”,古代有名的勇士;“賁”音奔。“必至”,一定達到目的。此言“雖勇如孟賁,若猶疑不定,反不及一個凡庸的人能達到目的”。　⑱“雖有”三句:“吟”,同“噤”,閉口不言;“瘖”音 yīn,啞;“指麾”,打手勢。此言“一個人雖有舜、禹那樣大的智慧,但他却閉着口一語不發,還不如又啞又聾的人打手勢的效果好。”　⑲“此言貴”句:此總承以上“猛虎”、“騏驥”、“孟賁”、“舜、禹”四喻而言,猶言“以上這些例子都説明凡事以能付諸實踐爲貴”。　⑳“夫功者”二句:言“創業不易成功,但很容易失敗”。　㉑“時者”二句:“時”指時機。　㉒“時乎時”二句:“來”古讀爲釐,與“時”叶韻。此言“機會啊,機會啊,機會是不會再來的了!”　㉓“漢終”句:言“劉邦最後總不會把我的齊國奪去的”。　㉔“遂謝”句:“謝”,有“拒絶”之意。顔注:“告令罷去。”　㉕“蒯通説”二句:上句,“説”讀去聲,指勸説韓信的意見;“不聽”,不被採納。下句,“已”,後來;“詳”通“佯”,“佯狂”,假裝瘋顚;“巫”,用巫術爲人治病祈福的人。此寫蒯通恐怕勸韓信叛漢的事被人發覺,就裝瘋冒充巫者以避禍。　㉖“漢王之困”三句:事已見項羽本紀。　㉗“高祖”句:

言“劉邦乘韓信不備，奪去他的兵權”。　⑭“漢五年”句：“漢五年”，卽公元前二〇二年。　⑭“徙齊王信”二句：“徙”，改封；“下邳”，已見留侯世家註釋。〔以上是第四大段，寫武涉、蒯通勸韓信叛漢而韓信不從，正說明後來韓信被殺是冤屈的。趙翼說：“史記淮陰侯傳全載蒯通語，正以見淮陰之心乎爲漢，雖以通之說喻百端，終確然不變；而他日之誣以反而族之者之冤痛，不可言也。……”（見陔餘叢考卷五）錄以備考。〕

　　信至國①，召所從食漂母②，賜千金；及下鄉南昌亭長，賜百錢，曰：“公，小人也，爲德不卒③。”召辱己之少年令出胯下者，以爲楚中尉④。告諸將相曰：“此壯士也，方辱我時，我寧不能殺之邪！殺之無名⑤，故忍而就於此。”

　　項王亡將鍾離眛家在伊廬⑥，素與信善；項王死後，亡歸信。漢王怨眛，聞其在楚，詔楚捕眛。

　　信初之國⑦，行縣邑，陳兵出入。

　　漢六年⑧，人有上書告楚王信反。高帝以陳平計⑨，天子巡狩會諸侯。南方有雲、夢⑩，發使告諸侯會陳⑪：“吾將游雲、夢。”實欲襲信⑫，信弗知。高祖且至楚⑬，信欲發兵反；自度無罪⑭，欲謁上，恐見禽。人或說信曰：“斬眛謁上⑮，上必喜，無患。”信見眛計事⑯，眛曰：“漢所以不擊取楚，以眛在公所⑰，若欲捕我以自媚於漢⑱，吾今日死，公亦隨手亡矣！”乃罵信曰：“公非長者⑲！”卒自剄。信持其首謁高祖於陳，上令武士縛信，載後車⑳。信曰：“果若人言㉑：‘狡兔死，良狗亨；高鳥盡㉒，良弓藏；敵國破，謀臣亡。’天下已定，我固當亨！”上曰：“人告公反。”遂械繫信㉓。至雒陽，赦信罪，以爲淮陰侯。

　　信知漢王畏惡其能㉔，常稱病不朝從㉕。信由此日怨望㉖，居常鞅鞅，羞與絳、灌等列㉗。

信常過樊將軍噲㉘，噲跪拜送迎，言稱臣，曰："大王乃肯臨臣㉙！"信出門笑曰："生乃與噲等爲伍㉚！"

上常從容與信言諸將能不㉛，各有差。上問曰："如我，能將幾何㉜？"信曰："陛下不過能將十萬。"上曰："於君何如㉝？"曰："臣多多而益善耳㉞。"上笑曰："多多益善，何爲爲我禽㉟？"信曰："陛下不能將兵而善將將㊱，此乃信之所以爲陛下禽也。且陛下所謂天授㊲，非人力也。"

陳豨拜爲鉅鹿守㊳，辭於淮陰侯。淮陰侯挈其手㊴，辟左右與之步於庭㊵，仰天歎曰："子可與言乎㊶？欲與子有言也。"豨曰："唯將軍令之㊷！"淮陰侯曰："公所居，天下精兵處也㊸；而公，陛下之信幸臣㊹也。人言公之畔㊺，陛下必不信；再至㊻，陛下乃疑矣；三至，必怒而自將㊼。吾爲公從中起㊽，天下可圖也。"陳豨素知其能也，信之，曰："謹奉教。"

漢十一年㊾，陳豨果反。上自將而往㊿，信病不從。陰使人至豨所(51)，曰："第舉兵(52)，吾從此助公。"信乃謀與家臣夜詐詔赦諸官徒奴(53)，欲發以襲呂后、太子(54)。部署已定，待豨報。其舍人得罪於信(55)，信囚，欲殺之。舍人弟上變告信欲反狀於呂后(56)。呂后欲召，恐其黨不就(57)；乃與蕭相國謀(58)，詐令人從上所來(59)，言豨已得死(60)，列侯羣臣皆賀。相國紿信曰(61)："雖疾(62)，彊入賀。"信入(63)，呂后使武士縛信，斬之長樂鍾室(64)。信方斬(65)，曰："吾悔不用蒯通之計，乃爲兒女子所詐(66)，豈非天哉！"遂夷信三族(67)。

①至國：到他所封的國都去，即到下邳去。　②"召所從食"句："從食"，向人乞食；"所從食漂母"，韓信所乞食的那個漂母。　③爲德不

卒：做好事有始無終。 **顏注**："言晨炊餼食。" ④**中尉**：掌管巡城捕盗的武官。 ⑤**"殺之"二句**：上句，"無名"，與"師出無名"的"無名"同義，言没有充分的理由。下句，"忍"，忍耐；"就"，**顏注**："成也。成今日之功。"言"當時忍了過去，而今天有所成就"。 ⑥**"項王亡將"句**："亡將"，逃亡在外的將領；"鍾離眛"已見**項羽本紀**註釋，應作"眛"，不作"眛"。"**伊盧**"，山名，又稱**中盧山**。其地有伊盧鄉。在今**江蘇省海州市**附近。 ⑦**"信初之國"三句**：言"韓信初到**下邳**時，巡視所統轄的縣邑，出入都嚴陳兵衞"。按，下文"人有上書告**楚王信反**"，即因此事而起。 ⑧**漢六年**：即公元前二〇一年。 ⑨**"高帝"二句**：事見**史記陳丞相世家**："**漢六年**，人有上書告**楚王韓信**反。**高帝**問諸將，諸將曰：'亟發兵阬豎子耳。'**高帝**默然。問**陳平**。……**平**曰：'古者天子巡狩，會諸侯。南方有**雲、夢**，陛下第（只管）出，僞游**雲、夢**，會諸侯於**陳**。**陳**，**楚**之西界；**信**聞天子以好出游，其勢必無事而郊迎謁；謁而陛下因禽（擒）之。此特一力士之事耳。'**高帝**以爲然。……"蓮録以備考。"巡狩"，古禮，天子親往諸侯境内巡視；天子所到之地，諸侯皆來朝會，故言"會諸侯"。 ⑩**雲、夢**：即**雲夢澤**，已見前**左傳吳楚柏舉之戰**註釋。按，"**雲、夢**"本戰國時**楚**之畋獵之地，至**漢**初尚如此，故**劉邦**想以游**雲、夢**爲藉口。今**湖北省曹湖**、**梁子湖**、**斧頭湖**等數十個大小相連的湖泊，當即**雲夢澤**的遺址，並非專指今**湖北省孝感專區**的**雲夢縣**一地而言。 ⑪**陳**：古**陳國**地，即今**河南省淮陽縣**。 ⑫**襲信**：暗算**韓信**。 ⑬**"高祖且至楚"二句**：上句，"且至**楚**"，將要到達**楚**國界。下句，言"**韓信**也疑心**劉邦**之來非善意，所以想發兵造反"。按，下文緊接"自度無罪"等語，顯然與此意直接矛盾，疑此句爲作者曲筆。 ⑭**"自度"三句**："度"音奪，揣測；"上"指**劉邦**；"見禽"，被擒。此言"**韓信**自思，並没有犯罪，則**劉邦**之來也可能與己無關；但要想親自去謁見**劉邦**，又怕被他擒住"。 ⑮**"斬眛"句**：殺了**鍾離眛**再去謁見**劉邦**。 ⑯**信見眛計事**：**韓信**去見**鍾離眛**，同他談論此事。 ⑰**公所**：你這個地方。"所"音sǔ，作"**處所**"、"**地方**"解。 ⑱"芋欲"三句:"自媚",自動地討好於人;"隨手亡",緊跟着死掉。此言"如果想捕殺我去討好劉邦,我今天死去,你也會緊接着送命的"。　　⑲長者:忠厚的人。此指韓信没有信義。　　⑳載後車:"後車",皇帝出行時隨侍在輦後的副車。　　㉑"果若"句:果然像一般人所説的那樣。一説,"人"指蒯通,因蒯通也説過類似的話(沈欽韓説)。亦可通。按,下文六句,或是當時流行成語。　　㉒"高鳥盡"四句:前二句與"狡兔死"二句是比喻,言"良弓所以射高飛之鳥,鳥既射盡,弓也就被人擱置一邊了"。後二句是本意,言"敵國既已破滅,謀臣也就被殺害了"。按,史記越世家、吳越春秋皆有類似之語。淮南子説林訓也説:"狡兔得而獵犬烹,高鳥盡而強弩藏。"亦與此大致相同。　　㉓遂械繫信:"械繫",用刑具鎖縛。　　㉔畏惡其能:"惡"音務,憎嫌。此言"韓信知道劉邦對自己的才能又怕又恨"。　　㉕"常稱病"句:"稱病",藉口生病;"不"字兼爲"朝"、"從"兩事的狀詞,"不朝"指不朝見;"不從"指劉邦有事出行,韓信不隨侍(用漢書顏注)。　　㉖"信由此"二句:上句,一本"日"下有"夜"字。"由此",從此以後;"怨望",怨恨;"望"亦作"怨"解。下句,"居",平日家居;"鞅鞅",同"快快",愁悶失意貌。顏注:"志不滿也。"　　㉗"羞與"句:"絳"是絳侯周勃,"灌"是潁陰侯灌嬰,都是劉邦手下的將領;"等列",同列。此言"韓信以自己與周勃、灌嬰等人地位相等爲羞恥"。　　㉘"信常過"句:"過",拜訪。　　㉙乃肯臨臣:"臨臣",光臨我家。按,樊噲之言實有引以爲榮之意,謂"像你這樣的大王身分居然肯到我家裏來"。但此時韓信已被貶爲侯,聽此言乃更感不快。　　㉚"生乃與"句:"生",活着,此處引申有"一生"之意;"伍",同列,同輩。顏注:"言俱爲列侯。"此言"我這一輩子竟同樊噲他們這一般人處在同一地位"。　　㉛"上常從容"二句:上句,"從容",形容閒暇無事的狀詞;"能不",能與不能;"不"同"否"。下句,"差"讀次平聲,參差。此二句言"劉邦曾與韓信閒談,論及諸將才能的高下,認爲他們的本領彼此各有不同,水平不一"。　　㉜能將幾何:"將"讀平聲,作"率領"解。此言"能帶多少兵"。

㉝於君何如: 言"帶兵的事對你來說又該怎樣"。　　㉞"臣多多"句: 言"我帶兵人數愈多,愈有辦法"。漢書"善"作"辦"。　　㉟"何爲"句:"何爲",猶"爲什麼";"爲我禽"的"爲"作"被"解。言"你爲什麼還被我擒住"。　　㊱善將將: 上"將"字讀平聲,率領;下"將"字讀去聲,將領。此言"劉邦雖不善於帶兵,却善於控制大將"。　　㊲"且陛下"二句: 此言"況且你的才能實在是天賦,與人力無關"。按,史記中屢言劉邦之成功是由天命而非由人力,實寓譏貶之意。　　㊳"陳豨"二句:上句,"陳豨",事見史記韓王信盧綰列傳。公元前二百年(漢七年),陳豨因功封陽夏侯,爲代相國,並居代地監邊兵。後趙相周昌見陳豨盛招賓客,恐有變,乃向劉邦進言。劉邦召陳豨,陳豨稱病不赴,遂舉兵叛漢。劉邦親往擊陳豨,豨終於爲樊噲所斬。"鉅鹿守",鉅鹿郡的太守。"鉅鹿"已見項羽本紀註釋。下句,言陳豨到韓信處辭行。　　㊴挈其手: "挈"音 xié,作"執"解,拉着,攜着。　　㊵"辟左右"句:"辟"同"避";"辟左右",胡三省說:"屏除左右也。"言命令左右的侍從迴避。"與之步於庭",同陳豨在院子裏散步。　　㊶"子可"二句: 大意是: "我有話可以同你説麼? 我想同你談談呢!"　　㊷唯將軍令之: 一切聽您的吩咐。　　㊸"天下"句: 言陳豨所居之處,是當時中國兵力最精的地方。　　㊹信幸臣: 親信寵幸之臣。　　㊺"人言"二句: 別人說你造反,劉邦一定不信。"畔"同"叛"。㊻再至: 你叛變的消息再度傳來。下文"三至"義仿此。　　㊼"必怒"句:劉邦一定大怒,並且親自帶兵去攻打你。　　㊽吾爲"句: 大意是:"我給你做內應,從京城裏起兵。"周壽昌說:"豨此時無反意。信因其來辭,突教之反,不懼豨之言於上乎? 此等情事不合,所謂微辭也。"　　㊾"漢十一年"二句:"漢十一年",即公元前一九六年。按,陳豨叛漢,前人多以爲由周昌告變釀成,並非預有謀劃。故與韓信密謀事,前人亦多疑之。史記評林引茅坤說:"此情似誣。豨,漢信幸臣也;偶過拜淮陰,淮陰何以遽行謀反! 及豨反後,亦無往來迹。且豨之反,自周昌所言倉卒激之,安得與淮陰有夙謀! 此皆忌口慎陽侯(見下文註釋)輩讒之;不然,漢廷謀臣

詐以此論殺之(指韓信)耳。"又引歸有光說:"陳豨事疑出告變之語。考豨傳,豨招致賓客,爲周昌所疑,一時懼禍,遂陷大戮。非素蓄反謀也。且已部署而曠日待豨報,信亦不知兵機矣(見下文)!此必吕后與相國(指蕭何)文致之(深文周納,爲韓信羅織罪名)者。"皆足以供參考。

(50)"上自將"句:"往",往征陳豨。　(51)"陰使人"句:暗中派人到陳豨那兒。"所"音 sǔ,處所;下文"詐令人從上所來"的"所"與此同義。

(52)"第舉兵"二句:"第",儘管,只管;"從此",在這兒,在此地(指京城中)。

(53)"信乃謀"句:"謀與家臣"猶言"與家臣謀";"夜詐詔",乘黑夜中假傳聖旨;"徒",犯人;"奴",奴隸。胡三省說:"有罪而居作(在監獄中勞動)者爲徒,有罪而没入官者爲奴。""赦諸官徒奴",把没入官中的許多犯人和奴隸釋放出來。　(54)"欲發"句:"發",指派遣犯人和奴隸;"太子",指劉邦的兒子劉盈。　(55)"其舍人"句:"舍人",韓信家的門客。按,史記高祖功臣侯年表:"慎陽侯欒説,爲淮陰舍人,告淮陰侯信反,侯。二千户。"則此"舍人"即欒説(音悦),因告密而受封爲侯。　(56)"舍人弟"句:"舍人弟",當是欒説的兄弟;"上變告信欲反狀於吕后",向吕后出首告密,陳説韓信要造反的情況。顔注:"凡言'變'、'告'者,謂告非常之事。"

(57)恐其黨不就:王伯祥說:"怕他黨羽多,不肯就範。"按,漢書顔注以"黨"爲"儻"之假借字,資治通鑑則逕作"儻",卽"倘",作"萬一"解。言"怕他萬一不肯就範",亦通。　(58)"乃與"句:"蕭相國"卽蕭何。"相國"卽丞相。　(59)"詐令人"句:派一個人假作從劉邦那兒回來。　(60)"言豨"句:說陳豨已被擒住殺死了。"得",擒獲。　(61)"相國"句:"紿",欺騙。

(62)"雖疾"二句:雖然生病,還是勉強進宫去祝賀一下的好。"彊"讀上聲。

(63)信入:韓信進了宫。　(64)"斬之"句:"長樂",宫名。據三輔黄圖,此宫本秦之興樂宫,公元前二百年始建成,劉邦和吕后經常居住於此。"鍾"同"鐘",懸鐘的屋子叫"鍾室"。此言"把韓信斬於長樂宫懸鐘的室中"。

(65)方斬:臨刑之際。　(66)"乃爲兒女子"句:"兒女子",指吕后和太子劉盈。此言"竟被婦人小子所欺騙"。　(67)遂夷信三族:"三族"指父、母、妻三族。餘已詳 李斯列傳註釋。按，韓信之死，前人多疑爲冤獄。兹引梁玉繩 史記志疑之言以供參考："信之死冤矣！前賢皆極辨其無反狀，大抵出于告變者之誣詞，及 吕后與相國文致之耳。史公依漢廷獄案敍入傳中，而其冤自見。一飯千金，弗忘漂母，解衣推食，寧負高皇！不聽涉、通于擁兵王 齊之日，必不妄動于淮陰家居之時；不思結連（黥）布、（彭）越大國之王，必不輕約邊遠無能之將。'賓客多'（指 陳豨）與'稱病'之人（指韓信）何涉？'左右辟'則'絜手'之語誰聞？上謁入賀，謀逆者未必坦率如斯；家臣徒奴，善將者亦復部署有幾（言家臣徒奴人數和能力有限，韓信必不輕加信任）！是知高祖畏惡其能，非一朝夕。胎禍于躡足附耳，露疑于奪符襲軍；故禽縛不已，族誅始快。'從豨軍來，見信死，且喜且憐'（見下文），亦諒其無辜受戮爲可憫也。……"〔以上是第五大段，寫韓信終因爲 劉邦所忌而被殺，説明最高封建統治者的殘酷和毒辣。〕

高祖已從豨軍來①，至②，見信死，且喜且憐之③，問："信死亦何言？" 吕后曰："信言恨不用 蒯通計。"高祖曰："是齊辯士也。" 乃詔齊捕 蒯通。蒯通至，上曰："若教淮陰侯反乎④？" 對曰："然。臣固教之。豎子不用臣之策⑤，故令自夷如此；如彼豎子用臣之計，陛下安得而夷之乎？" 上怒曰："亨之！" 通曰："嗟乎，冤哉亨也！" 上曰："若教 韓信反，何冤？" 對曰："秦之綱絶而維弛⑥，山東大擾⑦，異姓並起⑧，英俊烏集⑨；秦失其鹿⑩，天下共逐之，於是高材疾足者先得焉⑪。跖之狗吠堯⑫；堯非不仁，狗固吠非其主。當是時，臣唯獨知 韓信⑬，非知陛下也。且天下鋭精持鋒⑭，欲爲陛下所爲者甚衆；顧力不能耳⑮。又可盡亨之邪？" 高帝曰："置之⑯！" 乃釋⑰通之罪。

①"高祖已從"句：言 劉邦從征伐 陳豨的軍中歸來。　②至：到了京城。據 史記韓王信盧綰列傳，劉邦此時是回到 東都 洛陽而非回到 長安。

③"且喜"句：又高興、又憐憫。"之"指韓信。　　④"若教"句："若"，你；"教"，教唆。　　⑤"豎子"四句："豎子"指韓信，猶言"這傢伙"、"這小子"；"自夷"，自取滅亡。此四句大意是："這傢伙不聽我的話，因此他才使自己夷滅了三族；如果他聽了我的話，你又怎麼能消滅他呢？"言外謂果真如此，劉邦是否能統一中國而稱帝，尚在兩可。　　⑥綱絕而維弛："綱"，用以結網的主要大繩。"維"，繫船的纜或張挂箭靶的繩子。"綱維"連成複合詞，即以喻法度。"絕"，斷；"弛"，鬆；"綱絕維弛"，以喻法度敗壞，政權解體。　　⑦山東大擾："山東"指六國故地；"大擾"，大亂。⑧"異姓"句："異姓"指各國諸侯，與秦不同宗族的人。　　⑨烏集：像羣鴉一樣聚集到一起。　　⑩"秦失"二句：上句，"鹿"，史記集解引張晏說："以'鹿'喻帝位也。"楊樹達說："張說固是，然'鹿'何以喻帝位，當必有故。余謂'鹿'、'禄'古音同，此用'鹿'字之音寓'禄'字之意也。論語爲政篇云：'子張學干禄。'集解云：'禄，禄位也。'此後世所謂雙關語。上文'相君之背'，用背脊之背寓背畔（叛）之意，與此正同。但彼'背脊'、'背畔'爲同字，此'鹿'與'禄'爲異字耳。"按，楊說是。日人瀧川資言亦以"鹿"爲"禄"之通假字，似不及楊說透闢。下句，言天下人共同追逐秦國所已失去的帝位，打算取而代之。　　⑪"於是"句："高材"，本領高的人；"疾足"，跑得快的人；"先得焉"，先得到帝位。　　⑫"跖之狗"三句：第一句，"跖"是盜跖，古代傳說中的大盜；"堯"是古代理想的仁君。"跖"和"堯"代表兩個絕對的對立面。跖所豢養的狗自然以堯爲反對的目標而向他鳴吠。第二、三句，言"這並不等於說堯不是仁君，而是由於狗所鳴吠的對象不是它的主人"。戰國策齊策六："貂勃曰：'跖之狗吠堯，非貴跖而賤堯也，狗固吠非其主也。'"即與此同義。　　⑬"臣唯獨"二句：大意是："我在當時心目中只知有韓信，根本沒有考慮到你。"⑭"且天下"二句：上句，"鋭"，動詞，言磨之使鋭；"精"，精純的鐵；"鋭精"，胡三省說："言磨淬精鐵而鋭之也。""鋒"，利刃。"精"、"鋒"以喻人之雄心大志。此猶今言"磨拳擦掌，養精蓄鋭"之意。下句，言"想要照你所做的事業去

做的人多得很”。意謂爭王圖霸的原不止劉邦一人。　⑮“顧力”句：只是他們能力不够罷了。　⑯置之：“置”，赦免。　⑰釋：猶“恕”。〔以上是第六大段，補寫刪通事以完篇。〕

太史公曰：“吾如淮陰①，淮陰人爲余言：韓信雖爲布衣時，其志與衆異②；其母死，貧無以葬，然乃行營高敞地③，令其旁可置萬家④。余視其母冢⑤，良然。假令韓信學道謙讓⑥，不伐己功⑦，不矜其能，則庶幾哉⑧，於漢家勳可以比周、召、太公之徒⑨，後世血食矣⑩。不務出此⑪，而天下已集⑫，乃謀畔逆；夷滅宗族，不亦宜乎！”

①吾如淮陰：“如”，去，往。　②“其志”句：他的志趣和一般人不同。　③行營高敞地：“行”，向各處行走；“營”，謀求；“高”指地勢高；“敞”，寬敞。此連上文言“韓信雖窮得没有力量葬他母親，然而他卻各處尋求又高又寬的葬地”。　④“令其旁”句：目的在於使墳墓四旁可以安頓得下一萬戶人家。王伯祥説：“用萬戶來守冢，顯然是帝王的排場。”　⑤“余視”二句：我看到他母親的墳墓，果然如人們所説。　⑥“假令”句：“學道”，王伯祥用瀧川資言説，以爲“道”指老子之道，近是。因爲老子一書所講確是“謙讓之道”。　⑦“不伐”二句：“伐”和“矜”都是“驕傲自滿”之意。老子：“功成、名遂、身退，天之道。”又：“不自伐，故有功；不自矜，故長（長久）。……自伐無功，自矜不長。”皆指出誇功恃才是不利於己的。　⑧則庶幾哉：此是倒裝語，連下文應作“則於漢家勳庶幾可以比周、召、太公之徒，後世血食矣！”“庶幾”，差不多。　⑨“於漢家”句：“漢家”，猶言“漢室”；“周”，周公旦；“召”，召公奭；二人皆先佐武王、後輔成王的功臣。“太公”即吕望。“徒”，一輩人物。　⑩“後世”句：言韓信的後代可以一直受到祭享。王伯祥説：“此與‘夷三族’對照，意味着無限的惋惜。”　⑪不務出此：不知向着這方面努力。“此”指“學道謙讓”。　⑫“而天下”二句：“集”，定。言“天下已定，竟想造反”。按，李

慈銘説："案，'天下已集，乃謀畔逆'，此史公微文。謂淮陰之愚，必不至此也。"李笠也説："案天下已集，豈可爲逆於其必不可爲叛之時，而夷其宗族，豈有心肝人所宜出哉！讀此數語，韓信心跡，劉季、呂雉手段，昭然若揭矣。"皆指出作者作傳本意。〔以上是第七大段，作者一面對韓信表示惋惜，一面以微辭暗示他謀反的可疑。〕

（十）　萬石張叔列傳①——節錄

萬石君名奮②。其父趙人也，姓石氏。趙亡，徙居溫③。

高祖東擊項籍，過河內④，時奮年十五，爲小吏，侍高祖。高祖與語，愛其恭敬，問曰："若何有⑤？"對曰："奮獨有母，不幸失明。家貧。有姊能鼓琴⑥。"高祖曰："若能從我乎？"曰："願盡力。"於是高祖召其姊爲美人⑦；以奮爲中涓⑧，受書謁；徙其家長安中戚里⑨。——以姊爲美人故也。其官至孝文時⑩，積功勞至太中大夫⑪。無文學⑫，恭謹無與比。

文帝時，東陽侯張相如爲太子太傅⑬，免；選可爲傅者，皆推奮，奮爲太子太傅。

及孝景卽位⑭，以爲九卿迫近⑮，憚之，徙奮爲諸侯相。

奮長子建，次子甲⑯，次子乙，次子慶：皆以馴行孝謹⑰，官皆至二千石。於是景帝曰："石君及四子皆二千石，人臣尊寵乃集其門⑱。"號奮爲萬石君。

孝景帝季年⑲，萬石君以上大夫祿歸老於家。以歲時爲朝臣⑳。過宮門闕㉑，萬石君必下車趨；見路馬㉒，必式焉。子孫爲小吏，來歸謁㉓，萬石君必朝服見之㉔，不名。子孫有過失，不譙讓㉕，爲便坐㉖，對案不食。然後諸子相責㉗，因長老肉袒固謝罪；改之，乃許。子孫勝冠者在側㉘，雖燕居必冠㉙，申申如也。僮僕訢訢如也㉚，唯謹。上時賜食於家㉛，必稽首俯伏而食之，如在上前。其執喪㉜，哀戚甚悼。子孫遵教㉝，亦如之。萬石君家以孝謹聞乎郡國㉞，雖齊、魯諸儒質行㉟，皆自以爲不及也。

建元二年㊱，郎中令王臧以文學獲罪㊲。皇太后㊳以爲：儒者文多質少㊴，今萬石君家不言而躬行。乃以長子建爲郎中令，少子慶爲內史㊵。

建老，白首，萬石君尚無恙㊶。建爲郎中令，每五日洗沐㊷，歸謁親，入子舍㊸，竊問侍者㊹，取親中裙厠牏㊺，身自浣滌，復與侍者，不敢令萬石君知㊻，以爲常。建爲郎中令，事有可言㊼，屏人恣言，極切；至廷見㊽，如不能言者。是以上乃親尊禮之㊾。

萬石君徙居陵里㊿。內史慶醉歸，入外門(51)不下車。萬石君聞之，不食。慶恐(52)，肉袒請罪；不許。舉宗及兄建肉袒(53)。萬石君讓曰："內史，貴人(54)；入閭里，里中長老皆走匿(55)，而內史坐車中自如，固當！"乃謝罷慶(56)。慶及諸子弟入里門趨至家(57)。

萬石君以元朔五年中卒(58)。長子郎中令建哭泣哀思(59)，扶杖乃能行。歲餘，建亦死。諸子孫咸孝(60)，然建最甚，甚於萬石君。建爲郎中令，書奏事(61)，事下(62)，建讀之，曰："誤書！'馬'字與尾當五(63)，今乃四，不足一。上譴死矣(64)！"甚惶恐(65)。其爲謹慎(66)，雖他皆如是。

萬石君少子慶爲太僕(67)。御出(68)，上問車中(69)："幾馬？"慶以策數馬畢(70)，舉手曰："六馬。"慶於諸子中最爲簡易矣(71)，然猶如此。爲齊相，舉齊國皆慕其家行(72)，不言而齊國大治。爲立石相祠(73)。

元狩元年⑭，上立太子，選羣臣可爲傅者，慶自沛守⑮爲太子太傅。七歲，遷爲御史大夫⑯。

元鼎五年秋⑰，丞相有罪，罷。制詔御史⑱："萬石君先帝尊之，子孫孝；其以御史大夫慶爲丞相，封爲牧丘侯⑲。" 是時漢方南誅兩越⑳，東擊朝鮮㉑，北逐匈奴㉒，西伐大宛㉓，中國多事㉔。天子巡狩海內，脩上古神祠㉕，封禪㉖，興禮樂㉗。 公家用少㉘，桑弘羊等致利；王溫舒之屬峻法㉙； 兒寬等推文學至九卿㉚，更進用事——事不關決於丞相㉛，丞相醇謹而已。 在位九歲，無能有所匡言㉜。 嘗欲請治上近臣所忠、九卿咸宣罪㉝，不能服，反受其過㉞，贖罪。

元封四年中㉟，關東流民二百萬口，無名數者四十萬㊱。 公卿議：欲請徙流民於邊以適之㊲。 上以爲丞相老謹㊳， 不能與其議，乃賜丞相告歸㊴； 而案御史大夫以下議爲請者㊵。 丞相慙不任職㊶，乃上書曰："慶幸得待罪丞相㊷，罷駑無以輔治㊸，城郭倉庫空虛㊹，民多流亡，罪當伏斧質㊺。上不忍致法㊻。願歸丞相侯印，乞骸骨歸㊼，避賢者路㊽。"天子曰："倉廩既空，民貧流亡，而君欲請徙之㊾；搖蕩不安㊿，動危之，而辭位；君欲安歸難乎(111)？"以書讓慶，慶甚慙(112)，遂復視事。

慶文深審謹(113)，然無他大略爲百姓言(114)。

後三歲餘，太初二年中(115)，丞相慶卒，謚爲恬侯。

慶中子德，慶愛用之(116)，上以德爲嗣(117)，代侯。後爲太常(118)，坐法當死，贖免爲庶人(119)。

慶方爲丞相，諸子孫爲吏更至二千石者十三人(120)。及慶死，後稍以罪去(121)，孝謹益衰矣。……

①這是一篇合傳。共記石奮、石建、石慶一家及衞綰、直不疑、周仁、張歐（卽張叔）等人事迹。玆僅節選石奮、石建、石慶三人傳記，餘皆從略。傳中對於石奮一家的戀棧利祿、僞作謹厚的虛矯作風進行了深刻犀利的諷刺，但從文字表面看却像在頌揚他們一家人的恭敬孝謹。牛運震史記糾繆指出：“太史公敍萬石君、張叔等，處處俱帶諷刺。”正說明本篇特點所在。　　②“萬石君”句：“石”，量米穀的容量單位名，十斗爲一石。漢制，凡郡守、諸侯相以及朝中的光禄大夫、五官中郎將、太子太傅等，皆年食俸米二千石。石奮及其四子皆位至二千石，故漢景帝劉啟呼石奮爲“萬石君”。　　③溫：漢縣名，故城在今河南省溫縣西南三十里。④河內：秦郡名。今河南省黄河以北之地，皆屬河內。河內故治在懷州（今河南省沁陽縣），而溫縣舊屬懷州，故劉邦能在彼處遇到石奮。⑤若何有：“若”，你；“何有”，漢書顔注：“有何戚屬。”意謂“你家裏有什麼人”。　　⑥“有姊”句：漢書萬石君傳“琴”作“瑟”。周壽昌說：“趙人多善瑟者，奮家於趙，從‘瑟’爲是。”按，周說近是。　　⑦美人：漢女官名，地位相當於二千石。此言“劉邦納石奮姊爲妃嬪，封爲美人”。　　⑧“以奮”二句：上句，“中涓”，官名。顔注：“‘涓’潔也。言其在內（宮內），主知（管理）潔清灑埽之事。蓋親近左右也。”下句，“謁”，卽名刺。顔注：“外有書謁，令奮受之也。”此言“石奮爲劉邦的近侍之臣，凡宮中有文書往來及大臣謁見之事，皆由石奮經手負責”。　　⑨戚里：當時長安城內一條胡同的名字。漢書補注引劉攽說：“此里偶名戚里爾。高祖以奮姊爲美人，故使居戚里，示有親戚之義。”　　⑩“其官”句：言石奮爲中涓之官，一直到漢文帝劉恆之時。“孝文”已見前留侯世家註釋。　　⑪“積功勞”句：由於功勞積累，陞遷爲太中大夫。按，“太中大夫”，官名。漢書百官公卿表：“大夫，掌論議。有太中大夫、中大夫、諫大夫。……太中大夫，秩比千石。”續漢書百官志：“凡大夫、議郎，皆掌顧問應對，無常事。唯詔命所使。”則是備皇帝顧問的官，沒有正式職務。　　⑫“無文學”二句：上句，“文學”指儒術，當時稱能通六經、知禮樂的人爲“文學之士”，像賈誼、

董仲舒 等都是。下文“王臧以‘文學’獲罪”，即指以儒術獲罪，與此同義。此句實即謂石奮是個不學無術的人。下句，“無與比”，誰也比不上他。按，漢書在“無與比”上多“舉”字，“舉”，猶“皆”。顏注引張晏説：“舉朝(滿朝)無比也。”按，此句實即謂石奮除了對人十分恭敬謹慎之外，一無所長。　　⑬“東陽侯”句：“東陽侯張相如”，事跡略見 史記高祖功臣侯年表：“高祖六年爲中大夫，以河間守擊陳豨力戰功，侯。千三百户。”“東陽”，漢縣名，故城在今山東省恩縣西北六十里。“太子太傅”，官名，已見留侯世家。當時的太子即漢景帝劉啟。　　⑭“及孝景”句：“孝景”，即漢景帝，名啟，文帝 的中子。公元前一五六年即位，在位十六年(帝死於公元前一四一年)。　　⑮“以爲九卿”二句：“九卿”與“迫近”應連讀。郭嵩燾説：“案萬石君爲太子太傅時，景帝方爲太子也，爲其恭謹所拘苦，以不得自肆。及即位，以爲九卿迫近，日侍上前，故徙爲諸侯相以遠之。太子太傅蓋亦九卿之列也，……”“迫近”指其職居近侍。周壽昌 説：“以九卿迫近上前，憚其拘謹也。”按，郭 説是。舊本多以“以爲九卿”爲一句，非是。“憚”，猶言“嫌忌”。　　⑯“次子甲”二句：“甲”、“乙”是古代史籍習見的代稱，並非石奮之子有名叫“甲”或“乙”的。顏注：“史失其名，故云‘甲’、‘乙’耳，非其名。”顧炎武日知録：“‘甲’、‘乙’非名也；失其名而假以名之也。”後世小説猶往往有“某甲”、“某乙”之類的代稱。　　⑰馴行孝謹：“馴”，作“順”解；“馴行”，對父母百依百順，十分馴服；“孝謹”，孝順而謹慎。　　⑱“人臣”句：“尊寵”，尊貴和光榮；“集”，作“聚”解；“門”，猶“家”。漢書乃“下有“舉”字。漢書補注引王文彬説：“‘人臣尊寵乃舉集其門’，即謂一門貴寵耳。”　　⑲“孝景帝季年”二句：上句，“季年”，末年。下句，言石奮告老回家，但食上大夫所應得的俸禄，做爲養老之資。沈欽韓説：“漢無上大夫(見前‘太中大夫’註釋)，通(一般)以中大夫二千石(按，即光禄大夫)者當之。”録以備考。　　⑳“以歲時”句：“歲時”，指年關節日；“朝臣”，參加朝賀的大臣。此言“石奮已告老家居，每逢節日，仍參加朝賀”。這是一種特殊的優禮，在漢代叫作“奉朝請”。岡白駒説：

"唯外戚、皇室、諸侯,得奉朝請。(石奮)蓋以姻戚,優禮待之。" ㉑"過宮"二句: 按, 此下寫石奮貌爲恭敬的種種虛矯行爲。"闕", 說文: "門觀也。" 宋戴侗六書故: "宮城上爲樓觀, 闕其下爲門。所謂'闕門'也。" 按, 如今之故宮天安門, 上有樓觀, 下有通路, 卽所謂"闕"。此言"石奮只要一走過皇帝的宮門, 一定下車步行"。 ㉒"見路馬"二句: 上句, "路"與"輅"通, 作"大"解;"輅馬", 天子所乘之馬。下句, "式"同"軾", 本是名詞, 卽車前橫木;此處作動詞用。孔穎達尚書正義: "'式'者, 車上之橫木。男子立乘(古人乘車, 是站在車上的), 有所敬, 則俯而憑式(把身體俯在軾上表示敬意)。遂以'式'爲敬名(表示敬意的名詞)。"此言"石奮在車上如果看見皇帝所乘用的馬, 他也要把身體俯在軾上表示恭敬"。孫希旦禮記集解: "於路馬亦式之, 爲其君之所乘也。"可爲此二句注腳。 ㉓歸謁: 回家探望。 ㉔"萬石君必朝服"二句: 此寫石奮不以家人父子的關係對待子孫, 而以官府的勢派對待他們。雖然他的子孫只是"小吏", 他也要穿着官服同他們相見, 並且不呼喚他們的名字。 ㉕譙讓: 責問。"譙"同"誚", "讓"讀上聲, 下同。 ㉖"爲便坐"二句: 上句, 猶言"設便坐"。"便坐", 別於"正坐"而言。石奮是一家之長, 理應居正坐;不坐在正坐, 表示子孫對他不够尊敬。下句, "案", 盤案, 古人進餐時盛着饌用的矮腳几。對着盤案不吃飯, 也是表示自己不愉快的意思。

㉗"然後"四句: 第一句, "然後", 猶"乃"。劉淇助字辨略: "孟子:'然後敢入。'又云:'予然後浩然有歸志。''然後', 乃也, 繼事之辭也。又, 漢書萬石君傳:'……然後諸子相責, ……'此'然後', 亦是'乃'辭, 然與上意有別。上云因其如此, 方敢入, 方有歸志, 其辭緩;此云見其如此, 遂相責謝罪, 其辭急。""相責", 對犯錯誤的人進行責備。第二句, 主語是"有過失的子孫"。"因長老", 通過本族年老的長輩;"肉袒", 請罪的禮節, 已見前廉藺列傳。"固謝罪", 再三地請罪。第三句, 主語是"有過失的子孫";第四句, 主語是石奮。此言"石奮的許多兒子看到石奮的這種舉動, 趕快把那個犯錯誤的子孫責備一頓, 並且去求本族的長輩來説情, 讓那個犯錯

誤的人祖露着上體向石奮賠罪，承認改悔，石奮方才許可"。　　㉘"子孫
勝冠"句："勝"讀平聲，卽"勝任"之"勝"；"勝冠者"，已達成人之年，可以
有資格戴冠的人（古人滿二十歲卽可加冠，故以二十歲爲"弱冠之年"）。
"在側"，在石奮身邊。　　㉙"雖燕居"二句：主語是石奮。"燕居"卽"閒
居"；"申申"，整飭之貌（用顏師古説）。此連上文言"只要有已經成年的
子孫在石奮身邊，石奮卽使是在閒坐休息時也要把冠戴上，顯得非常整
飭嚴肅的樣子"。　　㉚"僮僕"二句：上句，"訢訢"，同"誾誾"（音 nín），
謹敬之貌（用顏注）。下句，顏注："唯以謹敬爲先。"此言石奮家中的奴僕
都非常端莊嚴肅，只以謹愼恭敬爲先。　　㉛"上時"三句："時"，有時；
"稽首"，叩頭；"俯伏"，猶"匍匐"，指行跪拜之禮。此言"有時皇帝命人把
食物送到石奮家裏給他吃，他也一定要跪在那裏叩着頭去吃它，好像在
皇帝面前一樣"。　　㉜"其執喪"二句："執喪"，顏注："猶言'持喪服'也。
禮記曰：'執親之喪。'"猶今言"居喪"。"哀戚"，哀傷悲慟；"悼"，亦"悲
慟"之意，此處是副詞，用以形容上面的狀詞"哀戚"。此言"石奮每逢有
喪事，總是非常悲慟"。　　㉝"子孫"二句：言"子孫聽從石奮的教訓，也
像他一樣，居喪時非常悲慟"。按，此是諷刺語，實卽謂他們的悲慟都是
僞裝的。　　㉞"萬石君家"句：石奮家中這種孝順謹愼的家風連各個郡
縣和諸侯的國家都聽説了。　　㉟"雖齊、魯"二句：卽使是齊、魯地方的
許多行爲非常質樸踏實的儒生，也都自以爲不如。漢書補注引王文彬
説："論語：'文勝質則史。'皇疏：'質，實也。'言齊、魯尚實行（重實踐），猶
以爲不及萬石君家。下文言'儒者文多質少'，兩'質'字義同。"　　㊱建
元二年："建元"，漢武帝劉徹的年號；"建元二年"爲公元前一三九年，是
劉徹卽位的第二年。　　㊲"郎中令王臧"句：事見史記封禪書和儒林列
傳。封禪書説："趙綰、王臧等，以文學爲公卿，欲議古，立明堂城南，以朝
諸侯；草巡狩、封禪、改歷、服色事。未就。會竇太后治黃、老，不好儒
術；使人微伺得趙綰等姦利事，召案綰、臧。綰、臧自殺。"儒林列傳謂：
"蘭陵（漢縣名，故治在今山東省嶧縣東五十里）王臧，……事孝景帝，爲

太子少傅。免去。今上(漢武帝)初卽位，臧乃上書宿衞。上累遷，一歲中爲郎中令。……趙綰……爲御史大夫。綰、臧請天子，欲立明堂以朝諸侯。……太皇竇太后好老子言，不悅儒術，得趙綰、王臧之過以讓(責)上。上因廢明堂事，盡下趙綰、王臧吏，後皆自殺。"可以參看。　　㊳皇太后: 卽竇太后，是文帝的皇后，景帝的母親，武帝的祖母。故儒林列傳稱她爲"太皇竇太后"。　　㊴"儒者文多"二句: 按，當時的儒者多倡議封禪、巡狩等事以諂媚漢武帝。所謂"文"，卽講排場、尚浮誇；"質"指安分守己，老老實實地做官。故上句言"文多質少"。下句，"不言而躬行"，對皇帝没有什麼建議而只是親身實踐孝謹之道。　　㊵内史: 本周代官名，秦、漢沿用，掌管治理京師的職務。　　㊶萬石君尚無恙: 顔注: "'恙'，憂病。"此連上文言"石建已經年老，頭髮都白了，可是石奮還非常健康。没有疾病"。　　㊷每五日洗沐: "洗沐"，又稱"休沐"，卽休假沐浴的日子。胡三省説: "漢制: 中朝官五日一下里舍休沐，三署諸郎亦然。"意謂每五天可以回私宅一次，做爲休假。至唐代則十日一休沐。正如現今每七日休假一天的情況。　　㊸入子舍: "子舍"，顔注以爲是"諸子之舍"，卽私室。而黄生義府則謂: "'子舍'，猶'子城'，'子'之爲言'小'也，此蓋侍者所居之室。若建自入己舍，則與下事義乖。"今按，黄説近是。此言"石建謁見父親以後，進入侍者的住屋"。　　㊹"竊問"句: 暗中詢問伺候石奮的人。　　㊺"取親"二句: 上句，"親"，顔注: "謂父也。""中裙"，卽今所謂襯袴，又叫"中衣"。王先謙説: "'中裙'者，近身下裳，今有襠之袴，俗謂之小衣者是矣。""厠牏"有三解: 一、顔注: "'厠牏'者，近身之小衫，若今汗衫也。"其説本於晉灼，"牏"音投。二、以"厠牏"爲便桶，猶今俗所謂"馬桶"。見漢書顔注引賈逵、孟康説，以"牏"爲"竇"之假借字，釋爲"厠中函(裝)糞之空木"(李慈銘語)。李慈銘、郭嵩燾皆主此説。三、解"厠"爲"側"；以"牏"爲"竇"之假借字，作"竇"解。王先謙説: "班氏(班固)贊云: '石建澣衣。'(見漢書萬石衞直周張傳末)初未旁及他穢褻之物。……'厠'訓爲'側'。(原注: 漢書汲黯傳注: '厠，牀邊側也。'張釋之傳注: '厠，岸之邊側也。’史記張耳傳索隱：‘廁者，隱側之處。’徐(廣)注云：‘隱於其側。’正與索隱合。……)‘牏’當作‘窬’。……一切經音義九引三蒼云：‘窬，門邊小竇也。’……禮月令‘穿竇窖’注：‘入地隋曰竇，方曰窖。’廣韻：‘竇，水竇也。’然則‘窬’當是傍室中門牆(靠着室中門牆附近)，穿穴入地，空中(即‘中空’)以出水(原注：今楚俗尚有之)。建取親中裙，隱身側近窬邊，自浣洗之耳。故下文云‘不敢令萬石君知’也。”今按，以“廁牏”爲“汗衫”，雖與“中裙”爲同類衣物，但文義實嫌牽强；以“廁牏”爲便桶，詞義雖可通，但與“中裙”並非同類之物，證以班固的贊語，疑亦未確切。故仍以王先謙説爲近是。下句，“身自”，猶言“親自”；“浣滌”，洗濯。⑯“不敢”句：按，此亦石建故意做出的僞孝。所以班固説：“至石建之澣衣，……君子譏之。”　　⑰“事有可言”三句：第一句，顏注：“謂有事當奏諫。”指有可以向皇帝奏諫的事。第二句，“屏人”，避開他人；“恣言”，暢所欲言；“恣”音自。第三句，“切”，懇切，説得又深又透。　　⑱“至廷見”二句：“廷見”，顏注：“謂當朝而見時”，此言“石建當着沒有他人在旁邊時，對皇帝無話不説，及在大庭廣衆之下，就裝出一副好像不會説話的樣子”。這樣做一方面可以保持皇帝的尊嚴，一方面也不得罪羣臣，顯然也是善於做官的法門。　　⑲“是以”句：因此漢武帝對石建很好，親自向他表示尊敬，對他表示優禮。　　⑳陵里：長安城内一條胡同的名字。㉑外門：指里門，即胡同口上的大門。　　㉒“慶恐”三句：前二句的主語是石慶，後一句的主語是石奮。言“石慶雖祖露肩膊向父親請罪，石奮仍不答應”。　　㉓“羣宗”句：言全家族的人以及石建都向石奮請罪。㉔内史，貴人：言“石慶做了内史，已是有身分的人了”。按，此是奚落語。㉕“里中長老”三句：此是故意説反話。言“石慶一走進里門，由於他官階顯赫，里中的老年人都避開了，怕沖撞了石慶；而石慶竟依然如故地坐在車中不動，這原是理所當然”。顏注：“此深責之也。言内史貴人，固當爾(如此)。”㉖乃謝罷慶：顏注：“告令去。”意謂喝令石慶走開。㉗慶及諸子弟”句：言“從此石慶和石家其他的子弟，進里門之後都步行到家，再不敢不下車了"。　　　58"萬石君以"句："元朔五年"，漢武帝即位的第十七年，即公元前一二四年。洪亮吉說："案，傳言高祖東擊項籍，過河內時，奮年十五。事在高祖二年（公元前二〇五年）。據此，則奮卒時年九十六。"按，洪說是。　　　59"長子"二句：上句，"哀思"，哀念；下句，言"身體因悲哀過度，必須拄着拐杖才能走路"。　　　60"諸子孫"三句：第一句，"咸"，完全；第二句，"最甚"指最孝。第三句，言石建比石奮還能盡孝道。　　　61書奏事：書寫奏章，稟陳公事。　　　62事下：公文經皇帝批閱後被發回。　　　63"'馬'字"三句："'馬'字"，一本作"'馬'者"。顏注："'馬'字下曲者爲尾，並四點爲四足，凡五。"按，"馬"字篆文作"", 其下共五筆，象一尾四足之形。石建寫此字只寫了四筆，少了一筆，所以說"今乃四，不足一"。　　　64上譴死矣：言"皇帝要譴責我，我要犯死罪了"。楊樹達說："按，(漢書)藝文志云：'吏民上書，字或不正，輒舉劾。'知漢廷本有正字之法。然亦何至譴死，此言建之過慎也。"瀧川資言說："石建憂其譴死，慮有舉劾者也。"今按，此正作者寫石建患得患失之心情，因一筆之差而慮及"譴死"。　　　65甚惶恐：猶言"十分緊張"、"非常駭怕"。按，漢書無此三字。　　　66"其爲"二句：言"石建所表現的謹慎作風，卽使是其他事件，也同這件事差不多"。　　　67太僕：秦、漢官名，掌管皇帝的輿馬，列爲九卿之一。　　　68御出：給皇帝駕着車出行。　　　69"上問"二句：皇帝在車內問道："用幾匹馬駕車的？""問"下省略"於"字。　　　70"慶以策"三句："策"，鞭子；"數"讀上聲。此言石慶雖明知是六匹馬，卻仍用鞭子數了一遍，數完後才舉手回答道："六匹馬。"　　　71"慶於"二句：言"石慶在石奮的幾個兒子裏面是最單純的一個，但他的作風尚且如此"。按，此是諷刺語。　　　72"舉齊國"二句："行"讀去聲；"家行"，猶言"家風"。此言"整個齊國對於石慶家中的作風都很仰慕，在石慶做齊相時，什麼意見都沒有發表，而人民卻受到他的感化，國內十分安定"。　　　73爲立石相祠：言"齊民對石慶很感激，替他建立了一座祠堂"。按，古代凡有遺愛於民之人，多於死後爲之建立祠堂；此則建於石慶生時。周壽昌說："後世生祠之始。” 　⑭元狩四年: 漢武帝卽位的第十九年，卽公元前一二二年。
⑮沛守: 沛郡太守。此句言石慶由沛郡太守的職位調任太子太傅。
⑯御史大夫: 漢代三公之一，位僅次於丞相和太尉，掌管監察糾劾的職務。
按，石慶在元鼎二年(公元前一一五年)爲御史大夫，上距爲太子太傅時
恰好七年。 　⑰“元鼎”三句: “元鼎五年”，公元前一一二年，是漢武帝
卽位的第二十九年。當時的丞相是趙周，因坐酎金罪被罷去。按漢書武
帝紀元鼎五年載: “九月，列侯坐獻黃金酎祭宗廟不如法，奪爵者百六人。
丞相趙周下獄死。”“酎”音肘，本作“釀酒”解。自漢文帝以後，每逢祭
宗廟時，諸侯必須各依所食邑户多寡獻金若干以助祭，做爲釀酎的費用，
叫作“酎金”。如果稍有分量不足或成色不好的情況，則諸侯往往被削
爵免職。據臣瓚注，這一次酎金“不如法”是由於分量不足，而趙周是知
道這個情形的，因此被連坐下獄。 　⑱制詔御史: 皇帝下詔書給御史。
⑲牧丘侯: 據漢書外戚恩澤表，其所食郡邑在平原，故治在今山東省平原
縣南二十里。 　⑳南誅兩越: “誅”，討伐;“兩越”，卽今兩廣一帶地方。
按，元鼎五年夏四月，南越王相呂嘉殺南越王及漢使而自立，武帝遣路博
德等討平之，至六年，斬呂嘉。此句卽指其事。見漢書武帝紀。 　㉑東
擊朝鮮: 按，武帝元封二年(公元前一○九年)，朝鮮王攻殺遼東都尉，武
帝乃遣楊僕等募被處死刑的罪人往擊。亦見漢書武帝紀。 　㉒北逐匈
奴: 漢武帝卽位以後，幾乎每年都與匈奴有戰事。 　㉓西伐大宛: “宛”
讀爲駕;“大宛”，西域國名。武帝元朔年間，使張騫通西域。至太初元年
(公元前一○四年)，命貳師將軍李廣利征大宛。亦見武帝紀，及史記大
宛列傳。 　㉔中國多事: “中國”指國內;“多事”，猶言“民生不安定”。詳
見史記平準書。 　㉕脩上古神祠: 據史記封禪書，武帝曾修神君祠、太
一祠等。 　㉖封禪: “封”指祭天，“禪”音善，指祭地。漢武帝一生好封
禪之事，詳見史記封禪書。 　㉗興禮樂: 指改曆法、易服色、提倡儒術
等。 　㉘“公家”二句: 上句，猶言“國庫空虛”。下句，“桑弘羊”，漢武帝
時人，本商人之子，後爲大農丞，倡均輸之法。見史記平準書。關於桑

弘羊有關經濟方面的主張，桓寬鹽鐵論記載甚詳。"致利"，猶言"謀利"。　⑧9"王溫舒"句："王溫舒"，武帝時爲司法之官。據史記酷吏列傳，他在河內太守任上，殺人極多，"至流血十餘里"。溫舒之外，前後尚有張湯、義縱、尹齊等人，皆以嚴刑峻法統治人民。詳見酷吏列傳。⑨0"兒寬等"二句：上句，"兒"，古"倪"字。"倪寬"，是孔安國的弟子，武帝時官至御史大夫。史記儒林列傳說他"在三公位，以和良(溫和善良)承意(奉承皇帝的意旨)，從容得久(因循敷衍而得久居其位)；然無有所匡諫於朝"。可見其爲人之一斑。"推文學至九卿"，因儒術被推舉爲九卿。按，倪寬之前，尚有公孫弘，亦因儒術諂事武帝，位至丞相。故此句言"倪寬等"。下句，"更進"，一個跟着一個陞遷其職位；"用事"，掌握實權。⑨1"事不"二句：此承上文"是時漢方……"以下若干句而言。"關"，猶言"通過"；"決"，決定；"醇謹"，唯唯諾諾，老實謹慎。此言"不論外交或內政，也不論經濟或司法方面的事，都可以不通過丞相，也不由丞相決定；丞相只是老老實實地做他的官"。　⑨2匡言：勸諫，進忠正之言。　⑨3"嘗欲"二句："治"，懲辦；"所忠"，人名，姓所名忠，時爲諫議大夫(見郭嵩燾引姓譜)，是武帝親信的近臣；"咸宣"亦人名，姓咸名宣；"咸"讀爲減。其事迹見史記酷吏列傳。此言"石慶曾有一次請求皇帝懲治所忠、咸宣二人的罪行，結果並不能說服他們，使他們認罪"。　⑨4"反受"二句：言"石慶反而因此事受到處分，以米粟納入官中，才得贖罪"。按，此亦作者對石慶的深刻嘲諷。　⑨5"元封"句："元封四年"，公元前一〇七年，是漢武帝即位的第三十四年。　⑨6"無名"句："名數"，顏注："若今戶籍。"此言"二百萬流民中沒有戶籍的有四十萬人"。　⑨7"欲請徙"句："徙"，遷移；"適"同"謫"，此處作"懲罰"解。此言"公卿們建議，打算請求皇帝下命令把這些沒有戶籍的流民遷移到邊疆去，做爲一種懲罰"。⑨8"上以爲"二句：上句，"老謹"，老成持重。下句，"與"，參與。此言漢武帝不同意這種移民於邊的辦法，準備把那些公卿治罪。但公卿有這種提議，丞相也應負有責任；武帝則認爲石慶一向老成持重，對於公卿們移民的意見,他不一定參與在內。王先謙説:"特原之。以其議不合事理,非慶所能爲也。"　　⑨⑨"乃賜"句:於是武帝命令石慶,可以告老退休了。⑩⑩"而案"句:此言"一面便調查自御史大夫以下、凡提議請求移民的公卿們的罪狀"。　　⑩⑩"丞相慙"句:石慶自知不能勝任,心裏很慚愧。

⑩⑫"慶幸得"句:"待罪丞相",謙詞。猶言"忝居丞相的職位"。王伯祥説:"謂在職恐懼,時時警惕自己有罪責也。"此言"我很榮幸,能在丞相的職位上聽候你的處分"。　　⑩⑬"罷駑"句:"罷"同"疲";"駑",笨拙。此言"我很沒有能力,不能輔佐你治理國家"。　　⑩⑭"城郭"句:此言"城郭空虛,倉庫也空虛"。"城郭空虛"指人民流亡在外,"倉庫空虛"指缺乏糧食財物。　　⑩⑮伏斧質:已見前廉藺列傳註釋。　　⑩⑯"上不忍"句:言"蒙皇帝寬恕,不忍心把我依法治罪"。　　⑩⑰乞骸骨歸:卽"請求准許告老回家"之意。　　⑩⑧"避賢"句:給賢人讓路。　　⑩⑨"而君"句:此言"人民已經因貧困而流亡在外,可是你還要請求讓他們往遠地遷移"。　　⑩⑩"搖蕩"三句:第一句,言"你把老百姓都搖蕩得不能安定"。第二、三句之義略與第一句重複,顏注:"搖動百姓使其危急,而自欲去位。"意謂"百姓受苦難是你造成的,你現在卻想辭職,推卸責任了"。　　⑪⑪"君欲安"句:"難"讀去聲,責難。此言"你想把對你的種種責難歸到誰身上去呢?"漢書在此句之下還有一句"君其反室",言"你趁早回家吧!"餘詳下註。⑪⑫"慶甚慙"二句:大意是:"石慶看到皇帝的詔書很慚愧,於是又繼續去辦公了"。按,此又作者深刻諷刺之筆。漢書載石慶此時患得患失的情形較詳盡,兹錄以備考:"慶素質(老實),見詔報反室(看到詔書上寫着讓他告老回家),自以爲得許(自己以爲被批准了),欲上印綬。掾史(丞相府的祕書)以爲見責甚深(受皇帝責備得很利害),而終以'反室'者,醜惡之辭也。或勸慶宜引決(自殺),慶甚懼,不知所出(不知怎麽辦才好),遂復起視事。"　　⑪⑬文深審謹:"文深",閱歷很深,表面上不動聲色;"審謹",做事仔細穩妥。　　⑪⑭"然無他"句:但是沒有任何高明的意見,也沒有替老百姓説過話。　　⑪⑮太初二年中:"太初二年",漢武帝卽位的第三十八

年,卽公元前一○三年。　⑯愛用之:"愛",寵愛;"用",信任。　⑰"上以德"二句:皇帝命令石德做石慶的繼承人,並讓他接替石慶做牧丘侯。　⑱太常:漢官名,掌管宗廟禮儀,爲九卿之一。　⑲"贖免"句:用粟贖罪,被免爲普通百姓。　⑳"諸子孫"句:言"石慶的許多子孫由小吏陞遷到二千石的地位的共有十三人"。因這十三人已在"萬石"的數目以外,故作者加一"更"字。　㉑"後稍以"二句:上句,"稍",逐漸;"以罪去",因犯罪被撤職。下句,言這些子孫愈來愈不及其父祖那樣孝順、恭敬了。按,此是作者諷刺之筆,意謂石奮、石建、石慶等所表現的"孝謹"原是僞裝的,所以根本不能感化他們的子孫。按,史記評林增補引明吳國倫說:"史稱萬石君家'不言而躬行',未嘗不掩卷歎之。夫建且無論;慶,漢丞相也。丞相佐有天下,所當羽翼(輔助)凡幾?所當表正(匡正)凡幾?而時帝以神仙土木虛耗天下,慶胡不有所表正以稱操行?而時帝以厚斂峻法剝剝天下,慶胡不有所表正以稱操行?帝欲……勤封禪、治明堂儀,以興禮樂,慶胡不有所羽翼、折衷百家、闡發千古、以稱操行?故史頌其朝服見小吏,吾則謂其近於褻;史頌其居官爲父浣滌,吾則謂其近於矯(矯情);史頌其誤點畫懼罪至死,吾則謂其近於瑣;史頌其數馬車前,號稱簡易,吾則謂其近於諛;史頌其家人醇謹,世稱其名,吾則謂其拘攣齷齪、闒然鄉愿之行。……余悲世人不察,……動稱萬石,爲之論著如此。"他指出石奮等人虛僞的作風和卑劣的品質,對我們讀本篇確有幫助;但他並沒有看到司馬遷所用的諷刺手法,而以爲作者真在歌頌他們,則對史記的藝術特點似未完全掌握。姑錄以供參考。

兩漢文學史參考資料

北京大學中國文學史教研室選注

下 册

中 華 書 局

（十一）　魏其武安侯列傳

魏其侯竇嬰者①，孝文后從兄子也②。父世觀津人③，喜賓客。孝文時，嬰爲吳相④，病免。孝景初卽位，爲詹事⑤。

梁孝王者⑥，孝景弟也，其母竇太后愛之。梁孝王朝⑦，因昆弟燕飲——是時上未立太子——酒酣，從容言曰⑧："千秋之後傳梁王⑨。"太后驩⑩。竇嬰引卮酒進上⑪，曰："天下者，高祖天下；父子相傳⑫，此漢之約也。上何以得擅傳梁王！"太后由此憎竇嬰；竇嬰亦薄其官⑬，因病免。太后除竇嬰門籍⑭，不得入朝請。

孝景三年⑮，吳、楚反⑯，上察宗室、諸竇毋如竇嬰賢⑰，乃召嬰。嬰入見，固辭謝病不足任⑱。太后亦慙⑲。於是上曰："天下方有急，王孫寧可以讓邪⑳？"乃拜嬰爲大將軍㉑，賜金千斤。嬰乃言袁盎、欒布諸名將、賢士在家者㉒，進之。所賜金陳之廊廡下㉓，軍吏過㉔，輒令財取爲用。金無入家者㉕。

竇嬰守滎陽㉖，監齊、趙兵。七國兵已盡破，封嬰爲魏其侯。諸游士賓客爭歸魏其侯。孝景時，每朝議大事，條侯、魏其侯㉗，諸列侯莫敢與亢禮。

孝景四年㉘，立栗太子㉙，使魏其侯爲太子傅。

孝景七年㉚，栗太子廢；魏其數爭㉛，不能得。魏其謝病，屏居藍田南山之下數月㉜。諸賓客、辯士說之，莫能來㉝，梁人高遂乃說魏其曰："能富貴將軍者㉞，上也；能親將軍者㉟，太后也。今將軍傅太子，太子廢而不能爭；爭不能得，又弗能死。自引謝病㊱，擁趙女㊲，屏閒處而不朝。相提而論㊳，是自明揚主上之過。有如兩宮螫將軍㊴，則妻子毋類矣！"魏其侯然之㊵，乃遂起，朝請如故。

桃侯免相㊶，竇太后數言魏其侯㊷。孝景帝曰："太后豈以爲
臣有愛㊸，不相魏其｜魏其者，沾沾自喜耳㊹，多易；難以爲相㊺，持
重。"遂不用。用建陵侯衞綰爲丞相㊻。

①"魏其"句："魏其"，漢縣名，故治在今山東省臨沂縣南。"其"音
基。　　②"孝文后"句："孝文后"，卽漢文帝皇后竇姬。生景帝及梁孝
王。景帝被立爲太子時，竇亦進位爲皇后。景帝卽位，尊爲皇太后；武帝
立，更尊爲太皇太后。至武帝建元六年(公元前一三五年)才死去。"從
兄子"，堂兄的兒子。則竇嬰是竇太后的堂姪。　　③"父世"句："世"，世
世代代；"觀津"，漢縣名，本戰國時趙邑。故治在今河北省武邑縣東南二
十五里。史記索隱："以言其累葉(累代)在觀津，故云'父世'也。"王先謙
說："言自其父以上，世爲觀津人。"　　④"嬰爲"二句："吳"，漢初所封之
國。吳王名濞，是劉邦的二哥劉仲的兒子。此言竇嬰在漢文帝時曾在吳
國爲相，因病免職。　　⑤詹事：秦、漢時官名，掌管皇后、太子宮中的事
務。　　⑥"梁孝王者"二句：梁孝王名武，文帝次子，是景帝的同母弟。
文帝二年封爲代王，後改封爲淮南王，最後徙爲梁王，先後在位三十五年
(公元前一七八年－前一四四年)。死謚孝。梁孝王好文學，當時知名的
文學家如枚乘、司馬相如都曾依附過他。史記有梁孝王世家。　　⑦"梁
孝王朝"二句："朝"，來京朝見景帝；"昆弟"卽兄弟；"燕飲"，猶言"私宴"、
"家宴"。"因昆弟燕飲"，以兄弟關係同竇太后、漢景帝宴會飲酒。漢書
顏注："序家人昆弟之親，不爲君臣禮也。"　　⑧從容言曰："從容"，形容
閒眼無事的狀詞。　　⑨"千秋"句：意謂"我死之後把帝位傳給梁王"。
"千秋"猶言"千歲"、"萬歲"。今人避忌"死"字，猶有"百年之後"的說法，
與此相類。　　⑩驩：同"歡"，高興。　　⑪引卮酒進上："引"，舉起；"卮
酒"，一杯酒；"進上"，獻給皇帝。胡三省說："引酒進之，蓋罰爵也。"意指
景帝失言，故竇嬰進酒示罰。　　⑫"父子"二句：言"帝位應父子相傳，本
是漢代法定的約束"。　　⑬"竇嬰亦薄"二句：上句，"薄其官"，嫌官太
小。下句，"因"，藉口。此言竇嬰嫌詹事官位太低，藉口生病辭職"。

⑭"太后除"二句：上句，"門籍"，胡三省説："出入宫殿門之籍也。"下句，"朝請"，史記集解："律：'諸侯春朝天子曰"朝"，秋曰"請。"'"參閲前萬石君列傳註⑳。此言"竇太后把竇嬰准許出入宫禁的名籍除掉了，每逢節日，也不准他進宫朝見"。　　　⑮孝景三年：公元前一五四年。　　　⑯吴、楚反：這是漢代初年一次較大的變亂。"吴、楚"指"吴、楚七國"，卽吴王濞、楚王戊、膠西王卬、膠東王雄渠、菑川王賢、濟南王辟光、趙王遂等。吴王濞的兒子被景帝用博局（棋盤）打死了；景帝卽位，又用鼂錯之議，削減吴、楚等國的封地。於是吴王濞乃與這些宗室聯兵反漢。王伯祥説："是役，吴爲主動，楚爲大藩，故史稱'吴、楚七國'。"七國反漢事詳見史記吴王濞列傳。　　　⑰"上察"句："宗室、諸竇"，顔注："宗室，帝之同姓親也。諸竇，總謂帝外家也。以吴、楚之難，故欲用内外之親爲將也。""諸竇"，指竇太后的族人。"毋如"，不如。此言"皇帝考察一下，無論是劉姓宗室或竇姓諸人都沒有像竇嬰這樣賢能的。"楊樹達説："鼂錯傳：錯請讁削諸侯，公卿列侯宗室莫敢難，獨嬰争之。當此禍發，景帝賢嬰，殆由於此。蓋時帝已有悔用錯計之意。"録以備考。　　　⑱"固辭"句：堅决推辭，藉口有病，不足當此重任。按，景帝當時要平定吴、楚，必須找到忠於自己的人。據史記淮南衡山列傳："夫吴王（濞）……行珠玉金帛，賂諸侯宗室大臣，獨竇氏不與。"則竇嬰在當時對劉氏確較可靠，故景帝才一定要用他。⑲太后亦慙：楊樹達説："慙前遇（對待）嬰過甚也。"　　　⑳"王孫"句："王孫"是竇嬰的字。（漢書竇嬰傳："竇嬰，字王孫。"）"讓"，推辭；"邪"同"耶"。周壽昌説："帝呼其字，親之也（表示親暱）。"　　　㉑大將軍：漢官名。續漢書百官志："將軍，不常置。……掌征伐背叛。比公者四（相當於公爵有四等）：第一，大將軍；次驃騎將軍；次車騎將軍；次衞將軍。又有前、後、左、右將軍。"據漢儀，"大將軍"位次於丞相，而前、後、左、右將軍位次於上卿。　　　㉒"嬰乃言"二句："袁盎"，字絲，楚人，曾爲吴王相。吴、楚七國反，袁盎以爲事由鼂錯倡議削諸侯封地而起，乃勸景帝斬錯以謝天下。後盎被梁王所殺。詳見史記袁盎鼂錯列傳。"欒布"，梁人，與彭越

友善。彭越被漢所誅，欒布竟至屍前大哭，險被劉邦所烹。吳軍反時，以軍功封俞侯。景帝中五年（公元前一四五年）卒。事見史記季布欒布列傳。"在家"，退職家居。"進"，推薦進用。此句言"此時袁盎、欒布都退職家居，竇嬰乃向景帝推薦，起用他們"。"名將"指欒布，"賢士"指袁盎。㉓"所賜金"句："陳"，陳列，陳設；"廊"，廊簷；"廡"，廊下之屋，王伯祥釋爲"穿堂"，疑近是。此言"竇嬰把皇帝賜給他的金子都擺在廊下穿堂中"。　㉔"軍吏"二句：上句，"過"，前來謁見。下句，"輒"，就；"財"通"裁"，顏注："謂裁量而用之也。""裁取爲用"，猶言"斟酌取用"。此言"竇嬰屬下的軍吏來謁見他，他就叫他們酌量用度把金子取去用"。　㉕金無入家者：竇嬰從没有把皇帝所賜的金子拿到私宅裏去。　㉖"竇嬰守"二句：按，當時平定吳、楚七國的主帥是太尉周亞夫（周勃的兒子），他親自帶兵往討吳、楚；另外更派欒布擊齊，酈寄（酈食其之弟酈商的兒子）擊趙，而由竇嬰坐鎮滎陽，監護齊、趙兩路軍隊。錢大昕説："滎陽在南北之衝，東捍吳、楚，北距齊、趙。吳、楚之兵，有周亞夫自將，非嬰所監；若齊、趙雖各遣將，而嬰爲大將軍，得遥制之。"（見史記會注考證引）　㉗"條侯"二句："條侯"即周亞夫；"亢"同"抗"，"抗禮"，平等對待。此言"在朝廷議事時，許多列侯都不敢同周、竇兩人平禮相待"。顏注："言特敬此二人也。"　㉘孝景四年：即景帝前元四年，當公元一五三年。　㉙栗太子：名榮，景帝長子，栗姬所生。後被廢。故從其母之姓，稱"栗太子"。㉚"孝景七年"二句："孝景七年"即公元前一五〇年。據史記外戚世家："景帝長男榮，其母栗姬。栗姬，齊人也。立榮爲太子。長公主嫖（亦竇太后所生，是景帝的胞姊）有女（即武帝皇后陳氏，後失寵，由司馬相如爲作長門賦者），欲予爲妃（給太子爲妃）。栗姬妒，而景帝諸美人，皆因長公主見景帝得貴幸，皆過栗姬（諸美人得景帝寵幸超過了栗姬）。栗姬日怨怒，謝（拒絕）長公主，不許（不允把公主的女兒許配給太子）。長公主欲予王夫人（亦景帝姬，即武帝的母親），王夫人許之。長公主怒，而日讒栗姬短於景帝，……景帝以故望（怨恨）之。……王夫人知帝望（怨恨）栗姬，因怒未解，陰使人趣（促）大臣立栗姬爲皇后。……景帝怒，……遂……廢太子爲臨江王。栗姬愈恚恨，不得見，以憂死。卒立王夫人爲皇后，其男爲太子。……"知栗太子之廢，實由後宮爭寵而起。據漢書臨江王傳，榮被廢爲王，後坐罪被徵入京師，將下獄，榮恐懼自殺。

㉛"魏其數爭"二句：言竇嬰屢次爲栗太子爭辯，終無結果。"數"讀爲朔。　㉜"屛居藍田"句：一本無"藍"字，非是。"屛居"，猶"閒居"、"隱居"；"屛"音餠。"藍田"，縣名，故治在今陝西省藍田縣西三十里。"南山"，卽今藍田縣東南三十里之藍田山，此山的北阜卽驪山。此言"竇嬰稱病不朝，閒居於南山下好幾個月"。王先謙說："李廣傳亦云：'廣屛居藍田南山中射獵。'蓋當日南山，在當日景朝貴屛居游樂之所。"　㉝莫能來："來"是及物動詞。此言"無法使他回到京中來"。　㉞"能富貴"二句：能使你富貴的是皇帝。　㉟"能親"二句：能使你成爲朝廷親信的是太后。　㊱"自引"句：此是倒裝句，猶言"謝病自引"。"謝病"，託病；"自引"，自動地走開。　㊲"擁趙女"二句：上句，"擁"，顏注："抱也。""趙女"，卽美女。李斯諫逐客書："而隨俗雅化，佳冶窈窕，趙女不立於側也。"古詩："燕、趙多佳人。"皆指趙地女子多嫻雅貌美。郭嵩燾以爲"是或魏其監齊、趙兵時所得"，未免臆測。下句，"閒處"，猶"閒居"；"屛"在此處是副詞，作爲形容"閒處"的狀語。此言"隱避着閒居在南山而不入京朝見"。　㊳"相提"二句："相提"，猶言"相比"、"相對照"；"明"，明明地；"揚主上之過"，張揚暴露皇帝的過失。牛運震史記糾謬："言以情事比對，似乎自明揚主之過也。"郭嵩燾說："案'相提而論'，謂爭不能死，已負所職矣（已經不够盡職了）；又自負氣屛居，是自不任過（擔任過失）而專歸過人主也。"此言"把這些情況互相比照起來看，顯然是你自己明明地在暴露皇帝的過失"。　㊴"有如"二句：上句，"有如"，假使；"兩宮"指景帝和太后（卽上文所謂"能富貴將軍者"和"能親將軍者"）；"螫"，作"怒"解。史記集解引張晏說："毒蟲怒必螫人。"以喻人怒則施放毒害。下句，"毋類"，史記索隱："謂見（被）誅滅無遺類。"此言"萬一皇帝和太后都對你十分不滿而

加害於你,那連你的妻子都將被誅滅,全家會一個不賸的!”　⑩“魏其侯然之”二句:“然之”,以高遂之言爲是;“起”,官復原職。　⑪桃侯免相:“桃侯”,景帝時丞相劉舍的封爵。劉舍是桃侯劉襄的兒子。餘詳項羽本紀註釋。據史記孝景本紀:“後元年(公元前一四三年,即景帝即位的第十四年)⋯⋯七月乙巳,日食,丞相劉舍免。”則是因日食免職。⑫數言魏其侯:屢次提到竇嬰,希望任他爲丞相。　⑬有愛:有所吝惜。⑭“沾沾”二句:上句,“沾沾自喜”,王先謙説:“猶言‘詡詡自得’也。”郭嵩燾則謂:“大抵言其器局之小而已。”此猶今言“驕傲自滿,容易自我欣賞”。下句,“易”,輕率。“多易”言做事常常輕率隨便。　⑮“難以爲相”二句:言“很難讓竇嬰這樣的人做丞相,擔當重任”。王先謙説:“嬰爲爭太子事,謝病數月,復起;出處輕率。帝故知其多易,難以持重。”⑯“用建陵侯”句:“衞綰”,大陵(漢縣名,故城在今山西省文水縣東北二十五里)人,文帝時爲中郎將,也像石奮一樣,是個“醇謹無他”的官僚。其事迹見史記萬石張叔列傳。“建陵侯”,景帝時因軍功所封。“建陵”,漢縣名,故治在今江蘇省沭陽縣西北。〔以上是第一大段,敍竇嬰在景帝時出處經歷。作者寫出竇嬰的某些優點,但也寫出他的貴公子輕率浮誇的習氣。〕

　　武安侯田蚡者①,孝景后同母弟也②。生長陵③。魏其已爲大將軍,後方盛④,蚡爲諸郎⑤,未貴,往來侍酒魏其⑥,跪起如子姪。

　　及孝景晚節⑦,蚡益貴幸⑧,爲太中大夫。

　　蚡辯有口⑨,學槃盂諸書⑩王太后賢之⑪。

　　孝景崩,即日太子立⑫,稱制,所鎮撫多有田蚡賓客計筴⑬。蚡弟田勝,皆以太后弟⑭,孝景後三年封蚡爲武安侯、勝爲周陽侯⑮。

　　武安侯新欲用事爲相⑯,卑下賓客⑰,進名士⑱,家居者貴之,欲以傾魏其諸將相⑲。

建元元年⑳，丞相綰病免，上議置丞相、太尉㉑。籍福説武安侯曰㉒："魏其貴久矣㉓，天下士素歸之。今將軍初興㉔，未如魏其；卽上以將軍爲丞相㉕，必讓魏其。魏其爲丞相，將軍必爲太尉；太尉、丞相，尊等耳㉖，又有讓賢名㉗。"武安侯乃微言太后㉘，風上，於是乃以魏其侯爲丞相，武安侯爲太尉。

籍福賀魏其侯，因弔曰㉙："君侯資性喜善疾惡㉚。方今善人譽君侯㉛，故至丞相；然君侯疾惡，惡人衆㉜，亦且毁君侯。君侯能兼容㉝，則幸久；不能，今以毁去矣㉞。"魏其不聽。

魏其、武安俱好儒術，推轂趙綰爲御史大夫㉟，王臧爲郎中令；迎魯申公㊱，欲設明堂㊲。令列侯就國㊳，除關㊴，以禮爲服制㊵，以興太平㊶。舉適諸竇、宗室毋節行者㊷，除其屬籍。時諸外家爲列侯㊸；列侯多尚公主㊹，皆不欲就國，以故毁日至竇太后㊺。太后好黄、老之言，而魏其、武安、趙綰、王臧等務隆推儒術㊻，貶道家言。是以竇太后滋不説魏其等㊼。

及建元二年㊽，御史大夫趙綰請無奏事東宫㊾。竇太后大怒，乃罷逐趙綰、王臧等㊿，而免丞相、太尉。以柏至侯許昌爲丞相(51)，武彊侯莊青翟爲御史大夫(52)。魏其、武安由此以侯家居(53)。

武安侯雖不任職，以王太后故，親幸；數言事(54)，多效，天下吏士趨勢利者皆去魏其歸武安(55)，武安日益横。

建元六年(56)，竇太后崩，丞相昌、御史大夫青翟坐喪事不辦(57)，免。以武安侯蚡爲丞相(58)，以大司農韓安國爲御史大夫(59)。天下士郡國諸侯愈益附武安(60)。——武安者，貌侵(61)，生貴甚(62)。又以爲諸侯王多長(63)，上初卽位，富於春秋；蚡以肺腑爲京師相(64)，非痛折節以禮詘之，天下不肅。

當是時，丞相入奏事，坐語移日[65]，所言皆聽。薦人或起家至二千石[66]，權移主上[67]。上乃曰："君除吏已盡未[68]？吾亦欲除吏！"嘗請考工地益宅[69]，上怒曰："君何不遂取武庫[70]！"是後乃退[71]，嘗召客飲，坐其兄蓋侯南鄉[72]，自坐東鄉：以爲漢相尊，不可以兄故私橈[73]。武安由此滋驕，治宅甲諸第[74]。田園極膏腴[75]，而市買郡縣器物相屬於道。前堂羅鐘鼓[76]，立曲旃；後房婦女以百數。諸侯奉金玉、狗馬、玩好[77]，不可勝數。

魏其失竇太后[78]，益疏不用，無勢。諸客稍稍自引而怠傲[79]。唯灌將軍獨不失故。魏其日默默不得志[80]，而獨厚遇[81]灌將軍。

①"武安侯"句："武安"，漢縣名，即今河北省武安縣。"蚡"音汾。②"孝景后"句："孝景后"指武帝生母王氏，因武帝立爲太子，始封爲皇后。據史記外戚世家，王皇后的父親名王仲，母名臧兒，是漢初燕王臧荼的孫女。臧兒在王家生了一子二女：男名王信；長女名娡(音志)，即王皇后；次女兒姁(音倪許)，亦景帝妃。王仲死，臧兒改嫁田氏，生二子，長子即田蚡，次子田勝。所以此處説田蚡是"孝景后"的"同母弟"。③長陵：漢縣名，是劉邦的陵墓所在，故城在今陝西省咸陽縣東北四十里。其地是田蚡的故鄉。④後方盛：據王先謙考證，"後"字應爲衍文。"方盛"，正當盛時。⑤"蚡爲"句："諸郎"，應依漢書作"諸曹郎"，即屬於郎中令手下的議郎、中郎之類。⑥"往來"二句：上句，"往來"和"侍酒"是並列成分，此處作及物動詞用，而"侍酒"又是以動賓結構做動詞，"魏其"是賓語。言"田蚡往來於竇嬰府中，並且陪侍竇嬰飲宴"。下句，"子姪"，漢書作"子姓"，猶言"子孫"(用吳仁傑説，見兩漢刊誤補遺)。作"子姪"非是。王引之説："古者唯女子謂昆弟之子爲'姪'，男子則否。……當依漢書作'子姓'。"(見讀書雜志引)此言"田蚡侍宴，時跪時起，好像是竇家的晚輩一樣"。⑦晚節：猶言"末年"。⑧益貴幸：

地位愈來愈尊貴，愈來愈得皇帝寵幸。　　⑨“蚡辯”句: 田蚡善辯論，有口才。　　⑩“學槃盂”句:“槃盂”，漢書藝文志“雜家者流”載:“孔甲 槃盂二十六篇。”“槃”同“盤”。史記集解引應劭説:“黄帝史(史官)孔甲所作銘(漢書顔注引此文無‘銘’字，是)也，凡二十六篇。書槃盂中(寫在盤、盂等器物中)，所爲法戒(爲的是做後世子孫的法則鑑戒)。”(文選李善注引七略，與此略同。)言“田蚡學習過槃盂之類的一些古書”。　　⑪王太后賢之: 漢書作“王皇后”，是。梁玉繩説:“案，此在景帝世，只當稱‘皇后’。”“賢之”，以田蚡爲有才。　　⑫“即日”二句: 上句，言景帝死去的當日，太子劉徹就嗣位爲皇帝。按，漢景帝於後元三年(公元前一四一年)正月甲子日死，在位十六年。劉徹即位，是爲漢武帝。武帝 在位共五十四年(公元前一四〇年至公元前八十七年)。下句，“稱制”，猶言“代行天子之事”。漢書惠帝紀:“惠帝崩，太子立爲皇帝；年幼，太后(即吕后)臨朝稱制。”顔注:“天子之言，一曰‘制書’，二曰‘詔書’。‘制書’者，謂爲制度之命也，非皇后所得稱。今吕太后臨朝行天子事，斷決萬機，故稱制詔。”後世凡代天子攝政，都叫做“稱制”。此處指王太后代皇帝臨朝聽事，因當時劉徹僅十六歲。　　⑬“所鎮撫”句:“鎮”，鎮壓；“撫”，安撫。“筴”，古“策”字。此言“太后對當時的政局有所鎮撫，多採用田蚡門客的意見”。按，此時田蚡已漸攬政權了。徐孚遠説:“太后初稱制，恐其不安，欲收人心，故有所鎮撫也。”　　⑭“皆以”二句:“孝景後三年”，史記集解引徐廣説:“即是孝武初嗣位之年也。”按，景帝去世的那一年，武帝雖即位，並未改動年號。據史記孝景本紀，封田蚡兄弟在此年三月，已是景帝 死後的事。此言“田蚡兄弟因爲是王太后的兄弟的緣故而被封爲侯爵”。　　⑮周陽侯:“周陽”，漢縣名，屬上郡。即今甘肅省正寧縣。⑯新欲用事爲相: 據李笠考證，“欲”字應在“爲相”上，是。他説:“武安時已用事，所欲者爲相耳。”言“田蚡新近掌握政權，很想做丞相”。　　⑰卑下賓客: 待賓客非常謙恭，不惜降低自己的身價。　　⑱“進名士”二句: 按，舊本斷句多將此二句作一句讀，疑非是。上句言“進用名士”，下句,漢書顏注引晉灼説:"滯在里巷未仕者。"言"凡名士家居未爲官的,田蚡就薦他出來做官,使他顯貴",似略有區別。　⑲"欲以傾"句:"傾",顏注:"謂踰越而勝之也。"言"田蚡想用上述種種手段來壓倒以竇嬰爲首的許多在高位的文武官僚"。　⑳建元元年:當公元前一四〇年,即武帝即位的第一年,"建元"是年號。按,我國封建帝王用年號紀元自此始。㉑"上議置"句:皇帝考慮重新委任丞相和太尉。按,丞相衞綰因病離職,故而出缺;至"太尉"則因景帝時一度廢去此官,至此時始考慮復設,故一併商量人選。　㉒"籍福"句:"籍福",當時奔走於豪門貴族的著名食客。"説"讀去聲。　㉓"魏其貴"二句:言"竇嬰顯貴的時間很長久了,天下的名士一向依附他"。　㉔初興:發迹不久,初露頭角。　㉕"即上"句:言"即使皇帝任用你爲丞相,你也必須把相位讓給竇嬰"。　㉖尊等耳:其尊貴的程度是均等的。　㉗"又有"句:言"你既得了太尉,又有了讓相位給賢者的好名聲"。　㉘"武安侯乃微言"二句:"微言太后",暗中向太后透露他的心事;"風"讀去聲,同"諷",暗示。"風上"的主語是"太后"。　㉙因弔曰:"弔","賀"的反義詞,此處有"警告"、"勸誡"之意。"因弔",猶"順便警告"。㉚"君侯資性"句:"君侯",對列侯們的尊稱。此言"你的天性是喜愛善人、嫉恨惡人的"。按,此是面諛之詞。㉛"方今善人"二句:按,籍福來勸竇嬰,實站在田蚡的立場説話。此處的"善人"即隱指田蚡。言外謂"若不是田蚡稱道你,你是不會做丞相的"。㉜"惡人衆"二句:言"但惡人也是多的,他們也會毀謗你的"。　㉝"君侯能兼容"二句:此言"你如果對好壞人都能寬容些,那麼你的相位就可能幸運地維持長久"。　㉞"今以"句:"今",有"馬上"、"即將"之意(用王先謙説);"以毀去",受到毀謗而離職。按,竇嬰對田蚡的輕視,籍福是知道的;此處勸他能"兼容",意即勸他對田蚡有所讓步或表示好感。㉟"推轂"二句:"轂"音谷,本是車輪中心的軸;"推轂",即指屈身推車。引申而言,本有謙恭自卑之意,此處則作"推薦"、"提拔"解。顏注:"'推轂',謂升薦之。若轉(推動)車轂之爲(行爲)也。""趙綰",代人。"王臧"

已見前萬石君列傳註釋。　㊱魯申公："申公"名培,是當時魯國著名的大儒,以治詩經見稱於世。今所謂"魯詩"即由申培所傳。趙綰、王臧二人都是申培的學生,曾向他學習詩經。二人既貴,乃迎請申培到京師來。㊲欲設明堂："明堂"已見前司馬相如上林賦註釋。按,史記儒林列傳:"綰、臧請天子,欲立明堂以朝諸侯,不能就其事。乃言師申公。於是天子使使束帛加璧,安車駟馬,迎申公。……至,見天子。天子問治亂之事。申公時已八十餘,老,對曰:'爲治者不在多言,顧(只看)力行何如耳。'是時天子方好文詞,見申公對,默然。然已招致,則以爲太中大夫;舍魯邸(住在魯王駐京辦事的官邸裹),議明堂事。"可與此互參。王伯祥說:"'設明堂'是要附會古制,起建明堂以朝諸侯。"　㊳令列侯就國:"就國",回到他們各自的封地去。按,漢代所封列侯雖各有所食采邑,但本人仍居住京師,不願回到他們的封地去。文帝二年和三年,都曾下詔令列侯就國,迄未實現;故此時又重申前議(參看楊樹達漢書窺管)。㊴除關:漢書顏注引服虔說:"除關禁也。"徐孚遠說:"漢立關(關卡)以稽(檢查)諸侯出入,至此罷之,示天下一家之義也。"王先謙說:"案,文帝十二年除關(廢除關禁),無用傳('傳'是護照、通行證一類的東西,是用木製的符——又叫做'木榮'——或繒帛做爲憑證。參看顏注)。景帝四年,以七國新反,復置諸關,用傳出入。至是(到此時)復欲除之。"王駿觀說:"漢制:過關者必有傳文,方准出入;今除之,不用也。"按,綜括以上四家註釋,可知"除關"的內容,故錄以備考。　㊵"以禮"句:按照古代的禮法規定吉凶服裝的制度。　㊶以興太平:"興"有"反映"之意。言"設明堂、除關、定服制這一系列措施如果施行,就可以反映出太平景象了"。按,此即武帝用儒生粉飾太平的開始。　㊷"擧適"二句:上句,"適",與"謫"通;"擧謫"猶言"揭發";"毋節行者",行爲不正、品質不好的人。下句,"屬籍",宗譜。此言"凡是竇嬰或皇帝的同族中有行爲不端、品質不好的人,都被揭發出來,從宗譜上除去他們的名字"。按,舊注以爲此"宗室"專指竇姓宗族,疑未確。　㊸"時諸"句:"外家",外戚。　㊹尚公主: 娶公主爲妻。"尚",凡高攀門第以結姻親,都叫作"尚"。　　㊹"以故毀日至"句: 因此毀謗竇嬰等人的言語每天都傳入竇太后的耳中。

㊻"而魏其"二句:"務",務必,堅決;"隆推",盛贊,高抬。此言"可是竇嬰等人專門推崇儒家的主張,貶低道家(即黃、老之術)的學説"。　　㊼滋不悦竇嬰等:"滋",愈加,愈益。下文"武安由此滋驕"的"滋"與此同義。

㊽建元二年: 公元前一三九年。　　㊾請無奏事東宮: 史記集解引韋昭説:"欲奪其政也。""東宮",指竇太后。胡三省説:"漢長樂宮在東,太后居之,故謂之'東宮'。"此言"趙綰想不讓竇太后干預政事,所以請求武帝今後不必對竇太后奏事"。　　㊿"乃罷逐"二句:上句,已詳見萬石君列傳註釋;下句,言"同時也免去竇嬰、田蚡兩人的職務"。　　51"以栢至侯"句:"許昌",劉邦功臣許温(漢書作"許盎")之孫,襲祖封爲侯。"柏至"當是地名,漢書地理志失載,故不詳在何處。　　52"武彊侯"句:"莊青翟",劉邦功臣莊不識之孫,襲祖封爲侯。"武彊",漢縣名,故城在今河北省武強縣東北。　　53由此以侯家居: 從此之後,以侯爵的身分閒住在家裏。　　54"數言事"二句:"效",顏注:"謂見聽用。"此言"田蚡屢向王太后論及國事,他的意見大都被採納而發生效驗"。　　55"天下吏士"二句: 天下的趨炎附勢的官吏和知識分子都從竇嬰那兒離開而去依附田蚡,田蚡於是一天比一天驕橫了。　　56建元六年: 公元前一三五年。　　57坐喪事不辦: 由於沒有把竇太后的喪事辦好而犯了罪。　　58"以武安侯"句: 按,田蚡希望做丞相的野心至此始實現,這顯然是王太后的力量。　　59"以大司農"句:"大司農",官名,本名"治粟内史",後改稱"大農令",至武帝時始改稱"大司農",漢書百官公卿表謂是"掌穀貨"之官,即管理財政的官。"韓安國"字長孺,梁人,初爲梁孝王中大夫,吳、楚七國反,安國由於爲梁拒吳而顯名。後爲衞尉,敗於匈奴,因憂鬱嘔血死。詳見史記韓長孺列傳。　　60"天下士郡國"句:據王念孫考證,"國"字是衍文,應據漢書删。"天下士",猶言"四方之士";"郡諸侯",顏注:"'郡'及'諸侯'也。猶言'郡國'也。""附",依附;"之"指田蚡。王駿圖説:"蓋謂天下士人、郡

國之官及諸侯王，無不附之也。”　(61)貌侵：“侵”讀上聲，與“寢”通，短小，醜陋。此言“田蚡狀貌不揚”。　(62)生貴甚：從出生以來就非常顯貴。王先謙說：“蓋蚡方幼時已爲外戚，尊貴矣。故曰‘生貴甚’也。”　(63)“又以爲”三句：前一句與後二句相對照而言，謂“當時劉姓宗室中的侯爵、王爵都比較年長，而新皇帝剛卽位不久，年紀又輕”。言外有“恐諸侯王擅權而自己被排斥”之意。“富於春秋”已見前李斯列傳註釋。　(64)“蚡以肺腑”三句：第一句，“肺腑”，猶言“心腹”，指田蚡爲皇帝的至親（參用史記正義）；“京師相”，卽丞相，是統治全國的，爲了區別於宗室各王國的相，故言“京師相”。第二句，“痛”，猶言“狠狠地”；“折節”是動賓結構，本指自己徹底改變作風，此處則用爲及物動詞，作“降低別人身分”解；“禮”指禮法；“詘”同“屈”；“之”指上文“諸侯王”。第三句，“肅”，敬畏，伏伏帖帖。顏注：“言以尊貴臨之，皆令其屈節而下己也。”王駿觀說：“謂非痛乎折抑諸侯王之氣，而以禮詘下之，則天下不肅也。”此三句大意是：“田蚡既以皇親國戚的身分做了宰相，因此他想，如果不把那些有權勢的貴族狠狠收拾一下，用禮法使他們屈服，讓他們徹底改變對自己的看法，那麽天下人是不會伏伏帖帖地畏懼自己的。”　(65)“坐語”二句：上句，“移日”，日影移動了位置，指時間相當長久。此言“田蚡在武帝面前談公事，坐在那兒一說就是大半天”。下句，主語是武帝。　(66)“薦人”句：“起家”，猶今言“發家”，指興起家業。此言“田蚡用人，往往把家居之人平地提陞到二千石的官位”。　(67)權移主上：“移”，猶“傾”。言“田蚡把皇帝的權柄逐漸移到自己手中”。按，此承上句而言，指委任官吏，往往僭越帝權。　(68)“君除吏”二句：“除”，顏注：“凡言‘除’者，除去故官，就新官。”簡言之，凡任命官吏亦可叫做“除”。此寫武帝對田蚡已甚不滿，所以說：“你任用的人任用完了没有？我還要委任幾個官呢！”　(69)“嘗請”句：“考工”，指考工室，是主管製造武器的衙門。漢書百官公卿表：“少府，秦官。掌山海池澤之税，以給供養。……屬官有……考工室。……武帝太初元年，更名‘考工室’爲‘考工’。”顏注：“‘考工’，少府之屬官也。

主作器械。""益宅",擴建住宅。此言"田蚡曾向武帝請求把考工室的地盤撥給他用,爲了擴建他的私宅"。　　⑦"君何不"句:齊召南說:"此怒語也。""武庫"是國家收藏兵器的庫房。此是雙關語。從表面看,武帝說:"你除了把製造武器的考工衙門拿去之外,何不連收藏兵器的武庫也一併取去!"是由於兩個地方性質相近,才相提並論;但"取武庫"實際等於造反,所以武帝言外之意更指田蚡貪得無饜,簡直要造反了。　　⑪是後乃退:"是後",從這次以後;"乃退",才稍稍斂迹一些。王先謙說:"謂後稍斂退(收斂、退縮)也。"　　⑫"坐其兄"二句:上句,"蓋侯",即王仲之子、王太后之兄王信,亦臧兒所生,也是田蚡的同母兄。"蓋",漢縣名,故城在今山東省沂水縣西北八十里。"鄉"同"嚮",即"向"。此言"讓他的同母兄王信面向南坐"。下句,言田蚡自己反倒面向東坐。按,漢時坐次以東向爲尊,已見前淮陰侯列傳註釋。據沈欽韓考訂,向東坐是尊於向南坐的。王信此時竟向南坐,則是田蚡讓比他年長的親戚坐在他自己的下方,顯然是倨傲無禮。　　⑬"不可以兄"句:"私",私下裏,私自;"橈",作"曲"解,指委曲自己,遷就別人。此言"不能因爲是自己的哥哥就在私下裏屈辱了自己丞相的尊嚴"。　　⑭"治宅"句:"甲",超過,居第一。史記集解引徐廣說:"'甲',爲諸第之上也。""第",貴族的府第。此言"田蚡所修建的住宅蓋過了所有貴族的府第"。　　⑮"田園"二句:上句,言田蚡的田地莊園都是極其肥沃的。下句,"市"與"買"同義。"屬"讀爲燭,連接。言"田蚡到各個郡縣去收買名貴器物的人在道路上來往相連不斷"。　　⑯"前堂"二句:上句,"羅",羅列、擺設。下句,"曲旃",曲柄的幡旗,幡面是用整幅的帛製成的。"旃"音毡,或音肩。據說文,這種曲柄的旃是古代國君招聘隱士用的;田蚡用以裝飾廳堂,顯然是僭越(參用史記索隱說)。　　⑰"諸侯奉"二句:"奉",獻。"金玉"指珍寶;"狗馬"指活的玩意兒;"玩好"指古玩陳寶。此言"諸侯都送禮給田蚡,那些禮物數都數不清"。　　⑱"魏其失"三句:"失"指失去靠山,因此時竇太后已經死去。"疏",疏遠。"無勢",沒有勢力。此言"竇嬰既失掉竇太后的庇護,愈來愈被皇帝疏遠，不被信任，因而也没有勢力了"。　　⑦"諸客"二句：上句，"自引"，自動地走開；"怠傲"，對竇嬰怠惰傲慢，不再尊敬他。下句，"獨不失故"，惟獨灌夫不改變故態。此言"竇嬰的門客都逐漸自動地散去，並且對他也不再保持禮貌，只有灌夫一人對他還是老樣子"。⑧日默默不得志："日"，每天；"默默"，不得意貌，是形容"不得志"的狀詞，猶言"心中悶悶不樂"。王伯祥説："'默默'，心有所念而口頭説不出。"　　⑧厚遇：厚待。此言"竇嬰既失勢，只有灌夫一人還同他來往，當然對灌夫感情特別好了"。〔以上是第二大段，寫田蚡日益得志的情形，同時也寫到竇嬰失意後的冷落無聊。郭嵩燾説："案魏其武安列傳，專就兩人得勢、失勢處摹寫。"又説："案魏其、武安、灌將軍，各以其勢盛衰相次言之，合三傳爲一傳，而情事益顯。"皆足以説明此傳的特點。録以備考。〕

　　灌將軍夫者，潁陰①人也。夫父張孟，嘗爲潁陰侯嬰舍人②，得幸③，因進之至二千石。故蒙灌氏姓爲灌孟④。

　　吴、楚反時，潁陰侯灌何爲將軍⑤，屬太尉⑥，請灌孟爲校尉⑦。夫以千人與父俱⑧。

　　灌孟年老，潁陰侯彊請之⑨，鬱鬱不得意；故戰常陷堅⑩，遂死吴軍中。軍法⑪：父子俱從軍，有死事，得與喪歸。灌夫不肯隨喪歸，奮曰⑫："願取吴王若將軍頭⑬，以報父之仇。"於是灌夫披甲持戟，募軍中壯士所善、願從者數十人⑭。及出壁門⑮，莫敢前。獨二人及從奴十數騎⑯，馳入吴軍，至吴麾下⑰，所殺傷數十人。不得前，復馳還，走入漢壁；皆亡其奴⑱，獨一騎歸。夫身中大創十餘⑲，適有萬金良藥⑳，故得無死。

　　夫創少瘳㉑，又復請將軍曰㉒："吾益知吴壁中曲折，請復往。"將軍壯義之㉓，恐亡夫，乃言太尉。太尉乃固止之。吴已破，灌夫以此名聞天下。

穎陰侯言之上㉔，上以夫爲中郎將。

數月，坐法去㉕。後家居長安，長安中諸公莫弗稱之㉖。

孝景時，至代相。

孝景崩，今上㉗初卽位，以爲淮陽天下交㉘，勁兵處㉙，故徙夫爲淮陽太守㉚。建元元年，入爲太僕。

二年，夫與長樂衛尉竇甫飲㉛，輕重不得㉜。夫醉，搏甫㉝。——甫，竇太后昆弟也。——上恐太后誅夫，徙爲燕相。數歲，坐法去官，家居長安。

灌夫爲人剛直，使酒㉞，不好面諛㉟。貴戚諸有勢在己之右㊱，不欲加禮，必陵之；諸士在己之左㊲，愈貧賤，尤益敬，與鈞。稠人廣衆㊳，薦寵下輩。士亦以此多之㊴。

夫不喜文學，好任俠㊵，已然諾。諸所與交通㊶，無非豪傑大猾。家累數千萬㊷，食客日數十百人。陂池田園㊸，宗族賓客爲權利，橫於穎川。穎川兒乃歌之曰："穎水清㊹，灌氏寧；穎水濁，灌氏族。"

灌夫家居雖富，然失勢，卿相侍中賓客益衰㊺。及魏其侯失勢，亦欲倚灌夫，引繩批根生平慕之後棄之者㊻。灌夫亦倚魏其而通列侯、宗室爲名高㊼。兩人相爲引重㊽其游如父子然。相得驩甚㊾，無厭，恨相知晚也。

灌夫有服過丞相㊿，丞相從容曰："吾欲與仲孺過魏其侯(51)，會仲孺有服。"灌夫曰："將軍乃肯幸臨況魏其侯(52)，夫安敢以服爲解！請語魏其侯帳具(53)，將軍旦日蚤臨。"武安許諾。灌夫具語魏其侯如所謂武安侯(54)。魏其與其夫人益市牛酒(55)，夜灑埽，早帳具至旦。平明⑤，令門下候伺。至日中⑤，丞相不來。魏其謂灌夫曰：
“丞相豈忘之哉？”灌夫不懌⑤，曰：“夫以服請⑤，宜往。”乃駕⑥，自
往迎丞相。丞相特前戲許灌夫⑥，殊無意往。及夫至門，丞相尚
臥。於是夫入見，曰：“將軍昨日幸許過魏其。魏其夫婦治具⑥，自
旦至今⑥，未敢嘗食。”武安鄂謝曰⑥：“吾昨日醉，忽忘與仲孺
言⑥。”乃駕往，又徐行。灌夫愈益怒。及飲酒酣，夫起舞屬丞
相⑥。丞相不起⑥，夫從座上語侵之⑥。魏其乃扶灌夫去⑥，謝丞
相。丞相卒飲至夜⑦，極驩而去。

　　丞相嘗使籍福請魏其城南田⑦。魏其大望⑦，曰：“老僕雖
棄⑦，將軍雖貴，寧可以勢奪乎！”不許。灌夫聞，怒，罵籍福。籍福
惡兩人有郄⑦，乃謾自好謝丞相曰⑦：“魏其老且死⑦，易忍，且待
之。”已而⑦，武安聞魏其、灌夫實怒不予田⑦，亦怒曰：“魏其子嘗
殺人，蚡活之⑦。蚡事魏其⑧，無所不可；何愛數頃田⑧？且灌夫何
與也⑧？吾不敢復求田⑧！”武安由此大怨灌夫、魏其。

①潁陰：漢縣名，屬潁川郡。自明代併入許州，即今河南省許昌縣。
②“嘗爲”句：“嬰”，即灌嬰，睢陽（秦縣名，故城在今河南省商丘縣南）人，
從劉邦起兵，以功封潁陰侯。文帝時爲丞相。此言“張孟曾爲灌嬰的家
臣”。　　③“得幸”二句：言張孟很受灌嬰寵信，於是被保薦，位至二千
石。　　④“故蒙”句：“蒙”，猶“冒”。言張孟冒灌氏之姓，故改名灌孟。
⑤“潁陰侯”句：“灌何”，灌嬰之子，襲父封爲侯。　　⑥屬太尉：言灌何隸
屬於太尉周亞夫的部下。　　⑦“請灌孟”句：“請”猶“舉薦”；“校尉”，武
官名。此言“灌何向周亞夫推薦灌孟爲校尉”。　　⑧“夫以”句：灌夫也
帶了一千人同他父親在一起。　　⑨“潁陰侯彊請”二句：上句，“彊”讀上
聲，勉強；“之”指周亞夫。下句主語是灌孟。王先謙説：“孟年老，太尉亞
夫不欲用；潁陰侯強請而後可（周亞夫才許可灌孟做校尉），故孟不得

意也。”　　⑩“故戰”句：“陷堅”，衝陷敵軍堅強之處。此言“灌孟爲了表示自己不老，所以每逢出戰，總是向敵人力量最堅強的地方去衝鋒陷陣”。　　⑪“軍法”四句：“軍法”指當時軍隊中的規定；“死事”指死於戰事或因公殉職，下文“灌夫父死事”的“死事”，與此同義；此處“死事”下省略“者”字。“與”讀去聲，陪同；“喪”讀平聲，指靈柩。此言“當時軍中的法令：凡是父子都參軍的，如有因戰事犧牲的人，未死者可以護送遺骸還鄉”。　　⑫奮曰：激勵地説。　　⑬若將軍頭：或者是吳軍的將軍的頭。“若”猶“或”。　　⑭“募軍中”句：招募軍隊裏面同灌夫友好的、或自願跟他同去的壯士幾十人。　　⑮“及出”二句：等到走出漢軍營壘的門，那幾十個人竟没有敢向前進的了。　　⑯“獨二人”二句：上句，“從奴”，從屬於灌夫部下的奴隸。王伯祥説：“因罪没入官中充軍役的人。”下句，“馳入”，迅疾地衝入。　　⑰麾下：“麾”是大將之旗；“麾下”則已是吳軍核心地帶。　　⑱“皆亡”二句：他所帶去的從奴都死掉了，只有他一人歸來。⑲“夫身中”句：“中”讀去聲；“大創”，重傷。此言“灌夫身上受了十幾處重傷”。　　⑳“適有”二句：上句，“萬金”，顔注：“言其價貴也。‘金’字或作‘全’，言得之者必生全也。”今按，顔注兩説俱通。王伯祥説：“‘萬金’喻其高貴，不一定它的價值恰抵萬金。”下句，“無死”，即“不死”。此言“恰好有良藥把創傷治好，所以才能不死”。　　㉑少瘳：稍稍痊愈。“瘳”音抽，病愈。　　㉒“又復請”三句：“將軍”指灌何。灌夫又向灌何請求道：“我已去過一次，對吳軍營壘中的路徑曲折更加清楚，請你准許我再去一次。”　　㉓“將軍壯義”三句：“壯”和“義”都是動詞，“壯”，欽佩；“義”，認爲灌夫的行爲合於正義。此言“灌何對灌夫的膽量很欽佩，對他的行爲也很同情，但恐怕灌夫再去一次會遭到危險，於是就向周亞夫報告了”。　　㉔言之上：把灌夫的情形對皇帝説了。“之”，猶言“之於”；“之”指灌夫及其行爲，“於”字被作者省略。“上”指景帝。　　㉕坐法去：因爲犯法去官。　　㉖“長安中”句：京師裏的許多貴族没有不稱贊灌夫的。　　㉗今上：指漢武帝。作者著書時，武帝尚在位，故稱爲“今上”。

㉘"以爲淮陽"句："淮陽"指淮陽郡，其郡治卽今河南省淮陽縣；"天下交"，史記正義："言淮陽天下交會處。"漢書顏注："謂四交輻湊。"意謂"淮陽是當時中國的中樞，它所居的地位就像車軸一樣，四面八方都像車軸似的向它匯合集中"。　　㉙勁兵處：必須駐紮强大兵力加以防守的地方。　　㉚"故徙"句：因此把灌夫改任爲淮陽郡的太守。陳子龍說："人主初卽位，恐有奸人謀非常者，故置名太守以鎭之。"　　㉛"夫與長樂"句："長樂"，指長樂宮；"衞尉"，官名，漢書百官公卿表："掌宮門衞屯兵。……長樂、建章、甘泉衞尉，皆掌其宮。（顏注：'各隨所掌之宮以名官。'）""長樂衞尉"卽在長樂宮宮門管理駐屯衞兵的長官。　　㉜輕重不得："輕重"，中井積德說："猶言'得失'也。彼以爲是，此以爲非之類。""得"，猶言"相宜"、"相適合"。此言"兩人飲酒，發生争執，彼此互不滿意"。　　㉝搏甫："搏"，擊。此言灌夫打了竇甫。　　㉞使酒：顏注："因酒而使氣也。"猶今言"借酒撒風"。　　㉟不好面諛：不喜歡當面奉承人。㊱"貴戚"三句："在己之右"，卽"在己之上"，下句"在己之左"卽"在己之下"；"加禮"，表示尊敬有禮貌；"陵"，勝過，壓過，引申有"侮辱"之意。此言"凡是地位在灌夫之上的一些貴戚以及有權勢的人，只要灌夫不想對他們表示尊敬，就一定要壓過他們，給他們難堪"。　　㊲"諸士"四句："鈞"與"均"通，平等對待。徐孚遠說："言與貧賤士敵禮也。"此言"凡是地位不如灌夫的士人，愈是貧賤的，灌夫就愈加敬重他們，以平等的禮節看待他們"。　　㊳"稠人"二句："稠"、"廣"，猶"多"；"薦"，推許；"寵"，猶"榮"，此作及物動詞用，作"表揚"解。"下輩"，王先謙說："謂行輩之下於我者，年少及在己左者皆是也。"此言"在人多的場合，灌夫對於地位低下的後進總是推薦誇獎，使他們得到光榮"。　　㊴多之：肯定他，稱許他。"多"，顏注："猶'重之'。""之"指灌夫。此言"那些貧賤的士人因此也很推重灌夫"。　　㊵"好任俠"二句：上句，已見留侯世家註釋。下句，"已"，作"必"解，指必定踐約；"然諾"，指已經允諾別人的約言。顏注："謂一言許人，必信之也。"意謂"凡是已經答應別人的諾言，灌夫一定踐

約替人辦到"。 ㊶"諸所與"句:"交通",交往的人;"豪傑",指社會上知名之士;"大猾",大奸巨猾,指詭計多端的惡霸。此言"那些同灌夫交往的人,無非是一般社會知名之士或是大奸巨猾之輩"。 ㊷"家累"二句:上句,"累",積累。下句,"數十百人",顏注:"或八、九十,或百人也。"猶今言"一百來人"。此言"灌夫積累的家財有數千萬金,每天在他門下吃飯的有百人左右"。 ㊸"陂池"三句:第一句,"陂"音碑,孔穎達說:"謂澤畔障水之岸。"(見毛詩正義)又,說文:"'陂',池也。"段注:"'陂'得訓'池'者,'陂'言其外之障,'池'言其中所蓄之水。……(禮記)月令注曰:'畜(同"蓄")水曰陂。'凡經傳云'陂池'者,兼言其內外,或分析言之,或舉一以互見。"此處則指在田園中築陂蓄水,以興灌溉之利(用王伯祥說)。第二句,"爲權利",做出很多擴張壟斷權利的事情。第三句,"橫"讀去聲,橫行霸道;"潁川",漢郡名,今河南省中部和東南部的一大部分,皆其故境,其地卽灌夫的故鄉。王伯祥說:"爲了壟斷水利田地,灌夫的宗族賓客都爭權奪利,在潁川一帶橫行無忌。" ㊹"潁水清"四句:這是當時潁川地方的孩子們唱的童謠。大意是:"潁水如果清潔,灌家還可以平安無事;潁水一旦渾濁,灌家非滅族不可。"意謂潁水不會是長遠清潔的。顏注:"(當地人民)深怨嫉之,故爲此言也。""潁水",水名,潁川郡卽因此水而得名。源出河南省登封縣,東南流經禹縣、臨潁縣等地,至淮陽縣,入安徽省境,至西正陽關入淮水。 ㊺"卿相"句:"侍中"指皇帝近臣。顏注:"以夫居家,而卿相、侍中、素爲夫之賓客者,漸以衰退,不復往也。"此言"居高位的卿相、有權勢的近臣以及那些一向做爲灌夫賓客的人,都因灌夫失勢家居而同他日益疏遠了"。 ㊻"引繩批根"句:"引繩"、"批根"是用兩個動賓結構合爲一個成語,此處把它當做一個及物動詞用;"生平慕之後棄之者"是"引繩批根"的賓語。"繩",卽繩墨,用以取直的工具;"引繩",猶言"糾舉"、"嚴格要求"。"批根",有"排除"、"挑剔"之意。郭嵩燾說:"案,'引繩批根'皆攻木之工事。'繩'卽繩墨,謂彈正之(按,方苞史記注補正:'引繩以正其邪。'與此同義)。'批根'者,近根處盤錯，宜批削之也。‘引繩批根’，彈削其不中(合)程度者，蓋當時常語。”中井積德也説：“‘引繩’，規人之枉(糾正別人的錯誤)也；‘批根’，鋤其株(鏟鋤其根)也。”“生平慕之後棄之者”，平素仰慕竇嬰而同他結交、後來又因他失勢而丢棄他的那些勢利小人。此言“竇嬰也想倚靠灌夫去同那些趨炎附勢的小人算算賬”。方苞説：“所以暴(暴露)先慕後棄者之過也。”　　　⑦“灌夫亦倚”句：“通列侯、宗室”，與列侯和宗室們拉關係；“爲名高”，抬高自己的聲價。此言“灌夫也想利用竇嬰的關係拉攏那些列侯和宗室，以自高身價”。　　　⑧“兩人相爲”二句：上句，王先謙説：“兩相援引借重也。”下句，“游”，來往。此言“竇、灌兩人互相援引，互相推重，過從親密得像父子一樣”。　　　⑭“相得”，三句：“相得”，彼此投契；“驩”同“歡”；“厭”，嫌忌。此言“兩人投契極了，十分高興，没有一點隔閡，只恨彼此相識得太遲了”。　　　⑩“灌夫有服”句：“服”，喪服。按，昭明文選卷四十二載應璩與滿公琰書，其中有“仲孺不辭同産之服”之語，李善注：“夫嘗有姊服，過丞相田蚡。”則知此處灌夫是因姊死而服喪。“過”讀平聲，拜訪，下句同此。“丞相”指田蚡。此言“灌夫的姐姐死了，他在服喪期内去拜訪田蚡”。　　　⑤“吾欲與”二句：上句，“仲孺”，灌夫字。下句，“會”，恰值。按，此二句是田蚡有意敷衍灌夫的話，他説：“我想同你一起去拜訪魏其侯，恰值你在服喪期間，不便參加宴會。”　　　⑤“將軍乃肯”二句：上句，“乃肯”，竟肯，居然肯；“幸”，榮幸地；“况”作“賜”解，“臨况”，猶言“賞臉光顧”、“屈尊惠臨”。下句，“解”，推辭。按，灌夫正想藉機會使竇嬰接近田蚡，所以才這樣回答：“您居然肯榮幸地光臨魏其侯的家，我怎麽敢因爲在服中的緣故而推辭呢！”　　　⑤“請語”二句：上句，“語”讀去聲，告訴，通知；“帳具”，又稱“供帳”，“帳”指佈置陳設，張幃設宴；“具”，顔注：“辦具酒食。”下句，“且日”，明天；“蚤”同“早”。此言“請你允許我去通知竇嬰，讓他佈置一下，準備酒食，請你明天早點光臨”。　　　⑭“灌夫具語”句：“所謂”，猶“所言”、“所語”。此言“灌夫把一切情況都告訴了竇嬰，正如他對田蚡所説的一樣”。　　　⑤“魏其與”三句：第一句，“益”，顔注：“多也。”“市”，買。第二句，“夜”指半夜裏。第三句：“早”，猶言“提早”、“搶前”；“至旦”，到天亮。王先謙説：“言竇嬰酒埽帳具，自夜達旦，勞擾之甚也。”此言“竇嬰和他的妻子格外多買了些肉和酒，從半夜裏就起來打掃，提前佈置一切，準備好了酒宴，一直忙到天亮”。　　㊏“平明”二句：天剛亮，就吩咐手下管事的人在宅前伺候。　　㊐日中：天到中午。　　㊑不懌：不悦，不高興。　　㊒“夫以”二句：“宜往”，史記評林引董份説：“言丞相必往魏其第(宅)也。”意謂“我既不嫌在服喪期間請他踐約，他自然應該前來赴宴才對”。　　㊓乃駕：於是灌夫就駕了車。　　㊔“丞相特前”二句：“特”，不過；“前”指前一日；“戲許灌夫”，開玩笑似地答應了灌夫。下句，“殊”，實在。此言“田蚡前一天不過是隨便答應了灌夫，實在沒有打算真去赴宴”。　　㊕治具：指備辦酒食。　　㊖“自旦”二句：從一早到現在，都沒敢吃一點東西。　　㊗鄂謝曰：“鄂”與“愕”通，發愣貌；“謝”，謝罪，下文“謝丞相”的“謝”與此同義(言“向田蚡謝罪”)。此言“田蚡裝做愕然發愣的樣子向灌夫道歉説”。　　㊘“忽忘”句：“忽”，恍惚；“忽忘”，恍惚忘記了。　　㊙“夫起舞”句：“屬”音燭，邀請。顏注：“猶今之舞訖相勸也。”按，古人宴會時，賓客爲了對主人表示滿意，往往在筵前起舞，以爲娛樂。此時灌夫爲了表示感謝主人盛意，便起身舞了一番；舞完之後，更邀請田蚡接着舞下去。　　㊚丞相不起：田蚡竟不起身。　　㊛“夫從座上”句：“侵”，冒犯，侵犯。此言“灌夫便在酒席筵上用言語觸犯田蚡”。按，“從座上”，漢書作“徙坐”，則應解爲“灌夫把座次移近田蚡，用話去侵犯他”。録以備考。　　㊜扶灌夫去：把灌夫連推帶搡地送走了。　　㊝“丞相卒飲”二句：田蚡終於在竇嬰家飲酒一直到天黑，盡歡而散去。　　㊞請魏其城南田：請求竇嬰把京城南郊的田地讓給田蚡。　　㊟大望：“望”，怨。　　㊠“老僕”三句：“老僕”，自稱謙詞；“棄”，指被廢棄不在職。此言“我這個老頭子儘管被廢棄不爲朝廷所用，田蚡儘管十分顯貴，難道他就可以仗勢力硬奪我的田麽”。　　㊡“籍福惡”句：“惡”音務，王伯祥説：“不樂之意。”“郄”同“隙”，“有隙”，彼此有嫌隙、有意見。此言“籍福不顧竇、田兩家發生惡感”。　㋕“乃謾自”句：“謾”，顏注：“猶‘詭’也。
詐爲好言也。”“謾自好謝丞相”，自己撒了個謊，用好言去婉謝田蚡。
㋖“魏其”三句：王伯祥説：“上‘且’字，將要。下‘且’字，姑且。”此三句大
意是：“竇嬰年紀已老，不久就會死掉，是很容易忍耐的；你姑且再等一等
吧。”　㋗已而：過了不久。　㋘實怒不予田：實在是憤怒而不肯把田
給田蚡。按，此與籍福的話有所不同。　㋙蚡活之：“活”，作及物動詞
用。田蚡説：“是我救活他的。”　㋚“蚡事”二句：王先謙説：“言魏其所
請，蚡無所不許也。”意謂“我服事竇嬰，從没有不肯依他的事”。　㋛
“何愛”句：爲什麽他竟捨不得這幾頃田地？　㋜“且灌夫”句：“與”，干
預。此言“況且這同灌夫有什麽相干！”　㋝“吾不敢”句：此是反話，言
“難道他們這樣對付我，我就不敢再向他們要田地了麽！”〔以上是第三大
段，寫灌夫爲人及田蚡與竇、灌二人結怨的遠因。〕

　　元光四年①，春，丞相言：“灌夫家在潁川，横甚，民苦之。請
案②！”上曰：“此丞相事③，何請！灌夫亦持丞相陰事④——爲姦
利⑤，受淮南王金與語言⑥。賓客居間⑦，遂止⑧，俱解。
　　夏，丞相取燕王女爲夫人⑨，有太后詔，召列侯、宗室皆往賀。
魏其侯過灌夫，欲與俱⑩。夫謝曰：“夫數以酒失得過丞相⑪，丞相
今者又與夫有郄⑫。”魏其曰：“事已解。”彊與俱⑬。飲酒酣，武安
起爲壽⑭，坐皆避席伏。已⑮，魏其侯爲壽，獨故人避席耳⑯，餘半
膝席⑰。灌夫不悦，起行酒⑱，至武安，武安膝席曰：“不能滿
觴⑲。”夫怒，因嘻笑曰⑳：“將軍貴人也㉑！”屬之㉒。時武安不
肯㉓。行酒次至臨汝侯㉔，臨汝侯方與程不識耳語㉕，又不避席。
夫無所發怒㉖，乃罵臨汝侯曰：“生平毁程不識不直一錢㉗，今日長
者爲壽㉘，乃效女兒呫囁耳語㉙！”武安謂灌夫曰：“程、李俱東西宮
衛尉㉚，今衆辱程將軍㉛，仲孺獨不爲李將軍地乎㉜？”灌夫曰：“今

日斬頭陷胷㉝，何知程、李乎！"坐乃起更衣㉞，稍稍去。魏其侯去㉟，麾灌夫出㊱。武安遂怒，曰："此吾驕灌夫罪㊲。"乃令騎留灌夫㊳。灌夫欲出，不得。籍福起爲謝㊴，案灌夫項，令謝。夫愈怒，不肯謝。武安乃麾騎縛夫㊵，置傳舍。召長史曰㊶："今日召宗室㊷，有詔。"劾灌夫罵坐不敬㊸，繫居室㊹。遂案其前事㊺，遣吏分曹逐捕諸灌氏支屬㊻，皆得棄市罪。魏其侯大媿㊼，爲資㊽，使賓客請㊾，莫能解㊿。武安吏皆爲耳目(51)，諸灌氏皆亡匿(52)，夫繫(53)；遂不得告言武安陰事。

魏其銳身爲救灌夫(54)。夫人諫魏其曰："灌將軍得罪丞相，與太后家忤(55)，寧可救邪？"魏其侯曰："侯自我得之(56)，自我捐之，無所恨！且終不令灌仲孺獨死(57)，嬰獨生！"乃匿其家(58)，竊出上書。立召入(59)，具言灌夫醉飽事(60)，不足誅。上然之，賜魏其食，曰："東朝廷辯之(61)。"魏其之東朝，盛推灌夫之善，言其醉飽得過(62)，乃丞相以他事誣罪之。武安又盛毁灌夫所爲横恣(63)，罪逆不道。魏其度不可奈何(64)，因言丞相短。武安曰："天下幸而安樂無事，蚡得爲肺腑，所好音樂、狗馬、田宅。蚡所愛倡優、巧匠之屬(65)，不如魏其、灌夫日夜招聚天下豪傑壯士與論議(66)，腹誹而心謗(67)，不仰視天而俯畫地(68)，辟倪兩宮閒(69)，幸天下有變而欲有大功(70)。臣乃不知魏其等所爲(71)！"於是上問朝臣："兩人孰是？"御史大夫韓安國曰："魏其言：灌夫父死事，身荷戟(72)，馳入不測之吴軍(73)，身被數十創，名冠三軍。此天下壯士。非有大惡(74)，争杯酒，不足引他過以誅也。魏其言是也。丞相亦言：灌夫通姦猾(75)，侵細民，家累巨萬(76)，横恣潁川；淩轢宗室(77)，侵犯骨肉。此所謂枝大於本(78)，脛大於股，不折必披。丞相言亦是(79)。唯明主裁之(80)！"主爵都尉汲黯是魏其(81)；

内史鄭當時是魏其^⑧，後不敢堅對。餘皆莫敢對。上怒内史曰^⑧：
"公平生數言魏其、武安長短^⑧，今日廷論^⑧，局趣效轅下駒^⑧，吾
并斬若屬矣^⑧！"即罷起^⑧，入，上食太后^⑧。太后亦已使人候
伺^⑨，具以告太后。太后怒，不食，曰："今我在也^⑨，而人皆藉吾
弟；令我百歲後^⑨，皆魚肉之矣！且帝寧能爲石人邪^⑨！此特帝
在^⑨，即録録；設百歲後^⑨，是屬寧有可信者乎！"上謝曰："俱宗室
外家，故廷辯之。不然，此一獄吏所决耳^⑨。"是時，郎中令石建爲
上分别言兩人事^⑨。

武安已罷朝^⑨，出止車門^⑨，召韓御史大夫載^⑩，怒曰："與長
孺共一老禿翁^⑩，何爲首鼠兩端！"韓御史良久謂丞相曰："君何不
自喜^⑩！夫魏其毁君^⑩，君當免冠解印綬歸，曰：'臣以肺腑，幸得待
罪^⑩，固非其任^⑩。魏其言皆是。'如此，上必多君有讓^⑩，不廢君；
魏其必内愧^⑩，杜門齰舌自殺。今人毁君^⑩，君亦毁人，譬如賈豎
女子爭言^⑩，何其無大體也^⑩！"武安謝罪曰："爭時急^⑩，不知出
此。"

於是上使御史簿責魏其所言灌夫^⑩，頗不讎^⑬，欺謾^⑭，劾繫
都司空^⑮。

孝景時，魏其常受遺詔^⑯，曰："事有不便^⑰，以便宜論上。"
及繫灌夫，罪至族^⑱，事日急^⑲，諸公莫敢復明言於上^⑳。魏其乃
使昆弟子上書言之^㉑，幸得復召見。書奏上，而案尚書^㉒，大行無
遺詔^㉓；詔書獨藏魏其家^㉔，家丞封。乃劾魏其矯先帝詔^㉕，罪當
棄市。五年十月^㉖，悉論灌夫及家屬^㉗。魏其良久乃聞^㉘，聞即
恚^㉙，病痱^㉚，不食，欲死。或聞上無意殺魏其^㉛，魏其復食，治病，
議定不死矣^㉜。乃有蜚語^㉝，爲惡言聞上，故以十二月晦論棄市渭

城⑬。

其春⑬，武安侯病，專呼服謝罪⑬，使巫視鬼者視之⑬，見魏
其、灌夫共守⑬，欲殺之。竟死⑬。

子恬嗣⑭。

元朔三年⑭，武安侯坐衣襜褕入宮⑭，不敬。

淮南王安謀反⑭，覺，治。王前朝⑭，武安侯爲太尉時，迎王至
霸上⑭，謂王曰：“上未有太子⑭，大王最賢，高祖孫⑭；卽宮車晏
駕⑭，非大王立，當誰哉？”淮南王大喜，厚遺金財物⑭。上自魏其
時⑮，不直武安，特爲太后故耳⑮。及聞淮南王金事⑮，上曰：“使
武安侯在者⑮，族矣！”

①元光四年：公元前一三一年，是漢武帝卽位的第十年。據梁玉繩
考證，此處的“四年”應爲“二年”，則下文的“五年”應爲“三年”。此無關
宏旨，姑録以備考。　　②請案：請皇帝查辦灌夫。　　③“此丞相”二句：
武帝説：“這是你做丞相的分内之事，何必請示！”　　④“灌夫亦持”句：
“持”，挾持，猶今言“拿住把柄”；“陰事”，不可告人的秘密。此言“灌夫也
抓住了田蚡的短處做爲把柄”。　　⑤爲姦利：“爲”，做；“姦利”，史記正
義：“爲奸惡而求利。”意謂“用不合法的手段去圖個人私利”。按，史記韓
長孺列傳載韓安國“坐法失官，居家”，安國乃“以五百金物遺（餽送）蚡”，
田蚡於是向王太后説情，“卽召以爲北地都尉（官名）”。又載王恢敗於匈
奴，當斬，“恢私行千金（於）丞相蚡”，田蚡乃爲王恢向太后説情（參閲楊
樹達漢書窺管）。凡此種種，都是田蚡“爲姦利”的“陰事”。　　⑥“受淮
南王金”句：“淮南王”名劉安，是劉邦少子劉長的兒子。長封淮南王，文
帝時因罪自殺，劉安乃襲父王職。劉安好學術，曾招致賓客方術之士，著
書數十萬言，今所存淮南子卽安所著。漢武帝元狩元年（公元前一二二
年），安有反謀，由中郎伍被出首告發，安乃自殺。此言“田蚡受了劉安的
財物並且同劉安説了不應該説的話”。事詳後正文。按，“爲姦利，受淮

南王金與語言”二句爲作者自註之文。楊樹達説:“乃所以注明丞相陰事之爲何事也。”(見古書疑義舉例續補)　　⑦賓客居間:“間”讀平聲。此言“兩家的賓客們在中間調停勸解”。　　⑧“遂止”二句:言“雙方的攻擊和揭發都因此中止,而且也都和解了”。顏注:“兩家賓客處於中間和解之。”　　⑨“丞相取”句:“取”同“娶”。史記索隱:“案,蚡娶燕王劉澤子康王嘉之女也。”　　⑩欲與俱:想同他一起去道賀。　　⑪“夫數以”句:“酒失”,因酒醉而失禮;“得過”,猶言“得罪”(用王先謙説)。言“我屢次因爲酒醉失禮得罪了田蚡”。　　⑫“丞相今者”句:“今者”猶言“近來”;“有郤”已見上段註釋。　　⑬彊與俱:竇嬰勉強拉灌夫一同前去。“彊”讀上聲。　　⑭“武安起”二句:上句,“爲壽”,已見項羽本紀註釋;此處“起爲壽”即指起身向大家敬酒。下句,“坐”,指所有的坐上賓客;“避席”,離開席位;“伏”,伏在地上,表示不敢當。　　⑮已:過了一會兒。⑯“獨故人”句:“故人”指與竇嬰有舊交的人。此言“只有那些與竇嬰有舊關係的人離開了席位”。　　⑰餘半膝席:“膝席”,史記集解引如淳説:“以膝跪席上也。”猶言“膝不離席”。黃生説:“但直其身,如今之長跪也。”王駿觀説:“言魏其起爲壽,獨故人出席受耳;其餘大半膝不離席,慢之甚矣。蓋‘膝席’卽坐也。古人皆席地坐,……坐必疊膝,與跪相近,而實不同。……古人以避席爲敬,‘膝席’卽坐而不起,不得爲敬也。”此言“其餘半數的人只是照樣坐在那裏,連膝都沒有離席”。　　⑱起行酒:起身離位,依次敬酒。　　⑲不能滿觴:不能飲滿杯。　　⑳“因嘻”句:“嘻笑”,勉強地笑,苦笑。　　㉑將軍貴人也:猶言“您是貴人啊!”言外謂“由於田蚡是貴人,所以才不能飲滿杯”。　　㉒屬之:“屬”與前“起舞屬將軍”的“屬”同義,作“勸”解。此言“灌夫堅決地勸田蚡飲滿杯”。按,漢書此句作“畢之”,則仍是灌夫所説的話,猶言“請乾杯”。漢書補注引劉攽説:“夫謂蚡所以不能滿觴,由其貴人也。然當畢之。”而史記此句作“屬之”,則應是敍事之文(用瀧川資言説),灌夫的話只到“貴人也”爲止。　　㉓不肯:史記正義:“不爲盡也。”言田蚡不肯乾杯。　　㉔“行酒次至”句:

“臨汝侯”，卽灌嬰之孫灌賢。據史記高祖功臣侯年表，潁陰侯襲封至灌何之子灌彊，因有罪而絕封(事在建元六年，卽公元前一三五年)；至元光二年(公元前一三三年)，武帝改封嬰孫灌賢爲臨汝侯。“臨汝”，縣名，故治卽今河南省臨汝縣西北六十里的臨汝鎮。此言“灌夫依次敬酒，輪到了臨汝侯灌賢”。　　㉕“臨汝侯方與”句：“程不識”，漢武帝時名將，與李廣齊名。當時任長樂宮衛尉之職。事見後李將軍列傳。“耳語”，顏注：“附耳小語也。”此言“灌賢正同程不識兩人悄悄地附耳談話”。　　㉖無所發怒：無處發洩他的忿怒。　　㉗“生平”句：“生平”猶言“平時”；“毁”，詆毁，誹謗；“直”同“値”。　　㉘“今日”句：“長者”，灌夫自稱，猶今言“長輩”。周壽昌說：“夫蒙灌姓，宜(應)與灌何爲昆弟，故夫對何之子賢自稱爲長者，……言年輩尊者也。”　　㉙“乃效”句：“效”，仿效。“女兒”，猶言“女孩子”，王先謙說：“以耳語乃女兒態也。”“咕囁”音 tièzhè，猶今言“唧唧噥噥”，形容小聲低語的象聲詞。此連上文言：“你平日誹謗程不識，把他說得一錢不値，今天遇到你的長輩向你敬酒，你却效法女孩子一樣在那兒同程不識嘰嘰咕咕咬耳朶說話！”　　㉚“程、李”句：“李”指李廣，時爲未央宮衛尉。“長樂宮”在東，故稱“東宮”；“未央宮”在西，故稱“西宮”。此言程不識和李廣都是同等的官職。　　㉛“今衆辱”句：“衆辱”，當衆侮辱。　　㉜“仲孺獨不”句：“爲李將軍地”，給李廣留餘地。按，荀悅漢紀在此句之下有這樣的話：“李將軍者，李廣也；夫所素敬也。”故顏師古引如淳說：“二人同號比尊，今辱一人，不當爲(不等於是)毁廣耶。”並加按語說：“如說近之。言旣毁程，令廣何地自安處。”此連上言“你這樣當衆侮辱程不識，就不替你所敬愛的李廣留地步麼？”　　㉝“今日斬頭”二句：此是灌夫負氣語。史記索隱引韋昭說：“言不避死亡也。”黃生說：“言今日犯我者，必與併(拼)命，何知程、李。此語蓋已直著（涉及）蚡身上，故蚡遂怒。”此二句大意是：“今天用刀砍我的頭，用槍穿我的胸，我都不在乎；我還管什麼程、什麼李？”　　㉞“坐乃起”二句：“坐”，顏注：“謂坐上之人也。”“更衣”，卽上廁所。瀧川資言說：“論衡：‘夫更衣之室,可謂臭矣。'蓋賓主相見,不宜言穢褻之事。故如(往)厠,皆託言'更衣'。"此言"座上的客人看見勢頭不妙,便起身託言上厠所,漸漸地散去了"。　㉟魏其侯去:竇嬰也離席而去。　㊱麾灌夫出:"麾"同"揮",言竇嬰揮手令灌夫趕快走。　㊲"此吾驕"句:黄生説:"言前案灌夫不竟(查辦灌夫未能徹底),益長其驕。此己之罪。"王先謙説:"'罪',過也。言素不較(平日不同灌夫計較),適令益驕。"意謂"這是我的錯,因爲我寵慣了他,才使他這樣放肆"。　㊳"乃令騎"句:於是命令手下的騎士把灌夫扣押。　㊴"籍福起"三句:"案"同"按",向下抑壓;"項",頸項。此言"籍福也從席上起來爲灌夫向田蚡賠禮,並用手按着灌夫的頸子,讓他低頭謝罪"。　㊵"武安乃麾騎"二句:"傳舍"指田蚡府中招待賓客留宿的地方。此言"田蚡於是指揮騎士們把灌夫綑上,看管在傳舍中"。　㊶召長史曰:"長史",丞相府中諸吏之長,相當於後世的秘書長。"長"讀上聲,"史"與"吏"古爲一字。　㊷"今日召"二句:言"今天請宗室賓客們來宴會,是奉了太后的聖旨的"。　㊸"劾灌夫"句:大意是:"於是田蚡吩咐長史擬出彈劾灌夫的奏章,説他在宴會上有意辱駡,侮辱詔命,應照大不敬的條款治罪。"周壽昌説:"言夫駡坐爲不敬太后詔也。此不敬罪大,故夫卒被誅。"李慈銘也説:"言今日請召宗室,因有太后詔而行之,灌夫駡坐,是輕詔命,故爲不敬也。"　㊹繫居室:"繫",拘禁;"居室",衙署的名稱,屬於少府,後改名爲保宮,是漢代囚禁官員及其家屬的地方。　㊺"遂案"句:"案",徹查;"前事"指灌夫在潁川的種種不法行爲。　㊻"遣吏分曹"二句:"分曹",分班,分批;"逐捕",追拿;"支屬",旁支親屬。此言"田蚡派遣差吏分頭捉拿灌家各支的親屬,都判決爲殺頭示衆的罪名"。　㊼魏其侯大媿:"媿"同"愧"。此言竇嬰感到十分慚愧。王先謙説:"夫不往蚡所,嬰強之(竇嬰勉強他前去),致罹禍(以致遇禍),以是(因此)愧也。"　㊽爲資:"資",作"謀"解(用王先謙説)。此言"竇嬰替灌夫想盡辦法"。　㊾使賓客請:使賓客向田蚡求情。　㊿莫能解:"解"指被田蚡寬赦。　51"武安吏"句:"耳目",猶言

"親信"。按,此與下二句共爲三層,都是下文"遂不得告言武安陰事"的原因。詳下註。　㊿"諸灌氏"句:"亡",逃走;"匿",藏躲。　㊼夫繫:灌夫本人已被囚禁起來。王伯祥説:"丞相的屬吏既都是田蚡的耳目,灌氏漏網的人當然都得分頭逃竄和躲藏,灌夫本身又被羈押着,於是不可能把田蚡的秘密出首上告。"　㊾"魏其鋭身"句:"鋭身",挺身冒險而出;"爲救灌夫",做出一些營救灌夫的舉動。　㊿忤:王伯祥説:"逆也,猶言'作對'。"　㊻"侯自我"三句:"捐",作"棄"解,猶言"丢掉";"恨",遺憾。此言"侯爵是由我挣來的,現在由我把它丢掉,根本没有什麼可遺憾的"。按,顏注:"言不過失爵耳。"則知竇嬰初意是没有想到會因爲救灌夫而送命的,他以爲最嚴重的後果不過是削去侯爵而已。　㊼"且終不令"二句:此言"況且我一定不能讓灌夫獨自犧牲,而我倒獨自活着"。㊽"乃匿"二句:"匿",作"避"解。此言"竇嬰於是瞒着家裏人,偷偷地出來上書給武帝"。顏注:"不令家人知之,恐其又止諫(勸阻)也。"　㊾立召入:武帝見到竇嬰的奏書,立卽把他召進宫去。　㊿"具言"二句:"醉"指飲酒過量,"飽"指吃飯過量,此處連用,側重在"醉","飽"只是陪襯。與通常言"褒貶",側重在"貶",言"利害",側重在"害"的情形相類似。此二句大意是:"竇嬰就把灌夫因爲在席上喝醉了酒而失言的情況説了一遍,認爲這只是飲食間的小事,不值得用重刑。"　㊶"東朝"句:"東朝"卽上文的"東宫",指王太后所居的長樂宫。下句"之東朝",猶言"往東宫去"。"廷辯",當着朝臣辯論是非。顏注引張晏説:"會公卿大夫(於)東朝,共理而分別也。"此言"你到太后那兒去當廷申辯吧"。按,下文言"太后亦已使人候伺,具以告太后",則知竇嬰等雖在東朝展開廷辯,仍由武帝主持,太后並不在當場。　㊷"言其醉飽"二句:上句,"得過"已見前註。下句,"乃",副詞,猶今口語"卻"、"竟",此處的"乃丞相以……"卽"而丞相竟以……"之意。"他事",另外的事,指灌夫在潁川的行爲。"誣罪之",寃枉地加給他罪名。此言"而田蚡卻用别的事來誣害灌夫"。　㊸"武安又盛毁"二句:上句,"盛"與上文"盛推"的"盛"同義,猶言"極意地";"所爲横恣",所做的事驕横放縱,肆無忌憚。下句,言灌夫所犯之罪大逆不道。　(64)"魏其度"二句:"度"音奪,估計。此言"竇嬰估計實在没有别的辦法,於是就把田蚡的壞處説出來了"。　(65)"蚡所愛"句:田蚡説:"我所喜愛的不過是倡優和靈巧的工匠一類的人。"　(66)"不如"句:不像竇嬰、灌夫他們,招呼、集聚了天下的豪傑壯士,不分日夜地同他們商量討論。　(67)"腹誹"句:在心裏誹謗朝廷。　(68)"不仰視天"句:"不"與"而"是轉折詞,"而"與"則"同義(用王引之、李笠説)。此言"他們不是抬頭用眼看天,就是低頭用手畫地"。按,史記集解引張晏之説,以爲"視天"是"占三光","畫地"是"知分野所在",意謂竇、灌等能從星象判斷氣運,準備造反。疑非是。周壽昌説:"張注迂拙。此不過以'視天'、'畫地'極形其辟睨無禮之狀。若如張説,不獨非事實,亦全失語妙。"今按,周説是。"視天"是形容竇、灌等目中無人,"畫地"是隱指他們暗中謀劃。　(69)"辟睨"句:"辟睨"同"睥睨",傲慢邪視貌;"兩宫"指太后和武帝。王駿觀説:"'辟倪'猶'睥睨',傲貌。言魏其素性狂妄,傲視太后與帝也。即藐視兩宫意。"按,王説近是。舊注謂此是竇、灌窺伺太后和武帝有無死去的可能,亦可通。　(70)"幸天下"句:顔注引臣瓚説:"謂因國家變難之際,得立大功也。"意謂"希望天下有一些意外的變故而能立大功、成大事,突出地表現他們"。　(71)"臣乃不知"句:大意是:"我卻不知道竇嬰他們要做些什麽呢!"言外指竇、灌等樹立黨羽,暗中籌畫,輕視太后和皇帝,希望趁機會撈一把,實在有造反的可能。　(72)身荷戟:親自扛着兵器。　(73)"馳入"句:"不測之吴軍",言"吴軍十分強大,其實力無法推測"(用顔師古説)。　(74)"非有"三句:大意是:"如果不是有特别嚴重的罪行,只爲了喝了幾杯酒而引起口舌争端,是不值得攀引其它的罪狀來判處死刑的。"　(75)"灌夫通姦猾"二句:"細民",猶言"小民"。此言"灌夫同大惡霸、大壞蛋們交結,欺壓小民"。　(76)家累巨萬:"累",積累,引申有"數"、"幾"之意;"巨"同"鉅";"累鉅萬",猶言"數萬萬"、"幾萬萬"。此言灌夫的家産有數萬萬金之多。　(77)"淩轢"二句:

上句，“轢”音歷，本指車輪碾壓過的地方，此處的“淩轢”即“作踐”、“糟蹋”之意。下句，“骨肉”與上句“宗室”爲互文。皆指灌氏同族中貧窮的人。　　⑱“此所謂枝大”三句：第一句，“枝”，樹木的枝條；“本”，樹木的主幹。第二句，言“小腿脛比大腿股還粗”。第三句，“披”，猶“分離”、“分裂”。按，此蓋以“枝”、“脛”喻灌夫在地方上的勢力，以“本”、“股”喻國家的政權；言“如果樹枝比樹幹還大，小腿比大腿還粗，則其結果不是折斷就是破裂，對整體必有損傷”。又按，賈誼新書大都篇有“尾大不掉，末大必折”的話，漢書賈誼傳引誼所奏治安策，亦有“一脛之大幾如腰，一指之大幾如股”之語，皆與此三句意義相近。韓安國在此處冠以“此所謂”三字，疑此三句是當時成語（參閱漢書補注引王先愼説）。　　⑲丞相言亦是：丞相説的話也是對的。按，此是韓安國模棱兩可之語。史記評林引董份説：“此正所謂‘持兩端’（語見魏公子列傳）者。”　　⑳唯明主裁之：只有請英明的皇帝自己裁決這件事的是非了。　　㉑“主爵”句：“主爵都尉”，官名，掌管列侯封爵的職務；“汲黯”字長孺，濮陽（即今河北省濮陽縣）人。學黄、老之言，任氣節，好直諫，素爲武帝所敬畏，因此官位常不陞遷，官至淮陽太守而卒。史記有汲鄭列傳。“是魏其”，以竇嬰所説的爲是。　　㉒“内史”二句：“内史”已見前萬石君列傳註釋；“鄭當時”字莊，陳（即今河南省淮陽縣）人。亦好黄、老，喜任俠。在朝肯提拔賢士，但遇事每奉承皇帝或丞相意旨，不敢表示意見。據史記汲鄭列傳，此次廷辯，鄭當時因“不敢堅對”被貶爲詹事。此言“内史鄭當時最初認爲竇嬰説的對，後來卻又不敢堅持他自己的意見去對答武帝”。　　㉓“上怒”句：此言“武帝嫌鄭當時的不敢堅持己見，就向他發怒道”。周壽昌説：“怒其是魏其而後不敢堅也。此明帝心向魏其。”（李慈銘説略同）按，周説是。　　㉔“公平生”句：言“你平日屢次議論竇、田兩人的優劣”。㉕廷論：即“廷辯”。　　㉖“局趣”句：“局趣”，同“侷促”，形容縮手縮脚不敢伸展的狀詞；“轅下駒”，駕在車轅下面的馬。方苞説：“‘轅下駒’進局（拘束）於抳（馬絡頭），退束於軵（馬尾附近的韁繩），故曰‘局促’也。”中井積德説：按，此以“轅下駒”喻鄭當時之畏首畏尾，不敢表示自己的意見，　　⑧“吾幷斬”句：“幷斬”，一併殺掉；“若屬”，你們這一班人。此言“我不僅要殺掉犯法的當事人，而且連你們這些傢伙也要一起殺掉”。按，此是武帝負氣的話。　　⑧罷起：中止廷辯，站起身來。　　⑧上食太后：向太后獻食物。卽侍太后進餐。　　⑨“太后亦已”二句：言“在廷辯時，太后也已經派人伺候在朝上探聽消息；這時，那些探聽消息的人便把廷辯的經過完全陳述給太后知道”。　　⑨“今我在”二句：“藉”，作“踐躝”解。言“現在我還活着，別人已經作賤我的兄弟了”。　　⑨“令我”二句：此言“假如我死了之後，別人就一定都來宰割我的兄弟了”。按，此處“魚肉”作動詞用，“之”指田蚡；“魚肉之”猶言“以田蚡爲魚肉”。參閱前項羽本紀“如今人方爲刀俎，我爲魚肉”句註釋。　　⑨“且帝寧能”句：“石人”有二解。一、史記索隱：“謂帝不如石人得長存也。”漢書顏注引或説：“‘石人’者，謂常存不死也。”李慈銘、王駿圖、瀧川資言皆主此説。言“況且皇帝哪能像石人似地長久存在着呢！”與下文“設百歲後”句相呼應。二、顏注：“言徒有人形耳，不知好惡（‘好’、‘惡’皆讀去聲）也。”周壽昌、楊樹達皆主此説。周壽昌説：“‘石人’，言若石爲人，不能相左右也。老子云：‘不能琭琭如玉，珞珞如石。’‘琭琭’卽‘錄錄’，正言如石人狀。時太后爲黃、老學，故引老子語也。……”楊樹達説：“武帝意本不直武安，特以太后故，不欲出之於己，故借羣臣廷辯之言以張目。觀鄭當時不敢堅對，帝怒責之，可以見矣。太后亦知此意，故以石人責之，謂其不應不自主張，反問羣臣也。下文帝以‘俱外家’、‘故廷辯之’爲解（解釋），尤可證明。……”今按，以“石”喻人之無知，古書中習見（參閱史記正義）；故後説可通。綜觀上下文，太后之所以“怒，不食”以及所説的話，都是責備漢武帝的：上一層説自己雖在而武帝竟縱容旁人欺侮田蚡；此一句則責備武帝不自己作主；下文四句更責備羣臣只知須承武帝的意旨。疑後説近是，楊説尤合情理。　　⑨“此特”二句：“錄錄”同“碌碌”，猶言“庸庸碌碌”，形容平凡庸鄙，隨聲附和的狀詞。言“現在幸虧皇帝還在，這班大臣

就只知隨聲附和。　⑨⑤"設百歲"二句: "設",假設,"可信",猶言"可

靠"。言"假使皇帝死了之後,這班人還有靠得住的麼!"　⑨⑥"此一獄

吏"句: 此連上文言"如果不是因爲竇、田兩家都是外戚,像這樣的案件,

只要一個法官就可以解決了"。意謂"所以廷辯,乃是重視此案,並非自

己不作主張"。　⑨⑦"郎中令"句: "石建"事已見前萬石君列傳。"分別

言",指不當着衆人的面前單獨對皇帝談話。此言"石建在單獨見到武帝

時把竇、田兩家發生矛盾的經過向武帝説了"。　⑨⑧罷朝: 退朝回家。

⑨⑨止車門: 宮禁的外門名。百官上朝時,至此門必須下車,步行入宮。太

平御覽卷一百八十三"居處部"引洛陽故宮名有南止車門、東、西止車門

等。(參閱漢書補注引王先慎説。)　⑩⑩"召韓"句: 招呼韓安國同他共

乘一車。　⑩⑪"與長孺"二句: 上句,"長孺",韓安國字; "共",指共同勘

治(用史記索隱説); "老禿翁",指竇嬰; "禿",猶言"廢"、"退"。史記集解

引漢書音義: "言嬰無官位扳援也。"王駿圖説: "且'禿翁'亦非謂頭禿也。

'禿'猶'退'耳,'廢'耳。筆之禿者謂之退筆。此言魏其業已退廢;我與

爾所共者,只此一老而退廢之人,尚何疑慮瞻顧,致如首鼠之持兩端耶?

集解訓'禿'爲無官位扳援,義爲近之。"下句,"首鼠",舊注解爲 "一前一

卻",義本不誤;但史記會注考證引中井積德説: "鼠將出穴隙,必出頭一

左一右,故爲兩端之喻也。"(按,此説本於宋陸佃埤雅: "鼠性疑,出穴多

不果,故持兩端者謂之'首鼠'。")則爲望文生義的解釋。據王念孫讀書

雜志餘編卷上"首施兩端"條説: "(後漢書)鄧訓傳、西羌傳並云:'首施兩

端。'(李賢)注曰:'首施,猶'首鼠'也。'念孫案: 史記魏其武安傳:'何爲

首鼠兩端?'故李(賢)本之爲注。今案,'施'讀如'施于中谷'之'施'(音

異),'首施',猶'首尾'也。'首尾兩端',即今人所云'進退無據'也。⋯⋯

服虔注漢書曰:'首鼠,一前一卻也。'則'首鼠'亦卽'首尾'之意。"知"首

鼠"實爲聯緜詞。其後近人章炳麟文始、朱起鳳辭通,皆宗王説,釋"首

鼠"爲"首尾"。朱起鳳説: "按,史、漢田蚡'首鼠'云云,蓋責長孺爲灌夫

事,共對付一竇嬰,何爲畏首畏尾,進退失據,一至於此。"(見辭通卷十

三)其説自較埤雅與中井積德説爲優。但近人劉大白則以爲"首鼠"即是"躊躇"、"跼躕"的同義音轉的聯緜詞，似更直截。劉氏引騈雅釋訓："逗遛、首施、首鼠、夷猶、……猶豫、……依違，……遲疑也。"又："躊躇、蹢(躅)躅、跦跦(跼躕)，猶豫也。"並加以解釋説：·"'躊躇'古音在定紐，同於'濤塗'。……'濤塗'以疊韻轉變，就變爲'躊躇'；'躊躇'再以疊韻轉變，就變爲'首鼠'；'首鼠'再以疊韻轉變，就變爲'猶豫'或'猶與'或'游豫'：這都是上下兩字同變的。如果是下面一字單變，便是'首鼠'變爲'首施'，或者'游豫'變爲'游移'。所以'首鼠'、'首施'、'游豫'、'游移'，都是'躊躇'的轉變字。它們的意義只是'一前一卻'，只是'遲疑'。'首鼠兩端'或'首施兩端'，都就是'躊躇兩端'或'游豫兩端'，或'游移兩端'或'前却兩端'或'遲疑兩端'。……"(見其所著羣通序) 謹録以備考。此二句大意是："我和你一同收拾竇嬰，有什麼難辦的，你爲什麼模棱兩可，**游移不定?**"　　⑩君何不自喜:"不自喜"，清乾隆刻官本史記考證引張照説："猶言'不自愛'，下文所謂'無大體'是也。"此言 "你怎麼這樣不自愛重呢?"又，黃生説："'不自喜'，即今俗云'好不思量'之意。"亦可通。　　⑩"夫魏其"二句:"印"，印信；"綬"，繫印信的絲縧。據漢書百官公卿表，丞相是佩"金印"、"紫綬"的。"歸"，顏注:"歸印綬於天子也。"言"竇嬰既然詆毀你，你就應當向皇帝免冠謝罪，把丞相的印綬解下來，歸還給天子"。　　⑩幸得待罪: 已見前萬石君列傳 "慶幸得待罪丞相" 句註釋。　　⑩固非其任:本來是不能勝任的。　　⑩"上必"二句:"多"，尊重，贊美；"有讓"，謙讓有禮；"廢"，罷免。此言"皇帝一定會贊美你有謙讓的美德，不致把你廢免"。　　⑩"魏其必"二句:"内愧"，内心慚愧；"杜門"，閉門；"齰"音則，或音側，咬，嚙。此言"竇嬰見你如此謙遜，皇帝又同情你，他必然内心慚愧，只好關緊了門嚙着舌頭自殺"。今按，"杜門"謂竇嬰無面目見人，"齰舌"謂竇嬰自慚没有辯論勝利，無話可説。　　⑩"今人" 二句: 現在別人罵你，你也同樣地罵別人。　　⑩"譬如"句:"賈豎"指商人；"女子"，一般的婦女。此言"這樣彼此互相辱罵，好像商人或是女人吵嘴

一樣"。　⑪"何其"句: 怎麼這樣不識大體呢!　⑪"爭時"二句: 言
"我在朝廷上爭辯時太着急了,没有想到這樣做"。按,此下省略了一段
敍述。看下文"於是上使御史"云云,知田蚡是按照韓安國所教的方法向
武帝表示了態度的,所以武帝才命令御史追究灌夫的罪行真僞和罪情輕
重。　⑫"於是上使"句:"簿責",顔注:"以文簿一一責之也。"此言"於是
武帝命令御史按照簿籍上所載的灌夫的罪行追查竇嬰口中所述説的灌
夫的情况"。　⑬頗不讎:"讎",符合。言"竇嬰所言灌夫的情况與文簿
所載灌夫的罪行頗有出入,並不相符"。　⑭欺謾: 猶言"欺騙"。此言
"因而竇嬰有欺騙皇帝的罪"。郭嵩燾説:"案,灌夫横恣潁川有實驗(有
事實可查),魏其謂灌夫醉飽得過,丞相以他事誣罪之;此爲案治灌夫得
實,與魏其言不相應,因責(竇嬰)以欺謾。"王駿觀也説:"言魏其在東朝,
盛推灌夫之善;今使御史……簿責魏其所言,頗不符合……,故御史劾其
欺謾也。"釋此三句甚晰,録以備考。　⑮"劾繫"句:"都司空",漢書百
官公卿表:"宗正,秦官。掌親屬。……屬官有都司空令、丞。"史記索隱:
"主詔獄也。"按,"宗正"是管理皇族和外戚事務的官,"都司空"是宗正下
面所屬的官,專管皇帝交下來的案件,即所謂"詔獄"。而竇嬰既爲外戚,
其案件又由武帝親自過問,故由都司空負責。此言"竇嬰爲御史所糾劾,
被拘禁在都司空衙門的獄中"。　⑯常受遺詔:"常"通"嘗"。言"竇嬰
曾經接受過景帝臨死前的遺令"。　⑰"事有不便"二句:"便宜",猶言
"靈活掌握"、"利用任何機會";"論上",顔注:"論説其事而上於天子。"此
言"景帝的遺詔上説: '遇到有不利於你的事件,你可以相機行事,給天子
上書'"。　⑱罪至族: 犯了甚至於要滅族的大罪。　⑲事日急: 情况
一天比一天緊迫。　⑳"諸公"句: 大臣們誰也不敢再公開地向皇帝説
明竇嬰受遺詔的事。　㉑"魏其乃使"二句: 上句,"昆弟子",即竇嬰的
姪子。此言"竇嬰於是讓自己的姪子上書給武帝,説明受遺詔的事"。下
句,言"竇嬰希望有再被武帝召見的機會"。　㉒案尚書:"尚書",本是
秦、漢時官名;續漢書百官志:"尚書令一人,……掌凡選署(任免官職)及

奏下尚書曹(由皇帝交給尚書曹辦理的公卿的奏章)文書衆事。"此處則指由尚書令所保管的内廷檔案。此言"調查内廷的檔卷"。　㉓"大行"句:"大行"已見前李斯列傳註釋,此指景帝。言"在尚書所管的檔案中,並没有景帝所留的這樣一道遺詔"。　㉔"詔書"二句:史記集解引漢書音義:"以家臣印封遺詔。"此言"這道詔書只藏在竇嬰自己家裏,是由給竇嬰管事的家臣蓋印加封的"。沈欽韓説:"玉海六十一:唐故事:中書舍人掌詔誥,皆寫兩本,一爲底,一爲宣。……況大行遺詔,豈有無副而獨藏私家者! 此主者畏蚡,而助成其罪也。"録以備考。　㉕"乃劾魏其"二句:"劾",李慈銘説:"此乃尚書劾也。"此言"於是尚書令又糾劾竇嬰,説他僞造景帝的詔書,應該處以斬首示衆的罪"。　㉖五年十月:"五年",指武帝元光五年,即公元前一三〇年。按,漢武帝太初元年(公元前一〇四年)以前,以十月爲歲首。故"五年十月"實爲前一年之冬十月。據梁玉繩考證,"五年"應作"三年",即元光三年,當公元前一三二年。録以備考。　㉗"悉論"句:"論",處決,此指執行死刑。此言灌夫和他的家屬完全被處決了。　㉘良久乃聞:過了好久才聽説灌夫已死的事。按,竇嬰本人也在獄中,所以"良久乃聞"。　㉙恚:音wèi,忿怒,怨憤。　㉚病痱:"痱"音肥,舊注謂是"風疾",即今所謂"中風"("中"讀去聲)。　㉛"或聞"句:有人聽到傳聞,説皇帝本没有殺竇嬰的意思。　㉜"議定"句:已經決定不再把竇嬰處死刑了。　㉝"乃有蜚語"二句:"蜚"同"飛","飛語",史記集解引張晏説:"蚡僞作飛揚誹謗之語。"漢書顔注引臣瓚説:"無根而至也。"即没有根據的流言。此二句言"這時竟有流言傳播,説竇嬰説了很多壞話,故意讓武帝聽到"。　㉞"故以十二月"句:"十二月晦",十二月三十日;"論棄市",被判決執行死刑;"渭城",即咸陽。顔注引張晏説"著日月者,見春垂至,恐遇赦贖之。"按,司馬光資治通鑑考異:"班固漢武故事曰:上召大臣議之,羣臣多是竇嬰,上亦不復窮問,兩罷之。田蚡大恨,欲自殺;先與太后訣,兄弟共號哭,訴太后。太后亦哭,弗食,上不得已,遂乃殺嬰。'按,漢武故事語多誕妄,非班固書。蓋後人爲之，託固名耳。"又："按，漢制，常以立春下寬大詔書，蚡恐魏其得釋，故以十二月晦殺之。……"今按，漢武故事所載可備一說，未必盡屬荒誕，故錄以備考。至竇嬰之死所以在十二月末，考異所言甚是。　　⑬其春：卽元光五年的春天。因其時尚未改曆，以十月爲歲首，故春天在當年十二月之後。　　⑬專呼服謝罪·"專"，猶今言"一味地"、"一個勁兒地"；"呼服"，有二解：一、"呼"是大聲喊叫；"服"是服罪·指田蚡自認有罪，枉殺了灌夫、竇嬰。二、"服"是"疈"（音迫）的假借字，"呼疈"，因痛苦而大叫大啼（均見漢書顏注引晉灼說，參閱漢書補注）。顏注："兩說皆通。"今按，"服"作"服罪"解，與"謝罪"義重複；"呼疈"又見漢書東方朔傳，"疈"、"服"古音相近，故後說近是。此言"田蚡一個勁兒大聲呼叫，承認自己有錯，謝罪不止"。按，漢書田蚡傳說："春，蚡疾，一身盡痛，若有擊者，呼服謝罪。"較此傳所載爲詳，錄以備考。　　⑬"使巫"句：讓能夠看得見鬼的巫師來診視田蚡的病。　　⑬"見魏其"二句：巫師看見竇嬰和灌夫兩個鬼魂在一起監守着田蚡，要想殺死他。　　⑬竟死：田蚡終於病死了。按，此是田蚡内心有愧，所以病中昏迷，以爲見鬼。　　⑭子恬嗣：田蚡的兒子田恬嗣其父爵，襲封爲武安侯。據史記惠景間侯者年表，"恬"作"梧"。　　⑭元朔三年：卽公元前一二六年，是武帝卽位的第十五年。　　⑭"武安侯坐衣"二句："衣"讀去聲，作"穿着"解；"襜褕"，音chányú，長僅蔽膝的短衣，不是正式的朝服。此二句言"田恬因沒有穿着朝服走進宮廷，犯了大不敬的罪"。據梁玉繩考證，"不敬"下有"國除"二字，言田恬既死，封爵卽被撤除。　　⑭"淮南王"三句："淮南王安"已見前註；"覺"，破露，被發覺。"治"，窮究嚴查。按，下文卽窮究出來的事實，亦卽灌夫所要告發而未及揭露的。　　⑭王前朝："王"指淮南王劉安。此言"在劉安前次入朝謁見武帝的時候"。按，事在武帝建元二年。⑭霸上：應作"灞上"，卽灞水西的白鹿原。在今陝西省藍田縣、長安縣交界處。　　⑭"上未有"句：皇帝現在還没有立太子。　　⑭高祖孫：高祖的親孫子。按，武帝是劉邦的曾孫，劉安則是劉邦少子劉長的兒子，比武

帝還長一輩。所以田蚡特意指出這一點，説明劉安有可能爲天子。　⑭
"卽宫車"三句："宫車晏駕"指皇帝身死；"晏"作"遲"解，"駕"指皇帝乘坐
的車。史記集解引應劭説："天子當晨起早作，如方崩殂，故稱'晏駕'。"
又引韋昭説："凡初崩爲'晏駕'者，臣子之心，猶謂宫車當駕而晚出。"按，
古代諱言死喪之事，故以"晏駕"爲皇帝身死的代稱。此言"假使當今的
皇帝死去，不是你立爲天子，還應當是誰呢？"　⑭"厚遺"句："遺"讀去
聲，餽贈。　⑮"上自魏其"二句："直"，荀子修身篇："是謂是非謂非曰
'直'。"史記索隱："案，武帝以魏其、灌夫事爲枉，於武安侯爲不直。"此言
"武帝自從竇嬰的事件發生時開始，就不以田蚡的舉動爲然"。　⑮"特
爲"句：言"武帝所以把竇嬰處死刑，並非祖護田蚡，只是礙着太后的緣
故，才不得不這樣做的"。　⑮"及聞"句：等到若干年後，武帝聽到田蚡
與劉安勾結以及受其贈金的事件。　⑱"使武安"二句：假如田蚡還活
着的話，一定要滅他的族了。按，此處是作者借用武帝的話來表示自己
對田蚡的憎惡。〔以上是第四大段，寫田蚡陷害灌夫和竇嬰的經過，以及
田蚡本人的結局。〕

太公史曰："魏其、武安，皆以外戚重①。灌夫用一時決筴而名
顯②。魏其之舉③，在吳、楚；武安之貴④，在日月之際。然魏其誠
不知時變⑤，灌夫無術而不遜⑥；兩人相翼⑦，乃成禍亂。武安負
貴而好權⑧，杯酒責望⑨，陷彼兩賢，嗚呼哀哉！遷怒及人⑩，命亦
不延；衆庶不載⑪，竟被惡言，嗚呼哀哉！禍所從來矣⑫！"

①皆以外戚重：都因爲外戚的關係而身居顯要的職位。　②"灌夫
用一時"句："用"，因爲，由於；"一時"，猶言"偶然一次"；"決筴"，下定決
心，指馳入吳軍，欲報父仇。此言"灌夫由於偶然一次下定決心有所表
現，就顯名於當時"。　③"魏其之舉"二句：竇嬰的被提陞，是由於平定
吳、楚七國之亂。　④"武安之貴"二句："日"喻武帝，"月"喻太后。"日
月之際"，言日月並存之時；喻太后臨朝，武帝尚未完全親政的那一階段。

此言“田蚡之所以有高貴的地位，是由於武帝初卽位時太后攬權的機會”。按，作者此處顯然有諷刺田蚡之意。　　⑤“然魏其”句：“不知時變”指不懂得一朝天子一朝臣、人在人情在的道理。言“竇太后已死，而竇嬰以失勢之人，仍與田蚡争勝，未免太不識時務”。按，此處言外頗有慨歎之意。　　⑥“灌夫無術”句：“無術”指不學無術（或以“術”作“手段”解，非是。因古人言“術”係指“道術”）；“不遜”，不謙遜，言其無禮貌。⑦“兩人”二句：“相翼”，互相祖護，互相包庇。此言“這兩個人氣味相投，互相祖護，終於釀成了禍亂的結局”。　　⑧負貴而好權：仗恃自己顯貴的地位，而且喜歡權術，好耍手腕兒。　　⑨“杯酒”三句：第一句，“杯酒”，指灌夫行酒惹禍的事件；“責望”，苛求於人，對人表示怨憤。第二句，“陷”，陷害；“彼”，猶言“那”；“兩賢”指竇嬰和灌夫。按，此處以竇、灌二人爲“賢”，正説明作者對田蚡是極其憎恨的。第三句，是感歎語，體現出作者對這場政治陷害深表不滿。按，史記評林引凌約言説：“嬰雖他未見過人者，其賢於蚡則萬萬矣。”作者在竇、田二人之間，確是比較同情竇嬰的。史記評林增補引趙恆説：“贊（按，指末段‘太史公曰’的一段話）意哀魏其之冤，而深誅武安之罪也。言魏其之舉，以吳、楚之功，灌夫因一時入吳軍，決策而名顯；魏其以不知時變，灌夫以無學不遜，其罪非可以殺身滅族論也。……”釋此意甚晰，錄以備考。　　⑩“遷怒”二句：按，舊注解此下六句皆以爲指田蚡，恐非是。疑皆指灌夫。上句，“遷怒”，語出論語雍也篇：“不遷怒。”朱熹集注：“‘遷’，移也。……怒於甲者，不移於乙。”“人”指灌賢等。下句，“延”，長久。此處言“灌夫在席上行酒時本怒田蚡，結果竟移怒於灌賢和程不識，終於使自己的性命也未能延長多久”。舊注以爲“田蚡怒灌夫而竟移怒於竇嬰，終使自己不久也便死去”，非是。因田蚡對竇嬰也同樣有怨怒，談不到“遷怒”；而灌夫對灌賢等則顯然是遷怒。　　⑪“衆庶不載”三句：第一句，“載”，與“戴”通，即“愛戴”之意。此言“灌夫在潁川對人民十分橫恣，因此百姓不愛戴他”。第二句，“被”，受到；“惡言”，指田蚡對武帝所説的有關灌夫的壞話。按，司馬遷對於田蚡與竇、灌之間的矛盾，是同情竇、灌的；但對於灌夫欺壓人民的事件，則表示不滿，但同時也表示有些惋惜，所以說"灌夫竟不免受到田蚡的惡言攻擊"。言外謂"如果灌夫沒有在潁川的劣迹，他是不會受到田蚡攻擊的"。第三句，仍是感歎語，但與前面一句涵義不盡相同。前句主要在否定田蚡，從而對他的政治陷害表示憎恨；此句則有否定灌夫的意思，從而對他的結局表示惋惜。舊注以爲此三句指田蚡不受"衆庶"所"愛戴"，並把"惡言"指爲武帝事後所說的"使武安侯在者，族矣"的話，更以"嗚呼哀哉"爲前面一句的重複，好像司馬遷也在惋惜田蚡，殊失本篇主旨。　⑫禍所從來矣：言"由此可見灌夫之所以得禍是有其根源的了！"意指灌夫得禍是由於他在潁川欺壓人民、剝削人民所造成的惡果。史記評林增補引趙恆釋此句說："言禍由太后也。"非是。〔以上是第五大段，寫出作者自己對竇、灌、田三人的評價。作者所否定的是田蚡，比較肯定竇嬰，在田蚡陷害灌夫的事件上對灌夫有所同情，但對灌夫欺壓人民、以致"衆庶不載"，則表示深切的遺憾。〕

（十二）　李將軍列傳

李將軍廣者，隴西成紀人也①。　其先曰李信②，秦時爲將，逐得③燕太子丹者也。故槐里④，徙成紀。廣家世世受射⑤。

孝文帝十四年⑥，　匈奴大入蕭關⑦，而廣以良家子從軍擊胡⑧，用善騎射⑨，殺、首虜多，爲漢中郎。廣從弟李蔡⑩，亦爲郎。皆爲武騎常侍⑪，秩八百石。

嘗從行⑫，有所衝陷折關⑬，及格猛獸。而文帝曰："惜乎⑭，子不遇時！如令子當高帝時⑮，萬户侯豈足道哉！"

及孝景初立，廣爲隴西都尉⑯，徙爲騎郎將⑰。

吳、楚軍時⑱，廣爲驍騎都尉⑲，從太尉亞夫擊吳、楚軍⑳，取旗㉑，顯功名昌邑下。以梁王授廣將軍印㉒，還，賞不行㉓，徙爲上谷太守㉔。匈奴日以合戰㉕。典屬國公孫昆邪爲上泣曰㉖："李廣才氣，天下無雙，自負其能㉗，數與虜敵戰㉘，恐亡之。"於是乃徙爲上郡太守㉙。後廣轉爲邊郡太守㉚，徙上郡；嘗爲隴西、北地、鴈門、代郡、雲中太守㉛，皆以力戰爲名㉜。

匈奴大入上郡，天子使中貴人從廣㉝，勒習兵，擊匈奴。中貴人將騎數十㉞，縱㉟，見匈奴三人㊱，與戰；三人還射㊲，傷中貴人，殺其騎且盡㊳。中貴人走廣㊴，廣曰："是必射雕者也㊵。"廣乃遂從百騎往馳三人㊶。三人亡馬步行㊷。行數十里，廣令其騎張左右翼㊸，而廣身自射彼三人者：殺其二人，生得一人——果匈奴射雕者也。已縛之上馬㊹，望匈奴有數千騎，見廣㊺，以爲誘騎㊻，皆驚，上山陳㊼。廣之百騎皆大恐，欲馳還走㊽。廣曰："吾去大軍數十里；今如此以百騎走㊾，匈奴追射我立盡。今我留㊿，匈奴必以我爲大軍誘之(51)，必不敢擊我。"廣令諸騎曰："前(52)₁"前，未到匈奴陳二里所(53)，止，令曰："皆下馬解鞍(54)₁"其騎曰："虜多且近(55)，即有急，奈何？"廣曰："彼虜以我爲走(56)；今皆解鞍以示不走(57)，用堅其意。"於是胡騎遂不敢擊。

有白馬將出護其兵(58)，李廣上馬與十餘騎奔射殺胡白馬將(59)，而復還至其騎中(60)。解鞍，令士皆縱馬臥(61)。是時會暮(62)，胡兵終怪之，不敢擊。夜半時，胡兵亦以爲漢有伏軍於旁(63)，欲夜取之，胡皆引兵而去。平旦(64)，李廣乃歸其大軍。——大軍不知廣所之(65)，故弗從。

①"隴西"，郡名，今甘肅省東部皆其故地。"成紀"，漢縣名，故治在今甘肅省秦安縣北三十里。成紀初屬隴西郡，故此處言"隴西成紀"。齊

召南說："按，成紀縣漢初屬隴西郡。至元光(漢武帝年號，凡六年，自公元前一三四年至前一二九年)後置天水郡，改屬焉。故志(漢書地理志)載成紀於天水下。"今按，天水郡是武帝元鼎三年(公元前一一四年)所置，見漢書地理志原注。此處所記，猶依其舊。　　②"其先"句："先"，祖先；"李信"，秦名將，已見前刺客列傳。　　③逐得：追獲。　　④"故槐里"二句："故"，舊居；"槐里"，漢縣名，即秦之廢丘，故城在今陝西省興平縣東南十里。此言"李家原籍本在槐里，後來才遷移到成紀的"。　　⑤世世受射："受"，"授"的反義詞；"授"指傳授，"受"則是學習。此言李家世世代代都學習祖先傳留下來的射箭之法。　　⑥孝文帝十四年：即公元前一六六年。　　⑦"匈奴大入"句："大入"，大舉侵入；"蕭關"，通塞外的關口，在今甘肅省環縣西北。　　⑧"而廣以良家子"句："良家子"，猶言"好人家的子弟"，指出身正當、家世清白的人。按，漢代當兵的人有兩種：一種是普通百姓，即所謂"良家子"；一種是犯罪的人。郭嵩燾說："案，漢制：京師置南、北軍，而郡國各置材官車騎，……所謂常征之兵也。征調不足，則發閭左謫戍('閭左'，閭里平民之貧弱者；'謫戍'，因罪被貶謫，遣赴守邊的囚徒，見史記陳涉世家)；非謫戍曰'良家子'。漢書東方朔傳：'上始微行，與侍中常侍武騎及待詔北地、隴西良家子善騎射者，期諸殿門，故有"期門"之號。'以六郡良家子給選，則又取良家子善騎射者爲騎門衛士，亦爲常征之兵。……"今按，郭說是。漢書補注引周壽昌說與此略同。此言"李廣以普通良家子弟的身分參加軍隊，抗擊匈奴"。　　⑨"用善騎射"三句：第一句，"用"，因爲，由於；"善騎射"，善於騎馬射箭。第二句，"殺"，指殺死敵人；"首虜"，即"斬"，猶言"斬敵人首級"，是以動賓結構作專用詞。史記集解引張晏說："'殺'者，殺之而已；'斬'者，獲其首。"第三句，"中郎"，官名，亦簡稱"郎"(漢書李廣傳此句即無"中"字)，屬郎中令所管，擔任宮禁中守衛值夜的工作，皇帝出門，則充當車騎以爲護衛，每年俸米約六百石。此言"李廣因爲善於騎射，斬殺敵人首級很多，所以被封爲中郎之職"。　　⑩"廣從弟"句："從弟"，堂弟，即同祖父的弟弟。"從"讀爲縱去聲。　　　⑪"皆爲"二句:上句,"武騎常侍",官名,皇帝的侍從官。史記索隱:"案,謂爲郎,而補武騎常侍。"下句,"秩",俸祿的等級。此言李廣、李蔡二人都由中郎陞爲武騎常侍,每年俸米八百石。　　⑫嘗從行:主語是"李廣"。"嘗",曾經;"從行",隨着皇帝出行。⑬"有所"二句:上句,"衝陷"和"折關"是一對反義詞。"衝",衝鋒;"陷",陷陣,指冒險殺入敵營。"折"作"止"或"拒"解,與"衝"字之義恰相反。詩經大雅緜毛傳:"武臣折衝曰禦侮。"孔穎達疏:"有武力之臣,能折止敵人之衝突者,是能扞禦侵侮,故曰'禦侮'也。"最能説明"折"和"衝"的相反意義。"關",防止,阻攔。下句,"格",格鬥,格殺。此言"李廣在保護皇帝出行之時,每每有這樣的表現:有時向前衝鋒陷陣,有時防禦敵人,以及同猛獸格鬥"。　　　⑭"惜乎"二句:大意是:"可惜啊,你沒有碰到好時機!"　　　⑮"如令子"二句:"當高帝時",與漢高祖同時。此言"如果你生在高帝爭天下的時代,做個萬户侯又算得了什麼呢!"　　⑯隴西都尉:"都尉",本名"郡尉",是郡守的佐職,管理一郡的武備軍卒,漢景帝時改稱"都尉"。此句言李廣擔任隴西郡郡尉的職務。　　　⑰騎郎將:顏注:"爲騎郎之將,主(管理)騎郎。"按,漢書百官公卿表:"郎有車、户、騎三將,秩皆比千石。"顏注引如淳説:"主車曰車郎,主户衞曰户郎。"又引漢儀注:"郎中令主郎中,左右車將主左右車郎,左右户將主左右户郎也。"今按,"騎郎"是騎馬護從皇帝車駕的郎官,"騎郎將"則是管理、統率騎郎的將領,正如統率車郎的叫"車郎將"、統率户郎的叫"户郎將"一樣。⑱吳、楚軍時:言"對吳、楚用兵之時"。漢書此句作"吳、楚反時",意義較醒豁。　　⑲驍騎都尉:率領驍騎的都尉。按,此處的"都尉"是軍隊中的官銜,與郡中的都尉略有不同。漢代以奉車都尉、駙馬都尉和騎都尉並稱"三都尉",皆禁衞軍之將領。而"驍騎"則是騎兵中的一種,猶今之"輕騎兵"。"驍"音澆,輕捷矯健。"騎"音冀。　　　⑳"從太尉"句:"亞夫"即周亞夫。　　　㉑"取旗"二句:"旗",敵人的軍旗。"昌邑",秦縣名,當時是梁國的要邑。故城在今山東省金鄉縣西北四十里。此言"李廣在昌邑城下奪取了敵人的軍旗，因而立功顯名”。　　㉒“以梁王”句：“梁王”，卽梁孝王，已見前魏其武安侯列傳。餘詳下註。　　㉓還，賞不行：按，李廣本漢將，在梁地作戰有功，故梁王封李廣以將軍的勳銜，並授與印信。但這是違犯漢廷法令的事，故還朝以後，朝廷認爲李廣功不抵過，竟沒有頒給李廣所應得的封賞。　　㉔“徙爲”句：“上谷”，秦郡名，今河北省西北大部分地區和中部的一部分，皆其故地。漢時郡治設在沮陽縣，故城在今河北省舊懷來縣南。　　㉕日以合戰：“日”，每天；“合”，交鋒。此句言匈奴每天都來同李廣交鋒作戰。　　㉖“典屬國”句：“典屬國”，官名。漢書百官公卿表：“掌蠻夷降者。”按，此是外交官，卽處理當時向漢稱臣的各外族國家事務的官吏。“公孫昆邪”，人名，“公孫”，姓；“昆邪”，名。此人是漢代名將公孫賀的祖父。“昆邪”讀爲魂耶。“爲上泣”，對皇帝哭泣。“上”指景帝。　　㉗自負其能：“負”，仗恃。此言李廣自恃能力高強，不懼怕匈奴，故經常出戰。　　㉘“數與”二句：上句，“數”讀爲朔；“敵”，對抗。下句，“亡”，傷亡。此言“李廣屢次同敵人正面作戰，恐怕有意外”。㉙上郡太守：“上郡”已見項羽本紀註釋。　　㉚“後廣轉爲”二句：按，此二句與上下文皆重複。據張文虎考訂，從“後廣轉爲邊郡太守”句至“皆以力戰爲名”句，凡三十一字，應移置下文“大軍不知廣所之，故弗從”(在本段最末)句之下，其中“徙上郡”句是衍文。以漢書次第相比較，其說近是。至梁玉繩以爲此處“徙上郡”三字應移置“匈奴大入上郡”之前，餘悉仍舊，恐非是。又，王伯祥釋此二句說：“此爲插敍語，言他從上谷太守歷轉沿邊都郡太守，然後乃徙上郡太守。其下‘嘗爲隴西、……雲中太守’一語卽此一系列遷轉的實例，故以‘嘗’字指示他。並不是說做了上郡太守以後乃歷轉各邊郡太守的。”其說本於歸有光，可備一說，錄以備考。㉛“嘗爲隴西”句“隴西”已見前註；“北地”，郡名，轄地約當今甘肅省東北部和舊寧夏省一帶。其郡治故城約在今甘肅省慶陽縣西北。“鴈門”已見前廉頗藺相如列傳註釋；“代郡”已見項羽本紀註釋。“雲中”，郡名，轄地約當今山西省西北部和內蒙古自治區西南部一帶地區。郡治在雲中縣,卽今內蒙古自治區托克托縣。　㉜"皆以力戰"句:言"李廣在各郡太守任上,都以與匈奴大力作戰而得名"。　㉝"天子使"二句:上句,"天子"指景帝。"中貴人",卽宦官,史佚其姓名。史記索隱:"案,董巴輿服志云:'黃門丞(卽宦官)至密近(與皇帝的關係最爲親密),使聽察天下,謂之中貴人使者。'崔浩云:'在中而貴幸,非德望,故名不見也。'"下句,"勒",部勒,指景帝命令中貴人受李廣的約束;"習兵",參加軍事習練。此二句言"景帝派一個宦官跟着李廣受軍事訓練"。　㉞將騎數十:領着幾十名騎兵。"將"讀平聲,"騎"音冀。下文"其騎"、"百騎"、"千騎"、"誘騎"等皆與此同音。　㉟縱:讀去聲,史記集解引徐廣說:"放縱馳騁。"指放開了馬向敵方馳去。　㊱"見匈奴三人"二句:主語是"中貴人"。此言"中貴人看見三個匈奴人,不免輕敵,就同他們交戰起來"。　㊲三人還射:"還射",回身放箭。又,中井積德以"還"爲"環"之假借字,則應解爲"三人連環地射箭",亦可通。　㊳"殺其騎"句:把中貴人所帶去的騎兵幾乎殺光了。　㊴走廣:"走"讀去聲,作"趨"解。言中貴人急急跑到李廣那兒。　㊵"是必"句:"雕",鷙鳥名,一名鷲,似鷹而大,體長三尺餘,毛深褐色。嘴爪皆銳,飛翔力極強而且十分迅猛。棲北方山中,能捕食小羊、兔等。其翎毛可以做箭羽。此言"這一定是匈奴的專門射雕的能手"。中井積德說:"雕鷲猛剽疾,尤難射,非善射者弗能焉。"㊶"廣乃遂從"句:"乃遂",於是立卽;"從百騎",帶了一百名騎兵做隨從;"從"讀去聲。"馳",顏注:"疾馳而逐之。"此言"李廣立卽帶了百名騎兵去急追這三個人"。　㊷亡馬步行:"亡"同"無"。言此三人並沒有馬,只是步行。　㊸"廣令其騎"二句:上句,"張左右翼'、如兩翼一樣地張開,向左右包抄過去。下句,"身自",猶"親自"。"彼三人者",猶言"那三個人";"者",語末助詞,此處表示肯定語氣,意謂"彼三人"就是剛才的那三個人,無具體涵義。　㊹"已縛之"二句:主語是李廣。上句,"之"指生擒的那個射雕的匈奴人。下句,言遠遠望見匈奴方面來了好幾千騎着馬的人。　㊺見廣:主語是"數千騎"。　㊻誘騎:誘敵的騎兵。按,此言"匈奴方面以爲李廣這一百多人是先遣的誘敵的疑兵，還有大批人馬隨後就到"。　㊼上山陳："陳"同"陣"。此言匈奴方面的數千人趕快跑上山去擺開陣勢，以防不測。　㊽欲馳還走：想要趕着馬加速地向回跑。　㊾"今如此"二句：言"在目前這種敵衆我寡的情況之下，我們這一百匹馬要是向回跑去，敵人追着用箭射我們，會馬上死光的"。　㊿今我留：現在我們停留不走。　五一"匈奴必以"句："以"讀去聲。言"敵人一定以爲我們是在爲我們的大軍作引誘，騙他們上當的"。"誘之"，漢書作"之誘"，意義較明確。　五二前：向前進發。下句"前"字是寫騎兵們服從李廣的命令當真前進了。　五三"未到"二句：走到還差二里多路不到匈奴陣地的地方，便停止不進了。"所"與"許"通，"二里所"卽"二里許"，二里多路。　五四皆下馬解鞍：一齊下馬，並且把馬鞍卸下來。　五五"虜多"三句：大意是："敵人數目這樣多，又離得這樣近，萬一馬上出了危險，怎麼辦？"　五六"彼虜"句："彼虜"，那些敵人；"以我爲走"，以爲我們會退却的。餘詳下註。　五七"今皆"二句："堅"，十分肯定；"堅其意"，指愈加相信李廣等是來誘敵深入的。王先謙說："此言匈奴以我爲誘騎，故上山陳。然猶疑我走。今解鞍以示不去，用堅彼以我爲誘騎之意，所謂使之不疑也。與'今我留，匈奴必以我爲大軍之誘'相應。"　五八"有白馬將"句：匈奴方面有一個騎白馬的將領走出陣來監護他手下的兵卒。　五九"李廣上馬"句：此是十五字爲一句。言李廣騎上馬，帶着十幾個騎兵，一面跑着一面放箭，把那個騎白馬的胡將射死了。　六十"而復"句：言李廣射死胡將之後，仍舊回到他的騎隊中間來。　六一"令士"句：命令士兵把馬都放開，隨意臥倒。　六二是時會暮：這時天色已值黃昏。　六三"胡兵亦以爲"三句：第二句的"之"指胡兵。此言"胡兵總以爲漢軍埋伏在近旁，要乘夜間襲取他們，於是就連夜帶兵撤走了"。　六四"平旦"二句：第二天一早，李廣才回到他的大軍本部。　六五"大軍"二句：大軍本部不知道李廣所往的方向，所以沒有跟着去接應。〔以上是第一大段，寫李廣的才勇無雙，及早年的戰功。〕

　　居久之，孝景崩，武帝立。左右以爲廣名將也①，於是廣以上郡太守爲未央衞尉，而程不識亦爲長樂衞尉。

　　程不識故與李廣俱以邊太守將軍屯②。及出擊胡，而廣行無部伍行陣③，就善水草屯④，舍止人人自便；不擊刁斗以自衞⑤；莫府省約文書籍事⑥——然亦遠斥候⑦，未嘗遇害。程不識正部曲行伍營陣⑧；擊刁斗；士吏治軍籍至明⑨，軍不得休息——然亦未嘗遇害。不識曰："李廣軍極簡易⑩，然虜卒犯之⑪，無以禁也。而其士卒亦佚樂⑫，咸樂爲之死。我軍雖煩擾⑬，然虜亦不得犯我。"

　　是時漢邊郡李廣、程不識皆爲名將，然匈奴畏李廣之略⑭，士卒亦多樂從李廣而苦程不識⑮。

　　程不識孝景時以數直諫爲太中大夫⑯，爲人廉，謹於文法⑰。

　　後，漢以馬邑城誘單于⑱，使大軍伏馬邑旁谷⑲，而廣爲驍騎將軍⑳，領屬護軍將軍。是時單于覺之㉑，去；漢軍皆無功㉒。

　　其後四歲㉓，廣以衞尉爲將軍㉔，出鴈門擊匈奴。匈奴兵多，破敗廣軍，生得廣。單于素聞廣賢，令曰："得李廣必生致之㉕。"胡騎得廣，廣時傷病，置廣兩馬間㉖，絡而盛卧廣㉗。行十餘里，廣佯死，睨其旁有一胡兒騎善馬㉘，廣暫騰而上胡兒馬㉙，因推墮兒㉚，取其弓；鞭馬南馳數十里㉛，復得其餘軍，因引而入塞。匈奴捕者騎數百㉜，追之，廣行取胡兒弓射殺追騎㉝，以故得脫。於是至漢㉞。漢下廣吏㉟。吏當廣所失亡多㊱，爲虜所生得，當斬；贖爲庶人㊲。

　　頃之，家居數歲，廣家與故潁陰侯孫屏野居藍田南山中射獵㊳。嘗夜從一騎出㊴，從人田間飲。還至霸陵亭㊵，霸陵尉醉，呵止廣㊶。廣騎曰："故李將軍㊷。"尉曰："今將軍尚不得夜行㊸，何乃故也!”止廣宿亭下㊹。

居無何㊺,匈奴入殺遼西太守㊻,敗韓將軍㊼,韓將軍徙右北平㊽。於是天子乃召拜廣爲右北平太守。廣卽請霸陵尉與俱㊾,至軍而斬之。

廣居右北平,匈奴聞之,號曰“漢之飛將軍㊿”,避之。數歲,不敢入右北平。

廣出獵,見草中石,以爲虎而射之,中石没鏃(51)。視之,石也。因復更射之,終不能復入石矣。廣所居郡(52),聞有虎,嘗自射之。及居右北平,射虎,虎騰傷廣(53),廣亦竟射殺之。

廣廉,得賞賜輒分其麾下(54),飲食與士共之(55)。終廣之身(56),爲二千石四十餘年;家無餘財(57),終不言家産事。

廣爲人長(58),猨臂(59),其善射亦天性也(60);雖其子孫、他人學者(61),莫能及廣。

廣訥口少言(62),與人居則畫地爲軍陳(63),射闊狹以飲。專以射爲戲(64),竟死。

廣之將兵(65),乏絶之處(66),見水,士卒不盡飲(67),廣不近水;士卒不盡食(68),廣不嘗食。寬緩不苛(69),士以此愛,樂爲用。

其射(70),見敵急(71),非在數十步之内,度不中,不發;發卽應弦而倒(72)。用此其將兵數困辱(73),其射猛獸亦爲所傷云(74)。

①“左右以爲”三句:言武帝左右親信之臣認爲李廣是名將,應該重用,因此武帝把李廣從上郡太守任上召回,任未央宫衛尉之職;另外更任命程不識爲長樂宫衛尉。餘詳前魏其武安侯列傳註釋。 ②“程不識故與”句:“故”,過去,從前;“邊太守”,國家邊境上的郡守;“將”,率領,管理;“軍”指軍隊,“屯”,駐防。此言“程不識和李廣從前都是做邊郡太守

兼管軍隊駐防等職務的"。　　⑧"而廣行"句:"部伍",即下文的"部曲行伍"。續漢書百官志:"其(指將軍)領軍皆有部曲▲大將軍營五部,部校尉一人,比二千石;軍司馬一人,比千石;部下有曲,曲有軍候一人,比六百石;曲下有屯,屯長一人,比二百石。"史記正義:"'部伍',領也,五五相次也。""行陣",行列和陣勢。顏注:"今廣尚於簡易,故行道之中而不立部曲也。"此言"但是李廣行軍,從沒有嚴格的部曲編制和一定的行列陣勢"。　　④"就善水草"二句:舊本多以"舍止"二字屬上句,今依王先謙、王伯祥的讀法,改屬下句。上句,"就",猶"逐";"善水草",水源足、牧草多的地方;"屯",駐紮。下句,"舍止"指停宿之處。此言"李廣行軍,只是看哪兒有好水好草就把軍隊駐紮在哪兒,每個軍士對停宿之處都感到便利"。　　⑤"不擊"句:"刁斗",銅製的軍用飯鍋,又叫作"鐎"(音焦),白天用來燒飯,夜晚用做敲擊巡更的器具。史記集解引孟康說:"以銅作鐎器,受一斗(能容一斗糧食),晝炊飯食,夜擊持行(晚上一面敲着它一面拿着它巡行),名曰'刁斗'。"據埤蒼和廣韻,此物下有三足,旁有柄,口上沒有邊緣。此言"李廣的軍隊夜裏根本不用巡更放哨"。　　⑥"莫府"句:"莫府"即"幕府",已見廉頗藺相如列傳註釋。顏注:"'莫府'者,以軍幕為義。……軍旅無常居止(一定的處所),故以帳幕言之。""省約",猶今言"簡化";"文書籍事",辦理公文表冊一類的事項。此言李廣在幕府中對於公文簿冊的事項一律採取簡化的辦法。按,軍中簿籍,主要是對士兵考勤或記功、過,李廣對士兵寬大仁厚,所以一切從簡。　　⑦"然亦"二句:"遠"讀去聲,遠離;"斥候",今或寫做"斥堠","斥"作"度"(音奪)解,猶言"偵察""估量",指估量敵情;"候",視,望。"斥候"即偵察敵情的哨兵。漢書賈誼傳:"斥候望烽燧,不得臥。"知漢時塞上為防備匈奴,經常設有斥候,以瞭望偵伺。此二句言"李廣行軍雖對士兵要求不甚嚴格,但也能離塞上較遠而深入敵境,走到斥候所不及照顧的地方,可是也從未遇到過危險"。　　⑧正部曲行伍營陣:"正",要求嚴格;"部曲行伍"已見上註,指軍隊的編制;"營陣",軍隊休息時所駐紮的營位和行軍時所排列的陣勢。此言"程不識對軍隊的編制和行軍時的紀律是要求得十分嚴格的,無論部曲行伍,無論紮營的地點和軍隊的陣容,都不許有絲毫出入"。　⑨"士吏"句:負責官吏對於軍中考勤、考績等文書簿册工作辦得極爲明白,絲毫不苟。　⑩軍極簡易:指軍中的規章命令都十分簡單省事。　⑪"然虜"二句:"卒"同"猝",倉猝之間。此言"但是敵人如果倉猝之間來侵犯他,他是無法阻擋的"。　⑫"而其"二句:上句,"佚"同"逸";"逸樂",安逸快樂。下句,"樂",樂於,情願。此言"但是兵士們非常安逸快樂,都情願爲李廣出死力"。　⑬"我軍"二句:程不識說:"我的軍士雖然事務紛煩,顯得緊張忙亂,可是敵人也不能來侵犯我。"　⑭畏李廣之略:"略",計謀,戰略。　⑮"士卒"句:兵士們大多數都願意跟着李廣,而嫌程不識太嚴厲。　⑯"程不識孝景時"句:言程不識在漢景帝時因爲屢次向皇帝直言勸諫,所以被封爲太中大夫。⑰謹於文法:對於朝廷的條文法令,執行得非常謹慎認真。　⑱"漢以馬邑城"句:"馬邑",漢縣名,其城即今山西省朔縣。按,此事發生在武帝元光二年(即公元前一三三年)。漢書武帝紀:"(元光二年)夏,六月,御史大夫韓安國爲護軍將軍,衛尉李廣爲驍騎將軍,太僕公孫賀爲輕車將軍,大行(官名)王恢爲屯將軍,太中大夫李息爲材官將軍,將三十萬衆,屯馬邑谷中,誘致單于,欲襲擊之。單于入塞,覺之,走出。六月,軍罷。"又見史記韓長孺列傳:"雁門馬邑豪(豪紳)聶翁壹('聶',姓;'壹',名;'翁',對老年人的敬稱,故漢書僅作'聶壹'),因大行王恢言上曰:'匈奴初和親,親信邊(對於邊疆人民的話容易聽信),可誘以利。'陰使聶翁壹爲間(間諜),亡入匈奴,謂單于曰:'吾能斬馬邑令、丞、吏,以城降,財物可盡得。'單于愛信之,以爲然,許聶翁壹。聶翁壹乃還,詐斬死罪囚,懸其頭馬邑城,示單于使者,爲信,曰:'馬邑長吏已死,可急來!'於是單于穿塞,將十餘萬騎入武州塞(在今山西省朔縣西)。當是時,漢伏車騎、材官(皆兵種名稱)三十餘萬,匿馬邑旁谷中。……約:單于入馬邑,而漢兵縱發。……於是單于入漢長城武州塞,未至馬邑百餘里,行掠擄,徒見畜牧於野，不見一人。單于怪之。攻烽燧，得武州尉史(小軍官)，欲刺(要殺死尉史)；問尉史，尉史曰：‘漢兵數十萬，伏馬邑下。’單于顧謂左右曰：‘幾爲漢所賣！’乃引兵還。……塞下傳言，單于已引去。漢兵追至塞，度弗及，即罷(撤兵)。”謹錄以備考。　　⑲旁谷：馬邑縣兩旁的山谷中。⑳“而廣爲”二句：“驍騎”已見前註。此處的“驍騎”、“護軍”等名稱都是當時將軍的冠號。這種冠號的將軍總稱爲“雜號將軍”。續漢書百官志：“……前、後、左、右、雜號將軍衆多，皆主征伐，事訖(戰事完畢)，皆罷(撤銷此官)。”胡三省説：“周末，置左、右、前、後將軍，秦、漢因之，位上卿。至武帝置驍騎、車騎等將軍，後來名號浸多，不可勝紀，謂之‘雜號將軍’。盤洲洪氏(即洪适，‘适’音刮)曰：‘西漢雜號將軍，掌征伐背叛，事訖則罷，不常置(設置)也。’”“護軍將軍”，是此次戰役的統帥，即韓安國。“領屬”，受節制。當時李廣受韓安國統領節制，所以説“領屬(於)護軍將軍”。　　㉑“是時”二句：已詳上註。“之”，指誘敵之計；“覺之”，猶言“覺察其事”。“去”，逃走。　　㉒“漢軍”句：“功”，戰績，戰果。按，當時武帝所遣將領共五、六人(詳上註)，無一人有功，故此句言“皆無功”。㉓其後四歲：是武帝元光六年，即公元前一二九年。　　㉔“廣以衞尉”二句：上句，言李廣自馬邑一役之後，一直任衞尉之職，至此時又被封爲“將軍”，任征伐之事。下句，“鴈門”，指鴈門山，在今山西省代縣西北三十五里，其上有鴈門關，爲當時北方要塞。　　㉕生致之：活捉住送到單于跟前。　　㉖“置廣”句：把李廣放在兩匹並排的馬中間。　　㉗“絡而”句：“絡”，用繩子結成一個兜子；“盛”音成，兜住，放在裏面；“盛臥廣”，使李廣臥在絡中。此連上句大意是：“用一個繩製的兜絡張開在平行的兩馬之間，把李廣裝在絡中，讓他在裏面躺着。”　　㉘“睨其旁”句：“睨”，冷眼邪視；“胡兒”，年少的匈奴人；“善馬”，好馬，快馬。此言“李廣冷眼瞥見一個少年胡人騎着一匹好馬”。　　㉙“廣暫騰”句：“暫”，作“倉猝”解，又作“驟”解，猶言“猝然”、“驟然”，迅疾貌。“騰而上”，一躍而上。郭嵩燾説：“案，説文：‘暫，不久也。’‘暫騰’，猶言‘驟騰’也。作‘暫’者，兼寓

(含有)漸次相機作勢之意；其騰而上，須是迅疾。此兼兩義。"按，郭說是。此言李廣忽然一跳，就跳上了胡兒的馬。　　㉚"因推墮兒"二句：言"於是李廣就把胡兒推下馬去，墮在地上，並把胡兒的弓奪取過來"。按，此二句寫李廣搶馬奪弓，詞義本不難解。但史記集解引徐廣說："一云：'抱兒鞭馬南馳。'"漢書亦作"因抱兒鞭馬"。後人乃或疑史記"推墮"字爲非（如李慈銘漢書札記），或疑"抱"字於理勢不合（如王駿觀史記舊注平議），莫衷一是。今按，洪頤煊說："案，史記三代世表：'抱之山中。'集解：'抱'音普茅反；'抱'卽'抛'字。李將軍列傳作'因推墮兒'，卽'抛'字義。（漢書）枚乘傳：'譬猶抱薪而救火也。''抱'義亦作'抛'。"（見讀書叢錄卷二十一）則"抱"與"推墮"之義並無不同。李、王諸人不知"抱"卽"抛"字，故所論皆非是。　　㉛"鞭馬"三句：言李廣用鞭子猛打着馬，向南奔跑了幾十里路，重新遇到部下剩餘的軍隊，於是帶着他們進入塞內"。按，"塞"指鴈門山的關口。　　㉜"匈奴捕者"二句："捕者"，專門負責搜捕逃亡者的人。此言匈奴方面負責追捕的騎兵好幾百人，發現了李廣，就去追趕他。　　㉝"廣行取"二句：上句，"取"與上文"取其弓"的"取"意義略有不同，此應作"拿起"解。"行取"，顏注："且行且射也。"言李廣一邊走着，一邊拿起剛才奪到的胡兒的弓，射死了若干個追他的胡騎。下句，"以故"，因此；"脫"，逃脫。　　㉞於是至漢："漢"指當時漢朝的首都長安。此言李廣於是回到了京城"。　　㉟"漢下"句：漢廷便把李廣交給執法官吏去審問。　　㊱"吏當"三句：第一句，"當"讀去聲，卽"奏當"的"當"，猶言"判決"，已詳李斯列傳註釋；"所失亡多"，所損失、傷亡的軍隊太多了。第二句，言李廣本人曾被敵人活捉了去。第三句，"當"讀平聲，作"應當"解。言李廣應該處以斬首的罪刑。　　㊲贖爲庶人："贖"，納粟贖罪；"庶人"，平民。此言李廣用米粟贖罪，免予處死，削去官職，降爲平民。　　㊳"廣家"句："故"，前任的；"故潁陰侯孫"，卽灌嬰的孫子灌彊。錢大昭說："時彊以有罪免侯，故曰'故'也。""屏野"，與"在朝爲官"相對，指屏居在野。"藍田南山”，已見前魏其武安侯列傳註釋。此言“李廣在家和灌彊一同退居林下，住在藍田南山中以射獵消遣”。　　㊴“嘗夜從”二句：上句，“從一騎”，帶着一個馬弁；“從”讀去聲。“出”，出外遊玩。下句，“從”讀平聲，“從人”，猶“與人一道”。此二句言“李廣有一次晚上帶了一個馬弁出門，在田野間同別人一起飲酒”。　　㊵“還至”句：“霸陵”，漢文帝的陵墓，其地因而設霸陵縣，故治在今陝西省長安縣東，陵址更在故治的東南。“霸陵亭”，霸陵附近的亭驛，亭長由霸陵縣的縣尉兼任，專司守陵墓之職，故下文言“霸陵尉”。此言李廣吃酒歸來，走過霸陵亭。　　㊶呵止廣：“呵”，“訶”之俗寫字。說文：“‘訶’，大言而怒也。”“大言”，猶“大聲”。此言“縣尉大聲地怒喝，禁止李廣通行”。　　㊷故李將軍：這是前任的李將軍。　　㊸“今將軍”二句：錢大昭說：“言即見爲(現任)將軍亦不許其夜行，況故將軍乎？”意謂“就是現任的將軍也不准犯夜行路，何況你不過是前任的將軍呢！”“何乃”，有“況乃”之意。　　㊹“止廣”句：把李廣扣留，宿在驛亭中。　　㊺居無何：過了沒有多久。　　㊻“匈奴入殺”句：事見史記韓長孺列傳、匈奴列傳及漢書武帝紀，是武帝元朔元年(公元前一二八年)秋天發生的。“遼西”，秦郡名，漢仍其舊。其所轄之境約當今河北省東北部、舊熱河省東南一部分和遼寧省西部這一帶地區。郡治故城在今河北省盧龍縣東。　　㊼敗韓將軍：“韓將軍”卽韓安國。事見史記韓長孺列傳：“……匈奴大入邊，殺遼西太守，及入鴈門，所殺略（掠）數千人。……衞尉安國爲材官將軍，屯於漁陽(縣名，故治在今北京市密雲區西南)。安國捕生虜(活捉住一個敵人)，言匈奴遠去。卽上書，言：‘方田作時，請且罷軍屯。’罷軍屯月餘，匈奴大入上谷、漁陽。安國壁(營中)乃有(僅有)七百餘人，出與戰，不勝，復入壁。匈奴虜略(擄掠)千餘人及畜產而去。天子聞之，怒，使使責讓(讀上聲)安國，徙安國益東(更向東移)屯右北平。……安國既疏遠，默默也；將屯，又爲匈奴所欺，失亡多，甚自愧。……乃益東徙屯，意忽忽不樂。數月，病嘔血死。”錄以備考。　　㊽“韓將軍”句：“右北平”，漢郡名，在漁陽東北，郡治故城在今河北省(舊熱河省）建昌縣東。餘詳上註。一本在此句下有“死”字，是。漢書亦有“死”字。此指韓安國死於右北平任所，已見上註。　㊾“廣即請”二句：李廣隨卽請求武帝批准，派那個呵止過他的霸陵縣尉同他一道去右北平；到了前方軍中，就把那個縣尉斬首了。　㊿漢之飛將軍：喻李廣之矯捷如飛。　(51)中石没鏃：“中”讀去聲；“鏃”，箭端的鋒鏃。此言李廣一箭射中了石頭，把整個箭頭都射入石中。　(52)“廣所居郡”三句：言李廣從前在各郡爲太守時，聽説有虎，就親自去射死它。　(53)虎騰傷廣：虎跳躍起來，撲傷了李廣。　(54)“得賞賜”句：“分”讀爲“頒”，頒賜，參閱左傳楚靈王乾谿之難“四國皆有分”句註釋。此言李廣只要得到朝廷的賞賜，隨卽頒賞給他的部下。　(55)“飲食”句：同士兵在一起吃喝。(56)“終廣”二句：言李廣這一生，直到他死，前後一共做了四十多年禄秩二千石的官。　(57)“家無”二句：此連上文言“雖然長期有較多的年俸收入，但家中一直没有多餘的資財；然而李廣也始終不因此而提及家產的事”。　(58)爲人長：“長”，身體魁梧高大。　(59)猨臂：“猨”同“猿”。史記集解引如淳説：“臂如猿通肩。”按，相傳有一種通臂猿，其兩臂可以通過肩部而自由伸縮，甚至此一端可以有肩無臂，而另一端之臂加長一倍。此以喻李廣之臂既長而且靈活，可以伸縮自如，像猿臂一樣。　(60)“其善射”句：“天性”，猶言“天賦”。　(61)“雖其子孫”二句：“子孫”指李廣同族的子弟後輩，“他人”指外姓。此言“卽使李廣的子孫或是外姓人向他學習射箭的技術，都不能及得上他”。　(62)訥口少言：“訥口”，口才笨拙；“少言”，平時很少説話。　(63)“與人居”二句：“與人居”，平時與人閒居；“陳”同“陣”，“畫地爲軍陣，射闊狹以飲”，史記集解引如淳説：“射戲，求疏（闊）密（狹），持酒以飲不勝者。”郭嵩燾説：“案，如淳注未分明。‘畫地爲軍陳’，謂行列也。行列爲若干道，或狹或闊，而引弓下射之。矢植、立狹中者勝；中（讀去聲）闊與矢不植，皆負；出行列之外，負。罰各有差。”今按，郭説是。其意謂“把地上畫出許多寬（闊）或窄（狹）的行列，從高處向行列放箭，箭能直立在窄的行列中爲勝，如果箭射到寬的行列中或根本没有直立起來，就算輸。射出行列之外，也算輸。輸的應該罰飲酒，但'中闊'、'矢不植'以及'出行列之外'三種情況，被罰酒的數量是不同的。" (64)"專以"二句："專"，專門，惟獨；"竟死"，直到死。此言李廣一生專門以射箭爲消遣，直到死都是如此。 (65)廣之將兵：猶言"李廣的將兵之道"，指李廣平時帶兵的通例。 (66)乏絶之處：指走到飲料缺乏、糧食斷絶的地方。 (67)"士卒不盡飲"二句：所有的士卒如果不是大家都喝到水，李廣是滴水不沾的。 (68)"士卒不盡食"二句：義與上二句相仿。"不嘗食"，連一口食物也不嚐。 (69)"寬緩"三句：第一句，"寬"，寬大；"緩"，要求不迫切；"苛"，嚴酷，瑣碎。第二句，"以此"，因此。第三句，"爲用"，爲李廣所用。此言"李廣對待士兵非常寬大，對他們要求較鬆，不嚴酷不瑣碎，因此士兵們都愛戴李廣，樂於爲他所用"。 (70)其射：猶言"他射箭的慣例"。 (71)"見敵急"四句：第一句、第三句、第四句相連，是一完整句子，第二句是補充第一句的。此言"李廣即使看見敵人逼近自己——只要不是在數十步之内——如果估計射不中敵人，他還是不發箭的"。意謂如果敵人已在數十步之内，自然容易射中了。 (72)"發必"句：只要李廣放箭，則弓弦一響，敵人必然應聲而倒斃。 (73)"用此其"句：大意是："因此李廣帶兵出征，屢次受到敵人的圍困和窘辱"。王先謙説："非見敵急不射，故其將軍數被敵窘迫。" (74)"其射猛獸"句：李廣爲了百發百中，不肯提早放箭，所以在射猛獸時也往往被猛獸所撲傷。此與上文"居右北平射虎，虎騰傷廣"相照應。〔以上是第二大段，通過生活細節寫李廣待人接物的情形與超羣出衆的射技。〕

居頃之，石建卒①。於是上召廣代建爲郎中令。

元朔六年②，廣復爲後將軍③，從大將軍軍出定襄④，擊匈奴。諸將多中首虜率⑤，以功爲侯者，而廣軍無功。

後三歲⑥，廣以郎中令將四千騎出右北平，博望侯張騫將萬騎與廣俱⑦，異道⑧。行可數百里⑨，匈奴左賢王將四萬騎圍廣⑩。

廣軍士皆恐，廣乃使其子敢往馳之⑪。敢獨與數十騎馳，直貫胡騎⑫，出其左右，而還告廣曰："胡虜易與耳⑬！"軍士乃安。廣爲圜陳外嚮⑭。胡急擊之，矢下如雨⑮。漢兵死者過半。漢矢且盡，廣乃令士持滿⑯，毋發，而廣身自以大黃射其裨將⑰，殺數人，胡虜益解。會日暮，吏士皆無人色⑱。而廣意氣自如⑲，益治軍。軍中自是服其勇也⑳。

明日，復力戰，而博望侯軍亦至，匈奴軍乃解去。漢軍罷㉑，弗能追。是時廣軍幾没㉒，罷歸。漢法㉓：博望侯留遲後期，當死，贖爲庶人；廣軍功自如㉔，無賞。

初，廣之從弟李蔡與廣俱事孝文帝。景帝時，蔡積功勞至二千石。孝武帝時，至代相。以元朔五年爲輕車將軍㉕，從大將軍，擊右賢王有功，中率，封爲樂安侯㉖。元狩二年中㉗，代公孫弘爲丞相㉘。蔡爲人在下中㉙，名聲出廣下甚遠。然廣不得爵邑㉚，官不過九卿；而蔡爲列侯㉛，位至三公。諸廣之軍吏及士卒㉜，或取封侯。廣嘗與望氣王朔燕語曰㉝："自漢擊匈奴，而廣未嘗不在其中㉞。而諸部校尉以下㉟，才能不及中人㊱，然以擊胡軍功取侯者數十人；而廣不爲後人㊲，然無尺寸之功以得封邑者㊳，何也？豈吾相不當侯邪㊴？且固命也？"朔曰："將軍自念㊵，豈嘗有所恨乎？"廣曰："吾嘗爲隴西守，羌嘗反㊶，吾誘而降㊷，降者八百餘人。吾詐而同日殺之㊸。至今大恨獨此耳㊹。"朔曰："禍莫大於殺已降㊺，此乃將軍所以不得侯者也。"

後二歲㊻，大將軍、驃騎將軍大出擊匈奴㊼，廣數自請行㊽。天子以爲老，弗許；良久乃許之㊾，以爲前將軍。——是歲，元狩四年也。

　　廣既從大將軍青擊匈奴，既出塞，青捕虜，知單于所居，乃自以精兵走之⑤，而令廣并於右將軍軍⑤，出東道⑤。——東道少回遠⑤，而大軍行水草少⑤，其勢不屯行。——廣自請曰⑤：“臣部為前將軍⑤，今大將軍乃徙令臣出東道；且臣結髮而與匈奴戰⑤，今乃一得當單于。臣願居前⑤，先死單于।”——大將軍青亦陰受上誡⑤：以為李廣老⑥，數奇，毋令當單于⑥，恐不得所欲。而是時公孫敖新失侯⑥，為中將軍，從大將軍；大將軍亦欲使敖與俱當單于⑥，故徙前將軍廣。——廣時知之⑥，固自辭於大將軍。大將軍不聽，令長史封書與廣之莫府⑥，曰：“急詣部⑥，如書।”廣不謝大將軍而起行⑥，意甚慍怒而就部⑥；引兵與右將軍食其合軍出東道⑥。軍亡導⑦，或失道，後大將軍。大將軍與單于接戰，單于遁走，弗能得而還⑦。南絕幕⑦，遇前將軍、右將軍。廣已見大將軍⑦，還入軍。大將軍使長史持糒醪遺廣⑦，因問廣、食其失道狀——青欲上書報天子軍曲折⑦。廣未對。大將軍使長史急責廣之幕府對簿⑦。廣曰：“諸校尉無罪⑦，乃我自失道。吾今自上簿至莫府⑦。”廣謂其麾下曰：“廣結髮與匈奴大小七十餘戰，今幸從大將軍出接單于兵⑦，而大將軍又徙廣部行回遠，而又迷失道，豈非天哉!且廣年六十餘矣，終不能復對刀筆之吏⑧।”遂引刀自剄⑧。廣軍士大夫一軍皆哭⑧。百姓聞之，知與不知、無老壯皆為垂涕⑧。

　　而右將軍獨下吏⑧，當死，贖為庶人。

　　①石建卒：按，石建卒年，萬石君列傳不載。漢書百官公卿表繫“李廣為郎中令”在元朔六年，則建卒年當在此年。　②元朔六年：公元前一二三年。　③後將軍：官名，見續漢書百官志，已詳前註。其位次於

上卿。　④"從大將軍"句:"大將軍",官名,見續漢書百官志。其位與丞相、太尉相近,是軍職中的最高勳銜。此處的"大將軍"指衞青。青字仲卿,平陽(在今山西省臨汾縣南)人,是武帝皇后衞子夫的同母弟,以出征匈奴著稱。事見史記衞將軍驃騎列傳("驃騎"是驃騎將軍霍去病,詳下註)。"從大將軍軍",跟着衞青的軍隊;"出定襄",從定襄出塞。"定襄",漢郡名,今山西省右玉縣以北及内蒙古自治區西南部地區,皆其所轄之境。郡治故城卽今内蒙古自治區的和林格爾縣。　⑤"諸將"二句:"中"讀去聲,作"符合"解。楊樹達説:"此文'中'字當訓'合'、訓'應',言與首虜率相合相應而封侯也。""首虜",卽上文之"殺首虜",指斬敵人首級。"率"同"律",卽軍律。顏注:"'率'謂軍功封賞之科,著在法令者也。"王駿圖説:"'中首虜率'者,軍律得首虜若干卽得封侯,諸將多合封侯之律,以功爲侯者。……下文'擊右賢王有功,中率,封爲樂安侯',與此同也。"今按,王説是。此言"諸將大都因斬敵人首級足數,合於軍中的律令,論軍功而封侯"。　⑥後三歲:指武帝元狩三年(公元前一二〇年)。⑦"博望侯"句:"博望",漢縣名,故城在今河南省南陽縣東北六十里。"張騫",漢中人,武帝初年,應朝廷之募,往西域諸國出使。騫歷盡艱辛,終使漢與西域諸國如大宛(音鴛)、龜兹(音求慈)相互交通,因功封博望侯。事見史記大宛列傳。此言張騫帶領一萬名騎兵與李廣一同出征。⑧異道:出塞以後,李廣和張騫從不同的道路進軍。　⑨行可數百里:"可",大約。此言"前進了大約有幾百里路"。　⑩"匈奴左賢王"句:"左賢王",匈奴官名;又有"右賢王",皆由單于的近支貴族擔任。據史記匈奴列傳,左賢王負責統轄匈奴東部,當漢上谷郡北面迤東一帶;右賢王負責統轄西部,當漢上郡北面迤西一帶。右北平的北面恰在左賢王所轄的境内,故此句言左賢王帶了四萬名騎兵來包圍李廣。　⑪往馳之:騎着快馬到最前綫去偵察。　⑫"直貫"二句:言李敢等一直穿過匈奴的包圍陣,從敵人的左右兩邊突圍而出。　⑬"胡虜"句:"易與",容易對付。已屢見前註。　⑭圍陣外嚮:"圜"同"圓";"嚮"同"向","外嚮",而向着外,背對着背。此言"李廣命令兵士佈成圓形的陣勢,所有的人都面朝外"。　　⑮矢下如雨:箭落下來像雨點一樣。　　⑯"廣乃令士"二句:上句,"持滿",把弓拉滿。下句,"毋發",不要放箭。　　⑰"而廣身自"三句:"大黃",弩弓名,又名黃肩弩。史記集解引韋昭説:"角弩,色黃而體大也。"按,卽獸角製的大型黃色的弩弓,可用以發射連珠箭。"益解",漸漸鬆弛、散開。王先謙説:"凡言'益'者,皆以漸而加之詞。李廣傳:'胡虜益解。'言胡虜漸解也。蘇武傳:'武益愈。'言武漸愈也。"此言"李廣卻親自拿着大黃弩弓射敵人的副將,連殺了數人,敵人才漸漸地散開了"。⑱無人色:卽"面無人色",指臉色蒼白,不像活人。顏注:"言懼甚。"⑲"而廣意氣"二句:上句,"意氣自如",神色氣概依然同平時一樣。下句,"益治軍",顏注:"巡部曲、整行陣也。"言李廣更加注意地整頓軍隊,巡視行陣。　　⑳"軍中自是"句:"自是",因此,從此;"服其勇",佩服李廣的勇敢。　　㉑漢軍罷:"罷"同"疲"。　　㉒幾没:幾乎全軍覆没。"幾"讀平聲。故下文言"罷歸"(只得罷兵而歸)。　　㉓"漢法"三句:根據漢朝的法律,張騫躭誤了行程,錯過了預定的日期,應處死刑。　　㉔"廣軍功"二句:"自如",胡三省説:"言功過正相當也。廣軍失亡多,而殺虜亦過當(超過所損失的人數),故曰'自如'。"(王念孫亦以"如"作"當"解,與此略同。)言李廣在此次戰役中功過相抵,所以沒有得到賞賜。　　㉕"以元朔五年"三句·第一句,"元朔五年",卽公元前一二四年;"輕車將軍",雜號將軍之一。第二句,"大將軍"仍指衞青,下同。第三句,"右賢王",參閱前註。此言李蔡跟從衞青從西路攻打匈奴,故值匈奴的右方。　　㉖樂安侯:"樂安",漢縣名,故城在今山東省博興縣北。按,李蔡的封侯,是由於"中率"的緣故。據錢大昭説,卽上文所謂"中首虜率"。　　㉗元狩二年中:"元狩二年",卽公元前一二一年,是武帝卽位的第二十年。㉘"代公孫弘"句:"公孫弘",字季,薛(漢縣名,今山東省滕縣東南有薛城,卽其故治)人,以文學對策第一拜爲博士。元朔年間爲丞相,封平津侯。弘爲人外寬內深,每排擠善類,最爲司馬遷所憎惡。史記有平津侯主父列傳。按，弘死於元狩二年，故李蔡代爲丞相。　㉙"蔡爲人"二句：上句，"下中"，下等裏面的中層人物。按，漢時論人，每分九品，班固漢書古今人表，即採用九品之法，即上上、上中、上下、中上、中中、中下、下上、下中、下下九等。李慈銘説"'下中'者，即古今人表中第八等，謂下等之中也。"下句，言李蔡的名望聲望比李廣低下得很多。　㉚"然廣"二句：王伯祥説："李廣没有封侯，當然没有爵位和封邑，故云'不得爵邑'。官只做到衞尉、郎中令，故云'官不過九卿'。"　㉛"而蔡"二句：上句，"列侯"即"徹侯"(亦即"通侯")，指羣臣異姓有功封侯者。下句，"三公"已見李斯列傳註釋。李蔡爲丞相，所以説"位至三公"。　㉜"諸廣之"二句：有許多人本是李廣部下的軍官和士兵，甚至都有取得了侯爵的封賞的。　㉝"廣嘗與"句："望氣"，觀測天象，預占氣候的天文家；"王朔"，當時有名的望氣家，又見史記天官書。"燕語"，私下隨意閒談。　㉞未嘗不在其中：没有一次戰役不曾參加在内。　㉟"而諸部"句："諸部"指李廣所曾率領的若干軍隊；"校尉"，軍官名。"校尉以下"，泛指一般級位低的軍吏士兵。　㊱"才能"句："中人"，一般普通人。此言"這些人的才能還不及一般普通人"。　㊲不爲後人：比起别人來，不算落後。按，此指才能與戰績。　㊳"然無尺寸"二句："尺寸之功"，王伯祥説："些微的功勞。'尺寸'言其短少。"此言"但是我却從來没有因爲積累了些微的功勞而取得侯爵的封邑，這是爲什麽呢？"　㊴"豈吾相"二句：上句，"相"指容貌，骨相。下句，"固"，本來，早就；"也"，與"耶"通。此言"難道是我的骨相注定我不應該封侯麽？還是本來命該如此呢？"　㊵"將軍自念"二句：你自己回想一下，曾做過什麽可引爲遺憾的事没有？　㊶羌嘗反："羌"，古代西部少數民族之一。漢時散居於隴西一帶。此言羌族人曾起兵反漢。　㊷"吾誘"句：李廣説："我用計哄騙他們，使他們投降了"。　㊸"吾詐"句：我又用詭計把這八百多人在同一天内都殺死了。　㊹"至今大恨"句：直到今天，我所引爲最大遺憾的事只有這一件而已。　㊺"禍莫大"句：大意是："給人帶來災禍的事，最嚴重的莫過於把已經投降的敵人殺掉。” ㊻後二歲：即元狩四年，當公元前一一九年。 ㊼“大將軍”句：“驃騎將軍”是霍去病。去病，衛青姊子，初爲嫖姚校尉（“嫖姚”，猛勁英武貌），後以征匈奴有功，封冠軍侯。元狩二年，爲驃騎將軍。元狩六年死。事見史記衛將軍驃騎列傳。“驃騎將軍”官位僅次於大將軍，亦相當於三公。此言衛青、霍去病等帶領重兵大舉出征匈奴。 ㊽數自請行：屢次自動地請求隨行。㊾“良久”二句：經過很久武帝才批准李廣前去，命他做前將軍。“前將軍”是率領先鋒部隊的將領。 ㊿自以精兵走之：“走”讀去聲，作“趨”解（見顏注），即“追逐”之意。按，此寫衛青貪功，故親自率領精鋭部隊去追單于。 (51)“而令”句：“并”，合併；“右將軍”是趙食其（“食其”音異基），當時是由主爵都尉調任右將軍的。按，李廣爲前將軍，自然應由他帶兵追逐單于；衛青既準備親往，只好把李廣改調它職。 (52)出東道：從東路出塞，當匈奴的左方。 (53)少回遠：稍嫌迂迴繞遠。 (54)“而大軍”二句：上句，“大軍”，指衛青所帶的軍隊；“行”，指大軍所走的路綫。“屯行”，駐紮下來，停止前進。此言李廣所走的路綫迂迴遥遠，自然較費時間；而衛青等所走的路綫又因水草很少，勢必加速前進，無法在中途停留下來。這樣李廣等就很容易落在後面，不能按預定的日期會師。 (55)“廣自請”句：因此李廣便自動向衛青請求，希望他收回成命。 (56)“臣部”句：“部”，本作“率領”解，此處以動詞作名詞用，引申爲“職務”之意。言“我的職務本來是前將軍”。 (57)“且臣結髮”二句：上句，顏注：“言始勝冠（滿足弱冠的年齡），即在戰陣。”古人成年始可戴冠，戴冠則須束髮。“結髮”即“束髮”之意。黄生義府：“‘結髮’，猶今人攏頭之謂。漢書云：‘廣結髮與匈奴大小七十餘戰。’蘇武詩：‘結髮爲夫妻，恩愛兩不疑。’蓋皆指其初攏頭時而言。”按，“始勝冠”和“初攏頭時”，都是指由童子初至成年之時。下句，史記索隱：“‘今得當單于’，案，廣言少時結髮而與匈奴戰，唯今者得與單于相當遇也。”此二句言“況且我從年輕時就同匈奴作戰，直到今天，才得到一次親自同單于對敵的機會”。 (58)“臣願”二句：

"先死單于"，顏注："致死(拼死命)而取單于。"此二句大意是："我願意自居前鋒，先同單于決一死戰。"　　⑤陰受上誡：暗地裏接受了武帝的警告。　　⑥"以爲李廣老"二句："數"讀去聲，命運的定數；"奇"音基，"偶"的反義詞。"奇"本指單數，"偶"本指雙數；引申之則"奇"爲不幸，"偶"爲幸運。黃生義府："'奇'者，對'偶'之稱。後漢書桓譚傳云：'陛下聽訥讖記，其事雖有時合，譬猶卜數奇偶之類。'蓋古時有此占法，以偶爲吉，奇爲凶。霍去病傳："'諸將留落不偶。'亦此意也。李廣數擊匈奴，輒無功，不得封侯，此其禄命之薄使然，故上以爲數奇，不使當單于爾。"此言"武帝認爲李廣年紀老而命運不幸"。　　⑥"毋令"二句：武帝告誡衞青説："不要讓李廣同單于對敵，因爲他命運不好，恐怕不能滿足我們所要達到的願望。"胡三省説："指欲擒單于，脱(若)有邂逅失之(萬一不巧而走脱)，爲'不得所欲'。"言外謂任用李廣打先鋒可能走脱了單于，這就影響了武帝和衞青的好運氣。王伯祥説："這些都是武帝和衞青的迷信。"　　⑥"而是時"二句：上句，"公孫敖"，漢武帝時武將，初爲騎郎，衞青未知名時，與敖爲友，青有危難，敖救之得不死。及青貴，敖亦以擊匈奴有功，封合騎侯。元狩二年敖因擊匈奴畏懦當斬，贖免爲庶人，故此言"新失去侯爵"。敖事迹詳見衞將軍驃騎列傳。下句，"中將軍"，亦軍官名，與前、後、左、右等將軍職位相同。又據漢書公孫敖傳，敖此次是以校尉銜從衞青出征，或史記所記有誤。詳見漢書補注引劉奉世説。　　⑥"大將軍亦欲"二句："徙"，調動。此言衞青也希望讓公孫敖同自己一起去和單于對敵，所以把李廣調開了。胡三省説："青本與敖友，又脱青於阨(危難)，故青欲使當單于而立功。"王鳴盛説："(漢書)衞青傳，言其(指衞青)微時大長公主執欲殺之，其友騎郎公孫敖往篡(奪)之，得不死。後爲大將軍，出塞，李廣本以前將軍從，宜在前，當單于。青乃徙之出東道，使其回遠失道者，非但以其數奇恐無功，實公孫敖新失侯，欲令俱當單于，有功得侯，以報其德。故徙廣，乃私也。"按，胡、王説是。　　⑥"廣時"二句：李廣當時也知道内情，因此堅決地辭不受命。　　⑥"令

長史"句:"長史",指大將軍手下的秘書;"封書",郭嵩燾説:"猶後世文
檄,軍行受將軍進止以爲信(憑證)者。"即寫好一道公文,並加印封好;
"與廣之莫府",送到李廣的幕府中。漢書補注引劉攽説:"大將軍既不許
廣,難面不從(不便當面不允許),故但封書與廣之幕府,使奉行耳。"
⑥"急詣部"二句:"詣",往;"部",指右將軍的軍部。此是送公文的人
附帶的話。大意是:"大將軍有命令,讓李廣趕緊到右將軍的軍中去,像
公文上所説的那樣!"史記正義:"令廣如其文牒,急引兵從東道也。"
⑥"廣不謝"句:"不謝",不辭別。此言李廣也不向衞青打個知會就動身出
發了。　　⑥"意甚"句:"慍",作"悶"解;"就部",前往右將軍的軍部。按,
此寫李廣礙於軍令,所以心中忿懑不樂,就出發了。　　⑥"引兵"句:言
李廣帶着軍隊同趙食其合兵一處由東路出塞。　　⑦"軍亡導"三句:
"亡"同"無","導",嚮導;"或"同"惑"(用顔注)。此言"李、趙的軍隊由於
沒有嚮導,迷惑不知途徑,因而走錯了路,終於就誤了同衞青等會師的約
期"。　　⑦"弗能"句:言衞青等也沒有什麼戰果,只好回來了。　　⑦"南
絶幕"二句:"南",南歸。"絶",作"橫渡"解;"幕",同"漠",指塞外的
大沙漠。按,古以沙漠爲瀚海,故用"絶幕"字樣,猶言"渡過了沙漠海"。
此言"大軍南歸,渡過沙漠,遇到了李廣、趙食其"。　　⑦"廣已見"二句:
言李廣謁見過衞青之後,回到自己的軍中。　　⑦"大將軍使"二句:"糒"
音備,乾糧,乾飯;"醪"音勞,帶有汁滓的濃酒。"遺"讀去聲,餽送。此言
"衞青派遣手下的文官拿着乾糧和酒送給李廣,順便問一下李、趙二人迷
路的經過情況"。　　⑦"青欲"句:這是作者的插敍語。言"衞青所以要
問失道的情況,是爲了要上書給皇帝報告軍中的曲折細情"。"軍曲折",
指委曲詳細的軍情。　　⑦"大將軍使長史"句:本句"使"字疑是衍文,漢
書此句即無"使"字。因此處的"長史"即上文"遺糒醪"的長史,並非另派
一人;而本句的"大將軍"乃是"長史"的附加成分。"幕府",指李廣幕府
中的軍吏,即下文"諸校尉無罪"的"校尉"。清王峻漢書正誤:"蓋當時青
與廣各有幕府,主文書往來。大將軍幕府,長史主之;廣之幕府,校尉主

之."釋此甚明晰。"對簿",受審訊。此連上文言"衛青的民史見李廣對他所問的問題没有回答,於是就急迫地催促李廣手下的幕府人員趕快到衛青那兒去聽審受質"。　⑰"諸校尉"二句:李廣見長史來勢洶洶,便説道:"我手下的校尉們没有罪,是我自不小心,走迷了路的。"　⑱"吾今"句:此句的"幕府"是衛青的幕府。舊本在"上簿"處斷句,以"至莫府"爲另一句。兹依何焯説斷句。見漢書正誤引。此言"我現在親自到大將軍的幕府去聽候審訊"。按,李廣見衛青,是以下級見上級,故稱"上簿",猶言"謁見上級,親自對簿"。　⑲"今幸從"四句:第一句,"接",接觸。第二、三句的兩個"而"字一層深入一層,説明自己不幸的遭遇層出不已。言"這一次跟着大將軍出戰,本來很幸運地可以同單于的軍隊接觸;没想到大將軍又把我的隊伍調開,讓我走那條迂遥遠的道路;偏偏又迷失了路徑——這豈不是天意嗎!"　⑳刀筆之吏:指管理文書法令的官吏,後引申之有"舞文弄墨"之意,成爲貶詞。(按,漢書蕭何傳贊顏注:"'刀'所以削書也。古者用簡牒,故吏皆以刀、筆自隨也。"後漢書劉盆子傳李賢注:"古者記事,書於簡册,謬誤者以刀削而除之。故曰'刀筆'。"則知"刀"是削木改錯的工具,"筆"是寫字的工具,治文書的官吏經常用此二物,故稱"刀筆吏"。)此遞上文言"況且我已經六十多了,畢竟不能再同那些舞文弄墨的小吏去打交道了。"　㉑"遂引刀"句:"引",抽,拔;"自剄",自刎。　㉒"廣軍"句:"士大夫"指將士,"一軍"指軍中一切人。此言"李廣軍中所有的人都哭了"。　㉓"知與不知"句:"知",猶"識"。此連上文言"老百姓聽到李廣死去的消息,無論認識他或不認識他的,無論是年老或年輕的,都爲此事而流淚。　㉔"而右將軍"句:此言"李廣死後,只有趙食其一人被交到執法機關,聽候處分"。〔以上是第三大段,寫李廣一生未得大展其志,終於自殺而死。〕

廣子三人:曰當户、椒、敢,爲郎①。

天子與韓嫣戲②,嫣少不遜③,當户擊嫣,嫣走。於是天子以爲勇④。當户早死⑤;拜椒爲代郡太守,皆先廣死。

當戶有遺腹子⑥，名陵。

廣死軍時⑦，敢從驃騎將軍。

廣死明年，李蔡以丞相坐侵孝景園壖地⑧，當下吏治。蔡亦自殺，不對獄⑨，國除。

李敢以校尉從驃騎將軍擊胡左賢王，力戰，奪左賢王鼓旗⑩，斬首多，賜爵關內侯⑪，食邑二百戶，代廣爲郎中令。

頃之，怨大將軍青之恨其父⑫，乃擊傷大將軍。大將軍匿諱之⑬。

居無何，敢從上雍⑭，至甘泉宮獵。驃騎將軍去病與青有親⑮，射殺敢。去病時方貴幸⑯，上諱云鹿觸殺之。

居歲餘，去病死。而敢有女爲太子中人⑰，愛幸。敢男禹有寵於太子⑱，然好利。李氏陵遲衰微矣⑲。

李陵既壯⑳，選爲建章監㉑，監諸騎；善射，愛士卒。天子以爲李氏世將㉒，而使將八百騎。嘗深入匈奴二千餘里，過居延㉓，視地形，無所見虜而還。拜爲騎都尉㉔，將丹陽楚人五千人㉕，教射酒泉、張掖以屯衛胡㉖。

數歲，天漢二年秋㉗，貳師將軍李廣利將三萬騎擊匈奴右賢王於祁連天山㉘，而使陵將其射士步兵五千人㉙，出居延北可千餘里㉚；欲以分匈奴兵㉛，毋令專走貳師也。陵既至期還㉜，而單于以兵八萬圍擊陵軍　陵軍五千人，兵矢既盡，士卒死者過半，而所殺傷匈奴亦萬餘人。且引且戰㉝，連鬥八日。還，未到居延百餘里，匈奴遮狹絕道㉞。陵食乏而救兵不到，虜急擊，招降陵㉟。陵曰：“無面目報陛下㊱！”遂降匈奴。其兵盡沒，餘亡散得歸漢者四百餘人㊲。

單于既得陵，素聞其家聲㊳；及戰，又壯㊴，乃以其女妻陵而貴之㊵。漢聞，族陵母妻子㊶。

自是之後，李氏名敗，而隴西之士居門下者㊷，皆用爲恥焉。

①爲郎：指李廣的三個兒子都爲郎官。漢書卽作“皆爲郎”。　②“天子”句：“韓嫣”，韓王信的後裔，弓高侯韓頹當庶出的孫子，漢武帝的弄臣。後爲太后所賜死。事見史記佞幸列傳。“嫣”音偃。此言武帝同韓嫣調笑戲耍。　③“嫣少”句：韓嫣稍有不禮貌的表現。　④天子以爲勇：武帝認爲當戶的行爲是勇敢的。徐孚遠説：“韓嫣於上有寵，當戶擊之，故天子稱其勇也。”　⑤“當戶早死”三句：言“當戶很早就死去了，皇帝於是封李椒爲代郡太守，但李椒和當戶都死在李廣之前”。　⑥遺腹子：妻有孕而夫死，所生之子叫“遺腹子”，卽遺留在妻腹中的孩子。⑦“廣死”二句：李廣在軍中死去時，李敢正跟隨着霍去病從軍。　⑧“李蔡以丞相”二句：“園”指陵園；“壖”音軟平聲，“壖地”，陵前神道（卽通至陵墓的大道，兩旁植樹或立碑）外邊的空地。按，漢書李廣傳：“李蔡以丞相坐詔賜冢地陽陵，當得二十畝，蔡盜取三頃，頗賣得四十餘萬；又盜取神道外壖地一畝，葬其中。當下獄。”王先謙説：“案，陽陵，景帝陵。蔡爲丞相，得賜冢地陵旁。於所當得地外，侵盜賣錢；又取神道地營葬也。”則李蔡的罪狀凡二：一、在所應得的墳地之外，盜賣了三頃景帝陵園的地；二、把自己家裏的人葬在景帝陵前神道外邊的壖地上。因此他應當被押到執法官吏處受查辦。　⑨“不對獄”二句：言李蔡不肯同獄吏去對質，所以自殺，他所享有的侯國封邑也被撤除了。據漢書百官公卿表，李蔡於元狩五年（公元前一一八年）三月自殺，卽李廣死後的次年。　⑩鼓旗：戰鼓和軍旗，都是中軍主帥所掌握的東西。　⑪關內侯：爵名。漢書百官公卿表列在第十九級，低於徹侯一級。顔注：“言有侯號，而居京畿，無國邑。”漢建都於長安，在函谷關內，故稱‘關內侯’。　⑫“怨大將軍”二句：主語是李敢。據讀書雜志，“恨其父”的“恨”是“很”的假借字，“其父”指李廣。王念孫説：“案，‘恨’讀爲‘很’。……吳語：‘今王將很天而伐

齊。'韋注曰：'很，違也。'説文：'很，不聽從也。一曰，盭(古"戾"字)也。'
'盭'，亦'遠'也。鄭注大學云：'遠，猶戾也。'齊策：'秦使魏冉致帝於齊，
蘇代謂齊王曰：今不聽，是恨秦也。''恨秦'，即違秦。是'很'與'恨'通
也。又李廣傳：'(李敢)怨大將軍青之恨其父。''恨'亦讀爲'很'，'很'，
違也。謂廣欲居前部以當單于，而青不聽也。……又外戚傳：'李夫人病
篤，上自臨候之。夫人蒙被謝，……於是上不悦而起。夫人姊妹讓之曰：
……何爲恨上如此？''恨'亦讀爲'很'，……謂不從上意也，作'恨'者亦
借字耳。晏子雜篇曰：'吾歡然與子邑，子必不受以恨君，何也？'新序節士
篇曰：'嚴恭承命，不以身恨君。''恨'並與'很'同。……師古……注李廣
傳云：'令其父恨而死也。'則是皆讀爲'怨恨'之'恨'，而不知其爲'很'之
借字矣。"按，王説近是(又，近人馬敍倫讀書續記謂"恨"是"諮"之假借
字，則"恨"應作"陷害"解，姑錄以俟考)。此言"李敢怨恨衛青没有聽從
李廣的意見，以致李廣因失道後期而自殺，於是就把衛青打傷了"。
⑬匿諱之：隱瞞其事，避而不談。　　　⑭從上雍：隨侍着武帝到雍縣去。
"雍"，漢縣名，在今陝西省鳳翔縣南。周壽昌説："時武帝連歲幸雍，故敢
從之。"　　　⑮"驃騎"二句：按，霍去病是衛青的外甥，故此處言"有親"。
此言霍去病爲了替衛青出氣，竟把李敢射死了。　　　⑯"去病時方"二句：
"諱"，隱諱，秘而不宣。此言"當時霍去病正在顯貴得寵之時，武帝竟把
他射死李敢的事隱瞞起來，而對外宣稱李敢是被鹿撞死的"。　　　⑰"而
敢有女"二句："太子"，即武帝長子據，衛皇后所生。武帝元狩元年立據
爲太子，至征和二年(公元前九一年)，因巫蠱事廢立，據自殺。"中人"，
宮中的姬妾。沈欽韓説："蓋未有位號者，猶唐、宋宮人曰内人。"此言李
敢有個女兒是太子的侍妾，很得太子寵愛。　　　⑱"敢男禹"二句：言
李敢的兒子李禹也受太子的寵愛，但他很愛錢，比李廣的作風差多了。
按，漢書李廣傳載禹事迹云："敢男禹，有寵於太子，然好利；亦有勇。嘗
與侍中貴人飲，侵陵之(李禹欺侮侍中貴人)，莫敢應(侍中貴人不敢理
也)。後恕(訴)之上(後來侍中貴人把李禹欺侮他的情形告訴了武帝)，

上召禹，使刺虎。懸下圈中(用繩子把李禹從高處繫到虎圈裏)，未至地，有詔引出之(武帝有命令，讓人把李禹拉出圈外)。禹從絡中(繩套中)以劍斫絶纍(用劍把繩子砍斷)，欲刺虎。上壯之，遂敕止焉。而當戶有遺腹子陵，將兵擊胡，兵敗，降匈奴。後人告(後來有人告發)禹謀欲亡從陵(逃亡到匈奴去找李陵)，下吏死。”録以備考。　　⑲“李氏”句:“陵遲”，猶言“一天天走下坡路”;“衰微”，指門第地位日益衰落。　　⑳李陵既壯:“壯”，壯年，古人以三十歲爲“壯”。按，陵字少卿，爲司馬遷所推重，後因兵敗降匈奴。漢書李廣傳附有李陵傳，記陵事甚詳盡。而史記此傳自此句以下至篇末“皆用爲恥焉”，前人多以爲不是司馬遷的手筆而是他人所續。兹録梁玉繩(史記志疑卷三十三)之説以備考:“案，此下皆後人妄續也。無論天漢間事，史(指史記)所不載，而史公因陵被禍，必不書之。其詳別見於報任安書，蓋有深意焉。觀贊中(指篇末的論贊)但言李廣，而無一語及陵可見。且所續與漢傳(指漢書李陵傳)不合。如族陵家在陵降歲餘之後，匈奴妻(讀去聲)陵，又在族陵家之後。而此言單于得陵，即以女妻之(原注:與匈奴傳後所續同誤);漢聞其妻單于女，族陵母、妻、子:並誤也。且漢之族陵家，因公孫敖誤以李緒教單于兵爲李陵之故，不關妻單于女。又，杭太史(即杭世駿)云:‘子長盛推李少卿，以爲有國士風，雖敗不足誅;彼不死，欲得當以報(以上語均見報任安書)，何云“李氏名敗”、“隴西之士爲恥”乎! 斷非子長筆。’”　　㉑“選爲”二句: 上句，“建章”，宮名。三輔黄圖:“武帝太初元年(公元前一〇四年)，柏梁臺災(爲火所燒)，……帝於是作建章宮，度(規劃)爲千門萬户，宫在未央宫西，長安城外。”更立建章營以守衞建章宫，此言“選爲建章監”，即選拔李陵爲監督建章營羽林軍的長官。“監”讀去聲。下句的“諸騎”，即指羽林軍的騎郎們。按，建章監亦屬郎中令所管。　　㉒“天子以爲”二句:武帝認爲李陵的先人世代爲將，因而使他也帶領八百騎兵。　　㉓“過居延”三句:第一句，“居延”，在今甘肅省酒泉專區額濟納蒙族自治區境内，其地有東西二泊，名居延海。漢武帝時築城塞，名遮虜障(又名居延塞)，並置居延

縣，以都尉治之。此句言李陵帶兵過了居延海。第二句，言李陵視察了
當地的形勢，爲將來出兵做準備。第三句，言李陵此次出塞，沒有看到敵
人就回來了。　　㉔騎都尉：負責掌管羽林軍的高級軍官，年俸二千石。
㉕"將丹陽"句："丹陽"，漢郡名，舊屬楚地，今安徽省皖南地區的大部分
以及江蘇省江南偏西一小部和浙江省西北一小部，皆其所轄故境。今安
徽省宣城縣即其郡治故城。此言李陵帶領丹陽境內的楚人五千名。
㉖"教射"句："酒泉、張掖"皆漢武帝時所置的郡名，"酒泉"居西，"張掖"
居東，恰在今甘肅省西北中部的狹長地帶。酒泉故郡治即今甘肅省酒泉
縣，張掖郡治故城則在今甘肅省張掖縣西北。"屯衛"，駐軍防衛。此言
李陵帶着這五千人在酒泉、張掖一帶教練射術，以防匈奴。　　㉗天漢二
年秋："天漢二年"，公元前九十九年，即武帝即位的第四十二年。
㉘"貳師"句："貳師將軍"，亦雜號將軍之一；"李廣利"，漢將，是武帝寵姬
李夫人之兄。據史記大宛列傳："宛有善馬，在貳師城(在今蘇聯烏茲別克
共和國境內)，匿不肯與漢使。……於是天子……拜李廣利爲貳師將軍，
……以往伐宛。期至貳師城取善馬，故號貳師將軍。"則"貳師"之號是由
"貳師城"而得名。"祁連天山"，即祁連山。中井積德說："胡人謂'天'爲
'祁連'，故祁連山或稱天山。此文'祁連'與'天'重複，宜削其一。漢書
單云'天山'，得之。"王伯祥也說："胡人呼'天'爲'祁連'，展轉傳譯，遂混
合音義並稱之。"今按，"祁連山"有南北之分，南祁連山在甘肅，即此處
所說的"祁連天山"，北祁連山在新疆，即今通稱的"天山"。漢逐匈奴，僅
至南祁連山。　　㉙"而使陵"句：此處的"五千人"即上文所言駐屯在酒
泉、張掖的習射的楚人，爲李陵所統率，故稱"其射士"。這五千人是"步
兵"，不是騎兵。　　㉚可千餘里：大約有一千餘里路。　　㉛"欲以分"二
句："走"讀去聲，作"趣"解。此言"武帝所以派遣李陵，是爲了分散匈奴
的兵力，不讓匈奴的軍隊專趣赴於李廣利的人馬"。　　㉜既至期還：既
到了約定的日期，就撤兵回來了。　　㉝且引且戰："引"指從包圍陣中抽
撤軍隊。　　㉞遮狹絕道："遮"，攔；"狹"同"陿"，名詞，指狹隘的山谷；

"絕"，斷；"道"，路。據漢書李陵傳，李陵是被困在山谷中的，所以此處言"攔住了山谷，截斷了歸路"。　　㉟招降陵：勸李陵投降。　　㊱"無面目"句："報"，回覆；"陛下"指武帝。此言"我沒有臉面再見皇帝了"。　㊲"餘亡散"句：其餘逃亡分散、能够回到漢境的有四百餘人。　　㊳家聲：言其家世代爲將，聲譽甚高。　　㊴又壯：此句主語是"單于"。"壯"，動詞，佩服，受感動。此言單于爲李陵的勇敢英壯所感動，因而對他很佩服。　　㊵"乃以其女"句："其女"指單于的女兒；"妻"讀去聲，嫁給；"貴之"，使李陵有高貴的地位。　　㊶"族陵母"句："族"，滅門。此言"把李陵的母親、妻、子都殺了"。　　㊷"而隴西"二句：言"隴西地方的名士，凡是曾在李氏門下爲賓客的，都因爲李陵降匈奴的事而引爲恥辱"。〔以上是第四大段，簡述李廣子、孫的結局。〕

太史公曰："傳曰①：'其身正②，不令而行；其身不正，雖令不從。'其李將軍之謂也③！余睹李將軍④，悛悛如鄙人，口不能道辭。及死之日，天下知與不知，皆爲盡哀⑤。彼其忠實心誠信於士大夫也⑥！諺曰：'桃李不言⑦，下自成蹊。'此言雖小⑧，可以喻大也。"

①傳曰："傳"指論語。以下四句見論語子路篇。按，漢人言"傳"，是與"經"相對待的。博物志："聖人制作曰'經'，賢者著述曰'傳'。"故詩、書、禮、樂、易、春秋（所謂"六藝"）是"經"，而後儒解經之作則爲"傳"。章學誠文史通義經解上："……夫子既歿，微言絕而大義將乖，於是弟子門人，各以所見、所聞、所傳聞者，或取簡畢，或授口耳，錄其文而起義，……皆名爲'傳'。而前代逸文，不出於六藝者，稱述皆謂之'傳'。"（參閱本編"史記附錄"第二部分所引趙翼陔餘叢考說）論語爲孔門再傳弟子所記，故亦可稱傳。　　②"其身正"四句："其"指在上位者；"身"，猶言"行爲"；"令"指對人民發布的命令；"行"指人民遵從奉行。此言"在上位的人本身行爲正當，不發命令事情也行得通；如果在上位者本身行爲不正，即使下命令也沒有人聽從他"。　　③"其李將軍"句："也"同"耶"。大意是："這不正是說的李將軍嗎！"意指李廣爲人仁厚公正，故士卒不必等他發

命令就樂於爲他效力。　④"余睹"三句: 根據此三句, 知司馬遷是見過李廣的。"悛悛", 是"恂恂"的假借字(用李慈銘説), 漢書卽作"恂恂", 顏注: "誠謹貌"。("悛"音存, "恂"音荀。)"鄙人", 鄉下人。此言"我所看到的李廣, 誠懇謹厚, 很像個鄉下人, 口裏簡直不善於説話"。　⑤皆爲盡哀: 都因爲李廣之死而表示了哀痛。　⑥"彼其"句:"彼其", 猶言"他那個";"忠實心", 忠誠篤實的品質;"士大夫"指將士。此言"這是他那忠實的心腸真誠地使將士們對他信賴的緣故"。　⑦"桃李"二句: 顏注:"'蹊', 謂徑道(小路)也。言桃李以其華實之故, 非有所召呼, 而人爭歸趣, 來往不絶, 其下自然成徑。以喻人懷誠信之心, 故能潛有所感也。"大意是:"桃樹李樹並不會替自己吹噓, 可是因爲它們的花好看果實好吃, 所以人們自然就到它們這兒來了, 結果樹下就被人們走出一條路來。"⑧"此言"二句:"小", 指桃、李, 言它們本身不過是小事;"大", 指李廣, 言李廣的人格是很偉大的。意謂"此話所指的事物雖小, 却可以用來比喻李廣的偉大人格"。〔以上是第五大段, 作者專就李廣雖不善詞令但能得士卒之心這一特點加以揄揚。〕

(十三)　游俠列傳①

韓子曰②:"儒以文亂法, 而俠以武犯禁。"二者皆譏③, 而學士多稱於世云。至如以術取宰相、卿、大夫④, 輔翼其世主, 功名俱著於春秋⑤, 固無可言者⑥。及若季次、原憲⑦, 閭巷人也, 讀書, 懷獨行君子之德⑧, 義不苟合當世⑨, 當世亦笑之⑩。故季次、原憲終身空室蓬户⑪, 褐衣疏食不厭; 死而已四百餘年⑫, 而弟子志之不倦。今游俠, 其行雖不軌於正義⑬, 然其言必信⑭, 其行必果, 已諾必誠⑮, 不愛其軀, 赴士之阸困⑯。既已存亡死生矣⑰, 而不矜其能⑱, 羞伐其德, 蓋亦有足多者焉⑲。

且緩急⑳, 人之所時有也。太史公曰: 昔者虞舜窘於井廩㉑,

伊尹負於鼎俎㉒，傅說匿於傅險㉓；呂尚困於棘津㉔；夷吾桎梏㉕；百里飯牛㉖；仲尼畏匡㉗，菜色陳、蔡：此皆學士所謂有道仁人也㉘，猶然遭此菑，況以中材而涉亂世之末流乎㉙？其遇害何可勝道哉㉚！

鄙人有言曰㉛："何知仁義㉜，已饗其利者爲有德。"故伯夷醜周㉝，餓死首陽山，而文、武不以其故貶王㉞。跖、蹻暴戾㉟，其徒誦義無窮。由此觀之，"竊鉤者誅㊱，竊國者侯；侯之門而仁義存"，非虛言也！

今拘學或抱咫尺之義㊲，久孤於世，豈若卑論儕俗㊳，與世沈浮而取榮名哉！而布衣之徒，設取予然諾㊴，千里誦義，爲死不顧世。此亦有所長㊵，非苟而已也。故士窮窘而得委命㊶，此豈非人之所謂賢豪間者耶㊷？誠使鄉曲之俠與季次、原憲比權量力㊸，效功於當世，不同日而論矣。要以功見言信㊹，俠客之義，又曷可少哉？

古布衣之俠㊺，靡得而聞已。近世延陵、孟嘗、春申、平原、信陵之徒㊻，皆因王者親屬㊼，藉於有土、卿相之富厚㊽，招天下賢者，顯名諸侯，不可謂不賢者矣；比如順風而呼㊾，聲非加疾，其勢激也。至如閭巷之俠㊿，脩行砥名[51]，聲施於天下[52]，莫不稱賢，是爲難耳[53]。然儒、墨皆排擯不載[54]，自秦以前，匹夫之俠[55]，湮滅不見；余甚恨之！以余所聞，漢興有朱家、田仲、王公、劇孟、郭解之徒[56]，雖時扞當世之文罔[57]，然其私義廉絜退讓[58]，有足稱者。名不虛立[59]，士不虛附。至如朋黨宗彊[60]，比周設財役貧[61]，豪暴侵淩孤弱[62]，恣欲自快[63]，游俠亦醜之[64]。余悲世俗不察其意[65]，而猥以朱家、郭解等令與暴豪之徒同類而共笑之也。

①這是一篇專門記載漢代游俠的傳記。所謂"游俠"，在當時是同封建統治階級有一定程度的矛盾的。這從韓非子"俠以武犯禁"的話就可以看得出來。揚雄法言淵騫篇："或問……游俠，曰. 竊國靈也。"可見游俠對封建統治者很不利。因此漢代士大夫對游俠亦多採取對立的否定的態度。(如荀悦漢記："世有三游，德之賊也。一曰游俠，二曰游說，三曰游行。")但司馬遷卻給予這些人以極高的評價和極大的同情，這從本篇的論點就可以看得出來。而太史公自序更說："救人於厄，振人不贍(濟人之不足)，仁者有采(有所採取)；不既信(不失信)，不倍(背)言，義者有取焉：作游俠列傳。"這顯然同封建統治者的看法有着不小的距離，從而可以看出本篇的傾向性。司馬遷的這種觀點和態度就遭受到作漢書的班固的批評。班固在漢書司馬遷傳贊裏說："……其是非頗謬於聖人，……序游俠則退處士而進姦雄，……此其所以蔽也。"這正足以說明馬、班二人的立場有所不同。在本篇的第一段中，作者評價了當時社會上的幾種人物。一種是以儒術"取宰相卿大夫"的人，作者對這種人是表示憎惡的；另一種則是甘守貧賤的"季次、原憲"之流，作者對他們表示敬佩和同情。但這種人在社會上遭遇非常不幸，有時還要依靠游俠之輩來拯救他們。而游俠的爲人也並不一樣。作者在篇中所肯定的是"鄉曲之俠"、"布衣之俠"、"閭巷之俠"和"匹夫之俠"，而不是好客的貴族和"盜跖居民間"的"暴豪之徒"。必須把作者對這幾種人物的態度弄清楚，才能體會到全篇的主旨。　②"韓子曰"三句："韓子"即韓非。"儒以文"二句見於韓非子五蠹篇，已詳前註。按，"以文亂法"，舊注或解爲"舞文弄墨以亂國法"，非是。"文"應指儒家所推崇的先王之道和禮樂之類的設施。史記評林引柯維騏說："韓非宗'法家'，故以儒與 俠並譏云。"郭嵩燾說："'以文亂法'，謂喜古誼以非刺今法，輕易變亂之也。"瀧川資言也說："'儒以文亂法'，李斯所謂'諸生不師今 而學古，以非當世，惑亂黔首'者。"但下文作者實崇揚游俠而貶抑以儒術榮身之人，則此文論點並不同於韓非，特引用其言以儒、俠並舉而已。　③"二者"二句：大意是："儒

與俠二者,在韓非看來,雖皆有可譏議之處;但到了今天,有學問的儒者已多爲當世之人所稱許了。"此句的"學士"即指儒者,在作者本意是指"以術取宰相、卿、大夫"的"偏儒",是應該加引號的。又,方苞說:"謂二者實皆可譏,而學士則多見稱於世者,蓋有感於俠客之獨爲儒、墨所排擯也。"錄以備考。　　④"至如"二句:上句,"術"指儒術。此言"至於像那些憑藉儒術獵取功名富貴的人"。下句,"輔翼",輔佐,扶助;"世主",當世的君主。　　⑤"功名"句:"著",記載,著錄;"春秋",泛指當時的國史,不是指魯史春秋。史記索隱:"案,'春秋'謂國史也。以言人臣有功名,則見記於其國之史。"此言"那些以儒術爲卿相的人都使自己的功績和名望載在國家的史册上"。　　⑥"固無"句:"無可言",語含雙關。字面上是"沒有什麼可說的",言外乃有"不足道"之意。按,作者此處所謂"以術取宰相、卿、大夫"的人是有所指的。方苞說:"'固無可言者',鄙瑣齷齪不足道也。蓋謂公孫弘、張湯(張湯事見後附録酷吏列傳)輩。"乾隆刊本史記引張照考證:"按,遷意所不滿,莫若公孫丞相及衛、霍輩。觀佞幸傳之闌入衛、霍可見。此言儒不如俠,即指公孫輩言。而班固謂其'是非頗謬於聖人',亦不達其旨矣。"李慈銘也說:"此傳起處,以儒相形(相對照),蓋深嫉當時公孫弘之流,唯阿時旨以深文中(讀去聲,作'陷害'解)人,而布被脫粟,(史記平津侯主父列傳:'弘爲布被,食不重肉。……食一肉,脫粟之飯。'史記索隱:'案,一肉,言不兼味也;脫粟,纔脫穀而已,言不精鑿也。')飾名欺世。故特舉季次、原憲,以見二人者終身困約,方爲真儒。……反正相形,詞極委婉。……"皆揭出作者本意,謹録以備考。　　⑦"及若"二句:上句,"季次",孔子弟子。史記仲尼弟子列傳:"公皙哀字季次。孔子曰:'天下無行,多爲家臣,仕於都。唯季次未嘗仕。'""原憲",亦孔子弟子,字子思。仲尼弟子列傳:"孔子卒,原憲亡在草澤中。子貢相衛,而結駟連騎,排藜藿,入窮閻(窮巷),過謝原憲。憲攝敝衣冠,見子貢。子貢恥之曰:'夫子豈病乎?'原憲曰:'吾聞之:無財者謂之貧,學道而不能行者謂之病。若憲,貧也,非病也。'子貢慙,不懌而去,終身恥其言之過也。”按,原憲見子貢事又見莊子讓王篇和韓詩外傳。下句,“閭巷”,猶言“伏處民間”。此言像季次、原憲這一些人,都是隱居不仕的。⑧“懷獨行”句:“懷”,抱,持,守;“獨行”,獨特的操行(“行”讀去聲),指不與世俗同流合污。古稱持有這樣高潔操守的人爲“獨行君子”。此言“季次、原憲懷抱着做爲操守高潔的人所具有的崇高品德”。　⑨“義不”句:“義”,正義;“苟”,苟且,馬虎隨便。此言“季次、原憲秉持正義,不與世俗苟且地同流合污”。　⑩“當世”句:當世的人也譏笑他們迂執孤僻。　⑪“故季次”二句:上句,“空室”,住屋裏空無所有;“蓬戶”,用雜亂的柴草編成屋門。按韓詩外傳卷一:“原憲居魯,環堵之室(屋裏只有四面牆,此外一無所有),茨以蒿萊(屋頂上鋪着雜草),蓬戶甕牖(用破甕的頸口做窗),桷桑而無樞(用桑條做屋椽,門上連開關的樞紐都沒有)。上漏下溼,匡坐(端坐)而絃歌。”(莊子讓王篇略同)言原憲住在極破陋的房屋裏。季次事無考。下句,“褐衣”,穿着粗布衣服;“疏”同“蔬”,“蔬食”,吃着野生的蔬菜。“不厭”,不厭倦(參用王駿圖説);此承上文,言“住破屋,穿布衣,吃野菜,都不感到厭煩”。史記索隱以“厭”爲“饜”之假借字,作“飽”解,非是。　⑫“死而”二句:“弟子”,指後世的儒者,猶言“徒子徒孫”;“志”,念;“倦”,衰。按,司馬遷著此傳時,上距季次等之死已四百餘年,但當時敬佩季次、原憲的人依舊對他們念念不衰。　⑬“其行”句:“軌”,合;“正義”,此處指國法。言游俠的行爲雖不合於國法的準則。　⑭“然其言”二句:“果”,做完,做成。此言“但他們説的話必然守信,他們做的事必然全始全終”。　⑮“已諾”二句:上句,“已”,猶“踐”;“諾”,指約言;“誠”,忠誠。下句,“愛”,猶“吝惜”。此二句言“既已答應別人,就一定忠誠老實地去踐約,甚至不吝惜自己的生命”。　⑯“赴士”句:“赴”,指爲人奔走;“士”泛指一般有才能的人;“阨困”,危急和困難。此連上文言“游俠用言必信、行必果、爲了踐諾言甚至犧牲自己的精神去爲旁人的急難奔走”。　⑰“既已”句:“存亡死生”,猶言“存亡生死”。李笠説:“謂亡者存之,死者生之也。”此言“游俠拯救旁人,既已把將死的人從危難中救活過來"。一説，言游俠之輩出入於生死存亡之間，亦通。　　⑱"而不矜"二句：可是他們卻不自誇其能，並以別人張揚他們的好處爲羞。　　⑲"蓋亦有"句：意謂像上述這樣的游俠，實在有值得稱贊的地方。"足多"，值得稱贊。　　⑳"且緩急"二句："緩急"，顧炎武説："急也。"按，此是用一雙反義詞複合爲一詞，其着重之義則在"急"。俞樾説："按，此……因此及彼之辭，古書往往有之。"（見古書疑義舉例）此言"況且焦急爲難的事情，是人們所時常發生的"。按，下文所舉七例，皆古人遭遇困厄的事實，用以説明"緩急"爲"人之所時有"。　　㉑"昔者虞舜"句：指舜被其父瞽瞍陷害事，已見前孟子舜不告而娶章及註釋。"窘於井廩"，在浚井和修倉廩時遇到了迫害。　　㉒"伊尹"句："伊尹"，湯時賢臣，名摯，爲阿衡之官，史籍因以"阿衡"爲名。史記殷本紀："阿衡欲奸（同'干'，求見）湯而無由（没有機會），乃爲有莘氏媵臣（湯之妃是有莘氏之女，'媵臣'，陪嫁的奴隸），負鼎俎，以滋味説（悦）湯，致于王道。"墨子尚賢中："伊摯，有莘氏女之私臣，親爲庖人。湯得之，舉以爲己相，與接天下之政，治天下之民。"他如孟子、韓非子、吕氏春秋皆有類似傳説，認爲伊尹曾以割烹之術（即烹飪之術）爲湯所用。"負"，揹着；"鼎"，做飯用的鍋；"俎"，砧板。此句"負於鼎俎"即殷本紀"負鼎俎"之意。按，作者以爲伊尹不惜執賤役以事湯是賢者蒙恥辱的事。　　㉓"傅説"句："傅説"亦殷之賢臣，爲殷帝武丁所用；"匿"，隱居；"傅險"即"傅巖"，在今山西省平陸縣東。按，"傅説"事已見前離騷註釋。　　㉔"吕尚"句：史記正義引尉繚子："太公望行年七十，賣食棘津（在棘津地方做賣食物的小販）。""棘津"，水名，又名石濟津，在今河南省延津縣東北，現已湮没。　　㉕夷吾桎梏："夷吾"即管仲；"桎梏"音質鵠，"桎"是關鎖足部的刑具，"梏"是手銬或面枷一類的刑具。此指公子糾敗，管仲爲齊桓公所囚事。見左傳莊公九年及國語齊語，參閲前左傳齊連稱管至父之亂篇註釋。　　㉖"百里"句："百里"，即百里奚。相傳百里奚入秦之初，曾爲人飼牛。見史記商君列傳。餘詳前解蔽註釋。"飯牛"即飼牛，已見前離騷註釋。　　㉗"仲尼"二句：事見史記孔子世家："（孔子）……去衞，將適陳，過匡。……
匡人聞之，以爲魯之陽虎。陽虎嘗暴匡人，匡人於是遂止孔子。孔子狀
類陽虎，拘焉。……孔子使從者爲寧武子臣於衞，然後得去。"又："孔子
遷于蔡三歲，……陳、蔡大夫謀，……乃相與發徒役，圍孔子於野，不得
行。絕糧，從者病，莫能興。……於是使子貢至楚，楚昭王興師迎孔子，
然後得免。""畏"，受威脅；"匡"，古衞地，在今河南省長垣縣西南。"菜
色"，指因絕糧而面有菜色。　　㉘"此皆"二句："有道仁人"，有修養的仁
者；"猶然"，尚且；"菑"同"災"。此言"上述這些人都是一般儒者所説的
'有道仁人'，但他們還不免受到這些災難"。　　㉙"況以"句："中材"，平
常的人材；"涉"，經歷；"末流"，猶"末世"。此言"何況以一個普通人而又
經歷到亂世的最糟糕的時期呢？"按，郭嵩燾説："案，秦爲亂世，自秦以後
皆亂世之末流也。史公值漢盛時而言此，誠亦有傷心者哉！"則作者對當
時社會確有很多不滿。餘詳下註。　　㉚"其遇害"句："其"指亂世末流
的中材之人；"遇害"，受到迫害；"何可勝道哉"，怎麼能説得完呢。按，前
人每謂司馬遷作此傳是意有所激而言，如李慈銘説："案，史公以救李陵
遭腐刑，憤當世士夫（士大夫）拘墨（拘束沉默）涊涊（音 tiǎn niǎn，垢濁
貌），無爲言者；故思游俠之士，能不顧身家，急人之難，其意甚痛而曲。"
倘僅從這一節的議論來看，也未嘗没有可能。但瀧川資言説："愚按周末
游俠極盛，至秦、漢不衰，修史者不可没其事也。史公此傳，豈有激而作
乎哉！"今按，瀧川説近是。從全篇來看，作者的寫作態度和作品的傾向
性本十分清楚。如把作品理解爲作者個人洩憤的產物，將反而降低並縮
小作品的意義。　　㉛"鄙人"句："鄙人"，指一般老百姓。此言"老百姓
中間有這樣的俗語道"。　　㉜"何知"二句："己"，舊本作"已"，張文虎舒
藝室隨筆："'已'當作'己'。'己'猶'身'也。謂身受其人之利，卽其人爲
仁義矣。""饗"同"享"，受；"有德"，指有德行的人。此二句大意是："誰知
道什麼仁義不仁義，只要是誰讓自己受到好處，誰就是有德的人。"下文
"伯夷"、"阰、蹻"二例和"竊鉤者誅"三句都是説明這個道理的。　　㉝"故

伯夷”二句：上句，“醜周”，猶言“以周之得天下爲恥”。下句，“首陽山”在今山西省永濟縣南，又叫雷首山。餘詳下註。　㉞“而文、武”句：“文、武”指周文王和周武王。據史記伯夷列傳，伯夷認爲武王滅紂而代殷，只是“以暴易暴”，故深以爲恥；爲了不食周粟，遂餓死於首陽山。此句則言“但文王、武王還是照樣受人歌頌，並不因伯夷不滿意就貶損了他們的王號”。意謂天下既是周朝的，則凡是沾受周朝好處的人都會歌頌文王、武王，而不問他們究竟是不是“暴”了。　㉟“跖、蹻”二句：上句，“跖”已見前莊子胠篋篇註釋。“蹻”音 jué，人名，姓莊名蹻，相傳是楚之大盜，與跖齊名。“戾”，作“乖”解，指做事違反常情，橫行無忌。下句，“誦”，稱贊；“無窮”，猶言“不止”、“不已”。此言“跖和蹻的行爲對大多數人說來固然殘暴乖戾，但是他的徒黨卻因爲受了他們的好處而認爲他們有義氣，並且稱贊不已”。　㊱“竊鉤”三句：已見莊子胠篋篇註釋。但此處涵義與胠篋略異。史記評林引余有丁說：“按，此卽上文‘饗其利者爲有德’意也。”方苞說：“諸侯之門必有稱誦其仁義者，以見世俗毀譽之不足憑也。……‘竊鉤者誅’，喻俠客之捍文網也；‘竊國者侯’，喻弘、湯誣上殘民以竊高位也。‘侯之門，仁義存’，譏世人不知弘、湯之醜而稱美之也。”張文虎說：“‘侯之門，仁義存’，此謂衆以仁義稱之，受其利故也。所謂‘跖、蹻暴戾，其徒誦義無窮’也。”按，三說皆是。此言“以游俠與公孫弘、張湯相比較，游俠不過是‘竊鉤’的人，而弘、湯等人才是真正的敗類。但社會上的趨炎附勢之徒卻稱誦他們有仁有義，所以莊子的話實在不錯”。　㊲“今拘學”二句：上句，“拘學”，拘謹固執的學者，指上述季次、原憲等人；“抱咫尺之義”，謹守着自己所篤信的區區道義。下句，“久孤於世”，把自己長久孤立起來，居於世俗之外。張文虎說：“此謂拘守志節，獨行踽踽，不見知於世也。”餘詳下註。　㊳“豈若”二句：上句，“儕俗”，猶言“隨俗”、“遷就世俗”。下句，“榮名”，卽功名利祿。方苞說：“所謂‘榮名’，卽‘以術取宰相、卿、大夫’，非君子所謂榮也。曲學阿世，爲卑鄙之論，以儕於俗，乃與世浮沉以取榮名之術。”按，此承上二句而言，王伯祥説:"如今那些拘謹的學者，往往死守着他們所認取的區區道義，把自己孤立起來，老是讓當世的人非笑他(如季次、原憲那樣)；何如(豈若)把自己的論調放低些(卑論)，同一般的説法差不多(儕俗)，跟着世俗進退(與世沈浮)，因而獵取功名呢(如公孫弘、張湯那樣)！"釋此甚確切。又按，前人或以爲此是司馬遷對季次、原憲等人的貶詞，大誤。這是作者説的反話，是對"取榮名"的人的諷刺。瀧川資言説:"愚按史公固非惡拘學之士、尚榮名之徒者，蓋故反言之以聳動人聽也。"　㊴"設取予"三句: 第一句，"設"，建立，講求，引申有"認真對待"之意。"取予"，指從旁人處取得東西和把東西給旁人；"然諾"指答應旁人做的工作和事情。此言"這些出身布衣的游俠對於取與財物和許諾旁人要做的事情是非常認真的，從不失信負義"。第二句，言"游俠之徒雖與旁人相隔千里，只要聽説旁人有義氣，就加以稱贊，不遺餘力"。第三句，言"游俠雖爲旁人犧牲自己的性命亦在所不惜，更不顧世俗的譏笑非難"。　㊵"此亦"二句: 此承上文言"像這種布衣之俠也自有他們的長處，不是隨便説説就算了的"。㊶"故士窮窘"句: 大意是:"所以一般儒者遇到窮困窘迫的時候，就可以把身家性命委託給這些俠客，受到俠客們的保護。"　㊷"此豈非"句:"間"讀去聲，"間者"，傑出的人材(用王伯祥説)。此言"像這樣扶危濟困的俠客，豈不就是一般人所説的賢人、豪傑、異常突出的人材嗎？"㊸"誠使"三句: 第一句，"鄉曲之俠"，即民間的游俠；"比權"，比較社會地位的輕重；"量力"，衡量左右社會能力的大小。第二句，"效"，表現。言"對當世做出貢獻"。第三句，"不同日而論"，猶今言"不可同日而語"，即"距離很大"之意。瀧川資言説:"愚按此言鄉曲之俠，權、力、效功，夐過季次、原憲也。"今按，作者之意，謂鄉里中的游俠在一般儒者的眼中，是不及季次、原憲有身分、有才能的；但假如當真把鄉曲之間的游俠同季次、原憲等拿來具體比較一下，則游俠們在社會上的地位和左右社會的能力，以及他們在社會上所起的作用，那就簡直不是季次、原憲這些獨善其身的人所能比擬的了。　㊹"要以"三句: 第一句是倒裝句，猶言"如以功見言信來要求游俠"。"要"讀平聲。"功見",辦事見功效、有具體成果;"言信",説話有信用。第二句,"義",猶"道",指俠客們的作風、行爲。第三句,"曷"同"何",怎麼;"少",輕視。此言"如果用辦事有成效、説話有信用的標準來要求游俠,那他們是完全能做得到的;然則這些俠客的道義行爲又怎麼能忽視呢?"　　⑭"古布衣"二句:此言"上古時民間的游俠,由於史書没有記載,已不可得而聞知了"。"古"指春秋以前。　　⑯"近世延陵"句:"近世"指春秋、戰國以來的時代。"延陵",即吴季札,已見前左傳吳公子札來聘篇註釋。"孟嘗"即田文,已見前戰國策齊策諸篇註釋;"春申"即春申君黄歇,亦已見前戰國策註釋;"平原"、"信陵"皆見前本傳。按,戰國時田文、黄歇、趙勝、魏無忌等皆以貴公子而好客,招賢納士,盛極一時。至於吳季札,則不僅時代較早,且又不聞有養士之事。故梁玉繩、張文虎、中井積德及崔適、瀧川資言等皆以此句"延陵"二字是衍文。但顧炎武説:"'延陵'謂季札。以其徧游上國,與名卿相結,解千金之劍而繫冢樹,(按,史記吳太伯世家:'季札之初使北,過徐君。徐君好季札劍,口弗敢言。季札心知之;爲使上國,未獻。還至徐,徐君已死。於是乃解其寶劍,繫之徐君冢樹而去。從者曰:"徐君已死,尚誰予乎?"季子曰:"不然,始吾心已許之,豈以死背吾心哉!",)有俠士之風也。"郭嵩燾也説:"案,延陵季子事不著於春秋。據左傳所載,襄公二十九年,吳公子札來聘,善叔孫穆子;於齊,善晏嬰;於鄭,善子産;於衞,善蘧瑗、史鰌之屬;於晉,善趙文子、韓宣子、魏獻子,又善叔向:所至盡交其賢人君子,終春秋之世未有能及延陵季子者。其平日好賢樂士,亦略可想見。史公博極羣書,於此必有所本。"王駿圖説,"蓋太史公之所謂游俠者,特以其廣交游、重辭讓、明取與、信然諾耳。不必其殺人報仇,如刺客類也。季子歷游各國,徧交豪傑,且能以國讓,許徐君之劍,雖死必信,此真游俠之冠也。"則"延陵"二字未必是衍文。今按,這些貴公子的作風有些地方是與游俠相近的,如廣交游、重然諾、講信義等;但也有不同之處,即游俠出身民間,没有高貴的地位和豐厚的財産,其任俠好義也不一定有所貪圖。

不像貴公子們好客的目的是爲了顯名聲和鞏固政治地位。作者此處正是爲了指出這種區別。　　㊼"皆因"句："因"，作"依"解。言"這些人都倚仗他們是國王的親屬"。按，吳季札、田文、趙勝、魏無忌等都是國君的同姓，獨黃歇不是。但黃歇曾自秦救楚考烈王脫險，關係至密，故亦極顯貴。　　㊽"藉於"句：此句的"土"和"卿相"是並列成分，都是"富厚"的附加成分，而"富厚"又是"有"的賓語。此言上述諸公子都憑藉着他們有封地、有卿相的地位，因而財産十分富足豐厚。　　㊾"比如"三句："順風而呼"之喻，已見前荀子勸學篇。此連上文大意是："從這些貴公子的招賢納士來看，固然不能説他們不是賢者；但他們所以有賢名，主要還是由於他們有地位、有財産。正如順風呼喊一樣，並不是聲音加強，只是由於聲浪被風勢所激蕩，所以才傳得很遠"。言外謂民間的游俠雖賢，只因他們没有地位和財産，所以就不及諸公子那樣有名望了。　　㊿閭巷之俠：與"鄉曲之俠"、"布衣之俠"同義。　　五十一恃行砥名：修養自己的品行，鍛鍊自己的操守以提高名譽。　　五十二"聲施"句："施"音易，普及。此猶言"聲名普及於天下"。　　五十三是爲難耳：這的確是比較難得的。按，此言"民間的俠客没有貴公子們的地位財産而仍能名滿天下，實在難能可貴"。五十四"然儒、墨"句：但是儒家和墨家的典籍都排斥、屏棄這些游俠，不把他們的事迹記載下來。按，在先秦諸子百家之中，儒家重仁義，墨家主兼愛，還是比較接近游俠的作風的，尚且對游俠輕視，其它就可以想見了。五十五"匹夫"二句："湮滅"，埋没。此言"出身平民的游俠，都被埋没而不傳於世"。　　五十六"漢興"句：言從漢代統一以來，有朱家以下這些人物。五十七"雖時扞"句："扞"同"捍"，違犯，抵觸；"罔"同"網"，"文罔"，即法網。史記索隱："違扞當代之法網，謂犯於法禁也。"　　五十八"然其私義"二句："私義"，私人品德，個人的操行；"絜"同"潔"。此連上文言"這些人雖然觸犯朝廷的刑章法禁，但他們的個人品質却很廉潔而謙讓，有很值得稱贊的地方"。按，作者此處把個人同朝廷對立起來，以觸犯封建統治政權的法律爲可肯定的事，在當時是有進步意義的。　　五十九"名不"二句：言"游俠的名譽不是憑空建立起來的，一般人士也不是無緣無故就依附他們的”。⑩朋黨宗彊：“朋黨”指官官相護、地主階級互相結黨營私；“宗彊”，豪强的大宗族。此卽指土豪劣紳。　　⑪“比周”句：“比”讀去聲。論語爲政篇：“君子周而不比，小人比而不周。”朱熹集注“‘周’，普徧也。‘比’，偏黨也。皆與人親厚之意。但‘周’公而‘比’私耳。”王引之經義述聞：“‘周’與‘比’，皆訓爲‘親’、爲‘密’、爲‘合’。……以義合者，‘周’也；以利合者，‘比’也。”則知“比”、“周”二字，訓詁雖同，涵義各別，“周”是褒義詞，“比”是貶義詞。此處連爲複合詞，作貶義詞用，應解爲“勾結在一起”。“設財”，利用金錢；“役貧”，奴役驅使貧賤的人民。此言“那些大地主、大官僚彼此勾結在一起，仗恃錢財來擺佈老百姓”。⑫“豪暴”句：“豪暴”，有豪勢暴力的人，卽下文的“暴豪之徒”；“侵浚”，侵害欺壓。此言“這班土豪劣紳仗着權勢暴力去侵害蹂躪那些勢孤力弱的人”。　　⑬“恣欲”句：放縱自己的慾望，只圖自己舒服。　　⑭游俠亦醜之：言上述的這些敗類也是深爲游俠所不滿的。　　⑮“余悲”二句：上句，“其意”，指這兩種人（“游俠”和“暴豪之徒”）的區別。下句，“猥”，輕易地，隨便地，任意地；“令”，使。此言“我深悲世俗之人對這兩種人不加以考察，而濫把朱家、郭解等游俠之士與那些暴豪之徒放在一處，硬使他們算做同類，而籠統地加以譏笑”。〔以上是第一大段，爲全篇總冒，說明作傳本旨。〕

　　魯朱家者，與高祖同時①。魯人皆以儒教②，而朱家用俠聞。所藏活豪士以百數③，其餘庸人不可勝言④。然終不伐其能、歆其德⑤。諸所嘗施⑥，唯恐見之。振人不贍⑦，先從貧賤始。家無餘財⑧：衣不完采⑨，食不重味，乘不過軥牛。專趨人之急⑩，甚己之私。既陰脫季布將軍之阨⑪，及布尊貴⑫，終身不見也。自關以東⑬，莫不延頸願交焉。

　　楚田仲以俠聞，喜劍。父事朱家⑭，自以爲行弗及。

①與高祖同時：言"朱家在社會上活動的時期與劉邦爲帝的年代先後相當"。　　②"魯人"二句：言"魯國地方的人們都以儒家的仁義之道教導旁人，只有朱家却因行俠仗義而聞名"。　　③"所藏活"句："藏"，窩藏；"豪士"，知名的豪傑，如季布等。按，漢代統一之初，諸侯各國的亡命之徒是很多的，所以此言"被朱家所窩藏、救活的豪傑之士有好幾百人"。④"其餘"句："庸人"，猶言"常人"，對上文"豪士"而言。此言"其餘受他庇護的那些不知名的平常人，更是多得數不過來了"。　　⑤"然終"句："不"是副詞，兼管"伐"和"歆"兩個動詞。"歆"，作"喜"解（用王念孫説）；"德"，恩惠。"不歆其德"，不因自己對人有恩德而沾沾自喜。　　⑥"諸所"二句："諸"，凡；"嘗"，曾經；"施"，施恩給旁人。此言"凡是他所曾經施恩的對象，事後都惟恐被他們看見"。按，此因施恩不望報，故不願再見那些受恩之人，恐怕他們報答酬謝。　　⑦"振人"二句："振"，救濟，今通寫作"賑"；"贍"，富足。此言"每逢救濟旁人的困乏，總是先從貧賤的人開始"。　　⑧家無餘財：家裏從不積攢餘財。郭嵩燾説："案，'家無餘財'，謂專用以施振（賑）耳，非謂其貧也。"　　⑨"衣不完采"三句：第一句，"完"，完整；"采"，同"彩"，衣上彩色的花紋。按，古人衣服皆繪以五色文彩，此言"衣服破舊，文彩都不完整了"。第二句，"重味"猶言"兼味"。此言"吃飯只有一樣菜"。第三句，"軥"音構，説文："軥下曲也。"郭嵩燾説："軥者，轅端橫木，以駕馬領，軥以狀其下曲也。"卽車軛上套在牲口頸項的凹形部分。"軥牛"，郭嵩燾説："猶言'駕牛'。"按，漢時以牛駕車是貧賤者所用，此言朱家出門不過乘一牛車，正寫其貧薄之狀（詳見沈欽韓漢書疏證卷三十四）。　　⑩"專趨"二句："趨人之急"與上文"赴士之阨困"同義。此言朱家專爲旁人的危急之事奔走，比辦自己的私事還着急。⑪"既陰脱"句："陰脱"，暗中解除。按，朱家救季布事見史記季布欒布列傳："季布者，楚人也。……項籍使將兵，數窘漢王。及項羽滅，高祖購求布千金，敢有舍匿（窩藏），罪及三族。季布匿濮陽周氏。周氏……乃髡鉗季布（把季布的頭髮剃去，用鐵箍束住頭頸，扮成一個囚徒），衣褐衣，

置廣柳車(裝棺柩的喪車)中，并與其家僮數十人之(去到)魯朱家所(朱家住的地方)賣之。朱家心知是季布，乃買而置之田(把季布安置在田莊上)，誡其子曰：‘田事聽此奴(這個奴隸種田與否可以任他的便)，必與同食(但你一定得跟他吃一樣的東西)！’朱家乃乘軺車(‘軺’音遙，駕着一匹馬的輕便旅行車)之洛陽，見汝陰侯滕公。滕公留朱家飲數日，因謂滕公曰：‘季布何大罪，而上求之急也？’滕公曰：‘布數爲項羽窘上，上怨之，故必欲得之。’朱家曰：‘君視季布何如人也？’曰：‘賢者也。’朱家曰：‘臣各爲其主用，……項氏臣可盡誅邪？今上始得天下，獨以己之私怨求一人，何示天下之不廣也(怎麼讓天下人看到皇帝這樣不寬大呢)！……君何不從容爲上言邪？’汝陰侯滕公心知朱家大俠，意季布匿其所，乃許曰：‘諾。’待間(等到有了機會)，果言如朱家指(果然依照朱家所説的意旨向劉邦爲季布説情)，上乃赦季布。……朱家亦以此名聞當世。”録以備考。⑫“及布”二句：等到季布的地位尊貴之後，直到身死，朱家也沒有再去見他。按，季布後見劉邦，拜爲郎中；文帝時爲河東太守。　⑬“自關”二句：“延頸”，伸長着頸子；形容十分渴望的樣子。此言“自函谷關以東的地區，人們無不伸長了頸子在盼望着同朱家結交”。　⑭“父事”二句：言“田仲以孝敬父親的禮節來侍奉朱家，並且以爲自己的行爲遠遠不如朱家”。〔以上是第二大段，寫朱家施恩不望報的俠義作風。〕

　田仲已死，而雒陽有劇孟①。周人以商賈爲資②，而劇孟以任俠顯諸侯。吳、楚反時，條侯爲太尉③，乘傳車④，將至河南⑤，得劇孟，喜曰：“吳、楚舉大事而不求孟⑥，吾知其無能爲已矣！”天下騷動⑦，宰相得之，若得一敵國云。劇孟行大類朱家⑧，而好博⑨，多少年之戲。然劇孟母死，自遠方送喪蓋千乘⑩。及劇孟死，家無餘十金之財⑪。

　而符離人王孟亦以俠稱江、淮之間⑫。

　是時濟南瞷氏、陳周庸亦以豪聞⑬。景帝聞之，使使盡誅此屬⑭。

其後，代諸白、梁韓無辟、陽翟薛況、陝韓孺⑮，紛紛復出焉⑯。

①"而雒陽"句：言洛陽地方有個俠客名叫劇孟。意謂劇孟是洛陽人。"劇"，姓；"孟"，名。　②"周人"二句：上句，"周人"，即指洛陽一帶地方的人。洛陽本周公時所建陪都，自周平王東遷，即以洛陽爲都城。故此處稱洛陽人爲"周人"。"資"，生計。下句，"顯諸侯"，在諸侯的國家裏顯名。此言"洛陽一帶的人都以經商爲業，而劇孟卻以任俠好義顯名於諸侯"。　③"條侯"句："條侯"即周亞夫。餘已見前魏其武安侯列傳。④乘傳車："傳車"，即驛車。每到驛站即輪換車馬，接替前進。　⑤"將至"二句：言"周亞夫將要到達河南郡界，就得到了劇孟"。意指把劇孟招聘到自己手下。　⑥"吳、楚舉大事"二句：言"吳、楚七國想圖大事而不去訪求像劇孟這樣的人材，我知道他們是不能有什麽做爲的了"。按，李笠以爲下句的"矣"字是衍文，疑近是。漢書即無"矣"字。　⑦"天下騷動"三句："宰相"，指周亞夫，因太尉亦爲"三公"之一，相當於亞相。此言"當天下有動亂的時候，宰相得到劇孟，就彷彿征服了一個敵國一樣"。意指劇孟舉足輕重，是十分傑出的人材。　⑧行大類朱家：行爲大體上同朱家相類似。　⑨"而好博"二句："博"，賭博。此言"但是劇孟喜歡賭博，平時大半搞一些年輕人喜歡玩的娛樂"。　⑩"自遠方"句：言"從遠方來送喪弔唁的大概有一千輛車子"。按，此極寫劇孟交游之廣及其爲人社會影響之大。　⑪"家無"句：言劇孟家貧，連極少的餘財也沒有。⑫"而符離人"句："符離"，本楚邑，秦置縣，即今安徽省宿縣治。其地在江、淮之間。故此句言"符離人王孟也以任俠爲江、淮之間的人所傳誦稱贊"。　⑬"是時"句："瞷"音閑，姓。"陳周庸"，史記索隱："陳國人，姓周名庸。"此言"這時濟南地方的瞷家，陳地的周庸，也都以豪俠出名"。⑭"使使"句：派專人把這班人完全殺掉了。按，史記酷吏列傳："濟南瞷氏宗人三百餘家，豪猾，二千石莫能制。於是景帝乃拜都(郅都)爲濟南

太守，至則族滅瞷氏首惡，餘皆股栗。"殺周庸事無可考。　　⑮"代諸白"至"陝韓孺"："代諸白"，史記索隱："代郡人，有白氏豪俠非一(不止一人)，故言'諸'。""梁韓無辟"，梁國人，姓韓，名無辟。"辟"音避。"陽翟"，秦縣名，故治卽今河南省禹縣。"陝"，史記集解引徐廣說："疑當作'郟'字。潁川有郟縣;南越傳曰'郟壯士韓千秋'也。"則韓孺可能卽是韓千秋。"郟"音夾，漢縣名，故治在今河南省輔城縣境內。　　⑯"紛紛"句：言"這些游俠之士並不因朝廷的嚴刑峻法而銷聲匿跡，反而紛紛出現了"。〔以上是第三大段，寫劇孟及其它游俠之士的簡單情況。〕

郭解①，軹②人也，字翁伯；善相人者許負外孫也③。解父以任俠，孝文時誅死。解爲人短小精悍④，不飲酒。少時陰賊⑤，慨不快意⑥，身所殺甚衆。以軀借交報仇⑦，藏命作姦⑧，剽攻不休⑨，及鑄錢掘冢⑩，固不可勝數。適有天幸⑪，窘急，常得脫若遇赦。

及解年長，更折節爲儉⑫；以德報怨⑬，厚施而薄望。然其自喜爲俠益甚⑭。旣已振人之命⑮，不矜其功。其陰賊著於心⑯，卒發於睚眦如故云。而少年慕其行⑰，亦輒爲報仇，不使知也。

解姊子負解之勢⑱，與人飲⑲，使之釂。非其任⑳，彊必灌之。人怒㉑，拔刀刺殺解姊子，亡去。解姊怒曰："以翁伯之義㉒，人殺吾子，賊不得¡棄其尸於道㉓，弗葬；欲以辱解㉔。解使人微知賊處㉕，賊窘，自歸㉖，具以實告解㉗。解曰："公殺之固當㉘，吾兒不直。"遂去其賊㉙，罪其姊子，乃收而葬之。諸公聞之，皆多解之義㉚，益附焉。

解出入㉛，人皆避之。有一人獨箕踞視之㉜。解遣人問其名姓。客欲殺之。解曰："居邑屋至不見敬㉝，是吾德不脩也。彼何罪？"乃陰屬尉史曰㉞："是人，吾所急也㉟，至踐更時脫之㊱。"每至踐更，數過㊲，吏弗求㊳。怪之㊴；問其故㊵，乃解使脱之。箕踞者乃肉袒謝罪㊶。少年聞之㊷，愈益慕解之行。

雒陽人有相仇者，邑中賢豪居間者以十數㊸，終不聽。客乃見郭解㊹。解夜見仇家㊺，仇家曲聽解。解乃謂仇家曰："吾聞雒陽諸公在此間㊻，多不聽者。今子幸而聽解，解奈何乃從他縣奪人邑中賢大夫權乎㊼！"乃夜去，不使人知，曰："且無用待我㊽！待我去㊾，令雒陽豪居其間，乃聽之。"

解執恭敬㊿，不敢乘車入其縣廷(51)。之旁郡國(52)，爲人請求事，事可出(53)，出之；不可者(54)，各厭其意，然後乃敢嘗酒食。諸公以故嚴重之(55)，争爲用。邑中少年及旁近縣賢豪，夜半過門(56)，常十餘車，請得解客舍養之(57)。

及徙豪富茂陵也(58)，解家貧，不中訾(59)。吏恐(60)，不敢不徙。衞將軍爲言郭解家貧(61)，不中徙。上曰："布衣權至使將軍爲言(62)，此其家不貧。"解家遂徙。諸公送者出千餘萬(63)。

軹人楊季主子爲縣掾(64)，舉徙解。解兄子斷楊掾頭(65)。由此楊氏與郭氏爲仇。

解入關，關中賢豪知與不知(66)，聞其聲争交驩解。

解爲人短小，不飲酒，出未嘗有騎(67)。

已又殺楊季主(68)。楊季主家上書(69)，人又殺之闕下。上聞，乃下吏捕解。解亡(70)，置其母、家室夏陽，身至臨晉。臨晉籍少公素不知解(71)，解冒(72)，因求出關。籍少公已出解(73)，解轉入太原(74)。所過輒告主人家(75)。吏逐之(76)，跡至籍少公。少公自殺(77)，口絕。久之(78)，乃得解。窮治所犯(79)，爲解所殺皆在赦前。軹有儒生侍使者坐(80)。客譽郭解(81)，生曰："郭解專以姦犯公法(82)，何謂賢！"解客

聞，殺此生，斷其舌。吏以此責解[83]，解實不知殺者；殺者亦竟
絕[84]，莫知爲誰。吏奏解無罪[85]。御史大夫公孫弘議曰：“解布衣
爲任俠，行權[86]，以睚眦殺人。解雖弗知[87]，此罪甚於解殺之。”當
大逆無道[88]。遂族郭解翁伯[89]。

　　自是之後，爲俠者極衆，敖而無足數者[90]。然關中長安樊仲
子、槐里趙王孫、長陵高公子、西河郭公仲、太原鹵公孺、臨淮兒長
卿、東陽田君孺[91]：雖爲俠，而逡逡有退讓君子之風[92]。至若北道
姚氏、西道諸杜、南道仇景、東道趙他羽公子、南陽趙調之徒[93]，此
盜跖居民閒者耳[94]，曷足道哉！此乃鄉者朱家之羞也[95]。

　　①郭解："解"讀如懈。　　②軹：漢縣名，故城卽今河南省濟源縣東
南十三里的軹城鎮。　　③善相句："許負"，漢初的一個會看相的人。
據史記外戚世家，他曾相漢文帝母薄姬當生天子；又據絳侯世家，他相周
亞夫當封侯爲將相而餓死。此言許負是郭解的外祖父。　　④短小精
悍："短小"，身材矮小；"精悍"，爲人精明勇健。　　⑤少時陰賊："陰賊"，
漢書顏注："陰懷賊害之意也。"意謂內心狠辣殘忍。　　⑥"慨不"二句：
上句，"慨"，憤激。下句，"身"，親自。此言"每遇到使他心中憤慨和使他
感到不痛快的人，就親自把他們殺死，這樣的人被他殺死很多"。　　⑦"以
軀"句："借"，通"藉"，作"助"解(用顏師古說)；"交"，朋友。此言"郭
解拼着自己性命助朋友報仇"。　　⑧藏命作姦：窩藏亡命之徒，作出許
　多不法的行爲。　　⑨剽攻不休："剽"，劫；"攻"，奪；"不休"，猶"不止"、
"不已"。此言"劫掠搶奪的舉動，在他們是常有的事"。　　⑩"及鑄錢"
二句："鑄錢"，私鑄銅錢；"掘冢"偷墳盜墓。此言"以及鑄私錢、掘墳墓種
種犯法的事，根本就數不過來了"。　　⑪"適有"三句："適"，恰好；"幸"，
　助；"若"，及，或(參用沈欽韓、周壽昌說)。此言"以郭解這種行爲，早就
該受到王法制裁；但恰好像有天助似的，每逢他十分窘迫緊急的時候，總
經常能逃脫，或是遇到朝廷大赦"。按，以上是寫郭解年輕時的作風和行

爲。　　⑫"更折節"句："折節"，全盤改變自己的行爲和作風；"儉"，通
"檢"，有"檢束"、"收斂"之意(參閱段玉裁說文解字注)。此連上文言"等
到郭解年長，他就一改從前的行爲和作風，盡量收斂自己、約束自己"。
⑬"以德"二句：上句，言"郭解用恩德來回答那些對自己不滿的人"。下
句，"厚"、"薄"，猶言"多"、"少"。言"儘量多施給人以恩惠而很少希望別
人報答自己"。　　⑭"然其"句：但他自己比從前更愛行俠仗義了。
⑮"既已"二句："振"，救。此言"既然已經救了人的性命，也從不誇耀自
己的功勞"。　　⑯"其陰賊"二句：上句，"著於心"，牢固地附著在心裏。
下句，"卒"同"猝"，猝然，突然；"眦眦"音艾蔡，瞪着眼睛看人的樣子。此
言"郭解只有一種老毛病沒有改，就是他的陰狠毒辣的脾氣依然存在於
心靈深處，有時甚至因爲別人瞪他一眼的細故，他也會突然發作，這大約
還同從前差不多"。　　⑰"而少年"三句：但是有許多年輕人，由於欽慕
郭解的行爲，往往替他報了仇，而不讓他本人知道。　　⑱"解姊子"句：
郭解的姐姐的兒子(卽解之外甥)仗恃着郭解的聲勢。　　⑲"與人飲"二
句："嚼"音 jiào，與"釂"通，說文："飲盡酒也。"此言郭解的外甥與旁人
一同飲酒，他就讓旁人乾杯。　　⑳"非其任"二句：史記正義："其人不能
飲，强使盡之。"意謂"那個人的酒量沒有這樣大，郭解的外甥就硬要他灌
下去"。　　㉑"人怒"三句：那個人怒了，拔出刀把郭解的外甥刺死，然後
逃走。　　㉒"以翁伯"三句：大意是："以翁伯這樣講義氣，旁人殺了我的
兒子，他竟連兇手也捉不到!"　　㉓"棄其尸"二句：郭解的姐姐把兒子的
屍首棄置在路旁，不去埋葬。　　㉔欲以辱解：要想借此羞辱郭解。
㉕微知賊處："微"，偵知，探聽到。　　㉖自歸：自己到郭解處出首承認。
㉗具以實告解：把殺人的實情詳盡地告訴郭解。　　㉘"公殺之"二句：
大意是："您殺他實在是應當的，原是我的孩子沒有理。"　　㉙"遂去"三
句：第一句，"去"，周壽昌說："縱之使去也。"言郭解便把那個兇手放走
了。第二句，王先謙說："言歸罪死者。"意謂郭解認爲自己外甥的被殺是
罪有應得的。第三句，言"由郭解出面把他姐姐的兒子的屍首盛斂起來

埋掉了"。　㉚"皆多"二句:"多",猶"重";"附",歸附。此言"很多人都尊重郭解的正義行爲,更加歸附他了"。　㉛"解出入"二句:此言"郭解受人敬重,每當他出門,大家都爲他讓路"。　㉜"有一人"句:"箕踞",已見前刺客列傳註釋。此言獨有一人對郭解没有禮貌。　㉝"居邑屋"二句:"邑屋"已見前莊子胠篋篇註釋,此處猶言"鄉里"。此二句大意是:"我住在鄉里中,竟至不被同鄉人所敬重,這一定是我自己的品德有缺點。"　㉞"乃陰屬"句:"陰",暗中;"屬"同"囑";"尉史",縣尉手下的小吏,專管人民服徭役的事務。此言"郭解暗暗囑咐管役政的小吏"。　㉟是人,吾所急也:"是人",猶言"此人",指箕踞視郭解的那個人。"急",猶"親",中井積德説:"謂親恤之切至(至近的親人)也。"按,此猶言"這是我至近的朋友"。　㊱"至踐更"句:"踐更",漢代役法名目之一,"更"讀平聲。漢書昭帝紀顏注引如淳説:"更有三品:有卒更,有踐更,有過更。古者正卒無常人,皆當迭爲之。一月一更,是謂卒更也。貧者欲得顧(僱)更錢者,次直者(應當輪值的人)出錢顧(僱)之,月二千,是謂踐更也。天下人皆直(輪值)戍邊三日,亦名爲'更',律所謂徭戍也,雖丞相子亦在戍邊之調。不可人人自行三日戍(不可能所有的人都去戍邊三日);又行者當自戍三日(去到邊塞的人固然應當只值三天班),不可往便還(但不可能去了就馬上回來),因便住(於是就長久住在邊塞上),一歲一更(一年一輪換)。諸不行者出錢三百入官,官以給戍者,是謂過更也。"漢書補注引何焯説:"踐更卽是代人卒更,但以月計,私得僱直(被僱的代價);過更是總代人縣戍,以歲計,人輪戍邊三日之直(值)於官,官爲給與久住之人也。"此言"輪到那人該去服勞役的月份,可以豁免他"。按,據如淳注,知服踐更之役者是受僱於人的,每當服役時,他是拿到代價的。下文言"數過,吏弗求",則是他拿到受僱的二千錢之後並未去服役,所以他要"怪之"了。　㊲數過:"數"讀爲朔,好幾次;"過"讀平聲,輪到他當值。㊳吏弗求:尉史並不去找他。　㊴怪之:主語是"箕踞者"。　㊵"問其故"二句:上句,史記正義:"箕踞者怪踐更至,數過不喚,乃問其故。"王先謙説:"筐踞者怪問吏。"此言"那人就去打聽尉吏,是什麽緣故使自己拿了錢不當差"。下句,言"原來是郭解使他免於服役的"。　㊶"箕踞者"句:"肉袒"已見前廉藺列傳註釋。淩稚隆説:"應前以德報怨。"　㊷"少年"二句:一些年輕的人聽説這件事,更加欽慕郭解的行爲了。"行"讀去聲。　㊸"邑自賢豪"二句:顏注:"居中間爲道地(留出緩衝的餘地),和輯之(向雙方進行和解),而不見許(而雙方都不答應)也。"此言"當地有名望的豪紳從中調停的有幾十人,可是那兩家結仇的人始終不接受和解"。　㊹客乃見郭解:"客",卽洛陽邑中的賢豪之一。此言"居中調停的人就到軹邑來找郭解"。　㊺"解夜見"二句:"曲聽",中井積德説:"非其心,勉强從之也。"此言"郭解於是連夜趕到洛陽去見那兩家結仇的人,那兩家人只好勉强地、委屈地依從郭解,答應和解"。　㊻"吾聞"二句:"在此閒",卽"居閒"之意。此言"我聽説你們洛陽當地有很多人居中調停這事,你們總不肯答應"。　㊼"解奈何"句:此連上文言:"現在您既肯賞臉答應我,我怎麽能從別縣來侵奪你們這邊縣裏許多有聲望的人的權柄呢!"　㊽且無用待我:大意是:"你們不必再等我來出頭解勸了!"餘詳下註。　㊾"待我去"三句:史記正義:"待我去後,洛陽豪言之,乃從也。是不欲奪人權勢。"郭嵩燾説:"案,'且無用待我',是囑仇家語。言雖聽我而不必待我爲排解,仍令洛陽豪居閒,是實收其用而不欲居其名也。"釋此數語甚晰。　㊿解執恭敬:"執",謹守,堅持。此言"郭解對官府很禮貌,一直謹守恭敬之道"。　51"不敢乘車"句:因郭解的身分是平民,所以不敢乘車進縣衙門。　52"之旁郡國"二句:有時郭解也到鄰近的郡國去爲旁人的事請託求情。　53"事可出"二句:事情可以出脱,就一定替人家出脱。　54"不可者"三句:"厭"同"饜"。此三句大意是:"萬一事情不能徹底解決,也儘量做到使各方面都滿意,然後才敢嘗人家用以道謝的酒食。"郭嵩燾説:"或其事尚有轇轕不能卽出,則常委曲盡意,使兩相争者皆各平其心。雖一酒食之微,亦必人人喜悦,乃肯受此一飯之報也。"　55"諸公以故"二句:上句,"以故",因此;"嚴",作"尊敬"、

二、史　記　　493

"敬畏"解；"重"，看重，尊重。"嚴重"是兩個同義詞合成的一個複合詞，猶言"尊重"、"敬重"。此句言很多人因此十分敬重他。下句，言這些人爭先恐後地願意爲郭解效勞。　㊺"夜半"二句：言很多少年及賢豪們往往在夜深人静時到郭解門前，經常有十幾輛車。餘詳下註。　㊼"請得"句："舍養"，留人住宿和吃飯。顔注："'舍'，止也。言解多藏亡命，喜事少年(好管閒事的年輕人)與解同志者，知亡命者多歸解，故夜將車來(帶了車子來)，迎取其人居止而養之。"此言"這些敬重郭解的年輕人和賢豪們，請求郭解允許他們把郭解所藏匿的逃亡之客用車接走，由他們去款待留宿"。按，此正寫諸公因敬重郭解而不怕擔罪名的具體表現。上文言"夜半"，是因爲所接的人都是亡命徒，恐人看見；言"十餘車"，是用以裝載這些亡命之徒的。　㊽"及徙"句："茂陵"，本漢槐里縣地，武帝於建元二年在其地起築陵墓，預爲自己葬地。至漢宣帝時乃改爲茂陵縣。故城在今陝西省興平縣東北。"徙豪富茂陵"，把各地豪紳富户遷徙到茂陵居住。按，此事在武帝元朔二年(公元前一二七年)。資治通鑑卷十八："(元朔)二年夏，……主父偃(齊人，以縱橫游説之術爲漢武帝所重，後因貪勢位、受諸侯金被誅，史記有平津侯主父列傳)説上曰：'茂陵初立，天下豪傑并兼之家、亂衆之民，皆可徙茂陵。内實京師，外銷姦猾；此所謂不誅而害除。'上從之，徙郡國豪傑及訾(資)三百萬以上于茂陵。"此處即指其事。　㊾不中訾："中"讀去聲，"不中"，不合；"訾"，"資"的假借字，指財產。史記索隱："案，資不滿三百萬以上爲'不中'。"此言郭解家貧，家產不足三百萬，不合遷徙到茂陵的標準。　㊿"吏恐"二句：此言負責徙民的小吏因爲郭解的名氣太大，如果不徙，自己即將獲罪，所以不敢不命令他遷徙。中井積德説："解雖不中資，而其名在籍(官府裏都註了册)，故吏恐逮上命獲罪，不敢釋之也。"　(61)"衛將軍"二句：上句，"衛將軍"即衛青；"爲言"，替郭解説情。下句，"中"讀去聲。胡三省説："言其貧，不當在見徙之數。"　(62)"布衣"二句：以一個普遍平民竟至有力量使將軍替他説情，這就説明他的家裏不窮。　(63)"諸公送者"句：同郭解有交往的人出錢給郭解送行，共出了一千多萬錢。　　⑥"軹人"二句：上句，"掾"已見前項羽本紀註釋。"縣掾"，縣衙中的小官。下句，"舉"，指名，倡議。此二句言"軹縣人楊季主，他的兒子在縣裏當掾吏；就是此人把郭解的名字報上去，才使郭解要遷徙的"。　　⑥"解兄子"句：因此郭解的姪子把這個姓楊的掾吏殺死，砍下了他的頭。　　⑥"關中"二句：此言"郭解雖久居函谷關以東，但關中地方久已聞名，所以郭解入關以後，關中的有名望的豪紳不論認識郭解與否，一聽到消息就搶着同郭解交朋友"。按，"交驩"的"驩"同"歡"，已屢見前註。　　⑥"出未嘗"句：出門從來沒有騎過馬。按，此文上有"解爲人短小，不飲酒"二句，疑是衍文，中井積德說："是複出，誤寫耳。'出未嘗有騎'句，當在前文'不敢乘'上。"近是。錄以備考。　　⑥"已有殺"句：過了不久，楊季主也被郭解的朋友殺死了。　　⑥"楊季主家"二句：此言"楊季主家裏的人到京城來向皇帝上書申寃，又被人殺死在京城裏"。按，"闕下"猶言"京中"，俗所謂"天子腳下"，不一定專指宮闕之下。　　⑦"解亡"三句：此言"郭解於是逃亡在外，把他的母親和妻室等安置在夏陽，自己則逃到臨晉"。按，"夏陽"、"臨晉"皆已見前淮陰侯列傳註釋。　　⑦"臨晉籍少公"句："籍少公"，臨晉人，"籍"，姓，"少公"，名。"素不知解"，本來一向不認識郭解。　　⑦"解冒"二句：上句，"冒"，郭嵩燾說："謂郭解冒昧自投也。"史記會注考證引岡白駒之說，以"冒"爲假冒他人姓名，疑非是。今按，籍少公當是臨晉地方的一位俠士，他本不認識郭解，但郭解卻慕名冒昧往見。下句，言郭解於是請求籍少公設法護送他逃出臨晉關。　　⑦籍少公已出解：此言"籍少公既知郭解犯法的原委，便寧願擔負罪名把郭解放走"。按，據此文，益知上文"冒"字非假冒他人名姓。　　⑦解轉入太原："太原"，秦、漢時郡名，所治地區約當今山西省中部一帶。郡治即今太原市。此言郭解從籍少公處又輾轉逃到太原。　　⑦"所過"句："過"讀平聲，經過的地方，也指郭解所投奔的人；"告"，預先告知；"主"，動詞，本作"住宿在居停主人之處"解，此處有"投奔"之意，"主人"不是一個詞；"主人家"，漢書作

"主人處"，指郭解所投奔的朋友的住處。按，此是作者插入的補敍之文。郭嵩燾說："'所過必告主人家'，乃追溯初亡時語。言將過某處，先告某人，吏至，得指示某處以自脱，不爲所累也。"中井積德也說："'主人家'，謂今後所經過之家。故吏得迹之。"此言"郭解每投奔一處，臨去時必説明自己將投奔何處，住於何人家中"。按，這樣做法既免使這一家受牽累，更表示自己行踪光明磊落。　　⑯"吏逐之"二句：此承上文"解亡"而言，謂"郭解既出走，又處處預先告知自己的行踪，因此差吏搜捕郭解，終於追踪到了籍少公這裏"。　　⑰"少公"二句：籍少公自然知道郭解的下落，但爲了救郭解，便自殺以滅口。於是追捕的綫索也就斷絶了。⑱"久之"二句：又過了好久，才捉到郭解。　　⑲"窮治"二句："窮治"，根究，澈查；"所犯"，指郭解所犯的罪。此言"根究郭解所做的案件，凡是被郭解所殺的人都是在大赦以前殺的"。按，依照漢代的法律，在大赦以前所犯的罪行是可以被赦免的。　　⑳"軹有"句："使者"，指京中派來調查郭解案件的專使。此言"軹縣的一個書生陪侍着這位使者閒坐談話"。㉑"客譽"句：有一個座上客在使者面前稱贊郭解。　　㉒"郭解專以"二句：這個書生就說："郭解專做壞事來觸犯公家的法律，怎麽能説他好呢！"　　㉓"吏以此"二句：執法的官吏根據這件事責問郭解，郭解既已被捕，確實不知殺人者是誰。　　㉔"殺者"二句：殺人者也竟自絶迹不見，到底也不知是什麽人。　　㉕吏奏解無罪：執法的官吏奏明皇帝，認爲郭解無罪。王伯祥説："根據郭解所犯都在赦前，而殺儒生的人又未獲主犯，所以官吏奏報上去，認爲郭解無罪。"按，王説是。　　㉖"行權"二句：上句，猶言"作威作福"。下句，"睚眦"已見前註；此指動輒以小怨殺人。　　㉗"解雖"二句：言"有的案件雖然並非郭解所爲，郭解也不知道誰是兇手，但這些案件都是由郭解而發生的，所以郭解的罪行比他自己殺人的罪還要大"。今按，這種結論是非常牽强的。中井積德説："弗知之罪，甚於親殺，是老吏弄文處。"可見作者從而也批判了公孫弘的維護封建統治政權的立場。　　㉘當大逆無道："當"，判決。此言"終於判決郭解所犯的是大逆不道的罪名"。　　⑧"遂族"句：因此就以滅族的處分把郭解的全家都殺掉了。梁玉繩引王氏説："'翁伯'二字衍。是處何必復表其字耶！"今按，此是作者有意表彰和同情郭解的表示，故特意稱其字。"翁伯"恐非衍文。又按，周壽昌説："案後書(後漢書)郭伋傳：'……高祖父解，……父㷋，(音蓬)，爲蜀郡太守。'(㷋)是解之曾孫，伋則其玄孫也。解雖被族誅，必有慕其俠義而藏其後人者，故至東漢復盛也。"録以備考。　　⑩"敖而無足"句："敖"同"傲"；"數"讀上聲，稱道。此言這些任俠的人都倨傲無禮，没有可稱道的。　　⑪"然關中"至"田君孺"：此句羅列當時游俠的籍貫和姓名。計：長安人樊仲子("長安"，當時京都的屬縣，歸京兆尹管轄；"樊"，姓；"仲子"，名。漢書作"樊中子")、槐里人趙王孫("槐里"，漢縣名，參閲前"茂陵"註；"趙"，姓；"王孫"，名)、長陵人高公子("長陵"，漢高祖陵墓所在地，在陝西省咸陽縣東；"高"，姓；"公子"，名)。以上是京城附近的俠士，皆在關中，故前面貫以"關中"字樣。此外還有：西河人郭公仲("西河"，漢郡名，所轄地當今内蒙古自治區舊鄂爾多斯左翼前旗一帶；"郭"，姓；"公仲"，名。漢書作"郭翁仲")、太原人鹵公孺("鹵"同"魯"，姓；"公孺"，名。漢書即作"魯公孺")、臨淮人兒長卿("臨淮"，漢郡名，郡治故城在今江蘇省睢寧縣西南；"兒"，古"倪"字，姓；"長卿"，名，"長"讀上聲)、東陽人田君孺("東陽"已見前項羽本紀註釋；"田"，姓；"君孺"名。漢書作"陳君孺")。　　⑫"而逡逡"句："逡逡"，通"悛悛"，即"恂恂"(漢書此句作"恂恂")，已見前李將軍列傳末段註釋。此言"上述這些人雖任俠尚武，但謹厚篤實，有君子謙讓的風度"。　　⑬"至若"至"之徒"："北道"、"西道"等，猶言"北路"、"西路"，指以京師爲中心，北、西、南、東各個方向的地區。"仇"音求，姓。"趙他羽公子"，史記索隱："此姓趙，名他羽，字公子也。"而錢大昕、楊樹達則以爲是"趙他"和"羽公子"二人。兹兩存其説。"南陽"，郡名，郡治即今河南省南陽市。此言"至於像北路上的姚氏、西路上的幾個姓杜的、南路上的仇景、東路上的趙他羽以及南陽的趙調等"。　　⑭"此盜跖"二句：言"像上述這些人不過是住在人民中問的强盗頭兒，哪裏值得一談呢！""盗跖"，此處是借喻，猶言"盗魁"。意謂這些人乃是殘害人民的强盗，根本不是俠客。　(95)"此乃"句："鄉"同"曏"，從前，往時。此言"這真是從前朱家那樣的人所引爲恥辱的事"。〔以上是第四大段，寫郭解生平任俠的情狀以及郭解以後的真俠和僞俠。〕

太史公曰："吾視郭解①，狀貌不及中人②，言語不足採者。然天下無賢與不肖、知與不知，皆慕其聲③；言俠者皆引以爲名④。諺曰：'人貌榮名⑤，豈有既乎！'於戲惜哉⑥！"

①吾視郭解：按，從這句話可以看出，司馬遷是見過郭解的。②"狀貌"二句："中人"，平常人，普通人；"不足採"，無可取。此連上文大意是："在我眼中的郭解，外表還不如一個普通人，談吐也没有可取的地方。"　③皆慕其聲：此連上文言"但是天下無論賢者或是不肖者，無論認識或是不認識他的人，都仰慕他的聲望"。　④"言俠者"句：社會上凡是講究任俠好義的人，都標榜郭解以提高自己的名氣。　⑤"人貌"二句：李笠説："案，方言六：'既，定也。'此言郭解狀貌不取，而得榮名；故以'人貌榮名無定'爲解。"此二句大意是："一個人的形象容貌和他的榮譽，哪裏有一定的必然聯繫呢！"言外之意謂郭解的外表雖然平常，卻得到很多人的愛戴景仰；可見一個人只要有好行爲就可以得到榮譽。至於身分的貴賤和文化修養的高低是没有關係的。　⑥於戲惜哉："於戲"，同"嗚呼"；"惜"，可痛惜，可惋惜。中井積德説："惜其不令終(善終)也。"〔以上是第五大段，作者對郭解表示了極大的惋惜。〕

史記附錄

（一）　關於司馬遷的事蹟

　　昔在顓頊，命南正重司天，火正黎司地。唐、虞之際，紹重黎之後，使復典之，至於夏、商。故重黎氏世序天地。其在周，程伯休甫，其後也。當宣王時，官失其守，而爲司馬氏。司馬氏世典周史。惠、襄之間，司馬氏適晉，晉中軍隨會奔魏，而司馬氏入少梁。自司馬氏去周適晉，分散，或在衞，或在趙，或在秦。其在衞者，相中山；在趙者，以善劍論顯，蒯聵其後也；在秦者錯，與張儀爭論。於是惠王使錯將兵伐蜀，遂拔，因而守之。錯孫靳，事武安君白起；而少梁更名夏陽。靳與武安君阬趙長平軍，還，而與之俱賜死杜郵，葬於華池。靳孫昌，爲秦王鐵官。當始皇之時，蒯聵玄孫卬，爲武信君將，而狥朝歌。諸侯之相王，王卬於殷。漢之伐楚，卬歸漢，以其地爲河內郡。昌生毋懌，毋懌爲漢市長。毋懌生喜，喜爲五大夫。卒，皆葬高門。喜生談，談爲太史公。

　　太史公學天官於唐都，受易於楊何，習道論於黃子。太史公仕於建元、元封之間，愍學者不達其意而師悖，乃論六家之要指。……

　　太史公既掌天官，不治民，有子曰遷。遷生龍門，耕牧河山之陽。年十歲，則誦古文。二十而南游江、淮，上會稽，探禹穴，窺九疑，浮沅、湘，北涉汶、泗，講業齊、魯之都，觀夫子遺風，鄉射鄒嶧，阨困蕃、薛、彭城，過梁、楚以歸。於是遷仕爲郎中，奉使西征巴蜀以南，略邛、笮、昆明，還報命。是歲，天子始建漢家之封，而太史公留滯周南，不得與從事；發憤且卒，而子遷適反，見父於河、雒之間。太史公執遷手而泣。曰："予先，周室之太史也。自上世嘗顯功名虞、夏，典天官事；後世中衰，絕於予乎？汝復爲太史，則續吾祖矣。今天子接千歲之統，封泰山，而予不得從行，是命也夫！命也夫！予死，爾必爲太史；爲太史，毋忘吾所欲論著矣。且夫孝始於事親，中於事君，終於立身：揚名於後世，以顯父母，此孝之大也。夫天下稱周公，言其能論歌文、武之德，宣周、召之風，達大王、王季思慮，爰及公劉，以尊后稷也。幽、厲之後，王道缺，禮樂衰。孔子修舊起廢，論詩、書，作春秋，則學者至今則之。自獲麟以來，四百有餘歲，而諸侯相兼，史記放絕。今漢興，海內壹統，明主、賢君、忠臣、義士，予爲太史，而不論載，廢天下之文，予甚懼焉。爾其念哉！"遷俯首流涕曰："小子不敏，請悉論先人所次舊聞，不敢闕。"卒三歲，而遷爲太史令，紬史記石室金鐀之書。五年，而當太初元年，十一月甲子朔旦冬至，天曆始改，建於明堂，諸神受記。

　太史公曰："先人有言：自周公卒五百歲，而有孔子；孔子至於今五百歲，有能紹而明之，正易傳，繼春秋，本詩、書、禮、樂之際，意在斯乎？意在斯乎？小子何敢讓焉！"上大夫壺遂曰："昔孔子爲何作春秋哉？"太史公曰："余聞之董生：周道廢，孔子爲魯司寇，諸侯害之，大夫壅之。孔子知時之不用，道之不行也，是非二百四十二年之中，以爲天下儀表：貶諸侯，討大夫，以達王事而已矣。子曰'我欲載之空言，不如見之於行事之深切著明也。'春秋上明三王之道，下辨人事之經紀；別嫌疑，明是非，定猶豫；善善惡惡；賢賢，賤不肖；存亡國，繼絕世；補弊，起廢：王道之大者也。易著天地陰陽四時五行，故長於變。禮綱紀人倫，故長於行。書記先王之事，故長於政。詩記山川谿谷、禽獸草木、牝牡雌雄，故長於風。樂，樂所以立，故長於和。春秋辨是非，故長於治人。是故禮以節人，樂以發和。書以道事，詩以達意，易以道化，春秋以道義。撥亂世反之正，莫近於春秋。春秋文成數萬，其指數千。萬物之散聚，皆在春秋。春秋之中，弒君三十六，亡國五十二，諸侯奔走不得保社稷者，不可勝數。察其所以，皆失其本已。故易曰：‘差以毫氂，謬以千里。’故臣弒君，子弒父，非一朝一夕之故，其漸久矣。有國者不可以不知春秋：前有讒而不見，後有賊而不知。爲人臣者不可以不知春秋：守經事而不知其宜，遭變事而不知其權。爲人君父而不通於春秋之義者，必蒙首惡之名。爲人臣子不通於春秋之義者，必陷篡弒誅死之罪。其實皆以善爲之，而不知其義，被之空言不敢辭。夫不通禮義之指，至於君不君，臣不臣，父不父，子不子。夫君不君則犯，臣不臣則誅，父不父則無道，子不子則不孝：此四行者，天下之大過也。以天下之大過予之，受而不敢辭。故春秋者，禮義之大宗也。夫禮禁未然之前，法施已然之後；法之所爲用者易見，而禮之所爲禁者難知。”

壺遂曰：“孔子之時，上無明君，下不得任用：故作春秋，垂空文以斷禮義，當一王之法。今夫子上遇明天子，下得守職，萬事既具，咸各序其宜。夫子所論，欲以何明？”

太史公曰：“唯唯，否否。不然！余聞之先人曰：虙戲至純厚，作易八卦。堯、舜之盛，尚書載之，禮、樂作焉。湯、武之隆，詩人歌之。春秋采善貶惡，推三代之德，襃周室；非獨刺譏而已也。漢興以來，至明天子，獲符瑞，封禪，改正朔，易服色，受命於穆清，澤流罔極，海外殊俗，重譯款塞，請來獻見者，不可勝道。臣下百官，力誦聖德，猶不能盡宣其意。且士賢能矣而不用，有國者恥也。主上明聖，德不布聞，有司之過也。且余掌其官，廢明聖盛德不載，滅功臣賢大夫之業不述，墮先人所言，罪莫大焉。余所謂述故事，整齊其世傳，非所謂作也。而君比之春秋，謬矣。”

於是論次其文。十年而遭李陵之禍，幽於縲紲，乃喟然而歎曰：“是余之罪夫！身虧不用矣。”退而深惟曰：“夫詩、書隱約者，欲遂其志之思也。”卒述陶唐以來，至於麟止，自黃帝始：五帝本紀第一，夏本紀第二，殷本紀第三，周本紀第四，秦本紀第五，始皇本紀第六，項羽本紀第七，高祖本紀第八，吕后本紀第九，孝文本紀第十，孝景本紀第十一，今上本紀第十二；三代世表第一，十二諸侯年表第二，六國年表第三，秦楚之際月表第四，漢諸侯年表第五，高祖功臣年表第六，惠景間功臣年表第七，建元以來侯者年表第八，王子侯者年表第九，漢興以來將相名臣年表第十；禮書第一，樂書第二，律書第三，曆書第四，天官書第五，封禪書第六，河渠書第七，平準書第八；吳太伯世家第一，齊太公世家第二，魯周公世家第三，燕召公世家第四，管蔡世家第五，陳杞世家第六，衛康叔世家第七，宋微子世家第八，晉世家第九，楚世家第十，越世家第十一，鄭世家第十二，趙世家第十三，魏世家第十四，韓世家第十五，田完世家第十六，孔子世家第十七，陳涉世家第十八，外戚世家第十九，楚元王世家第二十，荆燕王世家第二十一，齊悼惠王世家第二十二，蕭相國世家第二十三，曹相國世家第二十四，留侯世家第二十五，陳丞相世家第二十六，絳侯世家第二十七，梁孝王世家第二十八，五宗世家第二十九，三王世家第三十；伯夷列傳第一，管晏列傳第二，老子韓非列傳第三，司馬穰苴列傳第四，孫子吳起列傳第五，伍子胥列傳第六，仲尼弟子列傳第七，商君列傳第八，蘇秦列傳第九，張儀列傳第十，樗里甘茂列傳第十一，穰侯列傳第十二，白起王翦列傳第十三，孟子荀卿列傳第十四，平原虞卿列傳第十五，孟嘗君列傳第十六，魏公子列傳第十七，春申君列傳第十八，范雎蔡澤列傳第十九，樂毅列傳第二十，廉頗藺相如列傳第二十一，田單列傳第二十二，魯仲連列傳第二十三，屈原賈生列傳第二十四，呂不韋列傳第二十五，刺客列傳第二十六，李斯列傳第二十七，蒙恬列傳第二十八，張耳陳餘列傳第二十九，魏豹彭越列傳第三十，黥布列傳第三十一，淮陰侯韓信列傳第三十二，韓王信盧綰列傳第三十三，田儋列傳第三十四，樊酈滕灌列傳第三十五，張丞相倉列傳第三十六，酈生陸賈列傳第三十七，傅靳蒯成侯列傳第三十八，劉敬叔孫通列傳第三十九，季布欒布列傳第四十，爰盎朝錯列傳第四十一，張釋之馮唐列傳第四十二，萬石張叔列傳第四十三，田叔列傳第四十四，扁鵲倉公列傳第四十五，吳王濞列傳第四十六，魏其武安列傳第四十七，韓長孺列傳第四十八，李將軍列傳第四十九，衛將軍驃騎列傳第五十，平津主父列傳第五十一，匈奴列傳第五十二，南越列傳第五十三，閩越列傳第五十四，朝鮮列傳第五十五，西南夷列傳第五十六，司馬相如列傳第五十七，淮南衡山列傳第五十八，循吏列傳第五十九，汲鄭列傳第六十，儒林列傳第六十一，酷吏列傳第六十二，大宛列傳第六十三，游俠列傳第六十四，佞幸列傳第六十五，滑稽列傳第六十六，日者列傳第六十七，龜策列傳第六十八，貨殖列傳第六十九。

　　惟漢繼五帝末流，接三代絶業。周道既廢，秦撥去古文，焚滅詩、書，故明堂石室，金匱玉版，圖籍散亂。漢興，蕭何次律令，韓信申軍法，張蒼爲章程，叔孫通定禮儀，則文學彬彬稍進，詩、書往往間出。自曹參薦蓋公言黃、老，而賈誼、朝錯明申、韓，公孫弘以儒顯，百年之間，天下遺文古事，靡不畢集。太史公仍父子相繼纂其職。曰：“於戲！余維先人嘗掌斯事，顯於唐、虞，至於周復典之，故司馬氏世主天官。至於余乎，欽念哉！罔羅天下放失舊聞，王迹所興，原始察終，見盛觀衰，論考之行事，略三代，錄秦、漢，上記軒轅，下至於茲，著十二本紀。既科條之矣，並時異世，年差不明，作十表。禮樂損益，律曆改易，兵權山川鬼神天人之際，承敝通變，作八書。二十八宿環北辰，三十輻共一轂，運行無窮，輔弼股肱之臣配焉，忠信行道，以奉主上，作三十世家。扶義俶儻，不令己失時，立功名於天下，作七十列傳。凡百三十篇，五十二萬六千五百字，爲太史公書，序略，以拾遺補藝，成一家言，協六經異傳，齊百家雜語，藏之名山，副在京師，以俟後聖君子，第七十。”——遷之自敍云爾。而十篇缺，有錄無書。

　遷既被刑之後，爲中書令，尊寵任職。故人益州刺史任安予遷書，責以古賢臣之義。遷報之曰：

　　少卿足下：曩者辱賜書，教以慎於接物，推賢進士爲務，意氣勤勤懇懇。若望僕不相師用，而流俗人之言。僕非敢如是也！雖罷駑，亦嘗側聞長者遺風矣！顧自以爲身殘處穢，動而見尤，欲益反損，是以抑鬱而無誰語。諺曰：“誰爲爲之，孰令聽之！”蓋鍾子期死，伯牙終身不復鼓琴。何則？士爲知己用，女爲説己容。若僕大質已虧缺，雖材懷隨、和，行若由、夷，然終不可以爲榮；適足以發笑而自點耳。書辭宜答；會東從上來，又迫賤事，相見日淺；卒卒無須臾之間，得竭指意。今少卿抱不測之罪，涉旬月，迫季冬；僕又薄從上上雍，恐卒然不可諱；是僕終已不得舒憤懣以曉左右，則長逝者魂魄私恨無窮——請略陳固陋。闕然不報，幸勿過。

　　僕聞之：修身者，智之府也；愛施者，仁之端也；取予者，義之符也；

恥辱者,勇之決也;立名者,行之極也。士有此五者,然後可以託於世,列於君子之林矣。故禍莫憯於欲利,悲莫痛於傷心,行莫醜於辱先,而詬莫大於宮刑。刑餘之人,無所比數,非一世也,所從來遠矣。昔衛靈公與雍渠載,孔子適陳;商鞅因景監見,趙良寒心;同子參乘,爰絲變色;自古而恥之。夫中材之人,事關於宦豎,莫不傷氣;況忼慨之士乎!如今朝雖乏人,奈何令刀鋸之餘,薦天下豪儁哉!僕賴先人緒業,得待罪輦轂下,二十餘年矣。所以自惟:上之不能納忠效信,有奇策材力之譽,自結明主;次之又不能拾遺補闕,招賢進能,顯巖穴之士;外之不能備行伍,攻城野戰,有斬將搴旗之功;下之不能累日積勞,取尊官厚祿,以爲宗族交遊光寵。四者無一遂,苟合取容,無所短長之效,可見於此矣!鄉者僕亦嘗廁下大夫之列,陪外廷末議;不以此時引維綱、盡思慮,今已虧形,爲埽除之隸,在闒茸之中,乃欲卬首伸眉,論列是非,不亦輕朝廷、羞當世之士邪!嗟乎,嗟乎!如僕尚何言哉,尚何言哉!

　　且事本末未易明也。僕少負不羈之材,長無鄉曲之譽。主上幸以先人之故,使得奉薄技,出入周衛之中。僕以爲戴盆何以望天,故絕賓客之知,忘室家之業,日夜思竭其不肖之材力,務壹心營職,以求親媚於主上。而事乃有大謬不然者!夫僕與李陵俱居門下,素非相善也,趣舍異路,未嘗銜盃酒接殷勤之歡;然僕觀其爲人,自奇士:事親孝,與士信,臨財廉,取予義,分別有讓,恭儉下人,常思奮不顧身,以狥國家之急。其素所蓄積也,僕以爲有國士之風。夫人臣出萬死不顧一生之計,赴公家之難,斯已奇矣!今舉事壹不當,而全軀保妻子之臣,隨而媒孽其短,僕誠私心痛之。且李陵提步卒不滿五千,深踐戎馬之地,足歷王庭,垂餌虎口,橫挑彊胡,卬億萬之師;與單于連戰十餘日,所殺過當,虜救死扶傷不給,旃裘之君長咸震怖,乃悉徵左右賢王,舉引弓之民,一國共攻而圍之;轉鬭千里,矢盡道窮,救兵不至,士卒死傷如積。然李陵一呼勞軍,士無不起,躬流涕,沬血飲泣,張空拳,冒白刃,北首爭死敵。陵未沒時,使有來報,漢公卿王侯,皆奉觴上壽。後數日,陵敗書聞,主上爲之食不甘味,聽朝不怡;

大臣憂懼，不知所出。僕竊不自料其卑賤，見主上慘悽怛悼，誠欲效其款款之愚。以爲李陵素與士大夫絶甘分少，能得人之死力，雖古名將不過也。身雖陷敗，彼觀其意，且欲得其當而報漢。事已無可奈何，其所摧敗，功亦足以暴於天下。僕懷欲陳之，而未有路；適會召問，即以此指，推言陵功，欲以廣主上之意，塞睚眦之辭。未能盡明，明主不深曉，以爲僕沮貳師，而爲李陵游説，遂下於理。拳拳之忠，終不能自列，因爲誣上，卒從吏議。家貧，財賂不足以自贖；交遊莫救，左右親近不爲壹言。身非木石，獨與法吏爲伍，深幽囹圄之中，誰可告愬者！此正少卿所親見，僕行事豈不然邪！李陵既生降，隤其家聲，而僕又茸以蠶室，重爲天下觀笑，悲夫！悲夫！事未易一二爲俗人言也！

　　僕之先人，非有剖符丹書之功；文史星曆，近乎卜祝之閒，固主上所戲弄，倡優蓄之，流俗之所輕也。假令僕伏法受誅，若九牛亡一毛，與螻蟻何異！而世又不與能死節者比，特以爲智窮罪極，不能自免，卒就死耳。何也？素所自樹立使然！人固有一死，死有重於泰山，或輕於鴻毛，用之所趨異也。太上不辱先，其次不辱身，其次不辱理色，其次不辱辭令，其次詘體受辱，其次易服受辱，其次關木索、被箠楚受辱，其次鬄毛髮、嬰金鐵受辱，其次毀肌膚、斷支體受辱，最下腐刑極矣。傳曰：“刑不上大夫。”此言士節不可不厲也。猛虎處深山，百獸震恐；及其在穽檻之中，摇尾而求食，積威約之漸也。故士有畫地爲牢，勢不入；削木爲吏，議不對：定計於鮮也。今交手足，受木索，暴肌膚，受榜箠，幽於圜牆之中；當此之時，見獄吏則頭槍地，視徒隸則心惕息。何者？積威約之勢也。及已至此，言不辱者，所謂彊顏耳，曷足貴乎！且西伯，伯也，拘羑里；李斯，相也，具五刑；淮陰，王也，受械於陳；彭越、張敖，南鄉稱孤，繫獄具罪；絳侯誅諸呂，權傾五伯，囚於請室；魏其，大將也，衣赭，關三木；季布爲朱家鉗奴；灌夫受辱居室：此人皆身至王侯將相，聲聞鄰國；及罪至罔加，不能引決自裁，在塵埃之中，古今一體，安在其不辱也！由此言之，勇怯，勢也；彊弱，形也。審矣，曷足怪乎！且人不能蚤自裁繩墨之外，已稍陵夷，至於鞭箠之間；乃欲引節，斯不亦遠乎？古人所以重施刑於大夫者，殆爲此也。

夫人情莫不貪生惡死，念親戚，顧妻子。至激於義理者不然，乃有不得已也。今僕不幸，蚤失二親，無兄弟之親，獨身孤立。少卿視僕，於妻子何如哉！且勇者不必死節，怯夫慕義，何處不勉焉！僕雖怯耍欲苟活，亦頗識去就之分矣；何至自湛溺縲紲之辱哉！且夫臧獲婢妾，猶能引決，況若僕之不得已乎！所以隱忍苟活，函糞土之中而不辭者，恨私心有所不盡，鄙没世而文采不表於後也。古者富貴而名摩滅，不可勝記。唯倜儻非常之人稱焉。蓋西伯拘而演周易；仲尼阨而作春秋；屈原放逐，乃賦離騷；左丘失明，厥有國語；孫子臏脚，兵法修列；不韋遷蜀，世傳呂覽；韓非囚秦，説難、孤憤；詩三百篇，大抵賢聖發憤之所爲作也：此人皆意有所鬱結，不得通其道，故述往事，思來者。及如左丘明無目，孫子斷足，終不可用，退論書策，以舒其憤，思垂空文以自見。僕竊不遜，近自託於無能之辭，網羅天下放失舊聞，考之行事，稽其成敗興壞之理，凡百三十篇。亦欲以究天人之際，通古今之變，成一家之言。草創未就，適會此禍，惜其不成，是以就極刑而無慍色。僕誠已著此書，藏之名山，傳之其人通邑大都，則僕償前辱之責，雖萬被戮，豈有悔哉！然此可爲智者道，難爲俗人言也。

且負下未易居，下流多謗議。僕以口語遇遭此禍，重爲鄉黨戮笑，汙辱先人，亦何面目復上父母之丘墓乎！雖累百世，垢彌甚耳。是以腸一日而九回，居則忽忽若有所亡，出則不知所如往。每念斯恥，汗未嘗不發背霑衣也。身直爲閨閣之臣，寧得自引，深藏於巖穴邪？故且從俗浮湛，與時俯仰，以通其狂惑。今少卿乃教以推賢進士，無乃與僕之私指謬乎？今雖欲自彫瑑，曼辭以自解，無益於俗，不信，祇取辱耳！要之死日，然後是非乃定。書不能盡意，故略陳固陋。

遷既死，後其書稍出。宣帝時，遷外孫平通侯楊惲，祖述其書，遂宣布焉。至王莽時，求封遷後爲史通子。（漢書司馬遷傳——

節錄）

　　公姓司馬氏，名遷，字子長。（原注：案子長之字，史記自序與漢書本傳皆不載。揚子法言寡見篇：“或問司馬子長有言，五經不如老子之約也。”又君子篇：“多愛不忍，子長也。仲尼多愛，愛義也；子長多愛，愛奇也。”子長二字之見於先漢人著述者始此。嗣是王充論衡超奇、變動、須頌、案書諸篇，張衡應閒皆稱司馬子長，或單稱子長。是子長之字，兩漢人已多道之，正不必以不見史、漢爲疑矣。）左馮翊夏陽人也。（原注：案自序，司馬氏入少梁，在晉隨會奔秦之歲，卽魯文公七年，周襄王之三十二年。越二百九十一年至秦惠文王八年，而魏入少梁河西地於秦。十一年，改少梁曰夏陽。自司馬氏入少梁迄史公之生，凡四百七十五年。）自序云：昔在顓頊，至於夏、商、重、黎氏世序天地。其在周，程伯休父，其後也。當周宣王時，失其守而爲司馬氏。司馬氏世典周史。惠、襄之間，司馬氏去周適晉。晉中軍隨會奔秦，而司馬氏入少梁。自司馬氏去周適晉，分散，或在衞，或在趙，或在秦。在秦者名錯，與張儀爭論，於是惠王使錯將伐蜀，遂拔，因而守之。錯孫靳，事武安君白起，與武安君共阬趙長平軍；還而與之俱死杜郵，葬於華池。靳孫昌，昌爲秦主鐵官。昌生無澤（原注：漢書作毋澤），無澤爲漢市長。無澤生喜，喜爲五大夫。卒，皆葬高門。喜生談，談爲太史公。太史公學天官於唐都，（原注：天官書：“自漢之爲天文者，星則唐都，氣則王朔。”漢書律曆志：“元封七年造漢曆，方士唐都、巴郡落下閎與焉。”又公孫弘傳論：“治曆則唐都、落下閎。”是唐都實與於太初改曆之役。考司馬談卒於元封元年，而其所師之唐都，至七年尚存，則都亦壽考人矣。）受易於楊何，（原注：儒林列傳：易，漢興，田何傳東武人王同子仲，子仲傳菑川人楊何。何以易，元光元年徵，官至中大夫。漢書儒林傳：“何字叔元。”）習道論於黃子。（原注：集解：徐廣曰：儒林傳曰：“黃生好黃、老之術。”案傳云：“轅固生，孝景時爲博士，與黃生爭論。”是黃生與司馬談時代略相當，徐説殆是也。談既習道論，故論六家要旨，頗右道家，與史公無與。乃揚雄云：“司馬子長有言，五經不如老

子之約。"班彪譏公"先黄、老而後六經",是認司馬談之説爲史公之説
矣。)仕於建元、元封之間。有子曰遷。即公是也。

漢景帝中五年,丙申,公生,一歲。

　　案自序索隱引博物志:"太史令、茂陵顯武里大夫司馬(原注:此下奪
'遷'字),年二十八,三年六月乙卯除六百石也。"(原注:今本博物志無此
文,當在逸篇中。又茂先此條當本先漢記錄,非魏、晉人語,説見後。)案
三年者,武帝之元封三年。苟元封三年史公年二十八,則當生于建元六
年。然張守節正義,于自序爲太史令五年而當太初元年下云:"案遷年四
十二歲。"與索隱所引博物志差十歲。正義所云亦當本博物志,疑今本索
隱所引博物志"年二十八",張守節所見本作"年三十八"。三訛爲二,乃
事之常;三訛爲四,則於理爲遠。以此觀之,則史公生年當爲孝景中五
年,而非孝武建元六年矣。

　　又案自序:"遷生龍門。"龍門在夏陽北。正義引括地志云:"龍門山
在同州韓城縣北五十里。"而華池則在韓城縣西南十七里,相去七十里,
似當司馬談時,公家已徙而向東北。然公自言生龍門者,以龍門之名見
於夏書,較少梁、夏陽爲古,故樂用之。未必專指龍門山。下又云:"耕牧
河山之陽"。則所謂龍門,固指山南河曲數十里間矣。

武帝建元元年,辛丑,六歲。

五年,乙巳,十歲。

　　案自序:"年十歲則誦古文。"索隱引劉伯莊説,謂即左傳 國語、世本
等書是也。考司馬談仕于建元、元封間,是時,當已入官。公或隨父在京
師,故得誦古文矣。自是以前,必已就閭里書師受小學書,故十歲而能誦
古文。

元光元年,丁未,十二歲。

二年,戊申,十三歲。

　　案漢舊儀(原注:　太平御覽卷二百三十五引):"司馬遷父談世爲太

史，遷年十三，使乘傳行天下，求古諸侯之史記。"（原注：西京雜記卷六文略同。）考自序云："二十而南遊江、淮。"則衛宏説非也。或本作二十，誤倒爲十二，又訛二爲三歟？

元朔元年，癸丑，十八歲。

三年，乙卯，二十歲。

案自序："二十而南遊江、淮，上會稽，探禹穴，闚九疑，浮於沅、湘，北涉汶、泗；講業齊、魯之都，觀孔子之遺風；鄉射鄒嶧，阨困鄱、薛、彭城，過梁、楚以歸。"考自序所紀，亦不盡以遊之先後爲次。其次當先浮沅、湘，闚九疑；然後上會稽；自是北涉汶、泗，過楚及梁而歸。否則既東復西，又折而之東北，殆無是理。史公此行，據衡宏説，以爲奉使乘傳行天下，求古諸侯之史記也。然公此時尚未服官，下文云："於是遷始仕爲郎中。"明此時尚未仕。則此行殆爲宦學而非奉使矣。

又案史公遊踪見於史記者，五帝本紀曰："余嘗西至空同，北過涿鹿，東漸於海，南浮江、淮矣。"封禪書曰："余從祭天地、諸神、名山川而封禪焉。"河渠書曰："余南登廬山，觀禹疏九江，遂至於會稽大湟，上姑蘇，望五湖；東闚洛汭、大邳，迎河行淮、泗、濟、漯、洛渠；西瞻蜀之岷山及離碓；北自龍門，至於朔方。"齊太公世家："吾適齊，自泰山屬之琅邪，北被於海，膏壤二千里。"魏世家曰："吾適故大梁之墟。"孔子世家曰："余適魯，觀仲尼廟堂、車服、禮器；諸生以時習禮其家。余低徊留之，不能去云。"伯夷列傳曰："余登箕山，其上蓋有許由冢云。"孟嘗君列傳："吾嘗過薛，其俗閭里率多暴桀子弟，與鄒、魯殊。"信陵君列傳："吾過大梁之墟，求問其所謂夷門。夷門者，城之東門也。"春申君列傳曰："吾適楚，觀春申君故城，宮室盛矣哉。"屈原賈生列傳曰："余適長沙，觀屈原所自沈淵。"蒙恬列傳曰："吾適北邊，自直道歸，行觀蒙恬所爲秦築長城亭障，塹山堙谷，通直道，固已輕百姓力矣。"淮陰侯列傳曰："吾如淮陰，淮陰人爲言韓信，雖爲布衣時，其志與衆異；其母死，貧無以葬，然乃行營高敞地，令其旁可置萬家。余視其母冢，良然。"樊酈滕灌列傳曰："吾適豐、沛，問其遺老，觀故蕭、曹、樊噲、滕公之冢。"自序曰："奉使西征巴蜀以南，南略邛、筰、昆明。"是史公足跡，殆遍宇内；所未至者，朝鮮、河西、嶺南諸初郡耳。此上所引，其有年可考者，仍各繫之於其年下；餘大抵是歲事也，是歲所歷各地，以先後次之如左：

適長沙觀屈原所自沈淵(屈原賈生列傳)。浮於沅、湘(自序)。闚九疑(同上)。南登廬山，觀禹疏九江，遂至於會稽大湟(河渠書)。上會稽、探禹穴(自序)。上姑蘇，望五湖(河渠書)。適楚，觀春申君故城宮室(春申君列傳。據越絕書，則春申君故城宮室在吳)。適淮陰(淮陰侯列傳)。行淮、泗、濟、漯(河渠書)。北涉汶、泗，講業齊、魯之都，觀孔子之遺風，鄉射鄒嶧(自序)。適魯，觀仲尼廟堂、車服、禮器，諸生以時習禮其家(孔子世家)。阸困鄱、薛、彭城(自序)。過薛(孟嘗君列傳)。適豐、沛(樊酈滕灌列傳)。過梁、楚以歸(自序)。適大梁之墟(魏世家及信陵君列傳)。

又案漢書儒林傳："司馬遷亦從孔安國問故。遷書載堯典、禹貢、洪範、微子，金縢諸篇，多古文說。"公從安國問古文尚書，其年無考。孔子世家但云："安國爲今皇帝博士，至臨淮太守，蚤卒。安國生邛，邛生驩。"既云早卒，而又及紀其孫，則安國之卒，當在武帝初葉。以漢書兒寬傳考之，則兒寬爲博士弟子時，安國正爲博士；而寬自博士弟子補廷尉文學卒史，則當張湯爲廷尉時。湯以元朔三年爲廷尉，至元狩三年遷御史大夫，在職凡六年。寬爲廷尉史，至北地視畜，數年，始爲湯所知；則其自博士弟子爲廷尉卒史，當在湯初任廷尉時也。以此推之，則安國爲博士，當在元光、元朔間。考褚大亦以此時爲博士，至元狩六年猶在職。然安國既云蚤卒，則其出爲臨淮太守，亦當在此數年中。時史公年二十左右，其從安國問古文尚書當在此時也。又史公於自序中述董生語，董生雖至元狩、元朔間尚存，然已家居不在京師。則史公見董生亦當在十七、八以前。以此二事證之，知博物志之"年二十八爲太史令"，"二"確爲"三"之訛字也。

元狩元年，己未，二十四歲。

元鼎元年,乙丑,三十歲。

　　案自序云:"於是遷仕爲郎中。"其年無考,大抵在元朔、元鼎間。其何自爲郎,亦不可考。

四年,戊辰,三十三歲。

　　案封禪書:明年冬,天子郊雍,詔曰:今上帝朕親郊,而后土無祀,則禮不答也。有司與太史公,祠官寬舒議:天地牲角繭栗,今陛下親祠后土,宜於澤中爲五壇,壇一黃犢太牢具;已祠,盡瘞;而從祠衣上黃。於是天子遂東,始立后土祠汾陰脽邱,如寬舒等議。考漢書武帝紀,是歲冬十月,行幸雍,祠五時。行自夏陽,東幸汾陰。十一月甲子,立后土祠於汾陰脽上,則司馬談等議立后土乃十月事也。談爲太史令始見此。

五年,己巳,三十四歲。

　　案五帝本紀:"余嘗西至空同。"考漢書武帝紀,是歲冬十月,行幸雍,祠五時。遂踰隴,登空同,西臨祖厲河而還。公西至空同,當是是歲十月扈從時事。

　　又案封禪書:公卿言皇帝始郊,見太一雲陽,有司奉瑄玉、嘉牲。是夜有美光,及晝,黃氣上屬天。太史公,祠官寬舒等曰:神靈之休,祐福兆祥,宜因此地光域,立太時壇以明應。令太祝領秋及臘間祠,三歲,一郊見。案漢書武帝紀:是歲十一月立太時於甘泉,天子親郊見。則太史談等議泰時典禮,當在是月。

元封元年,辛未,三十六歲。

　　案自序:奉使西征巴蜀以南,南略邛、笮、昆明,還報命,是歲天子始建漢家之封,而太史公留滯周南,不得與從事,故發憤,且卒,而子遷適使反,見父于河、洛之間云云。考漢書帝紀,元鼎六年定西南夷,以爲武都、牂柯、越雟、沈黎、文山郡。史公奉使西南,當在置郡之後。其明年(原注:元封元年)春正月,行幸緱氏,登崇高,遂東巡海上。夏四月,癸卯,還登封泰山;復東巡海上,自碣石至遼西,歷北邊九原,歸於甘泉。蓋史公自西南還報命，當在春間；時帝已東行，故自長安赴行在；其父談當亦扈駕至緱氏、崇高間，或因病不得從，故留滯周南，適史公使反，遂遇父於河、洛之間也。史公見父後，復從封泰山，故封禪書曰："余從巡祭天地、諸神、名山川而封禪焉。"後復從帝海上，自碣石至遼西。故齊太公世家曰："吾適齊，自泰山屬之琅邪，北被於海。"又歷北邊九原，歸於甘泉，故蒙恬傳曰："吾適北邊，自直道歸。"直道者，自九原抵雲陽（原注：卽甘泉）之道，秦始皇本紀所謂"除道，道九原抵雲陽，塹山堙谷，直通之"者也。父談之卒，當在是秋，或在史公扈駕之日矣。

二年，壬申，三十七歲。

　　案河渠書："余從負薪塞宣房。"考漢書武帝紀，是歲春幸緱氏，遂至東萊；夏四月，還祠泰山。至瓠子臨決河，命從臣將軍以下皆負薪塞河堤，作瓠子之歌。史公既從塞宣房，則亦從至緱氏、東萊、泰山矣。

三年，癸酉，三十八歲。

　　案自序，太史公卒三歲而遷爲太史令，紬史記石室金匱之書。索隱引博物志："太史令茂陵顯武里大夫司馬遷年二十八（原注：當作三十八，說見上），三年六月乙卯除六百石也。"考史公本夏陽人，而云茂陵顯武里者，父談以事武帝故，遷茂陵也。大夫者，漢爵第五級也。漢人履歷，輒具縣里及爵。扁鵲倉公列傳有"安陵阪里公乘項處"，敦煌所出新莽時木簡，有"敦德亭閒田東武里士伍王參"是也。或并記其年。敦煌漢簡有"新望興盛里公乘□殺之，年卅八"，又有"□□中陽里大夫呂年年廿八"。此云茂陵顯武里大夫司馬遷年三十八，與彼二簡正同。乙卯者，以顓頊曆及殷曆推之，均爲六月二日。由此數證，知博物志此條乃本於漢時簿書，爲最可信之史料矣。

　　又案公官爲太史令，自序具有明文。然全書中自稱及稱其父談皆曰"太史公"。其稱父爲公者，顏師古及司馬貞均謂遷自尊其父，稱之曰公。其自稱公者，桓譚新論謂太史公造書成，示東方朔，朔爲平定，因署其下，"太史公"者，皆東方朔所加之也（原注：見孝武本紀及自序索隱引）。韋昭則以爲外孫楊惲所稱（原注: 見孝武本紀集解）。張守節正義則以爲遷所自稱。案東方朔卒年雖無可考，要當在史記成書之前。且朔與公友也，藉令有平定之事，不得稱之爲"公"。又秦、漢間人著書，雖有以公名者——如漢書藝文志"易家"有蔡公二篇，"陰陽家"有南公三十一篇，"名家"有黃公四篇、毛公九篇——然此或後人所加，未必其所自稱。則桓譚、張守節二説，均有所不可通。惟公書傳自楊惲，公於惲爲外王父；父談，又其外曾祖父也。稱之爲"公"，於理爲宜。韋昭一説最爲近之矣。自易"令"爲"公"，遂滋異説。漢儀注謂: "太史公，武帝置，位在丞相上，天下計書，先上太史公，副上丞相，序事如古春秋。遷死後，宣帝以其官爲令，行太史公文書而已。"（原注: 太史公自序集解、漢書本傳注如淳説，皆引此文。西京雜記卷六語略同，亦吳均用漢儀注文也。）又云: "太史公秩二千石，卒史皆秩二百石。"（原注: 自序正義引漢書儀。案漢舊儀與漢儀注本一書，皆漢舊儀注之略稱，衛宏所撰也。）臣瓚駁之曰: "百官表無太史公。"茂陵中書: "司馬談以太史丞爲太史令。"（原注: 集解引。）晉灼駁之曰: "百官表無太史公在丞相上，且衛宏所説多不實，未可以爲正。"（原注: 漢書本傳注引。）虞喜志林又爲調停之説曰: "古者主天官者，皆上公。自周至漢，其職轉卑，然朝會坐位猶居公上。尊天之道，其官屬猶以舊名，尊而稱公也。"（原注: 自序索隱引。）國維案: 漢官皆承秦制，以丞相、太尉、御史大夫爲三公，以奉常、郎中令等爲九卿。中間名有更易，員有增省，而其制不變。終先漢之世，惟末置三師在丞相上，他無所聞。且太史令一官本屬奉常，與太樂、太祝、太宰、太卜、太醫五令丞聯事，無獨升置丞相上之理。且漢之三公，官名上均無公字，何獨於太史稱太史公？史公報任安書云: "僕之先人，非有剖符丹書之功。文史星曆，近乎卜祝之間。固主上所戲弄，倡優畜之，流俗之所輕也。"宋祁援此語以破衛宏，其論篤矣。且漢太史令之職，掌天時星曆（原注: 續漢志），不掌紀事。則衛宏序事如古春秋之説，亦屬不根。既不序事，自無受天下計書之理。晉灼謂衛宏所説多不實，其説是也。竊謂司馬談以太史丞爲太史令，見茂陵中書；公爲太史令，見於自序。較之衞宏所記，自可依據。……

四年，甲戌，三十九歲。

　　案五帝本紀：“余北過涿鹿。”考漢書武帝紀，是年冬十月，行幸雍，祠五時，通回中道，遂北出蕭關，歷獨鹿、鳴澤，自代而還。……史公北過涿鹿，蓋是年扈蹕時所經。

太初元年，丁丑，四十二歲。

　　案漢書律曆志：“武帝元封七年，漢興百二歲矣。大中大夫公孫卿、壺遂、太史令司馬遷等，言曆紀廢壞，宜改正朔。”於是迺詔御史曰：迺者有司言曆未定，廣延宣問，以考星度，未能讎也。蓋聞古者黃帝合而不死，名察發斂，定清濁，起五部，建氣物分數；然則上矣。書缺樂弛，朕甚難之。依遺以惟，未能修明，其以七年爲元年。遂詔卿遂、遷與侍郎尊、大典星射姓等議造漢曆。迺定東西，立晷儀，下漏刻，以追二十八宿，相距於四方。舉終以定朔晦、分至、躔離、弦望。迺以前曆上元泰初四千六百一十七歲，至於元封七年，復得閼逢攝提格之歲；中冬十一月甲子朔旦冬至。日月在建星，太歲在子。已得太初本星度新正，姓等奏不能爲算，願募治曆者，更造密度，各自增減，以造漢太初曆。迺選治曆鄧平及長樂司馬可、酒泉侯宜君、侍郎尊及與民間治曆者，凡二十餘人，方士唐都、巴郡落下閎與焉。都分天部，而閎運算轉曆。其法以律起曆，曰，律容一龠，積八十一寸，則一日之分也；與長相終，律長九寸，百七十一分而終復，三復而得甲子。夫律陰陽九六，爻象所從出也。故黃鍾紀元氣之謂律。律，法也，莫不取法焉。與鄧平所治同。於是皆觀新星度日月行，更以算推，如閎、平法。法：一月之日，二十九日。八十一分日之四十三，先藉半日，名曰“陽曆”，不藉，名曰“陰曆”。所謂“陽曆”者，先朔月生；“陰曆”者，朔而後月迺生。平曰：“陽曆”朔皆先旦月生，以朝諸侯王羣臣便。迺詔遷，用鄧平所造八十一分律曆；罷廢尤疏遠者十七家。復使校曆律昏明，宦者淳于陵渠復覆太初曆，晦、朔、弦、望皆最密，日月如合璧，五星如連珠。陵渠奏狀，遂用鄧平曆，以平爲太史丞云云。如是，則太初改曆之議發於公,而始終總其事者亦公也。故韓長孺列傳言:"余與壺遂定律曆。"漢志言:"乃詔遷用鄧平所造八十一分律曆。"蓋公爲太史令,星曆乃其專職;公孫卿、壺遂雖與此事,不過虛領而已。孔子言"行夏之時",五百年後卒行於公之手。後雖曆術屢變,除魏明帝、僞周武氏外,無敢復用亥、子、丑三正者。此亦公之一大事業也。又案自序,五年而當太初元年,十一月甲子朔旦冬至,天曆始改,建於明堂,諸神受紀。太史公曰:"先人有言,自周公卒五百歲而有孔子;孔子卒後,至於今五百歲。有能紹明世,正易傳,繼春秋,本詩、書、禮、樂之際,意在斯乎?意在斯乎?小子何敢讓焉!"云云。於是論次其文。是史公作史記,雖受父談遺命,然其經始則在是年。蓋造曆事畢,述作之功乃始也。

天漢元年,辛巳,四十六歲。

三年,癸未,四十八歲。

案自序,七年而太史公遭李陵之禍,幽於縲紲。徐廣曰:"天漢三年。"正義亦云:"案從太初元年至天漢三年乃七年也。"然據李將軍、匈奴列傳及漢書武帝紀、李陵傳,陵降匈奴在天漢二年。蓋史公以二年下吏,至三年尚在縲紲,其受腐刑亦當在三年,而不在二年也。

太始元年,乙酉,五十歲。

案漢書本傳,遷既被刑之後,爲中書令,尊寵任職事,當在此數年中。鹽鐵論周秦篇:"今無行之人,一旦下蠶室,創未愈,宿衛人主,出入宮殿,得由受奉禄,食太官享賜,身以尊榮,妻子獲其饒"云云,是當時下蠶室者,刑竟卽任以事。史公父子素以文學登用,奉使扈從,光寵有加。一旦以言獲罪,帝未嘗不惜其才。中書令一官設於武帝,或竟自公始任此官,未可知也。

又案漢書百官公卿表,少府屬有中書謁者、黃門、鉤盾、尚方、御史、永巷、內者、宦者八官令丞。中書令卽中書謁者令之略也。漢舊儀(原注:大唐六典卷九引):"中書令領贊尚書,出入奏事,秩千石。"漢書佞幸傳:"蕭望之建白:以爲尚書百官之本,國家樞機,宜以通明公正處之。武帝遊宴後庭，始用宦者，非古制也。宜罷中書宦官。元帝不聽。"成帝紀："建始四年春，罷中書宦官，置尚書員五人。"續漢書百官志："尚書令一人，承秦所置，武帝用宦者，更爲中書謁者令。成帝用士人，復故。"據此似武帝改尚書爲中書，復改士人用宦者；成帝復故。然漢書張安世傳："安世，武帝末爲尚書令。"霍光傳："尚書令讀奏。"諸葛豐傳有尚書令堯。京房傳："中書令石顯顓權，顯友人五鹿充宗爲尚書令。"事皆在武帝之後，成帝建始之前。是武帝雖置中書，不廢尚書；特於尚書外增一中書令，使之出受尚書事，入奏之於帝耳。故蓋寬饒傳與佞幸傳亦謂之中尚書。蓋謂中官之幹尚書事者，以別於尚書令以下士人也。漢舊儀(原注：北堂書鈔卷五十七引)："尚書令并掌詔奏，既置中書，掌詔誥答表，皆機密之事。"蓋武帝親攬大政，丞相自公孫弘以後，如李蔡、莊青翟、趙周、石慶、公孫賀等，皆以中材備員，而政事一歸尚書。霍光以後，凡秉政者無不領尚書事。尚書爲國政樞機，中書令又爲尚書之樞機。本傳所謂"尊寵任職"者，由是故也。

太始四年，戊子，五十三歲。

案公報益州刺史任安書在是歲十一月。漢書武帝紀：是歲春三月，行幸太山；夏四月，幸不其；五月，還，幸建章宮。書所云"會東從上來"者也。又冬十二月，行幸雍，祠五時。書所云"今少卿抱不測之罪，涉旬月，迫季冬，僕又薄從上上雍"者也。是報安書作於是冬十一月無疑。或以任安下獄坐受衞太子節，當在征和二年，然是年無東巡事。又行幸雍在次年正月，均與報書不合。田叔列傳後載褚先生所述武帝語曰：任安有當死之罪甚衆，吾嘗活之。是安于征和二年前曾坐他事，公報安書自在太始末審矣。

征和元年，己丑，五十四歲。

後元元年，癸巳，五十八歲。

昭帝始元元年，乙未，六十歲。

案史公卒年，絕不可考。惟漢書宣帝紀載：後元二年，武帝疾，往來長楊、五柞宫。望氣者言長安獄中有天子氣。上遣使者分條中都官獄，繫者輕重皆殺之。内謁者令郭穰夜至郡邸獄，丙吉拒閉使者不得入。此内謁者令，師古注云:"内者署屬少府，不云内謁者。"二劉漢書刊誤因以"謁"爲衍字。又按劉屈氂傳有内者令郭穰，在征和三年，似可爲劉説之證。然丙吉紀亦稱内謁者令郭穰，與宣紀同。然則果宣帝紀與丙吉傳衍"謁"字，抑劉屈氂傳奪"謁"字，或郭穰於征和三年爲内者令，至後元二年又轉爲内謁者令，均未可知也。如"謁"字非衍，則内謁者令當卽中謁者令，亦卽中書謁者令。漢書百官公卿表:"成帝建始四年，更名中書謁者令爲中謁者令。"然中謁者本漢初舊名。樊酈滕灌列傳:"漢十月拜灌嬰爲中謁者。"漢書魏相傳述高帝時有中謁者趙堯等，高后時始用宦官。漢書高后紀:"少帝八年，封中謁者張釋卿爲列侯。"史記吕后本紀作大中謁者張釋，又稱宦官令張澤，自是一人。大中謁者乃中謁者之長，猶言中謁者令也。成帝紀注引臣瓚曰:"漢初中人有中謁者令，孝武加中謁者爲中書謁者令，置僕射。"其言當有所本。賈捐之傳:"捐之言中謁者不宜受事。"此卽指宣帝後中書令出取封事(原注: 見霍光傳)言之。是則中書謁者，武帝後亦兼稱中謁者，不待成帝始改矣。由是言之，宣帝紀與丙吉傳之内謁者令，疑本作中謁者令，隋人諱忠，改中爲内，亦固其所。此説果中，則武帝後元二年郭穰已爲中謁者令，時史公必已去官或前卒矣。要之史公卒年雖未可遽知，然視爲與武帝相終始，當無大誤也。

史記紀事，公自謂"訖於太初"。班固則云"訖於天漢"。案史公作記，創始於太初中，故原稿紀事以元封、太初爲斷，此事於諸表中踪跡最明。如漢興以來諸侯年表、建元以來王子侯者年表，皆訖於太初四年，此史公原本也。高帝功臣年表則每帝一格，至末一格則云"建元元年至元封六年三十六"，又云"太初元年盡後元二年十八"。以武帝一代截而爲二，明前三十六年事，爲史公原本，而後十八年事，爲後人所增入也。惠景間侯者年表與建元以來侯者年表末，太初已後一格，亦後人所增，殊如建元以來侯者表，元封以前六元各占一格，而太初以後五元并爲一格，

尤爲後人續補之證。表既如此,書傳亦宜然。故欲據史記紀事以定史公
之卒年,尤不可恃。故據屈原賈生列傳,則訖孝昭矣;據楚元王世家,則
訖宣帝地節矣。據曆書及曹相國世家,則訖成帝建始矣。據司馬相如列
傳,則訖成、哀之際矣。凡此在今史記本文,而與褚先生所補無與者也。
今觀史記中最晚之記事,得信爲出自公手者,唯匈奴列傳之李廣利降匈
奴事(原注:征和三年);餘皆出後人續補也。……

　　史公子姓無考。漢書本傳:"至王莽時,求封遷後爲史通子。"是史公
有後也。女適楊敞。漢書楊敞傳:"敞子忠,忠弟惲,惲母司馬遷女也。"
又云:"大將軍光謀欲廢昌邑王更立。議既定,使大司農田延年報敞,敞
驚懼不知所言,汗出洽背,唯唯而已。延年起至更衣,敞夫人遽從東箱謂
敞曰:此國大事,今大將軍議已定,使九卿來報君侯,君侯不疾應,與大將
軍同心,猶豫無決,先事誅矣。延年從更衣還,敞夫人與延年參語許諾,
請奉大將軍教令。遂共廢昌邑王,立宣帝。"案惲爲敞幼子,則敞傳與延
年參語之夫人,必公女也。廢立之是非姑置不論,以一女子而明決如此,
洵不媿爲公女矣。

　　史公交遊,據史記所載: 屈原賈生列傳有賈嘉;刺客列傳有公孫季
功、董生;樊酈滕灌列傳有樊它廣;酈生陸賈列傳有平原君子(原注:朱建
子);張釋之馮唐列傳有馮遂(原注: 字王孫,趙世家亦云"余聞之馮王
孫");田叔列傳有田仁;韓長孺列傳有壺遂;衞將軍驃騎列傳有蘇建;自
序有董生。而公孫季功、董生(原注:非仲舒)曾與秦夏無且遊。考荆軻
刺秦王之歲,下距史公之生凡八十有三年,二人未必能及見史公道荆軻
事。又樊它廣及平原君子,輩行亦遠在史公前。然則此三傳所紀"史
公",或追紀父談語也。自馮遂以下,皆與公同時。漢書所紀有臨淮太守
孔安國,騎都尉李陵,益州刺史任安。皇甫謐高士傳所紀有處士摯峻。

　　史公所著百三十篇,後世謂之史記, 史記非公所自名也。史公屢稱
"史記",非自謂所著書。周本紀云:"太史伯陽讀史記。"十二諸侯年表
云:"孔子西觀周室,論史記舊聞。"又云:"魯君子左邱明,因孔子史記,具

論其語,成左氏春秋。”六國表云:“秦既得意,燒天下詩書,諸侯史記尤甚,爲其有所刺譏也。”又曰:“史記獨藏周室,以故滅。”天官書云:“余觀史記,攷行事。”孔子世家云:“乃因魯史記作春秋。”自序云:“紬史記石室金匱之書。”凡七稱“史記”,皆謂古史也。古書稱“史記”者亦然,逸周書有史記解,鹽鐵論散不足篇云“孔子讀史記,喟然而嘆。”公羊疏引春秋説(原注: 謂春秋緯)云:“邱攬史記。”又引閔因敍云:“孔子使子夏等十四人,求周史記,得百二十國寶書,感精符考異郵説題辭具有其文,至後漢猶然。”越絶書云:“夫子作經,攬史記。”東觀漢記(原注: 初學記卷二十一引)云:“時人有上言班固私改作史記(原注: 後漢書改史記爲國史)。”公羊莊七年傳何休注云:“不修春秋,謂史記也。”是漢人所謂“史記”,皆泛言古史,不指太史公書,明太史公書當時未有史記之名。故在前漢,則著錄於向、歆七略者謂之太史公百三十篇;楊惲傳謂之太史公記;宣元六王傳謂之太史公書。其在後漢.則班彪略論、王充論衡超奇、案書、對作等篇,宋忠注世本(原注: 左傳正義引),亦謂之太史公書;應劭風俗通謂之太史公記(原注: 見卷一及卷六),亦謂之太史記(原注: 見卷二)。是兩漢不稱史記之證。惟後漢書班彪傳稱司馬遷作史記,乃范曄語。西京雜記(原注: 卷二)稱司馬遷發憤作史記,則吳均語耳。稱太史公書爲史記,蓋始於魏志王肅傳,乃太史公記之略語。晉荀勗穆天子傳序亦稱太史公記。抱朴子内篇猶以太史公記與史記互稱。可知以史記名書,始於魏、晉間矣。竊意史公原書本有小題而無大題, 此種著述,秦、漢間人本謂之“記”。六國表云“太史公讀秦記。”漢書藝文志“春秋類”漢著記百九十卷。後漢班固、劉珍等在東觀所作者,亦謂之漢記;蔡邕等所纜者謂之後漢記。則稱史公所撰爲太史公記乃其所也。其略稱史記者,猶稱漢舊儀注爲漢舊儀、漢舊注,説文解字爲説文,世説新語爲世説矣。

　　史記一書,傳播最早。漢書本傳:“遷既死,後其書稍出;宣帝時,遷外孫平通侯楊惲祖述其書,遂宣播焉。”其所謂“宣播”者,蓋上之於朝,又傳寫以公於世也。七略“春秋類”有太史公百三十篇。宣元六王傳:“成帝時，東平王宇來朝，上書求太史公書。"是漢秘府有是書也。鹽鐵論毀學篇："大夫曰：司馬子有言：天下攘攘，皆爲利往(原注：見貨殖列傳)。"此桓寬述桑弘羊語。考桑弘羊論鹽鐵在昭帝始元六年，而論次之之桓寬，乃宣帝時人。此引貨殖傳語，即不出弘羊之口，亦必爲寬所潤色。是宣帝時民間亦有其書。嗣是馮商、褚先生、劉向、揚雄等均見之。蓋在先漢之末，傳世已不止一二本矣。

漢世百三十篇往往有寫以別行者，後漢書竇融傳：光武賜融以太史公五宗、外戚世家、魏其侯列傳，又循吏傳；明帝賜王景河渠書是也。

記言、記事雖古史職，然漢時太史令但掌天時星曆，不掌紀載。故史公所撰書仍私史也。況成書之時，又在官中書令以後，其爲私家著述甚明。故此書在公生前未必進御。乃漢舊儀注(原注：自序集解引)云：司馬遷作景帝本紀，極言其短，及武帝之過，帝怒而削去之。(原注：西京雜記卷六同。)魏志王肅傳亦云："漢武帝聞遷述史記，取孝景及己本紀覽之，於是大怒，削而投之。於今此兩紀有錄無書。後遭李陵事，遂下遷蠶室。"此二說最爲無稽。自序與報任安書皆作於被刑之後，而自序最目有孝景、今上兩本紀；報任安書亦云本紀十二，是無削去之說也。

隋書經籍志"別集類"有漢中書令司馬遷集一卷，蓋後人所輯，書已久佚。今其遺文存者：悲士不遇賦，見藝文類聚卷三十；報任安書，見漢書本傳及文選；與摯伯陵書，見皇甫謐高士傳。悲士不遇賦，陶靖節感士不遇賦序及劉孝標辨命論俱稱之，是六朝人已視爲公作；然其辭義殊未足與公他文相稱。若與摯伯陵書，則直恐是贋作耳。

隋志"子部""五行家"載：梁有太史公素王妙義二卷，亡。他書所引則作素王妙論。史記越王句踐世家集解、北堂書鈔卷四十五、太平御覽卷四百四及四百七十二各引一條。其書似貨殖列傳，蓋取貨殖傳"素封"之語，故曰"素王"；非殷本紀"素王九主"之事，亦非仲尼素王之"素王"，殆魏、晉人所依託也。(王國維：太史公行年考——節錄。見觀堂集林卷十一。)

（二）　關於史記的名稱和其他問題

劉知幾曰:"'史記家'者,其先出於司馬遷。自五經間行,百家競列,事跡錯糅,前後乖舛。至遷乃鳩集國史,採訪家人,上起黃帝,下窮漢武;紀傳以統君臣,書表以譜年爵;合百三十卷,因魯史舊名,目之曰史記。自是漢世史官所續,皆以'史記'爲名。"（史通六家篇）

趙翼曰:"班彪謂:司馬遷序帝王則曰'本紀',公侯傳國則曰'世家',卿士特起則曰'列傳',是蓋以'本紀'、'世家'、'列傳'爲史遷創例。然文心雕龍云:'遷取式吕覽,著本紀以述皇王。'則遷之作紀,固有所本矣。今按吕覽十二月紀,非專述帝王之事,而史記大宛傳贊,則云'禹本紀言,河出崑崙,高五百里';又云'禹本紀及山海經所有怪物,予不敢言之也'。是遷之作紀,非本於吕覽,而漢以前別有禹本紀一書,正遷所本耳。又衛世家贊云,'予讀世家言'云云,則遷之作'世家',亦有所本,非特創也。惟'列傳'敍事,則古人所無。古人著書,凡發明義理、記載故事,皆謂之'傳'。孟子曰'於傳有之',謂古書也。左、公、穀作春秋傳,所以傳春秋之旨也。伏生弟子作尚書大傳,孔安國作尚書傳,所以傳尚書之義也。大學分經、傳,韓非子亦分經、傳,皆所以傳經之意也。故孔穎達云:'大率秦、漢之際,解書者多名爲傳。'又漢世稱論語、孝經并謂之'傳'。漢武謂東方朔云:'傳曰:時然後言,人不厭其言。'東平王與其太師策書云:'傳曰:陳力就列,不能者止。'成帝賜翟方進書云:'傳曰:高而不危,所以長守貴也。'是漢時所謂'傳',凡古書及說經皆名之,非專以敍一人之事也。其專以之敍事而人各一傳,則自史遷始。而班史以後皆因之。然則‘本紀’‘世家’，非遷所創；而‘列傳’則創自遷耳。叔皮乃以爲皆遷創例，何耶？又遷書名史記，亦有所本：古者左史記言，右史記事，孔子世家所謂因‘史記作春秋’是也。”（陔餘叢考卷五）

朱筠曰：“……古之王者，必有史官。其所書爲‘史記’，尚矣。記曰：‘動則左史書之，言則右史書之。’藝文志曰：‘左史記言，右史記事；事爲春秋，言爲尚書。’‘史記’之名，不始於遷，猶‘春秋’不始於孔子也。杜預云：‘春秋’者，魯史記之名；楚謂之‘檮杌’，晉謂之‘乘’，而魯謂之‘春秋’：其實一也。孔穎達云：據周世法，則國有史記，當同名‘春秋’。獨言魯史記者，仲尼修魯史所記，以爲春秋也。賈逵云：周禮盡在魯矣，史法最備。故‘史記’與‘周禮’同名。如三説者信，可謂‘史記’始于遷乎？……不獨‘史記’之名，不自遷始，而遷書之名史記，或反出於後世。遷之自序其父談之言曰：‘自獲麟以來四百餘歲，諸侯相兼，史記放絶。’又曰：‘遷爲太史令，紬史記石室金匱之書。’李奇注亦云：‘遷爲太史令，適當武帝太初元年，此時述史記。’曰放絶、曰紬、曰述，則知當時實有其書，而非遷始作之，明甚。至其歷舉所著‘本紀’、‘表’、‘書’、‘世家’、‘列傳’之名，既皆列于篇，而又曰，‘凡百三十篇，五十二萬六千五百字，爲太史公書’，……未嘗自列之爲史記也。班固作傳，亦仍之云：‘遷死，後其書稍出。宣帝時，遷外孫平通侯楊惲祖述其書，遂宣布焉。’贊稱‘遷有良史之材，其善序事理……謂之實録’。而藝文志‘春秋家’有太史公百三十篇，十篇有録無書。未嘗言史記百三十篇也。至隋經籍志云：‘史記、漢書，師法相傳，並有解釋；於是並列裴駰、徐野民、鄒誕生三家所注撰。始以遷書謂之史記。然遷書自名太史公書，不名史記。而後人特重其書，以爲自黄帝以來，訖于楚、漢，古史記之書，皆賴是以存，遂以史記之名當之，相傳於世。……'"（笥河文集卷八：與賈雲臣書）

梁玉繩曰："漢藝文志亦云：'太史公百三十篇。'又云：'馮商所續太史公七篇。'蓋史公作書，不名史記。史記之名，當起叔皮父子。觀漢五行志及後書班彪傳可見。蓋取古'史記'之名以名遷之書，尊之也。"（史記志疑）

梁啓超曰："史記之名，非遷書原名也。其見於漢書者，藝文志述劉歆七略稱'太史公百三十篇'。楊惲傳謂之'太史公記'，應劭風俗通（卷一、卷六）同。宣元六王傳謂之'太史公書'，班彪略論、王充論衡同。而風俗通（卷二）時或稱'太史記'。是知兩漢時并未有名遷書爲'史記'者。本書中'史記'之名凡八見：（一）周本紀云：'太史伯陽讀史記。'（二）十二諸侯年表云：'孔子論史記舊聞。'（三）十二諸侯年表云：'左丘明因孔子史記，具論其語。'（四）六國表云：'秦燒天下書，諸侯史記尤甚。'（五）六國表云：'史記獨藏周室。'（六）天官書云：'余觀史記考事。'（七）孔子世家云：'乃因魯史記作春秋。'（八）太史公自序云：'紬史記石室金匱之書。'皆指古史也。'史記'之名，蓋起于魏、晉間。實'太史公記'之省稱耳。"（要籍解題及其讀法）

高步瀛曰："'史記'者，古史之通名也。司馬遷所作，但稱太史公書,亦稱太史公記,亦稱太史公;又稱太史記;不稱史記。荀悅漢紀曰:‘司馬子長既遭李陵之禍,喟然而發憤,遂著史記。自黃帝及秦、漢,爲太史公記。’又曰:‘班彪子固,明帝時爲郎。據太史公司馬遷史記,自高祖至孝武太初,以紹其後事。’(原注:案‘太初以’原作‘大功臣’,誤,今改)。稱司馬遷書爲史記,蓋始于此。三國志魏書王肅傳稱:魏明帝又問,司馬遷以受刑之故,內懷隱切,著史記,非貶孝武。是知以‘史記’稱太史公書,殆起後漢之末年,魏以後因之。”(史記舉要)

(三)　關於史記其他作品的節錄

……晉景公時,而趙盾卒,諡爲宣孟;子朔嗣。

趙朔,晉景公之三年,朔爲晉將下軍,救鄭,與楚莊王戰河上。朔娶晉成公姊爲夫人。

晉景公之三年,大夫屠岸賈欲誅趙氏。初,趙盾在時,夢見叔帶持要而哭甚悲;已而笑,拊手且歌。盾卜之,兆絕而後好。趙史援占之曰:“此夢甚惡。非君之身,乃君之子;然亦君之咎。至孫,趙將世益衰。”屠岸賈者,始有寵於靈公。及至於景公,而賈爲司寇,將作難,乃治靈公之賊以致趙盾。徧告諸將曰:“盾雖不知,猶爲賊首。以臣弒君,子孫在朝,何以懲罪?請誅之1”韓厥曰:“靈公遇賊,趙盾在外。吾先君以爲無罪,故不誅。今諸君將誅其後,是非先君之意;而今妄誅。妄誅,謂之亂。臣有大事而君不聞,是無君也。”屠岸賈不聽。韓厥告趙朔趣亡。朔不肯,曰:“子必不絕趙祀,朔死不恨1”韓厥許諾,稱疾不出。賈不請而擅與諸將攻趙氏於下宮,殺趙朔、趙同、趙括、趙嬰齊,皆滅其族。

趙朔妻成公姊，有遺腹，走公宮匿。趙朔客曰公孫杵臼。杵臼謂朔友人程嬰曰："胡不死？"程嬰曰："朔之婦有遺腹，若幸而男，吾奉之；卽女也，吾徐死耳！"居無何，而朔婦免身，生男。屠岸賈聞之，索於宮中。夫人置兒絝中，祝曰："趙宗滅乎，若號；卽不滅，若無聲。"及索，兒竟無聲。已晚，程嬰謂公孫杵臼曰："今一索不得，後必且復索之。奈何？"公孫杵臼曰："立孤與死，孰難？"程嬰曰："死易，立孤難耳。"公孫杵臼曰："趙氏先君遇子厚，子彊爲其難者。吾爲其易者，請先死！"乃二人謀取他人嬰兒負之，衣以文褓，匿山中。程嬰出，謬謂諸將軍曰："嬰不肖，不能立趙孤。誰能與我千金，吾告趙氏孤處。"諸將皆喜，許之；發師隨程嬰攻公孫杵臼。杵臼謬曰："小人哉程嬰！昔下宮之難不能死，與我謀匿趙氏孤兒，今又賣我。縱不能立，而忍賣之乎！"抱兒呼曰："天乎，天乎！趙氏孤兒何罪！請活之，獨殺杵臼可也！"諸將不許，遂殺杵臼與孤兒。諸將以爲趙氏孤兒良已死，皆喜。然趙氏真孤乃反在。程嬰卒與俱匿山中。

居十五年，晉景公疾，卜之，大業之後不遂者爲祟。景公問韓厥，厥知趙孤在，乃曰："大業之後，在晉絕祀者，其趙氏乎！夫自中衍者，皆嬴姓也。中衍人面鳥噣，降佐殷帝大戊，及周天子，皆有明德。下及幽、厲無道，而叔帶去周適晉，事先君文侯。至于成公，世有立功，未嘗絕祀。今吾君獨滅趙宗，國人哀之，故見龜策。唯君圖之！"景公問："趙尚有後子孫乎？"韓厥具以實告。於是景公乃與韓厥謀立趙孤兒，召而匿之宮中。諸將入問疾，景公因韓厥之衆以脅諸將，而見趙孤——趙孤名曰武。諸將不得已，乃曰："昔下宮之難，屠岸賈爲之，矯以君命，并命羣臣。非然，孰敢作難？微君之疾，羣臣固且請立趙後。今君有命，羣臣之願也。"於是召趙武、程嬰,徧拜諸將,遂反與程嬰、趙武攻屠岸賈,滅其族。復與趙武田邑如故。

及趙武冠,爲成人,程嬰乃辭諸大夫,謂趙武曰:“昔下宮之難,皆能死。我非不能死,我思立趙氏之後。今趙武既立,爲成人,復故位,我將下報趙宣孟與公孫杵臼﹗”趙武啼泣頓首,固請曰:“武願苦筋骨以報子至死,而子忍去我死乎?”程嬰曰:“不可﹗彼以我爲能成事,故先我死。今我不報,是以我事爲不成﹗”遂自殺。趙武服齊衰三年,爲之祭邑,春秋祠之,世世勿絶。……(趙世家——節錄)

孫子武者,齊人也。以兵法見於吳王闔廬。闔廬曰:“子之十三篇,吾盡觀之矣,可以小試勒兵乎?”對曰:“可。”闔廬曰:“可試以婦人乎?”曰:“可。”於是許之,出宮中美女得百八十人。孫子分爲二隊,以王之寵姬二人各爲隊長,皆令持戟。令之曰:“汝知而心與左右手、背乎?”婦人曰:“知之。”孫子曰:“前,則視心;左,視左手;右,視右手;後,即視背。”婦人曰:“諾。”約束既布,乃設鈇鉞,即三令五申之。於是鼓之右,婦人大笑。孫子曰:“約束不明,申令不熟,將之罪也。”復三令五申,而鼓之左,婦人復大笑。孫子曰:“約束不明,申令不熟,將之罪也;既已明,而不如法者,吏士之罪也。”乃欲斬左、右隊長。吳王從臺上觀,見且斬愛姬,大駭。趣使使下令曰:“寡人已知將軍之能用兵矣﹗寡人非此二姬,食不甘味。願勿斬也﹗”孫子曰:“臣既已受命爲將,將在軍,君命有所不受。”遂斬隊長二人以徇。用其次爲隊長。於是復鼓之,婦人左右、前後、跪起皆中規矩繩墨,無敢出聲。於是孫子使使報王曰:“兵既整齊,王可試下觀之，唯王所欲用之，雖赴水火猶可也。”吳王曰："將軍罷休就舍，寡人不願下觀。"孫子曰："王徒好其言，不能用其實。"於是闔廬知孫子能用兵，卒以爲將。西破彊楚，入郢；北威齊、晉，顯名諸侯；孫子與有力焉。……（孫子吳起列傳——節錄）

　　……初，田嬰有子四十餘人。其賤妾有子名文，文以五月五日生。嬰告其母曰："勿舉也！"其母竊舉生之。及長，其母因兄弟而見其子文於田嬰。田嬰怒其母曰："吾令若去此子，而敢生之，何也？"文頓首，因曰："君所以不舉五月子者，何故？"嬰曰："五月子者，長與戶齊，將不利其父母。"文曰："人生受命於天乎？將受命於戶邪？"嬰默然。文曰："必受命於天，君何憂焉！必受命於戶，則高其戶耳，誰能至者？"嬰曰："子休矣？"久之，文承間問其父嬰曰："子之子爲何？"曰："爲孫。""孫之孫爲何？"曰："爲玄孫。""玄孫之孫爲何？"曰："不能知也。"文曰："君用事相齊，至今三王矣。齊不加廣，而君私家富累萬金，門下不見一賢者。文聞將門必有將，相門必有相。今君後宮蹈綺縠，而士不得短褐；僕妾餘粱肉，而士不厭糟糠。今君又尚厚積餘藏，欲以遺所不知何人，而忘公家之事日損，文竊怪之。"於是嬰乃禮文，使主家，待賓客。賓客日進，名聲聞於諸侯。諸侯皆使人請薛公田嬰以文爲太子，嬰許之。嬰卒，謚爲靖郭君。而文果代立於薛，是爲孟嘗君。……

　　齊湣王二十五年，復卒使孟嘗君入秦。昭王即以孟嘗君爲秦相。人或説秦昭王曰："孟嘗君賢，而又齊族也；今相秦，必先齊而後秦，秦其危矣！"於是秦昭王乃止。囚孟嘗君，謀欲殺之。孟嘗君使人抵昭王幸姬求解。幸姬曰："妾願得君狐白裘。"——此時孟嘗君有一狐白裘，直千金，天下無雙；入秦，獻之昭王，更無他裘。——

孟嘗君患之，徧問客，莫能對。最下坐有能爲狗盜者，曰："臣能得狐白裘。"乃夜爲狗，以入秦宮藏中。取所獻狐白裘至，以獻秦王幸姬。幸姬爲言昭王，昭王釋孟嘗君，孟嘗君得出，即馳去，更封傳，變名姓以出關。夜半，至函谷關。秦昭王後悔出孟嘗君，求之，已去，即使人馳傳逐之。孟嘗君至關。關法：雞鳴而出客。孟嘗君恐追至，客之居下坐者有能爲雞鳴，而雞盡鳴，遂發傳出。出如食頃，秦追果至關，已後孟嘗君出，乃還。

始孟嘗君列此二人於賓客，賓客盡羞之。及孟嘗君有秦難，卒此二人拔之。自是之後，客皆服。……（孟嘗君列傳——節錄）

……漢五年，張耳薨，謚爲景王。子敖嗣立爲趙王。高祖長女魯元公主爲趙王敖后。

漢七年，高祖從平城過趙，趙王朝夕袒韝蔽，自上食，禮甚卑，有子壻禮。高祖箕倨罵，甚慢易之。趙相貫高、趙午等年六十餘，故張耳客也。生平爲氣，乃怒曰："吾王，孱王也！"說王曰："夫天下豪傑並起，能者先立；今王事高祖甚恭，而高祖無禮，請爲王殺之！"張敖齧其指出血，曰："君何言之誤！且先人亡國，賴高祖得復國；德流子孫，秋毫皆高祖力也。願君無復出口！"貫高、趙午等十餘人皆相謂曰："乃吾等非也！吾王長者，不倍德。且吾等義不辱，今怨高祖辱我王，故欲殺之，何乃汙王爲乎！令事成，歸王；事敗，獨身坐耳！"

漢八年，上從東垣還，過趙。貫高等乃壁人柏人，要之置廁。上過，欲宿，心動，問曰："縣名爲何？"曰："柏人。""柏人者，迫於人也。"不宿而去。

漢九年，貫高怨家知其謀，乃上變告之。於是上皆並逮捕趙王、貫高等。十餘人皆争自剄,貫高獨怒罵曰:"誰令公爲之?今王實無謀,而並捕王;公等皆死,誰白王不反者!"乃轞車膠致,與王詣長安。治張敖之罪。上乃詔:趙羣臣賓客有敢從王者,皆族。貫高與客孟舒等十餘人皆自髠鉗爲王家奴,從來。貫高至,對獄曰:"獨吾屬爲之,王實不知。"吏治榜笞數千,刺剟,身無可擊者,終不復言。呂后數言:張王以魯元公主故,不宜有此。上怒曰:"使張敖據天下,豈少而女乎!"不聽。廷尉以貫高事辭聞,上曰:"壯士!誰知者?以私問之。"中大夫泄公曰:"臣之邑子,素知之,此固趙國立名義,不侵,爲然諾者也。"上使泄公持節問之箯輿前。仰視曰:"泄公邪?"泄公勞苦如生平驩。與語,問張王果有計謀不?高曰:"人情寧不各愛其父母妻子乎?今吾三族皆以論死,豈以王易吾親哉!顧爲王實不反,獨吾等爲之!"具道本指所以爲者,王不知狀。於是泄公入,具以報,上乃赦趙王。上賢貫高爲人能立然諾,使泄公具告之曰:"張王已出,因赦貫高。"貫高喜曰:"吾王審出乎?"泄公曰:"然。"泄公曰:"上多足下,故赦足下。"貫高曰:"所以不死一身,無餘者,白張王不反也。今王已出,吾責已塞,死不恨矣!且人臣有篡殺之名,何面目復事上哉!縱上不殺我,我不愧於心乎?"乃仰絶肮,遂死。當此之時,名聞天下。……(張耳陳餘列傳——節錄)

　　田儋者,狄人也,故齊王田氏族也。儋從弟田榮,榮弟田橫,皆豪,宗彊,能得人。……

　　榮弟橫收齊散兵,得數萬人,反擊項羽於城陽,而漢王率諸侯敗楚,入彭城。項羽聞之,迺釋齊而歸擊漢於彭城。因連與漢戰,相距滎陽,以故田橫復得收齊城邑,立田榮子廣爲齊王,而橫相之,專國政。政無巨細皆斷於相。

　　橫定齊三年，漢王使酈生往說下齊王廣及其相國橫；橫以爲然，解其歷下軍。漢將韓信引兵且東擊齊，齊初使華無傷、田解軍於歷下以距漢，漢使至，酒罷守戰備，縱酒，且遣使與漢平。漢將韓信已平趙、燕，用蒯通計，度平原，擊破齊歷下軍，因入臨淄。齊王廣、相橫怒，以酈生賣己，而烹酈生。齊王廣東走高密，相橫走博陽，守相田光走城陽，將軍田既軍於膠東。楚使龍且救齊，齊王與合軍高密。漢將韓信與曹參破殺龍且，虜齊王廣；漢將灌嬰追得齊守相田光，至博陽。而橫聞齊王死，自立爲齊王，還擊嬰，嬰敗橫之軍於嬴下。田橫亡走梁，歸彭越——彭越是時居梁地，中立，且爲漢，且爲楚。韓信已殺龍且，因令曹參進兵破殺田既於膠東；使灌嬰破殺齊將田吸於千乘。

　　韓信遂平齊，乞自立爲齊假王，漢因而立之。

　　後歲餘，漢滅項籍，漢王立爲皇帝，以彭越爲梁王。田橫懼誅，而與其徒屬五百餘人入海居島中。高帝聞之，以爲田橫兄弟本定齊，齊人賢者多附焉；今在海中不收，恐後爲亂。乃使使赦田橫罪而召之。田橫因謝曰："臣烹陛下之使酈生，今聞其弟酈商爲漢將而賢，臣恐懼，不敢奉詔。請爲庶人，守海島中。"使還報，高皇帝乃詔衛尉酈商曰："齊王田橫卽至，人馬從者敢動搖者致族夷！" 乃復使使持節具告以詔商狀，曰："田橫來，大者王，小者乃侯耳；不來，且舉兵加誅焉。"田橫乃與其客二人乘傳詣雒陽。未至三十里，至尸鄉廄置，橫謝使者曰："人臣見天子當洗沐。" 止留。謂其客曰："橫始與漢王俱南面稱孤，今漢王爲天子，而橫乃爲亡虜，而北面事之，其恥固已甚矣。且吾烹人之兄，與其弟並肩而事其主，縱彼畏天子之詔，不敢勤我，我獨不媿於心乎？且陛下所以欲見我者，不過欲一見吾面貌耳；今陛下在洛陽，今斬吾頭，馳三十里間，形容尚未能敗，猶可觀也。”遂自剄，令客奉其頭，從使者馳奏之高帝。高帝曰：“嗟乎，有以也夫！起自布衣，兄弟三人更王，豈不賢乎哉！”爲之流涕，而拜其二客爲都尉，發卒二千人，以王者禮葬田橫。既葬，二客穿其冢旁孔，皆自剄，下從之。高帝聞之，乃大驚，以田橫之客皆賢：“吾聞其尚餘五百人在海中。”使使召之。至，則聞田橫死，亦皆自殺。於是乃知田橫兄弟能得士也。（田儋列傳——節錄）

　　……周昌者，沛人也。其從兄曰周苛，秦時皆爲泗水卒史。

　　及高祖起沛，擊破泗水守監，於是周昌、周苛自卒史從沛公。沛公以周昌爲職志，周苛爲客。從入關破秦，沛公立爲漢王，以周苛爲御史大夫，周昌爲中尉。

　　漢王四年，楚圍漢王滎陽急，漢王遁出；去，而使周苛守滎陽城。楚破滎陽城，欲令周苛將，苛罵曰：“若趣降漢王！不然，今爲虜矣！”項羽怒，烹周苛。於是乃拜周昌爲御史大夫。常從擊破項籍。以六年中與蕭、曹等俱封：封周昌爲汾陰侯，周苛子周成，以父死事，封爲高景侯。

　　昌爲人彊力，敢直言。自蕭、曹等皆卑下之。昌嘗燕時入奏事，高帝方擁戚姬。昌還走，高帝逐得，騎周昌項，問曰：“我何如主也？”昌仰曰：“陛下即桀、紂之主也。”於是上笑之，然尤憚周昌。及帝欲廢太子而立戚姬子如意爲太子，大臣固爭之，莫能得。上以留侯策，即止。而周昌爭之彊，上問其說，昌爲人吃，又盛怒，曰：“臣口不能言，然臣期……期知其不可！陛下雖欲廢太子，臣期……期不奉詔１”上欣然而笑。既罷，呂后側耳於東廂聽，見周昌，爲跪謝曰：“微君，太子幾廢１”

是後戚姬子如意爲趙王，年十歲。高祖憂，卽萬歲之後不全也。趙堯年少，爲符璽御史。趙人方與公謂御史大夫周昌曰：“君之史趙堯，年雖少，然奇才也；君必異之，是且代君之位１”周昌笑曰：“堯年少，刀筆吏耳。何能至是乎１”居頃之，趙堯侍高祖。高祖獨心不樂，悲歌，羣臣不知上之所以然。趙堯進，請問曰：“陛下所爲不樂，非爲趙王年少，而戚夫人與呂后有郄邪？備萬歲之後，而趙王不能自全乎？”高祖曰：“然。吾私憂之，不知所出。”堯曰：“陛下獨宜爲趙王置貴彊相，及呂后、太子、羣臣素所敬憚，乃可。”高祖曰：“然。吾念之欲如是，而羣臣誰可者？”堯曰：“御史大夫周昌，其人堅忍質直，且自呂后、太子及大臣皆素敬憚之。獨昌可。”高祖曰：“善。”於是乃召周昌，謂曰：“吾欲固煩公，公彊爲我相趙王１”周昌泣曰：“臣初起從陛下，陛下獨奈何中道而棄之於諸侯乎？”高祖曰：“吾極知其左遷；然吾私憂趙王，念非公無可者。公不得已彊行１”於是徙御史大夫周昌爲趙相。

既行，久之，高祖持御史大夫印弄之，曰：“誰可以爲御史大夫者？”熟視趙堯曰：“無以易堯。”遂拜趙堯爲御史大夫。堯亦前有軍功食邑，及以御史大夫從擊陳豨有功，封爲江邑侯。

高祖崩，呂太后使使召趙王，其相周昌令王稱疾不行。使者三反，周昌固爲不遣趙王。於是高后患之，乃使使召周昌。周昌至，謁高后，高后怒而罵周昌曰：“爾不知我之怨戚氏乎？而不遣趙王何？”昌既徵，高后使使召趙王，趙王果來。至長安，月餘，飲藥而死。周昌因謝病不朝見，三歲而死。……（張丞相列傳——節錄）

……張湯者，杜人也。其父爲長安丞。出，湯爲兒，守舍。還，而鼠盜肉，其父怒，笞湯。湯掘窟，得盜鼠及餘肉，劾鼠掠治，傳爰書，訊鞫論報。並取鼠與肉，具獄磔堂下。其父見之，視其文辭，如老獄吏，大驚。遂使書獄。父死後，湯爲長安吏，久之。周陽侯始爲諸卿時，嘗繫長安，湯傾身爲之。及出爲侯，大與湯交，徧見湯貴人。湯給事內史，爲寧成掾；以湯爲無害，言大府，調爲茂陵尉，治方中。

武安侯爲丞相，徵湯爲史。時薦言之天下，補御史，使案事。治陳皇后蠱獄，深竟黨與。於是上以爲能，稍遷至太中大夫。與趙禹共定諸律令，務在深文，拘守職之吏。已而趙禹遷爲中尉，徙爲少府；而張湯爲廷尉。兩人交驩，而兄事禹。禹爲人廉倨，爲吏以來，舍毋食客；公卿相造請禹，禹終不報謝。務在絕知友賓客之請，孤立行一意而已。見文法輒取，亦不覆案，求官屬陰罪。湯爲人多詐，舞智以御人。始爲小吏，乾没，與長安富賈田甲、魚翁叔之屬交私。及列九卿，收接天下名士大夫；己心內雖不合，然陽浮慕之。

是時上方嚮文學，湯決大獄，欲傅古義，乃請博士弟子治尚書、春秋，補廷尉史，亭疑法。奏讞疑事，必豫先爲上分別其原；上所是，受而著讞決法廷尉，絜令揚主之明。奏事卽譴，湯應謝，嚮上意所便，必引正監掾史賢者，曰：“固爲臣議，如上責臣；臣弗用，愚抵於此。”罪常釋。聞卽奏事，上善之，曰：“臣非知爲此奏，乃正監掾史某爲之。”其欲薦吏，揚人之善，蔽人之過，如此。所治：卽上意所欲罪，予監史深禍者；卽上意所欲釋，與監史輕平者。所治卽豪，必舞文巧詆；卽下戶羸弱，時口言，雖文致法，上財察，於是往往釋湯所言。湯至於大吏，內行脩也。通賓客飲食。於故人子弟爲吏及貧昆弟，調護

之尤厚。其造請諸公，不避寒暑。是以湯雖文深意忌，不專平，然得
此聲譽。而刻深吏多爲爪牙用者，依於文學之士。丞相弘數稱其美。

　　及治淮南、衡山、江都反獄，皆窮根本。嚴助及伍被，上欲釋
之，湯爭曰：“伍被本畫反謀；而助親幸，出入禁闥爪牙臣，乃交私諸
侯，如此弗誅，後不可治。”於是上可論之。其治獄，所排大臣自爲
功，多此類。於是湯益尊任，遷爲御史大夫。

　　會渾邪等降，漢大興兵伐匈奴。山東水旱，貧民流徙，皆仰給縣
官，縣官空虛。於是丞上指，請造白金及五銖錢，籠天下鹽鐵，排富
商大賈，出告緡令，鉏豪強并兼之家，舞文巧詆以輔法。湯每朝奏事，
語國家用，日晏，天子忘食。丞相取充位，天下事皆決於湯。百姓不安
其生，騷動；縣官所興，未獲其利，姦吏並侵漁，於是痛繩以罪。則自
公卿以下，至於庶人，咸指湯。湯嘗病，天子至自視病，其隆貴如此。
匈奴來請和親，羣臣議上前，博士狄山曰：“和親便。”上問其便，山
曰：“兵者，凶器，未易數動。高帝欲伐匈奴，大困平城，乃遂結和親。
孝惠、高后時天下安樂。及孝文帝欲事匈奴，北邊蕭然苦兵矣。孝景
時吳、楚七國反，景帝往來兩宮間，寒心者數月。吳、楚已破，竟景帝
不言兵，天下富實。今自陛下舉兵擊匈奴，中國以空虛，邊民大困
貧。由此觀之，不如和親。”上問湯，湯曰：“此愚儒無知。”狄山曰：“臣
固愚忠；若御史大夫湯，乃詐忠。若湯之治淮南、江都，以深文痛詆
諸侯，別疏骨肉，使蕃臣不自安。臣固知湯之爲詐忠。”於是上作色
曰：“吾使生居一郡，能無使虜入盜乎？”曰：“不能。”曰：“居一縣？”
對曰：“不能。”復曰：“居一障間？”山自度辯窮，且下吏，曰：“能。”於
是上遣山乘障。至月餘，匈奴斬山頭而去。自是以後，羣臣震慴。湯
之客田甲雖賈人，有賢操。始湯爲小吏時，與錢通；及湯爲大吏，甲

所以責湯行義過失，亦有烈士風。湯爲御史大夫七歲敗。

河東人李文，嘗與湯有郤，已而爲御史中丞，恚，數從中文書，事有可以傷湯者，不能爲地。湯有所愛史魯謁居，知湯不平，使人上蜚變，告文姦事。事下湯，湯治論殺文，而湯心知謁居爲之。上問曰：“言變事蹤跡安起？”湯佯驚曰：“此殆文故人怨之｜”謁居病卧閭里主人，湯自往視疾，爲謁居摩足。趙國以冶鑄爲業，王數訟鐵官事，湯常排趙王。趙王求湯陰事；謁居嘗案趙王，趙王怨之，并上書告：“湯大臣也，史謁居有病，湯至爲摩足。疑與爲大姦。”事下廷尉，謁居病死，事連其弟，弟繫導官。湯亦治他囚導官，見謁居弟，欲陰爲之，而佯不省；謁居弟弗知，怨湯，使人上書告湯與謁居謀，共變告李文。事下減宣，宣嘗與湯有郤，及得此事，窮竟其事，未奏也。會人有盜發孝文園瘞錢，丞相青翟朝，與湯約俱謝；至前，湯念獨丞相以四時行園，當謝；湯無與也，不謝。丞相謝，上使御史案其事。湯欲致其文丞相見知，丞相患之。三長史皆害湯，欲陷之。

始長史朱買臣，會稽人也。讀春秋。莊助使人言買臣，買臣以楚辭與助俱幸，侍中，爲太中大夫，用事，而湯仍爲小吏，跪伏使買臣等前。已而湯爲廷尉，治淮南獄，排擠莊助，買臣固心望。及湯爲御史大夫，買臣以會稽守爲主爵都尉，列於九卿。數年，坐法廢，守長史，見湯，湯坐床上，丞史遇買臣弗爲禮。買臣楚士，深怨，常欲死之。王朝，齊人也，以術至右内史。邊通，學長短，剛暴彊人也，官再至濟南相。故皆居湯右。已而失官，守長史，詘體於湯。湯數行丞相事，知此三長史素貴，常淩折之，以故三長史合謀曰：“始湯約與君謝，已而賣君；今欲劾君以宗廟事，此欲代君耳。吾知湯陰事。”使吏捕案湯左田信等，曰：“湯且欲奏請，信輒先知之。居物致富,與湯分之;及他姦事。"事辭頗聞,上問湯曰:"吾所爲,賈人輒先知之,益居其物,是類有以吾謀告之者。" 湯不謝。湯又佯驚曰:"固宜有!"減宣亦奏謁居等事。天子果以湯懷詐面欺,使使八輩簿責湯,湯具自道無此,不服。於是上使趙禹責湯。禹至,讓湯曰:"君何不知分也?君所治夷滅者幾何人矣?今人言君皆有狀,天子重致君獄,欲令君自爲計,何多以對簿爲?"湯乃爲書謝曰:"湯無尺寸功,起刀筆吏,陛下幸致爲三公,無以塞責。然謀陷湯罪者,三長史也。"遂自殺。

湯死,家產直不過五百金,皆所得奉賜,無他業。昆弟諸子欲厚葬湯,湯母曰:"湯爲天子大臣,被汙惡言而死,何厚葬乎?"載以牛車,有棺無椁。天子聞之,曰:"非此母不能生此子!"乃盡案誅三長史。丞相青翟自殺。出田信。上惜湯,稍遷其子安世。……

義縱者,河東人也,爲少年時,嘗與張次公俱攻剽爲羣盜。縱有姊姁,以醫幸王太后。王太后問:"有子、兄弟爲官者乎?"姊曰:"有弟無行,不可。"太后乃告上,拜義姁弟縱爲中郎,補上黨郡中令。治敢行,少蘊藉,縣無逋事,舉爲第一。遷爲長陵及長安令。直法行治,不避貴戚。以捕案太后外孫脩成君子仲,上以爲能,遷爲河內都尉,至則族滅其豪穰氏之屬,河內道不拾遺。而張次公亦爲郎,以勇悍從軍,敢深入,有功,爲岸頭侯。

寧成家居,上欲以爲郡守。御史大夫弘曰:"臣居山東爲小吏時,寧成爲濟南都尉,其治如狼牧羊。成不可使治民。"上乃拜成爲關都尉。歲餘,關東吏隸郡國出入關者,號曰:"寧見乳虎,無値寧成之怒。"義縱自河內遷爲南陽太守,聞寧成家居南陽; 及縱至關,寧成側行送迎。然縱氣盛,弗爲禮。至郡,遂案寧氏,盡破碎其家。

成坐有罪，及孔、暴之屬皆奔亡。南陽吏民重足一迹。而平氏朱彊、杜衍杜周爲縱爪牙之吏，任用，遷爲廷史。軍數出定襄，定襄吏民亂敗，於是徙縱爲定襄太守。縱至，掩定襄獄中重罪輕繫二百餘人，及賓客、昆弟私入相視者亦二百餘人。縱一捕鞠，曰："爲死罪解脫。"是日皆報殺四百餘人。　其後郡中不寒而栗，猾民佐吏爲治。

　　是時趙禹、張湯以深刻爲九卿矣，然其治尚寬，輔法而行，而縱以鷹擊毛摯爲治。後會五銖錢、白金起，民爲姦，京師尤甚。乃以縱爲右內史，王溫舒爲中尉。溫舒至惡，其所爲不先言縱，縱必以氣淩之，敗壞其功。其治，所誅殺甚多，然取爲小治，姦益不勝，直指始出矣。吏之治以斬殺縛束爲務，閻奉以惡用矣。縱廉，其治放郅都。上幸鼎湖，病久，已而卒起幸甘泉，道多不治。上怒曰："縱以我爲不復行此道乎 "嗛之。至冬，楊可方受告緡，縱以爲此亂民，部吏捕其爲可使者。天子聞，使杜式治，以爲廢格沮事，棄縱市。後一歲，張湯亦死。

　　王溫舒者，陽陵人也。少時椎埋爲姦，已而試補縣亭長，數廢。爲吏，以治獄至廷史。事張湯，遷爲御史。督盗賊，殺傷甚多，稍遷至廣平都尉。擇郡中豪敢任吏十餘人，以爲爪牙；皆把其陰重罪，而縱使督盗賊，快其意所欲得。此人雖有百罪，弗法；即有避，因其事夷之，亦滅宗。以其故齊、趙之郊，盗賊不敢近廣平，廣平聲爲道不拾遺。上聞，遷爲河內太守。素居廣平時皆知河內豪姦之家；及往，九月而至。令郡具私馬五十疋，爲驛自河內至長安，部吏如居廣平時方略：捕郡中豪猾，郡中豪猾相連坐千餘家。上書請，大者至族，小者乃死，家盡没入償臧。奏行不過二三日，得可事。論報，至流血十餘里。河內皆怪其奏，以爲神速。盡十二月，郡中毋聲，毋敢夜行，野無犬吠之盜。其頗不得，失之旁郡國，黎來。會春，溫舒頓足嘆曰："嗟乎！令冬月益展一月，足吾事矣！"其好殺伐行威不愛人如此。天子聞之，以爲能，遷爲中尉。其治復放河內，徙諸名禍猾吏與從事，河內則楊皆、麻戊；關中楊贛、成信等。義縱爲內史，憚未敢恣治。至縱死，張湯敗後，徙爲廷尉，而尹齊爲中尉。

尹齊者，東郡茌平人，以刀筆稍遷至御史。事張湯，張湯數稱以爲廉武，使督盜賊，所斬伐不避貴戚。遷爲關內都尉，聲甚於寧成。上以爲能，遷爲中尉，吏民益凋敝。尹齊木彊少文，豪惡吏伏匿，而善吏不能爲治，以故事多廢，抵罪。上復徙溫舒爲中尉，而楊僕以嚴酷爲主爵都尉。

楊僕者，宜陽人也，以千夫爲吏。河南守案舉以爲能，遷爲御史，使督盜賊關東。治放尹齊，以爲敢摯行。稍遷至主爵都尉，列九卿。天子以爲能。南越反，拜爲樓船將軍。有功，封將梁侯。爲荀彘所縛。居久之，病死。

而溫舒復爲中尉。爲人少文，居廷，惛惛不辯；至於中尉則心開。督盜賊，素習關中俗，知豪惡吏，豪惡吏盡復爲用，爲方略。吏苛察，盜賊惡少年，投缿購告言姦，置伯格長以牧司姦盜賊。溫舒爲人諂，善事有勢者；即無勢者，視之如奴。有勢家，雖有姦如山，弗犯；無勢者，貴戚必侵辱。舞文巧詆下戶之猾，以焄大豪。其治中尉如此。姦猾窮治，大抵盡靡爛獄中，行論無出者。其爪牙吏，虎而冠。於是中尉部中中猾以下皆伏；有勢者爲游聲譽，稱治。治數歲，其吏多以權富。

溫舒擊東越還，議有不中意者，坐小法抵罪免。是時天子方欲作通天臺,而未有人。溫舒請覆中尉脱卒,得數萬人作。上説,拜爲少府,徙爲右内史,治如其故,姦邪少禁。坐法失官,復爲右輔,行中尉事,如故操。

歲餘,會宛軍發,詔徵豪吏。溫舒匿其吏華成。及人有變告溫舒受員騎錢,他姦利事,罪至族。自殺。其時兩弟及兩婚家,亦各自坐他罪而族。光禄徐自爲曰:“悲夫!夫古有三族,而王溫舒罪至同時而五族乎!”

溫舒死,家直累千金。

後數歲,尹齊亦以淮陽都尉病死,家直不滿五十金。所誅滅,淮陽甚多;及死,仇家欲燒其尸,尸亡去歸葬。

自溫舒等以惡爲治,而郡守、都尉、諸侯二千石欲爲治者,其治大抵盡放溫舒。而吏民益輕犯法,盜賊滋起。南陽有梅免、白政;楚有殷中、杜少;齊有徐勃;燕、趙之間有堅盧、范生之屬:大羣至數千人,擅自號,攻城邑,取庫兵,釋死罪,縛辱郡太守、都尉,殺二千石,爲檄告縣趣具食;小羣盜以百數,掠鹵鄉里者,不可勝數也。於是天子始使御史中丞、丞相長史督之,猶弗能禁也,乃使光禄大夫范昆、諸輔都尉及故九卿張德等,衣繡衣,持節、虎符,發兵以興擊,斬首大部或至萬餘級。及以法誅通飲食,坐連諸郡,甚者數千人。數歲,乃頗得其渠率。散卒失亡,復聚黨阻山川者,往往而羣居,無可奈何。於是作沈命法曰:“羣盜起不發覺,發覺而捕弗滿品者,二千石以下至小吏主者皆死!”其後,小吏畏誅,雖有盜,不敢發;恐不能得,坐課累府,府亦使其不言。故盜賊寖多,上下相爲匿,以文辭避法焉。……

杜周者,南陽杜衍人。義縱爲南陽守,以爲爪牙,舉爲廷尉史。

事張湯，湯數言其無害，至御史。使案邊失亡，所論殺甚衆。奏事中上意，任用，與減宣相編。更爲中丞十餘歲。

其治與宣相放；然重遲外寬，內深次骨。宣爲左內史，周爲廷尉。其治大放張湯，而善候伺。上所欲擠者，因而陷之；上所欲釋者，久繫待問，而微見其冤狀。客有讓周曰："君爲天子決平，不循三尺法，專以人主意指爲獄，獄者固如是乎？"周曰："三尺安出哉？前主所是著爲律；後主所是疏爲令。當時爲是，何古之法乎？"

至周爲廷尉，詔獄亦益多矣。二千石繫者新故相因，不減百餘人。郡吏大府，舉之廷尉，一歲至千餘章。章大者連逮證案數百，小者數十人；遠者數千，近者數百里。會獄，吏因責如章告劾；不服，以笞掠定之。於是聞有逮皆亡匿。獄久者至更數赦十有餘歲而相告言，大抵盡詆以不道以上。廷尉及中都官詔獄，逮至六七萬人；吏所增加十萬餘人。

周中廢，後爲執金吾，逐盜，捕治桑弘羊、衞皇后昆弟子刻深，天子以爲盡子無私，遷爲御史大夫。家兩子，夾河爲守。其治暴酷，皆甚於王溫舒等矣。杜周初徵爲廷史，有一馬，且不全，及身久任事，至三公，列子孫尊官，家訾累數巨萬矣。（酷吏列傳——節錄）

（四） 關於史記在文學方面的評價

揚雄曰："或問周官，曰：'立事。'左氏，曰：'品藻。'太史遷，曰：'實錄。'"（法言重黎篇）

又曰："淮南說之用，不如太史公之用也。太史公，聖人將有取焉；淮南鮮取焉爾。必也儒乎！乍出乍入，淮南也。文麗用寡，長卿也。多愛不忍，子長也。仲尼多愛，愛義也；子長多愛，愛奇也。"（法

言君子篇）

班固曰：“……自劉向、揚雄，博極羣書，皆稱遷有良史之材，服其善序事理，辨而不華，質而不俚，其文直，其事核，不虛美，不隱惡，故謂之實錄。”（漢書司馬遷傳贊）

劉知幾曰：“……人之著述，雖同自一手，其間則有善惡不均，精粗非類。若史記之蘇、張、蔡澤等傳，是其美者；至於三、五本紀、日者、太倉公、龜策傳，固無所取焉。……觀子長之敍事也，自周已往，言所不該，其文闊略，無復體統；洎秦、漢已下，條貫有倫，則焕炳可觀，有足稱者。”（史通敍事篇）

洪邁曰：“太史公書不待稱説。若云襃贊其高古簡妙處，殆是摹寫星日之光輝，多見其不知量也。然予每展讀至魏世家、蘇秦、平原君、魯仲連傳，未嘗不驚呼擊節，不自知其所以然。……平原君使楚，客毛遂願行。君曰：‘先生處勝之門下，幾年于此矣？’曰：‘三年于此矣。’君曰：‘先生處勝之門下三年于此矣，左右未有所稱誦，勝未有所聞，是先生無所有也。先生不能。先生留！’遂力請行。面折楚王，再言：‘吾君在前，叱者何也？’至左手持盤血，而右手招十九人於堂下——其英姿雄風，千載而下，尚可想見，使人畏而仰之。——卒定從而歸，至於趙，平原君曰：‘勝不敢復相士！勝相士多者千人，寡者百數，今乃於毛先生而失之。毛先生一至楚，而使趙重於九鼎、大吕；毛先生以三寸之舌，強於百萬之師。勝不敢復相士！’秦圍趙，魯仲連見平原君曰：‘事將奈何？’君曰：‘勝也何敢言事！魏

客新垣衍令趙帝秦，今其人在是。勝也何敢言事」’仲連曰：‘吾始
以君爲天下之賢公子也，吾今然後知君非天下之賢公子也。客安
在？’平原君往見衍曰：‘東國有魯仲連先生者，勝請爲紹介交之於
將軍。’衍曰：‘吾聞魯仲連先生，齊國之高士也。衍，人臣也，使事
有職；吾不願見魯仲連先生。’及見衍，衍曰：‘吾視居此圍城之中
者，皆有求於平原君者也。今吾觀先生之玉貌，非有求於平原君者
也。’又曰：‘始以先生爲庸人，吾乃今日知先生爲天下之士也」’是
三者重沓熟復，如駿馬下駐千丈坡，其文勢正爾。風行於上而水波，
真天下之至文也。”（容齋五筆卷五：史記簡妙處）

　　齋藤正謙曰：“子長同敍智者，子房有子房風姿，陳平有陳平風
姿。同敍勇者，廉頗有廉頗面目，樊噲有樊噲面目。同敍刺客，豫
讓之與專諸，聶政之與荊軻，纔一出語，乃覺口氣各不同。高祖本
紀，見寬仁之氣，動於紙上；項羽本紀，覺喑噁叱咤來薄人。讀一部
史記，如直接當時人，親視其事，親聞其語，使人乍喜乍愕，乍懼乍
泣，不能自止。是子長敍事入神處。”（史記會注考證引拙堂文話）

　　梁啓超曰：“後世諸史之列傳，多藉史以傳人；史記之列傳，惟
藉人以明史。故與社會無大關係之人，濫竽者少。換一方面看，立
傳之人，並不限於政治方面，凡與社會各部分有關係之事業，皆有
傳爲之代表。以行文而論，每敍一人，能將其面目活現。又極複雜
之事項——例如貨殖列傳、匈奴列傳、西南夷列傳等所敍，皆能剖
析條理，縝密而清晰，其才力固自夐絶。”（要籍解題及其讀法）

三　漢　書

（一）　蘇武傳①

武字子卿②，少以父任③，兄弟並爲郎。稍遷至栘中廐監④。時漢連伐胡⑤，數通使相窺觀。匈奴留漢使郭吉、路充國等前後十餘輩⑥。匈奴使來，漢亦留之以相當⑦。天漢元年⑧，且鞮侯單于初立⑨，恐漢襲之，乃曰："漢天子⑩，我丈人行也。"盡歸⑪漢使路充國等。武帝嘉其義⑫，乃遣武以中郎將使持節送匈奴使留在漢者⑬；因厚賂單于⑭，答其善意。武與副中郎將張勝及假吏常惠等、募士、斥候百餘人俱⑮。既至匈奴，置幣遺單于⑯。單于益驕，非漢所望也⑰。

方欲發使送武等⑱，會緱王與長水虞常等謀反匈奴中⑲——緱王者，昆邪王⑳姊子也，與昆邪王俱降漢；後隨浞野侯没胡中㉑——及衛律所將降者㉒，陰相與謀劫單于母閼氏歸漢㉓。會武等至匈奴。虞常在漢時，素與副張勝相知㉔，私候勝㉕，曰："聞漢天子甚怨衛律，常能爲漢伏弩射殺之㉖。吾母與弟在漢，幸蒙其賞賜㉗。"張勝許之，以貨物與常。

後月餘，單于出獵，獨閼氏、子弟在㉘。虞常等七十餘人欲發㉙；其一人夜亡㉚，告之。單于子弟發兵與戰㉛，緱王等皆死；虞常生得㉜。單于使衛律治其事。張勝聞之，恐前語發㉝，以狀語武。武曰："事如此，此必及我㉞。見犯㉟，乃死，重負國₁"欲自殺。勝、惠共止之。虞常果引張勝㊱。 單于怒，召諸貴人㊲議，欲殺漢使者。左伊秩訾㊳曰："卽謀單于㊴，何以復加？宜皆降之㊵。"單于使衞律召武受辭㊶。 武謂惠等："屈節辱命㊷，雖生，何面目以歸漢！"引佩刀自刺㊸。 衞律驚㊹，自抱持武，馳召毉。 鑿地爲坎㊺，置熅火㊻，覆武其上；蹈其背以出血㊼。 武氣絕，半日復息㊽。 惠等哭，輿歸營㊾。 單于壯其節㊿，朝夕遣人候問武㉛，而收繫張勝。

武益愈㉒。 單于使使曉武會論虞常㉓，欲因此時降武。劍斬虞常已㉔，律曰："漢使張勝，謀殺單于近臣㉕，當死。單于募降者赦罪㉖。"舉劍欲擊之，勝請降。律謂武曰："副有罪㉗，當相坐。"武曰："本無謀㉘，又非親屬，何謂相坐？"復舉劍擬之㉙，武不動㉚。律曰："蘇君！律前負漢歸匈奴，幸蒙大恩㉑，賜號稱王；擁衆數萬㉒，馬畜彌山：富貴如此㉓！蘇君今日降㉔，明日復然。空以身膏草野㉕，誰復知之！"武不應。律曰："君因我降㉖，與君爲兄弟。今不聽吾計，後雖欲復見我，尚可得乎？"

武罵律曰："汝爲人臣子，不顧恩義，畔主背親㉗，爲降虜於蠻夷，何以汝爲見㉘！且單于信汝㉙，使決人死生；不平心持正㉚，反欲鬥兩主㉛，觀禍敗！南越殺漢使者㉒，屠爲九郡；宛王殺漢使者㉓，頭縣北闕；朝鮮殺漢使者㉔，卽時誅滅；獨匈奴未耳㉕！若知我不降明㉖，欲令兩國相攻㉗，匈奴之禍㉘，從我始矣！"律知武終不可脅㉙，白單于。單于愈益欲降之，乃幽武㉚，置大窖中㉛，絕不飲食。天雨雪㉒，武臥齧雪㉓，與旃毛并咽之，數日不死。匈奴以爲神，乃徙武北海上無人處㉔，使牧羝㉕，羝乳乃得歸㉖。 別其官屬常惠等㉗，各置他所。

武既至海上，廩食不至㉘，掘野鼠、去艸實而食之㉙。 杖漢節牧羊⑨，臥起操持⑨，節旄盡落。積五六年，單于弟於軒王弋射海上⑨。　武能網紡繳⑱，檠弓弩，於軒王愛之，給其衣食。三歲餘，王病，賜武馬畜、服匿、穹廬⑭。　王死，後人衆徙去⑲；其冬，丁令盜武牛羊⑯，武復窮厄。

①按，本篇原載漢書卷五十四李廣蘇建傳，廣傳後附李陵傳，建傳後後附蘇武傳。此處所錄即蘇武傳全文。傳末附有班固的贊語，茲錄以備考：“孔子稱：‘志士仁人，有殺身以成仁，無求生以害仁。’（語見論語衞靈公篇）‘使於四方，不辱君命。’（語見論語子路篇）蘇武有之矣！”　　②武字子卿：按，漢書各傳體例，首句必載其人姓名。此傳因附在蘇建傳後，故此句僅稱“武”而未載他的姓氏。　　③“少以”二句：上句，“父”指蘇武的父親蘇建。蘇建傳：“蘇建，杜陵人也。以校尉從大將軍青擊匈奴，封平陵侯（平陵城在今河北省大城縣東北百餘里）。……其後爲代郡太守，卒官（死於任所）。有三子：嘉爲奉車都尉；賢爲騎都尉；中子武，最知名。”“以父任”，由於父親的職位的關係。下句，“兄弟”，指蘇武與兄蘇嘉、弟蘇賢。按，漢代凡二千石以上的官員，其子弟得以父廕爲郎。蘇建辭爲平陵侯，官至太守，故武等都被任用爲郎。　　④“稍遷”句：此句主語是蘇武。“遷”，陞遷。“栘中廄”，馬廄名。“栘”音移，木名，即唐棣。漢宮有栘園，園中有馬廄，故名“栘中廄”。“監”讀去聲，即管理馬廄的官，所管有鞍馬、鷹犬等射獵之具（參閱漢書昭帝紀注）。此言蘇武由郎官漸次陞爲栘中廄監。　　⑤“時漢”二句：上句，“連”，屢次。下句，“數”讀爲朔，與上句“連”字爲互文；“相窺觀”，互相窺測、觀察。此言“這時漢武帝連年舉兵征伐匈奴，因此雙方屢次交派使臣，藉以觀察兩國的動靜”。　　⑥“匈奴留漢”句：“十餘輩”，猶今言“十幾批”。此言“匈奴扣留了漢朝派遣的使臣郭吉、路充國等，前後共十餘批”。按，郭吉、路充國出使被留事皆並見史記匈奴列傳和漢書匈奴傳。據漢書匈奴傳，武帝於元封元年（公元前一一○年），曾親自統兵十八萬騎以臨北邊，“而使郭吉

風告(曉諭)單于(按，即烏維單于)。既至匈奴，匈奴主客(匈奴官名，掌管接待外國使臣)問所使(出使的目的何在)，郭吉卑體(十分恭敬客氣)好言曰：‘吾見單于而口言(當面再談)。’單于見吉，吉曰：‘南越王頭已懸於漢北闕下。今單于即能前與漢戰，天子自將兵待邊；即不能，亟南面而臣於漢。何但遠走，亡匿於漢北寒苦無水草之地爲？’語卒，單于大怒，立斬主客見者(把引見郭吉的主客殺死)，而留郭吉不歸，遷辱之北海上。”至元封四年(公元前一〇七年)秋，“匈奴使其貴人至漢。病，服藥，欲愈之，不幸而死。漢使路充國佩二千石印綬，使送其喪，厚幣直(值)數千金。單于以爲漢殺吾貴使者，乃留路充國不歸。”至元封六年(公元前一〇五年)，烏維單于死，子詹師廬立，更扣留漢之弔喪使臣，“漢使留匈奴者前後十餘輩，而匈奴使來，漢亦輒留之相當。”可與此傳互參，謹錄以備考。　　　⑦“漢亦留之”句：漢朝也把匈奴使者扣留下來以互相對抵。⑧天漢元年：即公元前一百年，是漢武帝即位的第四十一年。　　　⑨“且鞮侯單于”句：“且鞮侯單于”，烏維單于的兄弟，即位前爲左大都尉，於天漢元年初立爲單于。按，烏維單于死，子詹師廬立，年少，號爲兒單于。兒單于在位三年而死，其子年少，匈奴乃立其叔父(烏維單于弟)右賢王勾黎湖爲單于。勾黎湖在位一年而死，由其弟且鞮侯繼位。“且”音租，“鞮”音低。　　　⑩“漢天子”二句：“丈人”，沈欽韓説：“此以‘丈人’爲家長也，故單于比漢天子於丈人行。”“行”，猶“輩”。此言“漢朝的皇帝乃是我的長輩、父輩”。按，漢書匈奴傳：“(且鞮侯)單于乃自謂：‘我，兒子，安敢望漢天子！漢天子，我丈人行。’”可與此互參。　⑪歸：送回。　⑫嘉其義：嘉獎他懂得道理。　　　⑬“乃遣”句：“節”，使者所持的信物。以竹爲節桿，上綴以旄牛尾，凡三重，故又稱“旄節”。“持節”，拿着代表皇帝的旄節去出使。此言“武帝於是派遣蘇武以中郎將的身分出使，並命他拿着旄節護送扣留在漢朝的匈奴使者歸國”。　　　⑭“因厚賂”二句：趁便贈給單于很豐厚的財物，以報答他對漢朝的好意。　　　⑮“武與”至“百餘人俱”：“假吏”，顏注：“猶言‘兼吏’也。時權爲使之吏。”即臨時委任的使

臣屬吏。“常惠”，太原人。隨蘇武出使匈奴，與武同時歸國。後代武爲
典屬國。漢書有常惠傳。“募士”，招募來的士卒，此處做爲專名詞；“斥
候”，指在道上守衛偵察的哨兵。此言“蘇武便與副中郎將張勝和假吏常
惠等以及士兵百餘人一同出發”。　　⑯“置幣”句：“置”，準備，安排；
“遺”讀去聲，贈送。此言“準備了禮物贈給且鞮侯”。　　⑰非漢所望也：
不像漢朝初意所期望的那樣。胡三省説：“漢望其回心向善，今乃益驕，
故曰‘非漢所望’。”　　⑱“方欲”句：正要打發使臣護送蘇武等回國。
⑲“會緱王”句：“會”，適逢，恰値；“緱王”，匈奴的一個親王，詳下註；“緱”
音 kou。“長水”，水名，又稱滻水，在今陝西省藍田縣西北，流經長安東
南。其地多胡騎，故設“長水校尉”之官以掌其事。“長水虞常”，言虞常是
長水人，非指常爲校尉之官。胡三省説：“虞常蓋亦先没（早就淪陷）於匈
奴。”此言“這時恰好趕上發生緱王和漢族的長水虞常等人在匈奴國内謀
反的事件”。　　⑳“昆邪王”句：“昆邪王”是匈奴的一個親王。據漢書匈
奴傳，元狩二年（公元前一二一年）夏，張騫、李廣等擊匈奴，匈奴損傷甚
多。“其秋，（伊穉斜）單于怒昆邪王、休屠王居西方，爲漢所殺虜數萬人，
欲召誅之。昆邪、休屠王恐，謀降漢。漢使驃騎將軍（霍去病）迎之。昆
邪王殺休屠王，并將（帶領）其衆降漢，凡四萬餘人。”緱王就是在這一
次隨同昆邪王降漢的。漢卽以昆邪王的領地爲武威、酒泉二郡（約當今
甘肅省民勤、武威兩縣以西至山丹、張掖等縣一帶地方）。　　㉑“後隨”
句：言緱王後來又跟隨浞野侯征匈奴，因兵敗而重新淪陷在胡中。按，
“浞野侯”卽趙破奴，史記、漢書皆不載其所封采邑在何地。破奴，太原
人，早年曾亡命匈奴，後歸國，爲霍去病軍司馬。太初二年（公元前一〇
三年）春，漢使破奴率二萬騎出擊匈奴，破奴爲敵所虜獲，降匈奴，全軍皆
淪陷於胡。後破奴又逃歸，因罪滅族。其事見漢書衞青霍去病傳及匈奴
傳。“浞”音捉。　　㉒“及衞律”句：“衞律”，漢降臣，在匈奴被封爲丁靈
王。漢書李陵傳：“父本長水胡人，律生長漢（在漢朝長大的），善協律都
尉李延年。延年薦言律使匈奴。使還，會延年家收（全家被誅），律懼并

誅(因牽連而一併被誅),亡還,降匈奴。匈奴愛之,常在單于左右。"餘詳下註。　　㉓"陰相與謀"句:"閼氏"音煙支,匈奴對皇后的稱號。此連上文言"緱王、虞常以及衛律所帶來的投降匈奴的人們一同在暗中策劃,打算把單于的母親閼氏劫掠到漢朝去請功。"　　㉔"素與"句:素來同張勝熟識。　　㉕私候勝:私自去拜訪張勝。　　㉖"常能"句:大意是:我能替漢朝效勞,暗中藏了弩弓把衛律射死。"　　㉗"幸蒙"句:希望受到漢朝的賞賜。"其"指漢廷。　　㉘"獨閼氏"句:只有匈奴的閼氏和一些年輕的子弟留在國內。　　㉙欲發:要想起事。　　㉚"其一人"二句:在七十多人中有一人連夜逃走,向匈奴方面報告。　　㉛"單于子弟"二句:言"單于的子弟們就發動兵卒同虞常等作戰,緱王以及其他的人都戰死了"。　　㉜虞常生得:只有虞常被匈奴方面活捉住。　　㉝"恐前語"二句:上句,"前語",指不久以前虞常同張勝私人談話的內容;"發",洩露。下句,言張勝於是把經過的情形告訴了蘇武。"語"讀去聲。　　㉞此必及我:猶言"這一定會牽連上我"。　　㉟"見犯"三句:"見犯",受到侮辱;"乃",猶"纔";"重",更加;"負國",辜負了國家,引申有"有辱國體"之意。顏注:"言被匈奴侵犯,然後乃死,是爲更負漢國。故欲先自殺也。"　　㊱果引張勝:果然把張勝攀引在內。　　㊲諸貴人:指匈奴的許多貴族。　　㊳左伊秩訾:匈奴的王號,有"左"、"右"之分(參用胡三省說)。　　㊴"即謀"二句:"即",假使;"加",加重。顏注:"言謀衛律而殺之,其罰太重也。"意謂"現在這些人打算謀殺衛律,你就打算把漢朝的使臣殺掉;假如他們謀殺單于,則你將用什麼更重的處罰呢?"　　㊵宜皆降之:應該設法讓他們都歸降。　　㊶召武受辭:把蘇武找來受審訊。㊷"屈節"三句:大意是:"我以漢朝使臣的身分而在匈奴受審,那簡直是屈辱了國家的使命;即使不死,還有什麼臉面回到祖國去!"　　㊸"引佩刀"句:抽出自己所佩帶的刀就刺在身上。　　㊹"衛律驚"三句:"毉",古"醫"字。此言"衛律見蘇武自殺,吃了一驚,親自把蘇武抱住,用手奪下他手中的刀,並命人騎着馬很快地找來醫生"。　　㊺鑿地爲坎:把地面掘了一個坑。　㊻“置熅火”二句：上句，“熅”音温，說文：“鬱煙也。”顏注：“‘熅’謂聚火無焱（燄）者也。”按，“熅火”，即初燃未旺有煙無燄的火。下句，顏注：“覆身於坎上也。”此言“在坑中燃了熅火，然後把蘇武面朝下覆置於坑上”。　㊼“蹈其背”句：“蹈”，“搯”之假借字，音滔，作“輕輕敲打”解。楊樹達說：“背不可蹈，況在刺傷時耶！‘蹈’當讀爲‘搯’。國語魯語云：‘無搯膺。’韋注云：‘搯，叩也。’……‘搯膺’，謂叩胸也。搯背者，輕叩其背使出血，不令血淤滯體中爲害也。”按，楊說是。此言“醫生輕敲蘇武之背使其出血”。　㊽半日復息：“息”，呼吸。此言“過了好半天才醒過來”。　㊾輿歸營：“輿”作動詞用，猶言“抬”。此言“把蘇武抬回漢使所住的營帳”。　㊿壯其節：爲蘇武的節操所感動。　(51)“朝夕”二句：言“單于一方面每天早晚都派人去問候蘇武，以示敬重；另一方面則把張勝逮捕，扣押起來”。　(52)武益愈：“益”作“漸”解，已詳前史記李將軍列傳註釋。此言“蘇武的創傷一天比一天好起來了”。　(53)“單于使使”二句：上句，“曉”，通知；“會”，共同；“論”，判定罪名。此言“單于派人通知蘇武前來共同判定虞常的罪名”。按，舊本多在“曉武”下斷句，顏注更謂：“諭說令降也。”非是。因下文尚有“欲因此時降武”之言，如依顏注，則上下文重複。此依王峻漢書正誤引清陳景雲說斷句。陳氏說：“按，‘單于使使曉武會論虞常’十一字，當作一句讀。蓋曉武以同至論囚處也。曉武中當無說降語。尋下文自明。”謹録以備考。下句，言“單于打算趁審訊虞常時威脅蘇武投降”。　(54)“劍斬”句：按，此是班固敍事文字經濟處，把敍述審訊虞常的過程省略，只說“及至用劍殺死虞常之後”。　(55)“謀殺”句：“近臣”，衛律自謂。此連上下文言“漢朝的使臣張勝竟想謀殺單于的親信的大臣，當論死罪”。　(56)“單于募降者”句：“募”，作“招”解。言“但單于現在招降你們，只要投降就可寬赦你們的死罪”。　(57)“副有罪”二句：言“副使有罪，正使應當連帶治罪”。　(58)“本無謀”三句：蘇武說：“本來没有參加共同謀畫，又同他們没有親戚關係，怎麼能說連帶治罪？”　(59)復舉劍擬之：主語是衛律。“擬”，猶今所

謂 "比劃"。此言 "衞律又舉起劍來向蘇武做出要殺死他的樣子"。
⑥武不動: 蘇武毫不因衞律的威脅而表示動搖。"動"指内心動搖,不是
身體擺動。　　⑥①"幸蒙"二句:言"我幸運地受到單于的大恩,封賜我以丁
靈王的稱號"。　　　⑥②"擁衆"二句:上句,言"自己擁有好幾萬人,做爲自
己的奴隸"。下句,"彌山",滿山。言"歸自己所有的馬匹、牲畜也極多,
漫山遍野,數不過來"。　　　⑥③富貴如此:言"我在匈奴所享受的富貴到如
此地步"。　　⑥④"蘇君"二句: 言"你今天投降,明天也就同我一樣富
貴"。　　　⑥⑤"空以"二句:"空",白白地;"膏",作動詞用,有"肥美"之意。
"以身膏草野",把身體供給草野做了肥料。此二句言"你白白地流血犧
牲了自己,又有誰知道你呢!"　　　⑥⑥"君因"二句: 言"你依靠我的引薦而
投降匈奴,我願意同你結爲兄弟"。　　　⑥⑦"畔主"二句: 上句,"畔"同
"叛";"親",親人。下句,"蠻夷",泛指外族,並非説匈奴即是"蠻夷"。此
言"你背叛了國君和親人,甘願做投降外族的俘虜"。　　　⑥⑧何以"句: 要
見你幹什麼。　　　⑥⑨"且單于"二句: 況且單于相信你,讓你有決定人死生
的權力。　　　⑦⑩"不平心"句: 你不但不居心平允,主持公正。　　⑦①"反
欲"二句:上句,"鬭",此處是及物動詞,有"挑撥"、"啓釁"之意。下句,
"觀",猶言"坐視"。此二句言"你反而在漢朝天子和匈奴單于之間進行
挑撥,使他們互相鬭争,你却從旁坐觀兩國的災禍和損失"。　　　⑦②"南
越"二句,按,自此以下六句已略見前史記萬石君列傳註釋,可參閲。據
漢書武帝紀,南越王相呂嘉殺其國王及漢使者在元鼎五年(公元前一一
二年)夏,漢乃遣路博德、楊僕等往征南越。至次年(元鼎六年,公元前一
一一年)冬,遂定越地,置南海、蒼梧、鬱林、合浦、交阯、九真、日南、珠厓、
儋耳九郡。"屠",猶"夷",平定。　　　⑦③"宛王"二句:上句,"宛王",指大
宛國王毋寡。據漢書武帝紀、西域傳及資治通鑑卷二十一,武帝太初元
年(公元前一〇四年)秋,漢使壯士車令入大宛求良馬,大宛不但不肯獻
馬,並令其貴族郁成王把漢使截殺於歸途。武帝大怒,命李廣利伐大宛,
至太初三年(公元前一〇二年),大宛諸貴族乃殺毋寡,獻馬出降。至太

初四年，李廣利擒毋寡首級及大宛良馬至京師。下句，"縣"同"懸"。言毋寡的頭終於懸掛在漢朝的宮闕之下。　　　⑭"朝鮮"二句：據史記朝鮮列傳，漢武帝元封二年(公元前一〇九年)，命使臣涉何說降朝鮮王右渠，右渠殺涉何，武帝乃遣楊僕、荀彘等往討右渠，右渠投降。此言"誅滅"，當是誇大其詞，猶言"討平"。　　　⑮"獨匈奴"句：言"只有匈奴還沒有被消滅"。　　　⑯"若知"句："若"，你。此言"你知道我的不投降已很明白了"。　　　⑰"欲令"句：此連上文言"你明知我不會投降，卻偏來逼我，這無非想要讓漢和匈奴互相用兵罷了"。　　　⑱"匈奴之禍"二句：言"匈奴在不久的將來如果遭到敗亡之禍，那一定是由殺死蘇武而招致的"。⑲終不可脅：到底無法威脅。　　　⑳乃幽武："幽"，囚。此言"於是把蘇武監禁起來"。　　　㉑"置大窖"二句：上句，"窖"音 jiào，藏米粟的地穴。下句，"飲"讀去聲，"食"音寺，都是及物動詞。此二句言"把蘇武禁閉在一個大窖裏，不給他水喝，也不給他飯吃"。又，據王念孫考證，下句應作"絕不與飲食"，則"飲"、"食"讀本音，作名詞用，指飲料和食物。於文義較明順，錄以備考。　　　㉒天雨雪："雨"讀去聲，作動詞用。"雨雪"，猶言"落雪"。　　　㉓"武臥"二句：上句："齧"音niè，咬，嚼。下句，"旃"同"氈"，音zhān，毛織物；"咽"音宴，吞。此言"蘇武臥於窖中，嚼雪止渴，並取氈子上的毛與雪同吞以充飢"。按，新序節士篇："又當盛暑，以旃厚衣并束，三日曝，武心意愈堅，終不屈撓。"則傳說異辭，錄以備考。　　　㉔"乃徙武"句："北海"，齊召南說："按，'北海'爲匈奴北界，其外即丁令也。塞外遇大水澤，通稱爲'海'。……今曰白哈兒湖，在……鄂羅斯國之南界。"按，此即今之貝加爾湖，在蘇聯境內西伯利亞東南部，面積約達一萬三千餘方哩。當時爲匈奴極北方。　　　㉕使牧羝："羝"音低，雄性的羊。㉖"羝乳"句："乳"，猶"產"。此連上文言"匈奴命令蘇武在北海牧羊，要公羊生產了小羊才准回國"。顏注："羝不當產乳，故設此言，示絕其事。"㉗"別其"二句："別"，分別隔離。此言"匈奴把蘇武帶去的隨行人員常惠等都各自分隔開來，置於其他的地方"。　　　㉘"廩食"句："廩"，此處是動詞,作“供給”解;“廩食”,指食物的供應。此言“匈奴停止了對蘇武的食物的供應”。 (89)“掘野鼠”句:“去”,同“弆”,音舉,作“藏”解;“屮”音徹,本“艸”之初文,此處卽假借爲“草”字;“草實”,野生的果實。此句有二解:一、言蘇武挖掘了野鼠所儲藏於穴中的野果子來吃(顏注引蘇林說);二、漢書補注引劉攽說:“今北方野鼠之類甚多,皆可食也。武掘野鼠,得卽食之;其草實,乃頗弆藏耳。”意謂蘇武取野鼠和草實兩者以充飢。兩說皆可通。 (90)“杖漢節”句:拄着代表漢廷的節去牧羊。 (91)“卧起”二句:不論睡眠或起身都拿着漢節,節上的旄都脱落乾淨了。 (92)“單于弟”句:“於靬王”,且鞮侯單于的弟弟。“於”音烏,“靬”音堅。“弋射”,卽射獵。“弋”已屢見前注。 (93)“武能網”二句:上句,據宋祁、王念孫考證,“網”上應有“結”字,是。“繳”音 zhùo,顏注:“生絲縷也,可以弋射。”按,“繳”卽在弋射所用的箭的尾部所帶的絲繩。下句,“檠”音警,本是矯正弓弩的工具,此處是動詞,作“矯正”解。此言“蘇武能結魚網,紡繳絲,矯正弓弩,所以他就爲於靬王修補獵具,以供其漁獵之用。” (94)“賜武”句:“服匿”,有二解:一、盛酒酪之器,小口,大腹,方底(顏注引孟康說)。二、小型氈製的帳篷(顏注引劉德說)。疑前說是。“穹廬”,大型的圓頂帳篷,“穹”音窮。 (95)後人衆徙去:言“不久以後,於靬王的部下也都搬走了。”按,舊本多以“後”屬上句,恐非是。 (96)“丁令”二句:“丁令”卽“丁靈”,部落名,匈奴的别種。此言“丁靈族的人把蘇武的牲畜盜去,因此蘇武又窮困了”。〔以上是第一大段,寫蘇武出使匈奴被扣留的原因,並寫蘇武不屈服於威脅利誘的的忠貞氣節。〕

初,武與李陵俱爲侍中。武使匈奴明年①,陵降,不敢求武②。久之,單于使陵至海上,爲武置酒設樂③。因謂武曰:“單于聞陵與子卿素厚④,故使陵來説。足下虛心欲相待⑤,終不得歸漢,空自苦亡人之地⑥,信義安所見乎⑦? 前長君爲奉車⑧,從至雍棫陽宮⑨,扶輦下除⑩,觸柱折轅⑪;劾大不敬⑫,伏劍自刎⑬,賜錢二百萬以葬。孺卿從祠河東后土⑭，宦騎與黃門駙馬爭船⑮，推墮駙馬河中，溺死；宦騎亡⑯。詔使孺卿逐捕⑰，不得；惶恐飲藥而死⑱。來時，太夫人已不幸⑲，陵送葬至陽陵⑳。子卿婦年少，聞已更嫁矣。獨有女弟二人㉑，兩女一男，今復十餘年，存亡不可知。人生如朝露㉒，何久自苦如此！陵初降時，忽忽如狂㉓，自痛負漢㉔；加以老母繫保宮㉕。子卿不欲降㉖，何以過陵！且陛下春秋高㉗，法令亡常㉘，大臣亡罪夷滅者數十家㉙——安危不可知㉚。子卿尚復誰爲乎㉛？願聽陵計㉜，勿復有云！”

武曰：“武父子亡功德㉝，皆爲陛下所成就：位列將㉞，爵通侯，兄弟親近。常願肝腦塗地㉟。今得殺身自效㊱，雖蒙斧鉞湯鑊，誠甘樂之。臣事君，猶子事父也；子爲父死㊲，亡所恨。願勿復再言！”

陵與武飲數日，復曰：“子卿壹聽陵言㊳。”

武曰：“自分已死久矣㊴！王必欲降武㊵，請畢今日之驩，效死於前！”

陵見其至誠，喟然歎曰：“嗟乎，義士！陵與衞律之罪，上通於天㊶！”因泣下霑衿㊷，與武決去㊸。陵惡自賜武㊹，使其妻賜武牛羊數十頭。

後陵復至北海上，語武：“區脫捕得雲中生口㊺，言太守以下吏民皆白服㊻，曰：‘上崩㊼！’”武聞之，南鄉號哭歐血㊽，旦夕臨數月㊾。

昭帝即位數年㊿，匈奴與漢和親。漢求武等，匈奴詭言武死[51]。後漢使復至匈奴，常惠請其守者與俱[52]，得夜見漢使，具自陳道[53]。教使者謂單于：“言‘天子射上林中[54]，得雁，足有係帛書[55]，言武等在某澤中。’”使者大喜，如惠語以讓單于[56]。單于視左右而驚，謝漢使曰:"武等實在㊼。"

　　於是李陵置酒賀武曰:"今足下還歸㊿,揚名於匈奴㊾,功顯於漢室。雖古竹帛所載⑥,丹青所畫,何以過子卿!陵雖駑怯⑥,令漢且貰陵罪⑥,全其老母,使得奮大辱之積志⑥,庶幾乎曹柯之盟⑥,此陵宿昔之所不忘也⑥!收族陵家⑥,爲世大戮,陵尚復何顧乎⑥?已矣⑥,令子卿知吾心耳!異域之人⑥,壹別長絶!"陵起舞,歌曰:"徑萬里兮度沙幕⑦, 爲君將兮奮匈奴。路窮絶兮矢刃摧⑦,士衆滅兮名已隤⑦;老母已死⑦,雖欲報恩將安歸!"陵泣下數行⑦,因與武決。單于召會武官屬⑦,前已降及物故⑦,凡隨武還者九人。

　　武以始元六年春至京師⑦。 詔武奉一太牢⑦,謁武帝園廟。拜爲典屬國⑦,秩中二千石;賜錢二百萬,公田二頃,宅一區⑧。常惠、徐聖、趙終根皆拜爲中郎⑧,賜帛各二百匹⑧。其餘六人,老,歸家,賜錢人十萬,復終身⑧。常惠後至右將軍,封列侯, 自有傳。武留匈奴凡十九歲,始以彊壯出⑧,及還,須髮盡白⑧。

　　　①"武使匈奴"句: 言蘇武出使匈奴的次年,卽天漢二年(公元 前九九年)。　　②不敢求武:"求",訪。王先謙說:"愧見武,不敢求訪之。"③置酒設樂: 準備酒宴,陳設歌舞。　　　④素厚: 指交誼一向深厚。⑤"足下虛心"句:舊本或以"足下"連上句,此句作"虛心欲相待",疑非是。如依舊本斷句,則"虛心欲相待"指單于很虛心,打算以禮待蘇武;而下文"終不得歸漢"以下數句則皆無主語,語氣不順。今以"足下"連此句,則"虛心相待"指蘇武等待機會回轉祖國,但"終不得歸漢",於文義似較明順。"虛心"作"平心靜氣"解　　⑥"空自苦"句:"亡"同"無"。言"你白白地在遺荒無人烟的地方受罪"。　　⑦"信義"句: 言"你對祖國所守的信義又有誰看得見呢!"　　⑧"前長君"句:"前",前些時候;"長君",指蘇武的長兄蘇嘉;"奉車",卽奉車都尉。漢書百官公卿表:"奉車

都尉,掌御乘輿車;……武帝初置,秩比二千石。"當皇帝出行時,奉車都尉例須隨侍車輿。　　⑨"從至"句:"雍",已屢見前註;"棫陽宮",本秦宮,在雍之東北。"棫"音域。此言"蘇嘉隨侍武帝至棫陽宮。"　　⑩"扶輦"句:"除",殿階。此言"當侍從們扶着皇帝的車輦走下殿階的時候"。⑪"觸柱"句:皇帝的車輦撞在柱子上,把車轅撞折了。　　⑫劾大不敬:按,輿輦出了問題,罪在奉車都尉。故蘇嘉受到彈劾,認爲犯了不大敬的罪。　　⑬"伏劍"句:"伏"通"服",作"用"解。"伏劍自刎"即"用劍自殺"。　　⑭"孺卿"句:"孺卿",武弟蘇賢的字。"祠",祀;"河東",郡名,郡治在今山西省夏縣北;"后土",對"皇天"而言,指地神;"后"是尊稱。據漢書武帝紀及資治通鑑,武帝祠河東后土在天漢元年三月,而且鞮侯即位在太初四年冬,　則蘇武出使當在武帝祠河東后土以前。此言"蘇賢從武帝到河東郡祭后土"。　　⑮"宦騎"三句:"宦騎",顏注:"宦者而爲騎也。"指騎馬侍衛皇帝的宦官。"騎"讀去聲。"駙馬",即"副馬",顏注:"非正駕車,皆爲駙馬。"本指皇帝副車所用之馬,後乃以乘駙馬之官爲"駙馬",猶言"驂乘"(用沈欽韓説);其上更有駙馬都尉總司其職。"黃門駙馬",駙馬都尉屬下的官名,顏注:"天子駙馬之在黃門者也。"按,"黃門"本指宮禁之門,而漢武帝時則以黃門爲飼養良馬之地,此處亦當指養馬之處。此三句言"一個騎馬的宦者和一個黃門駙馬由於搶船的緣故,宦者竟把黃門駙馬推下河去淹死了"。　　⑯宦騎亡:那個宦者逃跑了。⑰"詔使"句:皇帝下命令讓蘇賢去追踪輯捕。　　⑱"惶恐"句:蘇賢很驚慌,服毒藥自殺了。　　⑲"太夫人"句:"太夫人"指蘇武的母親;"不幸",即"死"的代稱。按,古人往往因忌諱或表示有禮貌,總不直接提到"死",而以其他字眼代替。　　⑳陽陵:漢景帝的陵墓所在,即長安東北之弋陽山。景帝未死時,以其地爲陽陵縣。故城在今陝西省咸陽市東、高陵縣西南。按,蘇氏葬地在陽陵,故李陵送蘇武母喪至其地。　　㉑"獨有"二句:"女弟",即妹妹。言蘇家只賸下蘇武的兩個妹妹和蘇武的兩個女兒、一個兒子。　　㉒"人生"二句:上句,言"人的一生好像早晨的露水一樣，太陽一出就不存在了"。**顏**注："朝露見日則晞乾，人命短促，亦如之。"下句，言"你爲什麼這樣長久自討苦吃呢！"　　㉓"忽忽"句，"忽忽"，迷惘恍惚，若有所失貌；"狂"，失去知覺。　　㉔"自痛"句：痛心自己對不起漢朝。　　㉕"加以"句：更加上自己的母親被囚禁在保宮裏。按，"保宮"卽"居室"，凡大臣及其眷屬犯罪，皆囚於此處。參閱前史記魏其武安侯列傳"居室"註釋。又按，此是**李陵**追憶初降時情況，因**李陵**説此話時他的家族早已被誅滅了（用王先謙説）。　　㉖"子卿不欲降"二句：**王先謙**説："言**武**家蓋已無人顧慮，而不欲降之情，無以過於**陵**也。"**李陵**意謂"自己不願投降的心情本來很重，但終於無所顧慮而投降；現在蘇武不願投降的心情無論如何是不會超過自己的，又何必不降呢？"　　㉗春秋高：年紀老了。　　㉘法令亡常："亡"同"無"；"常"，一定。言"**武帝**年老，神智不清，故法令經常隨意改變"。　　㉙"大臣亡罪"句：言"**武帝**往往任意殺人，無罪的大臣而被滅族的竟有好幾十家"。　　㉚"安危"句：意謂"**蘇武**卽使歸國，命運安危也不能預測"。　　㉛"子卿尚復"句："爲"讀去聲；"誰爲"，猶言"爲誰"。言"你這樣的行動究竟是爲了誰呢？"　　㉜"願聽"二句：言"希望你能聽我的話，不要再有什麼説的了！"　　㉝"**武**父子"二句：上句，"亡"同"無"。"亡功德"，沒有功勞，也沒有好的品德。下句，"成就"，猶言"栽培"、"提拔"。此言"我們父子是沒有什麼本領和好品德的，所以能有現在的地位，都是皇帝所賜"。　　㉞"位列將"三句：前二句指**蘇建**，後一句指**蘇武**等兄弟三人。"列將"，指被封爲雜號將軍；"通侯"已見前註，此指**蘇建**被封爲平陵侯。第三句，"親近"，周壽昌説："爲朝廷近臣也。"言"我們兄弟三人都是皇帝的近臣"。　　㉟"常願"句："肝腦塗地"，本形容死亡之慘，此處喻以身許國，不惜壯烈犧牲。此言"我一直希望有機會能爲國家犧牲自己的性命"。　　㊱"今得"三句：第一句，言"現在已經得到犧牲自己效忠於國家的機會"。第二句，"蒙"，受到；"鉞"，大斧。"斧鉞湯鑊"，指被處以極刑。第三句，"甘"與"樂"是並列的兩個動詞，猶言"甘心樂意"。後二句言"卽使受到極殘酷的刑法，我也實在甘心樂意"。　　㊲"子爲父死"二句: 言"兒子爲父親犧牲，是沒有什麼遺憾的"。承上文而言，意謂"大臣爲國君犧牲，也是死而無怨的"。　　㊳壹聽陵言: "壹"，孔穎達禮記正義: "決定之辭。"猶今言"一定"、"簡直"。此句言"你就一定聽我的話吧¡"　　㊴"自分"句: "分"讀去聲，作"料定"、"認定"解。此言"我自己認定早已是死去的人了"。　　㊵"王必欲"三句: 第一句，"王"指單于。胡三省以爲指李陵，非是。第二句，"畢"，盡，"驩"同"歡"。第三句，"效"，顏注: "致也。""致命"，猶言"把命交給你"。此言"如果單于一定要讓我投降，那就請求同你今天盡歡而散，然後我就在你面前死去"。　　㊶上通於天: "通"，達。此言"罪行之嚴重有天那樣高"。　　㊷霑衿: 把衣襟都沾溼了。"霑"同"沾"，"衿"同"襟"。　　㊸決去: 猶"別去"。　　㊹"陵惡"二句: "惡"音務。周壽昌說: "案，'惡'，猶'羞惡'之'惡'。言陵自媿於武也。其妻爲單于貴主(公主)，故使賜之。"王先謙說: "周說是。此云'惡'者，所謂羞惡之心也。"此言"李陵羞於自己出面送給蘇武禮物，便讓他的妻賜給蘇武幾十頭牲畜"。　　㊺"區脫"句: "區脫"，疑是譯音語，指兩國邊界上的散居部落。"區"讀如甌。按，漢書匈奴傳: "……(東胡)與匈奴，中間有棄地，莫居(沒有人居住)，各居其邊，爲甌脫。"又: "匈奴所與我界，甌脫外棄地，匈奴不能至也。"又: "(匈奴)……入邊爲寇，漢兵追之，……生得甌脫王。……匈奴見甌脫王在漢，恐以爲導，擊之，卽西北遠去，……發人民屯甌脫。""甌脫"卽"區脫"，皆指邊界部落而言，故其領袖亦稱王。"雲中"，已見前史記李將軍列傳註釋。"生口"，猶言"活口"，卽俘虜。此言匈奴邊境部落中的居民捉到了雲中郡的漢人。　　㊻"言太守"句: 據那個來自雲中的俘虜說: "從太守以下的所有的官吏人民都穿白掛孝。"　　㊼上崩: 皇帝死了。"上"指武帝。按，此是來自雲中的俘虜轉述當地吏民說的話，又爲李陵所轉述。　　㊽"南鄉"句: 鄉同"向"; "號"讀平聲，"號哭"，大聲痛哭; "歐"同"嘔"，音藕，"嘔血"，吐血。此言"蘇武面朝着南方，大哭得吐了血"。　　㊾"旦夕"句: "臨"讀去聲，作"哭"解，專用於哭莫死者。此言“蘇武聽到武帝死去的消息之後，每天早晚必悲慟哭泣以示哀悼，一直維持了好幾個月之久”。按，舊本在“臨”字斷句，以“數月”連下文，非是。因武帝死去的次日，昭帝卽繼位，中間並無數月之隔。(50)“昭帝卽位”句:“昭帝”，武帝少子，名弗陵。公元前八七年，武帝死，昭帝繼位。次年，改元始元。至始元六年，與匈奴和議始成，故此處言“數年”。 (51)詭言武死:“詭言”，謊言，詐言。此句言“匈奴欺騙漢朝使臣，説蘇武已經死了”。 (52)“常惠請其守者”句:此言“常惠也被匈奴派人看守，行動不得自由。既知漢使來到，乃請求看守他的人與他一同去見漢使，表示自己並不私逃”。 (53)具自陳道:自己把這些年所經過的情形完全向漢使陳述了一遍。 (54)上林中:“上林”，卽上林苑。(55)“足有”二句:上句，“係”，同“繫”;“帛書”，在絹帛上寫的書信。下句，“某澤中”，卽指北海上。王念孫説:“凡塞外大澤，通謂之‘海’。”楊樹達説:“‘某澤’者，當時教使者時必質(肯定)言何澤，故單于聞之而驚。史家不詳澤名，故但云‘某澤’耳。”今按，此自是史家省略之詞，當時對單于談話時，必指出蘇武確在何處。此二句言“發現在雁足上繫有一封帛書，上面説明蘇武在某澤中生活”。又，王念孫據荀悦漢紀考訂“某”字應作“荒”字，可備一説。 (56)“如惠語”句:“讓”讀上聲，作“責”解。此言“漢使依照常惠的話去責問單于”。 (57)實在:確實還活着。 (58)還歸:猶言“回歸”。“還”可讀爲旋。 (59)“揚名”二句:言“蘇武的忠貞之名既爲匈奴人所知，而其不辱使命之功，又將顯於漢室”。 (60)“雖古”三句:第一句，“竹帛”，指史籍。第二句，“丹青”，指用彩色所繪的壁畫之類。第三句，“過”，超過，勝過。此言“卽使是古代史書上所載的事件和用彩色所繪畫出來的傑出人物，也不能勝過你現在的行爲和功績”。(61)駑怯:謙詞。“駑”，笨拙無能;“怯”，懦弱膽怯。 (62)“令漢”二句:“貰”音世，寬赦;“全”，保全。此言“假使漢廷姑且寬赦我的罪行，保全我的老母”。 (63)“使得”句:“大辱”，指降敵之事;“積志”，積蓄於心中的願望。此言“讓我能把在奇恥大辱之下所積蓄已久的志願施展出來”。

⑥⑷"庶幾乎"句:"曹",卽魯之曹沫(左傳作"曹劌");"柯",春秋時齊邑,卽今山東省陽穀縣東北五十里的阿城鎮。此指曹沫爲魯莊公在柯邑劫齊桓公的事件,已詳前史記刺客列傳注釋。劉台拱漢學拾遺:"陵自以敗軍之將,欲立功自贖,故引曹劌爲比。"此言"或者我也能像曹沫在柯邑結盟時的舉動一樣,對漢朝有所貢獻"。　　　　⑥⑸"此陵宿昔"句:"宿"通"夙","昔"通"夕","夙夕",猶言"早晚"。此言"這是我一天到晚都不能忘掉的想法"。　　　　⑥⑹"收族"二句:"大戮",大恥辱。此言"漢朝竟把我全家收捕處死,成爲社會上一件最大的恥辱"。　　　　⑥⑺"陵尚"句:我還有什麼可留戀的呢?　　　　⑥⑻"已矣"二句:"已矣",猶言"算了"、"完了"。此言"一切都完了,我所以向你說,無非要讓你知道我的心罷了"。　　　　⑥⑼"異域"二句:"異域":外國。"壹"同"一"。此言"我已成爲異國之人,這一次分別就要永久隔絕了"。　　　　⑺⓪"徑萬里"二句:上句,"徑",通過、穿過;"度"同"渡",與"徑"爲互文;"沙幕",同"沙漠",與"萬里"爲互文。下句,"君"指漢武帝;"奮",奮戰。此言"我走了一萬里路,穿過了大沙漠,爲皇帝帶着兵在匈奴奮戰"。　　　　⑺①"路窮絕"句:"路窮絕",指被困在狹谷中;"矢刃摧",兵器都摧折毀壞了。參閱前李將軍列傳及注釋。

⑺②"士衆滅"句:"隤"同"穨",喪失。此言"部下的士兵都死光了,自己的名譽也已喪失了"。　　　　⑺③"老母"二句,言"自己的老母已死,自己雖想答報母恩,但是讓我回到何處去呢!"按,李陵之意,純從個人恩怨得失出發,自不及蘇武之堅苦卓絕。　　　　⑺④"陵泣下"二句:上句,"數行",形容涕淚縱橫的樣子,"行"音杭。下句,"決"同"訣",訣別;此處有"永別"之意。　　　　⑺⑤召會武官屬:"會",聚集。此言"把蘇武當初帶來的隨行官員都召集聚會到一起"。　　　　⑺⑹"前已降"二句:"物故",猶言"死"。按,"物故"之意,衆說紛紜。兹錄王念孫說以備考:"師古曰:'物故,謂死也。言其同於鬼物而故也。一說:不欲斥言,但云其所服用之物皆已故耳。'宋祁曰:'"物",當從本(按,卽宋初江南本)作"歾",音没。'又,釋名曰:'漢以來謂死爲物故,言其諸物皆就朽故也。'(原注:此師古後說所本。)

史記張丞相傳集解引高堂隆答魏朝訪曰：‘物，無也。(原注：此是讀“物”爲“勿”。)故，事也。言無所能於事。’念孫案：子京(卽宋祁)説近之。‘物’與‘歾’同。説文：‘歾，終也。’或作‘歿’。‘歾’、‘物’聲近而字通。今吳人言‘物’字，聲如‘没’，語有輕重耳。‘歾故’，猶‘死亡’。楚元王傳云：‘物故流離以十萬數。’夏侯勝傳云：‘百姓流離物故者過半。’‘物故’與‘流離’對文，皆兩字平列。諸家不知‘物’爲‘歾’之借字，故求之愈深而失之愈遠也。”今按，宋、王説近是。此二句言“除去先前投降匈奴的和已經死去的，此次隨蘇武歸國的共有九人”。又按，齊召南説：“按，此專記武官屬耳。(漢書)匈奴傳言有馬宏者，前以副使使西域，爲匈奴所遮(攔截)，不肯降，至是與武並還漢。”周壽昌也説：“時偕武歸者，尚有馬宏。前與光禄大夫王忠使西域，爲匈奴所遮。忠戰死，宏生得，不肯降(按，事皆見漢書匈奴傳)。持節之苦，尚在武前，不止十九年，至此方與武同歸。當時不聞爵賞，後亦無人道及，僅於匈奴傳中一見姓名，豈獨武同歸之其餘六人姓名未載爲可歎也！”今按，馬宏是否在此九人之中，已不可考。但漢廷對這些有民族氣節的使臣封賞太薄，則爲事實。卽班固作此傳，亦不無微詞。詳下註。　　⑦“武以”句：“始元六年”，漢昭帝卽位的第六年，卽公元前八一年。自天漢元年(公元前一百年)至此年，　爲十九年。　　⑱“詔武奉”句：“奉”，呈；“太牢”，以一牛、一豕、一羊爲祭品。此連下文言“皇帝命令蘇武帶着一太牢以爲祭品去謁見武帝的陵園、祠廟”。　　⑲“拜爲”二句：上句，“典屬國”，本秦代官名，掌管當時來歸附的各外族屬國的政務。胡三省説：“今以命武，以武久在匈奴中　習外夷事，故使爲是官。”後將此官裁撤，併入大鴻臚。下句，按，漢代　石的官秩分爲三等，最高者爲“中二千石”，次爲“二千石”，再次爲“比二千石”。續漢書百官志：“百官受奉(俸)例：……中二千石奉(俸)，月百八十斛；二千石奉(俸)，月百二十斛；比二千石奉(俸)，月百斛。……”此言“封蘇武爲典屬國的官職，每月按一百八十斛給俸米”。　　⑳宅一區：住宅一所。　　㉑“常惠、徐聖”句：“常惠、徐聖、趙終根”，都是與蘇武一同出使

的隨行官吏，其餘六人則未載姓名。　　㉒"賜帛"句："帛"，卽今所謂的
綢子。　　㉓復終身："復"，猶"除"，指免除徭役。此言"免除此六人終
身的徭役義務"。　　㉔"始以"句："彊壯"，指壯年。言蘇武開始出使時
還是壯年。按，武於宣帝神爵二年病死，王先謙説："天漢元年至神爵二
年共四十一年，武使匈奴時，年方四十。"錄以備考。　　㉕"須髮"句：
"須"同"鬚"。言蘇武的鬚髮都變成白色了。〔以上是第二大段，寫蘇武
不爲李陵所動，及終於回到祖國的經過。〕

　　武來歸明年①，上官桀、子安與桑弘羊及燕王、蓋主謀反②。武
子男元③，與安有謀，坐死。初，桀、安與大將軍霍光争權④，數疏
光過失予燕王⑤，令上書告之。又言："蘇武使匈奴二十年⑥，不
降，還，乃爲典屬國⑦；大將軍長史無功勞⑧，爲搜粟都尉。光顓權
自恣⑨。"及燕王等反，誅，窮治黨與⑩。武素與桀、弘羊有舊⑪，數
爲燕王所訟，子又在謀中：廷尉奏請逮捕武⑫。霍光寢其奏⑬，免
武官。

　　數年，昭帝崩⑭。武以故二千石與計謀⑮，立宣帝。賜爵關内
侯，食邑三百户。久之，衞將軍張安世薦武明習故事⑯，奉使不辱
命，先帝以爲遺言。宣帝卽時召武待詔宦者署⑰，數進見。復爲右
曹典屬國⑱。以武著節老臣⑲，令朝朔望⑳，號稱祭酒㉑，甚優寵
之㉒。武所得賞賜，盡以施予昆弟、故人㉓，家不餘財。皇后父平
恩侯㉔、帝舅平昌侯㉕、樂昌侯㉖、車騎將軍韓增㉗、丞相魏相㉘、
御史大夫丙吉㉙，皆敬重武。

　　武年老，子前坐事死，上閔之㉚，問左右："武在匈奴久，豈有子
乎？"武因平恩侯自白㉛："前發匈奴時㉜，胡婦適産一子通國，有聲
問來㉝。願因使者致金帛贖之㉞。"上許焉。後通國隨使者至，上

以爲郎。又以武弟子爲右曹㉟。武年八十餘，神爵二年病卒㊱。

①武來歸明年：言"蘇武回國的第二年"，即昭帝元鳳元年，公元前八〇年。"來歸"猶"歸來"。　　②"上官桀、子安"句：按，上官桀父子與燕王謀反事詳後霍光傳。"上官桀"（"上官"，複姓；"桀"，名）字少叔，隴西上邽（漢縣名，故治即今甘肅省天水市西南七十里之天水縣）人，武帝末年，以功封安陽侯（"安陽"，漢縣名，故城在今河南省正陽縣西南），與霍光同輔昭帝。桀子安，娶霍光女，生女僅六歲，即爲昭帝皇后。安以后父的身分封桑樂侯（所食采邑在千乘，故城在今山東省高苑鎮北），日以驕淫。桀父子欲濫行封賞，爲霍光所阻，乃大怨霍光，欲廢昭帝、殺霍光，立燕王。事敗，宗族盡誅。"桑弘羊"，本洛陽商人之子，爲漢武帝理財，把全國鹽鐵及運輸都控制爲朝廷專利，以搜括民財。至昭帝時，弘羊不受重用，乃與上官桀等一同謀反，被殺。"燕王"，名旦，武帝第三子，昭帝之兄。因不得爲帝而與上官桀父子勾結謀反，事洩，旦自殺，諡爲"刺"（音辣）。"蓋主"，武帝長女，昭帝長姊，昭帝是她撫養大的，故封爲鄂邑長公主（"鄂邑"即今湖北省鄂城縣）。因她是蓋侯的妻，故又稱"蓋主"。"蓋侯"本武帝舅父王信的封號，這個娶鄂邑長公主的蓋侯當是王信的孫子王受（用王先謙說）。按，上官桀父子事見漢書外戚傳，桑弘羊事見漢書食貨志，燕王旦事見漢書武五子傳。蓋主事散見漢書外戚傳、武五子傳及昭帝紀。　　③"武子男"三句："子男"，猶言"兒子"。此言"蘇武的兒子蘇元與上官安同謀，因此被牽連處死"。　　④"桀、安"句："霍光"，詳見後霍光傳。兹從略。　　⑤"數疏光過失"二句："疏"，顏注："謂條錄之。"即分條逐項地記錄下來。"予"同"與"。此言"上官桀父子屢次把霍光的錯誤行爲一條條地記錄下來交給燕王，讓燕王上書給皇帝，告發霍光"。　　⑥使匈奴二十年：王先謙說："武在匈奴十九年，曰'二十年'，舉成數也。"（清朱一新漢書管見說與此同）　　⑦乃爲典屬國："乃"，猶言"僅僅"、"不過"（見詞詮）。　　⑧"大將軍長史"二句："大將軍"指霍光，其長史爲楊敞。據漢書楊敞傳，敞是陝西華陰人，素爲

霍光所厚愛。先居霍光幕府，後乃陞遷爲大司農。又據漢書百官公卿表，武帝太初元年，改治粟内史爲"大司農"；而另有"駮粟都尉"，是武帝時所設軍官，負責催索軍糧，不常置。此處言以楊敞爲搜粟都尉，恐卽指其爲大司農事。"搜"、"駮"音同，義亦相近。　　⑨"光顓權"句："顓"同"專"。"自恣"，自己放肆胡爲。按，以上諸語，皆上官桀父子告知燕王，而又由燕王上書與昭帝者，武五子傳與霍光傳皆載其語，詳見後霍光傳註釋。但此傳所以摘錄，正是作者用以説明蘇武功多賞薄的不公允，而霍光此時正掌大權，自亦責無旁貸。參閲宋胡寅讀史管見。　　⑩窮治黨與：根究上官桀同黨合謀的人。"黨與"，猶"黨羽"。　　⑪"武素與"三句：此三句是下文"廷尉奏請逮捕武"的理由。第一句，"素"，一向，素來；"有舊"，有舊交情。第二句，"訟"，申訴。按，"訟"有二義：一、控訴；二、申訴。漢書王莽傳："吏上書宛訟莽者以百數。"卽指吏民上書替王莽申訴昭雪其宛。此句亦爲"申訴"之意，言"蘇武功多賞薄的情形，曾屢次由燕王向皇帝申訴，顯然蘇武也是上官桀等的一夥兒"。第三句，言蘇武的兒子又在同謀者之中。　　⑫"廷尉"句：當時的司法官吏因此奏明皇帝，請求逮捕蘇武。據百官公卿表，此時的廷尉姓王名平。　　⑬寢其奏："寢"，擱置。此言霍光還比較念舊，因此把廷尉的奏章擱置起來，只免去蘇武的官職。　　⑭昭帝崩：按，昭帝死於元平元年（公元前七四年）四月，在位十三年。　　⑮"武以故二千石"二句：按，昭帝死，無子，霍光等立武帝子昌邑王髆（音博）之子賀爲帝。賀在位二十七日，行淫亂。光乃廢賀，改立宣帝（名詢，是武帝長子據之孫，故稱皇曾孫）。事詳霍光傳。"故二千石"，猶言"前二千石"；蘇武曾受中二千石之祿，後被免官，因此稱"故"。"與計謀"，參與朝臣立宣帝的計謀。"與"讀去聲。　　⑯"衛將軍張安世"三句：第一句，"張安世"，字子孺，張湯子。少以父任，廥爲郎。昭帝時封富平侯（"富平"，漢縣名，故治卽今山東省惠民縣東四十五里之大桑落墅），宣帝時以定策有功，拜大司馬。事見漢書張湯傳的附傳。"故事"，猶言"舊事"；"明習故事"，指理解、熟悉過去的典章制度等。 第二句，指蘇武出使匈奴不降的事情。第三句，言昭帝在位時曾屢次提及蘇武有上述的兩個優點。"先帝"卽指昭帝。 ⑰"宣帝卽時"句："待詔"，等待皇帝宣召；"宦者署"，宦者令的衙署。"宦者令"是少府的屬官(見百官公卿表)。顏注："以其署親近，故令於此待詔也。"此言"宣帝聽了張安世的推薦之言，立卽命令蘇武到宦者署去等候宣召。"按，三輔黃圖："金馬門宦者署。武帝得大宛馬，以銅鑄像，立於署門，因以爲名。東方朔……待詔金馬門，卽此。"然則宦者署卽在金馬門，蘇武實際亦待詔金馬門。 ⑱右曹典屬國："右曹"是屬於尚書令下面的官，當時照例是加衡（用王先謙說）。此指蘇武主要的官職是"典屬國"，另加"右曹"衡。 ⑲著節老臣："著"，顯明，衆所周知。此句言"因爲蘇武是人所皆知的有節操的老臣"。又，據王念孫考證，"著"是"苦"字之誤，"苦節"言在苦難中不改其節操。可備一說。 ⑳令朝朔望：令蘇武每逢初一、十五上朝。 ㉑"號稱"句："祭酒"，對年長有德之人的敬稱。顏注引如淳說："祭祠時唯尊長者，以酒沃酹。" ㉒甚優寵之："優寵"，優禮而尊寵。顏注："加祭酒之號，所以示優尊也。" ㉓"盡以"句："施予"，猶"給與"。此言"蘇武把所得的賞賜之物都拿來施捨、分散給親戚朋友了"。 ㉔平恩侯：宣帝后父許廣漢封平恩侯。 ㉕平昌侯：宣帝母王夫人的哥哥王無故封平昌侯（這是關內侯，無封邑）。 ㉖樂昌侯：卽王無故的弟弟王武。"樂昌侯"也是關內侯。 ㉗韓增：字季君，是弓高侯韓頹當的後裔。昭帝時爲前將軍，與霍光一同謀立宣帝，襲父封爲龍頟侯。其事迹附見漢書韓王信傳。 ㉘魏相：字弱翁，濟陰定陶(秦、漢縣名，故城在今山東省定陶縣西北四里)人，宣帝時由御史大夫爲丞相，爲人嚴毅，但對人民還不無善政。封高平侯（"高平"，漢縣名，在今江蘇省盱眙縣北）。漢書有魏相丙吉傳。 ㉙丙吉：字少卿，魯人。宣帝幼時，因戾太子據犯罪，被囚獄中，爲丙吉所救 始免於難。後宣帝因病幾次幾乎死掉，都賴吉保全。吉爲人深厚，不自矜伐功績；後代魏相爲丞相，封博陽侯（"博陽"，漢縣名，故城在今河南省周口市東北）。漢書有傳。　　　㉚上閔之:“上”指宣帝;“閔”同“憫”，憐憫。
㉛“武因”句: 蘇武通過許廣漢向皇帝陳述。　　　㉜“前發”二句:言“當初
從匈奴出發時，蘇武在北方所娶的胡婦恰好生產了一個兒子，名叫通
國”。　　　㉝有聲問來:“聲問”，音信,消息。　　　㉞“願因”句: 希望通過
使臣把金帛送去，將孩子贖回。　　　㉟“又以”句:“武弟子”，卽蘇賢的兒
子。　　　㊱“神爵”句:“神爵二年”，公元前六〇年，卽漢宣帝卽位的第十
四年。〔以上是第三大段，寫蘇武晚年的遭遇。〕

　　甘露三年①，單于始入朝②。上思股肱之美③，乃圖畫其人於
麒麟閣④，法其形貌⑤，署其官爵、姓名⑥。唯霍光不名⑦，曰“大
司馬大將軍博陸侯，姓霍氏”; 次曰“衞將軍富平侯張安世”; 次曰
“車騎將軍龍頟侯韓增”; 次曰“後將軍營平侯趙充國⑧”; 次曰“丞
相高平侯魏相”; 次曰“丞相博陽侯丙吉”; 次曰“御史大夫建平侯
杜延年⑨”; 次曰“宗正陽城侯劉德⑩”; 次曰“少府梁丘賀⑪”; 次曰
“太子太傅蕭望之⑫”; 次曰“典屬國蘇武”: 皆有功德⑬，知名當世，
是以表而揚之⑭，明著中興輔佐⑮，列於方叔、召虎、仲山甫焉。
凡十一人⑯，皆有傳。自丞相黃霸⑰、廷尉于定國⑱、大司農朱
邑⑲、京兆尹張敞⑳、右扶風尹翁歸㉑ 及儒者夏侯勝㉒等，皆以善
終，著名宣帝之世; 然不得列於名臣之圖㉓——以此知其選矣㉔。

　　①甘露三年:公元前五一年，卽宣帝卽位的第二十三年。　　　②“單
于”句:據漢書宣帝紀:“(甘露)三年，春，正月，……匈奴呼韓邪單于稽侯
狦來朝(“狦”音山)。”蓋自宣帝卽位以來，一直醞釀與匈奴和親，至此時，
匈奴始入朝。　　　③股肱之美:“股”是下肢脛以上的部分，俗所謂大腿;
“肱”音 gōng，是上肢肘腕之間的部分。古以元首（卽今所謂“頭”）喻
君，以股肱喻輔佐之臣，見尚書益稷篇（今文尚書則在皋陶謨），所謂“臣
作朕股肱耳目”和“股肱喜哉，元首起哉”、“元首明哉，股肱良哉”等語。左

傳昭公九年亦有"君之卿佐,是謂'股肱'"之語。漢書魏相丙吉傳贊:"古之制名,必由象類,遠取諸物,近取諸身。故徑謂君爲元首、臣爲股肱,明其一體相待而成也。"孔穎達尚書正義:"君爲元首,臣爲股肱、耳目,大體如一身也。足行手取,耳聽目視,身雖百體,四者爲大,故舉以爲言。鄭玄云:'動作視聽,皆由臣也。'"此言"股肱之美",卽指輔佐之臣甚爲得力。　　　④"乃圖畫其人"句:"其人"指股肱之臣;"麒麟閣",相傳爲漢武帝元狩元年(公元前一二二年)獲麒麟時所建,閣在未央宮中(參用顏注引張晏説及胡三省説)。此言"於是在麒麟閣的壁上把大臣們的容貌摹繪下來"。　　　⑤法其形貌:"法",取法,摹仿。此言"仿照大臣們的形狀容貌作壁畫"。　　　⑥"署其"句:"署",記錄,寫明。此言"把大臣們的官職、爵位、姓名都寫在上面"。　　　⑦唯霍光不名:因霍光功大,表示尊敬,所以不寫出他的名字。　　　⑧趙充國:字翁孫,隴西上邽人。武帝時破匈奴有功。宣帝時,充國年已七十餘,猶能戰勝羌人。他最著名的建議是屯田政策,寓兵於農,尤爲後世所稱。以功封營平侯(食邑於濟南),年八十六卒。漢書有趙充國辛慶忌傳。　　　⑨杜延年:字幼公,是漢武帝時酷吏杜周之子。昭帝時因揭發上官桀的逆謀,封建平侯("建平",漢縣名,故城在今河南省永城縣西南)。事見漢書杜周傳的附傳。　　　⑩劉德:字路叔,楚元王的後裔。他是劉向的父親,昭帝時爲宗正丞("宗正",官名,掌管皇族親屬的事務),參與迎立宣帝的計謀,封陽城侯("陽城",漢縣名,故城在今河南省汝南縣界)。事見漢書楚元王傳。　　　⑪梁丘賀:字長翁,山東諸城人。是漢代治易的名儒,初從田王孫受易,與施讎、孟喜齊名,後又從京房學易。賀爲人小心周密,深得宣帝信任。事見漢書儒林傳。　　　⑫蕭望之:字長倩,蘭陵(縣名,卽今山東省嶧縣)人,宣帝時爲太子太傅。宣帝死,望之輔漢元帝,多有善政,後爲元帝寵臣宦者弘恭、石顯所害。漢書有傳。　　　⑬功德:功業和德行。　　　⑭"是以"句:"是以",因此;"表"、"揚"今已合爲一詞,實則"表"是"表彰","揚"是襃揚、稱贊。此言"上述諸人都是當世知名的賢臣,因此用繪壁畫的方法來表彰、贊美他們"。　⑮"明著"二句:上句,"明",明確地、明白地;"著",說明,指出;"中興",指衰而復盛;"中"可讀去聲。按,當時以爲昌邑王是敗壞了漢室基業的人,故以宣帝比周宣王之中興。下句,"方叔、召虎、仲山甫",都是輔佐周宣王中興的名臣。此言"所以要畫像表彰他們,正是爲了明白地指出這些人都是有助於宣帝中興的輔佐之臣,可以同周宣王時的方叔等人相提並論的"。　⑯"凡十一人"二句:"凡",共計。此言"自霍光至蘇武,共有十一人被畫在麒麟閣上,他們每個人在漢書中都各有自己的傳記"。　按,已詳見上文各項註釋。　⑰黃霸:字次公,淮陽陽夏(今河南省太康縣)人,宣帝時爲廷尉,以寬厚持平治民,後代丙吉爲丞相,封建成侯("建成",漢縣名,故城在今河南省永城縣東南)。事見漢書循吏傳。　⑱于定國:字曼倩,郯人("郯"音談,漢縣名,故城在今山東省郯城縣西南境)。父于公,曾爲東海獄吏。漢代最有名的東海孝婦的冤獄(東海太守冤殺孝婦,郡中枯旱三年),據說就出在于公爲獄吏的時候。當時于公力爭,太守不聽,于公乃辭官。後任太守到郡,用于公言,祭孝婦冢,天乃立即大雨。于公由此知名。定國少時從父親習法律,宣帝時爲廷尉,後代黃霸爲丞相,封西平侯("西平",即今河南省西平縣)。當定國爲廷尉時,民自以爲不冤。至元帝時,因災異免官。漢書有傳。　⑲朱邑:字仲卿,舒人("舒",秦、漢時縣名,即今安徽省廬江縣西舒縣古城),曾爲舒地桐鄉小吏(桐鄉在今安徽省桐城縣北),極爲當地人民所愛戴,死後人民爲他起冢立祠。後以政績第一,入爲大司農。事見漢書循吏傳。　⑳張敞:字子高,平陽(漢縣名,故城在今山西省臨汾縣南)人。宣帝時爲京兆尹,境内無盜賊,爲當時著名能吏。漢書有傳。　㉑尹翁歸:字子況,平陽人,宣帝時爲東海太守,嚴懲黠吏豪民。後爲右扶風太守,京師畏其威嚴,一時大治。漢書有傳。　㉒夏侯勝:字長公,是漢代治尚書的名儒,與其兄子建,並稱爲大、小夏侯。事見漢書儒林傳。　㉓"然不得"句:言"上述黃霸等人,雖亦著名於宣帝之世,但比起前面的十一人,功業德行還是不及的,因此不能把他們列入名臣的圖像中"。　　　　㉔"以此"句：此言"從這兒也可以知道這十一個人是經過一番選擇的了"。意指此十一人的功德非其他人可比。按，王充論衡須頌篇："宣帝之時，畫圖漢列士；或不在於畫上者，子孫恥之。"可見此事影響之大。〔以上是第四大段，作者附載麒麟閣圖畫功臣之事，以見蘇武功業德行，不亞於當時得勢的著名將相。按，李慈銘漢書札記："案，蘇武惟畫麒麟閣一事，足以伸眉身後，故班氏特以此事繫之傳後，以慰千載讀史者之心。良史用心之苦，非晉、宋以後史家所知。又按，如以後世史法論，圖畫麒麟閣功臣事，必當屬之霍光傳後矣。此知班氏猶得春秋'微而顯'、'志而晦'之旨者也。"今按，李說是。謹錄以備考。〕

（二）　霍光傳①

霍光字子孟，票騎將軍去病弟也。父中孺②，河東平陽人也，以縣吏給事平陽侯家③，與侍者衛少兒私通而生去病④。中孺吏畢⑤，歸家，娶婦，生光，因絕不相聞⑥。久之，少兒女弟子夫得幸於武帝，立爲皇后；去病以皇后姊子貴幸。既壯大，乃自知父爲霍中孺，未及求問。會爲票騎將軍，擊匈奴，道出河東。河東太守郊迎⑦，負弩矢先驅。至平陽傳舍，遣吏迎霍中孺。中孺趨入拜謁。將軍迎拜，因跪曰："去病不早自知爲大人遺體也⑧。"

中孺扶服叩頭⑨，曰："老臣得託命將軍⑩，此天力也⒈"

去病大爲中孺買田宅奴婢而去⑪。還，復過焉⑫，乃將光西至長安⑬。時年十餘歲⑭。任光爲郎，稍遷諸曹侍中⑮。去病死，後光爲奉常都尉、光禄大夫⑯，出則奉車⑰，入侍左右。出入禁闥二十餘年⑱，小心謹慎，未嘗有過⑲，甚見親信⑳。

征和二年㉑，衛太子爲江充所敗㉒，而燕王旦、廣陵王胥㉓皆多過失。是時，上年老，寵姬鉤弋趙倢伃有男㉔，上心欲以爲嗣㉕，命大臣輔之。察羣臣，唯<u>光</u>任大重㉖，可屬社稷。上乃使黄門畫者㉗，畫<u>周公</u>負<u>成王</u>朝諸侯以賜<u>光</u>。

<u>後元二年春</u>㉘，上游<u>五柞宫</u>㉙，病篤。<u>光</u>涕泣問曰：“如有不諱㉚，誰當嗣者?”

上曰：“君未諭前畫意邪㉛? 立少子，君行<u>周公</u>之事。”

<u>光</u>頓首讓曰㉜：“臣不如<u>金日磾</u>㉝。”

<u>日磾</u>亦曰：“臣外國人，不如<u>光</u>。”

上以<u>光</u>爲大司馬大將軍㉞，<u>日磾</u>爲車騎將軍，及太僕<u>上官桀</u>爲左將軍，搜粟都尉<u>桑弘羊</u>爲御史大夫，皆拜卧内床下㉟，受遺詔，輔少主。明日㊱，<u>武帝</u>崩，太子襲尊號㊲，是爲<u>孝昭皇帝</u>。帝年八歲㊳，政事壹決於<u>光</u>。

①按，<u>漢書霍光金日磾傳</u>以<u>霍光</u>和<u>金日磾</u>二人同傳，此處所選是<u>霍光傳</u>的全文。　　②“<u>父中孺</u>”二句：上句，“中”讀爲“仲”（用<u>顏</u>注），“中孺”卽“仲孺”。下句，“平陽”已屢見前註。“河東”，<u>秦</u>、<u>漢</u>時郡名，今<u>山西</u>省境内在<u>黄河</u>以東之地，皆此郡所轄之境，郡治故城在今<u>山西</u>省<u>夏縣</u>北。當時征<u>匈奴</u>出塞，由<u>長安</u>經<u>河東</u>，過<u>太原</u>出<u>雁門</u>、<u>雲中</u>。故下文言<u>去病</u>擊<u>匈奴</u>，“道出<u>河東</u>”而路經<u>平陽</u>。　　③“以縣吏”句：“給事”，猶言“服役”、“服務”；“<u>平陽侯</u>”，<u>楊樹達</u>説：“<u>平陽侯</u><u>曹參</u>之後也。”<u>顏</u>注：“縣遣吏於侯家供事也。”此言“<u>霍仲孺</u>在縣中爲小吏，被縣中派遣到<u>平陽</u>侯家中臨時服役”。　　④“與侍者”句：“侍者”，<u>平陽</u>侯家裏的侍女；“<u>衛少兒</u>”，卽<u>漢武帝</u>皇后<u>衛子夫</u>的姐姐，古稱“女兄”；故下文言“<u>少兒</u>女弟<u>子夫</u>”。⑤吏畢：在<u>平陽</u>侯家的任務完畢。　　⑥“因絶不”句：“因”，於是；“絶”，隔絶。此言“於是<u>霍仲孺</u>和<u>衛少兒</u>彼此消息隔絶，互相不通音信了”。⑦“<u>河東太守</u>”二句：<u>顏</u>注：“‘郊迎’，迎於郊界之上也。‘先驅’者，導其路也。”此言“<u>河東太守</u>對<u>霍去病</u>非常恭敬，親自到郊界迎接他，並替<u>霍去病</u>

揹着弓和箭，在前面領路”。　　　⑧“去病不早”句：“遺體”，指身體。
“遺”作“傳留”解。禮記祭義：“曾子曰：‘身也者，父母之遺體也。’”謂子
女之身體，本是父母所傳留下來的身體的一部分。此句大意是：“我從前
並不知道自己是您所生的。”　　　⑨扶服叩頭：“扶服”同“匍匐”，伏在地
上。　　　⑩“老臣”二句：“託”，依靠。此二句大意是：“我這後半輩子命
運居然能够依靠你，真是老天的力量啊լ”　　　⑪“去病大爲”句：言霍去
病大量地給他父親買了田宅奴婢，然後離去。　　　⑫還，復過焉：言“及
至霍去病擊匈奴回來，又到他父親那兒去看望”。“過”讀平聲，探望。
⑬“乃將”句：“將”，帶着。此言“霍去病這一次就帶了霍光同行，往西走
回到長安”。　　　⑭“時年”句：言這時霍光不過十幾歲。　　　⑮“稍遷”
句：“諸曹”，指掌尚書職務的幾個部分。此言“霍光漸次陞遷爲侍中的
官，負責掌管尚書諸曹的職務”。　　　⑯“光爲”句：“奉常都尉”的“常”，
一本作“車”，是。“奉車都尉”已見前蘇武傳註釋。據漢書百官公卿表，
武帝太初元年，改郎中令爲光禄勳，改郎中令屬下的中大夫爲“光禄大
夫”，屬於光禄勳。秩“比二千石”，每月俸米百斛。此言霍光的官職爲奉
車都尉兼光禄大夫。　　　⑰“出則”二句：言“霍光當皇帝出行時卽隨侍
車駕，在宮中則經常侍奉於皇帝左右”。　　　⑱“出入”句：“闥”，顏注：
“宮中小門謂之‘闥’。”此言“霍光侍奉武帝，出入宮禁共歷二十多年”。
⑲未嘗有過：“過”過失。　　　⑳“甚見”句：很受武帝的親信。　　　㉑征
和二年：公元前九一年，卽武帝卽位的第五十年。　　　㉒“衛太子”句：
按，此卽武帝時著名的巫蠱事件。漢書江充傳：“江充，字次倩，趙國邯鄲
人也。……充爲人魁岸，容貌甚壯。帝(漢武帝)望見而異之，……拜爲
直指繡衣使者(直接受皇帝調度的司法官吏)，督三輔(指長安、左馮翊、
右扶風)盜賊。……後充從上甘泉，逢太子家使(太子派遣到甘泉宮去問
安的使臣)乘車馬行馳道中。充以屬吏(交官吏法辦)，太子聞之，使人謝
充曰：‘非愛車馬，誠不欲令上聞之，以教敕無素者(怕武帝責備自己素常
對手下人管教不嚴)，唯江君寬之。’充不聽，遂白奏。上曰：‘人臣當如是

矣！’大見信用，威震京師。……後上幸甘泉，疾病。充見上年老，恐晏駕後爲太子所誅，因是爲姦，奏言：‘上疾，祟在巫蠱。’於是上以充爲使者，治巫蠱。充將胡巫（帶着胡族的巫師），掘地求偶人（挖地找木偶），捕蠱及夜祠（王先謙説‘夜祠者，夜祠禱而祝詛者也。’卽半夜裏禱告詛咒的人），視鬼染汙令有處（王先謙説：‘言捕蠱及夜祠之人，預埋偶人於其居，又以他物染污其處，託爲鬼魅之迹。乃使胡巫視鬼所染污，令共知有埋蠱處，從而掘之。’）輒收捕驗治。燒鐵鉗灼（燒紅了鐵器，鉗人或烙人的皮膚），强服之。民轉相誣以巫蠱，吏輒劾以大逆無道，坐而死者前後數萬人。是時上春秋高（年紀老），疑左右皆爲蠱，……充既知上意，因言宮中有蠱氣。……遂掘蠱於太子宮，得桐木人。太子懼，不能自明，收充（逮捕江充），自臨斬之。……太子由是遂敗。……”又，戾太子傳（在武五子傳内）：“征和二年，七月，壬午，（太子）乃使客爲使者，收捕充等。……太子使舍人無且（音租）持節夜入未央宮殿長秋門，因長御（女官名）倚華具白皇后，發中廄車，載射士，出武庫兵，發長樂宮衞，告令百官曰：‘江充反！’乃斬充以徇。炙胡巫上林中。遂部賓客爲將，率與丞相劉屈氂等戰。長安中擾亂，言太子反，以故（因此）衆不肯附太子，兵敗，亡（太子逃亡），不得（沒有捉住太子）。……太子之亡也，東至湖，（王先謙説：‘湖，京兆縣·今陝州閿鄉縣東四十里。’）藏匿泉鳩里。主人家貧，常賣屨以給太子。太子有故人在湖，聞其富贍，使人呼之。而發覺，吏圍捕太子。太子自度不得脱，卽入室，距户（頂上門），自經（自縊而死）。……主人公遂格鬬死，皇孫二人，皆并遇害。……”則知巫蠱事件是江充爲了個人固寵全身，不惜殘害數萬人民，並且讒毁戾太子據，使宮廷生變。戾太子的殺江充，固然迫於形勢，但對受害的廣大人民還是有利的。故録其始末以備考。“敗”，猶言“敗壞”、“讒毁”。　　㉓“而燕王旦”二句：按，漢書燕刺王傳（在武五子傳内）：“及衞太子敗，齊懷王又薨（齊王是武帝次子），旦自以次第當立，上書求入宿衞（請求到京中來）。上怒，下其使獄（把派遣來上書的使者下於獄中）。後坐藏匿亡命（亡命之徒），削良鄉、安次、文安三縣(均在今河北省境内)。武帝由是惡(讀去聲、僧惡)旦。”
(參閱史記三王世家)所謂“多過失”，當指此。“廣陵王”名胥，武帝的第
四子，諡爲“厲”。據廣陵厲王傳(亦在武五子傳内):“胥壯大，好倡樂逸
游，力扛鼎，空手搏熊彘猛獸，動作無法度。故終不得爲漢嗣。”則所述情
況，亦皆爲“多過失”之證。　　㉔“寵姬”句:“鉤弋趙倢伃”，昭帝的母
親。“倢伃”一作“婕妤”(音接余)，女官名，漢武帝時所置，位同上卿，爵
比列侯。“男”，兒子。漢書外戚傳:“孝武鉤弋趙倢伃，昭帝母也。家在
河間。武帝巡狩，過河間。望氣者言:‘此有奇女子。’亟使使召之。既
至，女兩手皆拳。上自披之，手即時伸，由是得幸，號曰‘拳夫人’。……
拳夫人進爲倢伃，居鉤弋宮，大有寵。太始三年(公元前九四年)，生昭
帝，號鉤弋子，姙身十四月乃生。……鉤弋子年五、六歲，壯大多智，上常
言:‘類我!’又感其生與衆異，甚奇愛之，心欲立焉。以其年稚多少，恐女
主顓恣，亂國家，猶與(同‘猶豫’)久之。鉤弋倢伃從幸甘泉，有過見譴，
以憂死。因葬雲陽。(顏注:‘在甘泉宮南，今土俗人呼爲女陵。’)後上疾
病，乃立鉤弋子爲皇太子。……”可與此互參，錄以備考。　　㉕“上心”
句:武帝心裏想立趙倢伃的兒子爲太子。　　㉖“唯光任大重”二句:顏
注:“‘任’，堪也。‘屬’，委也。”“大”指大事，“重”指重任。“屬”音祝。
此言“只有霍光可以擔當大事、重任，可以把社稷委託給他”。　　㉗“上
乃使”二句:上句，“黃門畫者”，内廷的畫工。顏注:“黃門之署，職任親
近，以供天子，百物在焉。故亦有畫工。”下句，“負”，猶“抱”;禮記内則:
“三日始負子。”鄭玄注:“負之，謂抱之而使向前也。”此處言“負成王”，即
抱着成王使他面向前方而受朝見。“朝諸侯”，受諸侯朝見。此言“武帝於
是命令内廷的畫工畫了一幅周公抱着成王受諸侯朝見的圖畫賜給霍光，
以喻自己死後，希望霍光負起周公的責任，輔佐太子爲帝”。　　㉘後元
二年春:即公元前八七年，武帝即於此年死去。　　㉙“上游”二句:
上句，“五柞宮”，三輔黃圖:“漢之離宮也，在扶風盩厔。宮中有五柞樹，
因以爲名。五柞皆連抱上枝，覆蔭數畝。”按，此宮約在今陝西省盩厔縣

("盩厔"音周昳)東南。"柞"音昨,常綠喬木,高二丈餘,葉可以飼蠶。下句,"篤",沈重。此言武帝到五柞宮去遊玩,不料病重了。　　㉚"如有"二句:上句,"不諱",顏注:"言不可諱也。"謂無可避忌的事,指武帝之死。下句,言"誰是應該嗣立爲帝的人呢?"　　㉛"君未諭"句:"諭"同"喻",理解。此言"你沒有理解前次賜給你的圖畫的意義嗎?"　　㉜"光頓首"句:"頓首",叩頭;"讓",推辭。　　㉝金日磾:字翁叔,本是匈奴休屠王的太子。武帝元狩年間,休屠王因不降而被殺(參閱前蘇武傳註釋),日磾與母、弟等都被没入漢廷,在黄門養馬。後爲武帝所重用,以誅莽何羅之功封秺侯(詳後文註釋)。武帝臨危,與霍光等同受命輔昭帝。漢書有傳。"日磾"讀爲密低。　　㉞"上以光"句:據百官公卿表,"大司馬"的官號是武帝元狩四年設置的,這是加在將軍職銜的上面的加銜。㉟"皆拜"三句:"卧内"卽卧室;"遺詔",武帝臨終以前的遺命;"少主"指昭帝。此言"霍光等都在武帝卧室中的床前下拜,接受遺命,輔佐昭帝"。　　㊱明日:次日。按,漢書武帝紀:"(後元)二年,春,……二月,行幸盩厔五柞宮。乙丑,立皇子弗陵爲皇太子。丁卯,帝崩于五柞宮。"則霍光等受遺命在丙寅日,在立皇太子的後一日。　　㊲襲尊號:承襲皇帝的尊號。　　㊳"帝年"二句:"壹"同"一",完全。此言"昭帝卽位時年僅八歲,所以國家政事完全取決於霍光"。〔以上是第一大段,寫霍光的出身及其受武帝遺命輔佐昭帝的經過。〕

先是後元年①,侍中僕射莽何羅與弟重合侯通謀爲逆②。時光與金日磾、上官桀等共誅之,功未録③。武帝病,封璽書④曰:"帝崩,發書以從事⑤。"遺詔封金日磾爲秺侯⑥,上官桀爲安陽侯,光爲博陸侯⑦,皆以前捕反者功封⑧。時衛尉王莽子男忽侍中⑨,揚語曰⑩:"帝病,忽常在左右。安得遺詔封三子事⑪?羣兒自相貴耳⑫!"光聞之,切讓王莽⑬。莽酖殺忽⑭。

光爲人沈静詳審⑮,長財七尺三寸⑯,白晢⑰;疏眉目,美須髾。每出入、下殿門⑱，止進有常處。郎僕射竊識視之⑲，不失尺寸。其資性端正如此⑳。　初輔幼主㉑，政自己出，天下想聞其風采㉒。　殿中嘗有怪，一夜羣臣相驚，光召尚符璽郎㉓。郎不肯授光。光欲奪之。郎按劍曰："臣頭可得㉔，璽不可得也！"光甚誼之㉕。明日，詔增此郎秩二等㉖。　衆庶莫不多光㉗。

　　光與左將軍桀，結婚相親㉘。光長女爲桀子安妻，有女，年與帝相配㉙。桀因帝姊鄂邑蓋主㉚，內安女後宮爲倢伃。數月，立爲皇后。父安爲票騎將軍，封桑樂侯。光時休沐出㉛，桀輒入代光決事。桀父子既尊盛，而德長公主㉜。公主內行不修㉝，近幸河閒丁外人。桀、安欲爲外人求封，幸依國家故事㉞，以列侯尚公主者。光不許。又爲外人求光祿大夫㉟，欲令得召見，又不許。長公主大以是怨光㊱。而桀、安數爲外人求官爵弗能得㊲，亦慙。自先帝時㊳，桀已爲九卿，位在光右。及父子並爲將軍，有椒房中宮之重㊴。皇后親安女㊵，光乃其外祖，而顧專制朝事㊶。　繇是與光爭權㊷。

　　燕王旦自以昭帝兄㊸，常懷怨望。及御史大夫桑弘羊建造酒榷鹽鐵㊹，爲國興利，伐其功㊺，欲爲子弟得官，亦怨恨光。於是蓋主、上官桀、安及弘羊皆與燕王旦通謀㊻，詐令人爲燕王上書㊻，言："光出㊼，都肄郎、羽林，道上稱蹕；太官先置㊽。"又引㊾："蘇武前使匈奴，拘留二十年不降，還乃爲典屬國。而大將軍長史敞亡功爲搜粟都尉㊿。又擅調益莫府校尉(51)。光專權自恣，疑有非常(52)，臣旦願歸符璽(53)，入宿衞(54)，察姦臣變(55)。"候司光出沐日奏之(56)。桀欲從中下其事(57)，桑弘羊當與諸大臣共執退光(58)。書奏，帝不肯下(59)。

　　明旦，光聞之，止畫室中不入(60)。上問："大將軍安在？"

左將軍桀對曰："以燕王告其罪㉛，故不敢入。"

有詔召大將軍。光入，免冠頓首謝。上曰："將軍冠㉜！朕知是書詐也。將軍亡罪。"

光曰："陛下何以知之？"

上曰："將軍之廣明都郎㉝，屬耳㉞。調校尉以來㉟，未能十日。燕王何以得知之？且將軍爲非㊱，不須校尉！"是時帝年十四㊲。尚書左右皆驚㊳。而上書者果亡㊴，捕之甚急。桀等懼，白上㊵："小事不足遂㊶。"上不聽。後桀黨與有譖光者㊷，上輒怒曰："大將軍忠臣，先帝所屬以輔朕身㊸。敢有毀者㊹，坐之！"自是桀等不敢復言。乃謀令長公主置酒請光㊺，伏兵格殺之；因廢帝㊻，迎立燕王爲天子。事發覺。光盡誅桀、安、弘羊、外人宗族，燕王、蓋主皆自殺。光威震海內。

昭帝既冠㊼，遂委任光㊽。訖十三年㊾，百姓充實㊿，四夷賓服。

①"先是"句："先是"，猶言"當初"，是史官追敘往事時所習用的語詞。"後元年"，猶言"後元元年"，即公元前八八年。　　②"侍中僕射"句："莽何羅"，人名。本姓馬，"馬"在漢代讀如母，"莽"亦讀如母。"馬何羅"是東漢明帝皇后馬氏的先人。顏注引孟康說："明德馬后惡其先人有反(有謀反的人)，易姓莽。"以"莽"代"馬"，在漢代是同音假借。"重合"，漢縣名。故城在今山東省樂陵縣西。按，莽何羅與其弟通謀反被誅事見金日磾傳，茲錄以備考："初，莽何羅與江充相善。及充敗衞太子，何羅弟通用(因爲)誅太子時力戰得封。後上知太子冤，乃夷滅充宗族黨與。何羅兄弟懼及(怕及於禍)，遂謀爲逆。日磾視其志意有非常，心疑之。陰(暗中)獨(獨自)察其動靜，與俱上下(和他們一同上殿下殿)。何羅亦覺日磾意，以故久不得發。是時，上行幸林光宮(在甘泉宮旁)，日磾小

疾,臥廬(躺在殿旁的屋子裏)。何羅與通及小弟安成,矯制夜出,共殺使者,發兵。明旦,上未起(武帝還未起床);何羅無何(無故)從外入;日磾奏廁(入廁所),心動,立入,坐內戶下(坐在皇帝臥室外面的戶下)。須臾,何羅袖白刃從東廂上,見日磾,色變,走趨臥內,欲入,行觸寶瑟,僵(愣住了)。日磾得抱何羅。因傳(高呼)曰:'莽何羅反!'……得擒縛之。窮治,皆伏辜。……"又,昭帝紀:"(始元)二年春,正月,大將軍光、左將軍桀,皆以前輔斬反虜重合侯馬通功,封光爲博陸侯,桀爲安陽侯。"則知擒何羅者爲日磾,誅通者爲霍光與上官桀(參閱漢書補注和漢書窺管)。此處下文言光等三人"共誅之",當是概括而言。　　③功未錄:"錄"本指記錄功績,此處引申爲"頒行賞賜"之意。此言"霍光等的功勞還沒有受賞"。　　　　④封璽書:寫好一道詔令,裝入函中,然後在封口的地方加蓋皇帝的璽印。　　　　⑤發書以從事:打開璽書,依照上面的指示辦事。⑥秺侯:"秺"音妒,縣名,故城在今山東省城武縣西北。　　　　⑦博陸侯:"博陸",顏注引文穎說:"'博',大;'陸',平;取其嘉名,無此縣也。"但據水經注,則"博陸"爲地名,故城在今北京市密雲區東南,平谷迤北。又按,漢書外戚恩澤表顏注:"光初封食北海、河間;後益封,又食東郡。"則霍光雖以博陸爲封號,而所食采邑却是當時的大郡。　　　　⑧"皆以前"句:都是由於從前捕殺謀反者的功勞而加封的。　　　　⑨"時衛尉"句:"王莽",字稚叔,天水人,見漢書百官公卿表。與西漢末年篡帝位的王莽不是一人。此言"這時衛尉王莽的兒子王忽經常在宮中隨侍"。　　　　⑩揚語曰:向外宣揚說。　　　　⑪"安得"句:言"哪裏有皇帝留遺詔封霍光等三人的事情?"按,沈欽韓說:"……武帝以後元二年二月崩,光等以昭帝始元二年封;果有遺詔,何至自逾兩年!遺詔信妄也。蓋上官氏銳欲自侯,託之。"其言甚有識見。但沈氏以爲是上官桀想自封爲侯,才僞造遺詔,則未必然。因當時掌大權者爲霍光而非上官桀。惟當時光與桀尚未發生矛盾,故可朋比爲僞,互相包庇。金日磾傳言:"初,武帝遺詔:以討莽何羅功封日磾爲秺侯。日磾以帝少,不受封。輔政歲餘,病困。大將軍光白封日磾,卧授印綬。一日薨。……”日磾爲人正直，從他的不受封和在病危前夕才接受印綬的情形推斷，則遺詔封三人爲侯的事的確令人可疑。　下文言霍光切責王莽，竟致殺王忽以滅口，顯然其中有弊。此等記載正是班固用曲筆對霍光進行揭露的所在。　　⑫“羣兒”句：大意是：“這幾個傢伙自己想富貴，因而彼此作僞以抬高自己的地位罷了。”按，此語正道破霍光心病。　　⑬切讓王莽：“切”，作“深”解，猶言“深刻地”、“狠狠地”；“讓”讀上聲，責問。　　⑭莽酖殺忽：王莽便用毒酒把王忽毒死了。　　⑮沈静詳審：“沈”，穩重；“静”，卑謙緘默；“詳”，安詳從容；“審”，周密謹慎。　　⑯“長財”句：“長”，身長；“財”通“纔”，僅僅，不過。按，秦、漢時以身長八尺爲够標準，故此處言霍光長僅七尺餘。　　⑰“白皙”三句：第一句，“皙”音析。説文：“人色白也。從白，析聲。”今通寫作“皙”，從日，非是。第二句，“疏”，指清秀疏朗。第三句，“須”同“鬚”。按，古人對鬍鬚的名稱分别很清楚。在頦下的叫“鬚”，在頰上的叫“髯”，在口上的叫“髭”。此三句言“霍光的面色很白，眉目很清秀，鬍鬚很美觀”。　　⑱“每出入”二句：“常處”，一定的處所。此言“霍光每次出入宫廷以及下殿出門時，其停步的地方和行進的地方都有一定的位置”。⑲“郎僕射”二句：“識”音志，記住。此言“守衛宫門的郎官和僕射在暗中默默地記住霍光行止的位置，仔細查看，每次都不差分毫”。　　⑳“其資性”句：“資性”猶言“秉性”、“天性”；“端正”，此處指一絲不苟。　　㉑“初輔”二句：“自”，從，由；“出”，發布。此言霍光開始輔佐昭帝時，一切的政令都由自己發布。　　㉒“天下”句：“想”，盼望；“聞”，期待；“風”，風度；“采”，文采；“風采”，猶言“措施”、“表現”。此言當時全國的人民都在盼望着、期待着霍光有好的措施和好的表現。　　㉓“光召”句：“尚符璽郎”，漢代官名，又叫“尚符璽郎中”，是符節令手下的屬官，在宫内掌管皇帝的璽印。見續漢書百官志。據王先謙考證，此句應依照資治通鑑在“召尚符璽郎”下補“欲收取璽”四字。今按，王説是。顏注：“恐有變難，故欲收其璽。”正是説明“欲收取璽”的原因的。　　㉔“臣頭”二句：此言

"我寧可被你殺死，也不能把璽印交出來"。正寫此人忠於職守，亦寫霍光的氣餧和權勢。　㉕光甚誼之："誼"同"義"；"誼之"，肯定他做得對。　㉖"詔增"句：皇帝下命令把這個郎官的爵秩提陞二級。　㉗"衆庶"句：老百姓聽到此事，没有不稱贊、尊重霍光的。　㉘"結婚"句：結爲兒女親家，彼此關係十分親密。　㉙"年與"句："相配"，猶言"相當"。此言上官安的女兒年歲同昭帝相當。按，昭帝紀："(始元)四年(公元前八三年)，春，三月，甲寅，立皇后上官氏。"這一年昭帝十二歲。據外戚傳，上官氏爲皇后時年僅六歲。　㉚"桀因帝姊"二句：上句，"因"，憑藉；"鄂邑蓋主"，已見前蘇武傳註釋。下句，"内"，同"納"；"安女"下省略一"於"字。此言"上官桀靠着皇帝的姐姐蓋主的力量把自己的孫女送入後宫，封爲倢仔"。　㉛"光時"二句："時"，猶言"每逢"；"休沐"，指每五日有一天例假，詳見前史記萬石君列傳"洗沐"註釋。此言"每當霍光休假出宫的時候，上官桀就入宫代替霍光決定政事"。　㉜"而德"句："德"，感激。此言"上官桀父子既然獲得了顯貴的地位，因而很念長公主的好處"。　㉝"公主内行"二句：上句，"内行不修"，私生活不檢點；"行"讀去聲。下句，"近幸"，親近而寵幸；"丁外人"，"丁"，姓；"外人"，名。據昭帝紀顔注引晉灼説，丁外人字少君。此言"蓋主私生活糜爛，同丁外人私通"。　㉞"幸依"二句："故事"，猶言"舊例"。此連上文言"上官桀父子企圖封丁外人官爵以討好長公主，藉以報答私恩，因此希望能按照國家過去所定的凡是娶公主爲妻的可以封爲列侯的舊例，也封丁外人爲列侯"。但丁外人並不是公主的丈夫，故霍光不允許這樣作法。　㉟"又爲"二句：此言"上官桀父子又替丁外人求官，希望封他爲光禄大夫，可以讓他有被皇帝召見的機會"。　㊱"長公主大以是"句："大"，猶言"特別地"、"格外地"。此言"長公主特別因爲這個緣故怨恨霍光"。　㊲"而桀、安"二句：此言"而上官桀父子屢次替丁外人要求官爵，結果竟不能達到目的，心裏也很慙愧"。　㊳"自先帝"三句：此言"從武帝在位之時，上官桀就已經做了九卿之一，官位在霍光之上"。

按，上官桀受武帝遺命時已爲太僕。太僕是九卿之一。據錢大昕考訂，上官桀從征和二年卽任太僕之職。又按，乾隆刊本漢書附考證：“桀爲太僕，秩中二千石；光爲奉車都尉，僅比二千石。故曰‘位在光右’。”錄以備考。　　㊴“有椒房”句：“椒房”，顔注：“殿。皇后所居。”按，“椒”爲香料，古用以塗室牆壁。三輔黄圖：“椒房殿，在未央宫。以椒和泥塗，取其溫而芬芳也。”閩一多楚辭校補：“古者以椒泥（塗）壁。（藝文）類聚八九引漢官儀曰：‘皇后稱椒房，……以椒塗室，亦取其溫暖，除惡氣也。’……鄴中記曰：‘石虎以胡粉和椒泥壁，曰椒房。’……”又，後漢書后紀下李賢注引漢官儀：“皇后稱椒房，取其蕃實（種子蕃殖）之義也。詩云：‘椒聊之實，蕃衍盈升。’”閩一多風詩類鈔甲：“椒類中有一種結實聚生成房的，一房椒叫作‘椒房’。漢朝人借‘椒房’這個名詞來稱呼他們皇后所住的房室，正取其多子的吉祥意義。”則知“椒房”意含雙關：就其實際而言，指用椒和泥塗飾宫殿的牆壁；就其寓意而言，則隱喻子孫蕃衍。“中宫”，指皇后之宫。“重”，顯要。此句連上文言“及至上官桀父子做了將軍，更因皇后内親的關係而居於貴重顯要的地位”。　　㊵皇后親安女：“親安女”猶言“安之親女”。此言“上官皇后乃是上官安的親生女兒”。　　㊶“而顧”句：“顧”作“反”解（用顔注）。此言“霍光雖與上官桀有親戚關係，但是他反而自己專權，獨攬朝政，不讓上官桀等過問”。　　㊷“繇是”句：“繇”同“由”，“由是”，因此。此言“因此上官桀父子就同霍光争奪起政權來了”。　　㊸“燕王旦自以”二句：燕王旦自以爲是昭帝的哥哥，理應爲帝，結果竟没有被立爲君，因此心裏一直懷着怨恨。　　㊹“及御史”句：“及”，猶言“還有”；“建造”，創設；“榷”音覺；“酒榷”，酒業專賣；“鹽鐵”亦指鹽鐵專利。按，桑弘羊在武帝時，創立酒業專賣的條例，鹽鐵各項亦由朝廷開發專利，不許民間私自經營。至昭帝始元六年（公元前八一年），乃罷榷酤官和鐵官（見昭帝紀及桓寬鹽鐵論卷四十一）。則弘羊自然不及從前得意。此句“及”字是連接詞，自此句至下文“亦怨恨光”是一完整句，與上文“燕王旦”二句並列。言“燕王旦心懷怨恨，還有桑弘羊也怨恨霍光”。自“建造”至“欲爲子弟得官”，都是説明弘羊怨恨霍光的原因。　　㊺“伐其功”二句：自己矜誇有功於國，因此想替子弟謀官做。　　㊻“詐令人”句：言“上官桀等命令一個人爲燕王來給皇帝上書”。按，此人實是桀等所派遣，却假做是燕王派來的使臣。奏書的内容則是燕王的口氣，燕刺王傳所載文字較完全，此處是節文。據燕刺王傳：“左將軍上官桀父子與霍光争權，有隙，皆知旦怨光，卽私與燕交通，……數記疏光過失與旦，令上書告之。桀欲從中(宫中)下其章(把奏章交下來查辦)。旦聞之，喜；上疏曰……”則是説燕王直接派人上書。顔師古、齊召南因而據霍光傳疑燕刺王傳爲誤。王先謙説：“桀令旦上書告光，而桀下其章，欲速成事，故詐令人爲旦上書。旦實知情預謀，卽與旦自上疏一也(是一樣的)。昭紀、光傳言‘詐令人爲旦上書’，帝以‘調校尉不及十日，燕不及知’決其詐，所以著當時事實；此(指燕刺王傳)云‘旦自上疏’，所以著旦逆迹。本無參錯。”又説：“此正互文見義。”按，王説是，録以備考。　　㊼“光出”三句：第一句，“光出”卽指下文“之廣明”之事。第二句，“都”，作“總”解；“肄”，作“試”、“習”解；“郎”指郎官，“羽林”指羽林軍。顔注：“謂總閲試習武備也。”王先謙説：“‘都’之爲言‘大總’也，謂總郎屬而閲之。”又説：“‘都’，大總也；‘肄’，試習也；若今軍營云大操矣。省言之，則但曰‘都’。”此言“霍光把郎、羽林軍等禁衞軍，都集中起來進行操練演習”。沈欽韓説：“此漢世敎練禁衞之制。”第三句，“趯”音畢。胡三省説：“天子出，稱趯以清道，止行人。‘趯’與‘蹕’同。”今按，“稱趯”，猶言“發布戒嚴令”。楊樹達説：“説文二篇上走部云：‘趯，止行也。’此卽今之斷絶交通。”此言“霍光在途中下令戒嚴，”斷絶交通”。㊽太官先置：“太官”，掌管皇帝飲食的官員，屬於少府；“先置”，顔注：“供食飲之具。”此言“霍光到達目的地之前，先把給皇帝掌管飲食的官員派遣到那兒去準備飲食”。按，“稱趯”是皇帝出行時的制度，“太官”是給皇帝備辦飲食的，霍光是大臣，不應這樣僭越，故燕王以此爲光之罪狀。㊾又引：“引”，猶“稱”；“又引”，猶言“又説”。此言“燕王的奏章中又説”。

(50)“而大將軍長史”句: 已見前蘇武傳註釋。“亡”同“無”。 (51)“又擅”句:“調”,作“選”解;“益”,指增加員額。“莫府”、“校尉”均見前史記李將軍列傳註釋。此言“霍光又擅自選拔人才以爲校尉, 以增加自己幕府中的員額”。 (52)疑有非常: 疑心他有圖謀不軌的心。 (53)願歸符璽: 願意把王爵的符節璽印交還朝廷。 (54)入宿衛: 回到京城, 進入宫禁之中,在皇帝左右侍衛。 (55)察姦臣變: 考察奸臣的意外之變。“姦臣”指霍光。 (56)“候司”句:“司”與“伺”通;“候伺”, 猶言“伺候”。此言“等到霍光休假出宫的日期, 便把燕王的奏書遞上去”。 (57)“桀欲”句:“從中下其事”,參閲前註。“下”, 顔注:“謂下有司也。”卽把此書交給下面負具體責任的官吏。胡三省説.“伺光出沐,不在禁中, 桀欲自從禁中下其事也。”按,這是因爲每逢霍光休假, 就由上官桀代理執行政務的緣故。 (58)“桑弘羊當與”句:“當”, 胡三省説:“以之自任也。”“執”,脅迫使屈服;“退”,罷黜使退位。此言“桑弘羊自願擔當起和諸大臣一同威脅霍光而使之屈服的任務,使他被黜而離職”。 (59)帝不肯下: 昭帝不肯把燕王的奏書交下去。 (60)“止畫室”句:“畫室”, 周壽昌説:“當是殿前西閣之室。楊敞傳,‘……上觀西閣上畫人, 指桀、紂畫謂樂昌侯王武’云云; 又云‘畫人有堯、舜、禹、湯’。則知西閣畫古帝王像, 故稱‘畫室’。……時昭帝御殿内, 光止西閣之室中以待命。‘不入’, 言不入殿也。”此言“霍光聽到消息後,便停留在西閣的畫室中, 没有進入宫殿”。 (61)“以燕王”二句: 因爲燕王揭發了他的罪狀,所以他不敢進來。 (62)“將軍冠”三句: 大意是:“你把冠戴上! 我知道這封奏書是假的。你没有罪。”“亡”同“無”。 (63)“將軍之廣明”句:“之”,往;“廣明”, 亭驛名。胡三省説:“廣明亭在長安城東東都門外。”此言“你到廣明去檢閲禁衛軍”。 (64)屬耳: “屬”音祝,作“近”解;“耳”, 語尾助詞。楊樹達説: “猶言‘此近日事耳’。” 此連上文言 “你練兵不過是最近的事”。 (65)“調校尉”二句: 言“從你選拔校尉的那一天算起, 到今天還不足十天”。 (66)“且將軍”二句: 況且你要做壞事, 並不需要增加校尉。 (67)“是時” 句:

這時候昭帝只有十四歲。按，此是作者插入的贊語。意謂昭帝年雖少而能判別真偽。　⑱"尚書"句：言當時在昭帝旁邊的尚書以及侍從等人，都對昭帝的智慧感到驚訝。　⑲"而上書"句：而那個假作燕王派來上書的人果然逃走了。　⑳白上：對皇帝說。　㉑"小事"句："遂"，顏注："猶'竟'也，不須窮竟也。"此言"這是小事，不值得深究了"。　㉒"後桀"句："黨與"已屢見前註；"譖"音 zèn，春秋公羊傳莊公元年何休注："加誣曰'譖'。"此言"不久以後，上官桀的同黨有人進讒言誣衊霍光"。　㉓"先帝所屬"句："屬"同"囑"。此言"霍光乃是武帝所囑託的人，讓他來輔佐我的"。　㉔"敢有"二句：再有敢毀謗他的，就要依法治罪。　㉕"乃謀"二句："格"，與"挌"通，作"擊"解。此言"於是設計謀讓長公主設酒席請霍光赴宴，然後埋伏士兵用兵器擊殺霍光"。　㉖"因廢帝"二句：如果殺死霍光，則趁便廢立昭帝，迎接燕王來京，立為天子。　㉗昭帝既冠："冠"讀去聲，指行冠禮。按，古人成年，則行冠禮，然後可以戴冠。據昭帝紀，昭帝加冠在元鳳四年(公元前七七年)正月，即昭帝即位的第十年。時年十八。　㉘遂委任光："遂"，作"竟"解(用王先謙說)，此處猶言"自始至終"。按，昭帝既行冠禮，意味着已經成年，則霍光應該歸政於帝；但昭帝並未親政。此連上文言"昭帝雖已成年，但自始至終，仍把政事委託給霍光擔任"。　㉙訖十三年："訖"，至，終。按，昭帝在位十三年(公元前八六年至前七四年)，故此處言"直到昭帝在位的最後一年，共十三年，國政都由霍光主持"。　㉚"百姓"二句：上句，言國內的人民在休養生息的政治措施下比較充裕富足。下句，"賓服"，猶"臣服"。此言四方各國也都稱臣入貢，服從漢朝。〔以上是第二大段，寫霍光在昭帝時誅滅上官桀等的經過。〕

元平元年①，昭帝崩，亡嗣②。武帝六男③，獨有廣陵王胥在。羣臣議所立④，咸持廣陵王。王本以行失道⑤，先帝所不用；光內不自安⑥。郎有上書，言："周太王廢太伯⑦，立王季；文王舍伯邑考⑧，立武王：唯在所宜⑨。雖廢長立少⑩，可也。廣陵王不可以承宗廟⑪。"言合光意。光以其書視丞相敞等⑫。擢郎爲九江太守⑬。卽日承皇太后詔⑭，遣行大鴻臚事少府樂成、宗正德、光禄大夫吉、中郎將利漢迎昌邑王賀⑮。賀者，武帝孫，昌邑哀王子也。

既至，卽位。行淫亂。光憂懣⑯，獨以問所親故吏大司農田延年⑰。延年曰："將軍爲國柱石⑱，審此人不可⑲，何不建白太后，更選賢而立之？"

光曰："今欲如是⑳。於古嘗有此否㉑？"

延年曰："伊尹相殷㉒，廢太甲以安宗廟，後世稱其忠。將軍若能行此，亦漢之伊尹也。"

光乃引延年給事中㉓。陰與車騎將軍張安世圖計㉔。遂召丞相、御史、將軍、列侯、中二千石、大夫、博士會議未央宮㉕。

光曰："昌邑王行昏亂，恐危社稷，如何？"

羣臣皆驚鄂失色㉖，莫敢發言，但唯唯而已㉗。田延年前㉘，離席，按劍曰："先帝屬將軍以幼孤㉙，寄將軍以天下。以將軍忠賢㉚，能安劉氏也。今羣下鼎沸㉛，社稷將傾。且漢之傳謚常爲孝者㉜，以長有天下，令宗廟血食也。如令漢家絶祀㉝，將軍雖死，何面目見先帝于地下乎？今日之議，不得旋踵㉞。羣臣後應者㉟，臣請劍斬之！"

光謝曰㊱："九卿責光是也㊲。天下匈匈不安㊳，光當受難。"

於是議者皆叩頭曰："萬姓之命㊴，在於將軍。唯大將軍令㊵！"

光卽與羣臣俱見白太后㊶，具陳昌邑王不可以承宗廟狀。皇太后乃車駕幸未央承明殿㊷，詔諸禁門㊸，毋内昌邑羣臣。王入朝太后還㊹，乘輦欲歸温室。中黄門宦者各持門扇㊺，王入，門閉。昌邑羣臣不得入。王曰："何爲㊻?"

　　大將軍跪曰："有皇太后詔,毋内昌邑羣臣。"

　　王曰："徐之㊼,何乃驚人如是!"

　　光使盡驅出昌邑羣臣,置金馬門外㊽。車騎將軍安世將羽林騎收縛二百餘人㊾,皆送廷尉、詔獄。令故昭帝侍中、中臣侍守王㊿。光敕左右[51]:"謹宿衞[52]! 卒有物故自裁[53],令我負天下,有殺主名。"王尚未自知當廢,謂左右:"我故羣臣從官安得罪[54],而大將軍盡繋之乎?"頃之,有太后詔召王。王聞召,意恐[55],乃曰:"我安得罪而召我哉?"

　　太后被珠襦[56],盛服坐武帳中[57]。侍御數百人[58],皆持兵;期門武士[59],陛戟陳列殿下。羣臣以次上殿[60],召昌邑王伏前聽詔[61]。光與羣臣連名奏王[62]。尚書令讀奏曰:"丞相臣敞、大司馬大將軍臣光、車騎將軍臣安世[63]、度遼將軍臣明友[64]、前將軍臣增[65]、後將軍臣充國[66]、御史大夫臣誼[67]、宜春侯臣譚[68]、當塗侯臣聖[69]、隨桃侯臣昌樂[70]、杜侯臣屠耆堂[71]、太僕臣延年[72]、太常臣昌[73]、大司農臣延年[74]、宗正臣德[75]、少府臣樂成[76]、廷尉臣光[77]、執金吾臣延壽[78]、大鴻臚臣賢[79]、左馮翊臣廣明[80]、右扶風臣德[81]、長信少府臣嘉[82]、典屬國臣武[83]、京輔都尉臣廣漢[84]、司隸校尉臣辟兵[85]、諸吏文學光禄大夫[86]臣遷[87]、臣畸[88]、臣吉[89]、臣賜[90]、臣管、臣勝、臣梁、臣長幸、臣夏侯勝[91]、太中大夫臣德[92]、臣卬[93],昧死言皇太后陛下[94]:臣敞等頓首死罪[95]。大子所以永保宗廟、總壹海内者[96],以慈孝禮誼賞罰爲本。孝昭皇帝早棄天下[97],亡嗣。臣敞等議,禮曰[98]:'爲人後者[99],爲之子也。'昌邑王宜嗣後[100]。遣宗正、大鴻臚光禄大夫奉節[101],使徵昌邑王。典喪[102],服斬縗,亡悲哀之心;廢禮誼⑬，居道上⑭，不素食。使從官略女子⑮，載衣車，内所居傳舍。始至⑯，謁見，立爲皇太子。常私買雞豚以食⑰。受皇帝信璽⑱，行璽大行前⑲，就次發璽不封。從官更持節⑩，引内昌邑從官、騶宰、官奴二百餘人，常與居禁闥内敖戲。自之符璽⑪，取節十六。朝暮臨⑫，令從官更持節從。爲書曰⑬：'皇帝問侍中君卿⑭：使中御府令高昌奉黄金千斤賜君卿取十妻⑮，'大行在前殿⑯，發樂府樂器⑰，引内昌邑樂人⑱，擊鼓歌吹作俳倡。會下還⑲，上前殿，擊鐘磬。召内泰壹、宗廟樂人⑩，輦道牟首，鼓吹歌舞，悉奏衆樂。發長安廚三太牢具祠閣室中⑪。祀已⑫，與從官飲啗。駕法駕皮軒鸞旗⑬，驅馳北宫、桂宫，弄彘鬭虎。召皇太后御小馬車⑭，使官奴騎乘，遊戲掖庭中。與孝昭皇帝宫人蒙等淫亂⑮，詔掖庭令敢泄言要斬。"

太后曰："止⑯！爲人臣子⑰，當悖亂如是邪！"王離席伏⑱。

尚書令復讀曰："取諸侯王、列侯、二千石綬及墨綬、黄綬以并佩昌邑郎官者免奴⑲。變易節上黄旄以赤⑳。發御府金錢、刀劍、玉器、采繒㉛，賞賜所與遊戲者。與從官、官奴夜飲，湛沔於酒㉜。詔太官上乘輿食如故㉝。食監奏㉞：'未釋服㉟，未可御故食。'復詔大官趣具㊱，無關食監。太官不敢具㊲。卽使從官出買雞豚，詔殿門内以爲常㊳。獨夜設九賓温室㊴，延見姊夫昌邑關内侯。祖宗廟祠未擧㊵，爲璽書，使使者持節，以三太牢祠昌邑哀王園廟㊶，稱嗣子皇帝。受璽以來二十七日㊷，使者旁午㊸，持節詔諸官署徵發凡千一百二十七事㊹。文學光禄大夫夏侯勝等及侍中傅嘉，數進諫以過失㊺；使人簿責勝㊻，縛嘉繫獄。荒淫迷惑㊼，失帝王禮誼，亂漢制度。臣敞等數進諫㊽，不變更，日以益甚。恐危社稷，天下不安。臣敞等謹與博士臣霸、臣雋舍、臣德、臣虞舍、臣射、臣倉議㊾，皆曰：高皇帝建功業，爲漢太祖㊿。孝文皇帝慈仁節儉，爲太宗㉑。今陛下嗣孝昭皇帝後，行淫辟不軌㉒。詩云㉓：'籍曰未知㉔，亦既抱子。'五辟之屬㉕，莫大不孝。周襄王不能事母㉖，春秋曰㉗：'天王出居于鄭。'繇不孝出之㉘，絶之於天下也。宗廟重於君㉙。陛下未見命高廟㉚，不可以承天序、奉祖宗廟、子萬姓㉛：當廢。臣請有司御史大夫誼、宗正臣德、太常臣昌㉜，與太祝以一太牢具，告祠高廟。臣敞等昧死以聞㉝。"

皇太后詔曰："可㉞！"

光令王起拜受詔㉟。王曰："聞天子有爭臣七人㊱，雖無道，不失天下。"

光曰："皇太后詔廢㊲，安得天子！"乃卽持其手㊳，解脫其璽組，奉上太后。扶王下殿，出金馬門，羣臣隨送。

王西面拜曰："愚戇不任漢事㊴！"起就乘輿副車㊵。大將軍光送至昌邑邸㊶。

光謝曰："王行自絶於天㊷。臣等駑怯㊸，不能殺身報德。臣寧負王㊹，不敢負社稷！願王自愛㊺，臣長不復見左右！"光涕泣而去。

羣臣奏言："古者廢放之人㊻，屏於遠方，不及以政。請徙王賀漢中房陵縣㊼。"太后詔歸賀昌邑㊽，賜湯沐邑二千户。昌邑羣臣坐亡輔導之誼㊾，陷王於惡，光悉誅殺二百餘人。出死㊿，號呼市中，曰："當斷不斷㈤，反受其亂！"

光坐庭中㈥，會丞相以下議定所立㈦。廣陵王已前不用㈧；及燕剌王反誅㈨，其子不在議中。近親唯有衞太子孫㈩，號皇曾孫。

在民間，咸稱述焉⑱。光遂復與丞相敞等上奏曰："禮曰：人道親親⑱，故尊祖；尊祖，故敬宗。太宗亡嗣⑲，擇支子孫賢者爲嗣。孝武皇帝曾孫病已，武帝時有詔掖庭養視⑲，至今年十八，師受詩、論語、孝經⑲。躬行節儉，慈仁愛人。可以嗣孝昭皇帝後，奉承祖宗廟，子萬姓。臣昧死以聞。"

皇太后詔曰："可₁"

光遣宗正劉德至曾孫家尚冠里⑲，洗沐⑲，賜御衣。太僕以軨獵車迎曾孫⑲，就齋宗正府。入未央宮見皇太后，封爲陽武侯⑲。已而⑲，光奉上皇帝璽綬，謁于高廟。是爲孝宣皇帝。

明年，下詔曰："夫襃有德⑲，賞有功，古今通誼也。大司馬大將軍光，宿衛忠正⑲，宣德明恩⑲，守節秉誼⑳，以安宗廟。其以河北、東武陽益封光萬七千户⑳，與故所食凡二萬户。"賞賜前後黄金七千斤，錢六千萬，雜繒三萬匹⑳，奴婢百七十人，馬二千匹⑳，甲第一區⑳。

自昭帝時，光子禹及兄孫雲皆中郎將。雲弟山奉車都尉侍中，領胡、越兵⑳。光兩女壻爲東西宮衛尉⑳。昆弟諸壻、外孫皆奉朝請⑳，爲諸曹大夫、騎都尉、給事中。黨親連體⑳，根據於朝廷。光自後元秉持萬機⑳，及上卽位，迺歸政。上謙讓不受，諸事皆先關白光⑳，然後奏御天子。光每朝見，上虛己斂容⑳，禮下之已甚。光秉政前後二十年。

地節二年春⑳，病篤。車駕自臨問光病⑳，上爲之涕泣。光上書謝恩曰："願分國邑三千户以封兄孫奉車都尉山爲列侯⑳，奉兄票騎將軍去病祀。"事下丞相御史⑳，卽日拜光子禹爲右將軍。光薨，上及皇太后親臨光喪，太中大夫任宣與侍御史五人持節護喪

事⑯，中二千石治莫府冢上⑰，賜金錢、繒絮，繡被百領⑱，衣五十
篋，璧、珠璣、玉衣、梓宮、便房、黃腸題湊各一具⑲，樅木外臧椁十
五具⑳，東園溫明㉑，皆如乘輿制度㉒。載光尸柩以輼輬車㉓，黃
屋左纛㉔，發材官、輕車、北軍五校士㉕，軍陳至茂陵㉖，以送其葬。
謚曰宣成侯。發三河卒穿復土起冢㉗，祠堂置園邑三百家㉘，長丞
奉守如舊法㉙。既葬，封山爲樂平侯㉚，以奉車都尉領尚書事。

天子思光功德，下詔曰：“故大司馬大將軍博陸侯，宿衞孝武皇
帝三十有餘年，輔孝昭皇帝十有餘年，遭大難㉛，躬秉誼㉜，率三公
九卿大夫，定萬世冊㉝，以安社稷。天下蒸庶㉞，咸以康寧。功德
茂盛㉟，朕甚嘉之㊱。復其後世㊲，疇其爵邑㊳，世世無有所與㊴。
功如蕭相國㊵。”

明年夏，封太子外祖父許廣漢爲平恩侯，復下詔曰：“宣成侯光
宿衞忠正，勤勞國家，善善及後世㊶，其封光兄孫中郎將雲爲冠陽
侯㊷。”

　　　①元平元年：公元前七四年。　　②亡嗣：“亡”同“無”。言昭帝沒有
子嗣。　　③“武帝 六男”二句：漢武帝共有六個兒子：長子是戾太子據，
次子是齊懷王閎(音弘)，三子是燕剌王旦，四子是廣陵厲王胥，五子是昌
邑哀王髆，而昭帝最幼。齊王、昌邑王皆早死。此言“武帝的六個兒子只
有廣陵王還活着”。　　④“羣臣”二句：“持”，主張。言羣臣討論嗣立之
人，都主張立廣陵王。　　⑤“王本以”二句：言“廣陵王本來因爲行爲不
合於正道而爲武帝所不信任”。　　⑥光內不自安：霍光見羣臣主張立廣
陵王，自己內心很不安定。按，此語疑含雙關。從表面看，霍光是因爲立
廣陵王與武帝遺意不合而不自安，而實際上則是廣陵王既立，霍光便無
法專政。故“不自安”實有此兩種內容。　　⑦“周太王”二句：“太王”是
周文王的祖父。“太伯”即吳太伯，是太王的長子。“王季”是文王的父

親，太王的少子，名季歷。按，史記周本紀："古公（卽太王）有長子曰太伯，次曰虞仲。太姜（古公之妃，卽詩經所謂的'姜女'，詳見前大雅緜註釋）生少子季歷。季歷……生昌（卽周文王），有聖瑞。古公曰：'我世當有興者，其在昌乎！'長子太伯、虞仲，知古公欲立季歷以傳昌，乃二人亡（逃走）如（往）荆、蠻，文身斷髮，以讓季歷。"則王季之立，是由於太伯等讓位而促成。　　⑧"文王"二句："舍"同"捨"，猶言"捨棄"；"伯邑考"，文王的長子。按，文王不立伯邑考而立次子發（卽武王）之事，史記周本紀不載。禮記檀弓："……（公儀）仲子舍其孫而立其子。檀弓……趨而就子服伯子……曰：'仲子舍其孫而立其子，何也？'伯子曰：'……昔者文王舍伯邑考而立武王，微子舍其孫腯（音突，或音鈍）而立衍也——夫仲子，亦猶行古之道也。……'"此處所言，疑卽本於禮記。又按，史記正義引帝王世紀："文王之長子曰伯邑考，質於殷，爲紂御（服務）。紂烹爲羹賜文王，曰：'聖人當不食其子羹！'文王食之。紂曰：'誰謂西伯聖者！食其子羹，尚不知也。'"則伯邑考可能死去較早，故有此傳說。然則文王並非廢長立幼，而是因爲伯邑考早卒之故。姑錄以備考。　　⑨唯在所宜：只看怎樣做對事情合宜就可以怎樣做。　　⑩"雖廢長"二句：言霍光卽使不立廣陵王而另立年輩較小之人，也是可以的。　　⑪承宗廟：指繼承帝位。因爲只有皇帝才有權祭祀宗廟。　　⑫"光以其書"句："視"與"示"通；"敞"，卽楊敞，此時爲丞相。　　⑬"擢郎"句："擢"，提陞；"九江"，秦、漢時郡名，今江蘇、安徽兩省的長江北岸，與江西全省，皆其所轄之地。郡治在壽春，卽今安徽省壽縣。此言"霍光把上書建議廢長立少的郎官提陞爲九江太守"。　　⑭"卽日"句：當天就奉了皇太后的命令。"皇太后"，卽昭帝的上官皇后，霍光的外孫女。　　⑮"遣行大鴻臚事"至"昌邑王賀'．大鴻臚"，官名，相當於後世外交官員中的"禮賓司"。"樂成"，姓史，據下文，此人是霍光的親信。按，史樂成當時的官職是少府，他暫時兼代大鴻臚的職務，故言"行大鴻臚事"。"德"卽劉德，"吉"卽丙吉，皆已見前蘇武傳註釋。"利漢"，人名。胡三省說："不知其姓。"此言霍光派遣史樂成等四人去迎接昌邑王賀。"賀"是武帝的孫子，是昭帝之兄髆的兒子。　⑯憂懣："懣"音義同"悶"。　⑰"獨以問"句："田延年"，字子賓，是戰國時齊王田氏的後裔，曾以材略供職於霍光幕府，爲光所器重。後以與光定策有功，封陽城侯（"陽城"，漢縣名，故城在今河南省汝南縣界）。後因貪污三千萬被告發，自殺。事見漢書酷吏傳。周壽昌說："案，光爲大將軍，在武帝朝無印綬官屬。延年初以材略給事大將軍莫府（語見田延年傳），故稱'故吏'。"此言"霍光就獨自向自己所親近的舊僚屬大司農田延年問計"。　⑱爲國柱石："柱石"，猶言"棟梁"。顏注："'柱'者，梁下之柱；'石'者，承柱之礎也。言大臣負國重任，如屋之柱及其石也。"此言"霍光是國家所倚重的棟梁，以喻其責任之重"。　⑲"審此人"三句："審"，看到；"建白太后"，向太后建議；"更選賢"，另外選出賢人。此言"如果你看這個人不夠做皇帝的資格，爲什麼不向太后建議，另外選出一個有賢德的人，立他爲帝呢？"　⑳今欲如是：現在我就想這樣辦。㉑"於古"句：在古代曾經有過這樣的事情嗎？按，班固在霍光傳末的贊語中說："然光不學無術，闇於大理（大道理）。"此處作者卽寫其對於歷史知識的貧乏。顏注："光不涉學，故有此問也。"　㉒"伊尹"二句："伊尹"是商代湯的賢相，已屢見前註。"宗廟"，猶言"社稷"。史記殷本紀："……帝中壬卽位四年崩，伊尹乃立太丁之子太甲。太甲，成湯嫡長孫也。是爲帝太甲。……帝太甲既立三年，不明，暴虐，不遵湯法，亂德。於是伊尹放之於桐宮（湯陵寢所在之地，在今山西省榮河鎮附近），三年。伊尹攝行政當國，以朝諸侯。帝太甲居桐宮三年，悔過自責，反善。於是乃迎帝太甲，而授之政。"此言"伊尹爲殷之賢相，把太甲廢立，爲的使國家安定"。　㉓"光乃引"句："引"，推薦；"給事中"，官名，是一種加銜。因其供職於殿中，故稱爲"給事中"。此言"霍光於是舉薦田延年爲給事中，以便隨時商討大計"。　㉔"陰與"句：暗中同張安世策劃商議。"張安世"已見前蘇武傳註釋。　㉕會議未央宮："會"，共同；"議"，商議。此言"霍光於是召集百官在未央宮共同商討大事"。　㉖驚鄂失色：

"鄂"與"愕"通。"驚愕"，驚慌發愣。"失色"，面無人色。 ㉗但唯唯而已："唯唯"，象聲詞，形容卑謙地答應着，表示没有異議。此言百官只是連聲表示同意而已。 ㉘"田延年前"二句：田延年站起身來，離開自己的坐位。 ㉙"先帝屬"二句："先帝"指武帝；"屬"同"囑"；"將軍"指霍光；"幼孤"指昭帝；"寄"，託付。此言"武帝把年幼的孤兒囑託給你，把天下的重任委託給你"。 ㉚"以將軍"二句：此連上文言"武帝所以託孤給你，正是因爲你既忠心而又賢能，能够使劉氏的天下安定"。 ㉛"今羣下"二句："鼎沸"，鼎中之水被火煮沸，則翻滚不已，以喻人心紛亂，騷擾不寧。此言"昌邑王爲帝以來，下面的羣衆對他的行爲十分不滿，因此議論紛紜，人心不安，這將使國家陷於危險的境地"。 ㉜"且漢之傳謚"三句：按，漢代每個皇帝死後的謚法，都加一"孝"字，如武帝之謚，全稱爲"孝武皇帝"，昭帝之謚，全稱爲"孝昭皇帝"。"孝"的意義，在於子孫勤念祖先創業艱難，從而確保其統治政權，以免辜負先人。這原是封建統治階級爲了鞏固其統治政權的一種理論。這三句卽闡釋此意，言"況且漢朝歷代帝王相傳，其謚法所以永遠帶有一個'孝'字的原因，就是爲了使子孫長久保有天下，讓祖先能够享受到子孫的祭祀"。 ㉝絶祀：斷絶祭祀，此處猶言"亡國"。指劉賀淫亂無道，卽有亡國的危險。 ㉞不得旋踵："旋踵"，轉動脚跟，以喻時間迅速。此連上文言"今天的議論應從速解決，不能再有片刻遲延"。 ㉟"羣臣後應"二句：大意是："羣臣之中如有猶疑不決之人、首肯得較遲的，請求允許我用劍立卽斬了他！" ㊱光謝曰：霍光謝罪説。按，田延年上文有"將軍雖死，何面目見先帝"的話，所以霍光表示謝罪。 ㊲"九卿"句：田延年爲大司農，在九卿之位，所以霍光説："九卿對我的責備是正確的。" ㊳"天下匈匈"二句："匈匈"同"洶洶"，紛擾不寧貌；"受難"，受責。此言"天下人議論紛紜，對政局感到不安，我是應該受責難的"。 ㊴"萬姓"二句："萬姓"猶言"百姓"。此言"天下人的生死安危都在於你一個人了"。 ㊵唯大將軍令：我們將唯你的命令是聽。 ㊶"光卽"二句：霍光隨卽與羣臣一同謁見太后，並向太后陳述，把昌邑王不能爲帝的情形詳盡地加以説明。
㊷“皇太后乃車駕”句：“承明殿”，在未央宫内。三輔黄圖：“未央宫有承
明殿，著述之所也。班固西都賦序云：‘内有承明著作之庭。’卽此也。”胡
三省説：“未央宫有承明殿，天子於是延（召見）儒生學士。”此言“皇太后
於是乘車駕到了承明殿。”　　　㊸“詔諸”二句：上句，“禁門”，出入宫禁的
各個宫門。下句，“内”同“納”。此言“太后命令後宫各處守門的人，不許
放昌邑王手下的羣臣進宫”。　　　㊹“王入朝”二句：“温室”，殿名。據三
輔黄圖和資治通鑑注，知漢時長樂宫和未央宫都有温室殿。胡三省説：
“長樂固亦有温室，但漢諸帝皆居未央，則此當爲未央之温室也。”今按，
胡説是。三輔黄圖：“……温室，……在未央宫殿北。……武帝建，冬處
之温暖也。”則温室殿爲冬日保暖避寒之所。此言“昌邑王到太后處朝見
回來，乘着車輦準備回到未央宫的温室殿”。　　　㊺“中黄門”句：“中黄門
宦者”，在後宫服役的宦官。百官公卿表顔注：“‘中黄門’謂閹人居禁中，
在黄門之内給事者也。”胡三省説：“‘中黄門’屬少府黄門令。”“門扇”，猶
言“門扉”（用楊樹達説）。“各持門扇”，每個人各自把持着一扇門。
㊻何爲：昌邑王問：“關閉禁門做什麼？”　　　㊼“徐之”二句：昌邑王説：
“慢一點兒，何至於弄得這樣怕人！”　　　㊽置金馬門外：“金馬門”，已見
前解嘲註釋。並參閱前蘇武傳“宦者署”註釋。　　　㊾“車騎將軍”二句：
上句，“將”，率領；“收縛”，逮捕並細縛起來；“二百餘人”，皆昌邑王手
下的羣臣。下句，“詔獄”，是拘囚皇帝特旨交審的案件中的罪犯的地方，
在漢代則由“都司空”負責，與“廷尉”之處理一般案件者不同。“都司空”
已見前史記魏其武安侯列傳註釋。　此言“張安世率領着禁衛騎兵逮捕
了二百餘人，把他們都送到廷尉和詔獄看管”。　　　㊿“令故昭帝”句：“中
臣侍”，應依朱一新、王先謙考訂，作“中常侍”。王先謙説：“據百官表，侍
中、中常侍皆加官，得入禁中。”此言“霍光命令以前在昭帝宫中的侍中和
中常侍們看守着昌邑王”。　　　㉑敕左右：“敕”音赤，告誡，吩咐。“左右”
卽上句的“侍中”、“中常侍”。　　　㉒謹宿衛：小心看守着。　　　㉓“卒有”

三句:“卒”同“猝”,倉猝;“物故”已見前蘇武傳註釋;“自裁”,自殺。此言“萬一倉猝間昌邑王死掉或是自殺,那就使我對不住天下人,擔了個殺君主的罪名”。　　54“我故”二句:“故羣臣從官”指以前在昌邑王府中任職的臣僚侍從。“安得罪”,胡三省說:“猶言‘何所得罪’也。”此二句大意是:“我那些臣僚侍從們怎麽犯了罪,爲什麽大將軍把他們都逮捕起來呢?”　　55意恐:心裏恐慌了。　　56被珠襦:“襦”音儒,說文:“短衣也。”段注:“顏注急就篇曰:‘短衣曰襦,自膝以上。’按,‘襦’若今襖之短者,‘袍’若今襖之長者。”“珠襦”,顏注引晉灼說:“貫珠以爲襦。”此言“太后披着用珍珠穿成的短襖”。　　57“盛服”句:“盛服”,穿着莊嚴華貴的禮服。“武帳”,皇帝陞殿時所用的帷帳。顏注引孟康說:“置兵闌五兵於帳中也。”(春秋穀梁傳莊公二十五年范甯注:“五兵:矛、戟、鉞、楯(盾)、弓矢。”)沈欽韓說:“帳置五兵,蓋以蘭綺圍四垂,天子御殿之制如此。有災變,避正殿,寢兵(把兵器收藏起來),則不坐武帳也。”此言太后“盛服坐武帳中”,正是極其隆重嚴肅的表示。　　58“侍御”二句:守衞在左右的侍從有幾百人,都拿着兵器。　　59“期門”二句:上句,“期門”,胡三省說:“屬光禄勳(卽郎中令),掌執兵送從(護送,侍從)。武帝爲微行,與勇力之士,期(約會)諸殿門,故曰‘期門’。”“武士”,猶言“勇士”。下句,“陛戟”,顏注:“謂執戟以衞陛下(殿階之下)也。”此言“期門的勇士也都拿着戟排列在殿陛之下”。　　60“羣臣以次”句:百官大臣依照官階的次第走上殿來。　　61“召昌邑王”句:命令昌邑王跪在太后的前面,聽候宣讀詔書。　　62連名奏王:一同署名奏劾昌邑王的罪狀。　　63安世:卽張安世。　　64朋友:卽范明友,是霍光的女壻,以擊氏及征烏桓有功,爲度遼將軍(雜號將軍之一),後爲未央衞尉,並封平陵侯(“平陵”,漢縣名,故城在今陝西省咸陽市西北)。宣帝時,因與霍光的族人謀反,事敗自殺。詳後文。　　65增:卽韓增,已見前蘇武傳註釋。　　66充國:卽趙充國。已見前篇註釋。　　67誼:卽蔡誼,漢書又作“蔡義”。義以通經術爲霍光幕府中人物,後代楊敞爲丞相,封陽平侯(“陽平”,縣名,故城卽今山

東省莘縣治）。漢書有傳。　　　⑱譚: 姓王，濟南人，昭帝時丞相王訢之
子。襲父封爵爲宜春侯（"宜春"，漢縣名，故城在今河南省汝南縣西南六
十里）。　　　⑲當塗侯臣聖: 當塗侯魏不害的兒子。"當塗"，漢縣名，故城
在今安徽省懷遠縣東南。　　　⑳隨桃侯臣昌樂: 顏注: "姓趙。故蒼梧王
趙光子。"按，趙光本南越之蒼梧王，降漢，封隨桃侯。其封地所在不詳。
㉑杜侯臣屠耆堂: 本匈奴人。顏注引蘇林説: "姓復陸，其祖父復陸支，本
匈奴胡也。歸義爲屬國王，從驃騎（卽霍去病）有功，乃更封也。""耆"讀
爲脂。"杜"，卽漢之杜陵縣，在今陝西省長安縣東南。　　　㉒太僕臣延
年: 卽杜延年。已見前篇註釋。　　　㉓太常臣昌: 顏注: "蒲侯蘇昌。"
（"蒲"，地名，漢時屬瑯琊郡，當在今山東省境内。）"太常"，官名，掌宗廟
禮儀之事。　　　㉔大司農臣延年: 卽田延年，已見前註。　　　㉕宗正臣德:
卽劉德，已見前蘇武傳註釋。　　　㉖樂成: 姓史，已見前。　　　㉗光: 姓李。
㉘執金吾臣延壽· 姓李。"執金吾"，官名，卽秦時中尉，掌管巡查京師，以
防盜賊。相當於後世京師所設的衞戍職務。　　　㉙賢: 卽韋賢，字長孺，
魯之鄒人（"鄒"，卽今山東省鄒縣）。兼通詩、禮、尚書，號稱鄒、魯大儒，
曾授昭帝讀詩。後代蔡義爲丞相。漢書有傳。　　　㉚廣明: 卽田廣明，字
子公，鄭人（"鄭"，地名，在今陝西省華縣西北），以殺伐治郡國。後擊匈
奴，引軍空還，下獄自殺。事見漢書酷吏傳。　　　㉛德: 姓周，見顏注。
㉜長信少府臣嘉: 漢書百官公卿表: "長信詹事，掌皇太后宮。景帝中六
年，更名長信少府。平帝元始四年，更名長樂少府。"顏注引張晏説: "以
太后所居宮爲名也。居長信宮則曰'長信少府'，居長樂宮則曰'長樂少
府'也。""嘉"，顏注: "不知姓。"周壽昌以爲卽下文的侍中傅嘉，姑備一
説。　　　㉝武: 卽蘇武。　　　㉞京輔都尉臣趙漢: 卽趙廣漢，字子都，涿郡
蠡吾人（"蠡吾"，漢縣名，故城在今河北省博野縣西南）。爲昭帝時著名
的能吏，每侵犯貴戚大臣，終因此得罪權貴，竟被腰斬。但百姓追思其德
惠，至東漢時猶受到人民歌頌。漢書有傳。"京輔都尉"，官名，是輔助京
兆尹的副職。　　　㉟司隸校尉臣辟兵: "司隸校尉"，武帝時所設置的特務

性的官職。掌管犯徒刑的奴隸,並有兵權在民間搜捕罪犯。"辟兵",人名,顏注:"不知姓。"　　⑧諸吏文學光禄大夫:自下文"臣遷"至"夏侯勝"共九人,或爲"諸吏",或爲"文學"(一些習學經術的儒生),或爲"光禄大夫",故概括其官衔,總述於此。　　⑧遷:姓王。　　⑧畸:姓宋。　　⑧吉:卽丙吉。已見前篇註釋。　　⑨"臣賜"至"臣長幸":都不知道姓氏(自⑧以下各條註釋都根據顏注)。　　⑨夏侯勝:已見前蘇武傳註釋。按,上文已有一人名勝,故此處加姓氏。顏注引李奇説:"同官同名,故以姓别也。"　　⑨德:顏注:"不知姓。"　　⑨卬:姓趙,是趙充國之子。"卬"音昂。　　⑨"昧死"句:冒着死罪向皇太后陛下陳述。　　⑨頓首死罪:按,此是奏章習用語。意謂自知所言不當,故叩頭請罪。　　⑨"大子"二句:上句,"大",應依一本作"天"(用錢大昭説)。"誼"同"義"。此二句大意是:"做爲一個皇帝,是有責任長久保有宗廟、統一治理海内的,因此他應該以講求慈孝、禮義、賞罰爲其根本之道。"　　⑨早棄天下:猶言"死得太早"。　　⑨禮曰:"禮",指古代儒家的禮經。但下二句在今所傳儀禮、禮記中皆不載,而見於春秋公羊傳。但其義則見於儀禮喪服子夏傳。餘詳下註。　　⑨"爲人後者"二句:語見春秋公羊傳成公十五年。清淩曙公羊禮疏:"後漢安帝紀:'禮:昆弟之子猶己子。春秋之義:爲人後者爲之子。'注:'爲人後者,謂出繼於人也。'"今按,安帝紀所引"禮",見儀禮喪服傳:"何如而可以爲人後?支子可也。……昆弟之子若子。"清徐乾學讀禮通考:"……天下不可一日無天子,國不可一日無君。是故繼世不立,則取於旁支。以弟後兄(以弟爲兄之後嗣),可也;以兄後弟(以兄爲弟之後嗣),可也;甚至以叔後姪(以叔爲姪之後嗣),古亦爲之。"則知敞等意謂昭帝既死而無子嗣,根據古禮,可以取昭帝的子姪輩中的一人過繼在昭帝名下,做爲他的子嗣。故引此二句,言"找一個出繼於人的子弟來做他的後嗣"。　　⑩"昌邑王宜"句:言"昌邑王賀是昭帝之兄昌邑王髆的兒子,以他做爲昭帝的後嗣是相宜的"。舊本斷句或以此句"後"字屬下句,非是。　　⑩"遣宗正"二句:上句,"奉節",拿着太后的旄節,表示代表太后。下句,"徵",猶言"宣召"。此言"於是派遣宗正等官拿着使節讓他們去宣召昌邑王"。　　⑩⑫"典喪"三句: 第一句,"典喪",主持喪事。第二句,"斬縗",兒子爲父喪所穿的孝服,是喪服中的最重者。"縗"音崔,是用粗質生麻布製成的孝衣。衣的四邊不用針線縫緝,只用剪刀截割,叫作"斬縗"。第三句,"亡"同"無"。此言"昌邑王主持昭帝的喪事,穿着重孝,但是他却没有一點悲哀的意思"。　　⑩⑬廢禮誼:一切應該講求的禮節和道理,都廢而不講。　　⑩⑭"居道上"二句: 顏注:"'素食',菜食無肉也。言王在道,常肉食,非居喪之制也。"按,此指昌邑王在入京師的途中不行居喪之禮而飲酒食肉。又,沈欽韓以"素食"爲"不火食"(不吃熱的、熟的),"只以糒糗(乾糧、炒米粉之類)菜果爲膳",亦可通。錄以備考。　　⑩⑮"使從官"三句: 第一句,"略",同"掠",掠奪,搶劫。第二句,"衣車",參閱前史記李斯列傳"輼輬車"註釋。第三句,"内"同"納"。此言昌邑王在來京師的路上,命令隨從的官吏把民間女子掠來,爲了不使人發現,便用衣車裝載着,送到他沿途所住的館舍中去。　　⑩⑯"始至"三句: 初到京中,謁見太后,被立爲昭帝的太子。　　⑩⑰"常私買"句: 太子居喪,仍須素食,但昌邑王却經常私自命人買了雞和豬來吃。　　⑩⑱受皇帝信璽,按,顏注引孟康說:"漢初有三璽: 天子之璽自佩;行璽、信璽在符節臺。"則"信璽"亦爲皇帝的印信之一。此言"當昌邑王接受皇帝璽印的時候"。　　⑩⑲"行璽"二句: 上句,"行璽",指受璽之禮;"大行前",指昭帝遺柩之前。下句,"次",位;"發璽",從封匣中取出璽來。顏注:"璽既國器,常當緘封。而王於大行前受之,退還所次(所居之位),遂爾發漏,更不封之,得令凡人皆見。言不重慎也。"意謂昌邑王在昭帝靈前受璽之後,然後就位,隨即把璽印拿了出來,不再封起。這是極不慎重嚴肅的行爲。　　⑪⑩"從官更持節"三句: 第一句,"更"讀平聲,輪换着。第二句,"内"同"納";"騶"音鄒,皇帝的馬廐;"騶宰"管馬廐的人;"官奴",被没於官府的奴隸。第三句,"闥",宮中小門;"禁闥内"指宮禁之中;"敖戲",游戲。此言"昌邑王命令侍從的官吏輪流拿着旄節￬把昌邑王府中的侍從、管馬廐的人以及官奴等二百餘人召引到皇宮中，並經常同他們在宮禁中玩樂嬉戲”。　　⑪“自之”二句：“之”，往；“符璽”，指藏符璽的官署。顏注：“自往之署取節也。”此言“昌邑王親自去到藏符璽的地方取來了十六根旄節”。　　⑫“朝暮”二句：“臨”讀去聲，已見蘐武傳“旦夕臨數月”註釋。“更”讀平聲，義同前。此言“昌邑王每逢早晚兩次去哭臨昭帝的遺柩時，就命令侍從的官吏輪流拿着那十六根旄節隨侍着他”。按，此寫昌邑王把符節當成了玩具。　　⑬爲書曰：昌邑王給臣子寫了一封信。　　⑭“皇帝問”句：“君卿”，顏注：“昌邑之侍中，名君卿也。”此言“皇帝問候侍中君卿”。　　⑮“使中御府令”句：“中御府令”，官名，屬於少府；據顏注，是掌管皇帝衣服的官。但從下文看來，“御府”當是宮內的庫藏，則“中御府令”應是管庫的官。此言“我命令中御府令高昌賞給君卿黃金千斤，讓君卿娶十個妻”。　　⑯大行在前殿：昭帝的遺柩停放在前殿。　　⑰發樂府樂器：“樂府”，漢武帝所設置的音樂機關，掌管采詩、研究樂律及訓練樂工等工作。此言“把樂府中所收藏的樂器拿了出來”。　　⑱“引內”二句：“歌吹”，唱歌奏樂；“吹”讀去聲。此言“把昌邑王府的樂工引進後宮，擊鼓奏樂，作俳諧倡優之戲”。按，昭帝的遺柩還沒有殯葬，劉賀就在宮中奏樂，這是封建社會極不合禮法的事。　　⑲“會下還”三句：第一句，“下”，指昭帝遺柩下葬（用顏注引如淳說）。第二、三句，楊樹達以爲應作一句讀。他說：“今謂‘上前殿’當與下‘擊鐘磬’六字連讀，此謂上殿時不當奏樂耳。”此三句言“及至送葬回來，上前殿時又鳴鐘擊磬”。　　⑳“召內泰壹”四句：第一句，“泰壹”和“宗廟”都是“樂人”的附加成分。“泰壹”，同“太一”，神名；“泰壹樂人”，專爲祭太一神時奏樂的樂工；“宗廟樂人”，專爲祭祀宗廟時奏樂的樂工。第二句，“輦道”，宮中行車的閣道；“牟首”，池名，在上林苑中（用顏注引臣瓚說）。第三句，“吹”讀去聲，“鼓吹”，奏交響樂。第四句，“樂”指樂器。王先謙說：“言納祀泰壹及祀宗廟之樂人，由輦道至牟首爲樂耳。”意謂“昌邑王把祭太一神和祭宗廟的樂工都召入後宮，從宮中的閣道直到牟首池，沿途佈滿鼓吹歌舞,把所有的音樂都奏了起來"。 ⑫"發長安廚"句:按,三輔黃圖:"長安城北第二門曰廚城門,長安廚官(官署)在門內,因爲門名。"則"長安廚"當是專門供應皇帝肴膳的地方。"祠",祭祀,祈禱。"閣室",閣道中的密室。此言"昌邑王從長安廚中拿出三份太牢的設備在閣道中的密室裏祭祀"。 ⑫"祀已"二句:"啗"同"啖",音 tǎn;"飲啗",大吃大喝。此連上文言"祭祀完畢,就和侍從們一同大吃大喝起來"。

⑬"駕法駕"三句:第一句,"法駕"是天子出行時乘輿儀仗之一種。續漢書輿服志:"乘輿法駕,……奉車郎御,侍中驂乘,屬車四十六乘,前驅有九旗(音游)、雲罕(皆旌旗名),鳳凰闟戟,('闟'音吸。注引薛綜説:'闟之言函也,取四戟函車邊。')皮軒鸞旗(注引胡廣説:'皮軒,以虎皮爲軒。''軒'是有藩蔽屏障的車,此卽以虎皮爲屏障之物),皆大夫載。鸞旗者,編羽旄列繫幢旁('幢'卽車蓋)。……後有金鉦黃鉞,黃門鼓車。……"則知"皮軒"、"鸞旗"皆法駕中儀仗之一種。輿服志又載:"行祠天、郊以法駕,祠地、明堂省什三(十分之三),祠宗廟尤省,謂之小駕。"則"法駕"是相當隆重的,平時不得任意使用。第二句,"北宮"、"桂宮",皆漢宮名。三輔黃圖:"北宮,在長安城中,近桂宮,俱在未央宮北,周回十里。高帝時制度(規劃)草創,孝武增修之。中有前殿,廣五十步,珠簾玉户如桂宮。"又:"桂宮,漢武帝造,周回十餘里。漢書曰:桂宮有紫房複道,通未央宮。……三秦記:未央宮漸臺西有桂宮,中有明光殿,皆金玉珠璣爲簾箔,綴明月珠,金陛玉階,晝夜光明。"第三句,"弄",戲弄。"弄彘鬥虎",當是雜技馬戲之類。此三句言昌邑王駕着法駕,跑到桂宮、北宮一帶去游玩,觀看戲弄野豬和鬥老虎的雜技。 ⑭"召皇太后"三句:"御",駕用。"小馬",又名"果下馬",高三尺。顏注:"小馬可於果樹下乘之,故號果下馬。"這種馬車是太后在宮中駕乘着游玩的。此言"昌邑王把皇太后所駕用的小馬車取來,讓宮奴騎乘着在宮庭裏奔馳着玩耍"。 ⑮"與孝昭皇帝"二句:"掖庭令",宮庭內管宮女的官。"要"同"腰"。此言"昌邑王同昭帝從前宮中所用的侍女名叫蒙的以及其他的宮女們淫

亂,並對掖庭令下命令,有人敢把此事泄漏,**就要處以腰斬的罪**"。　　㊉
止:<u>顏注</u>:"令且止讀奏。"按,此是<u>太后</u>中途打斷了尚書令的誦讀奏章,然
後對<u>昌邑王</u>進行責問。　　㊌"**爲人臣子**"二句:一個做晚輩的,應該這樣
胡搞亂來麼?　　㊍離席伏:離開自己的席位,仍舊跪着。　　㊎"取諸侯
王"句:"墨綬"卽黑綬。據<u>百官公卿表</u>,諸侯王是"金璽盭(音戾,指綠色)
綬",列侯是"金印紫綬",二千石是"銀印青綬","秩比六百石以上皆銅印
黑綬","比二百石以上皆銅印黃綬"。"者",<u>王先謙</u>以爲衍文,<u>楊樹達</u>以
爲是"諸"字之誤。<u>楊</u>説近是。"免奴",奴隸被赦免爲良人者。此言"<u>昌
邑王</u>把各種官職所應佩帶的印綬取來,都給<u>昌邑王</u>府中的郎官們和一些
被赦免的奴隸佩帶"。　　㊏"**變易**"句:把節上的黃色節旄換成了赤色
的。按,封建社會對於服色制度是不許輕易改動的。<u>沈欽韓</u>説:"按,東
京之世(指<u>東漢</u>),皆承用黃旄不敢改。至<u>董卓</u>始改赤。見袁紹傳注。"可
見<u>昌邑王</u>這種作法是違法亂制的。　　㊐"**發御府**"二句:"采繒",畫有文
采圖案的綢緞。此言"把宮中庫藏裏的各種器物都賞賜了同自己一起游
戲的人"。　　㊑湛沔於酒:"湛"同"沉","沔"同"湎","沉湎",猶言"耽
溺",指荒迷無度。　　㊒"韶太官"句:"太官"已見前註;此處的"乘輿"是
天子的代稱。<u>蔡邕獨斷</u>:"天子至尊,不敢褻瀆言之,故託於乘輿也。……
或謂之車駕。""上乘輿食",猶言"給天子進獻食物"。"如故",照常。此
言"<u>昌邑王</u>命令太官給他準備和平時一樣的食物而不素食"。　　㊓食監
奏:"食監",監管皇帝膳食的宦者。　　㊔"**未釋服**"二句:上句,"釋服",
解除孝服。下句,"御",用,進;"故食",平時所吃的食物。按,<u>沈欽韓</u>説:
"(<u>儀禮</u>)喪服傳:始死,至葬,朝一溢米,夕一溢米(<u>經典釋文</u>:'滿手曰
溢。'卽今所謂'一把米'。此言孝子在親死之後至下葬以前,每天只吃極
少量的米粥)。既虞(據<u>釋名</u>,'虞'是既葬之後,還祭於殯宮的儀式),食
疏食,水飲(吃粗糙的食物,只飲水不飲酒)。既練('練',祭名。居喪十
三個月之後,舉行練祭,又叫作'小祥之祭'),始食菜果;飯素食(以上是
<u>沈</u>氏節引儀禮原文)。蓋葬前總令毋絕粒餓死而已;既葬,始惡食,不取

飽；至練後哀殺(哀痛漸衰)，乃復其故量，取飽而止，不飲酒食肉。……
故鄭注：‘素，猶故也。謂復平生時食也。’……”所以食監向昌邑王奏道：
“在沒有除孝服之前，飲食是不可以與平時一樣的。”　⒀“復詔”二句：
上句，“趣”同“促”。下句，“關”，通過。此言“昌邑王仍舊命令太官趕快
供應食物，不要通過食監，以免引起麻煩”。　⒀太官不敢具：太官仍舊
不敢供應。　⒀‘詔殿門”句：“內”同“納”。顏注：“‘納’，入也；令每天
常入雞豚也。”此言“命令看守殿門的人，讓他們允許人每天把雞和豬拿
進宮來”。　⒀“獨夜設”二句：“九賓”已見前史記廉藺列傳註釋，是接
待貴賓的隆重儀式。此言“昌邑王獨自在溫室殿中於夜間陳設九賓之
禮，以接見自己的姊夫”。他的姊夫是他在做昌邑王時封的關內侯，這比
天子所封的侯爵級別低。　⒁“祖宗廟祠”句：“祖宗”，指劉邦與漢文
帝；“廟”，宗廟；“祠”，祭祀；“奉”，舉行。按，沈欽韓說：“未滿既葬三十六
日之制，故未祠廟。”意謂新君卽位，須在既葬故君三十六天之後始祭祀
宗廟。今昌邑王卽位僅二十餘日，所以還未舉行祭祀祖先宗廟的儀式。
⒁“以三太牢”二句：顏注：“時在喪服，故未祠宗廟，而私祭昌邑哀王也。”
此言昌邑王派使者用三份太牢去祭他父親的陵墓，並自稱“嗣子皇帝”。
按，劉賀在祭祀祖先的宗廟之前先祭自己的父親，是不合禮法的；既出繼
於昭帝，則不應再對昌邑哀王稱“嗣子皇帝”。這一舉動是犯了好幾方面
的錯誤的。參閱資治通鑑胡三省注。　⒀“受璽以來”二句：言昌邑王
卽帝位以來僅二十七天。　⒀旁午：顏注：“一縱一橫爲‘旁午’。”此句
猶言“派遣使者來來往往絡繹不絕”。　⒀“持節詔”句：拿着皇帝的旄
節下命令給各個官署徵調並索取物資，一共有一千一百二十七次。
⒀數進諫以過失：由於見到昌邑王的過失而屢次進諫。　⒀“使人簿
責”二句：昌邑王竟派人把夏侯勝召來受質詢，並把傅嘉綑起來送進監
獄。　⒀“荒淫”三句：言“昌邑王荒淫無道，昏亂胡爲，失掉了皇帝的尊
嚴和體統，把朝廷的制度都攪亂了”。　⒀“臣敞等數進諫”三句：此言
“我們屢次向他進諫，他不但不改，反而一天比一天更利害”。　⒀“臣

敞等謹與”句:“霸”、“倉”，王國維以爲是孔霸、后蒼（見漢書窺管引）。“孔霸”字次儒，孔子的後裔，是夏侯勝的弟子。通尚書，昭帝末年爲博士。事見漢書孔光傳。“后蒼”字近君，通詩、禮。事見漢書儒林傳。“德”、“射”則皆不知其姓。“雋舍”和“虞舍”則因同名同官，故各加以姓氏。顏注引晉灼説:“‘雋’，姓;‘舍’，名也。下有臣‘虞舍’，故以姓別之。”“雋”音 juàn。此句言“我們曾同博士們討論過”。 ⑮⓪爲漢太祖:“太”，始;“太祖”，猶言“始祖”。按，“高皇帝”的“高”是謚法，“太祖”則是廟號。漢書高帝紀:“羣臣曰:‘帝起細微，撥亂世反之正，平定天下，爲漢太祖。……’”則稱“太祖”即有“創始”之義，與此處上句所謂“建功業”義略同。 ⑮①爲太宗:“太宗”是文帝的廟號。據漢書景帝紀載丞相申屠嘉等奏議:“……功莫大於高皇帝，德莫盛於孝文皇帝。高皇帝廟，宜爲帝者太祖之廟;孝文皇帝廟，宜爲帝者太宗之廟。天子宜世世獻祖宗之廟;郡國諸侯，宜各爲孝文皇帝立太宗之廟。……”此言“文帝因爲有德，所以才被尊爲太宗”。言外謂後世爲嗣君之人，應體念祖宗功德，否則即爲不孝。 ⑮②行淫辟不軌:“辟”同“僻”，指邪惡的行爲;“不軌”，不守法度。 ⑮③詩云:“詩”，指大雅抑篇。 ⑮④“籍曰”二句:上句，“籍”，“藉”之假借字，今本詩經作“借”。“借曰”，猶言“假使説”。“未知”，沒有知識（用朱熹詩集傳説）。下句，“亦既”，猶言“也已經”;“抱子”，指年齡長成，已娶妻生子，而且抱着孩子了。顏注:“此言假令人云，王尚幼少，未有所知;亦已長大而抱子矣。實不幼少也!”此指昌邑王已不是小孩子而是成年人了。 ⑮⑤“五辟”二句:“辟”，猶“刑”。“五刑”，泛指古刑事法;“屬”，類，猶言“條文”。按，孝經五刑章:“子曰:‘五刑之屬三千，而罪莫大於不孝。……’”即此二句所本。言“法律的條文雖多至三千餘款，但罪名最大的莫過於不孝”。意謂昌邑王最大的罪行是不孝。 ⑮⑥“周襄王”句:“周襄王”，名鄭，周惠王子。公元前六五一年即位，在位三十三年。據史記周本紀，襄王生母早死，後母是惠后，生叔帶，有寵於惠王。及襄王立，三年，叔帶奔齊;襄王十二年，叔帶返周。惠后初欲立叔帶，至襄王十六年，叔帶乃與狄人勾結，率師伐周，故襄王出奔於鄭。後晉文公誅叔帶，襄王始復立爲王。此言"襄王不善於體會母親的心意而遭到意外"。　　⑮"春秋曰"二句：上句，"春秋"指魯春秋。下句，語見僖公二十四年春秋經。春秋公羊傳解釋此句說："王者無外（沒有居外之理）。此其言'出'何（爲什麼春秋說天王'出'居於鄭呢）？不能乎母也（這是由於同母親不融洽的緣故）。"按，春秋之義，以爲襄王由於不孝而遇到國難，是不爲天下人所同情的。　　⑯"繇不孝"二句："繇"同"由"，由於；"絶之於天下"，被天下人所拋棄。此言"襄王由於不孝而被迫出奔，是被天下人所棄絶的"。按，此以喻昌邑王行爲不孝，亦應見棄於天下人。　　⑲宗廟重於君：按，以封建社會的宗法觀念看來，祖宗要比當時在位的皇帝還重要。昌邑王雖是爲君，但他得罪於宗廟，故下文言"當廢"。　　⑯"陛下未見命"句：言"昌邑王失德，顯然不曾受命於高祖"。言外指高祖的在天之靈是不同意昌邑王做皇帝的。　　⑯"不可以"句："承天序"，猶言"順天心"；"子萬姓"，以百姓爲子民。此連上文言"像昌邑王這樣的人，既不曾受命於高祖，當然他不配稟承上天的意旨，不配祭祀祖先的宗廟，不配做老百姓的君父"。　　⑯"臣請有司"三句：第一句，"有司"，負責官員；"誼"，蔡誼；"德"，劉德；"昌"，蘇昌：皆已見前註。第二句，"太祝"，太常下面的屬官，是專門掌管祭祀宗廟的。第三句，"告"，稟告。此言廢立之事，理應告知高祖，所以請求派負責官員蔡誼等人，給太祝一份太牢的設備，前去祭祀高廟，向高祖說明此事。　　⑯昧死以聞：古代奏章習用語。言"冒着死罪，把意見說出來供參考"。　　⑯可：猶言"照准"。此是太后批准奏章、同意大臣們的做法的表示。　　⑯"光令"句：霍光讓昌邑王起身，然後行跪拜之禮，接受太后的詔令。　　⑯"聞天子"三句：按，孝經諫諍章："昔者天子有爭臣七人，雖無道，不失其天下。"卽昌邑王此語所本。"爭"同"諍"，"爭臣"，諫諍之臣。此言"我聽說只要皇帝有七個諫諍之臣，卽使無道，也不會喪失天下"。意謂自己雖無道，尚不宜立卽被廢。　　⑯"皇太后詔廢"二句：霍光見昌邑王自稱天子,便説:"現在皇太后已經下詔把你廢了,你還算什麼天子!" ⑯"乃即持"三句:"即",走近;"組",猶言"綬"。續漢書輿服志:"乘輿(皇帝),黄赤綬,四采(綬上有四種采色):黄、赤、紺(深青而含赤之色)、縹(淡青色)。"則昌邑王所佩,即是此種四色的綬帶。此言"霍光便走到昌邑王跟前,抓住他的手,把他身上所佩的璽綬解了下來,遞呈給太后"。 ⑯"愚戆"句:"戆"音 zhuàng,又音 gàng,與"愚"同義。此言"我這個人太愚蠢、太糊塗,擔任不了漢朝的事!" ⑰"起就"句:起身上了天子的副車。按,此時劉賀已被廢,所以只乘副車。 ⑰送至昌邑邸:"邸",顔注:"諸侯王及諸郡朝宿之館在京師者謂之'邸'。"徐鍇説文繫傳:"諸侯來朝,所舍(所住之處)爲'邸'。"按,劉賀本王爵,在京中原有邸舍,故此時被送至王邸。 ⑫"王行"句:"自絶",猶言"自暴自棄"。此言"你的行爲乃是自己棄絶於上天"。 ⑬"臣等"二句:"駑怯",猶言"無能"。按,此二語表面是謙詞,實含鄙棄之意。言"我們實在太無能了,不能以死來報答你"。言外謂"只好對不起你了"。 ⑭"臣寧"二句:我寧可對不起你,不能對不起國家。 ⑮"願王"二句:希望你自己保重,我從此永遠不會再見你了。 ⑯"古者廢放"三句:大意是:"古時凡被廢棄、被放逐的人,都應被隔絶於遠方,不得參與政事。" ⑰漢中房陵縣:即今湖北省房縣。 ⑱"太后詔"二句:"昌邑"故城在今山東省金鄉縣西北四十里,不是現在山東省的昌邑縣。"湯沐邑"已見前史記魏公子列傳註釋。此言"太后下令仍命劉賀回到昌邑去,並賜給他湯沐邑二千户"。 ⑲"昌邑羣臣"三句:"亡"同"無"。此言昌邑王手下的羣臣由於犯了没有盡到輔助誘導之責的罪,以致使昌邑王陷於邪惡,於是霍光把他們都殺死了,一共死了二百多人。 ⑳"出死"二句:上句,錢大昕三史拾遺引陳景雲説:"'出死',出獄赴市也。"下句,"號"讀平聲,"號呼",連哭帶喊。此言"這二百多人出獄受刑時,在市中大聲喊叫"。 ㉑"當斷"二句:按,此二語亦見史記春申君列傳的贊語中,稱爲"語曰";則此二語當是當時成語,爲司馬遷所引用。"斷",決斷,果斷。意謂"應該早下決斷而没有毅然決斷,結果反而受了禍"。顏注:"悔不早殺光等也。"凌稚隆漢書評林引張泰復說:"吾謂其中從官必有謀光者,光知之,故立廢賀;非專以淫亂故也。二百人曰:'當斷不斷,反受其亂。'此其有謀明矣。"按,此說近是,錄以備考。又,何焯亦有與此相類似的意見,見義門讀書記,又見漢書補注引。　　⑱庭中:卽掖庭中。　　⑱"會丞相以下"句:召集丞相以下的百官,一同商議確定立何人爲帝。　　⑱已前不用:已經早就不爲武帝所信用。　　⑱"及燕刺王"二句:還有燕王旦已因謀反被誅,因此他的兒子也不在考慮之內。　　⑱"近親"二句:"衛太子"卽戾太子據,因巫蠱事自殺,已見前註。太子納史良娣,生子,號史皇孫(因爲他是武帝的孫子,而外祖家姓史,故云)。巫蠱事起,太子、史良娣、史皇孫皆遇害。史皇孫娶王夫人,生子名病己,因爲是武帝的曾孫,故號"皇曾孫"。王夫人亦遇害,病己被繫獄中,爲丙吉所救。後乃養育於外祖王家。此人卽漢宣帝,後改名詢。此言"直系親屬只有衛太子的孫子、號稱皇曾孫的了"。　　⑱咸稱述焉:民間都稱道他。　　⑱"人道親親"四句:"親親",親愛自己的親人。此四句大意是:"人與人相處之道,對於自己的親人是很親愛的。而親人與自己都出於同一祖先,因此對於自己的遠祖應該尊重;既然尊重遠祖,則對於由遠祖一脈相傳下來的較近的上輩親屬也應該恭敬。"按,"尊祖"、"敬宗"的道理今見於禮記大傳,這是宗法社會最注重的家族關係,卽對遠祖和近宗都看得極爲重要。　　⑱"太宗"二句:上句,"太",應依王念孫考證作"大"。"大宗",見禮記大傳,指貴族之家,父死之後由嫡長子爲其繼嗣,代代相傳,所謂"百世不遷之宗"。至於帝王,則以皇帝的世代相傳爲大宗。昭帝死而無子,故言"大宗無嗣"。下句,言"選擇近支子孫中賢德之人爲其後嗣"。　　⑲"武帝時"句:按,武帝在巫蠱事件以後,曾對殘殺戾太子據及其子孫表示後悔,因此下命令給掖庭令,讓他們對已故太子的孫子加以撫養照看。　　⑲"師受"句:"師受",猶言„從師受業"(參用楊樹達說)。此言"宣帝曾從師學習了詩、論語、孝經等書"。據漢書宣紀,宣帝在做皇帝以前是很好學的,曾"受詩於東海濱中翁"（"濱"音馥）。　　⑱尚冠里：顔注："長安中里名。"按，三輔黄圖："京兆（指京兆尹的衙署）在故城南尚冠里。"則知尚冠里在長安城南。　　⑬"洗沐"二句：上句，言"請宣帝沐浴"。下句，應據王念孫考證作"賜御府衣"，言"把宮内庫中的衣服賜給宣帝"。　　⑭"太僕以軨獵車"二句：上句，"太僕"是杜延年，已見前；"軨獵車"，一種輕便的小車，可乘之以射獵。顔注："時未備天子車駕，故且取其輕便耳。"下句，"齋"，齋戒。此言"太僕駕着軨獵車去迎接宣帝，然後到宗正的衙署中去齋戒"。　　⑮封爲陽武侯："陽武"，秦、漢時縣名，故城即今河南省舊原武鎮。此言"立宣帝爲天子以前，先封他爲陽武侯"。顔注："先封侯者，不欲立庶人爲天子也。"　　⑯已而：過了不久。　　⑰"夫褒有德"三句：大意是："表揚有德的人，賞賜有功的人，原是古今共同的道理。"　　⑱宿衛忠正：言"霍光當武帝時經常宿衛後宮，忠心爲國，正直無私"。　　⑲宣德明恩：猶言"宣明恩德"，言"宣揚表彰皇帝的恩德"。　　⑳守節秉誼："守節"指行動有操守；"秉誼"指堅持正義。　　㉑"其以河北"二句：上句，"河北"，漢縣名，故城在今山西省芮城縣東北。"東武陽"，漢縣名，故城在今山東省朝城鎮西四十里。下句，"故所食"，指以前所食采邑的户口數。此言"把河北和東武陽兩縣的一萬七千户加封給霍光，連同以前所食的户口一共是兩萬户"。　　㉒"雜繒"句："雜繒"，雜色的綢帛。　　㉓二千疋："疋"同"匹"。　　㉔甲第一區：住宅一所。　　㉕領胡、越兵：率領外族歸附的軍隊。　　㉖"光兩女壻"句：齊召南説："按，范明友爲未央衛尉，鄧廣漢爲長樂衛尉。"　　㉗"昆弟諸壻"句："昆弟諸壻"，霍光弟兄輩的女壻；"外孫"指昆弟諸壻的子弟，即霍光的外孫輩。"奉朝請"，遇朝廷有事時即參加朝會、召請，漢代外戚、皇室多有此例。　　㉘"黨親"二句：上句，"黨親"指遠近親戚；"連體"指同族子弟。下句，"根"，形容霍光的親黨在朝根深柢固；"據"，盤據，佔據。此言"霍光的私人都佈滿於朝廷之上，不僅佔據了顯要地位，而且根深柢固"。　　㉙"光自"三句："秉持"，掌握，主持；"萬機"，猶言"萬事"，指皇帝治理天下的萬事。此言霍光從武帝末年就開始掌握政權,管理天下大事, 直到宣帝卽位, 才把政權交還給皇帝。　　⑩"諸事"二句:上句,"關",通過;"白",通知。下句,"御",進。此言"大小事都先通過霍光, 然後再奏知天子"。　　⑪"上虛己"二句:"斂容",指收斂起驕傲弛惰的表情。此言"宣帝自己很虛心, 表情很嚴肅, 對霍光愈加禮貌, 表示自己不如霍光"。　　⑫"地節二年"二句:上句,"地節二年",公元前六八年,卽宣帝卽位的第六年。下句,"病篤",病重。言霍光病重。　　⑬"車駕"句:"車駕",皇帝的代稱,見前"乘輿"註。此言宣帝親自到霍光家中探望, 問候他的病情。　　⑭"願分"二句:"山",是霍去病的孫子。"奉祀",本指承擔祭祀的義務,此指繼承基業的權利。此言"我願意把自己侯國的封邑分出三千戶來封霍山爲列侯, 以承繼霍去病的基業"。　　⑮"事下"句:大意是:"把霍光請求的事交給丞相和御史去討論, 並責成他們擬出辦法。"　　⑯護喪事:護理喪事。⑰治莫府冢上:臨時在墳地上設立辦公的機構。　　⑱繡被百領:一百條錦繡的被。　　⑲"璧、珠璣"至"一具":"璧",圓形的玉;珠之不圓者叫"璣","珠璣"連稱,疑指珠串之類。尚書禹貢有"璣組",卽結璣爲組串,如雜佩中瓔珞一類飾物。"玉衣",裹尸之物。顏注:"漢儀注:以玉爲襦, 如鎧狀,連綴之;以黃金爲縷,腰以下玉爲札,長尺,廣二寸半,爲甲;下至足,亦綴以黃金縷。""梓宮",卽棺材。"便"與"楩"通,"楩房",以楩木爲椁(音郭),罩於棺外者。"題湊",在棺材頂端的累棺之木。因用黃心柏木製成,故叫作"黃腸題湊"。　　⑳"樅木"句:"樅"音叢,松杉科常綠喬木,木材輕軟,可作建築器材。"臧"同"藏",讀去聲。古代貴族的墳墓有外藏和正藏之分,正藏是死者本人置棺之地,"外藏"則殉葬婢妾所埋之處。此言皇帝賜以樅木製成的外藏之椁十五具,疑霍光之死,仍有殉葬之人。　　㉑東園溫明:此句應依王念孫考證,"溫明"下補"秘器"二字。"東園",官署名,屬少府,是專門製作供喪葬之用的器物的地方;"溫明秘器",顏注引服虔說:"形如方漆桶,開一面,漆畫之,以鏡置其中,以懸屍上,大斂,並蓋之(封入棺內)。""祕器",卽凶器。這種器物因藏納於棺中,故稱"祕器"。至"溫明"之義,疑因其桶中有鏡而得名。　㉒"皆如"句:言"以上所賜霍光喪葬所用之具,都與天子的制度相類似"。　㉓輼輬車:見前史記李斯列傳註釋。　㉔黃屋左纛:已見史記項羽本紀註釋。　㉕"發材官"句:"材官"、"輕車"、"北軍"是漢代的三個軍事部門,"材官"是高級武官手下的武弁之類,當時有專職官吏統領;"輕車",漢代兵種之一。百官公卿表:"虎賁校尉掌輕車。""北軍",皇帝禁衛軍之一,在西漢由中壘校尉掌管,共五營。"五校",即五營。據續漢書百官志注,"北軍五校"的軍士只有在皇帝出殯時擔任奏哀樂的儀仗隊。此言遣發材官、輕車和北軍五校的軍士出動,爲霍光送殯,亦是天子之制。　㉖"軍陳"二句:"陳"同"陣"。此言上述的各種軍士排成隊伍直到茂陵,爲霍光送葬。按,據沈欽韓考訂,霍光的墳墓在武帝的墓地茂陵以東。㉗"發三河卒"句:"三河",指河東、河內、河南三郡;"河東郡"包括今山西省西南部地區;"河內郡"包括今河南省境內黃河以北地區;"河南郡"約當今河南省北部黃河兩岸地帶。"復",與"窻"通,作"窟穴"解;"穿復土",卽挖掘墓穴。又,顏注:"穿壙出土下棺也,已而填之,又卽以爲墳,故云'復土'。'復',反還也。"亦可通。"起冢",累起墳頭。此言"徵調三郡的役卒爲霍光掘墓修墳"。　㉘"祠堂"句:在霍光的墓地修建一座祠堂,以爲祭祀之用,然後在祠堂附近劃出三百戶人家做爲一邑,專爲看守陵園。　㉙"長丞奉守"句:按,霍光生前,手下有長史等官吏隨侍。此言"派遣長史、丞掾之類的官吏在陵園守護伺候,一如霍光生前的舊例"。㉚樂平侯:"樂平",故城在今山東省堂邑鎮東南四十里。㉛遭大難:指昌邑王爲君無道之事。㉜躬秉誼:親自堅持正義。㉝定萬世册:"册"同"策",指霍光廢劉賀立宣帝的決策。　㉞"天下蒸庶"二句:"蒸庶",猶言"衆庶"、"萬民"。言天下的人民都因爲霍光的措施而得到安康和平。　㉟功德茂盛:"茂盛",形容功大德多。㊱朕甚嘉之:"嘉",贊美,欽佩。　㊲"復其"句:免除他後輩子孫的徭役。　㊳"疇其"句:"疇",劃清範圍。此言"把他的封爵采邑的範圍加以規定"。

㉙"世世"句: 世世代代再没有人能與霍氏相比。　　㉚"功如"句: 蕭何有佐劉邦開基創業之功,霍光有佐漢代中興之功,故以光與蕭何相比。㉛"善善"句: 上"善"字是動詞,作"襃揚"、"稱頌"解,古讀去聲;下"善"字是善惡之善,古讀上聲。下"善"字此處作"善人"解,指霍光。言"襃獎善人,應該及於他的後世子孫"。　　㉜冠陽侯: 封邑在南陽郡,當在今河南省境內。〔以上是第三大段,寫霍光廢劉賀立宣帝的經過及生前死後炙手可熱的情況。作者極力描寫霍氏盛極一時的炫赫貴寵,恰與下文成爲鮮明的對比。〕

　　禹既嗣爲博陸侯,太夫人顯改光時所自造塋制而侈大之①。起三出闕②,築神道③,北臨昭靈④,南出承恩,盛飾祠室,輦閣通屬永巷⑤,而幽良人婢妾守之⑥。廣治第室⑦,作乘輿輦⑧,加畫繡絪馮⑨,黄金塗⑩。韋絮薦輪⑪,侍婢以五采絲輓顯游戲第中⑫。初,光愛幸監奴馮子都⑬,常與計事。及顯寡居⑭,與子都亂。而禹、山亦並繕治第宅⑮,走馬馳逐平樂館⑯。雲當朝請⑰,數稱病私出;多從賓客⑱,張圍獵黄山苑中。使蒼頭奴上朝謁⑲,莫敢譴者。而顯及諸女,晝夜出入長信宮殿中⑳,亡期度㉑。

　　宣帝自在民間,聞知霍氏尊盛日久,內不能善㉒。光薨,上始躬親朝政。御史大夫魏相給事中㉓,顯謂禹、雲、山:"女曹不務奉大將軍餘業㉔,今大夫給事中㉕,他人壹間女,能復自救邪?"後兩家奴爭道㉖,霍氏奴入御史府,欲躪大夫門㉗,御史爲叩頭謝㉘,乃去。人以謂霍氏㉙,顯等始知憂。會魏大夫爲丞相,數燕見言事㉚,平恩侯與侍中金安上等,徑出入省中㉛。時霍山自若領尚書㉜。上令吏民得奏封事㉝,不關尚書。羣臣進見獨往來㉞。於是霍氏甚惡之㉟。

　　宣帝始立,立微時許妃爲皇后㊱。顯愛小女成君㊲,欲貴之,私使乳醫淳于衍行毒㊳，藥殺許后。因勸光内成君㊴，代立爲后。語在外戚傳。始，許后暴崩，吏捕諸醫，劾衍侍疾亡狀不道㊵，下獄。吏簿問急㊶，顯恐事敗，卽具以實語光㊷。光大驚，欲自發舉㊸，不忍猶與。會奏上㊹，因署衍勿論。光薨，後語稍泄㊺，於是上始聞之而未察。迺徙光女壻度遼將軍未央衛尉平陵侯范明友爲光禄勳，次壻諸吏中郎將羽林監任勝出爲安定太守㊻。數月，復出光姊壻給事中光禄大夫張朔爲蜀郡太守㊼，羣孫壻中郎將王漢爲武威太守㊽。頃之，復徙光長女壻長樂衛尉鄧廣漢爲少府，更以禹爲大司馬，冠小冠㊾，亡印綬，罷其右將軍屯兵官屬㊿；特使禹官名與光俱大司馬者[51]。又收范明友度遼將軍印綬，但爲光禄勳；及光中女壻趙平爲散騎騎都尉光禄大夫[52]，將屯兵——又收平騎都尉印綬。諸領胡越騎、羽林及兩宮衛、將屯兵[53]，悉易以所親信許、史子弟代之。

禹爲大司馬，稱病。禹故長史任宣候問。禹曰：“我何病[54]！縣官非吾家將軍[55]，不得至是！今將軍墳墓未乾[56]，盡外我家；反任許、史，奪我印綬，令人不省死[57]！”

宣見禹恨望深[58]，迺謂曰：“大將軍時[59]，何復可行！持國權柄[60]，殺生在手中。廷尉李种、王平[61]，左馮翊賈勝胡及車丞相女壻少府徐仁，皆坐逆將軍，竟下獄死。使樂成小家子[62]，得幸將軍，至九卿封侯。百官以下，但事馮子都、王子方等[63]，視丞相亡如也[64]。各自有時[65]。今許、史自天子骨肉[66]，貴，正宜耳。大司馬欲用是[67]怨恨，愚以爲不可。”

禹默然。數日[68]，起視事。

顯及禹、山、雲，自見日侵削[69]，數相對啼泣自怨。

山曰："今丞相用事⑦，縣官信之。盡變易大將軍時法令，以公田賦與貧民⑦，發揚大將軍過失。又諸儒生多竄人子⑫，遠客飢寒⑭，喜妄説狂言⑭，不避忌諱，大將軍常讐之⑮。今陛下好與諸儒生語，人人自使書對事⑯，多言我家者。嘗有上書，言：'大將軍時，主弱臣强，專制擅權，今其子孫用事，昆弟益驕恣，恐危宗廟。災異數見⑰，盡爲是也。'其言絶痛⑱。山屏不奏其書⑲。後上書者益黠⑳，盡奏封事，輒下中書令出取之㉑，不關尚書。益不信人㉒！"

顯曰："丞相數言我家㉓，獨無罪乎？"

山曰："丞相廉正㉔，安得罪？我家昆弟諸壻多不謹㉕。又聞民間讙言㉖：'霍氏毒殺許皇后。'寧有是邪㉗？"

顯恐急，卽具以實告山、雲、禹。

山、雲、禹驚曰·"如是，何不早告禹等？縣官離散斥逐諸壻㉝，用是故也。此大事，誅罰不小㉙，奈何？"

於是始有邪謀矣㉚。

初，趙平客石夏善天官㉛，語平曰："熒惑守御星㉜。御星㉝，太僕、奉車都尉也，不黜則死。"平内憂山等㉞。

雲舅李竟所善張赦㉟，見雲家卒卒㊱，謂竟曰："今丞相與平恩侯用事。可令太夫人言太后㊲，先誅此兩人。移徙陛下㊳，在太后耳。"

長安男子張章告之㊴。事下廷尉，執金吾捕張赦、石夏等。後有詔止勿捕。山等愈恐，相謂曰："此縣官重太后㊵，故不竟也；然惡端已見㊶。又有弒許后事——陛下雖寬仁，恐左右不聽㊷，久之猶發㊸，發卽族矣，不如先也。"遂令諸女各歸報其夫㊹，皆曰："安所相避㊺？"

　　會李竟坐與諸侯王交通[106]，辭語及霍氏。有詔："雲、山不宜宿衛[107]，免就第。"光諸女遇太后無禮[108]，馮子都數犯法，上并以爲讓[109]。山、禹等甚恐。顯夢第中井水溢流庭下[110]，竈居樹上。又夢大將軍謂顯曰："知捕兒不[111]？亟下捕之。"第中鼠暴多[112]，與人相觸，以尾畫地。鴞數鳴殿前樹上[113]。第門自壞[114]。雲尚冠里宅中門亦壞[115]。巷端人共見有人居雲屋上[116]，徹瓦投地，就視亡有，大怪之。禹夢車騎聲正讙[117]，來捕禹。舉家憂愁。山曰："丞相擅減宗廟羔、莵、鼃[118]，可以此罪也。"謀令太后爲博平君置酒[119]，召丞相、平恩侯以下，使范明友、鄧廣漢承太后制[120]，引斬之，因廢天子而立禹。約定，未發[121]；雲拜爲玄莵太守[122]，太中大夫任宣爲代郡太守[123]。山又坐寫祕書[124]。顯爲上書獻城西第[125]，入馬千匹，以贖山罪。書報聞[126]。會事發覺，雲、山、明友自殺，顯、禹、廣漢等捕得。禹要斬，顯及諸女、昆弟皆棄市[127]。唯獨霍后廢處昭臺宮[128]。與霍氏相連坐誅滅者數千家。

　　上迺下詔曰：'迺者東織室令史張赦使魏郡豪李竟報冠陽侯雲[129]，謀爲大逆；朕以大將軍故[130]，抑而不揚，冀其自新。今大司馬博陸侯禹與母宣成侯夫人顯及從昆弟子冠陽侯雲、樂平侯山、諸姊妹壻謀爲大逆，欲詿誤百姓[131]。賴宗廟神靈[132]，先發得，咸伏其辜。朕甚悼之。諸爲霍氏所詿誤事[133]，在丙申前未發覺在吏者，皆敎除之。男子張章先發覺，以語期門董忠[134]，忠告左曹楊惲[135]，惲告侍中金安上。惲召見對狀[136]，後章上書以聞；侍中史高與金安上建發其事[137]，言：'無入霍氏禁闥[138]。'卒不得遂其謀[139]，皆雠有功[140]。封章爲博成侯[141]，忠高昌侯[142]，惲平通侯[143]，安上都成侯[144]，高樂陵侯[145]。'"

①"太夫人顯"句："太夫人"，顏注引如淳説："列侯之妻稱夫人；列侯死，子復爲列侯，乃得稱太夫人。子不爲列侯，不得稱也。"今按，霍禹既嗣其父爲侯，故稱霍光之妻爲太夫人。"顯"，霍光妻的名字。據顏注引晉灼説，霍光初娶東閭氏，東閭氏死，以婢代立，此婢即是"顯"。周壽昌説："竊以情事推之，疑東閭氏無子，僅一女，爲上官安之妻。顯生子霍禹，故光以爲後妻。光薨後，禹奉其母爲太夫人，遂縱所欲也。"録以備考。"塋"音營，顏注："墓域也。"此言"霍顯把霍光生前自己所設計的墳地改建，局面比從前更奢侈、更宏大了"。　②起三出闕："起"，修建；"闕"，猶"門"。此言"修建了三個出口，每個出口都修起了闕門"。　③築神道："神道"，墓前的道路。　④"北臨"二句："臨"，至；"出"，到。"昭靈"、"承恩"，皆館名(用顏注引服虔説)。按，上文言霍光墓有三條出路，一條即墓門，前有神道；另二條路即北通昭靈館、南至承恩館者。　⑤"輦閣"句："輦閣"，通車輦的閣道；"連屬"，連接；"永巷"，猶言"長巷"。顏注："此亦其冢上作輦閣之道及永巷也。非謂掖庭之永巷也。"按，此言修築了通行車輦的閣道，一直通到霍光墓中的長巷裏。　⑥"而幽"句："幽"禁閉。此言"把一些贖了身的官奴(即"良人")和霍家的婢妾禁閉在墓道中，看守這條甬路"。　⑦廣治第室：大興土木，建造住宅。　⑧作乘輿輦：製造乘坐的車輦。據姚鼐考訂，此處的"輦"是輕便的小車(見惜抱軒筆記)。而據朱駿聲考訂，"輿"中容人之處，廣六尺六寸，深四尺四寸(見説文通訓定聲)，則"輿"當是較大的車。　⑨加畫繡絪馮："絪"同"茵"，所謂"茵蓐"(或作"絪褥")，即坐墊；"馮"同"憑"，車上的扶手，可以憑藉之物。此言"在車茵上和車憑上都外加上畫成的圖案和繡成的花紋"。　⑩黃金塗：顏注引如淳説："以黃金塗飾之。"按，近人楊昭儁漢書箋遺："塗'，即今之'鍍'字，所謂鍍金者也。"此言"把輿輦的外面都塗上了金色"。　⑪韋絮薦輪："韋"，熟皮；"絮"，棉絮；"薦"，猶"墊"。此言"用熟皮包住車輪，皮裏面填充棉絮，以襯墊着車輪以免乘坐時顛簸"。顏注："取其行安，不搖動也。"　⑫"侍婢以五采"句："軵"，作"牽"解，顏

注:"謂牽引車轂也。"此言"霍顯令侍婢們用五彩的絲繼拉着車子，載着她在府裏遊玩"。　　⑬"光愛幸"二句:"監奴"，監督奴隸的頭目，相當於後世王府的總管;"馮子都"，名殷(見顏注引晉灼説)。此言"從前霍生光時，經常與他所寵幸的家奴馮子都一同商量事情"。　　⑭"及顯"二句:等到霍光死後，霍顯就同馮子都發生曖昧關係。　　⑮亦並繕治第宅:也同時修建住宅的房屋。　　⑯"走馬"句:"平樂館"，在長安西上林苑中。漢書武帝紀:"(元狩)六年，……夏，京師民觀角觝於上林平樂館。"即其地。此言"霍禹等經常騎着快馬在平樂館馳騁"。　　⑰"雲當"二句:霍雲每當應該上朝謁見皇帝的日子，屢次託病不去，但他却私自出外遊玩。⑱"多從"二句:"黄山"，即黄山宮，爲漢惠帝所建，在今陝西省興平縣西南。此言"霍雲帶着很多賓客到黄山宮的苑中去張圍打獵"。　　⑲"使蒼頭奴"二句:"蒼頭奴"，資治通鑑胡注引孔穎達説:"漢家僕隸，謂之蒼頭，以蒼巾爲飾，異於民也。"據顏注引臣瓚説，漢代自侍中以下的官員，皆得役使官奴，即所謂"蒼頭奴"。"朝"指謁見上級官員;"謁"，指謁見上司時先用名片通知。顏注:"若今參見尊貴而通名也。"此言"霍雲當謁見上司時，自己不親身前往，只派一個奴隸拿着名片前去。這是很不禮貌的，但當時並没有人敢責備他"。　　⑳"晝夜"句:不分日夜，隨時出入長信宫的殿中。按，"長信宫"當時是上官太后所居住的宮殿。　　㉑亡期度:"亡"同"無";"期"，一定的時間;"度"，一定的次數。此言"霍氏的女眷到長信宫去，根本没有一定的時間，也没有一定的次數。"㉒内不能善:心裏不以爲然。　　㉓"御史大夫魏相"句:言當時魏相經常在宮禁中供職。　　㉔"女曹"句:"女"同"汝";"汝曹"，猶言"你們";"不務"，猶言"不致力於"。此言"你們從不考慮到如何繼承霍光遺留下來的事業"。㉕"今大夫"三句:"壹"同"一";"聞女"，説你們的壞話。此言"現在魏相在宮禁中供職，如果别人一説你們的壞話，你們還能保全自己的身家性命嗎?"據魏相傳，相初爲河南太守時，即因車千秋之子離職的事件爲霍光所不滿，曾把魏相下於廷尉獄中。及光死後，相又向宣帝上奏章，大略

謂："……自後元以來，禄去王室，政由冢宰。今光死，子復爲大將軍，兄弟秉樞機，昆弟諸壻據權勢、在兵官(掌兵權)，光夫人顯及諸女，皆通籍長信宮，(顏注：'謂禁門之中皆有名籍，恣出入也。')或夜詔門出入(甚或半夜裏下令開宮門出入)。驕奢放縱，恐寖不制(時間一久，就無法控制)，宜有以損奪其權。……"可見霍、魏兩家早有矛盾，所以此處霍顯才說這樣的話。　　㉖兩家奴爭道：霍家和魏家的家奴在路上相遇，彼此不肯讓路。　　㉗"欲躢"句："躢"與"踢"同。此言"霍氏家奴竟想去踢魏相的府門"。　　㉘"御史爲"二句："御史"指魏相手下的官吏。此言"御史爲了此事向霍氏家奴叩頭謝罪，霍氏的家奴才肯離去"。　　㉙"人以謂"二句：有人把這件事告訴霍氏的主人，霍顯等才感到憂慮。　　㉚"數燕見"句：屢次在宣帝退朝時去謁見並談論政事。　　㉛徑出入省中：直接在尚書省中出入。按，尚書省是宮禁中掌管機要的地方，是由尚書令負責的。現在平恩侯和金日磾的兒子金安上都可以隨便出入，說明霍山雖兼理尚書令職務，已無實權。　　㉜"時霍山"句："自若"，猶言"照舊"、"照常"。此言"當時霍山仍照常掌管尚書令的職務"。　　㉝"上令吏民"二句："封事"，正字通："漢制：臣下奏事，皁囊封版(用黑色的袋子把寫好的版簡封起來)，以防宣泄，謂之'封事'。"(按，此說本於蔡邕獨斷。)此言"宣帝下命令說，凡官吏人民如果要奏事，可以採用密封的形式，不通過尚書令"。按，魏相傳："……故事：諸上書者，皆爲二封，署其一曰'副'。領尚書者，先發副封，所言不善，屏去不奏。相復因許伯(即平恩侯)白去副封，以防壅蔽。宣帝善之，詔相給事中，皆從其議。"則知卽使不是封事，霍山亦無法預知。可與此互參。　　㉞"羣臣進見"句："獨"，有"逕自"之意。此言"羣臣如果進見宣帝，可以逕自來去，不必通過尚書令"。　　㉟甚惡之："惡"音務，僧恨，厭惡；此處亦可作"嫌忌"、"畏懼"解。　　㊱"立微時"句："微時"，微賤之時；"許妃"，卽平恩侯許廣漢(亦稱許伯)之女，名平君。是宣帝在民間時所娶。　　㊲"顯愛"二句：霍顯溺愛最小的女兒叫做成君的，想使她有尊貴的身分。　　㊳"私使"二句："乳醫"，產科醫生；"淳于衍"，當時的女醫生；"行毒"，用毒藥；"藥殺"，以藥謀殺。按，漢書外戚傳："霍光夫人顯，欲貴其小女，道無從（無因得到機會）。明年，許皇后當娠（生産），病。女醫淳于衍者，霍氏所愛，嘗入宮侍皇后疾。衍夫賞爲掖庭户衞（官名），謂衍：'可過辭霍夫人行，爲我求安池監。'（'安池監'，官名。'安池'，指安邑的鹽池。'安邑'，漢縣名，故城在今山西省夏縣北。縣境有鹽池，爲全省唯一産鹽之區。）衍如言報（本作'告知'解，此處有'請託'意，下同）顯，顯因生心（生歹心）。辟左右（令左右的人都退去），字謂衍（稱呼衍的字，表示親暱）：'少夫（衍字少夫）幸報我以事（肯託我辦事），我亦欲報少夫（我也要託你一件事），可乎？'衍曰：'夫人所言，何等不可者！'顯曰：'將軍素愛小女成君，欲奇貴之，顯以累少夫（給少夫添麻煩）！'衍曰：'何謂耶？'曰：'婦人娩乳（生産）大故（是大事），十死一生。今皇后當娩身（分娩臨産），可因投毒藥去（除去皇后）也。成君即得爲皇后矣！如蒙力事成，富貴與少夫共之！'衍曰：'藥雜治（藥是大家一同配成的），當先嘗（進藥以前，醫者應先嘗），安可！'顯曰：'在少夫爲之耳！將軍領天下，誰敢言者！緩急相護，但恐少夫無意耳。'衍良久曰：'願盡力！'即擣附子（藥名，根莖葉皆有毒。今中藥另有香附子，與此非一物）齎入長定宮。皇后娩身後，衍取附子并合太醫大丸，以飲皇后。有頃，曰：'我頭岑岑（昏昏沉沉）也，藥中得無有毒！'對曰：'無有！'遂加煩懑，崩。衍出，過見顯，相勞問，亦未敢重謝衍。後有人上書，告諸醫侍疾無狀者。皆收繫詔獄，劾不道。顯恐事急，即以狀具語光，因曰：'既失計爲之，無令吏急（逼問）衍。'光驚愕，默然不應。其後奏上，署衍勿論。……"因下文言"語在外戚傳"，故詳録以備考。　　㊴"因勸"二句：霍顯於是勸霍光把成君納入後宮，代許皇后立爲皇后。　　㊵"劾衍"句："亡"同"無"；"無狀"，猶言"不善"、"表現惡劣"。"不道"，大逆不道。此言執法官吏彈劾淳于衍侍皇后病時行爲惡劣，犯了大逆不道的罪。　　㊶簿問急：審訊時追問得很緊急。　　㊷"即具"句：就完全把實情告訴了霍光。"語"讀去聲。　　㊸"欲自"二句："猶與"同"猶豫"，猶疑不决。此言霍光想要自己揭發自己，又猶疑不忍這樣做。　㊹“會奏上”二句:“署”，顏注:“題其奏後也。”此言“恰值霍光有事向皇帝面奏，便趁機在執法官吏呈請懲辦淳于衍的奏章後面批了幾個字，指示下級不要追究淳于衍”。　㊺“後語”二句:過了一個時期，霍氏謀害許皇后的話漸漸泄漏出來，宣帝這才聽説，但也没有深察其虛實。按，魏相傳:“霍氏殺許后之謀，乃得上聞。”則此事亦由魏相告知宣帝。　㊻安定太守:“安定”，漢郡名，今甘肅省東部平涼市以東之地，皆其故境。郡治卽今固原回族自治州的固原縣。　㊼蜀郡太守:“蜀郡”，秦、漢時郡名，今四川省中部地區皆其故境，郡治卽今之成都市。　㊽“羣孫壻”句:羣孫壻”，猶言“諸孫壻”，指與霍光關係較遠的孫女壻。“武威”，郡名，卽舊涼州地，故治卽今甘肅省武威縣。　㊾“冠小冠”二句:按，霍禹在霍光死後，並未繼任大司馬，只任右將軍，但右將軍是實際有兵權的。上句，胡三省説:“大司馬大將軍，冠武弁大冠，今貶禹，故使冠小冠。”上“冠”字讀去聲。下句，楊樹達説:“百官公卿表云:‘元狩四年，初置大司馬，以冠將軍之號。宣帝地節三年(公元前六七年)，置大司馬，不冠將軍，亦無印綬官屬。’卽此事也。蓋宣帝欲削禹權，而特變武帝以來之舊制。”又按，下文霍禹説:“奪我印綬。”當是指右將軍的印綬。周壽昌説:“時禹爲大司馬，本無印綬也。右將軍金印紫綬，禹出拜右將軍，至是罷其職，僅領大司馬虛銜也。”此言“霍禹名義上雖是大司馬，但並無實權，而且在服制方面也不及霍光尊寵”。　㊿“罷其右將軍”句:“罷其右將軍”，免掉他右將軍的職務。“屯兵”，駐屯的軍士;“官屬”，手下的官員。按，“右將軍”是領兵的，手下也有屬吏，現在連他所率領的駐軍和官屬一概取銷了。　(51)“特使”句:“特”，僅，但(下文“但爲光禄勳”的“但”亦作“僅”解)。此言“僅僅使霍禹的官銜同霍光生前的官銜相同罷了”。　(52)“及光中女壻”三句:“及”，還有;“散騎騎都尉”，官名，是加銜。百官公卿表:“散騎、騎，並(‘並’音義同‘傍’，依傍)乘輿車。”顏注:“騎而散從，無常職也。”則此官與“騎都尉”相似，只是散職，亦侍衛之類。此言“還有霍光第三個女壻趙平，原來是做散騎騎都尉光禄大夫的，也帶領着一部分駐屯軍——現在把趙平的騎都尉的印綬也收回了”。　(53)“諸領”二句：凡是帶領胡騎、越騎的，帶領羽林軍的，擔任未央、長樂兩宫衛尉的、帶領駐屯軍士的，一律都調换了宣帝所親信的許家和史家的子弟來代替了。按，“許”指宣帝皇后許氏家，“史”指宣帝外祖家，也都是外戚。　(54)我何病：我哪裏有什麽病。(55)“縣官”二句：“縣官”，指天子，即宣帝；“吾家將軍”，指霍光。此言“現在的皇帝如果没有我家大將軍，就不能到今天這個地位”。意指如非霍光之力，宣帝是不會被立爲帝的。　(56)“今將軍”二句：上句，“墳墓未乾”，指墳上的土還没有乾。下句，“外”，顔注：“謂疏斥之。”此言“霍光剛死不久，皇帝就同霍家疏遠，把霍家的親眷都外調或免職了”。　(57)令人不省死：“死”，此處作副詞用，是“不省”的補語，其作用與今所謂“極”、“透頂”等副詞相同。周壽昌説：“‘不省’，言不自明其何過。‘不省死’，猶俗云‘不明白死’也。”此句猶言“使人不明白極了”或口語所謂“使人糊塗死了”。　(58)恨望深：“恨望”，猶“怨望”，“深”，亦“極”之意。此言“任宣看到霍禹心中怨恨不平已達極點”。　(59)“大將軍時”二句：顔注：“言今何得復如此也。”意謂“大將軍當初的全盛時期，怎麽能再有呢！”　(60)“持國”二句：言“霍光把持國家大權，不論要人死活，權力都在他手中”。　(61)“廷尉李种”至“竟下獄死”：“李种”，一作“李仲”，字季主，洛陽人，昭帝始元元年爲廷尉。至始元五年，坐誣罔，下獄，棄市。見百官公卿表。“种”音沖。“王平”，字子心，齊人，始元五年爲廷尉。“徐仁”字仲孫，齊人，是丞相車千秋的女壻。桑弘羊反，其子遷匿於弘羊舊吏侯史吴（“侯史”，複姓；“吴”，名）家。及遷被捕伏法，王平、徐仁乃主張赦免侯史吴的罪。霍光竟堅持侯史吴有罪，且認爲王、徐二人有故意寬縱謀反者的嫌疑，終於在元鳳三年（公元前七八年）把王、徐二人棄市。事見漢書杜延年傳。又，百官公卿表載賈勝胡元鳳元年（公元前八〇年）爲左馮翊，至元鳳三年，坐縱謀反者棄市。則賈當與王、徐二人同時因侯史吴事被殺。據杜延年傳，王、徐等本可不死，只因觸犯霍光，遂致被殺。此言

“坐逆將軍”(由於觸犯了霍光)，可見他們的被殺是相當冤屈的。　㉒“使樂成”三句：“使樂成”即“史樂成”，已見前正文。此言“史樂成本是出身寒微之人，就因爲被霍光寵幸，竟能位至九卿，被封爲侯”。據百官公卿表，史樂成爲少府，宣帝本始三年(公元前七一年)死去。至其封侯事，漢書不載。　㉓“但事”句：“馮”、“王”，顏注引服虔說：“皆光奴。”此言百官以下只知趨奉霍氏家奴馮子都、王子方等人。　㉔“視丞相”句：“亡”同“無”，“無如”，猶言“蔑如”。錢大昕三史拾遺：“‘亡如’猶言，‘蔑如’，‘亡’、‘蔑’聲相近。……王念孫讀書雜志：“‘亡如’，猶云‘蔑如’。言百官以下，皆蔑視丞相也。……‘蔑’與‘亡’一聲之轉，……‘無’與‘亡’古字通。故大雅桑柔傳曰：‘蔑，無也。’”此言“看待丞相就像沒有這個人似的”。　㉕各自有時：言人之得意或失意，是各有其一定的時機的。㉖“今許、史”三句：現在許、史兩家，原是皇帝最近的親屬，他們現在尊貴得寵，正是應該的。　㉗用是：因此。　㉘“數日”二句：過了幾天，霍禹又出門辦公了。　㉙“自見”二句：言“霍顯等看到自己的勢力一天比一天被剝奪、被削弱，屢次彼此相對而哭泣，吐訴着怨言”。　㉚“今丞相”二句：“丞相”指魏相。此言“現在魏相掌握政權，皇帝很信任他”。㉛“以公田”二句：據宣帝紀，地節元年三月，“假郡國貧民田”(把郡國的公田暫借給貧民耕種)；地節三年冬，“又詔……郡國宮館勿復修治，流民還歸者，假公田貸種食”。此處所言，當指這一類措施。此言“把公家的田地及其收入散給窮人，這簡直是故意揭發宣揚霍光生前的錯誤”。按，從這裏可以看到霍光在位時對人民的剝削是很嚴重的。　㉜“又諸儒生”句：“寠”已見前詩經北門註釋；“寠人子”，出身貧困的人。此言“還有許多讀書的儒生，大都是貧家出身的人”。　㉝遠客飢寒：他們遠離鄉里，到京師來作客，大都吃不飽、穿不暖。按，從這裏可以看出漢代的一些初到京師來做客的儒生，生活大都窮苦，比較接近人民，所以他們還能一定程度地反映民間疾苦。而霍山站在貴族統治階級立場來看這些人，就認爲他們可恨了。　㉞“喜妄說”二句：“妄說”與“狂言”是並列成分，

"妄説"，猶言"胡説"、"亂説"；"狂"與"誑"通，"狂言"，説大話，説不着邊際的話。此言"這些儒生愛胡説八道，愛説誇誕的話，絲毫没有顧慮，不曉得避免忌諱"。　　⑦常讐之："讐"同"仇"，仇恨。言霍光生前很恨這班儒生。　　⑦"人人"二句："對"，一本作"封"，疑近是。此言"不論任何人，皇帝都允許他們寫成密封的奏章，這些奏章大都是議論我們家的"。　　⑦"災異"二句：此言"當時出現的天災和怪異的事，都是由於霍氏子孫專權而産生的"。據宣帝紀載，本始四年(公元前七○年)夏四月，有四十七郡發生地震，或山崩水出；地節元年春正月，"有星孛于西方"；同年冬十二月三十日，發生日蝕，這在當時人看來，皆以爲災異。　　⑦其言絶痛：那封奏章裏的話説得極爲痛切。　　⑦"山屏"句："屏"讀上聲，猶言"擱置"。霍山説："我就把這封奏書擱在一邊，没有呈給皇帝。"　　⑧益黠："黠"音俠，或音猾，狡猾，聰明。此連下文言"上書的人愈來愈狡猾，他們竟完全進呈密封的奏章了"。　　⑧"輒下"二句：主語是"皇帝"。言"皇帝每見有人上書，隨卽讓中書令出來把奏書取走，根本不通過尚書"。⑧益不信人：愈來愈不相信人了。"人"指霍山自己。　　⑧"丞相數言"二句：大意是：魏相屢次向皇帝説我們家的人不好，他難道就没有罪麼？"⑧廉正：廉潔公正。　　⑧"我家昆弟"句："昆弟"，弟兄；"不謹"，行爲不端正，不檢點。　　⑧譁言："譁"同"誼"、"喧"；"誼言"，紛紛的傳説。⑧寧有是耶：難道會真有這種事麼？　　⑧"縣官離散"二句："離散"，分散；"斥逐"，貶黜；皆指把諸壻調爲外官之事。此言"怪不得皇帝把我家的許多女壻都調到外任去，原來就是因爲這個緣故啊"。　　⑧誅罰不小：言如果被揭發，則所受的懲罰必不在小。　　⑨"於是始有"句：從此之後，霍家的人才開始有圖謀不軌的心了。　　⑨善天官：顏注："曉星文者。"言石夏懂得天文，可以從星象占吉凶。　　⑨"熒惑"句："熒惑"，火星的別名。古代以此星爲不吉之象。漢書天文志："熒惑：爲亂、爲賊、爲疾、爲喪、爲饑、爲兵。"按，"熒惑守御星"的現象今載於漢書天文志："孝宣本始二年，七月辛亥夕，……熒惑守房之鈎鈐。鈎鈐，天子之御也。占曰：'不太僕，則奉車；不黜卽死也。'……""房"，房宿，二十八宿之一蒼龍七宿之第四宿，共有四星(今天文家謂此四星屬於天蝎星座)。晉書天文志："房四星爲明堂，天子布政之宮也。……又北二小星曰'鉤鈐'。"則知房星象徵封建帝王，"御星"卽"鉤鈐"，象徵給天子御車（駕車）之人。此言熒惑守在房星旁邊的兩顆小星上，則表示給天子駕車之人將有凶險的遭遇。　　⑬"御星"三句：御星共兩顆，象徵人間的太僕和奉車都尉兩官。熒惑旣守其旁，則人間的太僕或奉車都尉不是被貶黜就是要處死刑。楊樹達說："按山爲奉車都尉，故平憂之。"　　⑭平內憂山等：趙平聽到石夏這樣說，很怕霍山遇到凶險，所以心中暗自替霍山等牠憂。　　⑮"雲舅"句：據下文詔書，"李竟"是魏郡(漢郡名，故治在今河南省安陽市北，河北省臨漳縣西南四十里)地方的大地主；"張赦"是當時東織室(官署名，專管織作文繡郊廟之服)的令史(主管官吏)。此言"霍雲的舅父李竟，有一個好友張赦"。　　⑯卒卒：顏注："'卒'讀曰'猝'，忽遽之貌也。"此言"張赦看到霍家的人終日惶惶不安"。　　⑰"可令"二句：可以讓霍顯去向上官太后說，先把魏相和許廣漢這兩人殺掉。　　⑱"移徙"二句：大意是："能夠左右皇帝使他有所轉變，關鍵全在太后身上。"⑲"長安男子"句："男子"，泛指平民。此言"長安的平民名叫張章的把這個陰謀出首告發了"。按，史記褚少孫補建元以來侯者年表："博成侯張章，父故潁川人。爲長安亭亭長，失官，之(往)北闕上書。寄宿霍氏第舍，臥馬櫪間。夜聞養馬奴相與語，言諸霍氏子孫欲謀反狀。因上書告反，爲侯，封三千戶。"可與此互參，錄以備考。　　⑳"此縣官"二句："重"，顏注："難也。"猶今言"礙難"。"竟"，顏注："窮竟其事也。"此言"這是皇帝礙着太后的面子，所以才不窮追深究的"。　　㉑然惡端已見：但是壞苗頭已顯露出來了。"惡端"指對霍氏不利的壞迹象。　　㉒恐左右不聽："聽"，聽從，放任。此言"只恐皇帝左右的人不肯任憑我們這樣下去"。　　㉓"久之"三句：大意是："卽使再過一些時候，還是要把這事揭穿的；只要一揭發，就要滅族了，不如先下手的好。"　　㉔"遂令諸女"句：

於是就讓霍家諸女各自回去通知她們的丈夫，早做準備。　⑩安所相避：“所”讀爲suǒ，“安所”，猶言“何處”。顏注：“言無處相避，當受禍也。”言“讓我們到什麼地方去避禍呢！”　⑩“會李竟”二句：恰值李竟因與貴族來往而犯罪，在他招供中也有關連到霍氏的地方。　⑩“雲、山”二句：霍雲、霍山不宜居於宮禁之中，應該免去宿衞的職務，回到自己的府中去。　⑩“光諸女”句：霍光的女兒們仕恃是上官太后的姨母，因此對太后没有禮貌。　⑩上并以爲讓：“讓”讀上聲，責問。顏注：“總以此事責之也。”此言宣帝根據這些罪狀來責問霍雲、霍山等。　⑩“顯夢”二句：霍顯夢見府中井裏的水漲溢出來流滿一院子，廚下的竈竟上了樹。　⑪“知捕”二句：上句，“不”同“否”。顏注：“知兒見捕否？”下句，顏注引蘇林説：“且疾下捕之。”大意是：“你知道要逮捕霍禹他們的消息嗎？馬上就要下命令來捕他們了。”　⑫“第中”三句：府裏的老鼠驟然多了起來，竟敢同人相觸擊，並且用尾巴在地上劃線。　⑬“鴞數鳴”句：“鴞”，鴟鴞，今名猫頭鷹。按，古代認爲“鴞”是不吉之鳥，鴞鳴即象徵破人亡之兆。“殿”，指霍氏府中的大屋子。顏注：“古者室屋高大，則通呼爲殿耳。”此言“猫頭鷹屢次在房屋前面的樹上啼叫”。　⑭第門自壞：霍家府宅的大門自動地坍毀了。　⑮“雲尚冠里”句：霍雲的住宅在尚冠里，他住宅的裏院的中門也坍毀了。　⑯“巷端”四句：“徹”，古寫作“𢾅”，作“擧”、“揭”解。此言“胡同口的人都看見有人在霍雲家的屋頂上揭瓦向地下投擲，等到就近看時却又没有人，因而大加奇怪”。　⑰“禹夢”二句：霍禹常常神魂不安，夢見車馬聲正在誼譁，前來逮捕他。　⑱“丞相擅減”二句：“羔”，小羊；“菟”同“兔”；“黿”，即“蛙”之古寫字。按，顏注引如淳説：“高后時定令，敢有擅議宗廟（擅自改革有關祭祀宗廟的措施）者棄市。”此言“魏相竟敢擅自削減了祭祀宗廟用的幾種動物，根據吕后時制定的法令，是可以拿這件事做爲魏相的罪名的”。　⑲“謀令”二句：“博平君”，宣帝的外祖母，即史皇孫之妻王夫人的母親，事見漢書外戚傳。此言“霍氏衆人商量了一個陰謀，讓太后爲宣帝的外祖母設宴，同時也宣召魏相許廣漢等以下的大臣來赴宴"。　　⑳"使范明友"三句:使范、鄧兩人假借太后的名義,捉住魏相和許廣漢,將他們斬首,趁此廢掉宣帝而立霍禹爲帝。　　⑫未發:尚未動手。下文"會事發覺",即指此一陰謀被發覺。　⑫玄菟太守:"玄菟",漢郡名,即今朝鮮及吉林南境之地。　　⑬代郡太守:"代郡"已屢見前註。　　⑭"山又坐寫"句:"寫"同"泄";"祕書",皇帝禁中的祕密文件或檔案。漢書百官公卿表:"蒲侯蘇昌爲太常,……坐藉(借)霍山書泄祕書,免。"顏注:"以祕書借霍山。"此言霍山因泄漏禁中祕密文件而犯法。至其詳情,今已無可考。　　⑮"顯爲上書"三句:霍顯爲此事上書,願意獻出城西的住宅,納入一千匹馬,來贖霍山的罪。　　⑯書報聞:"報聞",顏注:"報云,天子已聞其所上之書。"又:"不許之。"按,此即後世帝王在奏章上批答"知道了,欽此"之意,表示所上之書已經看到。但漢代所謂"報聞",實即"不予照准"之意,故顏師古以"不許之"爲釋。此處言霍顯的請求未被批准。　　⑰"顯及"句:"諸女"即霍光的許多女兒;"昆弟"即與霍禹同輩的弟兄。　　⑱"唯獨"句:"霍后",即成君。許皇后死,霍光乃納女入宮爲皇后。"昭臺宮",在上林苑中。此言"只有霍后被廢,把她幽禁在昭臺宮"。據漢書外戚傳,自此十二年後,又把她遷徙到雲林館(所在地不詳),乃自殺。　　⑲報冠陽侯雲:"報",猶"傳言"。顏注:"謂張赦因李竟傳言於霍雲,與共謀反耳。"　　⑳"朕以"三句:大意是:"我因爲霍光的緣故,把此事按下來沒有對外宣揚,希望他們能改過自新。"　　㉛欲詿誤百姓:"詿誤",猶言"欺騙"(用周壽昌說)、"蒙蔽";"詿"音卦。　　㉜"賴宗廟"三句:第一句,"賴",幸虧,仗恃。第二句,顏注:"事發而捕得。"第三句,"辜",罪。"伏其辜",猶言"伏法受誅"。此言"幸虧祖宗有靈,這一陰謀竟在事先發覺,將主犯捕獲,都已伏法受刑"。　　㉝"諸爲"三句:第一句的"詿誤"有"受蒙蔽而犯法"之意。第二句,據宣帝紀,此詔是地節四年(公元前六六年)七月所頒佈,則此句之"丙申"當是七月丙申日。第三句,"赦除",猶言"赦免"。此言"凡是因受霍氏蒙蔽而犯法的事件,只要在丙申日以前尚未被官吏發覺備案,一概都赦免不究"。　⑭期門董忠:"董忠",潁川陽翟人，能騎射，供職於期門。按，"期門"已見前註。漢書東方朔傳:"(武帝)與侍中常侍武騎及待詔隴西北地良家子能騎射者，期諸殿門，故有'期門'之號自此始。"錄以備考。因與張章相熟，故章以霍氏謀反的情況告忠，忠乃轉告楊惲。　⑱楊惲:楊敞子,司馬遷的外孫。後因言論觸忌諱，被腰斬。事見漢書楊敞傳附傳。⑯惲召見對狀:楊惲被宣帝召見，當面陳述具體情況。　⑰"侍中史高"句:"史高"是宣帝祖母史良娣之兄史恭的長子;"金安上"是金日磾之子。"建發其事"，建議舉發霍氏謀反之事。　⑱"無入"句:不要允許霍家的人進入禁門。"入"作"容納"解。　⑲"卒不得"句:霍氏終於因此不得實現他們的陰謀。　⑭皆讎有功:"讎"作"等"、"同"解。此言張章、董忠、楊惲、史高、金安上等人都同樣有功。　⑭博成侯:食邑在淮陰。⑭忠高昌侯:自此句以下各句，每句人名之下皆省略"爲"字，僅以實詞爲謂語。"高昌"，漢縣名，故城在今山東省博興縣西南。　⑭平通侯:食邑在博陽縣。"博陽"，漢縣名，故城在今河南省舊商水縣東北四十里。⑭都成侯:封邑所在地不詳。史記索隱謂在潁川郡。　⑭樂陵侯:"樂陵"，漢縣名，故城在今山東省樂陵縣西南三十里〔以上是第四大段，敍霍光子孫謀反被誅經過，充分暴露了統治階級內部傾軋及貴族子弟腐朽的實際情形。〕

初，霍氏奢侈，茂陵徐生曰:"霍氏必亡。夫奢則不遜①，不遜，必侮上;侮上者②，逆道也。在人之右③，衆必害之。霍氏秉權日久④，害之者多矣。天下害之，而又行以逆道，不亡何待⑤!"迺上疏，言:"霍氏泰盛⑥;陛下卽愛厚之⑦，宜以時抑制，無使至亡。"書三上⑧，輒報聞。

其後，霍氏誅滅，而告霍氏者皆封。人爲徐生上書曰⑨:"臣聞客有過主人者⑩，見其竈直突⑪，傍有積薪。客謂主人:'更爲曲突⑫，遠徙其薪;不者⑬，且有火患。'主人嘿然不應⑭。俄而⑮家

果失火，鄰里共救之，幸而得息⑯。 於是殺牛置酒，謝其鄰人。灼
爛者在於上行⑰，餘各以功次坐⑱，而不錄言曲突者⑲。 人謂主人
曰：‘鄉使聽客之言⑳，不費牛酒，終亡火患。今論功而請賓㉑， 曲
突徙薪亡恩澤㉒，燋頭爛額爲上客耶?’主人迺寤而請之㉓。今茂
陵徐福數上書言霍氏且有變，宜防絕之㉔。 鄉使福說得行㉕，則國
亡裂土出爵之費㉖，臣亡逆亂誅滅之敗。往事既已㉗，而福獨不蒙
其功。唯陛下察之——貴徙薪曲突之策㉘， 使居焦髮灼爛之右。”
上迺賜福帛十疋，後以爲郎。

　　宣帝始立，謁見高廟，大將軍光從驂乘㉙，上內嚴憚之㉚，若有
芒刺在背㉛。 後車騎將軍張安世代光驂乘，天子從容肆體㉜，甚安
近焉。及光身死，而宗族竟誅，故俗傳之曰：“威震主者不畜㉝。 霍
氏之禍㉞，萌於驂乘。”

　　至成帝時㉟，爲光置守冢百家㊱， 吏卒奉祠焉。元始二年㊲，
封光從父昆弟曾孫陽爲博陸侯㊳，千戶。

①“夫奢則不遜”二句：按，論語述而篇：“奢則不遜，儉則固；與其不遜也，
寧固。”此二句語義卽本於論語。“遜”，正寫應作“愻”，作“順”解，猶言
“服從社會秩序”。此言“物質條件過分優越則不順於禮義之常，做爲大
臣，不順於禮義之常則必對君主存輕侮之心”。　　②“侮上者”二句：就
封建統治階級所要求的社會秩序而言，輕侮君主自然是“逆道”，卽“違反
順道”之意。　　③“在人”二句：“右”，猶“上”；“害”，猶“忌”（與史記屈原
列傳“而心害其能”的“害”同義）。此言“地位愈高的人，多數人必然愈加
忌恨他”。　　④秉權日久：掌握政權時間太長久了。　　⑤不亡何待：此承
上文言“天下的人都忌恨他，而其本身做事又違反常道，則他不滅亡還等
什麼呢!”　　⑥泰盛：“泰”猶“太”，指權力過大，氣餡太盛。　　⑦“陛下
卽愛厚”三句：大意是：“你卽使對霍氏表示親愛，給他以優厚的待遇，也

應該及時地加以抑制，不要使他發展到非法的程度而至於滅亡。"按，司馬光對霍氏謀反事件曾批評道："……夫威福者，人君之器也。人臣執之，久而不歸，鮮不及矣(很少有不及於禍的)。……光久專大柄，不知避去，多置私黨，充塞朝廷，使人主蓄憤於上，吏民積怨於下，切齒側目，待時而發，其得免於身，幸矣；況子孫以驕侈趣(同"促"，促成)之哉！雖然，曏使孝宣專以祿秩賞賜，富其子孫，使之食大縣，奉朝請，亦足以報盛德矣。乃復任之以政，授之以兵；及事叢(事故多了起來)釁積(矛盾累積得多了)，更加裁(裁撤官職)奪(剝奪兵權)，遂至怨懼以生邪謀。豈徒霍氏之自禍哉，亦孝宣醞釀以成之也。……"(見資治通鑑)可與徐生的意見互參，錄以備考。　　⑧"書三上"二句：一連上了三次奏章，皇帝都沒有接受意見。"報聞"已見前註。　　⑨"人爲"句："人"，有某一個人，已不知其姓名；"徐生"，據下文，知其姓徐名福。　　⑩"臣聞客"句："過"讀平聲，拜訪。此言"我聽說有一個客人去拜訪一家主人"。按，據淮南子高誘注，下面這個"曲突徙薪"的傳說是戰國時淳于髡勸告他鄰人的故事。⑪直突：直煙囪。　　⑫"更爲"二句：換一個彎曲的煙囪，把薪柴搬得離竈遠一點。　　⑬"不者"二句："不"同"否"，"不者"，不然的話。"且"，將要。　　⑭嘿然不應："嘿"同"默"。此言主人不言不語，不表示任何意見。　　⑮俄而：不久以後。　　⑯幸而得息："息"與"熄"通。此言"幸虧火被撲滅了"。　　⑰灼爛"句："灼"，燃燒，烤炙；"上行"，上坐；"行"音杭。此言"被火燒得皮肉焦爛的人都被讓在上坐"。　　⑱"餘各"句：其餘的人各自依照出力大小的次第坐在酒席上。　　⑲"而不錄"句：但是沒有把建議改裝煙囪的人計算在內。"錄"與上文"功未錄"的"錄"同義。⑳"鄉使"三句："鄉"同"曏"，從前。此言"假使你從前聽從了那個客人的話，不但不必破費牛酒請客，而且始終也不會發生火災"。　　㉑"今論功"句：現在評比功勞而邀請賓客。　　㉒"曲突徙薪"二句：上句，"亡恩澤"，沒有受到好處；下句，"燋"同"焦"。此二句大意是："建議把煙囪改裝和搬走薪柴的人卻沒有受到你什麼好處，那些把頭燒焦、把額燒爛的反倒成爲上等的客人，這是什麼緣故呢？" ㉓"主人迺寤"句："寤"同"悟"。此言"主人於是才恍然大悟，把那個人請來"。 ㉔宜防絕之："防"，防範，指防範於未然；"絕"，杜絕，指杜絕後患。 ㉕福説得行：徐福的意見能夠實行。 ㉖"則國亡"二句："亡"同"無"；"裂土"，劃出土地分封功臣；"出爵"，賞賜爵祿。此言"國家既不致破費土地和爵祿，大臣也不致有因叛亂而被誅殺滅族的惡果"。 ㉗"往事"二句：過去的事情既然已經過去了，可是只有徐福沒有受到賞賜。 ㉘"貴徙薪"二句：大意是："對於有預見性的建議應加以重視，應使建議者居於事後奔忙勞碌的人們之上。" ㉙從驂乘："從"，跟隨，指侍從在皇帝身旁，騎馬隨侍皇帝的車駕叫"驂乘"。 ㉚"上內"句："內"，內心；"嚴憚"，非常害怕。 ㉛芒刺在背：猶言"背上像針戳痛了似的"。意謂宣帝很怕霍光，坐立不安。 ㉜"天子從容"二句：上句，"從容"，自然舒緩貌；"肆"，伸展。下句，"近"，作"附"解，猶言"妥貼"。此言"皇帝這才比較自然舒緩，四肢才能從容地伸展，很安寧妥貼，不再緊張了"。 ㉝"威震主"句："畜"，左傳杜注："猶'容'也。"此言"威權震主的人是不爲君主所容的"。 ㉞"霍氏"二句：大意是："霍氏後來的滅族之禍，從霍光驂乘時就已萌芽了。" ㉟至成帝時："成帝"，漢宣帝的孫子，漢元帝的兒子，名驁。公元前三十二年即位，在位二十六年。 ㊱"爲光"二句：設置了一百户人家專給霍光守墓，命令官吏士卒按時奉行祭祀之禮。 ㊲元始二年："元始"，漢平帝年號（平帝是西漢末代皇帝），"元始二年"是公元第二年。 ㊳"封光"二句："從父昆弟"，伯父或叔父之子，即本人的堂兄弟。此言"封霍光堂兄弟的曾孫名叫陽的爲博陸侯，食邑一千户"。〔以上是第五大段，追敍並補敍有關霍氏興衰前後的事迹。〕

漢書附錄

（一） 後漢書班固傳——節錄

固字孟堅，年九歲，能屬文，誦詩賦。及長，遂博貫載籍；九流百家之言，無不窮究。所學無常師，不爲章句，舉大義而已。性寬和容衆，不以才能高人，諸儒以此慕之。

永平初，東平王蒼以至戚爲驃騎將軍，輔政，開東閣，延英雄。時固始弱冠，奏記説蒼曰："將軍以周、召之德，立乎本朝，承休明之策，建威靈之號。昔在周公，今也將軍，詩、書所載，未有三此者也。傳曰：'必有非常之人，然後有非常之事；有非常之事，然後有非常之功。'固幸得生於清明之世，豫在視聽之末，私以螻螘竊觀國政，誠美將軍擁千載之任，躡先聖之蹤，體弘懿之姿，據高明之勢。博貫庶事，服膺六藝；白黑簡心，求善無厭；採擇狂夫之言，不逆負薪之議。竊見幕府新開，廣延羣俊，四方之士，顛倒衣裳。將軍宜詳唐、殷之舉，審伊、皋之薦，令遠近無偏，幽隱必達。期於總覽賢才，收習明智，爲國得人，以寧本朝。則將軍養志和神，優游廟堂，光明宣於當世，遺烈著於無窮。竊見故司空掾桓梁，宿儒盛名，冠德州里，七十從心，行不踰矩。蓋清廟之光暉，當世之俊彦也。京兆祭酒晉馮，結髮修身，白首無違，好古樂道，玄默自守，古人之美行，時俗所莫及。扶風掾李育，經明行著，教授百人，客居杜陵，茅室土階。京兆、扶風二郡更請，徒以家貧，數辭病去。温故知新，論議通明，廉清修潔，行能純備；雖前世名儒，國家所器，韋、平、孔、翟，無以加焉。宜令考績,以參萬事。京兆督郵郭基,孝行著於州里,經學稱於師門,政務之績,有絕異之效;如得及明時,秉事下僚,進有羽翮奮翔之用,退有杞梁一介之死。涼州從事王雍,躬卞嚴之節,文之以術藝,涼州冠蓋,未有宜先雍者也。周公一舉則三方怨,曰:'奚爲而後已」'宜及府開以尉遠方。弘農功曹史殷肅,達學洽聞,才能絕倫,誦詩三百,奉使專對。此六子者,皆有殊行絕才,德隆當世;如蒙徵納,以輔高明,此山梁之秋,夫子所爲嘆也。昔卞和獻寶,以離(罹)斷趾;靈均納忠,終於沉身。而和氏之璧,千載垂光;屈子之篇,萬世歸善。願將軍隆照微之明,信日昃之聽,少屈威神,咨嗟下問;令塵埃之中,永無荊山、汨羅之恨。"蒼納之。

　　父彪卒,歸鄉里。固以彪所續前史未詳,乃潛精研思,欲就其業。既而有人上書顯宗,告固私改作國史者。有詔下郡,收固繫京兆獄,盡取其家書。

　　先是扶風人蘇朗,僞言圖讖事,下獄死。固弟超恐固爲郡所覆考,不能自明,乃馳詣闕上書。得召見,具言固所著述意。而郡亦上其書。顯宗甚奇之,召詣校書部,除蘭臺令史。與前睢陽令陳宗、長陵令尹敏、司隸從事孟異,共成世祖本紀。遷爲郎,典校祕書。固又撰功臣、平林、新市、公孫述事,作列傳、載記二十八篇奏之。帝乃復使終成前所著書。

　　固以爲漢紹堯運,以建帝業。至於六世,史臣乃追述功德,私作本紀,編於百王之末,廁於秦、項之列。太初以後,闕而不錄。故探撰前記,綴集所聞,以爲漢書。起元高祖,終孝平王莽之誅,十有二世,二百三十年。綜其行事,傍貫五經,上下洽通,爲春秋考紀、表、志、傳凡百篇。

　　固自永平中始受詔,潛精積思二十餘年,至建初中乃成。當世甚重其書,莫不諷誦焉。

　　自爲郎後,遂見親近。時京師修起宮室,濬繕城隍。而關中耆老,猶望朝廷西顧。固感前世相如、壽王、東方之徒造搆文辭,終以諷勸;乃上兩都賦,盛稱洛邑制度之美,以折西賓淫侈之論。……。

　　及肅宗雅好文章,固愈得幸,數入讀書禁中,或連日繼夜。每行巡狩,輒獻上賦頌。朝廷有大議,使難問公卿,辯論於前。賞賜恩寵甚渥。固自以二世才術,位不過郎,感東方朔、揚雄自論以不遭蘇、張、范、蔡之時,作賓戲以自通焉。後遷玄武司馬。

　　天子會諸儒講論五經,作白虎通德論,令固撰集其事。

　　時北單于遣使貢獻,求欲和親。詔問羣僚。議者或以爲匈奴變詐之國,無内向之心,徒以畏漢威靈,逼憚南虜,故希望報命,以安其離叛。今若遣使,恐失南虜親附之歡,而成北狄猜詐之計,不可。固議曰:“竊自惟思:漢興以來,曠世歷年,兵纏夷狄,尤事匈奴。綏御之方,其塗不一:或脩文以和之,或用武以征之;或卑下以就之,或臣服而致之。雖屈申無常,所因時異;然未有拒絶棄放,不與交接者也。故自建武之世,復修舊典,數出重使,前後相繼,至於其末,始乃暫絶。永平八年,復議通之,而廷争連日,異同紛回,多執其難,少言其易。先帝聖德遠覽,瞻前顧後,遂復出使,事同前世。以此而推,未有一世闕而不修者也。今烏桓就闕,稽首譯官;康居、月氏,自遠而至;匈奴離析,名王來降。三方歸服,不以兵威。此誠國家通於神明,自然之徵也。臣愚以爲宜依故事,復遣使者。上可繼五鳳、甘露致遠人之會,下不失建武、永平羈縻之義。虜使再來,然後一往,既明中國主在忠信,且知聖朝禮義有常。豈同逆詐示猜，孤其善意乎！絶之未知其利，通之不聞其害。設後北虜稍彊，能爲風塵，方復求爲交通，將何所及！不若因今施惠，爲策近長。”

　　固又作典引篇述敍漢德，以爲相如封禪，靡而不典；揚雄美新，典而不實；蓋自謂得其致焉。……。

　　固後以母喪去官。

　　永元初，大將軍竇憲出征匈奴，以固爲中護軍，與參議。北單于聞漢軍出，遣使款居延塞，欲修呼韓邪故事，朝見天子，請大使憲。上遣固行中郎將事，將數百騎與虜使俱出居延塞迎之。會南匈奴掩破北庭。固至私渠海，聞虜中亂，引還。乃竇憲敗，固先坐，免官。

　　固不教學諸子，諸子多不遵法度，吏人苦之。初，洛陽令种兢嘗行，固奴干其車騎。吏推呼之，奴醉罵。兢大怒，畏憲不敢發，心銜之。及竇氏賓客皆逮考，兢因此捕繫固，遂死獄中。時年六十一。詔以譴責兢，抵主者吏罪。

　　固所著典引、賓戲、應譏、詩、賦、銘、誄、頌、書、文、記、論、議、六言，在者凡四十一篇。

四 兩漢樂府詩

（一） 戰城南①

戰城南②，死郭北，野死不葬烏可食。爲我謂烏③：“且爲客豪野死諒不葬，腐肉安能去子逃」”

水深激激④，蒲葦冥冥，梟騎戰鬥死⑤，駑馬徘徊鳴。

梁築室⑥，何以南，何以北！禾黍不穫君何食⑦？願爲忠臣安可得⑧」

思子良臣⑨，良臣誠可思：朝行出攻，暮不夜歸」

　　①這是一首詛咒戰爭、哀悼陣亡士卒的民歌，爲漢鐃歌十八曲中的一篇，與下二篇大約都是西漢時的作品。後人因取篇中首句爲題（下二篇與此並同）。按，鐃歌十八曲最早著錄於沈約宋書樂志。樂志引蔡邕禮樂志：“短簫鐃歌，軍樂也，黃帝岐伯所作。以建威揚德、勸士諷敵也。”其說雖早而未必可靠。清人莊述祖則指出鐃歌十八曲的内容廣泛，至於序戰陣之事者，僅戰城南一篇；述功德者，僅聖人出一篇。因此他說：“短簫鐃歌之爲軍樂，特其聲耳；其辭不必皆序戰陳（陣）之事。”（見其所著漢鐃歌句解）近人余冠英綜括前人之說，謂：“大約鐃歌本來有聲無辭，後來陸續補進歌辭，所以時代不一，内容龐雜。其中有敘戰陣，有紀祥瑞，有表武功，也有關涉男女私情的。有武帝時的詩，也有宣帝時的詩，有文人製作，也有民間歌謠。”（見其所選註之樂府詩選）自較全面可信。而清人陳本禮漢詩統箋則謂：“按，今所傳鐃歌十八曲，不盡軍中樂；其詩有諷、有頌，有祭祀樂章。其名不見于史記，亦不見于漢書，惟宋書樂志有之，

似漢雜曲,歷魏、晉傳訛,宋書搜羅遺佚,遂統名之曰'鐃歌'耳。……"王先謙漢鐃歌釋文箋正也説:"十八曲不皆鐃歌,蓋樂府存其篇名,在漢時已屢增新曲,實爲後代擬古樂府之祖。"其説皆足資參證,今並録以備考。

②"戰城南"三句:"郭",外城。前二句的"城南","北郭"爲互文見義,言城南城北都有戰爭,也都有戰死的人。"烏",烏鴉。相傳烏鴉嗜腐肉,如莊子列禦寇篇:"在上爲烏鳶食,在下爲螻蟻食。""可",猶言"正好"。此三句言"城南城北都有許多戰死的人,他們的屍體暴露在荒野中得不到埋葬,正好供烏鴉啄食"。按,"烏可食"是諷刺語,表現詩人憤激之情。清人李因篤説:"'可'字下得慘甚。"(見其所著漢詩音注)頗得詩人作詩之旨。 ③"爲我"四句:第一句,"我",詩人自稱。第二句,"客",指戰死者,死者多爲轉戰異鄉之人,故言"客"。"豪"同"謼"(用聞一多説,見其所著樂府詩箋),即"號哭"的"號",讀平聲。爲死者號哭,所以示哀悼之意。余冠英説:"古人對於新死者須行招魂的禮,招時且哭且説,就是'號'。詩人要求烏先戰死者招魂,然後吃他。"即引伸聞説。第三句,"諒"作"信"解,揣度之辭,猶言"想必"。第四句,"子",猶言"你"、"你們",此處指烏鴉。此四句大意是:"替我告訴烏鴉:還是先爲這些客死他鄉的戰士號哭招魂吧,這些人反正已經死在荒野,諒必得不到埋葬,他們的腐爛的屍體還能逃得開你們的口麽!" ④"水深"二句:上句,"激激", 清澈貌(用聞一多説)。下句,"蒲"、"葦",都是水草;"冥冥",昏暗幽寂貌。此言在戰場上只能看到清冷的流水和昏茫一片的葦叢。 ⑤"梟騎"二句:上句,"梟"與"驍"通,作"勇"解;"梟騎"指善戰的駿馬。下句,"駑馬",駑鈍拙劣的馬。按,以上四句寫激戰之後戰場上死寂荒涼的景象,除了流水和蒲葦,以及幾匹徘徊悲鳴的駑馬之外,再也見不到人跡。又,"梟騎"、"駑馬"皆以馬喻人,所以此二句又隱寓"英勇的戰士犧牲了,庸庸碌碌的人還在偷生"之意。李白戰城南:"野戰格鬥死,敗馬號鳴向天悲。"亦兼寫人與馬,可與此互參。 ⑥"梁築室"三句:"梁",橋梁。"梁築室"指在橋上蓋起房子,表示社會秩序的不正常(參用清張琦説,見其所

輯古詩録）。一說，“築室”指戰争中在橋梁上構築的工事或營房，亦可通。此三句大意是：“戰後的情景是一片混亂，在橋上搭着房子，阻礙了交通，人們又怎能南來北往呢！”　⑦“禾黍”句：“禾黍”，泛指田野中生長的穀物；“不穫”，一本作“而穫”，於詩意皆可通。“禾黍不穫君何食”，言國内壯丁皆死於戰役，田中雖有禾黍而無人收割，故君主無從得食。此與杜甫兵車行“君不聞漢家山東二百州，千村萬落生荆杞，縱有健婦把鋤犂，禾生隴畝無東西”和羌村“莫辭酒味薄，黍地無人耕，兵革既未息，兒童盡東征”之意大抵相類。若作“禾黍而穫君何食”，則“而”爲假設之詞，猶言“如果”、“即使”（參用劉淇、楊樹達説），言“國家已如此混亂，即使收穫了穀物，國君又怎能得食呢！”即論語顔淵篇齊景公所謂“雖有粟，吾得而食諸”之意。又，清朱嘉徵樂府廣序：“‘禾黍而穫君何食’同古詩‘羹飯一時熟，不知貽阿誰’，其語更悲。”今按，朱氏以“君”泛指戰死之人，言“即使家中收穫了穀物，你已在他鄉戰死，又怎能吃得到呢！”亦頗入情理，録以備考。　⑧“願爲”句：大意是：“在這樣混亂悲慘的局面下，即使想爲國家出力作忠臣，又哪裏能够呢！”又，王先謙説：“不得爲忠臣，飢困不能力戰也。”亦通。　⑨“思子”四句：前二句，“子”，猶“你”、“你們”，此處指那些戰死者，下文的“良臣”即“子”的同位語。“良臣”有三解：一、指良將。清沈德潛説：“‘思良臣’，懷頗（廉頗）、牧（李牧）之意也。”（見其所選古詩源。又，陳沆詩比興箋之説與此相近。）余冠英引申沈、陳二氏之言説：“良臣指善於謀畫調度的大臣。”二、以“良臣”爲諷刺語。陳本禮説：“此諷之之自命爲良臣者。”三、指戰死的兵士。聞一多説：“‘臣’疑當爲‘人’。‘人’、‘臣’聲類同，又涉上文‘忠臣’而誤。‘良人’者，孟子離婁下篇‘其良人至’，趙注曰：‘婦人稱夫曰良人’。秦風小戎爲婦人思念役夫而作，其詩曰‘厭厭良人’。此詩義與彼同，……亦婦人思夫之辭。……”按，此詩通篇表現了人民對戰争暴行的控訴，詩人對統治者未必抱有幻想；況且釋“良臣”爲正面人物，亦與下文“朝行”二句不易銜接。如依陳本禮説，則“良臣誠可思”一語顯係正面語氣，又與諷刺之意不合。聞氏之説近是，但以"臣"爲"人"之誤，終嫌證據不足，未免迂曲。今按，"良臣"猶言"國士"，卽國家的好兒女。蓋"子"與"良臣"既爲同位語，顯係詩人直接對死者表示哀悼的口氣。後二句，"暮"，一本作"莫"，卽"暮"之本字；舊説或釋"莫不"爲"無不"，疑非是。此四句大意是："我想到你們這些國家的好兒女，你們也確實值得人思念；你們一早就去出征，但是直到晚上，也不見你們回來。"正謂戰士陣亡之可悲憫。

（二） 有所思①

有所思②，乃在大海南。何用問遺君③？雙珠瑇瑁簪④，用玉紹繚之。聞君有他心⑤，拉雜摧燒之。摧燒之⑥，當風揚其灰。從今以往⑦，勿復相思！相思與君絶！雞鳴狗吠⑧，兄嫂當知之。妃呼豨⑨！秋風肅肅晨風颸⑩，東方須臾高知之。

①本篇亦漢鐃歌十八曲之一，從内容及表現方式看，這是一首情感真摯熱烈的民間情歌。前人或言"此刺淫奔之詩"，或言"此逐臣見棄於其君之作"，或言此"藩國之臣，不遇而去，自攄憂憤之詞"等等，都不免穿鑿比附，故皆所不取。　②"有所思"二句：大意是："有一個我所想念的人，他遠在大海的南邊。"　③何用問遺君："用"，作"以"解；"問"與"遺"同義，"問遺"，猶言"贈與"；"遺"讀去聲。"君"指所思。此句言"我拿什麽來送給你呢？"　④"雙珠"二句：上句，"瑇瑁"，卽玳瑁（音代妹），龜類，甲光滑可製裝飾品。"簪"，古人用以連接髮髻和冠。簪身橫貫髻上，兩端出冠外。續漢書輿服志："簪以瑇瑁爲擿（'擿'通'掭'，卽插於髮間的簪身），長一尺，端爲華勝（每一端彫琢成花朵狀，叫作'華勝'，'華'卽花），下有白珠。"故"雙珠瑇瑁簪"是兩端各懸一珠的瑇瑁髮簪。下句，"紹繚"，猶言"纏繞"。此言"再用玉環把簪子纏繞起來，作爲裝飾"。寫女子用極其精美的禮物贈給自己的情人。　⑤"聞君"二句：上句，"他心"，二心，異心。言"聽説情人變節，傾心於他人"。下句，"拉"，猶"折"；

“雒”，猶“碎”；“摧”，摧殘，毁壞。此二句大意是:“聽説情人變心了，我立刻就把用珠玉裝飾起來的瑇瑁簪折斷，燒毁!”　　⑥“摧燒之”二句:“當”，迎；“當風”，猶言“迎風”。大意是:“我不但把它折斷燒毁，連燒出來的灰，也要迎風把它吹揚掉!”以上極寫女子怨恨之深。陳本禮説:“不如此描寫，不足以見兒女子一時憝恨之態。”　　⑦“從今以往”三句:是決絶的口吻，大意是:“從此以後，再不相思了!對你的相思永遠斷絶了!”⑧“雞鳴”二句:“雞鳴狗吠”，指天色將明。按，以上描寫女子決心與她的情人斷絶來往，但是心裏却放不下，反覆考慮了一夜，仍不能作出決定。因此她想道:“讓我趕快決定吧，看，天都快亮了，天一亮就會被兄嫂知道了。”一説，“雞鳴狗吠”猶言“驚雞動狗”，以喻透露風聲(參用陳沆説)。言“女子心中有顧慮，怕自己這麽一鬧，鬧得雞鳴狗叫，連兄嫂都知道自己的私事了”。亦通。　　⑨妃呼豨:舊説通解爲象聲辭，無涵義。明徐禎卿談藝録:“樂府中有‘妃呼豨’，‘伊阿那’諸語，本自亡(無)義，但補樂中之音。”但從上下文觀之，“妃呼豨”似表嘆息之聲。因上文言女子起先決心與所歡決裂，後來心中不忍，又有許多顧慮，最後乃長嘆一聲(參用聞一多説)。　　⑩“秋風”二句:上句，“肅肅”同“颸颸”，風聲。“晨風”，據聞一多考證，是鳥名，卽鵻。鵻常朝鳴以求偶，所以詩經上也有以鵻鳴喻求偶的例子。“颸”爲“思”之譌。“晨風颸”言晨風鳥慕類而悲鳴(詳見樂府詩箋)。下句，“須臾”，過不了多久。“高”讀爲“皜”，同“皓”；“東方高”卽東方發白，指天色漸明。按，上文寫女子考慮了一夜，沒有結果，故此二句言“陣陣秋風又傳來晨風鳥求偶的鳴聲，我的心緒更加煩亂了。好在天也快亮了，天亮以後，我會知道應該怎麽辦的”。這是打不定主意時常有的一種心情，實際上却是没法決定，只能不了了之。

（三）　上邪①

上邪②! 我欲與君相知③，長命④無絶衰。山無陵⑤，江水爲竭，冬雷震震⑥，夏雨雪，天地合，乃敢與君絶⑦!

①本篇也是鐃歌十八曲中的一首民間情歌,是女子自誓之詞。莊述祖說:"上邪 與有所思當爲一篇,……敍男女相謂之言。"聞一多、余冠英承認 莊說近是,但認爲二篇同是女子之言,前篇爲慮決裂,本篇則是打定主意後作出更堅定的誓言。按,此可備一説。　　②上邪:"上"指天。"邪"讀爲"耶"。此猶言"天哪!"莊述祖説:"'上邪'亦指天日以自明也。"③相知:相親相愛。　　④命:猶"令"、"使"。此句言"永久讓我們的感情不破裂、不衰減"。　　⑤山無陵:"陵",指山峯。此猶言"高山變平地"。　　⑥震震:雷聲。　　⑦自 "山無陵"至"與君絶":大意是:"除非高山變成平地,江水流乾,冬天的雷聲響得震耳,夏天下雪,天和地合併到一起,我才敢與你斷絶!"按,此是感情深摯强烈的女子所作的堅貞的誓言,意謂卽使地老天荒,情愛也仍然不變。王先謙説:"五者皆必無之事,則我之不能絶君明矣。"

（四）　江南①

江南可採蓮,蓮葉何田田②。魚戲蓮葉間。魚戲蓮葉東③,魚戲蓮葉西,魚戲蓮葉南,魚戲連葉北。

①這是一首歌唱江南勞動人民採蓮時愉快情景的民歌,爲相和歌古辭,載宋書樂志及樂府詩集。宋書樂志:"凡樂章古辭,今之存者,並漢世街陌謠謳,江南可採蓮、烏生十五子、白頭吟之屬是也。"可證此爲漢代道地的民歌。樂府詩集引郗昂樂府解題:"江南,古辭,蓋美其芳晨麗景,嬉遊得時也。"從此詩的情調看,這個説法是可以成立的,但它忽略了本詩最主要的内容是歌唱勞動,更有人説此詩寓意在於"諷淫"、"刺遊蕩"等等,那完全是對健康的民歌的曲解。　　②蓮葉何田田:"田田",形容荷葉挺出水面,飽滿勁秀的樣子。一説,鮮碧貌。　　③"魚戲蓮葉東"四句:描寫魚兒在蓮葉間向四面游動,穿來穿去,好像在遊戲作樂。清陳祚明采菽堂古詩選:"排演(鋪排敷演)四句,文情恣肆,寫魚飄忽。較詩'在藻'、'依蒲'尤活。(按,小雅魚藻: '魚在在藻,依于其蒲。'是寫魚之静

態。)"按,此雖寫魚,却反映出人在勞動中活潑愉快的心情。余冠英説:
"'魚戲蓮葉東'以下可能是和聲,'相和歌'本是一人唱,多人和的。"近
是。

(五)　雞鳴①

雞鳴高樹巔②,狗吠深宮中。蕩子何所之③? 天下方太平。刑
法非有貸④,柔協正亂名。

黃金爲君門⑤,璧玉(爲)軒闌堂;上有雙樽酒⑥,作使邯鄲倡。
劉王碧青甓⑦,後出郭門王。舍後有方池⑧,池中雙鴛鴦,鴛鴦七
十二,羅列自成行。鳴聲何啾啾,聞我殿東廂。兄弟四五人⑨,皆
爲侍中郎,五日一時來⑩,觀者滿路傍。黃金絡馬頭⑪,潁潁何煌
煌⑫!

桃生露井上⑬,李樹生桃傍;蟲來齧桃根⑭,李樹代桃殭。樹
木身相代⑮,兄弟還相忘!

①此詩最早見於宋書樂志,是樂府相和歌古辭,樂府詩集屬相和曲。
這是一首暴露漢代貴族統治階級盛衰無常的詩,全詩分三大段。第一段
綜括地寫天下太平,蕩子夤緣得到貴幸的機會,但終不免觸犯法網;第二
段鋪陳蕩子貴幸以後炫赫一時的情形,正寫出漢代貴族統治階級炙手可
熱的勢派;第三段用比興手法寫遇禍之後兄弟之間互相傾陷、各自苟全
的醜惡面貌。前人或謂此詩"前後辭不相屬",疑有"錯簡紊誤"(見明馮
惟訥古詩紀),甚至懷疑此詩是由三段不完整的作品聯綴拼湊起來的(參
閱余冠英漢魏六朝詩論叢),當是由於此詩本身内容過於隱晦而產生的
看法。另外,清朱乾樂府正義和陳沆詩比興箋用明唐汝諤古詩解之説,
據漢書元后傳史實以此詩爲諷刺王莽陷害其諸父(同宗伯叔)王仁和堂
兄弟王立而作。朱乾説:"太平之世,任官唯賢,位事唯能,刑清名正,上
下各安其分,蕩子無所容其怙侈。漢至成、哀,王綱解紐,外戚擅事,泥親

愛之私，褻名器之重，五侯同日受封，宮室車服，帝制是爲，卒于兄弟相
傾，漢紀中絶。詩非愛王氏之骨肉也，哀漢之失紀綱，而愚王氏之不終
也。"雖可供誦讀本篇時參考，仍疑未盡確切。李因篤(早於朱、陳)説：
"熟讀衞、霍諸傳，方知此詩寓意。"又説："此詩必有所刺，首云'蕩子何之'
繼之'柔協亂名'，中則追敍其盛時。既謂兄弟四五人皆爲侍中，何等赫
奕，而末乃借桃李以傷之。蓋有權貴罹禍，其兄弟莫相爲理(不肯互相
協助，使其案情得到合理解決)，惟僥倖得脱，刺之云云也。首尾乃正意，
中故作詰曲，所謂'定、哀多微辭'(按，指春秋寫魯定公、哀公時事多微
辭)耳。"與李因篤同時的陳祚明也説："當時必有爲而作，其意不傳，無緣
可知；但覺淋漓古雅。古雅，辭也；淋漓，情也；彼自有情，即事不傳，而情
未嘗不傳。"今按，李、陳説近是。漢代很多外戚大臣(包括衞青、霍去病、
霍光等)，都是寒賤出身(即所謂"蕩子"的身分，)往往一朝貴幸，立即成
爲炙手可熱的貴族；但冰山易倒，又往往在很快的時間裏犯法受誅，傾家
滅族。此詩的內容，正是反映了這種事實。惟詩人原是概括了當時社會現
實情況然後予以形象的描寫，現在正不必坐實其專刺衞、霍或刺王莽以
強加解釋。　　　②"雞鳴"二句："巔"，頂端；"宮"，作"牆垣"解(用聞一多
説)。此言"雞在樹上鳴，狗在牆內叫"，是形容天下太平的景象。近人黃
節漢魏樂府風箋："史記貨殖傳：'老子曰：至治之極，鄰國相望，雞狗之聲
相聞。'又律書：'天下殷富，粟至十餘錢，鳴雞吠狗，烟火萬里，可謂和樂
者乎！'下故云'天下方太平'也。"　　　③"蕩子"二句："蕩子"，通作"游
子"解，聞一多説："謂遊蕩忘歸之子。"但列子天瑞篇："有人去鄉土、離六
親、廢家業、遊於四方而不歸者，何人哉！世必謂之爲狂蕩之人矣。"則
"蕩子"實指游手好閒、不治生産的人。此種人在當時是沒有社會地位
的，但他們竟往往一朝得勢，變成盛極一時的皇親國戚。詩雖未明言此處
的"蕩子"即下文"黃金爲君門"的"君"，但細繹詩意，自然明瞭。陳沆説：
"此篇首言天下太平，雞犬桑麻，各安其所，乃蕩子欲何之乎！此時欲縱侈
爲非，則刑法不汝貸也。"亦以爲"蕩子"即下文炫赫一時的主人公。此二

句是倒裝句，言“天下正當太平盛世，這種游手好閒的人將要往哪兒去呢！”意謂“什麽才是蕩子的出路呢”。此下緊接“刑法”二句，正寫“蕩子”投靠皇室，搖身變爲貴族，終不免爲刑法所誅滅。　　④“刑法”二句：上句，“貸”，猶言“寬假”、“原宥”；言“朝廷的法令是絲毫没有寬假通融的”。下句，“柔協”，黄節説：“猶‘柔服’也。”聞一多説：“謂安撫其順服者。”“正”，猶言“制裁”；“亂名”，指違反國法。聞一多説：“‘正亂名’，謂有亂名忤法者，則執而治其罪，即上文‘刑法非有貸’也。”今按，“柔協”與“正亂名”相對，“柔協”指皇帝對於效忠順從之人即用懷柔之道加以安撫，使之服貼馴伏；“正亂名”則謂有犯上爲亂之人，即用王法加以糾正。言外謂這些出身低賤的“蕩子”，只要肯忠於皇帝，爲統治者的爪牙，就可以得到“柔協”；如果做了“亂名”之事，那就要受到制裁了。以上六句，詩人表面上雖在頌揚太平之世，實則所謂“太平”，不過是使一些統治者可以過着驕奢淫佚的生活；而“刑法”二句，正寫出當時統治階級的殘酷和傾軋，其諷刺揭露之意甚爲醒豁。與下文對照來看，其意自見。　　⑤“黄金”二句：上句，“君”，即上文的“蕩子”。下句，“璧”，一本作“碧”，聞一多以爲應作“碧”，他説：“‘碧’以色言，‘黄金’、‘碧玉’對文。相逢行‘黄金爲君門，白玉爲君堂’，可資參證。……作‘璧’，於義難通。”按，聞説是。又，下句不應爲六字句，“爲”字應是衍文（用聞一多説）。此言“身分低賤的蕩子竟炫赫一時了，他的宅門是用黄金鑲造的，他家堂上的闌干是用碧玉建造的”。　　⑥“上有”二句：上句，“雙樽”，不止一樽之意。言“堂上陳設着成雙的酒樽”，謂主人日日飲宴。下句，“作使”，猶言“役使”（用黄節説）；“邯鄲”，本戰國時趙國的國都；相傳趙地產美女。“倡”，倡伎（今俗作“娼妓”），指女樂。言主人把一些生長在邯鄲的女倡呼來喝去，供其役使。　　⑦“劉王”二句：上句，“劉王”，朱乾説：“漢法：非劉氏者不王，故曰‘劉王’。”黄節説：“漢同姓諸侯王也。”“甓”音闢，磚之一種；“碧青甓”，聞一多以爲即琉璃瓦，可備一説。朱嘉徵説：“碧青甓，惟王家用之。”（又陳沆也説：“漢制，非劉氏不得王，故惟宗室王家得殿砌青觺。”)下句，“郭門”，諸侯宮室的外門。詩大雅緜篇：“迺立皋門。”毛傳：“王之郭門曰‘皋門’。”鄭箋：“諸侯之宮外門曰‘皋門’。”黃節說：“‘郭門王’者，郭門外之侯王，謂異姓諸侯王也。”此二句言“原來只有姓劉的許多王子用碧青甃修建宮室，後來連異姓諸侯也繼起效法了”。黃節說：“漢方太平，以法治天下，雞鳴狗吠相聞，風猶未侈；其後則黃金爲門，璧玉爲軒，同姓諸侯王放侈於前，異姓諸侯王繼之於後。”所謂“異姓諸侯王”，即指上文的“蕩子”和“君”，謂其一朝得勢，即僭侈無度。　　⑧“舍後”六句：此六句疑是詩人擬主人公本人的語氣。黃節說：“‘舍後’數語，謂郭門王之舍也。”“舍”，房屋。“方”，廣雅釋詁作“大”解。“鴛鴦”，水禽，權貴之家蓄於宅中池內以爲玩物。聞一多說：“雌雄雙棲，故曰‘雙鴛鴦’。”“七十二”，七十二隻。西京雜記：“霍光園中鑿大池，植五色睡蓮，養鴛鴦三十六對，望之爛若披錦。”可與此互參。“啾啾”，象聲詞，鳥鳴聲。“殿”，指高大的堂屋。聞一多說：“初學記二四引蒼頡篇曰：‘殿，大堂也。’古謂屋之高嚴（嚴整）者曰殿（按，此語本樂府正義），非必王者所居。孤兒行‘行取殿下堂’，義同。”“東廂”，東側的廂房。此六句大意是：“在我的房屋後邊有個大型的池子，池中養着成雙作對的鴛鴦，鴛鴦有七十二隻之多，在池中自成行列。它們的鳴聲啾啾動聽，就在我堂屋東側的廂房中也聽得見。”按，此極寫貴族統治者之奢侈。　　⑨“兄弟”二句：“侍中郎”，官名，已屢見前史、漢註釋。按，漢書百官公卿表：“侍中、左右曹諸吏、散騎、中常侍，皆加官。”“加官”即在原官之外特加的榮銜。顏注引應劭說：“入侍天子，故曰‘侍中’。”錢大昕三史拾遺：“……衞青、霍去病、霍光、金日磾皆由侍中進，而權勢出宰相右。”而王莽的一家人，在漢成帝時，王商爲侍中中郎將，王鳳爲侍中衞尉，王音爲侍中太僕，王莽爲侍中騎都尉，都能出入宮禁。這說明侍中雖是加官，卻容易得到貴幸。如與此詩互參，更足以說明這個主人公的身分。此言主人公有四五個弟兄，都做侍中的官，經常在皇帝的左右。　　⑩“五日”二句：“五日”，指休沐日，已見前史記萬石君列傳。“一時”，聞一多說：“猶‘同時’，謂兄弟五人同時歸來也。"此言"每到休沐日放假的時候，弟兄四五個人同時回家，車騎從人甚盛，看熱鬧的人都站滿了路邊"。　　　⑪"黃金"句："黃金"，指用黃金鑲鍍的馬絡頭，卽所謂"羈"，用以籠住馬頭之物。此言"用黃金絡頭籠着滿頭"，極寫輿服之炫赫考究。　　　⑫"熲熲"句："熲"音義同"炯"，形容火光明亮的狀詞；"何"，猶今言"啊"（用聞一多說）；"煌"，光耀貌。此言"那些黃金的馬絡頭都發出極爲耀眼的光亮"。以上只從房屋、屋中陳設、園景來寫當時權貴的驕奢淫侈的生活，從這家的弟兄休假回家來寫他們的炙手可熱的勢力，不着一褒貶語而暴露無遺。　　　⑬"桃生"二句：自此以下六句，前四句是比興，後二句結出正意，對彼此陷害、互相傾軋的權貴表示了深刻的譏刺。"露井"，井上沒有覆蓋物者叫"露井"。聞一多說："孟子滕文公下篇曰：'井上有李，蟲食實者過半矣。'是古多於井上植桃李之屬。"可見詩人所用的比喻是取材於民間日常生活。此言"桃樹生在井邊，李樹又生在桃樹旁邊"。　　　⑭"蟲來"二句：大意是："蛀蟲來咬桃樹的根，不想李樹倒替桃樹受災而殭枯死去。"今成語"李代桃殭"（或作"僵"）卽出於此。按，此是雙關語，表面寫李樹代桃樹受害，言外指桃樹嫁禍於李樹，喻權貴兄弟間的互相傾軋。　　　⑮"樹木"二句：言樹木彼此間還好像肯代同伴受害，而人類的兄弟之間却只知保全自己，把別人的死活忘得一乾二淨了。參看前引李因篤說。

（六）　相逢行①

　　相逢狹路間②，道隘不容車。不知何年少③，夾轂問君家。君家誠易知④，易知復難忘。黃金爲君門，白玉爲君堂。堂上置樽酒，作使邯鄲倡。中庭生桂樹⑤，華燈何煌煌！兄弟兩三人，中子爲侍郎⑥。五日一來歸，道上自生光⑦，黃金絡馬頭，觀者盈道傍⑧。入門時左顧⑨，但見雙鴛鴦，鴛鴦七十二，羅列自成行。音聲何噰噰⑩，鶴鳴東西廂。大婦織綺羅⑪；中婦織流黃⑫；小婦無所爲⑬，挾瑟上高堂:"丈人且安坐⑭,調絲方未央₁"

　　①此詩是樂府古辭,始見於玉臺新詠;樂府詩集收在相和歌辭中,屬清調曲。郭茂倩説:"相逢行一曰相逢狹路間行,亦曰長安有狹斜行。"樂府詩集另有長安有狹斜行,詞句較此爲簡略。郭茂倩引樂府解題,謂此詩"文意與雞鳴曲同",疑未盡是。蓋雞鳴旨在揭露與諷刺,中間一段雖與此詩字句相彷彿,但適足以揭示貴族統治者腐朽的精神面貌。此詩則描寫較爲客觀,前人如李因篤、王堯衢等雖亦以爲含有諷刺之意,皆近附會。獨陳祚明以爲此曲"意取祝頌",實有卓識。余冠英説:"這詩極力描寫富貴之家種種享受,似是娛樂豪貴的歌曲。這裏反映着當時社會的一部分。其鋪陳熱鬧處代表樂府詩的一種特色。"即本陳氏之言。録以備考。　　②"相逢"二句:言"兩車在狹窄的路上相逢,街道窄得簡直不能容納了"。陳祚明説:"'道隘'句既切狹路,又見車之高廣"。按,此説是。　　③"不知"二句:上句,一本作"如何兩少年"。下句,"轂"指車輪中央部分;"夾轂",猶"夾車",指兩車之間(如上句作"如何兩少年",則"夾車"指兩少年各在車的一旁夾車而打聽)。此二句極寫這個主人公的豪貴炫赫,言"不知哪兒的一個少年人,竟然在兩車之間打聽起你的家來"。言外謂一般人無不知這個人家的豪華身世,只有不懂事的年輕人才不清楚他的家世。　　④"君家"二句:此言"你的家實在是太容易知道了,不僅容易知道,而且給人印象極深,簡直使人無法忘記"。清王堯衢古詩合解:"凡榮顯之極者,人所易知。"是。　　⑤"中庭"二句:上句,"中庭",猶"庭中"。下句,"華燈",楚辭招魂王逸注:"言燈錠盡雕琢錯鏤,飾設以禽獸,有英華也。"指雕琢鏤刻得極其精巧而有光華的燈。此二句言"在庭院中栽有芳香的桂樹;在廳堂中燃有精緻的燈,燈光輝煌奪目"。　　⑥中子爲侍郎:"侍郎",官名。據續漢書百官志,西漢成帝初,置尚書四人,分爲四曹。至漢光武帝時,改分爲六曹,每曹有侍郎六人,主作文書起草。此言"兄弟三人之中,惟中子出入宮禁,最爲貴幸"。　　⑦"道上"句:"生光",增加光彩,與所謂"蓬蓽生輝"的"生輝"同義。王堯

衢説:"貴人以五日來歸一洗沐,車騎之盛,侍從之多,足以生光道上。"按,樂府長安有狹斜行:"三子俱入室,室中自生光。"句法、辭意與此相類,可互參。　　⑧盈道傍:"盈",充滿。餘詳雞鳴註釋。　　⑨"入門"句:"時",猶言"偶然"、"偶一";"左顧",即"左顧右盼"之意,相當於"環顧"、"回顧"。聞一多説:"'左'、'右'並有'回'、'環'之義。……本篇'入門時左顧',隴西行'左顧敕中廚',並當訓回顧。"按,聞説是。此言"中子回家來入門時偶然環顧左右景物"。　　⑩"音聲"二句:"嚌嚌",象聲詞,形容衆鳥和鳴之聲。此言"入門之後,聽到鳥聲和鳴,原來是東西兩側傳來的鶴鳴聲"。　　⑪"大婦"句:"綺",説文:"文繒也。"段注:"謂繒之有文者。""繒"即綾,故"綺"是有細密花紋的綾類;"羅",與綺相類而質較綺更爲輕軟。此言"大兒媳婦在家織綺羅"。　　⑫流黄:雜色的絹類。　　⑬"小婦"二句:最小的兒媳婦没有事幹,挾着瑟到高堂去彈奏給公婆聽。陳祚明説:"大抵是小婦獨承寵,故不令織作耳。"　　⑭"丈人"二句:疑是詩人擬小婦的語氣。"丈人",對公婆的尊稱,不專指男性。論衡氣壽篇:"尊翁嫗爲丈人。""方未央",一本作"未遽央";疑作"未遽央"爲近是(據玉臺新詠及顏氏家訓書證篇,詳見聞一多樂府詩箋)。"未遽央",漢時成語,與"未央"義同,猶今言"没有完"、"未盡"。此寫小婦對公婆説:"老人家且安坐吧,我調弄瑟弦、彈奏曲調還没有結束呢!"按,顏氏家訓書證篇:"古樂府歌詞先述三子,次及三婦。婦是對舅姑之稱。其末章云:'丈人且安坐,調弦未遽央。'古者子婦供事舅姑(公婆),旦夕在側,與兒女無異,故有此言。"可以與此互參。又,聞一多説:"漢書張禹傳曰:'身居大第,後堂理絲竹管弦。'又曰:'禹將(戴)崇入後堂飲食,婦女相對,優人管弦鏗鏘,及樂,昏夜乃罷。'紀漢世豪貴生活,可與此詩相發。"謹錄以備考。

(七)　平陵東①

平陵東②,松柏桐,不知何人劫義公。劫義公③,在高堂下,交錢百萬兩走馬。兩走馬④，亦誠難，顧見追吏心中惻。心中惻，血出滬⑤，歸告我家賣黃犢⑥。

①本篇爲相和歌古辭，始見於宋書樂志。崔豹古今注：“平陵東，漢翟義門人所作也。”唐吳兢樂府古題要解：“義，丞相方進之少子，字文仲，爲東郡太守；以王莽方篡漢，舉兵誅之。不克，見害。門人作歌以悲之也。”(按，翟義事詳漢書翟方進傳。)前人一般都根據崔、吳的説法來解釋此詩，實與詩意不合。從詩意看，本篇係控訴官吏壓榨良民，竟至用“綁票”的方式，使無辜的受害者破家蕩産，反映了極其尖鋭的階級矛盾。②“平陵東”三句：第一句，“平陵”，漢昭帝墓，在長安西北七十里。第二句，“松”、“柏”、“桐”，都是陵墓上種植的樹木。仲長統昌言：“古之葬者，松柏梧桐以識墳。”古詩焦仲卿妻在描寫合葬時也説：“東西植松柏，左右種梧桐。”第三句，“不知何人”，明明官府綁架，而稱“不知何人”，是一種諷刺寫法。“劫”，也是諷刺；官吏捕人而稱爲“劫”，明言其爲强盗行徑。“義公”，余冠英説：“義是形容字，和鐃歌裏的‘悲翁’之‘悲’，孔雀東南飛裏的‘義郎’之‘義’用法相同。”按，余説近是。被劫走的是個好人，故詩人稱之爲“義公”。(又按，聞一多説：“‘義’疑本作‘我’，‘我’以聲近誤爲‘義’，説者遂以爲翟義事也。”亦可備一説。)此三句言“在平陵東邊松柏梧桐叢生之地，義公被來路不明的人劫走了”。③“劫義公”三句：“高堂下”，指官府衙門。“交”，交換，交易。“走馬”，漢書顏注：“馬之善走者。”此三句言“把義公劫到官府的高堂之下，勒逼他用錢百萬外加兩匹善走的好馬做爲交換條件，才能放他回來”。④“兩走馬”三句：“顧”與“見”同義，兩字合爲一詞。“惻”，痛心，難過。此言“籌措錢百萬和兩匹走馬實在困難，因此看見來追逼的差吏，心裏感到十分傷痛”。⑤血出滬：“滬”，作“流盡”解。此言“心中傷痛，彷彿身上的血都已流盡似的”。⑥歸告我家賣黃犢：“犢”，小牛。聞一多説：“走馬不可致，則歸賣黃犢以輸之也。”意謂“走馬既不易籌措，只好回家賣掉小牛來湊足贖身的費用”。

（八）　陌上桑①

日出東南隅②，照我秦氏樓。秦氏有好女③，自名爲羅敷。羅敷喜蠶桑④，採桑城南隅。青絲爲籠系⑤，桂枝爲籠鉤。頭上倭墮髻⑥，耳中明月珠⑦，緗綺爲下裙⑧，紫綺爲上襦。行者見羅敷⑨，下擔捋髭鬚。少年見羅敷，脱帽著帩頭⑩。耕者忘其犂⑪，鋤者忘其鋤。來歸相怨怒⑫，但坐觀羅敷。一解

使君⑬從南來，五馬立踟躕⑭。使君遣吏往，問是誰家姝⑮？“秦氏有好女⑯，自名爲羅敷。”“羅敷年幾何⑰？”“二十尚不足，十五頗有餘。”“使君謝羅敷⑱：寧可共載不？”羅敷前置辭⑲：“使君一何愚⑳！使君自有婦㉑，羅敷自有夫。”二解

“東方千餘騎㉒，夫壻居上頭。何用識夫壻㉓？白馬從驪駒㉔；青絲繫馬尾㉕，黄金絡馬頭；腰中鹿盧劍㉖，可值千萬餘。十五府小史㉗，二十朝大夫㉘，三十侍中郎㉙，四十專城居㉚。爲人潔白皙㉛，鬑鬑頗有鬚。盈盈公府步㉜，冉冉府中趨。坐中數千人㉝，皆言夫壻殊。”三解

①這是一首民間故事詩，爲漢代相和歌古辭，敘述一個太守調戲採桑女子而遭到嚴詞拒絕的情形。這首詩最早著録於宋書樂志，題爲豔歌羅敷行，屬大曲類。宋書原注：“三解。前有豔詞曲，後有趨。”（按，“解”是樂歌的段落，“一解”猶言“一章”；“豔詞曲”猶“前奏”，“趨”猶“尾聲”，凡大曲皆有此。）玉臺新詠輯録本篇。題爲日出東南隅行，樂府詩集則題爲陌上桑。崔豹古今注：“陌上桑者，出秦氏女子。秦氏，邯鄲人，有女名羅敷，爲邑人千乘王仁妻，王仁後爲趙王家令，羅敷出採桑於陌上，趙王登臺，見而悦之，因置酒欲奪焉。羅敷巧彈箏，乃作陌上桑之歌以自明，趙王乃止。”（引自樂府詩集卷二十八，今本古今注個別字句與此稍有

出入。)當是因此詩而産生的一種傳説，僅可作爲參考。所以唐吳兢樂府古題要解在引用了古今注舊説之後就説："案其歌詞，稱羅敷採桑陌上，爲使君所邀，羅敷盛誇其夫爲侍中郎以拒之　與舊説不同。"便已對這一説法提出了疑問。有人甚或因古今注之説而懷疑陌上桑另有古辭，本篇爲別出，恐非是。因宋書樂志明稱本篇爲"古詞"，古今樂録也説："陌上桑歌瑟調：古辭豔歌羅敷行日出東南隅篇。"(樂府詩集卷二十八引)則本篇爲陌上桑古辭無疑。惟鄭樵通志謂："按古辭陌上桑有二，此則爲羅敷也。……別有秋胡行，其事與此不同，以其亦名陌上桑，致後人差互其説。如王筠陌上桑云：'秋胡始停馬，羅敷未滿箱。'蓋合爲一事也。"因知樂府中同一題目原可能有不同題材、不同内容的作品，而性質則大同小異。執彼疑此，似嫌迂鑿。　　②"日出"二句：上句，"隅"，作"方位"解。下句，"我"，作詩者自稱。近人李翔説："(此二句)是歌者對于聽衆的開頭語，屬于第一人稱歌人的口吻，這是民間歌謡的一種風格，用以引起下文。'秦氏有好女'句以下才是正文，歌者不再在作品中露面，純用旁觀者的口吻來敍述秦羅敷的事件，是轉用第三人稱的表現手法。這首詩的描寫方法，是第一人稱和第三人稱交互使用，第一人稱純粹代作者，不代故事中人。句中的一個'我'字，是省略掉'們'字的複數代詞，古漢語裏常有這種用法。這個'我'字，原不是代羅敷而是代歌者，用以修飾'秦氏樓'的一個定語。……這裏歌者把自己也包括進去，不但表現了對羅敷的親切熱愛，同時還顯示出羅敷是站在歌者——人民一邊的出色人物。"(談談陌上桑中的日出東南隅照我秦氏樓，載語文教學一九五七年第八期)按，此説是。且對了解整篇作品的意義也有一定幫助，故録以備考。③"秦氏"二句："好女"，猶言"美女"。按，"羅敷"是古代美女的通名，"秦"也是詩歌中美女常用的姓。如古詩焦仲卿妻："東家有賢女，自名秦羅敷。"又如左延年秦女休行："秦氏有好女，自名爲女休。"又漢書昌邑哀王傳："嚴延年……女羅紨，前爲故王妻。"周壽昌漢書注校補："羅紨即羅敷，古美人名，故漢女子多取爲名。""自名"，猶言"本名"(用聞一多説)。

余冠英說:"編唱這個故事的人隨便給女主人翁這麼一個名字,不一定實有其人。"按,余說是。此二句是歌者的敍述,言"秦家有個好姑娘,本名叫羅敷"。 　　④喜蠶桑:"喜",一本作"善"。"蠶桑"是以名詞做動詞用,指養蠶和採桑。 　　⑤"青絲"二句:上句,"青絲",青色的絲繩。"籠",籃子。"系",指籃上的絡繩。下句,"桂枝",桂樹的枝條,用以爲器物,取其香潔。"鈎"即籃上的提柄。把桂枝弄彎,兩端鈎在籃上,中間彎曲部分可以提攜。此二句言"用青絲繩作桑籃上的絡繩,用桂枝作桑籃上的提柄"。按,此寫羅敷使用的器具非常精緻。 　　⑥倭墮髻:"倭墮同"委鬌"、"逶迤"。後漢書梁冀傳:"冀妻孫壽……色美而善爲妖態,作愁眉、啼妝、墮馬髻,折腰步,齲齒笑。"李賢注引風俗通:"墮馬髻者,側在一邊……始自冀家所爲,京師翕然皆放效之。"崔豹古今注:"倭墮髻,一云墮馬之餘形也。"又蕭子顯日出東南隅行:"逶迤梁家髻。"則"倭墮髻"就是"墮馬髻",其髻歪在一側,呈似墮非墮之狀,是當時一種時髦的髮式。 　　⑦耳中明月珠:"明月珠",寶珠名,相傳出於西域大秦國,見後漢書西域傳。釋名釋首飾:"穿耳施珠曰璫",故"耳中明月珠"即以明月珠作耳璫。 　　⑧"緗綺"二句:上句,"緗",杏黃色。"綺",已見前相逢行註釋。"帬"即"裙"。下句,"襦",短襦。此言"羅敷穿着杏黃色綾子的裙子和紫色綾子的短襦"。按,以上六句寫羅敷器用服飾的華貴,本爲民歌中常用的手法,作者爲了美化他所喜愛的主人公,總是誇張地鋪敍其衣飾的華美,來襯托人物的美麗,如羽林郎描寫胡姬,焦仲卿妻描寫蘭芝大都如此。有人因爲看到詩中描寫羅敷的衣飾如此華美,又自稱丈夫是做官的,就認爲她是一個貴族夫人,顯然是忽略了民歌的特點。關于羅敷的丈夫究竟是否官員,詳下文註釋。 　　⑨"行者"二句:上句,"行者",過路人。下句,"下擔",放下擔子;"捋",撫摩;"髭"是口上邊的鬍子,"鬚"是面頰下的鬍子。此言"行路人見羅敷美麗,都放下擔子,摸着鬍子對她注目而視"。 　　⑩"脫帽"句:"著",戴;"峭頭"即"綃頭",是包頭髮的紗巾。釋名釋首飾:"綃頭:綃,鈔也,鈔髮使上從也。或謂之陌頭，言其從後橫陌而前也。”釋“綃頭”的紮法和作用甚簡當。古人是先用頭巾把頭髮束好，然後再加冠的。此言少年們見羅敷美貌，便把帽子脫下，把髮巾重新整一整。這是寫少年人作出一些無意識的故意賣弄的舉動來衒耀自己。　⑪“耕者”二句：耕田的忘記了身邊的犁耙，鋤地的忘記了手中的鋤頭。　⑫“來歸”二句：上句，主語是看羅敷的人。下句，“坐”，作“因爲”、“由於”解。此言這些耕田鋤地的人回來之後彼此抱怨，只是由於貪看羅敷的緣故（用清閻人倓説，見其所著古詩箋）。又，陳祚明説：“緣觀羅敷，故怨怒妻妾之陋。”則謂男子們因爲看了美麗的羅敷，回家就嫌自己的妻子醜陋。亦通。此是民歌中一種誇張俏皮的陪襯烘托的手法。按，以上八句是從旁人的反映間接地來描寫羅敷的美。陳祚明説：“寫羅敷全須寫容貌，今止言服飾之盛耳，偏無一言及其容貌；特於看羅敷者盡情描寫，所謂虛處著筆，誠妙手也”〔一解，極力描寫羅敷之美貌。〕　⑬使君：太守、刺史之稱。清吳兆宜玉臺新詠注：“漢世太守、刺史或稱‘君’，或稱‘將’，或稱‘明府’，……若‘使君’之稱，則見之後漢郭伋傳：‘伋前在并州，行部到西河美稷，有童兒數百道次迎拜曰：聞使君到，喜，故來奉迎。’此詩云‘使君從南來’，其爲後漢人作無疑。”按，此説近是，録以備考。　⑭五馬立踟躕：“五馬”，指太守所乘的車馬。按，宋書禮志引逸禮王度記説：“天子駕六，諸侯駕五，卿駕四，大夫三，士二，庶人一。”吳兆宜説：“漢官儀注：‘聊馬，加左驂右騑。’二千石有左驂，以爲五馬。”又説：“詩云：‘孑孑干旟，在浚之都，素絲組之，良馬五之。’鄭注謂‘周禮州長建旟’，漢太守比州長，法御五馬。蓋太守爲一方之長，其地位相當於古之諸侯，故用五馬。“立”，停下。“踟躕”，猶“躊躇”，徘徊不前貌。　⑮問是誰家姝：“姝”，指女子的美色。此言太守命令吏人去問這個美麗的女子是哪一家的。　⑯“秦氏”二句：按，此是吏人向羅敷詢問後回覆使君的話。　⑰羅敷年幾何：按，此是使君又令吏人去問羅敷的年紀，下二句則又是吏人詢問後對太守的答覆。並不是羅敷親自在與使君問答。　⑱“使君謝羅敷”二句：上句，“謝”作“問”解，亦作

“告”解。（漢書李陵傳顏注：“謝，以辭相問也。”又，漢書周亞夫傳顏注：“謝，告也。”皆可通。下句，“寧”，詰問詞，猶“豈”、“其”；“寧可”，猶言“其可”；“載”猶“乘”。此二句寫使君命吏人去問羅敷，是否願意同他一道登車而去。　　⑲羅敷前置辭：“置辭”，同“致辭”，猶“置對”、“作答”，卽“答話”之意。此言“羅敷親自上前來回答使君的話”。按，以上使君與羅敷的問答，都通過吏人作中介；自此句以下，羅敷才直接對使君講話。⑳使君一何愚：“一何”，與“何其”同義，猶今言“怎麼這樣”、“怎麼那樣”。此言“使君你這人怎麼這樣愚蠢呢？”　　㉑“使君自有婦”二句：此是羅敷表示拒婚最主要的兩句話，不僅表示人們應恪守一夫一妻的制度，而且有“貴賤不相踰”的意思。陳祚明說：“羅敷致辭，截然嚴正。但二語已足，此詩意可便竟。然後解又極寫一段，傲使君耳。……若非此夫壻幾無以謝使君者然。”按，陳說是。〔二解，寫羅敷拒絕使君的無禮要求。〕㉒“東方”二句：上句，“東方”，指夫壻居官之所。“千餘騎”，泛指跟隨夫壻的人，言“千餘”，帶有誇張之意。下句，“居上頭”，猶言“居於前列”。㉓何用識夫壻：“何用”，猶言“何以”。“識”，猶言“辨認”。此言“根據什麼標誌來辨認我的丈夫呢？”　　㉔白馬從驪駒：“驪”，說文：“馬深黑色。”“駒”，吳兆宜引何承天纂文：“馬二歲爲駒。”此言“騎着白馬而後面跟着小黑馬的那個大官就是我的丈夫”。　　㉕“青絲”二句：言“我丈夫的那匹馬，尾上繫着青絲，頭上用金色的絡頭籠着”。　　㉖鹿盧劍：“鹿盧”通作“轆轤”，卽井上汲水用的滑輪。漢書雋不疑傳顏注引晉灼說：“古長劍首以玉作井鹿盧形，上刻木作山形，如蓮花初生未敷（開）時，今大劍木首，其狀似此。”今按，此言劍柄用絲帶纏繞起來，很像轆轤之形，故名“鹿盧劍”。　　㉗十五府小史：“十五”指年齡。以下“二十”“三十”等皆仿此。“府小史”一本作“府小吏”。今按，漢書翟方進傳：“方進年十二三，失父，孤學。給事太守府，爲小史。號遲頓不及事，數爲掾史所詈辱。”從年齡、地位來看，“小史”的地位是很卑下的。大約相當於後世官衙中的門子之類。　　㉘朝大夫：卽“朝廷上大夫的官職”之意。漢代有太中大夫、中大夫、諫大夫等，已屢見前史記、漢書註釋。　　㉙侍中郎：已見前雞鳴註釋。　　㉚專城居：卽指爲州牧、太守之官。"專城"，文選五臣注："'專'，擅也，謂擅一城也。"謂守宰之屬。""擅一城"卽"據一城"之意，官居太守則是一城之主，故言"專城居"。　　㉛"爲人"二句：上句，"晳"，猶言"白"，"白晳"指皮膚的顏色。下句，"鬑鬑"("鬑"音廉)，聞一多說："玉篇曰：'𩭥鬑，鬖髮疎薄貌。''鬑鬑'，猶'𩭥鬑'也。""頗"，廣雅釋詁："少也。""頗有鬚"猶言"略有鬚"、"微有鬚"。此二句言夫婿白面微鬚，外貌俊偉。　　㉜"盈盈"二句："盈"通"嬴"(聞一多用說文說)，"盈盈"、"冉冉"，皆緩步貌。"公府"猶言"官府"。聞一多說："漢人稱郡寺（郡衙）爲府，……太守官舍曰府，故稱太守曰府君。……案，古禮尊貴者行遲，卑賤者行速。……太守位尊，自當舉趾舒泰，節度遲緩。此所謂'公府步'、'府中趨'者，猶今人言官步矣。"此言"我的丈夫擺出官派，踱着方步，在府中走來走去"。　　㉝"坐中"二句：上句，言"在座的有好幾千人"。指官員集會。"數千"亦是誇張的數目。下句，"殊"，猶今言"特殊"、"與衆不同"，卽"出衆"之意。言"好幾千人都說我的丈夫人才出衆"。按，自"東方千餘騎"至篇末，都是羅敷誇耀她的"夫婿"，因此就有好些人認爲羅敷真的是一個"貴族夫人"，但這與羅敷的年齡以及她作爲採桑女子的身分都有着明顯的矛盾。實則羅敷對於她"夫婿"的敍述，原是"子虛烏有"的。近人蕭滌非說："因爲作者必須如此誇誕，才能使羅敷揚眉吐氣，壓倒對方。羅敷越說越高興，自然那'五馬立踟躕'的太守便越聽越掃興，更用不着義正詞嚴的拒絕了。如果我們認爲句句實在，那真成'癡人前說不得夢'。"(見其所著樂府的詼諧性，載開明國文月刊第三十六期，並參閱上文所引陳祚明說)。在羅敷盛誇她"夫婿"的鋪敍的對比之下恰好愈益見出使君的鄙陋。陳祚明說："寫羅敷意中，視府君蔑如耳。"這是一種巧妙的拒絕誘騙的方法，顯示了羅敷機智、活潑而勇敢的性格，是作者的出色的創造。〔三解，以誇夫作結，正面刻畫出羅敷的完美人格。〕

（九）　長歌行①

　　青青園中葵②，朝露待日晞。陽春布德澤③，萬物生光輝。常恐秋節至④，焜黃華葉衰。百川東到海⑤，何時復西歸！少壯不努力⑥，老大徒傷悲！

　　①此詩見於樂府詩集，屬相和歌平調曲。按，樂府詩集載長歌行古辭凡二首(宋嚴羽滄浪詩話以爲應作三首，是)，本篇是其中的第一首。崔豹古今注：“‘長歌’、‘短歌’，言人壽命長短，各有定分，不可妄求。”李善駁他説：“古詩云‘長歌正激烈’，魏武帝燕歌行(按，今以此詩爲魏文帝曹丕作)云‘短歌微吟不能長’，晉傅玄豔歌行云‘咄來長歌續短歌’。然行聲有長短，非言壽命也。”(見文選注，又見郭茂倩樂府詩集引樂府解題)今按，李善説是。朱嘉徵説：“記曰：‘詠歎之不足，故長言之。’此長歌行所爲作也。”亦從歌詞的音節着眼。關於此詩主旨，吳兢説：“言榮華不久，當努力爲樂，無至老大，乃傷悲也。”(樂府詩集所引與此略同)而文選五臣注則謂：“當早崇樹事業，無貽後時之歎。”疑五臣説近是。蓋此詩以欣欣向榮的園葵起興，然後產生聯翩的感想：由園葵聯想到一切草木之盛衰，又想到時間的一去不回。最後做出結論説人應及時努力。其思想是積極的，感情是健康的。吳兢的説法使此詩帶上了及時行樂的頹廢色彩，似爲曲解。　　②“青青”二句：上句，“青青”，植物少壯時的顏色；“葵”，向日葵。下句，“朝露”，清晨的露水。“晞”，作“乾”解。據詩小雅湛露：“湛湛露斯，非陽不晞。”又樂府薤露歌：“薤上露，何易晞！”則“晞”都是專指日光所曬因而乾燥之意。此二句以園葵起興，言“在園裏生長着的青青的向日葵上面充滿了朝露，正待陽光來把它曬乾”。　　③“陽春”二句：上句，“陽春”，溫暖的春天；“布”，布施，給與；“德澤”，恩惠。下句，“光輝”，本指太陽照在萬物上面的反光，此處引申爲萬物的生命力。此二句由園葵之沐朝露、被陽光而聯想到在春天蓬勃滋長的萬物，言“溫暖

的春光布施着它的恩澤，使萬物都煥發着生命的光彩”。　　④“常恐”二句：上句，“秋節”，猶言“秋季”。下句，“焜黃”，文選李善注：“色衰貌也。”今按，“焜”音混，即“熉”（音云）之假借字。漢書禮樂志顏注引如淳説：“熉，黃貌也。”聞一多風詩類鈔讀氓之“其黃而隕”的“隕”爲“熉”，即形容葉落枯黃之色。“華”同“花”。此二句言“詩人時常耽心秋季到來，植物的花葉就要枯黃衰落了”。寫出萬物由盛而衰原是自然發展的規律。　　⑤“百川”二句：此是詩人以流水爲喻，形容時光的一去不返。言一切江河都東流入海，却永遠不會再流回來了。　　　　⑥“少壯”二句：此是全詩主旨。詩人由自然景物的變化歸結到人生盛年難得，言“人在少壯時應該及早努力，免得年華老大而徒然傷悲”。清吳淇選詩定論：“（此詩）全於時光短處寫長。人有一日之時，有一年之時，有一生之時。一日之時在朝，一年之時在春，一生之時在少壯。之三時者，以爲甚長而玩愒則短，以爲甚短而勤修則長也。……苟自甘暴棄，謂今日不修而有來日，今年不修而有來年，乃日復一日，年復一年，冉冉老至，恰如逝水赴海，豈有復西之日哉！輕棄重寶，那不悲傷！”王堯衢古詩合解：“……春和布澤，萬物俱生光輝；殆秋節至而華葉衰，其色焜黃矣。人生盛年之難再，不猶是乎！故又以百川東逝、不復西歸爲比，而歎少壯蹉跎，至老大而自傷者，真徒然耳。”釋此詩皆甚明晰，録以備考。

（十）　東門行①

出東門②，不顧歸③；來入門④，悵欲悲。盎中無斗米儲⑤，還視架上無懸衣。拔劍東門去⑥，舍中兒母牽衣啼：“他家但願富貴⑦，賤妾與君共餔糜。上用倉浪天故⑧，下當用此黃口兒。今非⑨！”“咄⑩！行！吾去爲遲⑪！白髮時下難久居⑫。”

　　①此詩載樂府詩集，屬相和歌辭瑟調曲；曲名又見於大曲，故有人以之屬大曲。樂府古題要解：“古詞云：‘出東門，不顧歸，入門悵欲悲。

言士有貧不安其居者，拔劍將去，妻子牽衣留之，願共餔糜，不求富貴。且曰'今時清，不可爲非'也。"余冠英說："這詩寫一個男子因爲窮困要做非法的事，其妻勸阻不聽。"所述皆與本辭相合。按，宋書樂志所載爲晉樂所奏，共分四解，曲辭稍有不同，附錄於下："出東門，不顧歸。來入門，悵欲悲。盎中無斗儲，還視桁(音杭去聲，衣架)上無懸衣。〈一解〉拔劍出門去，兒女牽衣啼。他家但願富貴，賤妾與君共餔糜。(二解)上用倉浪天故，下爲黃口小兒。今時清廉(時政清明嚴厲)，難犯教言(法令)，君復自愛莫爲非。(三解)今時清廉，難犯教言，君復自愛莫爲非。行！吾去爲遲！平慎行(平平安安地去吧)，望君歸。(四解)"今按，晉樂所奏之詞有兩處與原來古辭不同。一、增加"今時清廉"以下數句，"清廉"是反話，實對當時統治階級表示不滿情緒。二、末二句作妻子的口吻，較婉曲。陳祚明說："'望君歸'，其意纏綿，有忍凍餒之苦，遙遙望之之意。"當時在流傳過程中陸續豐富起來的。　　②　東門：指詩中主人公所居城市的東門。余冠英說："東門外似乎就是他要去爲非的地方。"　　③　不顧歸："不顧"，一本作"不願"，兩義皆可通。"不顧歸"是說出東門時原已下定決心鋌而走險，不再攷慮回家的事；"不願歸"是說當時自己再也不願回家了。語氣和情感的強弱稍有不同。　　④"來入門"二句："悵"，失意。此言詩中主人公先已去了一趟東門，由於內心反覆鬥爭，終於又回家來了。但一走進家門，看到家中種種情形，失意的悵恨又湧上心頭。⑤"盎中"二句：上句，"盎"，盆類。急就篇顏師古注："缶、盆、盎，一類耳。缶，卽盎也，大腹而斂口；盆則斂底而寬上。""斗儲"，一斗米的餘糧。下句，"還視"，猶言"顧視"；"懸衣"，掛着的衣服。此言"米盎裏沒有存糧，回過頭來再看看衣架上，也沒有衣服掛着"。　　⑥"拔劍"二句："兒母"，指詩中主人公的妻子，猶今言"孩子他媽"。此言詩中主人公看到家人實在無法生活，只得拔劍要再去東門，他的妻子在屋子裏看到他的神色不對，就拉住他的衣服哭了。　　⑦"他家"二句：上句，"他家"，別人家。下句"餔糜"，吃粥。此二句是妻勸其夫不可冒險，言"別人家只想富貴，因此往往冒險以圖僥倖於萬一，我並不想富貴，情願和你一起喝粥過窮日子"。　　⑧"上用"二句："用"，爲了；"倉浪"，青色；"倉浪天"，猶言"青天"、"蒼天"。"黄口"，指幼兒。此二句亦妻子勸其夫的話，大意是："你上看在蒼天的分上，下看在孩子的分上吧。"意謂做非法的事，天將不容，而且一旦犯法，孩子更要挨凍受餓了。黄節說："言上爲蒼天，下爲黄口兒，以天道人情動之，戒勿爲非也。"　　⑨今非：言"你現在這樣的做法是不對的。"余冠英說："但參看晉樂所奏，似兩字中間有脱文。"證以樂府古題要解的引文，此句似應作"今時清，不可爲非"，中脱五字；至晉樂所奏乃更增加爲"今時清廉，難犯教言，君復自愛莫爲非"。故余說近是。⑩咄：音奪，呵叱責罵聲。此是詩中主人公在呵斥他妻子。　　⑪行！吾去爲遲：舊解此爲夫對其妻訣絶之詞，言"我走啦，我早就該走，現在走已經是遲啦！"（陳祚明說："叱去兒母，斷然而行，歲月不居，難再依違也。"即此意。）於文義固可通，但於語氣似未盡切。疑此二句仍爲夫叱其妻之詞，緊接上"咄"字而發。"爲遲"，指由於妻勸阻之故而行遲。大意是："去！（或釋爲'走開！'）我被你囉嗦得都耽擱遲了！"是嫌其妻勸阻而發出的怨言。　　⑫"白髮"句："下"，脱落。丈夫說："你看我的白頭髮都脱落了，這日子實在難捱下去了。"

（十一）　婦病行①

婦病連年累歲②，傳呼丈人前，一言當言；未及得言③，不知淚下一何翩翩。'屬累君兩三孤子④，莫我兒饑且寒⑤，有過慎莫笪笞，行當折摇⑥，思復念之！'

亂曰⑦：抱時無衣⑧，襦復無裏。閉門塞牖⑨，舍孤兒到市。道逢親交⑩，泣坐不能起。從乞求與孤買餌⑪。對交⑫啼泣，淚不可止。'我欲不傷悲不能已⑬。'探懷中錢持授交⑭。入門見孤兒⑮，啼索其母抱。徘徊空舍中⑯，'行復爾耳⑰！棄置勿復道。'

①本篇爲相和歌古辭，樂府詩集載入相和歌瑟調曲；寫一個病婦的死，留下她的丈夫和孤兒繼續在死亡邊緣上挣扎的悲慘情況，是一首具有深刻現實意義的社會敍事詩。朱乾説："讀飲馬長城窟行，則夫妻不相保矣。讀婦病行，則父子不相保矣。讀……孤兒行，則兄弟不相保矣。'亡國之音哀以思，其民困'。元氣賊矣，四體雖强健，一跌，殞耳」……"已指出這些詩篇的現實意義。余冠英也説："'緣事而發'本是漢樂府詩的特色，在敍事的社會詩裏，像本篇和東門行、孤兒行之類是最突出的。"皆録以備考。　　②"婦病"三句："丈人"，指病婦的丈夫。此三句大意是："一個婦人多年患病，自知不起，便招呼她的丈夫到跟前來，説有一句話應當同他説。"　　③"未及"二句："翩翩"，不息貌。此言婦人還没有來得及説話，眼淚就不由地連連不斷地掉下來了。　　④"屬累君"句：自此句至"思復念之"都是婦人對她丈夫説的遺言。"屬"同"囑"，囑託，託付；"累"，牽累，拖累。此言"把這兩三個孤兒托付你，以後要拖累你了"。　　⑤"莫我"二句：上句，"莫我兒"，不要使我的孩子。下句，"過"，過失；"慎"，猶言"千萬"；"笪"音但，"笞"音癡，都是打人用的竹器，此處作動詞用，作"打"、"擊"解。此二句言"不要讓我的孩子挨餓受凍，有了過失千萬不要責打他們"。　　⑥"行當"二句：上句，"行當"，猶言"即將"。"折搖"，即折夭，猶言"夭折"。黄節説："婦自謂將死也。"下句，"思復念"，常常思念之意。此二句大意是："我不幸就要死了，希望你常常想到這些話，多可憐他們吧。"一説，"折搖"指婦人預言這些孩子大約也活不久，都要夭折的。亦通。　　⑦亂曰："亂"是樂歌的卒章。已見前離騷註釋。按，自"亂曰"以下，是寫婦死後之事。　　⑧"抱時無衣"二句：黄節説："無衣，無長衣，而有短衣；短衣又無裏也。"此二句言做父視的本來想抱着孩子一道到市上去，但孩子們没有長衣，只有短衣，短衣又是單的，出去太冷。故下文寫他只能仍舊把孩子們放在屋里。⑨"閉門"二句：上句，"牖"，窗户。言做父親的既把孩子留在家里，便把大門關上，把窗户堵好。下句，"舍"同"捨"，離開。言父親暫時離開孩子

們，到市上去買東西。　　⑩親交：指親近的友人。　　⑪從乞求 與孤買餌：「從」猶「就」；「乞求」，猶言「請求」；「餌」，糕餅之類。此言做父親的向那個親近的友人請求，煩他爲孤兒到市上去買點糕餅，自己可以早些回家照顧孩子。　　⑫交：指親交。　　⑬我欲不傷悲不能已：這是病婦的丈夫對親交講的話，言「我想不傷心也做不到」。按，此當是親交 見他「淚不可止」，就勸他不要那樣傷悲，所以他如此回答。　　⑭探懷中錢持授交：此言病婦的丈夫用手從懷中取出錢來，交給了親交，請他代自己給孩子們去買食物。　　⑮「入門」二句：言病婦之夫回到家中，看見孩子們正哭着要媽媽抱。　　⑯徘徊空舍中：言父親萬般無奈，只得在空屋子裏走來走去。　　⑰「行復爾耳」二句：此是父親無可奈何的慨歎之言。上句，「行」，即將；「復」，又，亦；「爾」，猶言「這樣」、「那樣」。大意是：「過不了多久，孩子的命運也要像他媽媽一樣了！」下句，大意是：「爽性丟開，不去提它罷。」又，余冠英說：「這句不屬正文，是樂工口氣，古樂府詩常有這樣的例。」可備一說。

（十二）　孤兒行①

　　孤兒生②，孤子遇生，命獨當苦。父母在時③，乘堅車，駕駟馬。父母已去④，兄嫂令我行賈⑤。南到九江⑥，東到齊與魯⑦。臘月來歸⑧，　不敢自言苦。頭多蟣蝨⑨　面目多塵⑩。大兄言辦飯⑪，大嫂言視馬。上高堂⑫，行取殿下堂，孤兒淚下如雨。

　　使我朝行汲⑬，暮得水來歸；手爲錯⑭，足下無菲。愴愴履霜⑮，中多蒺藜；拔斷蒺藜腸月中⑯，愴欲悲。淚下渫渫⑰，清涕累累。冬無複襦⑱，夏無單衣。居生不樂⑲，不如早去，下從地下黃泉。

　　春氣動⑳，草萌芽，三月蠶桑㉑，六月收瓜。將是瓜車㉒，來到

還家㉓。瓜車反覆㉔，助我者少，啗瓜者多。"願還我蒂㉕，兄與嫂
嚴，獨且急歸，當與較計。"

　　亂曰：里中一何譊譊㉖！願欲寄尺書㉗，將與地下父母：兄嫂難
與久居。

　　①此詩載於樂府詩集，又名孤子生行或放歌行，屬相和歌辭瑟調曲，
是古辭。這是一首寫孤兒受兄嫂虐待的詩。朱乾說："放歌者，不平之歌
也，孤兒父母在，乘堅駕駟，則富貴之家也。父母去而行賈，甚已。乃至
汲水收瓜，衣服不完，兄嫂之惡薄，人人髮豎。詩人傷而嫉之，所以爲放
歌也。"余冠英說："這是一篇血淚文字。它寫的是一個孤兒的遭遇，也反
映了當時奴婢的生活。它提出的問題是家庭問題也是社會問題。"此詩
共分三段，敍述三件事：行賈、行汲和翻倒瓜車。陳祚明說："味通篇前
後，將瓜車似是實事，詩正詠之。前此行賈、行汲，乃追寫耳。不然，何獨
於將車一小事如此細細詠嘆耶?"按，陳說是。　　②"孤兒生"三句：第一
句，"生"，出生。第二句，"孤子"，猶"孤兒"；"遇"，作"逢"解，有"不期而
會"之意，猶今言"碰上"、"趕上"；"生"，生活；"遇生"指遇到了不幸的處
境。第三句，"命"，命運。此三句大意是："孤兒出生到世上來命就够苦
了，這個孤兒又碰上這種處境，他的命運就更加苦了。"按，此是詩人憤慨
不平的話。　　③"父母在時"三句：第一句，"在時"，活着的時候。第二
句，"堅車"，堅固完好的車子。第三句，"駟馬"，四匹馬共駕在一個車上。
"馬"古讀爲母，與"苦"、"賈""魯"等字叶韻。下同。此言父母活着的時
候，我乘的是堅固的車子，還有四匹馬駕車。按，以下都是詩人擬孤兒的
自述。　　④已去：已死。　　⑤行賈：往來經商。余冠英說："漢朝社會
上商人地位低，當時的商賈有些就是富貴人家的奴僕。兄嫂命孤兒行賈
是把他當奴僕使。"　　⑥九江：指九江郡。西漢時治壽春，即今安徽省
壽縣；東漢時治陵陰，即今安徽省定遠縣西北。　　⑦齊與魯：泛指今山
東省境內之地，在我國的東部。"齊"，西漢時爲郡，治臨淄，即今山東省
臨淄縣；東漢時爲諸侯之國。"魯"，漢縣名，今山東省曲阜縣。　　⑧"膝

月"二句: 冬天十二月才回到家中, 自己也不敢説在外面吃苦。　　⑨蟣
蝱:"蟣"是蝱的幼卵。　　⑩"面目"句: 從上文"東到"句、"不敢"句來看,
此句應爲五言句, 且應有韻脚, 故末尾可能脱一"土"字(説見開明國文月
刊十九期近人劉兆吉關於孤兒行)。　　⑪"大兄"二句:"辦飯", 料理飯
食;"視馬", 照看馬匹。此言孤兒剛剛回家, 大哥就命令他去做飯, 大嫂就
命令他去喂馬。極寫其不得休息之苦。　　⑫"上高堂"二句: 上句,"高堂",
猶今"大廳", 是正屋。下句,"行", 復;"取", 通"趣"(用朱嘉徵説), 急走;
"殿", 高大的房屋, 即指上句的"高堂", 而"殿下堂"則是高屋下的另一處
堂屋。此二句連上文言"大兄命他辦飯, 他就要到高堂上去; 可是大嫂又
要他去看馬, 所以他又趕緊跑下高堂到另一處去"(用黄節説)。以上寫
孤兒經商時備受苦辛, 回來後兄嫂並不體恤, 立即呼喚他做家務雜事。
⑬"使我"二句: 詩人擬孤兒的語氣説:"讓我一清早出去汲水, 要很晚
才能把水弄回家來。"　　⑭"手爲錯"二句: 上句,"錯"是"皵"的假借字,
指皮膚皴裂(用余冠英説)。言兩手因此而凍得皴裂了。下句,"菲", 與
"屝"通, 草鞋。此言脚下連一雙草鞋都没有。　　⑮"愴愴"二句: 上
句,"愴愴", 悲傷貌,"愴"音倉去聲。言"孤兒心中非常悲傷地踏着冰霜
回家"。又, 余冠英釋"愴"爲"蹡"(音槍)之假借字,"蹡蹡", 急走之貌。
言"孤兒奔忙在冰霜之中", 亦通。下句,"蒺藜", 一種蔓生的野草, 果實
的表面有針狀突起, 呈三角形。此言地上有很多蒺藜, 容易刺破了脚。
⑯"拔斷"二句:"腸", 即"腓腸", 是足脛後面的肉。説文段注:"'腓'之言
肥, 似中有腸者然, 故曰'腓腸'。""月"即古"肉"字。此言孤兒拔掉脚上
的蒺藜, 結果蒺藜的刺還是折斷在脛肉中, 因此心裏難過得要哭出來了。
⑰"淚下"二句:"渫渫"("渫"音牒), 集韻釋爲"波連貌", 此處形容淚落不
斷。下句,"纍纍", 不絶貌。此二句言孤兒淚流不止之狀。　　⑱"冬無"
二句:"複襦", 對下文"單衣"而言。"複"指有裏子的衣服,"襦"爲短襖,
"複襦"即短夾襖。此二句言孤兒無論冬夏都衣不蔽體。　　⑲"居生"三
句:"居生", 猶言"活在世上";"早去", 猶言"早死";"下從", 指跟從父母

於地下；"黃泉"與"地下"同義。此言"活在世上沒有樂趣，還不如早點兒死掉，到地下去跟隨着父母吧"。以上寫孤兒爲兄嫂汲水，受盡虐待。 ⑳春氣動：春天來到，溫暖的陽氣開始發生了。　　㉑"三月"二句：言孤兒三月裏要爲兄嫂養蠶採桑，六月裏要給兄嫂收摘瓜果。　　㉒"將是"句："將"，鄭玄毛詩箋："猶扶進也。"卽今所謂"推"。"是"，這個。此言孤兒推着這輛瓜車。　　㉓"來到"句：向着回家的路上走來。　　㉔"瓜車反覆"三句："反覆"，卽"翻覆"；"啗"同"啖"，音 tǎn，吃。此言"不料瓜車翻了，路上的人幫助孤兒拾瓜的少，趁機白吃瓜的多"。 ㉕"願還"四句："蒂"，瓜藤與瓜相連接的部分；"獨"，猶"將"；"獨且"，猶"卽將"（黃節引王引之説，以"且"爲無涵義的語助詞，亦通）；"興"，猶言"惹起"；"較計"，卽計較；"興計較"猶言"起糾紛"、"惹麻煩"。此四句是孤兒對吃瓜人説的話。因孤兒見吃瓜的人多，無法阻止，只得求吃瓜人把瓜蒂還他，好向兄嫂交代；但是兄嫂十分嚴厲，自己必須立卽回去，兄嫂見瓜少，定要惹起一場糾紛來的。李因篤漢詩音注："曰'願還我蒂'，將以蒂自明也。又云'當興較計'，則出蒂亦不足塞責。數句之中，多少曲折。"張玉穀古詩賞析："'願還我蒂'，謂尚可點數目也。"以上寫孤兒因送瓜翻車而就心受兄嫂責罰。　　㉖"里中"句："里"指孤兒所居之地，"里中"猶言"家中"。"譊譊"，喧嘩聲，怒罵聲。此寫孤兒推車走近居里，聽到一片喧嘩叫罵之聲。　　㉗"願欲寄"三句："尺書"，指信札。按，古代帝王下詔書、官府出文告以及一般人寫書信，都用一尺一寸長的木板或絹帛作書寫工具，相當於後世的紙張。因此書信又叫"尺一書"，又叫"尺牘"（一尺長的木板），又叫"尺素"（一尺長的絹帛），亦稱"尺書"。聞一多説："帛曰素，木曰牘，皆長不過尺，故曰尺素，曰尺牘。"其詳則見王先謙漢書補注和後漢書集解。"將與"，帶給，捎給。此言"我真想寫一封信託人捎帶給地下的父母，告訴他們：這樣的兄嫂實在很難和他們共同生活下去了"。

（十三）　飲馬長城窟行①

青青河邊草②，緜緜思遠道。遠道不可思③，宿昔夢見之。夢見在我傍④，忽覺在他鄉。他鄉各異縣⑤，展轉不可見。枯桑知天風⑥，海水知天寒，入門各自媚⑦，誰肯相爲言！

客從遠方來⑧，遺我雙鯉魚。呼兒烹鯉魚⑨，中有尺素書。長跪讀素書⑩，書中竟何如：上言加餐食⑪，下言長相憶。

①此詩最早見於文選，題爲"樂府古辭"。（李善説："言'古詩'，不知作者姓名，他皆類此。"五臣注也説："名字磨滅，不知其作者，故稱'古辭'。"）玉臺新詠載此詩，則題"蔡邕"作。樂府詩集收在相和歌辭中，屬相和曲。李善説："言征戍之客至於長城而飲其馬，婦思之，故爲長城窟行。"郭茂倩説與此略同。但此詩不言飲馬於長城窟事，故五臣注謂："長城，秦所築，以備胡者。其下有泉窟，可以飲馬。征人路出於此而傷悲矣。言天下征役，軍戎未止，婦人思夫，故作是行。"蓋秦、漢時遠戍長城，是征人最感到痛苦的事，後來遂逐漸成爲艱苦的行役生活的一種代稱。故本篇雖未涉及飲馬之事，但爲婦人思念征戍者之詞則確不可移（陳琳別有一篇，主題正復相同）。至於此詩作者，疑應從文選。陳沆説："文選作'古詞'，不知作者姓名；則題'蔡邕'者，未見其必然也。蔡邕所傳琴歌、樊惠渠歌、翠鳥詩，詞並質直，視此詩之高妙古宕，殊不相類。"從作品風格來加以判別，其説自較可信。而詩中烹海鯉魚之喻，亦似民間創作，不必出於喜堆砌、好古雅的蔡邕之手。　②"青青"二句："青青"，已見長歌行註釋。"緜緜"，狀詞，義含雙關，即形容春天的青草緜延不絶，又形容相思之情纏綿不斷。（五臣注："'緜緜'，心不絶貌也。"）"遠道"，猶言"遠方"。李善注："言良人行役，以春爲期，期至不來，所以增思。"五臣注："此謂自春而相思也。"此言"河邊的草色又青了，而且緜延不斷，一直生長到很遠的地方；自己所思念的遠人還沒有回來，因此相思之情也像

青青的草色一樣，一直伸展到遠方去”。　　③“遠道”二句: 上句，“不可思”，是無可奈何的反語。意謂此種相思是徒然無益的，故言“不可思”。下句，“宿昔”，與“夙夕”同，“夙”作“早”解。“夙夕”有二解: 一、即“早晚”，猶言“不分早晚”，即“無時無刻”、“非止一次”之意。二、猶“夙夜”，指日未出夜未盡之時。詩召南采蘩“夙夜在公”句陳奐詩毛氏傳疏: “古曰‘夙夜’，今曰‘早夜’，夜未旦謂之‘早夜’。庭燎云: ‘夜如何其夜未央┬’‘夜如何其夜未艾┬’‘未央’、‘未艾’，即‘早夜’之義。……‘夙夜在公’，質明而始行事，…… 夙夜’二字，連讀得義，而與‘夙興夜寐’平列者自不同也。”自此詩語氣言之，則“宿昔”即指“昨夜”。兩解皆可通。“之”，指所思之人。　此二句言“思念遠方的人是徒勞無益的，只有在夢中還能見得到他”。按，此詩前八句每以上一句句末之詞用於下一句的句首，是民間詩歌特色之一，舊稱頂真體，亦名聯珠格。　　④“夢見”二句: 大意是: “夢中見到我所想念的人原在我身邊，忽然一下驚覺，才知道他仍身在他鄉”。　　⑤“他鄉”二句: “展轉”，猶“反覆”，指自己反覆思量。此言“既然他身在異地，同我不在一處，那麼即使我反覆思念，也是無法相見的”。“不可見”一本作“不相見”，義同。　　⑥“枯桑”二句: 此用“桑”、“海”爲喻寫自己相思之情，是民間詩歌中的比興手法。　清吳景旭歷代詩話: “……合下二句總看，乃云‘枯桑自知天風，海水自知天寒’，以喻婦之自苦自知，而他家入門自愛，誰相爲問訊乎┬”聞一多說: “滄海桑田，高下異處，喻夫婦遠離不能會合。‘枯桑’喻夫，(越榜人歌: ‘山有木兮木有枝，心悦君兮君不知。’)海水自喻，(元稹離思詩: ‘曾經滄海難爲水，除卻巫山不是雲。’)‘天風　　天寒’，喻孤棲獨宿，危苦淒涼之意。見葉落而知木受風吹，見冰結而知水感天寒。枯桑無葉可落，海水經冬不冰，一似不知‘風’、‘寒’者;非真不知之，人不見其知之迹象耳。以喻夫婦久別，口雖不言而心自知苦。”今按，吳、閒二家釋此二句甚精確。言“枯桑雖然無葉，也能感到風吹;海水雖然無冰，也能感到天冷;久別之人，雖然口裏不說，心裏也能感到孤淒之苦。　但是這種痛苦只有自己知道罷了”。

⑦"入門"二句：上句，"入門"，猶言"回家"，主語是指從遠方歸來的其他的人。"媚"，愛，悅。"各自媚"言一般人都只各自愛自己的家人。"言"，作"慰問"解。此言"別人回到家裏，都只顧同自己的所歡團聚相愛，誰肯來同我説幾句話以慰問我的孤獨呢！"　　⑧"客從"二句：余冠英漢魏六朝詩選："以上二句是説正在盼望消息的時候，有個從遠方來的客人捎着信來了。""遺"讀去聲，作"贈給"解。"雙鯉魚"，聞一多説："藏書之函也。其物以兩木板爲之，一底一蓋（按，書信就夾在這中間），刻線三道，鑿方孔一：線所以通繩，孔所以受封泥。……此或刻爲魚形，一孔以當魚目。一底一蓋，分之則爲二魚，故曰'雙鯉魚'也。"按，聞氏之言本於近人傅振倫簡策説（載考古雜誌第六期），並找出古代藏書之函呈魚形的旁證（見樂府詩箋），疑近是。但詩人此處以"魚"代"書"，實用比興，詳下注。⑨"呼兒"二句：上句，"兒"，家中年輕的僮僕；"烹鯉魚"，聞一多説："解繩開函也。"余冠英説："'烹'，煮。假魚本不能煮。詩人爲了造語生動，故意將拆開書函説成烹魚。"下句，"尺素書"，已見前孤兒行注釋。按，聞、余二氏釋"烹魚"爲拆開書函的比喻，是。但詩人此處實用比興。陳沆説："烹魚得書，譬況之言。"黃節説："詩檜風：'誰能亨（烹）魚，漑之釜鬵；誰將西歸，懷之好音！'烹魚得書，古辭借以爲喻。注者或言魚腹中有書；或言漢時書札以絹素結成雙鯉；或言魚沉潛之物，以喻隱密：指望文生義，未窺詩意所出。"今按，以"魚"象徵書信，疑是古代民間習用的比喻，故此處意含雙關。黃説可取。　　⑩"長跪"二句：上句，"長跪"，卽伸直了腰跪着。聞一多説："古人席地而坐，兩膝着地，以尻（臀部）着踵，著（靠緊）稍安者曰坐；伸腰及股，兩膝搘（支拄）地而聳體（聳起上身）者曰跪。其體益聳，以致其恭（表示敬意）者則曰'長跪'。"此處寫女子本來席地而坐，因見書信而心情迫切，急欲知其內容，故長跪捧書而讀。下句，言"倒要看看信裏面寫的究竟是什麼"。　　⑪"上言"二句：上下句兩"言"字一本作"有"；"加餐食"一本作"加餐飯"：義並同。但"食"字與下句"憶"叶韻，疑近是。"上"、"下"猶言"前"、"後"。文選五臣注："'上'謂書初首，

'下'謂書末後。"又:"夫知婦相思,不能下食,故言加餐。"此言"信上先寫的是勸自己的妻多多保重身體,努力增加飲食;然後寫自己也很想念家人,希望彼此永久相憶"。余冠英説:"這封書信裏只説到勸加餐和懷念而不曾提到歸期,讀完了失望的情緒可以想見。古詩常在文意突變的地方換韻,這就是一個例子。"此説是,録以備考。

(十四) 豔歌何嘗行①

飛來雙白鵠②,乃從西北來。十十五五③,羅列成行。一解妻卒被病④,行不能相隨。五里一反顧⑤,六里一徘徊。二解吾欲銜汝去⑥,口噤不能開。吾欲負汝去⑦,毛羽何摧頹。三解樂哉新相知⑧,憂來生別離。躇躕顧羣侶⑨,淚下不自知。四解念與君離別⑩。氣結不能言。各各重自愛⑪,遠道歸還難。妾當守空房⑫,閉門下重關。若生當相見⑬,亡者會黄泉。今日樂相樂⑭,延年萬歲期。'念與'下爲趨

①本篇見於宋書樂志,題爲大曲白鵠豔歌何嘗(一曰飛鵠行)古詞,樂府詩集亦載此詩,屬相和歌瑟調曲,題爲豔歌何嘗行。據宋書樂志所註,本篇正曲爲"四解"(自篇首至"淚下不自知"),曲前有"豔","念與"下爲"趨"。("解"是樂歌的段落,"豔"在曲前,"趨"在曲後。)據樂府詩集,知本篇爲晉樂所奏。玉臺新詠載古樂府雙白鵠一篇,内容與本篇大體相同。但通篇五言,並闕"念與"以下八句。吳兆宜以爲:"此首與宋志大有不同,必孝穆(卽徐陵,玉臺新詠集的編者)删定者。"疑吳説近是。但也有人認爲雙白鵠比本篇更接近於本辭,同時推測"念與"下八句爲晉人所加,似未爲確論。姑録以存一説。此詩前四解寫雌鵠中途抱病,與雄鵠生離;"念與"以下八句是人類妻别夫口吻,不復用比興體。最後兩句則爲樂府套語,樂工所加,故與正文意義不相連貫。陳祚明更分此詩爲二,以"念與"以下十句爲另一章。他説:"此應夫有遠行,婦病不能隨,故賦此

詩。"並以前章爲夫口中語，後章是婦答語。今按，此詩應通體爲一首，陳分爲二章，非是。但他認爲是男女對話，則甚確切。　②"飛來"二句：上句，"鵠"，卽鴻鵠，鳥名，游禽類，俗稱天鵝。下句，宋書、樂府詩集皆作"乃從西北來"；通行本作"西北方"，疑是後人據今韻所改。　③"十十五五"二句：此寫從西北方來的一羣天鵝，或十隻一行，或五隻一排，羅列着從天空飛過。此二句玉臺新詠雙白鵠作"十十將五五，羅列行不齊"。④"妻卒被病"二句：上句，"卒"，同"猝"，作"暴"解。下句，"行"，卽將。此寫其中有一對天鵝，雌的忽然暴病，眼見無法隨着雄的繼續飛行。此二句玉臺新詠作"忽然卒疲病，不能飛相隨"。　⑤"五里"二句：此寫雄鵠實在捨不得丟下雌的，故不時反顧、徘徊，不忍獨自飛去。古詩焦仲卿妻言"孔雀東南飛，五里一徘徊"，疑卽摹仿這種描寫，作爲起興。　⑥"吾欲銜汝"二句：自此以下八句皆擬爲雄鵠之詞。"噤"，說文："口閉也。"言"我想用嘴銜着你一道飛去，但嘴閉着張不開來"。　⑦"吾欲負汝"二句："摧"，毀損。"穨"，猶"禿"。言翅上羽毛因毀損而脫落。此言"我想背負着你一道飛去，但毛羽毀損脫落，無法着力飛行"。　⑧"樂哉"二句：此用楚辭九歌少司命"悲莫悲兮生別離，樂莫樂兮新相知"語意。上句，"新相知"指其他的同伴們，卽下面所說的"羣侶"。它們是這一對鳥的新伴侶，但它們都成雙作對，所以在這隻雄鵠眼中看來，它們是非常快樂的。下句，雄鳥自指，言"自己與雌鳥生生別離，不勝悲愁"。上下兩句中"樂哉"與"憂來"相對，"來"是語助詞，猶"哉"、"兮"。　⑨"躇躕"二句：上句，"躇躕"卽"躊躇"，猶言"猶豫"、"徘徊"；"羣侶"，指那些成雙作對的同伴們。言"自己是去是留，躊躇不定，看看那些成雙作對的同伴，不覺掉下淚來"。此寫雄鳥因失去伴侶而徘徊懷愴的情狀。又，此二句玉臺新詠作"跱踟（踟躕）顧羣侶，淚落縱橫垂"。　⑩"念與"二句：前面寫鳥是比興，自此以下八句便轉到寫人。"結"，堵塞。此是女子對將要分別的男子吐訴衷曲，大意是："我一想到要與你生別離，就不禁氣塞咽喉，說不出話來。"　⑪"各各"二句：大意是："希望我們彼此各自珍重，因爲這樣遠道分別，你歸來重新相會是很不容易的。」　⑫“妾當”二句：“下”，加上，插上；“重關”，兩道門栓。此喻閉門獨居，不與他人交往。言“我在家里，一定會經常關着門，下着閂，獨自守着空房，等你回來”。　⑬“若生”二句：言“如果我們都活着，我們一定還能相見；如果死了，那就要到黃泉之下去相會了！”　⑭“今日”二句：此是樂工所加的套語。樂工在唱完這一故事之後，便向聽衆說：“今天我們大家都因自己的幸福命運而感到愉快，每個人都能萬壽無疆。”是祝頌之詞，故與全篇文義不相關涉。

（十五）　白頭吟①

　　皚如山上雪②，皎若雲間月。聞君有兩意③，故來相決絕。今日斗酒會④，明旦溝水頭；躞蹀御溝上⑤，溝水東西流。淒淒復淒淒⑥，嫁娶不須啼；願得一心人，白頭不相離。竹竿何嫋嫋⑦，魚尾何簁簁。男兒重意氣⑧，何用錢刀爲！

　　①宋書樂志載大曲白頭吟古辭五解，玉臺新詠載古樂府皚如山上雪一首。二篇內容大體相同；宋志所載，篇幅較長。樂府詩集相和歌楚調曲載白頭吟古辭二首：一首爲晉樂所奏，即據宋志；一首爲本辭，即據玉臺。此處所錄的是其本辭。這是一首女子向用情不專的愛人表示決絕的詩。西京雜記：“司馬相如將聘茂陵人女爲妾，卓文君作白頭吟以自絕，相如乃止。”但據宋書樂志說：“凡樂章古辭，今之存者，並漢世街陌謠謳，江南可採蓮、烏生十五子、白頭吟之屬是也。”所以這是一首來自民間的作品，文君之說，疑出附會。清馮舒詩紀匡謬：“宋書大曲有白頭吟，作‘古辭’；樂府詩集、太平御覽亦然。玉臺新詠題作皚如山上雪，非但不作文君，並題亦不作白頭吟也。惟西京雜記有文君爲白頭吟以自絕之說，然亦不著其辭；或文君自有別篇，不得遂以此詩當之也。宋人不明其故，妄以此詩實之，……可笑可憐。”陳沆詩比興箋說與此略同，並

説："蓋棄友逐婦之詩。"皆足以訂舊説之誤。録以備考。　　②"皚如"二句：上句，"皚"，說文："霜雪之白也。"下句，"皎"，皎潔，指月色之光明潔白。此是一篇的起興，言愛情應該純潔光明，像山上的積雪和雲間的月亮。王堯衢説："'皚'、'皎'俱言白也。如雪之潔，如月之明，喻昔日信誓之明也。"　　③"聞君"二句：上句，"兩意"，猶"二心"，指男子用情不專，對愛人負心。李因篤説："此云'有兩意'，下曰'一心人'，照應自然。"下句，"決"，玉臺新詠作"訣"；"決絕"，從此分手，永遠斷絕關係。本篇通首皆擬爲女子的口吻，此二句是女子對他的丈夫説："聽説你變了心，所以同你告別，永遠斷絕我們的關係。"王堯衢説："言昔日從君，約誓明白，今欲攜貳其心，故寄此詩以相訣也。"　　④"今日"二句：上句，"斗"，盛酒之器。下句，"溝"，即下文的"御溝"，指環繞宮牆的渠水。此言"今天飲酒是我們最後的聚會了，明天就要在溝邊分手"。李因篤説："'今日'、'明旦'，喻其無常也。"　　⑤"躞蹀"二句：上句，"躞蹀"音協牒，小步踐行貌，一本作"蹀躞"。下句，"東西流"，佘冠英説："'東西流'，即東流。'東西'是偏義複詞，這里偏用東字的意義。"此言"明日別後，我將在御溝旁邊小步徘徊，過去的愛情將如溝水東流，一去不返"。⑥"淒淒"四句："淒淒"，猶"悽悽"，悲傷貌。"嫁娶"，偏義複詞，偏用"嫁"意。"一心人"，用情專一的人。此寫女子想到初嫁時情景，再看自己眼前的遭遇，感到十分悽傷，因此她説："女子出嫁，常常啼哭，其實是不必啼哭的；只要嫁得一個用情專一的男子，能夠白頭到老，這就是幸福了。"言外謂像自己的遭遇才是真正悽慘的處境，初出嫁的人是無法體會的。張玉穀古詩賞析："'淒淒'四句，……蓋終冀其變兩意爲一心，而白頭相守也。妙在從人家嫁娶時淒淒啼哭，憑空指點一婦人同有之願，不着己身説，而己身已在裏許。"頗得詩人之旨。　　⑦"竹竿"二句：上句，"竹竿"，指釣竿；"何"，猶言"多麼"，下句同；"嫋嫋"，形容釣竿柔長而有節奏地擺動的樣子。下句，"簁簁"（"簁"音施），佘冠英釋爲"漇漇"（"漇"音喜）的假借字，本是羽毛沾濡溼潤的樣子，此處形容魚尾像沾溼的羽毛。

按，此以釣魚喻男女求偶，引申爲愛情和幸福婚姻的象徵。在我國古代歌謠中，常有這類的例子。如詩衞風竹竿："籊籊竹竿，以釣于淇，豈不爾思，遠莫致之。"毛傳："釣以得魚，如婦人待禮以成爲室家。"又如陳風衡門："豈其食魚，必河之魴；豈其取妻，必齊之姜。""豈其食魚，必河之鯉；豈其取妻，必宋之子。"聞一多説："魚本是象徵廋語，在情歌中男女用以稱其對方。"（見風詩類鈔）此言"男女二人情愛相投的時候，正如用釣竿釣魚一樣，魚竿是那麼柔長，魚是那麼新鮮活潑"。以喻雙方之情歡意洽。但此詩用釣魚爲喻，疑有雙關義。一方面指男女相愛的幸福生活，另一方面也暗諷男子如無真心，實無異用釣竿誘魚上鈎，結局自然是不幸的。餘詳下註引朱嘉徵説。　⑧"男兒"二句：上句，"意氣"，指情義。下句，是倒裝句法，"何⋯⋯爲"猶言"爲何"、"何爲"，把"爲"字置於句末，是表示感歎語氣。"錢刀"，卽錢幣。古代錢幣有作刀形者，故名"錢刀"。此二句言"男子對女子應以情義爲重，只靠金錢做爲引誘是沒有用的"。朱嘉徵説："何以得魚？須芳其餌。若一心人意氣自合，何須芳餌爲！"黃節説："謂女子所欲於男子者相知耳。竹竿以釣而得魚，猶男子以相知（按，卽所謂'意氣'）而得婦，不在錢刀也。"皆連上文而釋此句之意，録以備考。

（十六）　怨歌行①

新裂齊紈素②，鮮潔如霜雪，裁爲合歡扇③，團團似明月。出入君懷袖④，動搖微風發。常恐秋節至⑤，涼飇奪炎熱，棄捐篋笥中⑥，恩情中道絕。

　①本篇見於文選及玉臺新詠，樂府詩集載入相和歌楚調曲，皆題班婕妤作。玉臺且有序説："昔漢成帝班婕妤失寵，供養于長信宮，乃作賦自傷，并爲怨詩一首。"但文選李善注則謂："歌録曰：'怨歌行，古辭。'然言古者有此曲，而班婕妤擬之。"因而此詩有兩種可能：一種是本篇爲古辭，班婕妤別有擬作；一種是本篇爲班婕妤作，原有古辭失傳。按，漢書

外戚班婕妤傳言班爲趙飛燕所譖，失寵居長信宮，作賦自傷；無“并爲怨詩一首”之説。且漢書録班賦全文，如有怨詩，亦當并載。故近人一般認爲本篇是樂府古辭而非班作。但此詩以秋扇見捐喻封建社會中受人玩弄而終遭遺棄的婦女的命運，與班婕妤的身世不無脗合之處；六朝人的看法雖近比附，亦不爲無因。　　②“新裂”二句：上句“裂”，廣雅釋詁：“裁也。”“紈”、“素”，都是絹，“紈”比“素”更精細。文選五臣注：“紈、素，細絹，出於齊國。”“齊紈素”即指精美的絲絹。下句，“鮮”，一本作“皎”。此二句言“新裁翦下來的一塊齊國出産的絲絹，像霜雪一般的鮮明皎潔”。此以紈素之皎潔喻女子優美的品質。吳淇説：“首二句言其本質之美。”　　③“裁爲”二句：“合歡”是一種對稱的圖案花紋，用以象徵和合歡樂之意。如古詩“文綵雙駕鴦，裁爲合歡被”，羽林郎“廣袖合歡襦”。此處“合歡扇”是指繪有合歡的圖案的雙面團扇。吳淇説：“‘裁成’句，既有此内美，又重之以修能也。”按，此二句以紈扇的精美喻女子外形的美。④“出入”二句：上句，“君”，猶言“你”，泛指男子，不專指國君。“懷袖”，猶言“身邊”。此言“團扇製成之後，經常出現在男子身邊”。按，古人衣服寬大，故扇可置於懷袖之中。下句，言“天氣炎熱時，扇子動搖生出微風，被人喜愛”。這是比喻女子受到男子恩愛時的情況。李善説：“此謂蒙恩幸之時也。”　　⑤“常恐”二句：“飇”音彪，疾風。一本作“風”。此言“扇子最恐懼的是秋天的季節來到，涼風吹走了炎熱。”按，前人釋本篇，每以此句之故，解爲班婕妤未見棄時所作，則與玉臺新詠序文之意不合，從而却可以證明此詩之非班氏所作。　　⑥“棄捐”二句：“篋”、“笥”，都是盛放衣物的竹箱。“篋”是長方形的，“笥”是方形的。見儀禮、禮記的鄭玄注）。此言“一到秋天，扇子就被閒放在箱子裏，正像男子對女子日久生厭，隨便地抛棄了她，把以前的恩愛半途棄絶，這是多麼不公平啊!”鍾嶸詩品評此詩説：“團扇短章，辭旨清捷，怨深文綺，得匹婦之致。”後世品評此詩，幾乎無出此語之外，故録以備考。

（十七）　梁甫吟①

　　步出齊城②門，遙望蕩陰里③。里中有三墳，纍纍正相似④。
問是誰家墓，田疆、古冶氏⑤。力能排南山⑥，文能絕地紀⑦。一
朝被讒言，二桃殺三士。誰能爲此謀？國相齊晏子⑧。

　　　　①本篇見於樂府詩集相和歌楚調曲，舊題諸葛亮作，前人已辨其非。
郭茂倩說："梁甫，山名，在泰山下。梁甫吟蓋言人死葬此山，亦葬歌也。又
有泰山梁甫吟，與此頗同。"（樂府詩集卷四十一）又吳兢樂府古題要解：
"泰山吟言人死精魄歸於泰山，亦薤露、蒿里之類也。"則梁甫吟和泰山梁
甫吟都是流傳民間的葬歌。朱嘉徵說："梁甫吟，歌‘步出齊東門’，哀時
也。無罪而殺士，君子傷之。如聞黃鳥哀音。"亦得其旨。疑此詩本爲悼
念三勇士之作，後乃流傳爲一般的葬歌。　　②齊城：指齊都臨淄。
③蕩陰里：在臨淄東南。水經淄水注："淄水又東北，逕蕩陰里西。水東
有冢，一基三墳，東西八十步，是烈士公孫接、田開疆、古冶子之墳也。"
④"纍纍"句："纍纍"，墳丘堆積起伏之貌；"正相似"，言三墳形狀大略相
似。　　⑤田疆、古冶子：皆人名。按，晏子春秋諫下篇："公孫接、田開
疆、古冶子事景公，以勇力搏虎聞。晏子過而趨，三子者不起。晏子入見
公，曰：‘臣聞明君之蓄勇力之士也，上有君臣之義，下有長率之倫；内可
以禁暴，外可以威敵。上利其功，下服其勇。故尊其位，重其祿。今君之
蓄勇力之士也，上無君臣之義，下無長率之倫；内不以禁暴，外不可威敵，
此危國之器也，不若去之。’公曰：‘三子者搏之恐不得，刺之恐不中也。’
晏子曰：‘此皆力攻勍敵之人也，無長幼之禮。’因請公使人少餽之二桃，
曰：‘三子何不計功而食桃？’公孫接仰天而歎曰：‘晏子智人也，夫使公之
計吾功者，不受桃是無勇也。士衆而桃寡，何不計功而食桃矣。接一搏牸
猏，而再搏乳虎，若接之功，可以食桃而無與人同矣！’援桃而起。田開疆
曰：‘吾仗兵而卻三軍者再，若開疆之功，亦可以食桃而無與人同矣！’援

桃而起。古冶子曰：'吾嘗從君濟於河，黿銜左驂以入砥柱之中流。當是時也，冶少，不能游，潛行逆流百步，順流九里，得黿而殺之。左操驂尾，右絜黿頭，鶴躍而出。津人皆曰：河伯也。若冶視之，則大黿之首。若冶之功，亦可以食桃而無與人同矣！二子何不反桃？'抽劍而起。公孫接、田開疆曰：'吾勇不子若，功不子逮，取桃不讓，是貪也；然而不死，無勇也。'皆反其桃，絜領而死。古冶子曰：'二子死之，冶獨生之，不仁；恥人以言，而夸其聲，不義；恨乎所行，不死，無勇。雖然，二子同桃而節，冶專其桃而宜。'亦反其桃，絜領而死。使者復曰：'已死矣。'公殮之以服，葬之以士禮焉。"這就是二桃殺三士的本事。在這篇詩裏，人民羣衆對于三勇士的正直慷慨，寄予很深的同情。　⑥力能排南山："排"，猶"推"。"南山"，指齊國境內的牛山，位于齊都之南，故亦名齊南山。一說，"南山"係泛指，非專名，亦通。此句極言三勇士之有膂力。　⑦文能絕地紀：言三勇士兼擅文才。"絕"作"畢"、"盡"解。"地紀"，"紀"猶"綱"，"天綱"、"地紀"並稱，皆指天地間事物的大道理。此句言"三勇士的文才能盡知天地間的一切"。以上二句言"三勇士文武兼全，是人民對他們的讚美"。又，余冠英說："'文'似當從藝文類聚（西溪叢語引）作'又'。三士以勇力出名，無所謂文。這兩句詩，似本莊子說劍篇'此劍上決浮雲，下絕地紀'。莊子兩句都說劍，這裏兩句都說勇。'地紀'就是地基。"按，此可備一說，錄以供參考。　⑧國相齊晏子："國相"，一作"相國"，指晏子所居之官。"晏子"，名晏嬰，齊之賢相。不過二桃殺三士這件事，手段未免陰險毒辣，所以人民在這首詩裏對他有所譴責。李因篤說："責晏子不能容賢。……云'讒言'，則三子死非其罪；曰'謀'、曰'國相'，乃深責之。"按，李說是。

（十八）　悲歌①

悲歌可以當泣②，遠望可以當歸。思念故鄉③，鬱鬱纍纍。欲歸家無人④，欲渡河無船。心思不能言⑤，腸中車輪轉。

①本篇爲樂府古辭，樂府詩集載入雜曲歌辭類。這是一首描寫離亂社會中無家可歸的愁苦征人懷鄉的詩。　　②"悲歌"二句："當"作"充"解，猶言"充當"、"代替"。言欲歸無計，心情悲痛，故而聊以悲歌來代替哭泣，聊以望鄉來代替回鄉。李因篤說："'當'字妙。'可以當'，不可以當也。看下接句自明。"按，李說可取。因爲"遠望"畢竟不能代替"歸"，所以"遠望可以當歸"是無可奈何而聊以自慰的話。　　③"思念"二句："鬱鬱"，憂愁貌。"累累"，不得志貌，形容百無聊賴的狀詞。此言"由於思念故鄉的緣故，心中愁思重重，心情十分萎靡無聊"。　　④"欲歸"二句：此二句說明不能歸的原因。言"自己實際上已經無家可歸，同時也沒有船可以渡過眼前江河的阻隔"。　　⑤"心思"二句：大意是："心中的愁思無從向人訴說，只能像車輪似的在自己肚裏迴環輾轉。"按，末句以車輪爲喻，意含雙關。言外謂自己無法乘車歸家，只能讓心中的愁思像車輪一樣在轉動。

（十九）　羽林郎①

　　昔有霍家奴②，姓馮名子都。依倚將軍勢③，調笑酒家胡。胡姬年十五，春日獨當壚④。長裾連理帶⑤，廣袖合歡襦。頭上藍田玉⑥，耳後大秦珠。兩鬟何窈窕⑦，一世良所無。一鬟五百萬⑧，兩鬟千萬餘。不意金吾子⑨，娉婷過我廬。銀鞍何煜爚⑩，翠蓋空踟躕。就我求清酒⑪，絲繩提玉壺。就我求珍肴⑫，金盤膾鯉魚。貽我青銅鏡⑬，結我紅羅裾。不惜紅羅裂⑭，何論輕賤軀｜男兒愛後婦⑮，女子重前夫。人生有新故，貴賤不相踰。多謝金吾子⑯，私愛徒區區。

　　①本篇始見於玉臺新詠，樂府詩集載入雜曲歌辭。作者辛延年，後漢人，身世不詳。漢書百官公卿表："武帝太初元年初置……建章營騎，後更名羽林騎。"顏師古注："羽林，宿衞之官。言其如羽之疾，如林之多。一

說,羽,所以爲主者羽翼也。"羽林軍卽皇家的禁衛軍,羽林郎則是統率羽林軍的軍官。　但本篇內容實際是描寫一個酒家女子勇敢地反抗貴家豪奴的強暴欺侮,題爲"羽林郎",詩中又稱此奴爲"金吾子",除了表示他的驕橫外,可能還有招搖撞騙之意。或謂"羽林郎"是樂府舊題,本詩可能以舊題詠新事,亦可備一說。朱乾樂府正義:"按,後漢和帝永元元年,以竇憲爲大將軍。竇氏兄弟驕縱,而執金吾景尤甚;奴客緹騎,強奪財貨,篡取罪人妻,略婦女,商賈閉塞,如避寇讐。此詩疑爲竇景而作,蓋託往事以諷今也。"按,此說近是,錄以備考。　　②"昔有"二句:上句,"霍家",指霍光家。"奴",宋本作"姝",近人丁福保全漢三國晉南北朝詩錄此詩,以爲應從宋本。他說:"古時士之美者亦曰'姝'。"聞一多從之,以爲馮子都當是彌子瑕一流人物,以男色邀霍氏之寵。今按,此詩開首卽指出此奴身分,正是詩人義正詞嚴之處,應以作"奴"爲是。下句,"馮子都",是霍光的家奴,已見前漢書霍光傳。　　③"依倚"二句:上句,"依倚",倚仗。"將軍",指霍光,光當時爲大將軍。此處用以比喻豪門。下句,"調笑",調戲。"胡",漢代人對當時西域人或匈奴人的稱謂。黃節說:"兩漢稱胡者不止北方之種(按,指匈奴各族)。後漢書馬援傳:'伏波類西域賈胡,到一處輒止。'是西域諸種亦稱胡。此言'酒家胡',蓋卽所謂'賈胡'也。""酒家胡",卽下文的"胡姬",指一個賣酒的外族女子。此二句言豪奴倚仗了權貴的勢力,調戲在民間賣酒的外族女子。　　④當壚:"當",猶"值"。"壚",漢書司馬相如傳顏注:"賣酒之處,累土爲盧,以居酒甕,四邊隆起,其一面高,形如煅盧,故名曰壚。"("盧"與"壚"通)按,"酒壚"類似今日酒店門前的櫃台。此句言"在春光明媚的時候,胡姬獨自守着酒壚賣酒"。　　⑤"長裾"二句:上句"裾",說文通訓定聲:"衣之前襟也,今蘇俗曰大襟。"又胡姬所穿可能是對襟衣服,前襟很長,故言"長裾"。"連理帶",兩條對稱的帶子,用它把兩邊衣襟結合起來。下句,"廣袖",寬大的袖子。"合歡",一種圖案花紋(詳怨歌行註釋)。"合歡襦",有合歡花紋的短襖。按,此二句寫胡姬的服裝。　　⑥"頭上"二句:上句，“藍田玉”，吳兆宜注引長安志：“藍田山在長安東南三十里，其山產玉，亦名玉山。”此言“胡姬頭上戴着用藍田所產的美玉做的首飾”。下句，“大秦”，西域國名，產金銀奇寶，有夜光璧、明月珠等。聞一多說：“珠在耳後，則是簪兩端之垂珠，非耳璫也。”按，聞說是。此二句寫胡姬頭上的華美裝飾。　　⑦“兩鬟”二句：上句，“鬟”，環形的髮髻。“窈窈”，一本作“窈窕”，聞人倓引方言：“美心爲窈，美狀爲窕。”此指鬟髻美好之貌。下句，“良”，實在。此二句言胡姬頭上挽的兩個環形髮髻十分美觀，簡直連整個世上都很難找到。　　⑧“一鬟”二句：此用極度誇張的手法寫胡姬之美，言“僅僅這兩個髻鬟就價值千萬”。沈德潛說：“‘一鬟五百萬’二句，須知不是論鬟。”聞人倓說：“論價近俗，故就鬟言，不欲輕言胡姬也。”按，沈、聞人說是。　　⑨“不意”二句：上句，“不意”，沒有料到。此是詩人擬胡姬的語氣，表示對豪奴的憎嫌和畏懼。“金吾子”，對豪奴的敬稱，此處有諷刺之意。漢書百官公卿表：“中尉，秦官，掌徼巡京師。……武帝太初元年更名執金吾。”則“執金吾”是官名，即後世衞戍京師的武官之類。據崔豹古今注，“金吾”是一種武器，即銅製的金色棒。又，朱乾說：“漢以南北二軍相制。南軍，衞尉主之，掌宮城門內之兵；北軍，中尉主之，掌京城門內之兵。武帝增置期門、羽林，以屬南軍；增置八校，以屬北軍，更名中尉爲執金吾。南軍掌宿衞。漢制：王國人不得宿衞，親屬犯法人不得宿衞。……當時以二千石以上子弟及明經、孝廉射策甲科、博士弟子高第及尚書奏賦軍功良家子充之；……即武帝期門、羽林，亦以六郡良家子選給，亦未有如馮子都其人者。自太尉（周）勃以北軍除呂氏，於是北軍勢重。武帝用兵四夷，發中尉之卒遠擊南粵，……將驕兵橫，殆盛於南軍矣。昭、宣以來，兵革數動，勢益猖獗，光武所以有‘仕宦當至執金吾’之云也。題曰‘羽林郎’，本屬南軍，而詩云‘金吾子’，則知當時南北軍制俱壞，而北軍之害尤甚也。”按，朱氏之言，對於讀此詩有較多幫助，故錄以備考。但從朱氏的話裏，不僅可以看到東漢時軍人的驕橫不法，而且更主要的是看出此詩的豪奴是在招搖撞騙。因爲從豪奴的出身看，他根本不配做禁衞軍官;况且"羽林"、"金吾",本非同一軍職,而豪奴却一會兒説是"羽林郎",一會兒説是"金吾子",正見出他的大言欺人。下句,"娉婷",音瓶亭,姿容美好之貌,明彭大翼山堂肆考補遺:"婉容曰'娉',和色曰'婷'。"此寫豪奴有意來調戲胡姬,所以故作和顏悦色的神氣。此二句言"没想到一位豪貴的'金吾子'竟裝模作樣的來到了酒店"。按,自此二句以下都是用胡姬的口吻來敍述情節的發展。　⑩"銀鞍"二句:上句,"銀鞍",鑲銀的馬鞍"爚"音藥,"煜爚",光彩閃爍貌。下句,"翠蓋",飾以翠羽的車蓋,此處即做爲車子的代稱;"空",作"止"、"待"解。廣雅釋詁二:"止,待,逗也。"又:"空,待也。""逗"是"逗留"、"停頓"之意,"空"作"待"解,亦"停留"之意。此處是副詞,是形容"踟蹰"的狀語。此是從胡姬眼中寫豪奴的勢派,言"豪奴駕着車馬而來,銀色的馬鞍閃耀發光,車蓋上飾有翠羽的車子停留在門前等待着他。"　⑪"就我求清酒"二句:大意是:"豪奴走近胡姬向她要美酒,胡姬便拿了絲繩繫着的玉壺來送酒。"　⑫"就我求珍肴"二句:上句,"珍肴",猶言"美味"、"好菜"。下句,"膾"音快,把肉切細叫"膾"。此言"豪奴走近胡姬向她要上品的菜肴,胡姬便用講究的金盤盛了鯉魚膾給他"。此寫豪奴進店吃酒,要酒要菜地大顯排場。　⑬"貽我"二句:上句,"貽",給;"青銅鏡",古代鏡子用青銅作,一般是圓形,背後有紐。可以照人,也可以掛在胸前作裝飾品。(如唐裴鉶崑崙奴傳載崔生遇紅綃事:"時生回顧,妓立三指,又反三掌者,然後指胸前小鏡子云:'記取。'")下句,"結",繫;"裾",見前註。此言豪奴飲食之後,漸漸輕薄起來,開始對胡姬進行調戲,把一面青銅鏡送給胡姬,並想把它繫在她的胸前的紅羅衣襟上。　⑭"不惜"二句:此下六句皆胡姬拒絶豪奴之詞。此二句大意是:"你想贈鏡結裾,我都不惜裂裾以抗拒,更不必説你對我這輕微低賤的身體隨意加以侮辱了!"按,胡姬稱自己爲"輕賤軀",正與下文"貴賤不相踰"句相照應,或釋"輕"爲動詞,以"賤軀"爲賓語,疑非是。　⑮"男兒"四句:此是胡姬進一步申説自己决不受任何引誘欺騙,理由有二層,一是"我們女子不像你們男子那樣喜新厭舊，我是堅決忠於自己的丈夫的”；二是“我們之間的貴賤界限是不可踰越的”。前二句寫胡姬的堅貞，後二句説明勞動人民對於豪門貴族的階級敵意。　　⑯“多謝”二句：上句，“謝”，雙關語，表面上是“感謝”，實含“謝絶”之意。下句，“私愛”，私心相愛；“徒”，徒然，白白地；“區區”，本作“方寸”解，指人的心意，引申有“懇摯”、“專一”之意，此處是形容“私愛”的，然而却是反話。大意是：“我十分感謝你的好意，你對我的這種殷懃厚愛實在是徒然的。”張玉穀説：“後六(句)，以胡姬拒絶之辭作收。‘女子重前夫’，主句也，却以‘男兒愛後婦’對面剔出；惟知新不易故，豈以貴賤踰盟。申説何等決裂！而多謝區區，辭氣仍歸和婉，倚勢者終無如何矣。”王堯衢説：“貞女爲婉辭以決絶之。言以紅羅之美，裂之不惜，何論微軀而肯改志！若男兒之所愛無定，女子則豈不重前夫，從一而終，婦之道也，何得於新故之際而貴賤踰節乎！若曰雖以子之私心相愛，抱此區區，亦徒然耳。辭婉而意嚴矣！”按，此二説近是。此詩最後六句語氣確較委婉，這説明胡姬有一思想過程。因爲她想到了豪奴的惡勢力，所以接下來採取説理的態度叫他死心，語氣雖曲折和平而詞嚴義正，態度是十分堅決的。後漢書載孔融答曹操書，末云“苦言至意，終身誦之”，表面上是對曹操表示感激，實則充分透露出他對曹操的不滿，正與此詩末六句口吻相近。

（二十）　蘆嬌饒①

洛陽城東路②，桃李生路旁。花花自相對③，葉葉自相當。春風東北起，花葉正低昂④。不知誰家子⑤，提籠行采桑，纖手折其枝，花落何飄颺！請謝彼姝子⑥：“何爲見損傷？”“高秋八九月⑦，白露變爲霜。終年會飄墮，安得久馨香？”“秋時自零落⑧，春月復芬芳。何時盛年去，懽愛永相忘！”吾欲竟此曲⑨，此曲愁人腸。歸來酌美酒，挾瑟上高堂。

①此詩始見於玉臺新詠，樂府詩集收入雜曲歌辭中。作者宋子侯，後漢人，身世不詳。"董嬌饒"，女子名。余冠英疑是樂府舊題。按，"董嬌饒"在唐詩中大都作爲美人典故用，且是歌姬一類，如杜甫詩："細馬時鳴金腰褭，佳人屢出董嬌饒"(春日戲題惱郝使君)溫庭筠詩："香隨靜婉歌塵起，影伴嬌饒舞袖垂。"(題柳)又："珠箔金鈎對彩橋，昔年於此見嬌饒。"(懷真珠亭)疑"董嬌饒"是著名歌姬。此詩感傷女子命不如花，或者是宋子侯爲她所作的自傷之詞。　　②"洛陽"二句："洛陽"，東漢時的首都，是當時最繁盛的城市。此言"在洛陽城東的大路上生着繽紛的桃花李花"。　　③"花花"二句："當"與"對"同義，猶言"對稱"、"相映襯"。此言"衆花盛開，花葉互相映襯，十分美麗"。　　④"花葉"句：言花葉被春風吹得高低搖動。按，以上六句寫詩中主人公在洛陽城東路上見到一片春光明媚、百花盛開的景象，卽以起興。張玉穀說："寫景之中，逗出盛年歡愛影子。"　　⑤"不知"四句："子"，指年輕的女郎；"籠"，已見陌上桑註釋；"行"，將要；"纖手"，細長纖柔的手；"飄颺"，四散飛墮。此言"不知何處來了一個女郎，提着筐兒將去採桑，看見花開，便用手攀折枝條，結果花兒都四散飛墮了。"　　⑥"請謝"二句："謝"，有"致歉意"之意。因下句帶有責問口吻，故先向那個女郎致歉。"彼姝子"，那個年輕的女子。"見"，被，受到。清人沈用濟、費錫璜合著漢詩說："'請謝彼姝子'二句是問詞，'高秋八九月'四句是姝子答語，'秋時自零落'又是答姝子之詞。"余冠英說："這詩以花擬人，設爲問答。"又說："這句是花向折花的女子發問。"按，余說是。此二句大意是："花兒既被女郎攀折，便道：'對不起，我爲什麼被你給損傷了？'"王堯衢說："此詩傷盛年之難再，而託興於折花也。以洛陽之勝地，植桃李之繁華，而當春風披拂之際，花花葉葉，相與安然自得矣。乃一經採桑女之攀折，而花既飄落，枝復損傷，故謝彼姝，勿事此摧折可也。"釋以上諸句甚晰，可供參考。　　⑦"高秋"四句："高秋"，秋季天高氣爽，故稱"高秋"；"終年"，猶"年終"；"會"，可能，卽將；"馨香"，芳香。此是折花女子的答詞，言"等到八九月時天高氣爽，白露

變成了霜,那時一年已將結束,反正你總是要飄零墮落的,你又哪裏能長久保存你的芳香呢!”言外謂“現在因我攀折而受到損傷是無足輕重的”。⑧“秋時”四句: 此是花對女子説的話。“何時”,猶言“不知何時”、“曾幾何時”;“盛年”,即少壯之年;“懽”同“歡”、“歡愛”,指喜愛女子的人。此四句大意是: “花到秋天固然零落,可是到了春天,依然恢復了芬芳;而人的盛年曾幾何時却一去不返,那時候卽使最喜歡你的人也會永久把你忘掉了。”言外謂女子的命運連花都不如。張琦説:“‘秋時’四語言花落猶能復榮,盛年一去則懽愛永忘。意更沈痛。‘何時’者,忽不自知之辭。”按,張説是。　　⑨“吾欲”四句: 此是詩人自陳作意。大意是: “我要把這隻曲子唱完,可是這隻曲子實在讓人心裏難過;只有飲美酒以消愁,挾瑟登堂以解憂了。”王堯衢説:“嗟歎之下,愁腸鬱結,不能終曲;且歸而飲酒調絲以寫我憂。蓋自洛陽路旁,因所見而有感,故用‘歸來’二字以結之。”按,王説是。又按,前人解此詩,大都據末尾四句歸結到及時行樂,並認爲這是作者的正面主張。　　實則此詩相當深刻地反映了封建社會中婦女的悲慘命運,如僅看作是“遣懷導飲之曲”(李因篤語),就把它的積極意義完全抽掉了。但末尾四句確帶有濃厚的不健康的感傷情調,當是作者因感到無可奈何而產生的逃避現實的思想的表現。

(二十一)　焦仲卿妻①

孔雀東南飛②,五里一徘徊。“十三能織素③,十四學裁衣,十五彈箜篌④,十六誦詩書。十七爲君婦,心中常苦悲⑤。君既爲府吏,守節情不移⑥。雞鳴入機織⑦,夜夜不得息。三日斷五疋,大人故嫌遲。非爲織作遲⑧,君家婦難爲。妾不堪驅使⑨,徒留無所施。便可白公姥⑩,及時相遣歸。”

府吏得聞之,堂上啓阿母⑪:“兒已薄祿相⑫,幸復得此婦。結髮同枕席⑬,黄泉共爲友。共事二三年⑭,始爾未爲久。女行無偏斜⑮，何意致不厚⑯？"阿母謂府吏："何乃太區區⑰！此婦無禮節，舉動自專由⑱。吾意久懷忿⑲，汝豈得自由！東家有賢女⑳，自名秦羅敷。可憐體無比㉑，阿母爲汝求。便可速遣之㉒，遣上慎莫留！"府吏長跪告，伏惟啓阿母㉓："今若遣此婦㉔，終老不復取！"阿母得聞之㉕，槌牀便大怒："小子無所畏㉖，何敢助婦語！吾已失恩義㉗，會不相從許！"

①此詩最早見於玉臺新詠，題爲古詩爲焦仲卿妻作，作者爲"無名人"。前有序文云："漢末建安中（'建安'，漢獻帝年號，公元一九六年至二一九年），廬江府小吏（聞一多樂府詩箋：'漢廬江郡初治在安徽廬江縣西一百二十里。漢末徙治今安徽潛山縣。府小吏，太守府中小吏也。'）焦仲卿妻劉氏，爲仲卿母所遣，自誓不嫁。其家逼之，乃投（樂府詩集作'沒'）水而死。仲卿聞之，亦自縊於庭樹。時人傷之，爲詩云爾（樂府詩集作'而爲此辭也'）。"郭茂倩樂府詩集載此詩於雜曲歌辭，題爲焦仲卿妻，稱"古辭"，並說："焦仲卿妻，不知誰氏之所作也。"現在一般人常取此詩首句，名之爲孔雀東南飛。關於此詩的寫作年代，歷來有許多爭論，或以爲漢末人作，或以爲六朝人作。今按，根據原序，此詩基本上當成於漢末；惟民間樂府本爲集體創作，在流傳中總會經過不斷的豐富和修改，自然隨時有增附潤飾的可能，故詩中不免有漢以後的風俗習慣等描寫羼入，不得因此卽武斷爲六朝人之作。至其被收入玉臺新詠，則表示此詩最終寫定的時間必在徐陵以前。　②"孔雀"二句："孔雀"，鳥名，原產印度，相傳它是鸞鳥的配偶。此二句以鳥起興，言"孔雀向東南飛去，但因顧戀它的配偶，所以走不了幾里就徘徊不前"。按，此爲古代民歌傳統手法，如豔歌何嘗行（已見前）、襄陽樂（首二句爲"黃鵠參天飛，中道鬱徘徊"，見樂府詩集卷四十八）、僞蘇武詩（首二句爲"黃鵠一遠別，千里顧徘徊"，見文選卷二十九）等，皆與此詩相類。聞一多樂府詩箋亦引上述諸詩爲例，並說："以上大旨皆言夫婦離別之苦，本篇'母題'與之同類，故

亦借以起興，惟易'鵠'爲'孔雀'耳。"其說近是。　　③十三能織素: "十三"是劉氏的年紀，下言"十四"、"十五"、"十六"、"十七"等皆仿此。"素"，白色絲絹。自此句至下文"及時相遣歸"凡十八句，都是劉氏向仲卿訴說痛苦心情的話。　　④箜篌: 亦作"空侯"。古弦樂器名。隋書音樂志: "今曲項琵琶，豎頭箜篌之徒，並出自西域，非華夏舊器。"又載箜篌有"臥箜篌"、"豎箜篌"兩種。據前人詩歌及詩話所載，箜篌有二十三弦，在樂器中最高且大。惟今久已失傳，其詳故不可考。　　⑤苦悲: 痛苦悲傷。　　⑥"守節"句. 近人一般釋此句爲仲卿對劉氏的愛情忠貞不移。但這樣解釋似與上面"君既爲府吏"句不相連接。李因篤說: "'守節'言其硜硜(一絲不苟貌)趨府，不爲新婦移情也。"張玉穀也說: "言守當官之節，不爲夫婦之情所移也。"皆以"節"作"臣節"解，疑近是。按，仲卿是在太守府作小吏的，下文有"縣令遣媒來"等語，知仲卿住家當在廬江郡所屬的某一縣。又從太守行聘那一段文字看，知府治與縣治並不在一處。故仲卿無法每天回家，只能過一個時期請假回來一次。下文"府吏聞此變，因求假暫歸"可證。由於這種情況，劉氏自然要常常獨守空房。故"守節情不移"是劉氏說仲卿忠於職守，不爲夫婦之情所移，使自己經常過着孤獨的生活。又一本在"守節"句下，有"賤妾留空房，相見常日稀"二句，聞一多以爲是俗本所加。但從此二句益可證明仲卿確因公務而影響了夫婦間見面的機會。　　⑦"雞鳴"四句: 前二句，"入機"，猶言"上機"。此言"每天早上雞一叫我就走到織布機上去織布，一直織到半夜，每天夜裏都不得休息"。後二句，"斷"，指從織布機上把織好了的布疋截了下來。"疋"，同"匹"，四丈。"大人"，一作"丈人"，是劉氏對她的婆婆的敬稱。"故"，故意。此言"三天織成了五疋布，婆婆還故意嫌我織得太慢"。陳祚明說: "雞鳴織何早，夜不息何遲，三日五疋何速，甚言無可出理。"　　⑧"非爲"二句: 大意是: "其實婆婆並非嫌我織的慢，而是故意挑剔，你們家的媳婦真是太難做了。"　　⑨"妾不堪驅使"二句: 上句，"妾"，劉氏自稱。"不堪"，不能勝任。"驅使"，使喚，服役。下句，"施"，猶“用”。此二句言“我實在不能勝任婆婆的驅使，徒然留在這裏顯然是沒有用的”。　⑩“便可”二句：上句，“白”，稟告；“公姥”（“姥”讀如“母”），公婆。此處即指仲卿的母親。余冠英説：“細看全詩，仲卿實在没有父親，這裏因‘姥’而連言‘公’。‘公姥’爲偏義複辭。”（見樂府詩選）此説是。下句，“及時”，猶言“趁早”、“趕快”；“遣歸”，即休棄女子，使歸母家。陳祚明説：“大抵此女性真摯，然亦剛；惟性剛始能輕生。遣歸乃其自請，不堪受大人淩虐耳。”李因篤説：“觀下阿母云‘吾意久懷忿，汝豈得自由’，則公姑之遣蘭芝，微色發聲，非一日矣，蘭芝知其勢不能挽回，始向府吏言之。詩人敍事，先後互見耳。”皆可供參考。　⑪堂上啓阿母：“堂上”，聞一多以爲當作“上堂”，是。“啓”，稟告；“阿母”，即母。
⑫“兒已”二句：上句，“禄”，指命中注定一生應得的物質享受。論衡命禄篇：“貴富有命禄，不在賢哲與辯慧。”又：“故貴賤在命，不在智愚”貧富在禄，不在頑慧。”這是古代一種迷信觀點，認爲人的貴賤與衰都是命中注定的，而從人的貌相上也可以看出來，故又有所謂“相術”，潛夫論相列篇：“骨法角肉，各有分部，以著性命之期，顯貴賤之表。”又：“夫骨法爲禄相表，氣色爲吉凶候。”此處的“薄禄相”，聞人倓古詩箋：“言禄命骨相俱薄也。”仲卿自言：“我已經長就一副命小福薄的相。”下句，意謂“幸虧娶得這個妻子還算賢慧”。　⑬“結髮”二句：“結髮”，猶言“束髮”，指成年，已見前李將軍列傳註釋。按，古制，男年二十而冠，女年十五而笄，從此之後就算是成年了。此言“劉氏從成年就同我結婚，過着親密的生活，那麼我就希望與她同生共死，直到黄泉，也做爲伴侣”。意謂夫妻之情，至死不渝。　⑭“共事”二句：上句，“共事”，共同生活。從此句看，仲卿和劉氏結婚不過兩三年之久。下句，“爾”，如此。即指上面所説的這種恩愛生活。此二句大意是：“我們不過同在一起兩三年的時間，開始過這種恩愛生活還不久。”　⑮“女行”句：“行”讀去聲，行爲。“偏斜”，不正當。此言蘭芝的行爲並無邪惡之處。　⑯“何意”句：“意”，猶“料”。“致”，使得。“厚”，作“愛”解。聞人倓説：“致不厚，致母之不厚也。”此連

上句大意是：“她的行爲並沒有不正當的地方，誰能料到竟會使您不喜歡她呢？”　⑰區區：聞一多說：“‘區區’猶‘慤慤’，愚也。”猶言“固執”、“迂拘”。此是焦母對仲卿說：“你怎麼這樣固執死板，遇事想不開！”　⑱自專由：卽“自專”、“自由”；“自專”，自以爲是，自作主張；“自由”，任自己的性做事。此處都是不馴從的意思。此是焦母認爲蘭芝的行爲不聽她調遣。　⑲“吾意”二句：“意”，心中；“自由”，見前註。此言“我心裏早就生氣了，你怎麼能任憑你個人的主張做事而不聽我的吩咐！”　⑳“東家”二句：上句，“東家”，泛指鄰近的人家，不一定是焦家的東鄰。下句，“秦羅敷”，泛指一個比較出名的女子，並不是真正姓秦名羅敷的人。已詳前陌上桑註。　㉑“可憐體無比”二句：“可憐”，猶“可愛”。“體”，指體態面貌。此言“東家賢女的體態生得可愛無比，做母親的可以去替你向她求親”。　㉒“便可”二句：大意是：“至於現在的妻子，你可以馬上把她打發走，要走就趕快走，千萬不要再躭擱了。”下句的“遣去”一本作“遣之”，“之”指劉氏。　㉓“伏惟”句：“伏”，俯身伏地，表示恭敬。“惟”，作“思”解。“伏惟”，卽匍匐而思念，古人常以此作表示卑謙的發語詞。此言“我想把我的意思告訴您”。　㉔“今若”二句：“取”，同“娶”。此言“您如果讓我把這個媳婦打發回去，那我就直到老也不再娶妻了”。　㉕“阿母得聞之”二句：上句，言“焦母一聽到她兒子說出這樣的話來”。下句，“槌”音錘，作“擊”解；“牀”，今專指臥具，古時候坐具亦叫“牀”，釋名釋牀帳：“人所坐臥曰牀。”初學記卷廿五引通俗文：“牀三尺五曰榻板，獨坐曰枰，八尺曰牀。”聞一多以爲此處的“牀”卽“枰”，疑未確。“槌牀”，極言其震怒。陳祚明說：“府吏甚恭敬，阿母甚決絕。‘長跪’、‘伏惟’，口吻儼然，‘槌牀大怒’，形聲如覩。”　㉖“小子”二句：言“你這小子簡直一點也不怕我了，你竟敢幫助你媳婦說話！”　㉗“吾已”二句：上句，“失恩義”，恩斷義絕之意。下句，“會”作“應當”解，引申有“必定”之意（參用聞一多說）“從許”，依從，允許。此二句大意是：“我對她已經恩斷義絕了，決不會允許你的！”〔以上兩小節爲一段，先寫劉氏自訴苦痛的心情，

再寫仲卿爲劉氏求情，焦母堅執不允的情況。〕

府吏默無聲，再拜還入户①。擧言謂新婦②，哽咽③不能語："我自不驅卿④，逼迫有阿母。卿但暫還家，吾今且報府⑤，不久當歸還，還必相迎取⑥。以此下心意⑦，愼勿違吾語。"新婦謂府吏："勿復重紛紜⑧！往昔初陽歲⑨，謝家來貴門⑩。奉事循公姥⑪，進止敢自專？晝夜勤作息⑫，伶俜縈苦辛⑬。謂言無罪過⑭，供養卒大恩。仍更被驅遣，何言復來還？妾有繡腰襦⑮，葳蕤自生光⑯。紅羅複斗帳⑰，四角垂香囊⑱。箱簾六七十⑲，緑碧青絲繩⑳。物物各自異㉑，種種在其中。人賤物亦鄙㉒，不足迎後人，留待作遺施㉓，於今無會因，時時爲安慰㉔，久久莫相忘。"

雞鳴外欲曙㉕，新婦起嚴妝㉖。著我繡裌裙㉗，事事四五通：足下躡絲履㉘，頭上玳瑁光㉙，腰若流紈素㉚，耳著明月璫㉛。指如削葱根㉜，口如含朱丹㉝。纖纖作細步㉞，精妙世無雙。上堂謝阿母㉟，母聽去不止。"昔作女兒時㊱，生小出野里，本自無教訓㊲，兼愧貴家子。受母錢帛多㊳，不堪母驅使。今日還家去㊴，念母勞家裏。"卻與小姑别㊵，淚落連珠子："新婦初來時㊶，小姑始扶牀：今日被驅遣，小姑如我長，勤心養公姥㊷，好自相扶將。初七及下九㊸，嬉戲莫相忘。"出門登車去，涕落百餘行㊹。

府吏馬在前，新婦車在後，隱隱何甸甸㊺，俱會大道口。下馬入車中㊻，低頭共耳語："誓不相隔卿㊼：且暫還家去，吾今且赴府。不久當還歸，誓天不相負㊽。"新婦謂府吏："感君區區懷㊾。君既若見録㊿，不久望君來。君當作磐石(51)，妾當作蒲葦。蒲葦紉如絲，磐石無轉移。我有親父兄(52)，性行暴如雷，恐不任我意(53)，逆以煎我懷。"擧手長勞勞(54)，二情同依依。

①户: 指仲卿和劉氏寢室的房門。此句言"仲卿給母親行了禮,然後回到自己房中"。 ②舉言謂新婦:"舉言",聞一多説:"猶'稱道'。"即轉述其母之言。"新婦",猶言"媳婦",非專指新嫁娘。黃生義府:"漢以還,呼子婦爲'新婦'。後漢書何進傳,張讓向子婦叩頭云: 老臣得罪,當與新婦俱歸私門。世説: 王渾妻鍾氏云: 若使新婦得配參軍,生兒當不啻如此(原注: 此自稱新婦)。凉張駿時童謡云:'劉新婦簸,石新婦炊。'北齊時童謡云:'寄書與婦母,好看新婦子。'蓋必當時謂婦初來者爲新婦,習之既久,此稱遂不復改耳。"此言"仲卿把母親的話對妻子説了一遍"。 ③哽咽: 因悲痛而氣結不能發聲。 ④我自二句:"自",本;"卿",稱謂之辭。古代君稱臣或平輩相稱都可用"卿";夫妻互稱爲"卿"則爲暱稱。此處是仲卿稱劉氏。此言"我本没有想驅逐你回去,可是母親非逼迫我這樣做不可"。 ⑤報府: "報"作"赴"解(見禮記鄭注)。此句言"我現在先去衙門辦公"。 ⑥迎取: 迎接。此句言"等我從府中回來,一定前去接你"。 ⑦以此二句:"以此",猶言"因此"、"爲了這個緣故";"下心意",聞人倓説: "言將有後圖,聊復容忍也。"聞一多説: "猶今言'安心'。"此二句言"爲了這個緣故,你就先安心等待一下吧,千萬不要不聽我的話"。 ⑧勿復重紛紜:"紛紜",猶言"找麻煩"、"多事"。聞人倓説:"言不必復爲迎取之説也。"此是劉氏答語,言"你不必再找麻煩接我回來了"。 ⑨初陽歲: 疑指冬末春初之時。史記天官書:"凡候歲美惡,謹候歲始。歲始,或冬至日,產氣(生氣)始萌;臘(十二月八日)明日(即十二月九日),人衆卒歲,一會飲食,發陽氣,故曰'初歲'。"余冠英説:"舊有冬至'陽氣初動'之説 '初陽'指舊曆十一月。"(按,余疑本於近人朱建新樂府詩選。)今按,余説近是而未盡碻。天官書明言占候來年收成美惡,要看頭一年的"歲始",或者用冬至日,或者用十二月九日,總之是冬至以後、立春以前的一段時間,不必定在舊曆十一月。 ⑩謝家來貴門:"謝",作"辭"解。"家"指劉氏娘家。"貴門"敬稱,指仲卿家。此連上文言"記得那一年的冬末春初,我辭別了自己的娘家,嫁到你的家裏

來"。　　⑪"奉事"二句: 上句,"奉"作"行"解。"循"猶"順"(以上用聞一多說)。下句,"進止",進退舉止。此二句正對"此婦無禮節,舉動自專由"而言,大意是:"我行事都順着公婆的心意,進退舉止那裏敢自作主張?"　　⑫作息: 余冠英說:"操作和休息。這裏'作息'是偏義複辭,'勤作息'就是勤於操作。"此句言"晝夜不停地辛勤操作"。　　⑬伶俜縈苦辛:"伶俜",聞一多據一切經音義引三蒼:"猶'聯翩'也。""縈",旋繞。大意是:"我總是接連不斷地圍着辛苦的工作轉。"　　⑭"謂言"四句:"大恩",指婆婆對媳婦的恩情。張玉穀說"謂可供養,而卒能報公姥之大恩。"按,這種思想當然是封建社會的婦女所不能免的。此四句大意是:"我自以爲到你家來沒有犯什麼過失,原想好好孝敬婆婆,盡情報答她對我的大恩。但卽便這樣,我還是被驅逐了,還講什麼再接我回來呢?"⑮繡腰襦: 繡花的齊腰短襖。釋名釋衣服:"腰襦形如襦,其腰上翹,下齊腰也。"　　⑯葳蕤自生光:"自生光",一本作"金縷光",疑非是(用聞一多說)。"葳蕤",本解作"盛貌",此處形容衣上刺繡之美。"光",光彩。此言"劉氏的繡花短襖美麗而有光彩"。　　⑰紅羅複斗帳:"羅",已見前相逢行註釋。"斗帳",釋名釋牀帳:"小帳曰斗帳,形如覆斗也。"故聞一多以爲"'複'疑當爲'覆'"。余冠英則謂:"有人疑'複'是'覆'字之誤,但古人實有複帳。"吳均詩云:"初香薰複帳。"清商曲辭長樂佳:"'紅羅複斗帳,四角垂朱璃。'本篇此句'複'字不誤。"按,余說是。"複帳"卽兩層的帳子。　　⑱香囊: 裝有香料的袋子,古稱"幃"或"縢"(音騰)。離騷:"蘇糞壤以充幃兮。"王逸注:"幃謂之膟,香囊也。"按,徐陵雜曲:"流蘇錦帳掛香囊。"知古代帳子的四角綴有香囊。此句連上文言"我有一張用紅羅製的雙層小帳,它的四角還掛着香囊"。　　⑲"箱簾"句:"簾"讀爲"籢",卽"匲",亦作"奩"。華嚴經音義上引珠叢:"凡度(音軌,作'儲藏'解)物小器皆謂之匲。"故 "箱簾六七十"是說大小箱匣有六七十之多。⑳"綠碧"句:"綠"、"碧"卽"青",三字同義。"絲繩",用以細紮那些箱簾的。此言"那些箱匣都用青色繩子細紮着"。　　㉑"物物"二句: 言"箱子裏各件色物都不相同，自己所用的各種東西都在這些大小箱匣裏面了"。
㉒"人賤"二句："後人"，指仲卿將來再娶的新娘。此二句大意是："我這
個人既已被人輕賤，我的東西也會受人鄙棄，當然不配留給後來的新娘
子用了。"　　㉓"留待"二句：上句，張玉穀説："言留遺於此，待異日施捨
於人也。""遺施"，贈送，本是動詞，此處作名詞用。下句，"於今"，從此以
後；"會因"，見面的機會。此二句言"這些東西既不配給新人用，只好留
給你等你做爲送人之用吧，因爲從此以後我們反正再没有見面的機會
了"。言外謂"自己反正是不能再回來了，你如果把我的東西送給新人
用，也只好由你了"。　　㉔"時時"二句：此仍就上文諸物而言。言"我所
以把東西留給你，爲的是使你時常看到這些東西而得到安慰，同時也爲
的是你看到這些東西，就久久不會把我忘掉"。張玉穀説："自'府吏默無
聲'至'久久莫相忘'爲一截（節），敍將歸未歸，夫妻訣別事。"又説："'妾
有'十四句，綴一段瑣碎丁寧，非止文章憑空設色，頓覺敷腴；蓋此去原非
本懷，而重還勢難自主。睹物傷心，情固爾爾。"按，張説甚細緻，可供參
考。　　㉕"雞鳴"句："外"，窗外，室外。此言"雞一叫外面的天就快亮
了"。　　㉖嚴妝："嚴"作"整齊"、"鄭重"解，此處引申有"盛妝"之意。
㉗"著我"二句：上句，"著"，穿；"袷"同"袷"，急就篇顏注："衣裳施裏（安
放一層裏子）曰'袷'。"今通作"夾"；"繡袷裙"，繡花的、有裏面兩層的裙
子。下句，"事事"，指穿衣、梳妝諸事；"通"，猶"遍"。按，此句涵義，共有
三説：一、陳祚明説："臨當欲去，極寫此女華艷……如此何忍出之！'嚴
妝''嚴'字、'事事四五通'句，所謂極意裝束也。"張玉穀也説："被遣歸
家，有何情緒；作此嚴妝，呈其美態，……特借是再爲臨行固結府君之地。
新婦苦衷，作者曲爲寫出。"皆指劉氏極意把自己裝飾得華麗美好。二、
李因篤説："……自初妝以至妝成，每加一衣一飾，皆着後復脱，脱而復
着，必四五更之（更換四五次），數數遲延，以捱晷刻也。……着畢，則新婦
去矣。"則指劉氏不忍離去，故反覆拖延。三、余冠英説："每事四五遍，或
是心煩意亂，一遍兩遍不能妥貼。"今按，自下文對新婦體貌之描寫及"精

妙世無雙"等語觀之，此句似當作"極意裝束"解始較連貫。但延捱時問和心煩意亂的因素也未嘗沒有，故一併錄以備考。又，從文句層次看，此二句亦有兩種説法。一、以"著我"二句爲倒裝句，"事事"指下文"足下"至"耳著"四句，但也包括"著我繡裌裙"一事在内。李因篤説："婦人衣飾將畢，然後着裙。'着我繡裌裙'、則妝成將出矣；'事事四五通'句，乃要其終(總結她最後的裝束)言之。"二、以爲"著我"二句應在"耳著"句之後。余冠英説："'著我繡裌裙，事事四五通'兩句似當移在'耳著明月璫'句下。'事事'分明不祇一事，指躡履、戴簪、著衣、施璫、穿裙五件事而言。如論次序，下牀先著鞋，然後梳頭，換衣，戴耳璫，最後著裙，較爲合理。"今按，從情理看，余説自確；如仍依原詩文句次序加以解釋，則李説亦屬可通（此處標點卽依李氏所釋之意）。古詩文中並不乏此例。故亦兩存其説。　　㉘"足下"句："躡"音聶，動詞，作"履"解，卽"穿鞋"；"絲履"，用絲織品製做的輕便的鞋子。此言"劉氏脚下穿着絲履"。

㉙"頭上"句："玳瑁"卽"瑇瑁"，此處指玳瑁做的簪子。已見前有所思篇註釋。此言"頭上戴着玳瑁簪，閃閃發光"。　　㉚"腰若"句："流"，作"動蕩"解；"紈素"已見前怨歌行註釋。陳祚明説："'紈素'，亦服飾耳。"張玉穀説："'流紈素'，言腰束素帛，甚流動也。"余冠英説："這句是説腰際紈素的光彩像水流動。"今按，古代詩賦常用"腰如束素"(宋玉神女賦)、"腰如約素"(曹植洛神賦)等語句來描寫女子，此言"劉氏以紈素束腰，光彩動蕩，非常纖麗"。　　㉛耳著明月璫："明月璫"，指以明月珠爲耳璫。餘詳陌上桑註釋。此言"耳上戴着用明月珠做的耳璫"。　　㉜指如削葱根："削"，讀爲"肖"，本是形容人臂細長的狀詞，此處則形容手指的尖細。此言"劉氏的手指像葱根一樣尖細潔白"。　　㉝朱丹：是一種紅寶石的名稱。後漢書西域傳載大秦國"土多金銀奇寶，有夜光璧、明月珠、駭雞犀、珊瑚、琥珀、琉璃、琅玕、朱丹、青碧"。此句喻劉氏唇色紅豔。　　㉞"纖纖"二句：上句，"纖纖"，細微貌，此處是形容"細步"的狀詞；"細步"，猶"小步"。言劉氏走路時邁出的步子很小。下句，"精妙"指劉氏動作的姿

態美觀。言其姿態美妙，一世無二。　　㉟“上堂”二句：上句，“謝”，辭別。下句，聞一多說：“聽其自去，不留止也。”此言“新婦上堂辭別婆婆，婆婆聽其自去，不加留阻。”　　㊱“昔作”二句：“野里”，荒僻的鄉里。此二句大意是：“我從前作閨女的時候，從小生長在荒僻的鄉里中。”㊲“本自”二句：上句，言家世寒微，本來缺乏教養。下句，“兼”，猶言“更加上”；“貴家”，猶“高門”，指焦家；“貴家子”，指仲卿。張玉穀說：“言愧爲貴家子婦也。”此言“加上我嫁到你們這高貴門第來，更使我增加慚愧”。㊳“受母”二句：“錢帛”，聞一多說：“謂聘禮。”此言“我出嫁時曾接受你家很多財物，結果我嫁過來以後却不足以供你驅使”。按，從此種描寫中可以看出當時女子所處的地位正與奴僕相類。　　㊴“今日”二句：“勞”，辛苦。此言“今天我回娘家，却使我惦記婆婆今後在家裏要多操勞了”。按，以上寫劉氏告別焦母之言，充分顯示了劉氏善良的性格。　　㊵“却與”二句：上句，“却”，猶“還”、“再”（參用近人張相說，見其所著詩詞曲語辭匯釋）。上文言“謝阿母”，故此處接言“再與小姑告別”或“還與小姑告別”。下句，言“眼淚像一串珠子似的落了下來”。　　㊶“新婦初來時”四句：按，此四句又見於唐顧況棄婦行，而宋本玉臺新詠和樂府詩集則僅有首末二句，作“新婦初來時，小姑如我長”。因此前人每疑此四句是後人所添，非本篇原有。余冠英釋此首末二句說：“言二三年前小姑已將長成，現在更大了，可以代我侍奉公姥了（這兩句語意稍嫌突兀，一本在兩句之間又有‘小姑始扶牀，今日被驅遣’兩句，文義較完足，但二三年間由扶牀而長成，未免太快，於事理又不合。或本篇本無這四句，是後人所添……）。”今按，劉氏十七歲出嫁，在焦家剛過了三兩個年頭，則被逐歸寧時可能還不到二十歲。“如我長”猶今言“快有我高了”，表示光陰迅速，小孩子發育得很快，並不等於說小姑已經長大成人。從“始扶牀”到“如我長”，正是詩人誇張手法，不宜過於拘泥時間觀念。況且這一段話，正體現出劉氏與小姑的感情一向很好，小姑日益長大，更可同自己作伴，正符合劉氏此時與小姑戀戀不捨的心情。似不必推測此四句爲後人所添。疑顧況棄婦行乃直鈔此詩成句，今因顧詩而反疑此詩，恐屬本末倒置。　㊷"勤心"二句：上句，是劉氏託咐小姑的話，言"現在我去了，你要殷勤小心地侍奉父母"。下句，是劉氏對小姑本人叮囑的話。"扶將"猶言"照應"。言"你自己也要好好照應自己，多多保重"。　㊸"初七"二句："初七"，指七夕。荊楚歲時記："七月七日爲牽牛織女聚會之夜……是夕人家婦女結綵縷穿七孔鍼，或以金銀鍮(音偷，含銅的礦石)石爲鍼，陳瓜果於庭中以乞巧，有喜(蟢蛛)子網於瓜上，則以爲符應。""下九"，指每月的十九日，是古代婦女結伴嬉遊的日子。朱乾樂府正義引採蘭雜志："九爲陽數。古人以二十九日爲上九，初九日爲中九，十九日爲下九。每月下九，置酒爲婦女之歡，名曰陽會。……女子於是夜爲藏鉤諸戲，以待月明，有忘寐而達曙者。"此二句寫劉氏傾訴自己心中對小姑的顧望，大意是："以前每到乞巧和陽會的日子，我們總在一起遊戲玩樂；現在我走了，再不能同你在一塊兒玩兒了，以後到了七夕和陽會的日子，你玩兒的時候可不要把我忘記。"　㊹"涕落"句："涕"，一本作"淚"。此句猶言"劉氏痛哭而去"。張玉穀說："自'雞鳴外欲曙'至'淚落百餘行'爲一戠，敍遣歸正面。"　㊺隱隱何甸甸："隱"同"轔"，"甸"同"輷"(用黃節說)，都是形容車聲的象聲詞。　㊻"下馬"二句：主語是仲卿。此言"仲卿臨別時到車中同劉氏低頭耳語，再三表示自己的情誼。"　㊼"誓不"句："隔"，猶"絕"。言"發誓不與你斷絕恩愛"。　㊽誓天不相負：對天發誓，一定不負心。　㊾感君區區懷："區區"，形容摯愛的狀語。此言"感謝你一片誠摯的愛心"。　㊿"君既"二句："見"，蒙、被，"錄"作"記"解。此二句言"既然蒙你永遠記着我，過不多久就希望你來接我"。　(51)"君當"四句：第一句，"磐石"，大石，喻堅定不移。第二句，"蒲葦"，已見前戰城南註釋。淮南子氾論訓："時屈時仲，卑弱柔如蒲葦。"故以蒲葦喻柔韌之性。第三句，"紉"，讀爲"韌"，說文："柔而固也。"(以上皆用聞一多說)第四句，"轉移"，猶言"挪動"。此四句大意是："你應當像一塊磐石，我就像依傍着磐石的蒲葦。蒲葦能像絲一樣的柔韌，更希望磐石不要動搖。"

(52)親父兄：聞一多說："親父兄謂同父之兄，猶今言胞兄。"余冠英說："'父兄'是偏義複詞，因兄而連帶提到父，劉氏有兄無父。"按，二說皆可通。(53)"恐不"二句：上句，"任"，聽憑。下句，"逆"，作"度"(音奪)解，即"事先預料"之意；"煎"，形容心中憂慮，苦惱。李因篤說："……以父兄之暴，恐所懷見剪(所想的事受到阻撓)，則逆知有變。"此言"恐怕兄長不會聽憑我的意願，我一想到這裏就五内如焚，心中像油煎的一樣"。(54)"舉手"二句：上句，"舉手"，分別時的動作。"勞勞"，憂傷貌；"長勞勞"，憂傷不已。聞一多作"臨別慰勉"解，亦可通。下句，"二情"指此時此地男女雙方的情感。"依依"，依依不捨。此寫二人舉手分別，心中憂傷不已，彼此依依不捨。張玉穀說："自'府吏馬在前'至'二情同依依'爲一截，敍夫妻在途盟約。舉後(所有後文)逼嫁同死情事，無不隱隱逗起。"〔以上三小節爲一段，寫劉氏離開焦家的情形：先別丈夫，再別婆婆、小姑，最後與仲卿在大道口分手，互相盟誓，決不負心。〕

入門上家堂①，進退無顏儀。阿母大拊掌②："不圖子自歸③！十三教汝織，十四能裁衣，十五彈箜篌，十六知禮儀，十七遣汝嫁，謂言無誓違④。汝今無罪過⑤，不迎而自歸？""蘭芝慙阿母⑥，兒實無罪過。"阿母大悲摧⑦。還家十餘日，縣令遣媒來⑧。云"有第三郎⑨，窈窕世無雙，年始十八九，便言多令才⑩。"阿母謂阿女："汝可去應之⑪。"阿女銜⑫淚答："蘭芝初還時，府吏見丁寧⑬，結誓不別離。今日違情義⑭，恐此事非奇。自可斷來信⑮，徐徐更謂之⑯。"阿母白媒人："貧賤有此女⑰，始適還家門；不堪吏人婦⑱，豈合令郎君？幸可廣問訊⑲，不得便相許。"

媒人去數日⑳，尋遣丞請還㉑，說"有蘭家女㉒，承籍有宦官。"云"有第五郎㉓，嬌逸未有婚，遣丞爲媒人，主簿通語言。"直說"太守家㉔，有此令郎君，既欲結大義，故遣來貴門。"阿母謝媒人："女子先有誓㉕，老姥豈敢言？"阿兄得聞之㉖，悵然㉗心中煩，舉言謂阿妹㉘："作計何不量㉙！先嫁得府吏㉚，後嫁得郎君，否泰如天地㉛，足以榮汝身。不嫁義郎體㉜，其往欲何云㉝？"蘭芝仰頭答："理實如兄言㉞。謝家事夫壻㉟，中道㊱還兄門，處分適兄意㊲，那得自任專？雖與府吏要㊳，渠會永無緣！登即相許和㊴，便可作婚姻。"

媒人下牀去，諾諾復爾爾㊵。還部白府君㊶："下官奉使命㊷，言談大有緣。"府君得聞之，心中大歡喜。視曆復開書㊸，便利此月內㊹，六合正相應㊺。"良吉三十日㊻，今已二十七，卿可去成婚。"交語速裝束㊼，絡繹如浮雲㊽。青雀白鵠舫㊾，四角龍子幡㊿，婀娜隨風轉○51；金車玉作輪○52；躑躅青驄馬○53，流蘇金鏤鞍。齎錢三百萬○54，皆用青絲穿。雜綵○55三百疋，交、廣市鮭珍○56。從人四五百，鬱鬱登郡門○57。阿母謂阿女："適得府君書○58，明日來迎汝。何不作衣裳？莫令事不舉○59！"阿女默無聲，手巾掩口啼○60，淚落便如瀉。移我琉璃榻○61，出置前窗下。左手持刀尺○62，右手執綾羅，朝成繡裌裙，晚成單羅衫。晻晻日欲暝○63，愁思出門啼。

①"入門"二句：主語是劉氏。"進退"，疑亦複詞偏義，指進見其家人。"無顏儀"，猶言"無面目"。此言"劉氏回到家門，走上堂去，感到沒有臉面去進見家人"。　②阿母大拊掌："阿母"，劉氏的母親。"拊"，輕擊。"拊掌"，可能是兩掌相拍，則爲歡樂的表示，如後漢書左慈傳"操大拊掌笑"是。也可能是以掌擊於它處（如搥胸、拍腿、擊案等動作），則爲驚駭的表示。如漢書蕭望之傳"（望之）竟飲鴆自殺，天子聞之，驚拊手曰……"也是以拊手表示驚駭。此句寫劉母見其女歸來，大爲驚訝之狀。③"不圖"句：沒有想到你自己回娘家來了。以下九句皆劉母語。　④"謂言"句："誓違"有二解：一、"誓"是"啻"的誤字。清紀容舒玉臺新詠考異：

"'誓違'二字,義不可通,疑是'愆違'之訛。'愆',古'愆'字。"丁福保、聞一多、余冠英皆從此說。"愆違",猶言"過失",言"我只說你嫁過去可以不犯過失"。二、"誓違"即"違誓"。黃節說:"說文:'誓,約束也。'孟子:'女子之嫁也,母命之曰:"往之女(汝)家,必敬必戒,無違夫子。"以順爲正者,妾婦之道也。'"無誓違'謂無違約束也。當是用孟子義。"言"我只說你嫁過去可以不違反婆家的規矩約束"。按,二說皆可通。　　⑤"汝今"二句:"今",猶言"若"(用聞一多說)。此言"你如果沒有犯過失,怎麼不等娘家去接你就自己回來了?"言外謂女兒是被夫家逐出來的。

⑥"蘭芝慙阿母"二句:"蘭芝",聞人倓說:"仲卿妻名。"按,此是蘭芝答辯之詞,言"我實在沒有臉見您,可是我實在沒有罪過"。李因篤說:"蘭芝自解無罪只一句,……略所必略也。"這正是詩人用筆經濟的地方。

⑦大悲摧:"摧",吳兆宜說:"疑作'㰪'(聞一多說同)。……'㰪',傷也,憂也。"此句言"劉母大爲悲傷"。　　⑧縣令遣媒來:縣令派了媒人來給自己的兒子提親,希望蘭芝再嫁。　　⑨"云有第三郎"二句:"郎",猶言"公子"。媒人說:"縣令的第三位公子,長得很漂亮,一世無比。"按,自"云有第三郎"至下文"多令才"皆媒人之語。　　⑩"便言"句:"便"讀平聲,作"辯"解;"辯言",有口才;"令",善,美;下文"令郎君"的"令"與此同義。此言"縣令的第三個兒子很會說話,頗有美才"。　　⑪"汝可"句:"應",猶"答"。此是阿母要蘭芝表示態度,去回答媒人的話。　　⑫銜:猶"含"。一本即作"含"。　　⑬府吏見丁寧:"見",被;"丁寧",今通作"叮嚀"。此連上句言"我要回來的時候,曾一再被府吏囑咐過"。　　⑭"今日"二句:下句的"此事"即指上句的"違情義"。"奇",聞一多說:"古音'奇'、'佳'相近,奇事,猶佳事也。說文曰:'偉,奇也。'莊子大宗師篇'偉哉夫造物者'注曰:'偉,美也。'是奇猶美,美亦佳也。古書言奇遇、奇計、奇樹,義即皆'佳'耳。"余冠英說:"'非奇'等於說'不妙'。"(漢魏六朝詩選)今按,聞、余說是。此二句言"今日如果違棄夫妻間的情義再去嫁給別人,恐怕這事很不好"。　　⑮"自可"句:"斷",絕;"信"作"使"解(用聞

一多説），"來使"指縣令派來的媒人。陳祚明説："'斷來信'是謝絶媒人。"　　⑯"徐徐"句："徐徐"，慢慢；"更"，再；"謂"，説；"之"，楊樹達詞詮："語末助詞，無義。"此連上文言"還是先回絶了媒人，慢慢再説吧"。自上"蘭芝初還時"句至此句都是蘭芝的話。　　⑰"貧賤"二句：上句，"貧賤"，自謙門第不高。下句，"適"，猶"嫁"。張玉穀説："言適人未久，而近還家也。"自"貧賤"句至"不得便相許"句是劉母的話。　　⑱"不堪"二句："合"，猶言"配得上"；"令郎君"，猶言"貴公子"此連上二句言"我們寒家的這個女孩子，才嫁出去不久就被婆家打發回來了，她連作吏人的媳婦都不配，怎麼配得上貴公子呢l"　　⑲"幸可"二句：大意是："希望你廣泛地打聽一下，看看還有誰家的姑娘合適，我現在不宜就這樣答應你。"陳祚明説："阿母語中亦有欲許意，寫得含蓄。'不得便相許'，姑（姑且）稍俟耳。"按，陳説可取。張玉穀説："自'入門上家堂'至'不得便相許'爲一截，敍新婦到家，第一次逼嫁事。……此次逼嫁不成，而一逼、一辯、一覆（答覆），凡三曲"。　　⑳"媒人去"句："去"，離去，指從縣令處離去。余冠英説："這句是説媒人回覆縣令後離去。縣令和劉家説婚的事到此結束。"此言"媒人走後又過了幾天"，是下句全句的附加成分。㉑"尋遣"句："遣"的主語是縣令。"尋"，隨卽；"遣丞"，縣令派遣縣丞（縣令屬下較高的官吏）；"請"，指請示太守，閆人俟 説："縣令因事而遣丞請於太守也。"此連上文言"縣令在媒人離去的幾天以後，隨卽派縣丞去請示太守"。"還"，縣丞請示太守之後，又回到縣中。"請"和"還"的主語都是"丞"。按，此句是一個遞繫結構和一個連動結構組成的複雜句子。"尋遣丞請"是遞繫結構，"遣"的賓語"丞"又是"請"的主語；"丞請還"又是一個連動結構。　　㉒"説有蘭家女"二句：上句，"説"的主語是縣丞。下句，"承"，承繼；"籍"，戶籍；"宦"，讀書做官的人。閆人俟説："言繼承先人戶籍，世有宦學泄官之人也。"余冠英説："以上二句是縣丞向縣令建議另向蘭家求婚，説蘭家是官宦人家，和劉氏不同。"意謂蘭家的女兒門第出身好，可以配縣令的兒子。按，余説是。舊説以"蘭"爲

"劉"字之誤，但改字之後，上下文仍難貫穿，不及余説明順可讀。

㉓"云有第五郎"四句：第一句，"云"的主語仍是縣丞，這些話是對縣令説的。"第五郎"是太守的第五個兒子。第二句，"嬌逸"，指爲父母嬌生慣養，一向安逸享福；"未有婚"，還未結婚。第三句，"遣"的主語是太守。第四句，"主簿"，官名，府中縣中都有此官，是掌管檔案文書的，此處指太守府中的主簿；"通語言"，傳達太守的意見。余冠英説："以上四句是縣丞告縣令已受太守委託，爲他的五少爺向劉家求婚，這委託是府主簿傳達的。再下四句便是縣丞到劉家説媒的話。"此四句大意是："縣丞又向縣令道：'太守的五公子一向嬌貴安逸，還没有結婚；太守派我當媒人去劉家説親，這是太守讓他手下的主簿向我轉達的。'"　㉔"直説"四句：此是縣丞的話。"直説"，直截了當地説出來意；"結"，即結親、結婚的"結"；"義"是美稱，"大義"，猶言"大義之家"，指劉家。"貴門"，猶言"府上"。此四句大意是："縣丞奉太守之命來到劉家，便單刀直入地説道：'太守家有這樣一位好公子，他既想同你們這樣人家結親，所以派我到府上來做媒。'"李因篤説："'直説'，……明是以威臨之。"　㉕"女子"二句："姥"，老婦，此爲劉母自稱。此言"我的女兒發誓在先，我怎麼敢對她去提親呢？"陳祚明説："'老姥豈敢言'，固欲令阿兄言也。"又，清成書多歲堂古詩存："府吏母能抑其子去婦，劉氏母豈不能抑其子留女；觀其謝媒人語，口中雖言不可，心中正老大不然，則其垂涎富貴，慫慂夫與子處不少。"録以備考。　㉖"阿兄"句："阿兄"是蘭芝之兄。㉗悵然：憤恨煩惱貌。㉘"舉言"句："舉言"，猶"揚言"、"高聲"之意。此言"蘭芝的哥哥對蘭芝高聲發話道"。　㉙"作計"句："作計"，猶言"打主意"；"不量"，猶言"不思量"、"不考慮"；"量"讀平聲。此言"你考慮問題怎麼不盤算盤算"。意謂蘭芝做事應估量得失，嫁給太守的兒子要比死守着府吏有利。自此句至"欲何云"句是蘭芝之兄説的話。　㉚"先嫁"二句：言"第一次不過嫁給一個府吏，再嫁却得到一個貴公子"。　㉛"否泰"二句：上句，"否"音 pǐ，壞運氣；"泰"，好運氣。黄節説："易：'天地交，

泰；天地不交，否。''否'謂先嫁也，'泰'謂後嫁也。"聞一多説："其相去之遠不啻天地也。"此言"你這兩次婚姻的好與壞，是有着天淵之別的"。下句，"榮"，光彩。黃節説："由否而泰，可以榮身。"此言"如果真嫁給太守的兒子，那是足以使你增加光彩的"。　　㉜"不嫁"句："義郎"，對太守兒子的美稱（用余冠英説）。　　㉝"其往"句："往"一本作"住"，吳兆宜説："'住'，止也，立也，居也。"言"一個女子老住在娘家，打算怎麼樣呢？"但此解稍曲，疑作"往"是。聞人倓説："'其往'，猶言'過此以往'。""欲何云"，張玉穀説："將何説也。"言"你長此以往又將怎麼辦呢！"　　㉞理實如兄言：大意是："講道理確如阿兄所言。"按，此句的上一句爲"蘭芝仰頭答"，寫蘭芝本俯首無言，至此仰頭而答，正是無可奈何的情狀。陳祚明説："此女不特性剛，亦甚明智。見阿兄作此語，情知不可挽回，故更不作謝却語。至下文移榻裁衣，亦更不作不欲狀。使人不疑，始得斷然引决；勿令覺而防我，卽難遂意。"張玉穀説："此時蘭芝竟不與兄一辯，具有深心。蓋未仰頭答時，其俯首沈思已久：太守上官，屬吏勢難與抗；阿兄戾性，大義更難與争。胸中判定一死，索性坦然順之，不露圭角，爲後得以偷出，再會府吏地也。"皆可供讀此段時參考。又，自此句以下九句爲蘭芝語。　　㉟"謝家"句："謝"，辭；"事"，侍奉，服事。此言辭家出嫁。㊱中道：半途。　　㊲"處分"二句："適"作"隨"或"順"解。此二句大意是："一切處理隨你兄長的意思好了，我哪裏能自作主張呢？"　　㊳"雖與"二句：上句，"要"，猶"約"。下句，"渠"，作"他"解，指府吏。此言"我雖然與府吏有過誓約，但和他相會恐怕是永遠沒有機緣的了"。　　㊴"登卽"二句：上句，"登卽"猶"當卽"、"立卽"（用張玉穀説）。"和"猶應；"許應"指答應婚事。下句，"姻"，古"姻"字。蘭芝説："你登時答應他的婚事好了，並且馬上就可以結婚。"按，蘭芝上面一段話，句句都是反話。因此時蘭芝已知事無可爲，故决心一死以作反抗。表面上句句順從阿兄之意，實際上自己主意拿得很穩。李因篤説："故作滿意之語，其死决矣。"是。張玉穀説："自'媒人去數日'至'便可作婚姻'爲一截，敍第二次逼嫁事。……此次逼嫁似成，亦一辭、一逼、一應，凡三曲。”　　㊵諾諾復爾爾：“諾諾”，答應聲。“爾”，如此。大意是：“好，好，就這樣，就這樣。”㊶“還部”句：“還部”，張玉穀説：“猶還其衙署也。”“府君”，郡民對太守的稱呼。此言媒人回到府衙裏知太守。　　㊷“下官”二句：上句，“下官”，縣丞自稱的謙詞；“奉使命”，奉了你的命令。下句，“大有緣”，大有機緣。此言“我去説媒，談話十分投機”。　　㊸視曆復開書：此句是錯綜句，猶言“開視曆書”，指檢視曆書，挑選吉日。按，隋書經籍志有六合婚嫁曆，可能卽爲合婚之用。　　㊹便利此月内：“便”，就；“利”，宜於。此言“翻閲曆書，發現要結婚就在本月内相宜”。　　㊺六合正相應：按，古人由於迷信，合婚必揀選時日，有所謂“沖”、“合”之説，“沖”是不利，“合”是利。“六合”，南齊書禮志：“五行説十二辰爲六合，月建與日辰合也。”卽子與丑合，寅與亥合，卯與戌合，辰與酉合，巳與申合，午與未合（參閲吳兆宜玉臺新詠注引蠡海集）。“相應”，相合。此言“在這個月内六合相配，非常合適，宜於結婚”。　　㊻“良吉”三句：“良吉”，吉日良辰。按，此是太守囑咐媒人的話，言“三十日那天是好日子，今天已經二十七了，你可以去準備婚禮了”。　　㊼交語速裝束：“交語”，交相傳話；“速”，從速；“裝束”，指籌辦婚禮所用的東西。張玉穀説：“言太守遣人交相傳語，急速裝束行聘諸事也。”　　㊽駱驛如浮雲：“駱驛”一作“絡繹”，連續不絶。“浮雲”，喻人數之衆多。此言“籌辦婚禮的人像浮雲一樣地接連不斷”。㊾“青雀”句：卽青雀舫和白鵠舫。“青雀”，方言郭璞注：“青雀，鷁鳥名也，今江東貴人船前作，是其像也。”（見方言卷九）又梁元帝船名詩：“池模白鵠舞，檐知青雀歸。”“舫”，卽船。“青雀舫”、“白鵠舫”都指達官貴人乘坐的畫舫，船上繪着青雀、白鵠的形象。　　㊿“四角”句：“四角”，指船艙的四角；“龍子幡”是船上作裝飾用的旗幡，大約上面畫有龍形，懸於船艙的四角。宋書臧質傳言質封始興郡公，“之鎮（到達任所），舫千餘乘，部伍前後百餘里，六平乘並施龍子幡”。則“龍子幡”是儀仗一類。又，江南民歌襄陽樂中有一首説：“上水郎檐篙，下水搖雙櫓，四角龍子幡，環環江當柱。”(樂府詩集卷四十八)則“青雀舫”、龍子幡”等,似皆是民歌中常用的詞語。以上二句言“太守的兒子迎娶時水路則乘坐懸有龍子幡的畫舫”。　(51)“婀娜”句:“婀娜”,形容龍子幡隨風招展之狀。“轉”,擺動。(52)金車玉作輪:喻車輛之豪華。　(53)“躑躅”二句:上句,“躑躅”,猶“踟躕”,踏步不前貌。“驄”,說文:“馬青白雜毛也。”“青驄馬”即青白雜色的馬。下句,“流蘇”,馬飾。(李善說:“流蘇,五采毛雜之,以爲馬飾而垂之。”見文選卷三張衡東京賦注)“金鏤鞍”,用金屬雕花爲裝飾的馬鞍。以上各句言“太守的兒子迎娶時在陸路則乘坐極豪華的車馬”。(54)“齎錢”二句:上句,“齎”作“付”、“送”解。“錢三百萬”爲太守致送劉家的聘禮。下句,言錢都是用青絲繩穿起來的。　(55)雜綵:各色的緞疋。(56)交、廣市鮭珍:“交”、“廣”指交州(漢郡名,今廣東、廣西、越南等地)、廣州(三國吴置,即今廣東省),都是多産海味的地方。“市”,買。“鮭”音鞋,集韻:“‘鮭’,吴人謂魚菜總稱。”“珍”,後漢書明帝紀李賢注:“謂肴羞之屬。”“鮭珍”,即泛指山珍海味。按,三國志吴志載孫權黄武五年“分交州,置廣州,俄復舊。”至孫休永安七年“又分交爲廣。”則交、廣分立已在三國時。因此有人據“四角龍子幡”、“交、廣市鮭珍”等句推斷此詩是建安以後的作品。但本篇在流傳中,顯然經過不斷的修改和補充,有些語句,可能是後加的,不能因一二語遂將此詩年代推遲。或以爲交州、廣州與廬江相隔萬里,三天内無法往返。今按,此是詩人誇張手法,極寫太守勢派之大,婚禮鋪張之盛。似不宜把詩意體會得過於拘執。　(57)“鬱鬱”句:“鬱鬱”,人多勢衆之貌。“登”,紀容舒以爲當作“發”,“發郡門”,從郡治所在之邑出發。又,張玉穀釋“登郡門”爲“齊集府門伺候”,亦通。按,從“交語速裝束”以下,極言太守行聘的盛況。　(58)“適得”二句:言“剛剛得到太守的來信,說明天就來迎娶你過門了”。　(59)事不舉:事情臨時措辦不及。　(60)“手巾”二句:上句,“手巾”,即手帕;“掩口啼”,恐啼聲被人聽見。下句,“瀉”,水傾洩而下。此寫蘭芝痛哭不止,淚如泉涌。　(61)琉璃榻:“榻”,坐卧之具,較牀低矮。釋名釋牀帳:“人所坐卧曰牀，……長狹而卑曰榻，言其榻然近地也。""琉璃"，即琉璃或青金石之類(詳見聞一多樂府詩箋)。"琉璃榻"指鑲嵌琉璃的榻。按，下句"出置前窗下"，言移榻置窗下，便於在光線好的地方做針線。　㉒"左手"四句：前二句，"刀"、"尺"，女紅用具；"綾"、"羅"泛指華貴的衣料。後二句，言一天的時間做成了若干件陪嫁用的衣服。按，一天製成裙衫各物，亦是誇張寫法。　㉓"晻晻"二句：上句，"晻晻"，日將下落時昏暗無光之貌；"晻"音掩；"暝"，夜。"日欲暝"，天要黑下來了。下句，主語是蘭芝。"愁思"，內心鬱積着哀愁；"思"讀去聲。此言"天色漸暗，蘭芝滿腹哀愁，哭着走出門去"。張玉穀説："自'媒人下牀去'，至'愁思出門啼'爲一截，敍兩家行聘催粧，爲着身一大逼，而蘭芝之死，無可挽回矣。"〔以上三小節爲一段，寫蘭芝回娘家後的不幸遭遇：縣令、太守一再求婚，阿兄逼嫁，太守迅速準備迎娶，阿母催促準備嫁粧，矛盾愈來愈表面化。〕

府吏聞此變，因求假①暫歸。未至二三里②，摧藏馬悲哀。新婦識馬聲③，躡履相逢迎，悵然遙相望④，知是故人來。舉手拍馬鞍⑤，嗟歎使心傷。"自君別我後⑥，人事不可量，果不如先願⑦，又非君所詳。我有親父母⑧，逼迫兼弟兄，以我應他人⑨，君還何所望！"府吏謂新婦："賀卿得高遷⑩！磐石方且厚⑪，可以卒千年，蒲葦一時紉，便作旦夕間。卿當日勝貴⑫，吾獨向黃泉。"新婦謂府吏："何意出此言⑬！同是被逼迫，君爾妾亦然⑭。黃泉下相見，勿違今日言！"執手分道去，各各還家門。生人作死別⑮，恨恨那可論！念與世間辭，千萬不復全。

府吏還家去，上堂拜阿母："今日大風寒⑯，寒風摧樹木⑰，嚴霜結庭蘭。兒今日冥冥⑱，令母在後單。故作不良計⑲，勿復怨鬼神！命如南山石⑳，四體康且直。"阿母得聞之，零淚㉑應聲落。"汝是大家子㉒，仕宦於臺閣。慎勿爲婦死㉓，貴賤情何薄？東家有賢

女，窈窕豔城郭㉔。阿母爲汝求㉕，便復在旦夕。”府吏再拜還，長
歎空房中，作計乃爾立㉖。轉頭向戶裏㉗，漸見愁煎迫。

　　其日牛馬嘶㉘，新婦入青廬㉙。奄奄㉚黃昏後，寂寂人定初㉛。
“我命絕今日㉜，魂去尸長留。”攬裙脫絲履，舉身赴清池㉝。府吏
聞此事，心知長別離㉞。徘徊庭樹下，自掛東南枝㉟。

　　兩家求合葬㊱，合葬華山㊲傍。東西植松柏，左右種梧桐。枝
枝相覆蓋㊳，葉葉相交通。中有雙飛鳥㊴，自名爲鴛鴦，仰頭相向
鳴，夜夜達五更。行人駐足聽㊵，寡婦起彷徨。多謝後世人㊶，戒
之慎勿忘」

　　　㊀求假: 請假。仲卿在郡中任職，不能每天回家，因此回來必須請
假。　　㊁“未至”二句: 上句，言還差二三里路不到蘭芝的家門。下句，
“摧藏”，聞一多說:“文選嘯賦‘悲傷摧藏’，李注曰:‘摧藏，自抑挫之貌。’
案，疑卽悽愴之轉。”按，聞說是。“馬悲哀”，指馬鳴。由於人的心情悽
愴，故聞馬鳴亦似悲哀。　　㊂“新婦識馬聲”二句: 上句，李因篤說:“府
吏所乘馬，新婦習見之，故識其聲。然亦是新婦度府吏聞變必來，側耳待
之久矣，故遙聆其聲而識之。”下句，“躡履”，已見前; 此處有放輕腳步之
意。“逢迎”，迎上前來。　　㊃“悵然”二句: 上句，“悵”，説文:“望恨也。”
桂馥說文義證:“‘望恨’也者，釋名:‘望，惘也。視遠惘惘也。’”段注:“望
其還而不至爲恨也。”此處“悵然”是形容“望”的狀語，正是本義。上文
“悵然心中煩”的“悵然”乃引申義。下句，“故人”，指仲卿。此言“新婦懷
着悵惘的心情在盼望，知道一定是仲卿來了”。　　㊄“舉手”二句: 主語
是蘭芝。“使心傷”，言“使人聽了傷心”，是泛指其嗟歎聲令人難過，不專
指使仲卿傷心。張玉穀說:“‘府吏’十句，敍府吏聞變急歸，新婦恰已迎
上。馬亦悲哀，馬聲亦識，未交一語以前，先寫得心心相印。”　　㊅“自
君”二句: 言“自從你離開我以後，人事變化很大，簡直不可預料”。自此
二句至下文“君還何所望”句是蘭芝的話。　　㊆“果不”二句: 大意是:

"事情的發展果然不能如我倆先前所願，但這件事的内情倉猝間又非你所能盡知"。　⑧"我有"二句：上句的"父母"和下句的"弟兄"都是偏義複辭(用余冠英説)，言"我母親，還有我哥哥，都在逼我"。　⑨"以我"二句："應"，許。此言"已經把我許給了別人，你還有什麽指望呢！"按，沈用濟、費錫璜漢詩説："此詩乃言情之文，非寫義夫節婦也。後人作節烈詩，輒擬其體，更益以綱常名教等語，遂惡俗不可耐。觀府吏見新婦時，新婦云：'自君別我後……君還何所望！'若在他人，新婦一見府吏便作死語，不應作爾語也。……蓋情到婉轉纏綿，不言節義而節義自見。直寫節義，便儓父面目。"此説甚有價值，故録以備考。　⑩"賀君"句：此是憤激語。言"應該向你祝賀，你已爬上高枝兒去了"。自此句至"吾獨向黃泉"句是仲卿的話。　⑪"磐石"四句：此四句迴映上文。上文蘭芝以磐石期望仲卿，以蒲葦自比。此處仲卿卽以此二喻反問蘭芝。大意是："我這大石頭還很結實，可以一千年不變；可是你這蒲葦却只堅韌了很短的一個時間，最多不過是幾個旦夕罷了。"張玉穀説："意謂(蘭芝)柔弱任人轉弄，不自主也。"　⑫"卿當"二句：上句，"勝"指生活好(卽所謂"起居佳勝"的"勝")，"貴"指身分高。余冠英説："言生活一天比一天好，地位一天比一天高。"下句，仲卿自言："我只有一個人殉情而死了。"　⑬"何意"句：言"想不到你竟説出這樣不理解我的話"。自此句至"勿違今日言"是蘭芝的話。　⑭"爾"，如此；"然"，如此。此言"你是這樣，我也是這樣"。此指仲卿遣妻是被迫，蘭芝再嫁也是被迫。　⑮"生人"四句：此四句同時寫雙方的心情，大意是："人雖活着，但這一次分手已是死別，憤恨的心情簡直無法説！心裏已經決定離開人世，縱有千思萬慮，也不想再保全自己了！"張玉穀説："自'府吏聞如變'至'千萬不復全'爲一截，敍夫妻將死，第三番大訣别。"　⑯"今日"句：此是仲卿用"大風寒"比喻將有不幸的事故發生，是比興手法。　⑰"寒風"二句：上句，"摧"，摧毁。下句，言"殘酷的霜結在庭院中的蘭草上，把花木都摧殘得凋謝了"。此是仲卿用自然力量對草木的摧折，來比喻自己的生命卽將結束。

⑱“兒今”二句:“日冥冥”,指日暮,此處引申有“渺茫”之意。言“你孩兒日暮途窮,渺茫不知歸宿,恐怕要抛棄母親一個人孤單地留在世上了”。

⑲“故作”二句:言“這是我自己故意尋此短見,並不關鬼神的事,你不要怨恨它們”。(用聞人倓及余冠英説)　　⑳“命如”二句:上句,“命”,壽命。“南山”喻高,“石”喻強健。“命如南山石”即“壽比南山”之意。聞一多引小雅天保篇:“如南山之壽,不騫不崩。”釋此甚確切。下句,“四體”,指身體四肢。“直”,猶“順”。詩鄭風羔裘:“洵直且侯。”朱熹集傳:“直,順。”引申有“舒展”之意。“康且直”指四肢健康而舒適。聞一多説:“康,強也。此自訣時祝母康健之詞。”按,聞説是。舊説謂此二句指自己死後身體僵直如山石,恐非是。　　㉑零淚:斷斷續續的眼淚。　　㉒“大家”二句:上句,“大家子”,高貴門第出身的人。下句,“臺閣”,後漢書仲長統傳:“雖置三公,事歸臺閣。”李賢注:“臺閣,謂尚書也。”“尚書”是宮中掌管機要文書的官,相當於後來所謂的“内閣”。此與上句“大家子”爲互文見義,指仲卿先世,曾仕宦於臺閣,故稱仲卿是“大家子”(參用聞一多説)

㉓“慎勿”二句:上句,言你千萬不可因爲你的妻而尋短見。下句,黃節説:“‘貴’,謂大家子,宦臺閣也;‘賤’,謂婦也。貴賤相懸,遣婦不爲薄;‘情何薄’,言何薄之有也。”意謂“你同她貴賤懸殊,你把她休棄了也並不算虧待她”。按,這反映焦母極端的封建等級觀念,黃説是。　　㉔豔城郭:聞一多説:“謂豔於全城全郭之人。”指東家之女是全城最美麗的人。㉕“阿母爲汝求”二句:大意是:“做母親的去替你向這個女子求婚,只在這一半天裏就可以辦了。”　　㉖作計乃爾立:“作計”,指自殺的打算。“乃爾”,黃節説:“作計已決之貌。”“立”,作“定”解(後漢書郎顗傳:“主名未立。”李賢注:“立猶定也。”)此言“自殺的主意就這樣打定了”。　　㉗“轉頭”二句:上句,言仲卿還歸房中,此時又轉頭去看户裏的母親,是決定自殺而又有所顧念的表示。黃節説:“欲行其自經(即自縊)之計,又轉頭向户,不遂行也。”下句,言仲卿心中煩亂如麻,備受憂愁的煎熬逼迫。㉘“其日”句:“其日”,指迎娶蘭芝的那一天。“牛馬”,疑亦複詞偏義,指

“馬”。此言“車馬盈門，十分熱鬧”。　　㉙青廬: 用青布幔搭成的帳屋，猶今之“喜棚”、“彩棚”，是用以行婚禮的地方。段成式酉陽雜俎禮異篇:“北朝婚禮，青布幔爲屋，在門內外，謂之青廬，於此交拜迎婦。”　　㉚菴菴:“菴”讀爲“晻”，“晻晻”，已見前註。　　㉛“寂寂”句: 人定初”，指夜深人初靜之時。按，“人定”是表時間的詞，今猶有謂“初更”爲“定更”者。淮南子天文訓:“日……至于虞淵，是謂黃昏;至于蒙谷，(高誘注: ‘北方之山名也。’)是謂定昏。”左傳杜注:“人定爲輿，黃昏爲隸。”象器箋載: 僧寺於初更五點後，經少時，鳴鐘十八下，名爲“定鐘”，又名十八鐘，正當亥時。凡坐禪至定鐘而止。海錄碎事亦載柳公綽每日與子弟論文，至人定鐘鳴，始就寢。“人定鐘”當卽“定鐘”，亥時約當今之夜間九時(二十一點)。此處的“人定初”，也就是亥時初刻的時候。　　㉜“我命”二句: 是蘭芝絕命時的獨白。言“今天就是我的死期，魂將逝去，只有軀體留在人間了”。　　㉝“舉身”句:“舉身”，猶“縱身一躍”。“清池”，清泠的池水。此言“蘭芝投入池中自殺”。　　㉞“心知”句:“長別離”，永遠分別。㉟“自掛”句:“掛”，用繩子把自己掛在樹枝上。此言“仲卿自縊於樹”。張玉穀說:“自‘府吏還家去’至‘自掛東南枝’，爲一截，敍夫妻同死正面，爲通篇大結局。”　　㊱“兩家”句: 此下疑是詩人渲染之詞。“合葬”，言“把仲卿、蘭芝仍依夫婦之禮葬在一起”。　　㊲華山: 按，樂府詩集卷四十六引古今樂錄說:“華山畿者，宋少帝時……南徐一士子，從華山畿往雲陽，見客舍有女子，年十八九，悅之，無因，遂感心疾。母問其故，具以啓母。母爲至華山尋訪，見女，具說。女聞，感之，因脫蔽膝，令母: ‘密置其席下，臥之，當已。’少日，果差。忽舉席，見蔽膝而抱持，遂吞食而死。氣欲絕，謂母曰: ‘葬時，車載從華山度!’母從其意。比至女門，牛不肯前，打拍不動。女曰: ‘且待須臾!’妝點沐浴，既而出，歌曰: ‘華山畿，君既爲儂死，獨活爲誰施!歡若見憐時，棺木爲儂開!’棺應聲開，女遂入棺。家人叩打，無如之何;乃合葬，呼曰神女冢。”因知華山是含有殉情故事的典型地名。惟此事在劉宋時才開始流傳，有人乃據此一句作爲此詩成於六朝的證據。但民間作品的特點之一就是它在流傳中逐漸豐富發展，根據個別詞句來斷定創作時代，似非確論。又，聞一多說："華山蓋廬江郡小山名，今不可考。"余冠英說："一說今安徽省舒城縣南二十五里有華蓋山，也許就是本詩的華山。"均錄以備考。　㊳"枝枝"二句：自此句以下至"夜夜達五更"句都是詩人的想像。"覆蓋"、"交通"，指枝葉連綴在一起，不易分開。　㊴"中有"四句：言"樹叢中有一雙飛鳥，本名鴛鴦，彼此相對而鳴，從每夜直叫到天亮"。按，這種描寫反映了人民羣衆的願望，認爲蘭芝、仲卿死後仍然連枝比翼，用以歌頌他們堅貞的愛情和反抗精神。在民間創作中，這種想像和手法是常見的。　㊵"行人"二句：一般路過的人往往爲鳥聲感動而停步傾聽，一些喪偶的女子聽到這種聲音就起來彷徨，無法熟睡。按，此極寫鳥鳴感人之深，反襯作者對詩中男女主人公的格外同情。　㊶"多謝"二句：上句，"謝"作"告"解，"多謝"，猶言"再三囑告"。下句，"戒"，本作"警戒"、"戒備"解，此處引申有"牢牢緊記"之意，言"後世人千萬要牢牢緊記，不可把這個故事忘掉"。言外指做父母者切不可專擅頑固，再使多情男女得到這樣不幸的結果。按，末二句是作者的口氣。張玉穀說："自'兩家求合葬'至終篇，爲末截，就兩人身後感傷作收束，……因卽借合葬，就樹木之連理，引起鴛鴦雙鳴之感人，爲兩人同心甘死留一印證。"〔以上三小節爲一段，寫蘭芝、仲卿因反抗禮教而殉情的結局，並通過詩人的想象表達了人民羣衆的願望和感情。〕

兩漢樂府詩附錄

（一）　關於樂府的沿革

漢興，樂家有制氏，以雅樂聲律，世世在太樂官，但能紀其鏗鏘鼓舞，而不能言其義。高祖時，叔孫通因秦樂人制宗廟樂。……又有房中祠樂，高祖唐山夫人所作也。周有房中樂，至秦，名曰壽人。凡樂，樂其所生，禮不忘本；高祖樂楚聲，故房中樂，楚聲也。孝惠二年，使樂府令夏侯寬備其簫管，更名曰安世樂。……初，高祖既定天下，過沛，與故人父老相樂，醉酒歡哀，作"風起"之詩，令沛中僮兒百二十人習而歌之。至孝惠時，以沛宮爲原廟，皆令歌兒習吹以相和，常以百二十人爲員。文、景之間，禮官肄業而已。至武帝定郊祀之禮，祠太一於甘泉，……祭后土於汾陰。……乃立樂府，采詩夜誦，有趙、代、秦、楚之謳。以李延年爲協律都尉，多舉司馬相如等數十人，造爲詩賦，略論律呂，以合八音之調，作十九章之歌。以正月上辛，用事甘泉圜丘。……是時河間獻王有雅材，亦以爲治道非禮樂不成，因獻所集雅樂。天子下太樂官，常存肄之，歲時以備數，然不常御；常御及郊廟，皆非雅聲。……今漢郊廟詩歌，未有祖宗之事；八音調均（韻），又不協於鐘律。而內有掖庭材人，外有上林、樂府，皆以鄭聲施於朝廷。至成帝時，……鄭聲尤甚，黃門名倡丙彊、景武之屬，富顯於世。貴戚五侯、定陵、富平、外戚之家，淫侈過度，至與人主爭女樂。哀帝自爲定陶王時，疾之，又性不好音；及卽位，下詔……罷樂府官。……然百姓漸漬日久，又不制雅樂有以相變，豪富吏民，湛沔（沉湎）自若。……（漢書：禮樂志）

漢樂四品：……三曰黃門鼓吹，天子所以宴樂羣臣，詩所謂"坎坎鼓我，蹲蹲舞我"者也。其短簫鐃歌，軍樂也。其傳曰：黃帝岐伯所作，以建威揚德，風（諷）勸士也。蓋周官所謂"王大捷則令凱樂，軍大獻則令凱歌"也。……（續漢書禮儀志劉昭注引蔡邕禮樂志）

漢有承華令，典黃門鼓吹，屬少府。（通典卷二十五：職官總論諸卿“太常卿”條）

後漢少府屬官有承華令，典黃門鼓吹百三十五人，百戲師二十七人。（唐六典卷十四：“鼓吹署令一人從七品”下注文。按，後漢書安帝紀“壬午，詔太僕，少府減黃門鼓吹，以補羽林士”句下李賢注引漢官儀：“黃門鼓吹百四十五人。”可與此互參。）

李延年，中山人。身及父母兄弟，皆故倡也。延年坐法腐刑，給事狗監中。女弟得幸於上，號李夫人，列外戚傳。延年善歌，爲新變聲。是時上方興天地諸祠，欲造樂，令司馬相如等作詩頌；延年輒承意弦歌所造詩，爲之新聲曲。而李夫人產昌邑王，延年繇是貴爲協律都尉，佩二千石印綬。……（漢書佞幸傳：李延年傳）

孝武李夫人，本以倡進。初，夫人兄延年，性知音，善歌舞，武帝愛之。每爲新聲變曲，聞者莫不感動。……（漢書外戚傳：李夫人傳）

（二）　關於樂府的分類

郭茂倩曰：“鼓吹曲，一曰短簫鐃歌。劉瓛定軍禮云：鼓吹，未知其始也；漢班壹雄朔野，而有之矣。鳴笳以和簫聲，非八音也。騷人曰‘鳴篪吹竽’是也。蔡邕禮樂志曰：漢樂四品，其四曰短簫鐃歌，軍樂也。黃帝岐伯所作，以建威揚德、風敵勸士也。周禮大司樂曰：‘王師大獻，則令奏愷樂。’大司馬曰：‘師有功，則愷樂獻于社。’鄭康成云:‘兵樂曰“愷”,獻功之樂也。’……宋書樂志曰:‘雍門周説孟嘗君,鼓吹於不測之淵。説者曰,鼓自一物,吹自竽籥之屬,非簫鼓合奏,別爲一樂之名也。然則短簫鐃歌,此時未名鼓吹矣。應劭漢鹵簿圖,唯有騎執笳,笳卽笳,不云鼓吹。而漢世有黄門鼓吹、漢享宴食舉樂十三曲,與魏世鼓吹長簫同。長簫、短簫,伎録並云“絲竹合作,執節者歌”。又建初録云:“務成、黄爵、玄雲、遠期,皆騎吹曲,非鼓吹曲。”此則列於殿庭者名“鼓吹”,今之從行鼓吹爲“騎吹”,二曲異也。又,孫權觀魏武軍作鼓吹而還。此應是今之鼓吹。魏、晉世又假諸將帥及牙門曲蓋鼓吹,斯則其時謂之鼓吹矣。’按西京雜記:‘漢大駕祠甘泉、汾陰,備千乘萬騎,有黄門前後部鼓吹。’則不獨列於殿庭者名鼓吹也。漢遠如期曲辭有‘雅樂陳’及‘增壽萬年’等語,無馬上奏樂之意,則遠如期又非騎吹曲也。晉中興書曰:‘漢武帝時,南越加置交趾、九真、日南、合浦、南海、鬱林、蒼梧七郡,皆假鼓吹。’東觀漢記曰:‘建初中,班超拜長史,假鼓吹、麾幢。’則短簫鐃歌,漢時已名鼓吹,不自魏、晉始也。崔豹古今注曰:‘漢樂有黄門鼓吹,天子所以宴樂羣臣也。短簫鐃歌,鼓吹之一章耳,亦以賜有功諸侯。’然則黄門鼓吹、短簫鐃歌與橫吹曲,得通名鼓吹,但所用異爾。漢有朱鷺等二十二曲,列於鼓吹,謂之鐃歌。及魏受命,使繆襲改其十二曲,而君馬黄、雉子班、聖人出、臨高臺、遠如期、石留、務成、玄雲、黄爵、釣竿十曲,並仍舊名,是時吳亦使韋昭改製十二曲,其十曲亦因之。而魏、吳歌辭存者,唯十二曲,餘皆不傳。晉武帝受禪,命傳玄製二十二曲,而玄雲、釣竿之名,不改舊漢。宋、齊並用漢曲;又充庭十六曲,梁高祖乃去其四,留其十二,更制新歌,合四時也。北齊二十曲,皆改古名,其黄爵、釣竿,略而不用。後周宣帝革前代鼓吹，制爲十五曲，並述功德受命以相代，大抵多言戰陣之事。隋制，列鼓吹爲四部，唐則又增爲五部；部各有曲，唯羽葆諸曲備敍功業，如前代之制。初，魏、晉之世，給鼓吹甚輕；牙門、督將、五校，悉有鼓吹。宋、齊已後，則甚重矣。齊武帝時，壽昌殿南閤置白鷺鼓吹二曲，以爲宴樂。陳後主常遣宮女習北方簫鼓，謂之‘代北’，酒酣則奏之，此又施於燕私矣。……”（樂府詩集卷十六，“鼓吹曲辭”解題。）

又曰：“宋書樂志曰：‘相和，漢舊曲也。絲竹更相合，執節者歌。本一部，魏明帝分爲二，更遞夜宿。本十七曲，朱生、宋識、列和等復合之，爲十三曲。’其後晉荀勖又採舊辭，施用於世，謂之清商三調歌詩，即沈約所謂‘因絃管金石，造歌以被之’者也。唐書樂志曰：‘平調、清調、瑟調，皆周房中曲之遺聲，漢世謂之“三調”。又有楚調、側調。楚調者，漢房中樂也。高帝樂楚聲，故房中樂皆楚聲也。側調者，生於楚調，與前三調總謂之相和調。晉書樂志曰：‘凡樂章古辭之存者，並漢世街陌謳謠，江南可採蓮、烏生十五子、白頭吟之屬，其後漸被於絃管，即相和諸曲是也。’魏、晉之世，相承用之。永嘉之亂，五都淪覆，中朝舊音，散落江左，後魏孝文、宣武，用師淮、漢，收其所獲南音，謂之清商樂。相和諸曲，亦皆在焉。所謂清商正聲相和五調伎也。凡諸調歌辭，並以一章爲一解。……又諸調曲皆有辭有聲，而大曲又有豔、有趨、有亂：辭者，其歌詩也；聲者，若羊吾夷伊那何之類也；豔在曲之前，趨與亂在曲之後，亦猶吳聲西曲，前有和，後有送也。……”（樂府詩集卷二十六，“相和歌辭”解題。）

又曰："宋書樂志曰：大曲十五曲：一曰東門，二曰西山，三曰羅敷，四曰西門，五曰默默，六曰園桃，七曰白鵠，八曰碣石，九曰何嘗，十曰置酒，十一曰爲樂，十二曰夏門，十三曰王者布大化，十四曰洛陽令，十五曰白頭吟。東門——東門行，羅敷——豔歌羅敷行，西門——西門行，默默——折楊柳行，白鵠、何嘗——並豔歌何嘗行，爲樂——滿歌行、洛陽令——雁門太守行，白頭吟：並古辭。碣石——步出夏門行：武帝辭。西山——折楊柳行，園桃——煌煌京洛行：並文帝辭。夏門——步出夏門行，王者布大化——櫂歌行：並明帝辭。置酒——野田黃雀行，東阿王辭。白頭吟與櫂歌同調。其羅敷、何嘗、夏門三曲，前有豔，後有趨。碣石一篇有豔。白鵠、爲樂、王者布大化三曲有趨。白頭吟一曲有亂。……按王僧虔技錄，櫂歌行在瑟調，白頭吟在楚調；而沈約云'同調'，未知孰是。"（樂府詩集卷四十三："大曲"解題。）

又曰："清商樂一曰清樂，清樂者，九代之遺聲，其始即相和三調是也。並漢、魏以來舊曲，其辭皆古調，及魏三祖所作。自晉朝播遷，其音分散；苻堅滅涼得之，傳於前、後二秦。及宋武定關中，因而入南，不復存於内地。自時已後，南朝文物，號爲最盛，民謠國俗，亦世有新聲。故王僧虔論三調歌曰：'今之清商，實由銅雀；魏氏三祖，風流可懷；京、洛相高，江左彌重。而情變聽改，稍復零落，十數年間，亡者將半。所以追餘操而長懷，撫遺器而太息者矣。'後魏孝文討淮、漢，宣武定壽春，收其聲伎，得江左所傳中原舊曲，……總謂之清商樂，至於殿庭饗宴，則兼奏之。遭梁、陳亡亂，存者蓋寡。

及<u>隋</u>平<u>陳</u>，得之，<u>文帝</u>善其節奏，曰：‘此<u>華夏</u>正聲也。’乃微更損益，去其哀怨，考而補之以新定律呂，更造樂器。因於太常置清商署以管之，謂之<u>清樂</u>。……”（<u>樂府詩集</u>卷四十四，“清商曲辭”解題。）

<u>馬端臨</u>曰：“按<u>漢志</u>言<u>漢</u>樂有四，其三曰黃門鼓吹樂，天子宴羣臣之所用；四曰短簫鐃歌樂，軍中之所用。則鼓吹與鐃歌，自是二樂，而其用亦殊。然<u>蔡邕</u>言鼓吹者，蓋短簫鐃歌，而俱以爲軍樂，則似<u>漢</u>人已合而爲一。但短簫鐃歌，<u>漢</u>有其樂章，<u>魏</u>、<u>晉</u>以來因之，大概皆敍述頌美時主之功德；而鼓吹則<u>魏</u>、<u>晉</u>以來，以給賜臣下，上自王公，下至牙門督將皆有之，且以爲葬儀。蓋鐃歌上同乎國家之雅頌，而鼓吹下儕於臣下之鹵簿，非唯所用尊卑懸絕，而俱不以爲軍中之樂矣。……”（<u>文獻通考</u>卷一百四十七樂考二十鼓吹）

<u>朱乾</u>曰：“按<u>蔡邕</u>以短簫鐃歌爲軍樂，所謂軍樂者，必如靈夔吼、鵾雞爭之類，方合凱歌本義。今按，<u>漢</u>鐃歌十八曲並不言軍旅之事，何緣得爲軍樂？然則鐃歌本軍樂，而十八曲者，蓋<u>漢</u>曲失其傳也。緣<u>漢</u>採詩民間，不曾特製凱奏，故但取鐃歌爲軍樂之聲，而未暇釐正十八曲之義，其時亦知不類軍樂，故<u>漢</u>樂雖分四品，而黃門鼓吹與短簫鐃歌二者，合而爲一，用之享宴食舉。”及大駕前後部鼓吹，并以給賜臣下，亦未聞用之凱奏者。而古今注遂以短簫鐃歌爲鼓吹之一章矣。至<u>馬</u>氏所云‘鐃歌上同乎國家之雅頌’，亦朝<u>魏</u>、<u>晉</u>以後而言。若十八曲，除朱鷺、上之回、上陵、將進酒、君馬黃、聖人出、臨高臺、遠如期、石留九篇，餘豈有雅頌之意哉！<u>魏武</u>知<u>漢</u>曲之失，故命<u>繆襲</u>造鼓吹十二曲，以代<u>漢</u>曲。<u>孫權</u>觀<u>魏武</u>軍作鼓吹而還，

當卽此；亦使韋昭爲之。咸以歌頌功德，不失軍樂之意。自晉武令傅玄踵魏曲，製鼓吹二十二篇，而又別出凱歌，於是鐃歌專用之鼓吹，而軍樂別有凱歌，失鐃歌本義矣。……"（樂府正義卷三）

王先謙曰："十八曲不皆鐃歌，蓋樂府存其篇名，在漢時已屢增新曲，實爲後代擬古樂府之祖。朱鷺、上陵諸篇，其確證也。宋書既已沿譌，仍統名鐃歌以存其舊。劉勰文心雕龍謂漢武始立樂府，師古不察，襲謬以注漢書，由此讀鐃歌者，以爲皆武帝時作，是大不然。……蓋采詩協律，武、宣代盛，前有作者，悉在輶軒，踵事所增，以時存録，刺上之作，不得獻焉，則又散之民間，傳之易代，同題異曲，於是乎出。佚缺互亂，收紹多門，執後補前，因甲替乙，矧若聲音訓詁，渺矣莫詳，使一代文章，闇若幽室。史册斯存，稽合時事，發矇探賾，無使廢墜，後起者之責也。……"（漢鐃歌釋文箋正：例略）

梁啓超曰："樂府之分類，似草創於王僧虔伎録，而鄭樵樂略益加精密。……鄭樵把自漢至唐的曲調搜輯完備，嚴密分類，令我們知道樂府性質和内容是怎麼樣，這是他最大功勞。……其後郭茂倩雖稍有分合，然大體皆與樵同，内曲名重複互見者雖甚多，然搜輯之勤，我們對他總該表謝意。然樵有大錯誤者一點．在把'清商'與'相和'混爲一談，均於相和歌三十曲以外，復列相和平調、清調、瑟調、楚調四種，而清商則僅列七曲，附三十三曲，皆南朝新歌，一若漢、魏只有相和別無清商者。殊不知惟清商爲有清、平、瑟三調（楚調是別出的，是否爲清商未可知），而相和則未聞有之。凡樵據王僧虔伎録所録之五十一曲，皆清商也。宋書樂志（以下省稱宋志）云：

'相和,漢舊歌也。絲竹更相和,執節者歌。本十七曲,朱生、宋識、列和等合之爲十三曲。' 此十三曲宋志全錄:1. 氣出唱、2. 精列、3. 江南、4. 度關山、5. 東光乎、6. 十五、7. 薤露、8. 蒿里、9. 對酒、10. 雞鳴、11. 烏生八九子、12. 平陵、13. 陌上桑。魏明帝時所傳相和歌止此,並無三十曲之說也。至於清商,則杜佑通典云:'清商三調,並漢氏以來舊曲。歌章古調與魏三祖所作者皆備於史籍。' 佑所謂史籍,即指宋志也。宋志錄完相和十三曲之後,另一行云:'清商三調歌詩,荀勗撰舊詞施用者。' 此下即分列平調六曲、清調六曲、瑟調八曲,則此三調皆屬於清商甚明。王僧虔所錄,平調增一曲,瑟調增三十曲。僧虔與沈約同時,所增者約蓋亦見。但作史有別裁,不能全錄,但錄荀勗造譜之二十曲耳。而鄭樵讀宋志時,似將'清商三調荀勗撰'一行滑眼漏掉,漫然把宋書卷二十一所錄諸歌,全都歸入相和,造出'相和平調'……等名目。於是本來僅有十三曲的相和,無端增出幾十曲來;本有幾十曲的清商,除吳聲七曲外,漢、魏歌辭一首都沒有。樵亦自知不可通,於是復曲爲之說,謂'漢時所謂清商者,但尚其音耳,晉、宋間始尚辭。觀吳兢所纂七曲,皆晉、宋間曲也。' 殊不知清商三調,本惟其音不惟其辭,魏書樂志載陳仲孺奏云:'瑟調以角爲主,清調以商爲主,平調以宮爲主。' 其性質如宋樂府之有南呂宮、大石調、小石調……等,本屬有聲無辭,其被之以辭,則衍爲若干曲,有陌上桑、相逢、善哉……諸名,則猶宋樂府各宮調中有菩薩蠻、浪淘沙……諸曲。鄭樵説'漢但尚音',實則晉、宋何嘗不是尚音!他説'晉、宋尚辭',實則晉、宋間辭倒逐漸散亡了。宋志載王僧虔奏云:'今之清商,實猶銅雀,魏氏三祖,風流可懷;京洛相高,江左九重,而情變聽改,稍復零落,十數年間,亡者將半。……'這便是清商漢、魏間尚有辭而晉、宋間散佚之明證。鄭樵的話,剛剛説倒了。大抵替清商割地,始自吳兢,而鄭樵、郭茂倩沿其誤。今據王僧虔、沈約所記載,復還其舊。又宋志於三調之外,復有所謂大曲及楚調,其性質如何雖難確考,既王僧虔以類相次,則宜並屬清商。……"(中國之美文及其歷史)

（三） 關於焦仲卿妻的參考材料

古直曰:"此詩有'青廬'、'龍子幡'二名詞,陸侃如謂前者爲北朝異俗,後者爲南朝風俗。……案世説新語假譎篇曰:'魏武少時,嘗與袁紹好爲遊俠,觀人新婚,因潛入主人園中,夜呼叫云:'有偷兒賊。青廬中人皆出觀。'據此,則青廬之俗,漢世早有之。考曹操沛國譙人,袁紹汝南人,其地舊屬西楚。漢書藝文志列吳、楚、汝南歌詩于一類,其風俗從同可知。廬江亦楚地,距譙僅數百里耳。譙已有青廬之俗,廬江何爲而不可有哉?(原注:案南齊書禮志曰:'魏文帝修洛陽宮室,權都許昌,殿狹小,元日於城南立氈殿,青帷以爲門。'又宋書禮志引魏王沈元會賦曰:'華輯映於飛雲,朱幔張於前庭,絚青帷於兩階,爭紫極之峥嵘。'據此,則喜慶用青布爲帷幔,蓋漢、魏上下之通俗也。)若夫龍子幡,亦不始於南朝。續漢書輿服志曰:'諸車之文:公列侯庬文,九游,降龍;卿朱兩輪,五游,降龍。'晉書輿服志曰:'公旗旐八游,侯七游,卿五游,皆畫降龍。'宋書禮志曰:'王公旐八游,侯七游,卿五游,皆畫降龍。'案降龍者,對於升龍而言。續漢志曰:'乘輿建大旐十二游,畫日月升龍。'爾雅曰:'素陞龍於縿。'郭璞注:'畫白龍於縿,令向上。'然則升龍者,龍首昂然上向之龍也。詩九罭曰:'袞衣繡裳。'毛傳:'袞衣,卷龍也。'釋文:

'天子畫升龍於衣,上公但畫降龍。'然則降龍者,龍首卷然向下之龍也。龍子幡蓋卽降龍旂之俗稱。何以證之?南史臧質傳曰:'質封始興郡公,之鎮,六平乘並施龍子幡。"樂府詩集引古今樂錄曰:'襄陽樂,宋隨王誕所作也。其歌曰:"四角龍子幡"。'夫臧質爲公,劉誕爲王,準以時王禮制,皆用降龍旂。今南史、樂府並曰'龍子幡',非隨俗之稱謂如何?尚考龍子之名,始見漢季,史記吳太伯世家,集解引應劭曰:'文其身以象龍子。'說文曰:'虯,龍子有角者。'漢書司馬相如傳注引文穎曰:'龍子爲蟥。'此詩作於漢末,其稱降龍旂爲龍子幡,正應當時俗稱也。惟詩云:'直說太守家,有此令郎君。'漢世太守秩二千石,在卿下,準以禮制,不宜用龍子幡,豈漢末禮壞,郡守僭用卿禮歟?(原注:案後漢書王符潛夫論浮侈篇曰:'今京師貴戚,衣服飲食,車輿廬第,奢過王制,固亦甚矣。'然則漢末郡守,僭用卿禮,蓋常事也。浮侈篇又云:'嫁娶者車騈數里,緹維竟道,騎奴侍童,夾轂並引。富者競欲相過,貧者恥其不逮。一饗之所費,破終身之業。'此詩'雜綵三百疋,交、廣市鮭珍,從人四五百,鬱鬱登郡門'一段,極形豪侈,與王符所論相應。此詩爲漢末魏初之作,更無疑義矣。)然要可證明龍子幡乃漢家禮制,而非南朝風尚。南朝儘可襲用漢制。此制不始南朝。陸氏此說之謬,於是益明。"(漢詩研究:焦仲卿妻詩辨證六——"靑廬不始北朝龍子幡亦爲漢制"條。)

宋康王舍人韓憑,妻何氏,美,康王奪之。憑怨,王囚之。……俄而憑乃自殺。……妻遂自投臺,左右攬之,衣不中手而死。遺書於帶曰:"王利其生,妾利其死。願以屍首賜憑合葬。"王怒,弗聽。

使里人埋之，塚相望也。王曰：“爾夫婦相愛不已，若能使塚合，則吾弗阻也。”宿昔之間，便有大梓木生於塚之端，旬日而大盈抱。屈體相就，根交於下，枝錯於上。又有鴛鴦，雌雄各一，恆棲樹上。晨夕不去，交頸悲鳴，音聲感人。宋人哀之，遂號其木曰相思樹。……南人謂此禽，即韓憑夫婦之精魂①。（搜神記卷十一）

　　①按，焦仲卿妻有云：“東西植松柏，左右種梧桐。枝枝相覆蓋，葉葉相交通。中有雙飛鳥，自名爲鴛鴦，仰頭相向鳴，夜夜達五更。”疑此用傳説中韓憑夫婦殉情的故事。又按，太平廣記四百六十三“韓朋”條，謂韓朋鳥乃鳧鷖之類，雙飛。云出嶺表錄異。而敦煌所出民間文學中又有韓朋賦。則韓憑故事傳説之廣可知。“朋”與“憑”，聲近借字。

　　晉，戰國時謂國苦秦之難，有民從征戍秦不返，其妻思之而卒。既葬，塚上生木，枝棄皆向夫所在而傾，因謂之相思木。（太平廣記卷三八九：“相思木”條，出述異記。）

　　吳黃龍年中，吳都海鹽有陸東美妻朱氏，亦有容止，夫妻相重，寸步不相離，時人號爲“比肩人”。夫婦云皆比翼，恐不能佳也。後，妻卒，東美不食求死，家人哀之，乃合葬。未一歲，塚上生梓樹，同根　身相抱而合成一樹，每有雙鴻常宿於上。孫權聞之嗟嘆，封其里曰“比肩墓”，又曰雙梓。後，子弘與妻張氏雖無異，亦相愛慕，吳人又呼爲“小比肩。”（太平廣記卷三八九：“陸東美”條，出述異記。）

　　潘章少有美容儀，時人競慕之。楚國王仲先聞其美名，故來求爲友。章許之。因顧同學，一見相愛，情若夫婦，便同衾共枕，交好無已。後同死，而家人哀之，因合葬於羅浮山。冢上忽生一樹，柯條枝葉，無不相抱，時人異之，號爲"共枕樹"①。（太平廣記卷三八九: "潘章"條。）

　　①上引三條，與韓憑故事疑皆出於同一母題，而傳說互異，并錄以備考。

五　漢代五七言詩

（一）　上山采蘼蕪①

上山采蘼蕪②，下山逢故夫。長跪問故夫③："新人復何如④？"
"新人雖言好⑤，未若故人姝。顏色類相似，手爪不相如。""新人從
門入⑥，故人從閣去。""新人工織縑⑦，故人工織素。織縑日一匹，
織素五丈餘，將縑來比素，新人不如故。"

①這是一首古詩，始見於玉臺新詠，詩中通過一個棄婦反映出婦女
在封建社會中冷酷的遭遇和低下的社會地位。但太平御覽引此詩作"古
樂府"，可見樂府詩和古詩在最初是不易劃分得十分清楚的。　②"上
山"二句："蘼蕪"，亦名"江蘺"，香草名，風乾後可做香料。此二句言女子
上山採蘼蕪而在下山時遇到從前遺棄她的丈夫。　③長跪問故夫：一
本作"回首問故夫"。"長跪"已見前飲馬長城窟行註釋。　④新人復何
如："新人"，指故夫新娶的妻。此是棄婦問故夫：新娶的人怎麼樣？　⑤
"新人雖言好"四句：此是故夫的答話。"故人"，即指棄婦。"姝"，猶
"好"。此處是泛指各個方面，不專指容貌。"顏色"，指容貌。"手爪"，王
堯衢說："手爪不如以織縑。"指女子的手藝，如紡織、縫紉等，猶今方言中
稱女子的針線活爲"針線手脚"。此四句大意是："新人雖說好，其實還是
不如故人。容貌倒差不多，但針線活卻不能同你比。"張琦說："'顏色類
相似'，言其表也；'手爪不相如'，言其用也。"　⑥"新人從門入"二句：
"門"指正門；"閣"，旁門，小門。此言"新人從正門堂皇地進來，故人只好
暗中從旁門離開了"。按，余冠英說以爲此二句是棄婦之言。他說："'新
人從門入'兩句必須作爲棄婦的話纔有味，因爲故夫說新不如故，是含有

念舊的感情的，使她聽了立刻覺得要訴訴當初的委屈，同時她不能卽刻相信故夫的話是真話，她還要試探試探。這兩句話等於說：既然故人比新人好，你還記得當初怎樣對待故人嗎？也等於說：你說新人不如故人，我還不信呢，要真是這樣，你就不會那樣對待我了。這麼一來就逼出男人說出一番具體比較。那比較的標準就是生產技術的高下。"(見樂府詩選)今按，此說是。　　⑦"新人工織縑"六句："工"，善於。"縑"，黃絹；淮南子齊俗訓："縑之性黃"。"素"，白絹；急就篇顏注："絹之精白者"。"縑"較"素"之價值為賤。"一匹"，四丈。此六句是故夫對"新人"、"故人"作比較的話，他說："新人善於織縑，故人善於織素。新人一天織縑四丈，故人一天織素五丈多，從縑與素的質量來比較，新人不如故人。"張琦評此詩說："巧拙既殊，鈍捷亦異，而愛憎取舍，一切反之。末世錄才，大都爾爾。"雖以此詩為比興體，然實能見及詩中所反映出的不平等的社會地位，故錄以備考。

(二)　十五從軍征①

十五從軍征②，八十始得歸。道逢鄉里人："家中有阿誰？""遙看是君家③，松柏冢纍纍。"兔從狗竇入④，雉從梁上飛，中庭生旅穀，井上生旅葵。舂穀持作飯⑤，採葵持作羹。羹飯一時熟⑥，不知貽阿誰。出門東向看⑦，淚落沾我衣。

①本篇見於樂府詩集梁鼓角橫吹曲，名紫騮馬歌辭，前面還有四句是："高高山頭樹，風吹葉落去，一去數千里，何當還故處。"但郭茂倩在解題中引古今樂錄說："'十五從軍征'以下是古詩。"現在一般都把它作為古詩來看。這是一首暴露封建社會中不合理的兵役制度對於勞動人民的殘酷奴役和損害的詩，杜甫的無家別實受此詩影響。　　②"十五從軍征"四句："阿誰"，猶"誰"；"阿"為語助詞，無涵義。此寫一個十五歲應徵從軍的人，到八十歲才退伍歸來。在路上碰到一個鄉鄰，就問他："我家

裏還有什麼人？"　　③"遥看"二句：這是鄉鄰的回答，説："遠遠看過去，那一片種着松樹柏樹的、縱橫堆積的荒墳，就是你的故家所在之地。"這也等於説"你家裏已經没有人了，田園屋舍早已成爲荒墳了"。　　④"兔從"四句：第一句，"狗竇"，狗洞。兔是野物，狗是家畜，兔入狗洞，正見室無人煙。第二句，"雉"，野雞。第三句，"旅穀"，野生的穀子。後漢書光武紀："至是野穀旅生。"李賢注："旅，寄也，不因播種而生故曰旅。"第四句，"葵"，葵菜，亦名"冬葵"其嫩葉可食。"旅葵"，卽野生的葵菜。按，上文"松柏冢纍纍"是遠看的景象，此處寫這人已走到故家近旁，零落殘破的家屋就看得更清楚了，但是"兔子從狗洞中出入，野雞在屋樑間飛來飛去。堂前的天井里長着野生的穀子，井台周圍長着野生的葵菜"。
⑤"舂穀"二句：上句，"舂穀"，用石臼舂稻穀，使脱去糠皮。"飰"，卽"飯"字。此言"舂好了穀子拿來做飯，採了葵菜拿來做羹湯"。　　⑥"羹飯"二句：大意是："湯和飯一會兒就做好了，但不知拿給誰去吃。"通過這樣一件具體事實，寫出了老翁此時極端孤獨淒涼的處境和心情。　　⑦"出門"二句："東向看"一本作"東向望"。此寫老翁心情苦痛已極，所以走出大門，向東張望。在四顧無人的淒涼情況下，眼淚便不禁掉下來了。按，"兔從狗竇入"以下，都是用老翁自己的語氣寫的，盡情抒發了他的悲涼心情。陳祚明説："悲痛之極辭。若此者又以盡言爲佳。蓋言情不欲盡，盡則思不長；言事欲盡，不盡則哀不深。"是。

（三）　古詩十九首

行行重行行①

　　行行重行行②，與君生別離③。　相去萬餘里，各在天一涯④。道路阻且長⑤，會面安可知？胡馬依北風⑥，越鳥巢南枝。相去日已遠⑦，衣帶日已緩。浮雲蔽白日⑧，游子不顧返。思君令人老⑨，歲月忽已晚⑩。　棄捐勿復道⑪，努力加餐飯。

①“古詩十九首”始見於梁蕭統所編文選。其中十二首又見於梁、陳間徐陵所編玉臺新詠，而有八首題作西漢枚乘的雜詩。郭茂倩樂府詩集也收其中三首。“古詩”是當時對古人所作詩的統稱，“古詩十九首”則是沿襲文選而來的專稱，專指文選所載的十九首古詩。舊説或以這組詩是不可分割的整體，非是。“行行重行行”一首是思婦之詞。先是追敍初別，次説路遠會難，以傾訴相思之苦，末是強作解慰語。 ②行行重行行: 言“走啊走啊，老是不停的走”。兩“行行”相重疊，是爲了加重語氣。張玉穀説:“‘重行行’，言行之不止也。”同時含有愈走愈遠的意思（用清吳淇選詩定論説）。 ③生別離: 活生生地分開。此用楚辭九歌少司命“悲莫悲兮生別離”語意，近人朱自清以爲有“暗示‘悲莫悲’的意思”（見其所著古詩十九首釋）。 ④天一涯: 猶言“天一方”。此句言“兩人各在天之一方”，喻遠離無法相見。 ⑤阻且長: 言“路途艱險而且遙遠”。“阻且長”是用詩經蒹葭“所謂伊人，在水一方；溯洄從之，道阻且長”語意。朱自清以爲這裏有 “暗示‘從之’不得的意思”。近人李嘉言認爲自“相去萬餘里”至“會面安可知”四句全用蒹葭四句之意，“各在天一涯”即是從“在水一方”變來，“相去萬餘里”是“在水一方”的補充，“會面安可知”是 “道阻且長”的補充（見國文雜誌三卷三期 行行重行行）。可備一説。 ⑥“胡馬”二句: 上句，“胡馬”，指北地所産的馬。下句，“越”，卽漢時“百越”之地；“越鳥”，指南方的鳥。按，此二句是用成語。韓詩外傳:“詩云，代馬依北風，越鳥翔故巢，皆不忘本之謂也。”（見文選李善注引，今本韓詩外傳脱誤，清人許瀚攀古小廬雜著有此條考證。）鹽鐵論未通篇:“故‘代馬依北風，飛鳥翔故巢’，莫不哀其生。”吳越春秋:“胡馬依北風而立，越燕望海日而熙，同類相親之意也。”都是以馬和鳥比喻眷戀故鄉的意思。此二句言“胡馬南來後仍依戀於北風，越鳥北飛後仍築巢於南向的樹枝”，較舊喻似更深一層。言外謂“鳥獸尚依戀故土，何況人呢?” ⑦“相去”二句: 上句，“遠”，久（用清張庚説，見其所著古詩十九首解），言相離隔愈久。下句，“緩”，寬鬆。此句表示人因相思而日益

消瘦，故衣帶愈來愈鬆。清朱筠古詩十九首説：“與思君令人瘦一般用意。”按，上文“胡馬”二句是思婦從游子方面設想，認爲遠出之人應當有故鄉之思；此二句則寫思婦自己因爲離別既久，遂致憔悴，足見相思無已之情。意謂游子如果想到家裏人因思念他而憔悴，也應當想到回家了。故下文接着説到“游子不顧返”（用近人俞平伯説，見葺芷繚衡室古詩札記，載清華文學月刊二卷一期）。　　⑧“浮雲”二句：上句李善注：“浮雲之蔽白日，以喻邪佞之毁忠良，故游子之行不顧反也。文子曰：‘日月欲明，浮雲蓋之。’陸賈新語曰：‘邪臣之蔽賢，猶浮雲之鄣日月。’古楊柳行曰：‘讒邪害公正，浮雲蔽白日。’”朱自清認爲本詩與此三證時代相去不遠，可能還是用這個意思。“不過也有兩種可能：一是那游子也許在鄉里被‘讒邪’所害，遠走高飛，不想回家。二也許是鄉里中‘讒邪害公正’，是非黑白不分明，所以游子不想回家。前者是專指，後者是泛指。”録以備考。下句，“顧”，念。“不顧返”，不想着回家。　　⑨“思君”句：“老”指所謂“老態”、“老相”而言。意謂“只爲想念你，使我變得老多了。”清孫鑛評此句説：“自小雅‘維憂用老’變來。”按，“維憂用老”見小弁，孫説是。⑩歲月忽已晚：朱自清説：“和‘東城高且長’一首裏‘歲暮一何速’同意，只指秋冬之際歲月無多的時候。”意謂“一年倏忽又已將盡，自己年華老大，究竟等到幾時呢﹗”　　⑪“棄捐”二句：有二解：一、“棄捐”，抛棄；“勿復道”，不必再説了。“努力加餐飯”是勉勵游子的話。張玉穀釋此二句説：“不恨己之棄捐，惟願彼之強飯。”朱自清更以史記外戚世家“行矣，彊飯，勉之﹗”和飲馬長城窟行“上有加餐食”兩例證明下句是當時慰勉別人的通用語，因此他説：“‘棄捐’就是……‘被棄捐’；……所以她含恨的説：‘反正我是被棄了，不必再提罷；你只保重自己好了﹗’”二、上句猶言“丢開不談吧”；下句則以“努力加餐飯”自慰。言“一切不管吧，我還是努力加餐，留得身體在，也許他年還有相見的機會”（吴淇、張庚、王堯衢説）。今按，陸機擬行行重行行：“去去遺情累，安處撫清琴。”曹植贈白馬王彪：“心悲動我神，棄置莫復陳。”劉琨扶風歌：“棄置勿重陳，重陳令心傷。”句法皆與此詩"棄捐勿復道"句相類，故上句顯然應解爲"這些話都丢開不説吧"
爲是(參用<u>俞平伯</u>説)；但下句則以<u>朱</u>説爲是。故<u>余冠英</u>綜合兩説，釋爲
"最後表示什麽都撇開不談，只希望在外的人自家保重"(<u>漢魏六朝詩
選</u>)，最爲明順確切。

青青河畔草①

　青青河畔草②，鬱鬱園中柳。盈盈樓上女③，皎皎當窗牖，娥
娥紅粉粧④，纖纖出素手。昔爲倡家女⑤，今爲蕩子婦。蕩子行不
歸⑥，空床難獨守。

　　①這首詩寫一倡家出身的思婦，春日寂寞，登樓遣悶。首二句寫春
天景色；次四句寫女子的容態姿首；末四句寫女子的身世和愁怨的情緒。
詩人對這個女主人公是同情的。前人多謂此詩是諷刺倡女之作，並認爲
有"見妖冶而儆蕩遊"(<u>張玉穀</u>語)的意思，俱非是。　　②"青青"二句：
"鬱鬱"，茂盛貌。<u>朱自清</u>説："'青青'是顔色兼生態，'鬱鬱'是生態。……
都帶有動詞性。"此二句寫春天景色，是"以物之及時，興女之及時"(<u>清方
廷珪</u>語，見其所著<u>文選集成</u>)。又，<u>朱自清</u>説："這顯然是思婦的詩，主人
公便是那'蕩子婦'。'青青河畔草，鬱鬱園中柳'是春光盛的時節，……
蕩子婦樓上開窗遠望，望的是……那'行不歸'的'蕩子'。她卻只見遠處
一片草，近處一片柳。那草沿着河畔一直青青下去，似乎没有盡頭——
也許會一直青青到蕩子的所在罷。傳爲<u>蔡邕</u>作的那首<u>飲馬長城窟行</u>開
端道，'青青河邊草，綿綿思遠道'，正是這個意思。那茂盛的柳樹也惹人
想念遠行不歸的蕩子。<u>三輔黄圖</u>説，'<u>灞橋</u>在<u>長安</u>東，　…<u>漢</u>人送客至此
橋，折柳贈別。''柳'諧'留'音，折柳是留客的意思。<u>漢</u>人既有折柳贈別
的風俗，這蕩子婦見了又'鬱鬱'起來的'園中柳'，想到當年分別時依依
留戀的情景，也是自然而然的。再説，……(春天)正是行樂的時節，……
可是'蕩子行不歸'，孤負了青春年少；及時而不能行樂，那是甚麽日子
呢！況且草青，柳茂盛，也許不止一回了，年年這般等閒的度過春光，那又

是甚麽日子呢!”對此二句及全詩詮釋得極透闢,故録以備考。　③“盈盈”二句: 上句,“盈盈”,與“嬴嬴”、“嬴嬴”同,儀態美好貌。此處形容女子的姿容豐滿(參用元劉履選詩補注説)。下句,“皎皎”,光明貌,此指女子膚色白皙(用朱自清説)。“當”,面臨。此言“在樓上看到一個很美麗的女子臨窗遠望”。吳淇説:“‘皎皎’字又以窗之光明、女之丰采并而爲一,以摹寫‘盈盈’字。”　④“娥娥”二句:上句,“娥娥”,嬌美貌;“紅粉粧”,指用脂粉盛粧起來。此句言女子修飾美艷。下句,“纖纖”,形容女子的手指細而柔長。“素”,白。“出素手”,言女子憑窗之態。按,以上四句寫出一個艷妝少婦憑窗凝望的形象。　⑤“昔爲”二句:上句,“倡家女”,即“女樂”,是當時的歌舞樂伎,非今所謂娼妓。下句,“蕩子”,猶言“游子”,指游於四方而不歸的人,非今所謂“浪子”、“敗子”。此二句言女子身世與處境。　⑥“蕩子”二句:寫女子的愁情。按,此女昔爲倡女,嫁後又等於寡居,遭遇是不幸的。而從前爲倡女,生活還許熱鬧些、自由些,現在嫁了人,有了拘束,丈夫又遠行不歸,自己又是青春盛時,所以獨守空床自然是有些難的(參用近人陳柱、俞平伯、朱自清説,陳説見所著古詩十九首解)。這樣理解末四句,似較接近詩人本意。

青青陵上栢①

青青陵上栢②,磊磊澗中石;人生天地間③,忽如遠行客。斗酒相娛樂④,聊厚不爲薄。驅車策駑馬⑤,遊戲宛與洛。洛中何鬱鬱⑥,冠帶自相索。長衢羅夾巷⑦,王侯多第宅。兩宮遙相望⑧,雙闕百餘尺。極宴娛心意⑨,戚戚何所迫⑩!

　①這是一首憂時傷己的感興詩,詩中説人生短促,勸人適意行樂,情緒較爲消極;但同時反映出當時京城中權貴的炙手可熱,也有一定的現實意義。　②“青青”二句:上句,“陵”,高丘,亦指墳墓;“栢”即“柏”。下句,“磊磊”,衆石聚集貌;“澗”,“山溝”。餘詳下註。　③“人生”二句:

"忽",猶"匆匆"。以上四句言"陵上柏樹常青,澗中衆石常在;而人生於天地之間,卻匆匆如遠行的過客一般,暫住便去"。朱自清說:"本詩用三個比喻開端,寄託人生不常的慨歎。陵上栢青青,澗中石磊磊,都是長存的。……人生卻是奄忽的,短促的;'人生天地間',只如'遠行客'一般。……詩中將陵上柏和澗中石跟遠行客般的人生對照,見得人生是不能像栢和石那樣長存的。"釋前四句意甚明確,錄以備考。　　④"斗酒"二句:上句,"斗",酒器,"斗酒",指爲量不多的酒。方廷珪說:"斗酒儘足適意,何必長筵!"下句,"聊",姑且。張庚說:"斗酒本薄,我亦未嘗不知其薄,而聊以爲厚,不以爲薄,真足娛樂矣。"朱自清說:"本詩人生不常一意顯然是道家思想的影響。'聊厚不爲薄'一語似乎也在摹做道家的反語如'大直若屈''大巧若拙'之類,意在說厚薄之分是無所謂的。"　　⑤"驅車"二句:上句,"策駑馬",鞭打着笨拙遲緩的馬。此寫詩中主人公對車馬並不求華美,也不在乎它的優劣,因爲目的是"游戲"。余冠英認爲這句也是"聊厚不薄"的意思,他說:"駑馬雖劣也可以駕之而遊。"是。下句,"游戲",原只是兒童才有的行爲(用朱自清說),此處用來表示詩中主人公的玩世不恭思想,也表示出他的無心利祿。"宛",漢之南陽郡宛縣,東漢時有"南都"之稱,卽今河南省南陽市。"洛"卽洛陽,東漢京都。兩地是當時最繁盛的都市,聚在這種地方的人大多是爲利祿來的(參用張庚、朱自清說)。以上二句言"套上遲鈍的馬,慢慢地趕着,且到宛縣和洛陽去遊戲一番"。按,近人吳闓生以爲:"游戲宛、洛,本設想之辭,並非真到其地";而下文"接賦洛中情景,皆意中幻想之辭,非書目見,故實地皆虛"(見其所輯古今詩範)。可備一說。　　⑥"洛中"二句:上句,"鬱鬱",人多勢衆、氣象繁盛之貌。下句,"冠帶",指頂冠束帶的富貴之人;"索"是探訪。此言"洛陽城裏紛紛擾擾,十分熱鬧,富貴人自相探訪"。方廷珪說:"富貴人與富貴人爲偶,……句眼在'自',各適其適。"朱自清說:"'自相'是說貴人只找貴人,不把別人放在眼下,同時也有些別人不把他們放在眼下,儘他們來往他們的。他們的來往無非趨勢利逐酒食而已。這就帶些譏刺了。”余冠英説:“從‘自’字可以意味到他們(指貴人)自成集團,高高在上。”以上三説釋此二句甚透,録以備考。　　⑦“長衢”二句:“衢”,四通的大道,猶今言“大街”;“夾巷”是大道旁的小巷,猶今言“胡同”。此句言“大道兩旁排列着小巷”。下句,“第宅”,府第住宅。此言“在洛陽的大街小巷中,各處都是王侯們的府第住宅”。　　⑧“兩宫”二句:上句,“兩宫”,李善注引蔡質漢官典職:“南宫北宫,相去七里。”指當時的皇宫,朱筠以爲卽“天子宫與太后宫”。此言兩座皇宫遥遥相對。下句,“闕”,已詳前萬石列傳註釋。“雙闕”,卽每一皇宫門前的兩座望樓。“百餘尺”,言其高度。按,以上六句,寫“京都繁華,又專從貴盛着眼”(朱自清語)。　　⑨“極宴”句:言“窮奢極欲地盡情歡樂以滿足貪圖逸豫的心意”。按,舊解此句或指詩中主人公自己追求享樂,非是。説詳下註。⑩“戚戚”句:“戚戚”,憂愁貌;“迫”,指心情受到壓抑。陳沆説:“首以柏石之可久,反興人生之如過客;以斗酒之足樂,反刺富貴者之無厭求。故推之冠帶,又推之王侯,又推之兩宫雙闕,莫不盛滿榮華,窮娱極宴。而我乃獨爲憂戚於其間,果何所迫而云然乎!”此言“是什麽在壓抑着我使我這樣憂愁呢!”舊解此句爲指洛中豪貴之人,疑非是。有人説:“結語乃強作曠達,正是戚戚之極者也。‘極宴娱心意’句總承‘洛中’六句,言當時權貴無憂國之心,一味宴樂自娱,我獨何所迫而戚戚乎!正打轉‘斗酒娱樂’、‘車馬游戲’四句意。曰‘斗酒’、曰‘駑馬’,與‘冠帶’、‘宫闕’相反;曰‘聊厚’、曰‘游戲’,與‘極宴’句相反。若以‘極宴’句爲指‘斗酒’四句言,非也。”(見黄節舊藏古詩賞析眉批)按,黄説是。此詩開首寫人生無常,從而寫到飲酒和驅車游戲,有勉強行樂以銷憂之意。從“宛與洛”聯想到“洛中”豪門權貴的只知“極宴娱心”而不知憂國愛民,正與詩中主人公戚戚憂迫的情形成鮮明對照。這就説明詩人在一定程度上對現實的不滿,而這種不滿是指向當時的上層統治階級的。

今日良宴會①

今日良宴會②，歡樂難具陳。彈箏奮逸響③，新聲妙入神。令德唱高言④，識曲聽其真。齊心同所願⑤，含意俱未伸。人生寄一世⑥，奄忽若飈塵。何不策高足⑦，先據要路津，無爲守窮賤⑧，轗軻常苦辛。

①這是一首憤世嫉俗、感慨自諷的詩。詩中借聽曲起興，從而揭穿了當時一般人追求名利的庸俗和卑鄙。如果認爲詩人所說的果是“高言”和真理，那就適得其反了。　②“今日”二句：“具陳”，一一訴說。此言“今天是個了不起的宴會，樂事是說不盡的”。　③“彈箏”二句：上句，“箏”，瑟類的弦樂器。古代的箏，竹身五弦，秦、漢時爲木身十二弦；“奮”，發出；“逸響”，奔放的聲音。下句，“新聲”，指時行歌曲；“妙入神”是形容新聲美妙到神奇的地步。以上四句是引子，言“宴會歡樂難以一一訴說，就以彈箏和演唱時行歌曲來說，已經極爲精彩”（參用朱自清說）。　④“令德”二句：上句，“令德”，美德，本指賢者，此處是諷刺語，指追求利祿的人；“高言”，高妙之論，此處也是反話，卽指下文“人生寄一世”六句之意。下句，“識曲”，懂得歌曲的人，此處卽指詩中主人公自己；“真”，指歌曲真意。有人說：“‘識曲聽其真’句，……言彼雖唱令德之言，以自鳴其高，而識曲者自能得其真相，只是外假德言而內實嗜權利耳。”（見黃節藏古詩賞析眉批）按，此說是。意謂“現在有一些自命爲賢者的人，唱出了很多高調，究其實質，無非是想爭名奪利，爬上高枝而已；只有我這懂得曲子的人才能聽得出來‘高言’後面的‘鄙論’。”　⑤“齊心”二句：“此言‘高言’後面的庸俗卑鄙的想法卻是當前一般人共同的意願，不過大家都含而不吐，沒有直說出來罷了”。　⑥“人生”二句：上句，言人生在世上，不過像旅客寄宿一樣。下句，“奄忽”，急遽、迅疾之貌；“飈塵”，捲在狂風中的塵土，以喻人生不僅短促，而且往往不由自主。　⑦“何

不"二句：上句，"策"，鞭打；"高足"，好馬；快馬。下句，"先"，有"捷足先得"之意（用朱自清説）；"據"，佔有；"要路津"，本指行人必須經過的渡口，此處喻高位。（張庚説："'要路'即孟子'當路'。"按，孟子公孫丑上："夫子當路於齊。""當路"猶言"執國政"。）此言"爲什麼不快馬加鞭，搶先鑽營要職以謀求富貴呢！"　⑧"無爲"二句：上句，"無爲"，猶言"何必"。下句，"轗軻"，廣韻："車行不利曰'轗軻'，故人不得志亦謂之'轗軻'。"此言"又何必甘守貧賤，使自己辛辛苦苦地長久失意呢！"按，"人生"以下六句，即上文"高言"後面的"真"意。詩人的意思是説："你們不是齊心同願，但又含意未伸嗎？那我就替你們説出來吧！你們雖然假充'令德'，滿口'高言'，其實你們是醉心富貴的。依我看，人生一世原很短促，長遠的過窮日子又有什麼好呢？還是快馬加鞭，搶先往上爬吧！"有人説："……'心所同願'，不過内含此意（指嗜權利）而未明伸。……詩人代申其意，似勸'鼓勵'實諷，所謂謬悠其詞也。"（見黃節藏古文賞析眉批）釋此詩之旨最確。

西北有高樓①

西北有高樓，上與浮雲齊②。交疏結綺窗③，阿閣三重階④。上有絃歌聲⑤，音響一何悲！誰能爲此曲⑥，無乃杞梁妻！清商隨風發⑦，中曲正徘徊。一彈再三歎⑧，慷慨有餘哀。不惜歌者苦⑨，但傷知音稀。願爲雙鴻鵠⑩，奮翅起高飛。

　　①這是一首感慨知己難遇的詩，也是從聽歌起興，由於高樓上的哀歌引起了聽歌人的同情和悲傷。　②上與浮雲齊：此寫樓高，是誇張手法。　③交疏結綺窗："疏"，鏤刻；"交疏"，交錯鏤刻；"綺"，原是有花紋的絲織品，引申作"花紋"解。言"高樓的窗有交錯鏤刻的花格子"。④阿閣三重階："阿閣"，四周有簷的樓閣；"階"，階梯；"三重階"言其高。按，以上四句寫高樓，可以看出是個富貴人家；但前人或言"首四句蓋指

帝都"(明張鳳翼文選纂註)，或"阿閣爲東都帝王所居"(近人徐中舒古詩十九首考)，似嫌過鑿。　⑤"上有"二句：此言"樓上有彈奏唱歌之聲，調子是那樣的悲哀"。　⑥"誰能"三句：杞梁妻：相傳春秋時齊國大夫杞殖，字梁，戰死，妻痛哭十日後自殺。琴曲有杞梁妻嘆，琴操以爲是杞梁妻作，古今注則謂是杞梁妻之妹朝日"悲其姊之貞操"而作。此二句言"誰能唱出這樣悲傷的曲子呢？莫不是杞梁妻這樣的人嗎？"意謂非杞梁妻這樣的人是唱不出這樣的曲子的。按，此種句法屢見於樂府古詩，都是讚嘆的意思，如古詩："誰能爲此器？公輸與魯班！"艷歌行"誰能鑱刻此？公輸與魯班！"都是(參用徐中舒說)。　⑦"清商"二句：上句，"清商"，樂曲名，大概這種曲調比較宜於表現悲怨的情感。下句，"中曲"，指樂曲中間部分。"徘徊"是指演奏複沓樂句，樂聲迴環往復。此言"樓上人所奏的是清商曲，聲音隨風散發，正奏到中間反覆詠嘆的部分。"朱自清說："歌曲的徘徊，也正暗示着歌者心頭的徘徊，聽者足下的徘徊。"可供參考。　⑧"一彈"二句：上句，"歎"指樂曲中的和聲。"一彈三歎"卽上文"徘徊"的具體化，是彈奏了一個基調後，再反覆重奏或用泛聲和奏。下句，"慷慨"，不得志的感情；"餘哀"，不盡的哀傷之情。此言"樂曲一彈三歎，有着失意的哀傷"。　⑨"不惜"二句："知音"，猶"識曲"，指能聽出音樂中所表達出來的演奏者思想感情的人，引申爲"知心人"、"知己"之意。余冠英說："以上二句是說我所痛惜的還不是歌者心有痛苦，而是歌者心裏的痛苦沒有人能夠理解。這種缺少知音的悲哀乃是樓中歌者和樓外聽者所共有的(聽者設想如此)，所以聞歌而引起情緒的共鳴。"按，此說是。　⑩鴻鵠：善飛的大鳥。"鴻鵠高飛"含有追求理想的意思。史記高祖本紀有鴻鵠歌："鴻鵠高飛，一舉千里。"陳涉世家也有"燕雀安知鴻鵠之志哉"的話，都以"鴻鵠"喻"心懷大志的人"。此句連下文言"願我們如一雙鴻鵠，展翅高飛，一起去追求自己的理想"。

涉江采芙蓉①

　涉江采芙蓉②，蘭澤多芳草；采之欲遺誰③？所思在遠道。還顧望舊鄉④，長路漫浩浩。同心而離居⑤，憂傷以終老。

　①這是一首描寫游子思鄉的詩。劉履説："客居遠方，思親友而不得見，雖欲采芳以爲贈，而路長莫致，徒爲憂傷終老而已。"至於"所思"之人，從末二句看，大約是妻子。　②"涉江"二句：上句，"芙蓉"，蓮花。朱自清説："'涉江'是楚辭的篇名，屈原所作的九章之一。本詩是借用這個成辭，一面也多少暗示詩中主人的流離轉徙——涉江篇所敘的正是屈原流離轉徙的情形。"可備一説。下句，"蘭澤"，蘭草多生澤畔。"芳草"卽指蘭而言。朱自清以爲此句用招魂"皋蘭被徑兮斯路漸"語意。他引王逸注："漸，没也。言澤中香草茂盛，覆被徑路。"並説："這正是'蘭澤多芳草'的意思。招魂那句下還有'目極千里兮傷春心，魂兮歸來哀江南'二語。本詩'蘭澤多芳草'引用招魂，還暗示着傷春思歸的意思。"可備一説。按，上句言"采"，實包括下句，言澤畔也可以采蘭。　③"采之"二句：上句，"遺"，贈。下句，"遠道"，猶言"遠方"。以上四句言游子想涉江采蓮、入澤采蘭，贈給遠在家鄉的親人們。按，古代有贈香草結恩情的風俗習慣，詩經、楚辭中屢見，此詩正是繼承了這一傳統描寫以寄託其思念鄉里的情感。　④"還顧"二句：上句，"還顧"，猶言"迴環顧盼"。下句"漫漫"、"浩浩"本來都是形容"無盡"、"無邊"的狀語，此處把"漫漫"這一疊詞省爲單詞，作爲"浩浩"的狀語，而"浩浩"又是形容長路的狀語。此言"游子因思鄉而望遠，但所見只有浩浩無盡的長路而已"。　⑤"同心"二句："同心"指夫妻同心。易經繫辭上："二人同心，其利斷金。"此處卽借用此語。此二句是概括思念者和被思念者雙方而言者（用張玉穀説），大意是："兩人同心而竟長久分離在兩處，我們彼此恐怕只能憂傷地終老此生了。"

明月皎夜光①

明月皎夜光②，促織鳴東壁③；玉衡指孟冬④，衆星何歷歷⑤。
白露霑野草⑥，時節忽復易；秋蟬鳴樹間⑦，玄鳥逝安適？昔我同門
友⑧，高舉振六翮；不念攜手好⑨，棄我如遺跡⑩。 南箕北有斗⑪，
牽牛不負軛；良無盤石固⑫，虚名復何益！

　　①這是一首失意之士怨朋友不相援引的詩。以悲秋起興，從"時節"
的變易而致慨於世態炎涼。　　②"明月"句：朱自清以爲用詩經陳風月
出"月出皎兮，……勞心悄兮"語意，他說："'明月皎夜光'一面描寫景物，
一面也暗示着悄悄(憂貌)的勞心(憂心)。"可備一說。　　③"促織"句：
"促織"即蟋蟀。蟋蟀是秋蟲，避寒就暖，故鳴於東面屋壁下。張庚說：
"東壁向陽，天氣漸涼，草蟲就暖也。"是。　　④"玉衡"句："孟冬"是初
冬。"玉衡"，北斗七星，第五星到第七星構成斗柄形狀，古人稱爲"杓"，
又稱"玉衡"，今稱"斗柄"。由於地球繞日運行，因此從地球上看恆星方
位，每月相差三十度。古人按這現象來測算季節，把天分爲十二宮，用地
支(子、丑、寅……)做爲標誌，以北斗爲指針。如正月指寅，二月指卯等。
但因地球還有自轉，北斗在同一夜間，其方位也有轉動，所以古人又將北
斗劃做三分，入夜時分看第一星所指方位，半夜看第五星，天明前看第七
星，古人稱爲"斗綱"。此言"玉衡"指在孟冬的方位，即是指在"亥宮"。從
道理講，這應該是十月的一個夜晚。而上文說"明月皎夜光"，下文說"衆
星何歷歷"，星月並明，這是下半月才有的現象。詩中既寫秋景，而時間
已届十月半以後，似屬矛盾。因此這句詩的解釋就發生了問題並引起争
論。李善注："上云促織，下云秋蟬，明是漢之孟冬，非夏之孟冬矣。漢書
曰：高祖十月至霸上，故以十月爲歲首。漢之孟冬，今之七月矣。"五臣注
則根據"孟冬"和"秋蟬"，解爲"謂九月已入十月節氣也"。劉履以爲"孟
冬"是"孟秋"之誤。張庚說："史記天官書，斗杓指夕，衡指夜，魁指晨。堯

時仲秋夕，斗杓指酉，衡指仲冬。此言玉衡孟冬，是杓指申，爲孟秋七月。然白露爲八月，'促織鳴東壁'又卽幽風'八月在宇'義，玄鳥逝卽月令'八月玄鳥歸'，然則此詩是七八月之交。"近人金克木從常識出發，認爲"斗綱"既在不同時間以北斗的三個不同星爲指針，自然也可以反過來從不同星所指的方位去看夜間的時刻，這是古代讀書人的常識。"玉衡指孟冬"是說"半夜該指秋('申酉、西)的星已指到冬(亥、北)了"，卽"已過了夜半的兩三時辰之後"。他並認爲，據詩意看，"若是仲秋，就剛在夜半與天明之間，所以看來仲秋說似較爲近理"。(見開明國文月刊六十三期古詩玉衡指孟冬試解)以上諸說，目的都在解釋"孟冬"和秋景間的矛盾，李、劉二說謬誤顯然，其他三說俱可通，以金說近是。又，近人陳柱、徐仁甫都認爲詩中所寫實候是孟冬，秋景乃是回憶。徐仁甫更認爲，"白露"二句和"秋蟬"二句各自爲"互文"，卽"時節忽復易"說明"白露霑野草"的時節已過去了，"玄鳥逝安適"也兼說到"秋蟬"的逝去。猶如下文"南箕北有斗，牽牛不負軛"，下句說明"虛有其名"，連着也說明了上句的"虛有其名"(見志學月刊一卷、三期古詩明月皎夜光解)。其說亦頗成理，故錄以備考。此外種種說法，可參閱清華學報十一卷二期俞平伯古詩明月皎夜光辨。　⑤歷歷：分明貌。清姜任修古詩十九首繹引蔣湘帆說："衆星歷歷，先伏箕斗牛女，故末段忽看衆星，指點虛名。"　⑥"白露"二句：上句，言秋天的露水把野草都霑溼了。下句，"時節"，猶"季節"。言"一轉眼的工夫季節又變了"。按，此句是總結前五句並概括後面的"玄鳥"二句。張玉轂說："首八(句)，就秋夜景物寫起，然時節忽易，已暗喻世態炎涼。"　⑦"秋蟬"二句：上句，"秋蟬"，何焯義門讀書記："自比如秋蟬之悲吟也。"下句，"玄鳥"卽燕子。"逝"，往。此猶言"燕子飛到哪兒去了呢!"以上八句所寫是秋天景象，"蟋蟀鳴"、"白露降"、"秋蟬"、"玄鳥飛去"都是秋天特有的景象。陳祚明說："秋蟬二句，微寓興意：寒苦者留，就暖者去。"清末人劉光蕡說："秋蟬二句，以物候之變，影人情之變。"(見其所著古詩十九首注)從下文看，二說近是。　⑧"昔我"二句：上句，

"同門友"，同在師門受業的朋友，猶今所謂"同學"。下句，"高舉"，高飛；"振"，作"奮"解。"翮"，羽莖；"六翮"指大鳥的翅膀。劉履説："凡鳥之善飛者，皆有六翮。"此二句言"從前我的同門好友，現在都得意了，翅膀硬了，飛得高了"。按，此即杜甫秋興"同學少年多不賤，五陵衣馬自輕肥"語意。　⑨攜手好：即指"同門友"。此用詩經邶風北風"惠而好我，攜手同行"語意。　⑩遺跡：走路時留下的脚印。此用國語楚語下"(楚)靈王不顧其民，一國棄之，如遺跡(韋昭注：'如行人之遺棄其迹。')焉"語意。此連上文言"那些同門舊友不念昔日攜手同游的交情，就像行人留下足迹一樣，把我抛棄了"。　⑪"南箕"二句：上句，"箕"，"斗"，均星座名。此用詩經小雅大東"維南有箕，不可以簸揚。維北有斗，不可以挹酒漿"語意。下句，"牽牛"，指牽牛星座；"軛"，牛車轅前橫木，用以控制牛背，使牛拉車前行的。此句用大東"睆彼牽牛，不以服箱"語意。按，此二句爲互文見義，言箕星、南斗星和牽牛星都是徒有虛名，實際上箕星不能簸糠，斗星不能挹酒漿，牽牛星不能負軛拉車。以喻"同門友"空有其名，而無真情實誼。　⑫"良無"二句："盤"同"磐"，"磐石"已見前焦仲卿妻註釋。此言"我的同門舊友並不像磐石那樣堅定不移，雖然虛有朋友之名，對我又有什麼用呢？"

冉冉孤生竹①

　　冉冉孤生竹②，結根泰山阿。與君爲新婚，兔絲附女蘿③。兔絲生有時④，夫婦會有宜。千里遠結婚⑤，悠悠隔山陂。思君令人老，軒車來何遲⑥！傷彼蕙蘭花⑦，含英揚光輝；過時而不采，將隨秋草萎。君亮執高節⑧，賤妾亦何爲？

　　①此詩有兩種解釋。一、明閔齊華文選瀹注："此結婚之後，夫有遠行，而有是作。"余冠英亦以此詩爲"寫女子新婚久別的怨情"。二、吳淇説："細玩此詩，……當是怨婚遲之作。"方廷珪、朱自清從之。今按，執前

說者，以詩中有"與君爲新婚"和"千里遠結婚"之句；執後說者，則從"軒車"、"過時"諸句着眼，並釋"與君爲新婚"爲"媒妁成言之始"而"非嫁時"（方廷珪語）。但用前說，對"軒車"、"過時"諸句亦可講得通，仍以前說爲是。又，此詩文心雕龍以爲東漢傅毅所作，非是。樂府詩集在雜曲歌辭中收入此篇。　　②"冉冉"二句：上句，"冉冉"，柔弱下垂貌（用說文段注）。"孤生竹"，孤獨無依的竹子。下句，"泰山"，即"太山"，"太"、"大"古通用，猶言"大山"、"高山"（參用王念孫說，見讀書雜志）。"阿"，山坳，山灣。按，此二句是比興手法。李善注："竹結根於山阿，喻婦人託身於君子也。"張玉穀說："孤竹結根，有不移意，直貫章末。"言柔弱的孤獨無依的竹子把根兒長在高山的坳曲之處。　　③菟絲附女蘿："菟絲"，一種旋花科的蔓生植物，莖細長，夏季開淡紅色小花，此處是女子自比；"女蘿"，即松蘿，一種地衣類蔓生植物，全體呈無數細枝，此處喻女子之夫（李白古意："君爲女蘿草，妾作菟絲花。"即用此意）。五臣注："菟絲、女蘿，並草有蔓而密，言結婚情如此。"此句承上文言"女子與夫新婚，兩情纏綿固結，有如菟絲附於女蘿"。清饒學斌說："曰結曰附，則慶一日之遭逢，即冀終身依靠，固惟願有合無離矣。"（見其所著月午樓古詩十九首詳解）　　④"菟絲生有時"二句：上句，朱自清說："爲甚麼單提菟絲，不說女蘿呢？菟絲有花，女蘿沒有；花及時而開，夫婦該及時而會。""生有時"即言菟絲花開有定時，以喻女子青春盛顏。下句，"會"，相聚；"宜"，指適當的時間。此言"菟絲開花是有一定的時候的，夫妻相聚也應當有它適當的時間"，言謂夫婦相聚當及女子青春盛顏之時。　　⑤"千里"二句："悠悠"，遙遠貌；"陂"，本指水澤，此處泛指江河；"山陂"猶言"山水"。按，上句的"千里"指婚前兩人相距之遠，下句的"山陂"指婚後兩人不在一處，隔着萬水千山。陳柞說："謂千里之遠來歸君子，不料忽又棄去也。"余冠英說："上句說離家遠嫁，結婚不易；下句說婚後不能相聚，又久別遠離。"按，二說是。　　⑥"軒車"句："軒車"，有屏障的車子，古代大夫以上的官員始得乘用；此指丈夫乘以歸來的車子。余冠英說："這女子的夫壻想是遠宦不歸，使她久盼。"近是。此連上句是女子正面抒發久別相思的怨情。　　⑦"傷彼"四句：此是自傷之詞，而以比興手法表現。第一句，"蕙"、"蘭"，都是香草名，在古典文學中一向用來作正面比喻，此處是自比。五臣注："此婦人喻己盛顏之時。""傷彼"卽是自傷。第二句，"含"，指花初開而未盡發的神態(用劉履說)；"英"，猶"花"，爾雅釋草："木謂之華，草謂之榮。……榮而不實者謂之英。"第三句，喻己盛顏易逝，而夫不歸。第四句，"萎"，凋謝。此言"自己正處青春盛時，有如蕙蘭花卽將盛開，散發着鮮豔光輝，如果不去采它，過了這時候，它也就會隨着秋草一起枯萎了"。陳沆說："楚辭曰：'恐鵜鴂之先鳴兮，使夫百草爲之不芳。'又曰：'惟草木之零落兮，恐美人之遲暮。'過時不采，將隨草萎之謂也。"⑧"君亮"二句："亮"同"諒"，想必；"高節"，高尚的節操，指守志不渝。此言"你想必是會守志不渝的，早晚總會回來，那麼我又何必這樣自傷自怨呢！"張玉穀釋此二句說："末二(句)，代揣彼心，自安己分。"其實她心裏惟恐丈夫不執高節，這樣說只是自慰罷了。

庭中有奇樹①

庭中有奇樹②，綠葉發華滋③。　攀條折其榮　將以遺所思。馨香盈懷袖⑤，路遠莫致之。此物何足貢⑥，但感別經時。

①這是一首思婦懷念游子的詩。清人邵長蘅說："與涉江采芙蓉首意同，而前曰望鄉，此稱'路遠'者，有行者居者之別。"(見近人隋樹森古詩十九首集釋引)按，此說是。全詩八句，通過庭樹開花、攀枝折花這一細節含蓄地寫出了女子心中強烈的思念之情。　　②"庭中"句："庭中"，庭院中；"奇樹"，猶言"嘉樹"，佳美的樹木。　　③"綠葉"句："發"，開；"華"同"花"；"滋"，作"繁"、"茂"解。此言"花兒開得很繁盛"。　　④"攀條"二句："條"，枝；"榮"，花。以上四句大意是：庭院中有一株佳美的樹，葉兒碧綠，花兒開得很繁盛。我攀着樹枝，折下花兒，想把它送給心

中思念的人。"朱筠説:"'庭中有奇樹',因意中有人,然後感到樹;蓋人之相別,卻在樹未發華之前,覩此華滋,豈能漠然?'攀條折其榮,將以遺所思',因物而思緒百端矣。"朱自清説:"這奇樹若不在庭中,她偶然看見它開花,也許會頓吃一驚,日子過得真快呵!一別這麽久了!可是這奇樹老在庭中,她天天瞧着它變樣兒,天天覺得過得快,那人是一天比一天遠了。這日日的熬煎,漸漸的消磨,比那頓喫一驚更傷人。"按,二説闡述詩意頗細,故録以備考。　　⑤"馨香"二句:上句,"馨"是香氣,"馨香"指花香;"盈懷袖",充滿於衣服的襟袖之間。左傳聲伯夢歌:"歸乎,歸乎,瓊瑰盈吾懷乎!"此疑用其語意(參用朱自清説)。余冠英説:"香盈懷袖表示懷藏了不少時間。"下句,"致",送到。言"只因路遠,無法把花送到"。朱自清以爲此句可能用詩經衛風竹竿"豈不爾思,遠莫致之"語意。姜任修説:"懷中别思,與香俱盈,不惟其物,而惟其意。"朱自清説:"'馨香盈懷袖'見得奇樹的花香氣特盛,比平常的香花更爲可貴,更宜於贈人。一面卻因'路遠莫致之'……久久地痴痴地執花在手,任它香盈懷袖而無可奈何。"按,二説是。　　⑥"此物"二句:上句,"貢",獻,一本作"貴",亦可通。下句,"時",指别離的時間。此二句大意是:"這花兒本身是不值得獻給你的(或'這花兒並没有什麽可貴'),只是由於我們分别很久了,希望藉它傳遞一下我對你的思念之情罷了。"言外有"事實上這花並不能送到遠人的手裏,我的思念之情反而更深了"之意。清陸時雍詩鏡:"末二語無聊自解,眷眷申情。"朱自清説:"'别經時'原是一直感着的,盼望采花打個岔兒,卻反添上一層失望。采花算什麽呢?單只感着别經時,無可奈何的更無可奈何了。"正得詩人言外之旨。

迢迢牽牛星①

迢迢牽牛星②,皎皎河漢女。纖纖擢素手③,札札弄機杼。終日不成章④,泣涕零如雨。河漢清且淺⑤,相去復幾許?盈盈一水間⑥，脈脈不得語。

　　①這首詩寫織女隔着銀河遙望牽牛的愁苦心情，實際上是比喻思婦游子相思的詩。　　②"迢迢"二句：上句，"迢迢"，遠貌；"牽牛星"，天鷹星座主星，俗稱扁擔星，在銀河南。"迢迢"是從織女的角度來看的。下句，"河漢"，銀河，"河漢女"，指織女星，是天琴星座主星，在銀河北，與"牽牛星"隔河相對。張庚釋此二句説："欲寫織女之繫情於牽牛，卻先用'迢迢'二字將牽牛推遠，以下方就織女寫出許多情緻。"　　③"纖纖"二句：上句，"擢"，擺動。下句，"札札"，機織聲；"杼"，指舊式織布機上的梭子。此是詩人想象之詞，言"織女擺動着她纖細柔長的手，札札地穿引着織布機上的梭子"。　　④"終日"二句：上句，"章"，見前詩經大東篇註釋。此用詩經小雅大東"跂彼織女，終日七襄。雖則七襄，不成報章"語意。言"織女終日也織不成布匹"。按，大東原意是指織女星根本不會織布，是徒有其名；此處則把織女星擬人化，説她因相思而無心織布。下句，"零"，見前焦仲卿妻註釋。張玉穀説："中四（句）接敍女獨居之悲，既曰'織女'，故只就'織'上寫。"按，此説是。　　⑤"河漢"二句：言"銀河水很清，而且也不深，牛女二星相距也並沒有多遠"。　　⑥"盈盈"二句：上句，"盈盈"，水清淺貌。下句，"脈脈"，當作"眽眽"，相視貌。此言"雖只一水之隔，卻相視而不得語"。張玉穀説："末四（句）即頂（緊接）'河漢'，寫出彼邊可望而不可即之意。"

迴車駕言邁①

　　迴車駕言邁②，悠悠涉長道。四顧何茫茫③，東風搖百草。所遇無故物④，焉得不速老？盛衰各有時⑤，立身苦不早。人生非金石⑥，豈能長壽考？奄忽隨物化⑦，榮名以爲寶。

　　①這是一首説理詩。詩人在悠遠渺茫的人生旅途上，看到事物的盛衰有時，從而感嘆人壽的短促和自己的一無所成，雖然作者指出"立身"

宜"早","榮名"可"寶",但全詩卻流露出一種無可奈何的消極情緒。孫
鑛評此詩説:"是悽惻調。"近是。前人或以此詩爲"自警"之作(張玉穀
説),或以爲是"士不得志而思留名於後"之作(張庚説),都是比較積極的
解釋,似與詩旨不盡相合。　②"迴車"二句:上句,"迴",同"回",掉轉;
"言",語助詞;"邁",遠行。下句,"悠悠",遠貌;"涉",經歷;"長道",長
途。按,此二句疑用詩邶風泉水"還車言邁"和"駕言出遊"兩句語意。
又,屈原離騷:"迴朕車以復路兮,及行迷之未遠。"鄒陽上梁王書:"邑號
朝歌而墨子回車。"無論詩經的"還車"或屈、鄒所説的"迴車",都含有"茫
然不知所之"的意思。王堯衢説:"車無所往,故迴;又駕而涉悠悠之長
道,不知何處税駕。"正得詩人之旨。餘詳下註。　③"四顧"二句:上
句,"茫茫",廣遠無邊際貌。下句,"東風",指春風;"摇",吹動。此二句
連上文言"我掉轉車子向着悠遠的長途行去,迴環四顧,一片茫茫,只有
在春風中動摇着的各種野草而已"。　④"所遇"二句:吳淇説:"'四顧
茫茫',正摹寫'無故物'光景;'無故物'正從'東風'句逼出,蓋草經春來,
便是新物;彼去年者,盡爲故物矣。草爲東風所摇,新者日新,則故者日
故,時光如此,人焉得不老?老焉得不速?"陳柱説:"'所遇'二句,則睹眼
前之物代謝之速,可知吾身之行將代謝矣。"按,二説近是。此言詩人懷
着無所適從的心情,看到客觀事物的新陳代謝,便感到自然力量對自己
是一種無情的威脅,-不禁嘆道:"人怎麼能不很快地就老了呢!"
⑤"盛衰"二句:上句,"時",指一定的時機,一定的命運。下句,"立身",
指立德、立功、立言等可以使人不朽的成就。五臣注:"恐盛時將遷而立身
不早。"意謂凡事盛衰都有定時,因此只恨自己沒有早打主意,有所成就。
⑥"人生"二句:"考",老,"長壽考"即"長壽"之意。此言"人生是很脆弱
的,不像金石那樣堅固,誰又能長生不老呢!"　⑦"奄忽"二句:"物
化",猶言"死亡"。"榮名",光榮的名聲。此言"倏忽之間,隨着自然的演
變,人很快就會死去,只有榮名是不朽的,所以人們都把它視爲珍寶了。"
朱筠説:"'立身苦不早',從無可奈何處泛泛説來。'人生'二句又進一

眉，言卽能立身，身非金石，何由長壽？亦不過‘奄忽隨物化’已耳，直是烟消燈滅，無可收拾，乃從世情中轉一語曰，‘求點子榮名也罷了’。”按，此說是。

東城高且長①

東城高且長②，逶迤自相屬。迴風動地起③，秋草萋已綠④。四時更變化⑤，歲暮一何速？晨風懷苦心⑥，蟋蟀傷局促。蕩滌放情志⑦，何爲自結束！燕、趙多佳人⑧，美者顏如玉。被服羅裳衣⑨，當戶理清曲。音響一何悲⑩，絃急知柱促。馳情整中帶⑪，沉吟聊躑躅。思爲雙飛燕⑫，銜泥巢君屋。

① 這是一首描寫士人感慨歲月易逝，思求盡情遊樂以消除愁悶的詩。陸時雍說：“景馳年摧，牢落莫偶，所以托念佳人，銜泥巢屋，是則蕩情放志之所爲矣。跼足不伸，祇以自苦，百年有盡，無謂也。”近是。按，此詩歷來有人主張自“燕趙多佳人”起應另成一首。所持主要理由是前後文義不連貫，情調不一致。自明張鳳翼始，至近人余冠英，都分成兩首詩來解釋。但前人也多指出，此詩自文選以來，始終只作爲一首詩，晉人陸機，也把它看成一首而進行擬作。今按，此詩前後可以連貫，韻亦相同，故仍作一首詩爲宜。　②“東城”二句：“逶迤”，長貌；“相屬”，相連不斷。此言“東城既高且長，緜延不斷。”按，此是“就所歷之地起興”（方廷珪語）。　③“迴風”句：“迴風”，旋風；“動地起”，捲地而起。　④“秋草”句：“萋”，“凄”的假借字；“綠”，黃綠色（見孔穎達毛詩正義），指草初黃時之色；此言“秋天的草色已凄然由青碧變黃了”。以上四句寫季節變化，歲月易逝的感觸。　⑤“四時”二句：上句，言“一年四季更替着變化。”下句，言“現在又是一年將終之時，光陰過得多麼快啊！”　⑥“晨風”二句：上句，“晨風”本詩經秦風中的一篇，“懷苦心”是指晨風詩中憂愁傷懷的思想感情。（詩晨風：“鴥彼晨風，鬱彼北林，未見君子，憂心欽

欽。")下句，"蟋蟀"，詩經唐風中的一篇，"傷局促"是指蟋蟀詩中拘束不開展的思想感情。(詩蟋蟀："蟋蟀在堂，歲聿其莫；今我不樂，歲聿其除。無已大康，職思其居，好樂無荒，良士瞿瞿。")此二句是詩人對晨風、蟋蟀二詩的批評，以爲像那兩首詩中的主人公未免太使自己愁苦拘束了。⑦"蕩滌"二句：上句，"蕩滌"，沖洗，指清除一切煩惱憂悶；"放情志"，放任自己的情操。下句，"結束"，猶"拘束"。此二句緊承上文提出自己的主張。余冠英說："以上四句是說晨風的作者徒然自苦，蟋蟀的作者徒然自縛，不如掃除煩惱，擺脫羈絆，放情自娛。"　　⑧"燕、趙"二句：上句，"燕、趙"，指今河北省、山西省一帶。"佳人"指女樂。趙地女子多習歌舞爲女樂，燕、趙相鄰，連類而舉。參看雞鳴"邯鄲倡"句註釋。下句，"顏如玉"是用詩經召南野有死麕"白茅純束，有女如玉"語意。清紀昀說："此下乃無聊而託之遊冶，卽所謂'蕩滌放情志'也。陸士衡所擬可以互證。……"(見梁章鉅文選旁證引)吳汝綸說："'燕、趙'以下乃承'蕩滌放情志'爲文。"(見其所輯古詩鈔)按，此二說是。詩人既想"蕩滌放情志"，自然去追求聲色之娛了。　　⑨"被服"二句：上句，"被"讀爲"披"，"披服"猶言"穿著"；言"佳人穿著着華美的衣服"。下句，"理"，溫習，練習；"清曲"，卽清商曲。李善注引如淳說："今樂家五日一習樂，爲理樂也。"此言"佳人臨着門戶奏起清商曲來"。　　⑩"音響"二句：上句，言所彈的曲調悲感動聽。下句，"柱"是瑟上支弦用的；"促"，移近。柱移得近則弦急，故聽弦急則知柱促。"弦急"是演奏調門高、旋律節拍快的曲子的情況。　　⑪"馳情"二句：上句，"馳情"，猶言"神往"，指感情爲曲調所吸引；"中帶"，卽單衫(儀禮鄭玄注說)。"中"一本作"巾"，亦通。李善注："整帶將欲從之。"下句，"沉吟"指心中盤算；"躑躅"指腳下徘徊；"聊"，且。此言"詩人聽曲神往，下意識地整整身上的衣服(或整整頭巾衣帶)，想去同佳人接近，但一面又有些顧慮，因而沉吟躑躅，猶像不前"。⑫"思爲"二句：此是結出正意，卻用比興寫出。表面上說自己願意化爲飛燕，住在奏曲者的屋梁上，實則心中想和奏曲者雙宿雙飛，成爲佳偶。

驅車上東門①

驅車上東門②，遥望郭北墓③。白楊何蕭蕭④，松柏夾廣路。下有陳死人⑤，杳杳卽長暮。潛寐黄泉下⑥，千載永不寤。浩浩陰陽移⑦，年命如朝露。人生忽如寄，壽無金石固。萬歲更相送⑧，聖賢莫能度。服食求神仙⑨，多爲藥所誤。不如飲美酒⑩，被服紈與素。

①這是一首宣揚頹廢的享樂思想的詩。詩人以爲人生必有死，聖賢也難免，吃藥求長生只是徒傷身體，還不如飲美酒服紈素，圖個眼前快活。　余冠英以爲此詩"反映社會混亂時期一部分人的頹廢思想"，是。②上東門：漢代洛陽城東面有三個門，靠北的叫上東門(參閲黄節漢魏樂府風箋)。　③郭北墓：漢以前的風俗，死人大多葬於城北。所謂"葬於郭北，北首，求諸幽之道也"(李善注引風俗通)。洛陽城北有邙山，是當時叢葬之地，"郭北墓"卽指北邙山上的墓羣(用朱琦説)。以上二句言詩人駕車出上東門，遥遥望見北邙山的墓羣。　④"白楊"二句：上句，"蕭蕭"，風吹樹葉聲。下句，"廣路"，富貴人墓前的墓道；"夾廣路"，指樹木種植在墓道兩旁。"白楊"、"松"、"柏"，皆墓地所植的樹木。此二句寫墓地上的蕭瑟景象。　⑤"下有"二句：上句，"陳"，久；"陳死人"，死去很久的人。下句，"杳杳"，幽暗貌；"卽"作"就"解，動詞，猶言"身臨"。此二句言"墓下有死去很久的人，他們葬入墓中，等於身臨幽暗無盡的長夜"。　⑥"潛寐"二句：上句，"潛"，沈默；"寐"，睡；"黄泉下"，卽地下。下句，"載"，年；"寤"，醒。此言"陳死人沉默地長眠於地下，永遠不會醒來了"。以上八句，詩人就所見墓地景象起興，認爲人生難免一死，感到十分無聊。　⑦"浩浩"二句：上句，"浩浩"，無盡貌；"陰陽"，指一年四季，李善注引神農本草："春夏爲陽，秋冬爲陰。""陰陽移"卽指四時運行。下句，"朝露"，見長歌行注釋。此二句言"時光流轉，無窮無盡，但人

的生命却如朝露般短促"。朱筠説:"'浩浩'二句,從上文咏嘆而出,言所以有生有死者,因陰陽換移所致。"　　⑧"萬歲"二句:上句,"萬歲",五臣注:"謂自古也。"猶言"從千秋萬歲以來"。"更相迭",年復一年,更相代替。下句,"度",同"渡",越過。此二句言"從古到今,一年年更相代替,然而卽使聖賢,也無法長生不老,渡過這時間的長流"。這是承"浩浩陰陽移"而言的。以上六句寫人生無常,雖聖賢亦難逃一死。　　⑨"服食"二句:上句"服食"與下句的"藥"爲互文見義,指吃求仙的丹藥。按,古人迷信方術之士的求仙之説,往往吞服丹汞,以爲可以延年永生。結果吃了之後反而傷身送命。詩人指出這一點,原很正確;但其本意乃在勸人追求眼前快活,所以結論是錯誤的。　　⑩"不如"二句:此是詩人正面的意見,言"不如喝點好酒,穿著一些絲綢衣服,圖個眼前快活"。

去者日以疎①

去者日以疎②,來者日以親。出郭門直視③,但見丘與墳。古墓犁爲田④,松柏摧爲薪。白楊多悲風⑤,蕭蕭愁殺人。思還故里閭⑥,欲歸道無因。

　　①這是一首游子因過墓墟而思鄉的詩,但也充滿了感傷情調。劉履説:"客遊遐遠,思還故里,日與生者相親而不可得,故其悲愁感慨,見於詞氣,有不能自己者焉。"是。　　②"去者"二句:上句,"以",一作"已",義通。下句,"來",一本作"生"。五臣注:"去者謂死也,來者謂生也,不見容貌,故疎也,歡愛終日,故親也。"按,此説是。饒學斌以爲"親疎猶言遠近也,去者日疎,去者卽日遠一日,來者日親,來者且日親一日。"余冠英則以爲:"去者,指逝去的日子,也就是少年。……來者,指將來的日子,也就是老年。……以上二句是説青春日遠一日,衰老日近一日。"按,文選"來者"本作"生者",故余説雖通,疑非詩人本意,録以備考。③"出郭門"二句:"郭門",外城門。此言"走出外城門,一眼望去,只見丘

墳”。余冠英説:“滿眼丘墳就是人生歸宿。”即二句所含的情感。
④“古墓”二句:“古墓”指年代久遠的無主的墳墓。此言“古墓已被犂耕爲
田,墓旁種的松柏也被摧折爲薪柴”。按,此是進一步把“去者日以疏”的
道理形象化。人死之後,最初還有親故築墳植樹,時間愈久,愈爲人遺
忘,終於連墳樹都保不住了。餘詳下註引張玉穀説。　　⑤“白楊”二句:
言陣陣悲風吹來,墓道旁的白楊發出蕭蕭的聲音,使人悲愁不已。此寫
墟墓間荒涼淒寂的氣氛,引起游子内心的悲愁。張玉穀説:“中六(句)申
寫所見邱墓摧殘悲愁之況,本是觸緒之筆,却恰作‘日疏’印證。”是。
⑥“思還”二句:上句,“還”,與“環”通(用陳柱説);“故里閭”,猶言“故
鄉”。下句,“道”,方法;“因”,作“由”解,猶言“機緣”。“道無因”,没有機
會找到歸去的方法。陳柱説:“謂愁思環繞故里,而無因得歸也。”

　　　　　　　　生年不滿百①

　　生年不滿百②,常懷千歲憂。晝短苦夜長③,何不秉燭遊!　爲
樂當及時④,何能待來兹。愚者愛惜費⑤,但爲後世嗤。仙人王子
喬⑥,難可與等期。

　　　①這首詩寫人生短促,勸人及時行樂,所宣傳的也是頹放享樂的思
想,主旨和驅車上東門相類。但詩中同時也譏笑了吝嗇鬼和求仙者。
又,漢代樂府詩西門行與此詩大致相同。西門行的古辭是:“出西門,步
念之:今日不作樂,當待何時?逮爲樂,逮爲樂,當及時。何能愁怫鬱,當
復待來兹?釀美酒,炙肥牛,請呼心所懽,可用解憂愁。人生不滿百,常
懷千歲憂。晝短苦夜長,何不秉燭遊?遊行處處如雲除,弊車羸馬爲自
儲。”其晉樂所奏,共分六解,無“遊行”二句,改爲“自非仙人王子喬,計會
壽命難與期。自非仙人王子喬,計會壽命難與期。(五解)人生非金石,
年命安可期?貪財愛惜費,但爲後世嗤。(六解)”余冠英認爲西門行古
辭最早,本詩由其演變而來,而晉樂所奏則是拼湊前二篇而成。按,余説

近是，録以備考。　　②“生年”二句：“千歲憂”，吳淇説：“憂及千歲者，爲子孫作馬牛耳！”余冠英説：“指身後的種種考慮，如爲子孫的生活打算，爲自己的塚墓計劃等等。”按，此二説是言“人之一生不足百歲，但有的人卻總爲身後的事憂慮不已”。　　③“畫短”二句：上句，“苦”兼“畫短”、“夜長”兩層而言。下句，“秉燭”，猶“持燭”；“秉燭遊”指用燭光照明而夜以繼日地遊玩。此二句承上文而言，大意是：“既然感到人生短促，苦於畫短夜長，不能恣意行樂，何不秉燭夜遊呢？”　　④“爲樂”二句：“來兹”，來年，指未來的歲月。言“嬉遊行樂應該及時，不能等待到以後再説”。言外指人生無常，説不定什麼時候會死掉。　　⑤“愚者”二句：言“愚蠢的人捨不得花費，結果只是爲後世人所嗤笑”。　　⑥“仙人”二句“王子喬”，據列仙傳載，王子喬是周靈王的太子，名晉。好吹笙作鳳鳴，後來道人浮丘公把他接引到嵩山上去成了仙。“等期”，同樣的希冀，此連上文言“愚者吝嗇固然被後世嗤笑，但是要想希冀同仙人王子喬一樣永生不死，也是很難的”。余冠英説：“詩的首尾都是諷世破俗的話。”

凜凜歲云暮①

凜凜歲云暮②，螻蛄夕鳴悲③。涼風率已厲④，遊子寒無衣⑤。錦衾遺洛浦⑥，同袍與我違。獨宿累長夜⑦，夢想見容輝。良人惟古歡⑧，枉駕惠前綏⑨，願得常巧笑⑩，攜手同車歸。既來不須臾⑪，又不處重闈。亮無晨風翼⑫，焉能凌風飛？眄睞以適意⑬，引領遙相睎。徙倚懷感傷⑭，垂涕沾雙扉。

　　①這是一首思婦想念游子的詩。先寫歲時已入深秋，次寫夜間夢見丈夫，末寫夢醒後感傷之情。　　②“凜凜”句：“凜凜”，寒冷貌；“云”，語助詞，無涵義；“歲云暮”用詩小雅小明“曷云其還，歲聿云暮”語意，言外有“一年又快完了，我所思念的人什麼時候才回來呢！”之意。　　③“螻蛄”句：“螻蛄”，蟲名。清郝懿行爾雅義疏：“按，今順天（卽今北京市所屬

地區)人呼拉拉古，亦螻蛄之聲相轉耳。……雄者喜鳴善飛，雌者腹大羽
小，不能飛翔。……黃色四足，頭如狗頭，俗呼土狗。……尤喜夜鳴，聲
如蚯蚓，喜見燈光。"此二句言"天寒歲暮，螻蛄夜鳴，十分悲涼"。
④"涼風"句："率，大都，差不多。"厲"作"猛"解。此言"初秋的涼風已差
不多變得淒厲猛烈了"。指已由秋入冬。　　⑤"遊子"句："遊子"是泛
指，不專指詩中女主人公的"良人"(用吳淇說)，言"在外鄉的遊子大約都
還沒有寒衣吧"。　　⑥"錦衾"二句：上句，"錦衾"，錦被；"洛浦"，洛水之
濱，此處用洛神(即宓妃)的故事(參閱前離騷"求宓妃之所在"句註釋)。
下句，"同袍"，余冠英說："'袍'……，今名披風，古代行軍者白天用來當
衣穿，夜裏用來當被蓋。詩經無衣篇有句云：'與子同袍。'那是軍士表示
友愛的話。本詩以'同袍'代同衾，指夫婦。""遺"，離。此二句是思婦躭
心丈夫另有所歡，她想："他可能把錦被送給洛水神女而和我卻離得遠
了。""離"既指事實上的離別，也指情感上的疏遠。　　⑦"獨宿"二句：上
句，此言"女子在家獨宿，已不知過了多少個長夜"。下句，"容輝"，指丈
夫的容顏風采。此言在夢想之中還能看到丈夫的風姿。　　⑧"良人"
句："良人"，婦女對丈夫的稱呼；"惟古懽"，猶"思舊歡"；"舊歡"指女子本
人。此下寫夢中之景，言"我丈夫還是想着我的"。　　⑨"枉駕"句："枉
駕"，指丈夫屈尊惠顧，駕車而來；"惠"，授；"綏"，挽人上車的繩索，"前
綏"，指從前新婚時的丈夫挽自己上車的那條索。禮記昏(婚)義："(壻)
出御婦車，而壻授綏，御輪三周。"按，此寫夢中所見初婚時情景，言"丈夫
駕着車把車上的綏遞給我，挽我上了車"。　　⑩"顧得"二句：上句，"巧
笑"，形容婦女的笑容可愛，下句，兼用詩經鄭風"有女同車"和邶風北風
"惠而好我，攜手同歸"兩詩語意。按，此二句是夢中回憶到初婚時丈夫
對自己說的話，大意是："丈夫對妻子說：'顧得常見你美麗的笑容，讓我
們攜着手同車回家吧。'"　　⑪"既來"二句：此寫夢中好景不常。上句
"須臾"，片刻。下句，"重闈"，指閨中。大意是："他既來了沒有多久，又
沒有在閨中久住下來。"指半夢半醒時恍惚間找不到她丈夫的神情。

⑫"亮無"二句:"亮",信;"晨風",鳥名,善飛,見有所思註釋。"淩風",乘風。五臣注:"信無此鳥疾翼(迅疾的翅膀),何能淩風而飛以隨夫去。"此是夢醒後悲怨語,言"我實在没有晨風鳥那種善飛的翅膀,哪能乘風飛去,追隨丈夫呢?"　　⑬"眄睞"二句:上句,"眄睞"(音緬來),原是"邪視"之意,此指"縱目四顧";"適意",猶言"寬心"。下句,"引領",伸長頸子;"睎",望。按,此是尋夢的描寫。上句,言"醒後縱目四顧,希望還能找到丈夫的容輝以寬解自己的心情"。陳祚明説:"眄睞以適意,猶言遠望可以當歸,無聊之極思也。"下句,寫女子離牀遠望,伸長了頸子向外面尋找。　　⑭"徙倚"二句:上句,"徙倚"猶"徘徊"。下句,"扉",門扇。此寫思婦徘徊至於户外,一面流淚,一面尋望,結果眼淚都沾在門上了。

孟冬寒氣至①

孟冬寒氣至②,北風何慘慄③。愁多知夜長④,仰觀衆星列。三五明月滿⑤,四五蟾兔缺。客從遠方來⑥,遺我一書札,上言長相思⑦,下言久離别。置書懷袖中⑧,三歲字不滅。一心抱區區⑨,懼君不識察。

①此是思婦之詞。先寫寒冬夜長,思婦不能入眠,然後追述三年前丈夫寄來一信,自己備加愛護,以見自己摯愛之情。　　②"孟冬"句:"孟冬",初冬,指舊曆十月。"寒氣"即下句的"北風慘慄"。　　③慘慄:寒極貌。文選李善注本作"栗列",馬茂元説:"'列'與下文'列'、'缺'、'札'、'别'、'滅'、'察'叶韻,音節上更爲適合。"録以備考。　　④"愁多"二句:"衆星列",衆星在天空羅列着。吴淇説:"冬之夜自是長;無愁不覺得,愁多偏覺得。仰觀衆星,總愁極無聊之意。"朱筠説:"愁多知夜長,非身試者道不出。夜不能寐,於是仰觀衆星。"按,二説是。　　⑤"三五"二句:"三五"是舊曆十五日,"四五"是舊曆二十日。"蟾兔",相傳月中有蟾蜍和玉兔,故此處卽是月的代稱。按,聞一多天問釋天釋"蟾兔"爲"蟾蜍",

他認爲"蟾蜍"之"蜍"與"兔"音近易混，因語音訛變，"蟾蜍"漸變爲"蟾兔"，於是一名析爲二物，"蟾蜍"和"兔"乃兩設其說。今按，漢代已將"蟾蜍"和"玉兔"分爲二物，樂府詩董逃行："白兔長跪擣藥蝦蟆丸。"蝦蟆卽蟾蜍。此處的"蟾兔"疑分指二物，但都作爲"月"的代稱。此二句寫思婦經常失眠，故對於月之盈缺觀察得非常清楚。張庚說："三五云云，是因見衆星列而追數從前之月圓月缺，不知經歷多少孤悽之夜矣。"近是。⑥"客從"二句：參閱前飲馬長城窟行註釋。此言"有人替自己的丈夫帶來一封信"。　　⑦"上言"二句：參閱前飲馬長城窟行註釋。　　⑧"置書"二句：五臣注："言置於懷袖，久而不滅，敬重之至。"此言"把這封信藏在自己貼身，三年之久字迹都不曾磨滅"。　　⑨區區：已屢見前註。此連下句言"我心中固執地愛着你，就怕你不知道，沒看到"。

客從遠方來①

客從遠方來，遺我一端綺②。相去萬餘里，故人心尚爾③。文采雙鴛鴦④，裁爲合歡被；著以長相思⑤，緣以結不解。以膠投漆中⑥，誰能別離此。

　　①這首詩寫思婦接到丈夫的贈物，內心充滿了愛情的喜悅。通過裁綺爲被的細節，生動地抒寫了這種情感。十九首古詩中，這首最接近民間歌謠。　　②一端綺："端"猶今言"匹"。左傳昭二十六年杜注："二丈爲一端，二端爲一兩，所謂匹也。""綺"已見前註。　　③尚爾：居然還是這樣。此句言"丈夫的心居然一點沒變。成書說："'尚爾'二字是久在意中又出意外之辭，是日夜計之日夜冀之之念，實從心坎中繪出，非泛泛感激語。"(見多歲堂古詩存)是。　　④"文彩"二句：上句，言綺上繡有雙鴛鴦的圖案。下句，"合歡"已屢見前註，此疑所謂合歡的花紋卽是雙鴛鴦的圖案。五臣注："綺上文綵爲鴛鴦文，合歡被以取同歡之意。"⑤"著以"二句：上句，"著"音住，李善引鄭玄說："謂充之以絮也。""長相

思”,指絲綿絮,取“絲”、“思”同音和“綿綿不絶”之意(用<u>五臣注</u>)。下句,
“緣”讀去聲,<u>李善</u>引<u>鄭玄</u>説:“飾邊也。”“結不解”,<u>五臣注</u>:“緣被四邊,綴
以絲縷,結而不解之意。”<u>余冠英</u>説:“這是用來象徵愛情的,和同心結之
類相似。”是。以上四句寫思婦裁綺爲被,運用音義雙關的語詞表達出了
内心的愛情的喜悦,所謂“似是取譬,卻是真情”(<u>成書</u>語)。　　⑥“以膠”
二句:“膠”、“漆”都是黏性,兩物合在一起,當然無法分開(按,“膠漆”語
出於<u>韓詩外傳</u>)。“別離此”,“別離”是及物動詞,作“分開”、“拆散”解;
“此”指似膠漆一般牢固纏綿的愛情。此言“我們的愛情好像膠漆相黏一
樣,誰能把它拆散分開呢!”

　　　　　　　　明月何皎皎①

　　明月何皎皎,照我羅床幃②。憂愁不能寐,攬衣③起徘徊。客
行雖云樂④,不如早旋歸。出户獨彷徨⑤,愁思當告誰。引領還入
房⑥,淚下沾裳衣。

　　①這首詩歷來有兩種説法。一説是思婦閨中望夫之詞;一説是遊子
久客思歸之詞。<u>劉履</u>説:“舊注<u>李周翰</u>以此爲婦人之詩,謂其夫客行不
歸,憂愁而望思之也。……今詳其詞氣,大類婦人,當以前説(<u>李</u>説)爲
是。”<u>余冠英</u>説:“詩的情調和古樂府傷歌行、<u>曹丕</u>燕歌行相類,作思婦的
詩爲是。”今從此説。<u>張玉穀</u>説:“首四(句)卽夜景引起空閨之愁。中二
(句)申己之望歸也,卻從彼邊揣度,‘客行雖樂,不如早歸’,便覺筆曲意
圓。末四(句)只就出户入房,彷徨淚下,寫出相思之苦,收得盡而不盡。”
釋此詩最簡明,故録以備考。　　②羅床幃:羅綺所製的床帳。“床幃”一
本作“裳幃”。以上二句寫月光照在床前,顯出思婦於空閨中本就愁不能
寐。　　③攬衣:斂衣。古人衣長,故走路時須用手提斂而行。　　④“客
行”二句:“旋”,同“還”,回轉。此二句是思婦閨中望夫之詞。<u>李周翰</u>説:
“夫之客行,雖以自樂,不如早歸,以解我憂。”<u>余冠英</u>説:“客行樂不樂,閨

中的人本不得而知，不過出門的人既然久久不歸，猜想他或許有可樂之道。但卽使可樂也不會比在家好，假如並不可樂，那就更應該回家來了。這兩句詩是盼他回家，勸他回家，也可能有揣測他爲何不回家的意思。"錄以備考。　　⑤彷徨：猶"徘徊"。此連下句寫女子憂愁寂寞之情，言"己之憂愁無人可告，只有獨自出戶彷徨了"。　　⑥"引領"二句：下句，"裳衣"，一作"衣裳"，與上句"房"叶韻。此是緊承上文寫思婦之孤獨憂愁。意謂"愁思無可告，於是抬頭仰望；仰望一番，仍是孤獨，只得再回到房中。這時心中愈苦，不禁淚下"。

(四)　張衡：四愁詩①

我所思兮在太山②，欲往從之梁父艱。側身東望涕霑翰③。美人贈我金錯刀④，何以報之英瓊瑤⑤。路遠莫致倚逍遙⑥，何爲懷憂心煩勞⑦。

我所思兮在桂林⑧，欲往從之湘水深⑨。側身南望涕霑襟。美人贈我琴琅玕⑩，何以報之雙玉盤。路遠莫致倚惆悵⑪，何爲懷憂心煩傷⑫。

我所思兮在漢陽⑬，欲往從之隴阪⑭長。側身西望涕霑裳。美人贈我貂襜褕⑮，何以報之明月珠⑯。路遠莫致倚踟躕⑰，何爲懷憂心煩紆⑱。

我所思兮在雁門⑲，欲往從之雪紛紛⑳。側身北望涕霑巾。美人贈我錦繡段㉑，何以報之青玉案㉒。路遠莫致倚增歎㉓，何爲懷憂心煩惋㉔。

①本篇最早見於文選，前有序文云："張衡不樂久處機密，（按，文選五臣注說：'時爲太史令，主天文玄象，故稱機密。'）陽嘉中（'陽嘉'是漢順帝年號，公元一三二年至一三五年）出爲河間相。時國王驕奢，不遵法

度,又多豪右并兼之家。衡下車(到任)治威嚴,能内察屬縣,姦猾行巧劫;皆密知名,下吏收捕,盡服,擒諸豪俠,游客悉惶懼逃出境。郡中大治,爭訟息,獄無繫囚。時天下漸弊,鬱鬱不得志,爲四愁詩。依屈原以美人爲君子,以珍寶爲仁義,以水深雪雰爲小人。思以道術相報貽於時君,而懼讒邪不得以通。其辭曰"云云。自李善以下,大都據此序來解釋本詩。余冠英說:"這序文不是張衡自己所作,而是後代編集張衡詩文的人增損史辭寫成的。其中對於本篇寓意的解釋並不是定說,可以參考而不必拘泥。"(見漢魏六朝詩選)今據詩中所表現的内容,詩人所思念的"美人"並非確有其人,而是或東或西的,顯然是有所寄托之作。所以序文的說法還是值得考慮的。又,本篇共分四章,每章七句,每句七言,在形式上這是一個值得注意的特點。因爲這樣整齊的七言詩,在當時(尤其在文人作品中)是非常少見的。 ②"我所思兮"二句:上句,"我所思",指我所思念的人。"太山",即泰山。下句,"梁父",玉臺新詠作"梁甫",山名,在今山東省泰安縣東南,爲泰山支阜。"從",相從,追隨。"艱",險阻。此二句大意是:"我所想念的人在泰山,我想去找她,又難越梁父的險阻。"李善等把太山解釋爲君主,梁父解釋爲小人。言作者顧輔佐君主,致于有德,而爲小人讒邪所阻難(詳見文選六臣注)。錄以備考。③側身東望涕霑翰:"側身東望",泰山在東,故側身向東望。以下各章言"南望""西望""北望"仿此,皆以所思之人的所在地爲轉移。"翰",五臣注:"衣襟也。言如鳥之有羽翰。"此句言"所思之人在泰山,欲從之而不能,故側身東望而不禁淚沾衣襟"。五臣注:"意愁王室,志所不安,故側身而望也。"錄以備考。 ④"美人"句:"錯",鍍金(用朱駿聲說,見說文通訓定聲)。"金錯刀"有二解:一、錢幣名。漢書食貨志:"王莽居攝……更造大錢,……又造契刀、錯刀,……錯刀以黄金錯其文,曰一刀直五千。"二、用黄金鍍過刀環或刀柄的佩刀。文選李善注引續漢書:"佩刀諸侯王黄金錯環。"又引謝承後漢書:"詔賜應奉金錯把刀。"二說皆可通。朱珔文選集釋以爲應解作佩刀。余冠英說:"……作爲餽贈的珍物,佩刀比錢刀的意義和價值要高些。"按，朱、余說可從。　　⑤英瓊瑤："英"，"瑛"的假借字，指美玉的光澤。"瓊"、"瑤"皆美玉。此連上句大意是："美人送給我一把金錯刀，我用最好的美玉來還贈她。"五臣注："喻君榮我以爵祿，願報以仁義之道，以成君德也。下文類此者，以此意推之。"錄以備考。　　⑥路遠莫致倚逍遙："致"，送達。"倚"，與"猗"通，是語助詞。桂馥札樸："馥案，下文'倚惆悵'、'倚踟躕'、'倚增欷'皆語詞，與'猗'通。詩魏風：'河水清且漣猗。'書泰誓：'斷斷猗無他伎。'疏云：'猗者，足句之詞，不爲義也。'""逍遙"，徘徊不安貌，與下文"惆悵"、"跱踳"(踟躕)之意相仿。此連上文言"既不能從所思之人於遠道，便想以禮物來表自己的心意，又因路遠無法送達，故而徘徊無計，深深地感到不安"。五臣注："小人在位，必不容賢者所入，讒邪執權，忠臣莫致，雖欲報君以仁義，讒邪所疾，如路遠不可致也。"　　⑦何爲懷憂心煩勞："勞"，憂傷。五臣注："謂憂王室也。"此猶今言"怎不使我心中憂傷煩惱！"以上爲第一章。以下三章，因句法大體相同，除註解個別詞語外，不再作串講。

⑧桂林：漢郡名，郡治卽今廣西桂林市。　　⑨湘水：發源於廣西興安縣陽海山，東北流入湖南省，經長沙入洞庭湖。　　⑩琴琅玕：五臣注："琴，雅器也，以美玉飾之。'琅玕'，美玉也。"卽用美玉裝飾的琴。　　⑪惆悵：悲傷、失意。此言"因路遠莫致而感到悲傷、失意"。　　⑫傷：一本作"快"。　　⑬漢陽：郡名。前漢稱天水郡，東漢明帝改稱漢陽，郡治在今甘肅省甘谷縣東。　　⑭隴阪：山名。卽隴山，在陝西省隴縣，西北跨甘肅清水縣界。　　⑮貂襜褕："貂"，動物名，形似鼬。毛皮極珍貴。"襜褕"，急就篇注謂"直裾襌衣"(卽直襟的單衣)。"貂襜褕"爲貂皮所製的直襟袍子。　　⑯明月珠：已見前陌上桑註釋。　　⑰跱躇：卽"踟躕"，徘徊不前貌。　　⑱煩紆："紆"，作"曲折"解，"煩紆"，五臣注："思亂也。"卽內心煩惱紛擾之意。　　⑲雁門：已屢見前註。　　⑳紛紛：大雪貌。言欲往雁門，而爲大雪所阻。　　㉑錦繡段："段"，桂馥以爲當作"緞"或從"糸"作"緞"，作"履後帖"(鞋後跟)解。朱珔駁之，以爲"段"與"端"義相

類(後世稱"綵緞百端","端"卽"段")。今按，以錦繡爲鞋後跟，且用以贈人，似於理未合。故朱説是。"錦繡段"卽"成匹的錦繡"或"成幅的錦繡"。　　㉒青玉案："案"，説文："几屬。"急就篇顔注："無足曰槃(盤)，有足曰案，所以陳舉食也。"則"案"爲托放食器的小几，形如有脚的托盤。一説，"案"卽"椀"，今俗作"碗"。今按，證以解放後出土的古物，則前説近是。"青玉案"卽用青玉做的小几案。　　㉓增欷：一再欷息。㉔惋：猶"怨"。

漢代五七言詩附録

(一)　關於五七言詩的起源

北方有佳人，絶世而獨立。一顧傾人城，再顧傾人國。寧不知傾城與傾國，佳人難再得。(李延年：李夫人歌。見漢書外戚李夫人傳。)

何以孝悌爲，財多而光榮。何以禮義爲，史書而仕宦。何以謹慎爲，勇猛而臨官。(漢代俗諺。見漢書貢禹傳。)

邪徑敗良田，讒口亂善人。桂樹華不實，黄爵巢其顛。故爲人所羨，今爲人所憐。(漢成帝時民謡。見漢書五行志)

安所求子死，桓東少年場。生時諒不謹，枯骨後可葬。(漢代長安中民謡。見漢書酷吏尹賞傳)

朔自贊曰:"臣嘗受易,請射之。"迺別蓍布卦而對曰:"臣以爲龍又無角,謂之爲虵又有足。跂跂脈脈善緣壁,是非守宮卽蜥蜴。"(漢書東方朔傳)

畫地爲獄議不入,刻木爲吏期不對。(路温舒尚德緩刑書引當時俗諺。見漢書路温舒傳。)

大馮君,小馮君,兄弟繼踵相因循。聰明賢知惠吏民,政如魯、衞德化鈞,周公、康叔猶二君。(漢代上郡民謠。見漢書馮奉世傳附馮立傳。)

急就奇觚與衆異,羅列諸物名姓字,分別部居不雜厠,用日約少誠快意,勉力務之必有意。請道其章:宋延年,鄭子方。衞益壽,史步昌。周千秋,趙孺卿。爰展世,高辟兵。……(史游急就篇第一章)

小麥青青大麥枯,誰當穫者婦與姑,丈人何在西擊胡。吏買馬,君具車,請爲諸君鼓嚨胡。(漢桓帝時童謠。見後漢書五行志一)

敬白諸君行路者:敢告重罪自爲積。惡致災交天困我,今月七日失阿爹。念此酷毒可痛傷,當以重幣〔繒〕用相賞。請爲諸君説事狀。我父軀體與衆異:脊背傴僂捲如戟,脣吻參差不相值。此其庶形何能備,請復重陳其面目:鶘頭鵠頸獢狗□,眼淚鼻涕相追逐。

吻中含納無牙齒，食不能嚼左右蹉。□似西域□駱駝。請復重陳其形骸：爲人雖長甚細材，面目芒蒼如死灰，眼眶臼陷如〔米〕羹杯。（戴良：失父零丁。見太平御覽卷五九八文部十四。按，句中有衍文，有脱字。衍文加〔　〕，脱字以□表出。）

劉勰曰："按，召南行露，始肇半章；孺子滄浪，亦有全曲；暇豫優歌，遠見春秋①；邪徑童謠，近在成世；閱時取證，則五言久矣。……"（文心雕龍明詩篇）

　①近人范文瀾文心雕龍注："國語晉語一優施飲里克酒，中飲，優施起舞曰："暇豫之吾吾，不如鳥烏；人皆集於菀，我獨集於枯。'（韋昭注曰：'吾吾，不敢自親之貌也。言里克欲爲閑樂事君之道，反不敢自親吾吾然，其智曾不若鳥烏也。'）"

鍾嶸曰："昔南風之辭，卿雲之頌，厥義敻矣。夏歌曰：'鬱陶乎予心。'楚謠曰：'名余曰正則。'雖詩體未全，然是五言之濫觴也。逮漢李陵，始著五言之目。古詩眇邈，人世難詳，推其文體，固是炎漢之製，非衰周之倡也。自王、揚、枚、馬之徒，詞賦競爽，而吟詠靡聞。從李都尉迄班婕妤，將百年間，有婦人焉，一人而已。詩人之風，頓已缺喪。東京二百載中，惟有班固詠史，質木無文。降及建安，曹公父子，篤好斯文。平原兄弟，鬱爲文棟。劉楨、王粲，爲其羽翼。次有攀龍託鳳，自致于屬車者，蓋將百計。彬彬之盛，大備于時矣。"（詩品序）

七言者，"交交黃鳥止於桑"之屬是也。于俳諧倡樂亦用之。（摯

虞: 文章流別論)

　　傅玄曰:"張平子作四愁詩,體小而俗,七言類也。……"(擬張衡四愁詩序)

　　錢大昕曰:"楚辭招魂大招多四言,去'些'、'只'助語,合兩句讀之,卽成七言。荀子成相、荊軻送別,其七言之始乎? 至漢而大風、瓠子見于帝製,柏梁聯句,一時稱盛,而五言靡聞。其載於班史者,唯'邪徑敗良田'童謠出于成帝之世耳。劉彥和謂西京'辭人遺翰,莫見五言,所以李陵、班婕妤見疑于後代'。又謂'古詩佳麗,或稱枚叔',則彥和亦未敢質言也。鍾嶸詩品云,古詩,其體源出於國風,去者日已疏四十五首,疑是建安中陳王所製。文選所錄古詩十九首,未審卽在鍾氏四十五篇之數否? 要之,此體之興,必不在景、武之世。……"(十駕齋養新錄卷十六: 七言在五言之前)

(二)　關於李陵蘇武詩

李陵與蘇武詩三首①

　　良時不再至,離別在須臾。屏營衢路側,執手野踟躕。仰視浮雲馳,奄忽互相踰。風波一失所,各在天一隅。長當從此別,且復立斯須。欲因晨風發,送子以賤軀。

　　嘉會難再遇,三載爲千秋。臨河濯長纓,念子悵悠悠。遠望悲風至,對酒不能酬。行人懷往路,何以慰我愁。獨有盈觴酒,與子結綢繆。

　　攜手上河梁,遊子暮何之,徘徊蹊路側,恨恨不能辭。行人難久留，各言長相思。空知非日月，弦望自有時。努力崇明德，皓首以爲期。

蘇武詩四首

骨肉緣枝葉，結交亦相因，四海皆兄弟，誰爲行路人。況我連枝樹，與子同一身。昔爲鴛與鴦，今爲參與辰。昔者常相近，邈若胡與秦。惟念當乖離，恩情日以新。鹿鳴思野草，可以喻嘉賓。我有一樽酒，欲以贈遠人。願子留斟酌，敍此平生親。

黄鵠一遠別，千里顧徘徊。胡馬失其羣，思心常依依。何況雙飛龍，羽翼臨當乖。幸有弦歌曲，可以喻中懷。請爲游子吟，泠泠一何悲。絲竹厲清聲，慷慨有餘哀。長歌正激烈，中心愴以摧。欲展清商曲，念子不能歸。俛仰内傷心，淚下不可揮。願爲雙黄鵠，送子俱遠飛。

結髮爲夫妻，恩愛兩不疑。歡娱在今夕，嬿婉及良時。征夫懷往路，起視夜何其。參辰皆已没，去去從此辭。行役在戰場，相見未有期。握手一長嘆，淚爲生別滋。努力愛春華，莫忘歡樂時。生當復來歸，死當長相思。

燭燭晨明月，馥馥秋蘭芳。芬馨良夜發，隨風聞我堂。征夫懷遠路，游子戀故鄉。寒冬十二月，晨起踐嚴霜。俯觀江漢流，仰視浮雲翔。良友遠別離，各在天一方。山海隔中州，相去悠且長。嘉會難再遇，歡樂殊未央。願君崇令德，隨時愛景光。

①按，此處所引詩七首最早見于文選，前人已疑其僞。其見於他書者，則尤屬僞作或擬作，概不附入。

顏延之曰："……逮李陵衆作，總雜不類，元是假託，非盡陵制。至其善篇，有足悲者。……"（太平御覽卷五八六引顏延之庭誥）

劉勰曰："……至成帝品錄，三百餘篇，朝章國采，亦云周備，而辭人遺翰，莫見五言，所以李陵、班婕妤，見疑於後代也。……"（文心雕龍明詩篇）

鍾嶸曰："漢都尉李陵詩，其源出於楚辭。文多悽愴，怨者之流。陵名家子，有殊才，生命不諧，聲頹身喪。使陵不遭辛苦；其文亦何能至此。"（詩品上）

蘇軾曰："……梁蕭統集文選，世以爲工。以軾觀之，拙於文而陋於識者，莫統若也。……李陵、蘇武贈別長安而詩有'江漢'之語。及陵與武書，詞句儇淺，正齊、梁間小兒所擬作，決非西漢文，而統不悟。……"（東坡全集：答劉沔都曹書）

洪邁曰："文選編李陵、蘇武詩，凡七篇。人多疑'俯觀江、漢流'之語，以爲蘇武在長安所作，何爲乃及江、漢。東坡云：皆後人所擬也。予觀李詩云：'獨有盈觴酒，與子結綢繆。''盈'字正惠帝諱，漢法觸諱者有罪，不應陵敢用之。益知坡公之言爲可信也。"（容齋隨筆卷十四：李陵詩）

楊慎曰："蘇文忠公云，蘇武、李陵之詩乃六朝人擬作。宋人遂謂在長安而言'江漢'，'盈卮酒'之句又犯惠帝諱，疑非本作。予考之，殆不然。班固藝文志有蘇武集、李陵集之目；摰虞，晉初人也，其文章流別志云①：‘李陵衆作，總雜不類，殆是假托，非盡陵制，至其善篇，有足悲者。’以此考之，其來古矣。卽使假托，亦是東漢及魏人張衡、曹植之流始能之耳。杜子美云：‘李陵、蘇武是吾師。’子美豈無見哉！東坡跋黄子思詩云，‘蘇、李之天成。’尊之亦至矣。其曰六朝擬作者，一時鄙薄蕭統之偏辭耳。”（升菴詩話卷一：蘇李五言詩）

①按，楊慎所引實誤，此是顏延之庭誥文，已見前。

　　顧炎武曰：“……若李陵詩‘獨有盈觴酒，與子結綢繆’，枚乘柳賦‘盈玉縹之清酒’（原注：載古文苑），又詩‘盈盈一水間’（原注：載玉臺新詠），二人皆在武、昭之世而不避諱，又可知其爲後人之擬作，而不出於西京矣。……”（日知錄卷二十三：已祧不諱）

　　翁方綱曰：“自昔相傳蘇、李河梁贈別之詩，蘇武四章，李陵三章，皆載昭明文選，然文選題云‘蘇子卿古詩四首’，不言與李陵別也。李詩則明題曰‘李少卿與蘇武詩三首’。而其中有‘攜手上河梁’之語，所以後人相傳爲蘇、李河梁贈別之作。今卽以此三詩論之，皆與蘇、李當日情事不切。史載陵與武別，陵起舞作歌‘徑萬里兮’五句，此當日真詩也。何嘗有‘攜手上河梁’之事。卽以‘河梁’一首言之，其曰‘安知非日月，弦望自有時’，此謂離別之後，或尚可冀其會合耳。不思武既南歸，卽無再北之理。而陵云‘丈夫不能再辱’，亦自知決無還漢之期。此則‘日月’、‘弦望’爲虛詞矣。又云‘嘉會難再遇，三載爲千秋’，蘇、李二子之留匈奴，皆在天漢初年，其相別則在始元五年，是二子同居者十八、九年之久矣，安得僅云'三載嘉會'乎？就此三首其題明爲與蘇武者，而語意尚不合如此，況蘇四詩之全不與李相涉者乎？藝林相傳蘇、李河梁之別，蓋因李詩有'攜手河梁'之句可爲言情敍別之故實，猶之許彥周詩話云'燕燕于飛一篇爲千古送行詩之祖也'。而蘇、李遠在異域，尤勤文人感激之懷，故魏、晉以後遂有擬作李陵答蘇武書者，若準本傳歲月證之，皆有所不合。……"（見梁章鉅文選旁證卷二十五引）

錢大昕曰："……觀漢書李陵傳置酒起舞作歌，初非五言，則知河梁唱和，出于後人依託，不待'盈觴'之語觸犯漢諱始決其作僞也。枚叔又在蘇、李之前，班史不言有五言詩，其爲臆説，毋庸置辨矣。……"（十駕齋養新錄卷十六：七言在五言之前）

梁啓超曰："文心雕龍云：'……所以李陵、班婕好見疑於後代。'可見這幾首詩的真僞問題，蓋起自六朝以前了。近代昌言其僞者，則始自蘇東坡。他説：'劉子玄（知幾）辨文選所載李陵與蘇武書非西漢文，蓋齊、梁間文士擬作者也。吾因悟陵與蘇武贈答五言，亦後人所擬。'又説：'李陵書，蘇武五言，皆僞，而蕭統不能辨。'（原注：章樵古文苑注引）但東坡未能指出其作僞實據，故不足以奪歷史上相沿之信仰，間有祖其説者，或摘'獨有盈觴酒'之盈字犯惠帝諱，或摘'俯觀江、漢流'、'山海隔中州'、'送子淇水陽'、'攜手上河梁'等句與塞外地理不合，或摘'行役在戰場'、'一別如秦胡'、'骨肉緣枝葉'、'結髮爲夫妻'等句爲與陵、武情事不合，斯皆然矣。然爲之辨護者亦自有説，如謂各詩未必皆作於塞外，謂陵詩未必皆贈武、武詩未必皆贈陵，則許多矛盾之點也可以勉强解釋過去。所以僅靠這些末節，還不能判定此公案。

　　"我是絕對不承認這幾首詩爲李陵、蘇武作的。我所持的理由，第一，則漢武帝時決無此種詩體。……此諸詩與十九首體格略同，而諧協尤過之。如'良時不再至，離別在須臾'，如'長當從此别，且復立斯須'，如骨肉緣枝葉'，如'努力崇明德'……其平仄幾全拘齊、梁聲病。故其時代又當在十九首之後。第二，贈答詩起於建安七子，兩漢詞翰，除秦嘉贈婦外更無第二首，然時已屬漢末。至朋友相贈，則除此數章外更不一見。蓋古代之詩，本以自寫性情，不用爲應酬之具。建安時，文士盛集鄴下，聲氣相競，始有投報。蘇、李之世，絕對的不容有此。第三，蘇武於所傳諸詩外別無他詩，固無從知其詩風爲何如，至於李陵，則漢書蘇武傳尚載有他一首歌，其辭云：'徑萬里兮度沙漠，爲君將兮奮匈奴，路窮絕兮矢刃摧，士衆滅兮名已隤，老母已死，雖欲報恩將安歸!'純是武人質直粗笨口吻，幾乎沒有文學上價值。凡一箇人前後作品，相差總不會太遠，何況同時所作，作'徑萬里兮度沙漠……'的人，忽然會寫出'風波一失所，各在天一隅'，會寫出'安知非日月，弦望自有時'，我們無論如何，斷不能相信。我據這三種理由，所以對於東坡所提出的抗議深表贊同。……

　　"還有應該注意的一點，文選所錄七首之中，李陵的比蘇武强多了。文心雕龍只言'李陵、班婕妤見疑於後代'，不提蘇武；詩品也只有李陵，並無蘇武。(原注：詩品敍論裏頭有'子卿雙鳧'一語似是指蘇武之'雙鳧俱北飛'一首，但彼文歷舉曹子建至謝惠連十二家，皆以年代爲次，'子卿雙鳧'句在'阮藉詠懷'句之下，'叔夜雙鶯’句之上，則子卿宜爲魏人，非漢之蘇武也。竊疑魏別有一人字子卿者，今所傳蘇武詩六首皆其所作，自後人以諸詩全歸諸武，並其人之姓名亦不傳矣，此說別無他證，不敢妄主張。姑提出俟後之好古者。）因此我頗疑擬李陵的幾首，是早已流行。劉勰、鍾嶸對他都很重視。擬蘇武的那幾首，或者是較晚的時代續擬，因此批評家不甚認他的價值，但最遲的也不過魏、晉間作品罷了。”（中國之美文及其歷史）

（三）　關於古詩十九首的作者、時代及評價

劉勰曰：“……古詩佳麗，或稱枚叔；其孤竹一篇，則傅毅之詞。比采而推，兩漢之作乎！觀其結體散文，直而不野，婉轉附物，怊悵切情，實五言之冠冕也。……”（文心雕龍明詩篇）

鍾嶸曰：“古詩，其體源出於國風。陸機所擬十四首，文溫以麗，意悲而遠，驚心動魄，可謂幾乎一字千金。其外，‘去者日以疎’四十五首，雖多哀怨，頗爲總雜。舊疑是建安中曹、王所製。‘客從遠方來’，‘橘柚垂華實’，亦爲驚絶矣。人代冥滅，而清音獨遠。悲夫！”（詩品上）

李善曰：“言古詩不知作者姓名，他皆類此。”（文選卷二十七：“樂府——古辭”條下注）

又曰：“並云古詩，蓋不知作者。或云枚乘，疑不能明也。詩云‘驅馬（車）上東門’，又云‘遊戲宛與洛’，此則辭兼東都，非盡是乘，

明矣。昭明以失其姓氏,故編在李陵之上。"(文選卷二十九:"古詩十九首"條下注)

蔡居厚曰:"五言起於蘇武、李陵,自唐以來有此説,雖韓退之亦云然①。蘇、李詩世不多見,惟文選中七篇耳。世以蘇武詩云,'寒冬十二月,晨起踐凝霜,俯觀江漢流,仰視浮雲翔',以爲不當有'江、漢之言,或疑其僞。予嘗考之。此詩若答李陵,則稱江、漢決非是。然題本不云答陵,而詩中且言'結髮爲夫婦'之類,自非在虜中所作,則安知武未嘗至江、漢邪? 但注者淺陋,直指爲使匈奴時,故人多惑之,其實無據也。古詩十九首,或云枚乘作,而昭明不言,李善復以其有'驅車上東門'與'游戲宛與洛'之句,爲辭兼東都。然徐陵玉臺分西北有浮雲(高樓)以下九篇爲乘作,兩語皆不在其中,而凜凜歲云暮、冉冉孤生竹等別列爲古詩,則此十九首蓋非一人之辭,陵或得其實。且乘死在蘇、李先,若爾,則五言未必始二人也。"(見胡仔苕溪漁隱叢話前集卷一引蔡寬夫詩話)
　　①見韓愈薦士:"五言出漢時,蘇、李首更號。"

王世貞曰:"鍾嶸言行行重行行十四首文温以麗,意悲而遠,驚心動魄,幾乎一字千金。後併去者日以疎五首爲十九首爲枚乘作。或以'洛中何鬱鬱'、'遊戲宛與洛'爲詠東京,'盈盈樓上女'爲犯惠帝諱。按臨文不諱,如'總齊羣邦',故諱高諱無妨。宛、洛爲故周都會,但'王侯多第宅',周世王侯不言'第宅'。'兩宮'、'雙闕'亦似東京語。意者,中間雜有枚生或張衡、蔡邕作,未可知。談理不如三百篇,而微詞婉旨,遂足並駕,是千古五言之祖。"(藝苑卮言)

　　朱彝尊曰：“昭明文選初成，聞有千卷。既而略其蕪穢，集其菁英，存三十卷，擇之可謂精矣。然入選之文，不無偽製。所錄古詩十九首，以徐陵玉臺新詠勘之，枚乘詩居其八。至驅車上東門行載樂府雜曲歌辭，其餘六首，玉臺不錄，就文選本第十五首而論，‘生年不滿百，長懷千載憂，晝短而夜長，何不秉燭游’，則西門行古辭也。古辭，‘夫爲樂，爲樂當及時，何能坐愁怫鬱，當復來茲’，而文選更之曰，‘爲樂當及時，何能待來茲。’古辭，‘貪財愛惜費，但爲後世嗤。’而文選更之曰，‘愚者愛惜費，但爲後世嗤。’古辭，‘自非仙人王子喬，計會壽命難與期。’而文選更之曰，‘仙人王子喬，難可與等期。’裁翦長短句作五言，移易其前後，雜糅置十九首中，没枚乘等姓名，概題曰‘古詩’，要之皆出文選樓中諸學士之手也。徐陵少仕于梁，爲昭明諸臣後進，不敢明言其非，乃別著一書，列枚乘姓名，還之作者，殆有微意焉。劉知幾疑李陵答蘇武書爲齊、梁文士擬作，蘇子瞻疑陵、武贈答五言亦後人所擬，而統不能辨，非不能辨也。昭明優禮儒臣，容其作偽。今文選盛行，作偽者心不徒勞也已，或者以爲文選闕疑，玉臺實之以人，非是。當其時，昭明聚書三萬卷，大集羣儒討論，豈不知五言始自枚乘，而序所云‘退傅有在鄒之作，降將有河梁之篇’，四言五言，區以別矣。注文選者遂謂河梁之別，五言此始。鍾嶸詩品亦云：‘逮漢李陵，始著五言之目。’抑何謬歟？然則誦詩論世者，宜取玉臺並觀，毋偏信文選可爾①。”（曝書亭集卷五十二：書玉臺新詠後）

　　①按，近人古直漢詩研究古詩十九首辨證六“選樓諸子未嘗改竄古詩”條駁朱氏曰：“朱氏此跋，深文周内至矣。然玉臺新詠以爲枚乘詩者：

西北有高樓一，東城高且長二，行行重行行三，涉江采芙蓉四，青青河畔草五，蘭若生春陽六，庭中有奇樹七，迢迢牽牛星八，明月何皎皎九。文選卷三十雜擬上，此九首陸士衡皆擬之，而題曰‘擬古詩’。上衡三國晉初人，（原注：吳亡時士衡年已二十，故曰三國晉初人。）所見題目，卽稱古詩，朱氏何據而云文選樓諸學士没乘等姓名，概題曰古詩乎？其謬一。若謂陸機擬古詩十二首，亦選樓諸學士所題，又何解於玉臺新詠錄機此詩，亦題曰陸機擬古乎？由此言之，朱氏非特不考文選，抑且不考玉臺矣。其謬二。且梁元帝金樓子云：‘劉休玄擬古詩，時人謂陸士衡之流，余謂勝乎士衡。’金樓次昭明之後，此非選樓諸學士所能改題也。鍾嶸詩品云：‘古詩陸機所擬十四首，文溫以麗，意悲而遠。’詩品作于沈約卒後。（原注：南史鍾嶸傳：‘及約卒，嶸品古今詩爲評。’）約卒于天監十二年，（原注：梁書本紀，天監十二年，特進中軍將軍沈約卒）時昭明方十三歲，距撰文選時尚遠，此又非選樓諸學士所能改題也。朱氏改題之説，進退失據如此，甚矣其謬妄也已。至驅車上東門，文選錄入古詩，樂府列爲‘古辭’。‘古詩’、‘古辭’，名異實同已。非攘爲私人之作，彼此互選，何嫌何疑。（原注：文選、樂府互見之詩衆矣，朱氏何乃並此不考。）若夫西門行本辭，並不如朱氏所舉。其所舉者，乃晉樂所奏之辭。陳祚倩曰：‘晉人每增加古辭，寫令極暢。’是則晉樂所奏，爲當時增益之作矣。……古詩已證明爲兩漢之作，則自晉樂襲用古詩，古詩何能襲用晉樂也。朱氏並此不能分別，異哉！……”錄以備考。

梁啓超曰：“（古詩十九首）皆見文選，不題撰人名氏，佳題‘古詩’。玉臺新詠則九首題枚乘雜詩。餘七首不錄。文心雕龍則云，‘古詩佳麗，或稱枚叔；其孤竹一篇（原注：冉冉孤生竹）則傅毅之詞。’是對於枚乘之説，付諸存疑，而割出一首以屬傅毅。詩品則分爲二類，其一—陸機所曾擬之十四首，認爲時代最古。（原注：今存者

僅十二首，一、行行重行行，二、今日良宴會，三、迢迢牽牛星，四、涉
江采芙蓉，五、青青河畔草，六、明月何皎皎，七、蘭若生春陽，八、青
青陵上栢，九、東城高且長，十、西北有高樓，十一、庭中有奇樹，十
二、明月皎夜光。玉臺所謂枚乘九首全在其中　餘二首已佚，不知
屬何題。）其餘‘去者日以疎’等四十五首，（原注：鍾未列其目，惟十
九首中‘客從遠方來’一首在內，後擧有‘橘柚垂華實’一首，餘四
十三首不知何指。）則謂‘疑是建安中曹（原注：植）王（原注：粲）所
製。’昭明（原注：文選選者蕭統）彥和（原注：文心雕龍著者劉勰）
仲偉（原注：詩品著者鍾嶸）孝穆（原注：玉臺新詠選者徐陵）同是
梁人，而所傳之異同如此，可見這一票古詩之作者和時代在六朝時
久已成問題了。其所擬議之作者，最古者枚乘，西漢初人；次則傅
毅，東漢初人，距枚乘百餘年；最近者曹、王、漢、魏間人，距傅毅又
百餘年，距枚乘且三百年。

　　“我以爲要解決這一票詩時代，須先認一箇假定，卽‘古詩十九
首’這票東西，雖不是一箇人所作，卻是一箇時代，——先後不過數
十年間所作，斷不會西漢初人有幾首，東漢初人有幾首，東漢末人
又有幾首。因爲這十幾首詩體格韻味都大略相同，確是一時代詩
風之表現。凡詩風之爲物，未有閱數十年百年而不變者，如後此建
安、黃初之與元嘉、永明，元嘉、永明之與梁、陳宮體，乃至唐代初、
盛、中、晚之遞嬗。宋代‘西崑’、‘江西’之代興。凡此通例，不遑枚
舉。兩漢歷四百年，萬不會從景、武到靈、獻，詩風始終同一。‘十
九首’既風格首首相近，其出現時代，當然不能距離太遠。讀者若
肯承認我這箇前提，我們才可以有點邊際來討論他的出現時代
了。

　　"漢制避諱極嚴，犯者罪至死。惟<u>東漢</u>對於<u>西漢</u>諸帝則不諱，<u>惠
帝</u>諱<u>盈</u>，而十九首中有'盈盈樓上女'、'馨香盈懷袖'等句非<u>西漢</u>作
品甚明，此其一。'游戲宛與<u>洛</u>，<u>洛</u>中何鬱鬱，……長衢羅夾巷，王
侯多第宅。兩宮遥相望，雙闕百餘尺。'明寫<u>洛陽</u>之繁盛，<u>西漢</u>決無
此景象。'驅車<u>上東門</u>，遥望郭北墓。'<u>上東門</u>爲<u>洛</u>城門，郭北卽<u>北
邙</u>，顯然<u>東京</u>人語，此其二。此就作品本身覓證，其應屬<u>東漢</u>，不應
屬<u>西漢</u>，殆已灼然無疑。然<u>東漢</u>歷祚，亦垂二百年，究竟當屬何時
耶？此則在作品本身上無從得證，只能以各時代別的作品旁證推
論。<u>劉彥和</u>以'冉冉孤生竹'一首爲<u>傅毅</u>作，依我的觀察，<u>西漢成帝</u>
時，五言已萌芽，<u>傅毅</u>時候，也未嘗無發生十九首之可能性，但以同
時<u>班固</u>詠史一篇相較，風格全別，……其他亦更無相類之作。則<u>東
漢</u>之期——<u>明</u>、<u>章</u>之間，似尚未有此體。<u>安</u>、<u>順</u>、<u>桓</u>、<u>靈</u>以後，<u>張衡</u>、
<u>秦嘉</u>、<u>蔡邕</u>、<u>酈炎</u>、<u>趙壹</u>、<u>孔融</u>各有五言作品傳世，音節日趨諧暢，格
律日趨嚴整。其時五言體製已經通行，造詣已經純熟，非常傑作，
理合應時出現。我據此中消息以估定十九首之年代，大概在西紀
一二〇至一七〇約五十年間，比<u>建安</u>、<u>黄初</u>略先一期，而緊相衝接，
所以風格和建安體格格相近，而其中一部分<u>鍾仲偉</u>且疑爲<u>曹</u>、<u>王</u>所製
也。我所估定若不甚錯，那麼十九首一派的詩風，並非<u>西漢</u>初期瞥
然一現中間戛然中絕，而建安體亦並非近無所承，突然產生，按諸
歷史進化的原則，四方八面都説得通了。……

　　"十九首第一點特色在善用比興。比興本爲詩六義之二，三百
篇所恆用，國風中尤什居七八。降及楚辭，'美人芳草'，幾舍比興
無他技焉。<u>漢</u>人尚質，<u>西京</u>尤甚，其作品大率賦體多而比興少。長
篇之賦，專事鋪敍無論矣，卽間有詩歌，也多半是徑情直遂的傾寫

實感。到十九首才把‘國風’、楚辭的技術翻新來用，專務‘附物切情’，胡馬越鳥，陵柏澗石，江芙澤蘭，孤竹女蘿，隨手寄興，輒增妍媚。至如‘迢迢牽牛星’一章，純借牛女作象徵，沒有一字實寫自己情感，而情感已活躍句下。此種作法，和周公的鴟鴞一樣，實文學界最高超的技術。（原注：漢初作品如高祖之鴻鵠歌、劉章之耕田歌，尚有此種境界，後來便很少了。）

"論者或以含蓄蘊藉爲詩之唯一作法，固屬太偏，然含蓄蘊藉，最少應爲詩的要素之一，此則無論何國何時代之詩家所不能否認也。十九首之價值，全在意內言外，使人心醉，其真意所在，苟非確知其‘本事’，則無從索解，但就令不解，而優飫涵諷，已移我情。卽如‘迢迢牽牛星’一章，不是憑空替牛郎織女發感慨，自無待言，最少也是借來寫男女戀愛。再進一步，是否專寫戀愛，抑或更別有寄託而借戀愛作影子，非問作詩的人不能知道了。雖不知道，然而讀起來可以養成我們溫厚的情感，引發我們優美的趣味，比興體的價值全在此。這種詩風，到十九首才大成。後來唐人名作，率皆如此，宋則盛行於詞界，詩界漸少了。

"十九首雖不講究‘聲病’，然而格律音節，略有定程。大率四句爲一解，每一解轉一意。（原注：如‘行行重行行’至‘各在天一涯’爲一解，‘道路阻且長’至‘越鳥巢南枝’爲一解，‘相去日以遠’至‘游子不顧返’爲一解，‘思君令人老’至‘努力加餐飯’爲一解。）其用字平仄相間，按諸王漁洋古詩聲調譜，殆十有九不可移易。試拿來和當時的歌謠樂府比較，雖名之爲漢代的律詩，亦無不可。此種詩格，蓋自西漢末五言萌芽之後，經歷多少年，才到這純熟諧美的境界。後此五言詩，雖內容實質屢變，而格調形式，總不能出其範圍。

　　"從內容實質上研究十九首，則厭世思想之濃厚——現世享樂主義之謳歌，最爲其特色。三百篇中之變風變雅，雖憂生念亂之辭不少，至如山樞之'且以喜樂，且以永日，宛其死矣，他人入室'，此等論調，實不多見。大抵太平之世詩思安和；喪亂之餘，詩思慘厲。三百篇中代表此兩種氣象的作品，所在多有。然而社會更有將亂未亂之一境，表面上歌舞歡娛，骨子裏已禍機四伏，全社會人汲汲顧影，莫或爲百年之計，而佀思媮一日之安。在這種時代背景之下，厭世的哲學文學便會應運而生，依前文所推論，十九首爲東漢安、順、桓、靈間作品，若所測不謬，那麼，正是將亂未亂極沉悶極不安的時代了。當時思想界，則西漢之平實嚴正的經術，已漸不足以維持社會，而佛教的人生觀已乘虛而入。（原注：桓、靈間安世高、支婁迦讖二人所譯出佛經已數十部。）……十九首正孕育於此等社會狀況之下，故厭世的色彩極濃。'人生天地間，忽如遠行客'、'萬歲更相送，聖賢莫能度'、'所遇無故物，焉得不速老'、'生年不滿百，常懷千歲憂'，此種思想，在漢人文學中，除賈誼鵩鳥賦外，似未經人道，鵩鳥賦不過箇人特別性格特別境遇所產物，十九首則全社會氛圍所產物，故感人深淺不同。十九首非一人所作其中如'奄忽隨物化，榮名以爲寶'之類，一面浸染厭世思想，一面仍保持儒家哲學平實態度者，雖間有一二，其大部分則皆如山樞之'且以喜樂，且以永日'，以現世享樂爲其結論。'青青陵上柏'、'今日良宴會'、'東城高且長'、'驅車上東門'、'去者日以疏'、'生年不滿百'諸篇其最著者也。他們的人生觀出發點雖在老莊哲學，其歸宿點則與列子楊朱篇同一論調。不獨榮華富貴功業名譽無所留戀，乃至'谷神不死'

‘長生久視’等觀念亦破棄無餘。‘服食求神仙，多為藥所誤，不如飲美酒，被服紈與素’，‘愚者愛惜費，但為後世嗤，仙人王子喬，難可與等期’，真算把這種頹廢思想盡情揭穿。他的文辭既‘驚心動魄，一字千金’，故所詮寫的思想，也給後人以極大印象，千餘年來中國文學，都帶悲觀消極的氣象，十九首的作者怕不能不負點責任哩！……”（中國之美文及其歷史）